OLYMPOS

"신으로부터 불과 지식을 훔치다!"

올림포스

댄 시먼즈 지음 / 김 수 연 옮김

올림포스

댄 시먼즈

이 소설을 해럴드 블룸에게 헌정한다.

그는 −이 분노와 적의의 시대에 협력을 거절함으로써−

나에게 엄청난 기쁨을 선사했다.

베가북스
VegaBooks

싱/싱/한
활자의힘

호메로스는 도대체 이것들을 어떻게 알았을까?
그 일들이 생겼을 때, 그는 박트리아의 낙타였는데!

— 루시안, The Dream에서

⊪

…지구의 생생한 역사는 궁극적으로
진정 가혹한 전쟁의 역사임에 틀림없을 터.
그 친구들이나, 그 신들이나, 그 열정조차도
인간을 그냥 내버려두지 않으리라.

— 조셉 콘래드, Notes on Life and Letters에서

⊪

땅이 죽음의 두루마리여야 한다면
오, 트로이 이야기는 그만 쓰라
자유로운 자들에게 다가오는 기쁨을
라이오스왕의 분노와 뒤섞지도 말라
테베가 결코 알지 못했던 죽음의 수수께끼는
좀 더 미묘한 스핑크스를 되살릴지라도

또 하나의 아테네가 일어서서
석양이 하늘에게 남기듯
한창 때의 영광을 후세에 남길 것이며,
그처럼 찬란한 어떤 것도 살 수 없다면
땅이 취할 수 있고 하늘이 줄 수 있는 모든 것을 남기리라.

— 퍼시 비시 셸리, Hellas에서

⊪

감사의 말

장-다니엘 브레크는 그가 즐겨 거닐던 아브뉘 도메닐과 프로므나드 플랑테의 다른 부분에 관한 상세한 묘사를 내가 사용할 수 있도록 허락해주었다. 그에게 감사의 뜻을 전하고 싶다. 펭귄에서 출간했던 *Time Out Book of Paris Walks* 라는 책에 실린 장-다니엘의 에세이 〈Green Tracks〉를 읽어보면 이 멋진 길을 묘사한 글 전체를 감상할 수 있다.

또한 키스 나이튼헬저 교수는 *게르망트네 쪽*에서 인용한 '창조자로서의 르누아르'를 나에게 제안했었다. 그에게도 고맙다.

마지막으로 제인 캐스린 시먼즈에게는 그녀의 시 *여전히 태어나*를 이 책 906쪽에 게재할 수 있도록 허락해준 것에 대하여 고마움을 전하고 싶다.

아카이아인(그리스인)

아킬레스
펠레우스와 여신 테티스의 아들, 아카이아의 영웅들 중 가장 잔인한 자. 젊은 나이에 트로이에서 헥토르의 손에 죽임을 당하거나 아니면 조용히 세상에 묻혀 살며 장수할 운명을 가지고 태어남.

오디세우스
라에르테스의 아들, 이타카의 왕, 페넬로페의 남편, 간교한 전략가, 아테나 여신의 총애를 받는 자

아가멤논
아트레우스의 아들, 아카이아군의 총사령관, 클리타임네스트라의 남편. 아킬레스의 노예소녀, 브리세이스를 달라고 고집을 부림으로서 일리아드의 핵심적인 위기를 초래한다.

메넬라오스
아트레우스의 작은 아들, 아가멤논의 동생, 헬렌의 남편

디오메데스
티데우스의 아들, 아카이아군의 사령관, 탁월한 전사로 일리아드에서 아킬레스의 최후의 분노에 버금가는 아리스테이아aristeia를 보여준다.

파트로클로스
메노이티오스의 아들, 아킬레스의 가장 친한 친구, 일리아드에서 헥토르의 손에 죽을 운명.

네스토르
넬레우스의 아들, 아카이아군의 지휘관중 가장 연장자, 회의에서 지루하게 장광설을 늘어놓아 '필로스의 완벽한 웅변가' 라는 별명을 얻음.

포이닉스
아민토르의 아들, 아킬레스의 오랜 친구이자 스승으로, 알 수 없는 이유로 '아킬레스에게 사절' 로 보내져 핵심적인 역할을 한다.

트로이인(일리움의 방어자)

헥토르
프리아모스의 아들, 트로이군 최고의 영웅이며 지휘관, 안드로마케의 남편이자 이제 걸음마를 시작한 아스티아낙스의(일리움 주민들에게 '스카만드리오스-도시의 왕' 이라고 불렸다.) 아버지.

안드로마케
헥토르 아내, 아스티아낙스의 어머니; 안드로마케의 아버지와 형제들은 아킬레스에게 죽임을 당했다.

프리아모스
라오메돈의 아들, 일리움(트로이)의 마지막 왕, 헥토르와 파리스의 아버지이고 그 외 많은 아들이 있다.

파리스   프리아모스의 작은 아들, 헥토르의 동생, 전사와 연인의 재능을 동시에 타고남; 메넬라우스의 아내 헬렌을 유괴하여 스파르타에서 일리움으로 데려옴으로써 트로이 전쟁을 야기한 인물.

헬렌   메넬라오스의 아내, 제우스의 딸, 전설적인 미모로 인하여 여러 번 유괴 당함.

헤카베   프리아모스의 아내, 트로이의 여왕

아이네이아스   앙키세스와 아프로디테의 아들, 다르다니아군의 지휘관, 일리아드에서 뿔뿔이 흩어진 트로이인들의 미래의 왕이 될 운명.

카산드라   프리아모스의 딸, 강간의 희생양, 박해받는 예언자.

올림포스의 신

제우스   신들의 왕, 헤라의 동생이자 남편, 수많은 올림포스 신들과 인간들의 아버지, 크로노스와 레아의 아들.

헤라   제우스의 누이이자 아내, 아카이아군의 옹호자

아테나   제우스의 딸, 아카이아군의 강력한 방어자

아레스   전쟁의 신, 성미가 급한 트로이군의 동반자

아폴로   예술, 의술, 재앙의 신. '은궁銀弓의 신', 트로이군의 가장 중요한 지지자

아프로디테   사랑의 여신, 트로이군의 지지자, 책략가

헤파이스토스   불과 장인의 신, 신들의 엔지니어, 헤라의 아들; 아테나에게 정욕을 품음

고전 인류

에이다   제1 이십 주기를 지낸 지 몇 년 된 아르디스 홀의 여주인.

하먼   99세로, 마지막 이십 주기를 한 해 남겨둔 지구상에서 유일하게 읽을 줄 아는 사람.

데이먼   곧 제2 이십 주기를 맞게 되는 땅딸막한 체구, 여인과 나비를 수집하는 사람.

새비   방랑하는 유태인, 1,400년 전 최후의 전송이 있을 당시 전송되지 않은 유일한 고전 인류

모라벡

(독립적이며 지각력이 있는 생물인 동시에 기계인 유기체, 잃어버린 시대에 인간에 의해 태양계 도처에 살포됨)

▌**만무트**　목성의 달인 유로파의 얼음으로 덮인 해저 탐사자; 잠수정 어둠의 여왕의 선장, 셰익스피어의 소네트 연구자

▌**이오의 오르푸**　무게 8톤, 길이 6미터의 게의 형상이며 중무장을 한 하드백 모라벡, 이오의 유황 토러스에서 일하는 프루스트 애호가

▌**아스티그/체**　유로파 출신, 오월五月 컨소시엄 사령관

▌**코로스 III**　목성의 제3위성 가니메데의 주민, 폴리탄산에스테르로 외피를 씌워 인간의 형태로 디자인. 파리의 눈을 가진 화성 탐사의 지휘관.

▌**리포**　목성의 제4위성 칼리스토 거주민, 인간의 형상이 아닌 로봇, 항해자

▌**센추리온 지휘관 멥 아후**　소행성대에서 온 록벡 전사

그 외의 존재

▌**보이닉스**　신비에 싸인 양족 동물, 절반은 시종이며 절반은 감시자, 보호자. 지구 생명체가 아님

▌**LGM**　작은 녹색인간Little Green Man, 젝스라고도 알려짐; 기본적으로 엽록소로 이루어진 화성의 노동자. 수없이 많은 돌로 된 거대 두상을 건설하는 노동을 함.

▌**프로스페로**　지구 로고스피어의 자기 인식이자 진화한 아바타

▌**아리엘**　지구 생물권, 바이오스피어의 자기 인식이자 진화한 아바타

▌**칼리반**　프로스페로의 애완용 괴물

▌**칼리바니**　작게 복제된 칼리반, 지중해를 지키는 자

▌**시코락스**　마녀, 칼리반의 어머니; 프로스페로에 의하면 시코락스가 키르케라고 한다.

▌**세테보스**　칼리반이 섬기는 폭력적이며 전제적인 신, 오징어처럼 손이 많이 달려있고 지구가 속한 태양계의 존재가 아니다.

▌**고요**The quiet　프로스페로가 섬기는 신으로 추정, 세테보스의 강력한 적수, 알려지지 않은 존재.

OLYMPOS

하나

트로이의 헬렌은 동이 트기 직전 공습경보 소리에 잠에서 깨어난다. 손을 뻗어 침대의 쿠션을 더듬어보지만 지금의 연인 호켄베리는 이미 그 자리에 없다. 하인들이 깨어나기 전 어둠을 틈타 빠져나간 것이다. 사랑을 나누고 난 밤이면 그는 언제나 그랬다. 뭔가 수치스러운 일을 한 사람처럼 구는 것이다. 바로 지금 이 순간 그는 분명히 횃불이 희미하게 타오르는 뒷골목을 따라 집으로 숨어들고 있을 것이다. 헬렌은 호켄베리가 아주 이상하고 슬픈 사나이란 생각을 한다. 그리고 떠오르는 기억.

내 남편은 죽었어.

파리스가 아폴로와의 결투에서 무자비하게 살해당했다는 사실은 이미 지난 9일간 명백한 현실이었다. 만약 지금 도시 위를 떠다니고 있는 신들의 전차가 앞으로 몇 분 안에 일리움을 완전히 파괴시키지만 않는다면, 3시간 후엔 모든 트로이와 아카이아인이 참석하는 성대한 장례식이 시작될 것이다. 하지만 헬렌은 파리스가 더 이상 이 세상에 없다는 사실을 아직도 믿을 수 없다. 아니, 프리아모스의 아들이 전투에서 패했다고? 파리스가 죽었다고? 생각할 수도 없는 일! 지금 *파리스* 얘기를 하는 거다! 철통같은 감시를 뚫고 라케다이몬의 푸른 잔디를 가로질러 메넬라오스의 손에서 그녀를 훔쳐냈던 그 아름다운 소년 파리스. 십년간 계속된 고된 전쟁에도 불구하고 그녀에게만은 언제나 사려 깊은 연인. 그녀가 은밀한 목소리로 "사료를 실컷 먹고 날뛰는 종마"라고 부르곤 했던 바로 그 파리스.

헬렌은 침대를 빠져나와 바깥 발코니를 가로질러 나간다. 반투명의 커튼이 갈라지며 밝아 오는 일리움의 여명 아래 헬렌의 모습이 드러난다. 한겨울이라 맨발 아래 대리석 바닥이 차갑다. 날이 아직 충분히 어두워서 그녀는 40~50개의 탐조등이 하늘을 가르고 있는 것을 볼 수 있다. 신들의 전차를 찾고 있는 것이다. 모라벡이 도시 전체를 방어하기 위해 씌워 놓은 에너지 장의 반구 위로 둔탁한 플라즈마 폭발들이 일렁인다. 갑자기 일리움의 외곽 방어막에서 간섭성 빛의 다중 광선이 진한 파랑, 에머럴드 녹색, 핏빛 빨강으로 하늘을 향해 치솟아 오른다. 헬렌은 북쪽 반구 사분의 일 지점에서 거대한 폭발이 일어나는 것을 본다. 그 충격파는 일리움의 한없이 높은 탑들을 울리더니 헬렌의 어깨 위에서 길고 검은 곱슬머리를 휘저어 놓는다. 최근 몇 주 동안 신들은 에너지 장을 뚫기 위해 실제 폭탄을 사용하기 시작했다. 모라벡의 방어막을 뚫을 수 있는 양자 위상 변이 능력을 내장한 단일분자 폭탄 이래나 뭐래나. 호켄베리와 만무트라는 이름의 우스꽝스럽고 작은 금속 인간이 헬렌에게 설명한 바에 의하면 그랬다.

트로이의 헬렌에게 기계 따위는 알 바 아니다.

파리스가 죽었다. 도대체가 견딜 수 없는 생각이다. 헬렌은 전남편 메넬라오스와 아가멤논이 이끄는 아카이아인들이 마침내 성벽을 뚫고 들어오는 날 파리스와 함께 죽을 준비를 하고 있었다. 그녀의 예언자 친구 카산드라에 따르면 성벽이 무너지는 날 아카이아인들은 트로이의 모든 소년과 장정들을 죽이고 여자들을 강간한 후 그리스의 노예로 끌고 갈 터였다. 헬렌은 바로 그날 –스스로 목숨을 끊거나 메넬라오스의 손에 죽임을 당할 그날– 을 준비하고 있었다. 그렇지만 그녀의 사랑스럽고 허영심 많으며 신성한 파리스가, 그녀의 날뛰는 종마가, 그녀의 아름다운 전사이자 남편인 그가, 먼저 죽으리라는 생각은 웬일인지 한 번도 해 본 적이 없었다. 9년이 넘는 포위 상태와 영광스러운 전투에도 불구하고 헬렌은 신들이 그녀의 사랑스러운 파리스가 끝까지 건강하고 생생하게 그녀의 침대 속으로 들어올 수 있

도록 지켜 줄 것이라고 믿어왔던 것이다. 지금까지는 그래왔다. 그런데 이제 그들은 파리스를 죽인 것이다.

헬렌은 자신의 트로이인 남편을 마지막으로 만났던 순간을 떠올린다. 열흘 전 그는 아폴로 신과의 일대일 전투를 위해 도시를 떠나고 있었다. 우아하고 빛나는 청동 갑옷의 파리스는 그 어느 때보다도 확신에 차 보였다. 헬렌과 수천 명의 군중들이 스카이안 문의 성벽 위에서 그를 배웅하며 환호성을 지를 때 그는 당당히 고개를 젖히고, 기다란 머리카락을 종마의 갈기처럼 어깨 위에 늘어뜨린 채, 백옥 같은 이빨을 빛내고 있었다. 그는 발걸음을 재촉해 프리아모스 왕이 아끼는 음유시인의 노래처럼 "영광 속에서 단호하고 맵시 있게" 달려 나갔다. 그러나 결국 광분한 아폴로의 손에 무참히 도살당하기 위한 발걸음을 재촉한 셈이 되어 버렸다.

이제 그는 죽고 없다. 헬렌은 생각한다. 내가 흘려들은 속삭임의 정보가 정확하다면, 그는 불길에 그슬리고 화염에 휩싸였을 것이다. 그의 뼈는 산산조각이 나고, 그의 완벽한 황금빛 얼굴은 음탕한 웃음의 해골로 변했을 것이다. 그의 푸른 눈은 기름 덩어리처럼 녹아 버렸을 것이며, 그의 검게 타버린 광대뼈 뒤로 너덜너덜 바비큐가 되어버린 살덩이들은 마치…… 마치…… 제사의 첫 제물로 바쳐진 고깃덩어리처럼 변했을 것이다. 희생제의 불꽃 속으로 던져진 후 결국 쓸모없이 불 밖으로 버려지는 고깃덩어리. 헬렌은 여명과 함께 불어오는 찬바람 속에서 진저리를 친 후 트로이의 지붕 위로 피어오르는 연기를 바라본다.

아카이아인 진영에서 후퇴하는 신의 전차를 겨냥해 쏘아 올린 세 개의 방공 로켓이 남쪽하늘에서 포효한다. 후퇴 중인 그 전차가 잠시 헬렌의 시야에 들어온다. 한 순간 새벽별처럼 밝은 광선이 지나가더니, 그 뒤를 따르는 그리스 로켓의 흔적이 나타났다 사라져간다. 경고도 없이, 양자 변위의 눈부신 빛은 곧 사라지고, 텅 빈 새벽하늘만 남는다. 포위된 올림포스로 도망이나 쳐, 겁쟁이들아! 트로이의 헬렌은 속으로 말해본다.

해제경보가 울리기 시작한다. 이미 박살난 프리아모스의 성과 가까운 파리스의 성 안 헬렌의 처소 아래쪽 거리는 뛰어다니는 사람들과, 겨울 공기 사이로 아직도 연기가 피어오르고 있는 북서쪽으로 물 양동이를 나르는 사람들로 순식간에 가득 찼다. 모라벡의 비행선들이 지붕 위를 윙윙거리며 날아다녔는데 그 모양은 딱 키틴질의 검은 호박벌 같았고 미늘 모양의 착륙 기어와 회전축이 달린 프로젝터를 갖추고 있다. 그녀 자신의 경험과 호켄베리가 베게 맡에서 들려준 호언장담에 따르면, 그가 에어 커버라고 부르는 이 기계들 중 일부는 너무 늦게 도착해 아무 도움이 못될 것이고, 일부는 불을 끄는 데 도움을 줄 수 있을 것이다. 그리고 나면 트로이인들과 모라벡들이 잔해 속에서 만신창이가 되어버린 시신들을 몇 시간에 걸쳐 끌어내겠지. 헬렌은 이 도시의 거의 모든 사람들을 알고 있기에, 이렇게 이른 아침에 과연 누가 먼저 캄캄한 하데스의 세계로 보내졌을까 담담히 생각해 본다.

파리스의 장례식 아침. 나의 연인. 나의 어리석고 배신당한 연인.

헬렌은 하인들이 분주해지는 소리를 듣는다. 가장 늙은 하인 아이트라가 —여동생을 납치당한 복수로 헬렌의 오빠들이 붙잡아 오기 전까지 한 때는 아테네의 여왕이었으며 고귀한 테세우스의 어머니였던 여인이— 헬렌의 침실 입구에 서 있다. 아이트라가 묻는다.

"목욕 준비를 시킬까요, 마님?"

헬렌은 고개를 끄덕인다. 그녀는 한층 밝아진 하늘을 쳐다본다. 소방대원들과 모라벡의 소방 엔진에 의해 불길이 잡히면서 진해져 가던 북서쪽의 연기가 다시 옅어지는 것을 지켜본다. 록벡 전투용 호넷들이 이미 양자이동 해버린 전차를 추격하기 위해 동쪽으로 헛되이 질주하는 것도 잠시 동안 바라본다. 그리고는 안으로 들어서기 위해 몸을 돌린다. 그녀의 맨발이 차가운 대리석 바닥에 대고 속삭이는 듯하다. 파리스의 장례식 준비도 해야 하고, 마누라에게 배신당한 전 남편 메넬라오스를 10년 만에 다시 만날 준비도 해야 한다. 이것은 헥토르, 아킬레스, 메넬라오스, 헬렌, 그리고 그 외의 수많은 아카이아인들과 트로이인들이 한꺼번에 군중 행사에 참여하는 최초의 순간이 될 것이다. 무슨 일이 벌어질지 아무도 모른다.

이 끔직한 날이 어떻게 끝날지는 오직 신들만이 알고 있겠지. 그런 생각이 들자

슬픔에도 불구하고 웃음이 나온다. 요즘은 신에게 기도를 드려봤자 도무지 응답이라곤 없이 사라지고 마니, 원. 요즘 신들은 필멸의 인간과 아무 것도 나누려 하지 않는다. 아니 신들이 인간과 나누는 것이라곤 고작 자신의 신성한 손으로 직접 지상에 가져다 놓은 죽음과 파멸 그리고 끔찍한 파괴뿐이다.

트로이의 헬렌은 목욕과 장례식 치장을 위해 안으로 들어간다.

둘

붉은 머리의 메넬라오스는 최고의 갑옷을 차려입고, 아카이아 영웅들의 맨 앞
줄 오디세우스와 디오메데스 사이에서 당당한 부동자세로 위엄과 긍지를 발하며
조용히 서 있었다. 마누라를 훔친 원수이자 프리아모스의 아들, 똥에다 코를 박을
개자식 파리스를 추모하는 장례식에 참석하기 위한 것이다. 서 있는 내내 메넬라
오스는 언제 어떻게 헬렌을 죽일 것인가를 놓고 고민 중이었다.

사실 너무나 쉬운 일이었다. 헬렌은 바로 큰길 저편의 약간 높은 담장 위에 서
있었으니까. 트로이의 거대한 중앙 광장 중심에 서 있는 아카이아 대표단과 정면
으로 채 50피트도 안 되는 거리에 늙은 프리아모스와 함께 왕실의 전망대 위에 서
있었다. 운만 따른다면 메넬라오스는 누가 끼어들 사이도 없이 순식간에 달려 나
갈 수 있다. 설사 운이 없어 트로이인들이 둘 사이에 끼어든다 해도, 메넬라오스는
그들을 잡초처럼 베어버릴 자신이 있었다.

메넬라오스는 키가 크지 않았다. 그 자리에 없는 아가멤논 형처럼 고귀한 거인
도 아니었고, 개미 좆같은 아킬레스처럼 무식한 거인도 아니었다. 때문에 그는 자
신이 결코 전망대 위로 한 걸음에 뛰어 올라가지 못한다는 것을 잘 알고 있었다.
하지만, 계단을 통해 트로이인들 사이를 뚫고 지나면서 맘껏 베고 밀치고 죽여 버
릴 자신은 있었다. 메넬라오스에게 그 정도는 문제가 아니었다.

반면에 헬렌에게는 퇴로가 없었다. 제우스 사원의 벽 위에 자리 잡은 전망대는 중앙 광장으로 통하는 단 하나의 계단으로만 연결되어 있었다. 제우스 사원 안쪽으로 도망갈 수도 있겠지만, 그러면 그녀를 따라가 구석으로 몰기만 하면 된다. 메넬라오스는 분노한 트로이인들이 −장례행렬을 이끌고 지금 막 시야에 들어오기 시작한 헥토르를 포함해서− 떼로 몰려오기 전에 헬렌을 처치할 자신이 있었다. 그렇게 되면, 다시 한 번 아카이아인들과 트로이인들 사이에 전쟁이 일어날 것이고, 신들에 맞서는 이 정신 나간 전쟁은 까맣게 잊어버릴 것이다. 물론, 만약 오늘 이곳에서 트로이 전쟁이 재개된다면 메넬라오스의 목숨이 날아갈 것은 뻔하다. 오디세우스나 디오메데스의 운명도, 심지어는 무적 아킬레스의 목숨도 마찬가지일 터. 왜냐하면 오늘 개자식 파리스의 장례식에 모인 아카이아인들은 고작 30명인데 반해, 수천 명의 트로이인들이 광장과 담벼락 위 그리고 아카이아인들의 뒤쪽과 스카이안 문 사이에 진을 치고 있었기 때문이다.

해볼 만한 일이야.

이런 생각이 창끝처럼 메넬라오스의 머릿속을 쪼아댔다. *저 부정한 년을 죽이는 것은 −어떤 대가를 치러도 좋아− 해볼 만한 일이야.* 춥고 우중충한 겨울 날씨에도 불구하고 헬멧 사이로 땀이 줄줄 흘러내렸다. 땀방울은 그의 짧고 붉은 수염을 타고 내려와, 다시 턱 끝에 맺히더니, 이윽고 청동 가슴받이로 툭 떨어져 산산이 부서졌다. 이렇게 금속 표면 위로 액체 방울이 떨어져 튕겨 나가는 소리는 이미 여러 번 들은 적이 있었다. 물론 지금까지 그 액체는 언제나 그의 갑옷 위에 떨어지는 적군의 핏방울이었다. 은장식이 새겨진 자신의 검 위에 살짝 얹힌 메넬라오스의 오른손은 감각이 둔해질 정도로 그악스럽게 칼자루를 꽉 쥐고 있었다.

지금?

지금은 아냐.

왜 아닌데? 지금이 아니면 언제?

지금은 아냐.

지끈지끈한 머릿속에서 싸워대는 두 목소리 −신들이 더 이상 그에게 말을 걸지 않으니, 그건 모두 자신의 목소리였다− 때문에 메넬라오스는 돌아버릴 지경이었다.

헥토르가 회장용 장작더미에 불을 붙일 때까지 기다리자.

메넬라오스는 눈을 깜박거려 눈가의 땀방울을 밀어냈다. 그는 이것이 둘 중 어느 목소리인지 −행동을 재촉하는 목소리? 아님, 자제를 촉구하는 비겁한 목소리?− 구별할 수 없었지만 하여간 이 제안을 따르기로 했다. 거대한 스카이안 문을 통해 장례의 행렬이 막 입장했다. 그들은 파리스의 불타버린 시체를 −지금은 비단수의 아래 감춰진 육신을− 들고 중앙로를 지나, 온갖 서열의 귀빈들과 영웅들, 그리고 헬렌을 위시하여 여인들이 단 위에서 이 모든 것을 지켜보는 가운데, 트로이의 중앙 광장으로 행진하고 있었다. 이제 몇 분 후, 죽은 자의 형 헥토르가 장작더미에 불을 붙이면 모든 사람들의 시선은 이미 죽어버린 자의 몸을 삼켜 버리는 불길에 집중될 것이다. *완벽한 타이밍이다 − 헬렌의 부정한 가슴에 나의 칼날이 10인치는 박힐 때까지 아무도 눈치 채지 못할 터.*

전통적으로, 프리아모스의 아들이자 트로이 왕자 파리스처럼 귀한 인물의 장례식은 아흐레나 계속된다. 그 중 며칠 동안은 장례식 경기가 이루어지는데, 보통 전차 경주나 육상 경기가 포함되고, 대개는 창던지기 시합으로 마무리된다. 그러나 아폴로가 파리스를 숯덩이로 만들어 버린 날부터 9일의 의식은, 남동쪽으로 수십 리그 떨어진 이다 산의 아직 남아 있는 숲으로 벌목꾼과 수레를 실어 나르는 데 소모되었다는 것을 메넬라오스는 알고 있었다. 모라벡이라고 불리는 작은 기계인간들은 호넷에 신기한 장치들과 벌목꾼들을 싣고 나르며 신들의 공격에 대비하여 방어막을 제공하는 임무를 부여받았다. 물론 신들은 공격을 감행했다. 하지만 벌목꾼들은 임무를 완수해 냈다.

열흘 째 되는 오늘 드디어 목재들이 모두 트로이에 모였고 화장을 위한 준비가 끝났다. 하지만 아카이아인의 대표단으로서 이곳에 온 메넬라오스와 그의 바로 옆에 서 있는 디오메데스 그리고 다른 수많은 친구들은, 어차피 썩은 고기 덩이에 불과한 파리스의 시체를 태우느라 훌륭한 땔감을 사용하는 것은 엄청난 낭비라고 생각하고 있었다. 트로이 시와 해변을 따라 서 있는 아카이아인 진영은 모두 벌써 몇 달째 땔감을 못 구하고 있는 형편 아닌가. 한 때 일리움을 둘러싸고 있던 숲과 관목들은 10년 전쟁 속으로 사라진 지 오래였다. 전장의 들판에 남은 것이라곤 그루터기와 밑동뿐이었다. 나뭇가지들도 오래전에 싹쓸이 당했다. 아카이아 노예들은 말똥 연료로 주인의 저녁 식사를 익혔고, 덕분에 고기 맛도 아카이아인 전사들의 사기도 구제불능이 되어버렸다.

　장례 행렬을 일리움 안으로 이끄는 것은 차례차례 등장하는 전차들의 몫이었다. 검은 펠트에 싸인 말발굽들이 도시 중앙로와 광장의 널찍한 보도 블록위로 은은한 소음을 내고 있었다. 진차 위에는 일리움의 위대한 영웅들이 기수 옆에 말없이 선 채 등장하고 있었다. 9년이 넘도록 원조 트로이 전쟁에서 살아남았고, 이제 신들에 맞선 8달 동안 더욱 혹독한 전쟁을 치르고 있는 전사들. 첫 번째로 프리아모스의 또 다른 아들 폴리도로스가, 뒤이어 파리스의 배다른 형제 메스토르가 등장했다. 다음 전차에는 트로이의 동맹자 이페우스, 그리고 안테노르의 아들 라오도코스가 타고 있었다. 그 뒤로 보석이 뒤덮인 전차를 타고 다른 늙은이들처럼 단 위에서 구경하기보다 기꺼이 이 아래쪽 전사들 사이에 끼어 있기를 원하는 늙은 안테노르가 등장했다. 이어서 폴리피테스 대장, 그리고 몇 달 전 아직 트로이와 그리스가 신들이 아니라 서로를 상대로 싸우고 있을 때 파트로클로스의 손에 의해 죽임을 당한, 리시안의 공동 사령관 사르파돈을 대신해 전차에 서 있는 트라스멜루스. 그는 사르파돈의 유명한 전차몰이였다. 그리고 등장하는 필라르테스. 물론 신들과의 전쟁이 시작되기 직전에 대 아이아스의 손에 죽은 그 필라르테스가 아니다. 이 필라르테스는 엘라수스와 무니우스와 함께 빈번히 전쟁터에 나갔던 그 사람이다. 행렬 속에는 또한 메가스의 아들 페리무스도 있었고 에피스토르과 멜라니푸스도 있었다.

　메넬라오스는 이 사나이들, 이 영웅들, 이 적들을 모두 알아보았다. 청동 헬멧

아래서 빛나던 일그러지고 피에 물든 저 얼굴들. 창을 뻗으면 닿고 칼로 찌르면 잘릴 거리에서 이미 수천 번이나 마주쳤었지. 일리움과 헬렌이라는 메넬라오스의 두 가지 목표가 틀어지게 만들었던 그 얼굴들.

바로 50피트 앞에 그 여자가 있다. 아무도 나의 공격을 예상 못할 것이다.

침통한 분위기의 전차 행렬 뒤로 들러리들이 제물로 바쳐질 동물들을 ─파리스의 두 번째로 우수한 말 열 마리와 사냥개 여러 마리, 그리고 살찐 양떼를─ 이끌고 등장했다. 특히 살찐 양떼는 귀한 제물이라 할 수 있었는데, 신들에게 포위당한 상태에서는 양털과 고기가 점점 더 귀해졌기 때문이다. 여기에 늙고 볼품없이 비틀거리며 뿔이 휘어진 소 몇 마리가 뒤따랐다. 이 소떼는 제물의 영광을 높이기 위해서라기보다는 ─이제 신들은 우리 적인데 도대체 누구에게 제물을 바친단 말인가?─ 지방을 충분히 공급해 장작더미의 불길이 더 밝고 뜨겁게 타오르게 하려는 데 그 목적이 있었다.

제물로 쓸 짐승 뒤로 수천 명의 트로이 보병들이 이 우울한 겨울날 모두 윤이 반짝반짝 나는 갑옷을 차려입고 등장했다. 스카이안 문을 지나 일리움의 평원에 이르기까지 행렬은 계속되고 있었다. 이 수많은 인파 한복판을 파리스의 운구가 생전에 가장 가까웠던 전우 12명의 손에 실려 지나가고 있었다. 프리아모스의 둘째 아들 대신 기꺼이 자기 목숨을 내놓았을 그들은, 고인이 실린 거대한 가마를 나르며 심지어 눈물까지 흘리고 있었다.

파리스의 시신은 푸른 수의로 덮여 있었고, 그것은 이미 파리스의 부하들과 먼 친척들이 보인 애도의 표시인 머리 타래로 뒤덮여 있었다. 헥토르와 가까운 친척들은 장작에 불을 붙이기 바로 직전에 머리카락을 자르도록 되어 있었다. 트로이인들은 아카이아인들에게는 애도의 표시로 머리카락을 내놓으라고 요구하지 않았다. 만약 그랬다면 ─그리고, 만약 이 미쳐 돌아가는 시절에 헥토르의 가장 굳건한 동맹자가 되어 버린 아킬레스가 그 비슷한 제안이라도 했다면, 혹은 더 심하게, 자신의 부하들인 미르미돈들에게 그러라고 명령을 내렸다면─ 메넬라오스는 손수 반란을 주도했을 것이다.

메넬라오스는 자신의 큰 형 아가멤논이 그 자리에 있었으면 했다. 아가멤논은 항상 언제 어떤 행동을 취해야 하는지 알고 있는 것 같았다. 아가멤논이야말로 진정한 그리스의 사령관이었다. 아킬레스 같이 뻔뻔한 권력의 강탈자도 아니었고, 아카이아인, 미르미돈, 트로이인 모두가 똑같이 자기 명령을 따라야 한다고 착각하는 트로이의 사기꾼 헥토르와도 전혀 딴판이었다. 그렇다, 아가멤논이야말로 진정한 그리스의 지도자인 것이다. 그리고 만약 그가 오늘 이 자리에 있었다면, 헬렌에 대한 무모한 공격을 저지했거나 죽음을 각오하고 그의 행동에 동참했을 것이다. 하지만 아가멤논과 오백 명의 충실한 부하들은 7주 전에 스파르타와 그리스 제도를 향해 검은 배를 출항시키지 않았던가. 앞으로 적어도 한 달은 있어야 돌아올 테지. 이 항해의 표면적인 이유는 신들에 대항한 이 전쟁의 새로운 용병들을 모집하는 것이었지만, 숨겨진 실제 목적은 아킬레스에 맞서는 반란의 동맹군들을 모으는 것이었다.

아킬레스. 이제 질질 짜고 있는 헥토르 뒤로 딱 한 걸음 떨어져 걸으며 이 반역의 괴물이 나타났다. 헥토르는 운구 바로 뒤를 따라가며 그 거대한 두 손으로 죽은 동생의 머리를 받쳐 들었다.

파리스의 시신을 보자 광장과 주변 담벼락 위에 운집해 있던 수천 명의 트로이인들 입에서 거대한 탄식 소리가 터져 나왔다. 지붕이나 담벼락 위의 여인들이 — 프리아모스 왕가의 여인들이나 헬렌과는 달리 신분이 낮은 여인들이— 날카로운 소리로 곡을 하기 시작했다. 메넬라오스는 자신도 모르게 팔뚝에 소름이 돋는 것을 느낄 수 있었다. 여자들이 곡하는 소리만 들으면 언제나 그랬다.

내 부서지고 뒤틀린 팔이여, 메넬라오스가 이런 생각을 하자, 꺼져가는 불길이 살아나듯 그의 분노가 다시 활활 타오르기 시작했다.

아킬레스가 —장중하게 운반되는 파리스의 운구를 따라 아카이아인 장군 사절단 앞을 지나가고 있는 반신半神 아킬레스가— 바로 여덟 달 전에 메넬라오스의 팔을 부러뜨렸었다. 이 발 빠른 학살자가 모든 아카이아인들에게 팔라스 아테나가 자신의 친구 파트로클로스를 죽였으며 그 시신을 조롱거리 삼아 올림포스로 가져가 버렸다고 발표한 날이었다. 이어서 아킬레스는 이제 트로이와 아카이아인은 전쟁을 멈추고, 대신 신들의 올림포스 산을 포위할 것이라고 선언했다.

아가멤논은 이에 반대했다. 아니, 그는 모든 것에 반대했다: 트로이에 모인 그리스인 모두의 왕중왕으로서 누리는 아가멤논의 정당한 권력을 아킬레스가 오만하게 찬탈하는 데 반대했고, 아테나가 어느 누구의 친구를 살해했건 말건 —설사 아킬레스가 진실을 말한다 하더라도— 신들을 치겠다는 신성모독에 반대했고, 무엇보다도 수천수만의 아카이아인 병사들이 모두 아킬레스의 지휘권 아래로 들어가는 것에 반대했다.

이 운명의 날 아킬레스의 대답은 짧고 간결했다. 나의 지휘권과 전쟁 선포에 반대한다면, 그리스인이든 누구든 다 덤벼라. 일대일 결투도 좋고 모두 한꺼번에 덤벼도 좋다. 마지막까지 살아남는 한 사람이 그날 아침부터 아카이아인을 지배하도록 하자.

아트레우스의 자랑스러운 아들, 아가멤논과 메넬라오스는 수백의 아카이아인 장군들과 수천의 병사들이 경악과 침묵 속에서 바라보는 가운데, 창과 칼과 방패로 아킬레스를 공격했다.

트로이 최고의 전사 축에는 끼지 못한다 해도 메넬라오스는 피맛을 충분히 본 베테랑 전사였다. 하지만 그의 형은 —적어도 아킬레스가 몇 주 동안 자신의 텐트에 쳐 박혀 삐쳐 있는 동안에는— 가장 용맹한 아카이아 전사였다. 그의 창은 거의 언제나 명중했고, 그의 칼은 마치 헝겊을 찢듯 적의 방패를 관통했다. 아무리 높은 귀족이라도 목숨만 살려달라고 비는 자에게는 자비를 베푼 적이 없었다. 아가멤논은 키가 크고 근육질이며 금발의 아킬레스 못지않게 신성했다. 그러나 그의 온몸은 아킬레스보다 10년은 더 많은 전쟁경험이 남긴 흉터로 뒤덮여 있었고, 그날 그의 눈은 성난 악마처럼 이글이글 불타고 있었다. 반면에 아킬레스는 쿨하게 기다렸다, 소년 같은 그 얼굴에 마치 딴 생각에 잠긴 듯한 표정을 지으며.

아킬레스는 두 사람을 어린애처럼 순식간에 무장해제 시켜버렸다. 마치 모라벡의 투명 에너지막이 이 펠레우스와 테티스 여신의 아들을 에워싸고 있는 듯, 아가멤논의 위력적인 창끝은 아킬레스의 살에서 튕겨져 나왔다. 아가멤논의 야만적 칼부림은 ─당시 메넬라오스의 눈에는 바윗덩어리라도 쪼개버릴 만큼 맹렬했지만─ 아킬레스의 아름다운 방패 위에서 박살이 나고 말았다.

결국 아킬레스는 두 사람을 무장해제 시켰다. 그들의 나머지 무기와 메넬라오스의 검을 바다 속으로 던져 버렸으며 두 사람을 모래 바닥 위로 쳐 박은 후 독수리가 무력한 시체의 옷을 벗겨내듯 너무나 수월하게 그들의 몸에서 갑옷을 벗겨냈다. 곧이어 이 발 빠른 학살자는 메넬라오스의 왼팔을 부러뜨리고 ─잔뜩 긴장하고 둘러서있던 장병들은 뼈가 뚝하고 부러지는 소리에 입을 쩌억 벌렸지─ 이어서 손바닥으로 가볍게 일격을 가하는가 싶더니 아가멤논의 코뼈를 부러뜨렸고, 마지막으로 왕중왕의 갈비뼈에다 발길질을 했다. 메넬라오스가 형 옆에 쓰러져 끙끙대고 있는 동안, 아킬레스는 신음하고 있는 아가멤논의 가슴팍을 샌들 신은 발로 눌러버렸다.

그때서야 아킬레스는 칼을 빼들었다. 그리고는 입을 열었다.

"항복하고 오늘부터 나에게 충성을 맹세하라. 그러면 나는 두 사람에게 아트레우스의 아들에게 어울리는 예를 갖출 것이며 동료로서 그리고 다가올 전쟁의 동맹자로서 대우할 것이다. 단 일초라도 망설인다면 너희 친구들이 눈 깜빡할 겨를도 없이 너희 두 개자식의 영혼을 하데스로 보내버릴 것이며, 장례조차 치러질 수 없도록 너희들의 시체를 독수리 밥으로 던져 버릴 것이다."

아가멤논은 이를 북북 갈고 거의 쓴물을 토하며 아킬레스에게 항복하고 동맹을 받아들였다. 잠시 후 메넬라오스도 멍투성이의 다리와 형과 마찬가지로 부러진 자신의 갈비뼈 그리고 박살이 난 팔의 아픔을 겨우 참으며 이 결정에 동의했다.

모두 다 합쳐 서른다섯 명의 아카이아인 장군들이 그날 아킬레스에게 대항했지만 단 한 시간 만에 모두 제압되었다. 끝까지 저항한 가장 용감한 몇몇은 목이 잘렸고, 아킬레스의 경고대로 그들의 시체는 새들과 물고기와 개들에게 던져졌다. 나머지 스물여덟 명은 결국 복종을 맹세하고 말았다. 아가멤논의 지위에 맞먹는 아카이아인 전사들 중 아무도 ─오디세우스도, 디오메데스도, 네스토르도, 테우케르도, 대소 아이아스 그 누구도— 감히 준족의 아킬레스에게 덤비지 않았다. 바로 그날 아침 모두들 큰 목소리로 —처음엔 아테나의 파트로클로스 살해 소식에 대해 더 듣고, 나중에는 같은 여신이 헥토르의 어린 아들 스카만드로스를 죽인 과정을 자세히 접하고 나서— 신들과의 전쟁에 동참할 것을 맹세했다.

메넬라오스는 이제 팔의 통증을 느꼈다. 부러진 뼈는 아스클레피오스의 아들이자 유명한 치료사인 포달레이리오스의 간병에도 불구하고 아직 완치되지 않았다. 이렇게 추운 날에는 특히 더 욱신거렸지만, 파리스의 운구와 아폴로가 아카이아인 사절단 앞을 천천히 행진하고 있는 이 순간만큼은 아픈 팔을 주무르고 싶은 것도 꾹 참았다.

이제 수의와 머리카락으로 뒤덮인 운구가 제우스 사원의 전망대 아래 단 옆에 내려진다. 줄지어 행진하던 병사들도 걸음을 멈춘다. 반대편 담장에서 들리던 여인들의 신음 소리와 통곡 소리 또한 멈춘다. 갑작스러운 침묵 속에서 메넬라오스는 말들의 거친 숨소리와 그 중 한 마리가 돌 위에 오줌 누는 소리를 듣는다.

전망대 위 프리아모스 옆에 서 있는 최고의 예언자이자 일리움의 조언자 헬레누스가 아래쪽에 대고 뭐라고 축원의 말을 던지지만, 때마침 신들의 차갑고 비난에 찬 숨결인 듯 불어 닥친 바다 바람에 사라져버린다. 헬레누스가 프리아모스에게 제의용 칼을 건넨다. 그는 거의 대머리지만 이렇게 근엄한 순간을 대비해 귀 위쪽에 몇 가닥의 흰 머리카락을 남겨 둔 듯하다. 프리아모스는 면도날처럼 날카로운 칼날로 흰 머리카락을 한 줌 잘라낸다. 수년 동안 파리스의 개인 노예였던 자가 그 머리카락을 황금접시에 받아 헬렌에게 다가간다. 프리아모스로부터 칼을 받아든 헬렌은 마치 그 칼로 자기 가슴을 찌를 것인가 고민이라도 하듯 오랫동안 칼날을 바라본다. 메넬라오스는 헬렌이 정말 그렇게 해서 이제 곧 펼쳐질 자신의 복수극을 앗아 갈까봐 순간 바짝 긴장한다. 그러나 헬렌은 칼을 들어 길게 땋아 내린 옆머리 한 가닥을 손에 쥐더니 끝을 잘라낸다. 갈색의 곱슬머리가 황금접시

위로 떨어지고 노예는 프리아모스의 여러 딸들 중 하나인 미친 카산드라에게로 옮겨간다.

이다산에서 나무를 실어오는 것은 매우 고되고 위험한 일이었지만, 그걸로 단을 만들고 보니 가치가 있다. 귀족들의 화장 전통에 따라 광장 중앙에 사방 백 피트의 장작을 쌓고 게다가 사람들이 들어설 공간까지 확보하기는 무리였기 때문에, 이번에는 사방 삼십 피트만을 쌓고 대신 그 높이를 담장 위의 전망대까지 높였다. 폭 넓고 간격 좁은 나무 계단이 화장단의 꼭대기까지 이어져 있다. 파리스의 성벽에서 뜯어낸 튼튼한 목재가 엄청난 양의 장작을 지탱하는 버팀목 노릇을 하고 있다.

건장한 상여꾼들이 파리스의 운구를 장작더미 꼭대기의 작은 단 위로 옮긴다. 헥토르는 아래쪽 넓은 계단 앞에서 기다리고 있다.

이제 도살과 종교적 희생의 —메넬라오스는 생각한다, 결국 이 둘은 똑같은 게 아닌가?— 전문가들에 의해 제사용 짐승들이 빠르고 효율적으로 도살된다. 단 몇 분 만에 소와 양들의 목청이 잘려 여러 개의 제의용 그릇에 피가 채워지고, 가죽이 벗겨지고, 기름이 제거된다. 파리스의 시신은 구운 고기를 부드러운 빵으로 감싸듯 동물의 기름 덩어리로 감싸진다.

그리고 가죽이 벗겨진 짐승들의 잔해는 계단 위로 실려가 파리스의 시신 주변에 놓인다. 여자들은 —얼굴을 베일로 가리고 의식용 가운을 입은 처녀들은— 손잡이가 두 개 달린 단지에 꿀과 기름을 채워 제우스의 신전에서 걸어 나온다. 단에의 접근을 금지당한 그들은 파리스의 호위대에게 단지를 넘기고, 다시 상여꾼들에게 넘겨진 단지들은 꼭대기로 옮겨져 파리스의 시신 옆에 조심스럽게 놓인다.

파리스가 가장 아끼던 전차의 말이 앞으로 끌려 나온다. 열 마리 중 최고의 네 마리가 선발되고 나면, 헥토르는 동생의 긴 칼로 목을 딴다. 한 마리에서 그 다음으로 넘어가는 움직임이 어찌나 빠른지, 그토록 똑똑하고 영특하며 기막히게 훈련된 동물들조차 반응할 틈이 없다.

야성적인 용맹과 초인간적인 힘으로 거대한 네 마리의 말을 한 마리씩 장작더미 위로 던져 넣는 것은 아킬레스다. 한 마리 던질 때마다 장작과 목재의 피라미드는 더 높아진다.

파리스의 개인 노예가 주인이 아끼던 개들 중 여섯 마리를 단 옆의 공터로 데리고 나온다. 헥토르가 다가가 한 마리씩 차례로 쓰다듬고 귀 뒤를 긁어준다. 그리고는 마치 동생이 식탁에 남은 음식을 이 개들에게 먹이고, 함께 산이나 내륙의 습지로 사냥을 나섰던 그 모든 시간들을 추억하듯 잠시 생각에 잠긴다.

이 중 두 마리를 골라낸 헥토르가 다른 개들은 데려가도 된다고 고개를 끄덕인다. 그는 잠시 동안 뼈다귀나 먹이를 줄 것처럼 아주 애틋하게 뒷덜미의 느슨한 가죽을 쥐고 있더니, 어찌나 격렬하게 목청을 끊어버렸던지, 머리가 몸통에서 떨어져 나갈 뻔 한다. 헥토르가 직접 개들을 장작더미에 던져 넣는다. 말들보다 더 높이 던졌기 때문에 꼭대기의 시신 바로 옆에 떨어진다.

놀라운 일은 이제부터다.

청동 갑옷을 입은 열 명의 트로이 병사들과 열 명의 아카이아인 창병들이 수레 하나를 끌고 등장한다. 수레 위엔 철창이 있고 그 안엔 신이 있다.

셋

제우스 사원의 높다란 전망대 위에서 카산드라는 점점 커지는 불길한 예감과 함께 파리스의 장례식을 바라보고 있었다. 수레가 트로이의 중앙 광장으로 등장했을 때 ─수레를 끄는 것은 말이나 소가 아니라 엄선된 여덟 명의 트로이 창병들─ 수레 위엔 오직 파멸한 신이 실려 있음을 알아본 카산드라는 거의 기절할 뻔 했다.

헬렌이 그녀의 팔꿈치를 잡아 지탱해 주었다.

"저게 뭐죠?"

파리스와 함께 이 모든 불행을 트로이에 가져온 그리스 여인이자 그녀의 친구이기도 한 그가 속삭였다.

"이건 광기야!"

대리석 벽에 등을 기대며 카산드라가 속삭였다. 그녀가 지난 몇 시간 동안 제우스가 보낸 끔찍한 폭풍처럼 점점 커지고 있음을 감지해온 광기를 가리키는 것이었지만, 그게 *자기 자신의* 광기인지, *신을 희생물로 바치는* 광기인지, 이 길고 긴 전쟁 전체에 대한 이야기인지, 아니면 광장 아래에 있는 메넬라오스의 광기인지, 카산드라는 헬렌에게 분명히 밝히지 않았다. 아니, 그녀 자신조차 무엇을 의미하는지 정확히 알 수 없었다.

포로가 된 신은 망치로 수레에 고정시킨 철제 우리 안, 그를 궁극적으로 사로잡은 투명한 달걀 모양의 모라벡 에너지막 속에 들어있었다. 그의 이름은 *디오니소스*였다. 세멜레가 낳은 제우스의 아들, 술과 섹스와 향락의 화신, 바로 그 디오니소스. 어린 시절부터 파리스를 죽인 아폴로를 수호신으로 삼아 왔던 카산드라였지만, 적어도 한 번 이상은 디오니소스와도 아주 친밀한 관계를 가진 적이 있었다. 디오니소스는 지금까지 이 새로운 전쟁에서 포로가 된 유일한 신이었다. 그는 신과도 같은 아킬레스에게 제압당한 후, 모라벡의 마법 때문에 양자이동에 실패했고, 교활한 오디세우스의 설득에 넘어가 투항했다. 그리고 마침내는 한여름의 열기처럼 이글거리는 모라벡 에너지막 안에 갇힌 신세가 되어 버린 것이다.

디오니소스는 신 치고는 그다지 호감을 주는 인상이 아니었다. 키는 겨우 6피트 정도로 작았고, 창백한 얼굴에, 인간의 기준으로도 땅딸한 편이었다. 갈색의 금빛 곱슬머리는 숱이 무척 많았고 턱에는 소년의 첫수염이 어설프게 나 있었다.

수레가 멈춰 섰다. 헥토르는 철장을 열고 반투과막 안으로 손을 뻗어 디오니소스를 화장 단 위의 첫 계단으로 끌어올렸다. 아킬레스도 왜소한 신의 목덜미에 손을 얹었다. 카산드라가 속삭였다.

"신을 죽여? 신을 살해하다니. 광기야, 미친 짓이라구."

헬렌과 프리아모스와 안드로마케, 그리고 전망대 위의 모든 사람들은 그녀를 무시했다. 모든 시선은 이 창백한 신과 그 양쪽에 선 구릿빛의 건장한 두 남자에게 쏠려 있었다.

예언자 헬레누스의 희미한 목소리는 차가운 바람과 군중의 술렁임 속으로 사라져 버렸지만, 헥토르의 우레와 같은 외침은 사람들로 꽉 찬 도심을 가르고 나가 일리움의 높은 장벽과 탑들을 울렸다. 그 소리는 동쪽으로 몇 리그나[+] 떨어져 있는 이다산 꼭대기에서도 똑똑히 들렸을 것이다.

"사랑하는 나의 형제 파리스여, 우리는 너에게 작별을 고하기 위해, 그리고 네

[+] 리그(league)는 거리의 단위로 3마일가량에 해당함 – 역자 주

가 자리 잡은 죽음의 집 깊은 곳에서도 우리의 목소리가 잘 들리도록 하기 위해 이 자리에 모였다. 우리는 너에게 달콤한 꿀과, 희귀한 기름, 네가 사랑하던 말들과 너에게 충성을 다했던 개들을 보낸다. 그리고 이제 제우스의 아들이자 올림포스의 신인 이 자를 바치나니 그의 기름이 불꽃의 허기를 달래 너의 영혼을 누구보다도 먼저 하데스로 안내할 것이다."

헥토르가 칼을 뽑았다. 에너지장이 깜빡거리다가 사라졌다. 그러나 디오니소스의 손목과 다리에는 여전히 쇠고랑이 채워져 있었다.

"내가 한 마디 해도 될까?"

창백하고 자그마한 신이 말했다. 그의 목소리는 헥토르의 목소리처럼 멀리 퍼져 나가지 않았다. 헥토르는 망설였다.

"신의 얘기를 들어봅시다!"

제우스 신전의 전망대에서 프리아모스 옆에 서 있던 예언자 헬레누스가 아래쪽을 향해 외쳤다.

"신의 얘기를 들어봅시다!"

메넬라오스 옆에 자리 잡고 있던 아카이아의 예언자 칼카스도 그렇게 말했다. 헥토르는 눈살을 찌푸리며 고개를 끄덕였다.

"마지막으로 한 마디만 하라, 제우스의 호래자식아. 하지만 네 아버지에게 아무리 애원해봤자 너를 구해주지는 못할 터. 아무 것도 널 구하지 못한다. 오늘 너는 내 동생을 태우는 불길의 첫 *제물*이 될 것이다."

디오니소스는 미소를 지었다. 하지만 그것은 겁에 질린 미소였다. 두려움에 떠는 그 모습은 신이라기보다 인간에 가까웠다. 수염은 삐죽삐죽 나고 맥없이 초라한 신이 말했다.

"트로이와 아카이아의 사람들이여, 너희는 불멸의 신을 죽일 수 없다. 나는 죽음의 자궁에서 태어났다, 어리석은 자들아. 제우스의 자식이자 소년 신이었던 나는 세상의 새로운 지도자가 갖고 놀 거라고 예언된 장난감들을 가지고 놀았다. 그것은 주사위와 공, 팽이와 금 사과, 불로어러**, 그리고 털실이었다. 그러나 어느 날 나의 아버지에게 패해 타르타루스로 —지옥 중에도 가장 깊은 나락, 이제 너의 동생 파리스가 잊혀진 방귀처럼 떠다니고 있는 죽음의 왕국보다 더 아래 있는 악몽의 왕국으로— 던져진 타이탄들이 얼굴을 허옇게 칠하고 죽음의 영처럼 나타나 나를 하얀 맨손으로 공격하여 일곱 조각으로 찢어 버린 후, 오늘 이 자리에 세운 너희들의 이 가소로운 화장 단보다 몇 배는 더 뜨거운 불길 위에 삼각대로 받쳐진 무쇠 솥 안으로 던져 넣었다."

"다 끝났느냐?"

칼을 치켜들며 헥토르가 물었다.

"거의!"

디오니소스가 말했다. 이제 더 밝고 강해진 그의 목소리는 헥토르의 목소리를 받아냈던 트로이의 머나먼 장벽을 다시 울리고 있었다.

"그들은 나를 삶은 후 일곱 개의 꼬치에 꽂아 불 위에서 구웠다. 그 냄새가 얼마나 좋던지 나의 아버지 제우스조차 타이탄의 만찬에 초대되고 싶어 지옥으로 내려올 정도였다. 그러나 그 꼬치에 꽂힌 것이 나의 작은 두개골이며, 수프에 둥둥 떠다니는 것이 나의 어린 손이라는 것을 발견하자 아버지는 벼락을 내려 타이탄들을 다시 타르타루스로 처박아버렸다, 지금 이 순간에도 공포와 고통 속에 살고 있는 그곳으로."

"그게 다냐?"

헥토르가 말했다.

"거의."

디오니소스가 말했다. 그는 얼굴을 들어 프리아모스 왕과 제우스 신전의 귀족들을 바라보았다. 이 자그마한 신의 목소리는 이제 나팔처럼 울리기 시작했다.

＋＋ 불로어러(bullroarer)는 전반적으로 의식에 쓰이던 고대 악기를 지칭한다. 구석기시대까지 거슬러 올라가는 제식용 악기로서 전 세계에 걸쳐 흔적이 발견된다. 고대 그리스의 경우는 디오니소스 성찬식에서 사용되었다. - 역자 주

"그러나 어떤 사람들은 나의 익혀진 사지가 흙 위로 던져졌고 그것을 데메테르가 주워 모았다고 한다. 그래서 인간들에게 최초로 와인을 선사한 자가 되었다는 것이다. 내 몸 중 오직 한 조각만이 불 속에서도 흙 속에서도 살아남았고 팔라스 아테나가 그것을 제우스에게 가져갔다. 그는 나의 크라디아오스 디오니소스 kradiaios Dionysos를 힙타에게 —위대한 어머니 레아소의 동양 이름— 맡겨, 그녀가 머리에 이고 다니도록 했다. 아버지는 크라디아오스 디오니소스란 이름으로 일종의 말장난을 하신 것인데, 너희들도 알다시피, 크라디아kradia란 예로부터 '심장'을 뜻하고 크라다krada란 '무화과 나무'를 뜻하는 말로서. . ."

"그만, 그만! 그렇게 지껄여댄다고 너의 개 같은 목숨이 연장되지는 않는다. 열 마디 안에 끝내지 않으면 내가 대신 끝내줄 거야."

"날 먹어라!"

디오니소스가 말했다. 헥토르는 두 손으로 거대한 검을 들어 단칼에 신의 머리통을 날려 버렸다.

트로이와 그리스 관중들의 숨이 멎었다. 정렬해 있던 군인들도 모두 뒷걸음질을 쳤다. 디오니소스의 머리 없는 몸통은 가장 낮은 계단 위에서 몇 초 동안 비틀거리면서도 똑바로 서 있더니, 끈이 잘린 마리오네트 인형처럼 순식간에 무너져 내렸다. 헥토르는 아직 입도 다물지 못한 채 떨어져 내리는 머리통을 낚아채 듬성듬성한 수염을 부여잡고 화장 단 높은 곳으로 던져 버렸다. 디오니소스의 머리통은 말들과 개들의 시체가 던져진 중간쯤에 떨어졌다.

이제 헥토르는 칼을 도끼처럼 머리 위로 치켜들어 디오니소스의 팔과 다리 그리고 성기를 난도질해 화장 단의 여기저기에 던졌다. 하지만 파리스의 시신 가까이에는 떨어지지 않도록 조심했다. 나중에 개와 말과 신의 쓸모없는 뼈다귀들 사이에서 파리스의 고귀한 유골을 골라내야 하는 수고를 덜기 위해서였다. 마지막으로 헥토르는 디오니소스의 몸통을 조각조각으로 잘라내 그 대부분을 불길 속으로 던져 넣고, 나머지는 살아남은 파리스의 개들에게 던져 주었다. 장례 행렬 내내 개들을 지키던 남자들은 광장 중앙으로 개들을 풀어 놓았다.

마지막 뼈 조각들과 힘줄이 잘게 다져지고 나자 디오니소스의 비참한 잔해로부터 검은 구름이 피어오르는 것 같았다. 눈에 안보일 정도로 작고 검은 날파리 떼들이 뭉게뭉게 일어나듯, 검은 연기가 뭉친 작은 회오리바람처럼. 순간 그 기세가 얼마나 세던지 헥토르조차 잔인한 행태를 멈추고 뒷걸음질 쳐야 했다. 트로이 군대와 아카이아인 영웅들을 포함한 군중들도 모두 한걸음씩 물러섰다. 벽 위의 여인들은 비명을 지르며 베일과 두 손으로 얼굴을 가렸다.

이윽고 구름이 사라지자, 헥토르는 끈적끈적한 분홍색의 마지막 살덩이를 불속으로 던져 넣고, 갈비뼈와 척추를 장작 사이로 차버렸다. 헥토르는 피투성이가 된 갑옷을 벗어던진 후 하인을 시켜 오염된 무기와 함께 치우도록 했다. 노예가 대야에 물을 담아 들여왔고, 이 거구의 남자는 팔과 손과 얼굴에 묻은 피를 씻어냈다. 다른 노예가 깨끗한 수건을 건네줬다.

이제 깨끗해진 헥토르는, 튜닉과 샌들만 착용하고서, 막 잘라낸 애도의 머리카락이 담긴 황금 접시를 들어 올린 후, 화장 단의 꼭대기로 향하는 넓은 계단을 올랐다. 송진과 나무로 만든 단 위에 파리스의 시신이 놓여 있는 그곳에서 헥토르는 동생이 사랑했던 사람들과 친구들과 동지들의 머리카락을 수의 위에 부었다. 주자 한 명이 —트로이의 최근 경주에서 모두 승리한 최고의 주자가— 커다란 햇불을 들고 스카이안 문을 통해 달려 들어오더니, 그에게 길을 내주는 병사들과 구경꾼들 사이를 지나 헥토르가 기다리고 있는 맨 위 넓은 단에 도달했다.

주자는 활활 타오르는 햇불을 헥토르에게 건네고 고개를 숙이더니 그 자세를 여전히 유지한 채 뒷걸음질로 계단을 내려왔다.

메넬라오스는 검은 구름이 도시를 향해 오는 것을 본다. 오디세우스가 속삭인다.

"포에보스 아폴로가 벌건 대낮을 뒤덮고 있군."

헥토르가 시신이 얹혀 있는 지방과 송진을 먹인 장작에 햇불을 들이대는 순간 서쪽에서 차가운 바람이 불어온다. 나무는 연기만 낼 뿐, 타오르지 않는다.

형 아가멤논이나 다른 어떤 냉정한 킬러, 혹은 그리스의 어떤 위대한 영웅보다도 전장에서 쉽게 흥분하는 편이었던 메넬라오스는 이제 행동의 순간이 다가오자 심장이 뛰기 시작하는 것을 느낀다. 저 암캐 같은 헬렌이 비명을 지르며 자기보다 먼저 하데스의 세계로 갈 수만 있다면, 이제 단 몇 분밖에 살아 있을 수 없다 한들 무엇이 두렵겠는가. 만약 아트레우스의 아들 메넬라오스가 계획을 실행에 옮기면, 그 여자는 방금 죽어 자빠진 디오니소스가 떠들어대던 타이탄들이 아직도 비명을 지르며 어둠과 고통과 아우성속에서 어슬렁거리는 타르타루스 지옥보다 더 깊은 곳으로 떨어질 것이다.

헥토르가 손짓을 하자 아킬레스가 가득 채운 잔 두개를 과거의 적수에게 전해주고 계단을 내려간다. 헥토르는 잔을 들어 올린다. 그리고는 이렇게 외친다.

"서풍과 북풍이여! 휘몰아치는 제피로스와 차가운 손길의 보레아스여, 거세게 불어와 파리스가 누워있는 이곳에 불을 붙여주소서. 트로이와 친애하는 아르고스가 모두 애도하고 있나이다! 보레아스여 오소서, 제피로스여 오소서, 당신의 숨결로 이 장작더미에 불을 붙여주소서. 그러면 나는 최고의 제물과 가득 찬 술잔을 바치겠나이다!"

전망대 위에서 헬렌은 안드로마케에게 속삭인다.

"이건 광기야, 광기. 헥토르는 지금 우리와 전쟁 중인 신들을 불러 들여 방금 자기 손으로 학살한 신의 시체를 태워 달라고 기원하고 있어."

안드로마케가 대답을 하기도 전에 카산드라가 그늘 속에서 큰 목소리로 웃어재낀다. 프리아모스와 주위의 원로들이 그녀를 엄한 눈길로 쏘아 본다.

카산드라는 비난에 찬 눈길에도 아랑곳하지 않고 헬렌과 안드로마케를 향해 뱀처럼 쉭쉭거리는 목소리로 말한다.

"그래, 광기. 내가 모두 다 미쳤다고 *말했잖아.* 메넬라오스가 지금 계획하고 있는 것도 광기야, 헬렌, 너에 대한 학살, 이제 금방이야, 디오니소스의 죽음 못지않게 유혈이 낭자할 걸."

"무슨 소리야, 카산드라?"

헬렌의 속삭임은 준엄하지만, 얼굴은 창백해져 있다. 카산드라는 미소를 지었다. "네 죽음 얘기를 하고 있는 거야, 여자야. 이제 곧 벌어질 거야. 시체에 불이 안 붙어서 잠시 미뤄지고 있을 뿐이야."

"메넬라오스?"

"네 귀한 남편이지."

카산드라가 웃는다.

"*한때* 귀했던 네 남편이지. 타다만 장작의 새카만 부분처럼 더 이상 떼어버릴 수도 없는 사람. 너를 베어버릴 준비에 거칠어진 그의 숨소리가 들리지 않는단 말이야? 그의 땀 냄새를 못 맡겠어? 그의 썩은 가슴이 쿵쿵거리는 게 안 들려? 나는 다 들을 수 있어."

안드로마케가 장례식에서 몸을 돌려 카산드라에게 다가간다. 그녀를 전망대에서 끌어내 들리지도 보이지도 않는 곳으로 데려가려는 것이다.

카산드라는 다시 웃음소리를 내더니 손 안의 작지만 날카로운 단도를 보여준다.

"건드리기만 해봐, 개 같은 년. 네년이 그 노예 아기를 네 자식이라고 속이고 난도질했던 것처럼 널 갈가리 찢어놓을 테니까."

"닥쳐!"

안드로마케가 쏘아붙인다. 순식간에 두 눈이 분노로 커진다.

다시 한 번 프리아모스와 다른 원로들이 몸을 돌려 못마땅한 눈길을 보낸다. 거의 반 귀머거리에 가까운 그들이라 아직 대화의 내용은 이해하지 못한 것이 분명하지만, 낮게 오가는 목소리들에 분노가 묻어 있음은 확실히 감지하고 있는 것 같다. 헬렌의 손이 떨리고 있다.

"카산드라, 지금까지 예언한 모든 불행들이 한 번도 맞지 않았다고 네 입으로 이야기했잖아. 트로이가 멸망할 거라고 네가 예언한지 몇 달이 지났지만 여전히 건재해. 프리아모스도 네가 예언대로 이곳 제우스 사원에서 살해당하기는커녕 잘 만 살아있지. 아킬레스와 헥토르도 도시가 멸망하기 전에 죽음을 맞는다고 몇 년 전부터 이야기해 왔지만 여전히 살아 있고. 우리 여자들 중 누구도 네 말처럼 노예로 끌려가지 않았고, 너 역시 아가멤논의 집으로 끌려가지 않았어. 클리타임네스트라가 너와 네 자식 그리고 위대한 아가멤논 왕을 죽이게 될 것이라는 바로 그 집 말이야. 또 안드로마케도…"

카산드라는 소리 없이 울부짖으며 고개를 뒤로 젖힌다. 아래쪽에서는 헥토르가 아직도 바람의 신들에게 제물과 꿀을 넣은 술을 바치며 제발 동생의 화장 단에 불을 붙여 달라고 빌고 있다. 만약 이 당시에 연극이 있었다면, 오늘의 관객들은 이 드라마가 희극으로 변해가고 있다고 생각할 것이다.

"모두 *가버렸이.*"

면도날처럼 날카로운 단검의 칼끝으로 자신의 아래팔을 그으며 카산드라가 말한다. 하얀 팔뚝에서 피가 배어나와 대리석 위로 뚝뚝 떨어진다. 그러나 카산드라는 내려다보지 않는다. 그녀의 눈길은 헬렌과 안드로마케에게 고정되어 있다.

"옛날에 말했던 미래는 더 이상 없어, 자매들이여. 운명은 우리를 저버렸어. 우리의 세계와 그 미래는 더 이상 존재하기를 멈춘 거야. 그 대신 뭔가 다른 것이 — 낯설고 전혀 다른 코스모스가— 생겨났어. 하지만 아폴로가 내려준 예지력은 나를 저버리지 않았어. 이제 곧 메넬라오스가 여기로 달려들어 네 예쁜 젖가슴에 칼을 꽂을 거야, *트로이의 헬렌.*"

마지막 두 마디에서 노골적인 조롱이 묻어난다.

헬렌이 카산드라의 어깨를 부여잡는다. 안드로마케는 억지로 칼을 뺏는다. 두 사람은 함께 이 어린 여인을 기둥 뒤쪽으로 끌고 가, 제우스 사원 구석의 차가운 그림자 속으로 몰아넣는다. 이 예지력의 소유자는 대리석 난간에 기댄 채 짓눌려 있고, 두 여인은 복수의 여신들처럼 그 곁을 맴돈다. 안드로마케가 카산드라의 창백한 목으로 칼날을 들이댄다.

"우린 오랫동안 친구였지, 카산드라."

헥토르의 아내가 속삭인다.

"하지만 한 마디만 더 한다면, 이 미친 계집년, 돼지 멱을 따듯 네년의 목을 따 버릴 테다."

카산드라는 미소 짓는다.

헬렌은 한 손을 안드로마케의 손목에 얹는다. 하지만 그녀를 말리려는 것인지 살인을 부추기기 위한 것인지 분명하지 않다. 다른 한 손은 카산드라의 어깨에 얹힌 채 그대로다.

"메넬라오스가 날 죽이기 위해 온다고?"

그녀는 고통 받는 예지자의 귀에 대고 속삭인다.

"오늘 그는 너를 두 번 찾아올 것이다. 그리고 매번 뜻을 이루지 못할 것이다."

카산드라가 단조로운 목소리로 대답한다. 그녀의 눈은 두 사람을 보고 있지 않다. 그녀는 입을 헤 벌린 채 웃는다. 헬렌이 묻는다.

"언제 오지? 그리고 누가 그를 저지한다는 거야?"

"처음엔 파리스의 시신에 불이 붙을 때,"

카산드라가 말한다. 그녀의 목소리는 단조롭고 오래된 동화책을 읊듯 아무 흥미도 없이 들린다.

"그리고 두 번째는 파리스의 시신이 완전히 타버렸을 때."

"그럼 누가 그를 저지한다는 거야?"

"처음엔 파리스의 아내가 메넬라오스를 저지할 것이다."

카산드라는 말한다. 그녀의 눈동자는 머리통 쪽으로 말려 올라가 이제는 흰자 위만 보인다.

"그 다음에는 아가멤논과 자칭 아킬레스 킬러인 펜테실레이아에 의해 저지될 것이다."

"*아마존의 펜테실레이아?*"

안드로마케가 묻는다. 놀란 목소리가 어찌나 크던지 제우스의 사원이 울릴 정도다.

"그 여자는 여기서 수천 리그나 멀리 떨어져 있어. 아가멤논도 마찬가지고. 어떻게 그 사람들이 파리스의 시신이 다 타버리는 시간에 맞춰 이 자리에 있을 수 있다는 거지?"

"쉿····."

헬렌이 속삭인다. 눈꺼풀이 파득거리고 있는 카산드라에게 헬렌이 말한다.

"너는 시신에 불이 붙으면, 파리스의 아내가 메넬라오스를 저지해 나를 죽이지 못하게 한다고 말했어. 내가 그걸 어떻게 한단 말이냐? 도대체 어떻게?"

카산드라는 기절해 바닥으로 넘어진다. 안드로마케는 단검을 품에 숨겨 넣고 쓰러진 여인의 뺨을 여러 차례, 아주 세게 때린다. 하지만 소용이 없다. 헬렌이 누워 있는 그녀를 발로 찬다.

"신의 *저주*를 받을 년. 내가 어떻게 메넬라오스를 막을 수 있단 말이야? 이제 몇 분 남지도 않았는데····."

사원 바깥 광장에서 트로이인들과 아카이아인들의 거대한 함성이 들려오기 시작한다. 경이의 함성은 두 여인의 귀에도 전해진다.

스카이안 문 사이로 고분고분 바람이 불어 들어왔다. 장작과 불쏘시개에 불꽃이 튀기 시작했다. 화장 단에 불이 붙은 것이다.

넷

서풍이 불어와 파리스의 화장 단에 불을 붙이는가 싶더니 불꽃이 날름거리기 시작하고, 곧이어 맹렬한 기세로 타오르는 것을 메넬라오스는 지켜보았다. 헥토르도 아슬아슬한 순간에 계단을 뛰어내려와 단 전체가 화염에 휩싸이기 직전 불길에서 벗어날 수 있었다.

지금이다, 메넬라오스는 생각했다.

군중들이 그 열기에 밀려 뒤로 밀치는 바람에 아카이아인 병사들의 정렬이 흐트러졌고, 그 혼란한 틈을 타 메넬라오스는 아르고스 동료들을 지나 화염을 바라보고 있는 트로이 병사들 사이를 비집고 들어갔다. 그는 제우스 신전과 계단이 있는 왼쪽 방향으로 몸을 밀치며 길을 터 나갔다. 메넬라오스는 화장용 불길의 열기와 불꽃이 ─바람은 신전 쪽으로 불고 있었다─ 프리아모스와 헬렌 그리고 나머지 사람들을 전망대에서 한걸음 물러나게 만들었다는 사실을 깨달았다. 그리고 무엇보다 중요한 것은 호위병들조차 계단에서 피신해버리는 바람에 앞길이 활짝 열렸다는 사실이었다.

마치 신들이 나를 돕고 있는 것만 같구나.

그는 생각했다, 그럴 지도 모르지. 아르고스인들과 트로이인들이 여전히 그들의 옛적 신들과 접촉한다는 얘기가 매일같이 들려왔다. 단지 인간과 신들이 지금 전쟁 중이라는 이유 하나로 피와 관습으로 맺어져온 그들의 관계가 순식간에 절단날 수는 없는 것이다. 메넬라오스의 수많은 동료들조차 지금까지 그래왔던 것처럼 밤바다 몰래 신들에게 제물을 바친다는 걸 그는 알고 있었다. 낮에 신들과 전투를 치른 날 밤에도 마찬가지였다. 헥토르조차 지금 막 서풍의 신 제피로스와 북풍의 신 보레아스에게 동생의 화장 단에 불을 붙여 달라고 기도를 올리지 않았는가? 그리고 제우스의 친아들 디오니소스의 뼈와 내장이 개에게나 먹일 부정 탄 첫 제물 대접을 받으며 단 위로 던져졌음에도 불구하고 신들은 결국 기도에 응하지 않았던가?

살아있기도 헷갈리는 시절이다.

어차피 뭐, 메넬라오스의 마음 속 또 다른 목소리가 말했다. 오늘 헬렌을 죽이고 싶어 하지 않았던 그 냉소적인 목소리였다. *별로 오래 살아 있지도 못할 거 아냐, 짜샤.*

메넬라오스는 계단 아래서 잠시 멈춘 후 칼을 뽑았다. 눈치 챈 사람은 아무도 없었다. 모든 사람의 시선은 30피트 떨어진 곳에서 딱딱 소리를 내며 타오르는 불길에 고정되어 있었다. 수백 명의 군인들이 불꽃의 열기를 막기 위해 검을 들어 눈과 얼굴을 가렸다.

메넬라오스는 첫 계단을 올랐다.

갑자기 아까 꿀과 기름을 화장 단으로 가져갔던 베일 쓴 처녀들 중 한 명이 메넬라오스로부터 10피트도 떨어지지 않은 제우스 신전의 입구에 나타나더니, 불길을 향해 곧장 걸어가기 시작했다. 모두의 시선이 그녀에게 쏠리는 바람에 메넬라오스는 첫 번째 계단에서 멈춰서 무기를 내려야만 했다. 그 여자 바로 뒤에 서 있는 바람에, 자신이 주목받기 십상이었기 때문이다.

여자는 베일을 벗었다. 메넬라오스 반대쪽 단 저편의 트로이인들이 경악했다.

"오이노네!"

전망대 위에 있던 한 여자가 소리를 질렀다. 메넬라오스는 고개를 뽑아 위를 쳐다보았다. 군중들의 경악과 비명 소리에 프리아모스와 헬렌 그리고 다른 사람들이 다시 전망대 위로 걸어 나왔다. 소리를 지른 것은 헬렌이 아니라 여자 노예 중의 한 명이었다.

오이노네? 메넬라오스에게도 아스라이 익숙한 이름이었다. 지난 10년간의 전쟁 이전과 관계있는 것 같은 느낌이었는데 뭔지는 정확히 생각나지 않았다. 머릿속엔 앞으로 30초 안에 벌어질 일에 대한 생각뿐이었다. 이 열 다섯 칸짜리 계단 꼭대기에 서 있는 헬렌과 그 사이에 아무도 없었던 것이다.

"나는 오이노네, 파리스의 진정한 아내입니다!"

스스로를 오이노네라고 부르는 여자가 소리쳤다. 그녀의 목소리는 성난 바람 소리와 불꽃 튀는 소리에 묻혀 이토록 가까이에서조차 거의 알아들을 수가 없었다.

파리스의 진정한 아내? 메넬라오스는 어리둥절하여 머뭇거렸다. 사원 바깥과 가까운 골목길에서 이 광경을 보겠노라고 점점 더 많은 트로이인들이 밀치며 모여들었다. 어떤 사람들은 메넬라오스 바로 아래나 위의 계단까지 올라서기도 했다. 이 붉은 머리의 아르고스인은 그제야 헬렌이 납치되기 전 파리스가 이미 평범한 외모의 여자와 결혼한 몸이라는 소문이 스파르타에 돌고 있었던 것을 기억해냈다. 결혼식 날 그 여자는 파리스보다 열 살이나 많았고, 신들이 파리스에게 헬렌을 납치하도록 돕자 이 여자를 버렸다는 것이다. 오이노네.

"프리아모스의 아들 파리스를 죽인 것은 아폴로가 아닙니다."

오이노네라고 불리는 이 여자가 소리쳤다.

"내가 죽였습니다!"

고함 소리와 심지어는 외설스러운 욕설이 터져 나왔고, 불길 근처의 트로이 전사 몇몇은 이 미친 여자를 잡으려는 듯 앞으로 걸어 나왔지만, 동료들이 저지했다. 모두들 그 여자가 무슨 할 말이 있는지 계속 듣고 싶었던 것이다.

메넬라오스는 불길 사이로 헥토르를 볼 수 있었다. 일리움의 가장 위대한 영웅조차 여기엔 끼어들 도리가 없었다. 동생의 불타는 시신이 그와 이 중년의 여인 사이에 버티고 있었기 때문이었다.

불길에 아주 가까이 서 있는 오이노네의 옷에서 모락모락 김이 올랐다. 마치 이 깜짝 쇼를 위해 미리 샤워를 하고 온 듯 그녀의 온몸은 푹 젖어 보였다. 물에 젖은 가운 아래로 축 쳐진 그녀의 가슴이 훤히 드러났다. 여자가 앙칼지게 소리쳤다.

"파리스는 포에보스 아폴로의 손에서 나온 화염으로 죽은 것이 아닙니다! 열흘 전 남편과 아폴로신이 시야에서 사라져 슬로우 타임대로 진입했을 때, 그들은 활겨루기를 했습니다. 파리스의 계획대로 활쏘기로 결투를 벌인 것입니다. 하지만 인간도 신도 목표물을 명중시키지 못했습니다. 내 남편을 파멸시킨 치명적인 화살을 날린 것은 한 인간, 바로 비겁자 필록테테스였습니다!"

여기서 오이노네는 나이 든 필록테테스가 대 아이아스 옆에 서 있는 아카이아인의 무리를 손가락으로 가리켰다.

"거짓말이야!"

늙은 궁수가 소리쳤다. 그는 최근에야 오디세우스 덕분에 섬에서의 병들고 외로웠던 추방 생활에서 벗어난 터였다. 신들과의 전쟁이 시작된 지 몇 달 후의 일이었다.

오이노네는 그를 무시한 채 불길에 더욱 가까이 다가섰다. 그녀의 맨 팔과 얼굴이 벌겋게 달아올랐다. 옷에서 피어오르는 수증기가 그녀를 감싸는 안개처럼 짙어졌다.

"실망한 아폴로가 올림포스로 QT해 돌아가고 나자 저 아르고스의 비겁자 필록테테스가 옛 원한을 품고 남편의 가랑이에 독화살을 쏜 것입니다!"

"그대가 그걸 어떻게 안단 말인가? 우리들 중 아무도 파리스와 아폴로를 따라 슬로우 타임으로 들어가지 않았어. 그 대결을 본 사람조차 없단 말이야!"

아킬레스가 고함을 질렀다. 그 목소리는 이 미망인의 목소리보다 훨씬 또렷했다.

"아폴로는 이 배신행위를 목격하고는 내 남편을 이다산의 중턱으로 QT해 주었습니다. 내가 십 년이 넘는 세월 동안 추방당해 있던 바로 그곳으로……"

오이노네는 말을 이어갔다. 간간히 고함소리가 들려왔지만, 거대한 광장을 가득 채운 수천의 트로이 병사들뿐만 아니라 담장과 지붕 위를 빼곡히 메운 사람들 대부분은 침묵을 지켰다. 모두 다음 말을 기다리고 있었다.

"파리스는 나를 되돌려 보내달라고 애원했죠·····."

여인은 울며 소리쳤다. 그녀의 젖은 머리카락에서도 그녀의 옷에서와 마찬가지로 맹렬히 김이 뿜어져 나왔다. 그녀의 눈물조차 수증기로 변하는 것 같았다.

"그는 그리스의 독 때문에 죽어가고 있었습니다. 그의 불알과 내가 한때 아끼던 그것, 그리고 아랫배는 이미 독으로 시커멓게 변해 있었는데도, 그는 자기를 고쳐 달라고 애원했습니다."

"당신처럼 미천하고 늙은 여인이 어떻게 치명적인 독을 치유할 수 있단 말인가?"

헥토르가 처음으로 고함을 질렀다. 그의 목소리는 불길을 뚫고 신의 목소리처럼 쩌렁쩌렁 울렸다.

"내 남편이 받은 신탁에 의하면 오직 나만이 그런 치명적인 부상으로부터 그를 살려낼 수 있다고 했습니다."

오이노네는 쉰 목소리로 외쳤다. 목소리가 상해 버렸거나, 불길과 웅성거림 때문에 묻혀 버렸거나 둘 중의 하나였다. 메넬라오스는 그녀의 말을 알아들을 수 있었지만, 광장의 모든 사람들이 알아들었을 것 같지는 않았다. 여인은 울먹이며 계속 외쳤다.

"그는 고통 속에서 나에게 애걸했습니다. 독이 묻은 상처에 약을 발라 달라고 말입니다. '지금은 나를 미워하지 말아줘,' 라고 파리스는 빌었습니다. '운명이 나를 헬렌에게 가라고 명령하는 바람에 너를 떠났던 것뿐이야. 그 잡년을 프리아모스의 성으로 데려가기 전에 나는 죽었어야 했어. 제발 부탁이야, 오이노네, 우리가 나누었던 사랑을 봐서, 우리가 나누었던 맹세를 생각해서 날 용서하고 치료해줘.' 라고."

메넬라오스는 그녀가 두 걸음 더 다가서자 불길이 그녀 주변을 날름거리고 발목을 시커멓게 그을려 마침내 그녀의 샌들이 오그라드는 것을 지켜보았다.

"나는 거절했습니다!"

그녀는 여전히 쉬었지만 더 큰 목소리로 외쳤다.

"그는 죽었습니다. 나의 유일한 사랑이자 연인이자 남편이었던 그는 죽었습니다. 끔찍한 고통 속에서 욕설을 퍼부어대며 죽었습니다. 나는 하인들과 함께 시체를 화장하려 했습니다. 운명의 노예였던 내 불쌍한 남편을 위해 영웅에 어울리는 장례를 치러주고 싶었습니다. 그러나 나무들이 너무 강해서 베어낼 수가 없었습니다. 우리는 모두 연약한 여인들이라 이렇게 간단한 일조차 해낼 수 없었던 거죠. 그때 아폴로가 파리스의 시신 하나 제대로 대접하지 못하는 우리의 가련한 처지를 보고, 죽어버린 옛 적수를 다시 한 번 불쌍히 여겨 그의 욕된 시신을 전장으로 QT해주었습니다. 그리고 마치 싸우다가 불에 탄 것처럼 검게 그을린 시신을 슬로우 타임 밖으로 내보낸 것입니다. 그를 치료하지 않아서 미안합니다. 모든 게 유감스러워요."

그녀는 몸을 돌려 전망대쪽을 오랫동안 바라보았다. 그러나 열기와 연기 그리고 불타고 있는 두 눈의 고통을 뚫고 그 사람들을 정확히 알아볼 것 같지는 않았다.

"하지만 적어도 저 헬렌 년이 그를 살아있는 모습으로 만날 수는 없게 되었네요."

트로이 병사들 사이에서 술렁거리는 소리가 들리더니 이내 고함 소리로 변해갔다. 열댓 명의 트로이 호위병들이 그녀를 더 심문하기 위해 끌고 나오려 했지만 이미 늦어버렸다.

그녀가 불타는 장작더미 위로 올라가 버린 것이다.

맨 처음으로 머리카락, 이어서 가운이 화염에 휩싸였다. 믿을 수 없고, 가능하지도 않았지만 그녀는 장작더미를 계속 오르고 있었다. 그녀의 살이 검게 타들어가며 불타버린 양피지처럼 벗겨지는데도 멈추지 않았다. 오직 쓰러지기 직전의 순간에만 고통에 몸을 뒤트는 게 보였을 뿐이다. 그러나 광장을 가득 채우는 그녀의 비명이 몇 분이나 계속되는 동안, 사람들은 침묵 속에 얼어붙어 있었다.

운집한 트로이인들은 다시 입을 열어, 아카이아인의 호위병들에게 필록테테스를 내놓으라고 소리를 질렀다. 메넬라오스는 분노와 혼란에 휩싸여 계단 위를 바라보았다. 이제는 프리아모스의 왕실 호위병들이 전망대의 모든 사람들을 둘러싸고 있었다. 헬렌에게 가는 길은 울타리처럼 둘러쳐진 트로이의 방패와 창들로 막혀 있었다.

메넬라오스는 계단을 뛰어내려 화장 단 근처의 공터로 달려갔다. 열기가 주먹처럼 얼굴을 내리치는 것과 눈썹이 그슬리는 것을 느낄 수 있었다. 순식간에 아르고스 동지들 틈에 합세한 그는 칼을 높이 들었다. 이미 필록테테스를 감싸 안은 아이아스, 디오메데스, 오디세우스, 테우케르, 그리고 다른 동지들은 칼을 들어 방어 자세를 취하고 있었다.

그들을 에워싸고 있던 엄청난 수의 트로이인들이 방패와 창을 높이 치켜들고 곤경에 빠진 스무 명 남짓의 그리스인들을 향해 다가오고 있었다.

갑자기 헥토르의 고함이 모두를 멈춰 세웠다.

"멈춰라! 결코 허락하지 않겠다! 내가 그 쭈그렁 할멈을 알아볼 수도 없었거니와, 설사 오늘 불 속에 몸을 던진 것이 정녕코 오이노네였다고 할지라도, 그 여자의 헛소리는 아무 의미도 없다. 그 여잔 미쳤다! 내 동생은 포에보스 아폴로와의 결투 끝에 죽은 것이다."

광분한 트로이인들에겐 별로 설득력이 없어 보였다. 치켜 올려진 창과 칼은 조금도 동요하지 않은 채 당장이라도 공격할 기세였다. 메넬라오스는 궁지에 몰린 그리스인들을 둘러보았다. 오디세우스는 인상을 찌푸리고, 필록테테스는 얼굴을 가리고 있는 반면, 대 아이아스는 마치 자신의 삶을 끝장낼 학살의 순간이 닥쳐온 것을 반기기라도 하는 듯 싱글거리고 있었다.

헥토르는 빠른 걸음으로 단을 지나 트로이인들과 그리스인들 사이로 끼어들었다. 그는 여전히 갑옷도 무기도 없는 무방비상태였다. 그러나 순식간에 이 자리에서 가장 무시무시한 상대가 되어 버린 듯 했다. 헥토르가 소리쳤다.

"이들은 우리의 동맹군이며 내 동생의 장례식에 초대된 손님이다. 그들을 절대 해쳐서는 *안 된다.* 내 명령을 어기는 자는 누구든 내 손에 죽을 것이다. 내 형제의 뼈를 걸고 맹세한다!"

아킬레스가 대열에서 빠져나와 방패를 들어 올렸다. 그는 여전히 최고의 갑옷을 걸치고 무기를 소지한 상태였다. 그는 아무 말 없이 꼼짝도 안하고 서 있었지만, 말할 것도 없이 트로이에서는 그를 모르는 사람은 하나도 없었다.

수백 명의 트로이인들은 자신들의 지도자를 보고, 발 빠른 학살자 아킬레스를 보고, 그리고 마지막으로 불꽃이 여인의 시체를 거의 삼켜버린 화장 단을 바라보더니, 이윽고 물러섰다. 메넬라오스는 자신을 둘러싼 군중의 마음속에서 투지가 사라져 가는 것을 느낄 수 있었다. 그들의 구리 빛 얼굴에는 혼란만이 가득했다.

오디세우스는 그리스인들을 이끌고 스카이안 문으로 향했다. 메넬라오스를 비롯한 모든 사람들이 칼을 내렸지만 칼집에 넣지는 않았다. 트로이인들은 내키지 않는 듯 여전히 피에 굶주린 바다처럼 그들 앞에서 갈라졌다.

"신들에게 맹세코⋯⋯."

그리스인들이 스카이안 문을 지나 아직 트로이 군대 사이를 지나가고 있을 때 가운데 있던 필록테테스가 속삭였다.

"나는 절대로⋯⋯."

"입 닥치지, 노인네!"

디오메데스가 일침을 놓았다.

"우리가 검은 배로 돌아갈 때까지 한 마디만 더 하면 내 손에 죽을 줄 알아!"

모라벡의 에너지막 아래 방어 참호를 지나, 아카이아인 진영의 말뚝 너머로 해변이 잔뜩 술렁이고 있었다. 트로이 시내에서 벌어졌던 재앙에 가까운 사태에 대해 알 리가 없는데도 말이다. 메넬라오스가 먼저 나서 해변 쪽으로 달려갔다.

"왕이 돌아오셨다!"

창병 하나가 메넬라오스를 지나쳐 달려 나오더니 뿔 나팔을 힘차게 불며 외쳤다.

"사령관이 돌아오셨다!"

아가멤논일리는 없어, 메넬라오스는 생각했다. 앞으로 한 달 혹은 두 달 안에는 돌아오지 못할 텐데.

하지만 아가멤논의 소함대를 구성하는 30척의 검은 배들 중에서 가장 거대한 배의 머리에 버티고 서 있는 사람은 분명 그의 형이었다. 길고 날렵한 배들이 파도를 가르며 해안을 향해 노 저어 오자 그의 황금 갑옷이 번쩍거렸다.

메넬라오스는 청동 정강이받이가 다 잠기도록 파도를 헤치며 걸어 들어갔다.

"형님!"

어린 소년처럼 손을 머리 위로 흔들며 그가 소리쳤다.

"고향 소식은 어떤가요? 형님이 데리고 오겠다던 전사들은 어디 있나요?"

여전히 해변에서 60~70피트는 떨어진 채, 길고 거대한 파도를 가르듯 검은 뱃머리로 물거품을 일으키며, 아가멤논은 오후 햇살이 눈부신 듯 두 눈을 가리고 대답했다.

"사라졌어, 아트레우스의 아들아, 모두 사라졌단다!"

다섯

송장을 태우는 불길은 밤새 타오를 것이다.

워배시 대학에서 영문학을 전공하고, 예일에서 고전학 석사와 박사를 받았으며, 한때 인디애너 대학에서 교편을 잡았고 ―사실 2006년 암으로 사망하기 전까지 이 대학 고전학과의 학장이었지― 가장 최근에는 부활한 이후의 10년 18개월 가운데 10년을 올림포스 신들의 호메로스 전문 스콜릭으로서, 멜레테라는 뮤즈에게 날마다 트로이 전쟁의 근황과 호메로스의 일리아스를 비교하여 그 유사점과 차이점을 구두로 보고하는 ―알고 보니 신들은 3살배기처럼 글을 읽지 못하므로― 임무를 맡아온 토머스 호켄베리는, 어둠이 내리기 직전 시내 광장과 파리스의 화장더미를 떠나 조용히 빵과 치즈와 와인을 먹기 위해 부서지고 위험해 보이지만 트로이에서 두 번째로 높은 탑을 오른다. 오늘은 참으로 길고도 기묘한 하루였다고 호켄베리는 생각한다.

혼자 있고 싶을 때 찾곤 하는 그 탑은 프리아모스 왕궁이 있는 도시 중심부보다는 스카이안 문 쪽에 더 가깝지만, 간선도로에서 비껴서 있고, 지하의 창고들은 현재 모두 비어 있는 상태이다. 전쟁 전까지 일리움에서 가장 높은 탑 중의 하나였으며, 20세기의 건물로 치자면 약 14층 정도의 높이에 양귀비 꽃대나 이슬람 사원의 첨탑을 연상시키는 모양을 하고 꼭대기 근처가 둥근 뿌리처럼 부풀어 있는 이 탑은, 공식적으로 일반시민의 입장이 금지되어 있다. 전쟁 초반 신들의 폭격으로 꼭대기 세 개 층이 날아가고, 둥근 부분이 사선으로 잘려나가는 바람에 꼭대기 층 근처의 작은 방들은 공중에 드러나 있다. 탑의 주요 층은 위험스러울 정도로 금이 가 있고, 좁은 나선형 계단에는 벽돌 조각들, 석고 덩어리, 떨어져 나온 돌들이 쌓여 있다. 두 달 전에 처음으로 이 탑을 탐사하던 날, 호켄베리는 11층까지 오르는 통로를 확보하는 데에만 몇 시간을 보내야 했다. 모라벡들은 헥토르의 지휘 하에 입구를 노란 테이프로 가로막은 후 가능한 위험에 대한 경고를 담은 그래픽 픽토그램을 설치해 놓았다. 가장 강도 높은 그래픽 이미지는 이 탑이 언제라도 붕괴할 수 있다는 경고를 담고 있다. 그리고 다른 그림들은 이 경고를 어길 경우 프리아모스 왕의 처벌을 받게 된다고 말하고 있다.

그러자 약탈자들이 72시간 만에 탑을 완전히 거덜 냈고, 그 이후로는 아무도 근처에 얼씬거리지 않았다. 텅 빈 건물에 무슨 볼 일이 있겠는가? 호켄베리는 테이프 사이로 미끄러져 들어간 후 손전등을 켜고, 긴 계단을 오르기 시작한다. 도중에 체포되거나 도둑을 만나거나 혹은 방해를 받을지도 모른다는 불안감 따위는 없다. 칼과 단검으로 무장한 상태니까. 게다가 그는 이미 얼굴이 알려진 인물이다. 토머스 호켄베리, 두아네의 아들, 아킬레스와 헥토르에게 가끔 친구가 되어주는 사람… 아니, 뭐, 친구랄 것 까지… 적어도 말상대가 되어주는 사람⋯. 거기에다 이젠 모라벡이나 록벡과 스쳐 지나는 사이 이상의 교류를 하고 다니는 공인公人⋯. 그러니 그리스나 트로이의 어느 누구도 아무 생각 없이 그를 해치려 들지는 않을 터.

하지만, 신들은 지금쯤⋯. 에이, 그건 또 다른 문제다.

3층에 이르자 호켄베리는 헉헉대기 시작하고, 10층에 이르러서는 아주 씨근덕거리며 숨을 돌려 보려고 한다. 폐허가 된 11층에 도착할 때쯤에는 그의 아버지가 한 때 소유했던 1947년형 패커드 자동차 같은 소음을 내고 있다. 10년이 넘도록 이 반신반인들이 ─그리스인과 트로이인 모두 마찬가지로─ 가장 잘나가는 헬스클럽 광고에서처럼 겨루고, 마시고, 사랑하고, 방탕하게 노는 것을 봐왔다. 신들은 물론 남녀 불문하고 모두들 우주 최고 헬스클럽의 걸어 다니는 광고판 같은 이 곳이지만, 우리의 토머스 호켄베리 박사는 몸매 관리에 전혀 시간을 투자하지 않았다. *내가 그렇지 뭐*, 그는 생각한다.

계단은 회오리 모양으로 탑의 중앙을 꼭 감싸고돈다. 양쪽으로는 아주 자그맣고 파이 모양을 한 방들이 있는데, 문이 따로 달려 있지 않아서 그 안의 창을 통해 들어온 노을빛이 중앙 계단을 밝히고 있다. 하지만 올라가는 길은 여전히 어둡다. 그는 계단이 모두 제자리에 붙어 있는지, 그리고 장애물이 남아 있는지 확인하기 위해 손전등을 이용한다. 적어도 벽에 낙서는 없다. 호켄베리 교수는 생각한다, *문자를 전혀 모르는 사람들이 누리는 축복 중의 하나지.*

꼭대기 층 위 자기만의 작은 보금자리에 도착하자, 언제나처럼 그는 올라오길 정말 잘했다는 생각을 한다. 이미 오래전에 그가 손수 잔해를 정리하고 아주 보기 싫은 석고 덩어리들과 먼지를 쓸어냈지만, 여전히 비바람에 노출되어 있다.

호켄베리는 자신이 좋아하는 돌덩이 위에 앉아 배낭을 내려놓고, 몇 달 전에 모라벡이 빌려 준 손전등을 끈 다음, 신선한 빵과 치즈가 든 작은 꾸러미를 꺼낸다. 또 포도주가 든 가죽주머니도 꺼낸다. 거기 앉아 바다 저편에서 불어오는 저녁 바람이 자신의 새로 자란 수염과 머리카락을 흔드는 것을 느끼며, 전투용 칼로 한가하게 치즈 덩어리와 빵을 자르면서, 그는 경치를 즐기고 하루의 시름을 달래는 것이다.

경치는 썩 훌륭하다. 거의 사방 300도가 트여 있으며, 막힌 곳이라고는 그의 뒤편에 있는 파손된 벽의 일부뿐이라, 발밑으로 전 시내를 내려다 볼 수 있다. 파리스의 화장더미는 동쪽으로 몇 블록 떨어져 있지만 여기서 보면 마치 바로 발밑에 있는 것처럼 느껴진다. 방금 횃불이 밝혀진 도시의 성벽과 해변을 따라 남북으로 뻗어 있는 아카이아 진영, 그리고 저녁 식사를 준비하기 위해 타오르는 수백 수천 줄기의 연기는 호켄베리에게 언젠가 비행기를 타고 이륙하는 도중 보았던 시카고의 레이크 쇼어 드라이브의 저녁 풍경을 연상시킨다. 목걸이처럼 줄지어선 헤드라이트와 수많은 빌딩의 불빛으로 장식되어 있던 호숫가의 풍경을. 오늘 저녁 아가멤논의 캠프엔 —지난 한달 반 동안은 거의 비어 있었지만— 모닥불들이 활활 타오르고, 움직임으로 분주하다.

이곳의 하늘은 텅 비어 있지 않다. 북동쪽으로 스페이스 워프 홀 가운데 마지막 것이 —브레인 홀Brane Hole이래나 뭐래나··· 지난 6개월간 사람들은 그것을 그냥 그 구멍the Hole이라고 불렀지— 마치 일리움 평원과 화성의 바다를 연결하듯 트로이 하늘을 가르며 디스크 모양으로 뚫려 있었다. 소아시아의 갈색 흙과 화성의 붉은 먼지가 서로 균열의 틈조차 없이 자연스럽게 이어져 있었다. 화성은 지구보다 조금 이른 저녁시간이어서 붉은 노을이 더 많이 남아 있는 구멍은 화성보다 아주 약간 더 늙은 지구의 어둠 가운데서 또렷하게 빛났다.

구멍 위 도시 상공에서 야간 정찰 비행을 하고 있는 모라벡 호넷들의 전광판에서 내비게이션 불빛이 붉은 색과 초록색으로 깜박거린다. 불빛은 바다 위를 한 바퀴 비추더니 저 동쪽 끝 숲으로 덮인 이다산 꼭대기의 희미한 그림자까지 낱낱이 훑고 지나간다.

방금 —겨울밤이라 일찌감치— 해가 저물었지만 트로이 거리의 상점들은 여전히 열려있다. 프리아모스 궁전 근처 시장통의 장사치들은 이미 짐을 수레에 실어 끌고 가고 있지만 —여기 이렇게 높은 곳까지 바퀴의 삐걱거리는 소리가 들린다— 사창가와 식당, 욕탕과 더 많은 사창가들로 가득한 인근 거리에는 활기가 돌기 시작한다. 사람들의 바쁜 움직임과 활활 타오르는 횃불들이 차오른다. 트로이의 관습에 따라 도시의 모든 주요 교차로와 도시를 둘러싼 장벽의 모든 모퉁이와 후미진 곳에는 기름과 장작으로 채워진 커다란 청동화로가 놓여 있어서 날마다 밤새도록 타오르는데, 지금 막 야경꾼이 마지막 화로에 불을 붙였다. 호켄베리는 화로마다 몸을 데우기 위해 검은 형상들이 모여드는 것을 본다.

그 중 아무도 접근하지 않는 불이 하나 있다. 일리움 중앙 광장에서는 파리스의 화장 단이 도시 전체의 어느 불길보다 더 맹렬히 타오르고 있지만 오직 하나의 검은 형상이 그 온기를 쬐려는 듯 접근하고 있으니, 바로 헥토르다. 그는 큰 소리로 곡을 하며 군인과 하인들에게 날름거리는 불길 속으로 더 많은 장작을 던져 넣으라고 주문하고 있다. 자신은 두 개의 손잡이가 달린 컵으로 황금 술잔에서 와인을 퍼내 화장더미 주변에 끊임없이 뿌려대고 있는데 땅이 어찌나 푹 젖었는지 피가 배어나오는 것처럼 보인다.

호켄베리가 저녁 식사를 막 끝냈을 때 나선형 계단을 올라오는 발자국 소리가 들려온다.

갑자기 그의 심장이 뛰기 시작하고 입 속에서 공포의 맛을 느낀다. 누군가가 그를 미행한 것이다. 의심의 여지가 없다. 계단을 밟는 소리가 너무나 가볍다. 아무래도 들키지 않기 위해 숨죽이며 계단을 오르는 느낌이다.

웬 여자가 먹을 것을 찾아 헤매는 건지도 몰라, 그렇게 생각해 보지만, 희망은 나타나자마자 이내 사라져 버린다. 약한 금속성 소리가 계단 벽을 울리고 있는 것이다. 아무래도 청동 갑옷이 부딪히는 소리 같다. 게다가 호켄베리는 트로이의 여자들이 그가 알고 지내던 20~21세기의 어떤 남자보다 훨씬 강하고 위협적이라는 사실을 잘 알고 있는 터이다.

호켄베리는 숨죽이며 자리에서 일어선다. 술과 빵과 치즈를 치우고, 칼은 칼집에 넣고, 소리 없이 자신의 검을 뽑아 단 하나 밖에 없는 벽을 등진 채 뒷걸음질 친다. 바람이 불어와 그의 붉은 망토가 펄럭이자 그는 망토자락 밑으로 무기를 숨긴다.

나의 QT 메달. 그는 왼손을 뻗어 튜닉 속 그의 가슴팍에 매달려 있는 이 조그마한 양자이동 장치를 만져 본다. *왜 나한테 귀중품이 전혀 없다고 생각했지? 비록 이것을 사용하는 순간 신들에게 들켜 쫓기는 신세가 되어 버리기는 하지만 어쨌든 세상에 단 하나밖에 없는 귀한 물건이잖아.* 호켄베리는 손전등을 꺼내 한때 가지고 다녔던 테이저 봉을 겨눌 때처럼 쭉 뻗어 쥔다. 지금 그에게는 테이저 봉이 정말 아쉽다.

불현듯 그의 발밑에서 11층 계단을 오르고 있는 자가 혹시 신일지도 모른다는 생각이 든다. 올림포스의 주인들은 인간으로 가장하고 일리움에 숨어드는 데 일가견이 있었지. 신들로서는 그를 죽이고 QT 메달을 되찾을 이유가 충분히 있다.

침입자가 마지막 계단을 딛고 드디어 층 위로 올라온다. 호켄베리는 손전등의 스위치를 켜고 그 자를 환하게 비춘다.

그것은 자그마하고 어찌 보면 휴머노이드 비슷한 형상을 —무릎이 뒤쪽으로 튀어나왔고, 팔은 제멋대로 움직이며, 손은 교체 가능하고, 얼굴이라고 부를만한 것이 없는 꼴을— 하고 있는데, 1미터도 될까 말까한 키에 어두운 플라스틱과 회색 톤의 검고 붉은 금속으로 뒤덮여 있다.

"만무트!"

호켄베리는 안도한다. 그는 유로피언 모라벡의 시야판을 겨누고 있던 손전등의 둥근 불빛을 거둔다. 만무트가 영어로 묻는다.

"망토 밑에 무기를 숨기고 있는 건가, 아니면 내가 그저 반가운 건가?"

호켄베리는 이곳에 올라올 때면 늘 모닥불을 지피기 위해 가방 속에 연료를 약간 챙겨 오곤 한다. 지난 몇 달은 말린 소똥을 사용했는데, 오늘은 향기가 좋은 불쏘시개를 잔뜩 챙겨 왔다. 파리스의 화장용 장작을 베어 온 벌목꾼들이 파는 것인데 요즈음엔 암시장 어디서나 구할 수 있다. 이제 돌덩이에 걸터앉아 서로를 마주보고 있는 둘 사이에는 작은 모닥불이 타오르고 있다. 바람이 쌀쌀하게 불어온다. 적어도 호켄베리에게는 이 모닥불이 있어 다행이다.

"며칠 동안 자네가 보이지 않더군."

그가 작은 모라벡에게 말한다. 그리고 만무트의 반짝거리는 플라스틱 시야판 위로 불꽃이 반사되는 모양을 바라본다.

"포에보스에 가 있었어."

포에보스가 화성의 달 중 하나라는 것을 호켄베리는 몇 초 후에야 기억해 낸다. 제일 가까운 달이던가···· 아니면 제일 작은 것인지도 모르고. 어쨌든 달은 달이야. 그는 고개를 돌려 트로이의 북동쪽으로 몇 마일 떨어져 있는 거대한 구멍을 본다. 이제 화성도 밤이다. 구멍의 둥근 윤곽은 밤하늘에 묻혀 간신히 보인다. 그것도 거기선 별들이 지구와 좀 다르게 보이기 때문이다. 더 밝거나 더 촘촘하게 모여 있거나 둘 다 이거나. 화성의 달은 하나도 보이지 않는다.

"내가 없는 동안 재미있는 일이라도 있었나?"

만무트가 묻자 호켄베리가 키득댄다. 그는 모라벡에게 장례식 행사와 오이노네의 분신에 대해 이야기해 준다.

"워워, 개자식들!"

만무트가 말한다. 왕년의 스콜릭은 모라벡이 일부러 자기가 지구에서 살았던 시대에 통했으리라 믿는 영어 단어를 쓰고 있다고 생각할 수밖에 없다. 종종 그의 이런 시도가 성공하기도 하지만 어떤 때는 지금처럼 우스꽝스럽다. 만무트가 말을 잇는다.

"내가 읽었던 일리아스에 파리스의 전처 이야기는 없었는데."

"내 기억에도 일리아스에서는 그 얘기가 언급되지 않았건 것 같아."

호켄베리는 자신이 그런 사실을 가르친 적이 있는지 기억해내려 애쓴다. 아무래도 그런 적이 없는 것 같다.

"정말 드라마틱한 구경거리였겠는데."

"그럼! 하지만 필록테테스가 파리스를 죽였다고 그 여자가 고발했을 때는 더 드라마틱했어."

"필록테테스라고?"

만무트가 고개를 번쩍 들며 말했는데 그 모양이 개를 연상시켰다. 이유야 어쨌건 호켄베리는 그 움직임을 보자 만무트가 메모리 뱅크에 접속하고 있다는 생각을 한다. 잠시 후 만무트가 묻는다.

"소포클레스의 희곡에 나오는 그 필록테테스?"

"맞아. 그는 원래 메토네 지방의 테살리아 사령관이었지."

"일리아스에서 읽은 적이 없는 이름인데… 그리고 이곳에서 만난 적도 없는 것 같고."

호켄베리가 머리를 가로젓는다.

"몇 년 전 아가멤논과 오디세우스가 이곳 트로이로 오는 도중에 렘노스란 섬에 버리고 왔지."

"왜 그랬는데?"

사람의 음색과 너무나 비슷한 만무트의 목소리가 흥미롭게 들렸다.

"너무 안 좋은 냄새가 나서."

"안 좋은 냄새가 나서? 여기 인간 영웅들도 대개 안 좋은 냄새를 풍기잖아."

순간 호켄베리가 흠칫 놀란다. 바로 십년 전 올림포스에서 부활한 후 스콜릭이 되어 이곳으로 처음 파견되었을 때 자신도 이와 똑같은 생각을 했던 것을 떠올린다. 하지만 처음 여섯 달 정도가 지난 후 부터는 거의 잊고 살았던 것이다. 나한테서도 안 좋은 냄새가 날까? 그는 생각한다. 그리고 말한다.

"필록테테스는 곪은 상처 때문에 특히 더 안 좋은 냄새를 풍겼어."

"상처?"

"뱀에게 물린 상처. 어떻게 해서 뱀에 물리게 되었냐면… 아, 얘길 하자면 좀 길어. 전형적인 '신들에게서 훔치기' 스토리지. 하여간 필록테테스의 발과 다리는 고름이 줄줄 흐르고 늘 고약한 냄새를 풍길 정도로 심하게 썩어서 툭하면 비명을 지르거나 시도 때도 없이 혼수상태에 빠질 지경이었다고 해. 이건 10년 전 트로이 전쟁이 터지기 전 배안에서 벌어진 일이라는 사실을 잊지말라구. 마침내 아가멤논은 오디세우스의 조언에 따라 이 늙은이를 렘노스 섬에 버렸지. 말 그대로 썩게 내버려 둔 거야."

"하지만 살아남은 모양이네?"

"아무렴. 무슨 이유에서인지 신들이 살려 두었던 모양이야. 하지만 그는 그동안 내내 썩어 들어가는 발과 다리 때문에 고통 받아야 했지."

만무트는 다시 고개를 바짝 들었다.

"그래 맞아…. 나는 지금 소포클레스의 희곡을 기억해내고 있어. 오디세우스가 예언자 헬레누스한테 필록테테스의 활과 화살이 없으면 그리스가 트로이를 이기지 못할 것이라는 얘기를 듣고 그를 데리러 가는군. 그 활과 화살을 준 사람은…. 누구더라…? 헤라클레스. 응, 허큘리즈."

"맞아, 그가 물려준 거야."

"오디세우스가 그를 데리러 갔다는 기억은 없는 걸. 실제로 말이야. 지난 여덟 달 동안."

호켄베리는 다시 고개를 젓는다.

"소리 없이 진행된 일이었어. 오디세우스는 약 3주 정도 자리를 비웠고 누구도 그걸 대수롭게 여기지 않았어. 그가 돌아왔을 때의 느낌은 그러니까⋯ 그래. 와 인을 가져오는 길에 그냥 데려와 본 거야, 하는 정도랄까."

"소포클레스의 희곡에서는 아킬레스의 아들 네오프톨레무스가 주요 인물이지. 하지만 그는 아킬레스 살아생전에 단 한 번도 그를 만나보지 못하는군. 설마 그도 이곳에 있는 것은 아니겠지?"

"내가 아는 한은 아니야."

"필록테테스만 있어. 그의 활하고."

"그런데 오이노네가 파리스를 죽인 게 아폴로가 아니라 그라고 주장했다는 거지."

"그래."

호켄베리는 불쏘시개 몇 개를 던져 넣는다. 불꽃이 튀어나와 별빛 쪽으로 사라진다. 구름이 몰려들고 있는 바다 위 하늘엔 오직 어둠뿐이다. 호켄베리는 생각한다, 아침이 오기 전에 비가 내리겠군. 배낭을 베개 삼고 망토를 담요삼아 여기서 밤을 보낸 적도 있지만 오늘은 아니야.

"하지만 어떻게 필록테테스가 슬로우 타임대로 진입할 수 있었지?"

만무트는 물으면서 일어나 어둠 속 부서진 플랫폼의 가장자리로 걸어간다. 수 십 피트의 낭떠러지가 전혀 두렵지 않은 모양이다.

"슬로우 타임에 갈 수 있도록 만드는 나노 기술은 결투 직전에 파리스한테 주입 되었을 텐데 말이야, 안 그래? 자네가 알아야 할 것은, 파리스가 신들과 싸울 수 있 도록 그의 몸에 나노인지 뭔지를 주입한 것은 바로 너희 모라벡이라는 사실이야."

만무트는 불 곁으로 돌아왔지만 여전히 서 있다. 그는 마치 불을 쬐기라도 하는 듯 두 손을 앞으로 뻗는다. 어쩌면 정말 손을 데우고 있는지도 모른다고 호켄베리는 생각한다. 모라벡의 일부분은 유기체라는 것을 알고 있기 때문이다. 만무트가 말한다.

"다른 영웅들 ―예를 들어 디오메데스― 몸속에 아직도 아테나나 다른 신들이 주입해 놓은 슬로우 타임 나노클러스터들이 남아 있는 경우도 있잖아. 하지만 자네 말이 맞아. 오직 파리스만이 십 년 전 아폴로와의 결투를 위해 그걸 업데이트시켰지."

"그리고 필록테테스는 지난 십 년 간 이곳에 없었어."

"그러니까 신들 중 한 명이 그를 슬로우 타임 나노 인자因子로 가속화시켰다고 생각하는 것은 무리야. 그리고 그나마 시간을 늦추는 게 아니라 가속시키는 거잖아, 안 그래?"

"맞아."

"슬로우 타임은 잘못된 이름이야. 슬로우 타임 여행자에게는 시간이 멈춘 듯 ―모든 사물과 사람이 호박에 갇혀 굳어 버린 것처럼― 느껴지지만 사실은 몸이 초고속으로 움직이기 때문에 수백 만분의 일초 안에 반응할 수 있지."

"그렇다면 왜 사람의 몸이 불타버리지 않는 거지?"

호켄베리가 묻는다. 그는 아폴로와 파리스를 따라 슬로우 타임으로 진입해 그 전투를 지켜볼 수도 있었다. 사실, 만약 그날 그 자리에 있었다면 그렇게 했을 것이다. 신들이 그의 뼈와 피를 나노 인자로 채워 넣은 목적이 바로 그것이다. 그리고 그는 슬로우 타임으로 진입해 신들이 자기네 아카이아나 트로이 영웅들에게 전투준비를 시키는 것을 여러 번 지켜보았다. 그가 덧붙였다.

"마찰로 인해 타버리지 않아? 공기와의 마찰이나 뭐 하여간 그런 거…"

그는 맥없이 말을 멈춘다. 과학은 별로 자신 있는 분야가 아니었다. 그러나 만무트는 마치 이 스콜릭이 뭔가 지혜로운 말이라도 했다는 듯 고개를 끄덕거렸다.

"만약 맞춤형 나노클러스터가 그 문제를 해결해 주지 못한다면 슬로우 타임 가속기는 인간의 몸을 ―단지 내부의 열기만으로도― 불살라 버리고 말거야. 그건 신체에서 발생되는 나노 에너지장의 한 부분이거든."

"아킬레스처럼?"

"그렇지."

"단지 그것 때문에 파리스가 불타 버릴 수 있었을까?"

"나노 기술의 어떤 오류 때문에?"

"그럴 가능성은 거의 없어."

이렇게 말하며 만무트는 작은 돌덩이 위에 앉는다.

"하지만 필록테테스가 왜 파리스를 죽이지? 이유가 도대체 뭐란 말이야?"

호켄베리가 어깨를 으쓱한다.

"일리아스 외의 자료, 즉 호메로스의 트로이 서사시 외의 자료에 따르면, 파리스를 죽이는 것은 필록테테스야. 자신의 활과 독이 묻은 화살로. 오이노네가 묘사한 대로지. 호메로스는 심지어 필록테테스가 참전할 때에만 일리움을 쓰러뜨릴 수 있다는 예언에 따라 그를 데리러 떠나는 장면에 대해 언급하고 있어. 아마 제 2권에 나와 있을 걸."

"하지만 이제 트로이와 그리스는 동맹군이잖아."

호켄베리는 미소 짓지 않을 수 없다.

"모양만 겨우 동맹이지. 양쪽 진영에서 음모와 반역의 씨앗이 자라고 있다는 것은 자네나 나나 모두 알고 있잖아. 헥토르와 아킬레스 외에는 아무도 이 신들과의 전쟁을 반기지 않아. 또 다른 반란이 벌어지는 것은 시간문제야."

"하지만 헥토르와 아킬레스는 무적의 한 쌍이잖아. 그리고 그들에게 충성을 바치는 수만 명의 트로이와 아카이아 병사들이 있고."

"지금까지는 그랬지. 하지만 지금까지 신들 자신은 그저 훈수만 두고 있었는지도 몰라."

"필록테테스가 슬로우 타임으로 진입하도록 도와주면서? 하지만 왜? 오컴의 면도날에* 따르면, 그들이 파리스가 죽기를 원했다면 모든 사람들이 믿듯이 그저 아폴로에게 그를 죽이도록 하면 되는 일이었잖아. 바로 오늘, 오이노네의 고발이 있기 직전까지 모두 믿었던 것처럼. 그리스인이 그를 암살하도록 만들 이유가 뭐지‥‥."

그는 잠시 멈추더니 중얼거린다.

"아, 그렇구나!"

호켄베리가 맞장구친다.

"맞아. 신들은 다음 폭동을 어서 빨리 일으키고 싶은 거지. 헥토르와 아킬레스를 제거하고, 이 동맹을 파괴시켜 다시 트로이와 그리스가 서로를 죽이도록 하고 싶은 거라고."

"그래서 독을 사용한 거군."

"파리스가 자기를 실제로 죽인 마누라, 첫째 마누라에게 이야기할 수 있을 만큼만 목숨을 부지해준 거야. 이제 트로이인들은 복수를 원할 것이고 아킬레스에게 충실한 그리스인들조차 자신을 방어하기 위해 그들과 싸울 준비를 하겠지. 똑똑한데. 오늘 이것에 견줄 만큼 흥미로운 소식이 또 있나?"

"아가멤논의 귀환."

"개소리 하지 마!"

이 친구랑 속어 사용법에 대해 한 번 얘기를 나눠야겠군. 호켄베리는 생각한다. *이거야 대학 새내기랑 얘기하는 것 같잖아.*

"그래, 맞아, 개소리가 아냐. 그는 귀국길에서 예정보다 한두 달은 더 일찍 돌아왔고 정말 놀라운 뉴스도 가지고 왔어."

만무트는 기대에 가득 차서 몸을 앞으로 뺀다. 혹은 적어도 호켄베리의 눈에는 이 작은 휴머노이드 사이보그의 몸짓이 기대를 표현하는 것으로 보인다. 부드러운 금속성 플라스틱 얼굴은 단지 모닥불 빛을 반사할 뿐이다. 호켄베리는 목을 가다

✛ 논리적 사유에서 경제성의 원리를 지칭하는 원칙. 14세기 영국 프란체스코 수도사이자 철학자였던 윌리엄 오브 오컴의 이름을 딴 원리. 가장 단순한 설명일수록 가장 아름답고 진리에 가깝다는 원리다. ─ 역자 주

듣는다.

"고향 사람들이 모두 사라졌어. 실종됐어. 없어져버렸다고."

놀라움의 탄성이 터져 나올 거라고 기대했지만 작은 모라벡은 조용히 기다린다. 호켄베리가 계속한다.

"모조리 사라져 없어졌대. 아가멤논이 처음으로 들른 미케네뿐만 아니라, 그의 부인 클리타임네스트라와 아들 오레스테스와 모든 친척들만 사라진 게 아니라, 모두 다 사라졌다는 거야. 도시 전체가 텅 비어버린 거지. 식탁위의 음식은 먹던 채로 남아 있고, 마구간의 말들은 굶주리며 개들은 텅 빈 난로 가에 꼼짝 않고 앉아 있대. 소들은 젖이 퉁퉁 불어 있고, 양들은 털을 수북이 뒤집어쓰고 있는 거지. 아가멤논과 그의 선단이 정박한 펠로폰네소스 그 너머의 모든 곳, 메넬라오스의 라케다이몬 왕국까지도 전부 텅 비어 있다는 거야. 오디세우스의 이타카도 텅 비어 있고."

"그렇군."

"잠깐만. 자넨 조금도 놀란 것 같지 않은데. 알고 있었던 거로군! 너희 모라벡들은 그리스 도시들과 왕국들이 싹 쓸려버린 걸 알고 있었지. 어떻게?"

"우리가 어떻게 알았느냐고? 간단하지. 우린 이곳에 도착한 이래 지구 궤도 상에서 이 장소들에 대한 꼬리표들을 관리해오고 있거든. 데이터를 기록하기 위해 원격조정 무인비행선을 내려 보내는 거지. 자네가 살던 20세기나 21세기보다 3천 년은 더 거슬러 올라간 이 시대에선 배울 게 아주 많거든."

호켄베리는 어안이 벙벙해진다. 모라벡들이 트로이, 주변의 전쟁터, 그들을 연결하는 구멍, 화성, 올림포스 산, 신들, 화성의 달 한 두개 정도, 뭐 그런 곳들 외의 다른 지역에도 관심을 두리라고는 생각도 안했잖아····· 아니, 그 정도로도 충분하지 않단 말인가? 호켄베리가 마침내 질문을 던졌다.

"모두····· 언제····· 사라졌지? 아가멤논은 뒤에 남은 음식들이 당장 먹을 수 있을 만큼 신선했다고 하던데."

"그거야 뭘 '신선' 하다고 정의하느냐에 달려 있지. 우리가 감시한 바에 따르면 사람들은 대략 4주 반 전에 사라졌어. 아가멤논의 작은 함대가 막 펠로폰네소스에 접근하던 때지."

"하나님 맙소사!"

"그러게."

"자넨 사라지는 걸 직접 봤어? 인공위성 카메라, 탐사장치, 아니면 뭣이든, 화면에 떴어?"

"그런 건 아니야. 그냥 어느 순간에 느닷없이 없어져 버렸으니까. 그리스 시간으로 오후 2시쯤이니까, 모니터에 그다지 많은 움직임이 잡히지 않는 시간이지···· 그리스 도시에선 말이야."

"그리스 도시에선····?"

호켄베리는 멍해져서 되풀이했다.

"그럼, 지금···· 그러니까···· 다른 장소에서도···· 사람들이 사라졌다는 말이야? 그러니까···· 예를 들어···· 중국에서도?"

"응."

바람이 갑자기 그들의 둥지를 후려치더니 사방으로 불똥을 튀기고 지나간다. 호켄베리는 불똥의 폭풍을 피하기 위해 얼굴을 가린 후 자신의 망토와 튜닉에 붙은 불씨를 털어낸다. 바람이 잦아들자, 마지막 남은 장작개비를 불 속으로 던져 넣는다.

트로이와 올림포스를 제외한 ─올림포스는 그가 여덟 달 전에 발견하기 전까지는 지구 위에 있지도 않았다─ 다른 지역은 그에게 없는 것이나 마찬가지였다. 그가 이 과거의 지구에서 가 본 유일한 다른 곳은 선사시대의 인디애너 뿐이다. 호켄베리는 자신과 함께 유일하게 생존한 스콜릭 나이튼헬저를 그 곳에 데려다 놓았었다. 뮤즈가 학살을 일삼고 있을 때 그를 인디언들의 손에 맡겨 보호하려고 보낸 것이었다. 호켄베리는 은연중에 셔츠 밑의 QT메달을 만지작거린다. *나이튼헬저가 어떻게 됐는지 알아봐야겠군.*

마치 그의 마음을 읽기라도 한 듯 모라벡이 말한다.

"다른 이들은 모두 사라졌어···· 트로이로부터 반경 오백 킬로미터 바깥에 있는 사람들 모두. 아프리카인, 북아메리카 인디언, 남아메리카 인디언, 중국인, 호주 원주민, 북유럽의 훈족과 덴마크인, 미래의 바이킹들, 초기 몽골인. 죄다 사라졌어. 이곳만 빼고 지구상의 모든 인류가 —우리 생각에 한 2천2백만 정도였는데— 사라져 버렸어."

"그건 말이 안 돼."

"그래. 불가능해 보이지."

"도대체 어떤 힘이…"

"신과 같은 힘이겠지."

"하지만 올림포스의 신들이 아닌 것은 분명해. 그들은 단지···· 단지····"

"더 강력한 휴머노이드일 뿐이라고?"

"맞아. 우리 생각도 그래. 뭔가 다른 에너지가 개입하고 있는 것 같아."

"하나님?"

엄격한 인디애너의 침례교 가정에서 자랐지만 교육을 통해 믿음을 저버린 호켄베리가 속삭인다.

"글쎄, 그럴지도 모르지. 하지만 만약 그렇다면, 그 하나님은 지구나 그 주변에 사시는 모양이야. 아가멤논의 부인과 아이가 사라지는 순간 엄청난 양자 에너지가 지구에서 혹은 지구와 가까운 궤도에서 방출되었거든."

"그 에너지가 지구로부터 왔다고?"

호켄베리가 말을 받는다. 그는 밤풍경을 한 번 돌아본다. 저 아래서 타고 있는 화장단의 불길, 발밑에서 점점 활기를 띠어가는 도시의 나이트라이프, 아카이아 진영의 캠프파이어, 그리고 저 멀리 떨어진 별들.

"이곳에서?"

"이 지구는 아냐. 또 다른 지구. 자네의 지구. 그리고 우린 그곳으로 가야 할 것 같아."

잠시 동안 심장이 미친 듯이 뛰는 바람에 호켄베리는 이러다 병이 나는 것은 아닌지 걱정이 될 정도였다. 하지만 그는 곧 만무트가 *그의* 지구가 아니라 —신들이 DNA와 책들과 기타 여러 가지로부터 그를 부활시키기 전 아스라이 기억되는 전생前生의 21세기 지구, 서서히 의식으로 돌아오고 있는 대학과 아내와 학생들의 세계가 아니라— 지구화된 화성과 공존하는 지구, 토머스 호켄베리의 짧고 그다지 행복하지 않았던 첫 삶이 끝난 후 삼천 년이 지난 미래의 지구에 대해 이야기하고 있다는 사실을 깨닫는다.

가만히 앉아 있을 수가 없어서 그는 자리에서 일어나 11층 바닥에 깔린 파편들 사이를 오락가락하다가, 부서진 벽 쪽으로 걸어간 후 다시 남쪽과 서쪽의 낭떠러지 쪽으로 움직여 본다. 그는 샌들 신은 발로 돌조각들을 밀어 수백 피트 아래 컴컴한 거리로 떨어뜨려 본다. 바람은 그의 망토와 뒤로 드리워진 기다란 회색빛 머리카락을 후려친다. 지금 구멍을 통해 보이는 화성이 지구를 포함한 다른 행성들과 함께 어떤 미래의 태양계 안에 존재한다는 사실을, 지난 여덟 달 동안 알고는 있었다. 하지만 또 다른 지구가 정말 존재하고 *있다*는 사실을 그 지식과 연결시켜 본 적은 없었던 것이다.

그 곳 먼지 속엔 아내의 뼈가 섞여 있겠네. 라고 생각이 들자 눈물이 날 정도로 웃음이 난다. *젠장, 내 자신의 뼈도 그 곳 먼지 속에 섞여 있는데 뭘.*

"어떻게 그 지구에 갈 수 있지?"

말해 놓고는 그게 얼마나 어리석은 질문이었는지 금방 깨닫는다. 그는 만무트와 그의 거대한 친구 오르푸가 신들과의 첫 대면에서 살아남지 못했던 다른 모라벡들과 함께 목성에서 화성으로 여행하게 된 경위를 들어 알고 있다. *호켄부쉬*라는 이름의 우주선을 타고 왔었지. 만무트의 도움으로 뚫린 양자 구멍을 통해 수많은 모라벡과 록벡의 우주선들이 요술을 부리듯 드나들지만 그것들은 여전히 우주선에 불과하다.

"우리는 바로 그걸 목표로 포에보스와 그 주변에 우주선을 짓고 있는 거야."

모라벡이 부드럽게 말한다.

"이번에는 혼자 가지 않을 작정이야. 무방비 상태여서도 안 되고."

호켄베리는 여전히 끊임없이 서성댄다. 깨져버린 바닥의 끝에 도달하자 그는 떨어져 죽어버리고 싶은 충동을 느낀다. 어릴 때부터 높은 곳에만 올라가면 느끼곤 했던 충동. 그래서 여기 올라오는 걸 좋아하는 건가? 뛰어내리려고? 자살하고 싶어서? 그는 정말 그렇다는 걸 깨닫는다. 그리고 지난 여덟 달 동안 자신이 얼마나 외로웠는지도 깨닫는다. 이제 나이튼헬저도 사라져버렸군. 아마 인디언들하고 함께 사라졌겠지. 이 가련하고 빌어먹을 트로이인들과 그리스인들을 제외한 모든 인류가 이번 달에 우주적 진공청소기인지 뭔지 모를 것 안으로 빨려 들어가 버렸다는 것 아닌가. 호켄베리는 가슴팍에 매달린 QT메달을 돌리기만 하면 당장 북아메리카로 이동해 여덟 달 전에 선사 시대의 인디애너 주에 남겨두고 온 그의 오랜 스콜릭 친구를 찾아볼 수도 있다는 것을 알고 있다. 그러나 동시에 신들이 플랑크 공간의[+] 틈새를 통해 그를 찾아낼 수도 있다는 것을 안다. 그가 지난 여덟 달 동안 QT를 전혀 하지 않은 이유이다. 그는 불 곁으로 돌아와 작은 모라벡을 굽어본다.

"도대체 왜 나한테 이런 얘기를 하는 거지?"

"우리와 함께 가자고."

만무트가 말한다. 호켄베리는 털썩 주저앉고 만다. 잠시 후 다시 기운을 차린 그가 말한다.

"도대체, 왜? 너희들의 탐험에 내가 무슨 도움이 된다고?"

만무트는 마치 사람처럼 어깨를 으쓱한다. 그리고는 딱 잘라 대답한다.

"자네는 그곳 출신이잖아. 시대는 달라도 말이야. 이 지구에도 사람들이 있단 말이야."

"그래?"

호켄베리는 자신의 목소리가 얼마나 한심하고 어리석게 들리는지 실감한다. 질문을 하려던 게 아니었는데.

"그럼. 많지는 않지만. 대부분의 인간들은 일종의 후기인간 형태로 진화해서

+ 플랑크 공간(Planckspace); 우주에 있다는 가장 작은 공간 – 역자 주

1400년 전쯤 지구를 떠나 궤도의 링 도시로 이주한 것 같아. 하지만 우리가 관찰한 바로는 몇 천 명 정도의 고전 인류가 살아남아 있어."

호켄베리는 놀라는 기색도 없이 되뇐다.

"고전 인류라…… 나 같은 사람들이군."

"맞아."

만무트가 말한다. 그가 일어서자 그의 시야판이 호켄베리의 허리띠까지 밖에 오지 않는다. 스스로 별로 큰 편이 아닌데도, 호켄베리는 올림포스의 신들이 평범한 인간들 사이에서 어떻게 느낄지 실감한다.

"우리 생각에 자네는 꼭 같이 가야 돼. 자네가 지구의 미래 인류들과 만나고 이야기를 나눈다면 우리한테 엄청난 도움이 될 거야."

"하나님 맙소사."

호켄베리가 반복해 외친다. 그는 다시 낭떠러지로 걸어가며 한 걸음만 더 나아가면 얼마나 쉽게 암흑 속으로 추락할 수 있는지 깨닫는다. 이번에는 신들도 그를 부활시키지 않을 것이다. 다시 그는 중얼거린다. *하나님 맙소사!*

호켄베리는 파리스의 화장 단 근처에서 여전히 땅에 와인을 부으며 더 많은 장작을 던지라고 지시하고 있는 헥토르의 형상을 알아본다.

내가 파리스를 죽였다, 호켄베리는 생각한다. *아킬레스를 선동해 신들을 공격하게 만들려고 아테나로 변신해 파트로클로스를 —죽인 것처럼 위장해— 납치한 그날 이래 죽어간 모든 남자들과 여자들과 어린이들은 바로 내가 죽인 거야.* 그는 갑자기 통렬히 웃는다. 바로 뒤에 서 있는 작은 기계 인간은 그가 미쳐버렸다고 생각하겠지만 아랑곳하지 않고. *나는 미쳐버린 거야. 이건 미친 짓이야. 내가 이 빌어먹을 낭떠러지 아래로 아직 뛰어내리지 않았던 이유는, 그게 내 임무를 방기하는 것처럼 보일 것이기 때문이었지…… 마치 계속 관찰할 필요라도 있는 것처럼, 마치 내가 여전히 스콜릭이어서 뮤즈에게 보고하고, 뮤즈는 신에게 보고해야 하는 것처럼. 난 완전히 돌아버린 거야.* 처음도 아니고 50번째도 아니지만 그는 울고 싶은 기분을 느낀다.

"우리와 함께 지구로 갈 텐가, 호켄베리 박사?"

만무트가 부드럽게 묻는다.

"물론, 그러지, 제기랄! 안될 이유도 없지? 언제?"

"지금 당장은 어때?"

작은 모라벡이 말한다. 그들의 머리 위 수백 피트 위에서 호넷이 탐조등을 끈 채 소리 없이 돌고 있었던 모양이다. 검고 미늘 돋친 기계가 순식간에 어둠을 뚫고 하강하는 바람에 호켄베리는 거의 건물 아래로 떨어질 뻔 한다.

유난히 거센 바람이 불어와 그가 중심을 잃지 않도록 도와주었고 호넷의 복부에서 계단이 낮은 소리로 내려와 돌바닥을 치는 순간 그는 가장자리로 한 걸음 물러선다. 비행선 내부에서 붉은 빛이 빛나고 있다. 만무트가 말한다.

"먼저 타게나."

여섯

이제 막 동이 텄다. 신들의 전당에 홀로 있던 제우스 앞으로 황금 끈에 메인 개 한 마리를 앞세우고 헤라가 들어왔다.

"이게 그 갠가?"

자신의 황금 왕좌에서 생각에 잠겨 있던 신들의 왕이 물었다.

"그래요."

헤라가 말했다. 그녀는 개 끈을 풀어 주었다. 개는 자리에 앉았다.

"당신 아들 좀 불러봐."

제우스가 말했다.

"어느 아들이요?"

"위대한 솜씨꾼 있잖아. 아테나에게 껄떡대느라 염치없는 개처럼 그 애 허벅지에 올라탄 녀석 말이야."

헤라는 돌아서 가려 했다. 개가 따라 나섰다.

"개는 두고 가."

헤라가 개에게 멈추라고 명령하자 개는 멈춰 섰다. 덩치가 크고, 짧은 회색 털에, 날렵한 것 같지만 어찌 보면 멍청해 보이고 어찌 보면 영리해 보이는 부드러운 갈색 눈을 가진 개였다. 개가 걷기 시작했다. 제우스의 황금 왕좌 주변을 오락가락하자 발톱이 대리석 바닥에 긁히는 소리가 났다. 개는 크로노스의 아들이자 벼락의 신인 제우스의 샌들과 맨발에 코를 대고 킁킁거렸다. 그러더니 여전히 발톱으로 긁는 소리를 내며 거대한 홀로그램 비전 풀의 가장자리를 기웃거리기 시작했다. 정지 화면 상태의 컴컴한 동영상 회오리 속에서 별로 흥미로운 것을 발견하지 못하자 시큰둥해져서는 다시 몇 야드 떨어진 기둥을 향해 움직였다. 제우스가 명령했다.

"이리 와!"

개는 제우스를 돌아보더니 외면해 버렸다. 그리고는 입구에 있는 거대한 하얀 기둥 아래를 킁킁거리기 시작했다. 제우스가 휘파람을 불었다. 개가 고개를 들고 주변을 둘러보았다. 귀를 쫑긋 세웠지만, 제우스에게 오지는 않았다. 제우스가 다시 휘파람을 불고 손뼉을 쳤다. 그러자 회색의 개는 혀를 늘어뜨리고 눈알을 굴리면서 경쾌한 움직임으로 재빠르게 달려왔다.

제우스는 왕좌에서 내려와 개를 쓰다듬었다. 그리고 옷 속에서 칼날을 꺼내더니 그 육중한 손으로 단숨에 개의 목을 날려버렸다. 개의 머리는 거의 비전 풀의 가장자리 턱까지 굴러갔고, 몸통은 대리석 위로 곧장 주저앉았다. 앞다리를 쭉 뻗고 엎드린 모습은 마치 엎드리라는 명령에 복종한 후 먹이를 기다리는 듯한 형상이었다.

헤라와 헤파이스토스가 전당에 들어서 널따란 대리석 홀을 가로질러 왔다.

"또 애완동물을 갖고 노시는 거예요, 여보?"

헤라가 가까이 다가오며 물었다. 제우스를 그녀에게 가버리라는 듯 손짓을 하더니, 칼날을 다시 소매 속으로 거두고 왕좌로 돌아왔다.

헤파이스토스는 신이라기엔 너무 작고 땅딸했다. 키가 6피트도 채 되지 않았다. 겉모양만 봐서는 털로 뒤덮인 드럼통 같다고나 할까. 이 불의 신은 불구이기도 해서, 쓸모없을 것 같은 왼쪽다리를 질질 끌었다. 사실 못 쓰는 다리였다. 머리카락은 엉클어져 있는데다, 턱수염은 더 엉망이어서 가슴 털과 뒤엉켜 있었다. 붉게 충혈 된 두 눈은 끊임없이 앞뒤를 살피고 있었다. 갑옷을 입고 있는 것 같지만, 가까이 들여다보면 갑옷이 아니라 수없이 많은 작은 상자와 주머니, 연장과 장치들로 ―귀금속으로 된 것, 비卑금속으로 만들어진 것, 가죽 연장용, 머리카락으로 짠 듯 보이는 것으로― 뒤덮인 표면이란 걸 알 수 있다. 이 모든 것이 온갖 띠와 벨트에 매달린 채 털로 뒤덮인 그의 온몸을 사방으로 휘감고 있었다. 이 초유의 대장장이 헤파이스토스는 한 때 황금으로 완벽한 여인을 만들어냄으로써 올림포스에서 이름을 날렸다. 그 태엽인형 아가씨는 마치 살아 있는 사람처럼 움직이고 웃고 남자에게 쾌락을 선사할 수 있었다. 전해져 내려오는 바에 의하면 자신의 연금술 탱크에서 최초의 여성 판도라를 만들기도 했단다.

"어서 오게, 솜씨꾼."

제우스가 쩌렁쩌렁한 목소리로 말했다.

"내 자네를 벌써부터 부르고 싶었는데, 고장 난 주전자나 방패가 없었다네."

헤파이스토스는 목이 잘린 개의 몸통 옆에 무릎을 꿇었다.

"이렇게까지 안하셔도 됐는데···· 정말, 정말이지, 이러실 필요까지는 없었는데."

그가 중얼거렸다.

"녀석이 날 성가시게 했단 말이야."

제우스는 황금 왕좌의 팔걸이에서 술잔을 들어 단숨에 마셨다.

헤파이스토스는 머리 없는 개의 몸통을 옆으로 뉘인 후, 재빠르게 손을 놀려 개의 갈빗대를 따라 배를 가르는가 싶더니 손가락을 꾹 눌렀다. 털과 살로 뒤덮여 있던 갈빗대에 뻥 소리와 함께 구멍이 났다. 불의 신은 개의 내장 속을 손을 넣어 고기 조각 같은 것들로 채워져 있는 투명한 주머니를 끄집어냈다. 헤파이스토스는 주머니에서 선홍색의 축축한 고기 덩어리를 하나 꺼냈다.

"디오니소스입니다."

"내 아들아."

제우스가 말했다. 그는 이 모든 게 귀찮은 듯 관자놀이를 눌렀다.

"이걸 치료사한테 보낼까요, 크로노스의 아들이여?"

"아니. 내 아들이 바라는 대로 부활할 수 있도록 우리 중 한 명이 이걸 먹게 될 것이야. 그걸 품어야 하는 자에겐 고통스러운 성찬식일 테지만, 올림포스의 모든 신들에게 내 자식을 돌볼 때는 제대로 해야 한다는 것을 가르쳐 줄 수 있겠지."

그리고는 헤라를 내려다보았다. 그녀는 어느새 가까이 와서 그의 왕좌 두 번째 계단에 앉아 오른손으로 그의 다리를 사랑스럽게 쓰다듬고 있었다. 그녀의 하얀 손이 그의 무릎에 닿았다. 그녀가 부드러운 목소리로 말했다.

"안 돼요, 여보, 제발."

"그럼 당신이 고르도록 하지."

제우스는 미소 지었다. 망설이지도 않고 헤라가 말했다.

"아프로디테요. 아프로디테는 종종 남자 몸을 입 속에 넣잖아요."

제우스는 고개를 젓는다.

"아프로디테는 안 돼. 걔는 치료 탱크에 들어간 이후론 날 거스르는 일을 전혀 하지 않았어. 아킬레스가 아끼는 파트로클로스를 엉뚱한 순간에 죽이는 바람에 신들과 인간 사이의 전쟁을 도발시킨 팔라스 아테나가 더 낫지 않을까? 헥토르의 아기도 죽였잖아?"

헤라가 그의 팔을 다시 잡아끌었다.

"아테나는 자기가 한 일이 아니라고 주장해요, 크로노스의 아들이시여. 그리고 인간들은 헥토르의 아들이 죽임을 당하는 자리에 아프로디테가 아테네와 함께 있었다고 말하고 있어요."

"파트로클로스가 살해당하는 것을 우리 함께 비전 풀 영상으로 보지 않았소, 여보. 내 손으로 다시 틀어 주길 바라오?"

너무 낮아서 속삭일 때조차 멀리서 들려오는 천둥소리처럼 들리는 제우스의 목소리는 이제 점점 분노로 차오르고 있었다. 그 결과 신들의 전당이 울릴 때마다 폭풍이 몰아치기 시작했다. 헤라가 말했다.

"아니에요, 여보. 하지만 아테나는 사라진 스콜릭 호켄베리가 자신으로 둔갑해 벌인 일이라고 주장하고 있어요. 당신에 대한 사랑을 두고 맹세까지……."

제우스는 못 견디겠다는 듯 벌떡 일어나 왕좌에서 멀어져 갔다.

"스콜릭의 변신 능력은 신의 형상이나 능력을 복제하지 못하도록 설계되어 있어."

그가 쏘아붙였다.

"그건 불가능한 일이야. 아무리 짧은 순간이라도. 분명 올림포스의 신들 중 하나가 저지른 일이야. 그게 아테나든, 아니면 우리 식구 중 누군가가 아테나로 변신했든. 자 이제… 누가 내 아들 디오니소스의 피와 살을 품어야 하는 지 결정해요."

"데메테르요."

제우스는 자신의 짧고 하얀 수염을 쓰다듬었다.

"데메테르. 내 누이이자, 나의 사랑하는 페르세포네의 어머니 말이야?"

헤라는 일어나 뒤로 물러선 후 자신의 하얀 손을 내밀었다.

"이 산에서 당신과 피를 섞지 않은 신이 있던가요? 나도 당신의 누이이자 부인이지요. 데메테르는 적어도 희한한 것들을 낳은 경험이 있잖아요. 그리고 인간들이 더 이상 파종도 추수도 하지 않는 지금 특별히 할 일도 없어 보이던데요."

"그렇게 하지."

제우스가 말했다. 그리고 헤파이스토스에게 명령했다.

"내 아들의 살덩이를 데메테르에게 가져다주라. 그리고 나 제우스가 직접 내리는 명령임을 분명히 밝히고 이 살덩이를 먹은 후 다시 낳으라 하라. 복수의 여신들이 출산 날짜까지 그녀를 감시하게 조치하라."

불의 신은 어깨를 으쓱하고는 살덩이를 자신의 주머니에 넣었다.

"파리스의 장례식 영상을 보시렵니까?"

"그러지."

제우스는 대답했다. 그는 왕좌로 돌아와 앉은 후, 헤라가 일어선 자리의 계단을 톡톡 두드렸다. 헤라는 고분고분 돌아와서 자리를 잡았지만 그의 다리에 손을 올리지는 않았다.

헤파이스토스는 투덜거리며 개의 머리통 쪽으로 걸어가, 귀를 잡고 들어 올린 후, 비전 풀로 가져왔다. 그는 풀의 가장자리에 쪼그리고 앉은 후 가슴에 찬 벨트에서 휘어진 모양의 금속 공구를 꺼내 개의 왼쪽 눈알을 후벼 팠다. 피 한 방울 나지 않았다. 눈알은 쉽게 빠졌지만 붉은색과 초록색의 시신경 다발이 텅 빈 동공 속으로 튕겨 들어갔다. 불의 신이 그것을 다시 당겨내자 술술 풀려 나왔다. 신경 가닥이 2피트 정도 끌려 나왔을 때 그는 벨트에서 다른 공구를 꺼내 그것을 싹둑 잘랐다.

헤파이스토스가 이빨로 점액과 껍질을 벗겨내자 얇고 반짝거리는 황금 와이어 다발이 드러났다. 그는 이 다발을 꼬아서 자신의 작은 주머니 중 하나에 들어 있던 작은 금속 공에 연결 시켰다. 그리고는 금속 공을 옆에 둔 채, 눈알과 색색의 신경 다발을 풀 속으로 던져 넣었다.

풀은 즉시 3차원 영상으로 가득 차올랐다. 신전 내부의 벽과 기둥에 설치되어 있는 피에조전기 마이크로 스피커에서 음향이 흘러나와 세 명의 신을 에워쌌다.

일리움의 영상이 개의 시점에서 펼쳐졌다. 낮은 지점에서 찍었는지, 수많은 무릎과 청동 정강이받이가 시야에 들어왔다.

"옛날이 더 좋았는데."

헤라가 투덜거렸다. 파리스의 장례식 장면을 빨리 감으면서 헤파이스토스가 말했다.

"모라벡들은 우리의 스파이로봇을 모두 탐지해 파괴하고 있어요. 빌어먹을 곤충의 눈까지 말이에요. 그나마 이거라도 있었으니 운이 좋은⋯."

"조용히!"

제우스가 명했다. 그 목소리는 벽에 반사되어 천둥처럼 들렸다.

"맞아. 거기. 음향."

셋은 함께 장례식의 마지막 장면을 보았다. 헥토르가 디오니소스를 학살하는 장면도 포함되어 있었다. 그들은 제우스의 아들이 군중 맨 앞줄의 개를 쳐다보면서 "날 먹어라," 하고 말하는 것을 보았다. 헥토르가 장작더미에 불을 붙이는 장면이 되자 헤라가 말했다.

"이제 꺼도 좋아."

"아니."

제우스가 막았다.

"계속 틀어 놔."

잠시 후, 벼락의 신은 왕좌에서 일어나 미간을 찌푸리고, 분노에 찬 두 눈을 이글거리며, 주먹을 불끈 쥔 채 홀로그램 풀 쪽으로 걸어왔다.

"어떻게 감히 인간 헥토르가 보레아스와 제피로스에게 신의 내장과 성기를 태울 바람을 기원할 수 있단 말인가? *어떻게 그놈이 감히!*"

제우스는 그 자리에서 QT로 사라졌다. 수백만 분의 1초 전에 이 거대한 신이 있던 자리로 갑자기 공기가 몰리면서 벼락 치는 소리가 났다. 헤라가 고개를 절레절레 흔들었다.

"자기 아들 디오니소스가 살해당하는 장면은 아무렇지도 않게 보시면서, 헥토르가 바람의 신을 불러 모으는 것은 못 참고 사라져버리시다니. 아무래도 네 아버지가 제 정신이 아닌 것 같다, 헤파이스토스."

그녀의 아들은 툴툴거리며 눈알을 감고 금속 공에 담아 주머니에 넣었다. 개의 머리는 더 큰 주머니에 담았다.

"오늘 아침에 뭐 더 필요한 것이 있나요, 크로노스의 따님이시여?"

그녀는 고개를 끄덕이며 개의 아직도 배가 쩍 벌어진 채 누워 있는 개의 시체를 바라보았다.

"이거나 좀 치워다오."

그녀의 무뚝뚝한 아들이 사라지자, 헤라는 가슴팍의 단추를 눌러 신들의 전당으로부터 멀리 QT해 버렸다.

헤라의 침실로 QT해 올 수 있는 자는 아무도 없었다, 심지어는 헤라 자신조차도. 아주 오래 전에 ─ 어떤 기억도 믿지 못할 요즘이지만, 그래도 그녀의 불멸의 기억력이 아직 제대로 작동한다면— 그녀는 아들 헤파이스토스에게 최고의 솜씨로 자신의 방에 안전장치를 해달라고 부탁했었다. 모라벡들이 트로이와 아카이아 진영을 신들의 침공으로부터 보호하기 위해 설치한 것과 비슷한 양자 플럭스 에너지장이 벽을 따라 흐르고 있었다. 방으로 통하는 문은 플럭스 처리가 된 강화 티타늄으로 분노한 제우스라도 꼼짝 못할 정도로 강했으며, 헤파이스토스는 이 문을 양자 현관에 딱 맞게 짜 넣었다. 빗장은 텔레파시 비밀번호로만 열리게 해 놓았는데, 헤라는 날마다 비밀번호를 바꿨다.

그녀는 텔레파시로 빗장을 열고 방 안으로 들어간 후 매끈하게 빛나는 그 금속 장애물을 단단히 채웠다. 욕실로 들어간 그녀는 가운을 벗고 걸어가면서 얇은 속옷을 벗어 던졌다.

황소 눈의 헤라는 우선 욕조에 몸을 담갔다. 깊숙한 욕조에는 올림포스 빙하의 가장 맑은 샘에서 끌어 온 물이 가득 차 있었는데, 물을 데우는 것은 헤파이스토스가 오래된 화산의 중심과 연결시켜 놓은 지하 보일러였다. 헤라는 우선 암브로시아로 온몸을 문질러 백옥처럼 빛나는 피부의 모든 잡티와 불순물을 제거해냈다.

다음으로 하얀 팔의 헤라는 영원한 아름다움으로 빛나는 유혹적인 몸 전체에 진한 올리브기름을 문지르고, 다시 향기로운 기름을 발랐다. 올림포스에서 떠도는 말에 의하면 오직 헤라만이 사용하는 이 기름의 향기는 청동바닥이 깔린 제우스의 전당에 속한 남신들의 마음을 휘저어 놓는 데서 그치지 않고, 구름과 섞인 채 인간 세계로 전해져 물정 모르는 인간 세상 남자들의 마음조차 욕정으로 가득 채워 넣는다고 했다.

이제 위대한 크로노스의 딸은 날카로운 턱 선을 따라 찰랑대는 신성하고 윤기 있는 곱슬머리를 정돈한 후, 그 옛날 사이가 좋았던 시절 아테나가 그녀를 위해 특별히 만들어 준 신성한 가운을 걸쳤다. 가운은 너무나 부드럽고 수많은 무늬와 인물들로 채워져 있었다. 그 중에는 아테나가 마법의 베틀을 사용해 직접 짜 넣은 장미 모양의 자수 무늬도 있었다. 헤라는 이 신성한 천을 가슴 부분에서 교차해 두르고 황금 브로치로 고정시켰다. 그리고는 바로 가슴 아래를 수백 개의 술이 달린 허리띠로 묶었다.

섬세하게 뚫린 귓불에 —검고 향기로운 머리카락 사이로 그녀의 귓불은 하얗고 수줍은 조가비처럼 보였다— 헤라는 귀고리를 걸었다. 오디 세 개가 매달린 모양의 은 귀고리였는데 그 광채는 모든 남자들의 마음을 낚아채고도 남을만했다.

그리고는 이마 위로 손을 넘겨 향긋하고 산뜻한 베일을 앞으로 내렸다. 그녀의 장밋빛 뺨을 비추는 햇살처럼 빛나는 황금 베일이었다. 마침내 그녀의 부드럽고 하얀 발에 나긋나긋한 샌들을 끼우고 부드러운 종아리 위로 황금 끈을 동여맸다. 이제 머리끝에서 발끝까지 휘황하게 빛나는 헤라가 욕실 문 위에 달린 거울에 자신을 비춰 보며 잠시 동안 자신의 모습을 조용히 바라보더니, 부드러운 목소리로 말했다.

"아직 괜찮군."

방을 나선 후 소리가 울리는 대리석 홀에 들어선 그녀는 왼쪽 가슴을 눌러 양자이동 해버렸다.

헤라는 올림포스 남쪽 잔디 언덕에서 서성이고 있는 사랑의 여신 아프로디테를 발견했다. 막 해가 지기 직전이어서 칼데라의 동쪽에 있는 신전들과 신들의 집들이 빛을 받아 그 윤곽을 드러냈다. 아프로디테는 북쪽에 있는 화성의 바다와 먼 동쪽에 있는 세 개의 커다란 방패화산⁺ 꼭대기 근처에 있는 얼음 평원이 금빛으로 빛나는 모양을 경이롭게 바라보고 있었다. 2백 킬로미터에 달하는 올림포스 산의 거대한 그림자가 그 곳까지 뻗쳐 있었다. 올림포스를 둘러싸고 있는 보호막 때문에 빛이 약간 뿌옇게 보였다. 이 보호막은 거의 진공 상태나 다름없는 화성에서 지구와 비슷한 중력을 유지하며 숨 쉬고 걷고 살아남을 수 있게 해 주는 장치였다. 또

　　⁺ 방패화산(shield volcano); 낮은 경사를 가지는 큰 화산 – 역자 주

한 이 전쟁이 시작된 이후 제우스가 올림포스 주변에 둘러친 방어막의 반사광 때문에 노을빛은 한층 더 뿌옇게 보였다.

저 아래 보이는 구멍이 —올림포스의 그림자를 둥글게 오려낸 것 같은 구멍 속은 다른 세상의 노을빛으로 안쪽에서부터 빛나고 있었으며, 인간들의 분주한 불빛과 모라벡 운송선들로 가득 차 있었다— 전쟁 중임을 상기시키고 있었다.

"얘야."

헤라가 사랑의 여신을 불렀다.

"내, 부탁이 하나 있는데 들어줄래, 아님, 거절할래? 인간의 시간으로 지난 10년 동안 너의 사랑하는 트로이인들에 맞서 내가 아카이아인들을 도와준 것에 대해 아직도 화가 나 있니?"

"하늘의 여왕이시여. 제우스의 부인이시여, 무슨 부탁이든 하세요. 기꺼이 순종하겠습니다. 당신처럼 위대한 분을 위해서라면 *힘자*라는 데까지 뭐든 하겠습니다."

이제 해는 거의 저물어, 두 여신을 그림자 속에 가두었다. 그러나 헤라는 아프로디테의 피부와 영원한 미소가 저절로 빛을 발하고 있음을 알아차렸다. 여자인 헤라로서도 마음이 설레는 것을 느낄 수 있었다. 남신들이 그녀 앞에서 어떤 느낌을 받을지, 감히 상상조차 되지 않았다. 하물며 의지박약한 인간 남성들이야 오죽할까.

숨을 한 번 돌린 후 —왜냐하면 이제부터 발설하게 될 그녀의 계획은 지금까지의 어떤 계획보다도 치명적인 것이므로— 그녀는 입을 뗐다.

"사랑을 창조하는 능력, 욕정을 불러일으키는 너의 능력을 나에게 다오! 신들과 인간을 사로잡기 위해 사용하는 너의 모든 능력을!"

아프로디테는 여전히 미소 짓고 있었다. 그러나 맑은 두 눈은 가늘어졌다.

"물론, 그러지요, 크로노스의 딸이여, 당신이 원하신다면. 하지만 이미 위대한 제우스의 품에 안겨 계신 분께서 어찌하여 저의 잔재주 따위를 바라시는지요?"

헤라는 안정된 목소리로 거짓말을 계속해 나갔다. 대부분의 거짓말쟁이들이 그러하듯이 그녀는 아주 자세하게 이야기를 늘어놓았다.

"이번 전쟁에 대해 정말 걱정이 많단다, 사랑의 여신아. 신들과 아르고스인들과 트로이인들의 계략과 작전이 모두 다 내 마음을 아프게 해. 나는 이제 아낌없이 주는 또 다른 지구에 가서 오케아노스를 방문할 거야. 신들이 태어난 바로 그 원천이지. 그리고 어머니 테티스도 만날 거야. 오케아노스와 테티스는 친절하게도 나를 자신들의 집에서 키워주었어. 그리고 벼락을 부르는 제우스, 짙은 눈썹의 그가 크로노스를 땅 속 깊숙이 버려진 소금의 바다에 쳐 박아 버리고 이 차갑고 붉은 세상에 우리들의 새 보금자리를 마련했을 때, 레아의 손에서 나를 빼내 주었단다."

"하지만, 헤라, 왜 오케아노스와 테티스를 만나러 가는데 내 미천한 유혹의 기술이 필요한가요?"

아프로디테가 부드럽게 물었다. 음모를 품은 헤라가 미소 지었다.

"이 늙은이들이 멀어졌거든. 그 부부의 침실은 식을 대로 식어버렸지. 내가 이번 방문을 통해 그 분들의 오래된 적개심을 풀고 불화를 해결하려고 해. 두 양반은 너무 오래 떨어져 지내면서 부부생활을 하지 않았어. 두 양반에게 사랑의 감정을 돌려주고 싶어, 서로의 따뜻한 품 안으로 말이야. 하지만 내 말만으로는 아무래도 역부족일 것 같아. 그래서 아프로디테야, 너의 사랑하는 친구로서, 그리고 내 오랜 친구들의 사랑을 이어주고 싶은 사람으로서 부탁하는 건데, 네 매력의 비밀 하나만 나에게 빌려다오. 테티스가 자신도 모르게 오케아노스를 다시 원하도록 만들 수 있게 말이야."

아프로디테의 매력적인 미소는 더욱 환하게 빛났다. 태양은 화성의 지평선 너머로 사라져 버렸고 올림포스의 정상은 어둠 속에 잠겨버렸다. 그러나 사랑의 여신의 미소만은 두 사람을 따뜻하게 감싸고 있었다.

"그렇게 선량한 부탁을 거절한다면 안 될 일이겠네요, 제우스의 부인이시여, 남편께서는 우리 모두의 주인이시니까요."

이 말과 함께 아프로디테는 가슴팍 아래서 그녀의 비밀 가슴 띠를 꺼내 얇은 망사 천과 초소형 회로를 손에 쥐었다.

그것을 바라보는 헤라의 입이 갑자기 바짝 말라왔다. *이걸 계속해야 하나? 만약 아테나가 내 계획을 알게 된다면 그녀와 측근 신들이 나를 무자비하게 공격하겠지. 만약 제우스가 내 음모를 눈치 챈다면, 나를 완전 박살내서, 어떤 치유 탱크도, 그 어떤 외계 치료사도 올림포스 신은커녕 그 비슷하게라도 재생해 내지 못하게 만들어버릴 거야.*

"어떻게 작동하는지 가르쳐 줘."

헤라가 사랑의 여신에게 속삭였다. 아프로디테가 부드럽게 답했다.

"이 띠에는 온갖 유혹의 기술들이 숨어 있어요. 사랑의 열병, 두근대는 욕정, 숨막히는 섹스 충동, 다급한 사랑의 비명, 그리고 부드러운 애무의 속삭임."

"그 모든 게 그 작은 가슴 띠에 다 들어 있단 말이야? 어떻게 작동하는데?"

"그 어떤 남자라도 욕정에 미쳐버리도록 만드는 마법이 숨어 있답니다."

"그래, 알았어, 근데 그 *작동 원리*가 뭐냐니까?"

헤라는 자신의 목소리에 담긴 조급함을 들었다.

"전들 어떻게 알겠어요?"

사랑의 여신이 이제는 웃음 섞인 목소리로 되물었다.

"이건 그러니까···· 그 분께서···· 우리 신들을 창조하실 때 패키지로 받은 걸요. 확장된 기능의 페로몬? 나노-점화 방식 호르몬 활성기? 섹스와 쾌감을 담당하는 뇌 부위에서 직접 뽑아낸 마이크로웨이브 에너지? 아, 그게 무슨 상관이겠어요···· 비록 이건 내가 가진 수많은 트릭 중 하나에 불과하지만, 효과만점이죠. 한번 써보세요, 제우스의 부인이시여."

헤라는 미소를 지었다. 그녀는 자신의 가슴 사이와 아랫부분에 띠를 찼다. 그녀의 가운에 겨우 가려지는 정도였다.

"자, 어떻게 작동하는 거지?"

"어머니 테티스에게 어떻게 하면 되는지 가르쳐줄 때 말씀인가요?"

여전히 미소를 띤 채 아프로디테가 물었다.

"그래, 그래."

"때가 무르익으면, QT 나노 트리거를 다룰 때처럼 가슴에 손을 대세요. 단, 순간이동하고 싶은 먼 곳을 상상하는 대신, 손가락 하나로 회로가 들어있는 천 부분을 만지면서 성적인 상상을 해야 해요."

"그게 다야? 그게 전부란 말이야?"

"그게 전부예요. 하지만 그 정도면 충분할 거예요. 이 띠에는 새로운 세계가 올올이 숨겨져 있답니다."

"고마워, 사랑의 여신."

헤라가 형식적으로 말했다. 그들 위의 에너지 장을 가르며 레이저 광선이 솟아올랐다. 모라벡 호넷 혹은 우주선이 구멍을 통해 들어와 공간 속을 기어오르고 있었다.

"목적을 달성하시기 전까지는 돌아오시지 않겠네요. 바라시는 게 무엇이든지, 꼭 성취하실 거라고 믿어요."

헤라는 미소로 대답했다. 그리고는 가슴에 손을 대고 —젖꼭지 아래 매달려 있는 가슴 띠를 건드리지 않으려 애쓰며— 제우스가 겹쳐 놓은 시공의 양자 궤적을 따라 순간이동 해버렸다.

　새벽이 되자 헥토르는 와인을 부어 화장 불을 끄라고 명령했다. 이어서 그와 파리스의 가장 친했던 동료들이 갈퀴로 불씨를 헤치기 시작했다. 그들은 프리아모스의 둘째 왕자의 뼈 조각들을 찾았는데, 숯덩이로 변해 버린 개와 말, 그리고 허약한 신의 뼈가 뒤섞이지 않도록 세심한 주의를 기울였다. 이 천박한 뼈들은 단의 가장자리에 떨어진 반면, 파리스의 뼈는 중앙부에 모여 있었다.

　흐느끼며 헥토르와 그의 전우들은 용감하고 고귀한 태생이었던 자를 위한 전통에 따라, 파리스의 뼈를 황금 단지에 넣은 후 두 겹의 기름 덩이로 봉했다. 그들은 그 단지를 들고 번잡한 거리와 시장 통을 엄숙하게 행진한 후 —평민들과 군인들 모두 옆으로 비켜서서 그들이 조용히 지나갈 수 있도록 자리를 내주었다— 여덟 달 전 올림포스의 폭격이 있기 전까지 프리아모스 궁전의 남쪽 별채가 있던, 그러나 지금은 깨끗이 비워져 있는, 공터로 왕자의 잔해를 옮겼다. 가운데가 움푹 파인 공터 중앙에는 첫 공습 때 무너져 내린 돌 파편들로 쌓은 임시 무덤이 마련되어 있었다. 프리아모스의 부인이자 여왕이며 헥토르와 파리스의 어머니인 헤카베의 몇 안 되는 뼈 조각들이 이미 그곳에 묻혀 있었다. 이제 헥토르가 파리스의 단지를 가벼운 린넨 수의로 덮은 후 손수 무덤까지 들고 갔다.

　"동생아, 우선은 이곳에 너의 뼈를 묻겠다."

헥토르는 그를 따라온 사람들 앞에서 말했다.

"내가 너를 어두침침한 하데스의 집에 데리고 들어갈 때까지 당분간 이 곳의 흙 속에 너를 맡긴다. 이 전쟁이 끝나면, 우리는 너와 우리의 어머니 그리고 전사한 모든 사람들을 ―아마 나 자신도 그 안에 포함되겠지― 위해 거대한 무덤을 지을 것이다. 하데스 자신의 집을 생각나게 하는 무덤을. 그 때까지, 동생아, 편히 쉬어라."

말을 마치고 헥토르와 동료들이 걸어 나오자 기다리고 있던 수백 명의 트로이 영웅들이 임시로 마련된 이 돌무덤 위에 흙을 쏟아 붓고 더 많은 돌과 자갈들을 높이 쌓아 올렸다.

그런 다음 이틀 동안 전혀 눈을 붙이지 못한 헥토르는 신들과의 전투를 재개할 불타는 의욕을 안고, 그리고 신들의 황금 피에 더욱 굶주린 채, 아킬레스를 찾아 나섰다.

새벽에 눈을 뜬 카산드라는 자신이 벌거벗고 있다는 것을 깨달았다. 옷은 찢겨진 채 흐트러져 있었고, 손목과 발목은 낯 설은 침대의 기둥에 비단 밧줄로 묶여 있었다. *도대체 무슨 짓을 한 거지?* 그녀는 혹시 자신이 또 술에 취해서 기괴한 성적취향을 지닌 군인과 어울린 건 아닌지 기억해내려 애쓰며 스스로에게 물었다. 그리고는 장례식과, 열변을 토한 끝에 안드로마케와 헬렌의 품으로 쓰러졌던 것을 기억해냈다.

제기랄, 카산드라는 생각했다, *또 이 주둥이가 말썽을 피웠군.* 방안을 둘러보았다. 창문도 없고, 거대한 돌덩어리에, 땅속의 습기가 느껴진다. 누군가의 지하 고문실에 갇혀 있는 것 같았다. 카산드라는 몸부림을 치면서 비단 끈을 풀어보려고 했다. 하지만 부드러운 감촉에도 불구하고 매듭이 아주 단단히 잘 매어져 있어서 조금도 풀리지 않았다.

제기랄, 카산드라는 다시 생각했다.

헥토르의 부인 안드로마케가 들어와 이 무녀巫女를 내려다보았다. 그녀의 손에는 아무 것도 없었지만, 카산드라는 이 늙은 여인의 소매 속에 숨겨진 단도쯤은 충분히 짐작할 수 있었다. 오랫동안 아무도 입을 열지 않았다. 마침내, 카산드라가 말했다.

"오랜 친구여, 제발 나를 풀어줘."

"오랜 친구여, 네 목을 따버려야겠어."

"그럼 해버려, 개 같은 년아. 말로만 하지 말고."

카산드라가 말했다. 겁나는 게 없었다. 왜냐하면 예전의 미래가 사라져버린 후 지난 여덟 달 간 미래에 대한 관점이 요지경 속처럼 뒤바뀌었지만, 그 어떤 경우에도 안드로마케가 그녀를 살해할 것이라는 예언은 없었으니까.

"카산드라, 어째서 내 아기의 죽음에 대해 그렇게 말했지? 니도 알겠지만 여덟 달 전에 팔라스 아테나와 아프로디테가 내 작은 아들의 방으로 침입해 그 애와 보모를 죽였잖아, 이 희생은 경고라고 말하면서? 내 남편이 아르고스의 배들을 완전히 불사르지 못한 것에 대해 올림포스의 신들이 못마땅해 한다면서? 그리고 우리 부부가 스카만드로스라고 불렀던, 어린 아스티아낙스를 그 해의 제물로 선택했다고."

"헛소리야! 날 풀어줘."

머리가 아팠다. 그녀는 가장 선명한 예언을 하고 난 다음날이면 언제나 숙취를 느꼈다.

"어째서 내가 아스티아낙스를 노예 아기로 바꿔 그 아기 방을 피로 물들였다는 얘기를 했는지, 말해주기 전에는 못 풀어줘."

차가운 눈빛의 안드로마케가 말했다. 이제 그녀의 손에는 단도가 들려 있었다.

"내가 어떻게 그런 일을 할 수 있겠어? 내가 어떻게 여신들이 오는 줄 미리 알고 있었겠어? 도대체 내가 왜 그런 짓을 하겠어?"

카산드라는 한숨을 쉰 후 두 눈을 감았다. 그녀는 피곤하다는 듯이 하지만 경멸하는 투로 말했다.

"*여신*들 따위는 없었어. 아킬레스가 아끼는 파트로클로스를 팔라스 아테나가 죽였다는 소식을 들었을 때 —이것도 거짓말로 들어날 수 있지만— 너는 헬렌과 헤카베와 함께 모의하기로 결정한 거야. 아스티아낙스와 나이가 엇비슷한 유모의 아들을 죽이고 유모도 죽이는 거지. 그런 후에는 헥토르와 아킬레스와 네 비명을 듣고 모인 모든 사람들에게 여신들이 네 아들을 죽였다고 말했지."

안드로마케의 담갈색 눈은 초봄 계곡물의 표면을 덮고 있는 얼음처럼 푸르고 차갑고 냉정했다.

"내가 어째서 그런 짓을 한다는 거지?"

"트로이 여인들의 계획을 실행에 옮길 기회를 본 거지. 우리 모두가 수년 동안 세워왔던 계획. 트로이의 남자들을 어떻게든 아르고스와의 전쟁에서 빼내는 것. 내가 우리 모두의 죽음이자 파멸로 끝날 것이라고 예언했던 바로 그 전쟁에서말 야. 기가 막히게 해냈어, 안드로마케. 너의 실천과 용기에 박수를 보낸다."

"하지만, 네 말이 사실이라면··· 나는 우리 모두를 훨씬 더 가망 없는 신들과 의 전쟁에 몰아넣은 셈이 되는데. 적어도 네 옛날 예언에 따르면 우리 여자들 중 몇몇은 살아남게 되어 있잖아. 노예가 되기는 하지만, 하여간 살아남은 자들 가운 데 있게 될 것이라고."

카산드라는 어깨를 으쓱했다. 팔을 벌리고 침대 난간에 묶여 있는 자세에서는 좀 어색해 보이는 움직임이었다.

"넌 네 아들을 살릴 생각만 하고 있었던 거야. 만약 옛적의 과거가 지금의 현재 로 되어버렸다면 벌써 끔찍하게 살해되어버렸을 것으로 우리 모두 알고 있는 네 아들. 나도 그 심정 이해해, 안드로마케."

안드로마케는 칼을 들이댔다.

"만약 네가 이 따위 소리를 다시 지껄이거나, 트로이와 아카이아의 오합지졸들 이 네 말을 믿는다면, 그 때는 우리 가족 모두가 —헥토르의 가족까지도— 죽는 날 이야. 내가 안전하려면 넌 죽어줘야 해."

카산드라는 이 여인의 단호한 눈빛을 받았다.

"내 예언 능력은 여전히 널 도울 수 있어, 오랜 친구여. 아니, 널 구할 수도 있어. 너와 너의 헥토르, 그리고 너의 숨겨진 아스티아낙스, 거기가 어디건 간에. 너도 알겠지만 내가 환영을 보고 발작을 할 때면 아무도 내가 소리 지르는 걸 통제할 수 없어. 너와 헬렌 그리고 또 다른 누가 이 음모에 가담하고 있건, 나랑 함께 있어야 해. 아니면 네 노예 중에서 가장 치명적인 애들만 골라 나와 함께 있도록 하고, 내가 다시 한 번만 그런 헛소리를 지껄이면 내 입을 막아 버리게 해. 내가 만약 다시 한 번만 이 얘기를 다른 사람들에게 한다면, 그 땐 날 죽여도 좋아."

안드로마케는 망설이다가, 자신의 아랫입술을 지그시 깨물더니, 앞으로 몸을 숙여 카산드라의 오른손과 침대를 묶고 있는 비단 끈을 잘랐다. 다른 끈을 자르는 동안 그녀는 말했다.

"아마존들이 도착했다."

메넬라오스는 밤새 형과 이야기를 나누었고, 여명의 장밋빛 손길이 다가올 때쯤에는 이미 결의로 가득 차 있었다.

밤새 그는 만을 둘러싸고 해안을 따라 서 있는 아카이아와 아르고스의 캠프를 모조리 다니면서 아가멤논이 전하는 얘기를 들었다. 그것은 텅 비어버린 도심과 농장과 항구들에 대한 끔찍한 소식들이었다. 마라톤, 에레트리아, 칼시스, 아울리스, 헤르미오네, 헬로스, 그리고 그 외의 수많은 항구들마다 텅 빈 배들만 흔들거리고 있다고 했다. 아가멤논은 아카이아인, 아르고스, 크레타, 이타카, 라케다이몬, 칼리드나에안, 트라시안, 오에칼리안 ─바위섬에서부터 펠로폰네소스에 이르는 모든 그리스 동맹군들─ 출신 병사들이 텅 비어버린 도시를, 신들로부터 버림받은 것 같은 그들의 고향을 보았을 때 얼마나 겁에 질렸는지도 들려주었다. 테이블에는 남은 음식이 썩어가고, 안락의자엔 옷이 걸쳐진 채 그대로이고, 욕탕의 물은 미적지근하게 식어 이끼가 둥둥 떠다니고, 칼들은 채 칼집에 꽂히지도 못하고 있더란 것이었다. 메넬라오스는 이 모든 것을 빠짐없이 귀 기울여 들었다. 에게해의 상황을 묘사할 때 아가멤논의 목소리는 특히 강하고 우렁차게 울려 퍼졌다. 텅 빈 배들만이 파도에 일렁이고, 활짝 펼쳐진 돛은 너덜너덜 나부끼고 있었지만, 폭풍이나 돛을 접던 흔적은 없었다고 했다. 아가멤논의 설명으로는, 그들이 한 달 동안 배를 타고 오가는 동안 하늘은 언제나 푸르렀고 ,바다는 잠잠했다고 한다. 그런데도 배들은 모두 텅 비어 있었다. 짐을 잔뜩 실은 아테네의 배에는 저을 사람이 없는 노만 번쩍거리며 줄지어 서 있었고, 거대한 페르시아의 화물선에선 서툰 선원도, 헬멧을 쓴 한심한 창병도 보이지 않았고, 우아한 이집트의 배들에는 고향으로 가져 갈 곡식이 가득했지만 인적은 찾아볼 수 없었다고 했다.

"세상의 모든 여자와 남자와 어린이들이 사라져 버렸다,."

모든 아카이아 캠프에서 아가멤논이 울부짖었다.

"여기 우리들만 빼고, 교활한 트로이인들과 우리들만 빼고. 우리가 신에게 등을 돌리고 있는 동안 ─더 끔찍한 건 우리가 몸과 마음조차 돌려버렸다는 거지만─ 신들은 우리 가슴 속의 희망을 모두 앗아가 버렸다. 우리들의 아내와 가족과 아버지와 노예들을."

"그들이 죽었단 말인가요?"

다니는 캠프마다 들려오는 외침이었다. 그 외침은 언제나 고통의 신음으로 번져갔다. 아르고스의 모닥불을 따라 탄식의 소리가 겨울밤을 가득 채웠다. 아가멤논의 대답은 언제나 손을 들어·잠시 침묵을 요구하는 것이었다. 그리고는 결국 이렇게 말했다.

"저항의 흔적은 없었다. 피의 흔적도 없고, 굶주린 개나 머리 위를 빙빙 도는 새들이 썩은 시체를 뜯어먹는 것도 보지 못했다."

그리고 이들 캠프를 찾을 때마다, 아가멤논과 고향까지 동행했던 용감한 아르고스의 선원이며 경호원, 보병, 장교들은 동료들과 따로 대화를 나누었다. 동이 틀 즈음 끔찍한 소식은 모두에게 전해졌고, 숨이 멎을 것 같은 공포는 무기력한 분노로 변해 갔다.

메넬라오스는 이것이야말로 아카이아인들을 다시 한 번 트로이에 맞서게 해 이 전쟁에서 승리하고, 발 빠른 아킬레스의 독재를 뒤집어엎자는 자신들의 목적에 ─ 아가멤논과 메넬라오스 형제의 목적에─ 완벽히 들어맞는 결말이라는 것을 알았다. 며칠 안에, 혹은 몇 시간 안에 아가멤논은 다시 한 번 총 사령관의 자리를 차지하게 될 터였다.

새벽이 되어서야 아가멤논은 모든 그리스인을 향한 보고 의무를 마쳤다. 위대한 장군들은 사방으로 흩어졌다. 디오메데스는 그의 막사로 돌아갔다. 다른 곳과 마찬가지로 탈라미스도 텅 비어 있었다는 소식에 어린아이처럼 울음을 터뜨렸던 텔레몬 출신의 대 아이아스도, 오디세우스와 이도메네우스도, 아가멤논의 소식에 로크리스 출신의 병사들과 함께 고통스럽게 절규했던 소 아이아스도, 그리고 말 많은 네스토르도, 모두 새벽이 되자 어지러운 마음이지만 잠깐이라도 눈을 붙이고자 각자의 숙소로 돌아갔다.

"자 이제 말해봐, 신들과의 전쟁은 어떻게 되고 있지?"

라케다이몬 진지에 돌아와 형제가 귀족 장군들과 경호원들 그리고 창병들에 둘러싸인 가운데 자리를 잡자 아가멤논이 동생 메넬라오스에게 물었다. 그들은 두 사람의 대화가 은밀하게 진행될 수 있도록 충분한 거리를 두고 서 있었다.

붉은 머리의 메넬라오스는 형님에게 새로운 소식을 전했다. 모라벡의 마술 같은 기계들과 신들의 성스러운 무기 사이에서 벌어지는 매일 매일의 사소한 전투, 그리고 가끔 벌어지는 결투. 파리스의 죽음과 수백 명에 이르는 트로이와 아카이아의 이름 없는 희생자들. 그리고 방금 끝난 장례식에 대해. 화장단의 연기는 더 이상 피어오르지 않았고, 한 시간 전부터는 트로이 성벽 너머 보이던 불꽃도 보이지 않았다.

"속이 시원하군."

하얗고 강인한 이빨로 방금 아침 식사용으로 구운 새끼 돼지의 살코기를 뜯어내며 아가멤논이 말했다.

"파리스가 아폴로 손에 죽은 게 좀 억울하긴 하지만…… 내 손에 죽었어야 하는 건데."

메넬라오스는 웃으며 새끼 돼지를 뜯고 와인으로 입을 가신 후, 형님에게 파리스의 첫 부인이라는 오이노네가 갑자기 나타나 스스로 불 속에 뛰어든 이야기도 들려주었다. 이 얘기엔 아가멤논도 웃음을 터뜨렸다.

"네 암캐 같은 마누라 헬렌이 그 불 속에 뛰어 들었어야 했는데."

메넬라오스는 고개를 끄덕였지만, 헬렌의 이름을 듣자 왠지 가슴이 뒤틀렸다. 그는 형에게 오이노네가 파리스를 죽인 것이 아폴로가 아니라 필록테테스였다고 헛소리를 지껄여 댄 것과, 트로이 장군들 사이에서 분노가 들끓었다는 것과, 소규모의 아카이아인 사절단이 급히 도시를 빠져나왔던 일도 들려주었다. 아가멤논은 무릎을 쳤다.

"좋았어! 최후의 두 가지 조건 중 하나가 갖춰졌구나. 48시간 안에 나는 아카이아 군대를 선동해 이 불만을 행동으로 옮기게 할 것이다. 이번 주가 끝나기 전에 우린 다시 트로이와의 전쟁을 재개할 것이다, 동생아. 아버지 무덤의 흙과 바위에 대고 맹세한다."

"하지만 신들은… 신들은 옛날 그대로 행동할거야."

그는 완전히 확신에 찬 목소리로 말했다.

"제우스는 중립이야. 무너질 게 뻔한 트로이를 앵앵대며 돕는 신들도 있겠지만, 대부분은 우리와 동맹을 맺을 거다. 하지만 이번에는 끝장을 보고 말 걸. 일리움은 2주 안에 잿더미로 변할 거다‥‥ 파리스가 오늘 아침 잿더미로 변해버렸다는 사실만큼이나 분명한 사실이야."

메넬라오스는 고개를 끄덕였다. 그는 형에게 어떻게 신들과 평화를 되찾을 것이며 어떻게 불패의 아킬레스를 굴복시킬 것인가에 대해 물어야 한다는 것을 알면서도, 자신에게 절박한 이야기를 주제로 삼지 않을 수 없었다.

"헬렌을 봤어요."

부인의 이름을 입에 담자 당장 자신의 목소리가 떨려오는 것을 느끼며 그가 말했다.

"거의 죽일 수 있을 뻔 했어요."

아가멤논은 턱수염에서 기름기를 닦아내고 은잔으로 목을 축인 후, 이야기를 듣고 있다는 표시로 한쪽 눈썹을 치켜 올렸다. 메넬라오스는 자신이 얼마나 결의에 차 있었으며 어떻게 헬렌을 죽일 찬스가 다가왔는지 설명했다. 그리고 오이노네의 갑작스러운 출현과 필록테테스에 대한 살인 모함으로 이 모든 것이 좌절되었다는 얘기도 했다.

"살아서 그 도시를 빠져나온 게 다행일 정도였다니까요."

그가 다시 한 번 말했다. 아가멤논은 눈을 가늘게 뜨고 먼 트로이의 장벽을 바라보았다. 어디선가 모라벡의 사이렌이 울리고, 눈에 보이지 않는 올림포스의 신들을 겨냥한 미사일들이 하늘로 치솟아 올랐다. 아카이아인의 중심 진영을 덮고 있는 에너지장이 전투 준비가 되었다는 듯 깊은 진동음을 냈다.

"오늘 그녀를 죽여야 해. 바로 오늘 아침."

메넬라오스보다 더 늙고 현명한 형이 말했다.

"오늘 아침이요?"

메넬라오스가 입술을 핥았다. 돼지기름에도 불구하고 그의 입술은 바짝 말라 있었다.

"오늘 아침!"

트로이를 점령하려고 온 모든 그리스 군대의 옛 사령관 겸 미래의 사령관이 반복해서 말했다.

"하루 이틀이면, 우리와 저 개코딱지 같은 트로이 놈들은 갈라설 대로 갈라설 것이고, 저 겁쟁이들은 곧 빌어먹을 스카이안 문을 봉쇄해 버리고 말 거다."

메넬라오스는 도시 쪽을 바라보았다. 성벽은 떠오르는 겨울 태양을 받아 장밋빛으로 변해 있었다. 그는 매우 혼란스러웠다.

"그들이 날 알아보고 들여보내지 않을 텐데…"

"변장을 하면 돼."

아가멤논이 말을 막았다. 고귀한 왕은 다시 목을 축인 후 퍼부어댔다.

"오디세우스처럼 생각을 해봐… 교활한 족제비처럼 꾀를 내란 말이야."

나름대로 형만큼이나, 아니 그 어떤 아카이아 영웅만큼이나, 자긍심이 높은 메넬라오스는 형의 비유가 통 마음에 들지 않았다.

"어떻게 변장을 하란 말이유?"

아가멤논은 자신의 막사와, 그 옆에서 다시 흔들리는 진홍색 실크를 가리켰다.

"나한테 사자 가죽과 작년에 디오메데스가 오디세우스와 함께 트로이에서 팔라디온을 훔쳐 올 때 썼던 상아 턱받이가 달린 낡은 헬멧이 있어. 그 이상한 헬멧으로 네 붉은 머리카락을 감추고 턱받이로 네 수염을 감출 수 있어. 물론 사자 가죽은 영광스런 아카이아의 무기들을 감춰 줄 거다. 잠이 덜 깬 성문 보초병들은 네가 동맹을 맺은 야만족이라 생각하고 별 문제 없이 통과시켜줄 거야. 하지만 서둘러야 한다. 보초병들이 교대되기 전에 그리고 일리움이 파멸의 운명을 맞아 우리 눈앞에서 문을 걸어 잠그기 전에."

메넬라오스는 아주 잠깐 이 제안에 대해 생각했다. 그리고는 일어나 형의 어깨를 굳게 다독거린 후, 변장도구와 더 많은 살육의 무기를 챙기기 위해 막사 안으로 들어갔다.

위성 포에보스는 오목한 한쪽 끝이 밝은 빛으로 둘러싸인, 거대하고 홈이 파여 먼지투성이인 올리브 모습이었다. 만무트는 호켄베리에게 거대한 분화구처럼 보이는 한쪽 끝은 스티크니라고 불리며, 밝게 빛나는 것은 모라벡 기지라고 말해주었다.

창공으로 솟구칠 때 호켄베리는 온 몸에서 아드레날린이 샘솟지 않을 수 없었다. 모라벡 호넷들을 아주 가까이서 관찰할 수 있었는데, 창문이나 통풍구가 전혀 없는 것으로 보아 이들은 별로 시각에 의존하지 않고 여행을 하는 것 같았다. 아마 TV 모니터 같은 것이 몇 개 있는 정도이리라. 그는 소행성대에서 온 모라벡의 기술을 과소평가하고 있었다. 만무트에 의하면 모든 비행선들은 록벡 소속이었기 때문이었다. 호켄베리는 또한 가속의자나 커다란 안전벨트가 달린 20세기 우주선 스타일의 의자가 있을 것이라고 예상했다.

아니, 의자는 없었다. 어떤 지지대도 보이지 않았다. 마치 가벼운 공기 위에 앉아 있는 것처럼 보이지 않는 에너지장이 그들을 떠받치고 있었다. 홀로그램이 ― 혹은 영상이라기에는 너무 실제 같은 어떤 3차원 영상이― 바닥을 포함해 사방을 감쌌다. 그들은 보이지 않는 의자에 앉아 있을 뿐만 아니라, 비행선이 순식간에 구멍을 통과해 올림포스 몬스의 남쪽을 향해 올라갈 때 그 의자와 몸은 2마일 깊이로 떨어지면서 붕 떠있었다.

호켄베리는 비명을 질렀다.

"이 디스플레이가 맘에 안 드는 모양이지?"

만무트가 물었다. 호켄베리가 다시 비명을 질렀다.

모라벡은 마법처럼 나타난 홀로그램 계기판을 재빨리 건드렸다. 발밑에 있던 나락이 점점 줄어들더니 거대한 TV 스크린 표면 같은 비행체의 금속성 표면으로 변했다. 그들을 둘러싸고 있는 파노라마에는 에너지 막으로 뒤덮인 올림포스 몬스의 꼭대기가 반복해서 나타나는 가운데 다양한 장면들이 계속해서 펼쳐졌다. 레이저 같기도 하고 어떤 에너지 창 같기도 한 것이 그들을 향해 번쩍였고, 비행선의 에너지 장에 부딪혀 산산조각이 나곤 했다. 이어서 화성의 푸른 하늘이 옅은 분홍색으로, 다시 검은 색으로 변하더니, 비행선은 화성의 대기권 밖으로 진출해 고속으로 회전하기 시작했다. 물론 화성이 가상의 창문 밖으로 보일만큼 멀어지기 전에는 비행선이 아니라 화성 전체가 회전하고 있는 것처럼 느껴졌다.

"좀 낫군……"

무언가 잡을 것을 찾아 팔을 휘두르며 호켄베리가 숨을 몰아쉬었다. 에너지 의자는 그를 거부하지 않았지만 그렇다고 놓아주지도 않았다.

"하나님 맙소사!"

우주선이 360도 회전하고 엔진에 불이 붙자 그가 기겁을 하며 말했다. 머리 꼭대기 버추얼 화면을 느닷없이 포에보스가 가득 채웠다. 아무 소리도 나지 않았다. 작은 속삭임조차 없었다. 만무트가 말했다.

"미안하네, 자네한테 경고를 했어야 하는데. 지금 뒤쪽 스크린을 채우고 있는 것이 바로 포에보스야. 화성에 딸린 두 개의 달 중 작은 쪽이지. 지름이 8마일 정도밖에 안 될 걸… 뭐 보시다시피 둥글게 생겼다고 말하기는 좀 어렵지만 말이야."

"고양이가 쥐고 놀다 버린 감자 덩어리 같은데."

호켄베리가 겨우 말했다. 포에보스 달은 *아주* 빠른 속도로 다가오고 있었다.

"거대한 올리브 같기도 하고."

"맞아, 올리브! 한쪽 끝에 있는 분화구 때문에 그렇게 보일거야. 스티크니라고 부르는데 아사프 홀Asaph Hall의 와이프 앤절린 스티크니 홀Angeline Stickney Hall에서 따온 이름이지."

"아사프…. 홀….이 누구더라? 우주 비행사…. 아니면…. 별 항해자…. 아니면…. 누구지?"

그는 마침내 뭔가 잡을 것을 찾았다. 바로 만무트였다. 그가 금속성 플라스틱 어깨를 움켜잡아도 작은 모라벡은 개의치 않는 모양이었다. 소리 없는 발진기나 엔진에 불이 붙었는지 뒤쪽 홀로그램 창이 불꽃으로 가득 찼다. 호켄베리는 덜덜 떨리는 이빨을 가까스로 진정시키고 있었다.

"아사프 홀은 워싱턴 D.C.의 해군 관측소에서 일하던 천문학자야."

만무트는 평소의 부드러운 톤으로 이야기했다. 비행선이 다시 속력을 내며 회전하기 시작했다. 포에보스와 스티크니 분화구가 차례로 홀로그램 창문을 채워 나갔다.

호켄베리는 당장이라도 그것들과 충돌하여 즉사할 것이라고 확신했다. 그는 어린 시절의 기도문을 기억해 내려고 애썼다. 제길, 무신론 지식인으로 지낸 게 몇 년인데, 기도라니! 하지만 생각나는 거라곤 단조로운 노래 한 소절뿐이었다.

"이제 나는 잠자리에 드네…."

아무래도 적절치 못한 노래 같았지만, 그는 노래를 계속했다. 만무트가 말했다.

"1877년에 화성의 달들을 발견한 사람이 아사프 홀이었을 거야. 내가 아는 한 미스터 홀이 이 거대한 분화구에 자기 아내 이름을 붙이는 걸 동의했는지에 관한 기록은 없어. 물론 이 이름은 부인의 처녀 적 이름이지."

호켄베리는 왜 그들이 통제 불가능하게 되었는지, 왜 곧 충돌해 죽을 것인지, 그 이유를 갑자기 깨달았다. 이 빌어먹을 우주선에는 조종사가 없었던 것이다! 비행선에는 오직 그들 둘 뿐이었고, 만무트가 건드렸던 하나 뿐인 계기판이라는 것도 ―실제건 가상이건― 홀로그램을 조정하기 위한 장치에 불과했다. 그는 이 깨달음을 작은 로봇 친구에게 전해줄까 생각해 보았지만, 앞 창문을 가득 채운 스티크니 분화구가 충돌 전에는 도무지 줄어들 것 같지 않은 엄청난 속도로 다가오고 있었기 때문에, 그냥 입을 다물어 버리기로 했다.

"참 이상하고 작은 달이야. 정말로 사로잡힌 소행성이지, 데이모스처럼 말이야. 그 둘은 무척 달라. 포에보스는 화성 표면에서 겨우 3,700마일 떨어져 돌고 있는데, 별다른 조치가 취해지지 않는다면 앞으로 약 8천3백만 년 후에는 화성과 충돌할 운명이지."

"충돌 얘기를 하니까 말인데⋯⋯"

호켄베리가 입을 열었다. 바로 그 순간 비행선이 천천히 부양하며, 환하게 밝혀진 분화구 속으로 하강하더니, 돔과 지지대, 크레인, 반짝거리는 노란 공기 주머니, 푸른 돔, 녹색의 첨탑, 운반선들, 그리고 진공 상태에서 바쁘게 오가는 수백의 모라벡들이 있는 복잡한 구조물 옆에 내려앉았다. 착륙이 어찌나 부드럽게 이루어졌던지 호켄베리는 금속성 바닥과 에너지 의자를 통해 겨우 감지할 뿐이었다. 만무트가 노래를 불렀다.

"집에 돌아왔다, 집에 왔어! 뭐 진짜 집은 아니지만, 물론⋯⋯ 그런데⋯⋯ 밖으로 나갈 때 머리 조심해. 인간에겐 입구가 좀 낮은 편이거든."

호켄베리가 소리를 지르거나 뭔가 한 마디 하기도 전에 문은 활짝 열렸고, 작은 비행선에 가득 차 있던 공기가 순식간에 진공 상태 속으로 빨려 나갔다.

호켄베리는 지난 삶에서 고전학을 전공한 교수였고, 과학에 대해 그리 정통한 편은 아니었다. 하지만 수많은 공상과학 영화를 통해 감압폭발이 무엇인지 정도는 알고 있었다. 진공 상태에서 외부 압력이 영점으로 떨어져 저항력을 잃은 내부 압력이 무한정 증가하면서 눈알이 오렌지 크기로 부풀고, 고막이 피를 뿜으며 터져 나가고, 피부와 근육이 부글부글 끓으면서 부풀어 올라 너덜너덜해 지는 것이다. 헌데 그런 일은 전혀 벌어지지 않았다. 만무트는 경사로에서 잠시 멈추었다.

"같이 안 올 거야?"

인간의 귀에는 작은 모라벡의 목소리가 깡통 울리는 소리로 들렸다.

"내가 왜 안 죽었지?"

호켄베리가 말했다. 그는 순식간에 보이지 않는 공기 주머니에 감싸인 느낌이었다.

"자네 의자가 자네를 보호하고 있으니까."

"내 의자?"

호켄베리는 주위를 둘러보았다. 희미하게 가물거리는 느낌만 있을 뿐이었다.

"죽고 싶지 않으면 영원히 이 의자에 앉아 있어야 한단 말이야?"

만무트가 재미있다는 듯 말했다.

"아니야, 어서 바깥으로 나와. 에너지 의자는 함께 딸려 올 거야. 그 의자는 벌써 자네에게 온기를 공급하고, 삼투 마찰을 ¹생각시키면서 자네 신소를 재활용하고 있어, 약 삼십 분 동안만 작동하겠지만. 동시에 압력 조절복의 역할도 하고 있지."

"하지만, 이⋯⋯ 의자는⋯⋯ 비행선에 붙어 있는 거잖아?"

호켄베리가 아주 조심스럽게 일어서서, 보이지 않는 이 공기 방울이 그를 감싸고 움직이는 것을 느끼며 말했다.

"이게 어떻게 비행선 밖으로 나갈 수 있지?"

"따지고 보면 의자에 비행선이 붙어 있는 거라고 할 수 있지. 날 믿어. 하지만 여기 나올 때 조심해야 해. 일단 자네가 바닥에 서면, 이 의자복은 약간 아래로 미는 느낌을 줄 거야. 하지만 포에보스의 중력은 워낙 약하니까 제대로 된 점프 한 번만으로도 중력권을 탈출할 수 있을 걸. *아디오스, 토머스 호켄베리!* 이렇게 되는 거지."

호켄베리는 램프 꼭대기에서 머뭇거리더니 금속으로 된 문틀을 움켜쥐었다. 만무트가 말했다.

"나 참, 그 의자하고 내가 있어서 절대 날아가지 않는다니까. 안으로 들어가자고. 자네하고 이야기하고 싶어하는 모라벡들이 많단 말이야."

호켄베리를 아스티그/체와 오월 콘소시엄의 통합 사령관들 곁에 남겨둔 후, 만무트는 기압 조절이 된 돔을 지나 스티그니 분화구로 산책을 나갔다. 경치는 환상적이었다. 포에보스의 긴 중심축은 언제나 화성을 가리키고 있었는데, 모라벡 엔지니어들이 그것을 비틀어 붉은 행성이 언제나 스티크니 분화구 위쪽에 자리하도록 만들었다. 그 결과 경사가 심한 산으로 둘러싸인 분화구 때문에 시야가 잔뜩 좁아진 검은 하늘의 대부분을 붉은 행성이 뒤덮고 있었다. 이 작은 달의 자전 주기는 일곱 시간이었는데, 이는 화성을 한 바퀴 공전하는 데 걸리는 시간과 정확히 일치했기 때문에 푸른 바다와 하얀 화산으로 뒤덮인 거대한 붉은 달이 머리 위에서 천천히 돌고 있었다.

그는 크레인과 거더, 발사용 분화구와 지구행 우주선을 연결하는 케이블 등이 거미줄처럼 얽힌 수백 미터 상공에서 친구 이오의 오르푸를 발견했다. 먼 우주에서 온 모라벡들과, 엔지니어 로봇들, 검은 등껍질을 한 록벡들, 그리고 칼리스토 위성에서 온 감독관들이 비행선 위를 바쁘게 오르내리면서 반짝거리는 진딧물들처럼 대들보를 연결하고 있었다. 탐조등과 작업들이 거대한 지구비행선의 어두운 몸체 위에서 왔다 갔다 하고 있었다. 옮겨 다니며 작업하는 자동용접기의 배터리에서 불꽃이 폭포수처럼 쏟아졌다. 가까운 금속성 그물 요람에는 유로파에서 가져온 만무트의 심해 탐사선, *어둠의 여왕*이 매달려 있었다. 몇 개월 전에 모라벡들은 화성의 북쪽 테티스 바닷가에 숨겨져 있던 부서지고 무력해진 이 탐사선을 구해냈고, 유인선을 이용해 포에보스까지 옮겨 왔다. 그리고는 수선과 복구 작업을 통해, 이 작고 강인한 잠수함을 지구 탐사 임무에 맞도록 개조했다.

만무트는 수십 미터 높은 곳, 우주선의 배 아랫부분에서 강철 케이블을 들고 바삐 움직이고 있는 친구를 발견했다. 그는 오래된 그들만의 개별 주파수 대역으로 인사를 전송했다.

"거기 오르푸 맞아? 한때 화성, 한때 일리움, 그리고 언제나 이오 출신인 그 오르푸?"

"맞아!"

오르푸가 말했다. 전파나 타이트-빔을 통해서 들을 때조차도, 오르푸의 덜거덕거리는 소리는 아픔음속에 가까웠다. 이 하드백 모라벡은 등껍질을 이용해 점프를 한 후 케이블에서 만무트가 균형을 잡고 서 있는 대들보까지 거의 30미터를 뛰어내려 왔다. 오르푸는 그의 집게발로 대들보를 움켜쥐고는 몇 미터 떨어진 곳에 매달렸다.

어떤 모라벡들은 ―예를 들어 아스티그/체라든가, 키틴질 벨트 모라벡이라든가, 만무트도 약간은 그렇지만― 제법 휴머노이드처럼 보이지만, 이오의 오르푸는 아니었다. 목성의 자력과 중력 그리고 엄청나게 밝은 방사선 폭풍의 영향력 속에 있는 이오 행성의 울퉁불퉁하고 유황이 가득한 환경에서 일할 수 있도록 개발되고 진화된 이 모라벡은, 그 길이가 5미터, 높이는 2미터에 이르렀으며 모양은 투구게를 닮았다. 마치 투구게에게 어분의 다리를 달아주고 감지 장치, 돌출 돌기, 손 노릇을 하는 ―사실 손이라 하기도 뭣하지만― 조작기, 갈라지고 수선하기를 너무 자주 반복한 나머지 시멘트로 비벼 놓은 것 같은 낡고 움푹 파인 등껍질을 달아준 것 같았다.

"저 위에 여전히 화성이 돌아가고 있나, 옛 친구?"

오르푸가 덜거덕거리며 물었다. 만무트는 고개를 들어 하늘을 보았다.

"그래. 거대한 붉은 방패처럼. 올림포스 몬스가 이제 막 그림자에서 나오는 게 보이네."

만무트는 잠시 망설이다가 마침내 입을 열었다.

"지난 번 수술 결과는 유감이었네. 자네를 완전히 고칠 수 없어 정말 유감이야."

오르푸는 네 개의 팔-다리를 으쓱하는 것으로 마음을 나타냈다.

"상관없어, 옛 친구. 적외선 이미지로 보고, 무릎에 있는 소형 가스 분석용 스펙트럼 탐지기로 냄새를 맡고, 깊고 단계적인 레이더 음파탐지기와 레이저 위치추적기가 있는데, 사람 같은 눈이 왜 필요하겠어? 이 멋진 감각 기계들을 사용해서 불편한 점이라곤, 저 화성이나 별들처럼 쓸데없고 멀기만 한 것들을 잘 구별할 수 없다는 정도에 불과한 걸."

"맞아. 그래도 유감이야."

만무트가 말했다. 그의 친구는 그들이 화성 궤도에서 처음으로 올림포스의 신을 만나 거의 박살날 뻔 했을 때 유기 시신경을 잃었다. 그들의 비행선을 파괴시키고 두 명의 동료를 먼지와 고철로 만들어 버린 바로 그 신이었다. 만무트는 알고 있었다. 그가 살아남은 것만 해도, 그리고 가능한 모든 기능을 회복한 것만으로도, 다행이지. 하지만 그래도‥‥

"호켄베리를 데려 왔어?"

오르푸가 덜걱거렸다.

"응. 통합 사령관들이 브리핑하고 있는 중이야."

"관료들 같으니라고."

거대한 이오니아 로봇이 다시 덜거덕거렸다.

"비행선까지 태워 줄까?"

"좋지!"

만무트는 오르푸의 등 위로 뛰어 올라가 가장 든든해 보이는 집게발을 손잡이 삼아 잡은 후, 하드백 모라벡이 매달려 있던 기중기에서 비행선까지 단번에 몸을 솟구쳐 그 주변을 도는 동안 한 번도 놓지 않았다. 분화구 바닥에서 거의 1킬로미터 올라오자, 타원형의 헬륨 풍선처럼 기중기에 연결된 지구 비행선의 규모를 처음으로 알아 볼 수 있었다. 스탠더드 시간으로 약 일 년 전 목성에서 화성으로 네 명의 모라벡을 태우고 왔던 비행선보다 적어도 다섯 배는 더 컸다.

"정말 대단하지, 안 그래?"

오르푸가 말했다. 그는 두 달이 넘는 시간 동안 소행성대 및 오월五月 엔지니어들과 이 비행선을 위해 일해 왔다.

"굉장히 큰데!"

만무트가 말했다. 하지만 곧 친구의 실망감을 알아채고는 덧붙였다.

"그리고 뭐랄까 거칠고, 둥글둥글하고, 검고, 음침한 게, 차라리 아름답다고 할까."

오르푸는 웃음소리 같은 저음을 냈는데, 이 소리는 언제나 유로파의 빙하 무너지는 소리나 츠나미의 후진동을 떠오르게 했다. 그가 말했다.

"그건 겁에 질린 우주인의 말장난에 불과해."

어깨를 으쓱하고 난 만무트는 자신의 제스처를 친구가 보지 못한다는 사실에 잠시 속이 상했다가는, 사실은 오르푸가 보았다는 것을 깨달았다. 이 덩치 큰 모라벡의 새로운 레이더는 색깔을 구별하지 못한다는 것만 빼면 아주 성능이 좋았던 것이다. 오르푸는 근접 레이더로 인간 표정의 작은 변화도 알아볼 수 있다고 말한 적이 있었다. *호켄베리가 이 미션에 함께 온다면 썩 유용하겠군*, 만무트는 생각했다. 마치 그의 마음과 메모리 뱅크를 읽고 있는 것처럼, 오르푸가 말했다.

"최근에 난 인간의 슬픔에 대해 많이 생각하고 있어, 또 그것이 우리 모라벡들이 손실을 다루는 스타일과 어떻게 다른가도 비교하지."

"저런, 저런, 그 프랑스 사람 글을 다시 읽는 모양이군."

"프루스트! 그 프랑스 사람의 이름은 프루스트야."

"알아. 하지만 자네 왜 그러는 거지? 자넨 *지나간 일에 대한 추억*을 읽고 나면 늘 우울에 빠지잖아."

"*잃어버린 시간을 찾아서*."

이오의 오르푸가 고쳐 주었다.

"지금은 '슬픔과 망각' 편을 읽고 있어. 알베르틴이 죽고 나서 화자 마르셀이 그녀를 잊기 위해 애쓰지만 잊지 못하는 장면인데, 자네도 알고 있나?"

"아, 물론이지. *그거야말로* 자네 흥을 돋워주겠구먼. 그 담에 읽게 햄릿을 빌려줄까?"

오르푸는 이 제안을 무시했다. 그들은 이제 비행선 전체를 조망할 정도로 높이 올라와 있었고, 스티크니 분화구 바깥쪽도 내다 볼 수 있었다. 만무트는 오르푸가 우주 속 몇 천 킬로미터쯤은 문제없이 날아갈 수 있다는 것을 알았지만, (그가 호켄베리에게 경고했던 대로) 그들이 자제력을 잃고 포에보스와 스티크니 기지로부터 너무 멀어지고 있다는 느낌이 강하게 들었다. 오르푸가 말했다.

"알베르틴과의 연결 코드를 끊어 버리기 위해, 불쌍한 화자는 그의 기억과 인식 속으로 들어가 알베르틴의 모든 *것*과 마주하게 되는 거야. 기억 속 모습뿐만 아니라 그가 원했고 질시했던 상상 속의 그녀까지 전부. 그녀가 자기 몰래 다른 여자들을 훔쳐 볼까봐 전전긍긍하던 당시 그의 마음속에서 만들어졌던 *가상의* 알베르틴까지 모두 말이야. 그가 욕망했던 알베르틴의 다양한 모습은 말할 나위도 없이. 그에겐 언제나 타인이었던 그녀, 사로잡을 수는 있었지만 소유할 수는 없었던 여자, 그리고 그를 지치게 만들었던 여자."

"얘기만 들어도 지친다."

전파 밴드의 어조를 통해 이 모든 프루스트 이야기가 얼마나 지겨운지 전달하고자 애쓰면서 만무트가 말했다. 그런 암시를 무시하면서 —혹은 그걸 까맣게 모르고— 오르푸가 말했다.

"아직 반도 안 끝났어. 슬픔 속에서 삶을 계속해야 하는 불쌍한 마르셀, 즉 화자는 자네도 알겠지만 작가의 이름이기도 하지… 잠깐, 자네 이 책 읽었다고 그랬지, 안 그래? 작년에 함께 여기로 날아올 때 자네가 시스템 라인으로 분명히 그렇다고 했잖아."

"난… 그냥 좀 훑어봤다는 거지."

오르푸는 한숨 소리조차 아음속으로 들렸다.

"그러니까, 내가 말하고 있었던 것은 불쌍한 마르셀이 알베르틴을 보내 주기 전에 그의 인식 속에 있는 수많은 그녀와 만나야 했을 뿐만 아니라, 그 수많은 알베르틴을 만들어 낸 수많은 마르셀과도 마주쳐야 했다는 거야. 세상 그 무엇보다도 그녀를 원했던 자신의 수많은 모습을, 미친 듯이 질투에 사로잡혔던 마르셀, 무관심한 마르셀, 욕망 때문에 판단력이 흐려졌던 마르셀, 에, 또⋯."

"도대체 요점이 뭐야?"

만무트가 물었다. 지난 백 오십 년의 표준 시간 동안 그 자신의 관심사는 셰익스피어의 소네트였다.

"뭐, 인간 의식의 경이로운 복잡성이겠지."

오르푸가 말했다. 그가 등껍질을 180도 돌리고, 발진기를 작동시키자 그들은 비행선 쪽으로, 기중기 위로, 스티크니 분화구로, 즉 안전한 곳으로 —이곳이 안전하다면— 향했다. 만무트는 회전하는 동안 짧은 목을 쑥 내밀어 화성을 올려다보았다. 착각에 불과하다는 것을 알고 있었지만, 화성을 정말 가까워 보였다. 포에보스가 화성의 외곽을 향해 움직였기 때문에 올림포스와 타르시스 화산은 이제 거의 보이지 않았다. 오르푸가 물었다.

"우리들의 슬픔이···· 예를 들어···· 호켄베리나 아킬레스의 슬픔과 얼마나 다른지 궁금한 적 없어?"

"별로 없는데."

"호켄베리는 지난 삶의 기억을 거의 잃어버린 것과 죽은 부인, 친구들, 학생들, 뭐 이런 것들에 대해 슬퍼하고 있는 것 같았어. 하시만 사실 누가 인간을 알 수 있겠어? 호켄베리는 단지 재생된 인간에 불과하잖아. 뭔가가 혹은 누군가가 그의 DNA, RNA, 그의 저서들 따위로 그를 조립해냈을 뿐인 걸. 어떤 최선의 추측 프로그램 같은 걸로 만들었는지 누가 알겠어? 그리고 아킬레스는, 슬퍼지거나 하면 밖에 나가 사람을 죽이잖아. 어떨 땐 무더기로."

"전쟁이 터진 첫 달에 그가 신들을 공격하는 모습을 봤으면 좋았을 걸."

"자네가 설명한 대로라면 엄청난 대학살이었을 텐데."

"그랬지. 얼마나 잔혹했던지, 내 NOM 속의 그 파일들에 대한 랜덤 액세스를 막아 버렸을 정도니까."

"그것도 내가 생각해왔던 또 하나의 프루스트적 요소야."

오르푸가 말했다. 그들은 지구비행선의 위쪽 뚜껑 부분에 착륙했고, 거구의 모라벡은 단열막 외피에 연결용 소형 갈고리를 걸었다.

"우리에게는 신경계 기억력이 흐려질 때를 대비해서 비非유기성 기억력이 있잖아. 그런데 인간들은 오직 화학적으로 추동되어 신경계에 담긴 혼란스런 기억에 의존하는 수밖에 없단 말이지. 모두 주관적이고 감정에 물든 존재들이야. 그런 인간들이 어떻게 자신의 기억을 믿을 수 있지?"

"나야 모르지."

만무트가 말했다.

"만약 호켄베리가 우리랑 지구로 가면, 그의 머리가 어떻게 움직이는지 잠깐 들여다 볼 수 있지 않을까."

"우리 둘 하고만 얘기할 시간이 별로 없을 것 같은데. 엄청난 중력 가속도가 발생할 거고, 더 엄청난 속도로 감속하게 될 거야. 게다가 이번엔 탑승객도 엄청날 걸. 적어도 36명의 오월성 백들과 천 명의 록벡 군대가 동승할거야."

"이번엔 만반의 준비를 갖추었다, 이거야?"

"글쎄, 그렇진 않을 걸."

오르푸가 덜그럭거렸다.

"지구를 아예 숯덩이로 만들 수 있을 정도의 무기를 가져가지만 말이야. 하지만 지금까지 우리 계획은 의외의 사태들을 따라잡지 못한 것 같은데."

만무트는 화성을 향했던 그들의 비행선이 비밀리에 무장되었다는 사실을 알았을 때 느꼈던 불쾌함을 다시 느꼈다.

"자네는 한 번이라도 자네의 그 잘난 프루스트가 죽은 친구를 애도하듯이 코로스 III나 리포를 애도해 본적이 있나?"

그가 오르푸에게 물었다. 마치 그런 말을 하는 인간의 표정이 어떤지 만무트의 표정을 읽어 보려는 듯, 오르푸의 정교한 레이더가 약간 자그마한 모라벡 쪽으로 쏠렸다. 물론 만무트에게는 표정이란 것이 없었다.

"딱히 그런 건 아냐. 미션이 있기 전까진 모르는 사이였고, 미션 중에도 서로 다른 구역에 있었잖아. 제우스가…… 우릴 덮치기 전까지는. 나에게 그들은 주로 통신선을 통해 들려오는 목소리에 불과했어. 물론 가끔은 그들을 보기 위해 NOM에 접속하기도 해…… 그들의 기억을 기리기 위해서겠지, 아마."

"그렇군."

만무트가 말했다. 그도 마찬가지였다.

"프루스트가 대화에 대해 뭐라고 그랬는지 알아?"

만무트는 다시 한숨이 나오는 것을 참았다.

"뭐라고 그랬는데?"

"이렇게 말했지···· 우리가 담소를 나눌 때, 말하고 있는 건 더 이상 우리가 아니다···· 우리는 스스로를 다른 사람과 비슷하게 변형시킨다. 그들과 다른 자아를 닮도록 변형시키는 게 아니라."

"그러니까, 내가 자네와 이야기를 하는 동안,"

만무트가 그들의 개별 주파수 대역으로 말했다.

"실제로는 너덜너덜한 등껍질에 수많은 다리를 달고 눈도 없이 다니는 투구게와 닮은 나 자신을 만들어내고 있다는 얘긴가?"

"원한다면····"

이오의 오르푸가 덜그럭거렸다.

"하지만 자네가 잡으려는 것보다 항상 팔은 더 멀리 뻗쳐 있을 걸."

아홉

　동이 튼 지 한 시간이 지나자 펜테실레이아가 가장 뛰어난 여전사 열둘을 데리고 말을 타고 일리움에 입성했다. 그들은 둘씩 나란히 펜테실레이아의 뒤를 따랐다. 이른 시각과 차가운 바람에도 불구하고 수천 명의 트로이인들이 담 위에 올라가거나 스카이안 문에서 프리아모스의 임시 궁전에 이르는 길에 줄지어 서서 열세 명이 아니라 수천 명의 지원군이라도 맞이하는 듯 환호성을 질러댔다. 군중들은 손수건을 흔들고, 창과 방패를 부딪치고, 흐느끼고, 만세를 부르고, 말발굽 아래로 꽃을 던졌다.

　펜테실레이아는 이 모든 것을 당연하다는 듯 받아들였다.

　왕의 아들이자, 헥토르와 죽은 파리스의 아우이며, 헬렌의 다음 남편감으로 온 세상이 알고 있는 데이포에보스가, 왕의 현재 거처인 파리스의 옛 궁전 밖에서 아마존 여왕과 그 전사들을 맞이했다. 당당한 풍채에 번쩍거리는 갑옷과 빨간 망토를 걸치고, 깃털을 빳빳하게 빗질한 헬멧을 쓴 그는 팔짱을 끼고 서 있다가 인사를 하기 위해 한쪽 팔을 들었다. 그의 뒤에서 프리아모스의 개인 경호원 열다섯 명이 부동자세로 서 있었다. 데이포에보스가 외쳤다.

　"펜테실레이아 만세, 아레스의 딸이여, 아마존의 여왕이여! 당신과 열두 명의 전사들을 환영합니다. 일리움 전체를 대표해 올림포스 신들과의 전쟁을 도와주기 위해 직접 나서주신 것에 대해 감사와 존경의 마음을 전합니다. 어서 들어오십시오. 목욕을 하고, 우리의 선물을 받으십시오. 그리고 트로이의 진심어린 친절과 미덕을 누리십시오. 트로이 최고의 영웅 헥토르가 직접 나와 당신을 맞이하고 싶어 했지만, 밤새 형제의 장례식을 지킨 후라 지금은 잠시 휴식을 취하고 있답니다."

펜테실레이아가 그녀의 거대한 말에서 가볍게 뛰어 내려왔다. 육중한 갑옷과 번쩍거리는 헬멧에도 불구하고 그녀의 움직임은 완벽하게 우아했다. 그녀는 강인한 두 손으로 데이포에보스의 팔뚝을 잡은 후 전사들 특유의 우정을 과시하며 손에 힘을 주어 인사를 했다.

"감사합니다, 데이포에보스, 프리아모스의 아들이여, 수많은 결투에서 승리하신 영웅이여. 나와 내 동료들은 환대에 감사하며, 당신과 당신의 아버지 그리고 모든 가족들에게 파리스의 죽음에 대해 심심한 애도를 표하는 바입니다. 우리는 그 소식을 이틀 전에 들었습니다. 자비로운 친절에 감사드립니다. 하지만 파리스의 집, 아니 지금은 프리아모스의 궁전으로 들어서기 전에 밝혀두고 싶은 것이 있습니다. 나는 당신들과 함께 신들에 맞서 싸우기 위해 온 것이 아니라, 신을 상대로 한 당신들의 전쟁을 영원히 끝내 버리기 위해서 온 것입니다."

기분이 좋을 때도 눈알이 비정상적으로 튀어나오는 데이포에보스의 두 눈은, 아름다운 이 아마조나를 향해 문자 그대로 희번덕거렸다.

"그걸 어떻게 이루실 건가요, 펜테실레이아 여왕님?"

"바로 그 말을 하기 위해서, 그리고 그 말을 실현시키기 위해서, 온 겁니다. 어서 날 안내하세요, 데이포에보스, 당신의 아버지를 만나야 합니다."

데이포에보스는 아마존 여왕과 그녀의 호위대에게 여덟 달 전 전쟁이 시작되던 날 신들의 폭격에 왕의 궁전이 파괴되고 헤카베 여왕이 죽은 후 프리아모스 왕이 임시로 그보다 누추한 파리스의 궁전에 머물고 있다고 설명했다. 그러자 펜테실레이아가 말했다.

"다시 한 번 우리 아마존 여인들의 위로를 전하는 바입니다, 데이포에보스여. 여왕의 서거 소식은 우리가 사는 먼 곳의 섬들과 언덕들까지 전해졌답니다."

그들이 귀빈실에 들어서자 데이포에보스는 목을 가다듬었다.

"당신의 먼 나라는, 아레스의 딸이시여, 어떻게 해서 이번 달에 신들의 분노를 피할 수 있었습니까? 아가멤논이 고향에서 돌아오는 길에 모든 그리스 섬들의 인간들이 사라져버린 것을 보았다는 소문이 온 도시에 자자합니다. 오늘 아침에는 신들이 아르고스와 우리를 제외한 세상의 모든 사람들을 없애 버렸다는 소식에, 일리움의 가장 용맹한 용사들조차 벌벌 떨었을 정도입니다. 어떻게 당신 종족은 살아남을 수 있었습니까?"

"우리가 살아남은 게 아닙니다."

펜테실레이아가 냉담하게 말했다.

"이 여행을 하는 지난 주 동안 우리가 거쳐 온 다른 나라들처럼 용감한 아마존 여인들의 도시도 텅 비어버렸을 것으로 생각됩니다. 하지만 아테나의 미션 덕분에 우리는 살아남았습니다. 아테나 여신은 일리움 사람들에게 아주 중요한 메시지를 전하라 했습니다."

"제발 말해 주십시오."

데이포에보스가 말했다. 펜테실레이아는 고개를 저었다.

"이 메시지는 고귀한 프리아모스만 들을 수 있습니다."

마치 약속이나 했던 것처럼 나팔 소리가 울려 퍼지고 커튼이 열리더니 프리아모스 왕이 왕실 호위병의 부축을 받으며 천천히 걸어 들어왔다.

펜테실레이아가 왕을 본 지는 일 년도 채 안되었다. 그녀와 50명의 여전사들은 트로이를 응원하고 트로이와 동맹하기 위해 아카이아의 포위망을 뚫고 왔었다. 그때 프리아모스 왕은 아직은 아마존의 도움이 필요 없다고 말하면서도, 엄청난 금과 선물을 선사했었다. 그런데 지금 왕의 모습은 너무나 충격적이어서 아마존의 여왕은 할 말을 잃어버리고 말았다.

언제나 위엄과 활기로 가득 차 있던 왕은 지난 열두 달 동안 이십 년은 더 늙은 것 같았다. 언제나 꼿꼿하던 그의 등은 휘어 있었고, 술기운이나 흥겨움으로 늘 불그레하던 두 뺨은 —펜테실레이아가 다섯 살에서 스물 살이 될 때까지 보아 왔고, 심지어 아주 어릴 적 일리움 사절단이 방문했을 때 동생 히폴리테와 함께 어머니의 왕실 커튼 뒤에 숨어서도 보았던 두 뺨은— 이빨이 다 빠져 버린 노인네의 볼처럼 푹 패어 있었다. 희끗희끗하던 머리카락은 서글프도록 새하얗게 변해 있었다. 퀭한 눈동자는 유령을 쫓는 것만 같았다.

늙은 왕은 금과 라피즈로 장식된 왕좌에 쓰러지듯 털썩 앉았다.

"프리아모스 만세! 라케다이몬의 아들이시며, 트로이의 고귀한 지도자, 용감한 헥토르와 가엾은 파리스 그리고 친절한 데이포에보스의 아버지시여."

한쪽 다리를 꿇으며 펜테실레이아가 말했다. 그녀의 젊은 목소리는 부드러운 멜로디처럼 들리면서도 거대한 방을 울릴 정도로 강인했다.

"아마존 최후의 여왕이 될지도 모르는 나 펜테실레이아 여왕, 그리고 갑옷과 청동 무기로 무장한 내 전사들은 당신에게 찬사와, 위로와, 선물, 그리고 우리의 창을 바칩니다."

"너의 위로와 충성심이야말로 무엇보다 큰 선물이구나, 친애하는 펜테실레이아."

"저는 또한 팔라스 아테나의 전갈과 신들과의 전쟁을 끝낼 수 있는 묘안도 가져 왔습니다."

왕은 고개를 번쩍 들었다. 몇몇 신하들이 탄성 소리를 냈다.

"사랑하는 딸이여, 아테나는 한 번도 일리움을 사랑한 적이 없어. 언제나 이 도시를 완전히 무너뜨리기 위해 아르고스인들과 음모를 꾸며 왔지. 하지만 지금 아테나는 우리 공동의 적이 되었다. 그녀와 아프로디테는 내 아들 헥토르의 아기, 이 도시의 후계자 아스티아낙스를 죽이고, 우리와 우리 아이들은 기껏 그들의 제물에 지나지 않는다고 했다. 희생양이라고 말이다. 신들과 우리들 중 한 쪽이 전멸할 때까지 평화란 없을 것이다."

여전히 무릎을 굽힌 채 고개를 쳐들고 푸른 눈빛을 번뜩이며 펜테실레이아가 말했다.

"아프로디테와 아테나에 대한 모함은 조작입니다. 일리움을 사랑하는 신들은 우리들도 사랑하며, 우리에게 다시 한 번 일리움을 돕기를 원합니다. 신들의 아버지 제우스도 마찬가지 입장입니다. 심지어 회색 눈의 팔라스 아테나조차 아카이아인들의 음모를 깨닫고 —특히 아테나가 자기 친구 파트로클로스를 살해했다고 주장하는 거짓말쟁이 아킬레스 때문에— 일리움의 편으로 돌아섰습니다."

"신들이 평화 협정을 제안한다는 것이냐?"

늙은 왕의 목소리는 속삭임에 가깝고, 어조는 뭔가를 탐내는 듯했다. 펜테실레이아가 일어서면서 답했다.

"아테나는 평화 협정 이상의 것을 제안합니다. 아테나와 트로이를 사랑하는 모든 신들은 당신의 승리를 제안하는 것입니다."

"누구에 대한 승리 말이요?"

데이포에보스가 아버지 옆으로 움직이며 물었다.

"아카이아는 지금 우리의 동맹군입니다. 그들과 기술력이 뛰어난 모라벡들은 방어막을 씌워 우리 도시와 진지들을 제우스의 벼락으로부터 보호해주고 있습니다."

펜테실레이아는 웃었다. 바로 그 때, 방안에 있던 모든 사람들은 아마존 여왕의 아름다움에 압도당하고 말았다. 그녀는 젊었으며 피부는 매끄러웠다. 뺨은 발그레했고, 이목구비는 소녀처럼 생기발랄했으며, 황홀하게 아름다운 청동 갑옷 아래 숨은 그녀의 몸매는 유연하면서도 싱싱했다. 그러나 펜테실레이아의 두 눈과 열정적인 표정은 단순한 소녀의 것이 아니었다. 그것은 활기와 동물적인 본성, 날카로운 지성으로 넘쳐났으며 전사의 불같은 행동력을 드러내고 있었다. 펜테실레이아가 소리쳤다.

"당신의 고귀한 아들 헥토르를 잘못된 길로 인도해, 이제 일리움 전체를 파멸의 길로 이끌도록 만든 아킬레스에 대한 승리! 폐하와 폐하의 도시, 폐하의 또 다른 아들들과 손자들을 파멸시키고, 폐하의 아내들과 딸들을 노예로 만들려는 아르고스인들과 아카이아인들에 대한 승리죠."

프리아모스는 슬픈 듯이 고개를 저었다.

"아무도 준족의 아킬레스와 싸워서 이길 수 없단다, 아마조나야. 아킬레스의 손에 세 번이나 죽음을 당했던 아레스조차도. 그의 공격에 황급히 도망가버렸던 아테나도. 아킬레스에 도전했다 황금빛 고기 덩어리가 되어 올림포스로 호송되었던 아폴로도. 이 반신과 결투하기 위해 지상으로 내려오기를 두려워하는 제우스조차도."

펜테실레이아가 고개를 흔들자 그녀의 금빛 곱슬머리가 빛났다.

"제우스는 아무도 두려워하지 않아요, 고귀한 왕이시여, 트로이의 자랑이시여. 제우스의 *아이기스* 한 방이면 트로이를 파멸시킬 수 있습니다. 트로이뿐인가요, 온 세상을 다 파멸시킬 수 있어요."

제우스의 가장 강력하고 성스러우며 신비한 무기 *아이기스*라는 말에 창병들의 얼굴이 창백해졌고 심지어 프리아모스조차 움찔했다. 제우스가 *아이기스*를 쓰기로 결정하면 심지어 올림포스의 신들조차 파멸을 각오해야 하는 것으로 모두에게 알려져 있었다. 이것은 전쟁 초기 제우스가 모라벡의 방패에 대고 헛되이 쏘아대던 벼락처럼 단순한 열핵융합 무기가 아니었다. *아이기스*는 정말로 무시무시한 것이었다. 아마존의 여왕이 말했다.

"폐하에게 맹세합니다, 고귀한 프리아모스여. 오늘 두 세계의 해가 지기 전에 아킬레스는 죽습니다. 제 어머니와 자매들의 피를 걸고 맹세하건데⋯⋯."

프리아모스가 손을 들어 그녀를 제지했다.

"지금 내 앞에서 맹세하지 말라, 젊은 펜테실레이아. 어릴 적부터 너는 내게 딸이나 마찬가지였다. 아킬레스에게 도전하는 인간은 반드시 죽는다. 너는 왜 이런 죽음을 찾아 트로이로 왔느냐?"

"죽음을 찾아 온 것이 아닙니다, 폐하! 영광을 찾아 온 것입니다."

아마존 여왕의 목소리에 긴장이 묻어났다.

"그 둘이 같을 때도 많다. 와서 내 옆에 앉아라. 편하게 이야기하자꾸나."

왕은 호위병과 데이포에보스에게 대화가 들리지 않는 곳으로 물러서라고 손짓했다. 열 두 명의 아마존 여인들도 두 사람의 왕좌로부터 몇 발자국 물러섰다. 펜테실레이아는 등받이가 높은 왕좌에 앉았다. 한때는 헤카베의 것이었던 이 왕좌는 옛 왕궁의 폐허 속에서 건져져 이곳에 헤카베를 기리기 위해 빈 채로 보존되어 있었다. 아마존의 여왕은 자신의 빛나는 헬멧을 널따란 팔걸이에 내려놓고 늙은 왕 가까이로 몸을 기댔다.

"복수의 여신들이 절 추적하고 있습니다, 프리아모스 왕이시여. 석 달 전부터 바로 오늘까지 그들에게 쫓기고 있습니다."

"아니, 어째서?"

프리아모스가 물었다. 마치 미래의 신부가 아직 태어나지 않은 고해자에게 하듯 그는 가까이 다가갔다.

"그 복수의 정령들은 인간의 힘으로 복수가 불가능할 때 대신 앙갚음을 해주는 것을 업으로 삼고 있잖은가. 특히 가족 중 한 명이 누군가에게 해를 당했을 때. 물론 네 아마존 가족들이 해를 당하진 않았겠지만."

"제가 동생 히폴리테를 죽였습니다."

펜테실레이아가 떨리는 목소리로 말했다. 프리아모스가 몸을 뒤로 뺐다.

"네가 히폴리테를 죽였다고? 아마존의 옛 여왕을? 테세우스의 고귀한 아내를? 하지만 우리는 사냥을 나갔다가 누군가 아테네 여왕의 움직임을 수사슴으로 착각하는 바람에 죽었다고 들었는데."

"죽일 의도는 전혀 없었습니다, 왕이시여. 하지만 테세우스가 제 동생을 유괴한 후 —국빈방문 도중 그녀를 배 위로 꼬드겨서는 닻을 올리고 데려가 버렸어요— 우리 아마존들은 복수를 결심했죠. 올해 우리는 작은 선단을 꾸려 모든 그리스 제도와 펠로폰네소스의 눈이 이곳 트로이에 쏠려 있는 틈을 타, 영웅들이 자리를 비운 무방비 상태의 아테네를 포위했습니다. 물론 일리움을 포위하고 있던 아르고스의 막강한 선단에 비하면 아무 것도 아니었지만. 그리고 테세우스의 성을 침공했습니다."

"우리도 물론 들어서 알고 있다. 하지만 전투는 평화협정과 함께 일찍이 끝나고, 아마존들은 그곳을 떠나지 않았느냐. 우리는 그 직후 히폴리테 여왕이 평화를 축하하는 사냥 축제 중에 죽었다고 들었다."

"제 창을 맞고 죽은 것입니다."

한 마디 한 마디에 힘을 주어 펜테실레이아가 말했다.

"그 때 아테네인들은 도망가고 있었고, 테세우스는 부상을 입은 상태였습니다. 우리는 도시를 손에 넣었다고 생각했죠. 우리의 유일한 목표는 그 남자의 손에서 히폴리테를 구하는 것이었습니다. 헌데 거의 목표에 이르렀을 때, 테세우스가 반격을 해 오는 바람에 우리는 피를 흘리며 배로 후퇴하지 않을 수 없었지요. 수많은 우리의 자매들이 희생되었습니다. 이제 우리는 죽기 살기로 싸워야 했고, 아마존의 사기는 다시 하늘을 찔렀습니다. 우리는 테세우스와 전사들을 온종일 걸어야 할 거리만큼 성벽 쪽으로 밀어 붙입니다. 하지만 테세우스를 겨누었던 저의 마지막 투창은 동생의 가슴팍으로 날아가고 말았습니다. 아테네인의 갑옷을 입고 주인이자 남편인 테세우스 곁에 서 있던 그녀는 남자처럼 보였던 것입니다."

"아마존에 대항이라···· 자매들에게 대항했구나."

"그렇습니다. 제가 죽인 것이 누구인지 밝혀지자마자, 전투를 끝냈습니다. 평화가 이루어졌죠. 우리는 제 동생을 기리기 위해 아크로폴리스 근처에 하얀 기둥을 세우고 슬픔과 수치심 속에서 길을 떠났습니다."

"그리고 그 동생의 피 값을 받기 위해 복수의 여신들이 널 쫓아다니는구나."

"매일 같이요."

펜테실레이아가 말했다. 그녀의 빛나는 눈동자가 젖어 있었다. 이야기하는 동안 붉게 달아올랐던 그녀의 싱싱한 뺨은 이제 창백해졌다. 숨 막히게 아름다운 모습이었다.

"그런데 이 비극적인 사건과 아킬레스가 무슨 상관이란 말이냐, 내 딸아?"

"라오메돈의 아들이시며 다르다누스의 고귀한 자제시여, 이번 달에 아테나께서 저에게 나타나셨습니다. 그리고는 어떤 제물도 지옥의 사자 같은 복수의 여신을 잠재울 수 없으며, 히폴리테의 죽음을 속죄 받을 수 있는 유일한 방법은 열 두 명의 전사들을 선발해 일리움을 향해 떠나는 것뿐이라고 말씀하셨습니다. 그곳에서 아킬레스와 결투를 벌여 그를 죽이고 이 삐뚤어진 전쟁을 바로 잡고 신과 인간 사이의 평화를 복구하라고 하셨습니다."

프리아모스는 헤카베의 죽음 이후 자라게 내버려 둔 수염이 무성해진 턱을 쓰다듬었다. "아무도 아킬레스를 이길 수 없단다, 아마존아. 역대 우리 전사 중 가장 강력했던 내 아들 헥토르도 8년 전에 시도했지만 실패했다. 그리고 지금 그 애는 발 빠른 학살자의 동맹자이자 친구이다. 신들 자신도 여덟 달이 넘도록 시도해왔지만 그들 역시 격노한 아킬레스 앞에 무릎을 꿇거나 실패하고 말았지. 아레스, 아폴로, 포세이돈, 헤르메스, 하데스 그리고 아테나 자신도. 모두 아킬레스를 공격했지만 실패했단다."

"아무도 그의 약점을 모르고 있었기 때문이지요," 아마존 펜테실레이아가 말했다. "아킬레스의 어머니 테티스 여신은 그가 아기였을 때 이 필멸의 아들이 누구에게도 다치지 않도록 만드는 비법을 발견했습니다. 단 한곳만 다치지 않는다면 그는 어떤 전투에서도 패배할 수 없게 되었던 것입니다."

"그것이 무엇이냐?"

프리아모스가 숨을 멈추었다.

"그곳이 *어디냔* 말이냐?"

"저는 아테나에게 ―죽음의 고통을 걸고― 그 비밀을 아무에게도 밝히지 않기로 맹세했습니다, 프리아모스 왕이시여. 하지만 아킬레스가 제 손에 걸리는 순간 이 약점을 이용해 그를 죽이고 이 전쟁을 끝낼 수 있습니다."

"아테나가 아킬레스의 약점을 알고 있다면 자신이 싸울 땐 왜 그걸 이용해 그를 죽이지 않았지? 그들의 결투는 부상당한 아테나가 고통과 두려움 속에서 올림포스로 QT해 도망가는 것으로 끝나지 않았느냐."

"아킬레스가 아기였을 때 운명의 세 여신은 그 비밀이 일리움과의 전쟁을 통해 다른 필멸의 인간에게만 드러나도록 정해 놓았습니다. 하지만 그 운명은 실패했던 거지요."

프리아모스는 왕좌에 기대앉았다.

"그렇다면 결국 헥토르가 발 빠른 아킬레스를 죽일 운명이었겠구나. 우리가 만약 이 신들과의 전쟁을 시작하지 않았다면 운명은 벌써 이루어졌을 것이다."

펜테실레이아는 고개를 저었다.

"아니, 헥토르는 아닙니다. 아킬레스가 헥토르를 죽인 후, 다른 인간이 —어느 트로이인이— 그를 죽이도록 되어 있었습니다. 한 뮤즈가 미래를 예견하는 스콜릭이라는 이름의 노예로부터 그렇게 들었답니다."

"우리의 고귀한 헬레누스나 아카이아 예언자 칼카스 같은 선지자를 말하는 것이냐?"

아마존은 그녀의 금빛 곱슬머리를 또 흔들었다.

"아닙니다. 스콜릭은 예언을 하지 않습니다. 어떻게 했는지는 모르지만, 그들은 미래에서 온 자들입니다. 아테나의 말에 의하면 지금은 모두 죽었습니다. 하지만 아킬레스의 운명은 아직 남아 있는 것입니다. 그리고 제가 그 운명을 완수할 것입니다."

"언제?"

늙은 프리아모스가 말했다. 마음속으로 사태의 모든 영향과 결말을 가늠해보고 있는 것이 분명했다. 그가 오십 년이 넘도록 가장 웅장한 도시의 왕으로 군림할 수 있었던 데는 다 이유가 있었던 것이다. 그의 아들 헥토르는 지금 아킬레스와 혈맹을 맺고 있지만, 왕은 아니었다. 헥토르는 일리움의 가장 고귀한 전사였지만, 그가 전 도시와 백성의 운명을 자신의 손아귀에 넣을 수도 있었건만, 절대 그런 상상조차 하지 않았다. 그건 프리아모스의 일이었다.

"언제 말이냐? 얼마나 빨리 너와 열두 명의 전사들이 아킬레스를 죽일 수 있겠느냐?"

프리아모스는 다시 물었다.

"오늘 안으로요. 아까 약속드렸듯이. 일리움과 저희가 지나온 길에 통과한 구멍을 통해 보이는 올림포스의 해가 완전히 저물기 전에."

"필요한 것이 무엇이냐, 내 딸아? 무기? 돈? 금은보화?"

"폐하의 축복만 있으면 됩니다, 고귀한 왕이시여. 음식도 필요합니다. 그리고 신들과의 전쟁을 끝내러 출정하기 위해 목욕을 하고 갑옷을 차려 입기 전에 잠시 쉴 수 있는 침상도 마련해 주십시오."

프리아모스가 손뼉을 쳤다. 데이포에보스와 수많은 경호원들, 신하들, 그리고 열두 명의 여 전사들이 들을 수 있는 거리로 가까이 다가왔다. 그는 최고의 음식을 내오라고 명령했다. 그리고 그들이 잠시 눈을 붙일 수 있도록 부드러운 침상을 마련하라고 했다. 낮잠 후엔 목욕 준비를 할 것이며, 목욕 후엔 여자 노예들이 오일과 크림으로 마사지를 제공하라고 명령했다. 마지막으로 열세 마리의 말들을 배불리 먹이고 빗질하여 오후가 되면 펜테실레이아가 전장에 나갈 수 있도록 준비해 놓으라고 일렀다.

열두 명의 동료들을 이끌고 왕의 알현실을 나서는 펜테실레이아의 얼굴엔 자신감과 미소가 가득했다.

플랑크 공간을 ―헤라는 전혀 모르는 용어지만― 통과하는 양자이동은 순식간에 이루어지는 것일 테지만, 플랑크 공간 안에서 순식간이란 말은 별 의미가 없었다. 그런 시공간의 틈새를 파고드는 여행은 흔적을 남겼고, 선천적으로 나노유전자와 세포재조립 능력을 타고난 신들은 마치 아르테미스 여신이 숲 속에서 사슴을 발견하듯 가볍게 그 흔적을 추적해낼 수 있었다.

헤라는 플랑크 공간 안의 복잡하게 얽힌 경로를 통해 제우스를 추격했다. 왠지 올림포스와 일리움과 이다산을 연결하는 일반적인 스트링 채널은 아닌 것 같았다. 도착한 곳은 고대 지구의 어느 곳이었는데 일리움은 아니었다. 그녀가 QT를 통해 나타난 곳은 아테나도 잘 알고 있는 커다란 홀이었다. 벽에는 거대한 화살 통이 걸려 있고 그 주변에 거대한 활이 그려져 있었다. 낮고 긴 테이블에는 수십 개의 화려한 술잔과, 그릇, 황금 접시들이 차려져 있었다.

테이블에 앉아서 주둥이가 회색인 개의 목덜미를 여유롭게 쓰다듬고 있던 제우스가 깜짝 놀라 위를 쳐다보았다. 이 인간의 홀 안에서 그는 겨우 7피트의 단신으로 변해 있었다.

"여보! 그 개의 목도 잘라버리실 건가요?"

제우스는 웃지 않고, 중얼거렸다.

"그래야 할 것 같군. 이 개에게 자비를 베풀려면 그래야지."

그는 여전히 눈살을 찌푸리고 있었다.

"이 장소와 이 개를 아직도 기억하오, 여보?"

"그럼요, 오디세우스의 고향이 아닌가요, 바위산으로 덮인 이타카. 그 개의 이름은 아르고스, 어린 시절부터 트로이로 떠나기 전까지 오디세우스가 보살피던 개지요. 강아지 때부터 직접 훈련시킨 걸요."

"그리고 여전히 그를 기다리고 있지. 하지만 이제 페넬로페는 사라져 버렸어, 텔레마쿠스도. 심지어 페넬로페와 땅과 재산을 차지하기 위해 썩은 고기를 찾는 까마귀떼처럼 오디세우스의 집에 모여 들기 시작하던 구혼자들도 페넬로페, 텔레마쿠스, 그리고 트로이에 남은 천여 명을 제외한 나머지 모든 사람들과 함께 불가사의하게 사라져버렸어. 아무도 이놈에게 먹이를 줄 수 없게 되었지."

헤라는 어깨를 으쓱했다.

"그놈을 일리움으로 보내 당신의 건달 아들 디오니소스를 실컷 먹게 만들면 되겠네요."

제우스는 고개를 저었다.

"당신은 왜 그렇게 나한테 잔인한 거요? 그리고 뭐 하러 여기까지 따라와서 세상 사람들이 사라져 버린 이상한 현상에 대해 조용히 생각 좀 하려는 날 방해하는 거요?"

헤라는 하얀 수염을 한 신 중의 신에게 다가왔다. 그녀는 그의 화를 돋울까 두려웠다. 모든 인간과 신들 중에서 오직 제우스만이 그녀를 파멸시킬 수 있잖은가. 그녀는 마음속의 계획 때문에 두려웠다. 하지만 해치우기로 결심한 마당이었다.

"경외하는 폐하, 크로노스의 아들이시여, 나는 작별 인사를 하려고 왔답니다. 몇 태양년동안 만나지 못할 텐데, 마지막 기억을 당신과의 싸움으로 남겨두고 싶지 않아서요."

그녀는 더 가까이 다가 와서 가슴 속에 숨겨진 아프로디테의 밴드를 살짝 건드렸다. 헤라는 성적 에너지가 방을 가득 채우는 것을 느낄 수 있었다. 자신의 몸에서 페로몬이 쏟아져 나오는 것이 느껴졌다.

"올림포스와 트로이가 이렇게 뒤엉켜 싸우고 있는 판에 몇 태양년 동안 어딜 가겠단 말이오?"

제우스가 투덜거렸다. 그러나 그의 콧구멍은 벌름거리기 시작했고, 두 눈에는 갑자기 호기심이 가득 차올랐다. 아르고스는 이미 안중에도 없었다.

"닉스의 도움으로 이 텅 빈 지구의 끝으로 가서 오케아노스와 어머니 테티스를 만나고 올 작정이에요. 그 분들이 우리가 사는 차디찬 화성보다 지구를 더 좋아하신다는 것은 당신도 잘 알잖아요."

그녀는 세 걸음 더 가까이 다가와 제우스가 손을 뻗기만 하면 닿을 거리에 섰다.

"왜 하필 지금 방문한다는 거요, 헤라? 그분들이야 우리가 붉은 행성을 개척해 정착지로 만든 이후 수백 년 동안 자기들끼리 잘 지내왔지 않소."

"그분들의 끝없는 다툼을 끝내드리고 싶어요."

"너무 오랫동안 두 분은 등을 돌리고 살았어요. 마음속의 분노 때문에 사랑을 나누지도 못했지요. 당신이 나에게 불같이 화를 내시기 전에 어디 가는지 미리 말씀드리고 싶었어요. 제가 몰래 오케아노스의 깊은 해류의 전당으로 가버렸다고 생각하시면 안 되잖아요."

제우스는 일어섰다. 헤라는 그가 흥분에 사로잡히고 있는 것을 느낄 수 있었다. 신성한 겉옷만이 그의 욕망을 덮어주고 있었다.

"서두를 필요가 뭐요, 헤라?"

제우스의 눈빛은 당장이라도 그녀를 집어 삼킬 것 같았다. 그 눈길은 형제이자 남편이자 애인인 그가 혀와 손으로 그녀의 가장 부드러운 곳을 쓰다듬을 때의 기억을 떠오르게 했다.

"지체할 필요는 또 뭐에요, 여보?"

"오케아노스와 테티스는 내일이나 모레 만나러 가도 되고 아예 영원히 안 만나러 가도 되는 일 아니오."

헤라에게 가까이 다가서며 제우스가 말했다.

"오늘, 바로 여기서, 우리 사랑에 흠뻑 빠져 봅시다! 어서, 여보⋯⋯."

제우스는 손을 들어 올려 보이지 않는 힘으로 테이블 위에 얹힌 모든 술잔과, 식기와 썩은 음식을 싹 날려 버렸다. 그리고 벽에 걸린 커다란 벽걸이 융단을 뜯어내 거친 판자로 만든 테이블 위에 펼쳤다. 헤라는 한 걸음 물러서서 QT라도 해버릴 듯 가슴 부위에 손을 댔다.

"무슨 말씀이세요, 제우스? 여기서 사랑을 나누자고요? 오디세우스와 페넬로페의 버려진 집에서, 저 개가 지켜보는데? 다른 신들이 홀로그램이나 탐지기를 통해서 훔쳐보지 않는지 누가 알아요? 사랑을 나누고 싶으면 제가 오케아노스의 물에 젖은 전당에서 돌아올 때까지 기다려요. 그러면 헤파이스토스가 직접 만들어 준 제 침실에서 사랑을 나눌게요⋯⋯."

"안 돼!"

제우스가 울부짖었다. 이제 그는 몸도 그것도 더 커지고 있어서, 회색 머리카락이 천장에 닿을 지경이었다.

"엿보는 것 따위는 걱정하지 마. 내가 이타카와 오디세우스의 집 주변에 황금 구름을 아주 두텁게 깔아 놓을 테니. 전 우주에서 가장 날카로운 시력을 가진 자라고 해도, 인간이건 신이건, 심지어는 프로스페로나 세테보스도 그 안개를 뚫고 사랑을 나누는 우리를 훔쳐 볼 수 없을 것이오. 자, 옷을 벗어요!!"

제우스가 뭉뚝한 손가락을 다시 들어 올리자 주변을 감싸고 있는 에너지장의 힘으로 온 집안이 부르르 떨리더니 황금빛 구름이 뭉게뭉게 일어났다. 쏟아져 내리는 에너지로 털끝이 바짝 선 아르고스는 밖으로 달려 가버렸다.

제우스는 오른 손으로 헤라의 손목을 잡아 가까이 끌어 당겼다. 나머지 한 손으로는 그녀의 가슴팍에서 가운을 벗겨버렸다. 아테나가 헤라를 위해 만들어 준 가운과 함께 아프로디테의 밴드도 바닥에 떨어졌다. 하지만 그는 개의치 않았다. 욕정과 페로몬으로 꽉 들어찬 공기 속에서 헤라는 수영이라도 할 수 있을 것 같았다.

제우스는 한 손으로 그녀를 들어 올린 후 벽걸이 융단이 깔린 테이블 위로 살짝 눕혔다. 오디세우스가 이타카의 험한 암초에 부딪혀 침몰한 배의 갑판에서 떼어낸 두껍고 단단한 합판으로 식사 테이블을 만든 것을 정말 잘한 일이었다고 헤라는 생각했다. 그는 그녀의 다리 사이로 가운을 당겨 발가벗겨 버렸다. 그리고는 자신도 옷을 벗었다.

남편의 거룩한 성기가 빳빳이 선 것을 수없이 보아왔지만, 그 광경은 여전히 그녀의 숨을 막히게 했다. 모든 남성 신들이⋯⋯ 신들이라⋯⋯ 그러니까 그들이⋯⋯ 기억조차 나지 않는 먼 옛날 올림피아의 신들로 형질변환 될 때, 제우스는 남성 신으로서 가장 강력한 특징을 독차지했다. 지금 그녀의 하얀 무릎을 눌러대고 있는 이 울퉁불퉁한 진홍색 기둥은 이 신들의 왕이 인간들에게 두려움을 불러일으키고, 동료 신들의 부러움을 사는 유일한 홀笏이었다. 비록 헤라가 생각하기엔 너무 자주 사용하는 경향이 있긴 했지만 —그 크기만큼이나 그의 욕정과 생식 능력은 왕성했다— 그녀는 여전히 이 무시무시한 폐하의 신체 부위가 온전히 자기 것이라고 믿고 있었다. 하지만 멍이 들 수도 있고 더 험악할 수도 있다는 것을 알면서, 헤라는 자신의 벌거벗은 무릎과 허벅지를 꼭 닫고 있었다.

"저를 원하나요, 여보?"

제우스는 입으로 숨을 몰아쉬고 있었다. 그의 눈빛은 거칠었다.

"당신을 원해. 어떤 인간의 여자나 여신도 지금처럼 내 심장을 뛰게 하고 나를 미치게 만든 적이 없었소. 다리를 벌리시오!"

"한 번도 없었다고요?"

여전히 다리를 오므린 채 헤라가 물었다.

"모든 신들과 지혜를 겨루는 피리토우스를 낳은 익시온의 아내를 범할 때도, 그리고⋯⋯ 푸른 핏줄이 서린 가슴을 가진 익시온의 아내를 범할 때도 이렇진 않았어."

제우스가 헐떡거리며 말했다. 그는 그녀의 무릎을 강제로 벌려 하얀 허벅지 사이로 들어갔다. 그의 성기가 그녀의 하얗고 탄력 있는 아랫배에 이르자 쾌감으로 부르르 떨렸다.

"아크리시오스의 딸 다나에를 사랑할 때도?"

헤라가 물었다.

"그녀하고도 이렇진 않았어."

헤라의 단단해진 왼쪽 유두를 그리고 다시 오른쪽 유두를 빨면서 제우스가 말했다. 그의 손이 그녀의 가랑이 사이로 들어왔다. 그녀는 젖어 있었다. 가슴밴드의 영향으로, 그리고 그녀 자신의 욕망으로. 제우스가 덧붙여 말했다.

"모든 신들에 맹세코, 다나에의 발목 하나만으로도 오르가즘을 맛볼 수 있을 정도였는데 말이야!"

"당신하고는 여러 번 맛보았겠죠, 여보."

제우스가 커다란 손바닥으로 그녀의 엉덩이를 받치고 가까이 들어 올리자 숨을 헐떡거리며 헤라가 말했다. 그의 왕홀의 넓고 커다란 귀두가 정액으로 젖어 오면서 그녀의 허벅지 사이를 비집고 들어갔다.

"그 여자가 당신에게 대장부의 화신을 낳아 주었잖아요."

제우스는 너무 흥분해서 삽입도 제대로 못하고 처음 여자를 대하는 소년처럼 그녀의 따뜻한 부위를 얼쩡거릴 뿐이었다. 제대로 집을 찾아 가기 위해 그녀의 가슴을 쥐고 있던 한 손을 놓자 헤라가 그의 손목을 잡았다.

"피닉스의 딸 유로파보다도 더 저를 원하나요?"

그녀가 다급하게 속삭였다.

"유로파보다 더, 그래,"

제우스가 숨을 몰아쉬었다. 그는 그녀의 손을 잡아 자신의 물건 위에 얹었다. 그녀는 그것을 꼭 쥐면서도 비밀스런 그곳으로 데려가지는 않았다. 아직은 아니지.

"디오니소스를 낳은 뇌쇄적인 여인, 세멜레보다 더 강렬히 나와 하기를 원하나요?"

"세멜레보다도 더, 물론, 물론이지."

그는 자신의 물건을 쥐고 있는 그녀의 손을 더욱 강하게 당겨 제자리를 찾아보려고 애썼다. 하지만 얼마나 커져버렸는지, 삽입이라기보다 숫양의 머리를 들이대는 형상에 가까웠다. 헤라는 테이블 위로 2피트나 밀렸다. 그는 그녀를 다시 잡아 당겼다. 그가 헐떡거렸다.

"테베의 알크메네보다 더! 비록 그날 나의 씨가 천하무적 헤라클레스를 태어나게 했지만 말이야."

"머리 결이 고운 데메테르보다 더 날 원하나요, 언젠가⋯⋯."

"그래, 그렇다니까, 제기랄, 데메테르보다 더 원한다니까."

그는 헤라의 다리를 더 넓게 벌리고, 오른 손바닥만으로 그녀의 등을 테이블 위로 1피트는 들어 올렸다. 이제 그녀는 가랑이를 벌리는 수밖에 없었다.

"당신이 백조로 변해 레다를 때려눕히고 거대한 날개로 짓누르며 거대한 백조의 그것으로 그녀를 범했던 날보다도 지금 날 더 원하나요⋯⋯."

"그래, 그래! 제발, 입 좀 다물어."

제우스가 헉헉거렸다.

그리고 그는 들어갔다. 그리스가 일리움에 쳐들어가는 데 성공했더라면 스카이안 문을 부수는 데 사용했음직한 숫양 머리의 거대한 망치 같은 그것으로 그녀를 활짝 열어젖혔다.

이후 20분 동안, 헤라는 두 번이나 거의 기절할 뻔 했다. 제우스는 정력적이었지만 급하진 않았다. 그는 쾌락에 탐닉하면서도 쾌락적 금욕주의자처럼 절정의 순간을 인색할 정도로 오래 기다렸다. 두 번째 순간에 헤라는 미끄럽고 땀에 젖은 움직임 아래 의식이 빠져나가는 것을 느꼈다. 길이가 30피트나 되는 테이블은 격한 흔들림에 거의 뒤집어질 뻔 했다. 소파는 굴러가 버리고, 천정에서는 먼지가 부서져 내렸다. 오디세우스의 고택은 거의 무너져 내릴 지경이었다. 헤라는 생각했다. *이래선 안 돼 - 제우스가 절정을 맛보는 순간에도 정신을 똑바로 차리고 있어야 해. 안 그랬다간 모든 계획이 수포로 돌아갈 거야.*

그녀는 스스로 4번이나 오르가즘을 겪은 후에도 정신을 바짝 차리고 있었다. 제우스가 마지막으로 밀어대는 순간 오디세우스의 거대한 화살 통이 벽에서 떨어져 박살이 나면서 바닥에는 독이 묻었을지도 모르는 화살이 좍 깔렸다. 그는 한 손으로 그녀를 받치고 —어찌나 난폭하게 밀어붙이는지 거룩한 좌골이 으스러지는 소리가 들렸는데— 다른 손으로는 그녀의 어깨를 꼭 쥐어서 덜덜거리는 딱딱한 테이블 아래로 미끄러지지 않게 했다.

그리고는 그가 사정했다. 헤라는, 그러지 않으려고 무진 애를 썼음에도, 비명을 지르고 잠시 정신을 잃었다.

가까스로 껌뻑이며 눈을 뜨자 그의 육중한 무게가 느껴졌다. 그는 열정의 마지막 순간에 자신도 모르게 15피트의 거구로 자라 있었다. 거친 수염이 가슴팍을 할퀴었고, 땀에 젖은 그의 머리는 그녀의 볼 옆에 뉘어 있었다.

헤라는 손가락을 들어 올렸다. 솜씨 좋은 헤파이스토스가 가짜 손톱을 만들어 그 속에 주사 앰풀을 숨겨두었던 것이다. 차가운 손가락으로 그의 뒤통수를 쓰다듬으면서 그녀는 손톱을 젖혀 주사기를 작동시켰다. 둘의 거친 숨소리와 신성한 두 심장이 내는 박동 소리에 묻혀 거의 아무 소음도 나지 않았다.

이 약은 완전수면이라는 것으로서 이름에 걸맞게 수백만 분의 일초 안에 작용했다.

투약과 거의 동시에 제우스는 코를 골더니 그녀의 붉게 긁힌 가슴팍에서 침을 질질 흘리기 시작했다.

그를 밀어내고, 부드러워진 그의 물건을 다리 사이에서 빼낸 다음, 그 아래서 빠져 나오느라 헤라는 자신의 신성한 힘을 거의 다 동원해야 했다. 아테나가 만들어준 그녀의 독특한 가운은 엉망진창이 되어 있었다. 스스로의 꼴도 말이 아니라는 것을 헤라는 깨달았다. 안팎의 모든 근육이 멍들고 긁히고 부어 있었다. 일어서자 신들의 왕의 신성한 정액이 다리 사이로 흘러내렸다. 헤라는 망가진 가운 조각으로 그것을 닦아냈다.

찢어진 실크 가운에서 아프로디테의 밴드를 떼어낸 후, 헤라는 오디세우스의 아내 페넬로페의 화장실로 들어갔다. 이 방엔 살아 있는 올리브 나무를 그대로 베어낸 자리에서 만들어낸 거대한 침대가 자리하고 있었다. 침대는 금과, 은, 상아로 장식된 틀에 싸여 있었고, 가벼운 양털과 풍성한 침대보가 주홍빛으로 염색된 가죽 끈에 매달려 있었다. 페넬로페의 욕실 옆에 비치된 캠퍼로 둘러쳐진 트렁크에서 가운을 끄집어냈다. 끝이 없었다. 오디세우스의 아내는 그녀와 사이즈가 비슷했다. 게다가 여신은 옷의 재단에 맞게 자신의 몸매를 수정할 수 있었다. 마침내 그녀의 멍든 가슴을 받쳐줄 수놓은 띠가 있는 복숭아색 실크 가운으로 결정했다. 하지만 옷을 입기 전에 페넬로페의 뜨거운 목욕을 위해 준비되었지만 끝내 사용되지 못한 채, 여러 날 방치되어 있던 청동 주전자의 차가운 물로 최선을 다해 몸을 씻었다.

잠시 후 옷을 차려 입고 조심스러운 발걸음으로 홀에 다시 들어선 헤라는, 거대한 구릿빛 피부의 벌거벗은 남자가 긴 테이블에 엎드려 코를 고는 모습을 바라보았다. *지금 죽여 버릴까?* 스스로에게 물었다. 코를 골며 누운 군주를 바라보고 그 소리를 들으면서 이런 생각을 하는 것이 이번이 처음은 아니었다. 아마 천 번쯤 될 것이다. 그녀는 이게 혼자만의 생각이 아니라는 것도 알고 있었다. 얼마나 많은 아내들이 —여신이건 필멸의 여인이건, 과거의 여인이건 미래의 여인이건— 거친 황야에 비치는 구름의 그림자처럼 이런 생각이 마음속에 스며드는 순간을 경험했던가? *죽일 수 있다 해도, 정말 그럴 용기가 있는 걸까? 그게 가능하다 해도, 지금 행동에 옮길 용기가 있는가?*

대신, 헤라는 일리움의 평원으로 QT할 준비를 했다. 지금까지는 계획대로 진행됐다. 지축을 흔드는 포세이돈이 언제라도 아가멤논과 메넬라오스를 행동으로 몰아넣을 것이다. 몇 시간 안에, 아니면 더 일찍 아킬레스는 죽을 것이다. 아무리 아마존이라지만 한낱 여자에 불과한 자의 손에 학살될 것이다. 독 묻은 창끝에 발목을 찔려. 그리고 헥토르는 고립될 것이다. 그리고 만에 하나 아킬레스가 자신을 공격하는 여자를 죽여 버린다 해도, 아테나와 헤라에겐 그를 죽일 복안이 있었다. 제우스가 깨어날 때쯤이면, 인간들의 폭동은 이미 지나가버렸을 것이다. 만약 그가 깨어날 것을 헤라가 허락한다면 말이다. 완전 수면에서 깨서나기 위해서는 해독제를 맞거나, 이 오디세우스의 저택의 높은 담장이 산산이 무너져 내려야 할 것이다. 혹은 헤라가 계획했던 것보다 더 일찍 목적이 달성된다면 그녀는 그를 곧 깨울 수도 있다. 그러면 신들의 왕은 약 기운에 잠든 것도 모른 채 색욕과 그 피로감 때문에 잠이 들었던 것뿐이라고 생각할 것이다. 그를 언제 깨우든, 신과 인간 사이의 전쟁은 이미 끝나고, 트로이 전쟁이 재개되어 과거의 질서가 되돌아온 후, 즉 헤라와 그녀의 음모자들이 선택한 운명이 기정사실화되고 난 후일 것이다.

잠들어 있는 크로노스의 아들에게 등을 돌리고 헤라는 오디세우스의 집을 걸어 나왔다. 아무도, 심지어 여왕조차도 제우스가 쳐 놓은 연막을 뚫고 QT할 자는 없었다. 양막을 걷고 나오는 신생아가 몸부림치듯 축축한 에너지의 벽 사이를 헤치고, 헤라는 의기양양하게 트로이로 순간이동 했다.

포에보스 달의 스티크니 분화구의 푸른 공기 주머니 안에서 만났던 모라벡들 중 호켄베리가 이미 아는 자는 아무도 없었다. 처음으로 의자를 감싸고 있던 에너지 장이 걷히고 외부 환경에 노출되자 그는 너무 당황하여 몇 초간 숨을 쉴 수가 없었다. 아직도 진공 상태에 있다고 생각한 것이다. 그러나 곧 피부를 누르는 공기의 압력과 쾌적한 기온을 느낄 수 있었다. 그래서 키 작은 만무트가 그에게 공식 사절단처럼 다가온 키 큰 모라벡들을 소개시켜 줄 때에는 불규칙하게나마 조금씩 숨을 쉴 수 있었다. 사실 상당히 당황스러웠다. 그런 다음 만무트는 떠나버리고 호켄베리는 이 이상한 생체 기계들과 홀로 남겨졌다.

"환영합니다, 호켄베리 박사."

그를 바라보고 있던 5명의 모라벡 중 가장 가까운 자가 말했다.

"화성까지 오시느라 고생이 많으셨을 줄 압니다."

박사라는 호칭을 듣자 잠시 동안 가슴이 걸리면서 속이 메스꺼워지는 것을 느꼈다. 만무트를 제외하고는 남의 입을 통해 이 호칭을 들어본 적이 어언···· 아니, 이 두 번째 삶에서는 *단 한 번도* 들어본 적이 없었다. 지난 십년 동안 동료 스콜릭 나이튼헬저가 농담 삼아 한두 번 불러댔던 것을 빼면. 호켄베리가 말했다.

"아, 네, 감사합니다···· 그러니까 저는···· 죄송합니다. 성함을 다 외우지 못해서. 죄송합니다, 지금 좀…… 정신이 없어서요."

그리고는 혼자 생각했다. *의자가 분리될 때 이제 죽는구나 싶었거든요.*

키 작은 모라벡이 고개를 끄덕거리더니 말했다.

"그러시겠죠, 이 공기 주머니 안에서는 많은 일이 벌어지고 있거든요. 그러니 상당히 시끄럽게 느껴지실 겁니다."

사실이었다. 정말 많은 일이 벌어지고 있었다. 적어도 2~3에이커는 —호켄베리는 크기를 가늠하는 데엔 언제나 소질이 없었는데, 운동을 안 한 탓이었을까— 덮을만한 거대한 푸른 주머니 안에는 기중기 모양의 구조물, 고향 인디애너의 블루밍턴에서 보았던 어떤 건물보다 더 큰 기계들이 가득했고, 후식용 젤리 모양에 테니스 코트만한 크기의 유기물 덩어리가 꿀꺽꿀꺽 튀어나와 흐르고 있었으며, 수백 명의 모라벡들이 일하고 있었다. 모두들 제 할일을 하느라 정신없이 바빴다. 또한 둥근 공 같은 것이 둥둥 떠다니면서 조명 역할을 함과 동시에 레이저 빔을 쏘아 용접을 하고 녹이는 일을 했다. 이 거대한 공간 속에서 그나마 눈에 익어 보이는 것은, 생뚱맞기는 했지만, 약 30피트 떨어진 곳에 있는 둥근 장미목 테이블이었다. 테이블 주위에는 각각 높이가 다른 6개의 의자가 놓여 있었다.

"제 이름은 아스티그/체입니다."

키 작은 모라벡이 말했다.

"당신의 친구 만무트와 마찬가지로 유러피언이죠."

"유러피언이라구요?"

호켄베리가 바보처럼 말을 받았다. 그는 휴가 때 프랑스에 한 번 가 보았고 고전학 회의 때문에 아테네에 한 번 가 보았는데, 비록 두 도시의 남녀들이 약간…… 다르기는 했지만…… 이 아스티그/체처럼 생긴 사람은 한 명도 보지 못했다. 만무트보다 적어도 4피트는 더 크고 더 휴머노이드에 가까워 보였지만 —특히 손 주변은— 여전히 만무트처럼 플라스틱 같은 금속 껍질에 싸여 있었고, 색깔은 밝고 매끈한 노란 색이었다. 이 모라벡은 어린 시절 좋아했던 노란색 레인코트를 연상시켰다. 아스티그/체가 차분하게 대답했다.

"유로파 말입니다. 얼음과 물로 뒤덮여 있는 목성의 달. 만무트의 고향이자 저의 고향이죠."

"그렇군요."

호켄베리가 말했다. 그의 얼굴이 달아올랐고, 얼굴이 달아올랐다는 사실이 또다시 그의 얼굴을 달아오르게 만들었다.

"죄송합니다. 물론 만무트가 어딘가의 행성에서 왔다는 것은 알았는데…… 미안합니다."

"제 직함은…… 뭐 직함이라고 하면 너무 형식적이고 으스대는 말일 테고, 그냥 제 '작업 기능' 정도가 더 적절한 번역이겠죠. 오월 컨소시엄의 통합사령관입니다."

호켄베리는 자신이 정치인, 아니면 적어도 고위 공무원 앞에 서 있다는 사실을 깨닫고 가볍게 인사를 했다. 나머지 4개의 달은 어떻게 부르는지 도저히 알아낼 단서가 없었다. 유로파 행성? 전생에서도 들어본 적이 있었다. 20세기 말에서 21세기 초에 이르는 기간 동안 몇 주 간격으로 목성의 행성이 새로이 발견되었다는 기억이 떠오르는 느낌은 있었는데, 이름들은 전혀 기억나지 않았다. 어쩌면 그가 죽은 시점까지 아직 이름이 붙여지지 않았는지도 모른다. 하여간 거기에 관해선 아무런 기억이 없었다. 게다가 호켄베리는 언제나 라틴어보다 그리스어를 선호했기 때문에, 태양계의 가장 큰 행성은 주피터가 아니라 제우스라고 불려야 한다고 생각하고 있었다…… 하긴 그랬다가는 지금 같은 상황에서는 혼란을 불러일으킬 수도 있을 테지. 아스티그/체가 말했다.

"제 동료들을 소개하지요."

모라벡의 목소리는 호켄베리에게 계속해서 누군가를 연상시키고 있었는데, 이제야 그게 누군지 떠올랐다. 영화배우 제임스 메이슨!

"제 오른쪽에 있는 키가 큰 신사 분은 베 빈 아데입니다. 소행성대에서 온 전투용 모라벡 파견단의 사령관이십니다."

"호켄베리 박사."

베 빈 아데 장군이 말했다.

"드디어 당신을 만나게 되어서 반갑습니다."

키 큰 남자는 악수를 청하지 않았다. 손이 없었기 때문이었다. 미세한 모터들이 미로처럼 엉킨 갈고리 모양의 집게가 있을 뿐이었다.

신사라니, 호켄베리는 생각했다. 록벡들. 지난 여덟 달 동안 그는 일리움과 화성의 올림포스 주변에서 수천의 전투용 록벡들을 보아 왔다. 모두 이 록벡처럼 2미터 정도로 키가 크고, 이 장군처럼 검정색에, 집게와 갈고리, 키틴질의 등껍질, 날카로운 톱니로 엉켜 있는 형상이었다. 소행성대에선 *아름답게 만들려는 목적으로 이들을 번식시키거나⋯ 혹은 조립하지는⋯ 않는 모양이로군.* 그는 생각했다.

"저도 영광입니다⋯ 베 빈 아데 장군님,"

그는 큰 목소리로 말한 후 몸을 약간 숙였다. 통합사령관 아스티그/체가 말을 이었다.

"제 왼쪽에 있는 분은, 칼리스토 달에서 오신 통합사령관 초 리입니다."

"포에보스 달에 오신 것을 환영합니다, 박사님."

초 리의 목소리는 여자라고 착각할 만큼 부드러웠다. *모라벡에게도 성의 구별이 있나?* 궁금해졌다. 그는 언제나 만무트와 오르푸가 남자 로봇이라고 생각해왔다. 그리고 록벡 군인들은 의심할 여지없이 남성적 태도를 취했다. 하지만 이 피조물들에겐 분명히 개성이란 게 있어 보였다. 그러니 성의 구별도 없으란 법은 없지 않은가?

"통합사령관 초 리."

호켄베리가 반복한 후 다시 고개를 숙였다. 이 칼리스토 출신은 —칼리스토이드라고 해야 하나? 아님, 칼리스타니안?— 아스티그/체보다 키가 작았지만, 더 육중하고 덜 휴머노이드처럼 보였다. 자리에 없는 만무트보다도 훨씬 덜 휴머노이드적이었다. 호켄베리를 약간 혼란스럽게 하는 것은 플라스틱과 금속 패널 사이로 분홍색의 맨살 같은 느낌의 살덩이가 보인다는 사실이었다. 만약 살덩이 몇 개랑 중고 자동차 부품 몇 개를 뒤섞어 노트르담의 꼽추 콰지모도를 조립한 다음, 뼈 없는 팔과 데굴데굴 돌아가는 갖가지 크기의 눈을 붙이고, 우체통 입구처럼 생긴 길고 좁다란 구멍을 뚫고, 전체 크기를 축소시키면, 초 리의 친척쯤으로 보일 것 같았다. 이름이 주는 느낌 때문에 호켄베리는 이 칼리스토의 모라벡들이 중국인에 의해 디자인된 것은 아니었을까 하고 생각했다.

"초 리 뒤에 계신 분은 수마IV입니다."

아스티그/체는 제임스 메이슨 같이 부드러운 목소리로 말했다.

"수마IV는 가니메데 달에서 왔습니다."

수마IV의 키와 신체비율은 인간에 가까웠지만, 외모는 그렇다고 하기 어려웠다. 가니메데인은 6피트정도의 키에 적당한 비율의 팔다리, 허리, 판판한 가슴, 그리고 열 개의 손가락을 가지고 있었다. 기름처럼 보이는 회색 유체로 코팅되어 있었는데 호켄베리는 언젠가 만무트가 그것을 버키카본이라는 부르는 것을 들어본 적이 있었다. 호넷을 보고 한 얘기였다. 그걸 사람 위에 붓다니⋯⋯ 사람 모양을 한 모라벡 위에⋯⋯ 그 결과는 약간 당황스러웠다.

더욱 당황스러운 것은 수백 개의 다면체가 겹겹이 쌓여 반짝거리고 있는 모라벡의 거대한 눈이었다. 호켄베리는 궁금하지 않을 수 없었다. 만약 수마IV 혹은 그 동족들이 내가 살았던 지구를⋯⋯ 예를 들어 뉴멕시코의 로즈웰을⋯⋯ 방문한다면 어떻게 될까? 51지구地區의+ 얼음 위에 수마IV의 사촌이 있지 않았을까?

아니지, 그는 스스로에게 상기시켰다, 이들은 외계인이 아니지. 인간이 디자인하고 제작해 태양계에 퍼뜨려 놓은 유기 로봇들이지. 내가 죽은 지 수백 년 쯤 후에.

"안녕하십니까, 수마IV?"

"만나게 되서 반갑습니다, 호켄베리 박사."

키가 큰 가니메데 모라벡이 말했다. 이번에는 제임스 메이슨의 목소리도, 작은

+ 51지구(Area 51) ; 미국 네바다 주의 남쪽에 위치한 군사 기지의 별칭. 주로 우주선과 무기에 대한 비밀 연구를 진행시킨다. - 역자 주

소녀의 목소리도 아니었다···· 반짝이는 파리 눈을 하고 윤기가 흐르는 새카만 모라벡의 목소리는 소년들이 텅 빈 보일러 연통에 대고 소리를 질러대는 것 같았다. 아스티그/체가 말했다.

"우리 컨소시엄의 마지막 대표를 소개드리겠습니다. 아말테아 행성에서 오신 퇴행退行 시노피센 입니다."

"퇴행 시노피센이요?"

호켄베리는 눈물이 나도록 웃고 싶은 충동을 겨우 억누르며 말을 받았다. 그는 인디애너 대학 근처 새하얀 옛집의 서재로 가서 누워 낮잠이나 한 숨 자다가 깨어나고 싶었다.

"네, 퇴행 시노피센입니다."

아스티그/체가 고개를 끄덕이며 말했다.

이 거창한 이름의 모라벡은 은색의 거미다리를 움직이며 미끄러지듯 다가왔다. 호켄베리의 관찰에 의하면 미스터 시노피센은 몸집 크기가 라이오넬 장난감 기차용 변압기 정도밖에 되지 않았는데, 차이가 있다면 광택 알루미늄 같은 것으로 뒤덮여 더욱 반짝거린다는 정도였다. 여러 개의 다리들이 어찌나 가는지 눈에 보이지 않을 정도였다. 몸통을 이루는 상자 표면에는 눈이라 해도 좋고 발광 다이오드 혹은 그냥 작은 불빛이라 해도 좋은 것들이 여기 저기 붙어 있었다.

"반갑습니다, 호켄베리 박사."

작고 반짝거리는 상자의 목소리는 어찌나 깊은지 오르푸가 내던 아음속에 맞먹을 만했다.

"박사님의 책과 논문은 모두 읽었습니다. 적어도 저희 문서보관국에 있는 것들은 모두. 정말 대단하더군요. 직접 만나게 되다니 영광입니다."

"감사합니다."

호켄베리가 멍하게 대답했다. 그는 다섯 모라벡을 바라보고, 거대한 가압 공기주머니 안에서 알 수 없는 기계에 매달려 일하고 있는 수백의 다른 모라벡들을 바라보았다. 이윽고 아스티그/체에게 고개를 돌려 말했다.

"이제 어떻게 하면 되죠?"

"일단 여기 테이블에 둘러앉아서 임박한 지구 탐사건과, 당신이 어떻게 거기 참가할 수 있을 건지, 의논해 보는 게 어떨까요?"

오월 컨소시엄의 유로파 통합사령관이 제안했다. 호켄베리가 말했다.

"좋습니다. 뭐 그렇게 하시죠."

열둘

메넬라오스가 마침내 헬렌을 코너로 몰아넣었을 때, 그녀는 혼자였고 무방비 상태였다.

파리스의 장례식 다음날은 시작부터 야릇했고, 시간이 지날수록 더욱 이상해졌다. 겨울 바람 속에서 공포와 종말의 냄새가 났다. 그날 아침 일찍, 헥토르가 형제의 유골을 무덤으로 옮기고 있는 그 순간에 헬렌은 안드로마케의 부름을 받았다. 헥토르의 부인과 여자 노예는 ―레스보스 섬 출신으로 수년 전 혀를 뽑힌 그녀는 현재 트로이의 여인들이라는 비밀조직에서 일하고 있었다― 스카이안문에서 가까운 안드로마케의 비밀 아파트에 난폭한 눈빛의 카산드라를 억류하고 있었다.

"이게 무슨 일이지?"

아파트 안으로 들어오며 헬렌이 물었다. 카산드라는 이 집에 대해 모르고 있었다. 카산드라는 절대 이 집에 대해 알지 못하도록 되어 있었다. 그런데 프리아모스의 딸이자 미친 예언자인 카산드라가 어깨를 늘어뜨리고 나무 의자에 앉아 있는 것이다. 이아손과의 사이에서 태어난 에우네오스의 어머니로 유명한 힙시필레의 이름을 얻은 여자 노예는 카산드라의 문신이 새겨진 손목 위에 긴 칼날을 대고 있었다. 안드로마케가 말했다. 밤새 한 잠도 못잔 듯 피로한 목소리였다.

"얘는 알고 있어. 아스티아낙스 일을 알고 있어."

"어떻게?"

고개도 들지 않은 채 카산드라가 대답했다.

"초월夢幻 상태에서 봤지."

헬렌은 한숨을 쉬었다. 이 비밀조직의 주요 인물은 일곱이었으며, 안드로마케와 프리아모스왕의 부인이자 자신의 시어머니이기도 한 헤큐바가 시작한 계획이었다. 이후 테아노가 그룹에 동참했다. 그녀는 기마병 안테노르의 부인이자 아테나 사원의 높은 여사제였다. 그 다음으로 헤큐바의 딸 라오디케가 비밀조직의 일원으로 받아들여졌다. 이렇게 네 사람은 헬렌에게 자신들의 비밀과 목표를 털어놓았다. 전쟁을 끝내는 것, 남편과 자식들의 생명을 구하는 것, 아카이아의 노예가 될 운명에서 스스로를 구해 내는 것.

헬렌은 이 *트로이의 여인들*이라는 비밀 조직의 일원이 되는 영광을 누릴 수 있었고 ―물론 그녀는 트로이인이 아니라 궁극적으로 이 여인들에게 슬픔을 가져다준 사람이었지만― 지난 몇 년 간 제3의 길, 즉 명예롭고 끔찍한 대가를 치를 필요가 없는 해결책을 찾기 위해 노력해 왔다.

그들은 프리아모스의 가장 어여쁘고 가장 광적인 딸 카산드라를 계획에 포함시키지 않을 수 없었다. 이 젊은 여인은 아폴로에게 예언의 능력을 선물 받았고, 계획을 세우기 위해선 그녀의 예언이 필요했으니까. 게다가 카산드라는 이미 광적인 초월 상태에서 그들의 존재를 알아버렸고, 아테나 신전의 지하에 모인 트로이 여인들과 그들의 비밀스러운 회합에 대해 지껄여댄 것이다. 그러니 카산드라의 입을 막기 위해서라도 동참시키지 않을 수 없었다.

마지막으로 일곱 번째 여인은 가장 나이가 많은 헤로필레였는데, 그녀는 "헤라가 가장 사랑하는 사람"이자 가장 늙고 현명한 무녀로서 아폴로 스민테우스의[+] 여사제였다. 그녀는 무녀로서 종종 카산드라의 거친 꿈들을 해몽했는데, 카산드라

[+] 스민테우스(Smintheus) ; 쥐의 신이라는 의미로, 아폴로의 곡물을 쥐로부터 지켜주는 능력을 뜻함 – 역자 주

자신보다 더 정확하기까지 했다.

발 빠른 학살자 아킬레스가 벗 파트로클로스가 아테나의 손에 의해 살해되었다고 주장하며 아가멤논의 지위를 찬탈하고 신들에 맞선 광포한 전쟁에 아카이아를 끌고 들어갔을 때, 그 안에서 *트로이의 여인들*은 그들의 기회를 보았다. 카산드라는 계획에서 제외한 채 —트로이의 멸망을 예언하기 전까지 그녀의 예언들은 너무 불안정했으므로— 그들은 안드로마케의 유모와 그녀의 아들을 살해했던 것이다. 그런 다음 안드로마케는 —비명을 지르고, 발작적인 통곡을 터뜨리며— 아테나와 아프로디테 여신이 헥토르의 아기 아스티아낙스를 살해했다고 주장했던 것이다.

헥토르는 아킬레스와 마찬가지로 분노와 슬픔으로 이성을 잃어버렸다. 트로이 전쟁은 이렇게 끝이 났고 신들과의 전쟁이 시작되었다. 아카이아인들과 트로이인들은 그들의 새로운 동맹군, 비주류 신들이라 할 수 있는 모라벡들과 함께 올림포스를 포위하러 구멍 속으로 진군해 들어갔다. 그리고 신들의 폭격이 시작되던 첫날 —모라벡들이 일리움 위에 에너지 보호막을 씌우기 전— 헤큐바는 죽었다. 그녀의 딸 라오디케, 그리고 가장 사랑받던 아테나의 여사제 테아노도.

일곱 명의 트로이의 여인들 중 셋은 자신들이 불러일으킨 신들과의 전쟁 첫날 죽음을 맞았다. 그리고 그들이 사랑했던 수백의 전사와 시민들도.

이제 또 하나가 더 죽는 건가? 헬렌은 자신의 심장이 깊고 깊은 슬픔의 나락으로 빠져드는 것을 느끼며 말했다. 그녀는 안드로마케에게 물었다.

"카산드라는 죽일 건가요?"

헥토르의 아내는 헬렌 쪽으로 차가운 시선을 돌리더니 한참 후에야 입을 열었다.

"아니, 나는 이 애에게 스카만드로스, 내 아들 아스티아낙스를 보여주겠어."

상아 턱받이 헬멧과 사자 가죽으로 어설프게 위장을 한 메넬라오스는 아무 문제없이 트로이 시내에 잠입할 수 있었다. 그는 문을 지키는 보초병과 수많은 또 다른 미개인 동맹군들을 뚫고 지나는 데 성공해, 파리스의 장례식 직후 그리고 아마존 여인들의 도착 직전에 시내에 들어섰다.

여전히 이른 아침이었다. 그는 폭격 맞은 프리아모스의 궁 근처는 피했다. 파리스의 유골을 매장하려는 헥토르와 그의 장군들이 거기 있어서 이 트로이인들 대부분이 상아턱받이 헬멧이나 디오메데스의 사자 가죽을 알아볼 위험이 있다는 걸 잘 알고 있었기 때문이다. 분주한 장터와 골목길 사이를 에돌아 그는 파리스의 궁 앞에 있는 작은 광장으로 나왔다. 이곳은 프리아모스 왕의 임시 거처인 동시에 헬렌의 집이었다. 입구에는 엘리트 근위병들이 서 있었고, 물론 모든 담장과 테라스에도 배치되어 있었다. 어느 테라스가 헬렌의 것인지, 언젠가 오디세우스가 가르쳐 주었었다. 메넬라오스는 커튼이 드리워진 그 테라스를 뚫어지게 쳐다보았다. 하지만 그의 부인은 나타나지 않았다. 대신 번쩍거리는 갑옷을 입은 두 창병이 그곳을 지키고 있었다. 헬렌은 오늘 아침 집에 없다는 뜻이었다. 그녀는 좀 더 검소했던 라케다이몬 궁전에서도 자기 아파트에다 근위병을 들인 적이 없었다.

파리스의 궁전 앞 광장 건너편에는 와인과 치즈를 파는 가게가 있었다. 볕이 잘 드는 골목에는 거친 테이블이 차려져 있었다. 메넬라오스는 그곳에서 요기를 했다. 이럴 줄 알고 아가멤논의 가방에서 챙겨 온 트로이 금화로 값을 치렀다. 그는 몇 시간이고 그곳에 죽치고 앉아서 —그렇게 죽치고 앉아 있는 동안 주인이 기분 나빠하지 않도록 더 많은 삼각형의 동전을 쥐어줘야 했지만— 가까운 벤치와 광장 주변에서 떠들어대는 군중들의 잡담과 가십거리를 훔쳐들었다.

"오늘 마나님은 집에 있대?"

할멈 하나가 다른 할멈에게 물었다.

"오늘 아침부터 없다는데. 내 포이베가 그러는데, 해가 뜨자마자 어디론가 사라져버렸대. 근데 제 서방님 유골이 제대로 모셔지고 있는지 살피러 간 건 아니라는군."

"그럼 뭔데?"

두 할멈 중에 이빨이 더 없는 할멈이 잇몸을 우물거리며 지껄였다. 그 노파는 속삭이기라도 하려는 듯 몸을 가까이 굽혔다. 하지만 역시 귀가 어두워 보이는 다른 할멈은 거의 악을 써가며 대답했다.

"소문에 들었는데, 그 호색한 프리아모스 왕이 그 천한 외국 년 헬렌한테 다른 아들하고 결혼하라 그랬대. 아, 글쎄, 돌을 들어 아무렇게나 던져도 죄다 왕의 서자들 머리통을 맞힐 만큼, 지천에 깔린 게 왕의 사생아들이잖아? 근데 그놈들이 아니라 그 뚱뚱하고 모자란 적자 데이포에보스한테 결혼하라고 그랬다는군. 게다가 파리스의 바비큐 파티가 끝나는 대로 48시간 안에 말이야."

"그럼 정말 빠르네."

"그럼, 빠르지. 오늘이 될지도 몰라. 데이포에보스는 파리스가 그년의 펑퍼짐한 엉덩이를 끌어당겨 온 그날부터 —정말 저주받을 날이었지— 그 년을 자빠뜨릴 날만 학수고대하고 있었지. 아마 지금쯤 결혼 피로연은 아니더라도, 디오니소소의 축연을 베풀고 있을 걸."

노파들은 입에서 빵과 치즈 조각들을 튀겨가면서 지껄였다.

메넬라오스는 테이블을 박차고 일어서 거리를 거닐기 시작했다. 왼손에는 창을 들고 오른손은 칼집 위에 얹은 채였다.

데이포에보스? 데이포에보스는 어디에 살고 있지?

신들과의 전쟁이 시작되기 전에는 훨씬 쉬웠었다. 프리아모스의 결혼 안 한 자녀들은 —그 중 몇몇은 이미 50대이다— 모두 도심의 거대한 궁전에서 함께 살았다. 아카이아인들은 일단 트로이의 장벽을 뛰어 넘기만 하면 어떤 순서로 학살을 자행할 것인가까지 다 계획해 놓고 있었다. 그러나 새 전쟁이 벌어진 첫 날 행운의 폭탄이 떨어지는 바람에, 모든 왕자와 공주들은 이 거대한 도시의 여기저기에 아늑한 각자의 보금자리를 만들어 흩어져 버린 것이다.

그래서 치즈 가게를 떠난 지 한 시간이 지난 후에도 메넬라오스는 여전히 북적거리는 거리를 거리를 배회하고 있었다. 그 때 아마존 펜테실레이아와 열 두 명의 여 전사들이 관중들의 열광 속에서 그의 곁을 지나갔다. 한발 물러서지 앉았다가는 아마존 전투마의 발에 채일 지경이었다. 그녀의 정강이받이가 채워진 다리가 거의 그의 겉옷에 스칠 뻔 했다. 그녀는 결코 시선을 떨어뜨리거나 옆으로 돌리지 않았다.

메넬라오스는 펜테실레이아의 아름다움에 너무 충격을 받아 그 자리에서 말똥이 묻은 보도블록 위로 주저앉을 뻔했다. 제우스여, 저렇게 늠름하고 빛나는 갑옷 안에 저토록 섬세하고 연약한 아름다움을 숨겨 놓으시다니! 저 눈빛! 한 번도 아마존에 맞서거나 아마존과 함께 전투를 해본 적이 없는 메넬라오스는 이런 광경을 난생 처음 보았다.

넋을 놓은 예언자처럼 그는 행렬에 동참했고, 파리스의 궁전에 이를 때까지 아마존들과 군중들을 따라갔다. 그곳에서 아마존들은 데이포에보스의 환영을 받았는데, 영접단 중에 헬렌의 모습은 보이지 않았다. 그러니까 치즈가게 할멈들의 얘기는 틀렸다는 얘기였다. 적어도 헬렌이 현재 어디에 있는가에 관한 한은.

펜테실레이아가 사라져간 문을 바라보면서 메넬라오스는 사랑에 홀린 양치기 소년처럼, 마침내 무리에서 빠져나와 다시 거리를 배회하기 시작했다. 거의 정오가 다 되었다. 그는 시간이 거의 없다는 것을 알고 있었다. 아가멤논의 계획은 점심 때 쯤 아킬레스에 대한 반역을 시작해 저녁 무렵에는 전투를 끝내놓는 것이었다. 그런데 메넬라오스는 이제야 처음으로 일리움이 얼마나 거대한 도시인지 깨닫고 있는 중이었다. 시간에 맞춰 헬렌을 만나 해치울 수 있는 가능성은 얼마나 될까? 거의 없다. 그는 깨달았다. 아르고스 진영에서 첫 반란의 비명의 시작되는 순간 거대한 스카이안문은 닫힐 것이고 장벽 위의 보초병은 두 배로 증강될 것이라는 사실을. 메넬라오스는 독안에 든 쥐가 될 것이다.

그는 실패, 증오, 사랑이 뒤범벅된 구토에 가까운 감정을 느끼면서 스카이안문 쪽으로 달리다시피 했다. 헬렌을 찾아내지 못한 데 안도감을 느끼면서, 동시에 그녀를 찾아내 죽이지 못한 자신에게 혐오감을 느끼면서 문 근처에 도착했을 때, 그곳에선 일종의 폭동이 진행 중이었다.

그는 이 광경에서 차마 눈을 돌리지 못하고 구경을 했다. 그런데 상황은 점점 더 걷잡을 수 없이 커져 그를 삼켜버릴 지경에 이르렀다. 주위의 늙은 여인들이 떠들어대기 시작했다.

펜테실레이아와 그녀의 달걀 껍데기 같은 아마존 전사들이 도착했다는 ─지금은 아마 모두 프리아모스의 부드러운 소파에서 쉬고 있다는— 소식에 트로이 여인들이 들떠있는 것 같았다. 왕의 임시 거처로부터 펜테실레이아가 아킬레스를 죽이겠다고 맹세했다는 소문이 퍼졌다. 시간만 있다면 아킬레스뿐 아니라 아이아스며, 길을 막는 모든 아카이아 전사들을 죽여 버릴 기세였고, 그렇게 말하는 아마존의 눈빛이 결의에 차 있었다고도 했다. 이 소식은 트로이 여인네들(트로이의 여인들과는 반대되는) 속에 잠자고 있던, 하지만 결코 수동적이지 않았던, 무언가를 건드려 놓았음이 분명했다. 그들은 거리로, 담벼락으로, 흉벽으로 달려 나갔고, 혼란에 빠진 보초병들은 소리를 지르며 달려오는 부인들과 딸들, 어머니와 누이들에게 길을 내주었다.

그런가 하면 히포다미아란 이름의 여인이 (유명한 피리토우스의 부인이 아니라, 너무나 하찮은 —메넬라오스가 전장에서 마주친 적도 없고 모닥불 가에서 이름을 들은 적도 없는— 트로이 장군 티시포누스의 부인이) 웅변을 토해내며 트로이의 여인네들을 살인적인 흥분상태로 몰아가고 있는 모양이었다. 메넬라오스는 군중 사이로 들어가 연설을 들어보기로 했다.

"자매들이여!"

히포다미아가 소리쳤다. 중무장을 하고 엉덩이가 거대한 이 여인은 나름대로 호소력이 있었다. 뒤로 묶은 머리카락은 흐트러졌고 소리를 지르며 손을 휘둘러댈 때마다 어깨가 진동을 했다.

"우리는 어째서 남자들과 어깨를 나란히 하고 싸우지 못했던 것입니까? 우리는 어째서 일리움의 운명에 대해 눈물이나 흘리고 아이들의 죽음에 대해 애도나 하고 앉아있으면서, 그 운명을 바꾸기 위해 아무 것도 하지 않았던 겁니까? 아직 수염도 나지 않은 어린 나이에 전장에 나가 죽어야 했던 우리들의 아이들보다 우리가 더 나약하단 말입니까? 우리의 어린 아들들보다 우리가 더 연약하고 중요했단 말입니까?"

여인네들이 함성을 질렀다.

"우리는 이 도시의 남자들과 먹을 것, 빛, 공기, 침대를 나누고 있습니다."

거대한 엉덩이의 여인이 외쳤다.

"그렇다면 왜 그들과 전쟁터의 운명은 나누지 않습니까? 우리가 그렇게 나약합니까?"

"아니요!"

수천 명의 트로이 여인네들이 담벼락 위에서 소리쳤다.

"우리 중에 아카이아와의 전투에서 남편이나, 형제나, 자식이나 친척을 잃지 않은 자가 단 한 명이라도 있습니까?"

"없소!"

"만약 아카이아인들이 이 전쟁에서 승리한다면 우리 여인들의 운명이 어떻게 될지 잘 모르는 분이 있습니까?"

"없소!"

"그러니 이제 더 이상은 우물쭈물하지 맙시다."

히포다미아가 함성에 답하며 소리쳤다.

"아마존 여왕은 오늘 해가 지기 전에 아킬레스를 죽이겠다고 맹세했습니다. 그 여인은 자기 고향도 아닌 도시를 위해 싸우겠다고 그 먼 곳에서 달려왔습니다. 그런데 우리가 고향을 위해, 남편을 위해, 자식들을 위해, 그리고 우리 자신의 목숨과 미래를 위해 그 여인보다 덜 결단하고 덜 실천한다는 것이 말이 됩니까?"

"안됩니다!"

이번에는 함성이 끊이질 않았다. 여인들은 광장으로부터 내닫기 시작하더니, 계단에서 담벼락으로 풀쩍 뛰어올랐다. 그 바람에 메넬라오스는 거의 압사당할 뻔했다. 히포다미아가 소리쳤다.

"무장합시다! 베틀과 실을 던져버리고, 갑옷을 입읍시다. 칼을 차고 이 담장의 바깥에 모입시다!"

티시포누스 부인의 장광설에 처음에는 비웃음과 조소를 보내며 담장 위에서 구경하고 있던 남자들도 슬금슬금 뒤로 물러서기 시작했고, 달려드는 군중들에게 길을 내주었다. 메넬라오스도 똑같이 했다.

하나님이 보우하사 아직도 열려 있는 스카이안문으로 가려고 메넬라오스가 막 몸을 돌렸을 때, 가까운 모퉁이에 헬렌이 서 있는 것을 보았다. 그녀는 다른 쪽을 보느라 그를 발견하지 못했다. 그는 헬렌이 두 여인에게 작별의 입맞춤을 하고 길을 ─혼자서─ 걷기 시작하는 걸 지켜봤다.

메넬라오스는 멈춰 서서 숨을 들이 마신 후 칼집에 손을 대고 몸을 돌려 그녀를 따라갔다.

* * *

카산드라가 말했다.

"테아노가 이 광기에 종지부를 찍었다. 테아노가 군중들에게 연설을 했고 이 여인들을 일깨웠다."

안드로마케가 냉정한 어조로 받았다.

"테아노는 여덟 달도 전에 벌써 죽었어,"

카산드라가 반쯤 초월 상태에 빠졌을 때면 내는 모노톤의 목소리로 말했다.

"지금 이 현재가 아닌 다른 현재에선 그렇지. 다른 미래에서는 말야. 테아노가 이것을 끝장내. 모든 사람들이 아테나 사원의 여사제의 말에 귀를 기울였어."

여인들은 이미 광장으로 돌아와 군인의 대열을 흉내 내며 문을 향해 전진하고 있었다. 그들은 집으로 돌아가 무기로 쓸 수 있는 것들은 다 끌어 모아 ─표면이 닳고 말총이 빠져나가 버린 아버지의 투박한 청동 헬멧, 형제의 버려진 방패, 남편이나 아들이 쓰던 창이나 검─ 나름대로 중무장을 하고 나왔다. 무기들은 너무 커 보였고, 창은 너무 무거워 보였다. 찰캉찰캉 소리를 내며 지나가는 여인들의 행렬은 전쟁놀이를 하는 어린애들처럼 보였다.

"이건 광기야, 광기."

안드로마케가 속삭였다. "

"아킬레스의 친구 파트로클로스가 죽은 이후 모든 것은 단순한 광기가 되어

버렸지."

카산드라가 말했다. 그녀의 창백한 두 눈은 열기와 광기로 더욱 빛났다.

"비열하고, 되먹지 못하고, 불신만 가득해."

벌써 두 시간이 넘도록 담장 옆 안드로마케의 햇빛 가득한 아파트 꼭대기 층에서는 여인들이 18개월 된 아기 스카만드로스와 시간을 보내고 있었다. 온 도시가 애도했던 신의 손에 살해된 아기, 그 복수를 위해 헥토르를 신들과의 전쟁으로 몰아넣었던 바로 그 아기. 스카만드로스, 혹은 "도시의 주인" 아스티아낙스는 새로운 유모의 보살핌 속에서 아주 건강하게 자라고 있었다. 입구에는 몰락한 테베에서 데리고 온 충직한 시실리아의 근위병들이 24시간 동안 보초를 서고 있었다. 이 남자들은 아킬레스의 손에 전사한 안드로마케의 아버지 에에티온을 지키기 위해 죽을 작정이었으나 아킬레스의 변덕으로 살아남게 되었다. 이젠 에에티온의 딸과 그녀의 숨겨진 아들만을 위해 목숨을 바치고 있었다.

알 수 없는 말들을 종알대며 지금까지 모두 1마일 정도를 두 발로 아장거려봤을 이 아기는 짧은 인생의 반에 해당하는 시간이 지났음에도 카산드라 고모를 알아보고, 이제 두 팔을 벌린 채 그녀를 향해 달려왔다.

카산드라는 아기를 꼭 안아주면서 눈물을 흘렸다. 그리고는 거의 두 시간 동안 세 명의 트로이 여인과 두 명의 노예들과 ─한 명은 유모, 또 한 명은 레스보스 출신의 킬러─ 이야기를 나누고 아기와 놀았다. 아기가 낮잠을 자는 동안에는 더 많은 이야기를 나누었다.

"왜 다시는 초월 상태에서 함부로 지껄여서는 안 되는지 알겠지."

방문을 마친 후 안드로마케가 부드럽게 말했다.

"만약 듣지 말아야 할 사람이 엿듣기라도 하면, 우리 외의 누군가가 진실을 알게 된다면, 스카만드로스는 너의 예언대로 죽게 될 거야. 담장의 가장 높은 곳에서 던져져 그 아이의 두개골이 바위에 부딪히고 말겠지."

카산드라의 그렇잖아도 창백한 얼굴이 더욱 창백해지면서 다시 잠깐 눈물을 흘렸다. 그리고는 마침내 말했다.

"내 힘으로 조절하긴 어렵겠지만, 입단속 하는 법을 배우겠어. 나를 늘 감시하는 당신의 하인이 잘 보살펴주겠지."

그녀는 무표정한 힙시필레를 향해 고개를 끄덕였다.

근처의 담장과 도심의 광장에서 점점 더 커지고 있는 소요와 여인들의 함성 소리가 들려 왔다. 그들은 무슨 일이 벌어지는지 알아보기 위해 베일을 드리우고 함께 밖으로 나갔다.

헬렌은 히포다미아의 장광설이 진행되는 동안 몇 번이고 끼어들고 싶은 충동을 느꼈다. 하지만 이미 때가 늦었다는 것과 ―여인들은 이미 뿔뿔이 흩어져 무장을 하고 돌아와서는 히스테리컬한 벌떼처럼 앞뒤로 몰려 다녔으니까― 카산드라가 옳았다는 사실을 깨달았다. 그녀의 오랜 친구이자 아직도 숭배 받고 있는 아테나 신전의 대사제인 테아노라면, 이 넌센스를 멈출 수 있었을 것이다. 그녀의 훈련받은 사제의 목소리로 테아노는 "이 무슨 어리석은 짓이냐!"하고 호통을 쳤을 것이다. 청천벽력 같은 목소리로 군중들을 사로잡아 여자들의 정신이 번쩍 들게 만들었을 것이다. 테아노라면 이 펜테실레이아가 ―노쇠한 왕에게 약속을 하고 잠들어 버린 것 외에는 트로이를 위해 아직 아무 것도 하지 않은― 다름 아닌 전쟁신의 딸임을 상기시킬 것이다. 광장에서 고함을 질러대고 있는 이 여인들 중에 신의 딸이 있는가? 과연 자신의 아버지가 아레스라고 주장할 자가 있는가?

게다가 테아노라면 갑자기 조용해진 군중들 앞에서 말했을 것이다. 트로이와 동등한 전력을 겨루던, 아니, 아킬레스 같이 더 뛰어난 전사까지 갖추고도 지난 십 년 동안 제대로 된 전투조차 벌이지 않았던 그리스가 오합지졸에 불과한 트로이 여인네들에게 항복할 리가 있겠느냐고. 당신들이 남몰래 말 다루는 법과, 전차 모는 법과 창던지는 법과, 거센 창날을 방패로 막아내는 법과, 비명을 지르는 적군의 모가지를 강인함 몸통에서 잘라내는 법을 배워 놓지 않았다면 다들 집으로 돌아가라고. 테아노라면 이런 이야기들을 다 해버렸을 거라고 헬렌은 확신했다. 빌려온 창을 베틀로 바꾸고 남편의 보호에 몸을 맡기라. 그리고 남자들의 전투 결과에 따르라. 그러면 군중은 뿔뿔이 흩어져 버렸을 것이다.

그러나 테아노는 거기 없었다. 테아노는 —헬렌의 섬세한 표현대로라면— 죽은 파리스 왕자의 거시기와 마찬가지로 죽어 없어졌다. 결국 여인들은 제대로 무장도 못한 채, 아마존의 펜테실레이아가 낮잠에서 깨어나기도 전에 아킬레스를 죽일 거란 확신으로 전장을 향해 진군했다. 구멍을 향해, 올림포스의 산자락을 향해. 히포다미아는 행렬의 후미에서 스카이안문을 통과했다. 그녀의 빌려온 갑옷이 삐딱하게 걸쳐져 있었는데 —켄타우로스가 전쟁을 벌이던 먼 태고에서 온 것 같은 모양으로— 청동 가슴받이는 헐렁했고 그녀의 커다란 가슴에 부딪혀 철컹거리는 소리를 냈다. 이 군중의 선동자는 더 이상 군중을 제어하지 못했다. 모든 정치가들처럼 그녀는 행렬의 선두에 나서려고 기를 썼지만 그럴 수도 없었다.

헬렌과 안드로마케와 카산드라는 작별의 입맞춤을 나누고— 킬러 노예는 이미 붉은 눈빛의 예언자에게서 눈을 떼지 않고— 헬렌은 제 갈 길을 갔다. 그녀는 오늘이 다가기 전에 프리아모스 왕이 거구의 데이포에보스와의 결혼 날짜를 잡고 싶어한다는 걸 알고 있었다.

그러나 파리스와 함께 지냈던 궁으로 돌아가기 전에 헬렌은 군중들 사이에서 빠져나와 아테나의 신전으로 갔다. 물론 신전은 비어 있었다. 아스티아낙스를 죽이고 인간을 올림포스 신들과의 전쟁으로 몰아넣은 이 여신에게 공개적으로 기도를 드리는 사람은 근래 들어 찾아보기 힘들었다. 헬렌은 어둡고 향냄새가 진동을 하는 공간으로 들어서, 침착하게 숨을 가다듬은 후 거대한 황금 여신상을 향해 고개를 들었다.

"헬렌."

한 순간 트로이의 헬렌은 여신이 전남편의 목소리를 빌어 자신에게 말을 걸고 있다고 확신했다. 그녀는 천천히 몸을 돌렸다.

"헬렌."

10피트 떨어진 곳에 메넬라오스가 서 있었다. 다리를 넓게 벌리고, 샌들 신은 두 발을 어두운 대리석 바닥에 굳게 디딘 채. 봉헌용 촛불이 흐릿하게 깜박거리는 와중에도, 헬렌은 그의 붉은 수염과 찡그린 얼굴과 오른손에 쥔 검과 왼손에 느슨하게 들린 상아턱받이 헬멧을 알아볼 수 있었다.

"헬렌."

막상 복수의 순간이 오니까 오쟁이 진 왕이자 전사인 그가 지금 말할 수 있는 거라곤 오로지 그 이름뿐인 것 같았다.

헬렌은 도망갈까 생각도 해보았지만 별로 좋은 선택이 아니라는 것을 알았다. 그를 제치고 거리로 달려 나가는 것은 불가능한 일이었다. 남편은 언제나 라케다이몬에서 가장 발이 빠른 선수였다. 그들은 아들을 낳으면 너무 빨라서 절대 붙잡아 엉덩이를 때려줄 수 없을 것이라고 농담까지 했었다. 물론 아들은 낳은 적은 없었지만.

"헬렌."

헬렌은 남자들이 내는 신음 소리는 ―오르가즘의 순간, 죽음의 순간, 그리고 그 사이에 내는 모든 신음은― 모두 들어봤노라고 생각했었다. 그러나 남자의 입에서 그토록 고통에 사로잡힌 신음 소리를 들어본 적은 일찍이 없었다. 그것도 통상 고통스러울 때 입에 담는 단어가 아닌, 전혀 상관없는 단어를 말하면서 말이다.

"헬렌."

메넬라오스는 검을 치켜들면서 재빨리 앞으로 걸어 나왔다.

헬렌은 전혀 도망치려고 하지 않았다. 활활 타는 촛불 아래서 그리고 빛나는 황금 여신상 앞에서 그녀는 무릎을 꿇고 자신의 권리를 행사하려는 남편을 올려본 후, 눈을 내리깔고 가운을 벗어 가슴을 드러낸 채 칼날을 기다렸다.

열셋

통합 사령관 이스티그/체가 말했다.

"마지막 질문에 대답하지요. 우리가 지구에 가려는 까닭은, 이 모든 양자 활동의 중심이 지구 위 혹은 그 근처에 있는 것처럼 보이기 때문입니다."

"만무트에 들은 바에 의하면 당신이 그와 오르푸를 바로 화성에 —정확히 말해 올림포스 몬스에— 보낸 이유가 바로 화성이 이 모든 … 양자? … 활동의 원천이기 때문이라고 하던데요."

호켄베리가 말했다.

"올림피언들에게 이 구멍을 통과하는 QT능력이 있다는 사실을 우리가 감지했을 당시에는 그렇게 믿었죠. 이 구멍은 소행성대와 목성 공간에서 형성되어 화성을 통과하고 일리움 시대의 지구까지 이어져 있습니다. 그러나 지금 우리 기술이 밝힌 바에 의하면 지구야말로 이 활동의 중심이자 원천이라는 겁니다. 화성은 수용자라는 거지요…… 아니, 과녁이라는 말이 더 정확한 표현이 되겠군요."

"당신들의 기술이 여덟 달 만에 그렇게 휙 바뀔 수 있단 말입니까?"

호켄베리가 묻자, 초 리가 답했다. 그는 기술적인 문제에 전문인 것 같았다.

"우린 올림피언들의 양자터널에 편승한 이래로 통합양자이론에 대한 지식을 어렵잖게 세 배로 늘렸지요. 예컨대 양자 중력에 관한 우리 지식의 대부분은 최근 여덟 달 사이에 습득한 것입니다."

"그래, 도대체 무엇을 배웠단 말인지요?"

호켄베리가 물었다. 과학을 완전히 이해하리라고 기대하진 않았지만, 처음으로 모라벡들이 의심스러워지기 시작했다. 퇴행 시노피센, 즉 거미 다리를 한 변압기가 어울리지 않게시리 중얼거렸다.

"우리가 밝혀낸 건 모두 무시무시한 것들이었습니다. 정말 무시무시합니다."

그 말만큼은 호켄베리도 알아들었다.

"그 양자인지 뭔지가 불안정하기 때문이란 애깁니까? 만무트와 오르푸에 의하면 당신들은 그들을 보내기 전부터 그 사실을 알고 있었다는데요. 생각했던 것보다 심각하단 애긴가요?"

"그것이 전부는 아닙니다만,"

아스티그/체가 말했다.

"우리는 소위 신들의 배후에 있는 이 힘, 혹은 힘들이 어떻게 양자필드 에너지를 사용하는가를 점차 더 이해하고 있답니다."

신들의 배후에 있는 힘, 혹은 힘들. 호켄베리는 이 말을 염두에 두었지만 당장은 따지고 들지 않고 그냥 물었다.

"그들이 어떻게 그걸 이용하지요?"

"올림피언들은 양자필드의 리플, 즉, 중첩공간을 이용해 전차를 날게 만듭니다."

가니메데에서 온 수마IV가 대답했다. 이 키 큰 피조물의 다면체 눈이 프리즘처럼 빛을 반사했다.

"그게 나쁜 건가요?"

"집에 전구를 밝히겠다고 원자핵 융합반응을 일으킨다면 나쁜 일이겠죠."

초 리가 그/그녀의 부드러운 목소리로 말했다.

"저희가 감지한 에너지는 측정조차 불가능할 정도입니다."

"그렇다면 왜 신들이 이 전쟁에서 벌써 이기지 못했죠? 당신들의 테크놀로지도 거기에 맞먹는 것 같던데···· 제우스의 아이기스조차도."

록벡 사령관인 베 빈 아데가 대답했다.

"신들은 화성과 일리움을 둘러싸고 있는 엄청난 에너지의 아주 일부만을 사용하고 있어요. 신들도 자신이 구사하고 있는 능력 뒤에 숨어 있는 테크놀로지를 이해하고 있는 것 같지 않습니다. 그저···· 빌려다 쓰고 있는 거죠."

"누구한테서요?"

호켄베리는 갑자기 갈증을 느꼈다. 모라벡들이 이 가압 공기 주머니 안에 인간이 먹는 스타일의 음식물을 가지고 있는지 궁금해졌다. 아스티그/체가 답했다.

"그게 바로 우리가 지구로 가서 밝혀내고자 하는 것입니다."

"그렇다면 왜 우주선을 사용하죠?"

초 리가 부드러운 톤으로 물었다.

"뭐라고요? 그럼 어떻게 서로 다른 세계 사이를 오간단 말인가요?"

"화성으로 쳐들어올 때 썼던 방법을 그대로 쓰면 되잖아요. 구멍 중 하나를 이용하세요."

아스티그/체는 만무트와 비슷한 방식으로 고개를 저었다.

"화성과 지구 사이에는 양자-터널 브레인 홀이 없습니다."

"하지만 목성 공간에서 소행성대로 올 때 직접 구멍을 만들어서 왔잖아요, 아닌가요?"

호켄베리가 말했다. 그는 머리가 아팠다.

"그걸 다시 할 수는 없나요?"

초 리가 대답했다.

"만무트는 우리의 트랜스폰더를+ 올림포스의 양자 기류 중심에 정확히 오엽五葉 배열시키는데 성공했었습니다. 하지만 이번에는 지구 위에서나 그 궤도 위에서 이런 임무를 수행할 수 있는 사람이 없어요. 그것 또한 우리들의 임무 중 하나입니다. 우

+ 트랜스폰더(transponder) ; 통신기와 응답기의 합성어로 위성에 탑재되는 장치 - 역자 주

리는 그것과 비슷하지만 더 업데이트된 트랜스폰더를 우주선에 싣고 갈 겁니다."

호켄베리는 고개를 끄덕였지만 자신이 무엇에 동의하고 고개를 끄덕이고 있는지 스스로 확신할 수 없었다. 그는 "오엽배열"의 정의를 기억해내려고 애쓰고 있었다. 정사각형 중앙에 다섯 번째 점이 찍혀 있는 모양을 말하는 거였나? 아니면 꽃잎이나 꽃받침의 모양을 말하는 걸까? 어쨌든 다섯이란 숫자와 연관된 단어라는 것을 알고 있었다. 아스티그/체가 테이블 위로 가까이 몸을 숙였다.

"호켄베리 박사, 이 대담한 양자 에너지의 사용이 왜 우리를 위협하는지 그 이유에 대한 힌트를 드릴까요?"

"네, 부탁해요."

매너 한 번 확실하군, 트로이와 그리스의 영웅들 사이에서 너무 오래 지냈던 호켄베리는 생각했다.

"9년 동안 일리움과 올림포스를 오가면서 올림포스와 화성의 다른 지역 사이에 중력이 뭔가 다르다는 느낌을 받지 않았습니까, 박사님?"

"글쎄요⋯⋯ 네, 그런 것 같네요⋯⋯ 올림포스에선 늘 몸이 더 가벼워진 느낌을 받았어요. 그곳이 화성이라는 사실을 깨닫기 전에도 말입니다. 당신들이 나타나고 서야 그걸 알게 되었죠. 그런데 당연한 것 아닌가요? 화성의 중력이 지구보다 원래 약한 것 아닌가요?"

"훨씬 약하지요."

초 리가 피리 소리를 내며 끼어들었다. 호켄베리의 귀에는 정말 피리 소리 같았다. 목신牧神 판의 피리.

"일 초당 약 372킬로미터/초입니다."

"무슨 뜻이죠?"

"지구 중력장의 38퍼센트 정도란 얘기입니다."

퇴행 시노피센이 말했다.

"그리고 당신은 지구와 올림포스의 중력장 사이를 매일 양자이동으로 오갔죠. 중력이 62퍼센트로 줄어드는 것을 느꼈었나요, 호켄베리 박사?"

"제발, 여러분, 절 토머스라고 불러 주세요."

호켄베리가 혼란을 느끼면서 말했다. *62퍼센트나 차이가 난다고? 거의 풍선처럼 화성을 떠다녔어야 되는 것 아니야··· 한꺼번에 20야드를 뛰어오르면서. 넌센스야.*

"중력의 차이를 느끼지 못했다는 거죠."

아스그/체가 마치 질문이 아닌 듯 말했다.

"별로 느끼지 못했어요."

호켄베리가 동의했다. 하루 종일 트로이를 관찰하고 올림포스로 돌아간 날에는 발걸음이 더 가볍게 느껴지기는 했었다. 올림포스 산에서만 그런 게 아니라 거대한 산자락의 스콜릭 숙소에서도 그랬다. 걸음을 걸을 때나 짐을 옮길 때 아주 약간 가벼운 느낌을 받긴 했지만 *62퍼센트나 차이가 났다고? 절대 그럴 리는 없었다.* 그가 덧붙였다.

"차이가 있긴 했지만, 그렇게 심한 정도는 아니었어요."

"심한 차이를 느끼지는 않았던 이유는 말이죠, 호켄베리 박사, 당신이 화성에서 살아온 지난 10년간 —그리고 우리가 지금까지 전투를 벌여온 여덟 달의 지구 기준시간 동안— 화성의 중력은 지구 기준 중력의 93.821 퍼센트였기 때문입니다."

호켄베리는 잠시 생각했다. 마침내 그가 말했다.

"그래서요? 신들이 대기와 바다를 만들면서 중력을 비틀었겠죠, 뭐. 어쨌든 그들은 신이니까요."

아스티그/체가 동의했다.

"그들이 대단한 존재들인 것은 사실입니다만, 그렇다고 보이는 그대로는 아닙니다."

"어떤 행성의 중력이 바뀌는 게 그렇게 대단한 일입니까?"

잠시 침묵이 있었다. 어떤 모라벡도 눈이나 고개를 돌려 다른 모라벡을 바라보지 않았지만, 호켄베리는 그들 사이에 라디오 주파수 같은 게 연결되어 있어 서로 분주하게 교신하고 있는 걸 느꼈다. *이 멍청한 인간에게 이걸 어떻게 이해시킨다?*

마침내 키가 큰 가니메데인 수마IV가 말했다.

"이건 엄청난 문제입니다."

"단 백 오십년 만에 화성을 지구화시키는 것도 불가능한 노릇인데, 그것보다 더 엄청난 일입니다."

초 리가 피리 소리로 말했다. 그러자 퇴행성 시노피센이 말했다.

"중력이란 질량과 같습니다."

호켄베리가 말을 받았다. 얼마나 바보같이 들릴지 알고 있었지만 그는 개의치 않았다.

"그래요? 난 중력이란 물건을 아래로 떨어뜨리는 힘이라고 생각해 왔는데요."

은색 거미가 말을 이었다.

"중력이란 질량이 시/공간에 미치는 영향입니다. 현재 화성의 밀도는 물의 밀도보다 3.96배 더 높습니다. 원래 화성은 —백여 년 전 우리가 관찰했던 지구화되기 전의 화성은— 물 밀도의 3.94배였습니다."

"그렇게 엄청난 변화로 느껴지지는 않는데요."

호켄베리가 말했다. 아스티그/체도 동의했다.

"그렇지요. 그 정도 차이가 중력의 세기를 거의 56퍼센트나 올릴 수 있다고는 보기 어렵겠지요."

"중력은 또한 가속도이기도 합니다."

초 리가 음악적인 목소리로 말했다. 이제 그들은 호켄베리가 이곳에 있는 이유를 까맣게 잊어 버렸다. 그는 다가올 지구 탐사에 대해 정보를 듣고 그들이 그의 동행을 원하는 이유를 알기 위해 왔지, 학업부진아를 위한 보충 학습을 위해 온 것은 아니었다.

"그러니까 그들이, 신들이 아닌 그 누군가가, 화성의 중력을 바꿨다, 그리고 당신들은 그게 엄청난 일이라고 생각한다는 거죠."

"엄청난 일 맞습니다, 호켄베리 박사."

아스티그/체가 말했다.

"누가 혹은 무엇이 화성의 중력을 조작하고 있건, 그들은 양자 중력의 전문가들입니다. 구멍들은…… 그렇게 불리게 된 모양인데…… 중력을 구부리고 조작하는 양자 터널입니다."

"웜홀이란 말이지요. 나도 거기엔 대해선 알고 있어요."

스타 트렉을 봤거든요, 하고 생각은 했지만 입 밖으로 내지는 않았다. 그가 덧붙였다.

"블랙홀. 그리고 화이트홀."

이제 이 방면에 관한 그의 어휘력은 바닥이 났다. 늙은 호켄베리 박사처럼 과학에 문외한인 사람도 20세기 말에는 우주 전체가 서로 다른 은하계를 연결하는 웜홀로 가득 차 있으며, 웜홀을 통과하기 위해서는 블랙홀로 들어가서 화이트홀로 나와야 한다는 것쯤은 알고 있었다. 아니면 그 반대였던가……

아스티그/체는 다시 만무트와 비슷한 모양으로 고개를 저었다.

"웜홀이 아니라 브레인 홀입니다…… 멤브레인 할 때의 브레인. 지구 궤도의 후기-인류는 아주 일시적인 웜홀을 만들어내기 위해 블랙홀을 사용한 것으로 보입니다. 그러나 브레인 홀은 웜홀이 아닙니다. 기억해야 할 것은 화성과 일리움을 연결하는 구멍이 딱 하나만 남았다는 거죠, 다른 구멍들은 안정성을 잃고 소멸되어 버렸습니다."

"웜홀이나 블랙홀을 통과하려고 하면 목숨을 잃게 될 것입니다."

초 리가 말했다.

"스파게티화 되어버리는 거죠."

베 빈 아데 장군이 말했다. 이 록벡의 목소리는 마치 스파게티화 라는 단어가 주는 느낌을 즐기고 있는 것 같았다.

"스파게티화 되어버린다는 것은…"

퇴행성 시노피센이 시작했다. 호켄베리가 잘라 말했다.

"알아들었습니다. 그러니까 양자 중력과 브레인 홀을 자유자재로 사용하는 이 적수가 당신들 생각보다 훨씬 위협적인 존재로 다가온단 말 아닙니까."

"그렇습니다."

"그리고 이 거대한 우주선을 지구로 가져가, 누가 혹은 무엇이 이 구멍들을 만들고, 화성을 지구화시켰으며, 신들을 만들어냈는지 알아내겠단 말이죠."

"그렇습니다."

"그리고 제가 동행하기를 원하신다?"

"그렇습니다."

"왜죠? 제가 어떤 공헌을 할 수 있다는 말씀입니까?"

그는 잠시 멈추고 자신의 튜닉 아래 숨겨진 덩어리를 만졌다. 자신의 가슴 앞에 매달린 무겁고 둥근 그것을.

"아, 이건 QT메달입니다."

"그렇군요."

아스티그/체가 말했다.

"당신들이 처음 이곳에 도착했을 때, 나는 당신들에게 이 메달을 6일 동안 빌려줬습니다. 나는 돌려받지 못할까봐 걱정을 했었죠. 당신들은 또 나를 테스트하기도 했죠⋯⋯ 혈액 검사, DNA 검사까지 아주 샅샅이 말이죠. 지금쯤 이런 메달을 수천 개는 복제했을 것 같은데요."

베 빈 아데 장군의 신음을 토했다.

"단 열 두 개라도⋯⋯ 여섯 개라도⋯⋯ 아니, 단 하나라도 복제할 수 있었다면, 우린 벌써 신들과의 전쟁을 끝장내고 올림포스를 차지할 수 있었을 겁니다."

"우리는 그 QT 장비를 복제하는 데 실패했습니다."

초 리가 말했다. 호켄베리는 두통 때문에 죽을 지경이었다.

"어째서죠?"

"그 QT 메달은 당신의 몸과 마음에 맞춰져 있어요."

아스티그/체가 감미로운 제임스 메이슨 목소리로 말했다.

"당신의 몸과 마음은⋯⋯ 이 QT 메달과 연동하도록 재단되어 있어요."

호켄베리는 그것에 대해 생각해보았다. 마침내 그는 고개를 흔들고 자신의 튜닉 아래 있는 메달에 손을 댔다.

"말도 안돼요. 이건 표준 규격이 아니었단 말입니다. 우리 스콜릭들이 올림포스에 돌아가려면 미리 약속한 장소에 가 있어야 했어요. 그러면 신들이 우리를 QT 해주었다구요. 그건 말하자면, 이해할 수 있을지 모르겠지만, 빔-미-업-스코티[+] 같은 거였다고요. 못 알아듣는군요."

"아니, 완벽하게 알아듣고 있습니다."

라이오넬 변압기 상자가 밀리미터밖에 안 되는 가는 은색 거미 다리 위에 얹힌 채 말했다. "나는 그 프로그램을 정말 좋아해요. 모든 에피소드를 녹화해두었죠. 특히 첫 번째 시리즈는⋯⋯ 나는 캡틴 커크와 미스터 스폭 사이에 어떤 육체적이고 로맨틱한 연인 관계가 숨어 있는 게 아닌 지 항상 궁금했어요."

호켄베리는 대답을 하려다 그만두었다. 그리고는 잠시 후 입을 열었다.

"자, 봐요, 아프로디테는 나에게 아테나를 염탐하라고 이 메달을 주었어요. 그녀는 아테나를 죽이고 싶어 했죠. 그러나 그것은 내가 올림포스와 일리움을 오가며 스콜릭으로 일한 지 9년이나 지난 후의 일입니다. 아무도 그 사실을 미리 알 수 없었는데 어떻게 내 몸이 이 QT메달에 맞춰 재단되어 있었다는 거죠⋯⋯?"

그는 말을 멈췄다. 두통에다가 메스꺼움까지 기어오르고 있었다. 이 푸른 공기 주머니의 공기가 맑은지 궁금해졌다. 아스티그/체가 말했다.

"당신은 처음부터⋯⋯ QT 메달에 맞도록⋯⋯ 재조립되었습니다. 신들이 스스로 QT를 할 수 있도록 만들어졌듯이 말입니다. 이에 관한 한 우리는 확신을 가지고 있어요. 그 이유는 아마도 지구에, 혹은 지구 궤도 위에 있는 수십만 개의 후기-인류 궤도 장치와 도시들 중 하나에 도착하고 나면 밝혀질 것입니다."

호켄베리는 의자에 몸을 기댔다. 그는 그동안 자신의 의자에만 등받이가 있다

+ 빔-미-업-스코티 (Beam-me-up-Scotty) ; 영화 스타 트렉에서 파생된 유행어 "스콧, 날 다시 우주선으로 돌려보내줘."라는 뜻으로 캡틴 커크가 순간이동 담당자 몽고메리 스콧에게 자신을 되 불러 달라고 명령할 때 쓰던 말이다. - 역자 주

는 사실을 깨달았다. 그런 의미에서 모라벡들은 대단히 사려 깊다 할 수 있었다. 그가 말했다.

"내가 탐사에 동참하길 바란다는 거죠? 그래서 만일 일이 잘못될 경우 나 혼자라도 이곳으로 QT해올 수 있도록. 그러니까 나는 내가 살던 지구에 있던 핵잠수함이 만약의 경우에 대비해 달고 다니던 구명정 같은 거네요. 일이 틀어져버렸다는 사실을 깨달았을 경우에만 사용하는."

"그렇습니다."

아스티그/체가 말했다.

"그것이 바로 우리가 당신을 데려가고자 하는 이유입니다."

호켄베리는 눈을 찡긋했다.

"상당히 솔직하시군요····· 당신을 믿기로 하겠어요. 탐사의 목적은 무엇이죠?"

"첫 번째 목표; 양자 에너지의 원천을 찾는 것입니다."

초 리가 말했다.

"그리고 가능하면 그것을 파괴하는 거죠. 태양계 전체에 대한 위협이니까."

"두 번째 목표; 지구 위나 주변에서 살아남은 인간 혹은 후기−인류를 만나 이 신들과 일리움 사이의 배후세력을 밝혀내고 지구를 둘러싸고 있는 위험한 양자 조작의 이유를 알아내는 것입니다."

회색의 번들거리는 가니메데인 수마IV가 말했다.

"세 번째 목표; 이미 존재하는 혹은 추가적인 숨은 양자 터널, 즉, 브레인 홀을 찾아내 행성간 혹은 은하계간 여행통로로 재정비될 수 있는지 알아보는 것입니다."

퇴행 시노피센이 말했다.

"네 번째 목표; 1400년 전에 우리 태양계로 침입한 외계인들의 정체를 밝혀내고 이 난쟁이 신들의 뒤에 숨은 진짜 신들을 만나 협상을 하는 겁니다. 만약 협상이 실패로 돌아가면 그들을 전멸시켜야 하겠죠."

베 빈 아데 장군이 말했다.

"다섯 번째 목표는,"

아스티그/체가 특유의 느린 영국식 말투로 부드럽게 말했다.

"모든 우리 편 모라벡과 인간 스태프를 화성으로 다시 데려오는 것입니다. 죽지 않고 기능이 멀쩡한 상태로."

"적어도 그 목표는 마음에 드는 군요."

호켄베리가 말했다. 심장은 심하게 뛰었고, 두통은 전생에서 가장 불행한 시간이었던 대학원 시절 달고 다녔던 편두통 수준에 이르렀다. 그는 일어섰다. 다섯 모라벡들도 재빨리 일어섰다. 호켄베리가 물었다.

"언제까지 결정해야 하나요? 만약 지금 당장 떠난다면 나는 가지 않겠습니다. 생각해볼 시간이 필요해요."

"48시간 내에는 우주선의 준비와 선적이 끝나지 않을 겁니다."

아스티그/체가 말했다.

"생각하는 동안 이곳에 계시겠습니까? 조용한 곳에 적당한 숙소를 마련해놓았는데…"

"일리움으로 돌아가고 싶습니다. 생각하기에는 그곳이 더 낫습니다."

아스티그/체가 말했다.

"곧장 떠날 수 있도록 호넷을 준비시키겠습니다. 하지만 제가 다양한 모니터를 통해 수집한 최신 정보에 의하면 오늘 일리움이 약간 시끄러울 것 같습니다."

"늘 시끄러운 걸요. 몇 시간이라도 떠나 있으면 신나는 볼거리를 놓친다니까요."

"일리움과 올림포스에서 벌어지는 일들이 놓치기엔 너무나 흥미롭다는 말씀이군요, 호켄베리 박사."

퇴행 시노피센이 말했다.

"남아서 모든 걸 관찰하고 싶어 하는 일리아스 학자로서의 책임감에 깊이 공감합니다."

호켄베리는 한숨을 쉰 후 고개를 저었다.

"일리움과 올림포스에서 벌어지는 사건의 한복판에 있다 보면, 일리아스에 실린 내용과는 영 딴판일 경우가 많습니다. 대부분의 경우 나는 불쌍한 카산드라만큼이나 어찌해야 할 바를 모르는 상태에 빠져버립니다."

호넷 하나가 푸른 공기 주머니의 둥근 벽을 통과해 들어와 그들 위를 선회하더니 조용히 착륙했다. 출입용 경사면이 말려내려 왔다. 입구에는 만무트가 서 있었다.

호켄베리는 모라벡 대표단들에게 형식적으로 고개를 숙이고 말했다.

"48시간이 되기 전에 결정을 알려드리지요."

그리고는 경사면을 올랐다.

"호켄베리 박사?"

제임스 메이슨의 목소리가 뒤에서 들려왔다. 호켄베리는 뒤돌아보았다.

"우리는 그리스나 트로이 전사 한 명을 이 탐험에 함께 데려가고 싶습니다. 추천해주신다면 고맙겠습니다."

"왜죠? 그러니까, 어째서 청동기 시대 사람을 데려가려고 하죠? 당신이 방문하려는 지구가 있기 6천 년 전에 죽은 사람을."

"우리에게도 나름대로 이유가 있습니다."

"가장 먼저 생각나는 사람을 말해 보세요. 누구를 데려가시겠습니까?"

트로이의 헬렌, 호켄베리는 생각했다. 지구로 가는 우주선 안에 허니문 스위트룸을 꾸며요. 그렇다면 최고의 탐사가 될 것이다. 그는 무중력 상태에서 헬렌과의 섹스를 상상했다. 하지만 두통은 그의 상상력을 마비시켰다.

"전사를 원하십니까? 영웅을?"

"꼭 그런 것은 아닙니다."

베 빈 아데 장군이 말했다.

"우리에겐 이미 수백의 전사들이 있습니다. 트로이 전쟁 시대에 속한 누구든 쓸 만한 사람이면 됩니다."

트로이의 헬렌, 그는 다시 생각했다. 그녀는 엄청나게…… 그는 고개를 흔들었다. 그리고 큰 목소리로 말했다.

"아킬레스라면 확실한 선택이 될 것 같은데요. 당신들도 알다시피, 천하무적이니까요."

"알고 있습니다."

초 리가 부드럽게 말했다.

"우리는 비밀리에 그를 분석해 그가 천하무적이 된 이유를 밝혀냈습니다."

"그의 어머니 테티스 여신이 그를 강물에 담글 때····"

호켄베리가 시작했다. 그러자 퇴행 시노피센이 끼어들었다.

"사실은, 누군가가···· 혹은 무언가가···· 미스터 아킬레스 주위의 양자-확률 매트릭스를 믿을 수 없을 정도로 왜곡시켜 놓았기 때문입니다."

"좋아요."

호켄베리는 한 마디도 못 알아들은 채 대답을 했다.

"아킬레스를 원하나요?"

"아킬레스는 우리와 함께 가려 할 것 같지 않은데요, 안 그래요, 호켄베리 박사?"

아스티그/체가 말했다.

"아···· 아닙니다. 같이 가도록 만들 수 있겠습니까?"

"그건 제삼의 행성을 탐사할 때 발생할 다른 모든 위험을 합친 것보다 더 위험한 제안일 것 같은데요."

베 빈 아덴 장군이 덜그럭거리며 말했다. 록벡에게도 유머 감각이 있나? 호켄베리는 생각했다. 그리고 말했다.

"아킬레스가 아니라면, 누구요?"

"당신이 누군가를 추천할 수 있을 것 같은데요. 용기와 현명함을 갖춘 자로. 탐험가이면서 섬세함을 갖춘. 우리와 얘기가 통할만한 사람. 즉 융통성 있는 사람이라고 할 수 있죠."

"오디세우스! 오디세우스를 원하는군요."

"그가 같이 가려고 할까요?"

퇴행 시노피센이 물었다. 호켄베리는 숨을 들이마셨다.

"만약 그에게 저 쪽에서 페넬로페가 기다리고 있다고 하면, 지옥이라도 함께 따라 나섰다 돌아올 겁니다."

"그에게 거짓말을 할 수는 없습니다."

아스티그/체가 말했다.

"나는 할 수 있습니다. 원한다면 기꺼이 하죠. 내가 당신들과 함께 가느냐 마느냐와 상관없이, 오디세우스를 속여 참여하도록 하겠습니다."

"그래주신다면 감사하겠습니다."

"앞으로 48시간 동안 우리와의 동행에 대한 당신의 결정을 학수고대하겠습니다."

유로파 출신들이 손을 내밀자 호켄베리는 그 끝에 제법 휴머노이드의 손처럼 보이는 것이 달려 있다는 사실을 깨달았다.

그는 악수를 한 후 만무트의 뒤를 따라 호넷에 올랐다. 경사면이 말려 올라갔다. 보이지 않는 의자가 그를 꽉 조였다. 그들은 공기 주머니를 떠났다.

열넷

초조하고 격노한 채, 올림포스 아래 해안을 따라 진을 친 가장 용맹한 천 명의 미르미돈 전사들 앞을 오락가락하고, 신들이 그 날의 챔피언을 내보내기만 하면 요절을 내줄 생각으로 기다리면서, 아킬레스는 전쟁의 첫 달을 기억한다. 모든 트로이와 아르고스 사람들이 지금도 "아킬레스의 분노"로 기억하고 있는 때였다.

그러자 신들은 떼를 지어 올림포스의 언덕에서 QT로 하산했다. 자신들의 에너지 막과 살인무기의 성능에 자신감을 갖고 있던 신들은, 슬로우 타임으로 이동하여 어떤 인간의 분노라도 피해갈 준비를 갖추었다. 하지만 그들은 아킬레스의 새로운 동맹군, 작은 모라벡 태엽 인간들에게도 신들의 눈속임에 맞설 기술과 재주가 있다는 사실을 몰랐다.

아레스와 하데스 그리고 헤르메스가 처음으로 도약하더니 아카이아인과 트로이 장군들 틈으로 파고들었다. 하늘에서 폭발이 일어났다. 에너지 라인을 통해 불꽃이 타들어왔다. 마침내 올림포스와 인간 전사들이 뒤엉킨 가운데 둥글고, 뾰족하고, 번쩍거리는 불꽃의 향연이 펼쳐졌다. 바다가 펄펄 끓었다. 작은 녹색 인간들은 소형 범선으로 뿔뿔이 도망쳤다. 제우스의 *아이기스*는 모라벡의 메가톤급 에너지를 흡수하면서 진동했고, 점차 뚜렷이 보였다.

아킬레스는 아레스와 그가 새로이 QT해온 동료들, 검은 청동 갑옷을 입은 붉은 눈의 하데스와 미늘 달린 붉은 갑옷을 입고 검은 눈을 한 헤르메스에게만 집중했다.

"인간들에게 죽음을 가르치자!"

아레스가 소리쳤다. 12피트나 되는 키에 번쩍번쩍 빛나는 전쟁의 신은 한 걸음에 아카이아 진영을 향해 달려들었다. 그 뒤를 하데스와 헤르메스가 따랐다. 세 명의 신은 동시에 백발백중의 신창神槍을 던졌다. 창은 빗나갔다. 아킬레스는 그날 죽을 운명이 아니었던 것이다. 아니 언제든 신들의 손에는 죽지 않을 터였다.

신의 창 하나가 발 빠른 학살자의 강인한 오른팔에 스쳤지만, 피는 나지 않았다. 두 번째 창이 그의 아름다운 방패에 박혔지만, 신의 손으로 만든 방패의 분광 금막을 뚫지 못했다. 세 번째 창은 아킬레스의 황금 헬멧에 맞고 튕겨나갔다.

세 명의 신들은 황금빛 손바닥에서 에너지 광선을 뿜어냈다. 아킬레스를 감싸고 있는 나노 발생 장은 마치 물에 젖은 개가 몸을 털듯이 수백만 볼트의 에너지를 털어버렸다. 아레스와 아킬레스의 대결은 마치 두 개의 산이 충돌하는 것과 같았다. 엄청난 진동이 한창 싸움을 벌이던 수백의 트로이인들과 그리스인들 그리고 신들조차 놀라 달아나게 했다. 아레스가 먼저 나가 떨어졌다. 그는 오만방자한 인간 아킬레스의 목을 날려버리기 위해 붉은 검을 휘둘렀다.

아킬레스는 칼날을 살짝 피하더니 신을 향해 달려갔다. 신의 갑옷과 내장을 포를 뜨듯 도려내자 아레스의 배가 갈라졌고 금빛 이코르가✚ 신과 인간을 뒤덮었다. 전쟁신의 신성한 창자들이 붉은 화성의 잡풀 위로 쏟아졌다. 너무 놀라 넘어지지도 못하고, 너무 화가 나 죽지도 못한 채, 아레스는 여전히 슬슬 풀려 흙바닥 위로 흘러내리고 있는 자신의 내장을 바라보고만 있었다. 아킬레스는 팔을 올려 아레스의 헬멧을 움켜쥐고 위 아래로 패대기친 후 신의 완벽했던 몸매 위에 침을 뱉었다.

"너한테서는 죽음의 맛이 난다. 창자도 없는 병신아!"

✚ 이코르(ichor): 신의 몸속을 피처럼 흐른다는 영액 - 역자 주

그리고 난 후 하루의 기나긴 노동을 개시하는 푸줏간 주인처럼 아레스의 손목을 잘라내고, 허벅지와 팔을 뜯어냈다.

시체 주변에는 검은 회오리가 비명을 지르며 맴돌고, 다른 신들은 입을 쩍 벌리고 있었다. 아레스의 머리는 아킬레스가 목에서 베어낸 후에도 계속 비명을 질러댔다.

양손잡이에 치명적인 공격력을 갖춘 헤르메스는 공포에 질린 상태 속에서도 자신의 두 번째 창을 집어 들었다. 아킬레스가 어찌나 재빠르게 뛰어 올랐는지 모두 그가 순간이동을 했다고 생각할 정도였다. 그는 두 번째 신의 창을 움켜쥔 채 상대편에게 되밀었다. 헤르메스는 창을 빼내려고 했다. 하데스는 자신의 검은 칼로 아킬레스의 무릎을 겨냥했다. 그러나 학살자는 높이 뛰어올라 검은 탄소강철 검을 피해갔다.

창을 놓고 벌이던 줄다리기에서 패한 헤르메스는 뒤로 물러나 QT로 도망치고자 했다.

모라벡들이 이미 주변에 에너지 막을 쳐 놓은 상태였다. 전투가 끝날 때까지 아무도 순간 이동해 들어오지도 나가지도 못하게 만드는 막이었다. 헤르메스는 검을 빼들었다. 둥글고 사악하게 생긴 검이었다. 아킬레스는 거대한 킬러의 팔을 팔꿈치에서 뜯어냈다. 검이 들려 있던 팔과 여전히 검을 꼭 쥐고 있는 손이 화성의 비옥하고 붉은 흙 위로 떨어졌다.

"자비를!"

무릎을 꿇은 채 아킬레스의 허리를 부여잡으며 헤르메스가 울부짖었다.

"제발 자비를 베풀어 주세요!"

"자비란 없다!"

아킬레스는 대답과 함께 벌벌 떨고 있던 신을 발기발기 찢어 버렸다. 찢어진 조각마다 황금빛 피가 뚝뚝 흘러내렸다.

하데스는 학살의 현장에서 뒷걸음질 쳤다. 붉은 눈은 공포로 가득했다. 수백의 신들이 인간이 만들어 놓은 덫 안으로 깜박거리며 나타났다. 헥토르와 트로이 장군들, 아킬레스의 미르미돈들과 그리스 영웅들이 모두 그들에게 달려들었다. 모라벡의 에너지 막은 일단 그 안으로 들어온 신들에게 QT로 빠져나갈 기회를 주지 않았다. 이 전투에 참여한 모든 이들이 기억하는 한 이것은 사상 처음으로 신들과 영웅들, 반신과 필멸의 인간들, 보잘것없는 보병과 창병, 모두가 어떠한 구별도 없이 동등하게 엉켜 붙어 싸운 사건이었다.

하데스가 슬로우 타임으로 이동해갔다.

세계가 움직임을 멈추었다. 공기는 조밀해졌다. 바위투성이의 해변으로 달려오던 파도가 그대로 얼려붙었다. 새들은 공중 한 가운데 멈춰 섰다. 하데스는 안도감에 헐떡거리며 헛구역질을 했다. 어떤 필멸의 존재도 이 시간대로는 진입할 수 없었다.

헌데 아킬레스도 그를 따라 슬로우 타임으로 들어왔다.

"아니, 이건···· 절대···· 불가능해."

죽음의 지배자가 시럽처럼 진하게 흐르는 공기를 뚫고 말했다.

"죽어라, 죽음이여!"

아킬레스는 소리 지르며 아버지 펠레우스가 준 창으로 신의 목청을 뚫었다. 검은 턱받이 아래에서 시작해 곡선을 그리며 올라가 하데스의 해골 같은 광대뼈가 있는 지점까지 갈라 버렸다. 황금빛 이코르가 슬로우 모션으로 터져 나왔다.

아킬레스는 하데스의 검게 장식된 방패를 옆으로 밀치고 죽음의 신의 복부와 척추에 칼날을 꽂았다. 하데스는 죽어가면서도 산이라도 가를 기세로 반격을 했다. 검은 칼날은 아무 일도 없었다는 듯 아킬레스의 가슴을 미끄러져버렸다. 아킬레스는 그날 죽을 운명이 아니었다. 신들의 손에는 더욱이 죽지 않을 것이다. 하데스는 그날 죽을 운명이었다. 물론 인간의 기준으로 보자면 잠시 동안만. 무거운 어둠이 그의 주변을 감돌더니 흑단 같은 회오리바람에 파묻혀 사라져갔다.

자신도 의식하지 못한 채 최신 나노기술을 구사하고, 이미 엉망이 되어버린 개연성의 양자 필드를 황폐화시키면서, 아킬레스는 슬로우 타임에서 나와 전투에 동참했다. 제우스는 이미 전장을 떠나 있었다. 다른 신들은 달아나고 있는 중이었는데, 너무 황급한 나머지 뒤편에 *아이기스*를 걷는 것조차 잊어버리고 있었다. 그날 아침 주입된 모라벡의 매직은 아킬레스에게 신들의 연약한 에너지 막을 뚫고 나갈 수 있게 했고 아킬레스는 저지대 성벽 위에 있는 올림포스의 절벽까지 신들을 추격했다.

그리고는 신과 여신들에 대한 본격적인 학살이 시작되었다.

하지만 이것은 모두 전쟁 초기에 벌어졌던 일이다. 오늘은 —파리스의 장례식이 치러진 이 날은— 어떤 신도 싸우러 내려오지 않는다.

이제, 동맹자 헥토르도 자리를 비우고, 트로이인들은 전선에서 숨죽이고 있으며, 헥토르보다 못난 동생 아에네아스가 수천의 트로이인들을 이끌고 있는 가운데, 아킬레스는 아키이아 장군들, 모라벡 포병들과 함께 임박한 올림포스 공격에 대해 이야기를 나누고 있다.

공격은 간단할 것이다: 모라벡의 에너지와 핵무기가 낮은 산자락의 *아이기스*를 활성화시키는 동안 30대의 수송용 호넷에 나눠 탄 아킬레스와 오백 명의 최정예 전사들, 그리고 아카이아인들은 약 천 리그정도 떨어진 올림포스 뒤쪽의 방어막이 가장 약한 지점으로 날아가 정상을 급습하고 신들의 안방에 불을 질러버릴 것이다. 부상을 입거나 제우스와 신들의 본당에서 싸우는 데 심리적 부담을 심하게 느끼는 아카이아인들은 기습 공격이 끝나는 대로 비행선에 태워 돌려보낼 것이다. 아킬레스는 올림포스의 정상이 화장터로 변해버리고 그들의 하얀 신전과 처소가 모두 잿더미로 변해버릴 때까지 남아있을 작정이다. 결국, 그는 생각한다, 헤라클레스도 한때 분노에 사로잡혀 일리움의 벽을 혼자만의 손으로 무너뜨리고 도시를 접수하지 않았던가? 올림포스의 전당이라고 신성불가침이란 법은 없잖은가?

아침 내내 아킬레스는 아가멤논과 그의 단순무식한 동생 메넬라오스가 나타나기를 기다렸다. 그들은 아직도 자신들에게 충실한 아카이아 병사들에 대한 지휘권을 되찾고 이 전쟁을 다시 인간 대 인간의 전쟁으로 되돌려, 살인적이고 교활한 신들과 다시 친구가 되고자 애썼다. 하지만 지금까지 개의 눈과 사슴의 심장을 가진 전직 지휘관은 나타나지 않았다. 아킬레스는 만일 그가 반역을 꾀할 경우 죽여 버리리라 마음먹고 있다. 그와 붉은 수염을 한 애송이 메넬라오스, 그리고 이들을 따르는 자라면 누구라도. 고향의 도시들이 텅텅 비었다는 소식은 —아킬레스는 확신하건데— 아가멤논이 불안정한 겁쟁이 아카이아인들을 반란으로 몰아세우기 위해 만들어낸 책략에 불과하다.

그래서 함께 실크 천막 아래서 지도를 들여다보던 모라벡 군대의 지휘관 멥 아후가 —포병과 에너지 폭격을 책임진 미늘 돋친 록벡이— 고개를 들어 자신의 망원 화면에 일리움 쪽 구멍에서 수상한 군대의 침입이 포착되었다고 했을 때도, 아킬레스는 놀라지 않았다.

하지만 몇 분 후 펄럭이는 차양 아래 모여 있던 사령관들 중 가장 날카로운 시력을 가진 오디세우스가 "저건 여자들이야, 트로이의 여자들!"이라고 말했을 때는 놀라지 않을 수 없었다.

"아마존 전사들 말인가?"

올림포스의 뜨거운 햇볕 아래로 나서며 아킬레스가 물었다. 네스토르의 아들이자 수많은 전투를 함께 했던 그의 오랜 친구 안틸로쿠스가 한 시간 전에 전차를 타고 달려와 펜테실레이아를 포함한 13명의 아마존 전사들이 단 한 번의 결투로 아킬레스를 죽여 버리겠다고 맹세를 했다는 소식을 전한 바 있었다. 발 빠른 학살자는 완벽한 이빨을 드러내며 웃어 넘겼었다. 여인의 헛소리에 겁을 집어 먹자고 수천의 트로이인들과 수십 명의 신들을 죽인 것은 아니지.

오디세우스는 고개를 저었다.

"한 200명은 되겠는데. 모두 몸에 맞지 않는 갑옷을 걸치고 있네, 펠레우스의 아들이여. 아마존이 아니야. 그러기엔 너무 뚱뚱하고, 너무 땅딸하고, 너무 늙었어. 어떤 여자들은 거의 절름발이구먼 그래."

티데우스의 아들이자 아르고스의 군주인 음울한 분위기의 디오메데스가 중얼거렸다.

"날마다 새로운 차원의 광기로 빠져 들어가는 것 같군."

최고의 궁수이자 대 아이아스의 이복동생인 테우케르가 말했다.

"전초부대를 내보낼까요, 고귀한 아킬레스여? 여기서 무슨 바보짓을 하려는 건진 모르나, 저 여자들을 차단하고, 두 팔을 꽁꽁 묶어 다시 베틀이나 지키라고 돌려보낼까요?"

"아니야, 나가서 만나보자. 도대체 무슨 일로 여자들이 감히 구멍을 지나 올림포스와 아카이아 캠프까지 오게 되었는지 알아보자."

"우리 왼쪽으로 수 리그 떨어져 있는 아에네아스와 트로이의 남편들을 만나러 오는 것인지도 모릅니다."

텔라몬의 아들이자, 오늘 화성의 아침에 벌어질 공격에서는 미르미돈의 왼쪽을 지원하기로 한 살라미스 군대의 지휘자 대 아이아스가 말했다.

"그럴지도 모르지."

아킬레스는 재미와 성가심이 동시에 묻어나는 목소리로 말했다. 하지만 확신은 없는 것 같았다. 그는 아카이아 왕들과 장군들과 보좌관들과 그들의 가장 충실한 전사들을 이끌고 약한 화성의 햇살 안으로 걸어 들어갔다.

이 트로이 여인들, 정말 오합지졸이었다. 그들이 백 야드 안으로 다가왔을 때 아킬레스는 약 50명의 영웅들로 이루어진 대표단을 세우고 철컹거리며 소리를 지르며 다가오는 여인네들을 기다렸다. 발 빠른 학살자의 귀에는 거위들이 꽥꽥대며 몰려오는 것처럼 들렸다.

"여자들 중에 귀족이 섞여 있는 게 보이나?"

아킬레스가 시력이 좋은 오디세우스에게 물었다. 그들은 이 시끄러운 패거리들이 마지막 100야드 앞에 있는 붉은 잡목 지대를 건너기를 기다리고 있었다.

"영웅의 딸이나 아내가 섞여 있나? 안드로마케나 헬렌이나 거친 눈을 한 카산드라나 메데시카스테나 위엄 있는 카스티아니라 중 하나라도 보이나?"

"아무도 없소이다."

오디세우스가 재빠르게 대답했다.

"고귀한 여인은 처녀도 유부녀도 없소. 알아볼 수 있는 건 오직 히포다미아 뿐.

창과 아이아스 대왕이 들었음직한 고대의 긴 방패를 들고 있군. 그나마 그녀를 알아보는 건 여행을 좋아하는 남편 티시포누스와 함께 한 번 이타카를 방문한 적이 있기 때문이요. 페넬로페가 그녀에게 정원을 구경시켜 주었는데, 나중에 말하길 그 여자는 설익은 석류처럼 시큼한 성격에 아름다움을 알아볼 줄 모른다고 했소."

이제 스스로도 여자들을 충분히 알아볼 수 있게 된 아킬레스가 말했다.

"뭐, 저 여자도 즐거움을 느낄 아름다움이라곤 없군. 필록테테스, 앞으로 나가 저들을 세우고 이 신들과의 전쟁터에 무슨 볼일이 있어서 왔느냐고 물어 보시오."

"꼭 제가 해야 합니까, 펠레우스의 아들이여?"

나이 많은 궁수는 투덜댔다.

"어제 장례식에서 중상모략 당한 일도 있고 해서, 전 나서지 않는 편이 좋을 것 같은데……"

아킬레스는 고개를 돌려 타이르는 듯한 눈빛을 던지자 그는 조용해졌다. 옆에서 대 아이아스가 중얼거렸다.

"내가 함께 가서 자네 손을 잡아주지. 테우케르, 우리와 함께 가세. 궁수 두 명과 창술의 달인 한 사람이면 저런 오합지졸들에겐 충분할거야. 저 박색들이 지금보다 더 흉하게 변하다 해도 말이야."

세 명의 남자들이 앞으로 나섰다. 그 다음은 모두 순식간에 벌어졌다.

필록테테스, 테우케르, 그리고 대 아이아스는 우왕좌왕 어리둥절해 있는 무장 여인들의 느슨한 대열로부터 스무 발자국 정도 떨어진 곳에 멈춰 섰다. 테살리안들의 전직 총사령관이자 한때 실종자이기도 했던 필록테테스가 왼손에는 헤라클레스의 전설적인 활을 들고, 평화의 표시로 오른손바닥을 펼쳐 보이며 앞으로 나섰다.

히포다미아의 오른편에 서 있던 한 젊은 여인이 창을 던졌다. 믿을 수 없게도, 놀랍게도 그 창은 필록테테스에 명중했다. 신들의 분노를 사 10년 동안 뱀독으로 고생을 하고도 살아남았던 그였는데. 그의 가벼운 궁수용 갑옷 바로 위쪽 가슴에 명중한 창은 깨끗하게 관통해 척추를 뚫고 마침내 그를 붉은 흙 위로 쓰러뜨렸다.

"저년을 죽여라!"

분노에 사로잡힌 아킬레스가 앞으로 뛰어 나와 칼을 뽑으며 소리쳤다.

이제 여인들이 제멋대로 던지는 창과 겨냥도 제대로 안 된 활의 세례를 받게 된 테우케르에게 이런 명령은 필요조차 없었다. 눈 깜짝할 새에 그는 화살을 뽑아 있는 대로 당겼다. 화살은 몇 야드나 되는 거리를 순식간에 가르고 날아가 방금 필록테테스를 쓰러뜨렸던 여인의 목을 뚫어 버렸다.

히포다미아와 대 아이아스 근처에 있던 20-30명의 여인들은 어설프게 창을 던지고 아버지의, 남편의, 혹은 아들의 것이 분명한 검을 두 손으로 잡고 어색하게 휘둘러댔다. 텔라몬의 아들 아이아스는 잠시 아킬레스 쪽으로 고개를 돌려 다른 남자들에게 가소롭다는 듯한 표정을 지어 보이더니 자신의 긴 칼날을 뽑아 히포다미아의 검과 방패를 가볍게 밀어내고 잡초를 베어내듯 단숨에 그녀의 목을 날려 버렸다. 공포를 넘어서 광기에 사로잡힌 나머지 여인들은 두 남자를 향해 미친 듯이 달려들었다. 테우케르는 화살을 하나씩 뽑아 그들의 눈에, 허벅지에, 덜렁거리는 가슴에, 그리고 —단 몇 초도 안 되어— 달아나는 등에 명중시켰다. 대 아이아스는 아직도 미련을 버리지 못한 어리석은 여자들을 갈무리했다. 어린이들 사이의 키 큰 사내처럼, 그가 지나는 곳마다 시체가 쌓였다.

아킬레스, 오디세우스, 디오메데스, 네스토르, 크로미오스, 소 아이아스, 안틸로쿠스, 그리고 다른 사람들이 도착했을 때는 40명 정도의 여인들이 이미 죽었거나 죽어가고 있었고, 몇몇은 붉게 젖어가는 붉은 흙 위에서 죽음의 고통으로 신음하고 있었다. 그리고 나머지는 구멍을 향해 도망가는 중이었다.

"이게 도대체 무슨 일이었담?"

오디세우스가 대 아이아스에게 가까이 다가와, 난폭한 살육의 우아한 혹은 우아하지 않은 —하지만 오디세우스에게는 너무나 낯익은— 자태로 죽어가는 시체들 사이를 걸으며 황당한 듯 물었다.

텔라몬의 아들은 씩 미소를 지었다. 그의 얼굴에 피가 튀어 있었고 그의 갑옷과 칼은 트로이 여인들의 피로 붉게 물들어 있었다. 거구의 사나이가 말했다,

"여자를 죽인 게 이번이 처음은 아니지만, 세상에, 이렇게 흡족하긴 처음이야!"

테스토르의 아들이자 그들 중 가장 존경받는 예언자 칼카스가 뒤쪽에서 절뚝절뚝 걸어오며 말했다.

"이건 좋지 않아. 나쁜 일이야. 정말 좋지 않다구."

"닥치시오!"

아킬레스가 말했다. 그는 눈썹에 손을 얹고 구멍 쪽을 바라보았다. 그 속으로 마지막 여인들이 사라지자 이번에는 더 덩치가 크고 숫자가 적은 사람들의 무리가 나타났다.

"이번엔 또 뭐야?"

펠레우스와 테티스 여신의 아들이 말했다.

"켄타우로스같이 생겼는데. 내 오랜 친구이자 스승인 치론이 우릴 도우러 오는 건가?"

"켄타우로스가 아니요."

눈썰미가 있고 눈치가 빠른 오디세우스가 말했다.

"또 여자들이로군. 말을 타고 있어요."

"말을 타고 있다고?"

더 잘 보려고 눈을 가늘게 뜨고 네스토르가 말했다.

"전차가 아니라?"

"고대 전설 속의 기사들처럼 말을 타고 있군요."

디오메데스가 말했다. 이제는 그도 볼 수가 있었다. 요즘처럼 현대적인 시대에 누가 말을 타겠는가? 말은 전차를 끄는 데만 사용되었다. 하지만 오디세우스와 디오메데스도 몇 달 전, 그러니까 휴전이 성립되기 이전, 한밤중에 트로이를 빠져나올 때, 줄을 매지 않은 전차용 말 등에 그대로 올라탄 채 잠에 취한 헥토르의 병사들 사이를 뚫고 지나온 적이 있었다.

"아마존들이야."

아킬레스가 말했다.

열다섯

아테나의 신전. 얼굴이 벌개진 메넬라오스가 거친 숨을 내쉬며 다가오고 있다. 헬렌은 무릎을 꿇고 하얀 얼굴을 숙인 채, 얼굴보다 더욱 하얀 가슴은 내놓고 있다. 그가 그녀에게 다가온다. 검을 든다. 그녀의 하얀 목덜미가 갈대처럼 연약해 보인다. 제물처럼 바쳐진 그녀. 그지없이 날카로운 칼날은 그녀의 피부와 살과 뼈를 가를 때 한 치의 주저함도 없을 터.

메넬라오스가 잠시 멈춘다.

"주저하지 마세요, 여보."

헬렌이 속삭인다. 그녀의 목소리는 아주 가볍게 떨릴 뿐이다. 메넬라오스는 푸른 핏줄이 드러난 그녀의 풍만한 왼쪽 가슴 아래로 심장이 거칠게 뛰고 있는 것을 볼 수 있다. 그는 두 손으로 칼자루를 잡고 있다. 그는 아직 칼날을 내리치지 않았다. 그는 숨을 고른다.

"저주받을 년, 저주받을 년."

"그래요."

여전히 고개를 숙인 채 헬렌이 속삭였다. 아테나의 황금 우상이 향내로 가득한 어둠 속에서 두 사람을 내려다보고 있다. 그는 살인자의 열정으로 칼자루를 꼭 쥔다. 그의 팔은 아내를 죽이고 싶은 강한 욕구와 동시에 행동을 자제하는 긴장 사이에서 부들부들 떨렸다. 그리고는 씩씩거렸다.

"내가 어떻게 너를 죽이지 않을 수 있는가, 이 부정한 잡년?"

"변명하지 않겠어요, 여보. 저는 부정한 년입니다. 저의 그것과 저는 둘 다 부정했어요. 어서 끝내세요. 당신의 당연한 권리로 저를 죽여주세요."

"날 여보라고 부르지 마, 빌어먹을 년!"

헬렌은 고개를 들었다. 그녀의 검은 눈은 메넬라오스가 지난 십년 동안 꿈꿔왔던 바로 그 눈이었다.

"당신은 저의 남편입니다. 언제나 그랬지요. 저의 유일한 남편이십니다."

그 순간 그는 거의 그녀를 죽일 뻔한다. 너무나 고통스러운 말이었기에. 그의 눈썹과 볼에서 땀이 흘러내려 그녀의 단순한 겉옷에 떨어진다.

"너는 날 버렸어! 나와 네 딸을 버렸다구."

그는 겨우 말을 잇는다.

"그놈의⋯⋯ 그놈의⋯⋯ 남자애 하나 때문에. 얼굴만 반반한 애송이 때문에. 번들거리는 타이츠를 입은 그놈의 고추 때문에."

"그래요."

헬렌은 대답을 하고 다시 고개를 숙인다. 메넬라오스는 그녀의 목덜미에 있는 낯익은 검은 점을 바라본다. 오른쪽 아래, 이제 곧 칼날이 박힐 바로 그곳을.

"왜 그랬지?"

메넬라오스가 겨우 말한다. 그녀를 죽이거나 용서하기 전에⋯⋯ 혹은 죽이면서 용서하기 전에 그가 할 수 있는 마지막 말이다⋯⋯ 그녀가 속삭인다.

"전 죽어 마땅합니다. 당신에게 저지른 죄로, 우리 딸에게 저지른 죄로, 조국을 배반한 죄로. 하지만 저는 제 자신의 의지로 스파르타를 떠나지 않았습니다."

메넬라오스는 자신에게도 들릴 정도로 세게 이를 부득부득 간다.

"당신은 그때 없었어요."

헬렌이 속삭인다. 자신의 아내이자, 고문자이자, 배신자이자, 아이의 어머니인 그녀가.

"당신은 없었어요. 언제나 당신의 형과 함께 떠나 있었지요. 사냥. 전쟁, 매춘부, 약탈. 당신과 아가멤논이야말로 진짜 부부였어요. 나는 집에서 기르는 암퇘지에 불과했죠. 영민한 파리스가, 오디세우스의 지혜를 갖추지는 못했지만 오디세우스만큼 활달했던 파리스가, 나를 사로잡았을 때, 나를 보호해줄 남편은 그곳에 없었어요."

메넬라오스가 입으로 숨을 내쉰다. 검은 마치 살아 있는 생명을 가진 물건처럼 그녀의 피를 달라고 그에게 속삭이는 것 같다. 너무 많은 목소리들이 귀속에서 왕왕거리는 바람에 그녀의 부드러운 목소리조차 잘 들리지 않는다. 그녀의 목소리에 대한 기억은 4천일 동안 그를 고문해왔다. 이제는 아예 그를 미치게 만들고 있었다. 그녀가 말했다.

"참회합니다. 하지만 이제는 소용없겠지요. 자비를 간청합니다. 하지만 그것 역시 소용없겠지요. 지난 10년 동안 얼마나 자주 제 손으로 칼을 들거나 밧줄을 매었는지, 그때마다 저의 몸종과 파리스의 스파이들이 저를 끌어내면서 저 혼자만 생각할 것이 아니라 딸 생각을 해야 한다고 설득하고 나섰는지, 말씀 드려야 할까요? 이 납치와 오랜 억류 생활은 아프로디테가 꾸민 일입니다, 남편이시여, 제가 한 일이 아니에요. 하지만 이제는 당신의 그 친근한 칼날로 제게 자유를 주실 수 있습니다. 제발 그렇게 해주세요, 사랑하는 메넬라오스. 우리의 아기에게 사랑했다고, 그리고 여전히 사랑하고 있다고 전해 주세요."

메넬라오스는 비명을 지른다. 검이 사원 바닥에 떨어져 쨍그랑 소리를 낸다. 그는 부인 옆에 나란히 무릎을 꿇고 앉아 어린아이처럼 울고 있다.

헬렌은 그의 헬멧을 벗기고 그의 뒤통수에 손을 대고 그녀의 발가벗을 가슴으로 그의 머리를 당긴다. 그녀는 웃지 않는다. 아니, 절대 웃지 않으며 웃고 싶지도 않다. 그녀는 그의 짧은 수염에 피부가 긁히는 걸 느끼고, 파리스, 호켄베리, 데이포에보스, 그리고 거쳐 간 다른 남자들을 얼싸안았던 그 가슴 위로 남편의 숨결을 느낀다. *교활한 년, 맞아,* 트로이의 헬렌은 생각한다. *우린 모두 교활한 년들이야.* 그녀는 마지막 순간을 승리로 간주하지 않는다. 기꺼이 죽을 생각이었다. 그녀는 너무 너무 피곤하다.

메넬라오스가 일어선다. 그는 화가 난 듯 눈물과 수염에 묻은 콧물을 닦아낸 후 칼을 집어 다시 혁대에 찬다.

"여보, 두려워하지 마시오. 이미 지나간 일은 지나간 일. 아프로디테와 파리스의 잘못이지 당신 잘못은 아니구려. 저 대리석 위에 여사제의 겉옷과 베일이 있소. 그걸 입고 함께 이 저주받은 도시를 영원히 떠납시다."

헬렌은 일어나 언젠가 디오메데스가 트로이인들을 학살할 때 입었던 것을 본 적이 있는 괴상한 사자 가죽 아래 남편의 어깨를 어루만진다. 그리고는 조용히 하얀 겉옷과 레이스가 달린 하얀 베일을 걸친다.

그들은 함께 도심으로 나선다.

헬렌은 일리움을 이렇게 떠난다는 사실이 믿기지 않는다. 여기서 10년이 넘게 살았는데 모든 것을 버리고 저 스카이안 문을 빠져나간다고? 카산드라는 어떡하고? 안드로마케와 다른 여인들과 함께 세웠던 계획은 어떡하고? 그들과의 책략으로 유발시킨 신들과의 전쟁에 대한 책임을 어떡하고? 게다가, 가련하고 슬픈 호켄베리와의 작은 사랑은 어떡하고?

헬렌은 이것들이 이제는 더 이상 자신의 문제가 아니라는 사실을 깨닫자, 사원에서 풀어 준 비둘기처럼 자신의 영혼이 하늘 높이 날아오르는 것을 느꼈다. 그녀는 정식 남편과 함께 스파르타의 집으로 항해할 것이다. 그녀는 메넬라오스를 그리워했다. 그의…… 우직함을……그리고 딸을 만날 것이다. 이제는 여자로 자라났을 아이. 그리고 나이가 들어 인생의 마지막 여정을 보낼 때, 이 십 년의 시간을 나쁜 꿈으로 기억하리라. 물론 신들의 의지 덕분에 그 때에도 그녀의 아름다움은 시들지 않을 것이다. 어느 모로 보나 짐이 가벼워진 것이다.

두 사람은 거리로 나가 여전히 꿈속인 양 걸어 다닌다. 그때 경보가 울리고 파수대의 나팔이 크게 울려 퍼지며 포고꾼들이 외치기 시작한다. 도시의 모든 경보가 한꺼번에 울려댄다.

고함 소리가 잦아든다. 메넬라오스는 그의 터무니없는 상아턱받이 헬멧 사이로 그녀를 바라본다. 그녀도 사제의 베일과 터번 사이로 그를 바라본다. 이 순간 그들의 두 눈은 공포와 혼란과 심지어는 이 모든 아이러니에 대한 사악한 유쾌함까지 한꺼번에 주고받는다.

스카이안문은 굳게 잠겼다. 아카이아인들이 공격을 시작한 것이다. 트로이 전쟁이 재개되었다.

그들은 덫에 걸린 것이다.

"배를 좀 봐도 될까?"

호켄베리가 물었다. 호넷은 스티크니 분화구의 푸른 공기 주머니 속에서 떠올라 화성의 붉은 디스크를 향해 올라가고 있는 중이었다.

"지구 탐사선 말이야?"

만무트가 물었다. 호켄버리가 고개를 끄덕이자 "물론이지," 하고 답했다.

모라벡이 명령을 송신하자 호넷은 지구 탐사선의 지지대로 다가가 주위를 맴돌더니 길고 매끈한 탐사선 위쪽에 있는 착륙장에 위를 선회했다.

호켄베리가 탐사선을 둘러보고 싶은 모양이야, 만무트가 이오의 오르푸에게 타이트빔을 통해 말했다.

대답이 오기 전에 약간의 백그라운드 잡음이 들렸다. *뭐, 안될 것 없지. 목숨을 건 여행에 동참해달라고 부탁한 마당에. 그 친구가 탐사선 전체를 둘러보지 못하란 법은 없지. 아스티그/체나 다른 친구들이 먼저 제안했어야지.*

"길이는 얼마나 되지?"

호켄베리가 부드럽게 물었다. 홀로그램 창문을 통해 보이는 배의 모습은 그들 아래로 몇 마일은 떨어져 있는 것 같았다.

"자네가 살던 21세기 엠파이어 스테이트 빌딩하고 비슷할 걸. 차이가 있다면 그보다 약간 더 둥글고 덩치가 크다는 정도.”

이 친구는 분명히 한 번도 제로-g에 가 본 적이 없을 거야, 만무트가 전송했다. 포에보스안의 중력은 이 친구를 완전히 혼란에 빠뜨릴 거야.

변위 중력장을 준비해 놓았어, 오르푸가 타이트빔으로 말했다. 우주선 안의 중력이 처음에는 0.8-g 이었다가 점점 지구의 평균 중력으로 옮아가도록 맞춰 놓을게. 자네들이 전진용 밀폐실 안에 들어 앉아 있을 때쯤이면 저 친구는 숨도 잘 쉬고 편안하게 느낄 거야. 호켄베리가 묻는다.

“내가 들은 미션에 비해 사이즈가 너무 큰 것 같은데? 아무리 수백의 록벡들이 함께 간다지만 이건 좀 과장이 심한 것 같군.”

“거기서 무언가를 가지고 오게 될 수 있을 것 같아서.”

만무트가 답했다. 자네 어딨어? 오르푸에게 송신했다. 지금은 아래쪽 몸체에 있어. 빅 피스톤 룸에서 만나기로 하지.

“돌멩이나 토양 샘플 같은 거?”

호켄베리가 다시 물었다. 인간이 처음으로 달에 발을 딛던 날 그는 젊은 청년이었다. 그의 마음속에선 부모님 집 뒤뜰에 앉아 야외 테이블 위에 얹힌 작은 TV화면을 통해 유령처럼 흐릿한 흑백의 고요의 바다를 바라보던 기억이 떠올랐다. 전기 연장선이 정자亭子까지 이어져 있었고 떡갈나무 가지 사이로 반달이 걸려 있었지. 만무트가 답했다.

“사람들 같은 거. 수천, 수만 명이 될 지도 몰라. 잠깐, 지금 도킹하고 있으니까.”

모라벡은 조용히 홀로포트를 껐다. 수천피트 아래 수직으로 서 있는 탐사선 바로 위에 똑바로 둥둥 떠 있는 기분은 누구에게라도 현기증을 불러 일으킬만한 광경이었다.

탐사선으로 가는 동안 호켄베리는 질문도 거의 하지 않았고 말수도 적었다. 상상을 초월하는 기술력이 기다리고 있을 것 같았다. 생각만으로 나타났다 사라지는 가상계기판, 수많은 에너지 의자들, 상승과 하강을 전혀 느끼지 못하는 제로-g의 환경···· 하지만 막상 그의 눈에 들어온 것은 19세기나 20세기 초의 거대한 증기 선처럼 보일 뿐이었다. 마치 타이타닉 호의 투어 프로그램에 참여하고 있는 것만 같았다.

계기판은 금속과 플라스틱으로 되어 구체적이었다. 좌석 또한 투박한 실제 물체였으며 ─30명의 모라벡을 너끈히 태울 수 있을 것 같았고 인간에게 적절한 의자는 결코 아니었다─ 칸막이가 쳐 있는 사이에는 긴 보관함과 금속과 나일론으로 된 침상이 놓여 있었다. 전층이 하이테크 장비처럼 보이는 선반과 천 명의 모라벡을 위한 석관으로 가득 차 있었는데, 만무트의 설명에 따르면 그들은 죽음보다는 가볍고 의식보다는 깊은 상태로 여행을 하게 될 것이었다. 자신이 했던 화성 여행과는 달리 이번에는 모두 무장을 한 채 전투 준비를 끝낸 상태로 여행을 하게 된다고 만무트가 설명했다.

"가사假死상태로군,"

호켄베리가 말했다. 그는 공상과학영화라고 모두 싫어하진 않았었다. 그와 그의 아내는 말년에 케이블 TV도 가지고 있었었다. 만무트가 답했다.

"꼭 그런 것은 아니지만, 일종의 가사상태라고 할 수 있지."

사다리, 넓은 계단, 엘리베이터 등등 구시대적인 장치들이 모두 모여 있었다. 에어로크와 실험실 그리고 무기고도 있었다. 가구들은 ─정말 가구도 있었다─ 마치 하중 따위는 문제가 안 된다는 듯 크고 투박했다. 우주항해 유도용 공기주머니가 스티크니 분화구의 외벽을 향해 놓여있어, 위로는 화성 쪽, 아래로는 받침대 조명과 모라벡들이 분주히 오가는 쪽을 향해 있었다. 식당, 주방, 수면실, 화장실 등의 모든 것들은 혹시 오가게 될 지도 모를 인간을 위해서라고 만무트가 서둘러 설명했다. 호켄베리가 물었다.

"몇 명이나 태울 수 있는데?"

"십만 명까지."

호켄베리가 휘파람을 불었다.

"그러니까 말하자면 노아의 방주로군?"

"아니, 노아의 방주는 길이가 300큐빗, 넓이가 50 큐빗, 깊이가 30 큐빗이었어. 환산하면 각각 약 450피트, 75피트, 45피트가 되지. 또 노아의 방주는 3층 구조에 부피가 약 140만 제곱피트에 무게가 약 1만3천9백60톤 정도였어. 헌데 이 배는 길이만 두 배, 지름은 1.5배에 이르고 ―자네도 봤듯이 저장 탱크와 저장고가 있는 곳은 둥근 뿌리 모양이지만― 무게는 4만 6천 톤이나 돼. 노아의 방주는 이 탐사선에 비하면 보트 수준이라고 할 수 있지."

호켄베리는 별로 할 말이 없었다. 만무트는 작은 금속 엘리베이터로 길을 안내했다. 그들은 ―만무트의 말로는 그의 유로파 잠수정 *어둠의 여왕*이 자리하게 될― 저장고와 그가 "충전 저장 탄약고"라고 부르는 곳을 지나 여러 층을 내려갔다. "탄약고"라는 단어는 호켄베리에게 군사용어로 들렸지만, 실제로 그럴 리는 없다고 혼자 생각했다. 이 질문은 나중을 위해 남겨 두기로 했다.

그들은 엔진실에서 이오의 오르푸를 만났다. 이 덩치 큰 모라벡은 이곳을 빅 피스톤 룸이라고 불렀다. 호켄베리는 다리와 센서를 ―그가 알기로 눈이란 없었고― 모두 갖춘 오르푸를 만나게 된 것에 대해 반가움을 표현했고, 둘은 투어를 계속하기 위해 헤어지기 전 몇 분 동안 프루스트와 슬픔에 대해 이야기를 나누었다. 호켄베리가 마침내 말을 꺼냈다.

"잘 모르겠어, 언젠가 자네가 목성에서 타고 온 배에 대해 이야기 한 적이 있었지. 그때는 내가 이해조차 할 수 없는 하이테크를 구사하는 것처럼 들렸거든. 그런데 지금 내가 보고 있는 것들은 모두…… 꼭…… 뭐랄까…… 잘 모르겠어."

오르푸가 크게 덜걱거렸다. 호켄베리는 처음부터 이 커다란 모라벡이 말을 할 때면 폴스타프가[+] 말하는 것 같다는 생각을 했다.

"아마 자네 눈에는 타이타닉의 엔진룸 정도로 보이겠지."

[+] 폴스타프(Falstaff) : 셰익스피어의 작품 중 원저의 *즐거운 아낙네들*에 나오는 뚱뚱하고 쾌활한 기사 ― 역자 주

"그래, 정말. 그래야 되는 거야?"

실제의 자신보다 더 무식하게 들리지 않으려 애쓰면서 호켄베리가 물었다.

"하지만, 너희 모라벡은 타이타닉 시대보다 기술적으로 3천 년이나 앞서 있잖아. 내가 죽었던 21세기 초 보다도 3천년이나 앞서 있잖아. 그런데 도대체 왜 이런···· 이런 거지?"

"왜냐하면 대부분 20세기 중반의 설계도면을 기준으로 만들어졌으니까. 우리 엔지니어들은 최대한 짧은 시간 안에 ─이 경우엔 약 5주 안에─ 우리를 지구로 데려다 줄 수 있는, 빠르면서 대충 조립할 수 있는 무언가를 만들고 싶어 했어."

"하지만 자네와 만무트는 목성에서 여기까지 오는 데 며칠 밖에 걸리지 않았다고 했잖아? 그리고 내 기억에 의하면 자네들은 붕소 태양 돛이니, 퓨전 엔진이니 내가 알아듣지도 못할 용어들을 썼어. 이번엔 그런 것들을 사용 안하는 거야?"

"안 해, 그 땐 목성의 플럭스 튜브와 목성 궤도의 선형가속기 에너지를 이용한 시스템 속에서 출발했어. 이 장치는 우리 엔지니어들이 이백 년 이상을 연구한 결과였지. 하지만 이곳 화성 궤도에는 그런 장치들이 없어. 여기서는 설계도면에 의존해 배를 지을 수밖에 없어."

"그치만 왜 하필 20세기의 기술이지?"

거대한 방의 60~70피트 높이에서 번쩍거리며 오르락내리락 하고 있는 거대한 피스톤과 구동축들을 바라보며 호켄베리가 물었다. 그 광경은 *정말* 영화 타이타닉 속의 엔진룸처럼 보였다. 단지 더 크고, 피스톤과 빛나는 청동과 철과 금속이 더 많을 뿐이었다. 지렛대도 밸브도 더 많았다. 거대한 충격 흡수기 같은 것도 있었다. 그리고 증기압을 재는 측량기 같은 것이 사방에 있었는데 융합 반응기 비슷한 것은 보이지도 않았다. 공기에는 기름과 금속 냄새가 스며있었다.

"우리에게 설계도면이 있었으니까. 그리고 소행성계에서 운반해 오거나 포에보스와 데이모스에서 채굴한 원료들이 있었고. 또 펄스 유닛도 가지고 있었지···."

그가 잠시 말을 멈췄다. 호켄베리가 물었다.

"펄스 유닛이 뭔데?"

떠벌이 같으니라고, 만무트가 전송했다. *뭐? 눈앞에 뻔히 보이는 걸 숨기라는 거야?* 오르푸가 전송했다. *그럼, 숨겨야지…… 적어도 이곳에서 지구를 향해 몇 백만 마일 떨어져 있을 때까지는. 웬만하면 호켄베리도 같이 말이야.*

우리가 출발할 때면 이 친구도 펄스 유닛의 효력을 알아채고 물어볼 것 아냐, 이오의 오르푸가 전송했다.

"펄스 유닛이란…… 소형 핵분열 장치야. 원자 폭탄이지."

"원자 폭탄? 원자 폭탄이라고? 이 배 위에? 몇 개나?"

"엔진실로 오기 전에 지나온 탄약고에 2만9천7백 개가 있어. 나머지 3천8개는 이곳 엔진실 아래 저장고에 있고."

"3만2천개의 원자 폭탄이라."

호켄베리가 조용히 말했다.

"자네들은 지구에 도착하면 전투가 벌어질 거라고 예상하는 모양이군."

만무트가 검붉은 머리를 흔들었다.

"펄스 유닛은 추동 장치야. 우리를 지구로 데려다 줄."

호켄베리는 이해할 수 없다는 뜻으로 손바닥을 들어 보였다.

"이 거대한 피스톤처럼 생긴 것들은…… 그래…… 피스톤이야. 지구로 향하는 처음 몇 시간 동안 우리는 아래에 보이는 추진판 중심에 있는 구멍으로 일초에 하나씩 폭탄을 떨어뜨릴 거야. 그리고 나머지 항해 시간 동안은 한 시간에 하나씩 사용하게 되지."

"펄스 주기마다 하나씩."

만무트가 덧붙였다.

"폭탄 하나를 방출시키면 ─우주 공간에서 보면 증기가 한 번 뿜어지는 정도겠지만─ 저 바깥에 있는 추진판에 기름이 분사돼. 추진판과 발사관의 마모를 막기 위한 조치이지. 드디어 폭탄이 터지면 플라즈마 번개가 발생하면서 추진판에 부딪혀 우리를 밀어내는 거지."

"그러면 추진판이 파괴되지 않을까? 탐사선도 함께."

"전혀. 인간 과학자들은 1950년대에 이미 이 문제를 해결해놓았어. 플라즈마 현상은 추진판을 앞으로만 일어내면서 이 거대한 왕복 피스톤을 앞뒤로 움직이게 만들지. 우리 엉덩이 뒤에서 단 수백 번의 폭발만 일어나도 이 배는 벌써 제대로 속력을 내기 시작할 걸."

"이 게이지들은 뭐야?"

증기압 측량기처럼 보이는 것에 손을 얹으며 호켄베리가 말했다.

"그건 증기압 측량기야. 그 옆에 있는 것은 유압 측정기고. 자네위에 있는 것은 전압 조절기. 자네가 생각한 대로야, 호켄베리 박사⋯⋯ 이 방은 자네 시대의 나사 엔지니어들보다 타이타닉을 지었던 1912년의 엔지니어들에게 더 잘 이해될 수 있을 거야."

"폭탄들은 얼마나 강력한데?"

말해도 될까? 만무트가 전송했다. 물론이지, 오르푸가 타이트빔으로 대답했다. 이 손님에게 거짓말하기엔 이미 늦어버린 것 같은데.

"한 번에 45톤이 좀 넘는 폭탄이 방출되지."

"한 번에 45톤이라… 2만4천개쯤 되는 폭탄이네. 그 정도 폭발이면 지구와 화성 사이에 방사능 흔적을 남기지 않을까?"

"이건 제법 깨끗한 폭탄들이야. 원자폭탄 치고는."

"얼마나 큰데?"

호켄베리가 물었다. 그는 엔진실이 배의 다른 부분에 비해 온도가 더 높다는 사실을 깨달았다. 턱과 윗입술 그리고 눈썹을 타고 땀방울이 흘러내렸다.

"한 층 더 올라가지, 보여줄 게 있어."

나선형 계단을 오르면 만무트가 말했다. 계단 폭은 오르푸를 포함한 세 명이 모두 한꺼번에 올라설 수 있을 정도로 넓었다.

호켄베리의 짐작에 방은 반경이 150피트 정도에 높이는 그 절반가량이었다. 그 방은 선반과 컨베이어 벨트, 금속판, 톱니바퀴와 경사로로 가득 채워져 있었다. 만무트가 거대한 빨간 버튼을 누르자 컨베이어 벨트와 체인 비슷한 장치들이 윙윙거리며 움직이기 시작하더니 호켄베리의 눈에는 상표가 찍히지 않은 빈 콜라 캔처럼 보이는 수백 수천 개의 컨테이너들을 밀어내기 시작했다.

"코카콜라 자판기의 내부처럼 생겼네."

서투른 농담 후에 느끼는 낭패감을 만회하고자 애쓰며 호켄베리가 말했다. 그러자 오르푸가 덜그럭거렸다.

"실제로 1959년경의 코카콜라 회사에서 온 거야. 조지아주 애틀랜터 시에 있던 주입공장에서 디자인과 도면을 따왔어."

호켄베리가 용기를 얻어 말했다.

"25센트를 넣으면 캔이 나오잖아. 단지 여기선 콜라 대신에 45킬로 톤짜리 폭탄이 배 꽁무니에서 터질 준비를 하고 나온단 말이지. 그것도 수천 개가."

"맞아!"

만무트가 말했다. 이오의 오르푸가 끼어들었다.

"꼭 그런 것은 아냐. 이게 1959년 디자인이란 걸 잊지 말라고. 10센트만 넣으면 돼."

오르푸가 얼마나 덜그럭거렸는지, 컨베이어 벨트에서 금속 링에 걸린 은빛 깡통들이 덜컹덜컹 소리를 냈다.

만무트와 함께 호넷으로 돌아와 점점 넓어지고 있는 원반 모양의 화성을 향해 올라가며 호켄베리가 말했다.

"물어보려다가 잊어먹었는데···· 그 배, 이름이 있어?"

"그럼, 우리 중에도 이름을 지어줘야 한다고 생각한 사람이 있었지. 처음엔 오리온으로 할까 했는데····"

"어째서 오리온이지?"

호켄베리가 물었다. 그는 포에보스와 스티크니 분화구와 거대한 탐사선이 점점 사라져가고 있는 뒤쪽 창문을 바라보고 있었다.

"20세기 중반 과학자들이 이 우주선과 폭탄–추진기 프로젝트에 붙였던 이름이 거든. 하지만 결국 지구 탐사 작전을 총괄하고 있는 통합 사령관은 나와 오르푸가 제안한 이름을 최종적으로 선택했지."

"그게 뭔데?"

화성 대기에의 진입을 알리는 진동과 소음이 시작되자 에너지 의자에 깊숙이 앉으며 호켄베리가 말했다.

"퀸 맵."

"로미오와 줄리엣에 나오는 이름? 보나마나 자네 제안이었겠지. 셰익스피어 팬이니까."

"이상하겠지만, 그건 오르푸의 제안이었어."

만무트가 말했다. 그들은 이제 대기권에 들어서 타르시스 화산을 지나 올림포스 산과 일리움으로 통하는 브레인 홀을 향하고 있었다.

"그 탐사선하고 무슨 관계가 있는데?"

만무트가 고개를 저었다.

"오르푸는 끝내 그 답을 말하지 않았어. 하지만 아스티그/체와 다른 이들에게 희곡을 약간 읽어주었지."

"어느 부분을?"

머큐쇼 : 아 그렇다면 자넨 퀸 맵이랑 동침했구먼.

벤볼리오 : 퀸 맵, 그게 누군데?

머큐쇼 : 맵은 요정들의 산파요,

　　　　 시장 나으리 손가락에 번쩍이는 마노瑪瑙보다 작은 형상으로

　　　　 난쟁이 떼에 끌려 자는 사람 코 위를 지나가거든.

　　　　 그녀가 타고 오는 수레의 바퀴살은 기다란 거미 다리요,

　　　　 수레 뚜껑은 메뚜기 날개,

바퀴 자국은 물기어린 달빛,

목걸이는 제일 가느다란 거미줄이요,

회초리는 귀뚜라미 뼈, 그 끝은 가는 실,

마부는 회색 외투를 입은 모기 새끼인데

크기는 게으름뱅이 계집의 손가락에서 비집고 나오는

둥근 꼬마 벌레의 절반도 안 되거든.

그녀의 마차는 속이 빈 개암 열매인데

아득한 옛날부터 요정의 수레를 만드는

다람쥐나 굼벵이가 만들었지.

이렇게 맵은 밤마다 행차하는데

연인들의 머릿속을 지나면 그들은 사랑의 꿈을 꾸고,

벼슬아치 무릎 위를 지나면 당장에 굽실거리는 꿈,

아가씨들 입술 위를 지나면 당장에 입 맞추는 꿈.

그런데 맵은 곧잘 화를 내고 입술에 물집을 만들어준다나…

"…. 기타 등등, 기타 등등."

만무트가 말했다.

"기타 등등, 기타 등등."

토머스 호켄베리 박사가 반복했다. 올림포스 산, 신들의 올림포스가 전면 창문을 가득 채우고 있었다. 만무트에 의하면 그 분화구는 겨우 화성 해발 69,841 피트밖에 되지 않는다. 호켄베리가 살았던 시대의 사람들이 생각했던 것 보다 15,000 피트나 낮았지만 여전히 충분히 높았다. *그 정도면 충분해*, 하고 호켄베리는 생각했다. 그리고 그 위, 초원으로 덮인 정상 위에, 지금 아침 햇살을 받고 있는 휘황한 아이기스 아래, 생명이 살고 있다. 아니 단순한 생명체가 아니라 신들이 살고 있다. *바로 그 신들이.* 싸우고, 숨쉬고, 전쟁을 벌이고, 계략을 세우고, 교미하는, 자신이 전생에서 알았던 인간들과 별다를 것 없는 신들이.

바로 그 순간, 지난 몇 달 동안 호켄베리를 우울하게 만들었던 먹구름이 한꺼번에 걷히는 것이었다. 테티스해라고 불리는 북쪽 바다에서 넘어 온 오후의 바람이 올림포스 남쪽으로 밀어내고 있던 흰 구름 떼처럼. 그리고 바로 그 순간 고전학 박사 토머스 C. 호켄베리는 살아 있다는 사실에 단순하고 순수하고 완벽한 행복감을 느꼈다. 지구 탐사에 동참하느냐 마느냐에 상관없이 그는 바로 지금 이 순간을 어떤 시대 어떤 장소와도 바꾸지 않을 것임을 깨달았다.

만무트는 올림포스 산 동쪽으로 호넷을 선회시켜 브레인 홀과 일리움으로 향했다.

열일곱

헤라는 이타카에 있는 오디세우스의 집 근처 평원에서 올림포스의 정상으로 단숨에 뛰어 올랐다. 거대한 칼데라 호수로부터 펼쳐지는 초록빛의 능선과 흰 기둥들이 받치고 있는 신전이 멀어져 가는 태양 빛을 받아 빛나고 있었다.

지구를 흔드는 포세이돈이 QT해 나타났다.

"다 되었나요? 번개의 신은 잠들었습니까?"

"지금 번개의 신이 만드는 번개는 잘 때 코고는 소리 정도죠."

"지구는 어떻게 되어가고 있죠?"

"우리가 계획했던 대로입니다, 크로노스의 딸이여. 수 주 동안 아가멤논과 그의 장군들에게 속삭이며 알려왔던 계획이 실현될 순간이 왔습니다. 아킬레스는 언제나 그렇듯이 저 아래 붉은 평야에 있지 않습니다. 그래서 아트레우스의 아들은 지금 이 순간에도 성난 군중들을 일으켜 미르미돈들과 캠프에 남아 있는 다른 아킬레스의 추종자들에 대항하도록 하고 있습니다. 그리고 그들은 곧장 성벽으로 돌진해서 일리움의 문을 열었습니다."

"트로이인들은?"

"헥토르는 불타는 동생의 유골을 지킨 후 아직까지 잠에 빠져있습니다. 아에네아스는 여기 올림포스 아래에 있습니다만, 헥토르가 없을 때 혼자서 우리에게 대항하지는 않을 겁니다. 데이포에보스는 아직 프리아모스와 함께 아마존들의 의도에 대해 논의 중입니다."

"펜테실레이아는?"

"한 시간 전에 일어나서 —그녀의 열 두 전사와 함께— 생명을 건 전투를 준비 중이죠. 바로 얼마 전 도시를 나와 진군을 시작했고 방금 브레인 홀을 통과 했습니다"

"팔라스 아테나는 그녀와 함께 있나요?"

"저는 여기 있는데요."

찬란하게 빛나는 황금빛 전투 갑옷을 입은 아테나가 순식간에 포세이돈 옆에 나타났다.

"펜테실레이아는 죽음의 숙명으로…… 그러니까 아킬레스에게로 보내버렸죠. 인간들은 어디서나 끔찍한 혼란 상태이구요."

헤라는 여신의 손목을 감싸고 있는 찬란한 금속 장식을 향해 손을 뻗었다.

"자매여. 이것이 그대에게 힘든 일이었음을 잘 알아. 자네는 아킬레스가 태어난 순간부터 그를 총애했으니까."

팔라스는 헬멧 쓴 머리를 흔들었다.

"이젠 그렇지 않아요. 그 인간은 자기 친구 파트로클로스를 내가 죽이고 데려갔다고 거짓말을 했거든요. 그는 감히 나와 내 올림포스의 친족들에게 검을 들었어요. 난 그가 천천히 하데스의 어두운 구멍으로 보내지는 걸 즐길 거예요."

"하지만 난 아직도 제우스가 두렵습니다."

포세이돈이 끼어들었다. 그는 짙고 푸른 바다의 파도와 물고기들, 오징어와 바다 괴물과 상어 문양이 정교하게 새겨진 전투 갑옷을 입고 있다. 그의 헬멧은 막 전투를 시작하려고 치켜 올린 게의 집게 모양으로 눈 주위를 감싸고 있다. 헤라가 말했다.

"헤파이스토스의 약은 우리의 무서운 황제가 7일 밤낮 동안 잠에 곯아 떨어져 돼지처럼 코를 골게 만들 거예요. 우리는 그 동안 반드시 목표를 모두 달성해야만 해요. 아킬레스가 죽던, 추방당하던 간에, 아가멤논이 아르고스의 지도자로 돌아왔으니, 일리움이 전복되거나, 아니면 최소한 10년 동안은 평화의 희망이 없는 전쟁이 다시 시작될 거예요. 제우스가 깨어났을 때는 상황을 돌리기엔 너무 늦었다는 걸 알게 될 걸요"

"그래도 굉장히 격노할 텐데요."

아테나가 말했다. 헤라가 웃었다.

"감히 그대가 크로노스의 아들의 분노를 *나에게* 말하자는 건가? 제우스의 분노 앞에서 천하장사 아킬레스의 분노 따위는 심술쟁이 소년이 돌멩이를 걷어차는 정도에 불과해. 신들의 아버지는 내게 맡기게. 제우스는 우리 일이 끝난 후에 내가 감당할 테니. 지금 우리가 해야 할 일은…"

헤라의 말이 끝나기도 전에 나머지 남신과 여신들이 칼데라 호의 호반에 위치한 신들의 전당 앞 기다란 잔디밭 위에 하나 둘씩 모습을 나타내기 시작했다. 비행전차들이 —그걸 *끄는* 종마의 모습까지 홀로그램으로 보이면서— 점으로 시작해서 커다랗게 확대되어 근처의 잔디를 가득 채웠다. 남신과 여신들은 세 그룹으로 나뉘어 모였다: 우선 헤라, 아테나, 포세이돈, 그리고 그리스 챔피언들 옆으로 몰려드는 축; 둘째로 트로이의 주된 챔피언들로 태양신 아폴로의 뒤를 따르는 아폴로의 누이 아르테미스, 아레스와 그의 누이 아프로디테, 그들의 어머니 레토, 데메테르, 트로이의 승리를 위해 오랫동안 싸워왔던 다른 신들; 마지막 셋째 그룹은 아직 어느 편도 들지 않은 신들이다. 전차를 탄 수 백 명의 신들이 순식간에 기다란 잔디 밭 위에 나타났다.

"어째서 모두 모여든 것인가?"

소리치는 헤라의 목소리에는 은근한 즐거움이 녹아있었다.

"오늘은 올림포스의 성벽을 지키는 이가 없는 모양이지?"

"닥치시오. 더러운 책략가!"

아폴로가 소리쳤다.

"일리움을 전복 시키려는 이 계략은 당신 생각이지. 그런데 그 책략을 저지할 제우스의 모습은 아무 곳에서도 보이지 않는 군."

"저런,"

고귀한 흰 피부를 자랑하는 헤라가 말했다.

"은화살의 주인께서 앞날이 불안하니 무서워서 아버지에게 달려 가보려고?"

아킬레스와 힘겨운 전투를 치르며 세 번이나 부활 탱크로 들어가 이제 부상에서 생생하게 회복한 전쟁의 신 아레스가 포에보스 아폴로의 옆으로 나섰다. 광포한 전쟁의 신은 15피트가 넘는 장신을 세우며 이를 갈아붙였다.

"여자여, 당신이 우리의 군주 제우스의 부정한 아내이기 때문이요. 당신이란 존재 자체가 우리에겐 끊임없는 고통이요. 그게 이유란 말이요."

헤라는 일부러 상대를 격노하게 만들려는 웃음소리를 내었다.

"부정한 *아내*라고."

그녀가 경멸하는 투로 말했다.

"다른 여신이나 인간보다도 자매들과 더 잘 나뒹구는 신의 입에서 나오는 소리 좀 들어보라지."

아레스는 그의 길고 파괴적인 창을 들어올렸다. 아폴로는 강력한 화살을 꺼내어 활시위를 잡아 당겼다. 아프로디테는 작지만 아폴로의 화살만큼 치명적인 활을 겨눌 준비를 했다.

"우리의 여왕에게 폭력을 사용하겠다는 건가?"

아테나가 헤라를 겨눈 창과 화살들 사이를 가로막으며 말했다. 이 자리의 모든 신들은 최고의 성능을 자랑하는 그들의 무기를 필요하면 언제라도 쓸 수 있도록 준비한 상태였다.

"우리에게 폭력을 이야기하지 말라."

얼굴이 벌겋게 달아오른 아레스가 팔라스 아테나를 향해 소리 질렀다.

"건방지게시리. 불과 몇 달 전에 티데우스의 아들인 디오메데스를 선동해서 그의 작살로 내게 상처를 입힌 것, 기억하겠지? 게다가 은폐 구름 뒤에 숨어서 네가 직접 그 불멸의 창을 던져 나를 다치게 한 걸 모를 줄 아느냐?"

아테나는 어깨를 들썩했다.

"그건 전투 중에 일어난 일이잖아. 난 피가 들끓는 상태였고."

"날 죽이려 했던 변명이 고작 *그거냐*, 이 개 같은 여신아?"

아레스가 으르렁거렸다.

"*피가 들끓었다고?*"

"제우스는 어디에 있는가?"

아폴로가 헤라에게 추궁했다. 헤라가 대답했다.

"난 남편의 파수꾼이 아니야. 물론 제우스는 지키는 사람이 필요할 때도 있지만."

"제우스는 어디에 있는가?"

은 화살의 군주인 아폴로가 재차 물었다.

"제우스는 며칠 동안 인간이나 신들의 문제와 상관없이 지내게 될 거야. 아주 돌아오지 않을지도 모르지. 이제 아래의 세상에서 일어나는 일들은 우리 올림포스에서 결정해야 해."

아폴로는 열 감지 기능이 있는 육중한 화살을 메웠지만 아직 겨누지는 않고 있었다.

바다의 여신이며, 네레이드이며, 진짜 바다의 노인 네레우스의 딸이며, 인간 펠레우스와 아킬레스를 낳은 테티스가 성난 두 그룹 사이에 끼어들었다. 그녀는 갑옷을 입지 않고, 해초와 조개 무늬가 정교하게 새겨진 가운을 입고 있을 뿐이었다.

"모든 형제, 자매, 사촌 여러분, 이 철부지 같은 심술과 자존심을 멈춰요. 우리 스스로와 우리의 자식들인 인간들에게 더 이상 해를 끼치지 않도록, 우리의 전능하신 아버지가 돌이킬 수 없이 모욕당하지 않도록 말이에요. 그는 돌아올 겁니다. 어디에 있던지 돌아올 거예요. 우리가 감히 바로 그의 코앞에서 반역을 한 것에 분노하여 손에 죽음의 번개를 들고 말이죠."

"에이, 그만 닥쳐!"

아레스가 그의 길고 치명적인 창을 오른 손으로 옮겨 던질 듯 자세를 취하며 외쳤다.

"네가 그 앙앙대는 인간의 자식을 성스러운 강에 담가 거의 신이 되도록 만들지만 않았어도, 일리움은 10년 전에 벌써 승리를 하고도 남았어."

"나는 아무도 강에 담그지 않았어."

테티스가 장신을 일으켜 세우고 약간 비늘이 덮인 팔을 가슴 앞으로 교차시키며 말했다.

"내 사랑스러운 아킬레스의 위대한 숙명은 운명의 여신들이 선택했을 뿐, 내가 그런 것이 아니야. 그 애가 막 태어났을 때 ―운명의 여신들이 염력을 통해 보낸 중대한 전갈에 따라― 난 밤마다 천상의 불 속에 그 아이를 뉘어 정화했지. 아버지가 인간이었기 때문에, 그 애는 고스란히 고통을 느껴야 했어. (그래도 나의 아킬레스는 울음소리 한 번 내지 않았어!). 밤이면 그 아일 태우고 그을렸으며, 낮이면 우리가 불멸의 육신을 새롭게 하는 데 쓰는 암브로시아로 그을린 아기 피부를 치료했어. 하긴 운명의 신들의 비밀 연금술로 훨씬 더 효과적인 암브로시아이긴 했지. 불과 몇 분 만 더 있었더라면 아킬레스를 하늘의 불 속에서 신성한 신으로 변화시킬 수 있었어. 인간에 불과한 아이의 아버지가 나를 염탐하여, 자기 외동아들이 불꽃 속에서 고통으로 몸을 비트는 것을 보고 발목을 잡아채지만 않았다면 말이지.

"그리고는 모든 남편들이 그러하듯 나의 반대를 무시하고 아이를 구하겠다고 쓸데없이 끼어든 펠레우스는, 모든 켄타우로스 종족 중에서 가장 현명하고 인간을 덜 싫어하는 치론에게 데려가 우리의 아킬레스를 돌보게 하고, 현명한 켄타우로스들만 알고 있는 약초들과 연고로 그를 치료하게 하고, 사자의 간과 곰의 척수를 먹여 그를 강하게 만든 거라구."

"그 작은 호로 자식이 불꽃 속에서 죽었어야만 했는데 말이야."

아프로디테가 말했다. 그 말을 듣고 흥분한 테티스는 사랑의 여신 앞으로 뛰어들어 무기 대신 기다란 생선 가시 모양의 손톱을 곤두세웠다.

마치 친선 피크닉 게임에서 상품을 타기 위해 활을 쏘는 것처럼 차분하게, 아프로디테는 활을 쏘아 테티스의 왼쪽 가슴을 관통시켰다. 그녀는 숨이 끊어진 채로 잔디 위에 쓰러졌고, 몸에서 검은 생명의 정수가 흘러나와 검은 벌떼처럼 그녀의 주검 주위를 감싸고돌았다. 아무도 그녀의 시신을 거두어 푸른 웜 홀 속에 사는 치료자에게 데려가려고 나서는 이가 없었다.

"살인마!"

8개월 전 모라벡들과 인간들이 지구의 바다를 침공해 들어왔을 때 호수 속으로 사라져버린 바다의 노인 네레우스의 목소리가 올림포스 칼데라 호의 심연으로부터 울려 퍼졌다.

"살인마!"

다시 낮게 소리를 지르면서, 네레우스는 물 위 50피트 밖까지 솟구쳐 올랐다. 그의 젖은 수염과 갈라진 머리는 몸을 뒤틀며 괴로워하는 미끈거리는 뱀장어 떼처럼 보였다. 그는 아프로디테를 향해 강력한 선기 에너지를 쏟아 부었다.

사랑의 여신은 잔디밭을 가로 질러 수 백 피트 뒤로 나동그라졌다. 그녀가 가진 여신의 피가 에너지 장벽을 만들어 완전히 파괴당하는 것으로부터 보호해 주긴 했으나, 화염과 충격은 그녀의 아름다운 육체를 신들의 전당에 있는 거대한 두 기둥 사이로 내동댕이쳐 화강암으로 만들어진 벽을 뚫게 할 만큼 강력했다.

그녀와 다정한 남매지간인 아레스가 창을 던져 네레우스의 오른쪽 눈을 관통시켰다. 그 고통의 비명소리가 너무나 커서 무한히 떨어진 일리움까지 울려 퍼졌고, 바다의 노인은 눈알에 박힌 두 개의 창을 뽑아내고는 붉은 거품 아래로 사라졌다.

최후의 전투가 시작되었음을 깨달은 포에보스 아폴로가 헤라나 아테나가 반응하기도 전에 그들의 심장을 겨누고 열 감지 화살을 재빨리 날렸다. 화살을 뽑아 쏘는 속도가 너무나 빨라 신들의 눈조차도 알아채지 못할 정도였다.

그러나 깨지지 않는 티타늄과 다른 힘의 장벽을 뚫고 지나갈 수 있는 양자 코팅이 된 화살은 중간에 멈추더니 녹아내리는 것이었다.

아폴로가 놀라서 쳐다보았다. 아테나가 헬멧을 쓴 머리를 젖히며 웃었다.

"제우스가 없을 때는 보호의 방패가 우리의 명령에 복종하도록 프로그램 되어 있다는 걸 잊었군. 헤라와 나의 명령 말이지."

"네가 먼저 시작했다, 아폴로. 이제 헤라의 저주와 아테나의 분노의 힘을 온전하게 느껴보시지."

그녀가 손을 약간 움직이자 물가에 놓인 최소한 반 톤은 되는 둥근 바위 하나가 올림포스의 땅에서 떨어져 나와, 음속의 두 배 가까이 되는 속도로 아폴로에게 쏟아져 이 궁수의 머리통을 후려쳤다.

아폴로가 충격으로 뒤로 넘어지자 금과 은과 동이 요란하게 부딪히는 소리가 났고, 그는 40야드나 떨어져 머리부터 처박았다. 가지런한 곱슬머리는 먼지와 강의 진흙으로 뒤덮였다.

아테나가 몸을 돌려 칼데라 호수 몇 마일 밖으로 창을 집어던지자, 흰 기둥이 세워진 아폴로의 집은 버섯 같은 불꽃 속에서 폭발했고, 수백만 개로 조각난 대리석과 화강암과 철재가 산꼭대기 위 윙윙거리는 중력장을 향해 2마일이나 솟아올랐다.

제우스의 누이인 데메테르가 아테나와 헤라를 향해 충격파를 던졌으나 그저 그들 주변의 공기를 일그러뜨리며 펄떡이는 *아이기스*에 맞아 되돌아갈 뿐이었다. 그러나 그 충격으로 헤파이스토스의 몸이 붕 뜨더니 올림포스의 정상을 지나 몇 백 야드 밖으로 내동댕이쳐졌다.

붉은 갑옷을 입은 하데스가 그 응답으로 검은 불기둥을 내뿜어 모든 신전과 땅과 물과 공기를 뒤덮었다.

아홉 명의 뮤즈들이 소리를 지르며 아레스의 편으로 모여들었다. 어디서인지 모르게 QT해 나타난 전차들에서 번개가 몰아쳤고, 아테나의 방패에서는 반짝이는 *아이기스*가 솟구쳤다. 물병자리의 주인이며 90 퍼센트만 신인 가니메데는, 어정쩡한 경계에 떨어져 신성한 살이 필멸의 뼈에서 타면서 떨어져나가는 고통에 신음하였다. 오케아노스의 딸인 에우리노메는 아테나의 편에 서려고 했으나, 곧바로 12명의 분노의 여신들이 흡혈 박쥐처럼 그녀를 둘러쌌다. 에우리노메는 단말마의 비명과 함께 격전장과 불타는 건물들 위로 끌려갔다.

신들은 숨을 곳을 찾아, 혹은 자신들의 전차를 향해 뛰어갔다. 순식간에 거기서 빠져나간 신들도 있었으나, 대부분은 전쟁이 벌어지는 거대한 칼데라 호의 한 편 혹은 다른 편으로 모여들었다. 신들이 각자의 장을 전투 방패에 융합시키자, 에너지 장들은 빨강, 초록, 보라, 파랑, 황금 그리고 수많은 색으로 불타올랐다.

신들의 역사에서 이런 전투는 없었다. 일말의 사정도 봐주지 않고, 언제나 통용되었던 서로에 대한 전투의 예의도 없고, 치료자들에 의해 다시 부활하리라는 보장도 없고, 무엇보다도 최악은 제우스의 중재가 없다는 것이었다. 번개의 신은 언제나 그곳에서 싸움을 저지하고, 그들을 말로 다독거리고, 신들끼리 서로 죽고 죽이는 것보다는 약한 벌을 내리는 것으로 분쟁을 해결해 왔다. 그러나 오늘 그는 없다.

포세이돈은 아카이아인들이 트로이를 멸망시키는 것을 보러 순간 이동하여 지구로 내려갔다. 아레스가 일어나 피로 얼룩진 황금 혈액의 자국을 남기며 60명의 분노한 신들을 —제우스의 충실한 추종자이며 트로이의 후원자들을— 그의 옆으로 결집시켰다. 헤파이스토스는 내동댕이쳐진 곳으로부터 다시 돌아와 전쟁터에 검은 독 안개를 뿌렸다.

그 시간에 시작된 신들의 전쟁은 올림포스 전역으로, 그리고 몇 시간 후에는 일리움까지 퍼져나갔다. 황혼 무렵, 올림포스의 정상은 화염에 휩싸였고 칼데라 호의 일부는 끓어올라 용암으로 대체되었다.

열여덟

아킬레스를 만나러 갈 준비를 하면서 펜테실레이아는 지금 이 순간까지 그녀의 삶에서 매년, 매달, 매일, 매시간, 그리고 매분이 오늘 이 영광의 정점을 위한 서곡이었다는 것을 믿어 의심치 않았다. 이전에 일어났던 모든 것, 모든 숨결과, 모든 훈련 하나 하나, 전투에서의 승리와 패배, 이 모든 것이 오늘을 위한 준비에 지나지 않았다. 몇 시간 후면 그녀의 운명이 완성될 것이다. 그녀가 승리하고 아킬레스가 죽던지, 아니면 그녀가 죽어 —이루 말할 수 없이 끔찍하게도— 수치 속에 던져지고 세월과 함께 잊혀버리리라.

허나 수치 속에 던져져 세월과 함께 잊혀버리는 건 여전사 펜테실레이아의 계획이 아니었다.

프리아모스의 궁전에서 낮잠을 자다 깨어났을 때, 그녀는 힘과 행복감을 느꼈다. 천천히 목욕을 하고 객실에 있는 잘 닦인 청동 거울 앞에서 옷을 입을 때, 평소와는 달리 그녀는 자신의 얼굴과 몸에 찬찬히 주의를 기울였다.

펜테실레이아는 자신이 인간과 신들의 기준에서 볼 때도 아름답다는 것을 알았다. 그러나 그게 무슨 상관이람. 그녀가 지닌 전사의 영혼에는 전혀 중요하지 않았다. 그러나 오늘, 천천히 깨끗한 새 의상과 빛나는 갑옷을 입으며 그녀는 스스로의 아름다움을 맘껏 찬미했다. 결국 —그녀는 생각했다— 발 빠른 살육자 아킬레스가 마지막으로 보는 것은 그녀일 것이므로.

20대 중반의 이 여전사는 소녀 같은 얼굴을 하고, 예전에는 지금보다 더 커다랬던 푸른 눈 옆으로 짧은 금빛 곱슬머리가 물결치고 있었다. 도톰한 분홍빛의 굳게 다문 입술은 미소를 짓는 일이 거의 없었다. 잘 닦인 청동 거울에 비친 그녀의 몸은 수영과 훈련과 태양 아래서의 사냥으로 적당히 그을어 가늘지도 않고 탄탄한 근육질이었다. 그녀는 풍만한 엉덩이를 가지고 있었으나, 가는 허리에 은 허리띠를 두를 때마다 보이는 자신의 엉덩이가 그녀는 별로 달갑지 않았다. 펜테실레이아의 가슴은 대부분의 여자들보다, 심지어 그녀의 동료들보다, 둥글고 높이 솟아 있었으며 유두는 갈색이라기보다 분홍색에 가까웠다. 그녀는 아직 처녀였고 일생 동안 처녀로 살 작정이었다. 그녀의 언니는 —히폴리테의 죽음을 생각하자 그녀는 움찔했는데— 남자의 술수에 넘어가 붙잡혀서 털북숭이 남자에게 가축처럼 사육되지 않았던가. 그녀는 결코 그런 선택을 하지 않을 것이었다.

옷을 입으며 펜테실레이아는 주술적인 향기가 나는 크림을 은빛 석류 모양의 용기에서 덜어 가슴 위와, 목 아래 그리고 음부 위로 직선을 이루고 있는 황금빛 음모 위에 발랐다. 그것은 팔라스 아테나가 그녀에게 작전을 수행하도록 지시한 바로 다음 날 나타난 아프로디테에게서 받은 것이었다. 아프로디테는 암브로시아보다 더 강력한 이 향기는 오직 아킬레스에게만 영향을 미치기 위해 사랑의 여신인 그녀가 직접 제조한 것으로, 아킬레스가 이 향을 맡으면 욕정에 휩싸이게 된다는 것이었다. 지금 그녀는 두 개의 비밀 병기를 지니고 있었다. 아테나가 그녀에게 준 절대로 표적을 놓치지 않는 창과 아프로디테의 향수. 펜테실레이아의 계획은 아킬레스가 욕정에 사로잡혀 있는 동안 죽음의 한 방을 먹이는 것이었다.

그녀가 낮잠에 빠져들기 전에 아마존의 동료이며 충성스러운 클로니아가 손질해 놓은 청동과 황금으로 된 여왕의 갑옷이 거울에 비쳐 빛을 발했다. 펜테실레이아는 손에 무기를 들었다: 활과 완벽하게 곧은, 붉은 깃털이 달린 화살이 들어 있는 화살통과 검 —남자의 검보다는 짧으나 완벽하게 균형 잡힌 그리고 가까운 거리에서는 남자의 칼 못지않게 치명적인 검—, 그리고 양날이 선 전투용 도끼. 이 도끼는 평소에 여 전사들이 가장 선호하는 무기였다. 하지만 오늘은 아니었다.

그녀는 아테나에게 받은 창을 들어 올렸다. 거의 무게가 느껴지지 않았고, 목표를 향해 날아가려는 열망으로 가득했다. 길고 날카로운 촉은 청동도 철도 아니고, 올림포스에서 주조된 훨씬 날카로운 금속이었다. 어느 것도 그 촉을 무디게 할 수 없다. 어떤 갑옷도 막지 못할 것이다. 아테나의 설명에 따르면 그 촉은, 신들이 알고 있는 한 가장 치명적인 독에 벼른 것이었다. 아킬레스의 약점인 발목을 한번 스쳐 베기만 해도 독이 심장으로 퍼져 수 초 내에 그를 쓰러뜨려 마지막 심장이 몇 번 뛴 후에 바로 하데스에게로 보내버릴 터였다. 창은 펜테실레이아의 손에서 콧노래를 불렀다. 아킬레스의 살을 뚫고 들어가 그를 쓰러뜨리고 그의 눈과 입과 폐를 검은 죽음으로 가득 채우기를 창은 그녀만큼이나 열망하고 있었다.

아테나는 펜테실레이아에게 아킬레스의 약점을 속삭였다. 테티스가 그를 불멸의 존재로 만들려고 했으나 펠레우스가 천상의 불 속에서 그를 가로챘다는 것을. *아킬레스의 약점은 발목이다.* 아테나가 속삭였다, *그곳의 양자역학적 잠재력은 아직 강화되지 못했다⋯* 그게 무슨 뜻인지는 모르겠지만. 펜테실레이아에게는 남녀를 막론한 인간 살육자이자 강간범인 아킬레스를 죽일 거라는 뜻이었다. 그녀는 잘 알고 있었다. 다른 아카이아인들이 이미 얻은 승리에 도취해 해변에서 쉬고 있을 때, 그와 그의 흉포한 미르미돈들이 정복한 수많은 도시의 여자들이 받은 고난을. 먼 북쪽 아마존 전사들의 땅에 살면서, 젊은 펜테실레이아는 트로이의 전쟁이 두 번 있었다는 사실을 익히 들어 알고 있었다. 아카이아인들이 앞뒤 안 가리고 일리움을 상대로 싸움을 벌인 후 오랜 게으름과 향연에 뒹굴던 10년 동안, 아킬레스는 소아시아 전체를 깡그리 전멸시켰다. 17개의 도시가 그의 무자비한 공격에 무너졌다.

자, 이젠 그가 무너질 차례다.

펜테실레이아와 그녀의 전사들은 혼란과 놀람으로 가득한 도시를 통과하였다. 아카이아인들이 아가멤논의 휘하에 모여들고 있다는 외침들이 성벽으로부터 들렸다. 소문에 의하면 헥토르가 잠들고 용감한 아에네아스가 구멍의 반대 쪽 전선에 나가 있는 사이 그리스인들이 간악한 반역을 계획했다고 했다. 펜테실레이아는 한 무리의 여자들이 마치 아마존 전사들처럼 남자 갑옷 조각을 걸치고 목적 없이 배회하고 있는 것을 알아차렸다. 성벽의 보초병들이 트럼펫을 불었고 위대한 스카이안 성문이 펜테실레이아와 그녀의 전사들 뒤로 쿵 소리를 내며 닫혔다.

도시와 아카이아인 캠프 사이의 평원에서 대열을 만드느라 잰 걸음을 걷는 트로이 병사들을 무시하고, 펜테실레이아는 서서히 모습을 드러내는 구멍을 향해 열두 전사들을 동쪽으로 이끌었다. 지나가며 구멍을 본 적이 있었지만 아직도 볼 때마다 가슴이 흥분으로 두근거렸다. 높이 200 피트가 넘는 그것은 겨울 하늘에서 잘라낸 원의 완벽한 4분의 3 모양을 하고 있었으며, 도시의 동쪽 바위투성이 평원에 걸려 있었다. 북동쪽에서는 —그들이 이미 접근해왔던 방향이므로 그녀는 알고 있었다— 구멍이 보이지 않는다. 일리움과 바다는 모두 볼 수 있으나 마술처럼 구멍은 전혀 보이지 않았다. 남서쪽에서 접근할 때만 볼 수 있는 것이었다.

서로 떨어져 있지만 싸우지는 않고 있는 아카이아인과 트로이인들은 도보로 신전을 통과한 후 서둘러 전차에 올라 긴 대열을 이루고 있어서, 마치 무슨 철수 명령이라도 받은 듯 했다. 펜테실레이아는 상상했다. *일리움과 아가멤논의 캠프에서 받은 전갈에 반응하는 거겠지. 신들에게 대항하는 최전선을 떠나 또 다시 서로에게 대적하기 위해 서둘러 집으로 향하고 있는 거야.*

펜테실레이아는 개의치 않았다. 그녀의 목표는 아킬레스의 죽음이었고, 그녀와 그 목표 사이를 방해하는 아카이아인 혹은 트로이인들에게는 재앙이 내릴 터. 그녀는 전에도 전투에서 수많은 남자들을 지옥의 신에게로 보낸 적이 있었고, 필요하다면 다시 그럴 것이었다.

두 줄로 정렬한 기마 전사들을 이끌고 구멍을 통과할 때 사실 그녀는 숨을 죽였다. 그러나 맞은편에 도착했을 때는 이상한 가벼움이 밀려왔다. 빛의 색깔이 미묘하게 바뀐 것 같은, 그리고 애써 숨을 들이마셨을 때에는 잠시 숨이 막힐 것 같은, 마치 갑자기 공기가 희박해진 산의 정상에 선 것 같은, 느낌이었다. 펜테실레이아의 말도 무언가 변화를 감지 한 듯 고삐를 강하게 당겼으나, 그녀는 힘을 주어 말을 제 길로 몰았다.

그녀는 올림포스에서 눈을 뗄 수 없었다. 그 산은 서쪽 지평선을 가득…… 아니, 세상을 가득 채우고 있었다…… 아니, 그것은 세상 *자체*였다. 남자와 모라벡들의 작은 무리, 그리고 오직 올림포스에만 정신이 팔려 있는 이 아마존의 여왕에겐 붉은 땅 위에 시체처럼 보이는 것을 지나서, 그녀의 바로 앞에는, 우선 신들의 전당 아래 2마일 높이의 절벽이 솟아 있었고, 그 위로 족히 10마일은 넘길 만큼 긴 능선이 뻗쳐 있었다. 산비탈은 한없이 위로, 위로, 올라가고 있었다.

"여왕님."

펜테실레이아는 아득하게 들려오는 목소리를 들었고, 한참이 지나서야 그것이 충성스러운 클로니아가 거느리고 있는 부관 브레무사의 목소리임을 깨달았다. 그러나 펜테실레이아는 오른쪽에 펼쳐진 평온한 바다나 해변에 늘어선 거대한 석상들을 무시하듯이 그 목소리 또한 무시해 버렸다. 올림포스라는 거대한 실체에 비한다면 그런 것들이 무슨 대수란 말인가. 그녀는 옅은 푸른 하늘 위로 끝없이 높고 또 높게 솟아오른 산등성이를 눈으로 쫓으며 그녀의 얇은 안장 뒤로 몸을 젖혔다.

"여왕님."

펜테실레이아는 브레무사를 꾸짖으려고 말을 돌렸다가 다른 전사들도 고삐를 당겨 말을 세웠다는 걸 알아챘다. 아마존의 여왕은 마치 꿈에서 깨어난 듯 머리를 흔들며 그들에게로 말을 돌렸다.

그녀가 올림포스에 매료되어 있는 동안, 그들은 구멍의 이쪽에서 여자들을 통과시키고 있다는 것을 깨달았다. 내달리고, 비명을 지르고, 피를 흘리고, 비틀거리고, 울고, 쓰러지는 여자들을. 클로니아는 말에서 내려 무릎을 세우고 앉아 상처입은 한 여자의 머리를 들어 올렸다. 여자는 이상하게 생긴 진홍색의 긴 옷을 입고 있었다.

"누가 이런?"

펜테실레이아가 내려다보며 말했다. 그제서야 자신들이 지난 몇 마일 동안 피가 묻은 채 버려진 무기들을 따라오고 있었다는 사실을 깨달았다. 죽어가는 여자가 숨넘어가는 소리로 말했다.

"아카이아인들이····· 아킬레스가·····"

갑옷을 입고 있었다고 해도, 여자에겐 도움이 되지 않았었다. 젖가슴은 잘려져 있는 여자는 거의 알몸이었다. 진홍빛 옷은 사실 자신의 피였던 것이다.

"그 여자를 데리고 가서·····"

펜테실레이아는 말을 시작하다 말았다. 여자는 이미 숨을 거두었던 것이다.

클로니아가 말에 올라 언제나처럼 펜테실레이아의 오른쪽 뒤로 다가왔다. 여왕은 오랜 전우의 분노가 이글거리고 있음을 느낄 수 있었다.

"전진!"

펜테실레이아는 말에 박차를 가했다. 그녀의 전투용 도끼는 안장 앞머리에 튼튼히 매어져 있었다. 오른손에는 아테나의 창을 들고 있었다. 마지막 4분의 1마일을 달려가니 앞에 한 무리의 남자들이 있었다. 서서 시체 위를 굽어보며 약탈을 자행하고 있는 아카이아인들이었다. 얇은 공기를 타고 그리스인의 웃음소리가 뚜렷이 들렸다.

40명 정도의 여자가 그 곳에 쓰러져 있는 듯했다. 펜테실레이아는 서서히 말을 몰았으나, 두 줄로 따라오던 아마존의 대열은 이미 흐트러져 있었다. 말들은 —전투용 말들 일지라도— 사람을 밟으며 걷지 않는 법. 여기 나뒹구는 피투성이 시체들은 모두 여자였다. 너무 가까이 쓰러져 있었으므로 말들은 조심스럽게 길을 골라, 뒤엉킨 시체 사이의 좁은 공간에 발굽을 디뎌야 했다.

사내들이 약탈을 중지하고 고개를 들었다. 펜테실레이아가 가늠하기에 여자들의 시체 주위에 서있는 남자들은 백 명 정도였으나, 알아볼 만한 인물은 단 한 사람도 없었다. 그리스의 영웅들은 아무도 없었다. 5~6백 야드 앞을 보았더니, 아카이아 주 진영으로 돌아가는 좀 더 높은 계급의 남자들이 보였다.

"여자들이 더 왔네그려."

그들 중에 제일 지저분해 보이는 남자가 시체에서 전투복을 벗겨내며 말했다.

"게다가 이번엔 말까지 타고서."

"이름이 무엇이냐?"

펜테실레이아가 말했다. 사내는 빠지고 썩은 이를 드러내며 싱글거렸다.

"내 이름은 몰리온. 난 지금 널 죽인 담에 겁탈할까, 겁탈한 담에 죽일까 고민하는 중이지."

"그 똥 같은 머리로는 내리기 힘든 결정이겠구나."

펜테실레이아가 차분히 말했다.

"전에 몰리온이라는 사내를 만난 적이 있지. 하지만 그는 트로이인이었고, 팀브라에오스의 전우였어. 그 몰리온은 살아있는 사람이었지만, 넌 죽은 개야."

몰리온이 으르렁거리며 칼을 빼들었다. 말에서 내리지도 않은 채, 펜테실레이아는 양날 도끼를 휘둘러 사내의 목을 잘랐다. 그리고 다른 세 명이 미처 방패를 올리기도 전에 거대한 말에 박차를 가해 그들을 밟아 뭉개버렸다.

이 세상의 것이 아닌 외침과 함께, 12명의 아마존 여전사들이 옆으로 달려와 전투를 시작하여, 마치 낫으로 밀을 추수하듯이 아카이아인들을 말발굽으로 뭉개고, 칼로 자르고, 도끼로 난도질하고 창으로 찔렀다. 대항하던 사내들은 모두 죽었고, 달아나던 축들도 죽었다. 펜테실레이아는 몰리온과 뭉개진 세 명 옆에서 시체를 약탈하던 나머지 일곱 명을 직접 처단했다.

그녀의 동료인 에우안드라와 테르모도아는 애처로운 소리를 내며 비굴하게 벌벌 기는 마지막 아카이아인들을 쫓았다. 놀랍게도 펜테실레이아는 그 중에 특히 추하고, 낑낑대며 자비를 구걸하는 테르시테스라는 놈을 풀어주라고 명령했다.

"저쪽 언덕에서 우리를 보고 있는 아킬레스, 디오메데스, 아이아스들, 오디세우스, 이도메네우스 그리고 다른 아르고스의 영웅들에서 이 말을 전달하도록."

그녀가 테르시테스에게 소리쳤다.

"나, 아레스의 딸, 아테나와 아프로디테의 사랑을 받는 아마존의 여왕, 펜테실레이아가 아킬레스의 비참한 삶을 끝내러 왔노라. 그놈이 동의 한다면 단판승부를 낼 것이며, 거절한다면 나와 나의 전사들이 그들을 모조리 죽일 것이다. 가서 내 말을 전하라."

못생긴 테르시테스는 떨리는 발을 추스르며 걸음아 나 살려라, 사라졌다.

그녀의 충실한 오른팔, 아름답지는 않으나 대담무쌍한 클로니아가 옆으로 다가 왔다.

"여왕님. 무슨 말씀이십니까? 우리가 아카이아 영웅들 모두들 상대해 싸울 수는 없습니다. 하나하나가 전설적인 인물이고, 그들이 함께 뭉치면 어떤 열 세 명의 아마존 전사들이라도 쓰러뜨릴 수 없을 겁니다."

"진정하고 의연하라, 자매여! 승리는 신들의 의지와 우리의 강한 손에 달려있다. 아킬레스가 쓰러질 때, 다른 아카이아인들은 도망갈 것이다, 그보다 더 약한 지도자가 쓰러지거나 다쳤을 때 헥토르와 트로이인들로부터 도망쳤듯이 말이야. 그들이 도망갈 때, 우리는 말을 돌려, 저주받은 구멍을 다시 통과하여, 소위 영웅이란 자들이 다시 뭉치기 전에 그들의 배를 불태울 것이다."

"죽음으로써 당신을 따르겠습니다, 여왕님. 당신이 영광을 얻을 때까지 따랐던 것처럼."

클로니아가 중얼거렸다.

"다시 영광을 누리자, 내 사랑하는 자매여. 보아라, 그 쥐새끼 같은 얼굴을 한 테르시테스가 우리의 말을 전한 모양이다. 아카이아 대장들이 이쪽으로 오고 있구나. 다른 대장들에 비해 아킬레스의 갑옷이 얼마나 빛나는지 보거라. 저기 탁 트인 들판에서 그들을 맞이해주자꾸나."

그녀는 거대한 말에 박차를 가했고 열 세 명의 아마존 여전사들과 함께 아킬레스와 아카이아인들을 향해 말을 몰았다.

열아홉

"무슨 푸른 광선?"

호켄베리가 말했다. 만무트가 화성과 올림포스와 브레인 홀을 향해 호넷을 내리는 사이, 그들은 일리움 시대의 지구에서 트로이로부터 반경 200 마일 안에 있던 모든 인간이 실종된 데 관해 논하고 있었다.

"펠로폰네소스의 델피에서 솟아나온 푸른 광선 말이야. 인간들이 모두 사라진 그날 그 빛이 나타났거든. 우리는 그게 타키온으로 만들어진 것이라고 생각했지만, 지금은 잘 모르겠어. 이론은 있지 —단지 이론일 뿐이지만. 모든 인간들이 가장 기본 요소인 칼라비-야우 끈으로 최소화되고, 부호화되어서 그 광선에 실려 우주로 보내졌다는 것."

"델피에서 나온다고?"

호켄베리가 재차 물었다. 그는 타키온이나 칼라비-거시기 끈인지 뭔지에 대해서는 하나도 아는 바가 없었으나, 델피와 그 신탁에 대해서는 제법 알고 있었다.

"그래. 돌아가기 전에 10분 정도 시간 여유가 있다면 보여 줄 수 있어. 이상한 것은 비슷한 푸른 광선이 우리가 지금 향하고 있는 현재의 지구에서도 솟아나오고 있다는 거야. 예루살렘으로부터."

"예루살렘이라."

호켄베리가 되풀이했다. 비행정이 앞부분을 돌려 구멍을 향해 내려가면서 흔들리기 시작했고 그는 투명 에너지 장으로 만들어진 의자의 투명 팔걸이를 잡았다.

"광선들이 하늘로 올라가고 있다고? 우주로? 어디로 말인가?"

"우리도 몰라. 목적지가 있는 것 같지는 않아. 그 광선들은 오랫동안 머무르며, 물론 지구와 함께 돌다가, 태양계 밖으로 나가버리지. 두 지구의 태양계 모두를 벗어난다고. 그런데 어느 것도 특정한 별이나 성단이나 은하계를 향하는 것 같지 않단 말이야. 하지만 그 푸른 광선들은 쌍방향이야. 즉, 델피로 —그리고 아마도 예루살렘으로— 돌아가는 타키온 에너지의 흐름이 있다는 거지. 그래서⋯⋯"

"잠깐,"

호켄베리가 말을 막았다.

"저거 봤어?"

그들은 막 브레인 홀을 지나 위쪽 둥근 호의 바로 아래를 날고 있었다. 만무트가 답했다.

"응, 봤어. 확실하진 않지만, 올림포스 근처 아카이아인들이 전선을 형성한 지점에서 인간들끼리 싸우고 있는 것처럼 보이는데. 그리고 저 위를 좀 봐."

모라벡이 홀로그램 창을 확대하자 호켄베리는 그리스인과 트로이인들이 일리움 성 밖에서 싸우고 있는 것을 볼 수 있었다. 동맹을 맺고 있던 최근 8개월 동안 열려 있던 스카이안 성문은 닫혀있었다.   호켄베리가 속삭였다.

"맙소사,"

"그러게."

"만무트, 우리가 처음 전투의 징조를 보았던 곳으로 돌아갈 수 있을까? 화성 쪽에 있는 브레인 홀로 말이야. 거기에 뭔가 이상한 게 있었거든."

호켄베리가 본 것은 아주 작은 수의 기마병들이 보병을 공격하는 것이었다. 아카이아나 트로이 어느 쪽도 기마병을 키우지 않는데⋯⋯

"물론,"

만무트가 말하고는 급강하 하던 비행정을 돌렸다. 그들은 구멍을 향해 속도를 높였다. 만무트, 아직 듣고 있어? 그들이 구멍에 묻어 놓았던 교신기의 전자파를 통해 오르푸의 목소리가 들려 왔다.

크고 또렷하게 듣고 있지.

호켄베리 박사는 아직 같이 있어?

그래.

그럼 타이트빔으로만 말해. 우리가 교신 중이라는 걸 알리지 말고. 무언가 이상한 것이 보여?

보여. 지금 조사하러 가는 길이야. 브레인의 화성 쪽에서 기병대가 아르고스 장갑 보병들과 싸우고 있고, 지구 쪽에서는 아르고스인들이 트로이인과 싸우고 있어.

열 두 명 정도의 기병대가 50 여명 정도의 아카이아인 보병들에게 접근하고 있는 곳 200미터 상공에 다다랐을 때 호켄베리가 물었다.

"비행정을 은폐시킬 수 있어?" 변장 할 수 있냐고? 우리가 눈에 잘 띄지 않게 말이야."

"물론!"

만무트는 호넷의 은폐 기능을 모두 작동시키면서 속도를 줄였다.

아니, 난 지금 인간들이 무엇을 하고 있는가를 묻고 있는 게 아니야, 오르푸가 교신을 보냈다.

브레인 홀 자체에 이상한 점을 보지 못했어?

만무트는 광대역 스펙트럼에서 눈을 떼지 않은 채 살펴봤고, 또 비행정의 기기와 센서를 모두 작동시켰다. *브레인은 정상인 것 같은데.* 그가 전송했다. 호켄베리가 말했다.

"아킬레스와 그의 병사들 뒤에 착륙하자, 응? 그럴 수 있겠지? 조용히 말이야."

"물론,"

만무트가 말했다. 그는 호넷을 돌려 아카이아인들 후방 30 야드 정도에 조용히 착륙했다. 뒤쪽의 보병대로부터 더 많은 그리스인들이 그들 쪽으로 오고 있었다. 모라벡은 다가오는 보병들 속에 록벡들이 몇 섞여 있는 것을 보았고, 그들 중 센추리온의 지도자인 멥 아후를 알아보았다.

아니야. 정상이 아니야. 이오의 오르푸가 전송했다. *브레인 홀과 나머지 멤브레인 공간에서 강한 진동이 감지돼. 게다가 올림포스 정상에서 무슨 일인가가 벌어지고 있어. 양자와 중력자는 측정 범위를 벗어나버렸고. 분열과 융합과 플라스마 그리고 다른 폭발이 일어나고 있다는 증거가 있어. 하지만 당장 걱정되는 것은 브레인 홀이야.*

비정상적인 요인들이 무엇인데? 만무트가 물었다. 그가 유로파의 얼음 아래로 잠수정을 몰고 다녔을 땐, W이론이나, 그 이전의 여러 주장들, M이론, 끈 이론 등을 굳이 배울 생각이 없었다. 그가 지금 가진 지식의 대부분은, 소행성대를 화성과 —그리고 이 또 다른 지구와— 연결하면서 형성되는 것을 우연히 거들어주었던 구멍에 대한 최근 지식들을 따라잡기 위해서, 그리고 지난 몇 달 동안 갑자기 브레인들이 하나만 남고 모두 사라진 이유를 이해하기 위해서, 오르푸와 포보스의 메인 뱅크에서 다운로드한 것이었다.

스트로밍거–바파–서스킨드–젠 센서(Strominger-Vafa-Susskind-Sen sensor)가 내보내는 BPS 비율을 보면, 브레인의 최소 질량과 충전량이 점차 달라지고 있어, 오르푸가 교신했다.

BPS? 만무트가 교신했다. 그는 질량과 충전량의 차이가 심각하다는 건 알고 있었으나, 그 이유는 모르고 있었다.

보고몰니(Bogomol'nyi), 프라사르드(Prasard), 솜머필드(Sommerfield) 오르푸가 "넌–멍청하지만–맘에–들어" 음색으로 교신을 보냈다. *자네 가까이에 있는 칼라비–야유 공간이 찢어져 나갈 정도로 엄청난 변화를 겪고 있어.*

"좋았어, 완벽해."

호켄베리가 투명의자에서 일어나 경사진 진입로로 튀어 나오며 말했다.

"어떻게든 내 오랜 스콜릭 장비를 되찾고 말겠어 – 변신 팔찌, 장총 마이크, 공중부양 장치. 같이 가겠나?"

"바로 따라갈게."

만무트가 말했다. 브레인 홀이 불안정해지고 있다는 말인가?

지금이라도 곧 무너질 거라는 뜻이야, 오르푸가 교신했다. 일리움 근처와 해안가 주변에 있는 모라벡과 록벡들에게 당장 그 곳을 떠나라고 명령했어. 필요한 것들을 챙길 수 있는 시간은 있다고 보지만, 호넷과 왕복선들은 앞으로 10분 내에 마하 3의 속도로 그곳을 떠나야 해. 음속 충격파의 폭음에 대비하도록.

그렇게 되면 일리움은 공중 공격과 올림포스의 QT 침공에 무방비 상태가 되어 버리고 말거야. 만무트가 말했다. 생각만 해도 끔찍한 일이었다. 그들은 트로이와 그리스의 연합국을 저버리는 것이었다.

그건 더 이상 우리 문제가 아니야. 이오의 오르푸가 투덜거리듯 말했다. *아스티그/체, 그리고 다른 통합 사령관들이 퇴각을 명령했어. 만일 브레인 홀이 닫힌다면 —닫히게 될 거야, 만무트. 내말 믿어— 우린 800여 기술자들과, 마사일 연료 벡들과, 지구 쪽에 주둔하고 있는 이들을 잃게 돼. 그들은 이미 퇴각 명령을 받았어. 미사일과, 에너지 보호 장비와 다른 중무기들을 챙기느라 시간을 보내는 것도 생명을 걸고 하는 일이야. 하지만 사령관들은 못쓰게 된 것이라도 뒤에 남겨두기를 원하지 않아.*

내가 도울 일은? 호켄베리가 아킬레스와 그의 병사들을 향해 뛰어가고 있는 것을 열린 문틈으로 내다보여 만무트가 말했다. 그는 무력하게 느껴졌다. 만일 호켄베리를 남겨두고 떠나면, 그는 저 싸움에 휘말려 죽게 될 것이었다. 하지만 만일 즉시 비행정을 이륙시켜 브레인 홀을 통과하지 않는다면, 다른 모라벡들은 그들의 진짜 우주로 영원히 돌아올 수 없게 될지도 모른다.

대기하고 있어, 통합 사령관들하고 베 빈 아데 장군과 교신해볼게. 오르푸가 전송했다. 몇 초 후에 통신 채널이 다시 열렸다. *지금 있는 곳에서 대기해. 지금으로선 자네 있는 데가 브레인을 최대로 전망할 수 있는 곳이야. 모든 장치를 포보스로 연결하고 비행정 밖으로 나가 연결 장치에 이미지를 추가 시킬 수 있겠나?*

응. 할 수 있어. 만무트가 말했다. 그는 다가오는 아카이아인들과 모라벡들의 눈에 뛰지 않도록 비행정의 은폐 기능을 다시 작동시켰다. 그리고 서둘러 진입로를 내려가 호켄베리에게로 갔다.

아카이아 무리를 향해 걸어가면서, 호켄베리는 죄책감과 뒤섞인 비현실감이 커지는 것을 느꼈다. *이건 내 탓이다. 내가 8개월 전 아테나의 모습으로 위장하고 파트로클로스를 납치하지 않았다면, 아킬레스는 신들에게 전쟁을 선포하지 않았을 거고, 이런 일은 절대 일어나지 않았을 거야. 오늘 여기서 누군가가 죽게 된다면, 그건 전부 내 탓이야.*

아킬레스가 다가오는 기병대에게서 등을 돌려 그를 맞이했다.

"어서 오게, 호켄베리, 두아네의 아들이여."

거기엔 50여 명의 아카이아 지도자들과 장군들과 창 공격수들이 다가오는 여전사들을 기다리며 서 있었고 ―호켄베리가 재빠르게 가까이 다가가면서 보니 과연 찬란한 갑옷을 입은 여전사들이었는데― 디오메데스와 아이아스 형제, 이도메네우스, 오디세우스, 포다르케스, 그리고 젊은 친구들인 메니푸스, 스테넬루스, 유리알루스, 스티키우스 등을 알아 볼 수 있었다. 전에 호메로스 학자였던 그는 심술궃은 눈초리의 율법사 테르시테스가 아킬레스의 옆에 서있는 것을 보고 놀랐다. 보통 때라면 이 준족의 살육자는 그 시체 도둑을 근처에 얼씬도 못하게 했을 것 아닌가?

"무슨 일이 벌어지고 있는 거야?"

그가 아킬레스에게 물었다. 반신반인인 키 큰 금발의 사내는 어깨를 으쓱했다.

"오늘은 이상한 날일세, 두아네의 아들이여. 처음에는 신들이 내려와서 싸우기를 거절하더군. 그러더니 트로이의 오합지졸 여자들이 공격해와, 운 좋게 필록테테스를 창으로 죽였네. 이제는 아마존들이 우리 병사들을 죽이고 이리로 오고 있네, 내 옆에 있는 이 생쥐 같은 인간의 말에 의하면 말일세."

아마존들이라고?

만무트가 급하게 내려왔다. 대부분의 아카이아인들은 이제 작은 모라벡의 모습에 익숙해져서 작은 금속과 플라스틱으로 만들어진 생명체를 한 번 흘긋 보고는 다시 빠르게 다가오는 아마존들에게로 고개를 돌렸다.

"무슨 일이지?"

만무트가 호켄베리에게 영어로 물었다.

호켄베리는 영어로 대답하는 대신 라틴어를 암송했다.

'Ducit Amazonidum lunatis agmina peltis
Penthesilea furens, mediisque in milibus ardet,
aurea sunectens exwerta cingula mammae
bellatrix, audetque viris concurrere virgo.'

"라틴어 프로그램을 다운로드 하고 싶진 않은데."

만무트가 말했다. 그는 아카이아 대장들 앞으로 먼지 구름을 일으키며 불과 5야드 앞에서 고삐를 당기고 멈춰선 거대한 말들을 고갯짓으로 가리켰다.

"*분노한 펜테실레이아가 아마존의 전선을 이끌고 있다.*"

호켄베리가 번역했다.

"*초승달 모양의 방패를 들고, 그녀는 수천의 병사들 속에서도 빛난다, 드러낸 가슴을 황금 띠로 조여 맨 여전사, 그녀는 감히 남자와 함께 달리도다.*"

"훌륭한데."

작은 모라벡이 비꼬듯이 말했다.

"하지만 라틴어라면···· 호메로스는 아닌 것 같은데?"

"베르길리우스 야."

호켄베리가 말발굽 소리만이 커다랗게 들리는 갑작스러운 침묵 속에서 속삭이듯 말했다.

"*아에네이드* 에 나오는 한 대목이야."

"정말 훌륭해."

만무트가 되풀이 했다. 록벡 기술자들은 *거의 짐을 꾸렸고 5분 이내에 지구 쪽으로부터 떠날 준비가 끝날 거야*, 오르푸가 교신했다. *그리고 또 자네가 알아야 할 것이 있어. 우리는 퀸 맵의 발사 시간을 앞당길 거야.*

얼마나 빨리? 대부분 유기체로 만들어진 만무트의 심장이 쿵, 내려앉았다. *호켄베리에게 마음을 결정하고 오디세우스를 우리와 함께 가도록 설득하는 데 48시간을 주겠다고 약속했잖아.*

어쩔 수 없지만 지금 그에게 남은 시간은 한 시간도 안 돼. 이오의 오르푸가 전송했다. *빌어먹을 록벡들을 마취시켜 보관함에 넣고 무기들을 창고에 넣을 수 있으면 아마 40분 정도 남을까. 그때까지는 여기로 올라오지 않으면 뒤에 남아야 할 거야.*

하지만 어둠의 여왕은····· 만무트가 그의 잠수정을 생각하며 말했다. 잠수정의 많은 시스템은 최종 점검도 하지 않은 상태였다.

잠수정은 지금 막 선창에 실리고 있는 중이야. 오르푸가 맵으로부터 송신했다. *쿵쿵거리는 게 느껴져. 비행이 시작되고 나서 체크리스트를 점검할 수 있을 거야. 아래에서 우물쭈물 하지 말게. 친구.* 전자파의 지지직 소리와 함께 오르프가 교신을 끊었다.

얇은 최전선의 불과 한 줄 뒤에서, 호켄베리는 아마존의 말들이 얼마나 거대한지 볼 수 있었다. 페르케론, 혹은 저 유명한 버드와이저 종마만큼이나 컸다. 모두 13명이었는데, 과연 버질이 옳았다. 아마존 전사들의 갑옷은 왼쪽 젖가슴을 드러내게 되어있었다. 그 효과는····· 사람을 헷갈리게 만드는 것이었다.

아킬레스는 다른 병사들 앞으로 세 걸음 나섰다. 그는 여전사의 황금색 말 콧잔등을 쓰다듬을 수 있을 만큼 가까이 있었지만, 그렇게 하지는 않았다.

"무엇을 원하는가, 여자여?"

아킬레스가 물었다. 거대한 근육질 사내의 목소리는 의외로 아주 부드러웠다.

"나는 펜테실레이아, 전쟁의 신 아레스와 아마존의 여왕 오트레레의 딸이다."

군장을 갖춘 말 위에서 아름다운 그녀가 말했다.

"너의 목숨을 원한다, 아킬레스, 펠레우스의 아들아."

아킬레스는 고개를 젖히며 웃었다. 그것은 가볍고 편안한 웃음이었으나, 그 때문에 호켄베리를 더욱 오싹하게 만들었다. 아킬레스가 부드럽게 말했다.

"말해보라 .여자여, 나에게 도전할 용기가 어디서 나왔는지, 이 시대의 가장 강력한 영웅이고, 올림포스까지 포위해버린 나에게 말이다. 우린 대부분 크로노스의 아들인 제우스의 피로부터 태어났다. 정말 우리와 싸우기를 원하는가, 여자여?"

"살기를 원한다면 다른 사람들은 가도 좋다."

펜테실레이아가 내려다보며 말했다. 그녀의 목소리는 아킬레스만큼이나 차분했고 더 우렁찼다.

"나는 텔라몬의 아들 아이아스, 티데우스의 아들, 데우칼리온의 아들, 라에르테스의 아들 그리고 여기 모인 그 누구하고도 싸울 생각이 없다. 오직 너, 펠레우스의 아들하고만 싸울 것이다."

이름이 불리어진 대 아이아스, 디오메데스, 이도메네우스, 그리고 오디세우스는 잠시 놀란 듯 아킬레스를 쳐다보고는 함께 웃었다. 나머지 아카이아 병사들도 웃기 시작했다. 50~60명에 달하는 아르고스의 전투병들이 뒤에서 앞으로 다가섰다. 록벡인 멥 아후도 그들 중에 있었다.

호켄베리는 검은 차양으로 가려진 만무트의 머리가 부드럽게 주위를 둘러보고 있다는 것을 모르고 있었고, 센추리언의 리더 멥 아후가 브레인 홀이 무너질 시간이 임박했음을 그 작은 모라벡과 교신하고 있다는 것도 눈치 채지 못하고 있었다.

"너는 그 하찮은 공격으로 신들의 집을 건드려 그들을 모욕했다."

펜테실레이아가 외쳤다. 그녀의 목소리는 백 야드 뒤의 전투병들에게도 들릴 만큼 우렁찼다.

"너는 형편없는 공격으로 평화로운 트로이를 배신했다. 하지만 오늘이 네 제삿

날이다, 여자를 살육하는 자, 아킬레스여. 전투 준비를 하라.”

"오, 세상에!"

만무트가 영어로 말했다.

"지저스 크라이스트!"

호켄베리가 속삭였다.

13명의 여전사들은 아마존의 언어로 함성을 지르며 전투용 말에 박차를 가해 앞으로 펄쩍 뛰어 올랐고, 순식간에 대기는 창과, 화살과, 청동 검이 갑옷과 급히 치켜든 방패에 부딪히며 내는 소음으로 가득 찼다.

스물

올림포스 주민들이 북대양北大洋 혹은 테티스의 바다라고 부르는 화성 북쪽 해안을 따라, 젝 이라고도 알려진 작은 녹색 인간들(LGM; Little Green Men)은 만 천개의 거대한 두상을 세웠다. 각 두상의 높이는 20미터이며 모두 똑 같은 모양으로, 날카로운 코, 가는 입, 높은 이마, 찌푸린 눈썹, 벗겨진 정수리, 단단한 턱, 귀 뒤로 넘겨진 기다란 머리카락을 한 늙은 남자의 얼굴이다. 머리를 만드는 데 쓰이는 돌은 지질이 붕괴된 절벽에 있는 거대한 채석장 녹티스 라비린투스에서 온 것이었는데, 그곳은 발레스 마리네리스라는 이름의 계곡을 채우는 4,200킬로미터 길이의 내해內海 제일 서쪽 끝에 위치하고 있었다. LGM들은 녹티스 라비린투스의 채석장으로부터 채취된 돌무더기들을 넓고 평평한 바지선에 실어 발레스 마리네리스로 흘려보낸다. 돌들이 테티스에 도착하면, 젝들이 운항하는 삼각돛을 단 범선이 바지선을 끌어 해안을 따라 제 위치에 자리 잡게 한 후, 수백 명의 LGM들이 몰려들어 이 돌들을 모래 위로 내려 조각을 한다. 뒤쪽의 머리카락을 제외한 조각이 끝나면, 젝 무리들은 돌을 준비된 받침대 위로 굴려, 절벽위로 머리를 들어 올리거나, 습지와 늪을 건너 운반한 후, 도르래와 연장과 모래의 움직임을 이용해서 똑바로 세운다. 마지막으로 그들은 목의 튀어나온 부분을 받침돌의 구멍에 집어넣는 것으로 거대한 머리를 고정시킨다. 그러면 나머지 무리들이 다음 머리를 옮기는 동안 12명의 LGM이 곱슬거리는 머리카락을 조각한다.

똑 같은 모양으로 조각된 얼굴들은 모두 바다를 향하고 있다.

최초의 두상은 지구의 시간 단위로 거의 150년 전 쯤 테티스의 파도가 넘실거리는 해안가 근처 올림포스 언덕에 세워졌고, 그 후로 작은 녹색 인간들은 킬로미터마다 동쪽으로, 거대한 버섯 모양을 한 템페 테라(Tempe Terra)라는 이름의 반도를 빙 둘러 두상을 세워 놓았다. 그 두상들은 남쪽을 돌아 카세이 발레스의 강어귀로 뻗어나가, 루나에 플라눔의 습지를 따라 남동쪽으로, 거대한 강어귀 양쪽으로, 그리고 "바다 안 바다"인 크리세 플라니티아와 발레스 마리네리스의 절벽을 마주보는 넓은 삼각주의 양쪽 뭍에 세워졌고, 마지막으로 지난 8개월 동안은 데우테로닐루스와 프로토닐루스 멘사에 북쪽 끝의 군도를 향해 뻗어있는 아라비아 테라의 가파른 절벽 북동쪽에 세워졌다.

그러나 오늘은 두상 조각이 모두 중단되고, 100척이 넘는 범선들이 LGM을 ―1미터 정도의 키에 광합성을 하는 투명한 녹색의 피부를 가진, 입고 귀도 없이 석탄처럼 검은 눈만 가지고 있는 원시 종족을― 올림포스 몬스에서 굽이치는 물길을 지나 200킬로미터 정도 떨어진 템페 테라의 넓은 해안가로 실어 날랐다. 이곳에선 알바 파테라의 화산섬이 보이고, 먼 서쪽 바다와 세계의 어깨위로 솟아올라 남서쪽으로 멀리 뻗어나간 올림포스 몬스의 놀라운 단층 지괴가 장관이다.

두상들은 해안에서 수백 미터 떨어진 곳에 얼굴을 바다로 향한 채 나란히 세워져 있어 마치 절벽을 만들어 놓은 것처럼 보이지만, 이곳의 해안은 넓고 평평했으며, 모여든 7천3백명의 젝들은 직경 31 미터가량인 텅 빈 반원의 모래사장을 제외하고는 해안을 따라 짙은 녹색 무리를 만들고 있다. 화성 시간으로 몇 시간 째, LGM들은 아무 말 없이 꼼짝도 않고 서 있고, 그들의 석탄 덩어리 같은 눈은 텅 빈 모래를 향하고 있다. 삼각돛 범선과 바지선들이 아주 낮은 테티스의 파도 쪽으로 가볍게 흔들린다. 들리는 것이라고는 서쪽에서 불어오는 바람 소리와 때때로 흩날리는 모래가 투명한 녹색 피부에 부딪치는 소리, 그리고 해안 뒤쪽과 절벽 아래에서 자라는 키 작은 가시금작화 덤불이 조그맣게 바스락거리는 소리뿐이다.

갑자기 대기에서 오존 냄새가 나더니 —젝들은 냄새를 감지하는 코가 없긴 하지만— 해안 바로 위에서 천둥이 치는 것 같은 폭발음이 계속해서 들린다. LGM들은 귀가 없지만 놀랍도록 민감한 피부는 폭발음의 진동을 느낄 수 있다.

해안의 2미터 위로, 갑자기 15미터 너비의 붉은 마름모꼴 3차원 물체가 나타난다. 이 물체는 점점 넓어지다가 가운데가 잘록하게 들어가기 시작해서 마치 두개의 사탕이 서로 입술을 맞대고 있는 것처럼 변한다. 이 잘록한 부분에서 작은 구가 나타나서 3차원의 녹색 계란형으로 변하더니, 처음에 나타난 붉은 마름모를 삼킬기세다. 계란형과 마름모꼴 물체는 모래가 공중으로 백 미터를 치솟을 때까지 서로 반대쪽으로 빙글 빙글 돌기 시작한다.

LGM들은 점점 커지는 폭풍 속에서 아무 반응도 없이 쳐다보고만 있다.

삼차원의 계란형과 마름모는 빙빙 돌면서 구로 변하더니, 마침내 원래 형태의 좌우가 바뀌는 거울상으로 완성된다. 직경 10미터의 원이 공중에 나타나더니, 브레인 홀이 공간과 시간의 한 조각을 잘라낼 때까지 모래 안으로 가라앉는 듯이 보인다. 막 탄생한 브레인 홀이라 여전히 보호막에 둘러싸여 있는 게 보인다. 꽃잎처럼 켜켜이 쌓인 11차원 에너지가 이 고의적인 시공간의 변질로부터 모래와 공기와 화성과 우주를 보호하고 있다.

브레인 홀에서 소형 증기기관차 같은 것이 칙칙폭폭 소리를 내며 튀어나온다. 하나 밖에 없는 고무바퀴 위에 금속과 나무로 된 차량이 얹혀 있는데 숨겨진 자이로스코프로 균형을 잡으며 움직이고 있다. 구멍으로부터 나온 차량은 젝들이 비워둔 모래 위 공간의 정확히 중간에 정지한다. 정교하게 조각된 차량의 문이 열리고 나무로 만들어진 계단이 내려와 조심스럽게 고안된 퍼즐처럼 펼쳐진다.

2미터 높이의 금속 사이보그로 두 다리, 빈 가슴, 목도 없이 몸통 바로 위로 혹처럼 솟아나온 머리를 가진 네 명의 보이닉스가 마차에서 나오더니, 칼날 달린 연장 손으로 작은 포물선 모양의 투사기에 은색 촉수들이 연결되어 있는 복잡한 기기를 조립하기 시작한다. 조립이 끝나자, 보이닉스들은 잠잠해진 증기 기관차 쪽으로 물러나더니 완전히 움직임을 멈춘다.

한 인간, 아니, 한 인간의 투사된 영상이 나타나더니, 이윽고 모래 위 투사기의 촉수 필라멘트 사이에서 실체로 변해간다. 천체의 상징들이 화려하게 수놓아진 푸른 긴 옷을 입은 노인이다. 그는 걸음을 도와주는 긴 나무 지팡이를 가지고 있다. 금색 샌들을 신은 그의 발은 모래 위에 단단히 서있고 아직은 불안한 그의 형체는 모래 위에 자국을 남길 만큼 중량감을 가지고 있다. 그는 절벽 위의 두상들과 정확히 일치하는 얼굴을 하고 있다.

마법사는 잔잔한 바다의 끝으로 걸어가 기다린다.

오래지 않아 바다가 일렁이더니 부서지는 파도 사이에서 무언가 거대한 것이 솟아나온다. 커다란 것이, 고래나 돌고래나 바다뱀이나 바다의 신과 같은 생명체와는 달리, 바다 속에서 섬이 솟아나오듯 천천히 떠오른다. 파진 홈들 사이로 물줄기를 흘리며, 그것은 해변 쪽으로 움직이고 있다. 그것이 들어올 수 있는 공간이 더 넓어지도록 젝들이 뒤로, 옆으로, 물러난다.

그것의 모양과 색깔은 마치 거대한 뇌와 같다. 피부는 살아있는 인간의 뇌처럼 분홍색을 띠고 주름진 부분은 뇌가 면적을 최대화하도록 접힌 것과 유사하나, 인간의 뇌와 다른 점은 분홍색의 조직이 접힌 부분에 여러 쌍의 노란 눈들이 있다는 것과, 거대한 손들이 매달려 있다는 것이다. 손가락의 숫자가 각각 다른 작은 손들이 접힌 부분에서 솟아나온 모습은 차가운 조류에 흔들리는 말미잘처럼 보이는데, 팔이 더 길고 큰 손들이 양 쪽에 들어앉은 눈들 사이에서 솟아 나와 있다. 집채만 한 크기의 그것이 물에서 모래로 기어 나오자 수많은 거대한 손들이 아래쪽에서 꾸물대며 몸통을 움직이고 있는 것이 분명히 보였다. 더러운 흰색과 창백한 회색의 손들은 하나하나가 머리를 베어낸 말의 몸통만 했다.

게처럼 옆으로 기면서, 그 거대한 것은 LGM들을 밀어내고 푸른 옷을 입은 노인의 5피트도 채 안 되는 거리에서 멈추었다. 노인은 처음에는 그것이 마른 해변 위에 손가락을 디딜 공간을 주려고 물러섰다가, 이제 지팡이를 짚고 서서 그것의 차가운 노란 눈들을 가만히 올려다본다.

나의 충성스러운 숭배자들에게 무슨 짓을 한 것이냐? 여러 개의 손이 달린 그

것이 소리 없는 목소리로 묻는다.

"그가 또 세상으로 풀려났다. 말하기 괴롭지만."

노인이 한숨을 쉰다. 그 많은 세상 중에 어느 세상 말이냐?

"지구."

그 많은 지구 중에 어느 지구 말이냐?

"나의 지구. 진짜 지구."

손들이 달린 뇌는 접힌 곳의 구멍과 균열 사이로 고래가 바닷물을 내뿜는 것 같은 끈적거리는 소리를 낸다. 프로스페로, 나의 여사제는 어디 있는가? 나의 자녀는? 노인이 묻는다.

"어느 아이 말이냐? 그대가 찾는 것은 푸른 눈의 암퇘지 까마귀, 고약한 매춘부인가? 아니면 마녀에게 태어나 인간의 형상을 못 누리고 내 세상의 끝자락에 쓰레기처럼 버려진 주근깨투성이 짐승 같은 자식인가?"

마법사는 그리스어 sus를 "까마귀"로 korax를 "암퇘지"로 말장난을 하고 있는 게 분명했다, "쓰레기"라는 말도 마찬가지였다. 시코락스와 칼리반. 그들은 어디에 있느냐?

"그년은 사라졌다. 그 도마뱀 새끼는 풀려났고."

나의 칼리반이 네가 수백 년 동안 가둬두었던 바위에서 도망쳤다고?

"방금 그렇게 말하지 않았나? 눈 대신에 귀를 몇 개 다는 게 좋겠군."

그가 이미 네 세계의 하찮은 인간들을 다 먹어 치운 게냐?

"다는 아니지. 아직은."

마술사는 바다를 보고 있는 자신의 얼굴들이 세워진 뒤쪽 해변을 지팡이로 가리켰다.

"감시당하는 기분이 어떤가. 손 많은 친구?"

뇌는 코웃음을 치듯 바닷물과 끈끈한 액체를 내뿜었다. 녹색 인간들이 좀 더 노동을 하게 허락한 후에 쓰나미를 일으켜 모두 익사시키고, 동시에 너의 그 한심한 감시용 두상들을 모두 쓰러뜨릴 것이다.

"지금 해보지, 왜?"

그럴 수 있다는 걸 알 텐데. 소리 없는 목소리가 으르렁거리는 듯 했다. 프로스페로가 답한다.

"그거야 잘 알지, 이 고약한 것. 하지만 이 종족들을 익사시키는 건 네가 저지른 다른 무엇보다 더 큰 범죄가 될 거다. *젝*들은 완전한 헌신과 충성심 그 자체이고, 아직은 네가 그 괴물 같은 변덕으로 신들에게 했던 것처럼 변질되지 않았으니까, 그들은 전적으로 내 편이야. 내가 새롭게 만들었거든."

그것만으로도 내가 더더욱 즐겁게 그들을 죽일 수 있는 이유가 되지. 말도 못하는 엽록소의 암호 따위가 무슨 소용이란 말이냐? 그들은 걸어 다니는 베고니아나 다를 바 없어.

늙은 마법사가 말한다.

"목소리는 없지만, 그렇다고 벙어리는 아니지. 그들은 촉감으로 세포에서 세포로 전해지는 유전적으로 변화된 데이터 패키지를 통해 서로 교신하거든. 다른 종족과 대화를 해야 할 때는, 그 중 하나가 심장을 만지도록 내어놓지. 그렇게 개체는 죽지만 그 에너지는 모두에게 흡수되어 살아가는 거지. 아름다운 희생이잖아?"

Manesque exire sepulcris, 손 많은 세테보스가 쉬익 소리를 내며 생각한다. *네가 한 짓은 죽은 인간들을 무덤에서 불러낸 것뿐이다. 넌 메데아의 게임을 하고 있는 거야.*

아무 경고도 없이, 세테보스가 걷는 손을 중심으로 한 바퀴 빙글 돌더니 갑자기 접힌 부분에서 작은 손 하나를 공격하는 뱀처럼 20미터 정도 내뻗는다. 회색 나무 그루터기처럼 생긴 주먹이 해변 근처에 서 있던 작은 녹색 인간의 가슴을 뚫고 들어가 녹색 심장을 잡아 뜯어낸다. 젝의 생명을 잃은 몸뚱이가 모래위로 쓰러지며 안의 체액들이 모두 쏟아져 나온다. 다른 LGM이 죽은 젝 세포의 정수를 흡수하기 위해 바로 옆에 무릎을 꿇는다.

세테보스는 손을 거두어 들여 스펀지의 물을 빼듯 심장을 쥐어짜서 마른 껍데기로 만들고는 던져 버린다. *심장도 머리처럼 텅 비었고 아무 소리도 못 내는 군.*

거기엔 아무런 메시지도 없어.

"너한테는 그렇지."

프로스페로가 동의한다.

"하지만 지금 내게 온 슬픈 메시지는 내 적들에게 너무 노골적으로 말하지 말라는 거야. 나머지가 고통을 당하게 되니까."

나머지는 고통을 당하게 되어있어. 그 때문에 우리가 그들을 창조했잖아. 너와 내가 말이지.

"그래, 게다가 우리는 언제나 그들의 심장이 우리 귀를 기쁘게 하는 소리만 내도록 조종하는 열쇠를 갖고 있지. 하지만 너의 창조물은 우리 모두를 모욕해, 세테보스. 특히 칼리반은 말이야. 너의 괴물 자식은 내 소중한 나무둥치에 숨어서 나의 생기를 빨아가는 덩굴 갈퀴야."

그 애는 그러려고 태어난 걸.

"태어나?"

프로스페로가 부드럽게 웃었다.

"너와 마녀의 종자인 그 놈은, 두꺼비와 딱정벌레와 박쥐와 한때는 인간이었던 돼지 등등, 진짜 매춘부 여사제의 온갖 부적 한가운데서 질척거리며 만들어진 거지! 내가 그 불충한 생명을 받아들여 언어를 가르치고, 내 거처에 안식하게 하고, 인류애로 보살피고, 인류의 모든 특성들을 가르치지 않았더라면, 그 도마뱀 녀석은 내 지구를 돼지우리로 만들었을 거야⋯ 인류가 나에게, 세상에게, 그리고 거짓말쟁이 노예 자신에게 했던 모든 선행에도 불구하고 말이야."

인류의 모든 특성들이라고. 세테보스가 코웃음을 친다. 그는 거대한 걷는 손을 이용해 자신의 그림자가 노인을 덮을 때까지 다섯 걸음을 옮겼다. *나는 그에게 힘을 가르쳤지. 넌 고통을 가르쳤고.*

"그놈이 네 사악한 종족들처럼 행동하며, 스스로의 의미를 잊어버리고 가장 우둔한 소리를 지껄이기 시작했기 때문에, 난 당연히 그 녀석을 바위에 가둬 나의 형상들과 함께 지내도록 했던 거야."

너는 그 궤도를 도는 바위로 칼리반을 쫓아내고, 너의 홀로그램을 보내 수 세기 동안 유혹하고 고문했어, 이 거짓말쟁이 마법사.

"고문? 천만에. 하지만 놈이 복종하지 않았을 때는, 그 사악한 양서류한테 쥐가 나게 하고, 온 몸의 뼈가 고통을 느끼도록 혼내주고, 궤도의 섬에 떨어진 다른 짐승들이 그의 신음 소리를 듣고 떨게 했지. 그를 다시 잡으면 또 그렇게 할 거야."

너무 늦었어. 세테보스가 코웃음을 친다. 깜박이지 않는 그의 눈들이 한꺼번에 길고 푸른 옷을 입은 노인을 내려다보고 있다. 손가락들이 떨리며 들썩거린다. 내가 총애하는 아들이 너의 세계로 달아났다고 네 입으로 말했다. 물론 난 알고 있었지. 나도 그를 만나러 곧 그곳으로 갈 거니까. 네가 여전히 후기 인류 사이에 머무는 동안 세상에 좋을 일을 했다고 생각하면서 의무감에 사로잡혀 창조해낸 칼리바니 새끼들까지 다 데리고, 우리 아버지와 아들 손자가 다 모여 너의 녹색별을 박박 버무려 더 산뜻한 곳으로 만들어 주지.

"늪으로 만들겠다는 거겠지. 고약한 냄새와 더 고약한 생물들과, 온갖 형태의 암흑들과, 수렁과 진흙탕과 프로스페로의 몰락으로 인한 썩은 냄새가 가져올 전염병들로 가득한 곳으로."

그렇다. 거대한 분홍색의 뇌는 다리 역할을 하는 손가락 위에서 몸을 위 아래로 흔들며, 들리지 않는 음악이나 즐거운 비명 소리에 맞추어 춤을 추는 듯 보인다.

"그렇다면 프로스페로가 쓰러지면 안 되지."

노인이 속삭인다.

"절대 쓰러질 수 없지."

너는 쓰러질 거야. 마법사. 너는 정신세계의 암시와 소문의 그림자에 불과해. 중심도 없고, 영혼도 없고, 쓸모없는 정보와 문맥의 의인화일 뿐이고 이미 오래 전부터 노망들고 썩어가는 종족의 감각도 없는 중얼거림이자, 컴퓨터가 만들어 내는 바람에 흔들리는 바보일 뿐이야. 너는 쓰러질 거야. 너의 그 쓸모없는 바이오 창녀 아리엘과 함께.

프로스페로는 괴물을 칠 것처럼 지팡이를 든다. 그러나 다음 순간 그는 지팡이를 내리고 갑자기 모든 에너지가 빠져나간 듯 지팡이에 몸을 기댄다.

"아리엘은 여전히 우리 지구의 선하고 충실한 하인이야. 그 아이는 결코 너나 너의 괴물 아들이나 푸른 눈의 마녀를 섬기지 않을 거다."

걔는 죽음으로 우리를 섬기게 될 거야.

"아리엘은 지구야, 괴물아!"

프로스페로가 숨을 몰아쉰다.

"나의 귀염둥이는 정신세계와 연결된 자의식을 가진 반생명체로부터 완전한 의식으로 자라났어. 너의 분노와 허욕을 채우기 위해 전 세계를 죽이겠다고?"

물론이지. 세테보스는 거대한 손가락으로 몸을 움직여 앞으로 튀어나오더니 다섯 개의 손으로 노인을 잡아, 수많은 눈들 중 두 개에 가까이 들어 올린다. *시코락스는 어디있나?*

"썩고 있지."

키르케가 죽었다고? 세테보스의 딸이자 정부는 죽지 않아.

"썩고 있다니까."

어디에서? 어떻게?

"나이와 질투가 그녀를 납작하게 만들었고, 내가 물고기의 형상 안으로 말아 넣었지. 그런데 그 물고기가 지금 머리통에서부터 썩어 내려가고 있어."

손들이 달린 괴물은 끈끈한 코웃음 소리를 내더니 프로스페로의 다리를 뜯어 바다에 집어 던진다. 그리고는 마술사의 팔을 잡아 뜯어, 깊게 접힌 주름진 위장 같은 구멍 속으로 삼켜버린다. 마지막으로 노인의 창자를 꺼내어 마치 기다란 국수를 먹듯이 들이마신다.

"재미있나?"

남은 프로스페로의 머리가 묻자마자 회색의 엄지손가락들이 머리를 박살내어 뇌 구멍 속으로 집어넣는다. 해변에 있는 은빛 촉수들이 깜박이고 끝에 달린 포물선 꼴의 빨판들이 빛을 낸다. 프로스페로는 좀 더 먼 해변에 깜박이며 다시 형상이 되어 나타난다.

"참 우둔하구나, 세테보스, 언제나 분노에 차있고, 언제나 허기져 있지만, 지루하고 우둔하지."

난 너의 진짜 실체를 찾아낼 거야, 프로스페로. 이 말을 믿는 게 좋을 걸. 지구 위에서든, 땅 밑에서든, 바다 밑에서든, 그 궤도에서든, 한때 너였던 유기물 덩어리를 찾아내 천천히 씹어 먹을 테다. 꼭 그렇게 하고 말 거야.

"우둔한 것,"

마법사가 말한다. 그는 지치고 슬퍼 보인다.

"진흙으로 만든 네 신들과 화성에 사는 내 젝들의 운명이 —그리고 일리움의 지구에 있는 내가 사랑하는 인간들의 운명이— 무엇이든 간에, 너와 나는 곧 다시 만날 것이다. 이번에는 지구에서겠지. 그리고 우리의 긴 전쟁은 어떤 식으로든 곧 완전히 끝나게 될 거야."

물론. 손들이 달린 괴물이 모래 위에 피투성이 파편들을 토해내고는 아래 손을 움직여 허둥지둥 바다로 다시 들어가, 반쯤 물에 잠긴 머리 꼭대기의 구멍에서 핏빛 액체를 뿜어 올리는 것이 보인다.

프로스페로는 한숨을 쉰다. 그는 보이닉스를 향해 고개를 끄덕이고는 가장 가까운 곳에 있는 LGM에게 다가가 그들 중 하나를 포옹한다.

"내 사랑하는 자들아, 너랑 말도 하고 네 생각도 듣고 싶지만, 나의 늙은 심장이 오늘 네 종족이 또 죽는 것을 차마 볼 수 없구나. 내가 더 행복한 시대에 이곳을 다시 방문 할 때까지, 너희를 위해 기도하마! 용기를, 용기를 가지거라. 용기를!"

보이닉스가 앞으로 나서 투사기를 끈다. 마법사가 사라진다. 보이닉스는 조심스럽게 은색의 촉수들을 접고, 투사기를 증기선으로 들고 가서는 붉은 조명의 내부를 향해 층계를 밟고 올라가 사라진다. 층계들이 접힌다. 증기 엔진이 더 큰 소리를 낸다.

증기선이 연기를 내뿜고 덜컥거리며 해변의 모래를 흩뿌리자, 젝들은 조용히 옆으로 물러난다. 그리고 그 무거운 증기선은 덜컥대며 브레인 홀 속으로 사라진다.

몇 초 후, 브레인 홀 자체가 줄어들고 순수한 색채 에너지의 11차원 종이처럼 오그라들며 깜박거리더니 완전히 사라져 버린다.

　잠시 동안, 들리는 것은 무기력하게 움직이는 파도가 붉은 해변으로 미끄러지는 소리뿐이다. 그리고 LGM들이 자기네 범선과 바지선으로 흩어져 아직도 더 조각하고 세워야 할 두상들이 있는 곳으로 배를 타고 되돌아간다.

스물
하나

말을 달려 나아가며, 치명타를 날리기 위해 아테나의 창을 들어 올리는 순간, 펜테실레이아는 자신의 운명을 끝장낼지도 모르는 두 가지 사실을 간과했음을 깨달았다.

우선 —믿을 수 없는 일이지만— 이 학살자의 어느 쪽 발목이 약점인지 아테나도 말을 안 해 주었고, 그녀도 따로 묻지 않았다는 것이다. 펜테실레이아는 오른쪽 발목일 거라고 짐작했다. 그것이 펠레우스가 천상의 불 속에서 아기를 꺼내는 장면에 대한 그녀의 이미지였다. 하지만 아테나는 아킬레스의 *한쪽* 발목이 치명적이라고 했을 뿐, 구체적 언급은 없었다.

그녀는 아무리 아테나의 주문이 걸린 창이라 해도 —아킬레스가 절대 도망갈 사람은 아니라는 생각에 안도하며— 영웅의 발목을 명중시키는 일이 얼마나 어려울지 이미 생각했었다. 그래서 아마존 전사들에게 아킬레스 뒤쪽의 아카이아인들을 되도록 많이 때려눕히라고 지시했었다. 이 발 빠른 학살자가 책임감 있는 지도자라면 마땅히 사상자를 확인하기 위해 몸을 돌릴 것이고, 그 순간을 노려 창을 던지자는 것이 그녀의 계획이었다. 하지만 이 계획이 성공하려면 자매들이 다른 사람들을 쓰러뜨리고 아킬레스가 몸을 돌릴 때까지 그녀는 자신의 공격을 미루어야 했다. 전장에서 솔선수범하지 않고 먼저 적을 쓰러뜨리지 않는다는 것은 그녀의 전사적 기질에 어긋나는 일이었다. 자매들은 물론 아킬레스를 쓰러뜨리기 위해서는 이러한 전략이 필요불가결하다는 것을 충분히 이해하고 있었지만, 자신들의 대열이 상대의 대열과 가까워질수록, 자신의 거대한 암말이 몇 걸음 뒤쳐져 있다는 사실은 아마존 여왕의 얼굴을 부끄러움으로 달아오르게 만들었다.

이어서 그녀는 자신의 두 번째 실수를 깨달았다. 바람이 아킬레스를 향해서가 아니라, 그의 등 뒤에서 불어오고 있었던 것이다. 펜테실레이아의 계획에는 아프로디테의 정신을 혼미하게 만드는 향수도 들어있었는데, 이 계획이 성사되려면 저 멍청한 근육질 사내가 우선 냄새를 맡아야 한다. 바람의 방향이 바뀌지 않는다면 —혹은 펜테실레이아가 그야말로 저 금발의 아카이아 전사 머리 꼭대기에 앉을 정도로 가까이 가지 않는다면— 마법의 향기는 전혀 효력을 발휘하지 못할 터.

제기랄, 동료들이 화살을 쏘고 창을 던지기 시작하는 순간 아마존 여왕은 생각했다. *운명이 정한대로 되라지. 뒤쳐지는 놈은 하데스가 잡아가고! 아버지 아레스 신이여! 나와 함께 하시고 나를 지켜 주소서!*

그녀는 전쟁의 신이 곁에 나타나 주기를 반쯤 기대했었다. 아니면 아테나나 아프로디테라도. 오늘 아킬레스가 죽는 것은 그들도 바라는 바 아닌가. 하지만 서둘러 휘두른 창에 말들이 찔리고, 성급히 들어 올린 방패에 투창이 튕겨 나가고, 불퇴의 아마존들이 꿈쩍도 않는 아카이아인들과 충돌하기 직전 몇 초 동안, 어떤 신도 어떤 여신도 나타나지 않았다.

처음에는 행운도 신들도 모두 아마존의 편인 것만 같았다. 비록 몇 마리가 창에 찔리기는 했지만, 아마존의 거대한 말들은 아르고스의 대열을 뚫고 진격해 들어갔다. 그리스인들은 주춤 물러섰다. 어떤 사람들은 넘어졌다. 아마존 전사들은 아킬레스를 둘러싼 50여명 남자들을 포위하고 칼과 창을 휘둘러대기 시작했다.

펜테실레이아의 총애 받는 전사이자 아마존 중 가장 뛰어난 궁수 클로니아가 재빠르게 시위를 당겨 활을 쏘아댔다. 그녀는 아킬레스의 뒤쪽에 있는 자들을 겨냥해 한 사람이 맞을 때마다 아킬레스가 몸을 돌리게 하는 것이 목적이었다. 아카이아인 메니푸스가 목에 긴 창을 맞고 쓰러졌다. 메니푸스의 친구이자 이피클로스의 아들, 그리고 전사한 프로테실라오스의 형제인 장사 포다르케스는 말 위의 클로니아를 꿰뚫으려고 분기탱천 창을 들고 앞으로 뛰어나왔다. 하지만 브레무사가 창을 두 동강 내버리고 거세게 칼을 내리쳐 포다르케스의 팔을 끊어버렸다.

펜테실레이아의 동료 에우안드라와 테르모도아는 말에서 떨어졌지만 —그들의 말은 바닥에 나뒹굴어 창에 심장이 뚫렸다— 즉시 두 발을 딛고 일어나 갑옷 입은 등을 맞댔다. 초승달 모양의 방패를 번뜩이면서 그들은 고함치며 달려드는 그리스 남자들의 포위공격에 맞섰다.

펜테실레이아는 아마존들의 두 번째 공격에 합류해서 아르고스 방패 사이를 가르고 달려갔다. 곁에는 알키비아, 더마치아 그리고 데리오네가 함께 있었다. 수염 달린 얼굴들이 코앞에서 고함을 지르다가 잘려 나갔다. 아카이아인의 후방에서 날아온 화살이 펜테실레이아의 투구에 튕겨져 나갔다. 그녀의 시야가 잠시 붉게 흐려졌다.

아킬레스는 어디 있지? 전투의 혼란이 잠시 그녀의 감각을 흐리게 했다. 하지만 곧 아마존 여왕은 오른쪽으로 스무 걸음 쯤 떨어진 곳에서 아카이아 장군들에 —두 명의 아이아스, 이도메네우스, 오디세우스, 디오메데스, 스테넬루스, 테우케르— 둘러싸인 아킬레스를 발견했다. 펜테실레이아는 아마존 특유의 힘찬 함성을 지르며 말의 갈빗대를 걷어차, 영웅들 사이로 뛰어들었다.

바로 그 순간 아킬레스가 클로니아의 화살을 눈에 맞고 쓰러진 부하 듈리치움의 에우에노르를 살피기 위해 몸을 돌리자 군중들이 반으로 갈라졌다. 펜테실레이아의 눈에 각반 끈 아래로 드러난 아킬레스의 종아리와 그의 먼지투성이 발목 그리고 굳은살이 박인 뒤꿈치가 쉽게 들어왔다.

창을 들어 뒤로 제친 후 있는 힘을 다해 던지는 순간 아테나의 창은 부르르 떠는 것만 같았다. 창은 공중을 가르고 날아가 발 빠른 학살자의 드러난 오른쪽 발꿈치를 맞추고⋯⋯ 튕겨져 나갔다. 아킬레스가 고개를 휙 돌려 다가왔다. 그의 파란 눈이 펜테실레이아와 마주쳤다. 그는 끔찍하게도 싱글거렸다.

아마존들은 이제 아카이아의 핵심 전사들과 맞붙기 시작했다. 그리고 그들의 운도 다하기 시작했다. 브레무사는 이도메네우스에게 창을 던졌지만, 데우칼리온의 아들이 그의 방패를 가볍게 들어 올리자 창은 두 동강 났다. 그리고 더 긴 자신의 창을 던지자, 그것은 치명적으로 곧게 날아와 붉은 머리칼 브레무사의 왼쪽 가슴 바로 밑을 관통하여 척추를 가르고 튀어나왔다. 그녀는 흥분한 말 뒤로 굴러 떨어졌고 대 여섯 명의 아르고스인들이 그녀의 갑옷을 벗기기 위해 달려왔다.

자매의 전사에 분노의 비명을 지르며 알키비아와 더마치아가 이도메네스를 향해 말을 몰았다. 하지만 두 아이아스들이 말고삐를 붙잡고 엄청난 힘으로 그녀들을 제압해버렸다. 두 아마존이 전투를 계속하려고 말에서 내려오자, 디오메데스는 칼을 길게 휘둘러 두 사람의 목을 단칼에 베어 버렸다. 펜테실레이아는 여전히 눈을 깜빡이고 있는 알키비아의 머리통이 먼지 구덩이로 굴러 떨어지고, 오디세우스가 그 머리채를 잡아 번쩍 치켜드는 모습을 경악 속에서 지켜보았다.

펜테실레이아는 웬 아르고스인이 다리를 움켜쥐는 것을 느끼자, 두 번째 창을 들어 남자의 가슴에서 내장까지 내리꽂았다. 그는 창을 몸에 받은 채 입을 쩌억 벌리고 쓰러졌다. 그녀는 전투용 도끼를 꺼내 말을 앞으로 몰았다. 오직 무릎의 힘으로 말과 자신을 고정시킨 채.

여왕의 오른쪽에서 말을 달리던 데리오네는 오일레우스의 아들 소 아이아스에 의해 말에서 끌어내려졌다. 뒤로 넘어지며 숨이 끊어지는 순간, 데리오네는 막 창을 움켜지기 위해 손을 뻗고 있었다. 그 때 소 아이아스가 피식 웃으며 자산의 창을 그녀의 가슴에 내리꽂은 후 그녀의 몸부림이 멈출 때까지 비틀었다.

클로니아가 소 아이아스의 심장을 향해 화살을 쏘았다. 화살은 그의 갑옷에 맞고 튕겨 나왔다. 그 때 테라몬의 서자이자, 궁수 중의 궁수인 테우케르가 으르렁거리는 클로이나에게 재빨리 화살을 세 대 꽂았다. 하나는 목에, 하나는 갑옷을 뚫고 복부에, 나머지 하나는 벌거벗은 왼쪽 가슴에 꽂혔다. 마지막 화살은 너무나 깊숙이 박혀 화살 끝의 깃털과 3인치의 화살대만이 눈에 보일 정도였다. 펜테실레이아의 충실한 친구는 피 흘리는 말 잔등 위에서 맥없이 추락했다.

에우안드라와 테르모도아는 —비록 상처 입고 피 흘리며 거의 쓰러질 정도로 쇠약해져 있었지만— 여전히 등을 맞댄 채 싸우고 있었다. 그들을 둘러싸고 있던 아카이아인들이 흩어졌다. 이어 몰루스의 아들이자, 이도메네스의 친구요, 크레타인들의 제 2사령관인 메리오네스가 한 손에 하나씩 창을 들고 힘껏 던졌다. 무거운 창은 두 아마존 여인들의 가벼운 갑옷을 모조리 뚫고 들어갔고 테르모도아와 에우안드라는 먼지 속으로 쓰러졌다.

다른 아마존들은 모두 쓰러졌다. 펜테실레이아도 수 백 개의 크고 작은 부상으로 뒤덮였지만 아직 치명적인 것은 없었다. 그녀의 도끼날은 아르고스의 피로 흠뻑 젖어 있었다. 하지만 이젠 너무 무겁게 느껴져 들어 올릴 수가 없었기에, 그녀는 도끼를 던지고 단검을 빼들었다. 그녀와 아킬레스 사이의 공간이 확 열렸다.

아킬레스의 오른발 뒤꿈치를 향해 던졌다 빗맞았던 창이 지쳐빠진 그녀의 말 오른쪽 발굽 옆에 놓여 있었다. 마치 아테나 여신이 준비라도 해놓은 듯했다. 보통 때라면 아마존 여왕은 달리는 말에서 단숨에 몸을 숙여 마법의 무기를 낚아챌 수 있었을 것이다. 하지만 그녀는 너무 지쳐 있었고, 갑옷은 너무 무거웠으며, 부상당한 말에겐 더 이상 움직일 힘이 없었다. 그래서 펜테실레이아는 안장 옆으로 미끄러져 내려와 창을 집으려고 몸을 숙였다. 바로 그 때 테우케르가 쏜 화살 두 개가 그녀의 투구 위로 윙하고 날아갔다.

그녀가 몸을 일으켰을 때, 시야에는 아킬레스 말고는 아무도 없었다. 소리를 지르며 달려드는 나머지 아카이아인들은 흐릿한 배경에 불과했다.

"다시 던져 보시지!"

여전히 끔직스럽게 싱긋 웃으며 아킬레스가 말했다. 펜테실레이아는 아름다운 둥근 방패 아래로 드러나 보이는 아킬레스의 탄탄한 정강이 아래로 사력을 다해 창을 던졌다. 아킬레스는 표범처럼 빠르게 몸을 숙였다. 아테나의 창은 방패에 맞고 튕겨져 나왔다.

이제 펜테실레이아는 그 자리에 선 채 다시 도끼를 집어 들었고, 아킬레스는 여전히 미소를 지으면서 자신의 창, 전설적인 켄타우로스 키론이 그의 아버지 펠레우스를 위해 만들었던 그 창, 절대 과녁을 빗겨나가지 않는다는 바로 그 창을 겨누었다.

아킬레스의 창이 날았다. 펜테실레이아는 초승달 모양의 방패를 들어올렸다. 창은 속도를 늦추지 않고 그녀의 방패와 갑옷을, 오른쪽 가슴과 등을, 그녀의 뒤에 서 있던 말을, 그리고 그 말의 심장을 꿰뚫었다.

아마존 여왕과 그녀의 전투마가 함께 먼지 더미 위로 풀썩 쓰러졌다. 그들의 두 심장에 박힌 창이 요동을 치며 솟구쳐 오르는 바람에 펜테실레이아의 두 발과 다리가 공중에서 흔들렸다. 아킬레스가 검을 들고 다가오자 펜테실레이아는 그 모습을 흐려져 가는 시야 속에서나마 놓치지 않으려고 애썼다. 감각이 사라져버린 그녀의 손에서 도끼가 떨어졌다.

"아, 빌어먹을!"

호켄베리가 말했다.

"아멘!"

만무트가 말했다.

전직 스콜릭과 작은 모라벡은 이 난리법석이 벌어지는 내내 아킬레스의 옆에 있었다. 그들은 앞으로 걸어 나갔다. 이제 아킬레스는 경련을 일으키고 있는 펜테실레이아의 옆에 서 있었다.

"*Tum saeva Amazon ultimus cecidit metus,*"

호켄베리가 중얼거렸다. 그러자 야만인 아마존이 쓰러졌고, 우리는 두려움에 휩싸이도다.

"또 베르길리우스야?"

만무트가 말했다.

"아니, 세네카의 비극 트로아데스에 나오는 피루스의 대사야."

그런데 이상한 일이 벌어졌다.

여러 명의 아카이아인들이 이미 죽어버렸거나 죽어가고 있는 펜테실레이아의 갑옷을 벗기기 위해 모여들었고, 아킬레스가 팔짱을 끼고 그녀를 굽어보며 마치 피 냄새와 말의 땀 냄새 그리고 죽음의 냄새를 들이 마시는 듯 코를 벌름거렸다. 그런데 느닷없이 이 발 빠른 학살자가 자신의 큰 손을 들어 얼굴과 눈을 가리고 울기 시작하는 게 아닌가.

죽은 아마존 여왕을 들여다 볼 수 있을 만큼 가까이 다가왔던 대 아이아스, 디오메데스, 오디세우스, 그리고 다른 장군들은 깜짝 놀라 주춤 물러섰다. 쥐의 얼굴을 한 테르시테스와 몇몇 부하들은 울고 있는 반신을 무시하고 펜테실레이아의 갑옷을 풀기 시작했다. 그들이 덜렁거리는 머리에서 투구를 벗겨내자 여왕의 탄력 있는 금빛 곱슬머리가 흘러내렸다.

아킬레스는 고개를 젖히고, 아테나로 변신한 호켄베리가 파트로클로스를 죽이고 납치한 그날 아침처럼 통곡을 했다. 장군들은 죽은 여인과 말로부터 한 걸음 물러났다.

테르시테스는 칼로 펜테실레이아의 가슴받이와 허리띠 끈을 잘라냈다. 그는 이 예기치 못한 수확물을 서둘러 거두느라 여왕의 고운 살갗에 칼자국을 냈다. 이제 여왕은 거의 벌거벗은 상태가 되었다. 난자당하고 멍투성이지만 여전히 완벽한 그녀의 몸에 남은 것은 덜렁거리는 각반 하나와 은 허리띠 그리고 샌들 한 짝뿐이었다. 펠레우스의 긴 창은 여전히 그녀와 말의 시체를 한 몸으로 꿰고 있었고 펠레우스의 아들은 창을 그대로 둔 채 꼼짝도 하지 않았다.

"물러서라!"

아킬레스가 말했다. 거의 모든 남자들이 순종했다. 추한 테르시테스는 —한쪽 겨드랑이에는 여왕의 갑옷을, 다른 한 쪽에는 피 묻은 투구를 끼고— 어깨 너머로 씩 웃으며 계속해서 여왕의 허리띠를 풀었다.

"자네 바보 아닌가, 펠레우스의 아들. 죽은 여자 땜에 그렇게 울다니, 아무리 예뻤기로 그렇게 서서 눈물을 다 흘리고. 이 여자는 이제 벌레 먹이에 불과해."

"물러서!"

아킬레스가 무시무시하게 단조로운 톤으로 말했다. 먼지투성이 뺨 위로 눈물이 계속 흘러내렸다. 계집애처럼 나약한 학살자의 태도에 더욱 대담해진 테르시테스는 명령을 무시한 채 죽은 여왕의 둔부에서 은 허리띠를 당겨 빼냈는데, 값을 따질 수 없이 귀한 허리띠를 쉽게 꺼내기 위해 그녀의 몸을 일으켜 세운 김에 마치 시체와 성교를 하는 듯 자신의 아랫도리를 움직여 음란한 행동을 해 보였다.

아킬레스가 성큼 나서 테르시테스의 얼굴을 맨주먹으로 갈겼다. 그의 턱과 광대뼈 그리고 누런 이빨이 박살나면서 그는 말과 죽은 여왕 위를 날아 먼지 속에 처박혔다. 입과 코로 피가 쏟아 졌다. 아킬레스가 내뱉었다.

"너를 위해선 무덤도 관도 없다. 개자식! 네가 오디세우스를 조롱했을 때, 그는 너를 용서했었다. 방금 너는 나를 조롱했고, 나는 너를 죽였다. 펠레우스의 아들은 조롱을 허투루 넘기지 않는다. 이제 꺼져라. 하데스에게나 가서 네 유치한 조롱으로 허깨비들이나 놀려먹어라."

테르시테스는 자신의 피에 숨이 막혀 캑캑거리며 죽어갔다.

아킬레스는 흙먼지 사이에서, 말의 시체에서, 그리고 펜테실레이아의 부드러운 몸에서 천천히 —거의 사랑의 몸짓으로— 창을 뽑았다. 학살자의 애도와 눈물을 이해할 수 없었지만, 모든 아카이아인들은 한 걸음 더 뒤로 물러섰다.

"*Aurea cui postquam nudavit cassida frontem, vicit victorem candida forma virum,*" 호켄베리가 혼잣말로 중얼거렸다. "그녀의 빛나는 쇠투구가 벗겨지고 이마가 드러나자, 그 황홀한 자태가 그 사내, 아킬레스를⋯⋯ 승리자를 정복해버렸다." 그는 만무트를 내려다보았다.

"프로페티우스의 애가哀歌 제 3권에 나오는 열한 번째 시구詩句라네."

만무트는 스콜릭의 손을 툭 쳤다.

"여기서 빠져 나가지 않으면 누군가가 우리를 위해 애가를 써야 할 걸. 그것도 지금 당장."

"왜?"

주위를 둘러보며 호켄베리가 말했다. 사이렌이 울리지 시작했다. 록벡들은 후퇴하는 아카이아인들 사이를 뚫고 경고음과 확성음을 내지르면서 한꺼번에 구멍을 빠져나가려하고 있었다. 엄청난 규모의 철수가 일어나고 있었다. 전차와 사람들이 한꺼번에 구멍 쪽으로 내달려 빠져나가고 있었다. 하지만 철수를 불러일으킨 것은 록벡들의 목소리가 아니었다. 올림포스 화산이 터지기 시작하고 있었던 것이다!

대지는···· 그러니까, 화성의 대지는···· 흔들리고 진동했다. 황 냄새가 공기를 가득 메웠다. 퇴각하는 아카이아와 트로이 군대 뒤로 멀리 보이는 올림포스가 아이기스 아래 붉게 달아오르더니 몇 마일 높이의 불기둥을 쏘아 올렸다. 태양계에서 가장 거대한 화산 올림포스 몬스의 꼭대기에선 벌써 붉은 용암이 강물처럼 흘러내리기 시작했다. 붉은 먼지와 공포의 냄새가 공기를 꽉 채웠다.

"도대체 무슨 일이야?"

"신들이 저기서 무언가 폭발을 야기했고 이제 곧 브레인 홀이 닫힐 거라는 얘기야."

쓰러진 아마존 여왕 옆에 무릎을 꿇고 앉은 아킬레스에게서 호켄베리를 멀리 떼어 놓으며 만무트가 말했다. *거기서 빠져나와야 해,* 타이트빔을 통해서 이오의 오르푸의 목소리가 만무트에게 전해졌다. *알아,* 만무트가 전송했다, *화산 폭발이 보이거든.*

더 나쁜 소식이 있어, 타이트빔으로 오르푸가 전했다. *그곳의 칼라비-야우 공간이 블랙홀과 웜홀 쪽으로 휘고 있다는 거야. 끈의 진동이 완전히 불안정해. 올림포스 몬스가 화성의 일부를 산산조각 내버리건 말건, 중요한 것은 브레인 홀이 닫힐 때까지 몇 분밖에 남지 않았다는 거야. 어서 호켄베리와 오디세우스를 데리고 이곳 우주선으로 돌아와.*

분주하게 움직이는 갑옷과 먼지 묻은 허벅지들 사이를 보던 만무트는, 30보쯤 떨어진 곳에서 디오메데스와 이야기를 나누고 있는 오디세우스를 발견했다. *오디세우스?* 그가 전송했다. 호켄베리는 오디세우스에게 우리와 함께 가자고 설득하기는커녕, 이야기 나눌 시간조차 없었어. 오디세우스가 정말로 필요한 거야?

통합사령관의 분석에 의하면 그래, 오르푸가 전했다. 그건 그렇고 이번 전투가 벌어지는 동안 자네 비디오 녹화를 계속했더군. 정말 볼만했었어.

오디세우스가 왜 그렇게 필요한데? 만무트가 전했다. 지축이 흔들리고 진동했다. 북녘의 잔잔했던 바다는 더 이상 없었다. 붉은 암석을 향해 엄청난 파도가 덮쳐왔다.

내가 그걸 어떻게 알아? 이오의 오르푸가 덜그럭거렸다. 내가 통합 사령관으로 보여?

상관과 동료들과 트로이 전쟁을 버리고 우리와 함께 가도록 오디세우스를 설득할만한 묘안이라도 있어? 만무트가 전송했다. 아킬레스만 빼고 모든 장군들이 전차에 올라타고 일분 안에 구멍 속으로 사라질 것 같은데. 화산 냄새와 소음 때문에 말들이 미쳐가고 있어, 물론 사람들도 그렇고. 이런 상황에서 도대체 어떻게 오디세우스의 주의를 끌란 말이지?

독창성을 좀 발휘해봐, 오르푸가 전했다. 유로파의 서브 드라이버들은 그걸로 유명하지 않아? 독창성?

만무트는 고개를 흔들고는 확성기를 이용해 아카이아인들을 한꺼번에 브레인 홀로 몰아넣기 위해 애쓰고 있는 록벡, 센추리온 지휘관 멥 아후에게 다가갔다. 화산이 내는 굉음, 올림포스에서 달아나려 죽도록 달리는 말굽과 샌들의 쿵쾅거리는 소리들은 높아진 그의 목소리조차 묻어버렸다.

센추리온 리더? 전술용 채널을 통해 만무트가 전송했다.

키가 2미터나 되는 검은 록벡이 몸을 돌려 차렷 자세를 취했다.

예, 부르셨습니까.

명목상 만무트는 모라벡 군대의 어떤 명령 체계에도 편입되어 있지 않았다. 하지만 실제적으로 록벡들은 만무트와 이오의 오르푸에게 전설적인 아스티그/체와 같은 급의 명령권을 인정하고 있었다.

내 호넷에 가서 다음 명령을 기다리고 있으시오.

예, 알겠습니다. 멥 아후는 퇴각 명령의 임무를 다른 록벡에게 넘기고 비행정으로 뛰어갔다.

"오디세우스를 비행정으로 데려가야겠어."

만무트가 호켄베리에게 소리쳤다.

"도와줄래?"

격렬하게 진동하는 브레인 홀 너머로 올림포스의 등성이의 경련을 바라보고 있던 호켄베리는 혼란스러운 눈빛으로 작은 모라벡을 바라보더니 고개를 끄덕이고는 아카이아 장군들을 향해서 걸어갔다.

만무트와 호켄베리는 힘찬 발걸음으로 두 아이아스와 이오메데스와 테우케르와 디오메데스를 지나 아킬레스를 향해 이마를 찌푸리고 있는 오디세우스에게 다가갔다. 희대의 전술가는 생각에 잠겨 있는 듯 했다.

"어떻게든 호넷으로 데려 와."

"라에르테스의 아들이여."

호켄베리가 말을 걸었다. 오디세우스는 머리를 휙 돌렸다.

"무슨 일이오, 두아네의 아들이여?"

"부인께서 온 전갈이 있습니다."

"뭐라고?"

오디세우스는 얼굴을 찌푸리더니 칼집으로 손을 가져갔다.

"도대체 무슨 소리를 하는 거요?"

"당신의 부인이자 텔레마쿠스의 아내 페넬로페 말입니다. 그 분께서 모라벡 마법을 통해 당신을 위한 메시지를 우리들에게 전해 주었습니다."

"모라벡 마법은 엿이나 먹으라지!"

만무트를 깔보듯이 내려 보며 오디세우스가 호통을 쳤다.

"꺼지시오, 호켄베리, 그리고 저 조그맣고 불쾌한 놈도 데려가시오, 그렇지 않으면 둘 다 턱에서 가랑이까지 쪼개놓을 테니까. 왠지⋯⋯ 왜 그런지는 몰라도 왠지⋯⋯ 이 모든 불행을 몰고온 장본인이 당신과 저 망할 모라벡이라는 느낌이 계속 들었어."

"페넬로페는 침대에 대해 말해주라고 했어요."

피츠제럴드를 정확히 기억하고 있기를 기원하면서 호켄베리가 즉흥적으로 말했다. 그는 주로 일리아스를 가르쳤다. 오디세이는 그의 전공이 아니었다.

"내 침대?"

다른 장군들로부터 한 걸음 멀어지며 오디세우스가 찡그린 얼굴로 말했다.

"도대체 무슨 헛소리를 하는 거야?"

"침대에 대해 한 가지만 묘사해드리면, 이 소식이 부인께서 직접 보낸 것이라는 증거가 될 수 있을 거라고 말씀하셨습니다."

오디세우스는 검을 뽑아 번뜩이는 칼날로 호켄베리의 어깨를 겨누었다.

"난 지금 장난할 기분이 아니다. 침대가 어쨌다구, 얘기해보라. 틀린 점이 하나라도 있을 때마다 사지가 하나씩 잘려나갈 줄 알아라."

호켄베리는 도망쳐버리고 싶은 충동을 꾹 눌러 참았다.

"페넬로페는, 침대 틀이 금과 은과 상아로 만들어졌으며 황소 가죽 끈이 수많은 부드러운 양모와 덮개를 고정시키고 있다고 말하라 했습니다."

"웃기는군. 귀족의 침대는 다 그렇게 생겼어. 꺼져 버려."

디오메데스와 대 아이아스는 아직도 무릎을 꿇고 있는 아킬레스에게 다가가 아마존 여왕의 시체는 버리고 함께 돌아가자고 설득하는 중이었다. 브레인 홀의 진동은 이제 눈에 보일 정도로 커졌고, 윤곽은 흐려졌다. 올림포스에서 들리는 굉음이 너무나 커서 모두 고함을 질러야만 했다. 호켄베리가 소리쳤다.

"오디세우스! 이건 정말 중요한 일입니다. 우리와 함께 가서 공명정대한 페넬로페로부터 온 메시지를 들어야 합니다."

키가 작고 수염이 난 오디세우스가 고개를 돌려 스콜릭과 모라벡을 노려보았다. 그는 아직도 검을 들고 있었다.

"나와 나의 신부가 신방을 차린 후 어디에서 그 침대를 들여왔는지 말하거라. 그래야 너의 팔이 무사하리라."

"당신은 결코 그것을 들여오지 않았습니다."

호켄베리가 말했다. 뛰는 가슴에도 불구하고 침착하게 목소리를 높였다.

"페넬로페가 말씀하시길, 장군이 그 집을 지을 때 지금 침실이 있는 자리에 곧고 튼튼한 올리브나무를 남겨두었답니다. 그리고는 나뭇가지를 치고, 목재 천장속으로 그 나무를 집어넣고, 몸통을 깎아 그 줄기를 침대의 한 기둥으로 삼았다고했습니다. 메시지를 보낸 사람이 그 분 자신임을 증명하기 위해 이 얘기를 꼭 전해야 한다고 하셨습니다."

오디세우스는 오랫동안 앞을 노려봤다. 그리고는 칼을 다시 칼집에 꽂으며 말했다.

"나에게 메시지를 전하게, 두아네의 아들이여, 어서."

그는 낮아지고 있는 하늘과 포효하는 올림포스를 힐끗 쳐다봤다. 갑자기 구멍에서 스무 대의 호넷과 낙하용 수송기가 날아와 모라벡 기술자들을 안전하게 수송하기 시작했다. 초음파 충격이 연이어 화성 땅을 뒤흔들었고 사람들은 몸을 숙이고 두 손으로 머리를 감싸 쥐었다.

"모라벡 기계로 건너갑시다, 라에르테스의 아들이여. 이 메시지는 비밀리에 전해드리는 게 상책입니다."

그들은 북새통을 이루고 고함을 쳐대는 사람들 사이를 뚫고 곤충의 발과 같은 착륙 기어위로 웅크리고 있는 검은 호넷으로 걸어갔다.

"이제 말하라, 어서!"

오디세우스가 그 강력한 손으로 호켄베리의 어깨를 움켜쥐며 말했다.

만무트가 멥 아후에게 전송했다. *테이저 봉을 가지고 있나?*

예, 그렇습니다.

테이저로 오디세우스의 정신을 잃게 만들어 비행정에 실어라. 조종을 맡으라. 우리는 즉각 포보스로 떠난다.

록벡이 오디세우스의 목덜미를 건드리자 스파크가 일면서 수염 난 사내는 모라벡 군인의 칼날 달린 팔위로 쓰러졌다. 아후는 정신을 잃은 오디세우스를 비행정에 싣고 자신도 뛰어든 후 추진기를 점화시켰다.

만무트는 주위를 둘러본 후 —자기네 장군이 납치되는 것을 눈치 챈 아카이아인은 아무도 없었다— 오디세우스 다음으로 뛰어 올랐다. 그가 호켄베리에게 말했다.

"어서 올라타. 구멍이 곧 닫힐 거야. 여기 있으면 영원히 화성인으로 남는 거야."

그는 올림포스를 힐끗 올려봤다.

"그리고 만약 화산이 폭발하면 그 영원도 한 순간이 되겠지."

"난 자네와 함께 가지 않을 거야."

"호켄베리, 정신 나간 소리 좀 하지 마! 저기 좀 봐. 아카이아의 최고 장수들, 디오메데스, 이도메네우스, 아이아스들, 테우케르 등이 구멍으로 달려가고 있어.

"아킬레스는 아니지."

상대가 잘 들을 수 있게 몸을 가까이 기울이며 호켄베리가 말했다. 사방에서 불꽃이 튀겨 비행정 지붕을 뜨거운 우박처럼 내리쳤다.

"아킬레스는 미쳤어!"

멥 아후를 시켜 호켄베리에게 테이저를 쓰게 할까? 라는 생각을 하며 만무트가 소리쳤다.

그의 마음을 읽기라도 하는 듯, 오르푸가 타이트빔으로 찾아왔다. 만무트는 이 모든 실시간 비디오와 사운드가 지금도 포보스와 퀸 맵에 전송되고 있다는 사실을 잊고 있었다.

그를 기절시키지 마, 만무트가 말했다. 우린 그에게 빚이 있잖아. 스스로 결정하게 두자.

결정을 내릴 때쯤이면 그는 벌써 죽은 목숨일 걸, 오르푸의 이오가 전송했다.

그는 이미 한 번 죽었어, 만무트가 말했다. 어쩌면 다시 한 번 죽고 싶은지도 몰라.

호켄베리에게 만무트가 소리쳤다.

"어서, 뛰어 올라! 지구 탐사선에선 당신이 필요해, 토머스."

호켄베리는 자신의 이름이 불리어지자 깜짝 놀라 쳐다봤다. 그리고는 다시 고개를 저었다.

"지구를 다시 보고 싶지 않아?"

작은 모라벡이 외쳤다. 화성의 지진으로 땅이 흔들리자 비행정도 기어 위에서 흔들렸다. 점점 작아지고 있는 브레인 홀 주위를 황과 재의 구름이 감쌌다. 만무트는 깨달았다. 호켄베리와 단 일 이분만 더 이야기할 수 있다면 그 인간은 자신과 함께 갈 수밖에 없을 텐데.

호켄베리는 비행정에서 한 걸음 물러선 후, 손을 들어 피난 중인 마지막 아카이 아인들, 죽은 아마존들, 죽은 말들, 그리고 지금 진동하고 있는 브레인 홀을 통해 보이는 일리움의 먼 장벽과 전투중인 군인들을 가리켰다. 그리고 말했다.

"다 내가 저지른 일이야. 아니면 적어도 이렇게 되도록 도왔어. 아무래도 남아서 뒤처리를 해야 할 것 같아."

만무트는 브레인 홀 저편에서 진행 중인 전쟁을 가리켰다.

"일리움은 몰락할 거야, 호켄베리. 벡들의 에너지막과 공중방어막, 그리고 안티-QT 장이 사라졌어."

떨어지는 불똥과 재를 막기 위해 손으로 얼굴을 가리면서도 호켄베리는 미소지었다. 그리고 소리쳤다.

"Et quae vagos vincina prospiciens Scythas ripam catervis Ponticam viduis ferit excisa ferro est, Pergannum incubuit sibi"

라틴어라면 질색이야, 만무트가 생각했다. 그리고 고전 학자도 질색이고. 큰 목소리로 그가 말했다.

"또 베르길리우스야?"

"세네카!"

호켄베리가 소리쳤다.

"그리고, 방랑하는 스키타이인의 이웃이자 경계를 늦추지 않으며 폰틱 강변을 향해 자신의 지친 부대를 이끌었던 그녀는···· 여기서 그녀는 펜테실레이아를 가리키지···· 난자당했으며, 페르가몬의 도시는···· 자네도 알잖아, 일리움, 트로이····· 무너졌도다."

"어서 비행정에 올라타기나 해, 호켄베리!"

만무트가 소리쳤다. 호켄베리는 뒤로 물러서며 말했다.

"행운을 비네, 만무트! 지구와 오르푸에게 안부 전해주게. 둘 다 그리울 거야."

그는 뒤돌아 천천히 아킬레스가 무릎 꿇고 펜테실레이아를 애도하고 있는 광경을 지나 걸어갔다. 학살자는 이제 시신과 홀로 남았다. 다른 인간들은 모두 도망쳤다. 이제 만무트의 비행정이 이륙해 공간을 헤치며 나가자 호켄베리는 눈에 띄게 줄어들고 있는 구멍을 향해 전력질주하기 시작했다.

II

OLYMPOS

스물둘

수백 년 동안의 반半열대성 기후가 지난 후, 아르디스 홀에 진정한 겨울이 찾아왔다. 눈은 내리지 않았지만 주변 숲의 나무들은 악착같이 붙어 있는 이파리 몇 개를 빼놓고는 모두 헐벗었으며, 더딘 일출이 끝난 후에도 널따란 들판에는 서리가 남아 있었다. 매일 아침 에이다는 서쪽 잔디밭의 하얗게 성에 낀 풀잎들의 경계가 점점 더 집 쪽으로 밀려나 마침내는 몇 방울의 이슬로 남을 때까지 지켜보았다. 방문자들은 아르디스 홀과 팩스 노드 전송실 사이 1.25마일 지점에서 교차되는 작은 두 개의 강 표면에 하얗게 살얼음이 덮였다고 했다.

오늘 저녁 —한 해 중 가장 짧은 저녁— 에이다는 임신 5개월의 무거운 몸에도 불구하고 우아한 걸음걸이를 유지하며 온 집안에 등잔불과 수많은 촛불을 밝혔다. 최후의 전송이 있기 전에 지어져 1,800년도 더 된 이 저택은 아늑하기 그지없는 곳이었다. 24개에 달하는 벽난로들이 —지난 세기에는 대부분 장식용으로나 오락용으로 쓰였지만— 모든 방을 따뜻하게 데우고 있었다. 68개의 방을 갖춘 이 맨션의 나머지 방들에는 하먼이 옛 평면도들을 연구한 끝에 만든 프랭클린 스토브라는 것이 설치되어 있었는데, 오늘 저녁 이 스토브들이 진가를 발휘한 덕에 아래층 홀에서 방들로, 그리고 계단을 따라 위층 홀과 방으로, 불을 밝히며 다니는 에이다는 졸음을 느꼈다.

그녀는 3층 홀 끝에 있는 거대한 아치형 창문에서 잠시 멈추었다. 에이다는 생각했다. 수천 년 만에 처음으로 숲이 인간의 도끼로 베어지고 있었다. 그것도 그저 땔감을 위해서가 아니고. 중력에 의해 뒤틀어진 창틀 사이로 흘러 들어오는 희미한 겨울 노을 사이로, 시야를 가리지만 동시에 든든함을 선사하는 나무 울타리가 남쪽 들판 언덕 아래로 보였다. 이 울타리는 아르디스 홀의 사방으로 뻗어 있었다. 어떤 곳은 집에서 30야드밖에 떨어져 있지 않았고 어떤 곳은 집 뒤쪽에서 숲의 가장자리까지 100 야드 정도 벌어져 있기도 했다. 경계 울타리의 코너와 휘어진 부분에 감시탑을 짓기 위해 더 많은 나무들이 베어졌다. 그리고 아르디스 홀 마당에 거주하고 있는 400명의 사람들이 사용하던 여름용 텐트를 집이나 막사로 개조하기 위해 더 많은 나무들이 베어졌다.

하먼은 어디 있지? 에이다는 몇 시간 동안 이 다급한 생각을 막아내려 —온갖 집안일로 손을 바쁘게 놀리면서— 애쓰고 있었다. 그러나 이제는 더 이상 걱정을 떨쳐낼 수가 없었다. 그녀의 연인은 —"남편"은 그이가 좋아하는 고색창연한 단어였다— 한나, 페티르, 그리고 근래 들어서는 노만이라고 불리기를 고집하는 오디세우스와 함께, 그날 새벽 사슴 사냥 겸 흩어진 가축들을 찾아내기 위해 소 한 마리가 이끄는 수레를 앞세우고 강에서 10마일 이상 떨어진 숲과 웅덩이를 향해 떠났다.

지금쯤이면 집으로 돌아왔어야지. 어두워지기 전에 돌아오겠다고 약속했단 말이야.

에이다는 일층 부엌으로 내려갔다. 수 세기 동안 오직 시종들 그리고 가끔씩 도축장에서 가져온 고기를 들여오는 보이닉스들만이 출입했던 널따란 부엌이 지금은 인간의 움직임으로 분주했다. 오늘 식사 당번은 엠므와 레먼이었다. 평소 아르디스 홀 내부에서 식사를 하는 사람들은 50명 정도였다. 거의 열두 명에 이르는 남녀가 빵을 굽고, 샐러드를 준비하고, 거대한 구식 화덕에다 고기를 굽고 있었는데, 긴 테이블이 음식으로 가득 찰 때까지는 끝나지 않을 기분 좋은 혼돈 상태를 연출하고 있었다. 엠므가 에이다의 눈치를 살폈다.

"아직 안돌아왔나요?"

"아직."

아무 상관도 없다는 듯 억지로 목소리를 지어내며 미소 띤 얼굴로 에이다가 말했다.

"곧 돌아올 거예요."

에이다의 하얀 손을 토닥거리며 엠므가 말했다.

처음도 아니었고, 화가 난 것도 아니지만 ―에이다는 엠므가 좋았다― 사람들이 임신한 여자는 맘대로 만지고 토닥거릴 권리가 있다고 느끼는 이유를 이해할 수 없었다. 에이다가 말했다.

"그럼 돌아오겠지. 기왕이면 사슴 몇 마리에다 잃어버린 소들 중 적어도 네 마리는 가지고 말야…… 수컷 둘에다 암소 두 마리면 더 좋겠지."

"우유가 필요하니까요."

엠므가 동의했다. 그녀는 다시 에이다의 손을 다독거린 후 화덕 옆으로 돌아갔다.

에이다는 밖으로 나왔다. 잠시 동안 추위에 숨이 막혔다. 하지만 곧 가져온 숄을 어깨와 목에 둘렀다. 부엌에서 갓 나온 그녀의 뺨을 차가운 공기가 바늘처럼 찔렀다. 그녀는 어둠에 익숙해지기 위해 현관 앞에 잠시 가만히 서있었다. 빌어먹을, 왼쪽 손바닥을 들어 프록스넷을 작동시켜 녹색 삼각형이 든 노란 원을 떠올리며 속으로 내뱉었다. 지난 두 시간 동안 벌써 다섯 번째 시도하고 있는 기능이었다.

두 모양이 합쳐져 푸른 타원이 손바닥 위에 나타났지만 홀로그래픽 이미지는 여전히 뿌옇고 정체된 상태였다. 하먼은 이러한 프록스넷이나 파넷 혹은 구식 탐색 기능의 저하는 그들의 신체와는 아무 상관이 없고 ―하먼은 웃으며 말했었다, 그들의 유전자와 혈액 속에는 여전히 나노 기계장치들이 들어 있어― 오히려 인공위성이나 p-링 혹은 e-링 릴레이 소행성과 관련이 있을지 모르며, 밤마다 빗발치는 유성이 그 이유일지 모른다고 말했다. 점점 더 어두워지고 있는 저녁 하늘을 바라보며 에이다는 두 개의 빛으로 된 띠처럼 극 방향과 적도 방향의 링이 이동하고 교차하는 것을 지켜보았다. 각각의 링은 수천 개의 발광 물체로 이루어져 있었다. 27년을 살아오는 동안 이 링들은 거의 언제나 확신을 주는 신호였다. 그곳은 20주기마다 그들의 몸을 재생시켜주는 따뜻한 집 같은 퍼머리가 있는 곳이었고, 그들을 지켜주는 후기-인류, 각자가 마지막 다섯 번째 20주기를 마치면 승격하게 되는 후기-인류의 집이었다. 그러나 이제 에이다는 하먼과 데이먼의 경험을 통해 링에는 한 사람의 후기-인류도 없고 엄청난 위협일 따름이라는 사실을 알고 있었다. 수백 년 동안 다섯 번째 20주기란 거짓말이었다. 최종 전송이라 불리던 무의식적인 죽음은 칼리반이라고 부르는 놈의 식인食人 행위에 불과했다.

유성들이 —실제로는 여덟 달 전에 하먼과 데이먼이 충돌하게 만들었던 두 개의 궤도 물체의 조각에 불과한— 서쪽에서 동쪽으로 하늘을 가로지르며 떨어지고 있었다. 하지만 사소한 유성 소나기일 뿐, 대추락 이후 처음 몇 주의 끔찍한 폭격에 비하면 아무 것도 아니었다. 에이다는 지난 몇 달 동안 모두가 함께 사용해 온 이 단어를 놓고 농담을 하곤 했다. *대추락-떨어졌다… 무엇이 떨어지고 무너졌다는 거지?* 하먼과 데이먼이 프로스페로를 도와 파괴했던 궤도 행성, 시종들, 전자망, 바로 그날 밤 인간의 조종 범위를 벗어나 버린 보이닉스의 서비스가 끝나 버린 것… 대추락의 그날 밤. 그날, 모든 것이 여덟 달 전보다 조금씩 무너졌다. 에이다는 하늘뿐만 아니라 그들 자신과 이전의 고전-인류 들이 다섯 번의 20주기가 14차례 지나는 동안 알고 있었던 세계가 모두 무너졌다는 걸 깨달았다.

에이다는 임신 초기 석 달 동안 시달렸던 어지러움과 메스꺼움을 느끼기 시작했다. 하지만 입덧은 아니었다. 두려움이었다. 긴장감으로 머리가 아파왔다. 그녀가 생각으로 스위치를 내리자 프록스넷이 꺼졌다. 파넷을 시도했다. 이 역시 작동하지 않자, 원시적인 탐색 기능을 가동시켰다. 하지만 그녀가 찾고 있는 세 남자와 한 여자의 모습은 붉은 색이나 녹색 혹은 호박색으로 빛나기에는 너무 멀리 있었다. 그녀는 손바닥 기능을 모두 꺼버렸다.

기능을 작동시키다보니 책을 더 많이 읽고 싶다는 생각이 들었다. 에이다는 도서관의 빛나는 창문을 쳐다보았다. 검색 독서에 빠져 있는 세 사람의 머리가 보였다. 그녀도 그들과 함께 있고 싶다는 생각을 했다. 새로 반입된 책의 등에다 손을 얹고 손과 팔을 통해 황금 같은 단어들이 마음으로 심장으로 흘러드는 것을 느끼고 싶었다. 그러나 이 짧은 겨울날에 이미 두꺼운 책을 열다섯 권이나 읽었잖은가. 또 책을 읽는다는 생각만으로도 구역질이 났다.

독서는 —적어도 검색 독서는— 아기를 배는 거랑 많이 비슷해, 에이다는 생각했다. 자신의 은유가 제법 맘에 들었다. *준비되지 않은 감정이나 반응으로 우리를 채워버리니까… 자기 모습을 알아보기 힘들 정도로 너무 꽉 차있다고 느끼게 만들고 나서는, 갑자기 인생의 모든 것을 바꿔버리는 숙명의 순간으로 우릴 몰아가버려.* 에이다는 자신의 은유법에 대해 하먼이 뭐라고 할까 궁금해졌다. 그래, 그는 언제나 스스로의 은유나 비유에 대해서 가차 없지. 그리고는 다시 걱정이 차오르자 배에서 심장 쪽으로 구역질이 올라오는 것이 느껴졌다. *도대체 어디 있는 거야? 그는 어디 있지? 내 사랑은 무사할까?*

에이다는 뛰는 가슴을 안고 이글거리는 용광로와 나무를 엮어 만든 구조물 쪽으로 나섰다. 그곳은 하나의 돔형 작업장으로서 24시간 사람들이 배치되어 철과 동 그리고 다른 금속으로 무기를 만들고 있었다. 오늘밤엔 하나의 친구 로이스와 젊은 청년들 몇몇이 불을 때고 지키는 일을 맡았다.

"안녕하세요, 에이다 우어."

키 크고 마른 남자가 말을 건넸다. 그는 에이다와 십 년 동안 알고 지냈지만 언제나 공손하게 예의를 갖추어 그녀를 대했다.

"안녕하세요, 로이스 우어. 감시탑에서 뭐 새로운 소식은 없나요?"

"아니요, 없는데요."

로이스가 지붕 꼭대기에 있는 문에서 비껴나며 아래를 향해 외쳤다. 에이다는 정신이 산만한 가운데에도 그 남자가 수염을 깎았으며 열기 때문에 얼굴이 벌겋고 땀에 범벅이 되어 있는 것을 알아보았다. 눈이 내릴지도 모르는 이 밤, 그는 웃통을 다 벗고 일하고 있었다.

"오늘밤에 쇳물을 붓나요?"

에이다가 물었다. 한나는 언제나 그런 일에 관해 에이다에게 보고를 하곤 했다. 그리고 밤에 쇳물을 붓는 것은 대단한 구경거리였다. 하지만 용광로는 에이다의 소관이 아니었다. 새로운 생활 방식 중에서 잠시 그녀의 흥미를 끄는 한 가지 사건일 따름이었다.

"아침에요, 에이다 우어. 그리고 제 생각에 한나 우어와 다른 사람들은 곧 돌아올 거예요. 링의 빛과 별빛만으로도 길을 찾는 데 어려움이 없을 걸요."

"아, 예, 물론이지요."

에이다가 소리쳤다. 그리고는 갑자기 생각이 나서 물었다.

"데이먼 우어를 봤나요?"

로이스는 이마를 닦고 땔감을 가져오기 위해 달려가는 다른 남자에게 조용히 뭐라고 말한 후 아래쪽으로 소리쳤다.

"데이먼 우어는 오늘 저녁 파리스 크레이터로 떠났어요, 생각 안 나세요? 어머니를 이곳 아르디스로 데려온다면서."

"아, 예, 그렇지요."

에이다가 말했다. 그녀는 입술을 깨물고 다시 물었다.

"어두워지기 전에 떠났나요? 그래야 했을 텐데."

지난 몇 주간 아르디스와 전송 노드 사이에서 보이닉스의 공격이 잦아졌다.

"물론이지요, 에이다 우어. 어두워지기 전까지 전송실에 도착할 시간이 충분히 있었어요. 게다가 최신 석궁도 하나 들고 갔어요. 이곳에 해가 뜰 때를 기다렸다가 어머니와 함께 돌아오실 거예요."

"잘 됐네요."

북쪽 나무의 숲과 장벽을 바라보며 에이다가 말했다. 평평한 언덕이 있는 이곳은 이미 어두워졌다. 검은 구름이 몰려드는 서쪽 하늘에서 마지막 빛이 스며들고 있었다. 바깥의 나무 밑은 얼마나 어두울까, 상상할 수 있었다.

"저녁 식사 때 만나요, 로이스 우어."

"예 그 때까지 즐거운 시간 보내세요, 에이다 우어."

바람이 거세지자 그녀는 숄을 머리 위로 뒤집어썼다. 북쪽 문과 그곳의 감시탑 쪽으로 걸어갔다. 하지만 이번에는 자신의 걱정을 달래려고 경비중인 사람을 방해하지는 않겠다고 다짐했다. 게다가 오후 늦게 벌써 한 시간을 그곳에서 보냈다. 거의 행복한 기다림에 들떠 북쪽을 바라보면서. 걱정으로 속이 불편해지기 이전의 일이었다. 에이다는 순환 도로 근처에서 창에 기댄 채 서 있는 경비병들에게 목례를 하며 아르디스 홀의 동쪽을 정처 없이 배회했다. 순환로를 따라 등불이 밝혀졌다.

그녀는 안으로 들어갈 수가 없었다. 너무 따뜻하고 웃음이 넘치고 너무 수다스러우니까. 현관에서 어린 피언을 보았다. 그녀는 대추락 후 울란바트에서 아르디스로 이주해온 —오디세우스가 노만으로 이름을 바꾸고 과묵해지기 전 스승으로 활약할 당시 그를 찾아온 수많은 제자 중의 한 명— 한 젊은 구애자와 열심히 이야기를 나누고 있었다. 에이다는 그들과 인사를 나누고 싶지 않아서 정원의 비교적 어두운 곳으로 몸을 돌렸다.

만약 하먼이 죽는다면? 이 어둠 속에서 저 바깥 어디에선가 벌써 죽어 있다면?

생각을 말로 옮겨 보니까 차라리 기분이 나아지더니 구역질이 가셨다. 말이란 물체 같아서 생각을 더욱 단단하게 해 준다. 독성이 있는 기체라기보다 결정화된 생각의 불쾌한 덩어리가 되어 손으로 만지작거리며 끔찍한 모습을 찬찬히 살펴볼 수 있으니까.

만약 하먼이 죽는다면? 그녀는 따라 죽지는 않을 것이다. 언제나 현실주의자인 그녀는 잘 알고 있었다. 그녀는 계속 살아갈 것이고, 아이를 낳을 것이고, 어쩌면 다시 사랑을 하겠지.

마지막 생각에 다시 구역질이 났다. 그녀는 이글거리는 용광로와 그 너머 북쪽 문이 바라보이는 차가운 돌 벤치에 앉았다. 하먼을 만나기 전까지는 진정한 사랑에 빠진 적이 없었다. 사랑에 빠지고 싶기는 했지만, 어렸을 때나 나이 들어서나 남녀 간의 희롱과 수작은 사랑이 아님을 알고 있었는데, 대추락 이전의 세계에서 사랑이란, 자신의 삶과 다른 사람들과 자기 자신에 대한 희롱이나 수작보다 나을

게 거의 없었던 것이다.

하먼을 만나기 전까지는 사랑하는 사람과 한 몸이 된다는 것의 영혼을 뒤흔드는 쾌감에 대해 알지 못했었다. 여기서 한 몸이 된다는 건 추상적인 관념이 아니다. 바로 그의 옆자리에서 *잠드는 것*, 바로 그의 옆에서 밤에 깨어나는 것, 잠이 들 때 그리고 아침에 깨어나 가장 먼저 자신을 감싸고 있는 그의 팔을 느끼는 것. 그녀는 하먼이 무의식중에 내는 소리와 터치와 향기를 알고 있었다. – 야성의 향기, 대장간 너머 보이는 마구간의 가죽 안장 냄새와 숲의 풍부한 가을향이 섞인 남성의 향기.

그녀의 온몸에는 그의 지문이 새겨져 있었다. 그것은 그들이 자주 나누었던 성행위의 은밀한 손길만이 아니라, 지나가며 지그시 누르고 간 그녀의 어깨나 등이나 팔에 남은 가벼운 흔적도 있었다. 그녀는 그의 손길을 그리워하는 만큼이나 그의 시선을 그리워했다. 자신에 대한 그의 배려와 주목은 그녀에게 끊임없는 터치로 느껴졌다. 지금 눈을 감고 그의 커다란 손이 그녀의 차갑고 작은 손을 감싸는 것을 상상해 본다. 그녀의 손가락은 가늘고 길었으며, 그의 손가락은 뭉툭하고 두꺼웠다. 그의 못 박힌 손바닥은 언제나 그녀의 손바닥보다 따스했다. 그의 따스함이 그리웠다. 에이다는 하먼이 죽으면 가장 그리워 할 것이 무엇인지 깨달았다. 그의 본질만큼이나 그리워할 것은 바로 그녀의 미래 자체로서의 그였다. 그녀의 운명이 아닌, 그녀의 미래인 하먼: 내일이란 하먼을 보고, 하먼과 함께 웃고, 하먼과 식사를 하고, 하먼과 함께 태어날 아기에 대해 이야기하고, 심지어 하먼과 다투는 걸 의미한다는, 차마 형언할 수 없는 직감. 인생의 연속성이란 그저 숨만 쉬면 지나가는 또 하나의 하루가 더해져 생기는 것이 아니라, 사랑하는 사람과 온갖 경험을 함께 나누는 하루하루로 이루어진 선물이라는 느낌을 영원히 그리워할 것이다.

머리 위에서 링이 회전하고 점점 더 많은 유성이 떨어지는 밤, 차가운 벤치에 앉아 그 빛과 용광로의 불빛 아래서 서리로 하얘진 잔디밭 위로 자신의 그림자를 길게 드리운 채, 에이다는 사랑하는 사람의 죽음보다 자신의 죽음에 대해 생각하는 편이 훨씬 쉽다는 사실을 깨닫는다. 전혀 새로운 깨달음은 아니었다. 예전에도 그러한 관점을 *상상*해 보았었다. 에이다는 아주 탁월한 상상가였다. 하지만 이러한 감정의 생생함과 총체감의 경험은 하나의 깨달음이었다. 자신 속의 새 생명을 느끼듯이, 에이다는 하먼에 대한 상실감과 사랑을 벅차게 느꼈다. 그 감정은 그녀 자신보다 거대하고, 그녀가 감당할 수 있는 생각이나 감정의 양보다 더 거대한, 말도 안 되게 느껴지는 그 무엇이었다.

에이다는 하먼과의 섹스를 좋아하리라고 기대했었다. 자신의 몸을 그와 나누면서 그의 몸이 그녀에게 가져다주는 기쁨을 느끼리라고. 하지만 그녀가 경탄했던 것은 그들이 서로 가까워질수록 두 사람 모두 전혀 새로운 몸을 발견한 것만 같다는 사실이었다. 그의 것도 그녀의 것도 아닌, 공동의 것이면서 동시에 설명 불가능한 몸. 이것에 대해선 누구와도 —심지어 하먼과도 (그 역시 똑같이 느끼리라는 것을 알고 있었지만)— 이야기를 나눈 적이 없었다. 그리고 대추락이 있고서야 비로소 이러한 인간의 신비가 풀렸다는 게 에이다의 생각이었다.

대추락 이후 지난 여덟 달 동안이 에이다에게는 어렵고 슬픈 시간이었음이 분명하다. 시종들은 무용지물이 되어버렸고, 끊임없이 파티가 계속되던 그녀의 안락한 인생, 그녀가 자라고 알아왔던 세계는 영원히 가버렸다. 위험한 아르디스 홀로 돌아오기를 거부하고 다른 2,000명의 사람들과 함께 동쪽 해변의 로먼 이스테이트에 머물렀던 어머니는 지난 가을 보이닉스들의 대대적인 공격으로 다른 사람들과 함께 돌아가시고 말았다. 에이다의 사촌 버지니아는 아크틱 서클 위의 촘 외곽에 있는 자신의 저택에서 사라져 버렸다. 한 번도 경험한 적이 없는 음식과 난방, 안전과 생존에 대한 걱정들, 퍼머리가 영원히 사라졌으며 p-링과 e-링에 있다던 천국은 새빨간 거짓말이었음이 드러났다. 이제 그들을 기다리고 있는 것은 죽음일 뿐이며, 다섯 번의 20주기를 채우기는커녕 언제 죽을지 모르는 운명이라는 냉정한 현실…… 스물일곱 살의 여인에게 이 모든 사실들은 무섭고 가혹할 수밖에 없었으리라.

그런데 에이다는 그동안 행복했었다. 그녀 인생의 어떤 순간보다도 행복했다. 새로운 도전과 용기의 필요성, 그리고 살아남기 위해 서로 믿고 의지해야만 한다

는 사실에 행복했다. 에이다는 예전의 팩스-인 파티와 시종들이 제공하는 호화로
움 속에서 순간적으로 나누는 남녀의 쾌락을 통해서는 전혀 불가능한 방식으로 자
신이 하먼을 사랑하고 그도 자기를 사랑한다는 사실을 깨닫는 것이 행복했다. 그
가 사냥을 떠나거나, 보이닉스에 대한 공격을 지휘하거나, 소니를 타고 마추픽추
의 골든 게이트 혹은 다른 고대의 도시로 날아가거나, 다른 300여개의 생존자 도
시로 —대추락 후 적어도 지구 인구의 절반이 죽었다. 그리고 우리가 아는 한 지구
인구가 백만 명이었던 적은 없었다. 후기-인류들이 수 세기 전 우리에게 전해줬던
숫자들은 말짱 거짓말이었다— 강연을 하기 위해 전송 여행을 떠나 있거나 할 때
느끼는 불행만큼이나 그가 돌아올 때마다 느끼는 행복감은 컸다. 그리고 그가 그
녀와 함께 아르디스 홀에 머무는 춥고, 위험하고, 불확실한 하루하루가 축복처럼
행복했었다.

만약 그녀가 사랑하는 하먼이 죽는다 해도 그녀는 살아갈 것이다. 계속 살아남
아, 투쟁하고, 아이를 낳고 키우며, 어쩌면 다시 사랑을 하게 될 것이라는 것을 그
녀는 직감으로 알고 있었다. 하지만 지난 여덟 달 간의 강력하고 환희에 찬 사랑의
기쁨 또한 영원히 사라질 것이라는 것도 알고 있었다.

바보 같은 생각 말아, 에이다는 스스로에게 말했다. 그녀는 일어나 숄을 매만지
고 집안으로 향했다. 그 때 감시탑의 종이 울리더니 보초의 목소리가 들렸다.

"숲 쪽에서 세 사람이 다가오고 있다!"

대장간에 있던 모든 사람들이 일손을 놓고 창과 활과 석궁을 집어 들더니 장벽
쪽으로 달려갔다. 동쪽과 서쪽에서 망을 보던 보초들도 사다리와 난간을 타고 내
려왔다.

세 사람. 잠시 동안 에이다는 그 자리에 얼어붙었다. 그날 아침 떠난 것은 네 사
람이었잖아. 소가 끄는 수레를 타고서. 뭔가 끔찍한 일이 벌어진 게 아니고서야 수
레와 소를 버리고 올 리가 없는데. 만약 누군가가 부상을 당했다면, 예를 들어 발
목을 삐거나 다리가 부러졌다면, 그들은 부상자를 실어 나르기 위해 수레를 이용
했을 것 아닌가.

"북쪽 문으로 세 사람이 접근하고 있다."

감시탑의 보초가 다시 외쳤다.

"문을 열어라. 누군가를 데리고 온다."

에이다는 숄을 떨어뜨리고 북쪽 문을 향해 내달았다.

스물셋

보이닉스의 공격이 있기 몇 시간 전, 하먼은 무언가 끔찍한 일이 벌어질 것 같은 느낌을 받았다. 이번 사냥은 정말 불필요했다. 오디세우스는 —참, 지금은 노만이지, 하먼은 스스로에게 타일렀다, 비록 나한텐 수염 희끗희끗한 이 고집불통 늙은이는 언제나 오디세우스이지만— 신선한 고기를 얻고, 잃어버린 가축을 데려오고, 북쪽 언덕을 정찰하고 싶어 했다. 페티르는 소니를 이용하자고 제안했지만, 오디세우스는 나뭇잎이 다 떨어졌다 하더라도 저공비행하는 소니에서는 커다란 소 같은 것조차 보기 힘들다고 반박했다. 게다가 그는 *사냥*을 하고 싶어 했다. 하먼이 말했다.

"보이닉스들도 사냥을 하고 싶어 해요. 놈들은 매주 더 대담해지고 있어요."

오디세우스는 —노만은— 어깨를 으쓱하고 말았다.

하먼은 이 작은 탐사의 모든 참가자들에게 더 중요한 임무가 있다는 걸 빤히 알면서도 따라나섰다. 예컨대 한나는 다음 날 아침 일찍 쇳물을 붓는 게 목표였기 때문에, 자리를 비우면 일정이 미뤄질 수도 있었다. 페티르는 지난 두 주간 도착한 수백 권에 달하는 책의 목록을 만들고 있었다. 어떤 책이 가장 먼저 검색되어야 하는지 정해야 했다. 노만 자신은 마침내 오랫동안 미뤄 왔던 소니 단독 비행을 시도해 레이크 미시건이라고 불리는 장소의 해안가 어디에 있다는 잘 알려지지 않은 로봇 공장을 찾아내야겠다고 얘기해왔었다. 그리고 하먼은 하루 종일 끈질기게 올넷을 섭렵해 그 기능을 완전히 밝혀낼 작정이었다. 데이먼과 함께 파리스 크레이터에 가서 친구의 어머니를 구해올 것도 고려하고 있었다.

하지만 계속 혼자 사냥을 다니던 노만이 이번에는 다른 사람들과 함께 가고 싶어 했다. 마추픽추의 골든 게이트에서 노만—오디세우스를 만나 사랑에 빠져버린 게 아홉 달도 더 되는 불쌍한 한나도 함께 가겠다고 우겼다. 그러자 대추락 전 오디세우스가 그의 이상한 철학을 설파할 당시 제자로서 아르디스 홀에 오게 된, 하지만 지금은 한나에게 눈이 멀어 그녀의 제자가 되어 버린, 페티르도 가겠다고 나섰다. 그리고 마침내 하먼도 그들과 동행하기로 결심했다, 왜냐하면… 글쎄, 내가 왜 같이 가겠다고 했지? 그처럼 엇갈린 운명의 연인들끼리 무기를 들고 하루 종일 숲 속에 있도록 놔두고 싶지 않았을 수도 있다.

나중에 차가운 숲 속에서 이들의 뒤를 따르면서, 하먼은 이 단어를 생각하고 웃음 지었다. "엇갈린 운명의 연인들"…… 언제가 읽은 적이 있는 표현이었던 것이다. 바로 전날 셰익스피어의 로미오와 줄리엣을 읽으면서 —탐색 기능을 사용해서가 아니라 직접 눈으로 읽으면서— 보았던 표현이었다.

그 한 주 동안 하먼은 셰익스피어에 취해 있었다. 단 이틀 만에 세 편의 희곡을 읽었다. 그는 대화를 할 수 있다는 것은 고사하고 자신이 걸음을 걸을 수 있다는 사실만으로도 놀라웠다. 그의 마음은 믿을 수 없이 엄청난 운율과, 폭포수처럼 쏟아지는 새로운 어휘들과, 스스로 도달하리라고는 상상도 못했던 인간으로 산다는 것의 복잡함에 대한 통찰로 터지도록 넘쳐났다. 울고 싶을 정도였다.

정말 그가 운다면, 그것은 희곡의 아름다움이나 위력 때문은 아닐 터. 그건 좀 부끄럽지만 알 수 있었다. 무대에 올린 드라마란 개념 자체가 하먼과 후기문맹세계에는 완전히 낯선 것이었다. 아니, 행여 운다면, 자신에게 할당된 다섯 주기가 끝나기 단 석 달 전까지 셰익스피어란 존재조차 모르고 살았었다는 사실이 주는 이기적인 슬픔 때문이었으리라. 비록 그는 궤도의 퍼머리가 더 이상 다섯 번째 주기를 —혹은 어느 주기든 무슨 상관이랴— 마친 고전 인류를 e-링으로 전송하지 않는다는 사실을 알고 있었지만 (그 파괴를 도운 장본인이므로) 지구 위에서 자신의 삶이 백 살이 되는 어느 날 심장마비처럼 끝날 것이라고 99년 동안 믿어 온 관성은 쉽게 떨쳐지지 않았다.

날이 어두워질수록, 네 사람은 별 성과가 없었던 하루를 접고 절벽을 따라 천천히 걸어갔다. 그들의 발걸음은 수레를 끌기 위해 데려 온 황소의 어슬렁거리는 걸음보다 전혀 빠르지 않았다. 대추락 전에는 모든 수레에 평형계가 내장되어 있어서 바퀴 하나만으로도 중심을 잃지 않았고 보이닉스가 수레를 끌었다. 그러나 내부 동력이 없는 지금 이 빌어먹을 기구는 중심을 잡지 못했다. 그래서 모든 수레의 내장 기계와 바퀴의 회전 장치와 손잡이를 떼어버리고 황소를 위한 멍에를 달았으며, 얇은 중심 바퀴를 제거하고 두 개의 널따란 바퀴를 새로 주조해낸 축에다 붙였다. 하먼은 임시변통으로 만들어낸 수레와 마찬가지로 조잡하기 짝이 없다고 생각했지만, 그리도 1,500년 이상 계속된 비非역사 속에서 인간이 만든 최초의 바퀴 운송 기구였다.

그렇게 생각하니 또 울고 싶어졌다.

그들은 북쪽을 향해 약 4마일 정도를 갔다. 하먼이 알기로 한때 에케이, 그 전에는 오하이오라고 불렸던 강의 지류가 내려다보이는 낮은 절벽을 따라 주로 걸었다. 그들이 획득하게 될 지도 모르는 사슴을 실어 나르기 위해 수레는 필수적이었으므로 ─비록 노만은 죽은 사슴을 어깨에 둘러메고 수 마일을 걸어가는 것으로 악명이 높지만─ 그들은 황소 걸음걸이 이상으로 빨리 나아갈 수 없었다.

이따금 두 사람이 수레에서 기다리는 동안 다른 둘은 활과 석궁을 들고 숲 속으로 들어갔다. 페티르는 아르디스 홀의 몇 안 되는 화기 중 하나인 산탄총을 가지고 있었지만, 그들은 좀 더 조용한 사냥 무기를 선호했다. 보이닉스들에게 귀는 안 달려 있었지만 나름대로 뛰어난 청각을 가지고 있었으니까. 아침 내내 세 명의 고전-인류들은 손바닥을 모니터 했다. 무슨 이유인지는 몰라도 보이닉스들은 검색창이나 파넷, 혹은 거의 사용하지 않는 올넷, 어디에도 잡히지 않았지만, 보통 프록스넷에는 나타났다. 그러나 하먼과 데이먼이 아홉 달 전 예루살렘이라고 불리는 곳에서 새비에게 배운 바에 의하면, 보이닉스들도 인간을 추적하기 위해 프록스넷을 사용한다.

그날은 상관이 없었다. 정오가 되자 모든 기능이 다운되었다. 네 사람은 시각에 의지하면서, 숲 속에서는 더욱 주의를 기울였고, 초원을 지나거나 낮은 절벽을 지날 때 나무 외곽선의 움직임에 특히 유의했다. 북서쪽에서 부는 바람은 매서웠다. 대추락의 날, 옛 배급소들은 모두 문을 닫았다. 두꺼운 옷을 구할 수 있는 곳이 거의 없었다. 그래서 세 사람의 고전 인류는 양모나 짐승 가죽으로 거칠게 지은 코트나 망토를 걸치고 있었다. 오디세우스···· 노만은···· 추위에 무감한 듯, 탐험을 떠날 때마다 입는 가슴받이와 짧은 스커트 같은 거들만 입고 있었다. 추위를 막아주는 것은 어깨에 담요처럼 두른 붉은 망토뿐이었다.

그들은 사슴을 찾지 못했다. 이상한 일이었다. 다행히 그들은 알로사우루스도, 다른 RNA-복제 공룡도, 마주치지 않았다. 이 북쪽 끝에서 여전히 사냥을 하던 몇 마리 안 되는 공룡들도 유별난 추위에 이동해버렸을 것이라는 데 아르디스 홀 사람들은 의견을 같이 했다. 나쁜 소식은, 지난여름에 출몰 했었던 검은 이빨의 호랑이들이 거대한 파충류들과 함께 *떠나지* 않았다는 사실이었다. 노만은 그들이 종일 추적하던 소떼의 발자국에서 멀지 않은 곳에서 호랑이 발자국을 찾아 보여주었다.

페티르는 강력한 산탄총에 수정화살촉이 꽉 들어찬 탄약이 확실히 장전되어 있는지 거듭 확인했다. 그들은 바위투성이의 절벽 끝에서 잃어버린 소 두 마리의 갈빗대와 피 묻은 뼈가 흩어져 있는 것을 발견하고는 발길을 돌렸다. 그리고 10분 후 그들은 가죽, 털, 척추, 두개골, 그리고 엄청나게 휘어진 이빨을 발견했다.

노만의 머리를 세우더니 모든 나무와 바위를 샅샅이 살피며 360도 돌았다. 그는 두 손으로 기다란 창을 쥐고 있었다.

"다른 검치 호랑이가 이런 짓을 했을까요?"

한나가 물었다.

"그렇든가 아니면 보이닉스겠지."

노만이 말했다.

"보이닉스는 먹지 않아요."

그의 말을 듣자마자 얼마나 어리석은 말인가 깨달아 버린 한나가 말했다. 노만은 고개를 저었다. 그의 잿빛 곱슬머리가 바람에 흔들거렸다.

"그렇지. 하지만 이 검치 호랑이가 여러 마리의 보이닉스를 공격했을 수는 있어. 썩은 고기 먹는 동물들이나 다른 호랑이들이 나중에 이걸 먹어 치웠을 수도 있고. 여기 땅이 부드러운 곳에 찍힌 여러 가지 발자국들이 보이지? 바로 그 옆에 보이닉스들의 발자국도 있어."

하면은 노만이 정확한 지점을 가리킨 후에야 들여다보았다.

그들은 다시 돌아섰다, 그런데 멍청한 황소는 노만이 아무리 다독이고 심지어 창끝으로 몰아붙여도 전보다 더 느릿느릿 걸어갈 뿐이었다. 바퀴가 헐렁해져 삐걱거리는 바람에 수리를 위해 멈춰 서기도 했다. 낮은 구름이 몰려들면서 바람이 점점 더 차가와졌다. 날은 이미 어두워졌는데 길은 아직 2마일이나 남아 있었다.

"저녁 식사를 따뜻하게 준비해 놓고 있겠지."

한나가 말했다. 사랑의 열병에 빠지기 전까지 이 건장한 젊은 여인은 언제나 낙관주의자였다. 그러나 지금은 그녀의 맘 편한 웃음조차 경직되어 보였다.

"프록스넷을 켜봐."

노만이 말했다. 이 늙은 그리스인에겐 그런 기능이 없었다. 반면 지난 2천 년간의 나노 유전자 조작을 거치지 않은 그의 고대적인 몸은 보이닉스의 검색기나 파넷이나 프록스넷에 감지되지 않았다.

"정체상태에요."

한나가 손바닥 위의 파란 타원을 바라보며 말했다. 그녀는 프록스넷을 껐다.

"그러면 놈들도 우릴 못 보겠군."

페티르가 말했다. 한 손에는 창을 들고, 어깨에는 산탄총을 두르고 있는 이 젊은이의 눈길은 한나에게만 머물렀다. 그들은 초원을 지나 행진을 계속했다. 키가 크고 거친 풀들이 다리를 긁어댔고, 고친 수레는 더욱 요란하게 삐걱거렸다. 한나는 높게 묶은 샌들 위로 드러난 노만-오디세우스의 맨 다리를 보며 왜 그의 정강이와 허벅지에는 풀 베인 자국이 없을까 혼자 물었다.

"오늘은 헛수고만 했는데요."

페티르가 말했다. 노만은 어깨를 으쓱했다.

"덕분에 무언가 큰 놈이 아르디스 근처의 사슴을 잡아먹는다는 걸 알게 되었잖아. 한 달 전만 해도 이렇게 종일 사냥을 나오면 적어도 두세 마리는 잡을 수 있었는데."

"새로운 포식자가 있단 말인가요?"

하먼이 말했다. 그 생각에 그는 입술을 씹었다. 노만이 답했다.

"그럴 수도 있지. 아니면 보이닉스가 우릴 굶어죽일 양으로 들짐승들을 다 죽이고 소떼를 몰아내는 지도 모르고."

"보이닉스가 그렇게 똑똑할까요?"

한나가 물었다. 고전-인류에게 그 유기적-기계적 존재는 언제나 노예 노동을 하는 하등한 존재로 여겨져 왔다. 벙어리에, 명령 받은 것 외에는 무지하고, 프로그램 되어 있으며, 시종들처럼 인간을 보살피고 인간의 명령을 받고 인간을 보호하는 존재. 그러나 대추락의 날, 시종들은 모두 죽어버렸고, 보이닉스는 다 흩어져 치명적인 적이 되었다.

노만은 다시 어깨를 으쓱했다.

"보이닉스들은 비록 스스로 기능을 수행하지만, 명령대로 움직여. 언제나 그랬지. 누가, 혹은 무엇이, 명령을 내리는지는 나도 모르지만."

"프로스페로는 아니겠지요. 보이닉스로 득실거리던 예루살렘이란 도시에 다녀온 후 새비가 말했어요. 프로스페로라고 불리는 지적 존재가 칼리반을 만들고 보이닉스에 대한 방어책으로 칼리바니를 만들었다고. 그들은 이 세상에서 온 존재가 아니에요."

"새비라…"

노만이 중얼거렸다.

"그 늙은 여인이 죽었다는 게 믿어지지 않아."

"죽었어요."

하먼이 말했다. 그와 데이먼은 괴물 칼리반이 그녀를 살해하고, 저 위의 궤도 섬으로 시체를 유기하는 것을 목격했다.

"얼마나 오래 그녀를 알았나요, 오디세우스…… 노만?"

늙은 남자는 자신의 짧은 회색 수염을 쓰다듬었다.

"얼마나 오래 알았냐고? 실제 시간으로 치면 단 몇 달…… 하지만 천 년 이상에 걸쳐서였지. 우린 가끔 같이 자기도 했어."

한나가 충격을 받은 듯 걸음을 멈추었다. 노만이 웃었다.

"그 여자는 자신의 냉동 요람에서, 나는 골든 게이트에 있는 내 시간의 석관에서 말이야. 둘 다 적당한 시점에 나란히 잔거지. 두 개의 요람에 담긴 두 명의 아기라고나 할까. 뭐 여기선 소용없는 말이지만 내 고향에서 쓰던 표현을 동원해보자면…… 플라토닉한 관계랄까."

노만은 크게 너털웃음을 웃었지만 아무도 따라 웃지 않았다. 웃음이 가시자 그가 말했다.

"그 할망구가 했던 얘기를 다 믿지는 말아, 하먼. 거짓말도 많고, 오해는 더 많았으니까."

"그 여자는 내가 만났던 사람 중 가장 지혜로웠어요. 그런 여자는 다시는 만날 수 없을 거예요."

노만은 그의 불친절한 미소를 날렸다.

"그 두 번째 말은 옳아."

그들은 큰 물길로 흐르는 작은 지류를 발견했고, 바윗돌과 넘어진 나무토막 등을 딛고 중심을 잡으면서 조심스레 물을 건넜다. 날이 너무 추웠기 때문에 괜히 신발과 옷을 적셔서는 안 될 노릇이었다. 황소는 텅 빈 수레를 요란하게 울리며 차가운 물살을 가르고 어슬렁어슬렁 건넜다. 페티르가 먼저 건너가 다른 사람들이 건너 올 동안 산탄총으로 감시를 했다. 그들은 왔던 길을 그대로 되밟아 가는 것은 아니었지만, 같은 경로의 백 야드 반경 내에서 움직이고 있었다. 그들은 온기와 음식과 상대적인 안전함이 기다리고 있는 아르디스 홀까지 앞으로 언덕 하나, 숲으로 된 등성이, 바위투성이의 기다란 초원, 그리고 다른 초원 하나를 더 건너야 한다는 것을 알고 있었다.

컴컴한 구름 너머 남서쪽으로 해가 졌다. 단 몇 분 안에 사방이 어두워져, 유일한 빛은 이제 링이 공급하고 있었다. 수레에는 두 개의 랜턴이 있었고 하먼의 가방에는 초가 있었지만, 구름이 링과 별들을 가리지 않는 한 필요를 느끼지 않았다.

"데이먼이 어머니를 데리러 출발했을까요?"

페티르가 말했다. 오랜 침묵이 이 젊은이에게는 불편했던 모양이다. 하먼이 말했다.

"날 기다리고 있어야 할 텐데. 아니면 적어도 그쪽에 날이 밝은 때까지. 파리스 크레이터는 요즘 별로 안전하지 않거든."

노만이 투덜댔다.

"당신들 중에서 놀랍게도 데이먼이 가장 제 앞가림을 잘할 것 같은데. 당신도 한 번 놀라게 했잖아, 안 그래, 하먼?"

"뭐 별로요."

하먼이 말했다. 그 순간 그건 사실이 아니라는 것을 깨달았다. 데이먼을 만난 지는 일 년도 채 되지 않았다. 당시 그는 여자 꼬드기는 것과 나비 채집에만 관심 있는 울상의 땅딸한 마마보이였다. 사실 하먼은 데이먼이 열 달 전 아르디스 홀에 온 목적이 사촌 누이 에이다를 꼬시는 것이었다고 확신했다. 첫 번째 모험에서도 데이먼은 소심한 불평꾼이었다. 그러나 하먼은 사건이 벌어질수록 이 젊은이의 모습이 변해갔다는 사실을 인정할 수밖에 없었다. 자신에게 일어났던 변화보다 더 나은 방식으로. 프로스페로의 궤도 섬의 제로 중력권에서 칼리반과 일대일 결투를 벌인 것은 굶주리고 결의에 찬 ─하먼보다 40파운드나 가볍지만 훨씬 더 용감한─ 데이먼이었다. 그리고 하먼과 한나를 구출한 것도 데이먼이었다. 대추락 이후로 데이먼은 훨씬 과묵하고 진지해졌으며, 오디세우스가 가르쳐주는 전투와 생존 기술을 열심히 배웠다.

하먼은 약간 샘이 났다. 나야말로 아르디스의 타고난 리더라고 생각했었는데…… 나이도 있고, 현명하며, 아홉 달 전까지만 해도 유일하게 글을 읽을 줄 아는 혹은 읽고 싶어 하는 사람이었고, 지구가 둥글다는 사실을 알고 있는 유일한 지구인이었는데…… 그런데 지금은 데이먼을 단련시켰던 시련들이 자신의 몸과 마음은 약하게 만들었다는 사실을 인정해야만 했다. *나이 때문일까?* 신체적으로 하먼은 대추락 이전 네 번째 20주기를 갓 넘긴 남자들이 늘 그랬듯 30대 말이나 40대 초반의 건장한 몸매를 하고 있었다. 저 위의 퍼머리 탱크 안에서 보았던 푸른 벌레들과 부글거리던 화학 약품들은 4번에 걸친 그의 방문 동안 그를 충분히 잘 재생시켜 주었다. *하지만 정신적으로는?* 하먼은 걱정이 되었다. 아무리 신체를 정교하게 복원시켰다 해도, 늙은 것은 늙은 것인가? 이러한 감정을 더욱 부추기는 것은, 여덟 달 전 프로스페로의 지옥 같은 섬에서 얻은 다리 부상 때문에 여전히 약간 절뚝거린다는 사실이었다. 이젠 무슨 상처든 씻은 듯이 낫게 해 줄 퍼머리 탱크도 없고, 사소한 사고에도 얼른 날아와 치료하고 감싸줄 수 있는 시종들도 없다. 자신의 다리가 절대 온전해지지 않을 것이며, 죽을 때까지 절뚝거리리란 것을 그는 알고 있었다. 이런 생각은 그가 오늘따라 느끼는 슬픔을 더해주었다.

그들은 침묵 속에서 숲 속을 터벅터벅 걸었다. 각자 자신의 생각에 빠져 있는 것 같았다. 차례가 돌아오자 하먼이 소고삐를 쥐었다. 날이 어두워질수록 황소는 더 완강하고 고집스러워졌다. 이 미련한 짐승이 길을 잘못 들어 수레로 나무를 들이 받기만 하면, 그들은 밤새 빌어먹을 수레를 고치고 있던가, 아니면 수레는 버린 채 황소만 끌고 집으로 돌아가야 할 판국이었다. 어느 쪽이든 맘에 드는 생각이 아니었다.

하먼은 느릿한 황소와 절뚝거리는 자신에게 보조를 맞춰 천천히 걷고 있는 오디세우스-노만을 쳐다보았다. 그리고 노만을 애처롭게 바라보는 한나와, 한나를 애처롭게 바라보는 페티르를 쳐다보았다. 그는 그냥 차가운 땅바닥에 주저앉아 생존에 쫓겨 울 시간도 내지 못하는 이 세상을 위해 울음을 터뜨리고 싶었다. 그는 최근에 읽은 놀라운 희곡 *로미오와 줄리엣*에 대해 생각한 다음, 자가 맞춤식 진화와 나노 엔지니어링과 유전자 조작이 2천 년 동안이나 만연한 다음에도 인간 본연의 어리석음은 여전한 게 아닐까 궁금해졌다.

에이다에게 임신을 시키지 말았어야 했는지도 몰라. 하먼을 내내 시달리게 만드는 생각이었다.

그녀는 아이를 원했다. 그도 마찬가지였다. 뿐만 아니라 이 모든 세기가 지난 마당에 이상하게도 두 사람은 모두 가족을 원했다. 남자는 한 여자와 아이에 머무르고, 아이는 시종이 아니라 두 사람의 손에 자라나는 가족을. 대추락 이전의 모든 고전-인류들은 엄마가 누구인지 알고 있었지만 아버지가 누구였는지 아는 사람은 —알고 싶어 하는 사람은— 거의 없었다. 모든 남성들이 다섯 번의 20주기가 끝날 때까지 젊고 생생하게 유지되는 세상에서, 인구수가 아주 적은 —전 세계를 통틀어 채 30만 명이 안 되는— 세상에서, 문화라고 해야 기껏 파티와 짧은 성적 쾌락뿐인 세상에서, 젊음과 아름다움이 최상의 가치로 추앙받는 세상에서, 수많은 아버지들이 자신의 딸들과, 수많은 젊은 남성들이 자신의 어머니들과 몸을 섞을 것은 뻔한 일이었다.

읽기를 배우고 이전의 문화나 오래 전 상실된 가치에 대해 알게 된 후, 이러한 사실은 하먼의 심기를 불편하게 했다. *너무 늦었어, 너무 늦었어.* 하지만 아홉 달 전까지만 해도 근친상간은 어느 누구에게도 문제 되지 않았을 것이다. 역시 유전자적으로 조작되어 여성의 몸에 장착된 나노 센서는 성행위가 이루어진 몇 달 후 보존된 정자 세트 중에서 하나를 신중하게 선택하도록 되어 있었기 때문에, 짝짓기 상대로 가까운 친인척을 선택하도록 허락하지 않았을 것이다. 한 마디로 벌어질 수 없는 일이었다. 나노 프로그램은 실수를 허락하지 않았다. 비록 인간은 실수 투성이지만.

하지만 지금은 모든 것이 달라졌어, 하먼은 생각했다. 살아남기 위해 가족이 필요해졌다. 단지 보이닉스의 공격을 막아내거나 대추락 후의 어려움을 헤쳐 나가기 위해서가 아니라, 오디세우스가 예언한 닥쳐올 전쟁에 대비해 전열을 가다듬도록 돕기 위해. 이 늙은 그리스인은 대추락의 밤에 이루어진 자신의 예언에 대해 다른

어떤 말도 하지 않았지만, 그날 밤 거대한 전쟁이 다가오고 있다는 얘기는 했다. 옷 속의 마이크로 회로가 기능을 멈추기 전까지 모든 사람들이 그토록 열광했던 트로이의 함락과 관련된 전쟁일 거라고 추측하는 사람들도 있었다. 그도 에이다한 테 이렇게 말했었다.

"당신의 코앞에 새로운 세상이 나타날 거야."

숲이 끝나는 외곽지역에 들어서기 전 마지막으로 넓은 초원에 도착했을 때, 하먼은 자신이 지치고 겁에 질려 있음을 깨달았다. 무엇이 옳은 일인지 판단하려고 애쓰는 일에는 언제나 지쳤다. 내가 뭐길래 퍼머리를 파괴하고, 프로스페로를 해 방시켰으며, 이제는 가족의 가치와 스스로를 방어할 조직의 필요성을 설파한단 말 인가? 지혜도 깨우치지 못하고 일생을 낭비한 아흔 아홉 살의 하먼, 도대체 그가 무엇을 알겠는가? 죽음은 그다지 두렵지 않았다. 인간의 경험을 해온 천오백 년의 기간 중 처음으로 그들 모두가 공유하는 두려움이었지만 말이다. 하지만 두려운 것은 그가 가져온 변화 그 자체였다. 그 책임감이 두려웠던 것이다.

지금 이 시점에 에이다를 임신시킨 게 옳은 일이었을까? 이 새로운 세상에서, 두 사람은 —고난과 불안에도 불구하고— 가족을 시작하는 게 의미 있는 일이라는 결정을 내렸다. 아이를 하나 이상 갖는다는 생각은 받아들이기조차 어렵기 때문에 "가족을 시작"한다는 말은 좀 어울리지 않지만. 존재하지도 않는 후기-인류의 지 배 아래 있던 천오백 년 동안 고전-인류의 여성에게 허락된 아이는 오직 한 명이 었다. 서로 원하기만 하면, 그리고 두 사람의 신체에 맞기만 하면, 몇 명이고 아이 를 가질 수 있다는 깨달음은 두 사람에서 현기증이 날 정도로 혼란스러웠다. 웨이 팅 리스트 같은 것도, 시종을 통해 후기-인류의 허락이 떨어지길 기다릴 필요도, 없었다. 또한 인간이 정말 한 명 이상의 아이를 *가질 수나* 있는 지조차 알 길이 없 었다. 그들의 변이된 유전자와 나노프로그래밍이 그걸 허락할까?

그들은 에이다가 아직 20대인 지금 아이를 가지기로 결정했고, 아르디스 홀 사 람들뿐만 아니라 팩스노드 공동체의 모든 사람들에게 아버지가 있는 가족이 어떤 건지 보여줄 수 있기를 원했다.

이 모든 것이 하먼을 두렵게 만들었다. 자신의 결정이 옳다고 확신하면서도 그는 두려웠다. 우선은 퍼머리 밖에서 행해질 출산에서 산모와 아기가 모두 살아남을 수 있을지 불확실했다. 고전-인류 중에 아기의 탄생을 본 사람은 아무도 없었다. 탄생은 죽음과 마찬가지로 e-링으로 전송되어 홀로 겪어야만 하는 사건이었으니까. 대추락 이전 인간은 심각한 부상이나 때 이른 죽음으로 심한 고통을 당하면, 예를 들어 데이먼이 알로사우루스에게 잡혀 먹혔을 때 퍼머리에서 그 끔찍한 기억을 지워주었듯이, 출산의 고통 또한 너무 끔찍한 것이어서 퍼머리에서 자동 삭제되었다. 산모 또한 아기와 마찬가지로 퍼머리 출산에 대해 아무 것도 기억할 수 없었다.

임신 중 특정한 시점이 되면 시종이 때가 되었음을 알리고 여자는 전송되었다가 이틀 후에 건강하고 날씬해진 모습으로 되돌아왔다. 그 후 몇 달 동안 아기들은 오직 시종이 먹이고 양육했다. 어머니들은 아이들과 관계를 유지했지만 양육에는 거의 관여하지 않았다. 대추락 이전의 아버지들은 자기 아이가 누군지 몰랐을 뿐만 아니라, 아버지가 되었다는 사실조차 몰랐다. 그 여자와의 성관계가 이루어진 시점이 몇 년 전 혹은 몇 십 년 전일 수도 있었기 때문이었다.

요즘 하먼과 다른 사람들은 고대의 출산 관행에 관한 책을 읽고 있다. 그 과정은 믿을 수 없이 위험하고 원시적이었다. 심지어 조잡한 옛 방식의 퍼머리라고 볼 수 있는 병원에서 이루어지거나, 전문가의 손길에 의해 다뤄질 때조차도, 마찬가지였다. 그런데 지금 이 지구상엔 출산이란 걸 구경해 본 인간이 단 한 명도 없는 것이다.

노만을 제외한다면 말이다. 이 그리스인은 전생에, 튜린 복의 모험 드라마에 나오는 현실감 없는 피와 전쟁의 시대에, 자기 아들 텔레마쿠스의 탄생을 포함해서, 출산의 과정을 부분적으로나마 지켜본 적이 있다고 고백했었다. 그는 아르디스의 산파였다.

이제 의사라곤 없는 —극히 단순한 상처나 건강 문제를 해결해줄 사람조차 없는— 새 세상에서 노만은 치료술의 달인이었다. 그는 찜질을 할 줄 알았다. 상처를 꿰맬 줄 알았다. 부러진 뼈를 맞출 줄 알았다. 키르케라는 이름의 존재에게서 도망친 후 근 10년 동안 시간과 공간을 여행하면서 그는 살아있는 사람의 살을 자르기 전에 칼과 손을 씻어야 한다는 식의 현대 의학 기술을 습득했던 것이다.

아홉 달 전 오디세우스는 아르디스 홀에 단 몇 주만 머문 후 여행을 계속하겠다고 했다. 만약 그가 지금 떠나겠다고 말한다면, 적어도 쉰 명의 사람들이 그를 덮쳐 꼼짝 못하게 묶어서 그의 전문 지식을 ―무기제조, 사냥, 도축, 화덕 요리, 금속 제련, 옷 짓기, 소니 비행, 치료, 상처 다루기, 출산 등을 하는 법을― 놓치지 않으려 할 거다.

이제 그들은 숲 저편의 초원을 볼 수 있었다. 링은 모두 구름에 가려 아주 어두워지고 있었다. 노만이 말을 꺼냈다.

"데이먼을 오늘 만났으면 했는데……"

그가 이 말을 채 마치기도 전에, 거대하고 조용한 거미처럼 나무 위에서 보이닉스들이 쏟아져 내렸다. 적어도 열두 놈은 되었다. 모두 살인의 칼날을 세우고 있었다. 두 놈이 황소 등에 올라타 숨통을 끊어 버렸다. 두 놈은 하나 옆으로 떨어져 칼날을 휘둘렀다. 피와 천 조각이 날았다. 그녀는 뒤로 뛰어올라 석궁을 장전하려고 했지만 보이닉스가 먼저 그녀를 후려치더니 마무리를 위해 다가왔다.

오디세우스가 소리를 지르면서 무기를 ―키르케의 선물이라고 오래전에 말했던― 작동시켜 윙 소리가 나게 한 후 앞으로 휘두르며 달려들었다. 보이닉스의 껍데기와 팔이 조각나면서 공중에 흩어졌고 하먼은 하얀 피와 푸른 기름을 뒤집어썼다. 보이닉스 한 놈이 하먼을 덮쳐 제압하려 했지만 그는 칼날 사이를 피해 빠져나왔다. 두 번째 놈이 네 다리로 착지하더니 재빨리 몸을 세웠다. 눈이 팽팽 도는 악몽에서나 나올 법한 움직임이었다. 정신을 차리고 창을 집어든 하먼이 두 번째 놈을 찌르는 순간 첫 번째 놈이 그의 등을 베었다.

페티르가 산탄총을 쏘자 폭발음이 터져 나왔다. 하먼의 귀 옆에서 크리스털 화살촉들이 윙윙거리며 날아가는가 싶더니, 등 뒤에 있던 보이닉스가 수천 개의 은빛 화살촉에 맞아 넘어갔다. 하먼은 두 번째 보이닉스가 튀어 오르는 순간 몸을 돌렸다. 그는 놈의 가슴팍에 창을 쑤셔 박고는 빙빙 돌며 자빠지는 모양을 지켜보았다. 그러나 녀석이 넘어지면서 손에서 창을 빼앗아가자 욕설을 퍼부었다. 하먼은 창을 되찾으려고 손을 뻗었지만 곧장 뒷걸음으로 뛰어 올라 어깨에 두른 활을 당겨야 했다. 세 마리의 보이닉스가 그를 향해 덤벼들었기 때문이다.

여덟 마리의 보이닉스들이 수레를 등지고 선 네 사람을 포위해왔다. 스러져가는 저녁 빛 속에서 칼날 손가락들이 번뜩거렸다. 한나가 가장 가까운 놈의 가슴 깊숙이 두 개의 화살을 박았다. 놈은 쓰러졌지만 칼날이 달린 네 발로 바닥을 기면서 공격을 계속했다. 오디세우스-노만이 앞으로 나서 키르케 검으로 놈을 두 동강 내버렸다.

세 마리가 하먼을 향해 달려왔다. 도망갈 곳이 없었다. 단 하나 남은 화살을 쏘았다. 선두에 선 보이닉스의 금속제 가슴팍을 빗겨 지나갔다. 놈들이 그를 덮쳤다. 하먼은 재빨리 몸을 피했지만 다리에 무언가 스치는 듯한 느낌을 받았다. 이제 그는 수레 밑으로 굴러들어갔다가 —황소의 피 냄새가 났고 입과 코에 구리 맛이 느껴졌다— 다른 쪽으로 빠져나와 일어섰다. 세 마리의 보이닉스는 펄쩍 뛰어올라 수레를 건너뛰었다.

페티르는 몸을 회전시켜 쪼그리면서 뛰어오르는 놈에게 수천발의 화살촉이 든 탄창 한 통을 다 퍼부어댔다. 세 마리의 보이닉스는 산산조각이 나면서 혈액과 기름이 뒤범벅된 웅덩이 위로 떨어졌다.

"다시 장전하는 동안 날 엄호해줘요!"

망토 주머니로 손을 뻗어 다른 탄창을 꺼내 장전하며 페티르가 소리쳤다.

활을 던져 버린 하먼은 —놈들은 너무 가까이 있었으니까— 단 두 달 전에 한나의 대장간에서 연마된 단검을 꺼내들고 가장 가까운 두 마리의 기계를 향해 휘둘렀다. 놈들은 너무 빨랐다. 한 놈이 날쌔게 피했다. 다른 놈은 하먼의 손에서 단검을 빼앗아버렸다. 한나가 수레 위로 뛰어올라 하먼에게 덤벼들던 놈의 등에 석궁을 날렸다. 괴물은 뱅그르르 돌더니 금속 팔을 번쩍 들어 올려 칼날을 휘두르며 다시 덤벼들었다. 놈에게는 눈도 입도 없었다.

하먼은 살인적인 칼날을 피해 몸을 숙인 후 손바닥을 땅에 집고 놈의 무릎을 찼다. 콘크리트에 박힌 금속 파이프를 차는 것 같은 느낌이었다. 이제 살아남은 다섯 마리의 보이닉스는 모두 수레 양쪽 중 하먼이 있는 쪽으로 몰려들더니 페티르가 총을 들어올리기도 전에 그와 하먼에게 달려들었다. 바로 그 순간, 오디세우스가 용맹한 고함을 지르며 수레 쪽으로 달려들어 놈들 사이로 뛰어들었다. 그의 작은 검이 혼돈 가운데 정신없이 움직였다. 다섯 마리의 보이닉스 모두가 그를 향했다. 놈들의 팔과 회전 칼날도 윙윙 돌기 시작했다.

한나는 무거운 석궁을 들어 올렸지만, 제대로 조준할 수가 없었다. 오디세우스는 폭력으로 뒤범벅된 혼란의 한가운데 있었고 모든 것이 너무 빨리 움직였다. 하먼은 수레에 몸을 기댄 채 그 안에 있던 여분의 사냥 창을 꺼내 들었다. 페티르가 외쳤다.

"오디세우스, 몸을 숙여요!"

늙은 그리스인이 몸을 낮추었다. 그 소리를 들어서인지 아니면 단지 보이닉스의 공격 때문이었는지는 알 수 없었다. 그는 두 녀석을 동강냈다. 하지만 남은 세 녀석은 여전히 쌩쌩하고 위협적이었다.

브르르프프프르르르르르르브르르르프프프프프

산탄총이 자동 발사되는 소리는 누군가가 빠르게 돌고 있는 프로펠러에 나무 막대를 끼워 넣은 것 같은 소리였다. 마지막 남은 세 보이닉스는 6 피트 바깥으로 멀리 날아갔다. 놈들의 등에는 수 만개 이상의 크리스털 화살촉이 박혀 있었는데, 꺼져가는 링의 불빛을 받아 마치 유리 조각으로 만든 모자이크처럼 반짝반짝 빛났다. 하먼이 한숨을 쉬었다.

"지저스 크라이스트!"

한나가 부상을 입혔던 보이닉스가 수레 건너편 한나의 뒤쪽에서 일어났다. 하먼은 남아 있는 모든 기운을 모아 있는 힘껏 창을 던졌다. 보이닉스는 뒷걸음을 치는가 싶더니 창을 뽑아 손에 들었다.

하먼은 수레로 뛰어 올라 수레 바닥에서 다른 창을 집어 들었다. 한나가 놈에게 두 발의 화살을 날렸다. 하나는 튕겨져 나와 나무 밑 어둠 속으로 떨어졌지만 다른 하나는 깊숙이 명중했다. 하먼은 수레에서 뛰어내려 마지막 보이닉스의 가슴팍에 창을 꽂았다. 놈은 경련을 일으키더니 비틀거리며 한 걸음 물러났다.

하먼은 창을 비틀어 뽑아서는 오직 폭력적 광기에 사로잡힌 채 같은 자리를 다시 후비고, 톱니가 달린 창끝을 돌리고, 다시 뽑아서, 또 다시 후볐다. 늙은 느릅나무 뿌리를 부여잡으며 보이닉스는 뒤로 넘어갔다.

하먼은 두 팔과 칼날로 여전히 무의식적인 경련을 일으키고 있는 보이닉스의 앞에 버티고 서서 푸른 액이 흐르는 창을 수직으로 뽑아낸 후, 다시 쑤셔 박고, 또 뽑아내고, 다시 인간의 사타구니에 해당하는 부분에 내리꽂아 부드러운 내장 기관을 철저하게 손상시킬 수 있도록 촉끝을 비틀고, 다시 뽑아내 —껍질이 일부 떨어져 나가는데도— 촉끝이 흙바닥과 나무뿌리에 부딪히는 소리가 나도록 격렬하게 다시 내리꽂았다. 그는 다시 창을 뽑아, 깊이 꽂고, 또 뽑아내서⋯⋯⋯

"하먼,"

연장자의 어깨에 손을 얹으며 페티르가 말했다.

"죽었어요, 죽었다구요."

하먼은 주위를 둘러보았다. 그는 페티르도 알아보지 못했고, 허파로 숨을 쉴 수도 없었다. 귀에 사나운 소음이 들려왔는데, 그것이 자신의 거친 숨소리라는 사실을 깨달았다.

끔찍하게 어두웠다. 먹구름이 링을 다 가려버렸고 이 나무들 아래는 빌어먹게도 어두웠다. 그 어둠 속에 50 마리의 보이닉스들이 숨어 덮칠 준비를 하고 있을 수도 있다.

한나가 랜턴을 켰다. 빛의 반경 내에는 더 이상 보이닉스가 없었다. 넘어진 놈들은 경련을 멈추었다. 오디세우스는 여전히 바닥에 누워 있었고, 그 위로 보이닉스가 가로 놓여 있었다. 사람도 보이닉스도 꼼짝을 하지 않았다.

"오디세우스!"

한나가 랜턴을 들고 수레에서 뛰어내려 보이닉스의 시체를 걷어찼다. 페티르가 달려와 쓰러져 있는 남자 옆에 한쪽 무릎을 꿇고 앉았다. 하먼도 창을 딛고 재빨리 건너뛰어 왔다. 등과 다리의 깊게 긁힌 자국이 막 아파오기 시작했다.

"오!"

한나가 말했다. 그녀는 무릎을 꿇고 오디세우스 위로 랜턴을 비추었다. 그녀의 손이 떨리고 있었다. 그녀가 다시 말했다.

"오!"

오디세우스-노만의 갑옷은 벗겨져 있었고, 가죽 끈은 잘려나가 있었다. 그의 넓은 가슴은 상처로 바둑판을 이루었다. 왼쪽 귀와 두개골의 일부가 단칼에 떨어져 나갔다.

하지만 하먼을 경악하게 만든 것은 노인네의 오른 팔이었다.

오디세우스에게서 키르케 검을 뺏으려고 —그가 한 번도 뺏겨 본 적이 없는 그 검은 지금도 그의 손에서 부르르 떨고 있었다— 막무가내로 덤비던 보이닉스가 그의 팔을 발기발기 찢어 놓았던 것이다. 어깨에서 떼어내지만 못했을 뿐이었다. 밝은 랜턴 불빛 아래 피와 뒤범벅된 피부가 고스란히 드러났다. 하먼은 허옇게 빛나는 뼈를 볼 수 있었다.

"하나님 맙소사!"

그가 속삭였다. 대추락 이래 여덟 달 동안 아르디스 홀, 아니, 모든 생존자 공동체 중 하먼이 아는 한 그 누구도 그런 부상을 당하고 살아남은 적이 없었다. 한나는 한 손바닥을 노인의 피투성이 가슴에 얹은 채 다른 한 주먹으로 땅을 후려쳤다.

"심장 박동이 느껴지지 않아."

그녀는 거의 침착한 목소리로 말했다. 랜턴 빛에 비춰진 그녀의 눈빛만이 그 침착함을 부정하고 있었다.

"심장 박동이 느껴지지 않아."

"빨리 수레에 실어···."

하먼이 입을 열었다. 그는 언젠가 느껴본 적이 있는 아드레날린 분출 직후의 경련과 구토를 느꼈다. 부상당한 다리와 찢어진 등에서 피가 철철 흘렀다.

"빌어먹을 수레 같으니‥‥."

페티르가 말했다. 젊은이가 키르케 검의 손잡이를 비틀자 진동이 멈추고 다시 칼날을 알아볼 수 있게 되었다. 그는 하먼에게 검과 총과 두 개의 예비용 탄창을 넘겼다. 그는 몸을 굽히고 한 무릎을 세운 후 의식을 잃었는지 죽었는지 모를 오디세우스를 들어 어깨에 걸치고 일어섰다.

"한나, 랜턴으로 길을 밝혀 주세요. 석궁을 재장전하구요. 하먼, 총으로 뒤쪽을 호위하세요. 무엇이든 움직일 기미만 보여도 그냥 쏘세요."

그는 피 흘리는 남자를 어깨에 걸치고 마지막 초원을 향해 비틀거리며 걸어갔다. 아이러니컬하게도, 그리고 무시무시하게도, 그 모습은 죽은 사슴을 둘러메고 집으로 돌아오던 오디세우스의 모습과 너무도 닮아 있었다.

하먼은 멍하니 고개를 끄덕이며 창을 내려놓은 후 키르케 검은 허리에 차고 총을 들어 다른 두 생존자를 따라 숲을 빠져나왔다.

파리스 크레이터로 전송되자마자 데이먼은 생각했다, 대낮에 도착했더라면 좋았을 텐데. 혹은 적어도 하면이나 다른 사람이 동행할 수 있을 때까지 기다릴 수 있었더라면.

그가 아르디스 홀에서 일 마일 이상 떨어져 있는 팩스 전송실의 외벽에 도착했을 때는 오후 5시 정도로 어둠이 내리기 시작하고 있었는데, 이제 이곳 파리스 크레이터의 시각은 새벽 1시에 매우 어둡고 폭우가 쏟아지고 있었다. 어머니의 거처와 가장 가까운 팩스 노드로 —어느 누구도 이해하지 못할 이유로 인벌리드 호텔이라고 불리는 전송실이었는데— 전송된 그는 석궁을 높이 쳐들고 주위를 살피며 팩스 포털에서 빠져나왔다. 전송실의 지붕에서 쏟아지는 물 사이로 바깥 도시를 보고 있자니 커튼이나 폭포 사이를 내다보고 있는 것 같은 느낌이 들었다.

짜증이 났다. 파리스 크레이터의 생존자들은 자신들의 팩스 노드를 지키지 않고 있었다. 생존자 커뮤니티의 3분의 1 정도는 아르디스의 주도 하에 팩스 전송실 주변에 외벽을 두르고 24시간 감시를 하고 있었다. 그런데 파리스 크레이터의 잔류자들은 그걸 거부하고 있었다. 보이닉스들이 이곳저곳으로 전송해 다니고 있을지 아무도 모를 일이지만 —하긴 숫자가 너무 많아 따로 옮겨 다닐 필요도 없어 보였다— 파리스 크레이터 같은 곳이 자신들의 팩스 노드를 모니터하지 않으려 든다면 그 결과는 아무도 모를 일이었다.

물론 아르디스에서 시작된 이러한 방어는 보이닉스들이 팩스하지 못하도록 하기 위해서가 아니라 대추락 이후 몰려드는 난민의 숫자를 제한하기 위한 것이었다. 처음 시종들이 망가지고 동력이 끊겼을 때의 반응은 안전함과 먹을 것을 찾아 몰려다니는 것이었다. 처음 몇 주, 몇 달 동안은 수천수만 명의 사람들이 지구 위 50개 지역으로 무작위 팩스를 감행하면서 음식을 바닥내고는 다른 곳으로 팩스해 가버리곤 했다. 자급할만한 식량 여분을 가진 곳은 많지 않았기 때문에 어느 곳도 안전하지 않았다. 아르디스는 처음으로 스스로를 무장하고, 아주 중요한 기술을 가진 사람들 외에는 공포에 질린 난민들을 돌려보냈던 생존자들의 도시였다. 하지만 새비가 말한 대로 "역겨운 무용지물 엘로이"의 시대가 만4천 년이나 계속된 후라, 중요한 기술을 가진 사람은 거의 없었다.

대추락과 초기의 혼란이 있은 지 한 달 후 아르디스 대표자 미팅에서, 하먼은 다른 공동체에 대표자들을 보내, 곡식을 재배하는 법, 안전을 개선하는 법, 식용 육류를 마련하는 법, 그리고 ―읽기 기능을 발견한 다음엔― 흩어져있는 생존자들에게 옛 서적으로부터 중요한 정보를 얻어내는 법 등을 가르쳐줌으로써 자신들의 이기적인 행태를 보상하자고 제안했다. 아르디스도 물물 교환에 참여해 무기를 얻고 석궁, 화살, 활, 창, 화살촉, 창끝, 칼 등 다른 무기의 제작도를 건네주었다. 운 좋게도 대부분의 후기-인류들은 10년 동안 튜린 옷 드라마를 보아왔기 때문에 석궁보다 간단한 무기에는 이미 익숙해져 있었다. 마침내 하먼은 모두 300개가 넘는 팩스 노드에 아르디스 주민을 보내 전설적인 로봇 공장과 배급소를 찾아낼 수 있도록 도와달라고 모든 생존자들에게 부탁했다. 그는 마추픽추의 골든 게이트 박물관을 두 번째 방문했을 때 가져 온 총들 중 하나로 시범을 보이면서, 인간 사회가 보이닉스와의 대결에서 살아남으려면 이런 무기가 수천 개는 필요하다고 설명했다.

빗줄기와 땅 위의 물줄기를 바라보면서 데이먼은 이 모든 도시의 팩스 노드를 감시하는 게 어려웠으리라는 사실을 깨달았다. 여덟 달 전까지만 해도 파리스 크레이터는 주민이 2만 5천에 팩스 포털이 12개에 달하는, 지구 최대의 도시 중 하나였다. 지금은 어머니 친구들의 말을 믿어 보자면 남녀를 통틀어 3천명도 채 남지 않았다. 보이닉스들이 예전의 스카이워크와 거주 타워 사이를 무법자처럼 가로질러 온갖 소음을 내며 몰려다니고 있었다. 어머니를 이곳에서 데리고 나오기엔 너무 늦었다. 일생동안 —거의 두 번의 이십 주기 동안— 어머니의 뜻과 생각에 따랐던 습관 때문에, 여기 남아 있겠다는 그녀의 의지를 묵인해 왔던 것이다.

그래도 비교적 안전해 보였다. 대부분 남자인 백 명 이상의 생존자들이 데이먼의 어머니 마리나의 아파트가 있던 분화구의 서편 주거 타워 단지에 살아 있었다. 지붕과 지붕을 연결하는 빗물 수집기 덕분에 식수를 구할 수 있었고, 파리스 크레이터에서는 거의 언제나 비가 왔다. 그들은 테라스 정원과 한때 보이닉스들이 돌보던 평원에서 데려온 가축들을 통해 식량을 마련했다. 그리고 분화구 옆의 잔디밭에서 잠자리를 해결했다. 주중에 한 번 가까운 샹쥘리스(Champs Ulysses)에서 웨스트 파리스 크레이터의 모든 캠프 생존자들과 함께 장이 열리면 음식과 의복과 다른 생존 도구들이 교환되었다. 그들은 심지어 포도밭이 있는 먼 커뮤니티로부터 와인을 전송받아 팔기도 했다. 거기엔 무기도 있었다. 아르디스 홀에서 구입해 온 석궁을 포함해, 강철 산탄총, 대추락 이후 누군가가 버려진 지하 박물관에서 주워 온 에너지 빔 발사기도 있었다. 놀랍게도 이 발사기는 작동이 되었다.

그러나 데이먼은 알고 있었다. 마리나가 파리스 크레이터에 머물게 된 진짜 이유는 거의 한 이십 주기 내내 그녀의 연인이었던 고먼이라는 늙은 작자 때문이라는 것을. 그는 언제나 이 고먼이란 자가 싫었다.

파리스 크레이터는 언제나 "빛의 도시"라고 불리었고, 어린 데이먼이 그곳에서 자라면서 경험한 모습이기도 했다. 둥둥 떠다니는 둥그런 빛이 거리와 골목을 비추고, 타워 전체에는 전기 조명이 비춰졌으며, 수천 개의 전등에, 도시를 상징하는 수천 피트 높이의 조명 건축물이 도시 전체를 비추고 있었다. 하지만 그 빛나던 둥근 조명은 이제 꺼지고 낡아버렸으며, 전선들은 사라지고, 전등은 거의 꺼진 채 닫힌 창문 너머로 숨어버렸다. 또한 2천여 년 이래 처음으로 "거대한 창녀"는 어둡고 시무룩하게 변해 버렸다. 데이먼은 달려가면서 그녀를 힐끗 올려다보았다. 하지만 그녀의 머리와 가슴은 ―여느 때 같으면 부글거리는 야광의 붉은 액체로 가득 차 있을― 어두운 폭풍 구름에 가려 거의 보이지 않았고, 이제는 검은 쇠파이프로 된 보정물로 전락해버린 그 유명한 허벅지와 엉덩이는 도시 위에서 번뜩이는 번개를 끌어들이고 있었다.

사실 데이먼은 번개 덕분에 기다란 도시 블록을 3개나 건너 인벌리드 호텔 팩스노드에서 마리나가 살고 있는 타워까지 길을 찾아갈 수 있었다. 사정없이 쏟아지는 폭우 속에서 그래도 젖지 않으리라는 환상이나마 갖기 위해 재킷의 모자를 푹 뒤집어 쓴 채, 데이먼은 교차로에 이르렀을 때마다 서궁을 치켜들고 잠시 기다렸다. 그리고는 번개가 쳐 입구의 그림자를 밝히고 보이닉스가 없다는 것이 확인되면 재빨리 뛰어 건넜다. 전송실에서 기다리는 동안 프록스넷이나 파넷을 시도했지만 모두 다운 상태였다. 보이닉스들도 인간을 색출하기 위해서 이 기능을 사용하기 때문에 오히려 잘된 일이었다. 검색 기능은 필요 없었다. 이곳은 그의 고향이니까. 물론 자기가 차지했던 어머니 옆 자리를 지금은 교활한 고먼이 빼앗아버린 상태지만.

번갯불이 비친 마당에는 버려진 신전 같은 것이 있었다. 데이먼의 시야에 종이 찰흙으로 대충 빚어놓은 조각상이 들어왔다. 긴 드레스를 걸친 여신, 발가벗은 궁수, 그리고 수염이 덮인 신 따위를 만들 셈이었던 모양인데, 그는 이 슬픈 절망의 증인들 곁을 재빨리 뛰어갔다. 그 제단은 튜린 드라마에 나오는 올림포스 신들을 ―아테나, 아폴로, 제우스와 다른 신들을― 위한 것이었다. 그리고 신들을 달래려는 이 열기는 대추락 이전부터 이곳 파리스 크레이터와, 지금은 하먼, 데이먼, 그리고 글을 읽을 줄 아는 아르디스 사람들이 유럽으로 알고 있는 대륙의 다른 공동체들에서 이미 시작되었었다.

종이 찰흙 조각상들이 계속되는 비에 녹아내린 탓에, 바람이 황량한 제단 위의 또 다시 버려진 신들은 마치 다른 세계에서 온 곱사등이 괴물처럼 보였다. 데이먼은 생각했다, 튜린의 신들을 숭배하기보다 이게 더 적절하지. 그는 e-링에 있는 프로스페로의 섬에 있으면서 고요의 신에 대해 들었었다. 칼리반조차 세 명의 포로에게 자신의 신, 손이 여럿 달린 세테보스가 가진 능력에 대해 자랑을 늘어놓았었다. 그리고는 그 괴물은 새비를 죽여 그 더러운 웅덩이 속으로 끌고 들어갔다.

어머니의 타워에서 반 블록 떨어진 곳까지 왔을 때 긁적거리는 소리가 들렸다. 그는 빗줄기가 퍼붓는 현관의 어둠 속으로 몸을 숨기고 석궁의 안전장치를 풀었다. 그가 가지고 있는 석궁은 최신 무기 중의 하나로서 두 개의 날카로운 화살을 각각 강력한 강철 밴드에 연결한 것이었다. 그는 어깨 높이로 무기를 들어 올린 후 기다렸다.

번개가 치자 6 마리 정도의 보이닉스들이 반 블록 떨어진 곳에서 서쪽으로 몰려가고 있는 게 보였다. 그들은 걷고 있지 않았다. 날이 선 손가락과 뾰족뾰족한 발가락을 갈퀴처럼 이용해 오래된 석조 건물의 벽을 따라 금속 바퀴벌레처럼 기어가고 있었다. 보이닉스들이 그렇게 벽을 기어가는 모습을 데이먼이 처음 본 것은 아홉 달 전 예루살렘에서였다. 그는 놈들이 원적외선으로 볼 수 있다는 것을 알고 있었다. 그러니 어둠은 그를 숨겨주지 못할 것이다. 다만 놈들은 엄청 서두르고 있었다. 마리나의 타워에서 반대쪽으로 몰려가고 있었는데 모두 시야에서 사라져 가는 3초 동안 가슴에 달린 IR-센서를 데이먼 쪽으로 돌리는 놈은 하나도 없었다.

고동치는 심장을 안고 데이먼은 분화구 서쪽 구릉에 위치하고 있는 어머니의 타워까지 마지막 백 야드를 재빠르게 건너갔다. 수동 엘리베이터 바구니는 물론 1층에 서 있지 않았다. 이 엘리베이터로 데이먼은 외벽의 구조물을 따라 겨우 25층 정도까지만 올라갈 수 있을 것이다. 그곳은 옛 쇼핑 타운이 끝나고 거주층이 시작되는 곳이었다. 엘리베이터 발판에는 벨이 달린 밧줄이 연결되어 타워 거주자들에게 방문자가 왔음을 알리도록 되어 있었는데, 데이먼이 일 분 내내 줄을 당겨 봤지만, 불도 켜지지 않았고 응답의 표시로 줄을 당겨주는 사람도 없었다.

거리를 질러오느라 숨이 턱까지 찬 데이먼은 빗속을 힐끗 내다보며 인벌리드 호텔로 돌아갈까 하고 생각했다. 25층을 올라가야 한다. 그것도 오래되고 어두운 계단을 따라. 버려진 쇼핑 타운이 끝나는 15층 내에 보이닉스가 숨어 있지 않다는 보장은 어디에도 없다.

고대 도시나 고층 빌딩에 있던 수많은 팩스 노드 커뮤니티들은 대추락 이후 없어질 수밖에 없었다. 전기가 없으면 —고전 인류들은 도대체 전류가 어디서 오는 것이며 어떻게 분배되는지 전혀 몰랐으니— 엘리베이터는 꼼짝도 않기 때문이다. 아무도 음식이나 물이 필요할 때마다 250피트를 걸어서 오르락내리락 하고 싶어 하지 않았다. 울란바트의 서클즈 투 헤븐처럼 200층짜리 타워 커뮤니티에서는 더 말할 나위도 없었다. 하지만 놀랍게도 여전히 울란바트에 살고 있는 생존자도 있었다. 타워가 사막 위에 서 있어서 곡식을 기를 수도 없고 잡아먹을 만한 동물도 돌아다니지 않았건만. 그 비밀은 6층마다 마련되어 있는 타워의 핵심 팩스 노드에 있었다. 다른 커뮤니티들이 음식을 주고 대신 울란바트의 특산품인 멋진 옷과 — 상층을 폐쇄해야 한다는 걸 알기 전에 보이닉스에게 거주민의 3분의 1을 잃은 터라 옷가지는 남아돌았다— 가져가려고 하는 한 써클즈 투 헤븐은 계속 살아나갈 것이다.

마리나의 타워에는 팩스 노드가 없었다. 그러나 이곳 생존자들은 시종들이 쓰던 아주 작은 외부 엘리베이터를 독창적인 방법으로 개조해 인간이 사용할 수 있게 만들어 쓰고 있었다. 케이블, 기어 장치, 크랭크를 연결해 3명 정도의 사람이 거리에서 타고 올라갈 수 있게 만들었다. 이 엘리베이터는 에스플라나드가 있는 곳까지만 운행되었지만, 덕분에 마지막 10층 정도는 수월하게 올라갈 수 있을 것이다. 이 엘리베이터는 그리 자주 운행되지도 않거니와, 머리카락이 쭈뼛 설 정도로 흔들거림과 낙차가 심했지만, 어머니의 타워에 사는 수백 명의 거주민들은 어느 정도 지상 생활을 포기한 상태였다. 테라스 정원에 있는 빗물 수집기의 물을 마시고 일주일에 두 번 대표자를 시장에 보내는 것을 빼면, 외부 세계와 거의 접촉이 없이 지내고 있었다.

왜 대답이 없지? 그는 벨과 연결된 밧줄을 2분 동안 당기고 3분 동안 기다렸다.

남쪽으로 두 블록 떨어진 곳에서 윙윙거리는 소리가 났다. 대로 쪽으로 향하고 있었다.

결정을 해. 기다려보든, 그냥 가든, 하여간 결정을 해. 데이먼은 거리 쪽으로 나와 다시 올려다보았다. 번개가 치면서 거미 다리 같은 검은 금속 지지대와 옛 에스플라나드 위쪽 타워에 있는 번뜩이는 3면의 대나무 난간을 비췄다. 창문 몇 개에는 불이 들어와 있었다. 시야가 트인 자리에 서자 시내 쪽으로 향해 있는 어머니의 테라스에 —3개의 대나무로 된 지붕 아래— 고면이 밝혀놓은 신호 불길을 볼 수 있었다. 북쪽 골목에서 윙윙대는 소음이 들렸다.

"제기랄 것들!"

데이먼이 말했다. *이젠 정말 어머니를 이곳에서 빼내야 해.* 만약 고면이나 그 일당들이 어머니를 아르디스로 데려가지 못하게 할 경우, 그는 여차하면 전부 테라스 바깥 분화구로 던져버릴 참이었다. 데이먼은 실수로 강철 화살촉을 자기 발에 쏘는 일이 없도록 안전장치를 잠근 후 빌딩 안으로 들어가 어두운 계단을 올라가기 시작했다.

에스플라나드 층에 도착했을 때 그는 무언가 단단히 잘못되어 있다는 사실을 깨달았다. 최근 몇 달 이곳에 올 때마다 —항상 낮에 도착했는데— 자신들이 직접 만든 원시적인 창과 아르디스에서 생산된 정교한 활을 든 보초들이 지키고 서 있었는데, 오늘 밤엔 아무도 없었다.

밤에는 에스플라나드 보초들을 불러들이나? 그건 말도 안 된다. 보이닉스들은 밤에 가장 많이 활동하잖아? 게다가 데이먼은 벌써 여러 번 어머니를 만나기 위해 이곳을 방문한 적이 있다. 최근에 온 게 약 한 달 전 일이다. 그 때마다 밤새 보초들이 교대하는 소리를 들었잖아? 한 번은 새벽 2시와 6시 사이에 직접 보초를 선 다음, 눈이 벌겋게 되어 지쳐서 아르디스로 되돌아 간 적도 있었다.

이 에스플라나드 위 계단의 측면은 트여 있었다. 빛이 새어 들어와 다음 계단을 비쳐 주었기 때문에 그는 쉽게 뛰어 오르거나 어두운 공간을 가로지를 수 있었다. 석궁을 높이 들고 손가락은 방아쇠 안전핀에 고정되어 있었다.

어머니가 살고 있는 첫 번째 거주 층에 들어서기도 전에 그는 사태를 알아차렸다. 도심 쪽을 향하고 있는 테라스 위에 놓인 금속 통의 신호 불길이 낮게 타고 있었다. 대나무 난간에도, 벽에도, 처마 밑에도 온통 피가 묻어 있었다. 첫 번째 집의 현관문은 활짝 열려 있었다. 어머니가 사는 집은 아니었다.

집안 내부는 온통 피투성이였다. 믿어지지 않았다. 수백 명밖에 되지 않는 사람들을 다 합친들 이렇게 많은 피를 쏟아낼 수 있을까? 패닉 상태의 흔적들이 수없이 널려 있었다. 급하게 문을 막았던 바리케이드는 순식간에 산산이 부서졌을 것이다. 테라스와 계단에는 핏빛 발자국들이 찍혀 있었고, 여기 저기 잠옷이 널려 있었다. 하지만 저항의 흔적은 찾아볼 수 없었다. 나무 기둥이나 바닥에 피 묻은 화살이 있지도 않았고, 빗맞은 창이 박혀 있지도 않았다. 무기를 잡으려 했거나 들었던 흔적은 전혀 없었다.

시체도 전혀 없었다.

어머니의 집으로 들어갈 용기를 얻을 때까지 그는 세 집을 더 둘러보았다. 집집마다 핏자국과 부서진 가구, 찢어진 쿠션, 뜯겨져 나온 벽장식, 뒤집어진 탁자, 튕겨져 나온 가구 속 등이 발견됐지만 —하얀 깃털에도 피, 창백한 스펀지에도 피— 시체는 없었다. 어머니 처소의 문은 잠겨 있었다. 예전에 쓰던 지문 인식 자물쇠는 대추락 당시 고장 났는데, 고먼은 자동 잠금장치 대신에 볼트와 체인으로 단순한 자물쇠를 걸어놓았다. 데이먼의 눈에는 너무 어설퍼 보이는 자물쇠였다. 실제로 어설프다는 것이 증명되었다. 몇 번의 조심스러운 노크에 대답이 없기에 문을 강하게 세 번 발로 차자 문이 쪼개지면서 문틀에서 떨어져 나오는 것이었다. 그는 석궁을 앞세운 채 어둠 속으로 비집고 들어갔다.

입구에서 피 냄새가 났다. 분화구 쪽을 보고 있는 뒷방에서 불빛이 새어나왔지만, 이곳 현관, 즉 공동의 입구에는 아무도 없었다. 데이먼은 최대한 조용히 움직였다. 피 냄새에 위가 뒤틀렸고 걸을 때마다 보이지 않는 피 웅덩이에서 찌걱거리는 소리가 났다. 눈으로 겨우 식별할 수 있는 분명한 사실은 아무 것도, 그 누구도, 자신을 기다리고 있지 않다는 것과 발밑에 시체가 없다는 것뿐이었다.

"어머니!"

자신의 절규에 스스로 놀랄 지경이었다. 다시 한 번 외쳤다.

"어머니! 고먼? 누구 없어요?"

거실 너머 테라스에 매달린 종이 바람에 흔들렸다. 분화구와 그 너머의 도시는 거의 암흑에 잠겨 있었지만, 번개불빛에 거실만은 훤했다. 그가 질색을 하면서도 결국 익숙해져버리고 말았던 남쪽 벽의 걸개 장식이 붉은 갈색의 빛줄기를 받고 있었다. 집에 올 때마다 불평을 늘어놓았던 안락의자는 —몸이 옴폭 안기게 만든 골판지 의자— 산산조각이 나 있었다. 시체는 없었다. 이제부터 눈앞에 펼쳐질 것들을 볼 용기가 있는지, 궁금할 따름이었다.

테라스 쪽에서 혼란의 소용돌이와 흔적과 핏자국들이 드러나기 시작하더니, 공동 거실에서부터 마리나가 즐겨 손님을 대접하던 긴 테이블이 있는 식당까지 이어졌다. 데이먼은 다음 번개가 치기를 기다렸다가 —폭풍은 동쪽으로 움직여 이제 번개와 이에 따르는 천둥소리 사이의 간격은 더 길어졌다— 석궁을 다시 어깨 위에 지고 커다란 식당으로 들어섰다.

연이어 세 번이나 번쩍인 번개로 식당과 그 내부가 드러났다. 시체랄 것은 없었다. 하지만 길이 20피트나 되는 마호가니 테이블 위에는 데이먼의 머리 위로 7피트나 더 되는 천정까지 해골의 피라미드가 쌓여 있었다. 수많은 텅 빈 눈구멍들이 그를 노려보고 있었다. 하얀 해골들은 마치 번개와 번개 사이에 남는 눈의 잔상 같았다.

데이먼은 무거운 석궁을 내려놓고, 안전장치를 잠근 후 피라미드 쪽으로 가까이 다가갔다. 온 방안이 피투성이였고 깨끗하게 보존된 곳은 테이블 위뿐이었다. 입을 벌리고 싱긋 웃고 있는 해골 피라미드 앞에는 오래된 튜린 복이 널찍이 펼쳐져 있었는데, 꼭대기에 놓인 해골과 일직선을 이루는 중앙에 자수를 놓은 회로回路가 있었다.

데이먼은 어머니와 함께 앉을 때면 꼭 자기가 차지했던 의자를 딛고 테이블 위로 올라섰다. 수백 개의 해골 탑 꼭대기에 놓인 해골과 눈이 마주쳤다. 멀어져가는 폭풍의 하얀 번개불빛으로 그는 다른 해골들이 전부 살점 하나 없이 하얗고 깨끗하게 발라져 있음을 알아볼 수 있었다. 헌데 꼭대기의 해골만은 그다지 깨끗한 상태가 아니었다. 붉은 곱슬머리 몇 가닥이 붙어 있었다. 그것도 아주 정교하게 정수리 뒤쪽으로 머리를 얹은 듯한 모양이었다.

데이먼의 머리는 붉었다. 어머니의 머리도 붉은 색이었다.

그는 테이블에서 뛰어 내린 후 창문을 열고 테라스로 뛰쳐나왔다. 바로 50마일 아래에서 붉은 눈깔처럼 이글거리고 있는 분화구의 마그마를 향해 구토를 했다. 토하고 또 토했다. 더 이상 토할 것이 없는 상태였지만 그렇게 여러 번을 반복했다. 마침내 몸을 돌려 무거운 석궁을 테라스 바닥에 내려놓고, 새들이 목욕할 수 있도록 어머니가 장식용 체인에 달아 놓은 그릇의 물로 입과 얼굴을 헹궜다. 그리고는 대나무 난간에 쓰러지듯 기댄 후 열린 미닫이 문 사이로 거실을 노려보았다.

번개가 점점 잦아들고 있었지만, 이미 어둠에 익숙해져 버린 데이먼의 눈은 분화구의 붉은 빛 만으로도 수많은 해골들의 둥그스름한 형체를 잘 알아볼 수 있었다. 붉은 머리카락도 알아볼 수 있었다. 아홉 달 전이었더라면, 데이먼은 서른일곱 살 먹은 어린애처럼 울음을 터뜨렸을 것이다. 그러나 지금은 비록 속이 뒤틀리고 어두운 감정들이 가슴을 꽉 메우기는 해도 냉정을 유지하기 위해 애쓰고 있었다.

누가, 혹은 무엇이, 이런 짓을 했는지에 관한 한 의심의 여지가 없었다. 보이닉스들은 인간의 살을 먹지도 헤집지도 않는다. 이것은 결코 보이닉스들이 임의로 저지른 일이 아니다. 이것은 데이먼을 향한 메시지이다. 그리고 어둠의 피조물 중 그에게 이런 메시지를 보낼 존재는 오직 하나 뿐이다. 오직 그의 메시지를 전달하기 위해 이 거주 타워의 모든 사람들이 살육되고 생선처럼 살이 발린 후 그 해골이 하얀 코코넛처럼 쌓여진 것이다. 그리고 피의 냄새가 싱싱한 것으로 보아 이 모든 일은 불과 몇 시간 전에 벌어진 것이다. 어쩌면 몇 시간조차 안 될지도 모른다.

일단 석궁은 떨어진 자리에 그냥 놓아둔 채 데이먼은 손과 무릎을 딛고 일어나 두 발로 섰다. 더 이상 테라스 바닥에 고인 핏물에 손을 담그고 있기 싫었기 때문이다. 그리고는 다시 거실로 들어가 긴 테이블 주위를 돌아 마침내는 어머니의 유골을 끌어내리기 위해 올라섰다. 그의 손은 떨리고 있었다. 울고 싶지는 않았다.

인간들은 최근에야 동료 인간들을 매장하는 법을 배웠다. 지난 여덟 달 동안 아르디스에선 일곱 명이 죽었다. 그 중 여섯은 보이닉스에게 당했고, 한 여인은 하루 밤 동안 열병에 시달리더니 이름을 알 수 없는 병에 걸려 죽었다. 데이먼은 고전 인류가 병에 걸린다는 게 가능하다는 것조차 모르고 있었다.

어머니의 유골을 가져가야 할까? 노만과 하먼이 가르쳐 준대로 묘지를 만들고 장벽 밖에서 장례식을 치러야 할까? 아니다. 마리나는 언제든지 팩스로 갈 수 있는 다른 어떤 세상보다 이 파리스 크레이터를 사랑했다.

하지만 다른 해골들 사이에 어머니를 남겨두고 갈 수는 없어, 데이먼은 생각했다. 말로 표현할 수 없는 감정이 물결처럼 북받쳐 올랐다. *이 중 하나는 분명히 고면 자식의 해골이겠지.*

그는 유골을 들고 테라스로 나왔다. 빗줄기가 더 강해졌고 바람은 잦아들었다. 난간에 기댄 채 오랫동안 서 있었다. 빗줄기가 그의 얼굴과 유골을 깨끗하게 씻어 내렸다. 이윽고 그는 난간 밖으로 유골을 던졌다. 그는 어머니의 유골이 붉은 분화구의 눈 속으로 떨어져 내려가 하얀 점으로 스러질 때까지 바라보았다.

그는 석궁을 집어 들고 그 자리를 뜨려고 움직이다가 —거실을 지나 공동 현관으로, 그리고 다시 내부의 홀로— 잠시 멈추었다. 무슨 소리가 들린 건 아니었다. 빗소리가 너무 요란해서 그는 10피트 뒤에 알로사우루스가 있었다 해도 듣지 못했을 것이다. 무언가를 잊고 나온 것이다. *무엇을?*

자신을 질책하는 듯한 해골들의 눈빛을 피하며 데이먼은 거실로 되돌아갔다. *무엇을 했어야 했지?* 그가 소리 없이 물었다. *우리와 함께 죽었어야지.* 그들이 소리 없이 대답했다. 그는 튜린 복을 들어 올렸다. 그는 —그것은— 의도적으로 그 옷을 남겨 놓았다. 전체 거주지 내에서 유일하게 피로 더럽혀지지 않은 것은 그 옷과 테이블뿐이다. 데이먼은 그 옷을 재킷 옆 주머니에 쑤셔 넣고 그곳을 떠났다.

에스플라나드로 향하는 계단은 어두웠고, 그 아래 15층을 내려가는 밀폐 계단은 한층 더 어두웠다. 데이먼은 심지어 석궁조차 준비된 자세로 들어 올리지 않았다. 그가 —그것이— 기다리고 있으면 있으라지. 만약 그렇다면 이빨과 손톱과 분노로 그놈과 사생결단을 낼 터.

그를 기다리는 것은 아무 것도 없었다.

그는 인벌리드 호텔의 팩스 전송실에 이르기 전 중간쯤까지 갔다. 쏟아지는 비를 맞으며 대로의 중앙을 멍하니 걷고 있는데 뒤쪽에서 덜컹거리고 삐걱거리는 소리가 들려왔다.

그는 몸을 돌려 한쪽 무릎으로 앉은 뒤 어깨 위로 무기를 들어올렸다. 그놈의 소리가 아니었다. 가시로 뒤덮이고 노란 갈고리가 엉켜 있는 놈은 걸을 때 소리를 내지 않는다.

고개를 들어 앞을 바라보던 데이먼의 입이 떡 벌어졌다. 분화구 방향에서 뭔가가 회전하고 있었다. 그와 어머니가 살던 타워 사이 어디쯤이었다. 그 물체는 몇백 미터 떨어진 곳에서 빠른 속도로 회전하고 있었다. 왕관 모양의 광선이 공 모양의 형체에서 뿜어져 나오면서 우르릉 소리를 내고 있었다. 비에 젖은 공기가 땅을 뒤흔드는 굉음으로 가득 찼다. 프랙털 디자인이 공을 가득 채우더니 공은 다시 원으로 변해 가라앉으며 건물을 두 동강내고 바닥의 일부도 갈라놓았다.

원의 중심에서 햇빛이 쏟아져 나왔다. 하지만 그것은 지구 위에서는 본 적이 없는 햇빛이었다. 4분의 1정도가 바닥에 박혀 마치 거대한 입구처럼 자리를 잡자 원은 하강을 멈추었다. 그곳까지의 거리는 겨우 두 블록 정도였는데, 동쪽의 하늘은 이미 완전히 가려 있었다. 데이먼의 뒤쪽에서 허리케인의 속도로 공기가 빨려 들어갔다. 그 엄청난 기세에 데이먼은 거의 넘어질 지경이었다.

여전히 진동하고 있는 그 4분의 3의 원을 통해 대낮의 햇살이 쏟아져 들어왔다.

그곳은 부드러운 물결의 푸른 바다와 붉은 대지와 바위, 그리고 붉은 산으로 이루어진 세계였다. 아니, 그냥 산이 아니었다. 연한 하늘빛을 배경으로 서 있는 엄청난 높이의 화산이었다. 거대한 분홍색의 축축한 무언가가 그 잔잔한 바다에서 나오더니 데이먼의 눈에는 손처럼 보이는 것을 지네처럼 재빠르게 움직여 구멍 쪽으로 다가왔다. 바람이 거칠게 불어와 뒤섞이고 잦아들을 때까지 그 광경 앞의 공기는 먼지와 파편들로 가득 차올랐다.

데이먼은 그 자리에 몇 분을 더 서 있으면서 뿌연 먼지 사이를 들여다보았다. 먼지 때문에 약해지긴 했지만 여전히 강력한 햇빛이 구멍에서 나오고 있었기 때문에 손을 들어 눈앞을 가려야 했다. 구멍의 서쪽에 있는 파리스 크레이터의 건물들은 —그리고 철제 외장과 텅 빈 내부는— 차가운 외계의 햇빛 아래서 번쩍 빛을 발하더니, 구멍 속에서 뿜어져 나오는 먼지 속으로 사라졌다. 도시의 나머지 반쪽은 여전히 밤의 어둠과 빗속에 묻혀 있었다.

북쪽과 남쪽의 거리에서 보이닉스들이 덜그럭거리는 —갈고리를 세우고 다급한— 소리가 들려왔다. 보이닉스 두 놈이 어두운 입구에서 데이먼이 서 있는 거리로 튀어 나오더니 살인용 칼날을 앞세우며 덤벼들었다.

그는 석궁의 가늠구멍으로 그들을 추적하고 유인해 두 번째 보이닉스의 가죽 모자를 향해 첫 화살을 날렸다. 놈이 쓰러졌다. 두 번째 화살을 선두에 서 있던 보이닉스의 가슴팍을 향해 날렸다. 놈은 그 자리에 쓰러져서도 데이먼을 향해 기어왔다. 데이먼은 침착하게 어깨에 메고 있던 활 통에서 두 개의 강철 화살을 꺼내 장전한 후, 바로 10피트 거리에서 놈의 신경중추를 향해 날렸다. 놈은 기어가는 것을 멈추었다.

더 많은 놈들이 서쪽과 남쪽에서 와글거리고 있었다. 구멍에서 나오는 붉은 햇빛이 이 곳 의 모든 것들을 훤히 비추고 있었다. 데이먼을 숨겨 주었던 어둠은 이제 사라졌다. 뭉게뭉게 피어나는 먼지 구름 사이에서 무언가가 포효하였다. 한 번도 들어 본 적이 없는 소리였다. 깊고 불길하며 알아들을 수 없는 그 으르렁거림은 테이프를 거꾸로 돌릴 때 나는 소리처럼 끔찍했다.

침착하게 화살을 한 번 더 장전한 후 데이먼은 마지막으로 파리스 크레이터의 하늘과 땅 사이에 뚫린 구멍 사이로 붉은 산을 한 번 더 쳐다본 후, 서쪽으로 ―당황하지 않고― 인벌리드 호텔을 향해 뛰어 갔다.

스물
다섯

노만은 죽어가고 있었다.

하먼은 임시변통의 —그다지 쓸모없는— 양호실로 개조된 아르디스 홀 1층의 작은 방을 들락날락 했다. 그 방에는 인체 해부 목록과 부러진 뼈를 고정시키는 정도의 간단한 응급 처치법이 적힌 책들이 있었다. 하지만 노만 자신을 빼면, 심각한 부상을 다룰 솜씨를 갖춘 사람이 이곳엔 없었다. 울타리 북서쪽 코너의 새 공동묘지에 묻힌 두 사람은 모두 이 양호실에서 며칠간 고통에 시달리다 죽어갔다.

한 시간여 전 하먼이 북문을 통해 비틀거리며 들어온 이후 에이다는 내내 그의 곁에 있었다. 그녀는 그가 정말로 거기에 있다는 사실을 스스로에게 확인이라도 시키려는 듯 가끔 그의 팔을 쓰다듬거나 손을 잡았다. 하먼은 노만이 누워 있는 바로 옆자리에서 치료를 받았다. 깊게 긁힌 상처였는데 마취도 없이 몇 바늘 꿰매고 (순도 100퍼센트의 알코올을 포함해) 직접 만든 소독약을 들이붓는 더 큰 고통을 감수해야 하는 과정이었다. 하지만 정신을 잃고 누운 노만이 팔과 머리에 입은 부상은 너무나 심각한 상태여서 이렇게 어설픈 치료로는 역부족이었다. 그들은 최선을 다해 상처를 씻고 머리의 상처를 꿰맸으며 소독약을 부었지만 —노만은 알코올을 들이붓는 고통 속에서도 깨어나지 않았다— 그의 팔은 너무 심하게 뜯겨져 몇 가닥의 인대와 피부 그리고 부서진 뼈로 간신히 몸통과 연결되어 있었다. 최선을 다해 꿰매고 동여맸지만 붕대는 벌써 피에 흠뻑 젖어 있었다.

"그이…… 죽을 것 같죠?"

한나가 물었다. 그녀는 피범벅이 된 옷을 갈아입지도 않고 내내 자리를 지켰다. 사람들이 그녀의 왼쪽 어깨에 난 상처를 꿰매고 소독할 때도 그녀는 노만에게서 눈을 떼지 않았다. 페티르가 말했다.

"그럴 것 같아요. 아마 살아남지 못할 거예요."

"왜 아직도 의식불명인거죠?"

"할퀸 상처보다는 뇌진탕 때문일 것 같은데요."

하먼이 말했다. 신경해부 책자가 수백 권이나 되지만, 두개골을 열어 뇌에 가해지는 압박을 줄일 수 있는 방법에 대해선 한 마디도 가르쳐 주지 않는다는 단순한 사실에 하먼은 저주를 퍼붓고 싶었다. 지금 손에 있는 거친 도구에다 전혀 없는 거나 다름없는 수술 경험이라면, 차라리 자연에 맡겨두는 것보다 노만은 더 빨리 죽어버릴 것이 분명했다. 어떤 길을 택하건 노만-오디세우스는 죽고 말 것이다.

평소 양호실을 관리하고 하먼보다 더 많이 의학 서적을 검색해 온 퍼먼은, 팔을 절단하기로 결정해야 할 경우를 대비해 톱과 칼의 날을 갈며 쳐다보았다.

"팔을 어떻게 할 건지 빨리 결정을 내려야 할 거예요."

그는 부드럽게 한 마디 한 후 숫돌로 몸을 돌렸다. 한나가 페티르를 향했다.

"당신이 그를 운반하는 동안 뭐라고 중얼대는 것을 들었어요. 하지만 나는 알아듣지 못했죠. 무슨 뜻이 있는 말이었나요?"

"별로요. 거의 알아들을 수가 없었어요. 튜린 드라마에 나오는 오디세우스가 쓰던 언어 같다는 생각을 했어요……"

"그리스어."

하먼이 말했다.

"글쎄, 그리스어인지 뭔지……"

페티르가 말했다.

"내가 영어로 알아들을 수 있었던 몇 단어들은 별로 중요한 단어들이 아니었어요."

"뭐였는데요?"

"문장 끝에 '문'이라는 말을 했던 것 같아요. 그리고 '부숴'란 말도…… 들은 것 같아요. 뭐라고 중얼거리긴 했는데, 나도 숨이 턱에 차 있었고, 장벽의 보초들이 소리를 질러대고 있었어요. 우리가 보호 울타리 북문에 다가가고 있을 때였으니까, 문을 열어주지 않으면 '부숴' 버리라고 한 말 아닐까요."

"말도 안돼요."

"그는 고통 때문에 정신을 잃어가고 있었잖아요."

"그럴지도 모르죠."

하먼이 말했다. 그는 양호실을 떠났다. 에이다는 여전히 그의 팔을 잡고 대리석 저택 사이를 걷기 시작했다.

아르디스 거주자 400명 중 약 50명 정도가 식당에서 식사를 하고 있었다.

"당신 뭘 좀 먹어야 해요."

하먼이 에이다의 배를 살짝 치며 말했다.

"배고파요?"

"아니, 아직."

사실 하먼은 할퀸 상처가 있는 다리가 얼마나 아픈지 약간 속이 메슥거렸다. 아니면 침상에 누워 피 흘리며 죽어가는 노만의 이미지가 머릿속에 남아 있기 때문일 수도 있었다.

"한나가 엄청 속상해 할 거예요."

에이다가 속삭였다. 하먼은 건성으로 고개를 끄덕였다. 무의식 속에서 무언가가 자신을 갉아먹고 있는 듯한 느낌을 떨쳐버리려 애쓰고 있었다.

그들은 한때 거대한 무도장이었던 곳을 지났다. 지금은 수십 명의 사람들이 긴 테이블에 둘러 앉아 나무 화살대에 청동 화살촉을 붙인 후 깃털을 덧대거나, 창이나 활을 깎고 있었다. 많은 사람들이 고개를 들어 에이다와 하먼에게 목례를 했다. 하먼은 열기로 달궈진 대장간 구역까지 계속 걸어갔다. 그곳에서는 세 명의 남자와 두 명의 여자가 청동 무기와 검을 두드리고 거대한 숫돌에 갈아 날을 세우고 있었다. 하먼은 아침 시간의 그 공간이 참을 수 없이 뜨겁다는 것을 알고 있었다. 액체 상태의 금속을 틀에 붓고 두드려서 검의 모양을 갖추는 곳이었기 때문이다. 그는 멈춰 서서 칼날과 손잡이를 만져 보았다. 손잡이에 가죽을 씌우는 단계만 남은 완제품이었다.

정말 조잡하군, 그는 생각했다. *노만의 키르케 검은 —어디에서 왔건 간에— 고사하고 튜린 드라마에 나오는 무기와 비교해도 거칠기 짝이 없는 솜씨야. 게다가 우리 고전-인류들이 2천여 년의 세월을 지나 처음으로 주조하고 다듬어낸 기술적 업적이 고작 이 거친 무기들이라니 얼마나 슬픈 일인가. 마침내 다시 무기의 시대가 도래한 것이다.*

리먼이 메인 건물로 향하는 길에 있는 대장간 구역으로 뛰어 들어왔다.

"무슨 일이에요?"

에이다가 말했다.

"보이닉스들이요."

리먼은 부엌에서 허드렛일을 마치고 보초 임무를 맡기 위해 밖으로 나갔던 터였다. 저녁이 되면서 내리기 시작한 비에 젖어 있었고, 수염엔 얼음조차 맺혀 있었다.

"엄청나게 많은 보이닉스들이요. 한꺼번에 이렇게 많은 건 첨 봐요."

"아직 숲에서 나오지는 않았겠지?"

하먼이 물었다.

"나무들 아래 뭉쳐 있어요. 하지만 정말 수없이 많아요."

외곽의 모든 방어벽으로부터 경계경보가 울리기 시작했다. 만약 보이닉스들이 진짜 공격을 시도해 오면 나팔 소리가 울려 퍼질 것이다. 식당에 있던 모든 남녀들은 옷과 무기를 집어 들고 장벽과, 마당, 창문, 현관, 박공, 베란다, 그리고 저택의 발코니 등에 있는 각자의 전투 위치로 향했다. 하먼은 꼼짝도 하지 않았다. 뛰쳐나가는 무리들이 강물처럼 자신을 스쳐 지나가게 두었다.

"하먼?"

에이다가 속삭였다. 그는 흐름의 반대 방향으로 몸을 돌려, 노만이 누워 있는 양호실로 그녀를 이끌었다. 한나는 급히 코트를 걸치고 창을 집어 들었지만 노만의 곁을 떠날 수는 없을 것 같았다. 문밖으로 반쯤 나왔던 페티르는 하먼과 에이다가 노만의 피 묻은 침상을 지키기 위해 들어서자 다시 돌아왔다. 하먼이 속삭였다.

"문을 부수라고(crash the gate) 말한 게 아니야. 그는 골든 게이트라고 했어. 골든 게이트의 요람(crèche at Golden Gate)이라고."

바깥에서 나팔 소리가 들리기 시작했다.

스물
여섯

데이먼은 외곽의 팩스 전송실로부터 아르디스 홀까지 1과 4분의 1 마일에 이르는 길을 어둠 속에서 걸어야 한다 해도, 지금 곧장 아르디스 노드로 전송해 들어가 자신이 목격한 것을 보고해야 한다는 것을 알고 있었다. 그러나 그는 그렇게 하지 못했다. 하늘에 생긴 구멍에 대한 소식이 중요하게 느껴진 만큼이나, 돌아갈 마음의 준비가 되지 않았기 때문이다.

그는 예전에는 알려지지 않았으나 6개월 전 대추락의 생존자를 찾느라고 409개의 알려진 노드를 점검하고, 목록에 없는 목적지를 검색하면서 발견해두었던 장소로 자신을 전송시켰다. 덥고 햇빛이 많은 곳이었다. 이곳의 전송실은 바닷바람에 부드럽게 흔들거리고 있는 야자나무 사이의 작은 언덕에 위치하고 있었다. 언덕 바로 아래에 해변이 시작되었다. 하얀 초승달 모양의 해변이 너무나 맑아서 암초가 시작되는 40피트 깊이까지 모래 바닥이 훤히 들여다보이는 석호潟湖를 감싸고 있었다. 주위엔 아무도 없었다. 비록 데이먼이 백사장 북쪽 내륙에서 잡초에 뒤덮인 폐허를 —한때 최종전송 이전以前 도시였다— 찾아내긴 했지만, 지금 여기엔 고전-인류도 후기-인류도 없었다.

잠시 앉아 생각에 잠기기 위해 열두어 번 정도 이곳을 찾았지만, 보이닉스는 본 적이 없었다. 단지 엄청나게 크고 다리가 없으며 지느러미가 달린 사우리안 같은 게 암초 너머 파도 사이로 떠올랐다가 30피트짜리 상어를 입에 물고 사라져 가는 것을 한번 본 적은 있었지만, 다소 불쾌했던 이 장면 외에 여기서 위협이 될 만한 것은 보지 못했다. 이제 그는 해변으로 터덜터덜 걸어가 무거운 석궁을 내려놓고 그 옆에 앉았다. 태양이 뜨거웠다. 두툼한 배낭을 내리고 재킷과 셔츠도 벗었다. 재킷 주머니에서 무언가가 매달려 있기에 당겨서 꺼냈다. 해골 테이블에 깔려 있던 튜린 복이었다. 모래 위로 멀리 던져버렸다. 데이먼은 신발과 바지와 속옷도 벗어버리고 물가로 걸어갔다. 정글 쪽으로 눈을 돌려 아무도 없다는 사실을 새삼 확인하려 들지도 않았다.

어머니가 죽었다. 이 사실은 그에게 신체적인 충격을 안겨주었다. 그는 다시 앓아누울 것만 같았다. *죽었다.*

데이먼은 벌거벗은 채 파도를 향해 걸었다. 그는 석호 가장자리에 서서 따뜻한 파도에 발을 적셨다. 발가락 아래의 모래를 움직여 보았다. *죽었다.* 이제 다시는 어머니를 만날 수도, 목소리를 들을 수도 없다. *절대, 절대, 절대, 절대, 절대로.* 젖은 모래 위로 무겁게 주저앉았다. 데이먼은 죽음으로 생을 마감해야 하는 이 새로운 세상의 법칙과 스스로 화해했다고 생각해 왔다. 그는 여덟 달 전에 프로스페로의 섬에서 자신의 죽음과 맞닥뜨렸을 때 이 황당한 현실을 받아들였다고 믿었다.

나는 내가 언젠가 죽을 운명이라는 것을 알고 있었다⋯ 하지만 어머니 생각은 하지 않았어. 마리나가 죽다니. 그건 정말⋯ 공평하지 못해.

데이먼은 자신이 생각하고 느끼던 것들의 부조리함에 흐느끼며 웃었다. 대추락 이래 수천 명이 죽었다⋯ 그 자신이 아르디스의 특사로서 수백 개의 다른 노드를 방문했기 때문에 수천 명이 죽었다는 사실을 알고 있었다. 수많은 무덤을 보았고 심지어는 어떤 공동체에서는 직접 땅을 파는 법을 가르치기도 했다. 시신이 썩어 사라지게 하기 위해⋯

어머니! 고통을 느끼셨을까? 칼리반이 어머니를 갖고 놀았을까, 고문했을까, 학살하기 전까지 고문했을까?

칼리반의 소행이라는 걸 알아. 그놈이 모두를 죽인거야. 불가능한 일이래도 상

관없어. 그게 사실이니까. 그놈이 모두를 죽인거야, 오직 어머니를 죽여 해골 피라미드의 맨 꼭대기에 올려놓기 위해서. 나한테 그것이 진짜 내 어머니라는 사실을 증명하기 위해 붉은 머리카락을 남겨 두었던 거야. 칼리반. 너 시팔, 개좆같은 새끼, 육시랄 변태 호래자식, 지옥에나 떨어질 말종······

숨을 쉴 수가 없었다. 그의 가슴은 꽉 막혀 버렸다. 마치 다시 숨을 쉬어 보려는 듯 입을 열었지만, 공기를 마실 수도 뱉을 수도 없었다.

죽었다. 영원히. 죽었다.

그는 일어나 햇빛에 데워진 물속으로 걸어 들어가 잠수를 했다. 팔을 뻗어 거칠게 수영을 했다. 상어를 물어뜯는 거대한 괴물이 나타났던 하얀 파도가 넘실대는 암초까지 헤엄쳤다. 두 눈과 뺨에 따가운 소금물을 느끼며 미친 듯이 헤엄쳐 갔다···· 수영 덕택에 그는 다시 숨을 쉴 수 있었다. 그는 석호가 끝나고 바다가 시작되는 지점까지 백 야드를 헤엄쳐 나갔다. 온몸을 감싸는 차가운 해류를 느끼며, 암초 너머의 거친 파도를 바라보며, 파도가 부딪히며 내는 멋진 폭력의 소리를 들으며, 그를 멀리 끌고 가려는 역류에 몸을 맡기고 싶은 충동에 사로잡히며, 더 멀리, 더 멀리···· 태평양에는 대서양에서처럼 정박할 만한 곳이 없으니, 그의 몸은 몇날 며칠을 그대로 떠다닐 것이다. 마침내 그는 방향을 돌려 해변으로 헤엄쳐 돌아왔다.

그는 발가벗은 것도 잊은 채 물 속에서 나왔지만 자신의 안전을 잊지는 않았다. 그는 소금기가 덮인 왼손바닥을 들어 파넷 기능을 작동시켰다. 그가 있는 곳은 남태평양의 섬이었다. 데이먼은 이 생각에 거의 웃음이 났다. 왜냐하면 하먼을 만나기 전인 아홉 달 전에만 해도 그는 대양들의 이름은커녕 지구가 둥글다는 사실도, 대륙들의 존재도, 심지어는 한 개 이상의 바다가 있다는 사실조차도, 모르고 있었다. 헌데 이런 사실을 알았다고 해서 도대체 좋아진 게 뭐란 말이지? 아무리 생각해 봐도 아무 것도 없었다.

그러나 파넷은 주변에 어떤 고전-인류도 보이닉스도 없다는 것을 보여주었다. 그는 옷이 있는 해변까지 걸어 올라가 비치 담요 대신 재킷 위로 쓰러졌다. 햇볕에 그을린 그의 다리는 모래로 덮여 있었다. 그가 막 무릎을 꿇었을 때 육지 쪽에서 불어온 바람이 튜린 복을 들춰 올려 그의 머리 위를 지나 물 쪽으로 날려 보냈다. 순전히 반사적으로 손을 뻗어 잡았다. 그는 머리를 흔들고는 정교하게 수가 놓인 천의 가장자리로 머리카락을 말렸다.

데이먼은 뒤로 벌렁 누웠다. 손에는 여전히 천을 움켜쥔 채 티끌 한 점 없는 하늘을 올려보았다.

어머니는 죽었다. 내 손으로 어머니의 유골을 만졌다. 수백 개의 해골 사이에서 —비록 짧고 붉은 머리카락 몇 개가 흉물스럽게 암시를 주긴 했지만— 어떻게 그 하나가 어머니의 것임을 알아볼 수 있었을까? 그것은 정말 확신이었다. *다른 해골들과 함께 그대로 남겨 두었어야 했나?* 고면과 두기는 싫지만. 파리스 크레이터에 살면서 그 사내는 자신의 완고함으로 어머니를 죽이다시피 했었다. 아니, 절대 그놈과는 안 돼. 데이먼은 분화구의 붉은 마그마 안으로 사라져 가던 하얗고 작은 해골의 이미지를 또렷이 기억하고 있었다.

눈을 감고 진저리를 쳤다. 오늘밤의 고통은 물리적인 것으로, 그의 눈 뒤에 숨어서 창처럼 찔러댔다. 그는 당장 아르디스로 돌아가 자신이 목격한 것을 모든 사람들에게 알려야 했다. 칼리반이 지구로 돌아왔다는 사실과, 밤하늘에 뚫린 구멍에 대해, 그리고 그 구멍에서 걸어 나오던 거대한 존재에 대해.

하먼이나 노만, 에이다 혹은 다른 사람들이 던질 질문들을 상상해 보았다. *그게 칼리반이라는 것을 어떻게 확신할 수 있나요?*

데이먼은 믿어 의심치 않았다. *그냥 알았다.* 프로스페로의 궤도 섬 안 거대한 성당의 폐허에서 거의 무중력 상태로 그와 한 덩어리가 되어 뒹굴었던 그 순간 이후 그와 괴물 사이에는 어떤 연대감이 생겨났다. 대추락 이래 그는 칼리반이 여전히 살아 있다는 것을 알고 있었다. 거의 불가능해 보였지만 어떤 식으로든 그 섬을 빠져나와 지구로 돌아왔다는 것을 알고 있었다.

그걸 어떻게 알아요?

그냥 알았다.

어떻게 보이닉스보다 더 작은 하나의 생물체가 파리스 크레이터의 생존자들을 말살시킬 수가 있지? 그것도 대부분이 남자였을 텐데?

칼리반은 지중해 바다 속에 있는 클론 같은 놈들을 ─수백 년 전 세테보스의 보이닉스를 억제하기 위해 프로스페로가 창조했던 칼리바니를─ 이용할 수도 있었을 터. 그러나 데이먼은 그 괴물의 짓은 아닐 거라고 생각했다. 칼리반이 혼자 어머니와 다른 모든 이들을 학살했을 거야. 나에게 메시지를 보내기 위해.

만약 칼리반이 자네에게 메시지를 보내려고 했다면, 왜 곧장 아르디스 홀로 와서 우리 모두를 죽이지 않았지? 자네만 남겨놓고 말이야?

좋은 질문이야. 데이먼은 이미 답을 알고 있다고 생각했다. 그는 칼리반 녀석이 궤도의 도시 아래 있는 놈의 더럽고 썩은 웅덩이에서 눈 없는 도마뱀 같이 생긴 녀석을 잡아 올려 갖고 노는 것을 보았다. 실컷 괴롭히고 희롱한 다음 통째로 삼켜 버렸지. 또한 칼리반이 그들을 갖고 노는 것도 봤다. 하먼, 새비 그리고 데이먼 자신을. 녀석은 번개처럼 뛰어 올라 그 늙은 여인의 목을 물고 물밑으로 끌고 들어가 삼킬 때까지 그들을 실컷 조롱했다. 나는 지금 조롱을 당하고 있는 것이다. 우리 모두가.

파리스 크레이터에 생긴 구멍으로 무엇이 다가오고 있는 것을 보았지?

역시 좋은 질문이야. 무엇을 보았느냐고? 사방엔 먼지가 자욱하고 허리케인 바람이 남긴 잔해들이 공기를 꽉 채우고 있었다. 게다가 구멍에서 쏟아져 나오는 빛은 눈이 멀 지경이었다. 여러 개의 손에 의존해 빙빙 돌며 걸어 나오는 거대한 뇌라구? 아르디스 홀 사람들의 ─아니, 어떤 생존자 공동체라도 그렇지─ 반응이 어떨지 상상할 수 있었다.

그러나 하먼은 비웃지 않을 것이다. 칼리반이 낄낄대고 헐떡이며 자신의 아버지-신인 세테보스에 대해 장광설을 늘어놓았을 때 하먼은 데이먼과 함께 있었잖아. 그리고 순식간에 죽어갔던 새비도. "세테보스, 세테보스, 세테보스!" 괴물은 비명을 질렀다. "생각하라. 그는 달의 차가움 속에 계시도다." 그리고 나중에는 이렇게 말했다. "‥‥ 오징어처럼 여러 개의 손을 가진 세테보스, 자신의 악행으로 두려움을 불러일으키는 분이시다. 그분은 세상을 올려다보고 인생의 고요하고 행복한 부분을 견딜 수 없다는 것을 처음으로 깨달으셨도다. 그러기에 이 싸구려 세상을 만들어 너희들을 현혹시키는도다. 이 훌륭한 가짜들은 장미나무 열매가 포도알과 구별되지 않듯이 딱 진짜처럼 보이는구나."

데이먼과 하먼은 나중에 "싸구려 세상"이란 프로스페로의 궤도 섬을 뜻한다고 결론 내렸다. 그러나 지금 그가 생각하고 있는 것은 칼리반의 신 세테보스였다. "오징어처럼 여러 개의 손을 가진."

"구멍을 통해 나오고 있던 그 놈은 얼마나 컸지?"

실제로 얼마나 컸냐고? 고층 빌딩이 난장이처럼 보일 정도로 커 보였어. 하지만 빛과 바람 그리고 산의 반사광 때문에 데이먼은 그것의 실제 크기는 정확히 알 수 없었다.

돌아가야만 해.

"오, 지저스 크라이스트!"

데이먼은 신음했다. 순간 그는 어린 시절부터 사용해 온 이 간단한 감탄구가 잃어버린 시대의 잃어버린 신과 관계있다는 사실을 깨달았다. "오, 지저스 크라이스트." 오늘밤엔 파리스 크레이터로 돌아가고 싶지 않았다. 해변의 따뜻한 햇볕과 안전함 속에 머물고 싶었다.

거대한 오징어는 파리스 크레이터에 무슨 볼일이 있어서 왔을까? 칼리반을 만나기 위해?

그는 아르디스로 귀환하기 전에 다시 돌아가 정찰을 해야만 했다. 그러나 지금이순간은 아니었다. 바로 지금 이순간만은.

안구 뒤로 바늘처럼 쑤셔대는 고뇌와 슬픔에 데이먼의 머리는 터질 것 같았다. 이곳의 햇빛은 빌어먹게도 너무 강했다. 처음으로 그는 자신의 왼손으로 두 눈을 가렸다. 섬광 같은 광선은 너무나 강했다. 그는 튜린 복을 들어 예전에도 수없이 그랬듯이 얼굴을 덮었다. 그는 튜린 드라마에 별 흥미가 없었다. 살면서 흥밋거리라고는 여자를 유혹하거나 나비를 수집하는 것뿐이었다. 하지만 지루할 때나 단순히 호기심이 발동할 때면 종종 튜린 아래로 기어들어갔다. 단순히 습관적으로. 모든 튜린 드라마는 시종이나 전기불과 마찬가지로 죽어 있는 무기물이라는 사실을 알면서 그는 옷에 수놓아진 전자 회로에 이마를 맞대었던 것이다.

이미지와 목소리와 육체적 감각들이 흘러 들어왔다.

아킬레스는 아마존 펜테실레이아의 시신 옆에 무릎을 꿇고 앉아 있다. 구멍은 이제 닫혔다. 붉은 화성이 테티스 해변의 동쪽과 남쪽을 가로질러 펼쳐졌다. 일리움이나 지구의 흔적은 보이지 않는다. 그리고 아킬레스와 함께 아마존에 맞서 싸웠던 대부분의 장군들은 늦기 전에 구멍 속으로 도망쳤다. 대-소 아이아스는 갔다. 디오메데스도, 이도메네우스도, 스티키우스도, 스테넬루스도, 유리알루스도, 테우케르도 ―심지어 오디세우스도 사라졌다. 몇몇의 아카이언들은 ―유에노르, 프레테실라오스 그리고 그의 친구 포다르케스, 메니푸스― 패배한 아마존들 사이에 전사한 채 누워 있다. 구멍이 닫힐 때의 혼란과 당황스러움 사이에서 아킬레스의 가장 충실한 전사들인 미르미돈들조차 다른 사람들과 함께 빠져나갔다. 대장 아킬레스도 함께 도망치고 있다고 믿으면서.

아킬레스만이 홀로 죽은 자들과 함께 남았다. 올림포스 밑자락의 가파른 절벽으로부터 화성의 바람이 불어와 흩어져 있는 텅 빈 갑옷을 울려대고, 붉은 땅위에 죽은 자를 뚫고 서 있는 창끝의 깃발을 휘날려댄다.

발 빠른 학살자는 펜테실레이아의 몸을 다정히 감싸 안아 그녀의 머리와 어깨를 자신의 무릎 위에 얹는다. 그는 자신이 저지른 행위 앞에서 눈물을 흘린다. 창에 뚫린 젖가슴, 피가 말라버린 그녀의 상처들. 오 분 전만 해도 승리자였던 아킬레스는 죽어가는 여왕을 위해 눈물을 흘리고 있다.

"프리아모스 왕이 너에게 어떤 금은보화를 약속했는지 모르지만, 어리석은 소녀여, 이것이 너의 보상이구나! 이제 개들과 새들이 너의 하얀 살점을 뜯어먹겠구나."

아킬레스는 자신의 말에 취해 더욱 격렬하게 울 따름이다. 그녀의 반듯한 눈썹과 여전히 분홍색을 띤 입술에서 눈을 떼지 않는다. 아마존의 금빛 곱슬머리가 불어오는 바람에 흔들거리고 그는 그녀의 속눈썹을 바라보며 눈이 깜박이길, 두 눈이 다시 떠지기를 기다린다. 그의 눈물방울이 그녀의 먼지투성이 볼과 눈썹 위로 떨어지고 그는 자신의 옷자락을 들어 그녀의 얼굴에 묻은 진흙을 지운다. 그녀의 눈꺼풀은 깜박이지 않는다. 그녀의 두 눈은 열리지 않는다. 그가 던진 창은 그녀의 몸을 뚫고 타고 있던 말까지 뚫어 버렸다. 그 정도로 강력한 힘으로 던져진 창이었던 것이다.

"그녀를 죽일 게 아니라 그녀와 결혼했어야 했어, 펠레우스의 아들이여."

아킬레스는 고개를 들어 눈물 사이로 그와 태양 사이에 서 있는 거대한 존재를 올려다본다.

"팔라스 아테나! 여신이여⋯⋯"

학살자는 말을 꺼내지만 맺지 못하고 목이 메어버린다. 그는 모든 신들 중에서 아테나야말로 자신의 가장 적대적인 신이라는 사실을 알고 있다. 왜냐하면 아테나는 8달 전 그의 막사에 나타나 그의 절친한 친구 파트로클로스를 살해한 장본인이며, 지난 시간 동안 수많은 신들에게 부상을 입혀 가면서 가장 학살하고 싶었던 대상이기도 했으니까. 그런데 지금 아킬레스의 마음속에선 아무 분노가 일어나지 않는다. 오직 펜테실레이아에 대한 한없는 슬픔만을 느낄 뿐이다.

"정말 이상한 일이지."

금빛 갑옷을 입은 채, 저녁 햇빛으로 번쩍이는 기다란 금빛 창을 들고, 아킬레스 쪽으로 몸을 숙이며 여신이 말한다.

"바로 20분전까지만 해도 너는 그녀의 몸을 개들이나 새들에게 던져주기를 원했지, 아니, 던져주고 싶어 환장하지 않았느냐. 그런데 지금은 그녀를 위해 눈물을 흘리다니."

"그녀를 죽일 당시엔 그녀를 사랑하고 있지 않았소."

아킬레스가 겨우 말한다. 그는 죽은 아마존의 반듯한 이마에서 진흙 자국을 닦아낸다. 팔라스 아테나가 말한다.

"그렇지, 넌 이전에는 이처럼 사랑한 적이 없었지. 그 어떤 여자도."

"나는 수많은 여자들을 데리고 잤소."

여전히 펜테실레이아의 죽은 얼굴에서 눈을 떼지 못하며 아킬레스가 말한다.

"나는 브리세이스에 대한 사랑 때문에 아가멤논과 싸우기를 거부한 사람이오."

아테나가 웃는다.

"브리세이스는 너의 노예였어, 펠레우스의 아들. 네가 동침한 모든 여자들은 ─ 네 아들의 어미 피루스까지도─ 모두 네 이기적 자아의 노예들이었어. 바로 오늘 이 순간까지 너는 여자를 *사랑한 적이 없어*, 발 빠른 아킬레스여."

아킬레스는 일어나 여신과 대결하고 싶은 충동을 느낀다. 그녀는 결국 최악의 적, 파트로클로스의 살해자, 그로 하여금 사람들을 선동하여 신들에 대항한 전쟁으로 이끌게 한 장본인이 아닌가. 그러나 곧 펜테실레이아를 감싸고 있는 팔을 풀 수가 없다는 것을 깨닫는다.

그녀가 던진 창은 명중하지 않았다. 그럼에도 불구하고 그의 심장은 이미 정통으로 뚫린 것이다. 이 학살자는 한 번도 ─가장 아끼던 파트로클로스가 죽었을 때조차도─ 이렇게 끔찍한 슬픔에 사로잡힌 적이 없었다.

"왜···· 하필···· 지금이지?"

끔찍한 슬픔에 겨운 목소리로 그가 묻는다.

"왜···· 하필···· 이 여자야?"

"욕정의 마녀 아프로디테가 너한테 주문을 걸어 놓았기 때문이지."

아킬레스가 고개를 돌리지 않고도 자신을 볼 수 있도록 아테나는 아킬레스와 아마존의 쓰러진 말 주변을 돌며 말한다.

"지금까지 너의 의지를 혼란에 빠뜨리고 너의 친구들을 죽이고 네 기쁨을 말살한 장본인은 바로 아프로디테와 그녀와 근친상간에 빠진 오라비 아레스였다. 파트로클로스를 죽이고 지난 여덟 달 동안 그의 시체를 유기한 것은 아프로디테였어."

"아니야···· 내가 그 자리에 있었어···· 내가 봤다구····"

"네가 본 것은 나로 변장한 아프로디테였어."

팔라스 아테나가 말을 가로막았다.

"우리 신들이 언제든지 원하는 모양으로 둔갑할 수 있다는 사실을 모르느냐? 내가 직접 죽은 펜테실레이아로 변신하여, 네가 죽은 육신 대신에 살아 있는 육체에 욕정을 풀게 해주랴?"

아킬레스는 입을 딱 벌리고 그녀를 노려보았다.

"아프로디테……"

잠시 후 그가 입을 연다. 그의 목소리엔 저주가 실려 있다.

"그년을 죽여 버리겠어."

아테나가 미소 짓는다.

"너무 늦은 감이 있긴 하지만 제일 가치 있는 행동이 될 것이다, 발 빠른 학살자여. 너에게 이것을 주마……"

그녀는 보석이 박힌 단도를 건넨다. 오른손으로는 여전히 펜테실레이아를 감싼 채 그는 왼손으로 단도를 받는다.

"이게 뭐지?"

"칼이지."

"그건 나도 알아."

아킬레스가 으르렁거린다. 그의 말투에선 제우스의 세 번째 자식이자 여신인 상대방에 대한 존중심이 조금도 묻어나지 않는다.

"나한테도 훌륭한 칼이 있는데 도대체 왜 이 여자애 장난감 같은 칼을 주겠다는 거지? 필요 없으니 도로 가져 가."

"이 칼은 좀 달라. 이 칼은 신을 죽일 수 있지."

"내 칼로도 이미 신들을 여럿 베었어."

"그래, 베었지. 하지만 죽이지는 못했어. 이 칼은 너희들 인간의 칼이 하찮은 너희들의 육신을 끝장내듯 신들의 영원한 육체를 끝장낼 수 있어."

아킬레스는 펜테실레이아의 육체를 가볍게 들어 올려 어깨에 걸치면서 자리에서 일어난다. 그의 오른손에는 단도가 쥐어져 있다.

"왜 나한테 이런 물건을 주는 거지, 팔라스 아테나? 우리는 지난 몇 달 동안 철천지원수로 지내왔잖아. 왜 이제 와서 날 도우려는 거지?"

"나름 이유가 있거든, 펠레우스의 아들아. 호켄베리는 어디 있지?"

"호켄베리?"

"그래, 한 때 스콜릭이었던 아프로디테의 하수인. 아직 살아 있나? 내가 그 인간하고 좀 청산해야 할 게 있는데 어디 있는지 찾아낼 수가 없어. 모라벡들의 힘의 장이 우리 신들의 천리안을 흐리고 있어."

아킬레스는 주위를 둘러 본 후, 자신이 이 화성 땅에 유일하게 남아 있는 인간이란 사실을 처음 깨닫는 듯 눈을 껌뻑인다.

"바로 몇 분 전만 해도 호켄베리는 여기 있었어. 내가 그.여자를⋯⋯ 학살하기 바로 직전까지 그와 대화를 나누었거든."

"난 이 호켄베리를 꼭 만나야 해."

아테나가 혼잣말처럼 말한다.

"오늘이야말로 청산의 날이다, 비록 너무 늦었지만⋯⋯"

그녀는 자신의 가느다랗고 강력한 손을 뻗어 아킬레스의 턱을 들어 올리더니 자신의 눈을 피하지 못하도록 얼굴을 고정시킨다.

"펠레우스의 아들아, 이 여인이⋯⋯ 이 아마존 여인이⋯⋯ 다시 살아나 너의 신부가 되기를 원하느냐?"

아킬레스가 마주본다.

"나는 이 사랑의 주문에서 벗어나고 싶소, 고결한 여신이여."

아테나는 황금빛 투구가 씌워진 머리를 흔든다. 붉은 태양이 그녀의 갑옷에 부딪혀 사방으로 흩어진다.

"아프로디테의 이 특별한 주문을 풀 방법은 없다. 한 번 페로몬이 명령을 내리면 그것으로 끝이지. 펜테실레이아는 네 생의 사랑으로 남을 것이다, 죽은 시체로 건 살아 있는 여인으로건⋯⋯ 그녀가 다시 살아나기를 원하느냐?"

"그렇다!"

두 팔에 죽은 여인을 안고 두 눈엔 광기를 가득 담은 채 가까이 다가오며 아킬레스가 외친다.

"그녀를 살려 다오!"

"어떤 신도 그것만은 할 수가 없단다, 펠레우스의 아들아."

아테나가 슬픈 목소리로 말한다.

"언젠가 네가 오디세우스에게 말했지. '튼실한 소와 양떼는 훔칠 수 있고, 삼발이가 달린 제단과 최고의 말은 빼앗을 수 있지만, 인간의 목숨만은 —여자의 목숨도 물론, 아킬레스야— 다시 돌려받을 수 없네. 인간의 목숨, 일단 저 세상으로 가고 나면 훔칠 수도 없고 힘으로 되찾을 수도 없다네.' 아버지 제우스에게조차도 부활의 능력은 없단다, 아킬레스야."

"그러면 도대체 왜 나한테 그런 망할 제안을 하는 거야?"

학살자가 으르렁거린다. 그는 이제 사랑과 나란히 분노가 차오름을 느낀다. 물과 기름, 불과⋯⋯ 얼음? 얼음은 아니고. 다른 종류의 불길. 그는 이 분노와 동시에 자신의 손에 쥐어진 신성 학살용 칼을 또렷이 인식한다. 성급한 행동을 하기 않기 위해 그는 넓은 전투용 허리띠에 칼을 꽂는다. 아테나가 말한다.

"펜테실레이아의 목숨을 살리는 것은 가능한 일이야. 하지만 나에게는 그 능력이 없어. 나는 그녀의 몸이 절대 썩지 않도록 암브로시아를 뿌려 놓겠어. 그녀의 시신은 영원히 분홍빛 뺨과 네가 지금 느끼고 있는 희미한 따뜻함을 간직하게 될 거야. 그녀의 아름다움은 결코 그녀를 떠나지 않을 거고."

"그게 나한테 무슨 소용이란 말이지?"

아킬레스가 투덜거린다.

"나한테 시체성애屍體性愛라도 즐기란 말이야?"

"그거야 뭐 네 취향 문제지."

아테나의 능글맞은 대답에 아킬레스는 허리띠에 꽂힌 칼을 빼낼 뻔한다. 그녀가 말을 잇는다.

"하지만 만일 네가 행동하는 사내라면, 연인의 시신을 올림포스 산 꼭대기로 데려갈 테지. 거기, 호수 바로 옆 거대한 건물에, 우리 신들의 비밀이 숨어 있지. 그곳엔 투명한 용액으로 가득 찬 탱크들이 있고, 우리 상처와 모든 부상을 치료해 — 네가 멋지게 표현했듯이 — 저 세상에서 다시 돌아올 수 있도록 해 주는 이상한 존재들이 있어."

아킬레스는 몸을 돌려 햇빛을 받고 있는 무한의 산을 바라본다. 영원히 높이 솟아 있는 산. 꼭대기는 보이지도 않는다. 거대한 땅덩어리의 시작에 불과한 솟아 있는 수직의 절벽은 만 사천 피트도 넘어 보인다. 그가 되묻는다.

"올림포스를 오르라고⋯⋯."

"에스컬레이터가 있었지⋯⋯ 계단 말이야."

팔라스 아테나가 긴 창을 들어 가리키며 말한다.

"저기 폐허가 보이지? 지금도 저기가 가장 오르기 쉬운 길이야."

"한 걸음 뗄 때마다 목숨을 걸어야 할 걸."

조롱에 가득한 웃음을 지으며 아킬레스가 말한다.

"나는 여전히 신들과 싸우고 있는 중이거든."

아테나도 조롱 섞인 웃음을 짓는다.

"지금은 신들끼리도 서로 싸우는 판국이야. 그리고 그들은 이제 브레인 홀이 영원히 닫혀 버렸다는 사실을 알고 있어. 인간들은 더 이상 올림포스를 위협할 수 없게 된 거지. 내 생각에 네가 산을 오르는 동안에는 아무 방해나 저항이 없을 거야. 하지만 일단 그곳에 도착하면 경보를 울리겠지."

"아프로디테가."

발 빠른 학살자가 속삭인다.

"그래, 거기 있을 거야. 그리고 아레스도. 너만의 지옥을 지어 줄 건축가들은 모두. 내 허락 할게. 그들을 죽여도 좋아. 대신 내 암브로시아와 안내와 사랑에 대한 대가로 딱 하나만 요구하겠어."

아킬레스는 그녀를 향해 몸을 돌리고 기다린다.

"네가 사랑하는 아마존 여인을 되살리고 나면 치료 탱크를 부숴버려. 치료자들을 —팔과 눈깔이 수없이 달린 지네 같은 괴물들을— 모두 죽여 버려. 치료자의 방에 있는 것들은 모두 파괴해 버려."

"여신이여, 그러면 당신의 불멸성도 동시에 파괴되지 않는가?"

"그건 내 문제지, 펠레우스의 아들."

아테나가 말한다. 그녀는 팔을 뻗어 손바닥을 아래로 한다. 금빛 암브로시아가 창구멍이 뚫린 피투성이 펜테실레이아의 몸으로 쏟아진다.

"이제 떠나라. 나는 나의 전쟁터로 돌아가야 한다. 일리움 문제는 곧 결정이 날 것. 너의 운명은 그곳, 올림포스에서 결정될 것이다."

그녀는 그들 위로 무한이 솟아 있는 산을 가리킨다.

"당신은 마치 내가 신의 능력이라도 가지고 있는 듯 몰아세우는군, 팔라스 아테나."

"펠레우스의 아들이여, 넌 언제나 신의 능력을 가지고 있었어."

여신이 말한다. 그녀는 축복의 의미로 손을 들어 올리더니 QT로 사라져 버린다. 부드러운 천둥소리와 함께 공기가 진공상태로 빨려 들어간다.

아킬레스는 펜테실레이아의 몸을 다른 시체들 사이에 잠시 뉘인 후 자신의 막사에서 뜯어낸 하얀 천으로 감싼다. 그리고는 자신의 방패와 창, 헬멧, 그리고 몇 시간 전에 가져 온 빵과 술이 든 가죽 부대를 챙긴다. 마침내 모든 무기를 안전하게 동여맨 후 그는 무릎을 꿇어 아마존을 들어 올린 후 올림포스 산을 향해 걸어가기 시작한다.

"제기랄 것!"

튜린 복을 눈앞에서 치우며 데이먼이 말한다. 오랜 시간이 흘렀다. 그는 손바닥으로 프록스 넷을 확인한다. 근처에는 보이닉스가 없다. 튜린의 마법에 빠져 누워 있는 동안 놈들은 그를 생선처럼 발라낼 수도 있었다. 그가 되넌다.

"제기랄 것!"

해변을 쓰다듬는 낮은 파도 말고는 아무 대답도 들리지 않는다.

"뭐가 더 중요한 거지?"

혼잣말을 한다.

"최대한 빨리 이 튜린 복을 아르디스로 가져가, 왜 칼리반이나 그의 대장이 이 걸 나에게 남겨 놓았는지 밝히는 것? 아니면 파리스 크레이터로 돌아가 손이 수천 개 달린 오징어가 왜 그곳에 나타났는지 알아내는 것?"

그는 잠시 모래 위에 무릎을 꿇고 있었다. 이윽고 그는 옷을 집어 들고 튜린 복 을 배낭에 쑤셔 넣은 후 허리띠에 칼을 차고 석궁을 들었다. 그리고는 전송실을 향 해 터벅터벅 걸어가기 시작한다.

스물
일곱

잠에서 깨어난 에이다는 방에 세 마리의 보이닉스가 있는 것을 발견했다. 그 중 하나가 하먼의 참수된 머리를 칼날 손가락에 꽂고 있었다.

에이다는 뛰는 가슴을 안고 새벽이 오기 직전의 뿌연 빛 속에서 깨어났다. 그녀의 입은 비명이라도 지를 듯 벌어져 있었다.

"하먼!"

그녀는 벌떡 일어나 침대 끝에 걸터앉은 채 두 손으로 머리를 감싸 쥐었다. 아직도 미친 듯이 뛰는 심장 때문에 현기증을 느꼈다. 그녀는 하먼이 여전히 깨어 있는 동안 자신은 침실로 돌아와 잠이 들었다는 사실을 믿을 수 없었다. 이 임신이란 것, 정말 바보 같은 일이야, 그녀는 생각했다. 가끔씩 몸이 의지를 배반하는 것이다.

그녀는 옷을 ─튜닉에 조끼, 광목 바지에 두꺼운 양말을─ 입은 채 잠이 들었다. 그녀는 머리카락과 긴 셔츠를 쓸어내려 엉망이 되어버린 꼴을 수습했다. 그리고는 욕조에서 귀하디귀한 온수를 뒤집어쓸까도 ─하먼은 이걸 언제나 새 목욕이라고 불렀다─ 생각했지만, 그만두었다. 잠들어 있는 새 수없이 많은 일들이 벌어졌을 수도 있다. 에이다는 부츠를 신고 서둘러 아래층으로 내려갔다.

하먼은 널따란 창문이 열려 있고 낮은 쪽 경계선으로 향하는 잔디밭이 내려다

보이는 정면 거실에 있었다. 떠오르는 태양은 보이지 않았다. 구름이 너무 많았고 눈이 내리기 시작했다. 에이다는 예전에도 눈을 본 적이 있었다. 하지만 아주 어렸을 때 이곳 아르디스 홀에서 단 한 번 보았을 따름이었다. 이상할 정도로 얼굴이 상기된 데이먼을 포함한 열 두어 명의 남녀가 창문가에 서서 떨어지는 눈을 바라보며 낮은 소리로 이야기를 나누고 있었다.

에이다는 짧은 포옹으로 데이먼에게 인사를 하고 하먼에게 다가가 팔짱을 꼈다. 그녀가 입을 열었다.

"오디세우스는 좀 어때⋯⋯"

"노만은 아직 살아 있어, 겨우 겨우. 피를 너무 많이 흘려 호흡이 점점 더 곤란해지고 있어. 로이스 생각에는 한 두 시간 안에 죽을 것 같대. 우리가 어떤 결정을 내려야 할지 생각하고 있는 중이야."

그는 그녀의 등 아래쪽을 쓰다듬었다.

"에이다, 데이먼이 어머니에 대한 끔찍한 소식을 가져 왔어."

에이다는 눈빛으로 데이먼에게 그의 어머니가 아르디스로 오길 거부했는지 물었다. 그녀와 데이먼은 지난 8달 동안 마리나를 두 번 방문했는데 이 늙은 여인의 마음을 움직이는 데는 한 번도 성공하지 못했다. 데이먼이 말했다.

"어머니는 죽었어. 칼리반이 죽였어. 거주 타워에 있는 다른 모든 사람들과 함께."

에이다는 피가 날 정도로 세게 손가락을 물더니 이윽고 입을 열었다.

"오, 데이먼, 정말 안됐어, 정말⋯⋯"

그리고는 그가 한 말을 기억해 내고는 속삭였다.

"칼리반이라고?"

그녀는 프로스페로의 섬에 대한 하먼의 이야기를 통해 그 괴물은 거기서 죽었다고 확신하고 있었다.

"칼리반이라고?"

그녀가 멍하게 반복했다. 조금 전 꿈이 아직 목덜미의 짐처럼 그녀를 짓누르고 있었다.

"정말 확실해?"

"응."

데이먼이 말했다. 에이다는 두 팔로 그를 감싸 안았다. 하지만 그의 몸은 바위처럼 단단하고 경직되어 있었다. 그는 거의 무의식적으로 그녀의 등을 토닥거렸다. 에이다는 그가 아직 충격에서 벗어나지 못하고 있는 것이라고 생각했다.

사람들은 아르디스 홀의 야간 경비에 대한 토론을 재개했다. 보이닉스들은 자정 직전에 공격을 해 왔다. 적어도 백 마리, 어쩌면 백 오십 마리 정도였을 것이다. 어둠과 비 때문에 정확한 숫자를 가려내기는 힘들었는데, 네 개의 경계망 중세 방향에서 한꺼번에 몰려들었다. 지금까지의 아르디스에 대한 공격 중 가장 규모가 크고, 단연코 가장 조직적인 침입이었다.

방어자들은 동이 트기 직전까지 놈들을 죽였다. 우선 이런 경우를 위해 비축해 놓은 소중한 등유와 휘발유로 거대한 화로에 불을 붙여 장벽과 그 너머의 벌판을 밝힌 후 몰려드는 놈들에게 엄청난 화살 세례를 퍼부어댔다.

석궁의 화살이 보이닉스의 등딱지나 가죽 같은 머리통을 늘 관통하는 것은 아니었다. 실패하는 경우가 성공하는 경우보다 더 많았다. 그래서 엄청난 양의 화살을 낭비해야만 했다. 수십 마리의 보이닉스가 쓰러졌다. 로이스는 자신의 팀이 동이 튼 직후 벌판에서 53개의 보이닉스 시체를 발견했다고 보고했다.

어떤 놈들은 성벽을 기어올라 안으로 뛰어들었다. 보이닉스는 메뚜기처럼 제자리에서 30피트 이상을 뛰어 오를 수 있다. 하지만 담장 못과 검을 든 수비대가 놈들이 안으로 침입하는 것을 막았다. 아르디스 측에선 8명의 부상자가 있었는데 심각한 부상을 입은 사람은 단 두 명뿐이었다: 키릭이라는 여자의 팔이 심하게 부러졌고, 페티르의 친구 라먼이라는 남자의 네 손가락이 잘려나갔다. 하지만 보이닉스의 칼날 때문이 아니라 동료 방어자가 서툴게 휘두른 칼 때문이었다.

전세를 바꾼 것은 소니였다.

하먼은 아르디스 홀의 삼각 지붕 위에 있던 고대의 이륜마차 플랫폼에서 이 타원형 디스크를 출발시켰다. 그는 비행정 중심의 옴폭한 곳에 앉아 날아갔다. 비행정 안에는 몸을 굽혀 앉게 되어 있고 완충 장치가 있는 여섯 개의 움푹한 좌석이 있는데, 페티르와 로이스, 리먼 그리고 한나는 거기 쪼그리고 앉아 아래쪽으로 사격을 퍼부었다. 세 명의 남자는 아르디스의 모든 산탄총을 동원했고, 한나는 그녀가 가진 석궁 중 가장 정교한 걸로 쏴붙였다.

보이닉스들의 엄청난 점프 능력 때문에 하먼은 60피트 이하로는 내려가지 못했다. 하지만 그 정도만 해도 충분히 가까웠다. 어둠과 비에도 불구하고, 또한 바퀴벌레처럼 재빠르고 뜨거운 철판 위의 거대한 메뚜기처럼 펄쩍거리는 보이닉스였지만, 강철 화살과 석궁의 집요한 공격에 결국 제압당하고 말았다. 하먼은 언덕 위와 아래의 키 큰 나무들 사이로 소니를 몰았고, 경계벽 위의 방어자들은 불화살을 쏴댔으며, 휘발유에 적셔 활활 타는 불덩어리들을 하늘로 쏘아 올려 어둠을 밝혔다. 보이닉스들은 흩어졌다가 다시 모여들어 여섯 번의 공격을 감행한 후 마침내 퇴각했다. 일부는 아르디스에서 한참 아래에 있는 강 쪽으로, 나머지는 북쪽의 언덕 방향으로, 흩어졌다.

"그런데 왜 놈들이 공격을 멈추었을까요?"

피언이라는 이름의 어린 여인이 물었다.

"왜 떠났을까요?"

"그게 무슨 소리지?"

페티르가 말했다.

"우리가 놈들의 3분의 1을 죽였잖아."

하먼은 팔짱을 끼고 부드럽게 떨어지는 눈송이를 뚫어져라 쳐다보았다.

"피언이 무슨 말을 하는 지 알아. 좋은 질문이야. 왜 놈들이 공격을 중지했을까? 우리는 보이닉스가 고통을 느끼는 것을 본 적이 없어. 죽기는 하지…… 하지만 거기에 대해 불평은 안 하거든. 그렇다면 왜 놈들은 우리를 박살내거나 자기들이 다 죽어 버릴 때까지 밀어붙이지 않았을까?"

"누군가가, 혹은 무언가가, 놈들에게 퇴각 명령을 내렸기 때문이지."

데이먼이 말했다. 에이다가 그를 쳐다보았다. 그의 얼굴은 거의 맥이 풀려 있었고, 목소리는 둔탁했으며, 두 눈동자는 어디에도 초점을 맞추고 있지 않았다. 지난 아홉 달 동안 데이먼의 에너지와 결의는 눈에 띌 정도로 날마다 깊고 강해져 왔었다. 그런데 지금 그는 맥이 탁 풀린 채 주변 사람들이나 오가는 대화에 대해 전혀 무관심해 보였다. 에이다는 어머니의 죽음이 그를 무너뜨렸다고 확신했다. 지금도 그 여파 때문이리라.

"퇴각 명령을 받았다면, 누가 명령을 내린 걸까요?"

한나가 물었다. 아무도 입을 열지 않았다. 이윽고 하먼이 말했다.

"데이먼, 다시 한 번만 이야기를 해줘요, 에이다를 위해서. 그리고 처음 이야기했을 때 빠뜨린 것이 있거나 자세하게 설명하지 않은 부분이 있다면 보충해줘요."

기다란 방에 더 많은 사람들이 모여 들었다. 모두 지쳐 보였다. 데이먼이 다시 이야기를 들려주는 동안 아무도 입을 열거나 질문을 하지 않았다. 목소리는 단조롭기 짝이 없었다.

그는 어머니가 살던 거주 지역에서 목격한 학살과 해골탑, 그리고 피가 묻지 않은 유일한 물건이었던 테이블 위의 튜린 복에 대해서, 그리고 다른 곳으로 잠시 전송해간 후에 그것을 어떻게 작동시켰는지에 대해서, 이야기했다. 구체적으로 어느 곳이었는지는 밝히지 않았다. 그는 파리스 크레이터에 나타났던 구멍과 거기서 나왔던 거대한 무엇에 —수없이 달린 거대한 손으로 종종걸음을 치던 그 무엇에— 대해 이야기했다.

그는 마음을 가다듬으려고 잠시 다른 곳으로 전송해 갔었으며, 그 후 다시 아르디스로 돌아왔음을 밝혔다. 아르디스 외곽의 작은 전송실을 지키던 보초병들이 그에게 밤새 감지된 보이닉스들의 움직임을 이야기해주었으며, 횃불이 밝혀졌고 남자들은 모두 성벽에 모여들었다는 것을 들려주었다고 했다. 또한 싸우는 소리며, 아르디스 홀 쪽에서 보이던 횃불 빛과 나프타에 대해서도 이야기했다. 데이먼은 걸어서 아르디스로 돌아올 생각을 했지만 전송실의 바리케이드를 지키던 남자들이 어둠 속에서 행진을 강행하는 것은 죽음을 자초하는 짓이라고 말렸다. 그들은 저택을 향해 습지를 지나 숲 속으로 뛰어드는 70마리 이상의 보이닉스를 목격했다고 했다.

데이먼은 그곳에 있던 두 명의 보초병 대장 캐스먼과 그레오기에게 튜린 복을 맡겼으며 만약 그가 돌아오기 전에 전송실이 보이닉스의 손에 넘어가게 되면 둘 중의 한 명이 튜린 복을 들고 촘이나 다른 안전한 곳으로 전송해 가기를 명령했다고 말했다.

"그 개자식들이 공격해오면 우린 다 전송해 나갈 작정이에요."

그레오기가 말했다.

"우리는 누가 어떤 순서로 빠져 나갈지 이미 계획을 다 세워놓았어요. 다른 사람들은 자기 차례가 돌아올 때까지 엄호를 하게 되어 있지요. 우리는 이 전송실을 지키겠다고 목숨을 잃을 생각을 없어요."

데이먼은 고개를 끄덕이고 파리스 크레이터로 전송해 돌아갔다.

이제 그는 자신이 더 멀리 떨어진 가디드 라이언 대신에 더 가까운 인벌리드 호텔 노드를 골랐더라면 아마 목숨을 잃었을 것이라는 이야기도 했다. 파리스 크레이터의 모든 센터는 변해 있었다. 공중의 구멍은 그대로 있었다. 좀 더 약해진 햇빛이 들어오고 있었는데 도시 자체의 중심부는 푸른 얼음에 덮여 있었다. 에이다가 끼어들었다.

"푸른 얼음? 그렇게 차가왔어요?"

"바로 곁에 있으면 굉장히 차가웠어. 하지만 몇 야드만 떨어지면 그렇게 차갑지 않았어. 그냥 으스스하고 비가 왔지. 내 생각에 그건 진짜 얼음이 아닌 것 같아. 뭔가 차갑고 투명한 것이었어. 차가우면서 유기체 같은, 빙산에서 나온 거미줄 같다고나 할까. 그리고 그 이상한 물체의 덩어리와 거미줄들이 파리스 크레이터 중심부의 분화구 주변의 거주 타워와 대로를 모두 뒤덮고 있었어."

"구멍 속에서 나오는 걸 봤다는…… 그…… 이상한 것도 봤나요?"

엠므가 물었다.

"아니, 가까이 갈 수가 없었어. 그렇게 많은 보이닉스들은 처음 보았거든. 가디드 라이언 빌딩도 —옛날에는 일종의 전송 센터였잖아, 너도 알겠지만 온갖 레일이 건물 안팎으로 뻗어 있고 옥상에는 착륙장이 있었지— 보이닉스로 꽉 차 있었어."

데이먼은 하먼을 쳐다보았다.

"지난해의 예루살렘이 생각나더라니까."

"그렇게 많았어?"

"그렇게 많았어. 그뿐만이 아냐. 아직 얘기 안 한 게 두 가지 더 있지."

모두가 기다렸다. 바깥에서는 눈이 내리고 있었다. 양호실에서 신음 소리가 들려오자, 한나는 노만-오디세우스의 상태를 살피기 위해 빠져나갔다.

"지금 파리스 크레이터에서는 푸른빛이 뻗어 나오고 있어,"

"푸른 빛?"

로이스라고 불리는 여인이 물었다.

오직 하먼과 에이다, 그리고 페티르 만이 알아듣겠다는 반응을 보였다. 하먼은 아홉 달 전 데이먼, 새비와 함께 예루살렘에 가 보았기 때문이고, 에이다와 페티르는 그 이야기를 들어서였다.

"우리가 예루살렘에서 보았던 것처럼 하늘을 향해 뻗어 있었어?"

"그래."

"도대체 무슨 얘기들을 하고 있는 거야?"

붉은 머리를 한 오엘레오라는 이름의 여인이 물었다. 하먼이 대답했다.

"우리는 지난 해, 지금은 말라버린 지중해 근교의 도시 예루살렘에서 비슷한 광선을 목격했어. 우리와 함께 있던 새비라는 나이든 여인의 말로는, 그 광선이… 뭐였지, 데이먼? 타키온?"

"그런 것 같아."

"그래, 타키온으로 만들어졌다고 했어. 그리고 그 안에는 최종 전송이 이루어지기 직전의 그녀의 종족들에 대한 모든 코드가 담겨 있다고 했어. 그 광선이 *바로* 최종 전송이었어."

"이해할 수 없어."

리먼이 말했다. 매우 피곤한 얼굴이었다. 데이먼은 고개를 저었다.

"나도 몰라. 그 광선이 내가 구멍을 통해 보았던 그 괴물과 함께 왔는지, 아니면 그 광선이 그놈을 파리스 크레이터로 데려왔는지 모르겠어. 그런데 새로운 소식이 하나 더 있어. 더 나쁜 소식이지."

"어떻게 더 나쁠 수가 있지?"

피언이 웃으며 말했다. 데이먼은 웃지 않았다.

"난 파리스 크레이터에서 곧장 빠져나와야 했어. 지금쯤 가디드 라이언은 작살이 났을 거야, 온통 보이닉스 뿐이었으니까. 그리고 이곳은 아직 동이 트지 않았음을 알고 있었기 때문에, 난 벨린바드와 울란바트, 다시 촘, 드리드, 로먼 이스테이트, 키에프, 푸에고, 데비, 새틀 하이츠, 만투아, 그리고 마침내는 케이프 타운 타워로 옮겨 다녔지."

"그들에게 경고하기 위해서."

에이다가 말했다.

"그래."

"헌데 그게 왜 나쁜 소식이야?"

하먼이 물었다.

"왜냐하면 촘과 울란바트에도 구멍이 열려 있었으니까. 그곳의 중심부도 푸른 얼음에 싸여 있었어. 푸른 광선이 이 두 생존자 도시에서도 나오고 있었어. 세테보스가 다녀간 거야."

스물
여덟

방 안에 있는 40여명의 사람들은 서로를 멀뚱멀뚱 바라볼 뿐이었다. 이어서 수많은 질문들이 쏟아져 나왔다. 데이먼과 하먼은 궤도섬의 칼리반이 "오징어처럼 손이 많은" 자신의 신 세테보스에 대해 했던 이야기들을 들려주었다.

그들은 울란바트와 촘에 대해 물었다. 데이먼은 멀리에서만 촘을 볼 수 있었다. 푸른 얼음이 점점 더 자라나고 있었기 때문이다. 울란바트에서 그는 써클 오브 헤븐이란 건물의 79층으로 전송되었는데, 원형 테라스에서 내려다봤더니 고비 사막 너머 1마일 쯤 떨어진 곳에 구멍이 있었고, 얼음 같은 물질의 망이 바깥의 낮은 건물과 써클의 바닥부분을 메우고 있었다. 그가 있었던 79층은 지금쯤 얼음 산 꼭대기에 있을 것이었다. 에이다가 물었다.

"사람들을 봤어요?"

"아니."

"보이닉스는?"

레먼이 물었다.

"수 백 마리. 얼음 망 안팎을 쩔그렁거리면서 돌아다니고 있었지. 하지만 써클 안에는 없었어."

"그렇다면 사람들은 어디로 간 거죠?"

엠므가 작은 목소리로 물었다.

"울란바트에는 무기가 있었던 걸로 알고 있는데요…… 그들의 쌀과 옷을 받고 우리가 무기를 주었잖아요."

"구멍이 나타났을 때 다른 곳으로 전송해 가버린 게 분명해."

페티르가 말했다. 실제보다 과장된 확신이 담겨 있는 이 젊은이의 목소리가 에이다에게는 부자연스럽게 들렸다. 피언이 말했다.

"만약 그들이 전송해 달아났다면, 그러니까 내 말은 울란바트와 촘의 거주자들이 모두 그랬다면, 왜 이곳으로 피난오지 않았지? 파리스 크레이터, 촘, 울란바트, 이 세 개의 노드에는 우리 같은 고전-인류들이 수만 명씩 살고 있었어. 다 어디에 있는 거지? 어디로 갔느냐 말이야?"

그녀는 지금 막 전송실의 야간 경비를 마치고 돌아온 그레오기와 캐스먼을 쳐다보았다.

"그레오기, 캐스, 사람들이 밤사이에 전송해 다녔어? 뭔가 왔다 갔다 했어?"

그레오기는 고개를 저었다.

"움직인 사람은 여기 있는 데이먼 우어 뿐이었어. 어젯밤 늦게 하고 오늘 아침에."

에이다가 빙 둘러선 사람들 중앙으로 걸어 들어왔다.

"여러분…… 이 얘기는 다음에 하도록 해요. 지금 여러분들은 모두 지칠 대로 지쳐 있어요. 대부분은 밤새 한숨도 자지 못했어요. 이 일이 벌어진 후 아무 것도 못 먹은 사람들도 많아요. 스토먼, 칼, 보먼, 엘르, 안나 그리고 우루가 풍성한 아침 식사를 준비했어요. 지금 당장 보초를 서야 할 분들이 먼저 식당으로 가세요. 커피를 충분히 드세요. 나머지 분들도 잠자리 가기 전에 꼭 식사를 하도록 하세요. 리먼이 저더러 쇳물이 부어지는 시각은 오전 10라고 공지하라는 군요. 오후 3시에 모여 구 연회장에서 전체회의를 합시다."

사람들은 이리저리 몰려다니고 서로 이야기를 주고받느라 어수선하게 웅성거렸지만 곧 아침을 먹고 임무를 수행하기 위해 흩어졌다.

하먼은 양호실 쪽으로 향하면서 에이다와 데이먼에게 눈짓으로 같은 방향을 가리켰다. 두 사람은 군중들이 모두 다 흩어지자 그와 합류했다.

환자에게 응급처치를 하고 밤새 노만을 보살피며 간호 업무를 담당하고 있던 시리스와 톰에게 에이다는 뭐라도 먹고 오는 것이 좋겠다고 조용히 타일렀다. 두 사람이 빠져나가자 침대 맡에 앉은 한나와 그 주변에 둘러선 데이먼, 에이다, 그리고 하먼만이 남았다.

"옛날로 돌아간 것 같군."

아홉 달 전 다섯 사람이 새비와 함께 여행했던 시절을 떠올리며 하먼이 말했다. 그 이후 이렇게 따로 모일 수 있는 기회는 거의 없었다. 한나가 말했다.

"오디세우스가 죽어가고 있다는 사실만 빼면‥‥."

그녀의 목소리는 잠겨 있었고 거칠었다. 그녀는 혼수상태에 빠진 그의 손을 잡고 있었는데 너무 힘을 준 나머지 깍지 낀 두 사람의 손가락이 모두 하얗게 될 지경이었다.

하먼이 가까이 다가와 오디세우스를 살폈다. 단 한 시간 전에 교체된 붕대는 벌써 피로 물들어 있었다. 그의 입술을 손끝만큼이나 핏기가 없었고 그의 눈동자는 눈꺼풀 아래서 꼼짝도 하지 않았다. 노만의 입은 약간 열려 있었고 그 사이로 들락거리는 숨결은 가쁘고 공허했으며 불분명했다. 하먼이 말했다.

"나는 이 친구를 마추픽추의 골든 게이트로 데려갈 생각이야."

모두 그를 쳐다보았다. 마침내 한나가 말했다.

"그러니까 당신 말은 이 사람이‥‥ 죽고 나면 말이에요? 거기에 묻겠다는 건가요?"

"아니. 지금. 그를 살리기 위해서."

에이다가 하먼이 움찔할 정도로 세게 그의 팔 위쪽을 잡아 당겼다.

"지금 무슨 말을 하고 있는 거예요?"

"페티르가 했던 말은 ─노만이 어젯밤 장벽 근처에서 의식을 읽기 전 마지막 말이었던 모양인데─ 그가 자신을 골든 게이트의 요람으로 데려가 달라고 한 것 같아."

"무슨 요람?"

데이먼이 물었다.

"나는 수정으로 된 관 밖에 생각나지 않는데."

"한시적 저온 보존 석관들!"

한 마디 한 마디 또박또박 발음하며 한나가 말했다.

"그곳의 박물관에서 본 기억이 있어요. 새비가 그것에 대해 얘기하는 걸 들은 기억도 있고. 거기서 새비도 여러 세기동안 잠을 잤다고 했어요. 그리고 새비가 우리를 만나기 삼 주 전에 잠들어 있는 오디세우스를 발견한 곳이기도 했어요."

"하지만 새비 말이 언제나 진실은 아니었어."

하먼이 말했다.

"어쩌면 모두 진실이 아닐 수도 있어. 오디세우스는 새비랑 아주 오랫동안 알고 지냈다고 인정했었어. 약 11년 전에 튜린 복을 배포한 장본인이 자기네 두 사람이라고도 했고."

에이다는 데이먼이 다른 방에 남겨 두었던 튜린 복을 가져 왔다.

"그리고 프로스페로가···· 저 위에서···· 우리에게 말하길···· 이 오디세우스에게는 우리가 이해할 수 있는 이상의 무언가가 있다고 했어. 그리고 몇 번인가 와인을 많이 마신 날이면 오디세우스는 골든 게이트에 있는 자신의 요람에 대해 말하곤 했어 – 그곳으로 돌아가야 한다고 농담을 하곤 했지."

"그렇다면 그 크리스털 관을 뜻한 것이 분명해요···· 그 석관을."

에이다가 말했다.

"난 그렇게 생각하지 않아."

텅 빈 침대를 사이를 왔다 갔다 하며 하먼이 말했다. 어젯밤 전투에서 다친 사람들은 모두 아르디스 홀에 있는 각자의 방이나 외곽 막사에서 휴식을 취하기로 결정했었다. 오직 노만 만이 오늘 아침까지 이곳에 남아 있었다.

"내 생각에 골든 게이트에 다른 종류의 뭔가가 있을 것 같아, 치료의 요람 같은."

"푸른 벌레들."

데이먼이 속삭였다. 그의 하얀 얼굴은 더욱 창백해졌다. 한나는 그 이미지에 너무 충격을 받아서 —프로스페로의 궤도 섬의 퍼머리, 벌레가 꽉 찬 그 탱크를 그녀 몸의 세포들이 기억해낸 것이다— 오디세우스의 손을 놓아버렸다. 하먼이 재빠르게 말했다.

"아니, 난 그렇게 생각하지 않아. 우린 골든 게이트에 갔을 때 퍼머리의 치료 탱크 비슷한 것도 못 봤어. 푸른 벌레도 없었고. 오렌지색 용액도. 내 생각에 요람이란 뭔가 다른 거야."

"그건 당신 추측일 따름이에요."

에이다가 거의 나무라는 투로 냉정하게 말했다. 그는 손으로 자신의 볼을 부볐다. 매우 피곤해 보였다.

"그래, 단지 추측일 따름이지. 하지만 만약 노만이⋯⋯ 오디세우스가⋯⋯ 소니 비행을 견뎌낸다면, 골든 게이트에서 어떤 가능성을 볼 수 있을지도 모른다고 생각해."

"그렇게 할 수는 없어요. 안 돼요."

"왜 안 되는데?"

"이곳에서도 소니가 필요해요. 만약 오늘밤 보이닉스들이 돌아온다면 그들과 싸워야 하잖아요. 놈들은 돌아올 테니까."

"난 해가 지기 전에 돌아올 거야."

하먼이 말했다. 한나가 일어섰다.

"어떻게 돌아와요? 우리가 새비랑 골든 게이트에서 이리로 날아왔을 때는 하루도 더 걸렸다구요."

"그것보다 더 속력을 낼 수 있어."

"새비는 우리가 겁먹지 않도록 천천히 몰았던 거야."

"얼마나 더 빨리 몰 수 있는데?"

데이먼이 물었다. 하먼은 잠시 망설이다가 답했다.

"훨씬 빨리. 소니는 마추픽추의 골든 게이트까지 38분에 갈 수 있다고 나한테 말해."

"38분!"

에이다가 소리쳤다. 그녀 또한 새비와 함께 그 긴 비행에 동행했었다.

"소니가 당신에게 말했다고요?"

한나가 말했다. 그녀는 화가 나 있었다.

"언제 소니가 당신에게 그런 말을 했어요? 기계가 목적지에 대한 질문에 대답을 한다는 얘기는 들어 본 적이 없는데."

"오늘 아침까지는 안 그랬지. 전투가 막 끝나고 나는 몇 분 동안 소니와 함께 플랫폼에 남아 있었지. 그 때 나는 내 손바닥 기능과 소니의 디스플레이를 연동시키는 방법을 발견했어."

"어떻게 해서 알아냈지요?"

에이다가 물었다.

"당신은 몇 달을 두고 인터페이스 기능을 알아내려고 애써왔잖아요."

하먼은 다시 볼을 부볐다.

"결국은 그저 소니에게 인터페이스 기능을 어떻게 시작하는지 물었지. 세 개의 붉은 원 안의 세 개의 녹색 원에게. 간단하더군."

"그랬더니 골든 게이트까지 얼마나 걸리는지 말해줬어?"

데이먼이 말했다. 의심이 담긴 목소리였다. 하먼이 부드럽게 말했다.

"말해준 게 아니라 *보여줬지.* 다이아그램. 지도. 항공 속도. 속도 함수. 모든 것들이 내 비전 안에 겹쳐지면서 이식되었어…… 마치 파넷처럼, 아니면……"

"올넷처럼."

한나가 말을 받았다. 그들은 모두 지난 봄 새비가 올넷에 액세스하는 방법을 보여준 이래 머리가 빙빙 도는 올넷의 혼동을 경험한 적이 있었다. 아무도 그 사용법을 완전히 익히지 못했다. 처리할 정보의 양이 너무 많았던 게다. 하먼이 말했다.

"그렇지, 그래서 생각해보는 거야. 만일 내가 오디세우스····· 노만을····· 태우고 아침에 떠나면, 그를 위한 치료 요람이 있는지 알아보고····· 만약 그런 게 없다면 크리스털 관에 넣어 주고, 오후 3시 회의 전에 돌아올 수 있지 않을까 하고. 저런, 돌아와서 점심을 같이 먹을 수도 있겠네."

"여행을 버텨내지 못할 거예요."

딱딱해진 목소리로 한나가 말했다. 그녀는 입을 벌린 채 의식 불명 상태에 빠져 있는 사랑하는 남자를 뚫어져라 보고 있었다. 그러자 하먼이 말했다.

"하지만 치료를 받지 못한다면 이곳 아르디스에서도 단 하루를 버티지 못할 거야. 우린 말이야····· 정말····· 개같이····· 무식하단 말이야."

그는 나무로 된 캐비닛 상판을 주먹으로 힘껏 내리쳤다. 손을 거두자 손가락 마디에서 피가 흐르고 있었다. 그는 분노를 터뜨린 게 당혹스러웠다. 에이다가 말했다.

"제가 함께 가겠어요. 당신 혼자 그를 브릿지 버블 안으로 옮길 수는 없어요. 들 것을 사용해야만 할 거예요. '

"아니, 당신은 가면 안 돼, 여보."

에이다의 창백한 얼굴이 금세 상기되었고 그녀의 검은 눈동자엔 분노가 차올랐다.

"제 몸 때문에····· "

"아니, 당신이 임신해서가 아니야."

하먼은 그녀의 주먹 쥔 손가락을 어루만졌다. 그의 거칠고 커다란 손가락이 그녀의 가늘고 부드러운 손가락을 감쌌다.

"당신이 여기에서 너무나 중요한 사람이기 때문이야. 데이먼이 가져 온 소식이 한 시간만 지나면 전 공동체에 퍼질 거야. 모두가 패닉 상태에 빠지고 말겠지."

"당신이 떠나서는 안 될 또 하나의 이유지요."

에이다가 속삭였다. 하먼은 고개를 저었다.

"이곳의 리더는 당신이야, 여보. 아르디스는 이제 당신의 영지야. 우리는 모두 당신의 손님들이고. 사람들에겐 해답이 필요해···· 회의에서뿐만 아니라, 앞으로 다가올 시간 속에서. 그리고 그들을 진정시키려면 당신이 여기 있어야 해.

"나에겐 아무 해답도 없어요."

에이다가 작은 목소리로 말했다. 하먼이 대꾸했다.

"아니, 당신에겐 있어. 데이먼의 소식에 대해 어떻게 대응해야 한다고 생각해?"

에이다는 창문 쪽으로 얼굴을 돌렸다. 창틀에는 성에가 끼어 있었다. 하지만 이제 밖에서 내리던 눈은 비로 바뀌어 있었다. 이윽고 그녀가 부드럽게 말했다.

"얼마나 많은 공동체들이 구멍과 푸른 얼음의 공격을 받았는지 알아봐야겠죠. 열 명 정도의 메신저를 남아 있는 노드로 전송해야 해요."

"겨우 열 명?"

데이먼이 말했다. 생존자 공동체와 연결된 팩스 노드는 모두 300개도 넘잖은가. 에이다는 냉정하게 말했다.

"낮 동안이라도 보이닉스가 침입할 수 있기 때문에 열 명 이상은 뺄 수 없어요. 각자 30개의 코드를 가져다가 이 지역에 밤이 내리기 전에 얼마나 많은 노드를 다녀올 수 있는 지 알아볼 수 있을 거예요."

"그럼 나는 골든 게이트에 더 많은 산탄총 탄약이 있는지 알아볼게. 지난 가을 오디세우스가 세 구의 산탄총을 발견했을 때 300개의 탄약을 가져 왔었지. 하지만 어젯밤 전투 이후 거의 다 바닥났어."

에이다가 말했다.

"우리는 보이닉스 시체에서 석궁 화살을 뽑아내는 팀도 꾸렸어요. 하지만 리먼에게 오늘 하루 종일 새 화살을 더 주조하라고 말해야겠어요. 오늘은 작업장을 두 배로 가동시키겠어요. 화살을 만드는 데도 시간이 많이 걸리겠지만, 어둠이 깔리기 전에 장벽에 활도 더 많이 설치할 수 있을 거예요."

한나가 하먼에게 말했다.

"내가 당신과 함께 가겠어요. 들것에 오디세우스를 나르려면 누군가는 꼭 필요할 거예요. 그리고 골든 게이트의 그린 버블 시티를 나만큼 잘 알고 있는 사람도 없을 테니까."

"좋아."

하먼이 이 젊은 여인에게 날카로운 질투의 눈길을 보내다가 곧 거두고 마는 아내를 바라보며 말했다. 아내라니 얼마나 이상한 단어이고 개념인가. 한나의 유일한 사랑은 ―절대 가망 없고 응답 없는 사랑이지만― 오디세우스라는 것을 에이다는 알고 있었다. 데이먼이 말했다.

"나도 가겠어. 석궁수가 한사람 더 필요할 지도 몰라."

"그렇군."

하먼이 말을 받았다.

"하지만 내 생각엔 자네가 여기 남아 전송 메신저들을 선발해서 그들에게 자네가 본 걸 간략하게 설명해주고 목적지를 정해주는 게 더 유용할 것 같은데."

데이먼이 어깨를 으쓱했다.

"알았어. 나도 30 개의 노드를 맡도록 하지. 행운을 비네."

그는 한나와 하먼을 향해 고갯짓을 한 다음, 에이다의 팔을 툭 건드리고 양호실을 떠났다.

하먼이 한나에게 말했다.

"빨리 식사를 한 다음, 옷가지하고 무기를 좀 챙겨 나와. 건장한 친구들에게 오디세우스를 밖으로 옮겨달라고 해야겠어. 나는 소니를 하강시킬게."

"소니에서 먹으면 안돼요?"

"그냥 빨리 요기를 하는 게 나을 것 같아."

하먼이 말했다. 그는 소니가 보여주었던 말도 안 되는 궤적을 떠올렸다. 아르디스에서 거의 수직으로 이륙해서 대기권을 떠난 후 우주 공간에서 포물선을 그리며 날아 다시 하늘에서 떨어진 총알처럼 대기권으로 진입했었지. 이 경로를 머릿속에서 그려보는 것만으로도 그의 심장은 쿵쾅거렸다.

"나는 가서 내 물건을 챙겨 올게요. 그리고 톰과 시리스가 오디세우스의 여행

준비를 도와줄 수 있는 지 알아 볼게요."

한나가 말했다. 그녀는 에이다의 볼에 입 맞춘 후 성급히 떠났다. 하먼은 마지막으로 오디세우스를 —잿빛 얼굴의 이 강인한 남자를— 바라보았다. 그리고는 에이다의 팔을 이끌어 뒷문 옆의 조용한 곳으로 데려 갔다.

"난 지금도 내가 가야 한다고 생각해요."

에이다가 말하자 하먼이 고개를 끄덕였다.

"나도 당신이 갔으면 좋겠어. 하지만 사람들이 데이먼의 소식을 접하고 나면 —만약 그들이 아르디스가 살아남은 최후의 노드일지도 모른다는 생각과 누군가가 혹은 무언가가 다른 도시와 정착지들을 집어 삼키고 있다는 생각에 사로잡히면— 진짜 패닉 상태에 빠지고 말 거야."

"우리가 최후의 생존자라고 생각해요?"

에이다가 속삭였다.

"나도 몰라. 하지만 만약 데이먼이 본 구멍을 통해 기어 들어오던 것이 칼리반과 프로스페로가 말했던 세테보스 신이라면, 우리는 정말 엄청난 곤경에 빠진 거야."

"당신은 데이먼 말이 옳다고 생각해요⋯⋯ 칼리반이 직접 지구 위에 나타났다는 것을?"

하먼은 잠시 윗입술을 씹더니, 마침내 입을 뗐다.

"그래, 데이먼은 그 괴물이 오직 자신에게 메시지를 전하기 위해, 파리스크레이터 거주 타워의 모든 사람들을 죽이면서까지 어머니한테 다가갔다고 생각하는데, 난 그게 옳다고 믿어."

다시 구름이 태양을 가려 바깥은 어두워지기 시작했다. 에이다는 돔형의 철골 구조물에서 벌어지고 있는 열띤 활동을 관찰하는 데 집중하고 있는 것처럼 보였다. 열두 명 정도의 남녀가 북쪽 벽의 경비를 교대하러 가면서 웃어대고 있었다. 하먼에게 몸을 돌리지 않은 채 에이다가 부드럽게 말했다.

"만약 데이먼이 옳다면, 당신이 여기 없는 사이에 칼리반과 그 괴물들이 이곳을 덮치지 못하란 법이 어디 있어요? 오디세우스를 구하기 위한 여행에서 돌아와 고작 아르디스 홀에 쌓인 해골들만 발견하게 된다면 어떻게 하지요? 우리에겐 타고 도망갈 수 있는 소니도 없는데.”

“오‥‥.”

하먼이 신음했다. 그는 그녀로부터 한 발자국 떨어져 자신의 이마와 볼을 타고 흘러내리는 땀을 닦았다. 그제야 하먼은 자신의 피부가 얼마나 차고 끈끈한지 깨달았다. 에이다가 성급히 두 걸음을 다가와 그를 세게 껴안으며 말했다.

“내 사랑, 그런 말을 해서 미안해요. 물론 가야지요. 오디세우스를 구하는 것은 너무나 중요한 일이니까. 그는 우리 친구일 뿐만 아니라 이 새로운 위협의 정체와 그 대처 방안을 알고 있는 유일한 사람이잖아요. 그리고 우리에겐 산탄총 탄약도 필요해요. 그리고 나는 어떤 일이 있어도 소니를 타고 아르디스에서 달아나진 않겠어요. 이곳은 내 집이니까. 우리의 집이. 우리에겐 운 좋게도 함께 이곳을 지키고자 하는 400명의 사람들이 있잖아요.”

그녀는 그의 입에 키스하고 다시 한 번 힘차게 껴안은 후 그의 튜닉 가죽에 대고 말했다.

“물론 당신은 가야 해, 하먼. 그래야 해요. 미안해요. 그런 이야기는 말았어야 했는데. 어서 돌아와만 주세요.”

하먼은 무슨 말이든 하고 싶었지만 적절한 단어를 찾을 수 없었다. 그는 그녀를 당겨 안아 주었다.

하먼이 소니를 플랫폼에서 내려 아르디스 홀 뒷문 지상 3피트에서 떠있도록 해
놓자, 페티르가 나타나서 말했다.

"나도 가고 싶어요."

그는 이미 여행 망토와 무기 벨트를 입고 있었다. 짧은 검과 살인용 나이프가
벨트에 매달려 있었다. 수제 활과 화살로 가득한 화살통도 어깨에 걸려 있었다.

"내가 데이먼에게 이미····" 타원형의 비행체 표면에 틈처럼 열려 있는 조종간
에 앉아 팔꿈치로 자신을 받치고 위를 올려다보며 하먼이 말을 시작했다.

"그래요. 그리고 그 말씀이 옳아요···· 데이먼에게는요. 그는 아직 어머니의 죽
음으로 충격에 빠져 있는 상태라, 메신저들을 조직하다보면 충격에서 빠져나올 수
있을 거예요. 하지만 브릿지 위에서 당신을 도와줄 누군가가 필요해요. 한나는 노
만을 들것에 실어 나를 수 있을 만큼 충분히 건장해요. 하지만 당신들이 그 일을
하는 동안 등 뒤를 엄호할 사람이 있어야 해요."

"여기서도 자네가 필요한데····"

페티르가 다시 말을 끊었다. 그의 목소리는 침착하고 굳은 결의에 차 있었지만
눈빛만은 간절했다. 턱수염의 젊은이는 말을 이었다.

"아니 그렇지 않아요, 하먼 우어, 여기 필요한 것은 산탄총이에요. 그래서 탄창

몇 개하고 총은 여기에 두고 갑니다. 하지만 *내가* 필요한 것은 아닙니다. 당신처럼 저도 24시간 째 한 숨도 자지 않았어요. 다음 보초 임무까지 여섯 시간의 수면 휴식이 주어졌어요. 당신과 한나가 단 몇 시간 안에 돌아올 수 있다고 에이다한테 말했다면서요."

"우리는 말이지⋯⋯."

하먼이 말을 꺼내다가 멈췄다. 한나, 에이다, 시리스, 그리고 톰이 오디세우스-노만의 침상을 바깥으로 끌어내고 있었다. 죽어가는 남자는 두꺼운 담요에 싸여 있었다. 하먼은 선회하고 있는 소니에서 나와 쿠션이 되어 있는 뒤쪽 좌석으로 노인을 밀어 넣는 것을 도왔다. 소니는 승객들의 안전을 위해 자동 힘의 장을 사용했지만, 좌석 주위로는 실크처럼 부드러운 망이 장착되어 있어 제동을 돕거나 물건을 안전하게 실어 나를 수 있게 되어 있었다. 하먼과 한나는 이 막을 혼수상태에 빠진 노만 위로 덮어 안전하게 고정시켰다. 골든 게이트에 도착하기도 전에 그들의 친구가 죽어버릴 수도 있었고, 하먼은 그의 시신이 튕겨져 나오는 것을 원치 않았다.

하먼은 앞으로 올라가 운전석에 앉았다. 그리고는 한나에게 말했다.

"페티르도 우리와 함께 가기로 했어."

그녀의 시선은 죽어가는 오디세우스에 집중되어 있어서 이 새로운 소식에 어떤 동요도 보이지 않았다. 그는 말을 이었다.

"페티르, 왼쪽 뒷좌석으로! 그리고 활과 화살통을 대기상태로 유지하도록. 한나, 오른쪽 뒷좌석! 웹 작동!"

에이다가 들어와 금속 표면에 몸을 기댄 채 그에게 재빨리 키스 했다.

"어두워지기 전에 돌아오지 않으면 가만두지 않을 거야."

그녀가 부드럽게 말했다. 그녀는 톰, 시리스와 함께 대리석 저택 쪽으로 물러섰다.

하먼은 자신을 비롯한 모두가 웹넷을 단단히 쓰고 있는지 확인한 후, 소니의 발진 장치 아래로 두 손바닥을 뻗어 홀로그램 조종판을 작동시켰다. 그는 초록색 원

세 개와 그보다 큰 붉은 색 원 세 개를 띄웠다. 왼쪽 손바닥이 푸르게 빛나더니 그의 시야는 불가능해 보이는 궤도들로 가득 덮였다.

"목적지는 마추픽추의 골든 게이트?"

기계의 단조로운 목소리가 들려왔다. 하먼이 답했다.

"그렇다."

"최단 비행 거리?"

"그렇다."

"비행할 준비가 되었습니까?"

"준비 완료!"

"출발."

힘의 장이 모든 사람들을 압박해왔다. 소니는 방어 장벽과 나무들 위로 가속화되더니 거의 수직으로 날아가 상공 2천 피트에 도달하는 순간 음속 장벽을 넘었다.

에이다는 그들을 배웅하지 않았다. 음속을 넘어서는 순간 충격음이 온 집안을 뒤흔들 때 —대추락의 날 수많은 유성이 떨어져 내릴 때 실컷 들어본 소리였다— 그녀의 유일한 반응은 그 주의 가사 관리 당번 오엘레오에게 부서진 창틀을 체크해서 필요하면 수리해 놓으라고 지시를 내리는 것이었다.

그녀는 메인 홀의 옷걸이에서 모직 망토를 꺼내 들고는 들판으로 나가 보호 장벽 정문을 통과했다. 이곳의 잔디는 —한때 언덕 아래로 1/4마일이나 펼쳐져 있는 아름다운 잔디밭이었으나 이젠 아르디스의 목장 겸 살육장이 되었지만— 발굽과 보이닉스의 발자국으로 온통 파헤쳐진 채 얼어붙어 있었다. 발목을 삐지 않고 걷기가 힘들 정도였다. 황소가 이끄는 기다란 수레 몇 개가 나무를 심은 외곽선 주위에 어지럽게 서 있었고, 사람들이 보이닉스 시체를 수레의 짐칸으로 실어올리고 있었다. 그들의 등을 감싸고 있던 금속 껍질은 무기를 만드는 데 재활용될 것이다.

그들의 가죽으로 된 덮개는 뜯겨진 뒤, 옷이나 방패로 재탄생될 것이다. 에이다는 잠시 멈추어서 지난여름 오디세우스의 초기 제자들 중 하나였던 케먼이 한나가 특별히 디자인하고 제련해 낸 집게로 보이닉스의 몸통에서 석궁 화살촉을 빼내고 있는 모습을 지켜보았다. 화살촉들은 수레 위에 있는 양동이에 담겨 세척되고 다시 날카롭게 연마될 것이다. 수레의 짐칸, 케먼의 장갑 낀 손, 그리고 얼어붙은 흙바닥은 보이닉스의 피로 푸르렀다.

에이다는 보호 장벽 부근을 배회하고 정문을 들락날락하면서 일하는 사람들과 이야기를 나누고, 아침 내내 장벽을 지킨 사람들에게 아침을 먹으러 가라고 종용한 후, 마지막으로는 용광로 돔 위에 올라가 로이스와 이야기를 나누며 쇳물을 붓기 직전의 마지막 준비 과정을 지켜보았다. 그녀는 서른 걸음 정도 떨어진 곳에서 두 개의 화살이 장전된 석궁을 팽팽하게 겨눈 채 짐짓 아무렇지도 않은 듯 따라다니면서 숲의 움직임을 감시하고 있는 엠므와 다른 세 사람의 젊은이들을 모른 척했다.

에이다는 부엌을 통해 집안으로 들어와서 손바닥의 시간 기능을 확인했다. 하먼이 떠난 지 39분이 지났다. 만약 그의 어리석은 소니 시간표가 옳다면 ─사실 거의 믿기지 않는다, 아홉 달 전 골든 게이트 상공을 길고 긴 시간동안 날았던 것과, 한 때 텍사스라고 불리었던 붉은 숲에서 정차했던 것을 똑똑히 기억하고 있으니까─ 그래도 정말 그 시간표가 맞는다면, 그는 지금쯤 도착했을 것이다. 그 신비로운 치유의 요람을 찾는 데 아니면 적어도 죽어가는 노만을 한시적인 냉동 석관에 내려놓는 데 한 시간 정도가 걸린다고 하면, 사랑하는 남편은 점심 식사 전에 돌아올 것이다. 그녀는 자신이 내일의 저녁 요리 당번이라는 사실을 떠올렸다.

그녀는 숄을 옷걸이에 걸고 방으로 ─지금은 하먼과 함께 쓰는 방으로─ 올라가 문을 닫았다. 그녀는 데미언이 가져 온 튜린 복을 접어, 대화를 하는 동안 자신의 헐렁한 가운 주머니에 넣어 놓았었는데, 이제 그것을 꺼내 펼쳤다.

하먼은 거의 튜린 복을 입지 않았다. 그녀는 데이먼도 튜린 복을 별로 좋아하지 않았다는 사실을 기억했다. 대추락 이전엔 여자를 유혹하는 게 그의 낙이었다. 물론, 좀 더 공평하게 말하자면, 그녀가 어렸을 땐 그가 아르디스 홀을 방문할 때마다 숲과 벌판에서 나비 채집에 열중했던 것도 기억한다. 그들은 명목상 사촌이었다. 비록 아홉 달 전에 종말을 맞은 그 세계에서는 혈연관계에서 사촌이란 별 의미도 없었지만. "자매"라는 표현처럼 "사촌"이란 말은 수년 동안 우정을 쌓아 온 성인 여자들끼리 아이들 사이의 특별한 관계를 지칭하기 위해 쓰이는 존칭 정도였다. 이제 스스로 어른이 되어 임신까지 한 이 마당에 에이다는 이 "사촌"이란 표현이 돌아가신 자신의 어머니와 데이먼의 어머니가 —그 역시 돌아가셨다는 사실이 가슴 아프게 느껴졌다— 서로 다른 시점에 같은 아버지의 정액을 받아 잉태하였다는 것을 암시할지도 모른다는 사실을 깨달았다. 생각이 거기에 미치자 미소를 흐리지 않을 수 없었다. 그리고 이 땅딸막한 호색한 데이먼이 단 한 번도 자신을 유혹하는 데 성공하지 못했다는 사실에 감사해야 했다.

아니, 하먼과 데이먼은 튜린을 입고 많은 시간을 보내지 않았다. 하지만 에이다는 그랬다. 그녀는 튜린 복이 작동했던 11년 동안 거의 매일 유혈 낭자한 트로이 함락의 이미지로 탈출했었다. 에이다는 이 허구의 인간들이 —적어도 골든 게이트에서 오디세우스를 만나기 전까지는 허구라고 믿었다— 만들어내는 폭력과 에너지를 사랑했다는 사실을 스스로 인정할 수밖에 없었다. 그리고 알 수 없는 방식으로 튜린 복이 통역해준 그들의 원시적인 언어는 마약처럼 그녀를 중독시켰었다.

이제 에이다는 침대에 등을 기대고 누워서 튜린 복으로 얼굴을 덮고 수가 놓인 마이크로 회로를 자신의 이마에 고정시킨 후 눈을 감았다. 이 튜린이 정말 작동할까? 반신반의했다.

밤이다. 그녀는 트로이의 탑 안에 서 있다.

에이다는 그곳이 트로이란 —일리움이란— 것을 알아본다. 지난 10여 년간 튜린 복 아래서 트로이 건물들과 장벽의 실루엣을 수백 번도 더 보았기 때문이다. 하지만 이런 시점에서는 한 번도 본 적이 없었다. 주위를 둘러보니 그곳은 남쪽 벽이 무너져 내린 원형 탑 안이었으며, 몇 피트 떨어진 곳에 두 사람이 불씨가 겨우 남은 모닥불 위에 값싼 담요를 드리운 채 몸을 웅크리고 있다. 그녀는 그들을 단번에 알아본다. 헬렌과 그녀의 전 남편 메넬라오스! 하지만 왜 그들이 이곳, 도심 속에서 한창 전투가 진행 중인 장벽과 스카이안 문이 내다보이는 이곳에 함께 있는 거지? 메넬라오스는 여기서 무엇을 하고 있으며, 어째서 헬렌과 함께 담요를 뒤집어쓰고 있는 걸까? 아니, 자세히 보니 전사의 붉은 망토잖아? 거의 10년 동안 에이다는 메넬라오스와 다른 아카이아 전사들이 도심으로 들어가기 위해, 추측컨대 이 여인을 사로잡아 죽이기 위해, 애쓰는 과정을 지켜봐왔다.

지금 이 순간도 아카이언들은 도심으로 진격하려고 전투를 벌이고 있음이 분명하다.

에이다는 사실 존재하지 않는 자신의 고개를 움직여 시야를 다른 곳으로 옮긴 후 —이 튜린 복은 지금까지의 그 어떤 튜린 복과도 다른 경험을 불러일으켰다— 스카이안 문과 장벽을 경이에 찬 눈으로 바라본다.

* * *

이건 지난 밤 이곳 아르디스에서 벌어졌던 전투와 비슷하군. 그렇게 생각하다가 그녀는 곧 그 비유에 스스로 웃음을 터뜨릴 뻔한다. 12피트 높이의 엉성한 나무 울타리 대신 일리움은 높이 100피트 두께 20피트의 거대한 장벽으로 둘러싸여 있을 뿐 아니라 수많은 탑과, 요새, 총안, 참호, 줄줄이 세운 날카로운 말뚝들, 해자와 흉벽 등으로 보강되어 있다. 말없는 수백 명 보이닉스의 공격 대신, 이 위대한 도시는 시끌벅적하고 활기에 넘치며 저주를 퍼붓는 수천 그리스인들의 공격을 받고 있다. 수많은 횃불과 캠프파이어, 그리고 불화살들이 밀려드는 영웅의 군단을 수 마일씩 비추고 있다. 각 진영은 각자의 왕과 장군들과 포위용 사다리, 전차로 무장하고 있으며, 각 진영은 큰 전투 속에서 벌어지는 각각의 전투에 푹 빠져있다. 아르디스를 지키는 건 단 400명의 거주자이지만, 이곳의 방어자들은 —지금 이 탑에서 보자면 기다란 남쪽 장벽의 계단과 흉벽에만도 수천 명의 궁수와 창병이 배치되어 있다— 수십만 명 이상의 겁에 질린 친족들, 아이들, 아내들, 딸들, 젊은이

들과 무력한 노인들의 생명을 지켜내고 있다. 단 한 대 밖에 없는 하먼의 소니가 소리 없이 전장을 날아다니는 데 비해, 이곳의 공기 중엔 수십 대의 전차가 공중을 날아다니는데, 각 전차는 에너지 버블로 둘러싸여 있으며 각 전차의 신성한 주인은 도심 속으로나 공격해오는 무리들을 향해 에너지 창을 던지거나 번개를 쏘아 붙인다.

지난날 튜린을 뒤집어썼던 어떤 경우에도 에이다는 이렇게 많은 올림포스의 신들이 전투에 이처럼 직접 개입하고 있는 모양을 본 적이 없었다. 이렇게 멀리 떨어진 곳에서도 그녀는 아레스, 아프로디테, 아르테미스, 그리고 아폴로가 날아다니며 트로이를 방어하고, 헤큐바, 아테나, 포세이돈, 그리고 다른 흔히 볼 수 없는 신들이 공격 중인 아카이언의 편을 들어 싸우고 있는 것을 볼 수 있다. 제우스는 흔적도 없다.

튜린을 안 보고 지냈던 지난 아홉 달 새 많은 것이 달라진 모양이군, 에이다는 생각한다.

"헥토르는 자기 아파트에 틀어박혀서 전투도 지휘하지 않아요."

헬렌이 메넬라오스에게 속삭인다. 에이다는 두 사람에게 다시 주의를 돌린다. 그들은 이곳 부서진 야외 전망대 위의 작고 작은 모닥불 앞에 웅크리고 있다. 붉은 전투용 망토는 모닥불의 불빛이 아래쪽으로 새어나가지 않도록 가리는 역할을 하고 있다. 메넬라오스가 내뱉는다.

"그 놈은 겁쟁이야."

"그렇지 않다는 걸 누구보다 잘 알잖아요. 이 미친 전쟁에서 프리아모스의 아들 헥토르보다 용감한 남자는 없어요. 그는 애도 중일 따름이에요."

"누구를 애도해?"

메넬라오스가 웃는다.

"자기 자신을 위해? 하긴, 그 놈 목숨도 이제 몇 시간 안 남았으니까."

그는 사방에서 공격을 감행하고 있는 아카이언의 무리를 가리킨다. 헬렌도 바라본다.

"이 공격이 성공할 것 같아요, 여보? 내가 보기에는 너무 두서없는 것 같은데요. 게다가 도시의 장벽을 부수거나 포위하기 위한 장치도 없잖아요."

메넬라오스가 볼 멘 소리를 낸다.

"뭐, 형이 너무 빨리 공격을 감행했을 수도 있지. 너무 혼란스러운 건 사실이군. 하지만 만약 오늘밤 공격이 실패하면 내일은 반드시 성공할거야. 일리움의 운명은 이미 기울었어."

"그런 것 같아요. 하지만 언제는 그렇지 않았나요, 안 그래요? 아니요, 고귀한 남편이여, 헥토르는 자신을 애도하고 있지 않아요. 살해당한 아들, 스카만드리오스를 애도하고 있어요. 그리고 아이의 앙갚음이 될 수 있는 신들과의 전쟁의 종말을."

메넬라오스가 투덜거린다.

"그 전쟁은 완전히 멍청한 짓이었어. 신들은 우리를 이 세상에서 완전히 파괴하거나 없애버릴 수도 있어. 고향에 있는 우리 가족들을 모두 훔쳐갔듯이."

"아가멤논을 믿어요? 모두 다 사라졌다는 걸?"

"나는 포세이돈과 헤라와 아테나가 아가멤논에게 했던 말을 믿어. 우리 아카이아가 일리움을 잿더미로 만들면 신들이 우리 가족들과 친구들과 노예들과 이 세상의 모든 사람들을 돌려줄 것이라는 말을."

"아무리 불멸의 신들이라지만 그런 일을 할 수 있을까요, 여보? 이 세상 모든 사람들을 사라지게 만드는 일을?"

"그들이 한 게 분명해. 형은 거짓말을 하지 않아. 자신들이 한 일이라고 신들이 형에게 말했고, 우리 도시 이오는 완전히 비어 있었어! 그와 함께 항해를 떠났던 모든 사람들에게 내가 말했지. 펠로폰네소스의 모든 농장과 가정들은⋯⋯ 쉿, 뭔가가 다가오고 있어."

그는 불씨를 밟아 꺼버리고 일어나 헬렌을 부서진 벽 구석의 어둠 속으로 밀어넣는다. 그리고는 검을 꺼내들고 준비 자세를 취한 후 나선형 계단 입구의 어두운 부분에 몸을 숨긴다.

에이다는 계단에서 나는 샌들 소리를 듣는다.

에이다가 전에 한 번도 본 적이 없는 남자가 ─몸에 잘 맞지 않는 아카이아 보병의 갑옷과 망토를 걸치고 튜린 복 아래서 본 어떤 군인보다 부드러운 인상을 풍기는 남자가─ 급작스럽게 계단이 끝나는 야외 공간으로 나선다. 메넬라오스가 튀어 나와 그를 땅에 눕혀 두 팔을 꼼짝 못하게 한 후, 당황한 침입자의 목에 칼을 겨눈다. 단숨에 목을 따버릴 기세다. 헬렌이 외친다.

"안돼요!"

메넬라오스가 잠시 멈춘다.

"내 친구 혹켄-베어-리이--에요."

메넬라오스는 잠시 기다린다. 그의 표정은 굳어 있고 여전히 이 깡마른 남자의 목을 그어버릴 수 있다는 듯 팔뚝을 움찔거린다. 곧 그 남자의 칼을 칼집에서 빼 던져버린다. 그는 마른 남자를 바닥에 눕힌 채 한 발로 누르고 선다. 그리고는 낮고 노여운 목소리로 말한다.

"호켄베리? 두아네의 아들? 네가 아킬레스와 헥토르랑 함께 있는 걸 자주 봤어. 그 기계들하고 같이 왔었지."

호켄베리? 에이다는 생각한다. 튜린 드라마에서 한 번도 들어본 적이 없는 이름이다.

"아니."

목과 멍이 든 맨 무릎을 동시에 쓰다듬으며 호켄베리가 말한다.

"난 이미 몇 년 째 여기 있었어. 하지만 아홉 달 전 신들과의 전쟁이 시작되기 전까지는 철저하게 관찰자로 살아왔었지."

"너는 개자식 아킬레스의 친구다. 너는 나의 적수, 헥토르의 하수인이다. 그의 운명은 오늘로 끝장이지. 그러니 너의 운명도‥‥."

메넬라오스가 으르렁거린다.

"안돼요!"

헬렌이 다시 소리를 지르더니 남편의 팔을 부여잡으며 끼어든다.

"혹켄-베어-리이-는 신들의 사랑을 받고 있어요. 내 친구이기도 하고요. 이 탑 꼭대기에 대해서 알려준 것도 그예요. 또 당신도 기억하겠지만 그는 아킬레스 눈앞에서 감쪽같이 사라지기도 했어요. 그의 목에 걸린 메달로 그는 신들과 똑같은 방법으로 여행할 수 있다구요."

"기억나. 하지만 아킬레스와 헥토르의 친구는 내 친구가 될 수 없어. 그가 우리를 찾아냈어. 그는 트로이 놈들에게 우리가 어디 숨어 있는지 말해버릴 거야. 그러니 죽어야만 해."

"안돼요."

헬렌이 세 번째로 말한다. 그녀의 하얀 손가락은 메넬라오스의 그을리고 털이 뒤덮인 팔뚝에 비해 더욱 작아 보인다.

"혹켄-베어-리야말로 우리 문제에 대한 해결의 열쇠를 쥐고 있어요, 여보."

메넬라오스는 이해할 수 없다는 듯 그녀를 노려본다.

헬렌은 손가락으로 장벽 너머에서 벌어지고 있는 전투를 가리킨다. 궁수들이 수백 수천 개의 화살을 일제히 쏘아대고 있다. 전혀 조직력이 없는 아카이아인들은 처음에는 사다리를 타고 장벽으로 달려들더니 궁수들의 석궁 공격에 이내 뒤로 자빠진다. 장벽 바깥에 마지막으로 남은 트로이의 방어자들은 참호와 날카로운 말뚝 쪽에서 용감하게 싸우고 있다. 아카이아 전차들이 부딪혀 나무 조각들이 튕겨 나온다. 말들은 땀에 젖은 옆구리에 말뚝이 꽂히자 비명을 질러댄다. 심지어 아카이아 편을 들고 있는 아테나, 헤라, 포세이돈조차 트로이를 방어하는 아레스와 아폴로의 용맹스러운 반격 앞에 물러서고 있다. 은빛 활의 신이 쏘아대는 보랏빛 에너지 화살이 아카이아인들 사이로 마구 떨어진다. 불멸의 연합군은 인간들을 도끼 아래 묘목처럼 베어 넘어뜨린다. 메넬라오스가 투덜거린다.

"이해할 수 없어. 삐쩍 마른 이 자식이 우리를 위해 뭘 한다는 거야? 이 녀석 무기엔 날도 서 있지 않구만."

여전히 남편의 팔뚝을 만지면서 헬렌은 우아하게 무릎을 꿇고 호켄베리의 목에서 두꺼운 체인에 매달린 묵직한 금메달을 들어 올렸다.

"이 사람은 지금 당장 우릴 아주버니 곁으로 데려갈 수 있어요, 여보. 그가 있어야 우리가 탈출할 수 있어요. 일리움을 빠져나갈 수 있는 유일한 길이에요."

뭔가 알아들은 듯 메넬라오스는 눈을 가늘게 떴다.

"물러서요, 여보. 내가 이놈의 목을 잘라버리고 우린 이 메달만 가져갈 테니까."

"이건 나한테만 작동되거든."

호켄베리가 조용히 말했다.

"선진 기술을 가진 모라벡 엔지니어들도 이것만은 복제할 수도, 자신들을 위해 사용할 수도 없었어. 이 순간이동 메달은 나의 뇌파와 DNA에 맞춰져 있거든."

"사실이에요."

헬렌이 거의 속삭이듯이 말한다.

"그래서 헥토르나 아킬레스가 신들의 마법을 사용해 그와 함께 여행할 때마다 혹-엔-베어-리이-의 팔을 꼭 잡는 거예요."

"일어서라!"

메넬라오스가 말한다. 호켄베리가 일어선다. 메넬라오스는 형처럼 키가 크지도 않고, 오디세우스나 아이아스처럼 드럼통 같은 가슴팍을 가진 남자도 아니었지만, 이 깡마르고 배가 볼록 튀어나온 남자에 비하면 그의 단단한 근육질의 건장함은 그를 거의 신처럼 보이게 만든다. 메넬라오스가 명령을 내렸다.

"두아네의 아들, 우리를 당장 데려다줘, 모래사장에 있는 우리 형의 막사로."

호켄베리는 고개를 젓는다.

"몇 달 동안 나 자신도 이 QT 메달을 쓰지 않았소, 아트레우스의 아들이여. 모라벡의 설명으로는 칼라비-야우 매트릭스의 플랑크 공간이란 걸 통해서 신들이 나를 추적하며, 자신들이 사용하는 공간을 통해 나를 추격할 수가 있소. 내가 신들을 배신했기 때문에 만약 다시 양자이동을 시도한다면 그들은 나를 죽이고 말 것이오."

메넬라오스는 미소를 짓는다. 그는 검을 들어 겉옷을 통해 피가 배어나올 때까지 호켄베리의 배를 쿡쿡 찌른다.

"말을 듣지 않으면 널 당장 죽여 버리겠다, 이 돼지 똥구멍 같은 새끼야. 그리고 네 놈의 내장을 아주 천천히 끄집어 내주겠어."

헬렌이 한 손을 호켄베리의 어깨에 얹는다.

"친구여, 저기 저 전투를 보세요. 저 장벽 너머를. 오늘밤 신들은 피에 혈안이 되어 있어요. 저기 아테나만 해도 복수의 세 여신 푸리스한테 밀리고 있죠? 힘센 아폴로는 전차에 올라 후퇴하는 그리스 장군들에게 죽음의 화살을 쏘아대고 있어요. 오늘밤에는 당신이 QT를 한다 해도 아무도 눈치 못 챌 거예요, 혹켄–베어–리이–."

온순해 보이는 남자는 윗입술을 깨문 후 다시 전쟁터를 바라본다. 트로이 방어군이 기선을 잡은 게 분명해 보인다. 더 많은 군인들이 요새와 스카이안 문 근처의 출입구를 빠져나와 있다. 에이다는 마침내 출격한 헥토르가 돌격부대의 핵심을 지휘하고 있는 것을 본다.

"좋소."

"하지만 나는 한 번에 단 한 사람만 QT할 수 있소."

"우리 두 사람을 한꺼번에 데려가야 해."

메넬라오스가 협박한다. 호켄베리가 고개를 젓는다.

"그렇게 못 해요. 나도 이유를 모르지만 QT 메달은 나와 접촉하고 있는 단 한 사람만 데려다 주게 되어 있소. 아킬레스와 헥토르와 내가 함께 있던 때를 기억해 보시오. 두 사람 중에서 늘 한 사람 하고만 사라졌다가 다른 한 사람을 위해 잠시 다시 나타났던 것을 기억할 거요."

"사실이에요, 여보. 내 눈으로 본 적이 있어요."

"그럼 헬렌을 먼저 데려가. 해변에 있는 아가멤논의 텐트로. 검은 배들이 정박한 곳 근처야."

아래쪽 거리에서 함성이 들려온다. 세 사람은 모두 부서진 플랫폼 가장자리에서 안쪽으로 물러선다. 헬렌이 웃는다.

"여보, 내 사랑 메넬라오스, 내가 먼저 갈 수는 없어요. 나는 아르고스와 아카이아 사람들이 세상에서 가장 싫어하는 여자예요. 내 친구 혹켄-베어-리이-가 이곳으로 돌아와 당신을 데려오는 단 몇 분 동안에도 아가멤논의 호위병이나 다른 그리스인이 나를 저주받을 년으로 생각하고 내 목에 수십 개의 창을 박을 수 있어요. 당신이 먼저 가야 해요. 당신만이 나를 보호할 수 있어요."

메넬라오스는 고개를 끄덕이고 호켄베리의 목을 움켜쥔다.

"메달을 사용해⋯⋯ *당장*."

금빛 동그라미를 건드리기 전에 호켄베리가 말한다.

"이렇게 해 주면 날 살려주겠소? 나를 그냥 풀어 주겠소?"

"물론!"

메넬라오스가 그렇거린다. 하지만 심지어 에이다조차도 헬렌에게 던지는 그의 눈짓을 알아본다. 헬렌이 거든다.

"내 남편 메넬라오스가 당신을 해치지 않을 것을 내가 보장하지요. 이제 어서 QT하세요. 계단 쪽에서 발소리가 들리는 것 같아요."

호켄베리가 금빛 메달을 꼭 쥔 채 눈을 감고 메달 표면의 무언가를 비튼다. 그러자 그와 메넬라오스는 공기가 훅 *빠져나가는* 소리와 함께 사라진다. 몇 분 동안 에이다는 트로이의 헬렌과 함께 부서진 플랫폼에 남아 서있다. 바람이 불어와 부서진 돌 더미들 사이로 낮은 휘파람 소리를 내고, 그 바람이 횃불이 밝혀진 벌판으로부터 퇴각하는 그리스인들과 추격하는 트로이인들의 고함 소리를 위로 실어 나른다. 도시 안의 시민들은 환호성을 지른다.

갑자기 호켄베리가 나타난다.

"당신 차례요."

그가 헬렌의 팔을 잡으며 말한다.

"당신이 옳았소. 어떤 신도 나를 추격하지 않았어. 오늘밤은 모든 게 뒤죽박죽이야."

그는 쉥쉥 날아다니는 전차들과 하늘을 가르는 에너지 화살들로 가득한 하늘을 고개로 가리키며 말한다. 호켄베리는 다시 메달을 만지기 전에 잠시 멈춘다.

"네가 당신을 그곳으로 데려가면 메넬라오스가 나를 무사히 둘 거라고 확신하오, 헬렌?"

"당신을 해치지 않을 거예요."

헬렌이 속삭인다. 그녀는 계단에서 들려오는 발자국 소리에 집중하느라 성의 없이 대답하는 것처럼 보인다. 에이다의 귀에는 바람 소리와 먼 곳의 고함 소리만 들릴 뿐이다.

"혹켄-베어-리이, 잠깐만요. 당신이 훌륭한 연인이었다는 얘기를 해 주고 싶어요…… 좋은 친구였고. 당신을 무척 좋아해요."

호켄베리가 눈에 보이도록 침을 꿀꺽 삼킨다.

"나도‥ 당신을‥ 좋아하오, 헬렌."

검은 머리의 여인이 미소를 짓는다.

"나는 메넬라오스에게 가지 않겠어요, 혹켄-베어-리이. 나는 그가 정말 싫어요. 그가 무서워요. 다시는 그 사람 손아귀에 넘어가지 않겠어요."

호켄베리는 눈을 껌뻑이며 이젠 멀어져버린 아카이아 전선 쪽을 바라본다. 그들은 수많은 검은 배들이 정렬된 모래사장 위 끝없이 이어진 막사 부근의 모닥불로부터 2마일 정도 떨어진 말뚝 박힌 참호 너머에서 다시 전열을 정비하고 있었다.

"그들이 도시를 접수하고 나면 당신을 죽일 거요."

그가 부드럽게 말한다.

"그래요."

"당신을 QT해서 멀리 데려갈 수 있어요. 어디든 안전한 곳으로."

"사랑하는 혹켄-베어-리이, 이 세상이 텅텅 비었다는 것이 사실인가요? 위대한 도시들이? 나의 스파르타가? 바위투성이의 농장들도? 오디세우스의 섬 이타카도? 페르시아의 황금빛 도시들도?"

호켄베리는 입술을 깨물더니 마침내 말한다.

"맞아요, 사실이오."

"그럼 내가 어디로 갈 수 있죠, 혹켄-베어-리이? 올림포스 산으로? 구멍도 사라져 버렸고, 올림포스의 신들은 미쳐버렸는데."

호켄베리가 손바닥을 보여준다.

"그렇다면 우리는 헥토르와 그의 부대가 그들을 막아낼 거라고 믿어보는 수밖에 없어요, 헬렌⋯⋯ 내 사랑. 무슨 일이 일어나더라도 메넬라오스에게 당신이 뒤에 남기로 결정했다는 걸 절대 말하지 않겠다고 맹세하겠소."

"알고 있어요."

헬렌이 말한다. 그녀의 넓은 소매에서 칼 하나가 빠져나와 그녀의 손에 잡힌다. 그녀는 팔을 휘둘러 짧지만 아주 날카로운 칼날을 호켄베리의 갈빗대 사이로 들이대고 손잡이만 남을 때까지 밀어 넣는다. 그녀는 칼날을 뒤틀어 심장을 찾는다.

호켄베리는 비명을 지를 것 같지만 입만 쩍 벌린다. 피가 철철 흐르는 상반신을 부여잡고 바닥에 털썩 넘어진다. 그가 넘어지자 헬렌은 칼을 잡아 뺀다.

"안녕, 혹켄-베어-리이-."

그녀는 재빨리 계단을 내려간다. 그녀의 슬리퍼는 거의 아무 소음도 내지 않는다.

에이다는 피를 흘리며 죽어가고 있는 남자를 내려다보며 뭔가 해줄 수 있기를 바래본다. 그러나 그녀는 당연히 보이지도 만져지지도 않는다. 충동적으로, 하면이 소니와 어떻게 소통했는지 기억해내면서 그녀는 튜린 복 아래로 손을 들어 손끝으로 수놓은 무늬를 어루만진다. 그리고는 세 개의 붉은 동그라미 안에 세 개의 푸른 네모를 떠올린다.

갑자기 에이다가 *그곳에* 존재한다. 일리움의 지붕 없는 탑 꼭대기의 폐허 위에 서 있다. 튜린 복을 통해 들여다보고 있는 것이 아니다, 바로 *거기* 있는 것이다. 그녀는 블라우스와 스커트를 흔드는 차가운 바람을 느낄 수 있다. 저 아래 밤거리에서 올라오는 낯선 음식 냄새와 가축의 악취를 맡을 수 있다. 장벽 너머 전선에서 들려오는 함성을 들을 수 있고 트로이 장벽을 따라 울리는 거대한 종과 징이 내는 진동을 공기를 통해 느낄 수 있다. 아래를 내려 보자 그녀의 발이 부서진 석조건물 위에 단단히 중심을 잡고 서 있는 것을 볼 수 있다.

"도와···· 주세요···· 제발!"

피 흘리며 죽어가는 남자가 속삭인다. 그는 일반적인 영어로 말했다. 에이다는 그가 공포에 질려 눈을 휘둥그레 뜨고, 그녀를 볼 수 있다는 사실을 깨닫는다···· 그녀를 똑바로 쳐다보고 있는 것이다. 그는 마지막 힘을 다해 그녀를 향해 왼쪽 손을 들어 올린다. 간청과 애원의 손길을.

에이다는 튜린 복을 눈앞에서 벗겨버렸다.

그녀는 아르디스 홀의 침실에 있었다. 쿵쾅거리는 가슴을 안고 어쩔 줄 몰라 하면서 손바닥을 펼쳐 시간을 확인하였다.

튜린 복을 덮고 누운 지 겨우 10분이 지났다. 하먼이 소니를 타고 떠난 지는 49분이 되었다. 에이다는 혼란스러웠고 다시 입덧을 시작한 듯 약간의 구토를 다시 느꼈다. 그녀는 기분을 털어 버리고 다시 단호해지려 애썼지만, 그럴수록 더 집요하게 구토감이 덮쳐 오는 것이었다.

튜린 복을 접어 속옷 서랍 속에 감춘 후 에이다는 아르디스 안팎으로 무슨 일이 벌어지고 있는지 확인하러 서둘러 내려갔다.

쉬른

소니 비행은 하먼이 기대했던 것보다 훨씬 짜릿했고, 하먼은 자신이 엄청난 상상력의 소유자라는 것을 알았다. 그는 또한 소니에 타고 있는 사람 중 유일하게 회오리처럼 몰아치는 번개 위에서 나무 의자를 타고 지중해 분지에서 적도 링의 소행성대에 이르는 길을 여행한 경험이 있는 사람이었다. 그 어떤 비행도 그 때의 짜릿함과 공포감에 견줄 수 없을 것이라고 생각했었다.

이 비행은 그 때와 거의 맞먹을 정도였다.

소니는 아르디스 상공 2천 피트에 도달하기도 전에 음속 장벽에 부딪혔고 —그는 지난 달 검색한 책에서 음속 장벽에 대해 배웠다— 마지막 구름의 막을 뚫고 밝은 햇살 아래로 나왔을 때에는 음속을 돌파할 때 내는 폭발음보다도 더 빨리 거의 수직으로 내달리고 있었다. 물론 고요함과는 거리가 먼 비행이었다. 에너지 장막 위로 들려오는 공기의 마찰과 소음은 어떤 대화도 불가능하게 만들 정도였다. 대화를 해보려는 사람도 없었다. 광포한 바람에서 그들을 보호해 주고 있는 바로 그 장막은 모두를 완충 장치가 되어 있는 좌석에 꼼짝없이 쪼그리고 앉아 있도록 만드는 장본인이기도 했다. 노만은 혼수상태를 유지했다. 한나는 한 손을 그에게 얹은 채였고, 페티르는 눈을 크게 뜨고 어깨 너머로 구름들이 순식간에 멀어져가는 것을 보고 있었다.

몇 분이 지나자 굉음은 찻주전자 끓는 소리 정도로 줄어들더니 작은 숨소리로 사라져 갔다. 푸른 하늘이 점점 검어졌다. 지평선은 팽팽하게 당겨진 활시위처럼 하얗게 휘어갔고 소니는 하늘 높이 계속 치솟았다. 보이지 않는 화살의 은빛 촉 같았다. 그러더니 갑자기 별들이 나타났다. 해가 질 때처럼 하나 둘 씩 나타나는 게 아니라, 별들은 한꺼번에 나타나더니 검은 하늘을 침묵의 불꽃놀이로 채워 버렸다. 그들 바로 위에서 천천히 돌고 있는 e-링과 p-링이 무서울 정도로 밝았다.

순간적으로 하먼은 소니가 그들을 다시 링으로 데려가고 있다는 끔찍한 생각에 사로잡혔다. 프로스페로의 행성에서 데이먼과 혼수상태의 한나, 그리고 그 자신을 데리고 내려온 것은 결국 이 기계가 아니었던가. 바로 그 순간 소니가 안정을 찾기 시작했고, 그들이 이제 겨우 대기권을 벗어났으며 궤도 링으로부터 수천 마일 떨어져 있다는 사실을 그는 깨달았다. 지평선은 휘어 있었지만 여전히 그들 아래 보이는 것은 온통 지구뿐이었다. 아홉 달 전에 그와 새비와 데이먼이 회오리 번개를 타고 적도 링에 올라갔을 때는 지구가 이보다 한 참 더 멀게 느껴졌었다.

"하먼⋯⋯"

소니가 최고점을 치고 내려와 뒤집어지자 뒷좌석에서 한나가 불렀다. 눈앞이 아찔한 순간이 지나자 구름이 덮여 하얗게 보이는 지구가 그들의 머리 꼭대기에 있었다.

"괜찮은 건가요? 제대로 되고 있는 건가요?"

"그럼, 이게 정상이야."

하먼이 대답했다. 공포를 포함한 여러 가지 힘들이 그에게 쿠션을 박차고 일어나 버리고 싶은 충동을 불러일으켰지만, 동력장이 그를 꾹 눌러 앉혔다. 그의 위장과 내이內耳가 중력과 지평선이 사라져버린 상황에 반응했다. 사실 이게 제대로 되고 있는 건지, 소니가 자신도 감당 못할 기능을 휘둘러대고 있어서 모두의 목숨이 위태로운 상황인지, 그로서도 알 수 없었다. 페티르와 눈이 마주치자 하먼은 그가 자신의 거짓말을 눈치 채고 있음을 보았다.

"토할 것 같아요."

한나가 말했다. 그녀의 목소리는 아주 침착했다. 소니가 앞으로 또 아래로 넘실 거리더니 보이지 않는 추진기와 동력으로 회전하기 시작했다. 지구도 돌기 시작했 다. 하먼이 소리쳤다.

"눈을 감고 오디세우스를 꼭 잡고 있어."

그들이 지구 대기권으로 재진입하자 다시 소음이 들려왔다. 하먼은 억지로 고 개를 돌려 링을 바라보았다. 프로스페로 궤도섬이 대부분 살아남았는지, 자신의 어머니와 파리스 크레이터의 모든 사람들을 학살한 것이 칼리반이라는 데이먼의 확신이 정말 맞는 것인지 마음속으로 물었다.

몇 분이 지났다. 하먼이 알기로 한때 남미라고 불렸던 대륙 위로 재진입하는 것 같았다. 남반구와 북반구 모두가 소용돌이를 치며 구멍을 만들고, 물결치고, 평평 하게 되고, 높게 솟은 구름들로 가득 덮여 있었다. 하민은 구름 사이로 새비가 한 때 두 대륙을 이어주던 지협이라고 말해 준 적이 있는 넓고 물에 잠긴 해협도 볼 수 있었다.

이윽고 불길이 그들을 감싸더니 날카로운 소리와 굉음이 상승 때보다 더 강력 하게 들려왔다. 소니는 다트 화살처럼 회전하면서 두꺼운 대기권 안으로 들어갔 다. 하먼이 한나와 페티르에게 소리쳤다.

"괜찮을 거야! 예전에도 겪은 적이 있어. 아무 일 없을 거야."

굉음만 해도 너무나 컸기 때문에 그들은 그의 목소리를 들을 수 없었다. 그래서 하먼은 한 마디 덧붙이고 싶었지만 하지 않았다. "예전에도 겪은 적이 있어⋯⋯ *딱 한번*." 데이먼과 하먼이 붕괴된 프로스페로의 섬에서 탈출할 때 한나도 같은 소니 에 타고 있었다. 하지만 그녀는 당시 완전한 의식불명 상태였기 때문에 기억하고 있는 것은 아무 것도 없었다.

하먼은 소니가 다시 한 번 플라즈마에 둘러싸여 동쪽을 향해 내달리는 동안 다 짐했다. 두 눈을 감는 게 상책이야.

젠장, 내가 무슨 짓을 하고 있는 거지? 다시 한 번 의심이 차올랐다. 그는 리더 자격이 없었다. 이렇게 소니를 몰고 와 자신만 믿고 따라온 두 사람의 목숨을 위험

에 빠뜨리다니, 도대체 무슨 짓이란 말인가? 그는 한 번도 소니를 이렇게 운전해 본 적이 없었다. 그런데도 이 여행이 성공적일 것이라고 믿었던 건 왜일까? 설사 그렇게 된다고 한들, 아르디스 홀이 극도의 위험에 처한 이 시점에 소니를 가져와 버린 행동을 어떻게 정당화시킬 수 있겠는가? 단지 오디세우스를 구한다는 명목 하에 마추픽추의 골든 게이트로 도망 올 것이 아니라, 세테보스의 피조물이 파리스 크레이터와 다른 팩스 노드 공동체들을 무덤으로 만들었다는 데이먼의 보고를 가장 우선적으로 받아들여야 했는데. 임신한 몸에 기댈 곳이라고는 자신밖에 없는 에이다를 두고 감히 혼자 여행을 떠나다니! 노만은 어차피 죽어갈 것이 거의 분명한 이 마당에 왜 부상당한 한 늙은이를 살리겠다고 가망도 없는 짓을 벌여 수백 명의 목숨을 ─만약 다른 공동체들에게 제때 경고를 전하지 못하면 수만 명이 될 수도 있잖아─ 위태롭게 하는가?

늙은이. 강한 바람이 불어와 소니가 덜컹하자 그래도 살겠다고 꼭 붙잡고 있는 자신을 보며 하먼은 쓴 웃음을 지었다. 자신이야말로 이 무리에서 늙은이였다. 다섯 번째 이십 주기까지 채 두 달도 남지 않은 늙은이. 자신을 받아 줄 치료 탱크 따위는 이제 없는 것을 알면서도 하먼은 마지막 생일이 닥치면 링으로 전송될 것이라는 기대를 저버리지 않고 있었음을 깨달았다. *그렇게 안 될 거라고 누가 확신할 수 있지?* 그는 생각했다. 하먼은 오디세우스─노만을 제외하고는 자신이 지구에서 가장 늙은 남자라고 믿고 있었다. 그런데 노만도 몇 분 후, 혹은 몇 시간 후면 죽어버릴 가능성이 크다. *우리 모두 죽어버릴 수도 있고,* 하먼은 생각했다.

이제 겨우 이십 주기를 칠 년 밖에 넘기지 않은 여인과 아이를 갖다니 도대체 무슨 생각을 하고 있단 말이냐? 도대체 무슨 권리로 다른 사람들에게 잃어버린 시대의 가족 개념을 되돌려주려고 하고 있는 거야? 도대체 무슨 자격으로 새로운 현실은 어머니와 다른 사람들에게 아이들의 아버지가 누구인지를 밝혀서 그가 아내와 자식들 곁에 머물러야 한다고 설파한단 말인가? 가족의 옛 개념, 그 의무에 대해, 혹은 다른 그 무엇에 대해서든 이 하먼이란 이름의 늙은이가 *진짜*로 알고 있는 게 도대체 뭐지? 게다가 자기가 뭐라고 다른 사람들을 이끌고 있느냐고? 그에게 유별난 점은 단지 스스로 읽는 법을 깨우쳤다는 것뿐이었다. 수년 동안 그는 전 지구에서 유일하게 글을 읽을 수 있는 사람이었다. *참, 잘 났다.* 이젠 누구든 원하기만 하면 검색 기능을 이용해 독서도 하고, 아르디스 홀의 많은 사람들은 낡은 책속의 꼬부랑 글씨에서 단어나 소리를 판독할 줄도 아는데.

난 결국 특별할 것도 없어.

소니를 둘러싼 플라스마 막이 걷히고 회전이 멈추었다. 하지만 날름거리는 불꽃은 여전히 기체의 옆면을 핥고 지나갔다.

만약 소니가 파괴되면 —혹은 그냥 연료든 에너지든 뭐든 동력원이 떨어지면— 아르디스는 끝장나고 만다. 우리에게 무슨 일이 일어날지는 아무도 모른다. 우리가 그냥 사라져 버린다면 아르디스 홀은 유일한 비행기를 잃게 된다. 보이닉스들이 재공격을 감행하거나 세테보스가 나타날 경우, 아르디스 홀과 전송실 시이를 날아다닐 소니가 없다면 에이다를 비롯한 다른 사람들은 더 이상 도망갈 곳이 없어질 것이다. 난 그들의 유일한 탈출에의 희망을 위험에 빠뜨렸어.

별들이 사라지고 하늘의 푸른색이 점점 더 깊어지더니 다시 창백한 푸른색으로 바뀌고, 소니의 속도가 줄어들었다. 그들은 높은 구름층으로 진입하고 있었다. *요람이라는 곳에 노만을 데려다주고 나면 곧장 돌아가야지,* 하먼은 생각했다. *나는 에이다와 함께 머물면서 데이먼이나 페티르나 한나 같이 젊은 사람들에게 결정을 맡기고 모험을 계속하라고 해야지. 나한테는 돌봐야 할 아기가 있거든.* 아기를 생각하니 거칠게 날뛰고 있는 소니보다도 더 끔찍했다.

하강하는 비행체는 소용돌이치는 연기처럼 처음엔 스치는 눈발과 뒤섞이더니, 이윽고 적막이 감도는 지구에서 살다가 죽어간 수많은 인간 영혼들이 솟아오르는 것처럼 황급히 옆을 지나갔다. 다음 순간 소니는 가파른 정상 위 삼천 피트 상공에 깔려있던 구름을 벗어났다. 하먼은 다시 한 번 마추픽추의 골든 게이트를 내려다보았다.

평지는 높고 가파르고 푸르렀으며 삐죽삐죽한 봉우리와 깊고 더 푸른 협곡으로 층층이 둘러싸여 있었다. 칠백 미터가 넘는 녹슨 탑이 있는 고색창연한 다리는, 층을 이룬 양쪽 평지 의 험준한 산을 거의 다 잇다가 만 모습이었다. 평지의 모습은 더욱 오래된 폐허의 인상을 풍겼다. 한 때 건물이었던 것들은 이제 녹지를 배경으로 한 돌무더기에 불과했다. 거대한 다리 위에는 한 때 오렌지색이 칠해졌음을 짐작할 수 있도록 페인트 자국이 노란 이끼를 덧댄 것처럼 여기 저기 보였지만 대부분은 피딱지 같이 검붉은 녹으로 덮여 있었다. 매달려 있던 도로들은 여기 저기 떨어져 나갔고 지지 케이블은 끊어져 버렸지만, 골든 게이트는 여전히 다리로서의 면모를 보여주고 있었다···· 비록 시작도 끝도 불분명한 다리였지만.

폐허가 된 이 구조물을 멀리서 처음 보았을 때 하먼은 거대한 탑들과 수직으로 연결된 두꺼운 케이블들이 녹색 담쟁이로 덮여 있다고 생각했다. 하지만 넝쿨처럼 매달리고 관으로 연결된 녹색 기포 방울들이 사실은 거주용 구조물이었음을 곧 깨달았다. 다리를 짓고 몇 세기 후에 덧붙인 구조임이 분명했다. 새비는 이 녹색 유리 공, 구슬방울, 그리고 휘휘 감긴 줄기들이 이 옛 구조물들을 지탱해주는 유일한 힘이라고 말했는데, 역시 농담이 아니었다.

소니가 속도를 줄이고 안정감을 찾은 후 그들을 다리의 남단으로 데려가기 위해 하강 선회 하는 동안 하먼, 한나, 페티르는 모두 상체를 팔꿈치 정도까지 일으켜 바깥을 내다보았다. 하먼이 이곳을 맨 처음 방문했을 때보다 훨씬 더 역동적으로 보였다. 구름이 훨씬 낮게 깔려 있었고, 주변을 둘러싼 봉우리들에선 비가 내리고 있었다. 서쪽의 고산지대에선 천둥번개가 내리치는 반면 빠른 속도로 날아가는 구름 사이로 햇살이 간헐적으로 파고 들어와 다리와 도로, 녹색 유리공의 숲과 평지를 비췄다. 질주하는 구름이 소니와 다리 사이에 비를 퍼부어 검은 커튼을 치는 바람에 그들의 시야가 잠시 어두워졌지만 곧 다시 빠르게 동쪽으로 옮겨갔다. 더 많은 구름과 불규칙한 햇살들이 전체적인 풍경을 더욱 역동적으로 만들어내고 있었다.

아니, 단순히 역동적으로 보이는 게 아니로군, 하먼은 깨달았다···· 언덕과 다리 위에서 무언가가 움직이고 있었다. 수천 개의 무언가. 하먼은 처음엔 구름과 빛이 너무 빨리 움직이기 때문에 일어나는 착시현상인가 했다. 하지만 소니가 착륙을 위해 북쪽 타워를 향해 다가가면서, 그것이 수천, 아니 수만의 보이닉스라는 사실을 그는 깨달았다. 눈이 없고 회색 몸통에 가죽 모자를 뒤집어쓴 그 놈들은 옛 폐허와 녹색의 타워 꼭대기를 덮고 있었을 뿐 아니라, 브짓지 타워 위에도 바글바글했고, 망가진 도로 위에서 서로 엉키고 밀렸으며, 녹슨 지지 케이블 위를 6 피트짜리 바퀴벌레들처럼 재빠르게 오갔다. 지난 번 새비가 그들을 착륙시켰고, 오늘도 착륙하려고 했던 평평한 북쪽 타워 위에도 이미 수십 마리의 보이닉스가 있었다. 소니가 물었다.

"수동 착륙으로 할까요, 자동 착륙으로 할까요?"

"수동!"

하먼이 외쳤다. 홀로그램으로 가상 계기판이 깜빡이며 나타나자, 하먼은 보이닉스 한 가운데 착륙하기 단 몇 초, 단 몇 피트 전에 만능 조종판을 비틀어 소니를 북쪽 타워로부터 멀리 떼어 놓았다. 실제로 두 마리의 보이닉스가 그들을 향해 뛰어올랐다. 한 마리는 10피트 거리 안까지 다가왔다가 70층 깊이의 바위 덩어리 사이로 맥없이 추락했다. 평평한 타워 꼭대기에서 약 12마리 정도의 보이닉스들이 눈이 아닌 적외선 감지기의 시선으로 그들을 따라왔으며, 또 다른 열두 마리 정도가 돌출된 타워의 꼭대기까지 몰려왔다. 칼날 달린 손과 날카로운 발톱으로 시멘트에 구멍을 내며 기어 올라왔다.

"착륙할 수 없어."

하먼이 말했다. 다리, 언덕, 심지어 주변의 봉우리들조차 모조리 놈들로 우글우글했다.

"녹색 방울들 위에는 보이닉스가 한 마리도 없어요."

페티르가 소리쳤다. 그는 무릎으로 일어서 왼 손에 화살을 장전한 활을 들고 있었다. 힘의 장이 깜빡이며 걷히자 차갑고 습한 공기가 느껴졌다. 비 냄새와 썩어가는 식물들의 냄새가 매우 강하게 풍겨왔다. 지지 케이블에서 100 피트 떨어진 지점을 선회하며 하먼이 말했다.

"녹색 방울 위로는 착륙이 안 돼. 진입할 방법이 없어. 돌아가야겠어."

그는 소니를 북쪽으로 후퇴시킨 후 고도를 올리기 시작했다. 한나가 소리쳤다.

"잠깐! 멈춰요."

하먼은 상승을 멈추고 소니를 부드럽게 선회시켰다. 서쪽 하늘의 낮은 구름과 높은 봉우리 사이에서 번개가 번쩍였다. 한나가 말했다.

"열 달 전 우리가 여기 왔을 때 당신과 에이다가 오디세우스와 함께 테러 버드를 사냥하러 나가 있는 동안 나는 혼자 탐험을 했어요. 남쪽 타워의⋯⋯ 유리구슬 중 하나에⋯⋯ 또 다른 소니들이 있었어요. 뭐 같았느냐면⋯⋯ 모르겠네. 그 회색 책에서 검색했던 그 단어가 뭐였죠? '차고' 였나?"

"다른 소니들이라고?"

페티르가 소리쳤다. 하먼도 크게 소리 지를 뻔 했다. 비행체가 더 많다면 아르디스 홀의 모든 사람의 운명을 결정할 수 있다. 몇 달 전 오디세우스가 혼자 총을 가지고 돌아왔을 때 왜 다른 소니들에 대해선 아무 말도 하지 않았을까. 그러자 한나가 서둘러 말했다.

"아니, 소니들이 아니라⋯⋯ 그러니까, 완전한 소니가 아니라, 부품들이었어요. 껍질이나 기계 부속들이요."

하먼은 자신의 기대가 무너지는 것을 느끼며 고개를 흔들었다. 그리고는 입을 뗐다.

"근데 그게 지금 무슨 상관이라고⋯⋯."

"소니를 착륙시키기 좋은 곳처럼 보였어요."

한나가 말했다. 하먼은 소니를 비스듬히 뉘인 후 충분히 거리를 유지하기 위해 애쓰며 남쪽 타워를 지나갔다. 타워 꼭대기에는 백 마리 이상의 보이닉스들이 있었지만, 다양한 크기의 포도송이처럼 브릿지 타워를 감싸고 있는 수십 개의 녹색 유리 방울 위엔 한 놈도 없었다. 하먼이 소리쳐 대꾸했다.

"아무데도 입구 같은 게 없어. 게다가 이렇게 유리 방울이 많아서야⋯⋯ 여기 바깥에서 어느 방울로 들어갔었는지 기억할 수가 없을 거야."

첫 방문에 대한 그의 기억에 의하면 유리 방울들의 유리는 안쪽에서 보면 무색

투명했지만 바깥쪽에서는 불투명했다. 번개가 쳤다. 비가 내리기 시작하자 잠시 힘의 장이 깜빡이며 작동했다. 타워 꼭대기의 보이닉스들과 수직의 타워에 매달려 있는 수백의 다른 보이닉스들은 선회하는 소니를 따라 눈도 없는 몸을 돌렸다.

"난 기억할 수 있어요."

뒷좌석에서 한나가 말했다. 그녀 또한 무릎으로 일어선 채 의식불명의 오디세우스를 손으로 받치고 있었다.

"나는 아주 뛰어난 시각적 기억력을 가지고 있어요…… 그날 오후 내가 서 있던 자리에서부터 기억을 더듬어 갈 거예요. 좀 다른 각도에서 공간을 바라보고, 내가 어느 방울로 들어갔었는지 기억해낼 거예요."

그녀는 주위를 둘러보더니 잠시 동안 눈을 감았다.

"저기예요."

한나가 남쪽 타워로부터 60피트 지점, 즉, 이 붉은 오렌지색 기둥의 3분의 2 지점쯤에 매달린 녹색 방울을 가리켰다. 그것은 그 타워에 매달린 수백 개의 다른 방울들과 전혀 다를 바가 없었다.

하먼이 고도를 낮췄다.

"입구가 없어."

그는 버추얼 만능 조종판을 돌려 방울에서 70피트 쯤 떨어진 곳에 소니를 맴돌게 했다.

"새비는 우리를 북쪽 타워에 착륙시켰어."

"하지만 소니를 *비행시켜서* 그…… 차고 안으로 들어갔을 거잖아요? 그곳의 바닥은 평평했어요. 그리고 다른 녹색 방울들 하고는 조금 다른 재료로 만들어져 있었어요."

"당신들은 새비가 그곳을 박물관이라고 불렀다고 그랬잖아요."

페티르가 말했다.

"그리고 나도 그런 단어를 검색한 적이 있어요. 어쩌면 부품을 하나씩 따로 옮겼을 수도 있죠."

한나는 고개를 저었다. 하먼은 이 친절한 젊은 여인이 때로는 아주 완강해질 수 있다는 것을 다시 한 번 느꼈다. 그녀가 말했다.

"좀 더 가까이 가 봐요."

"보이닉스들이⋯⋯."

하먼이 그렇게 입을 뗐다. 그러자 한나가 반박했다.

"방울 위에는 없어요. 놈들은 타워에서 뛰어내리는 수밖에 없어요. 우리는 방울에 충분히 접근할 수 있고 놈들은 점프해봤자 우릴 잡을 수 없어요."

"놈들은 순식간에 녹색 덩어리까지 올지도 몰라⋯⋯."

페티르가 시작했다.

"아니, 올 수 없을 거예요. 뭔가가 놈들을 접근하지 못하게 하고 있어요."

"말도 안 돼요."

"가만, 가만!"

하먼이 말했다. 그는 10개월 전 새비가 자신과 데이먼을 태우고 지중해 분지로 데려갔던 크롤러에 대해 이야기해 주었다.

"그럴 수도 있어. 그 기계의 꼭대기는 이 유리와 같은 종류였어. 밖에서 보면 불투명한데 안에서 보면 투명한. 그런데 아무 것도 들러붙지 않았어. 빗방울도 묻지 않았고, 예루살렘에서 덤벼들던 보이닉스들도 떨어져 나갔어. 새비 말로는 이 유리는 마찰을 없애는 일종의 힘의 장으로 코팅되어 있다고 했어. 그 이름을 뭐라고 했는지는 기억이 안나."

"더 가까이 가 봐요."

한나가 말했다. 방울의 20피트 지점에서 하먼이 입구를 발견했다. 그것은 매우 미묘한 지점이었기 때문에 만약 그가 프로스페로의 섬에서 이와 똑같은 원리로 작동하는 궤도 도시와 퍼머리의 입구를 본 적이 없었더라면, 절대 알아보지 못했을 것이었다. 방울의 죽 늘어난 부분의 끝에 거의 눈에 보이지도 않는 직사각형이 있는데 주변부보다 약간 더 밝은 녹색을 하고 있었다. 그는 새비가 프로스페로의 에어록과 퍼머리에 쓰이는 "반투과성 멤브레인"에 대해 했던 이야기를 다른 두 사람에게 들려주었다. 그러자 페티르가 말했다.

"만약 이게 그 반투과, 어쩌구 하는 멤브레인이 아니라, 단지 빛의 장난이라면요?"

"그럼 우린 추락하겠지."

하먼이 말했다. 그가 만능 조정판을 움직이자 소니가 앞으로 미끄러져 들어갔다.

"그를 그곳에 누이면, 죽을 것이다."

어둠 속의 목소리가 말했다. 다음 순간 아리엘이 빛 속으로 걸어 나왔다.

반투과성 분자 멤브레인의 투과성은 충분했다. 직사각형의 문은 그들 뒤에서 굳어졌고 하먼은 소니의 부품으로 보이는 각종 부속들이 어지러이 널려있는 사이로 소니를 착륙시켰다. 세 사람은 서둘러 오디세우스-노만을 들것에 실어 차고로 내려놓았다. 한나가 들것의 앞쪽을 잡고 하먼이 뒤쪽을, 페티르가 안전을 살폈다. 그들은 순식간에 녹색 방울들의 나선형 미로를 돌아 어지러운 복도를 지나고 고장난 에스컬레이터를 올랐다. 그들이 향하는 곳은 새비가 오디세우스와 함께 초저온 수면을 한 적이 있다고 했던 크리스털 관이 가득한 방울이었다.

오래지않아 하먼은 한나의 기억력뿐만 아니라 —복도나 계단이 갈라지는 지점이 나올 때마다 그녀는 조금도 주저하지 않았다— 그녀의 강인함에 깊은 인상을 받았다. 이 깡마르고 젊은 여인은 숨소리조차 거칠어지지 않았다. 잠시 쉬자고 했더라면 하먼은 기꺼이 받아들였을 것이다. 오디세우스-노만은 키가 큰 편은 아니었지만 정말 무거웠다. 하먼은 그가 여전히 숨을 쉬고 있는지 확인하기 위해 혼수상태인 오디세우스의 가슴을 힐끗 쳐다보았다. 숨을 쉬고는 있었다…… 그저 간신히.

브릿지 타워를 감싸고 오르는 주요 나선형 통로에 이르렀을 때 세 사람은 모두 잠시 머뭇거렸다. 페티르는 준비된 활을 들어 올렸다. 수십 명의 보이닉스들이 다리의 철궤에 매달려 눈 없는 몸통으로 그들을 내려다보고 있었다. 한나가 말했다.

"놈들은 우리를 볼 수 없어요. 이 유리 바깥에선 안이 들여다보이지 않아요."

"아니, 놈들이 우리를 볼 수 있을 것 같은데. 새비 말로는 놈들의 두건에 있는 수신기는 적외선 감지를 통해 360도를 볼 수 있다고 했어…… 적외선이란 색보다는 온도를 통해 존재하는 빛이지. 우리 눈으로는 볼 수 없어…… 그리고 내 느낌에 놈들은 저 불투명한 유리막을 통해 우리를 아주 정면으로 보고 있는 것 같아."

그들이 둥글게 휜 복도를 30보쯤 더 내려가자 보이닉스들도 그들의 걸음에 따라 매달린 자세를 바꿨다. 갑자기 여섯 마리 정도가 풀쩍 뛰어 강화 유리에 앉았다.

페티르는 화살을 메운 활을 들어 올렸고 하먼은 놈들이 유리막을 뚫고 뛰어 들어올 거라고 확신했다. 하지만 보이닉스들은 밀리미터 두께의 힘의 장에 부딪혀 가벼운 충격음을 내더니 미끄러져 떨어졌다. 마침 인간들이 있는 곳은 바닥이 거의 투명한 복도였기에, 그건 정말 무시무시한 경험이었다. 하지만 적어도 하먼과 한나는 예전에도 본 적이 있었기 때문에 거의 투명한 바닥을 딛고 앞으로 나갔다. 페티르는 언제라도 추락할 것만 같은 발밑을 자꾸 내려다보았다.

그들은 가장 큰 방을 지나 ―새비는 이곳을 박물관이라고 불렀지― 크리스털 관들이 있는 긴 방울에 들어섰다. 이곳의 유리막은 거의 불투명하고 매우 진한 녹색이었다. 하먼은 대서양의 틈 속으로 수 마일을 걸어 나가 엄청나게 높은 물로 된 벽 사이에서 그의 머리통보다 더 커다란 물고기가 헤엄치는 것을 보았던 경험이 ―그게 겨우 일 년 반 전 이야기라니― 떠올랐다. 그때의 빛도 지금처럼 뿌옇고 푸르렀다.

한나가 들것을 내려놓았다. 하먼도 보조를 맞추어 서둘러 내려놨다. 그녀는 주위를 둘러보았다.

"어느 초저온-요람이지요?"

기다란 방에 있는 여덟 개의 크리스털 관은 모두 비어 있었고, 낮은 조명 속에 희미하게 빛나고 있었다. 각각의 관에는 웅웅 소리를 내는 높다란 기계 상자들이 연결되어 있었고, 금속 표면 위에는 녹색, 붉은색 그리고 황색의 가상의 빛이 깜빡거리고 있었다.

"나도 모르겠어."

하먼이 말했다. 새비는 이 초저온-요람에서 수 세기를 잠으로 보낸 이야기를 데이먼과 그에게 해주었다. 하지만 그것은 10개월 전 크롤러를 타고 지중해 분지로 들어가면서 이루어진 대화였고 그 자세한 내용은 잘 기억나지 않았다. 어쩌면 더 기억해낼 자세한 내용이 없는지도 몰랐다.

"가까운 이것부터 시도해보지."

하먼이 말했다. 그는 의식불명의 오디세우스를 일으켜 붕대감긴 팔을 받친 후 페티르와 한나가 같이 잡을 곳을 마련할 때까지 기다렸다. 그들은 하먼의 기억에 따라 다른 방울 복도와 연결되는 나선형 계단에서 가장 가까운 관으로 그를 들어 옮겼다.

"그를 그곳에 누이면, 죽을 것이다."

어둠 속에서 부드럽고 중성적인 목소리가 말했다. 세 사람이 일제히 오디세우스를 다시 들것에 내려놨다. 페티르가 활을 들어 올렸다. 하먼과 한나는 칼집에 손을 댔다. 모니터링 기계 뒤쪽의 어둠에서 어떤 형상이 나타났다.

하먼은 그것이 새비가 프로스페로가 말하던 아리엘이라는 것을 단숨에 알아봤다. 하지만 어떻게 알아봤는지는 그 자신도 알 수 없었다. 그 형상은 자그마하고 —5피트나 될까— 사람 같지 않았다. 그는, 혹은 그녀는, 녹색을 띤 하얀 피부를 하고 있었는데 사실 피부라고 할 수도 없었다. 바깥 껍질을 통해 내부를 들여다보니, 에메랄드 빛 액체 안에서 작은 불꽃들이 떠다니는 것 같았다. 그 얼굴은 너무나 중성적이어서, 하먼은 아르디스 홀의 가장 오래된 책에서 보았던 천사의 그림을 떠올렸다. 그는, 혹은 그녀는, 가늘고 긴 팔과 손가락이 길고 우아한 것만 빼면 아주 정상적인 손을 가지고 있었으며 부드러운 녹색의 슬리퍼를 신고 있는 것 같았다. 맨 처음엔 아리엘이 옷을 입고 있는 줄 알았다. 나뭇잎과 포도송이 무늬가 수놓인 투명한 하얀 천이 호리호리한 몸매를 감싸고 있으며, 몸에 꼭 맞게 재단된 옷을 입고 있다고 생각했다. 하지만 곧 그는 그 무늬들이 이 존재의 몸을 덮어씌운 것이 아니라 원래부터 새겨져 있는 것이라는 사실을 깨달았다. 여전히 암수를 구분할 수 있는 단서는 없었다.

길고 가는 코, 가볍게 미소 짓는 듯 입 꼬리가 약간 올라간 온전한 입술, 검은 눈동자, 그 혹은 그녀의 어깨까지 드리워진 창백한 녹색의 곱슬머리 — 아리엘의 얼굴은 충분히 사람다웠다. 하지만 투명한 피부를 통해 불빛들이 떠다니는 내면을 보고 있자면 사람을 마주하고 있다는 느낌은 싹 사라졌다.

"당신은 아리엘이군요."

하먼이 말했다. 이미 질문이 아니었다.

그 형상은 긍정의 의미로 고개를 끄덕였다. 그리고는 미쳐버리게 부드러운 목소리로 그가, 혹은 그녀가, 말했다.

"새비가 당신에게 내 이야기를 했군요."

"그래요, 하지만 난 당신이···· 실체가 없는 존재라고 생각했어요···· 프로스페로의 영상처럼."

"홀로그램 말이군요."

아리엘이 말했다.

"아니요. 프로스페로는 원하는 어떤 물질의 형태도 취할 수 있어요. 하지만 그걸 기꺼워하는 경우는 드물죠. 반면에 나는 너무 너무 오랫동안 정령이나 요정으로 불려왔지만, 육신을 갖는 게 아주 좋아요."

"왜 이 요람이 오디세우스를 죽일 거라고 하는 거지요?"

한나가 물었다. 그녀는 맥박을 확인하려고 혼수상태의 오디세우스 옆에 웅크리고 앉았다. 하먼의 눈에 노만은 죽은 것처럼 보였다.

아리엘이 가까이 다가왔다. 하먼은 이 형상의 투명한 피부를 들여다보고 있는 페티르에게 힐끗 눈짓을 했다. 젊은이는 활을 거뒀지만 여전히 충격과 의심에 사로잡혀 있었다.

"이건 새비가 이용했던 요람들입니다."

여덟 개의 크리스털 관을 가리키며 아리엘이 말했다.

"그 안에서는 인체의 모든 활동이 중단되거나 느려져요. 사실입니다. 호박 속의 곤충이나 얼음 속의 시체가 그러하듯이. 하지만 이 요람들은 상처를 치유하지 못해요, 절대. 오디세우스는 수 세기 동안 이곳에 자신만의 시간 여행 궤를 숨겨두었어요. 그 능력은 나도 이해할 수 없답니다."

"당신은 누구죠?"

한나가 일어서며 물었다.

"하먼은 우리에게 아리엘은 자기인식 바이오스피어에서 온 화신이라고 말했어요. 하지만 나는 그게 무슨 뜻인지 모르겠어요."

"아무도 몰라요."

반쯤은 목례인 듯 반쯤은 절인 듯 묘한 움직임을 하며 아리엘이 말했다.

"오디세우스의 궤까지 날 따라 오겠어요?"

아리엘은 그들을 천정까지 이어진 나선형 계단으로 안내했다. 하지만 위로 올라가는 대신 아리엘이 오른쪽 손바닥을 바닥에 대면 그 안에 숨겨졌던 부분이 조리개처럼 열리면서 아래로 향하는 나선형 계단들이 계속 나타났다. 계단 폭은 들것을 옮길 수 있을 만큼 충분히 넓었지만 무거운 오디세우스를 계단 아래로 실어 나르는 일은 여전히 쉽지 않았다. 의식불명의 오디세우스가 미끄러져 떨어지지 않도록 페티르가 앞서 나가야 했다.

그들은 녹색의 방울 복도를 지나 더 작은 방으로 따라 들어갔다. 이 방은 위쪽에 있던 크리스털 관의 방보다 더 어두웠다. 처음부터 하먼은 이 공간이 유리 방울 중의 하나가 아니라는 사실을 알아보았다. 브릿지 타워의 진짜 철강과 콘크리트를 파고 들어가 만든 공간이었다. 이곳에는 크리스털 관과는 전혀 다르게 생긴 단 한 개의 요람이 있었다. 이 기계는 더 넓고 무겁고 어두운 오닉스로 이루어졌으며 사람의 얼굴이 놓이는 부분만 유리로 되어 있었다. 이것은 다시 수많은 케이블과 호스와 전선으로 더 큰 오닉스 기계와 연결되어 있었는데 그 위에는 다이얼도 계기판도 없었다. 강한 냄새가 진동하고 있었는데, 하먼에게는 천둥 번개가 치기 직전을 연상시키는 냄새였다.

아리엘이 시간여행 궤의 옆에 있는 판을 누르자 기다란 문이 쉭 소리를 내며 열렸다. 내부의 쿠션은 낡고 헤졌지만 노만에게 꼭 맞는 크기의 형태로 눌려져 있었다. 하먼은 한나를 쳐다보았다. 그들은 한 순간 망설이다가 이윽고 오디세우스-노만을 궤 안에 넣었다.

아리엘이 뚜껑을 닫는 듯한 동작을 했다. 한나가 재빨리 가까이 다가가 궤 안으로 몸을 숙이고 오디세우스의 입술에 부드럽게 키스를 했다. 그리고는 뒤로 물러서 아리엘이 뚜껑을 닫게 내주었다. 험악한 쇳소리를 내면서 문이 꽉 닫혔다.

즉각 궤와 검은 기계 사이에 호박색의 구체가 깜박거리며 나타났다. 한나가 물었다.

"저게 무슨 뜻이죠? 그가 살아날까요?"

아리엘은 어깨를 으쓱했다. 가냘픈 어깨가 우아하게 움직였다.

"세상 만물 중에서 아리엘보다 기계의 마음을 가장 모르는 존재는 없을 거예요. 하지만 이 기계는 우리 세계가 세 번 자전할 동안 그 안에 있는 사람의 운명을 결정합니다. 자, 우린 여길 떠나야만 해요. 조금 있으면 이곳의 공기가 너무 조밀하고 고약해져서 숨을 못 쉬게 돼요. 다시 밝은 데로 올라가 개화된 존재답게 함께 이야기를 나눕시다."

"난 오디세우스를 떠나지 않을 거예요. 만약 72시간이 지나야 그의 생사를 알 수 있다면 그 때까지 여기 남아 있을래요."

그러자 페티르가 화가 나서 말했다.

"그럴 순 없어요. 무기를 찾아서 가능한 빨리 아르디스 홀로 돌아가야 해요."

갑갑한 골방의 온도가 빠른 속도로 올라가고 있었다. 하먼은 튜닉 아래서 땀방울이 갈빗대를 타고 흘러내리는 것을 느꼈다. 번개가 타는 듯한 냄새는 이제 엄청나게 강해졌다. 한나는 그들로부터 한 발 떨어져서 팔짱을 끼고 섰다. 요람 옆에 남겠다는 의지를 표현하는 게 분명했다. 아리엘이 말했다.

"여기 있으면 죽을 거예요. 이 고약한 공기를 당신의 한숨으로 식히면서. 하지만 만약 사랑하는 사람의 삶과 죽음을 모니터하고 싶다면 이리 가까이 오세요."

한나가 가까이 다가섰다. 그녀는 희미하게 빛나는 아리엘이라는 존재를 굽어보았다.

"나에게 손을 줘 봐요."

머뭇거리며 한나가 손바닥을 내밀었다. 아리엘이 그 손을 잡아 자기 가슴에 대더니 초록색 가슴 안으로 쑥 밀어 넣었다. 한나는 깜짝 놀라 손을 당기려 했다. 하지만 아리엘의 힘은 너무 강력했다.

하먼과 페티르가 채 움직이기도 전에 한나의 손과 팔은 다시 자유로워졌다. 이 젊은 여인은 공포에 사로잡힌 채 주먹 속에 남은 초록-금빛의 기포 방울을 바라보았다. 그 유기체는 세 사람이 지켜보는 가운데 녹아내리더니 완전히 사라질 때까지 한나의 손바닥으로 스며들어 갔다. 한나는 다시 한 번 어리둥절해졌다. 아리엘이 말했다.

"자동 점검 장치일 뿐이에요. 당신 연인의 상태가 달라지면, 그 순간 바로 알 수 있어요."

"어떻게 알아볼 수 있는데요?"

한나가 물었다. 하먼은 어린 그녀가 창백한 얼굴로 땀을 뻘뻘 흘리고 있다는 것을 알았다.

"알게 될 거에요."

아리엘이 반복했다. 그들은 창백하게 빛나고 있는 형상을 따라 초록의 유리 복도로 나와 다시 계단을 올랐다.

* * *

아리엘을 따라 복도를 지나고 멈춰 있는 에스컬레이터와 거대한 지지 케이블 아래 매달린 공기 방울들을 차례로 지나는 동안 아무도 입을 열지 않았다. 그들은 남쪽 타워 위쪽을 받치고 있는 콘크리트와 금속 가로 지지대에 붙은 유리방에서 멈추었다. 유리창 바로 뒤에서는 보이닉스들이 다리의 가로대 위에서 초록빛 벽을 향해 소리 없이 뛰어 내리고 있었다. 발톱을 세워 긁어보려 하지만 쥘 것도 들어갈 곳도 찾지 못했다. 이 유리방을 따라 가장 큰 방으로 그들을 안내하는 동안 아리엘은 보이닉스들은 거들떠보지도 않았다. 그곳에는 탁자와 의자들이 있었으며, 조리대 위에 기계들이 설치되어 있었다. 하먼이 말했다.

"이 곳을 기억해요. 브릿지에서 하룻밤을 보낼 때 이곳에서 저녁을 먹었지. 번개가 치는 와중에⋯⋯ 오디세우스가 저기 다리 바로 위에서 테러 버드를 요리했어. 기억나, 한나?"

한나는 고개를 끄덕였지만 정신은 딴 곳에 있었다. 그녀는 아랫입술을 깨물고 있었다.

"여러분 모두 뭔가 먹고 싶을 것 같은데요."

아리엘이 말했다.

"시간이 없어요⋯⋯."

하먼이 입을 열자 페티르가 끼어들었다.

"우린 배가 고파요. 잠깐 먹을 시간은 있을 거예요."

아리엘이 그들에게 원탁으로 오라고 손짓했다. 그녀는, 혹은 그는, 전자렌지로 세 개의 나무 그릇에 담긴 스프를 데웠다. 그리고는 그릇을 테이블로 가져와서 스푼과 냅킨을 차렸다. 그녀는, 혹은 그는, 네 개의 잔에 물을 채워 제 자리에 놓고는 그들과 함께 테이블에 앉았다. 하먼은 머뭇거리며 스프의 맛을 보았다. 아주 맛있고 싱싱한 야채가 잔뜩 들어 있었다. 즐거운 마음으로 식사를 했다. 페티르도 스프를 맛보고는 천천히, 미심쩍다는 듯 한쪽 눈을 조리대 옆에 서 있는 바이오스피어의 화신 아리엘에 고정시킨 채, 스프를 먹었다. 한나는 스프에 손도 대지 않았다. 그녀는 아리엘이 준 초록-금빛 덩어리가 그랬듯이, 누구도 닿을 수 없는 스스로의 내부로 날아가버린 것 같았다.

이건 미친 짓이야, 하먼은 생각했다. 이 초록의⋯⋯ 존재는⋯⋯ 우리들 중 한 명에게 자신의 가슴 속을 파고들게 만들어 금빛 심장을 꺼내게 했고, 우리 세 사람은 단 10미터 밖에서 보이닉스들이 기어 다니는 와중에 뜨거운 스프를 먹겠다고 여기까지 올라왔어. 그리고 행성 바이오스피어 온 자아-인식의 화신은 마치 우리

의 시종처럼 굴고 있어. 내가 미쳐버린 게 분명해.

하면은 자신이 미쳐버렸을지 모르지만, 스프가 맛있는 건 사실이라고 스스로에게 인정했다. 그는 에이다를 생각하며 식사를 계속했다.

"당신은 왜 여기에 있는 거죠?"

페티르가 물었다. 그는 나무 그릇을 밀어 놓고 아리엘을 뚫어져라 바라보았다. 의자 바로 옆에는 그의 활이 놓여 있었다. 아리엘이 답했다.

"무슨 얘기를 듣고 싶어요?"

"도대체 무슨 일이 벌어지고 있냐고요?"

가벼운 농담이나 아리송한 얘기는 절대 하지 않는 페티르가 물었다.

"당신은 *도대체* 누구예요? 보이닉스들이 여기에 왜 있으며, 왜 아르디스 홀을 공격하는 거지요? 데이먼이 파리스 크레이터에서 봤다던 그 거지같은 존재는 도대체 뭐지요? 위험한 존재인가요···· 만약 그렇다면, 그 놈을 어떻게 죽일 수 있지요?"

아리엘이 미소 지었다.

"그게 도대체 뭐냐, 어떻게 하면 죽일 수 있느냐···· 당신네들이 언제나 제일 먼저 하는 질문이죠."

페티르는 기다렸다. 하면은 수저를 내려놓았다. 아리엘이 말했다.

"좋은 질문이에요. 왜냐하면 만약 당신들이 마지막이 아니라 맨 처음 뛰어 오르는 사람들이라면 당신들은 울어선 안돼요. '지옥은 텅 비어 있다. 그리고 모든 악마는 바로 이곳에 있도다!' 하지만 너무 긴 얘기예요. 죽어가고 있는 오디세우스의 이야기만큼이나 길지요. 식은 스프 한 접시를 나누면서 하기는 쉽지 않아요."

"그럼 일단 당신이 누구인지에서부터 시작합시다. 당신은 프로스페로의 피조물입니까?"

"아, 한 때는 그랬죠. 노예도, 하인도 아닌 계약직 노동자라고 할까."

"어째서요?"

페티르가 물었다. 강하게 비가 내리기 시작했다. 하지만 물방울은 뛰어드는 보이닉스들처럼 둥근 유리창 위에 아무 흔적도 남기지 않았다. 하지만 빗방울이 다리와 철근에 부딪히는 소리만큼은 배경 소음이 되고 있었다.

"로고스피어의 그 마법사가 끔찍한 마녀 시코락스의 손에서 나를 구출해주었기 때문이지요. 나는 그 마녀의 하인이었거든요. 그녀는 생물권의 깊은 암호를 다 깨우친 후, 자신의 주인 세테보스를 불러들였어요. 하지만 내가 그녀의 천박한 요구를 들어주기에는 너무 고결하다는 사실이 드러나자, 그녀는 도저히 달랠 길 없는 분노에 사로잡혀 나를 소나무 틈 사이에 가두어 버렸어요. 그 틈 안에서 나는 프로스페로가 날 해방시켜 줄 때까지 수십 년의 수십 배에 이르는 시간을 보내야 했답니다."

"프로스페로가 당신을 구했군요."

하먼이 말했다.

"프로스페로는 자신의 명령을 수행하라고 나를 풀어준 거예요."

아리엘이 답했다. 얄팍하고 창백한 입술이 약간 위로 휘어졌다.

"그리고는 다시 수십 년의 수십 배에 이르는 시간 동안 그를 섬길 것을 요구했지요."

"그래서 그렇게 했나요?"

페티르가 물었다.

"네, 그랬어요."

"지금도 그를 섬기나요?"

"지금은 어떤 마법사도, 그 누구도, 섬기기 않아요."

"칼리반도 한 때 프로스페로를 섬겼지요."

새비에게 들은 모든 것들과 궤도 섬에서 프로스페로라는 이름의 홀로그램이 해준 이야기들을 모두 기억해내려고 애쓰면서 하먼이 말했다.

"칼리반을 알아요?"

"알아요. 돌보아주고 싶지 않은 악당이지요."

"칼리반이 지구로 돌아왔다는 걸 아세요?"

하먼이 힘을 주어 말했다. 데이먼이 이 자리에 함께 있었으면 하는 생각이 들었다.

"그게 사실이라는 건 당신도 알잖아요. 그는 온 지구를 자신의 더러운 웅덩이로 만들고 얼어붙은 하늘을 자신의 방으로 만들려 하고 있어요."

얼어붙은 하늘을 그의 방으로, 하먼이 생각했다. 그리고는 큰 목소리로 물었다.

"그러니까 칼리반하고 세테보스는 한 패란 말이지요?"

"그래요."

"어째서 당신은 우리 앞에 나타났지요?"

한나가 물었다. 이 아름답고 젊은 여인의 시선은 여전히 슬픔으로 부유하고 있었지만 그래도 아리엘을 보기위해 고개를 돌렸다.

아리엘이 노래를 부르기 시작했다;

"벌들이 꿀을 빠는 곳, 거기서 나도 빨고 싶어

내가 누워있는 꽃밭의 꽃을

올빼미가 울면 그곳에 누워

박쥐의 등을 타고 나는 날아가리

여름도 지나고 이제 나는 흥겹게

흥겹게, 흥겹게, 살아가리

큰 나뭇가지에 매달린 꽃들 아래서"

"미쳤구먼."

페티르가 말했다. 그가 갑자기 일어서더니 브릿지 쪽의 벽으로 걸어갔다. 세 마리의 보이닉스가 그를 향해 뛰어들었다가 유리벽 위 부분에 부딪혀 아래로 떨어졌다. 그 중 한 놈은 칼날달린 손으로 다리의 콘크리트 부분을 찍어 추락을 겨우 면했다. 나머지 두 놈은 그 아래 구름 속으로 사라졌다.

아리엘이 잔잔하게 웃었다. 그리고는 그는, 혹은 그녀는, 흐느꼈다.

"우리가 공유한 지구는 포위당했어요. 전쟁이 찾아왔지요. 새비는 죽었어요. 오디세우스는 죽어가고 있어요. 세테보스는 보호하기 위해 태어났고 존재하는 나를 언제라도 죽일 거예요. 당신들 고전-인류는 적도 동지도 아니지만···· 나는 후자를 택했어요. 당신들은 그 문제에 있어 선택권이 없어요."

"당신이 우리가 보이닉스와 칼리반과 세테보스를 물리치도록 돕겠다고요?"

하먼이 물었다.

"아니, 당신들이 나를 돕는 거예요."

"어떻게요?"

한나가 물었다.

"당신들에게 맡길 임무가 있어요. 우선 당신들은 무기를 가지러 왔지요····"

"맞아요!"

한나와 페티르와 하먼이 한 목소리로 대답했다.

"뒤에 남는 두 사람은 남쪽 타워 맨 아래 비밀의 방에 있는 낡고 고장 난 컴퓨터 뒤에서 무기를 찾을 수 있을 거예요. 불투명한 녹색 유리벽에 동그라미가 있고, 그 안에는 오각형이 새겨져 있을 거예요. 그냥 '열려라'고 말하면 교활한 오디세우스와 불쌍한 새비가 잃어버린-시대의 장난감들을 숨겨놓은 방이 나타날 거예요."

"두 *사람*이 남는다고?"

페티르가 물었다.

"여러분 중 한 명은 아르디스 홀이 멸망하기 전에 소니를 집으로 가져가야 해요. 두 번째 사람은 여기 남아서 오디세우스가 살아날 경우 그를 돌봐야 해요. 시코락스와 동침한 적이 있어서 그녀의 비밀을 알고 있는 사람은 그 뿐이니까. 그녀와 동침한 사람은 반드시 큰 변화의 고통을 겪게 되요. 나머지 한 사람은 나와 함께 가야 합니다."

세 사람은 서로 쳐다보았다. 엄청나게 쏟아지는 비와 구름 덮인 하늘이 만들어 내는 빛 속에 있자니 마치 깊은 물속에서 차갑고 어두침침한 빛 사이로 서로를 바라보는 것 같았다. 한나가 말했다.

"내가 남겠어요. 첨부터 남을 생각이었으니까. 만약 오디세우스가 깨어나면 누군가 곁에 있어야죠."

"난 소니를 집으로 가져가겠어."

하먼이 말했다. 자신의 비겁함에 진저리가 쳐졌지만 동시에 전혀 상관하지 않았다. 그는 에이다에게 돌아가야만 했다.

"나는 아리엘, 당신과 함께 가지."

이 섬세한 존재에게 다가서며 페티르가 말했다.

"안돼요."

아리엘이 말했다. 세 사람은 서로 힐끗거리며 기다렸다.

"안돼요, 나와 같이 가야할 사람은 하먼이에요. 페티르는 소니를 몰고 곧장 집으로 돌아갈 거예요. 이곳에 올 때보다 절반의 속도로. 이 기계는 꽤 낡아서, 아주 긴급한 상황이 아니고는 무리하게 추진시켜서는 안돼요. 하먼은 나와 함께 가야 해요."

"왜죠?"

하먼이 말했다. 그는 아무 곳에도 안 가고 곧장 에이다에게 돌아갈 생각이었다. 그것만은 정말 확신하고 있었다.

"왜냐하면 깊이 빠지는 게 당신의 운명이니까. 그리고 당신 아내와 아이의 목숨이 그 운명에 달려 있으니까. 그리고 오늘 하먼의 운명은 나와 함께 가는 것이에요."

그러더니 아리엘은 공중으로 떠올랐다. 전혀 무게감 없이 테이블 위 6피트 지점까지 떠오르더니 그의, 혹은 그녀의, 검은 눈을 하먼의 얼굴에 고정시킨 채 노래를 부르기 시작했다;

"키가 다섯 길이나 되는 하먼이 누워있네,

그의 뼈로는 산호를 만들고:

그의 두 눈이었던 그건 진주:

그의 것은 하나도 사라지지 않고

풍성하고 낯선 무엇인가로

엄청나게 변하도다.

딩 동, 딩 동."

"아니, 미안하지만···· 안되겠어요."

하먼이 그렇게 말했다. 페티르는 화살을 장전한 후 시위를 팽팽하게 당겼다.

"지금 내분을 일으키겠다는 건가요?"

아리엘이 물었다. 이제 그/그녀는 초록빛으로 물든 공중의 20피트 위를 떠 있었고, 얼굴엔 여전히 미소를 머금고 있었다.

"그러지 마····."

한나가 거들었다. 하지만 아리엘에게 하는 말인지 페티르에게 하는 말인지 불분명했다.

"가야 할 시간이에요."

아리엘이 거의 웃음을 띤 목소리로 말했다.

빛이 사라졌다. 완전한 어둠 속에서 파득거리며 무언가가 밀려드는 소리가 들렸다. 마치 부엉이가 획획 날아다니는 것 같았다. 그 어둠 속에서 하먼은 무언가가 그를 바닥 위에서 들어 올리는 것을 느꼈다. 어미 매가 새끼 매를 다루듯 아주 가볍게 들어 올리더니 어둠 속에서 그를 뒤쪽으로 실어갔다. 그리고는 마추픽추의 골든 게이트의 높다란 기둥들 사이 급작스런 어둠 속으로 획 던져 떨어뜨려버렸다.

화성과 포보스를 떠난 첫 날.

모라벡들이 지은 천 피트 길이의 원자력 우주선 퀸 맵은 정교하게 계산된 일련의 폭발로말 그대로 제 엉덩이를 걷어차며 화성의 중력권을 떠난다.

포보스의 달에서 출발할 때는 속도가 초당 10cm에 불과했지만 퀸 맵은 화성의 중력장에 진입했다가 다시 벗어나는 추진력을 얻기 위해 순식간에 초당 20km의 가속도로 박차를 가한다. 300미터 길이의 이 우주선은 지구까지 충분히 그 속도를 유지할 수 있지만, 그토록 느긋하게 기다릴 생각은 없다. 퀸 맵은 자신의 38톤짜리 덩치가 초당 700km로 날아갈 때까지 계속해서 가속할 계획이다. 펄스-유닛 저장고에서는 기름칠이 잘 된 체인과 톱니바퀴, 그리고 경사로들이 45톤에 이르는 코카콜라 캔 사이즈의 폭탄을 우주선 뒤쪽에 있는 추진판과 연결된 발사기 안으로 굴려 넣고 있다. 비행의 지금 단계에서는 25초마다 폭탄 캔이 방출되어 퀸 맵의 뒤쪽 600미터 지점에서 폭파된다. 매번 펄스-유닛이 방출될 때마다 방출 튜브의 입구에 마모 및 용해 방지 오일이 분사되고, 다시 폭발이 일어날 때마다 추진기가 새로 코팅된다. 육중한 추진판은 우주선 내부에 있는 33미터 길이의 충격 완화 장치속으로 당겨지고, 이후 거대한 피스톤이 다음 플라즈마 섬광을 위해 다시 제자리로 밀어 넣는다. 퀸 맵은 이제 편안하고 안정적인 1.28-g로 움직이고 있는데, 이

건 폭발이 있을 때마다 실제로 붙는 가속도다. 물론 모라벡들은 짧은 시간 동안이라면 그 정도 중력의 수백 배, 아니, 수천 배라도 견딜 수 있지만, 우주선 안에는 단 한 명의 인간인 유괴된 오디세우스만이 탑승하고 있었고, 모라벡들은 아무도 그가 우주선 바닥에서 딸기잼처럼 사라지기를 바라지 않았다.

엔지니어 층에서는 이오의 오르푸와 다른 기술 모라벡들이 수증기의 압력과 기름의 수위 게이지를 살피면서 동시에 전압과 냉각수의 높이도 관찰하고 있다. 후면에서 30초마다 원자폭탄이 터지는 동안은 많은 양의 윤활유가 필요했기 때문에 잃어버린 시대의 원양어선용 오일 탱크만한 저장고가 최하위 10개 층을 둘러싸고 있다. 엔진 층에 미로처럼 차 있는 파이프와 밸브, 미터기, 왕복 피스톤, 거대한 압력계는 여전히 모든 사람의 눈에 20세기 증기선 같은 인상을 준다.

1.28-g이라는 약간의 초과 중력을 감당하면서도, *퀸 맵*은 충분히, 가볍게, 그리고 긴 시간 동안, 가속을 하고 또 재빨리 감속할 수도 있어, 지구-달 시스템에 도착하는 데 33일을 크게 넘기지 않을 계획이다.

이 첫날을 만무트는 잠수정 *어둠의 여왕*을 손보느라 바쁘게 보내고 있다. 잠수정은 *퀸 맵*의 화물칸 하나에 편안하게 들어맞았을 뿐만 아니라, 한 달 쯤 후에 지구 대기권으로 낙하하기 위해 날개가 달린 재진입 셔틀에 고정되어 있었다. 만무트는 이를 위해 새로 장착된 부품들의 제어판과 인터페이스가 제대로 작동하는지 점검 중이다. 12층 이상 떨어진 거리에서 작업하고 있지만 만무트와 오르푸는 그들만의 타이트빔을 통해 교신하며, 화성이 점점 더 멀어지는 동안 각자의 우주선 비디오와 레이더를 관찰하고 있다. 만무트에게 우주선 후면을 보여주는 카메라는 "펄스-유닛"···· 일명 '폭탄'이 차례차례 폭발하면서 쉼 없이 만들어내는 불꽃의 폭포를 뚫고 화면을 잡아내기 위해 특별히 정교한 컴퓨터 필터를 갖추고 있어야 했다. 빛의 시각적 스펙트럼을 볼 수 없는 오르푸는 레이더 좌표 값의 변화를 통해 화성이 멀어지는 것을 "지켜본다."

화성에 가려고 그 고생을 했는데 이제 떠나고 있다니 기분이 이상한 걸, 만무트가 타이트빔으로 전송한다.

정말 그래, 이오의 오르푸가 대답한다. *특히 올림포스의 신들이 서로 격렬하게 싸우고 있는 지금 이 순간엔 더 그렇군.* 그게 무슨 말인지를 보여주기 위해, 깊은 우주에서 온 모라벡은 화성에서 멀어지는 만무트의 비디오 화면을 줌으로 당겨 올림포스 몬스의 얼음 덮인 등성이와 녹색 정상에 초점을 맞춘다. 이오의 오르푸는 모든 활동을 일련의 적외선 데이터를 통해 보지만, 만무트는 모든 것을 있는 그대로 또렷하게 본다. 여기저기서 밝은 폭발이 일어나고, 적외선 카메라에 노랑과 붉은 색으로 이글거리는 분화구를 ─20분전까지만 해도 호수였던 그곳을─ 통해 이제 그곳이 다시 한 번 용암으로 가득 차올랐음을 알 수 있다.

아스티그/체, 퇴행성 시노피센, 초 리, 베 빈 아데 장군, 그리고 다른 통합사령관들이 굉장히 겁을 집어 먹은 것 같아, 만무트가 잠수정의 파워 시스템을 점검하며 말한다. *그들이 호켄베리에게 화성의 중력이 잘못되어 있다고 말했을 때 ─누가 또는 무엇이 그것을 지구 중력에 가깝게 바꿔 놓았는지는 몰라도─ 나도 더럭 겁이 나더군.* 퀸 맵이 출발한 이래 그와 오르푸는 처음으로 사적인 대화를 나눌 수 있게 되었고 만무트는 자신의 걱정거리를 털어 놓을 기회가 반가웠다.

그건 저주받을 빙산의 일각에 불과해, 오르푸가 전송한다.

무슨 소리야? 만무트의 유기체 부분이 갑자기 전율을 느낀다.

그렇군, 오르푸가 덜그럭거린다, *자네는 화성과 일리움을 바쁘게 돌아다니느라 통합사령관 위원회의 발견에 대해 듣지 못했겠지.*

말해봐.

모르는 편이 나을 거야, 친구.

잔소리 말고 말해 봐⋯⋯ 무슨 뜻인지 알잖아, 얘기해 달라니까.

오르푸가 한숨을 쉰다. 30피트나 되는 퀸 맵의 전체 공기가 갑자기 빠져나가는 듯 이상한 소음이 타이트빔을 통해 전해진다. *우선, 지구화가 진행되고 있다는 것⋯⋯*

그게 뭐? 잠수정과 펠루카와 기구로 화성을 횡단하던 몇 주 동안 만무트는 푸른 하늘과 푸른 바다, 이끼들, 나무들 그리고 풍부한 공기에 익숙해져 있었다.

그 물과 생명체와 공기는 125년 전만 해도 그곳에 없었어. 오르푸가 전송한다.

나도 알아. 거의 일 년 전에 아스티그/체가 유로파에서 처음 브리핑을 했을 때다 설명한 얘기야. 그렇게 짧은 시간 안에 지구화된 것은 거의 불가능한 일이었지. 그래서?

그래 불가능했었지. 이오의 오르푸가 전송한다. *자네가 그리스와 트로이인들과 잡담을 나누는 동안 오월과 소행성대에 있는 우리의 모라벡 과학자들은 지구화된 화성을 연구했어. 그렇게 만든 것은 마법이 아냐, 자네도 알겠지만…… 얼음으로 덮인 표피를 녹여 CO_2 를 방출하는 데 소행성들이 이용돼. 더 많은 소행성들이 거대하게 얼어붙은 지하수를 녹이는 데 사용되고, 이끼, 지의류, 그리고 땅 속 벌레들이 더 커다란 식물을 준비하게 위해 뿌려진 지 수백만 년 후에 화성 표면에 충돌해 H_2O 를 방출시키지. 그런데 그 모든 일들은 산소 융합 반응이 일어나고 질소를 생산하는 식물들이 화성의 대기를 충분히 조밀하게 만든 후에 일어날 수 있는 일이야.*

잠수정 조정간에서 만무트는 자신의 컴퓨터 스크린을 두드리는 것을 멈춘다. 그는 가상 포트에서 물러나 잠수정의 도면과 이미지들 그리고 재진입 셔틀의 화면이 사라지게 놔둔다. *그렇다면……* 그가 머뭇거리며 전송한다.

맞아. 그렇다면 화성을 지금 상태로 만드는데 거의 8천 년은 걸렸다는 얘기지.

하지만…… 하지만…… 만무트는 타이트빔으로 말을 더듬거린다. 그도 어쩔 수 없다. 아스티그/체는 그들에게 옛 화성의 천체 사진을 보여주었다. 진공상태에 차갑고 생명체라곤 없는 화성, 단 150년 전에 목성과 토성에서 촬영된 사진이었다. 그리고 모라벡 자신들조차 채 3천 년도 안 되는 과거의 어느 시점에 인간들에 의해 우주 밖에 심어진 존재들이 아닌가. 당시에는 화성도 결코 지구화되어 있지 않았을 거야. 돔 모양으로 포보스와 그 표면에 세워진 몇몇 중국 식민지를 제외하면, 그 모습은 지구가 화성을 처음으로 촬영했던 20세기나 21세기의 사진과 꼭 같았다.

하지만…… 만무트가 다시 전송한다.

난 자네 말문이 막혀 버릴 때 기분이 좋더라, 오르푸가 전송한다. 하지만 이 하드백 모라벡이 즐거워할 때면 들리곤 하던 특유의 덜거덕거리는 소리는 들리지 않는다.

자네 말은 그러니까 우리가 지금 마법 아니면 진짜 신에 대해 이야기하고 있다는 거지⋯⋯ 하나님 타입의 신 말이야⋯⋯ 아니면⋯⋯ 타이트빔으로 전해오는 만무트의 말투에 점점 분노가 묻어온다.

아니면?

그게 진짜 화성이 아니거나.

바로 그거야, 오르푸가 전송한다. 다르게 말해 보면, 그건 진짜 화성은 화성인데, 우리의 진짜 화성은 아니라는 거지. 지난 수십억 년 동안 이오의 태양계와 함께 했던 화성이 아니라는 거지.

누군가⋯⋯ 무언가⋯⋯ 우리의 화성을⋯⋯ 다른 화성과⋯⋯ 바꿔치기했다?

그런 것 같아, 오르푸가 전송한다. 통합사령관들과 최고의 모라벡 과학자들도 모두 그렇다고 믿고 싶진 않지만, 그것만이 사실을 설명할 수 있는 해답이야. 밤낮의 길이가 같다는 게 증명하잖아.

만무트는 자신의 손이 떨리고 있다는 것을 깨닫는다. 그는 손을 꼭 다잡고 집중하기 위해 시각과 비디오 공급선을 차단해 버린 후 전송한다. – 밤낮의 길이?

사소해 보이지만, 아주 중요한 거야, 오르푸가 전송한다. 브레인 홀을 통해 화성과 지구를 여행할 때 혹시 낮과 밤의 길이가 똑같다는 걸 느낄 수 있었어?

글쎄, 그런 것 같은데, 뭐⋯⋯ 만무트는 말을 멈춘다. 지구의 자전 주기가 23시간 56분이고 화성의 자전 주기가 24시간 37분이라는 것은 그가 자신의 무기체 부분의 메모리 뱅크에 접속할 필요조차 없는 사실이다. 작은 차이지만 그들이 화성과 구멍으로 연결되어 있었던, 그리스와 트로이가 전쟁 중인 지구 위에 동시에 존재했던 몇 달의 시간 동안 축적되었다면 상당한 오차를 낼 수 있는 양이다. 그러나 그렇지 않았다. 두 세계의 낮과 밤의 길이는 똑같이 동시에 흘러갔다.

지저스 크라이스트, 타이트빔을 통해 만무트가 속삭인다. 지저스 크라이스트.

예수님일 수도 있지, 오르푸가 전송한다, 이번에는 덜그럭거리는 소리가 들려 온다. 아니면 하나님에 견줄만한 능력을 가진 누구이거나.

지구로부터 온 누군가가 아니면 무언가가 다차원의 칼라비-야우 공간에 구멍을 뚫고 서로 다른 우주를 브레인 홀로 연결해 우리 화성과 그들의 화성을 뒤바꿔 놓았단 말이지···· "그들의 화성"이 뭔지, 어디 있는지 모르지만···· 그리고 그 다른 화성···· 올림포스 꼭대기에 신들이 살고 있는 그 화성을 남겨 놓았다···· 지금도 여전히 지구의 일리움과 양자 브레인 홀로 연결되어 있는 그 화성을. 그리고 그들이 거기 있는 동안 화성의 중력과 자전 주기를 바꿔 놓았단 말이지. 지저스, 마리아, 요셉, 미치겠구먼!

그래, 오르푸가 대답한다. 그리고 통합사령관들은 이 장난을 친 사람인지 물건인지가 지구나 지구 근처 궤도에 있을 것으로 생각하고 있어. 이래도 이 여행을 계속하고 싶어?

내가···· 내가···· 만약···· 내가, 만무트는 입을 열었다가 다물어버린다. 이 모든 것을 알았다면 이 여행에 지원했을까? 물론 그는 이 여행이 얼마나 위험한지 이미 알고 있었다. 유로파에서 브리핑을 듣고 화성에 가겠다고 자원했을 때부터 알고 있었다. 그 존재가 다른 차원이나 다른 우주에서 온 진화된 후기-인류건 혹은 어떤 피조물이건, 그들은 우주의 양자역학적 구조를 완전히 이해하고 있으며 자유자재로 갖고 놀 수 있다는 것을 보여준 셈이다. 행성을 옮기고 자전주기와 중력장을 변화시킬 수 있는 능력에 견줄 것이 세상에 어디 있겠는가? 그는 도대체 뭘 어쩌자고 초속 180km에 가속을 더하면서 지구와 그 하나님 같은 괴물을 향해 미친 듯이 날아가고 있는 퀸 맵을 타고 있는 건가? 우주의 —모든 우주의— 근원적인 양자역학을 좌지우지할 수 있는 이 미지의 적 앞에서, 그들이 타고 있는 이 우주선의 조잡한 무기나 수면 중인 수천의 록벡 군인들 따위는 농담에 불과하다.

정신이 번쩍 드는 얘기지, 마침내 오르푸가 전송한다.

아멘, 그의 친구가 전송한다.

바로 그 순간 우주선 전체에 경보음이 울리기 시작한다. 동시에 경보등과 경적이 타이트빔을 채우고 번개와 공 소리가 모든 가상 채널과 공유 채널을 가득 메운다.

"침입자다! 침입자다!"

우주선에서 들려오는 목소리가 말한다.

농담이야, 뭐야? 만무트가 전송한다.

아니, 오르푸가 대답한다. *자네 친구 토머스 호켄베리가 방금…… 나타났어…… 여기 엔진 룸이 있는 층에. 양자이동을 해 온 것 같군.*

그는 괜찮아?

아니. 엄청나게 피를 흘리고 있는데…… 바닥에 벌써 피가 흥건하게 고였어. 내가 보기엔 벌써 죽은 것 같아, 만무트. 내가 그를 들어 올렸어. 내 추진기가 할 수 있는 한 최대한 빠른 속도로 인간의 병원으로 옮기고 있는 중이야.

우주선은 거대하고, 중력은 그가 작전을 수행했던 그 어느 곳보다 크다. 만무트는 몇 분에 걸쳐 자신의 잠수정에서 나온 후 다시 화물칸에서 나와 "인간들의 층"이라고 생각해 온 곳으로 올라간다. 500명의 인간들을 수용할 넉넉한 수면실과 요리 공간, 화장실, 그리고 가속 의자에다가, 인간에게 가장 쾌적한 정도로 산소와 질소가 잘 배합되어 있고 해수면 수준의 기압을 유지하는 공기 외에도, 17층에는 22세기 초의 기술 수준에 따른 외과 수술 기구와 진단 기구를 갖춘 양호실이 갖추어져 있다. 원시적이지만 오월 모라벡들이 가지고 있던 파일 중 가장 업데이트된 설계도에 따라 지어진 곳이다.

포보스를 떠나는 첫날인 오늘, 17층에 머물렀던 유일한 손님은 내키지 않는 듯 화가 잔뜩 나 있는 인간 승객 오디세우스였다. 하지만 만무트가 도착했을 때에는 대부분의 모라벡들이 벌써 거기 모여 있었다. 오르푸를 비롯한 가니메단 통합사령관 수마 IV, 칼리스탄 초 리, 록벡 베 빈 아데 장군, 그리고 브릿지에서 온 두 조종사가 복도를 가득 채우고 있다. 외과수술실의 문은 닫혀있다. 하지만 만무트가 투명한 유리를 통해 봤더니, 총 통합사령관 아스티그/체가 거미같이 생긴 아말테안

통합사령관 퇴행성 시노피센이 피투성이 호켄베리의 주변에서 바쁘게 일하는 것을 지켜보고 있었다. 두 명의 작은 기술자 벅들이 시노피센의 지시에 따라 외과용 메스와 톱들을 휘두르고, 튜브를 연결하고, 가상의 이미징 장비들을 쏘아대고 있다. 퇴행성 시노피센의 작은 금속 몸체와 우아한 은색 다리에 피가 묻어 있다.

인간의 피, 만무트는 생각한다. *호켄베리의 피.* 이곳 넓은 진입로에는 더 많은 피가 묻어 있다. 벽에도, 그리고 친구 이오의 오르푸의 구멍투성이의 등껍질과 팔에도.

"그는 좀 어때?"

만무트가 오르푸에게 소리를 내어 묻는다. 다른 벅들이 있는 앞에서 타이트빔으로 이야기 하는 것은 아주 결례다. 오르푸가 답한다.

"여기 데리고 왔을 때 이미 죽어 있었어. 다시 살리려고 노력 중이야."

"시노피센 사령관이 인간 해부와 의학을 공부했어?"

"그는 언제나 잃어버린 시대의 의학에 관심이 많았지. 그의 취미였어. 자네가 셰익스피어의 소네트를 읽거나 내가 프루스트를 읽는 것처럼."

만무트는 고개를 끄덕인다. 그가 유로파에서 알고 지내던 대부분의 모라벡들은 인간과 그들의 고대 예술 및 과학에 관심이 있었다. 그러한 관심은 소행성대와 태양계 외부 시스템에 뿌려진 초기의 자율 로봇과 사이보그들 내부에 프로그램 되어 있었다. 그리고 그들이 진화하며 생겨난 모라벡 후손들에게도 그러한 열정이 남아 있었다. *하지만 죽은 호켄베리를 살려낼 수 있을 만큼 시노피센이 인간 의학에 정통할까?*

만무트는 오디세우스가 지금까지 잠들어 있던 작은 공간에서 나오는 것을 본다. 단단한 가슴팍을 가진 남자는 복도에 모인 군중을 보자 걸음을 멈춘다. 그의 손은 반사적으로 허리춤의 칼 위에 —정확히 말하면 허리띠에 매인 빈 칼집에— 얹힌다. 그가 혼수상태로 비행정을 타고 우주선으로 오는 동안 모라벡들이 그의 검을 제거했던 것이다. 만무트는 라에르테스의 아들에게 이 모든 것이 얼마나 낯설게 보일 것인지 상상해본다. 그들은 그에게 이 금속성 배가 그의 눈에는 보이지도 않는 우주를 항해하고 있다고 말했으며, 이제는 온갖 종류의 모라벡들이 복도에 가득한 것이다. 2톤에 이르는 육중한 몸매의 오르푸에서, 검고 반질반질한 수마 IV, 그리고 키틴질의 전사 같은 록벡 베 빈 아데 장군에 이르기까지, 크기나 외모가 똑같은 모라벡은 한 쌍도 없다.

오디세우스는 그들 모두를 무시하고 곧장 의학 실험실 창문으로 다가가서 수술을 지켜본다. 아무 표정도 없다. 다시 한 번, 만무트는 궁금해진다. 지난 아홉 달 동안 자주 만나고 이야기를 나누었던 호켄베리에게 몸을 숨기고 있는 이 긴 다리의 은색 거미라든지 검은 등판의 두 기술자를 보며, 저 단단한 가슴팍의 털북숭이 전사는 무슨 생각을 하고 있을까? 오디세우스와 복도의 모라벡들은 모두 호켄베리의 피와 열려진 가슴팍과 쫙 벌려진 갈빗대를 푸줏간의 고깃덩이처럼 바라보고 있다. *오디세우스는 시노피센이 호켄베리를 잡아먹고 있다고 생각하지나 않을까?* 만무트는 궁금했다.

수술 장면에서 눈을 떼지 않은 채, 오디세우스가 고대 그리스어로 만무트에게 말한다.

"당신 친구들이 왜 두아네의 아들 호켄베리를 죽였소?"

"죽인 게 아닙니다. 호켄베리가 우주선 안으로 갑자기 나타났어요····· 그가 순간적으로 한 곳에서 다른 곳으로 이동하는 신들의 능력을 사용할 수 있었다는 건 기억하지요?"

"기억하오. 그가 아킬레스를 일리움으로 데려가는 것을 봤소. 신들처럼 사라졌다가는 다시 나타났지. 하지만 나는 한 번도 호켄베리가 신이거나 신의 아들이라고 생각한 적이 없소."

"물론, 아니죠. 그렇다고 주장한 적도 없고."

만무트가 말한다.

"이번엔 누군가가 그를 칼로 찌른 것 같은데, 그래도 QT를 할 수는 있었어요····· 신들이 여행하듯이····· 이곳으로 도움을 청하러 온 거죠. 저 안에 보이는 은색의 모라벡과 조수 둘이 호켄베리의 생명을 구하려고 애쓰는 중이에요."

오디세우스가 갈색 눈동자를 돌려 만무트를 내려다본다.

"그의 목숨을 구한다고, 작은 기계인간? 내가 보기엔 벌써 죽었는데. 저 거미가 그의 심장을 꺼내들었잖아."

만무트가 고개를 돌려 바라본다. 라에르테스의 아들 말이 맞다. 시노피센을 방해하지 않으려 애쓰면서, 만무트는 공동 채널로 아스티그/체와 교신한다. *그가 죽었나요? 되돌릴 수 없어요?*

수술대 옆에서 전 과정을 지켜보고 있던 총 통합사령관은 고개를 숙인 채 대답을 보내온다. *아니, 호켄베리의 생명 기능은 시노피센이 모든 대뇌 기능을 냉동시키기 직전 1분여 동안 만 멈춘 거요. 되돌릴 수 없을 정도의 손상은 없었다고 하는군. 시노피센 사령관의 말로는 일반적으로 인간의 손상된 대동맥과 심장 근육을 회복시키려면 몇 백만의 나노 세포를 주사한 후, 좀 더 특화된 분자 기계들을 주입해 혈액 공급을 보충하고 면역 시스템을 강화하면 된다고 해요. 그런데 호켄베리에게는 그런 방법이 통하지 않는다는구려.*

왜 안 되죠? 칼리스탄 사령관 초 리가 묻는다.

스콜릭 호켄베리의 세포들엔 서명이 되어 있다네.

서명이 되어 있다고요? 만무트가 말한다. 1세기가 넘게 유로파 바다에서 잠수정을 몰고 다니면서 크라켄, 켈프 같은 생명체에 대해 오랫동안 공부하긴 했지만, 사람의 것이든 모라벡의 것이든 생물학이나 유전학에 큰 관심을 가졌던 적은 결코 없었다.

서명이 되어 있어요, 즉 저작권의 보호를 받고 있다는 거지요. 공동 채널을 통해 아스티스/체가 전송한다. 오디세우스와 호켄베리를 제외한 승무원 모두가 귀를 기울이고 있다. *이 스콜릭은 태어나지 않았습니다. 만들어졌어요. 스타터 DNA나 RNA를 통해 재구성된 겁니다. 그의 몸은 어떤 장기 이식도 허락하지 않습니다. 그리고 그보다 더욱 중요한 것은, 새로운 나노 세포를 받아들이지 않는다는 겁니다. 왜냐하면 애당초 이것보다 훨씬 진보된 나노기술로 채워져 있으니까요.*

어떤 종류의 기술인데요? 흑연으로 뒤덮인 가니메데인, 수마 IV가 묻는다. 그

게 무슨 역할을 하는 겁니까?

우리도 아직 모릅니다. 이 대답은 가느다란 손가락으로 레이저 메스와 봉합실 그리고 마이크로-가위를 움직이면서, 다른 손들로는 호켄베리의 심장을 들고 있는 시노피센이 직접 전한다. 이 나노 유전자들과 나노 세포들은 이 수술실의 어떤 것보다도 그리고 우리가 모라벡들을 위해 사용하는 어떤 것보다 더 정교하고 복잡합니다. 세포와 종속 세포 기계들은 우리의 나노 심문을 거부하고 그 어떤 외부 침입자도 모두 파괴해버리고 있습니다.

하여간 그를 구할 수는 있는 겁니까? 초 리가 묻는다.

그렇다고 생각합니다, 퇴행성 시노피센이 말한다. 저는 스콜릭 호켄베리의 혈액 공급 보충을 끝낸 후, 세포-수선을 마치면 봉합해서 신경 활동이 살아나게 하고, 회복을 가속화시키기 위해 Grsvki 장을 작동시키겠습니다. 그러고 나면 좋아질 겁니다.

만무트는 이 진단 결과를 오디세우스와 나누기 위해 몸을 돌렸다. 하지만 그는 몸을 돌려 걸어 가버렸다.

화성과 포보스를 떠난 둘째 날.

오디세우스가 홀을 가로질러 계단을 오른다. 엘리베이터는 피하고, 방들을 살펴보고, 모라벡이라 불리는 헤파이스토스의 장난감들을 무시하면서 이 금속으로 둘러싸인 하데스의 별채에서 빠져나갈 길을 찾는다.

"오, 제우스여."

웅웅거리는 상자들과 쉭쉭거리는 환풍기 그리고 콸콸 소리가 나는 파이프 외엔 아무 것도 없이 잠잠한 기다란 방에서 그가 중얼거린다.

"신들과 인간을 두루 지배하시는 아버지시여, 제가 순종하지 않았고 성급히 도전했던 아버지시여, 내 살아온 모든 시간동안 별이 빛나는 하늘에서 벼락을 내리셨던 분이시여, 당신의 사랑하는 딸을 보내사 저에게 사랑과 보호를 베풀어 주셨던 분, 나의 아버지시여, 응답 하소서, 제 생이 다하기도 전에 닥쳐 온 이 그림자와 어둠과 무기력한 몸짓으로 가득한 금속성 하데스에서 꺼내주소서. 나는 오직 전쟁터에서 죽기를 바랍니다. 오, 제우스여, 오 단단한 대지와 드넓은 바다를 관장하시는 아버지시여. 이 마지막 소원을 들어주신다면 제 남은 생애를 오직 당신의 종으로 보내겠습니다."

아무 대답도 없다, 메아리조차도 없다. 라에르테스의 아들, 텔레마쿠스의 아버지, 페넬로페의 남편, 아테나의 심복, 오디세우스는 분노를 억누르기 위해 주먹을 꼭 쥐고 이빨을 악문 채 이 지옥 같은 껍질 속의 금속 터널을 계속 누비고 다닌다.

장난감들은 이 금속 배가 *대우주*의 흑해로 향하고 있다고 말했지만, 다 거짓말이다. 그들은 그가 고향의 아내와 아들에게 돌아가는 길을 찾도록 돕기 위해 구멍이 무너지던 날 전쟁터에서 데려온 거라고 말하지만, 다 거짓말이다. 그들은 자신들이 인간처럼 생각하는 존재이며 인간처럼 영혼과 심장을 가지고 있다지만, 다 거짓말이다.

이 금속 무덤은 거대한 수직의 미로이며 창문이라고는 하나도 없다. 여기저기에서 오디세우스는 투명한 표면을 통해 다른 방을 들여다 볼 수 있다. 하지만 어느 창문으로도, 입구로도, 그들이 말하는 흑해는 내다보이지 않는다. 단지 몇 개의 방울이나 투명 유리가 있어 일반적인 별자리를 담고 있는 영원히 검은 하늘을 보여주고 있을 따름이다. 가끔씩 별들이 너무 술을 많이 마셨을 때처럼 빙그르르 돌기도 한다. 주변에 모라벡 장난감이 하나도 없을 때면 그는 그의 두툼하고 싸움터에서 단련된 주먹으로 창문이나 벽을 피가 날 때까지 두드려본다. 하지만 유리나 금속 위에는 흠 하나 생기지 않는다. 아무 것도 부술 수 없다. 아무 것도 그의 뜻대로 되지 않는다.

오디세우스가 드나들 수 있는 방도 더러 있지만, 많은 방들은 잠겨 있고 몇 군데는 —이 직각의 하데스로 유배된 첫 날 그들이 보여주었던 브릿지라고 하는 장소들은— 록벡, 전투벡, 혹은 소행성대의 군대라고 불리는 검고 가시투성이의 장난감들이 경비를 서고 있다. 오디세우스는 이 검은 가시 덩어리들이 신들의 분노에 맞서 일리움과 아카이아 진영을 함께 지켜주었을 때 전투하는 것을 본 적이 있다. 그들에게 존엄성이 없다는 것을 그는 알고 있다. 그들은 그저 기계를 사용해 다른 기계에 맞서 싸우는 기계일 뿐이다. 하지만 그들은 오디세우스보다 크고 우람하며 기계로 된 무기를 갖추고 내장된 칼날과 금속 피부로 무장되어 있다. 반면에 오디세우스는 모든 갑옷과 무기를 빼앗긴 상태다. 만약 모든 시도가 실패로 돌아가면 그는 전투백 한 놈에게서 완력으로라도 무기를 빼앗아볼 작정이다. 하지만 모든 다른 시도들이 실패했을 경우에만 말이다. 걸음마를 배울 때부터 무기를 휘두르며 놀았던 라에르테스의 아들 오디세우스는, 무기란 그 기능과 형태를 배우고 익혀야만 —예술가가 자신의 도구를 이해하듯이— 다룰 수 있는 존재라는 것을 알고 있다. 하지만 그는 칼끝이 어디인지도 모를 이 록벡들의 무기, 둔탁한 부채꼴의 무거운 무기에 대해 아는 바가 없다.

굉음을 내는 기계와 거대한 실린더가 가득한 방에서 그는 거대한 금속 게 모양의 괴물과 이야기를 나눈다. 왠지는 모르지만 오디세우스는 그가 눈이 멀었다는 사실을 안다. 역시 왠지는 모르지만 그가 눈을 사용하지 않고도 길을 잘 찾아다닌다는 사실 또한 안다. 오디세우스는 앞이 보이지 않아도 용감했던 사람들을 많이 알고 있다. 그는 또한 육체의 눈 대신 제2의 눈을 가지고 있었던 눈 먼 예언자와 신탁자들을 방문한 적이 있다. 그가 말한다.

"나는 트로이의 전쟁터로 돌아가고 싶어, 괴물. 나를 당장 그곳으로 데려다줘."

게가 덜그럭거린다. 그는 오디세우스의 언어, 문명화된 인간의 언어로 말한다. 하지만 인간의 목소리라기보다는 바위 위를 심하게 긁는 것 같은 소리가 —혹은 저 위에서 보았던 거대한 피스톤이 쉭쉭거리며 오르내리던 소리가— 나서 듣고 있기 불쾌할 정도다.

"우리는···· 앞으로···· 긴···· 여행을 하게 됩니다, 고결한 오디세우스, 라에르테스의 고귀한 아들이여. 죽은 것들은···· 끝났습니다···· 지나갔습니다···· 우리는 당신을 옮겨드리고···· 보내드리고 싶어요···· 페넬로페와 텔레마쿠스에게."

움직이는 금속 괴물 따위가 감히 내 아내와 아이의 이름을 그 숨겨진 혓바닥으로 건드리다니, 오디세우스는 생각한다. 아무리 무딘 칼, 아무리 거친 몽둥이라도 손 안에만 있었다면 당장 그 놈을 산산조각 내고 껍질을 벌려 혓바닥을 뽑아 버렸을 텐데.

오디세우스는 게-괴물을 떠나 별이 내다보이는 둥근 유리방으로 향한다. 지금 별들은 움직이지 않는다. 반짝거리지도 않는다. 오디세우스는 자신의 상처투성이의 손바닥을 차가운 유리 위에 댄다.

"아테나 여신이여⋯⋯ 푸른 눈의 영광스러운 힘을 찬양합니다, 팔라스 아테나여, 길들여지지 않고, 순결하며, 현명하신 여신이여⋯⋯ 제 기도를 들으소서."

"트리토제니아 여신이여⋯⋯ 도시를 지키는 존경스럽고 강력한 처녀여; 제우스의 경외로운 머리에서 직접 태어난⋯⋯ 전사의 옷을 입은⋯⋯ 황금 갑옷의 여신이여! 사방으로 빛나는 여신이여! ⋯⋯ 간곡히 기원합니다, 제 기도를 들으소서."

"기적을 내리시는 여신이여, 신기한 능력을 갖추신 분이시여⋯⋯ 영구불변의 신들에게 그 형상을 드러내시고⋯⋯ 날카로운 창을 흔드시며⋯⋯ 아이기스를 품은 아버지 제우스의 이마를 맹렬히 가르고 나오신 분이시여⋯⋯ 하늘조차 두려움에 떨었으며⋯⋯ 푸른 눈동자를 한 당신의 권능 아래 움직였으니⋯⋯ 제 기도를 들으소서."

"아이기스를 품으신 분의 세 번째 자제이신⋯⋯ 당신을 보는 것이 우리 모두의 기쁨인 팔라스여⋯⋯ 영원히 기억될 지혜의 화신이시여⋯⋯ 당신을 찬미하나니⋯⋯ 제발 제 기도를 들으소서."

오디세우스는 눈을 뜬다. 그의 회색 눈동자 속으로 돌아오는 것은 오직 반짝거리지 않는 별들과 유리에 비친 자신의 모습뿐이다.

포보스와 화성을 떠난 셋째 날.

멀리서 관찰한다면 ―예컨대 누군가 강력한 망원경을 통해 지구 주변을 돌고 있는 궤도 링을 바라본다면— 퀸 맵은 마치 철근으로 싸인 공, 달걀 모양, 저장 탱크, 밝게 칠해진 직사각형, 수많은 나팔이 달린 네 쌍의 추진기, 수없이 많은 검은 카본 구조의 육각형 등이 실린더 모양의 중앙 선체 주변에 다닥다닥 붙어 있고, 이 모든 것이 계속적으로 밝아지는 원자 폭발의 섬광 위에 균형 있게 얹혀 있는 복잡한 창대처럼 보였을 것이다.

만무트는 호켄베리를 만나러 양호실로 간다. 그 인간은 빠르게 회복하고 있다. 일부는 침대 열 개짜리 회복실을 번개 냄새로 가득 채우는 Grsvki 프로세스 덕분이기도 하다. 만무트는 퀸 맵의 널찍한 온실에서 꽃을 가져왔다. 그의 메모리 뱅크에 의하면 호켄베리가 온, 아니 적어도 호켄베리의 DNA가 온, 21세기 루비콘 이전에는 이것이 적절한 병문안의 방식이라고 했다. 스콜릭은 꽃들을 보자 웃음을 터뜨리며 예전에는 한 번도 꽃을 받아 본 적이 없다고 고백한다. 적어도 그가 기억하는 한은. 하지만 지구에서의 삶에 —그의 진짜 삶, 신들의 스콜릭으로서가 아니라 대학 교수로서 지냈던 삶에— 대한 그의 기억은 아주 불완전하다고 덧붙인다. 만무트가 말한다.

"퀸 맵으로 QT해 와서 정말 다행이야. 다른 곳에서는 아무도 자네를 치유할만한 의학적 전문지식이나 외과적 기술을 갖고 있지 않았을 걸."

"거미 모라벡 외과 의사도 없었겠지. 퇴행성 시노피센을 처음 만났을 때는 24시간 안에 그가 내 생명의 은인이 되리라고는 생각도 못했어. 인생은 참 이상한 거야."

만무트는 거기에 대해 대꾸할 말을 찾지 못한다. 잠시 후 그가 입을 연다.

"자네가 아스티그/체에게 자초지종을 설명했다는 건 알아. 하지만 다시 얘기해 줄 수는 없을까?"

"물론이지."

"헬렌이 자네를 찔렀다고 했지?"

"그래."

"대체 이유가 뭐야, 단지 자네가 메넬라오스를 아카이아 진영으로 순간이동 시킨 후에 자신이 남편을 배신했다는 사실을 들키지 않으려고?"

"그런 것 같아."

비록 만무트는 인간 표정을 읽어내는 데 전문가는 아니었지만, 그렇게 말하는 호켄베리의 얼굴이 슬퍼 보인다는 것쯤은 충분히 알아볼 수 있었다.

"하지만 자넨 헬렌과 아주 친밀한···· 연인이었다고 아스티그/체에게 말했잖아."

"그랬지."

"내가 그런 건 전혀 모른다는 사실을 먼저 이해해주게, 호켄베리 박사. 하지만 내가 보기에 그 트로이의 헬렌은 아주 사악한 여인인 것 같네."

호켄베리는 슬픈 것 같은데도, 어깨를 으쓱하고 미소를 짓는다.

"그 여자는 자기가 속한 시대의 산물이지, 만무트. 그 시대는 내가 이해할 수 없는 혹독한 시절과 사건들로 이루어졌거든. 대학원생들에게 *일리아스*를 가르칠 때 나는 언제나 강조했지, 호메로스의 이야기를 인간적으로만 이해하려 든다면 —현대 휴머니스트의 감수성으로 설명할 수 있는 걸로 만들려고 한다면— 실패하고 만다는 걸. 이 인물들···· 이 *사람들*은···· 물론 다 온전한 인간이지만···· 소위 문명 시대 초기에 막 들어서고 있었어. 현재 우리가 중요시하는 가치들이 나타나기 수 천 년 전의 일이지. 그런 관점에서 본다면, 헬렌의 행동과 동기는, 예컨대 한 치의 동정심도 없는 아킬레스나 한없이 교활한 오디세우스만큼이나, 이해할 수 없어."

만무트는 고개를 끄덕인다.

"오디세우스가 이 배에 타고 있다는 건 알고 있었어? 자네를 만나러 왔었어?"

"아니, 아직 못 만났어. 하지만 그가 여기 타고 있다고 아스티그/체가 말해주더군. 사실, 그는 날 보면 죽이려들 거야."

"죽인다고?"

만무트가 충격에 사로잡혀 말한다.

"자네가 그를 납치하는 데 나를 이용했던 것 기억하고 있겠지. 자네가 페넬로페의 메시지를 가지고 있다고 내가 그를 설득했잖아. 이타카에 있는 침대가 나무 밑동을 그대로 잘라서 만든 것이라는 둥, 헛소리를 늘어놓으면서 말이야. 그리고 그를 비행정으로 데리고 왔을 때…… 찌릿! 맵 아후가 그를 뻑가게 주물러서 비행정에 실었지. 내가 만약 오디세우스라면, 분명히 토머스 호켄베리란 놈에게 깊은 원한을 품을 거야."

Coldcock, 뻑가게 주무르다…… 만무트는 생각한다. 그는 새로운 영어 단어를 만날 때마다 기분이 좋아졌다. 그는 자신의 사전 목록을 뒤져본 후 이게 음란한 단어가 아니라는 사실에 놀란다.✛ 행여 나중에 쓰일까 해서 그 단어를 파일 안에 넣어둔다.

"자넬 난처하게 만들어서 미안하네."

만무트가 말한다. 그는 구멍이 영원히 닫히기 직전의 혼란 속에서 오르프가 총통합사령관의 명령을 ―오디세우스를 납치하라는― 보냈다는 사실을 스콜릭에게 할까 잠시 망설였다. 하지만 변명은 하지 않는 편이 낫겠다고 생각했다. 토머스 호켄베리 박사가 태어났던 시대에는 *난 그저 명령에 따랐을 뿐이에요* 하는 변명 따위는 시대에 한참 뒤떨어진 짓으로 여겨졌던 것이다.

"내가 오디세우스에게 말할게……"

호켄베리는 고개를 흔들고 다시 미소를 짓는다.

"조만간에 내가 직접 이야기할 거야. 그건 그렇고 아스티스/체가 록벡 하나를 경비로 세웠더군."

"그 소행성대 모라벡이 의학실험실 앞에서 뭘 하고 있는지 나도 잘 모르겠어."

"상황이 이보다 더 나빠지면,"

파자마 윗도리 사이로 보이는 금빛 메달에 손을 대며 호켄베리가 말한다.

"난 그냥 QT 해서 나가버릴 거야."

✛ 남자 성기를 뜻하는 cock이란 단어 때문에 걸었던 기대가 무너졌으니까 – 역자 주

"정말? 어디로 갈 건데? 올림포스는 전쟁터야. 일리움은 지금쯤 불바다가 되어 있을 걸."

호켄베리의 미소가 사라진다.

"맞아, 거긴 그런 문제가 있지. 하지만 언제라도 내 친구 나이트헬저를 데려다 놓은 곳으로 갈 수 있어. 기원전 약 1000년쯤의 인디애너."

"인디애너라⋯⋯"

만무트가 나지막이 말한다.

"어떤 지구에 있는데?"

호켄베리는 약 72시간 전에 퇴행성 시노피센이 그의 심장을 쥐고 있던 가슴팍을 문지른다. 그리곤 그 말을 반복한다.

"*어떤 지구*라⋯⋯ 정말 이상하게 들리는 말이야. 자네도 알지?"

"그래, 하지만 우리 모두 그런 식으로 생각하는 데 익숙해져야 해. 자네 친구 나이트헬저는 자네가 QT해오기 전의 지구에 있네. 그래, 일단 일리움-지구라고 부르지. 이 우주선은 자네가 처음으로 살았다가⋯⋯ 음⋯⋯ 하여간 그때보다 3000천 년 후에 존재하는 지구를 향해 가고 있지."

"살았다가 죽었던 때? 괜찮아, 난 그 개념에 이미 익숙해져 있으니까. 난 아무렇지도 않아⋯⋯ 어느 정도는."

"칼에 찔렸는데도 엔진룸을 그렇게 정확히 떠올릴 수 있었다니 놀라워. 자네는 혼수상태로 여기 도착했어. 그러니까 정신을 잃기 바로 직전에 QT 메달을 작동시켰다는 얘기지."

스콜릭은 고개를 젓는다.

"메달을 돌린 기억도, 무언가를 눈앞에 떠올린 기억도, 전혀 없어."

"마지막으로 기억나는 게 뭔데, 호켄베리 박사?"

"어떤 여자가 서서 겁에 질린 표정으로 나를 내려다보고 있었어. 키가 크고 피부가 하얗고 검은 머리를 한 여인이었어."

"헬렌?"

호켄베리가 고개를 젓는다.

"아니, 헬렌은 이미 계단을 타고 떠난 후였어. 그 여자는 그냥···· 나타났어."

"트로이의 여인이었어?"

"아니. 그 여자의 옷차림은···· 좀 이상했어. 튜닉하고 스커트 비슷한 것을 입고 있었는데 지난 십년간 올림포스나 일리움에서 보았던 어떤 여인보다 내가 살던 시대의 여성에 가까웠어. 그렇다고 꼭 내 시대도 아니었고····."

그는 말끝을 흐린다.

"일종의 환각 아니었을까?"

만무트가 묻는다. 헬렌의 칼날이 호켄베리의 심장을 찔렀으며, 그의 심장에서 흘러내린 피는 그의 뇌 활동을 망가뜨려 버리기에 충분했지만, 그는 분명한 사실을 덧붙이지 않는다.

"그럴 수도 있었겠지···· 하지만 아니었어. 그런데 내가 여자를 바라보고 그녀가 내 시선을 되받았을 때 어쩐지 이상한 느낌이····."

"그래?"

"어떻게 설명해야 할지 모르겠어. 곧 그녀를 다시 만나게 될 거라는 확신 같은 게 들었지. 어딘가 다른 곳에서. 트로이에서 아주 먼 어딘가에서."

만무트는 이것에 대해 생각하고, 모라벡과 인간은 오랫동안 편안한 침묵 속에 앉아 있다. 거대한 피스톤이 밀리는 소리는 —30초마다 우주선을 관통하는 충격음, 곧이어 반은 몸으로 느끼고 반은 소리로 듣는 거대한 왕복 실린더가 쉭쉭거리며 한숨 같은 소리로 연결된다— 환기 시스템이 돌아가는 나지막한 소음과 함께 익숙한 배경음이 되어 있었다. 파자마 셔츠의 벌어진 틈새로 가슴을 문지르며 호켄베리가 말한다.

"만무트, 내가 왜 지구로 향하는 여행에 동행하길 꺼려했는지 알아?"

만무트가 고개를 젓는다. 그는 호켄베리가 만무트의 합금으로 된 붉은 두상 앞쪽에 둘러 있는 윤기 나는 검은 플라스틱 시각창에 반사된 자신의 모습을 볼 수 있다는 걸 알고 있다.

"이 우주선 퀸 맵이 지구로 향하는 진짜 이유를 알아낼 만큼 충분히 이해했기 때문이지."

"통합사령관들이 자네에게 진짜 이유를 말해 주었군, 그렇지?"

호켄베리가 미소 짓는다.

"아니야. 아, 물론 그들이 말한 이유도 사실이지만 그걸로 충분치는 않아. 만약 자네 모라벡들이 지구로 여행하고 싶었다면 이런 거대한 괴물 같은 우주선을 타고 갈 필요조차 없었을 거야. 자네들은 이미 65대의 전투용 우주선을 배치해 화성 주위를 돌거나 화성과 소행성대를 오가도록 해 놓았어."

"65대라고?"

만무트가 되풀이한다. 그는 우주 공간 속에 이미 우주선들이 배치되어 있다는 것은 알고 있었다. 어떤 것들은 비행정보다 조금 크고 어떤 것들은 목성에서부터 무거운 짐들을 운반할 수 있을 정도로 크다는 것도. 하지만 몇 대나 되는지는 알지 못했다.

"아니, 65 대라는 걸 어떻게 알지, 호켄베리 박사?"

"우리가 아직 화성과 일리움—지구에 있을 때 센추리온 지휘관 멥 아후가 말해 주었어. 나는 우주선의 추진력이 궁금했지만 그는 정확히 모르더군. 그는 전투용 벡이니까 우주선 엔지니어링이 전공은 아니잖아. 하지만 난 다른 우주선들이 퓨전 드라이브나 이온 드라이브로 움직이고 있다는 인상을 받았지···· 깡통에 든 원자 폭탄보다는 훨씬 정교한 방식이야."

"맞아."

만무트가 말한다. 그도 우주선에 대해서는 별로 아는 바가 없었다. 오르푸와 그를 화성으로 데리고 온 우주선은 태양열과 일회용 퓨전 추진기를 임시방편으로 조립한 것이었다. 모든 추진력의 시발 동력은 모라벡 목성에 지어 놓은 3조 와트의 가속 투석기에서 얻었다. 하지만 유로파의 평범한 잠수정 운전자에 불과한 그도, 퀸 맵이 원시적이며 맡은 바 임무를 수행하는 데 거추장스러울 정도로 큼직하다는 사실은 알고 있었다. 그는 호켄베리가 무슨 말을 하려는지 알 것 같았다. 그리고 자신이 정말 그 이야기를 듣고 싶어 하는지 확신이 서지 않았다. 부드러운 목소리로 인간이 말한다.

"30초마다 원자폭탄이 하나씩 터져. 모든 통합사령관들과 오르푸가 늘 강조하듯이 엠파이어 스테이트 빌딩만한 우주선의 꽁무니에서. 그런데 작은 비행정들조차 갖추고 있는 외부 은폐 기능이 맵에는 없어. 그러니 이 거대한 우주선은 연속적인 원자 폭탄의 폭발로 인해 지구 궤도에 들어서는 순간 지구 위에서도 대낮엔 분명히 보이는 엄청난 밝기, 그걸 뭐라고 하더라?···· 알베도(달, 행성이 반사하는 태양 광선의 율)····를 갖게 되는 거지···· 제기랄, 지금 이 순간에도 지구위에서 맨 눈으로 보일지 몰라."

"그러니까 자네 결론은····"

만무트가 말한다. 그는 이 대회를 타이트빔을 통해 오르푸에게 전송 중이나. 하지만 그의 이오니아 친구는 그들의 사적 채널 안에서 침묵을 지키고 있다.

"그래서 이 임무의 진짜 목적은 가능한 한 눈에 띄는 것이라는 결론을 내리게 되는 거지. 가능한 한 위협적으로 보여서 지구 위 혹은 그 주변의 권력으로부터 반응을 불러일으키는 것. 자네들이 양자 체계를 마음대로 주무르고 있다고 주장하는 바로 그 자들 말야. 자네들은 공격을 유도하려는 거잖아."

"우리가?"

만무트가 말한다. 그렇게 말하면서도 그는 호켄베리 박사가 옳다는 것을 알고 있다···· 만무트는 그 모든 걸 줄곧 추측해왔지만, 단지 진실과 맞닥뜨리지 못했던 것이다.

"그렇지. 추측컨대 이 우주선엔 오직 기록 장치만 실려 있어. 그래서 지구 주변 궤도에 있는 ―혹은 그게 어디든 간에― 미지의 힘들이 퀸 맵을 산산조각으로 날려 버리게 되면 그 힘에 관한 모든 세부 사항들, 즉, 이 초강력 무기의 성격은, 화성이나 소행성대 아니면 목성 혹은 어디론가 전송될 거야. 이 우주선은 일리움-지구의 그리스인들이 아직 꿈도 못 꾸고 있는 트로이의 목마인 셈이지. 어쩌면 그 목마는 절대 만들어지지 못할지도 몰라. 내가 상황을 모두 엉망으로 만들어 놓았고,

오디세우스는 이 배에 납치되어 있으니까. 하여간 자네도 알다시피···· 적어도 상당히 확신하고 있듯이···· 이 트로이 목마가 있다는 건 저쪽 진영이 잿더미가 된다는 거야. 우리 모두를 그 안에 품고."

타이트빔을 통해 만무트가 전송한다, *오르푸, 이게 정말이야?*

그래, 친구, 하지만 전부는 아니지, 씁쓸한 대답이 돌아온다.

만무트가 인간에게 말한다.

"우리 모두는 아니지, 호켄베리 박사. 당신한테는 QT메달이 있으니까. 당신은 언제든지 떠날 수 있어."

스콜릭은 가슴을 문지르던 손을 멈추고 그곳에 매달린 메달을 만진다. 이제 흉터는 그의 살점 위에 그어진 한 가닥의 줄에 불과하다. 아직 거뭇거뭇하지만 분자 접합제가 절개 자국을 치료하고 있었다.

"그렇지! 난 언제든지 떠날 수 있어."

데이먼은 아르디스에서 경고 여행을 도와 줄 9명을 —남자 다섯 여자 넷을— 선발했다. 그들의 임무는 300개의 팩스노드를 모두 방문해 세테보스가 왔었는지 알아보고 아직 오지 않은 곳의 주민들에게 경고를 해주는 것이었다. 하지만 그는 하먼과 한나와 페티르가 소니를 타고 집으로 돌아올 때까지 기다리기로 했다. 하먼은 에이다에게 점심시간 직전이나 직후에 돌아올 것이라고 말했었다.

소니는 점심시간에도, 그 다음 한 시간이 지난 후에도, 나타나지 않았다. 데이먼은 기다렸다. 그는 에이다와 다른 사람들이 불안해하고 있다는 것을 알고 있었기 때문에 —아르디스의 북쪽과 동쪽 그리고 남쪽 숲에서 보이닉스들이 대대적이 공격을 위한 것인 듯 몰래 움직이는 걸 정찰 팀과 벌목 팀이 감지했다— 하먼과 다른 두 사람이 돌아오기 전에는 열 명이나 되는 사람들을 빼가고 싶지 않았다.

그들은 한낮이 되어도 나타나지 않았다. 감시탑과 경계벽의 경비원들이 소니가 나타나기만을 기다리며 회색 구름이 낮게 깔린 하늘을 목이 빠져라 쳐다보고 있었다.

데이먼은 이제 떠나야 한다는 것을 알았다. 하먼이 옳았다. 팩스 답사와 경고 여행은 빨리 이루어져야 했다. 하지만 그는 한 시간을 더 기다렸다. 그리고 또 두 시간. 아무리 논리에 맞지 않는다 해도 그는 하먼과 소니가 돌아오기 전에 떠난다는 건 에이다를 저버리는 일이라고 느꼈다. 만약 하먼에게 무슨 일이 일어났다면 에이다는 무너지겠지만 아르디스의 공동체는 살아남으리라. 소니가 없는 새 보이 닉스의 다음 공격이 이루어진다면 모든 사람이 목숨을 잃을 수도 있다.

에이다는 오후 내내 바빴다. 그저 가끔씩 한나의 대장간 타워에 혼자 올라 하늘을 바라볼 뿐이었다. 데이먼, 톰, 시리스, 로이스, 그리고 다른 몇몇이 옆에 있었지만 아무도 말을 걸지 않았다. 구름이 두꺼워졌고 다시 눈이 내리기 시작했다. 짧은 오후 시간이 점점 더 끔찍한 여명처럼 느껴졌다.

"이제 그만 부엌에 가서 일을 해야겠어요."

마침내 에이다가 숄을 어깨 위로 끌어 올리며 말했다. 데이먼과 다른 사람들은 그녀가 들어가는 것을 지켜보았다. 마침내 그도 집안으로 들어가 3층 처마 아래 있는 자그마한 자기 방으로 올라갔다. 그는 옷장을 뒤져 필요한 것을 —열 달도 전에 사리가 그에게 준 녹색의 방열복과 삼투압 마스크를— 찾았다.

옷은 한 때 찢기고 더럽혀졌었다. 칼리반의 발톱과 이빨에 찢기고 자신과 칼리반의 피로 엉망이 된 데다 지난 봄 가속 중인 소니가 착륙하면서 튄 진흙까지 묻어 있었다. 얼룩은 세탁으로 지워졌지만, 구멍과 찢어진 데는 옷이 스스로 회복하고 있었다. 결과는 거의 성공적이었다. 여기저기 녹색 단열 코팅이 거의 벗겨져 분자 층의 은빛 광택이 드러났지만, 열과 압력을 보호하는 기능은 손상되지 않았다. 데이먼은 테스트를 위해 해발 14,000미터 지점의 텅 빈 노드로 팩스해 가보았다. 인적도 없고, 광풍만이 몰아치며, 눈으로 뒤덮인 곳으로 파익스픽이라 불리었다. 방열복은 그를 생생하고 따뜻하게 유지시켜 주었고 삼투압 마스크도 작동해서 편안히 숨 쉴 수 있을 만큼의 공기를 공급해 주었다.

처마 아래 자신의 방에서 그는 이제 무게가 거의 없는 방열복과 마스크를 가방 속 여분의 석궁화살과 물병 옆에 나란히 놓은 다음, 대기 중인 동료들을 향해 계단을 내려갔다. 바깥에서 외치는 소리가 들려왔다. 데이먼은 에이다와 살림을 하고 있던 절반의 다른 사람들과 마찬가지로 밖으로 뛰어나갔다.

1마일쯤 떨어진 곳에서 소니가 보였다. 소니는 구름 사이를 부드럽게 빠져나와 남서쪽에서부터 선회하다가 갑자기 흔들거리더니 하강해 평형을 찾은 후 다시 흔들렸다. 그러더니 갑자기 남쪽 들판 건너 울타리 쪽으로 급강하했다. 은빛의 디스크는 마지막 순간에 제동을 하는 바람에, 나무로 된 울타리 위에 거의 부딪힐 뻔하더니 —그곳에 있던 세 명의 경비원들은 기계를 피하기 위해 바닥에 엎드려야 했다— 얼어붙은 땅에 처박혔다가 30피트를 뛰어 올라 다시 바닥을 때리며 공중으로 흙덩이를 날려 보내고, 또 한 번 널을 뛰더니 미끄러져 멈추었다. 비스듬한 잔디밭에 깊은 고랑이 새겨져 있었다.

추락한 기계를 향해 달려온 사람들 중 에이다가 가장 먼저 도착했다. 데이먼은 에이다 바로 다음으로 도착했다. 기계 안에는 오직 페티르만이 있었다. 그는 앞쪽 중앙석에 기절한 채 피를 흘리고 있었다. 충격 완화 장치가 되어 있는 다른 다섯 개의 좌석에 들어찬 것은…… 총들이었다. 데이먼은 오디세우스가 가져왔던 것들과 비슷하게 생긴 산탄총들을 알아보았다. 하지만 그 중에는 권총도 있었고 그가 한 번도 본적이 없는 무기들도 있었다.

그들은 페티르를 소니에서 꺼냈다. 에이다는 자신의 튜닉에서 깨끗한 천 조각을 찢어내 피가 흐르는 이마에 대 주었다. 페티르가 말했다.

"힘의 장이 사라지는 순간 머리를 앞으로 박았어요…… 멍청하게. 저절로 착륙하게 두었어야 하는데…… 구름 속에서 나온 직후 자동비행장치가 꺼지자 '수동으로' 하고 외쳐버렸어요…… 내 깐에는 조종법을 알고 있다고 생각했는데…… 아니었어요."

"쉿."

에이다가 말했다. 톰, 시리스, 그리고 다른 사람들이 함께 비틀거리는 그를 부축했다.

"일단 집안으로 들어가서 이야기를 해요, 페티르. 경비 서던 분들은…… 제자리로 돌아가 주세요. 나머지 사람들도 일하던 곳으로 돌아가시고. 로이스, 다른 사람들 몇몇하고 저 무기와 탄창들을 안으로 들여주세요. 소니의 짐칸에도 더 있을 거예요. 모두 다 메인 홀로 옮겨 주세요. 고마워요."

아르디스 홀의 거실에서 페티르가 30명은 좋이 되는 사람들 앞에서 자초지종을 설명하는 동안, 시리스와 톰이 소독약과 붕대를 가져왔다. 그는 보이닉스에게 포위된 골든 게이트며, 아리엘과의 만남에 대해 이야기했다.

"그러자 유리 방울이 몇 분 동안 어두워지더니 유리가 불투명해지면서 햇빛이 들어오지 않았어요. 그리고 유리가 다시 투명해지자 하먼은 가버린 후였어요."

"어디로요, 페티르?"

에이다의 목소리는 침착했다.

"우리도 몰라요. 한나와 나는 3시간 내내 단지 내를 샅샅이 뒤졌어요. 그리고 그녀가 한 번도 가본 적이 없는 유리 방울의 박물관 같은 방에서 무기들을 발견했죠. 하지만 어디에도 하먼이나 녹색 아리엘의 흔적은 발견할 수 없었어요."

"한나는 어디 있지요?"

데이먼이 물었다.

"그곳에 남았어요."

페티르가 말했다. 그는 몸을 구부리고 붕대가 감긴 머리를 감싸 쥐었다.

"우리는 소니에 되도록 많은 무기를 실어서 최대한 빨리 아르디스로 돌아와야 한다는 것을 알고 있었어요. 아리엘이 우리가 그곳으로 날아갔던 것보다 느린 속도로 돌아오도록 소니를 프로그램해 놓았다고 했어요. 돌아오는 데는 4시간이 걸렸어요. 그 기계가 오디세우스의 목숨을 구한다면, 72시간 후에 요람에서 나오게 될 거라고 아리엘이 말했어요. 그리고 한나는 결과를 알게 될 때까지 거기에 남아 있겠다고 했고…… 그가 살아남을지 여부를 알게 될 때까지요. 그리고 우리는 엄청나게 많은 무기들을 발견했어요. 우린 소니를 타고 그곳으로 돌아가야 해요. 한나는 그 때 자기를 데려가라고 했어요."

"보이닉스가 금방 유리 방울 안으로 들어올 기세던가요?"

로이스가 물었다. 페티르가 고개를 젓다가 고통에 얼굴을 찡그렸다.

"그렇지 않을 거라고 봐요. 놈들은 유리에 미끄러졌고 출입구라고는 차고의 반투과성 문뿐이었는데 그나마 내가 이륙한 후에 봉쇄됐으니까."

데이먼은 신중하게 고개를 끄덕였다. 그는 새비와 함께 지중해 분지 안에서 타고 다니던 크롤러의 마찰력 제로 유리창과 프로스페로의 궤도섬에서 보았던 반투과성 멤브레인 입구를 기억하고 있었다. 페티르가 얼굴을 찡그리며 말했다.

"어쨌든, 한나에게는 50정 정도의 산탄총이 더 있어요. 우리는 그것들을 박물관에서 상자에 담고 담요에 감아서 가지고 나왔어요. 보이닉스가 침입한다 해도 그녀가 충분히 죽여 버릴 수 있어요. 게다가 오디세우스의 요람이 있는 방은 다른 곳들과 달리 숨겨져 있어요."

"오늘 밤에는 소니를 돌려보내지 않을 거지요?"

살라스라는 이름의 여인이 물었다.

"그러니까⋯⋯."

그녀는 날이 저물어가고 있는 창밖을 바라보았다.

"그럼요, 오늘은 소니를 내보내지 않을 거예요."

에이다가 말했다.

"고마워요, 페티르. 양호실에 가서 좀 쉬도록 하세요. 우리는 소니를 제자리에 갖다놓고 가져온 무기와 탄약의 목록을 만들겠어요. 당신이 *아르디스*를 구한 거나 마찬가지예요."

사람들은 각자 할 일로 돌아갔다. 먼 곳의 들판에서조차 사람들의 흥분된 대화가 들려왔다. 처음 오디세우스가 가져 온 총을 쏜 적이 있는 로이스와 다른 사람들은 새로운 무기를 시험해 본 후 —모든 총들이 제대로 작동했다— 아르디스 뒤편에 사람들을 훈련시키기 위한 사격장을 즉석에서 만들어냈다. 데이먼이 직접 소니의 먼지를 닦아내는 일을 감독했다. 계기판이 다시 활성화되자 웅 소리를 내면서 땅 위 3피트 높이로 떠올랐다. 6명의 사람들이 그것을 집안으로 들여놓았다. 후면과 측면의 짐칸에는 —오디세우스가 테러 버드를 사냥하러 갈 때면 자신의 창을 실었던 곳— 정말 더 많은 총들이 있었다.

겨울 빛 노을이 하루를 지워가기 시작하는 늦은 오후, 마침내 데이먼은 한나의 용광로 탑을 지키고 있는 에이다를 만나러 갔다. 입은 열었으나 무슨 말을 해야 할지 몰랐다. 대신 에이다가 말했다.

"가세요. 행운을 빌어요."

그녀는 데이먼의 뺨에 입을 맞춘 후 그를 집 쪽으로 밀었다.

눈이 내리는 회색빛 오후의 마지막 여명 아래서, 데이먼과 다른 아홉 명은 더 많은 석궁, 비스킷, 치즈, 물병이 든 짐을 챙겨들고 아르디스 홀의 울타리와 팩스 전송실 사이에 이르는 1과 1/4 마일을 재빠르게 걸어갔다. 그들은 새로 들어온 총을 몇 개 가져갈까 생각했지만 사용법에 익숙한 석궁과 칼만 가져가기로 결정했다. 가끔 잰 걸음으로 뛰기도 했다. 비록 열 명의 남자들은 입구에서 아무 것도 발견하지 못했지만, 깊은 숲 속에선 그림자들이 움직이고 있었다. 나무에서는 새소리가 들리지 않았다. 깊은 숲 속이라면 응당 들리는 간헐적인 퍼덕거림이나 짐승 소리도 들리지 않았다. 전송실의 입구에서 긴장한 모습으로 경비를 서고 있던 스무 명 가량의 남녀가 처음에는 교대조가 일찍 나타난 줄 알고 반겼지만, 이내 그들이 팩스해 나갈 사람들이라는 것을 알고는 불편한 심기를 드러냈다. 지난 24시간 동안 아무도 팩스를 통해 들어오지도 나가지도 않았다. 그리고 경비 팀은 서쪽 숲에서 움직이고 있는 수많은 보이닉스들을 목격했다. 그들은 놈들이 한꺼번에 공격해올 경우 팩스 전송실을 사수하는 것은 사실상 불가능하다는 걸 알고 있었고, 모두들 밤이 오기 전에 아르디스 홀로 돌아가고 싶어 했다. 데이먼은 그들에게 오늘 밤에 아르디스로 돌아가기는 힘들 것이라고 말했다. 보이닉스의 움직임이 활발해서 교대 조가 밤이 오기 전에 안전하게 팩스 전송실로 도착하는 것은 어렵지만, 몇 시간 내에 누군가가 소니를 타고 와서 상황을 점검할 것이라고 말해주었다. 전송실에 대한 공격이 있을 경우 여기 있는 사람들 중 한 명을 메신저로 아르디스에 보낼 수 있으면 소니가 한 번에 다섯 명씩 지원군을 실어 나를 수 있을 것이다.

데이먼은 자신이 조직한 팀원들, 라미스, 카먼, 도르먼, 카울, 에다이드, 카라, 시먼, 오코, 그리고 엘르를 보았다. 그리고 자원해온 그들에게 마지막으로 그들의 임무에 대한 브리핑을 했다. 각자에게 30개의 팩스노드 암호가 적인 리스트를 나눠주었다. 팩스의 세계에선 아르디스 홀과의 거리 따위는 아무 상관도 없기 때문에 단순히 숫자의 크기대로 정렬된 코드였다. 그리고는 30개의 장소를 모두 돌아보고 오는 요령도 설명했다. 만약 푸른얼음의 망이나 손 많은 세테보스의 흔적을 발견하면 메모하고, 그곳의 팩스 전송실에서 볼 수 있는 것만큼만 보고 당장 빠져나오라고 했다. 그들의 임무는 싸우는 것이 아니다. 만약 그곳의 공동체가 정상적으로 보이면, 그곳 책임자에게 소식을 전하고 가능한 한 빨리 다음 노드로 전송해 가야 했다. 메시지를 전하느라 지체되는 시간을 포함해서도 데이먼은 모든 임무가 열 두 시간 안에 종료되기를 바라고 있었다. 어떤 노드들은 인구가 아주 희박해서 —전송실 주위에 모여 사는 몇몇 가족 정도— 아주 짧게 머물 수 있었다. 만약 그들조차 도망가고 없다면 더 잠깐만 머물 것이다. 만약 메신저 중 누구 하나라도 24시간 안에 아르디스 홀로 돌아오지 않는다면, 그 사람은 실종된 걸로 간주하고 30개의 노드를 다시 확인시키기 위해 누군가를 대신 보낼 것이다. 30개의 노드를 다 방문하지 않고 예정보다 일찍 돌아와도 되는 경우는 오직 심각하게 부상을 당했거나 아르디스 홀의 생존에 결정적인 영향을 미칠 정보를 알게 되었을 때뿐이다. 그럴 경우 그들은 곧장 돌아와도 좋았다.

시먼이라는 남자가 주변의 언덕과 풀밭을 걱정스러운 눈길로 바라보았다. 벌써 어두워지고 있었다. 그는 아무 말도 하지 않지만 데이먼은 그의 마음을 읽을 수 있었다. *보이닉스가 움직인다면 도대체 누가 어둠 속에서 1과 1/4마일을 뛰어가 살아남을 수 있단 말이지?*

데이먼은 팩스 전송실의 경비원들을 모두 원 안으로 불러 들였다. 그는 만약 자신들 중 누구 하나라도 중요한 소식을 가지고 팩스해 돌아왔는데 소니가 없다면, 15명의 경비원들이 아르디스 홀까지 그를 경호해야 하며, 어떤 경우에도 팩스 전송실을 무방비 상태로 두어서는 안 된다는 것을 설명했다.

"우린 팩스 코드 순서대로 떠납니다."

그가 말했다. 그는 행운을 비느라 시간을 낭비하지 않았다. 한 사람씩 전송실 중앙 기둥 위에 있는 디스크 판에 코드를 두드리고 깜빡거리며 팩스해 사라졌다. 데이먼은 마지막 30개의 코드를 취했다. 파리스 크레이터의 코드가 원래 높기도

했고, 그가 점검했던 노드들도 높은 코드를 가지고 있었기 때문이다. 하지만 그가 팩스해 나갈 때는 이 코드 중 아무 것도 누르지 않고, 대신 거의 알려지지 않은 아주 높은 숫자로 아무도 살지 않는 적도 섬의 코드를 눌렀다.

그가 도착한 때는 여전히 밝은 대낮이었다. 호수는 밝은 청색이었고 모래톱 너머의 물빛은 더 깊은 청색이었다. 서쪽 지평선에 폭풍우 구름이 드높이 쌓여 있었고, 그 이름이 층적운이라는 것을 최근에 알게 된 구름의 꼭대기를 아침 햇살이 비추고 있었다.

주위를 둘러보고 혼자밖에 없다는 사실을 확인하자, 데이먼은 옷을 훌훌 벗어던진 후 방열복을 입었다. 후드는 어깨에 가볍게 걸친 채 두고 삼투압 마스크는 튜닉 아래 끈에 매달았다. 그리고는 바지와 튜닉을 위에 입고 신발은 신은 후 속옷을 가방 속에 쑤셔 넣었다.

그는 배낭 속의 다른 물건들도 —아르디스에서 잘라 온 노란 천 조각들, 리먼에게 부탁해 주조한 두 개의 조야한 장도리— 확인했다. 하나가 없을 때는 리먼이 아르디스 최고의 대장장이였다. 밧줄 한 묶음. 여분의 석궁 화살.

그는 우선 파리스 크레이터로 돌아가고 싶었지만 지금 그곳은 한밤중이었다. 자신이 원하는 것을 보려면 데이먼은 햇빛의 필요했다. 그는 파리스 크레이터에 해가 떠오르려면 약 7시간이 더 지나야 한다는 것을 알고 있었고, 그 시간 안에 다른 29개의 노드들을 모두 방문할 수 있으리라 확신하고 있었다. 리스트에 있는 몇몇 장소는 그가 지난 번 파리스 크레이터에서 도망쳐 나올 때 한 번 씩 들러 본 곳들이었다. 키에프, 벨린바드, 울란바트, 촘, 로먼 이스테이트, 드리드, 푸에고, 케이프 타운 타워, 데비, 만투아, 그리고 새틀 하이츠. 당시에는 오직 촘과 울란바트만이 푸른얼음에 감염되어 있었고 그는 여전히 그러하기를 바랐다. 만약 다른 도시와 노드들의 사람들에게 모두 경고의 메시지를 전하는 데 열 두 시간이 꼬박 걸린다 해도, 마지막으로 파리스 크레이터로 가면 그곳은 한낮일 것이다.

그리고 그는 파리스 크레이터에서 꼭 하기로 마음먹은 일이 있었다.

데이먼은 무거운 배낭을 둘러메고 석궁을 들어 올린 후, 전송실로 되돌아가, 열대의 바람과 야자나무 흔들리는 소리에 조용히 작별을 고한 뒤 리스트에 있는 첫 코드를 눌렀다.

죽었지만 여전히 완벽하게 보존된 아마존 펜테실레이아의 시체를 들고 아킬레스는 올림포스 산의 경사로를 30리그 이상 —거의 90 마일이나— 올랐다. 앞으로 50리그는 더, 아니 필요하다면 100리그, 1000리그라도, 더 올라갈 준비가 되어있다. 하지만 오른 지 사흘 째 되는 오늘 어느 순간에선가, 6만 피트 지점 어디쯤에선가, 공기와 온기가 완전히 사라져 버린다.

아주 잠깐 휴식과 선잠을 위해 멈춘 것을 빼고, 펠레우스와 테티스 여신의 아들이자 아이아코스의 손자인 아킬레스는 삼일 밤낮 동안 올림포스의 정상으로 향하는 유리로 덮인 튜브 형태의 에스컬레이터를 올랐다. 헥토르와 아킬레스의 연합군, 그리고 불멸의 신들 사이의 전투가 벌어진 첫날 낮은 경사면 쪽이 많이 손상되기는 했어도 대부분의 에스컬레이터는 공기압 조절과 보온 기능을 잘 보존하고 있었다. 6만 피트 높이까지는. 여기까지는. 지금까지는.

무슨 번개인지 플라즈마 무기가 에스컬레이터 튜브를 완전히 파괴해버려서 4분의 1마일 이상 공백이 생겨 있었다. 크리스털 에스컬레이터는 마치 붉은 화산의 비탈면을 기어가던 뱀이 곡괭이에 맞아 두 동강 난 형상을 하고 있었다. 아킬레스는 튜브 끝의 열려진 부분을 막고 있던 힘의 장을 밀고 나가, 무기와 방패와 펜테실레이아의 시신을 —팔라스 아테나의 방부 암브로시아가 뿌려진 아마존의 시신은 그가 막사에서 찢어낸 흰색 광목천에 감겨 있었다— 들고 그 끔찍한 개방 구역을 가로 지른다. 하지만 낮은 기압 때문에 폐는 터질 듯 하고, 두 눈이 타는 듯 하며, 귀에서 피가 흘러내리는 상태로 다른 한 쪽에 도착하자, 그는 이곳의 튜브가 몇 마일에 걸쳐 망가져 있음을 목격한다. 한없이 높아만 가는 올림포스의 둥그런 비탈면 위로는 폐허만이 계속 되고, 그 내부에는 공기도 온기도 없다. 딛고 올라갈 계단 대신에 에스컬레이터가 있던 곳은 이제 눈에 보이는 저 끝까지 금속 파편들과 뒤틀어진 유리 조각들만 쫙 깔려 있다. 공기도 없고, 얼어붙는 추위에다, 윙윙 대는 제트 기류를 막아낼 은신처조차 찾아볼 수 없다.

저주를 퍼부어대고, 가쁜 숨을 몰아쉬며, 아킬레스는 열린 경사면으로 뒷걸음 쳐 크리스털 튜브의 입구를 막고 진동하고 있는 힘의 장을 등으로 밀어 통과한 후 금속 계단 위에 주저앉는다. 천에 싸여진 짐은 조심스럽게 계단 위에 내려놓는다. 그의 피부는 추위 때문에 갈라지고 터져 있다. *이처럼 태양에서 가까운데 어떻게 이토록 추울 수 있지?* 그는 의아하게 여긴다. 발 빠른 아킬레스는 이카로스가 날았 던 것보다 더 높이 올라온 것이 분명하다고 느낀다. 새가 되고 싶었던 소년의 날개 에 발려 있던 왁스는 태양열에 맥없이 녹아내렸었다. 그게 아니었나? 하지만 그가 어린 시절을 보냈던 산꼭대기, 키론의 나라, 켄타우로스의 땅은 높이 올라갈수록 공기가 희박해지는 춥고, 바람이 거센, 쾌적하지 않은 곳이었다. 아킬레스는 자신 이 올림포스에 너무 많은 것을 기대하고 있었다는 사실을 깨달았다.

그는 망토에서 가죽 가방을 꺼낸 후, 작은 술 부대를 끄집어내 바짝 마르고 갈 라진 입술 사이로 마지막 와인을 들이붓는다. 아킬레스가 마지막으로 빵과 치즈를 먹은 것은 열 시간 전이었다. 그 때만 해도 일찍 정상에 도착하리라고 확신하고 있 었다. 하지만 올림포스에는 정상이 아예 없는 것 같다.

이 순례의 길을 나선 것이 겨우 사흘 전 아침이건만 지금은 석 달은 지난 것처 럼 느껴진다. 바로 그 날 펜테실레이아를 죽였고, 구멍이 닫히면서, 트로이와 미르 미돈 동지들과 아카이아 인들로부터 격리되었다. 어차피 그는 펜테실레이아가 살 아나 그의 신부가 될 때까지 돌아갈 생각이 없었으므로 홀이 사라진 것쯤 대수가 아니었다. 하지만 이러한 탐험을 하게 될 줄이야! 사흘 전 아침 아킬레스가 올림포스의 발치에 있는 자신의 막사에서 전투를 나설 때 그는 잠시 나갔다 오면 될 걸로 생각하고 아마존과의 싸움을 위해 아주 약간의 음식만을 가져갔을 뿐이었다. 그날 아침 그의 힘은 그의 분노와 마찬가지로 거의 무한대에 가까웠다.

이제 아킬레스는 과연 저 금속 계단을 30리그 내려갈 힘이나마 남아 있을지 의문이다.

여인의 시체를 두고 간다면 가능할지도 모르지.

비록 지친 마음속에 잠시 스쳐간 생각이었지만, 그는 자신이 결코 그렇게 하지 않으리라는 것을 알고 있다···· 그럴 수는 없지. 아테나가 뭐라고 했던가? *"아프로디테의 이 저주에서 풀려날 길은 없다. 페로몬이 그렇게 말했고, 그들의 판단은 돌이킬 수 없어. 이생에서 너의 유일한 사랑은 펜테실레이아다. 송장이 되었건, 살아있건 그 여자뿐이야····"*

펠레우스의 아들 아킬레스는 페로몬이 뭔지 알 길이 없었으나, 아프로디테의 저주가 꿈이 아니란 것은 알고 있다. 자신이 그토록 잔인하게 살해한 이 여인에 대한 사랑은 그의 뱃속을 뒤틀리게 만드는 배고픔보다 더욱 강력하게 그의 속을 헤집어놓는다. 결코 돌아가지 않을 것이다. 정상에 가면 치료 탱크가 있다고 아테나는 말했다. 신들의 비밀, 신들이 어떤 신체적 부상에서도 회복되고 죽지 않는 근원, 죽음의 이빨이 막아서고 있는 빛과 어둠의 넘지 못할 경계를 돌아갈 수 있는 비밀의 길. 치료 탱크···· 아킬레스가 펜테실레이아를 데려갈 바로 그곳이다. 다시 숨을 쉬게 된다면 그녀는 그의 신부가 될 것이다. 그는 이 임무를 방해하는 모든 운명을 거부할 것이다.

하지만 지금 그의 탈진 상태는 햇볕에 그을린 강력한 팔뚝을 떨리게 만들고 앞으로 비틀거리게 만든다. 그는 두 팔을 정강이 위의 피 묻은 무릎에 내려놓고, 크리스털 지붕과 외부로부터 차단된 금속 계단의 옆을 통해 바깥을 내다본다. 지난 사흘 동안 처음으로 주위를 제대로 둘러보는 것이다.

해는 뉘엿뉘엿 넘어가고 아래의 붉은 대지 위로 드리워진 올림포스의 그림자가 길어지고 있다. 구멍은 사라져 버렸고 저 아래 붉은 평원에는 더 이상 전장의 모닥불이 보이지 않는다. 그는 지금까지 올라온 30리그 이상의 크리스털 에스컬레이터가 굽이굽이 이어져 있는 것을 본다. 유리로 된 덮개가 그 아래 어두운 비탈보다 더 많은 빛을 받아 반짝인다. 더 멀리는 올림포스의 그림자가 해안선과 머나먼 언덕을 가로질러, 심지어는 북쪽에서부터 잔잔히 밀려들어오는 푸른 바닷물까지 드리워져 있는 것이 보인다. 동쪽 끝으로는 구름 위로 높이 솟아 붉은 노을을 받고 있는 또 다른 세 개의 봉우리들이 보인다. 세상의 끝은 둥그렇게 휘어 있다. 아킬레스는 매우 이상한 이 현상에 충격을 받는다. 세상이 평평하거나 접시 모양으로 생겨서 가장자리가 위로 말려 올라갔다는 것은 누구나 알고 있는 사실이기 때문이다. 오늘 저녁노을 속에서 보이는 세상처럼 끝이 아래로 휘었을 리는 없다. 이곳은 물론 그리스에 있는 올림포스 산이 아니다. 아킬레스 자신도 그 사실을 여러 달 동안 잘 알고 있었다. 이 붉은 흙과 푸른 하늘 그리고 말도 안 되게 높은 산으로 이루어진 세계는 신들의 진정한 고향이다. 그리고 이곳에서라면 지평선이 아래로 휘거나 말거나 뭐든 신들이 원하는 대로 될 수 있을 것 같았다.

그가 몸을 돌려 언덕 위쪽을 바라보자 막 QT해 온 신 하나가 시야에 들어온다. 올림포스의 다른 신들에 비해 키가 작은 신, 난쟁이 신이다. 6피트 밖에 안 되는 키에 수염이 났으며, 못생긴 그 신은 에스컬레이터가 손상된 부분을 살피며 돌아다닌다. 아킬레스는 그가 절름발이에 곱사등을 하고 있음을 알아본다. 아르고스의 영웅들과 올림포스의 신들에 대해 훤히 꿰고 있는 아킬레스는 그가 누구인지 단번에 안다. 헤파이스토스, 불의 신이며 신들의 최고 장인.

헤파이스토스는 자신의 작품이 입은 손해를 거의 다 파악한 것처럼 보인다. 살을 에는 추위와 휘몰아치는 제트 기류 사이에서, 그는 아킬레스에게 등을 돌린 채 수염을 긁적이고 무언가를 중얼거리면서 잔해들을 검사하고 있다. 그는 아직 아킬레스와 광목에 싸인 꾸러미를 알아채지 못한 것 같은 눈치다.

아킬레스는 그가 몸을 돌릴 때까지 기다리지 않는다. 최고의 속력으로 힘의 장을 뚫고 달려가 발 빠른 학살자는 불의 신을 넘어뜨린 후 즐겨하는 레슬링 기술을 구사한다. 처음에는 수많은 레슬링 시합에서 아킬레스에게 우승을 안겨 주었던 그 유명한 "몸통 잡기"를 구사해, 신의 튼튼한 허리를 부여잡고 거꾸로 뒤집어 붉은 바위 위로 머리 쪽부터 던져버린다. 헤파이스토스가 저주를 퍼부어대며 일어나려 애쓴다. 아킬레스는 난쟁이 신의 튼실한 팔뚝을 잡아 "업어치기 한 판"을 구사한다. 헤파이스토스를 단숨에 어깨 위에 척 얹은 후 등이 바닥을 향하게 내동댕이친다. 헤파이스토스는 신음하며 정말 외설적인 욕설을 퍼부어댄다.

신의 다음 수가 삼십육계라는 것을 알기에, 아킬레스는 땅딸하고 통통한 헤파이스토스를 덮친 후, 갈빗대가 으스러질 정도로 신의 허리를 다리로 꼭 조이고 왼팔로 수염 난 신의 목을 감아쥐면서 그 허리띠에서 살신殺神용 단검을 뽑아 불의 신 턱밑에 들이댄다.

"도망가기만 해 봐라, 나도 따라가서 널 죽여버릴 테니까."

아킬레스가 장인의 털북숭이 귀에 대고 씩씩댔다.

"네가…… 제기랄…… 어떻게…… 신을…… 죽인단 말이냐."

뭉툭하고 흉터투성이 신성한 손가락으로 목을 휘감고 있는 아킬레스의 팔뚝을 밀어내려 애쓰면서 헤파이스토스가 가까스로 말한다.

아킬레스는 아테나가 준 칼날로 헤파이스토스의 턱을 3인치 정도 —길지만 얕게— 베어낸다. 금빛 이코르가[+] 비루한 턱수염을 타고 흘러내린다. 동시에 아킬레스는 두 다리로 신의 삐걱대는 갈빗대를 더욱 단단하게 조인다.

신은 자신을 몸통과 아킬레스의 허벅지에다 전기를 흘려보낸다. 아킬레스는 허벅지에서 느껴지는 고압의 전기에 얼굴을 찌푸리지만 다리를 풀지는 않는다. 신은 도망가기 위해 초인적으로 용을 쓴다. 아킬레스 역시 초인적인 힘으로 다리에 압력을 가해 그를 꼭 붙잡는다. 아킬레스는 얼굴이 벌개진 신의 턱 아래로 더욱 날카롭게 칼날을 세운다.

[+] 이코르(ichor); 신들의 피 – 역자 주

헤파이스토스는 씩씩대고, 으르렁거리다가 이내 맥이 풀린다. 그는 헐떡댄다.

"알았어…… 됐다구! 펠레우스의 아들, 이번엔 네가 이겼다."

"사라져 버리지 않겠다고 약속해."

"약속하지."

헤파이스토스가 헐떡거리며 말한다. 그는 아킬레스가 강력한 허벅지를 더욱 조이자 신음 소리를 낸다.

"약속을 어기면 널 죽여 버릴 거야. 잊지 마."

아킬레스가 으름장을 놓고는 몸을 푼다. 그는 희박한 공기 때문에 단 몇 초 이상은 온전한 의식을 유지하기 어려울 것이라는 사실을 잘 알고 있다. 불의 신의 튜닉과 탱탱한 머리카락을 꼭 쥔 채 그는 힘의 장을 통과해 밀봉된 크리스털 계단 안의 진한 공기와 온기 속으로 들어온다.

일단 안으로 들어오자 아킬레스는 금속 계단 위에 신을 팽개치고 다시 한 번 헤파이스토스의 갈빗대를 다리로 감싼다. 그는 호켄베리와 다른 신들을 통해, 그들이 QT해 갈 때면 어디를 가든지 자신의 몸과 접촉하고 있는 사람을 함께 데려간다는 것을 알고 있다.

신음 소리를 내던 헤파이스토스는 광목에 싸인 펜테실레이아의 시체를 발견하고 말한다.

"왜 여기 올림포스까지 올라왔느냐, 발 빠른 아킬레스야? 세탁물을 맡기려고?"

"닥쳐!"

아킬레스가 헉헉댄다. 사흘 동안의 굶주림과 공기도 없는 산을 6천 피트나 기어 올라온 피로감은 그에게서 너무 많은 에너지를 빼앗았다. 그는 초인적인 강인함이 체에 걸러진 물처럼 빠져나가는 것을 느낄 수 있다. 일 분만 지나면 그는 헤파이스토스를 놓아주거나 죽여 버려야 할 것이다.

"어디서 그 칼을 구했지, 인간이?"

수염 달린 신이 피를 흘리면서 묻는다.

"팔라스 아테나가 내게 선사했지."

아킬레스는 거짓말할 필요를 느끼지 않는다. 그리고 교활한 오디세우스와는 달리 그는 어디서든 거짓말을 하지 않는다. 헤파이스토스가 끙끙댄다.

"뭐, 아테나가? 그녀는 내가 누구보다도 사랑하는 여신인데."

"그래, 나도 들었어."

아킬레스가 말한다. 사실 아킬레스가 들은 것은 헤파이스토스가 아테나의 처녀성을 노리고 한 번 해보겠다고 수 세기 동안 꽁무니를 쫓아 다녔다는 것이다. 한번은 헤파이스토스가 너무 가까이 다가와 아테나가 그의 부풀어 오른 성기를 후려패 자기 허벅지에서 ─그리스 사람들은 여자의 음부를 은근히 "허벅지"라고 불렀다─ 떼어버린 적도 있었다. 이 턱수염 난 절름발이 신은 정신없이 헐떡이다가 그녀의 허벅지 위에 사정을 해버렸고, 그보다 훨씬 강력한 여신이 그를 밀쳐버렸다는 것이다. 어린 시절 아킬레스의 계부인 켄타우로스 키론이 들려준 옛날이야기 속에서는 아테나가 정액을 닦아내기 위해 사용했던 양모조각 에리온이나 그 정액이 떨어졌던 흙먼지가 자주 등장해 흥미로운 역할을 하곤 했었다. 성인 남자가 되어서 그리고 세계 최고의 전사가 된 후에도 아킬레스는 음유시인들이 "신부의 이슬"에 ─그의 고향 섬에서는 *헤르세* 혹은 *드로소스*라고 했는데─ 대해 노래하는 것을 들은 적이 있는데, 그건 새로 태어난 아기들을 의미했다. 이 정액이 스며든 양모조각이나 흙먼지에서 수많은 인간 영웅들이 ─아폴로를 여기 포함시키는 사람들도 있지만─ 나왔다고 전해진다.

아킬레스는 이런 전설에 대해 지금은 입을 다물고 있기로 했다. 게다가 그는 기진맥진해 있었다. 호흡을 아낄 필요가 있는 것이다. 헤파이스토스가 다시 헐떡대며 말한다.

"날 놓아주면 널 도와주겠어. 어찌 보면 우리는 형제나 마찬가지 아닌가."

"어째서 우리가 형제나 마찬가지라는 거지?"

아킬레스가 가까스로 묻는다. 그는 헤파이스토스를 꼭 놓아줘야 한다면 차라리 아테나가 준 살신용 단검으로 아래턱을 찔러 해골 속에 꽂아 넣고, 강물에서 작살로 물고기를 낚듯 장인의 뇌를 꿰뚫어 뽑아버릴 셈이었다. 신이 헉헉대며 말한다.

"천지개벽이 일어난 한참 후 내가 바닷물 속에 떨어졌을 때 오케아노스의 딸 에우리노메와 네 어머니 테티스가 함께 나를 무릎 위로 받았지. 네 어머니, 네레우스의 딸, 친애하는 테티스가 날 구해서 돌봐주지 않았다면 난 익사하고 말았을 거야. 우린 형제나 마찬가지라니까."

아킬레스는 망설인다. 헤파이스토스가 헉헉댄다.

"우린 형제 이상이야. 우린 동지야."

아킬레스는 아무 말도 않는다. 힘이 빠져나가고 있음을 들킬 것 같기 때문이다.

"동지라고!"

헤파이스토스가 외친다. 그의 갈빗대는 엄동설한 여린 나뭇가지처럼 하나씩 톡톡 부러지고 있다.

"내 사랑하는 어머니 헤라는 영원불멸의 여우 아프로디테를 정말 싫어하지. 아프로디테는 너의 적이기도 하잖아. 내가 숭배하고 사랑하는 아테나가 널 이곳에 보냈다고 네가 말했지. 그러니까 나도 너를 돕고 싶어."

"나를 치료 탱크로 데려가."

"치료 탱크?"

아킬레스가 약간 힘을 풀자 헤파이스토스가 깊게 숨을 들이쉰다.

"지금 저 바깥에 나가면 금방 들키고 말 거야, 펠레우스와 테티스의 아들아. 올림포스는 혼돈의 노예가 되어 버렸고, 지금은 한창 내전 중이지만 —제우스가 사라졌거든— 치료 탱크에는 여전히 경비가 삼엄해. 아직 날이 저물지 않았다. 내 집으로 와서 먹고 마시고 기운을 되찾도록 해. 그러면 내가 괴물 같은 치료사와 졸음에 겨운 경비병 몇 놈만 남는 밤이 되면 너를 곧장 치료 탱크로 데려다 주지."

음식이라고? 아킬레스는 생각한다. 사실 그는 빨리 무엇이든 먹지 않으면 더 이상 싸울 힘은커녕 다른 사람들에게 펜테실레이아를 살려내라고 명령할 힘조차 없어지리라는 것을 깨닫는다. 그는 수염 난 신의 허리에서 다리를 풀고 아테나의 단검을 허리띠에 꽂으며 퉁명스럽게 말한다.

"좋아. 나를 올림포스 꼭대기에 있는 너의 집으로 데려가. 이제 속임수는 금물이야."

"속임수는 금물이라."

찌푸린 얼굴로 멍들고 부러진 자신의 갈빗대를 만져보며 헤파이스토스도 퉁명스럽게 받는다.

"신들이 이런 대접을 받아야 하다니 정말 재수 없는 날이군. 나를 꼭 잡아! 지금 곧장 그곳으로 QT할 테니까."

"잠깐만."

아킬레스가 말한다. 그는 펜테실레이아의 시신을 겨우 어깨에 걸친다. 정말 약해진 것이다.

"좋아."

그가 신의 털북숭이 팔뚝을 잡고 말한다.

"이제 가도 좋아."

자정 직후에 보이닉스들이 공격해왔다.

아르디스 홀 사람들에게 저녁을 지어 먹이는 일을 돕고 난 후, 에이다는 저녁때는 아르디스의 방어력을 강화하기 위한 고된 야외 노동에 동참했다. 피언, 로이스, 페티르 그리고 이시스 등이 —모두 그녀의 임신에 대해 알고 있었다— 만류했지만, 그녀는 춥고 눈발까지 날리는 바깥에 남아 경계선의 울타리 안쪽 100피트 지점에 참호 파는 것을 도왔다. 그것은 소중한 랜턴 오일을 채운 불의 참호로, 보이닉스가 울타리를 넘어 올 경우 점화한다는 게 하먼과 데이먼의 아이디어였으므로, 에이다는 그날 밤 그들이 함께 땅파기를 도와줄 수 있다면 좋을 텐데, 생각했다.

땅은 얼어붙어 있었고 에이다는 가장 날카로운 삽을 들고서도 흙을 깨기에는 자신이 너무 허약해져 있다는 것을 깨달았다. 이 사실에 너무나 좌절한 나머지 그레오기와 엠므가 그녀가 흙을 퍼 담기 전에 얼어붙은 땅을 깨고 있는 동안 눈물콧물을 닦아내야 했다. 다행히도 날이 어두워 아무도 그녀를 보지 못했다. 울고 있는 것을 들켰다면 수치심에 더 크게 울어버렸을 것이다. 1층의 방어막을 마무리하기 위해 홀에서 일하던 페티르가 나와서 집안으로 들어가자고 다시 설득하러 나왔을 때 그녀는 적어도 수백 명이 다른 일꾼들과 함께 야외에서 일하는 것을 정말 좋아한다고 진심으로 말할 수 있었다. 손으로 일하는 것과 수많은 사람들과 함께 있다는 느낌이 기분을 북돋아주며 하먼을 생각하는 것도 막아 준다고 말했다. 그리고 그것은 사실이었다.

오후 열 시가 지난 얼마 후에 참호 건설은 마무리되었다. 기껏해야 폭 5피트, 깊이 2 피트에 지난주에 촘에서 주워 온 비닐봉지로 줄을 맞춰 놓은 조잡한 참호였다. 귀중한 램프 오일이 ―하먼은 등유라고 불렀다― 든 드럼통들은 현관에 비치되어 있어서, 방어선이 무너질 경우 당장 운반되어 부어지고 점화될 것이었다. 안나가 물었다.

"일 년 동안 쓸 기름을 단 몇 분 만에 다 태워 버리고 나면 어떻게 하죠?"

"어둠 속에 앉아 있는 거지."

에이다의 대답이었다.

"하지만 우리는 살아남을 거야."

사실 그녀에겐 그 정도 양의 비축량이 또 있었다. 보이닉스들이 외곽선을 뚫고 들어올 경우 그 초라한 불꽃의 벽이 그들을 저지할 수 있을지 ―불붙일 시간이나 있을지― 그녀는 의심스러웠다. 하먼과 데이먼은 아르디스의 현관을 강화하고 1층과 2층 창문 안쪽에 무거운 셔터를 달 계획을 함께 세웠다. 페티르는 그 작업이 3일 동안 계속되었고 거의 끝나가고 있다지만, 에이다에게는 그 방어선도 의심스러웠다.

참호 작업이 끝나자 경계벽에 경비가 두 배로 증강되었고, 등유가 든 드럼통들이 바깥 홀 쪽에 배치되었으며 공격이 시작될 경우 그것들을 참호로 운반할 사람들도 정해졌다. 새로운 산탄총과 권총이 배분되었고 ―아르디스 주민 여섯에 한 명꼴로 무장시킬 수 있을 만큼 충분한 무기로, 산탄총 단 두대로 버텨야 했던 이전에 비하면 엄청난 일이었다― 그레오기는 소니를 타고 공중에서 망을 보았으며, 에이다는 내부 방어막을 세우고 있는 페티르를 돕기 위해 안으로 들어갔다.

무거운 셔터를 다는 일은 거의 끝나가고 있었다. 커다랗고 단단한 나무판을 홀의 아주 오래된 참나무 창틀에 깊이 끼워 넣고, 한나의 대장간에서 만든 강철 자물쇠를 달았다. 그 모양이 어찌나 흉한지 에이다는 됐다는 의미로 고개를 끄덕이고는 뒤돌아 흐느꼈다.

일 년 전만 해도 아르디스 홀이 얼마나 아름답고 우아한 곳이었는지 그녀는 기억하고 있었다. 거의 2천 년을 거슬러 올라가는 전통의 유산이 아니었던가. 언제나 즐기며 살기에 더할 나위 없이 훌륭한 곳이었지 —세련되고 우아하고, 고상하고! 그때만 해도 그들은 하먼의 아흔아홉 번째 생일을 축하했었다. 정원에 즐비한 느릅나무와 참나무 아래에서 편안하고 성대한 파티를 열었었다. 나뭇가지마다 등이 걸리고, 시종들은 둥둥 떠다니며 전 세계에서 온 음식을 날라 오고, 온순한 보이닉스들이 자갈길에서부터 불이 밝혀진 현관까지 마차와 수레를 끌었으며, 우아한 헤어스타일에 멋진 옷을 차려입은 사람들이 사방에서 모여들었다. 거친 튜닉을 입은 이들이 소란스럽게 몰려다니는 메인 홀, 어둠 속에서 쉭쉭 소리를 내며 불똥을 토해내는 랜턴, 바닥에 깔린 침낭들, 그리고 바로 옆 손이 닿을 곳에 줄지어 놓인 총과 석궁들, 분위기를 돋우기 위해서가 아니라 오직 생존에 필요한 온기를 얻기 위해 밝힌 벽난로, 그 옆에서 코를 골며 잠들어 있는 지칠 대로 지친 남녀들, 여기저기 찍혀 있는 진흙 발자국, 한 때 어머니의 아름다운 커튼이 걸려 있던 곳에 매달린 둔탁한 셔터를 바라보며 에이다는 생각했다. *정녕 이 지경이 된 것인가?*

그래, 이 지경에 이르렀다.

이제 아르디스의 안팎에는 사백 명의 사람들이 살고 있었다. 여긴 더 이상 에이다의 집이 아니었다. 아니 이곳은 이제 이곳에서 살고 싶어 하고 그 삶을 지키기 위해 싸우고자 하는 모든 사람들의 집이었다.

페티르는 그녀에게 셔터와 다른 부가 기능들을 보여주었다. 그는 1층과 2층 창문의 셔터에 보이닉스들이 경계벽을 넘어 올 경우 바닥을 향해 화살과 석궁과 총탄을 발사할 수 있는 틈새들을 뚫어놓았다. 또한 3층에는 커다란 솥에 물을 끓여 권양기로 위쪽 테라스의 박공까지 들어 올리면 그곳에서 마지막 참호 방어자들이 보이닉스에게 뜨거운 액체를 부을 수 있게 해놓았다. 하먼은 오래된 책에서 이 아이디어를 얻었었다. 이제 에이다 가족의 사적 공간이었던 곳에는 임시변통으로 만든 화덕 위에서 물과 기름이 담긴 커다란 솥이 펄펄 끓고 있었다. 모두 다

흉하기 짝이 없었지만, 제 기능은 다 할 것 같았다. 그레오기가 들어오자 에이다가 물었다.

"소니는요?"

"저 위 마차용 플랫폼에 있어요. 리먼과 다른 사람들이 궁수들과 함께 이륙할 준비를 하고 있어요."

"무엇을 보았나요?"

페티르가 물었다. 그들은 해가 지고 나면 더 이상 숲으로 정찰대를 보내지 않았다. 어둠 속에서는 보이닉스들이 인간보다 훨씬 더 잘 보기 때문에 오늘처럼 구름에 덮여 달빛이나 링의 불빛이 없는 날은 위험부담이 너무 컸다. 그래서 소니의 정찰이 그들의 눈 역할을 해주었다. 그레오기가 말했다.

"어둠과 진눈깨비 속에선 앞을 보기가 힘들어요. 하지만 우리는 숲 속으로 조명탄을 쏘았어요. 온통 보이닉스들 뿐이에요. 이렇게 많은 보이닉스는 처음 봐요……"

"도대체 *어디에서* 나타나는 거지요?"

우루라는 이름의 나이 든 여인이 팔꿈치가 시린 듯 비벼대며 물었다.

"팩스해 들어오는 것은 아니에요. 제가 어제 경비를 섰거든요, 그런데……"

"그건 지금 우리가 걱정할 문제는 아니에요."

페티르가 끼어들었다.

"또 무엇을 봤죠, 그레오기?"

"놈들이 여전히 강에서 돌을 실어 나르고 있어요."

작은 키에 붉은 머리를 한 그가 말했다. 에이다는 이 말에 움찔했다. 대낮에 보이닉스들이 무거운 돌들을 날라 숲 속 어딘가에 쌓아 올리고 있다는 게 도보 정찰대의 보고였다. 아르디스 사람들이 한 번도 목격한 적이 없는 행동이었다. 그리고 보이닉스들의 새로운 행동 패턴이 나타날 때마다 에이다는 걱정에 사로잡혔다.

"무언가를 건설하고 있는 것 같았나요? 장벽이나 은신처 같은 걸?"

캐스먼이 물었다. 그의 목소리는 마치 그러기를 바라고 있는 것처럼 들렸다.

"아니요, 숲 가장자리에 그저 줄지어 쌓아 놓기만 해요."

"놈들이 그걸 미사일로 사용할 것 같은데요."

시리스가 차분하게 말했다.

에이다는 보이닉스들이 강인하고 수동적이었던 수많은 시간을 —수백 년을— 생각했다. 그들은 침묵의 하인들이었고, 가축을 기르고 도살하는 일, ARN 공룡을 비롯해 다른 수많은 복제 동물로부터 인간을 지키는 일, 짐 끄는 동물처럼 수레와 마차를 끄는 일 등, 고전-인류들이 저버린 노동을 도맡아 했다. 1,400년 전 마지막 전송이 벌어지기 몇 세기 전에도 사방에 보이닉스들이 있었지만 당시에는 이동하지도 반응하지도 않았다고 들었다. 그들은 단순히 가죽으로 둘러싸인 몸통에 금속 껍데기가 씌워진 머리 없는 형상에 불과했다고 한다. 아홉 달 전 세상이 무너지고, 프로스페로의 섬이 e-링에서부터 수만 개의 운석으로 산산이 부서져 떨어져 내리기 전까지는, 보이닉스가 예상치 않은 행동을 하는 것을 본 사람은 아무도 없었다. 자율적으로 행동한 적은 더욱이 없었다. 시절이 변한 것이다.

"날아오는 돌덩이를 어떻게 막아내지요?"

에이다가 물었다. 보이닉스의 팔은 강력했다.

오디세우스의 초기 제자인 카먼이 이곳 2층 거실에 형성된 사람들의 원 가운데로 나섰다.

"커다란 돌덩이를 몇 마일 바깥까지 쏠 수 있는 고대의 공성攻城 장치와 잃어버린 시대 이전의 기계에 대한 책을 지난달에 읽었어요."

"그 책에 설계도도 있었나요?"

에이다가 물었다. 카먼은 입술을 깨물었다.

"하나 있었어요. 작동 원리는 분명하게 나와 있지 않았지만."

"어쨌거나 그건 방어용 기술이 아니에요."

페티르가 말했다.

"하지만 놈들에게 돌을 되던질 수는 있잖아요."

"카먼, 그 책을 찾아내서 리먼과 엠므, 로이스, 카울 그리고 한나의 대장간에서 일하는 다른 사람들과 건축에 특히 재능이 있는 사람들에게 갖다주세요⋯."

아르디스에서 가장 머리가 짧은 여인 살라스가 말했다.

"카울은 없어요. 오늘 데이먼과 그룹을 지어 나갔어요."

"그럼, 남아 있는 사람들 중에 건축을 잘 하는 사람들에게 가져다주세요."

에이다가 카먼에게 말했다. 마르고 수염을 기른 그 남자는 고개를 끄덕이고 도서관을 향해 달려갔다.

"놈들이 던진 돌을 되던질 건가요?"

페티르가 미소를 지으며 물었다. 에이다는 어깨를 으쓱했다. 그녀는 데이먼과 다른 아홉 명이 떠나지 않았더라면, 하고 바랐다. 무엇보다도 그녀는 하먼이 함께 있기를 빌었다.

"자 이제 마무리하러 갑시다, 여러분."

페티르가 말했다. 사람들이 흩어졌다. 그레오기는 플랫폼에서 소니를 재출발시키기 위해 몇 사람을 이끌고 위층으로 올라갔다. 다른 사람들은 잠자러 갔다. 페티르가 에이다의 팔을 잡았다.

"좀 주무셔야 해요."

"보초를 서야지요⋯."

에이다가 중얼거렸다. 한여름 매미들이 돌아온 듯 공중에서 윙윙 소리가 난 것 같았다.

페티르는 고개를 흔든 다음 그녀를 홀 아래 쪽 그녀의 방으로 데려갔다. 그녀는 생각했다, *하먼과 나의 방*,

"많이 지치셨어요, 에이다. 스무 시간 동안 쉬지도 않았잖아요. 낮교대 사람들은 모두 잠들었어요. 장벽 위에서 경비를 서는 사람들은 따로 있고, 오늘 할 일은 최선을 다해서 마무리했어요. 잠을 좀 주무셔야 해요. 당신은 특별하니까요."

에이다가 깜짝 놀라 팔을 빼버렸다.

"나는 특별하지 않아요!"

페티르가 그녀를 뚫어지게 바라보았다. 홀 통로에서 깜빡이는 랜턴 불빛 속에서 그의 눈동자는 어두워 보였다.

"당신이 인정하든 않든, 당신은 특별해요, 에이다. 당신은 아르디스의 일부에요. 우리 모두에게 당신은 이곳의 화신이에요. 당신이 받아들이건 말건 당신은 여전히 우리의 안주인이라구요. 우린 당신의 결정을 기다려요. 지난 몇 달간 하먼이 실질적인 리더였기 때문만은 아니에요. 게다가 당신은 이곳에서 유일하게 임신한 여성이란 말입니다."

에이다는 그 말에 반박할 수 없었다. 그녀는 그가 침실로 자신을 인도하게 두었다.

잠을 자야만 한다는 것을 알고 있었다. 아르디스나 자신을 위해서도 잠을 자야 했다. 하지만 잠은 그녀를 피해갔다. 머릿속엔 온통 방어에 대한 걱정과 하먼에 대한 생각뿐이었다. 어디에 있는 거지? 살아 있을까? 무사할까? 돌아올 수 있을까? 일단 보이닉스의 위협이 지나가면 마추픽추의 골든 게이트로 날아갈 것이다. 아무도 그녀를 막지 못할 것이다. 그리고 그곳에서 그녀의 사랑, 그녀의 *남편*을 찾을 것이다. 그게 생의 마지막이 된다 할지라도.

에이다는 어두운 방 안에서 일어나 옷장에서 튜린 복을 꺼낸 후 침대로 돌아왔다. 그녀는 그 이미지들과 —탑 꼭대기에서 자신을 올려다보며 죽어가던 남자에 대한, 끔찍할 정도로 생생한 기억— 다시 교신하고 싶은 생각은 전혀 없었다. 하지만 고대 트로이의 이미지를 다시 보고 싶었다. *포위된 도시 — 포위된 누군가의 집.* 어쩌면 그것이 희망을 줄지도 몰랐다.

그녀는 뒤로 기대고 앉아 마이크로 회로가 수놓인 천으로 이마를 덮고 눈을 감았다.

일리움은 아침이다. 트로이의 헬렌은 한 때 헬렌과 파리스의 거처였던 프리아모스의 임시 궁전으로 들어가, 카산드라, 안드로마케, 그리고 덩치 큰 레스보스의 노예 여인 힙시필레 옆에 서둘러 합류한다. 힙시필레는 귀부인들이 모여 있는 원쪽 그리고 프리아모스 왕의 권좌 뒤쪽에 서 있다.

안드로마케가 헬렌을 쏘아본다. 그리고는 속삭인다.

"널 찾아 네 처소로 하인들을 보냈었어. 도대체 어디 갔었지?"

메넬라오스와 탑에서 죽어가는 호켄베리를 저버리고 돌아온 이후 그녀에게는 목욕을 하고 깨끗한 옷으로 갈아입을 시간도 빠듯했다. 그녀도 속삭이며 대답했다.

"산책 갔었어요."

"산책을 갔었다!"

아름다운 카산드라가 초월 상태에 빠질 때면 내는 술 취한 듯한 목소리로 말했다. 금발의 여인은 히죽히죽 웃는다.

"산책이라…… 네 칼을 들고, 어여쁜 헬레나? 칼날은 다 닦아냈어?"

안드로마케가 프리아모스의 딸을 조용하게 한다. 노예 여인 힙시필레가 카산드라에게 가까이 몸을 기울인다. 이제 헬렌의 눈에 힙시필레가 예언자의 창백한 손바닥을 꼭 잡고 있는 것이 보인다. 카산드라는 압력에 겨워 주춤한다. 안드로마케의 고갯짓에 따라 힙시필레의 손가락이 창백한 맨살로 파고든다. 하지만 곧 카산드라는 미소를 짓는다.

저 년을 죽여버려야겠어, 헬렌은 생각한다. 헬렌에게는 마지막으로 '토박이 트로이 여인' —그들은 스스로를 그렇게 불렀다— 중 살아남은 두 명을 만난 지 벌써 몇 달이 흐른 것처럼 느껴진다. 하지만 그들에게 작별을 고하고 메넬라오스에게 납치된 것은 겨우 스물 네 시간 이전의 일이었다. 네 번째이자 마지막 트로이 여인의 생존자인 헤로필레, "헤라가 사랑하는 자"이자 도시에서 가장 늙은 무녀도 이곳 중요한 여인들이 모인 자리에 함께 있다. 하지만 헤로필레의 시선은 공허하고 지난 여덟 달 동안 20년은 더 늙어버린 것 같다. 프리아모스와 마찬가지로 헤로필레의 시대는 지나갔음을 헬렌은 깨닫는다.

일리움 내부 정치의 한가운데로 생각을 다시 돌리자 헬렌은 안드로마케가 카산드라를 살려두었다는 사실에 놀란다. 만약 프리아모스와 다른 사람들이 안드로마케와 헥토르의 아기 아스티아낙스가 아직 살아 있으며 아기의 죽음이 오직 신들과 전쟁을 벌이기 위한 계략이었다는 사실을 알게 된다면, 헥토르의 아내는 능지처참을 당할 터. 헬렌은 깨닫는다, 그래, 헥토르는 정말로 그녀를 죽여 버릴 거야.

헥토르는 어디 있지? 헬렌은 모두가 그를 기다리고 있는 중임을 알아챘다.

그녀가 막 안드로마케에게 질문을 속삭이려던 순간, 수십 명의 장군들이며 절친한 동료들과 함께 헥토르가 들어온다. 비록 왕좌에는 트로이의 왕 늙어빠진 프리아모스가 앉아 있고, 그 옆 헤큐바 여왕의 자리는 비어 있지만, 그 순간엔 마치 일리움의 진정한 왕이 등장하는 것만 같았다. 붉은 볏 장식을 쓰고 왕을 호위하던 창병은 더욱 크게 자세를 바로 잡는다. 기진맥진한 전장의 장수들과 영웅들은 여전히 간밤의 전투에서 얻은 먼지와 피를 뒤집어쓴 상태로 몸을 곧추 세운다. 모든 사람들, 심지어 귀족 가문의 여인들조차 고개를 높이 든다.

헥토르가 이곳에 있다.

십 년 내내 그의 존재감과 영웅정신과 지혜를 찬양해 왔으면서도, 십 년 내내 헥토르의 카리스마라는 햇볕만 바라보며 해바라기처럼 살아왔으면서도, 트로이의 헬렌은 프리아모스의 아들, 전사들과 트로이 민중들의 진정한 지도자 헥토르가 홀로 들어오는 모습에 여전히 심장이 미친 듯 뛰기 시작하는 것을 느낀다.

헥토르는 전투복을 입고 있다. 깔끔하다. 전장이 아니라 틀림없이 침대에 있다 온 게지. 갑옷은 광이 나게 잘 닦여 있고, 방패에는 흠집 하나 없으며, 머리카락조차 정갈하게 감아 금방 딿은 것 같다. 하지만 이 젊은이는 피로하고, 영혼의 상처를 입은 듯 보인다.

헥토르가 아버지에게 인사를 한 후 거리낌 없이 돌아가신 어머니의 권좌에 앉자 그의 장군들이 그 뒤에 자리를 잡는다. 헥토르가 묻는다.

"상황이 어떤가?"

간밤의 전투에서 피투성이가 된 헥토르의 동생 데이포보스가 프리아모스 왕에게 보고를 하는 듯 왕을 쳐다본다. 하지만 사실은 헥토르에게 말하고 있다.

"장벽과 스카이안 문은 안전합니다. 우리 편은 아가멤논의 기습에 모두 깜짝 놀란 데다가, 신들과 싸우느라 많은 전사들이 구멍 저편에 가 있어서 병력이 부족한 상태였습니다. 하지만 우리는 아르고스인들을 물리쳤고, 새벽녘쯤에는 아카이아인들을 배로 돌려보냈습니다. 정말 아슬아슬 했습니다."

"구멍이 닫혔다고?"

"사라졌습니다."

"그런데 구멍이 사라지기 전에 아군은 모두 이쪽으로 넘어올 수 있었단 말이지?"

데이포보스가 장군들 중 한 명과 눈을 맞추더니 은밀한 신호를 주고받는다.

"그런 것 같습니다. 수천 명이 도시로 후퇴하느라 아주 아수라장이었습니다. 모라벡 병정들은 비행선을 타고 떠났고, 아가멤논은 기습을 감행했습니다. 우리의 가장 용감한 전사 몇 명이 우리 궁수들과 아카이언 사이에 갇혀 장벽 바깥에서 전사했습니다. 하지만 아킬레스를 빼고는 *구멍 저편에* 남은 사람은 아무도 없는 것 같습니다."

"아킬레스가 돌아오지 않았다고?"

헥토르가 고개를 들며 묻는다. 데이포보스가 고개를 젓는다.

"아마존 여인들을 모두 학살한 후 아킬레스는 거기 남았습니다. 다른 아카이아 장군들과 왕들은 각자의 진영으로 돌아갔습니다."

"펜테실레이아는 죽었나?"

헥토르가 묻는다. 그제서야 헬렌은 프리아모스의 위대한 아들이 20시간 이상이나 두문불출하며 자기 연민과 신들과의 전쟁에 대한 회의에 빠져 있었음을 깨닫는다.

"펜테실레이아, 클로니아, 브레무사, 에우안드라, 테르모도아, 알키비아, 더마키아, 데리오네 ― 아마존 전사 열세 명이 모두 학살되었습니다, 폐하."

"신들은 어떻게 되었는가?"

"자기들끼리 격렬하게 싸우고 있습니다. 다시 예전같이····· 우리가 그들과 싸우기 전과 같이 되었습니다."

"대체 얼마나 되느냐?"

"아카이아 편에는 헤라와 아테나가 주요한 동맹자이자 수호자입니다. 포세이돈, 하데스, 그리고 수십 명의 다른 신들이 아가멤논의 군대를 독려하며 우리 장벽에 화살과 번개를 내리치는 모습이 어젯밤 전장에서 목격되었습니다."

늙은 프리아모스가 목을 가다듬는다.

"그런데 어째서 우리 장벽이 아직도 멀쩡한 거냐, 아들아?"

데이포보스가 씩 웃는다.

"그 옛날처럼, 아버님, 우리를 음해하는 모든 신들에 맞서는 수호자들이 있으니까요. 아폴로가 은빛 화살을 들고 여기 있습니다. 아레스는 새벽에 우리의 반격을 지휘해 주었어요. 데메테르와 아프로디테는·····"

그는 말을 멈춘다.

"아프로디테?"

헥토르가 말한다. 그의 목소리는 대리석 위에 떨어진 칼날처럼 차갑고 냉정하다. 안드로마케가 자기 아이를 죽인 장본인이라고 말한 바로 그 여신의 이름이다. 역사상 가장 위대한 적수를 —헥토르와 아킬레스를— 동맹으로 엮어 신들에게 맞서게 했던 장본인!

"그렇습니다, 아프로디테는 우리를 사랑하는 신들의 편에 서서 싸웠습니다. 아프로디테는 우리의 사랑스런 스카만드리오스, 우리의 아스티아낙스, 이 도시의 작은 군주를 살해한 게 자신이 아니라고 말했습니다."

헥토르의 입술이 하얗다. 그가 말한다.

"계속하라!"

데이포보스가 숨을 들이마신다. 헬렌은 거대한 홀을 둘러본다. 수많은 얼굴들이 이 순간의 위력에 사로잡혀 창백하게 긴장되어 있다. 머리가 벗겨지기 시작한 헥토르의 동생이 말한다.

"아가멤논과 부하들, 그리고 그들과 동맹한 신들은 검은 함대 근처에서 전열을 재정비하고 있습니다. 지난 밤 우리 장벽에 사다리를 던질 수 있을 만큼 가까이 접근해서 용감한 일리움의 아들들을 수없이 많이 하데스로 보냈어요. 하지만 공격

방식이 전혀 일사불란하지 못했고 자기네 장군들과 병사들이 구멍을 통해 건너오기도 전에 너무 일찍 진군해 왔지요. 그래서 아폴로의 도움과 아레스의 지도력에 힘입어, 우리는 그들을 덤불 등성이 너머까지 몰아냈습니다. 놈들이 옛날에 파놓은 참호와 버려진 모라벡들의 옹벽 뒤쪽까지요."

아주 긴 시간 동안 홀에는 오직 침묵만이 흐른다. 헥토르는 거기 앉아 시선을 떨어뜨린 채 생각에 잠겨 있는 듯하다. 그의 팔꿈치에 안겨 있는 광을 잘 낸 헬멧이 번득이면서 가까이서 지켜보고 있는 사람들의 얼굴을 왜곡되게 반사한다.

헥토르가 일어난다. 데이포보스에게 다가가 어깨를 잠시 동안 토닥거린 후 아버지에게 몸을 돌린다.

"고귀한 프리아모스, 사랑하는 아버지시여, 내가 쓰디쓴 추억에 잠긴 할망구처럼 내 처소에 똬리를 틀고 있는 동안, 내가 가장 아끼는 데이포보스가 도시를 구했습니다. 하지만 이제 용서를 구하노니 다시 우리 도시를 지키기 위한 임무를 다할 수 있도록 허락하여 주십시오."

프리아모스의 퀭한 눈에 잠시 동안 생기가 도는 듯하다.

"우리를 돕는 신들과의 싸움을 포기하겠다는 거냐, 아들아?"

"일리움의 적이 제 적이며, 일리움의 적을 죽이는 자는 저의 동지입니다."

"아프로디테와 함께 싸우겠다고?"

늙은 프리아모스가 강조해서 말한다.

"지난 몇 달 내내 네가 죽이려고 애썼던 그 신들과 연합하겠다고? 네가 친구라고 부르기로 했던 아카이아와 아르고스 인들을 죽이겠다고?"

"일리움의 적이 제 적입니다."

헥토르가 벌떡 나서며 반복한다. 그는 금빛 헬멧을 들어 머리에 쓴다. 그의 두 눈이 광을 낸 금속 구멍 안에서 이글이글 타오른다. 프리아모스가 일어나 헥토르를 안고 한없는 온유함으로 그의 손에 입을 맞춘다.

"오늘 우리를 승리로 이끌어라, 고귀한 헥토르야."

헥토르는 뒤로 돌아 데이포보스의 팔뚝을 다시 한 번 툭 치고는 그 자리에 정렬한 모든 장교들과 쇠약해진 장군들과 부하들이 모두 듣도록 큰 소리로 말한다.

"오늘 우리는 적들에게 불덩이를 안겨줄 것이다. 오늘 우리는 전쟁의 함성을 외칠 것이다, 모두 함께! 제우스가 우리에게 오늘을 선사했다, 우리 모두의 기나긴 인생에 가치 있는 단 하루. 놈들의 배를 빼앗고, 아가멤논을 죽이고, 이 전쟁을 영원히 끝내버리는 그 날이 바로 오늘이다!"

한참 동안 침묵이 메아리치더니 갑자기 거대한 홀이 함성으로 가득 찼다. 헬렌은 두려움에 사로잡힌 채, 죽음의 사신처럼 입 꼬리가 귀까지 찢어지게 미소 짓고 있는 카산드라의 뒤로 물러선다. 이윽고 홀은 마치 함성소리를 따라 사람들이 밀려나간 듯 텅 비어버린다. 헥토르가 헬렌의 옛 궁을 떠나 밖에서 기다리고 있는 부하들의 환호를 받자 함성은 잦아들지 않고 다시 시작되어 더욱 커져만 간다.

"이렇게 다시 시작되는군."

카산드라가 속삭인다. 그녀의 끔찍한 미소는 그대로 얼어붙었다.

"이렇게 오래된 미래는 핏속에서 다시 태어나도다."

"닥쳐!"

헬렌이 성질을 낸다.

"일어나세요, 에이다! 일어나세요!"

에이다는 튜린 복을 옆으로 치우고 침대에 일어나 앉았다. 방에 서서 그녀를 흔들어 깨운 것은 엠므였다. 에이다는 왼손바닥을 들어 이제 겨우 자정이 지났음을 확인했다.

바깥에서는 고함 소리와 비명, 잡아 째는 듯한 산탄총 소리와 무거운 석궁 화살이 슝, 탁, 하고 날아가는 소리가 들렸다. 무언가 육중한 것이 홀의 벽을 치더니 곧장 옆방의 창문이 안쪽으로 부서져 내렸다. 창문을 밝히는 불길이 있었다. 바깥쪽과 아래쪽이었다.

에이다는 침대에서 뛰어내렸다. 신발도 벗지 않았던 터라 곧장 튜닉을 걸치고 엠므를 따라 사람들이 마구 뛰어다니는 현관으로 갔다. 모두 무기를 손에 쥐고 각자의 위치를 지키고 있었다.

계단 아래서 페티르와 마주쳤다.

"놈들이 서쪽 벽을 부쉈어요. 수많은 사람들이 죽었어요. 보이닉스들이 경내로 들어왔어요."

서른
다섯

에이다는 아르디스 홀을 나와 혼란과 어둠과 죽음과 공포 속으로 들어갔다.

그녀와 페티르, 그리고 몇몇은 정문을 통해 남쪽 정원으로 성급히 나갔다. 하지만 너무 어두워 보이는 것은 경계 울타리의 횃불들과 아르디스 홀을 향해 달려오는 사람들의 희미한 형상 뿐, 들리는 건 고함과 비명뿐이었다. 리먼이 그들을 향해 달려왔다. 강인한 몸매에 수염을 기른 그 남자가 ─오디세우스가 아직 가르침을 펼치고 있을 당시 찾아 온 초기 제자 중 한 사람─ 들고 있는 석궁의 활통에는 화살이 더 이상 남아있지 않았다.

"보이닉스들이 북쪽 벽을 통해서 처음 나타났어요. 3~4백 마리가 한꺼번에 왔어요, 한 몸처럼 일사불란하게····."

"3~4백이라고요?"

에이다가 숨을 죽였다. 지난 밤 공격이 지금까지 최악이었는데도, 그들이 추산한 놈들의 숫자는 사방에서 공격해 온 놈들을 다 합쳐야 150을 넘지 않았다. 리먼이 헐떡이며 말했다.

"사방팔방 담장을 넘어오는 놈들의 숫자가 최소한 2백은 되어요."

"하지만 돌 세례를 앞세우고 놈들이 처음 넘어온 곳은 북쪽 담장이었어요. 많은 사람들이 맞았고···· 어둠 속이라 돌을 볼 수가 없었어요···· 그리고 몇 명이 망루에서 떨어지자 우리는 고개를 숙여야만 했어요. 도망간 사람들도 있어요. 보이닉스들은 서로의 등을 스프링보드로 삼아 뛰어넘어 왔어요. 우리가 예비병력을 대기도 전에 놈들은 이미 가축 사이로 들어왔습니다. 더 많은 화살과 새 창이 필요해요……"

그는 서둘러 그들을 스쳐 무기가 놓여있는 현관으로 달려가려고 했다. 하지만 페티르가 그의 팔을 잡았다.

"부상당한 사람들을 데려다 놓았어요?"

리먼은 고개를 저었다.

"지금 저 위는 난리에요. 보이닉스들은 떨어지는 사람들을 도살하고 있어요. 약간 머리를 다치거나 돌에 맞아 멍이 든 사람들까지도. 우리는 도저히…… 도저히…… 그놈들한테 접근할 수 없었어요."

거구의 남자는 얼굴을 가리기 위해 고개를 돌렸다. 에이다는 집을 끼고 돌아 북쪽 담장을 향해 달렸다.

거대한 돔형 대장간은 불타고 있었고 불길이 혼돈을 비추고 있었다. 절반 이상의 아르디스 사람들이 숙소로 이용하던 간이 나무 막사와 텐트도 불타고 있었다. 완전한 패닉 상태에 빠진 채 모두들 아르디스 홀을 향해 달리고 있었다. 시커멓고 번개처럼 빠른 보이닉스들의 손에 소들이 음메음메 울며 도살됐다. 에이다는 잘 알고 있었다, 인간을 위해 동물을 도살하는 일, 그것은 한 때 보이닉스의 임무이기도 했다. 그리고 그들은 강력한 강철 팔 끝에 날카로운 칼날로 된 조작기를 달고 있었다. 점점 더 많은 소들이 눈과 진흙이 범벅이 된 진창으로 쓰러져 가는 것을 에이다는 경악 속에서 지켜보았다. 이제 보이닉스들은 그녀가 있는 방향으로 껑충껑충 뛰어오기 시작하더니 순식간에 거대한 메뚜기 떼처럼 저택으로 향하는 백마일 정도를 덮어버렸다. 페티르가 그녀를 부여잡았다.

"어서요, 뒤로 물러나야만 해요."

"방화 참호는……"

그의 손을 뿌리치며 에이다가 말했다. 그녀는 달려오는 사람들을 거슬러 뒤뜰에 밝혀둔 횃불로 가더니, 횃불 하나를 빼들고 가까운 참호로 달려갔다. 저택을 향해 달려오는 사람들 사이를 밀치고 밀리면서 달렸다. 리먼과 다른 사람들이 도망치는 사람들을 통제하려 애쓰고 있는 게 보였다. 하지만 당황하고 겁에 질린 군중들은 계속 달렸다. 석궁과 활과 총을 던져버린 사람들도 많았다. 보이닉스들은 이제 불타고 있는 대장간을 지나고 있었다. 은빛 형상들이 불타고 있는 비계를 가로질러 껑충 뛰어올라 불을 끄려고 하는 사람들을 덮쳤다. 더 많은 보이닉스가 —참, 셀 수도 없었다— 윙윙 소리를 내며 뛰어 올라 에이다를 향해 달려왔다. 참호까지의 거리는 50피트였고 보이닉스들과의 거리는 채 80피트도 되지 않았다.

"에이다!"

그녀는 계속 달렸다. 페티르와 몇 몇의 남녀들이 그녀를 따라 참호로 달렸다. 이미 선두에 선 보이닉스는 첫 번째 참호를 건너뛰었다.

기름이 든 드럼통은 제 자리에 있었지만, 아무도 참호 안에 기름을 들어붓지 않았다. 에이다는 뚜껑을 비틀어 열고 무거운 드럼통을 발로 차 넘어뜨린 뒤 참호의 모서리를 따라 굴렸다. 강한 냄새를 풍기는 연료가 울컥거리며 어두운 도랑 속으로 쏟아졌다. 페티르, 살라스, 피언, 엠므 그리고 다른 사람들도 램프 오일이 가득한 무거운 드럼통들을 잡아 뚜껑을 따고 들이붓기 시작했다.

그리고는 보이닉스들이 그들을 덮쳤다. 도랑을 뛰어 건너 엠므의 한쪽 팔을 어깨에서 잘라버렸다. 에이다의 친구는 비명조차 지르지 않았다. 그녀는 침묵의 경악 속에서 떨어져 나간 팔을 내려다보았다. 그녀의 입이 쩍 벌어졌다. 보이닉스가 팔을 들어 올리자 절단용 칼날이 번개 속에서 번뜩였다.

에이다는 참호 속으로 횃불을 던져 넣은 후 바닥에 떨어진 석궁을 집어 올려 보이닉스의 가죽 머리통에 화살을 날렸다. 놈은 엠므에게서 몸을 돌려 에이다에게 뛰어 오르기 위해 몸을 돌돌 말아 숙였다. 거의 동시에 페티르가 놈의 등짝에 반 드럼이나 되는 기름을 콸콸 쏟아 부었다. 로이스가 놈에게 자신의 횃불을 던졌다.

보이닉스가 불꽃의 되어 터지더니, 빙빙 돌며 비틀비틀 걷기 시작했다. 놈의 적외선 센서엔 과부하가 걸렸고, 팔은 덜렁거렸다. 페티르 곁의 두 남자가 놈에게 총

알 세례를 퍼부었다. 마침내 놈은 도랑으로 떨어지더니 참호의 전 구역에 불을 댕겼다. 기절해 쓰러지는 엠므를 리먼이 받아 가볍게 들어 올린 후 집안으로 데려가기 위해 돌아섰다.

주먹만한 돌멩이가 어둠 속에서 날아왔다. 총알처럼 빠르고 눈에 보이지도 않더니 끝내 리먼의 뒤통수를 쳤다. 엠므를 안은 자세 그대로 그는 뒤로 넘어져 불타는 참호 속으로 떨어졌다. 두 사람의 몸은 불꽃 속으로 사라졌다.

"어서!"

에이다의 팔을 잡으며 페티르가 소리쳤다. 보이닉스 한 마리가 불꽃을 가르고 뛰어 올라 두 사람 사이에 섰다. 에이다는 보이닉스의 배를 향해 남아 있는 석궁 화살을 날린 뒤 페티르의 손목을 잡고, 비틀거리는 보이닉스를 밀쳐낸 후 뒤돌아 뛰기 시작했다.

사방이 불바다였고, 어디에든 보이닉스가 있었다. 이미 많은 놈들이 불타는 참호를 건너뛰었고, 놈들은 모두 담장 안으로 들어와 있었다. 총을 맞아 쓰러지거나 겨냥이 잘 된 석궁이나 보통 화살에 맞는 놈도 있고, 총알에 맞아 뒤로 밀려나는 놈들도 있었지만, 인간의 공격은 산발적이고, 개별적이었으며, 조준도 엉망이었다. 사람들은 패닉 상태에 빠져 있었다. 규율은 더 이상 지켜지지 않았다. 게다가 담장 너머 보이지 않는 보이닉스들의 돌멩이 세례는 멈추지를 않았다. 어둠 속에서 끊임없이 그리고 치명적으로 날아오는 집중 포화. 에이다와 페티르는 보이닉스가 덮치기 전에 아주 어린 붉은 머리의 여인을 일으켜 세우기 위해 애썼다. 그 여인은 옆구리에 돌을 맞아 하얀 튜닉 위에 피를 토해내고 있었다. 에이다는 비어버린 석궁을 던져 버리고 두 손으로 그녀를 일으켜 세워 비틀거리며 아르디스 홀 쪽으로 걷기 시작했다.

이제 아르디스 홀 사방의 참호들은 퇴각하는 사람들에 의해 모두 불이 붙었다. 하지만 에이다는 보이닉스들이 불꽃을 뚫고 나오거나 건너뛰는 것을 보았다. 무법의 그림자들이 정원 여기저기를 뛰어다녔고, 단 몇 분 만에 기온이 10도 이상 올라갔다.

그 여인은 에이다에게 기댄 채 비틀거리더니 에이다를 부여잡은 채 넘어졌다. 에이다는 그 옆에 쪼그리고 앉았다. 빨간 머리 소녀가 튜닉 위에 토해내는 엄청난 피의 양이라니! 하지만 페티르는 그녀를 잡아당겨 일으켜 세운 후 갈 길을 재촉했다.

"에이다, 우린 *가야* 해요!"

"안돼요."

에이다는 몸을 굽혀 피 흘리고 있는 소녀를 어깨에 둘러맨 후 일어서려고 애썼다. 다섯 마리의 보이닉스들이 그들을 에워쌌다.

페티르는 바닥에서 부러진 창을 들어 올려 휘둘러 대며 놈들을 견제했다. 하지만 놈들이 더 빨랐다. 뒤로 날쌔게 피하더니 페티르가 몸을 돌릴 새도 없이 재빨리 앞으로 돌진해왔다. 한 놈이 창을 부여잡고 그의 손에서 비틀어 빼냈다. 페티르는 보이닉스의 발밑 가까이에 엎어졌다. 에이다는 급히 주위를 둘러보며 무기가 될 만한 것을 찾았다. 그녀는 손을 자유롭게 하기 위해 소녀를 일으켜 세우려고 했다. 하지만 빨간 머리 소녀는 무너져 내리면서 다시 쓰러졌다. 에이다는 페티르 위에 버티고 선 보이닉스를 향해 맨 손으로 달려갔다.

갑자기 총성이 들리더니 보이닉스 두 마리가 ─페티르의 목을 자르려던 놈까지─ 쓰러졌다. 다른 다섯 놈은 이 공격에 대항하기 위해 몸을 돌렸다.

지난번 공격 때 오른 손가락 4개를 잃은 페티르의 친구 리먼이 왼손으로 총을 쏘고 있었다. 오른팔로는 나무와 청동으로 만든 방패를 높이 들어 날아오는 돌멩이들을 튕겨내고 있었다. 리먼에 이어 살라스, 오엘레오 그리고 로이스가 ─모두 한나의 친구이자 오디세우스의 제자─ 방어용 방패와 살상용 총을 들고 나타났다. 보이닉스 두 마리가 쓰러지고 세 번째 놈이 불타는 참호를 건너뛰어 도망갔다. 하지만 열 마리가 넘는 놈들이 다시 에이다 측 사람들 주변에서 달리고, 뛰고, 팔을 휘둘러댔다.

페티르가 비틀거리면서 일어나 에이다가 소녀를 들어 올리는 것을 도왔다. 그리고 그들은 아직도 100피트 이상 떨어진 집안을 향해 가기 시작했다. 리먼이 앞서고 로이스, 살라스 그리고 자그마한 오엘레오가 방패로 사방을 막아주었다.

두 마리의 보이닉스가 살라스의 등에 올라타 진흙탕 안으로 처박은 후 그녀의 척추를 뽑아버렸다. 리먼이 몸을 돌려 놈의 몸통에 총탄 세례를 퍼부었다. 놈은 옆으로 튕겨져 나가 얼어붙은 땅 위로 떨어졌다. 하지만 에이다는 살라스가 이미 죽었음을 보았다. 바로 그 순간, 돌멩이 하나가 리먼의 관자놀이를 쳤고 그는 즉사했다.

에이다는 소녀의 무게를 페티르와 나눠 들고 무거운 산탄총을 집어 들었다. 어둠 속에서는 단단한 돌멩이들이 끊임없이 날아오고 있었지만 사람들은 로이스와 오엘레오의 방패 뒤에 웅크렸다. 페티르가 죽어 넘어진 리먼의 방패를 들어 방어벽을 보강했다. 커다란 돌멩이가 나무와 가죽으로 된 방패를 뚫고 날아와 오엘레오의 왼쪽 팔을 쳤다. 여기 없는 데이먼의 가까운 친구인 그 여인은 고개를 젖히면서 고통의 비명을 질렀다.

이제 수 백 마리의 보이닉스들이 그들을 에워쌌다. 기고, 뛰어오르고, 부상당해 누워 있는 사람들을 죽여 가면서 더 많은 놈들이 홀을 향하고 있었다.

"우린 고립됐어요!"

페티르가 소리쳤다. 뒤쪽 참호의 불길은 한풀 꺾였으며 보이닉스들은 아무 문제없이 뛰어 오고 있었다. 땅 위에는 쓰러진 보이닉스들보다 더 많은 인간들의 시체가 널려 있었다.

"그래도 시도는 해야 해요!"

에이다가 소리쳤다. 한 손으로 의식 불명의 소녀를 감싸고, 오른손으로는 총을 쏘아 가면서 그녀는 오엘레오에게 오른손으로 방패를 들어 올려 로이스 바로 옆에 세우라고 소리를 질렀다. 그 엉성한 바리케이드 뒤에 숨어서 다섯 명의 사람들은 집안을 향해 돌진했다.

더 많은 보이닉스들이 그들을 보고 뛰어 와 이미 앞을 가로막고 있는 2-30마리의 다른 보이닉스들과 합류했다. 몇몇 놈들의 등껍질과 가죽 머리통엔 크리스털 화살촉이 박혀 있었다. 화염에서 나오는 불빛이 크리스털에 반사되어 붉은 색과 녹색이 번쩍이며 춤을 추었다. 보이닉스 한 마리가 오엘레오의 방패를 잡아 그녀와 함께 공중으로 들어 올린 후 강력한 왼손을 휘둘러 단번에 목청을 그어버렸다. 다른 놈이 그녀를 당겨 에이다에게서 빼냈다. 에이다는 총구를 놈의 머리통에 겨눈 후 방아쇠를 네 번 당겼다. 보이닉스의 껍질 앞부분이 날아갔고 놈은 뿌옇고 푸른 혈액을 철철 흘리면서 정신을 잃은 오엘레오 위로 엎어졌다. 하지만 열두 마리가 또 다시 덮쳐왔을 땐 빈 탄창 안에서 방아쇠가 헛도는 소리가 들렸다.

페티르, 로이스 그리고 에이다는 이제 무릎을 꿇고 쓰러진 소녀를 방패로 보호하려 했다. 로이스는 단 한 자루밖에 남지 않은 총을 쏘아댔고 페티르는 부러져 짧아진 창을 들어 다음 공격에 맞섰지만 더 많은 보이닉스들이 모여들 따름이었다.

하먼, 에이다는 생각했다. 그녀는 자신이 그의 이름을 완전한 사랑과 완전한 분노를 담아 부르고 있다는 사실을 깨달았다. 왜 그는 여기 없는 거지? 왜 그녀 생의 마지막 날에 그는 먼 곳에 가고 없지? 이제 뱃속의 아기도 에이다와 함께 파멸할 지경인데, 하먼은 옆에서 그들을 지켜주지 못한다. 바로 그 순간 에이다는 말로 표현할 수 없을 만큼 하먼을 사랑했고 또 그만큼 혐오했다. *미안해*, 그녀는 생각했다. 하먼이나 자신에게가 아닌 뱃속의 태아에게 하는 말이었다. 가장 가까운 곳의 보이닉스가 그녀에게 뛰어 올랐고 그녀는 놈의 금속 껍질을 향해 텅 빈 산탄총을 던졌다.

헌데 보이닉스가 뒤로 날아가더니, 산산조각이 났다. 에이다는 눈을 껌뻑였다. 양쪽에 있던 다섯 보이닉스도 넘어지거나 뒤쪽으로 날아갔다. 그들을 에워싼 수십 마리의 보이닉스들이 몸을 웅크리고 팔을 들어 올리는 순간, 소니에서 총탄이 우박처럼 쏟아졌다. 비행접시 안에는 적어도 여덟 명이 앉아 있었고, 무기를 가득 실은 채 미친 듯이 쏘아대고 있었다.

그레오기가 소니를 가슴 높이로 하강시켰다. *바보 같으니!* 에이다는 생각했다. 보이닉스들이 뛰어올라 끌어내리면 어쩌려고! 소니를 잃으면 아르디스도 잃는 것이다.

"서둘러요!"

그레오기가 소리쳤다. 로이스가 자신의 몸으로 엄호하는 가운데, 페티르와 에이다는 의식불명의 빨간 머리 소녀를 보이닉스의 시체 밑에서 끌어내, 사람들이 꽉 찬 소니 한 가운데로 던져 넣었다. 손들이 에이다를 끌어 당겼다. 페티르도 기어올랐다. 그들 주위로 돌멩이들이 쏟아졌다. 세 마리의 보이닉스가 소니에 있는 사람들의 손보다 더 높이 뛰어올랐다. 하지만 누군가가 ―피언이라는 이름의 젊은 여인이― 총으로 두 놈을 날려 버렸다. 마지막 놈이 소니의 바로 앞에 올라탔다. 그레오기의 코앞이었다. 대머리 조종사는 놈의 가슴을 찔러 버렸다. 보이닉스는 떨어지면서 칼을 잡아 뺐다.

로이스가 몸을 돌려 뛰어 올랐다. 그러자 소니는 무게를 감당하지 못하고 휘청거리며 떨어지더니 얼어붙은 땅바닥을 쳤다. 사방에서 보이닉스들이 덤벼왔다. 추락한 소니의 피투성이 표면에 누운 에이다의 시점에선 놈들이 평소보다 훨씬 크게 보였다. 그레오기가 가상 조종판에 무언가 조작을 하자 소니가 진동하더니 수직으로 떠올랐다. 보이닉스들이 뛰어올랐지만 바깥쪽 좌석에 앉은 사람들이 총을 쏘아 박살내버렸다.

"총알이 거의 떨어졌어요!"

뒤쪽에서 스토먼이 소리쳤다.

"괜찮아요?"

에이다에게 기대며 페티르가 물었다.

"괜찮아요."

그녀가 겨우 대답했다. 그녀는 소녀의 출혈을 막아보려 애썼으나 그것은 내출혈이었다. 에이다는 소녀의 목에서 더 이상 박동을 느낄 수 없었다. 그녀가 입을 열었다.

"아무래도…."

돌멩이들이 소니의 아래쪽과 가장자리를 갑작스런 우박처럼 두드려댔다. 돌멩이 하나가 가슴팍을 맞추는 바람에 피언이 소녀의 몸 위를 가로질러 뒤로 넘어졌다. 또 하나가 페티르의 귀 뒤를 맞추자 그의 머리가 앞으로 휙 숙여졌다.

"페티르!"

그를 잡기 위해 무릎으로 일어서며 에이다가 외쳤다. 그는 고개를 들어 수수께끼 같은 눈빛으로 그녀를 보고 살짝 미소 짓더니 소니에서 떨어져 보이닉스들이 들끓는 50미터 아래로 추락했다. 그레오기가 외쳤다.

"꼭 잡아요!"

그들은 회전 상승한 후 아르디스 홀을 한 바퀴 돌았다. 에이다는 몸을 기울여 보이닉스들이 모든 문과 현관에 바글바글 모여들었고, 담장을 기어오르기 시작했으며, 셔터가 장치된 창문을 모두 부숴버리는 것을 보았다. 아르디스 홀은 네모난 불길에 둘러싸여 있었으며 불타는 대장간과 막사들이 불빛을 더했다. 에이다는 숫자나 암산에 늘 재능이 없었지만 저 아래 담장 안에만 적어도 천 마리의 보이닉스가 있을 것이라고 추측했다. 모두 중앙 저택을 향해 몰려가고 있었다.

"내 총알이 다 떨어졌어요."

소니의 오른쪽 앞좌석에 있던 남자가 외쳤다. 에이다는 그를 알아보았다. 보먼이었다. 어제 날 위해 아침 식사를 만들어주었지. 그레오기가 고개를 들었다. 핏자국과 진흙 너머로 보이는 그의 얼굴은 하얗게 질려 있었다.

"우리는 팩스 전송실로 가야 해요. 아르디스는 끝났어요."

에이다가 고개를 흔들었다.

"가고 싶으면 가세요. 난 남을 겁니다. 나를 저기 내려 주세요."

그녀는 삼각 지붕과 채광창 사이의 오래된 플랫폼을 가리켰다. 그녀는 십대 소녀 시절 "사촌"인 데이먼을 이끌고 그 플랫폼을 보여주기 위해 사다리를 올랐던 일을 기억했다. 그는 그녀의 치마 속을 훔쳐보고는 속옷을 입지 않았다는 걸 알아냈었다. 그 때는 사촌 오빠가 얼마나 음란한 애어른인지 알고 있었기에 일부런 한 짓이었다.

"날 내려주세요."

그녀가 다시 말했다. 박공과, 넓은 홈통, 그리고 플랫폼 위에서 남자와 여자들이 —오래된 건물의 처마 밑에 새겨진 조각상들처럼 몸을 웅크리고 서로 기대고—

재빠르게 움직이며 숫자가 불어나고 있는 보이닉스들을 향해 아래쪽으로 총알과 화살을 퍼부어대고 있었다. 에이다에게는 계란으로 벽을 무너뜨리려는 시도처럼 보였다.

그레오기는 사람들이 북적거리는 플랫폼 위에 소니를 선회시켰다. 에이다가 뛰어내리자 그들은 소녀도 함께 내려놓았다. 에이다는 소녀가 살았는지 죽었는지 알 길이 없었다. 이어서 그들은 의식을 잃은 채 신음하고 있는 피언도 내려놓았다. 에이다는 두 사람을 플랫폼에 뉘였다. 보먼이 뛰어내려 순식간에 무거운 탄창이 든 가방을 소니에 던져 싣고 다시 올라탔다. 소니가 축을 중심으로 소리 없이 자전하더니 멀리 날아 가버렸다. 가상 조종판 위에서 그레오기의 손이 우아하게 움직였다. 완전히 집중한 그의 얼굴은 에이다에게 거실 앞에서 피아노를 치던 어머니의 얼굴을 연상시켰다.

에이다는 플랫폼의 가장자리로 비틀거리며 갔다. 그녀는 현기증을 느꼈다. 어둠 속에서 누군가가 그녀를 붙잡지 않았다면 아래로 떨어졌을 것이다. 그녀를 살려준 어두운 그림자는 플랫폼의 가장자리로 돌아가 둔탁하게 탁-탁-탁 소리를 내는 총으로 사격을 계속했다. 바윗덩어리가 어둠 속에서 날아왔고, 남자인지 여자인지 모를 그 사람은 플랫폼에서 떨어졌다. 그의 몸은 지붕을 타고 미끄러지다가 바닥에 떨어졌다. 에이다는 자신을 구한 사람이 누구였는지 결코 알 수 없게 되었다.

이제 그녀는 플랫폼 가장자리에 서서 거의 무관심에 가까울 정도로 담담하게 아래쪽을 내려다보았다. 마치 튜린 드라마를 보고 있는 것 같았다. 비 내리는 가을 오후 시간을 때우기 위해서 보던 잔인하고 비현실적인 드라마.

보이닉스들은 홀 외벽을 타고 곧장 꼭대기로 올라오고 있었다. 안쪽으로 부서진 창문의 셔터를 통해 놈들이 안으로 기어들어가고 있었다. 현관 조명이 보이닉스로 꽉 찬 중앙 계단을 비추면서 정문이 놈들에게 넘어갔다는 사실을 알려주었다. 중앙 홀이나 현관에 살아남아 방어를 계속하는 사람은 단 한 사람도 없는 게 분명했다. 보이닉스들은 곤충의 무지막지한 속력으로 움직였다. 그들은 단 몇 분,

아니 단 몇 초 안에 이곳 지붕에 도착할 것이다. 저택의 서쪽 부분엔 이미 불이 붙어 있었다. 하지만 불길보다 보이닉스들이 먼저 에이다를 차지할 것이다.

에이다는 몸을 돌려 플랫폼 위의 축축한 시체들을 더듬거렸다. 그녀를 구해주었던 사람이 떨어뜨린 총을 찾고 있었다. 빈손으로 죽어갈 마음은 전혀 없었다.

쉬른
여섯

데이먼은 파리스 크레이터로 팩스할 때 날씨가 추우리라고 예상은 했지만, 이렇게까지 추울 줄은 몰랐다.

가디드 라이언 팩스 전송실 내부의 공기는 숨쉬기 힘들 정도로 차가웠다. 전송실 자체는 두꺼운 푸른얼음으로 실타래처럼 감겨 있었고, 마치 뼈에 붙은 힘줄처럼 뭉친 가닥들이 원통형의 전송실을 단단히 감고 있었다.

스물다섯 개의 다른 팩스노드에 가서 세테보스와 푸른얼음이 다가오고 있다는 경고를 전하는데 꼬박 열 세 시간 이상이 걸렸다. 소문은 자신보다 더 빨랐다. 미리 경고를 받은 다른 노드의 사람들이 그보다 먼저 팩스해 왔었다. 그들은 패닉 상태에 빠져 있었다. 모든 사람이 질문을 해댔다. 그는 아는 대로 대답해주고는 가능한 빨리 다른 곳으로 팩스해 갔다. 하지만 언제나 더 많은 질문이 있을 따름이었다. 안전한 곳은 어디지요? 모든 노드에는 보이닉스들이 모여들고 있었다. 몇 군데는 이미 작은 공격을 받은 적이 있었다. 하지만 데이먼이 떠나기 전날 아르디스 홀에서 벌어졌던 정도의 심각한 공격을 받은 곳은 거의 없었다. 어디로 가야 하죠? 모두들 알고 싶어 했다. 어디가 안전한가요? 데이먼은 그들에게 칼리반의 손이 많은 신, 세테보스와 푸른얼음에 대해 들려준 다음 계속 팩스해 갔다. 빠져나오기 위해 석궁을 휘둘러야 한 적도 두 번 있었다.

반마일 떨어진 언덕의 팩스 전송실에서 본 촘은 죽어버린 푸른얼음 덩어리였다. 울란바트의 서클들은 이상한 푸른 가닥들로 완전히 봉쇄되어 있었다. 그는 그곳의 냉기가 덮치기 전에 즉각 파리스 크레이터의 코드를 두드려 떠났다. 무엇이 기다리고 있는지도 모르는 채.

이제는 알 수 있었다. 푸른 냉기. 가디드 라이언의 팩스노드는 세테보스의 이상한 얼음에 묻혀 있었다. 데이먼은 서둘러 방열 모자를 뒤집어쓰고 삼투압 마스크를 제자리에 고정시켰다. 그렇게 했는데도 공기가 어찌나 차가운지 폐가 타들어가는 것 같았다. 어깨 위에 걸친 석궁이 무거운 배낭과 함께 그를 짓눌러오자 그는 어떤 선택을 해야 할지 생각했다.

지금 아르디스로 돌아가 보고 들은 것을 보고한다 해도 그를 탓할 사람은 아무도 —심지어 그 자신도— 없었다. 임무를 완수했으니까. 이 팩스 전송실은 푸른얼음 속에 매장되었다. 눈에 보이는 열댓 구멍 중에서 가장 크게 뚫린 부분은 직경 30인치를 넘지 않았고, 도대체 어디로 향하는지 모를 방향으로 휘어 들어가 있었다. 세테보스가 죽어버린 도시의 뼈대 위에 만들어 놓은 얼음의 미로를 따라 들어간다 한들, 만약 되돌아 나오지 못한다면 무슨 소용이랴? 아르디스에서는 그를 필요로 할 것이다. 분명히 지난 열 세 시간 동안 그가 수집한 정보를 필요로 할 것이다.

데이먼은 한숨을 쉬고 배낭과 석궁을 벗은 후 가장 큰 구멍 옆에 —구멍은 낮아서 바닥에 바짝 붙어있었다— 쭈그렸다. 배낭을 앞으로 던져 넣고 장전된 석궁으로 밀어가면서 얼음 위를 기어갔다. 방열복을 입은 손과 무릎을 통해 깊은-우주의 냉기가 전해졌다.

질질 끌며 기어가는 것은 피곤하고 갈수록 고통스러워졌다. 백 야드도 채 안 가서 길이 갈라졌다; 데이먼은 왼쪽 길을 택했는데 그쪽에서 햇빛이 더 많이 들어오고 있는 것 같아서였다. 오십 야드 정도를 더 가자 터널이 약간 아래로 내려갔다. 폭은 훨씬 넓어졌고 수직으로 뻗어 있었다.

데이먼은 뒤로 기대앉았다. 옷과 방열복을 뚫고 엉덩이로 냉기가 전해졌다. 배낭에서 물 한 통을 꺼냈다. 수많은 시간 동안 팩스해 다니며 겁에 질린 사람들을 대면하느라 탈진해 버린 그는 탈수 증상을 보이고 있었다. 그동안 물을 아껴서 마셨기에, 아직 반병의 물이 남아 있었다. 하지만 아무 소용이 없었다. 딴딴하게 얼어붙어버렸기 때문이다. 그는 분자 방열복 안의 튜닉 속으로 물병을 밀어 넣고는 얼음벽을 바라보았다. 그것은 완전히 매끄럽지 않았다. 푸른얼음은 다 그랬다. 모든 얼음에 심지가 들어 있었는데 수직과 수평으로 뻗어 있어서 어쩌면 손잡이나 발판 같은 게 있을 법하다고 생각될 정도였다. 하지만 적어도 백 피트 이상을 곧장 뻗어 있었고, 수직보다는 약간 더 기울어져 위로 향하다가 보이지 않는 곳을 향해 휘어졌다. 그 위에선 태양빛이 더 강해 보였다.

그는 배낭에서 예전에 리먼에게 부탁해 만들어 놓았던 얼음 망치 두 개를 꺼냈다. 하먼의 오래된 책들을 검색해 읽기 전까지는, "망치"라는 단어가 있는 줄도 몰랐다. 만약 하늘이 무너지기 전에 그 단어를 들었다면, 그런 공구를 생각만 해도 지루했으리라. 인간들은 공구를 사용하지 않았었다. 그런데 지금은 이런 것들에 내 목숨이 달려 있다니!

똑같이 생긴 두 개의 망치는 각각 14인치 정도 길이였는데, 한 쪽은 곧고 날카로웠고, 다른 한 쪽은 둥글고 톱니가 달려 있었다. 리먼은 수직 방향으로 가죽을 엮어 손잡이를 꼭 동여맬 수 있도록 도와주었는데, 방열 장갑을 끼었어도 든든한 손잡이 역할을 해 주고 있었다. 날 끝 또한 아르디스에 있는 하나의 숫돌이 허락하는 한 날카롭게 갈아 놓았다.

데이먼은 일어나 고개를 다시 쭉 펴고 입과 코를 덮은 삼투압 마스크를 더 단단하게 고정시킨 후 다시 배낭을 둘러맸다. 왼쪽 어깨에 걸쳐진 석궁의 끈이 확실히 조여져 있는지 확인한 다음 —이 묵직한 무기는 배낭 위로 비스듬하게 얹혀있다— 망치 하나를 들어 얼음을 깨기 시작했다. 깨고 또 깨서 4 피트 정도의 벽을 기어올랐다. 터널은 아르디스 홀의 중앙 굴뚝 정도 넓이여서, 데이먼은 터널을 가로질러 다리를 곧게 편 채 몸을 지탱했고, 잠시 휴식을 취할 때는 왼쪽 무릎을 얼음 벽 위에 댔다. 그 다음엔 두 번째 망치를 손이 닿는 데까지 높이 들어 얼음을 깼고, 망치 하나에 매달릴 때까지 몸을 당겼다. 자신의 몸무게는 다른 망치로 지탱했다. *다음*

번엔, 그는 생각했다, *신발에다 꼭 뾰족한 스파이크를 박아야겠어.*

헐떡이며, 이 짓을 또 다시 하고 있다는 생각에 웃음 지으며, 삼투압 마스크의 필터를 거쳐 나오는 숨으로 공기를 얼리고, 애써 만들어 놓은 디딤대에서 당장 끌어내릴 것 같은 배낭의 무게와 싸워가면서, 데이먼은 발가락 얹힐 곳을 쪼아내고, 몸을 끌어올리고, 부츠 한 구석을 끼워 넣고, 오른쪽 망치로 더 높은 곳을 때리고, 자신을 끌어 올리고, 다시 왼쪽 망치로 디딤대를 쪼았다. 다시 20피트를 올라간 후에 그는 얼음 속에 박혀 있는 두 망치에 매달린 채 얼음 굴뚝을 올려다보기 위해 몸을 뒤로 기댔다. *지금까진 괜찮았어,* 그는 생각했다. *이런 식으로 열 번에서 열다섯 번 정도 더 옮겨가면 100 피트 위에 있던 휘어진 부분에 도착할 거야.* 마음속의 다른 목소리가 중얼거렸다. *그리고 거기가 막다른 골목이겠지.* 더 비관적인 목소리가 중얼거렸다. *아니면 떨어져 죽거나.* 그는 모든 목소리를 떨쳐냈다. 긴장과 피로 때문에 팔과 다리가 떨려오기 시작했다. 다음번에는 좀 더 편안히 쉴 수 있도록 디딤대를 더 깊이 팔 작정이었다. 만약 다시 내려와야 한다면, 배낭 속에 밧줄이 있었다. 짐을 넉넉하게 챙겨왔는지를 이제 곧 알 수 있을 것이다.

얼음 굴뚝 위에서 터널은 약 6피트 정도 평평하게 이어졌다. 두 번의 갈림길이 있었고 이어서 푸른얼음이 협곡처럼 넓게 갈라진 지점이 나타났다. 데이먼은 떨리는 손으로 망치를 다시 가방에 넣은 다음 석궁을 들었다. 넓은 협곡의 입구에 도달해 위를 바라보니 밝은 오후의 햇살과 푸른 하늘이 나타났다. 협곡은 그의 양옆에서 뻗어나갔다. 심이 박힌 바닥은 가끔씩 30~40 피트씩 뚝 떨어지기도 했다. 바닥의 틈은 오직 얼음 다리로 연결되어 있었고 벽은 종유석과 석순으로 뒤덮여 있었는데, 그의 머리 위 곳곳에서도 두꺼운 얼음 다리를 만들고 있었다. 얼어붙은 푸른 매트릭스로부터 건물 일부가 나타났다가 다시 삼켜졌다. 튀어나온 석조 건물의 일부와 부서진 창문, 성에로 불투명한 유리창들, 잃어버린 시대의 빌딩들에 붙어 있던 대나무 난간의 타워와 파이버, 모두가 푸른얼음의 손아귀에 들어가 있었다. 데이먼은 자신이 가디드 라이언 팩스노드 근처의 랑부이에 거리에 있다는 것을 깨달았다. 그러나 그가 걸어 다녔고, 평생 보이닉스가 끌던 마차와 수레를 타고 다녔던 그 거리보다 여섯 층이나 더 높은 곳이었다.

북서쪽으로 더 나아가자 협곡 바닥이 천천히 깊어지거니 원래 거리와 비슷한 높이까지 내려 왔다. 데이먼은 미끄러운 경사면에서 두 번 넘어졌지만, 그 때마다 배낭에서 얼음 망치를 꺼내 휘어지고 발톱이 달린 쪽으로 찍어 추락을 면했다.

이제 더 낮은 곳으로 내려오니, 사방은 밝고, 차가운 공기가 여전히 그의 허파를 태우는 듯했다. 살아 있는 조직 세포라는 의심이 점점 더 강하게 드는, 수 없이 많은 가닥으로 뒤덮인 얼음벽을 200피트나 내려온 이곳에서 데이먼은 첫 번째 터널을 가로지르는 두 번째 터널을 발견했다. 그는 즉시 그곳을 알아보았다. *아브뉘 도메닐.* 그는 파리의 이 큰 길을 잘 알고 있었다. 그곳은 그가 어린 시절 뛰놀던, 청소년기에는 여자애들을 꼬드겼고, 어른이 되어서는 어머니와 수없이 산책을 나왔던 곳이었다.

만약 협곡의 오른쪽 길을 따라간다면 분화구와 도심에서 멀어져, 부아 드 벵센이라는 숲에 이르게 될 것이다. 하지만 그는 파리스 크레이터의 도심에서 그렇게 멀어지고 싶지 않았다. 그는 북서쪽, 그러니까 분화구 바로 옆 어머니가 사시던 거주 타워 근처에서, 구멍이 나타나는 것을 보았다. 거기로 가기 위해서는 잡초로 뒤덮인 바스티유라는 고대의 석조 건물 더미 바로 건너편에 있는 오프라바스텔이라는 이름의 시장으로 이어지는 아브뉘 도메닐 쪽으로 가야했다. 어렸을 땐 거기서 돌멩이 던지기를 하고 놀았다. 그의 거주 타워에 사는 소년들은 서쪽에서 온 소년들에게 돌과 흙덩이를 던져댔다. 주위에선 그 소년들을 언제나 "방사능 바스티유 놈들"이라 부르며 업신여겼는데, 그 이유는 어른이나 아이나 아무도 몰랐다.

오프라바스텔 쪽으로 갈수록 푸른얼음은 더 두꺼워지고 더 불길해 보였지만, 데이먼은 다른 선택의 여지가 없음을 깨달았다. 세테보스를 처음 목격한 것이 분화구로 돌아가는 그 방향이었다.

그가 들어 있는 고랑은 아브뉘 도메닐과 교차하기 전에 다시 동쪽으로 휘어졌다. 이 거대한 협곡은 너무 깊어서 곧장 들어설 수 없었다. 그래서 데이먼은 얼음 다리를 타고 건넜다. 아래를 내려다보니, 그에게 평생 친근했던 거리와 골목은 대나무 자재들과 성형용 플라스틱으로 덮인 폐허로 변해버렸다. 하지만 도랑은 그것보다 더 깊이 이어져 그가 알고 있던 파리스 크레이터 아래 파묻혀 있던 금속과 석조로 이루어진 옛 도시의 잔해가 드러났다. 회색과 핑크색의 뇌 덩어리 세테보스가 그 수많은 손으로 전 지구를 기어 다니면서 도시 아래 옛 도시의 유골을 파헤치고 다니는 끔찍한 이미지가 떠올랐다. *무엇을 찾고 있는 거지?* 그러자 더 끔찍한 생각이 떠올랐다. *대체 뭘 파묻고 있는 거지?*

거리가 있던 곳을 채우고 있는 두꺼운 푸른 밧줄과 석순들은 데이먼이 북서쪽에 있는 아브뉘 도메닐을 향해 나가도록 허락하지 않았다. 하지만 놀랍게도 바로 아래 녹색의 길 하나가 이 길과 평행으로 달리고 있었다. 그는 30피트를 안전하게 하강하기 위해 구부러진 화살촉을 푸른얼음에 꽂고 로프를 건 후 천천히 내려왔다. 지금 다리라도 부러뜨렸다간 곧 죽음을 의미한다. 바닥 근처에 얼음으로 된 돌출부가 있어 그는 몸에 반동을 주어 다른 곳으로 자리를 옮겨야 했다. 그리고는 로프에 매달린 채 우습게도 풀이 무성하게 자란 고랑의 바닥까지 10피트를 미끄러져 내렸다.

돌출부 아래의 어둠 속엔 열댓 명의 보이닉스들이 숨어 있었다. 데이먼은 너무 놀라서 로프를 놓아 버리고 등에 걸친 석궁을 찾아 더듬거리기 시작했다. 그는 사지를 딛고 떨어졌는데, 착지하는 순간 풀밭에 발이 미끄러져 석궁을 잡아채지도 못하고 뒤로 넘어졌다. 그는 반쯤 뒤로 누운 채 텅 빈 손으로 겨우 8피트 거리에서 그를 향해 뛰어오르다가 얼어붙어버린 보이닉스 떼의 번쩍 들어 올린 팔, 날카로운 살인용 칼날, 그리고 코앞까지 다가온 갑옷을 바라보았다.

꽁꽁 얼어붙었다! 열두 마리 모두가 밖으로 삐져나온 칼날이나 팔, 다리 혹은 껍질을 제외하고는 모두 푸른얼음 속에 매장되어 있었다. 바닥에 완전히 발을 딛고 있는 놈이 하나도 없는 것으로 보아서 달리거나 뛰어오르다가 얼음 속에 갇혀진 것이 분명했다. 보이닉스는 굉장히 발이 빨랐다. *어떻게 놈들을 이렇게 가둘 정도로 빨리 얼어붙을 수 있었지?*

데이먼에겐 답이 없었다. 그저 그랬다는 사실이 감사할 뿐. 그는 일어났다. 석 궁과 배낭을 진 채 넘어진 등과 갈비뼈가 아파왔다. 그리고는 로프를 내렸다. 로프는 그 자리에 남겨 둘 수도 있었다. 되돌아가려면 100피트 이상을 더 올라야 했다. 만약 돌아오는 길에 얼음 절벽을 빨리 올라야 하는 상황이 생긴다면, 망치로 디딤대를 만들어가며 올라가야 하는 수고를 덜 수 있을 것이다. 하지만 오늘 일을 마치기 전에 로프가 필요해질 수도 있는 일이었다. 아직도 그가 프로므나드 플랑테라고 생각하는 곳의 ―이 낯익은 대나무 고가도로는 머리 위 6피트 공중에 얼어붙어 있었다― 아브뉘 도메닐과 나란히, 북서쪽을 향해 가면서, 데미먼은 석궁을 풀었다. 그리고 무거운 총이 장전되어 있는지 재확인한 후, 파리스 크레이터의 심장부를 향하는 이 말도 안 되는 풀밭 길을 걸어갔다.

프로므나드 플랑테. 파리스 크레이터의 모든 사람들은 고가 산책로를 그렇게 불렀다. 아주 오래 전 이름을 그대로 사용하는 드문 경우였다. 단어만 보자면 공용어 이전에 생긴 말 같은데, 주위의 어느 누구도 그 뜻을 궁금해 하지 않았었다. 푸른얼음으로 덮인 채 파헤쳐진 폐허를 관통하는 점점 더 깊어지고 컴컴해지는 협곡 아래의 녹색 길을 따라가며 그는 이 길의 이름이 세테보스의 수많은 손들이 신나게 파헤쳐 놓은 이 낡고 잊혀진 도로를 따서 붙여진 것은 아닐까 하고 생각했다.

점점 더 불안해지는 마음을 달래며 데이먼은 조심스럽게 앞으로 나아갔다. 여기 와서 무엇을 보게 될지 전혀 몰랐다. 그의 주목적은 세테보스를 한 번 똑바로 바라보고 ―만약 그게 세테보스라면 말이다― 가능하면 아르디스 홀 사람들에게 푸른얼음의 침공을 받은 도시들이 어떤지 정확하게 보고하는 것이었다. 하지만 프로므나드 양쪽으로 다른 것들이 ―대여섯 마리의 보이닉스, 인간 해골 더미, 수백년 동안 햇빛 한 번 보지 못했던 폐허들이― 살아 있는 푸른얼음에 묻혀 있는 것을 보니, 입이 바짝 바짝 타고 손바닥에선 땀까지 배어났다.

페티르가 브릿지에서 가져 왔던 산탄총이나 권총을 챙겨 올 걸! 데이먼은 새비가 프로스페로의 섬 아래 무중력 상태에 가깝던 지하 동굴에서 칼리반의 가슴팍을 향해 총알을 구름처럼 퍼부었던 것을 생생히 기억하고 있었다. 그게 그 괴물을 죽이지는 못했지만 칼리반은 비명을 지르며 피를 흘렸고, 동시에 기다란 팔로 새비를 들어 올려 놈의 아래턱에서 끔찍한 딱 소리가 나도록 새비의 목을 물어버렸지. 그 다음 놈은 그녀의 시체를 질질 끌고 늪으로 뛰어들더니 하수관과 터널의 시스템 속으로 가져가버렸다.

난 칼리반을 찾기 위해 온 거야, 데이먼은 생각했다. 처음으로 그것을 사실로 인정하는 것이었다. 칼리반은 나의 적, 나의 *네메시스!* 겨우 한 달 전에 배운 단어였지만 그 순간 데이먼은 그의 삶에서 이 "네메시스"라는 단어가 적용될 수 있는 자는 오직 칼리반뿐이라는 것을 알았다. 그리고 프로스페로의 섬에서 놈을 죽이려고 시도했고, 또 블랙홀의 궤도를 섬 쪽으로 조작해 놈이 죽도록 남겨두고 돌아왔으니, 칼리반 역시 데이먼을 *그의 네메시스*로 생각하고 있을 것이 분명한 일이었다.

비록 그 놈과 다시 붙어야 한다는 생각만으로도 입이 타고 손바닥이 더욱 축축해왔지만 데이먼은 그것이 사실이길 바랐다. 하지만 그렇게 된다면 어머니의 유골을 손에 쥐었을 때를 다시 떠올려야 할 것이다. 그 해골 피라미드의 조롱과 모욕을 다시 떠올려야 할 것이다. 오직 칼리반만이 할 수 있는 조롱, 시코락스의 아들, 프로스페로의 피조물, 마구잡이 폭력의 신이며 손 많은 세테보스의 숭배자. 조잡하지만 날카롭고 톱니가 달린 두 개의 화살촉을 석궁에 장전한 채 그는 계속 걸어갔다.

그는 다시 한 번 거대하게 돌출된 부분의 그림자 아래로 들어갔는데, 이번에도 푸른얼음 사이로 어떤 형태들이 튀어나와 있는 게 보였다. 하지만 보이닉스는 아니었다. 사람들, 아니 거인들이었다. 근육질의 일그러진 몸매, 푸른 회색의 피부, 그리고 눈동자가 위로 돌아가 텅 빈 시선을 하고 있었다.

데이먼은 석궁을 겨누고 그 자세로 30초를 꼼짝도 하지 않다가 마침내 눈앞의 광경을 이해했다.

조각상. 그는 한나에게서 이 단어의 진짜 의미를 처음으로 배웠었다. 돌이나 다른 재료로 인간의 형상을 만든 것. 그가 젊은 시절을 보냈던 파리스 크레이터나 팩스노드에는 "조각상"이란 것이 없었다. 그가 처음으로 조각상을 본 것은 열 달 쯤 전에 마추픽추의 골든 게이트에서였다. 그곳은, 혹은 적어도 담쟁이 넝쿨처럼 매

달려있던 녹색의 유리 방울들은, 다리가 아니라 박물관이었다. 하지만 언제나 녹인 금속을 부어서 모양을 만들어내는 데 흥미가 많았던 한나는, 자신들이 바라보고 있는 인간의 형상이 "조각상"이며, 예술 작품이라고 ─이 또한 낯선 말이었지─ 열심히 설명했다. 이 조각상이라는 것들은 오로지 눈을 즐겁게 만들 목적으로 존재하는 게 분명했다. 데이먼은 그 다리 위에서의 한 순간을 생각하면 지금도 웃음이 나왔다. 지금은 노만이 된 오디세우스가 움직이고 그들에게 말을 걸기 전까지는, 그 또한 이러한 박물관 조각상 중의 하나라고 생각했으니 말이다!

그 형상들은 움직이지 않았다. 데이먼은 가까이 다가가 석궁을 내렸다. 그 형상들은 거대했으며 ─족히 사람의 열두 배 이상─ 원래 붙어 있던 고대 건물이 앞으로 기울어지는 바람에 얼음바깥으로 튀어나와 있었다. 돌 혹은 콘크리트로 된 회색의 형상들은 모두 똑같이 생겼다. 수염이 없는 남자의 형상인데 머리카락을 표현하는 회색의 덩어리 주변에는 곱슬머리가 둘러져 있고 윗배를 들어내도록 끌어올려진 작은 민소매 티셔츠를 제외하고는 나체였다. 조각상은 왼팔로 뒤통수를 받치고 있었다. 오른팔은 육중한 근육질이었는데 손목과 팔꿈치가 구부러져 있었고 거대한 오른손은 가슴 바로 아래 드러난 배 위에 놓여 있었다. 사실 회색의 콘크리트 티셔츠를 들어 올리고 있는 것은 그 오른손이었다. 그 외에 유일하게 보이는 신체 부분은 건물 외벽으로 커브를 그리며 튀어나와 있는 오른쪽 다리였다. 시렁이나 작은 창문 위에 툭 튀어나온 돌출부 같은 게 조각상들 사이를 지나가는 모양이 마치 그들의 엉덩이를 꿰어놓은 듯했다.

푸른얼음이 드리워진 아래 어둠에 눈을 맞추며 데이먼은 앞으로 다가섰다. 그 남자들, 아니 "조각상들"의 고개는 옆으로 기울어져 있어서 회색 뺨이 회색 어깨에 거의 닿을 지경이었는데, 그로서는 뭐라 묘사할 수 없는 표정을 짓고 있었다. 감은 두 눈에, 양 입 끝은 휘어져 올라가 있었다. 고뇌하는 건가? 아니면 일종의 쾌락의 절정? 둘 다 가능할 것 같았다. 아니면 당시에는 잘 알려져 있었지만 데이먼의 시대엔 사라져버린 어떤 다른 복잡한 감정일수도 있었다. 고대의 폐허 양옆으로 똑같은 남자들이 길게 죽 늘어선 모습과 푸른얼음의 벽은 데이먼에게 보이지 않는 관객 앞에서 옷을 벗으며 어색하게 웃는 남자들을 연상시켰다. *무슨 건물들이었을까? 고대 사람들은 어떤 용도로 이 건물들을 사용했을까? 왜 이런 장식을 해 놓았지?*

벽 근처에 글자가 새겨져 있었다. 데이먼은 하먼과의 함께 그리고 스스로 검색 읽기를 하며 몇 달을 보낸 덕택에 그 글자들을 알아볼 수 있었다.

SAGI

M YUNEZ

YANOWSKI

1991

데이먼은 글 읽기를 전혀 배운 적이 없었다. 하지만 습관처럼 그는 방열복으로 덮인 손을 차가운 돌 위에 대고 머릿속으로 일렬로 늘어선 다섯 개의 푸른 삼각형을 떠올렸다. 혼자 웃음이 났다. *돌을 검색해서 읽을 순 없어. 책이 있어야지, 그것도 특정한 책이. 게다가 검색 기능이 분자 방열복을 뚫고도 작용할까?* 알 도리가 없었다.

하지만 숫자는 읽을 수 있었다. 일-구-구-일. 팩스노드 코드엔 그렇게 큰 숫자는 없다. 조각상에 대한 무슨 설명인가? 아님, 사람의 모습을 그대로 돌에 새겼듯이, 이 인물들을 시간 속에 확실히 묶어두려는 고대 사람들의 시도? *시간을 어떻게 숫자로 헤아릴 수 있지?* 알 수가 없었다. 데이먼은 잠시 동안 일-구-구-일 이어떤 년도를 나타낼 수 있는지 상상해 보았다···· 어느 고대의 왕이 다스리기 시작한 이후의 시간? 아니면 이 보기 민망한 조각상을 만들어낸 예술가가 자신의 정체성을 주장하기 위해 넣은 문구의 일부? 잃어버린 시대의 사람들은 이름이 아니라 숫자로 서로를 구별했던 것 아닐까?

데이먼은 고개를 흔들고 푸른얼음의 동굴을 빠져나왔다. 그는 시간을 낭비하고 있었다. 게다가 이곳이 주는 이상한 느낌은 ―파묻혀 있었어야 할 이 건물들과 "조각상들", 그가 늘 알아왔던 사람들과는 달리 시간에 숫자를 부여하려 했던 사람들의 생각은— 몸에서 떼 낸 뇌를 쥐새끼들이 운반하는 가운데 세테보스가 구멍을 뚫고 들어오는 기억만큼이나 낯설고 받아들이기 힘든 것이었다.

만약 칼리반과 세테보스를 찾는다면 —아니면 놈들이 그를 찾든지— 이 돔 성당에서일 것이다.

물론 진짜 성당은 아니다. 그는 몇 달 전에야 "성당"이란 단어를 알게 되었다. 많은 단어를 배웠지만 거의 이해할 수 없었던 하먼의 책을 검색하면서였다. 그래도 이 거대한 돔의 내부는 성당이란 단어에서 상상했던 것과 많이 비슷했다. 하지만 지금 파리스 크레이터라고 불리는 도시에 이런 성당이 서 있던 적은 한 번도 없었다. 그건 분명했다.

해는 이미 저물었다. 빛이 조금이라도 남아 있는 동안 그는 오퍼바스텔이라고 믿고 있는 얼음 터널의 막다른 골목에 이를 때까지 아브뉘 도메닐을 따라 파여 있는 프로므나드 플랑테의 녹색길을 따라 갈 것이다. 비록 협곡은 저 위로 닫혀있지만 그는 바스티유 네거리로 이어지는 리옹 거리를 따라 나 있다고 여겨지는 터널을 따라갔다. 더 많은 터널과 좁다란 협곡이 —양팔을 뻗으면 동시에 양쪽 얼음벽에 손이 닿는 곳도 있었다— 왼쪽으로 꺾어져 세느강으로 향하고 있었다.

데미언이 살아 있는 동안, 그리고 그가 태어나기 전 다섯 번의 이십 주기가 백 번 반복되는 동안, 세느강은 말라버린 데다 인간 해골로 덮여 있었다. 왜 해골들이 거기 있는지 아무도 알지 못했다. 그냥 계속 그래왔다고 알 뿐이었다. 해골들은 가마나 수레를 타고 건너는 다른 모든 다리의 흰색과 갈색이 섞인 보도블록과 다를 바 없었다. 그리고 폭이 1마일이나 되는 분화구가 강바닥을 양분해놓은 후로 강물이 어디로 사라져버렸는지를 궁금해 하는 사람은 여태껏 아무도 없었다. 그가 일 드 라 시테와 분화구의 동쪽 테두리를 향해 가는 동안 이어지는 협곡의 벽에는, 몸에서 떨어진 지 얼마 되지 않는 더 많은 해골들이 즐비했다.

입으로나 다른 수단으로 전해온 역사라는 게 거의 존재하지 않는 문화에서 그나마 살아남은 전설에 의하면, 파리스 크레이터는 2천여 년 전에 후기-인류들이 엥스티튀 드 프랑스라는 곳에서 일종의 시범을 하는 와중에 생긴 작은 블랙홀에 대한 통제력을 상실하면서 생겨난 분화구라고 했다. 그 블랙홀은 여러 번 지구 중심을 관통했다고 하는데 지구의 표면에 남은 분화구는 바로 이곳 인벌리드 호텔 팩스노드와 가디드 라이언 노드의 중간 지점이 유일하다는 것이다. 지금 분화구의 북쪽 테두리가 있는 지점에서 러브(Luv), 혹은, "더 러버"라고 불리던 거대한 건물이 지구 중심으로 마구 빨려 들어갔는데, 그때 후기-인류의 "예술"이 엄청나게 사라졌다는 이야기가 끈질기게 전해 내려왔다. 데이먼이 본 유일한 "예술"은 방금 본 "조각상들"이 전부였기 때문에, 만약 러브에 있었던 모든 예술이 방금 이브뉘 도메닐 협곡에서 보았던 벌거벗고 춤추는 남자들 같은 것이었다면, 그렇게까지 큰 손실이었을까, 상상이 가지 않았다.

일 생-루이와 일 드 라 시테로 통하는 외길 협곡의 바닥에선 아무 것도 보이지 않았으므로, 데이먼은 빙벽만 오르면서 거의 한 시간을 보냈다. 힘겹게 얼음을 쪼고 밧줄을 걸기 위해 무거운 화살촉을 돌려 박고, 눈 속으로 들어간 땀이 흘러나오길 기다리거나 뛰는 심장을 가라앉히기 위해 자주 얼음 망치에 매달려 휴식을 취했다. 빙벽을 오르는 이 엄청난 운동의 장점은 추위를 잊을 수 있다는 것이었다.

그가 나온 푸른얼음의 꼭대기는 일 드 라 시테의 서쪽 끝에 해당하는 지역이었다. 얼음의 깊이가 백 미터나 되었기 때문에 데이먼은 최소한 분화구를 가로지른 서쪽과 낯익은 도시의 스카이라인을 보게 될 것이라고 기대했었다. 분화구를 둘러싸고 있는 높은 버키레이스[+]와 대나무 난간이 있는 거주타워들, 바로 건너편 어머니가 사시던 타워, 그리고 서쪽으로 더 멀리 있는 수천 피트 높이의 *라 퓌텡 에노름*[++], 철강과 폴리머로 만든 거대한 나체의 여인. 조각상, *그냥 커다란 조각상일 뿐이지*, 그는 생각했다, *하지만 예전에는 이 단어를 몰랐었어.*

[+] Buckylace : 사방으로 잡아 당겨 평면의 모양을 자유자재로 만들 수 있는 구조의 물질
[++] La putain enorme, 거대한 창녀라는 뜻.

헌데 이 모든 게 전혀 보이지 않았다. 바로 앞 서쪽 방향에는 살아 있는 푸른얼음으로 만들어진 어마어마한 크기의 돔이 옛 도시 위로 적어도 2천 피트까지 솟아 있었다. 오직 전체적인 형상, 그림자의 모양, 그리고 듬성듬성 튀어나와 있는 테라스만이, 분화구를 감싸며 한때 당당했던 타워들의 흔적을 보여주고 있을 뿐이었다. 어머니가 사시던 높은 거주 타워는 보이지 않았다. 더 멀리 서쪽의 *퓌텡*도 보이지 않았다. 노을빛을 가로막기도 하고 빨아들이기도 하는 거대한 푸른 돔 외에도 분화구 주변에는 공중에 떠 있는 수많은 얼음 탑들, 이들을 이어주는 지지대, 복잡한 모자이크 무늬, 수 백 층으로 자라난 푸른 석순들이 들어차 있었다. 돔을 둘러싸고 있는 이 모든 고층 탑들과 돌출물들은 푸른얼음의 망으로 공중에서 연결되어 있었다. 이 푸른 망은 섬세해 보였지만, 데이먼은 각 연결망 사이의 폭은 어느 도시의 대로보다도 넓다는 사실을 깨달았다. 풍부하고 낮은 태양빛을 받아 모든 것이 반짝거렸고, 타워와 망과 돔 내부에서 빛들이 번쩍거리며 여기저기 움직이고 있는 것 같았다.

지저스 크라이스트, 데이먼이 중얼거렸다.

옛 도시를 뒤덮고 있는 얼음뚜껑 위로 60층, 80층, 아니, 100층 높이로 솟은 번쩍이는 얼음 타워들은 오금이 저릴 지경으로 강렬했지만, 무엇보다 압도적인 장관은 돔이었다.

돔은 높이가 적어도 200층 이상, 반경이 1마일 이상이었는데 —데이먼은 돔의 옆구리에 서 있는 옛 거주 타워와 비교해서 그 높이와 규모를 가늠할 따름이었지만— 그가 지금 서있는 일 델 라 시테에서부터, 남쪽으로는 어머니가 뤽상부르 정원이라 부르던 대규모 쓰레기 처리장까지, 북쪽으로는 오스망 대로라고 불리는 잔디밭을 지나, 어머니의 마지막 연인이 살았던 갸르 생라자르의 거주 타워를 뒤덮고, 서쪽으로는 가랑이를 벌린 *창녀*가 언제나 보이는 *샹 드 마르스*까지 펼쳐져 있었다. 하지만 오늘은 보이지 않았다. 돔이 천 피트의 여인을 가려버린 것이다.

만약 인벌리드 호텔의 노드로 팩스해 갔다면, 저 돔 내부에서 끝장났겠군, 그는 생각했다.

생각만으로도 빙벽을 오를 때보다 더 거칠게 심장이 뛰었다. 하지만 꼬리를 물고 더 끔찍한 생각이 순식간에 두 개나 떠올랐다.

첫 번째 생각은 *분화구를 가로지르는 이건 세테보스가 만든 것이다.* 말도 안 되지만 틀림없는 사실이었다. 실제로 타워들과 돔 위에서 점점 줄어들고 있는 오렌지 빛 석양과 함께 붉은 빛이 얼음을 뚫고 올라오는 것이 보였다. 분화구에서 나오는 게 아니라면, 뚜렷한 붉은 박동이 어디서 오겠는가.

두 번째 생각은 *나는 저 안으로 들어가야만 한다.*

만약 세테보스가 아직 이 파리스 크레이터에 있다면, 놈은 거기서 기다리고 있을 터. 만약 칼리반이 여기 있다면, 돔이야말로 그가 있을 곳이다.

추위에 손을 떨면서 ―*추위 때문이야,* 그는 스스로에게 말했다― 데이먼은 얼음장벽으로 돌아가 푸른얼음에서 튀어나와 있는 대나무 대들보에 밧줄을 단단히 고정시킨 후 입을 벌리고 있는 협곡 안으로 다시 내려갔다.

좁은 얼음 협곡의 바닥은 이미 어두워져 있었다. 위를 올려보자 창백한 하늘에 별이 떠 있었다. 일 드 라 시테에서 앞으로 전진 할 수 있는 유일한 길은 눈구멍처럼 뚫려 있는 작은 터널들 중의 하나로 들어가는 것뿐이었다. 그 안은 더 어두울 것이다.

데이먼은 가슴 높이의 구멍을 발견해서 기어들어갔다. 무릎과 손바닥으로 더 강한 냉기가 느껴졌다. 오직 방열복만이 목숨을 유지시키고 있었고, 삼투압 마스크만이 그의 기도가 얼어붙는 것을 막아주고 있었다.

무릎으로 속도를 낼 수 있을 땐 내면서, 배낭으로 낮은 천장을 긁어대면서, 석궁을 앞세운 채 그는 돔 성당 안에서 빛나고 있는 붉은 빛을 향해 기어갔다.

서른 일곱

　호켄베리는 오디세우스와 대면하기 위해 그의 우주 항해용 버블로 간다. 그에게 혼쭐이 날 수도 있었지만, 결국엔 그와 한 잔 기울이게 된다.

　배에 타고 있는 유일한 다른 인간과 이야기를 나누러 갈 용기를 내기까지 호켄베리에게는 한 주일도 더 걸렸다. 마침내 그가 용기를 냈을 땐 퀸 맵이 이미 반환점에 도달했고, 모라벡들은 고물부터 시작해서 선체가 지구 쪽으로 돌기 전에 24시간의 무중력 상태가 될 것이고, 폭탄이 다시 터지기 시작할 것이며, 감속 과정에서 1.28 지구중력으로 돌아올 거라고 그에게 경고했었다. 만무트와 총 통합사령관 아스티그/체가 찾아와 그의 방이 자유 낙하에 안전한지 점검했다. 예컨대 날카로운 모서리는 모두 패딩 처리가 되었고, 고정되지 않은 것들은 떠다니지 않도록 보관함에 넣어졌고, 접착식 슬리퍼와 매트가 지급되었다. 하지만 무중력 상태에 대한 일반적인 반응이 엄청난 멀미라는 사실은 아무도 알려주지 않았다.

　호켄베리는 멀미를 한다. 하고 또 한다. 그의 내이內耳는 계속해서 중심을 잡을 수 없으며 초점을 맞출만한 지평이 없다고 말하고 있다. 그의 방엔 창문도 없고 바깥을 내다 볼 장치가 아무 것도 없다. 화장실 설비는 1.28 중력에 맞춰 작동하게 되어 있어 그는 속이 울렁거릴 때마다 만무트가 가져다 준 기내 봉투 사용법을 금세 배운다. 하지만 여섯 시간만 고생하면 그만이다. 스콜릭은 마침내 상태가 나아지는 것을 느끼며 심지어 패딩이 된 사방의 벽을 발로 툭 차 바닥에 고정된 소파에서 안전조치가 잘 되어 있는 책상까지 둥둥 떠가는 걸 즐기기까지 한다. 그는 방을 떠나도 되는지 문의한다. 허가는 즉시 떨어진다. 그래서 기다란 통로를 둥둥 떠서 내려가는 길에 호켄베리는 진짜 3차원의 세계에선 너무도 우스꽝스러워 보이는 널따란 계단을 쿵쿵거리며 내려가고, 호화로운 비잔틴 풍 엔진 룸의 손잡이를 하나씩 잡고 나아가면서 아주 신이 났다. 만무트는 내내 충실한 조수가 되어 그가 엔진 룸의 레버를 잘못 건드리는 일이 없도록, 또 무게가 없어 보이는 물건도 사실은 무게를 가지고 있다는 점을 잊지 않도록 해준다.

호켄베리가 오디세우스를 방문하고 싶다고 말하자, 만무트는 그가 앞쪽에 있는 우주 항해용 버블에 있다고 알려주고는 안내해준다. 호켄베리는 이 작은 모라벡을 내보내야 한다는 것을 알고 있다. 이것은 개인적인 사과와 대화의 장이며, 어쩌면 남자들끼리의 주먹다짐이 오갈지도 모르니까. 그런데도 만무트를 옆에 있게 하는 건 스콜릭의 비겁한 구석 때문이 아닐까. 모라벡은 결코 오디세우스가 그의 사지를 절단 내도록 두지 않을 테니까. 아무리 이 납치된 그리스인에게 그럴만한 이유와 권리가 있다 해도.

우주 항해용 버블 안에는 별들의 바다 가운데 고정된 둥근 탁자가 있었다. 테이블과 연결된 의자가 세 개나 있지만 오디세우스는 널빤지 사이에 맨 발을 끼운 채 의자 한 개만으로 몸을 지탱하고 있다. *퀸 맵*이 빙그르르 돌자 —추진력이 없는 24시간 동안 여러 번 벌어지는 일인 듯— 별들이 옆으로 휙휙 지나간다. 몇 시간 전만 해도 호켄베리는 무중력용 봉투를 향해 달려갔겠지만 이제는 전혀 문제가 되지 않는다. 마치 이런 상태로 계속 살아왔던 것처럼. 호켄베리는 생각한다. 와인이 담긴 호리병을 열 개 정도 테이블에 끈으로 붙잡아 매놓았는데, 오디세우스가 벌써 그 중의 3 병을 비워버린 걸 보면, 이 아카이아 인도 나랑 똑같은 기분인 게 틀림없어. 그는 손가락 끝으로 병을 툭 쳐 호켄베리에게 술 한 병을 날린다. 비록 호켄베리의 위장은 비어 있지만, 화해의 제스처가 담긴 술을 마다할 수는 없다. 게다가, 술맛이 끝내준다.

"장난감 인간들이 이걸 발효시켜서 사악한 이 배의 어딘가에 쟁여놓았지."

오디세우스가 말한다.

"마시게나, 인간 장난감. 모라벡, 자네도 함께 마시지."

마지막 말은 모라벡에게 한 것이었는데 그는 의자 하나를 차지하고 앉기는 했지만 거절의 의미로 금속 머리통을 흔든다. 호켄베리는 오디세우스에게 속임수를 쓰고 모라벡들이 그를 납치하도록 비행정으로 데리고 온 것에 대해 사과한다. 오디세우스는 손짓으로 사과를 물리친다.

"자네를 죽일 생각도 했었네, 두아네의 아들이여. 하지만 무슨 소용이야? 내가 이 긴 여행을 하게 된 것은 신들의 의지가 분명하네. 그리고 불멸의 존재들에게 거역하는 것은 내 방식이 아니야."

"아직도 신을 믿는다고요?"

독한 와인을 오랫동안 들이마시면서 호켄베리가 묻는다.

"신들하고 전쟁을 벌였으면서도?"

수염을 기른 전략가는 눈살을 찌푸렸다가 다시 미소 띤 얼굴로 뺨을 긁는다.

"친구는 가끔씩 믿기 어려울 때가 있어, 호켄베리, 하지만 적은 *언제나* 믿어 줘야 해. 특히 그 적들 중에 신들을 포함시킬 수 있는 특권을 누리는 자라면 더욱."

그들은 잠시 침묵 속에서 술을 마신다. 배가 다시 빙 돈다. 밝은 태양빛이 별들 사이로 번쩍였다가 배가 자신의 그림자 속으로 돌아오면 별들이 다시 나타난다.

독한 술은 호켄베리를 뜨끈하게 데운다. 그는 살아있는 것에 감사를 느낀다. 손을 들어 가슴 위의 QT 메달뿐만 아니라 튜닉 아래서 사라져가고 있는 흉터를 만져 본다. 그리고는 그리스와 트로이 사람들 사이에 섞여 살아 온 10년 동안 이렇게 주저앉아 술 한 잔 하면서 *일리아스*의 주요 캐릭터이자 진짜 영웅 중 한 사람인 자와 두런두런 이야기를 나눈 것은 처음이라는 사실을 깨닫는다. 대학원생들에게 그렇게 오랫동안 서사시를 가르치기도 했었는데, 얼마나 이상한지!

잠시 동안 두 남자는 지구와 올림포스의 평야를 떠나기 전 목격한 것들에 대해 이야기를 나눈다. 두 세계 사이의 구멍이 닫힌 일, 그리고 아마존들과 아킬레스의 남자들 사이에서 벌어졌던 일방적인 전투에 대해. 오디세우스는 호켄베리가 펜테실레이아와 아마존들에 대해 그렇게 많이 알고 있어서 놀란다. 호켄베리는 베르길리우스을 읽어서 그렇다는 사실을 이 전사에게 굳이 말할 필요를 느끼지 않는다. 둘은 진짜 전쟁이 얼마나 신속히 재개될 것인지, 아가멤논의 수하에 다시 들어간 아카이아와 아르고스 사람들이 마침내 트로이의 장벽을 무너뜨릴 수 있을지, 억측을 해본다. 오디세우스가 말한다. 그의 시선은 빙빙 도는 별들을 향해 있다.

"아가멤논에게 일리움을 파괴할만한 완력은 있을지 몰라. 하지만 완력이나 병력으로 안 되는 경우 그에게는 책략이 없을 거야."

"책략?"

호켄베리가 반복한다. 그는 이미 오랫동안 고대 그리스어로 생각하고 소통해 왔기 때문에 한 단어의 뜻을 생각하느라 멈춘 적이 거의 없었는데 이번에는 그렇다. 오디세우스는 *dolos* 라는 단어를 능력이라는 뜻으로 사용했는데, "영특함"으로 해석될 수도 있는 단어로서 칭찬도 험담도 될 수 있다. 오디세우스는 고개를 끄덕인다.

"아가멤논은 아가멤논이야. 그 이상은 아무 것도 할 수 없는 자이니, 모두들 있는 그대로 바라보는 게지. 하지만 나는 오디세우스, 모든 책략을 다 꿰고 있기로 유명하지."

다시 한 번 *dolos* 라는 단어를 듣자 호켄베리는 오디세우스가 아킬레스로 하여금 이런 말을 하게 만들었던 바로 그 영특함과 교활함을 자랑하고 있다는 사실을 깨달았다: "나는 저 자가 죽음의 문만큼이나 싫어⋯⋯ 거짓말을 늘어놓기 위해 몸을 숙이고 들어오지." 호켄베리는 몇 달 전 아킬레스에게 사절로 찾았을 때 이 말을 직접 들었었다.

오디세우스는 그날 밤 아킬레스의 은근한 모욕을 틀림없이 알아들었지만, 불쑥 화를 내지는 않았다. 그런데 술 네 병을 해치운 라에르테스의 아들은 이제 와서 자신의 교활함을 과시하는 것이다. 다시 한 번 호켄베리는 궁금해진다. 오디세우스의 목마 없이 과연 그들이 트로이를 무너뜨릴 수 있을까? 그는 이 *dolos* 라는 단어에 겹겹이 담긴 의미를 생각하며 홀로 미소 짓는다.

"왜 웃는 거지, 두아네의 아들? 내가 뭐 웃긴 얘기라도 했나?"

"아니, 아니요, 존경하는 오디세우스여. 아킬레스에 대해 생각하고 있었어요……."

그는 상대방을 화나게 할 만한 이야기가 튀어나오기 전에 말끝을 흐려 버린다.

"간밤에 아킬레스 꿈을 꾸었어."

오디세우스가 주위에서 감도는 별들을 보기 위해 공중에서 쉽사리 몸을 돌리며 말한다. 우주 항해용 버블의 양 옆으로는 퀸 맵의 외관이 보인다. 하지만 금속과 플라스틱으로 된 외피는 대부분 별빛을 반사하고 있다.

"꿈에서 하데스에 있는 아킬레스와 이야기를 나누었지."

"그렇다면 펠레우스의 아들이 죽었나요?"

호켄베리가 묻는다. 그는 술 한 병을 더 딴다. 오디세우스가 어깨를 으쓱한다.

"그건 그냥 꿈이었어. 꿈은 시간의 한계를 받아들이지 않지. 아킬레스가 아직도 숨을 쉬고 있는지, 망자들 사이를 돌아다니고 있는지, 나는 몰라. 하지만 언젠가 하데스에 둥지를 틀겠지. 우리 모두가 그렇듯이 말야."

"아, 꿈속에서 아킬레스가 뭐라고 했나요?"

오디세우스는 검은 눈동자를 돌려 스콜릭을 빤히 쳐다본다.

"자기 아들 네오프톨레모스에 대해 알고 싶어 했지. 그 소년이 트로이의 챔피언이 되었는지."

"그래서 그에게 뭐라고 했나요?"

"모른다고 했지. 네오프톨레모스가 전장에 뛰어들기도 전에 내 운명이 나를 일리움의 장벽에서 아주 먼 곳으로 데려 가버렸다고. 이 대답은 펠레우스의 아들을 만족시키지 못했어."

호켄베리는 고개를 끄덕인다. 그는 아킬레스의 어린애 같은 성미를 상상할 수 있다.

"난 아킬레스를 위로하려고 했어. 그가 이제 죽고 나니 아르고스인들이 그를 얼마나 신처럼 떠받드는지, 산 자들이 그의 용감한 업적을 얼마나 칭송하는지, 말해 주려 했지. 하지만 아킬레스는 마이동풍이더라고."

"그래요?"

술맛은 좋은 정도가 아니라 끝내줬다. 뱃속에서부터 알코올의 더운 기운이 퍼져 오르면서 그는 무중력 상태가 허락하는 것보다 한층 더 자유롭게 떠다니는 느낌을 받았다.

"응, 그는 그 따위 허튼 칭송 따위는 집어치우라고 했지."

호켄베리는 웃음을 터뜨린다. 공기 방울과 붉은 와인 방울들이 둥둥 떠다닌다. 스콜릭은 그것을 쳐내려고 하지만 붉은 방울은 터져 손가락이 끈적끈적해진다.

오디세우스는 여전히 별들을 내다보고 있다.

"아킬레스의 망령은 지난 밤 나에게 차라리 농부의 아들이 되겠다고 했어. 하네스에서 가장 위대한 영웅이 되느니, 아니 그곳의 왕이 되어 숨도 못 쉬는 망자들을 지배하느니, 차라리 무기가 아닌 쟁기 때문에 상처투성이가 되고, 하루 열 시간씩 소의 엉덩이를 들여다보는 게 낫다고 했어. 아킬레스는 죽음을 좋아하지 않아."

"그래요. 내 생각에도 좋아하지 않을 것 같네요."

오디세우스는 무중력 상태에서 한 바퀴 회전한 후 의자를 움켜쥐고 스콜릭을 바라본다.

"나는 당신이 싸우는 것을 본 적이 없어, 호켄베리. 싸움을 하나?"

"아니요."

오디세우스가 고개를 끄덕인다.

"그게 똑똑한 거야. 현명한 거지. 자네는 철학자들의 후예가 틀림없어."

"우리 아버지는 싸움을 했어요."

갑자기 밀려드는 기억에 스스로 깜짝 놀라며 호켄베리가 말한다. 그가 기억하는 한 이 두 번째 삶에서 지난 10년간 아버지를 생각하거나 기억한 적은 한 번도 없었다.

"응, 어디에서? 어느 전투였는지 말해보게. 내가 거기 있었을 수도 있으니까."

"오키나와."

"그런 전투도 있었나……"

"아버지는 그 전투에서 살아나셨죠."

목이 메어오는 것을 느끼며 호켄베리가 말한다.

"당시 아버지는 아주 어리셨어요. 열아홉 살. 해군에 계셨어요. 아버지는 바로 그 해에 집으로 돌아오셨고, 그로부터 3년 후에 제가 태어났죠. 아버지는 그 때 일에 대해 한 마디도 하지 않았어요."

"자기 아들에게 용맹함을 자랑하지도 않고 전투 얘기도 해주지 않았다고?"

믿을 수 없다는 듯 오디세우스가 묻는다.

"자네가 전사가 못 되고 철학자가 된 것도 당연하군."

"전혀 한 마디도 하지 않으셨어요. 난 아버지가 전쟁에 참여했다는 건 알았지만, 오키나와에서 무엇을 하셨는지는 몇 년 후에 그 분의 상관이 ―아버지보다 나이가 별로 많지 않은 부관이― 쓴 추천장을 읽다가 알게 되었어요. 아버지가 돌아가신 후에 오래된 군용 트렁크에서 편지와 훈장들을 발견했죠. 나는 당시 고전학에 대한 박사 논문을 거의 끝내가고 있었기 때문에 나의 연구기술을 이용해 아버지가 퍼플 하트와 실버 스타 훈장을 받게 된 전투에 대해 공부했어요."

오디세우스는 이 이상한 이름의 훈장에 대해서는 묻지 않고, 대신 이렇게 묻는다.

"아버님이 전투에서 용맹하셨나, 두아네의 아들이여?"

"그랬던 것 같아요. 아버지는 1945년 5월 20일 오키나와 섬의 슈거 로프 힐이라고 불리는 곳에서 있었던 전투에서 두 차례 부상을 당하셨어요."

"그런 섬을 모르겠군."

"네, 모르실 거예요. 이타카에서 아주 멀거든요."

"그 전투엔 군인들이 많았나?"

"아버지 편에는 십팔만 삼천 명이 전투 준비 중이었어요."

호켄베리가 말한다. 이제 그도 바깥의 별을 내다보고 있다.

"그분의 군대는 천 육백 대 이상의 배에 나눠 타고 오키나와 섬으로 향했죠. 십일만 명의 적군이 바위와 산호와 동굴에 숨어 기다리고 있었어요."

"포위할만한 도시가 없었구먼?"

두 사람의 대화가 시작된 이래 처음으로 흥미로운 표정으로 스콜릭을 쳐다보며 오디세우스가 묻는다.

"도시라고 할 만한 것도 없었어요. 그것은 더 큰 전쟁의 사소한 일부에 불과했어요. 반대편은 자신들의 고향 섬에 대한 침공을 막기 위해 우리 편을 죽이려했던 것뿐이죠. 우리 편은 결국 온갖 방법으로 그들을 학살하게 되었고. 동굴에 불을 질러서 그들을 산 채로 매장했죠. 아버지의 군대는 그 일본 섬에 살던 십일만 명 중 십만 명 이상을 죽였어요."

그는 술을 한 모금 마신다.

"당시 일본인들은 우리 적이었으니까요."

"영광스러운 승리구먼. 투입된 사람과 배의 숫자가 우리 트로이 전쟁을 연상시키는군."

"그래요, 매우 비슷했지요. 전투의 격렬함도 비슷했고요. 맨주먹 하나로 비와 진흙탕 속에서 밤낮 없이 싸웠으니까요."

"아버님은 여러 가지를 약탈해오셨나? 노예계집들이나 금 같은 거?"

"사무라이 검을 가져 오셨죠. 상대방 장교의 무기였어요. 하지만 내가 어릴 적에는 가방 속에 넣어 놓고 한 번도 보여주지 않았어요."

"아버님의 많은 동지들이 죽음의 집으로 보내졌나?"

"육지와 바다에서 싸운 사람들을 모두 합쳐 12,520명의 미국인이 죽었어요."

호켄베리는 그렇게 답한다. 숫자를 기억해내는 그의 학자적 정신과 아들로서의 심정은 전혀 충돌하지 않는다.

"부상당한 자는 33,631명이나 되었죠. 적군은 말씀드렸듯이 10만 명이상이 죽었고. 동굴 속에 잠복하고 있던 수천 명은 불에 타 산 채로 매장되었죠."

"우리 아카이언들은 일리움의 장벽 앞에서 2만 5천 이상의 전사들을 잃었지.

트로이인들 또한 적어도 그 숫자만큼 화장 단을 세워야 했었고."

"그렇지요."

가벼운 미소를 지으며 호켄베리가 말한다.

"하지만 그건 10년 이상에 걸쳐 일어난 일이잖아요. 오키나와 섬에서 있었던 우리 아버지의 전투는 겨우 *90일* 동안 계속되었어요."

잠시 침묵이 찾아온다. 퀸 맵이 다시 한 바퀴 돈다. 거대한 고래가 수영을 하며 몸을 뒤틀 듯 부드럽고 웅장하게. 눈부신 햇살이 잠시 그들 위로 쏟아져 두 남자는 손을 들어 눈을 가린다. 다시 별들이 나타난다.

"그런 전투에 대해 한 번도 들은 적이 없다니 놀랍군."

스콜릭에게 새로 딴 술병을 건네며 오디세우스가 말한다.

"어쨌든 간에, 자네는 아버지를 자랑스럽게 여겨야 하네, 두아네의 아들이여. 자네 국민들은 그 전투에서의 승리자들을 틀림없이 신처럼 대했겠지. 자네의 화덕을 둘러싸고 수백 년 동안 승전가가 불릴 것이네. 싸우다 죽어간 영웅들의 이름은 자자손손 전해질 것이고, 시인과 가수들은 모든 전투의 세세한 모습을 노래하겠지."

"사실은 말이죠,"

길게 한 모금 들이킨 후 호켄베리가 말한다.

"우리나라의 거의 모든 사람들은 그 전투를 이미 다 잊었어요."

자네 듣고 있나? 만무트가 타이트빔으로 전송한다.

응. 이오의 오르푸는 퀸 맵의 외부에서 배가 가속도 감속도 하지 않는 24시간 동안 다른 하드벡 모라벡들과 재빨리 움직이면서, 선체를 점검하고, 작은 운석이나 태양의 플레어 때문에, 혹은 뒤쪽에서 폭탄을 뿜어내면서 생긴 작은 손상 부위들을 수리하고 있다. 배가 전진하고 있을 때도 외각에서 일하는 것은 가능하다. 오르푸는 지난 두 주 동안 여러 번 바깥에 나와, 그런 목적으로 만들어져 있는 캣워

크나 사다리들을 타고 움직여봤다. 하지만 이 덩치 큰 이오니언은 가속 중에 일하는 게 수백 층 건물 바깥에서 일하는 거나 다름없다고 하면서, 그보다는 뱃머리의 너무도 생생한 느낌과 추진판의 움직임이 잦아들고 난 뒤의 무중력 상태가 더 좋다고 이미 말한 바 있다.

호켄베리가 꽤 취한 것 같은데, 오르푸가 전송한다.

그런 것 같아, 만무트가 전한다. *아스티그/체가 주방에 주문해 복제한 이 와인이란 것이 굉장히 강력한 모양이야. 헥토르의 와인 창고에서 "빌어 온" 암포라 단지에 있던 메데아 와인 샘플로 만든 건데. 호켄베리는 수년 동안 그리스, 트로이인들과 함께 이 붉은 메데아 와인의 싸구려판을 마셔왔지만, 늘 어느 정도 절제를 했지. 그리스인들은 컵에 와인보다 물을 더 타니까. 그들은 가끔씩 소금물이나 몰약 같은 향수를 타기도 하지.*

그건 좀 야만적으로 들린다, 오르푸가 타이트빔한다.

어쨌든, 만무트가 보낸다. *저 스콜릭은 오늘 아침 일찍 우주 멀미를 시작한 이래 아무 것도 먹지 않았어. 저 친구의 텅 빈 위장은 맨 정신을 유지하는 데 전혀 도움이 안 되고 있지.*

나중에 다시 우주 멀미에 시달리게 될 거란 말이군.

만약 그렇게 되면, 만무트가 대꾸한다. *멀미 봉투를 더 가져다주는 일은 자네가 맡게나. 24시간 동안 나는 저 친구 머리통을 봉투 위에서 충분히 붙잡아주었으니까.*

아이고, 오르푸의 이오가 보낸다. *기꺼이 제 차례를 기다리겠습니다. 하지만 인간용 객실 문이 내가 들어갈 수 있을 만큼 넓을지 걱정입니다요.*

잠깐만, 만무트가 보낸다. *이것 좀 들어 봐.*

"게임 좋아하나, 두아네의 아들?"

"게임이요? 무슨 게임이요?"

"축제나 장례식에서 하는 그런 것. 파트로클로스가 사라진 후 아킬레스가 그의 죽음을 인정하기만 했다면 우리가 파트로클로스의 장례식장에서 벌였을 게임들."

호켄베리는 잠시 침묵한 후 말한다.

"원반던지기나 창던지기 같은 거요?"

"그렇지. 그리고 전차 경주나 달리기 경주, 레슬링, 아니면 복싱."

"검은 배를 매어둔 근처 당신들의 캠프에서 복싱 매치를 본 적이 있어요."

약간 혀가 꼬인 상태로 호켄베리가 말한다.

"생가죽으로 된 띠를 손에 감고 싸우던걸요."

오디세우스는 웃는다.

"그럼 도대체 손에 무엇을 감아야 하는데, 두아네의 아들이여? 부드럽고 큰 베게?"

호켄베리는 그 질문을 무시한다.

"지난여름 당신의 캠프에서 에페우스가 열 명이 넘는 남자들을 피 터지게 패서, 갈빗대를 부러뜨리고, 턱을 부숴 버리는 것을 봤어요. 그는 누구든 덤비기만 하면 붙어서 이른 오후부터 달이 떠오른 지 한참 지난 후까지 싸웠어요."

오디세우스는 싱글싱글 웃는다.

"나도 그 경기를 기억하지. 우리 군사들이 아무 애를 써도 그날은 아무도 파노페우스의 아들의 맞수가 되지 못했어"

"두 남자가 죽었지요."

오디세우스는 어깨를 으쓱한 뒤 와인을 한 모금 마신다.

"디오메데스는 아르골리드 파이터들 중 서열 3위인 유리알루스, 메치스테우스의 아들을 훈련시키고 후원하고 있었지. 그는 유리알루스를 매일 새벽 뛰게 했고, 도살장에서 황소 반 마리를 가져다가 두드리면서 주먹을 단련시켰지. 하지만 그날 저녁 에페우스가 유리알루스를 단 20회전 만에 흠씬 두드려 팼거든. 디오메데스는 가엾은 유리알루스를 질질 끌어, 링 밖으로 끌어내야 했어. 그의 발가락이 모래에다 열개의 고랑을 만들더군. 하지만 그는 하루를 더 싸웠어. 두 번째는 빌어먹을 가드를 내리려고 하지 않더군. 당연한 일이었지."

"복싱은 더러운 일이다."

호켄베리가 인용한다.

"복싱을 너무 오래 하면 머리통은 중국 음악이 끊임없이 들리는 콘서트 홀로 변한다."

오디세우스가 껄껄 웃는다.

"그거 우습군. 누가 한 말인데?"

"지미 캐논이란 현자가 한 말이오."

"그런데 중국 음악이 뭐야?"

여전히 킬킬거리면서 오디세우스가 묻는다.

"그리고 콘서트 홀은 도대체 뭐지?"

"아, 신경 끊어요. 그렇게 오랫동안 이 전쟁을 지켜봐 왔지만 당신네 복싱 챔피언 에페우스가 *아리스테이아* 에서 —영광을 위한 단 한 차례 결투에서— 한 번도 두각을 나타내는 꼴을 못 봤어요."

"그 말은 사실이군. 에페우스 자신도 위대한 전사는 아니라는 걸 인정하지. 맨손으로 상대방과 대면할 수 있는 용기가, 적들의 배를 창으로 찌르고, 창날을 돌려 빼, 내장이 바닥에 쏟아지도록 만들 때 필요한 용기와 꼭 일치하는 것은 아니거든."

"하지만 당신은 그렇게 할 수 있지요."

호켄베리의 목소리는 냉정하다.

"오, 물론이지."

오디세우스가 웃는다.

"하지만 신들이 원했기 때문이야. 나는 평생 제우스에 의해 운명이 정해지는 세대의 아카이아 사람이야. 우리는 이 끔찍한 전쟁을 끝까지 해내야 해. 마지막 한 사람이 쓰러져 죽을 때까지."

오디세우스는 *상당히 낙천적인데*, 오르푸가 전송한다.

현실주의자지, 만무트가 타이트빔으로 말한다.

"게임 얘기를 하고 있었죠. 당신이 레슬링 하는 것을 봤어요. 그리고 이기는 것도. 그리고 당신은 달리기 경주에서도 이겼어요."

"그래. 아이아스가 황소 상으로 만족할 때 나는 달리기 우승컵을 몇 번 거머쥐었지. 아테나가 날 도왔던 거야. 그 바보가 발이 걸려 넘어지게 해서 내가 결승선에 먼저 도착했거든. 레슬링에서도 난 아이아스를 이겼어. 놈의 무릎 움푹 팬 데를 후려쳐서 그 멍청한 거인이 자기가 메다 꽂힌 줄 알아채기도 전에 처박아버렸지."

"그런다고 당신이 더 나은 인간이 되나요?"

호켄베리가 묻는다. 오디세우스는 잘라 말한다.

"물론이지. 이 세상에 서로 똑같은 건 하나도 없는 것처럼, 인간들 사이에도 서열이 있다는 것을 보여주는 *아곤(agon)*이 ―한 사람과 다른 사람의 경합이― 없다면 세상이 어떻게 되겠나? 경쟁과 일대일 대결이 없다면, 어떤 사람은 뛰어나며 어떤 사람들은 평범할 따름이라는 사실을 이 세상 사람들이 어떻게 실제로 경험할 수 있겠나? 자네는 무슨 게임에 능한가, 두아네의 아들이여?"

"대학교 신입생 시절에 달리기 시합에서 이긴 적은 있죠. 달리기 팀에 뽑히진 않았지만."

"나로 말하자면 사람들하고 경쟁하는 데 있어서는 뒤떨어져 본 적이 없다고 할 수 있지. 나는 둥글게 잘 깎이고 광을 잘 낸 활을 다루는 데 명수지. 적들이 한꺼번에 정신없이 움직이는 사이를 뚫고 목표한 사람을 정확히 맞추는 데는 날 따라올 사람이 없어. 심지어 서로 목표물을 차지하겠다고 우리 편까지 나를 밀쳐 낼 때에도 말이지. 아킬레스와 헥토르를 따라 신들에 맞선 전쟁에 따라 나선 데는, 아폴로의 기술에 맞서 궁수로서의 내 용맹을 시험해보고 싶은 열망도 작용했어. 물론 마음 깊은 곳에서는 어리석은 열망이란 것을 알았지만. 인간이 신들과 궁술을 겨룰 때마다 급살을 맞고 말거든. 불쌍한 에우리토스를 보라구. 자연스럽게 늙어 자기 집에서 편안히 죽긴 글렀지. 게다가 내가 가진 최고의 활이 없다면 은빛 활의 신과 겨룰 엄두도 내지 못할 거야. 그런데 검은 배를 타고 출정할 때는 절대 그 활을 갖고 오지 않아. 그 활은 지금까지도 내 궁전의 벽에 걸려 있지. 이피토스가 나를 처음 만났을 때 우정의 표시로 내게 선물했던 활이지. 그 활은 원래 그의 아버지인 궁수 에우리토스 거야. 난 이피토스를 아주 좋아했는데, 세상에서 가장 훌륭한 활

대신에 내가 그에게 선사한 거라곤 검 하나와 거칠게 깎은 창 하나뿐이라 맘이 안 좋아. 그 친구를 제대로 사귀기도 전에 헤라클레스가 죽여 버렸지. 창으로 말하자면, 나는 내 옆에 있는 사람이 쏜 화살만큼이나 창을 멀리 던질 수 있어. 내가 복싱하고 레슬링 하는 건 자네도 봤고. 달리기 경주에서는, 그래, 내가 아이아스를 이기는 것을 자네도 봤지, 게다가 난 몇 시간을 달려도 아침 먹은 것을 토해내지 않을 자신이 있어, 하지만 단거리 경주에서는 아테나가 편들어주지 않으면 난 뒤떨어지고 말아."

"전 달리기 선수가 되었을지도 몰라요."

호켄베리가 거의 혼잣말처럼 중얼거린다.

"장거리 달리기에 소질이 있었죠. 하지만 브래드 멀도프란 친구가 ―우리가 모두 오리라고 부르곤 했는데― 팀의 마지막 남은 한 자리도 끝내 안 주더라고요."

"실패란 쓴데다 개의 토사물 맛이 나지. 그 맛에 익숙해지는 자는 정말 불쌍한 인생이야."

그는 와인을 꿀꺽꿀꺽 들이킨 다음 고개를 뒤로 젖혀 삼킨다. 그리고는 갈색 수염에 묻은 와인 방울을 닦아낸다.

"난 하데스의 궁에서 아킬레스와 이야기하는 꿈을 꾸지만, 내가 진짜로 소식을 알고 싶은 것은 내 아들 텔레마쿠스야. 기왕 신들이 나에게 꿈을 보낼 거라면, 왜 아들 꿈을 안 보내는 걸까? 내가 떠날 당시 아들은 어린 소년이었어. 수줍고 시험 받은 적도 없는 소년. 난 그 애가 진짜 사나이가 되었는지, 아니면 자기보다 더 나은 사내들의 궁을 기웃거리며 돈 많은 여편네들을 넘보고, 소년들한테 치근덕거리기나 하고, 하루 종일 리라나 뜯는 약골로 자랐는지 궁금해."

"우리한텐 자식이 없었어요."

호켄베리가 말하다. 그는 이마를 문지른다.

"하나도 *없었던* 것 같아요. 내 진짜 삶에 대한 기억은 흐릿하고 뒤죽박죽이죠. 나는 마치 누군가가 끌어올려 띄워놓은 침몰한 배 같아요. 모든 물을 다 *빼놓지는* 않고 그저 떠 있을 정도만 빼놓은 거죠. 아직도 수많은 방이 물에 잠겨 있어요."

오디세우스가 스콜릭을 쳐다본다. 이해하지도 못했지만 따지고 물을 만큼 큰 관심도 없는 눈초리다. 호켄베리도 그리스 왕의 시선을 정면으로 받는다. 그의 시선이 갑자기 또렷하고 강해진다.

"한 번 대답해보세요…… 그러니까, 사나이가 된다는 게 도대체 무슨 의미죠?"

"사나이가 된다는 것?"

오디세우스가 반복한다. 그는 마지막 남은 두 개의 호리병을 열어 하나를 건넨다.

그래…… 맞아요, 그거요. 사나이가 된다는 것. 남자가 된다는 것. 내가 살던 나라에선 처음으로 자동차를 갖게 되거나…… 첫 경험을 하는 게 유일한 통과의례였거든요. "

오디세우스는 고개를 끄덕인다.

"첫 경험은 중요하지."

"하지만 그게 내가 말하는 *그건* 아니죠, 라에르테스의 아들이여! 진짜 사내가 되려면, 하나의 인간이 되려면, 무엇이 필요한 거요?"

이거 흥미로운데, 만무트가 오르푸에게 타이트빔으로 전송한다. *나도 여러 번 스스로에게 던졌던 질문이거든. 셰익스피어의 소네트를 이해하려고 애쓰지 않을 때에도 말이야.*

우리 모두 궁금해 했었지, 오르푸가 대답한다. *우리 모두는 인간이란 존재에 사로잡혀 있으니까. 무슨 말이냐면 우리 모라벡들은 모두 우리의 창조자들에 대해 공부하고 이해하려고 애쓰도록 프로그램 되어 있고 DNA가 디자인되어 있다는 거야.*

"인간이 된다는 것?"

오디세우스가 되풀이한다. 그의 목소리는 진지하고 당황한 듯도 하다.

"지금 당장은 우선 오줌부터 눠야겠네. 자넨 오줌 안 눠, 호켄베리?"

"내 생각에는, 우선 일관성하고 관계가 있을 것 같아요."

그는 의미를 제대로 전하기 위해서 한 단어를 두 번 반복한다.

"일관성. 그러니까 당신네 올림픽하고 우리 올림픽을 한번 비교해봐요. 한번 해보라니까!"

"그 다른 모라벡이 이 방에 있는 소변기에 오줌 누는 법을 알려줬는데. 이렇게 둥둥 떠다닐 때에도 오줌을 빨아들이는 진공 장치 같은 게 달려 있다고 했어. 하지만 오줌 방울이 사방에 둥둥 떠다니지 않게 하려면 엿같이 힘들단 말이야, 안 그래, 호켄베리?"

"천 이백 년 동안이나 당신네 고대 그리스인들은 올림픽을 계속했어요. 어떤 명청한 로마의 기독교 황제가 폐지시키기 전까지 닷새 동안 이어지는 게임을 4년마다, 그것도 천 이백 년 동안이나 유지시켰다구요. 천 이백 년! 가뭄과 기근, 전염병을 헤치고, 4년 마다, 전쟁도 멈추고, 전 세계의 장정들이 올림피아로 몰려들었죠. 신들을 경배하고, 전차 경주, 달리기, 레슬링, 원반던지기, 투창, 그리고 *판크라티온*—레슬링과 킥복싱을 묘하게 섞은 종목인데 나도 직접 본 적은 없고 당신도 본 적이 없을 거야— 등의 경기를 즐겼어. 천 이백 년 동안입니다, 라에르테스의 아들이여! 우리들이 올림픽을 부활시켰을 땐, 단 백 년도 못 가서 전쟁 때문에, 혹은 이러저런 이유로 잔뜩 열 받은 나라들이 참가를 거부하는 바람에 3번이나 취소되었고, 유대인 선수들을 암살한 테러리스트들도 있었다구요……"

"그래, 열 받지."

호리병을 줄에서 풀어 빙빙 돌리다가 찬장 안으로 차 넣을 준비를 하며 말한다.

"나 오줌 눠야겠어. 곧 돌아올게."

"어쩌면 진짜 일관된 것은 호메로스가 말했던 것뿐인지도 몰라요. '우리 모두가 언제나 좋아하는 것은 진수성찬과 하프와 춤과 옷 갈아입기와 따뜻한 목욕과 사랑과 수면이다.'"

"호메로스가 누군데?"

우주 항해용 버블 입구의 조리개 문 한 가운데 둥둥 떠서 오디세우스가 묻는다.

"모르실 거요."

와인을 더 마시며 호켄베리가 말한다.

"근데 말이죠·····"

그는 말을 멈춘다.

오디세우스는 사라져버렸다. 만무트는 메디컬 층의 에어록을 빠져나온다. 배낭에 반동-추진 연료가 달려 있지만 그는 자신을 줄에 묶은 후 캣워크와 사다리, 그리고 퀸 맵을 감싸고 있는 라인을 따라 움직인다. 그는 어둠의 여왕이 보관되어 있는 화물칸 문을 용접하고 있는 이오의 오르푸를 발견한다. 어둠의 여왕은 재진입 셔틀의 접이식 날개에 감싸인 채 누워있다.

"좀 더 유익한 대화가 오갈 수도 있었을 텐데."

만무트가 그들의 개인통신 주파수로 이야기한다.

"대화란 원래 다 그 모양이야. 심지어 우리가 나누는 대화들도."

"하지만 우리는 술 마시면서 이야기하지는 않지."

"모라벡들은 우울하거나 기분 전환을 원할 때 술을 마시지 않으니까, 자네 얘기는 기술적으로는 옳아."

오르푸가 말한다. 용접기에서 튀는 불꽃에 그의 껍질과 다리와 센서들이 번쩍거린다.

"하지만 나는 자네가 감압 상태에 빠져 있거나 독소에 취해 있을 때, 혹은 —인간들 표현대로라면— 얼이 빠져있을 때, 대화를 나눈 적이 있어. 그래서인지 저 두 사람의 빗나간 대화가 내 귀에는 그다지 낯설게 들리지 않는데····· 나한테도 귀가 있다면 말이야."

"프루스트라면 인간이 된다는 것····· 아니면 사나이가 된다는 것에 대해 뭐라고 말했을까?"

만무트가 묻는다.

"아, 프루스트, 그 피곤한 양반, 바로 오늘 아침에 그 친구를 읽고 있었지."

"자네 언젠가 나한테 진실을 향한 그의 단계를 설명하겠다고 나선 적이 있었어. 하지만, 처음에는 세 단계라 그러더니 다시 네 단계, 또 다시 세 단계, 그러더니 결국 네 단계로 돌아왔어. 게다가 그게 무슨 단계인지도 설명해주지 않고, 사실, 나는 자네가 횡설수설했다고 생각해."

"자네를 시험한 거였어. 잘 듣고 있는지 알아보려고."

"말은 그렇게 하지만, 내 생각엔 자네가 모라벡 발작을 일으키고 있었던 것 같은데."

"그게 처음은 아닐 거야."

이오의 오르푸가 대답한다. 모라벡이 2~3백 살을 넘어가면 유기적인 뇌와 인공두뇌의 메모리 뱅크 사이의 데이터 과부하로 인한 오류가 점점 더 심해지곤 했다. 만무트가 말한다.

"글쎄, 난 프루스트가 말한 인간이 된다는 것의 핵심이 오디세우스와 잘 연결이 될 것 같지 않아."

관절이 많은 오르푸의 팔 넷은 열심히 용접을 하고 있었지만, 나머지 두 개가 으쓱하는 손짓을 한다.

"자네도 기억하겠지만 그는 인간에 이르는 길의 하나로 우정을 ─심지어 연인으로서도─ 추구했지."

이오니언이 말을 잇는다.

"그런 면에서 그도 저기 있는 오디세우스나 스콜릭과 공통점을 가지고 있어. 하지만 프루스트의 주인공은 진실을 향한 자신의 소명이 글쓰기라는 것을 발견하지. 삶의 여러 가지 뉘앙스 안에 숨어있는 뉘앙스를 실험하는 것."

"그렇지만 그는 가장 본질적인 인간성을 추구하는 경로로서의 예술은 일찌감치 거부했잖아. 그가 예술이란 결코 진실을 향한 길이 될 수 없다는 결론을 내렸다고 자네가 나한테 말했던 것 같은데."

"그는 진정한 예술이란 실질적인 창조의 행위라는 것을 발견하지. 여기, *게르망트네* 쪽의 초기 섹션에 나오는 부분을 들어봐 :

'교양 있는 사람들은 요즘 르누아르가 위대한 18세기의 화가라고 말한다. 하지만 동시에 그들은 시간이란 요소를 잊고 있다. 19세기가 한창일 때에도 르누아르가 위대한 예술가로 추앙받기까지는 엄청난 시간이 걸렸다. 그러므로 독창적인 화가나 작가는 인정을 받기 위해 안과 의사 같은 길을 밟는다. 그림이나 문장을 통한 그들의 치료가 늘 유쾌한 것만은 아니다. 치료가 끝나면 치료사는 이렇게 말한다: "이제 보세요!" 자, 보라, 옛날과는 전혀 다른 모습의 세상이(한 번 창조된 것으로 끝나지 않은 세상, 독창적인 예술가가 태어날 때마다 새롭게 재창조되는 세상이), 하지만 여전히 또렷한 세상이, 눈앞에 펼쳐진다. 우리가 예전에 보았던 모습과는 전혀 다른 모습의 여인들이 길을 걷는다. 르누아르의 여인들인 것이다. 우리가 끊임없이 온전한 여인으로 보기를 거부해 왔던 바로 그 르누아르의 여인들. 나룻배도, 물도, 하늘도, 다 르누아르다. 우리는 그 숲으로 산책을 가고 싶은 충동을 느낀다. 처음 보았을 때는 전혀 숲처럼 보이지 않았던 바로 그 숲, 수많은 색조들이 들어있지만 숲의 특징을 나타내는 색깔만 빠졌던 벽걸이 그림 같은 숲. 갓 태어난 새롭고 연약한 세계는 바로 그런 것이다. 다시 독창적인 재능의 새로운 화가가 나타나 엄청난 지각 변동이 초래될 때까지 그 세계는 계속될 것이다.' 이어서 그는 작가의 경우도 마찬가지라고 설명하지, 만무트. 새로운 세계를 창조하는 것."

"물론 곧이곧대로 그렇다는 뜻은 아니겠지. *진짜로* 세상을 창조한다는 말은 아니잖아."

"난 문자대로 해석해야 한다고 보는데."

오르푸가 대답한다. 라디오 통신을 통해 들리는 그의 목소리가 어느 때보다도 진지하다.

"아스티그/체가 공용 전파에 꾸준히 올리고 있는 양자 플럭스 감지기 강독을 들어봤어?"

"아니, 거의 안 들었어. 양자 이론은 지루해."

"이건 이론이 아니야. 우리는 매일 지구와 화성 사이를 오갔다고. 우리가 살고 있는 전체 태양계 속에서 두 행성 사이의 양자적 불안정이 점점 증가되어 왔어. 그리고 이 양자적 범람의 중심에 지구가 있거든. 지구의 모든 시-공간적 개연성의 매트릭스가 자생적인 혼돈의 구역으로 소용돌이처럼 휘말려 들어가고 있어."

"그게 프루스트하고 무슨 상관이야?"

오르푸가 용접용 불꽃을 끈다. 커다란 철판이 화물칸 문 위에 완벽하게 고정되었다.

"누군가가 혹은 무언가가 세상을, 아니, 어쩌면 전 우주를, 엉망으로 만들고 있어. 흘러들어오는 양자 데이터를 분석해보면, 새로운 칼라비-야우 양자공간들이 하나의 브레인 위에 공존하려고 애쓰는 것처럼 보인단 말이지. 마치 새로운 세계들이 태어나려는 것 같아. 프루스트 말마따나 어떤 천재 한 명이 자기 의지로 그 세계들을 만들어온 것처럼 말이야."

퀸 맵의 어딘가에서 보이지 않는 추진기가 점화되자 기다랗고 우아하지는 않지만 아름다운 검은 강화 유리와 철강으로 만들어진 우주선 전체가 회전하면서 몸부림을 친다. 만무트는 손잡이를 꼭 잡는다. 백 미터 길이의 핵 우주선이 곡예를 하듯 몸을 틀면서 공중제비를 돌자 그의 발은 선체에서 멀어져 공중에 붕 뜬다. 햇빛이 두 모라벡 사이로 끼어들어 왔다가 후미의 강화 추진판으로 비껴간다. 만무트는 분극 필터를 다시 고정시키고 별들을 바라본다. 그는 오르푸가 저 별들을 눈으로 볼 수 없지만 잡음이 찍찍거리는 라디오 통신망에 귀를 기울이고 있음을 안다. 이오니언은 그 소리를 저 원자핵 융합의 합창곡이라고 부른 적이 있다. 만무트가 말한다.

"오르푸, 나의 친구여, 나를 종교인으로 만들 작정인가?"

이오니언이 저주파음으로 덜걱거린다.

"만약 내가 그럴 작정이라면, 그리고 만약 프루스트가 옳아서 어떤 드물고 독창적인 천재적 정신에 의해 진짜 우주가 탄생될 수 있다면, 난 지금 이 세상을 만든 창조자를 별로 만나고 싶지 않을 것 같은데. 이 세상엔 뭔가 사악한 게 있거든."

"나는 도대체 어째서⋯⋯"

만무트가 말을 꺼내다 말고 공용 통신망에 귀를 기울인다.

"1201 경보가 뭐지?"

"맵의 질량이 방금 64킬로그램만큼 줄어들었어."

"쓰레기나 배설물을 버린 것 아냐?"

"아니야. 우리 친구 호켄베리가 방금 양자이동 해버렸어."

만무트에게 떠오른 첫 생각은; *그를 막았어야 했어. 호켄베리는 지금 어디로든 QT해갈 상황이 아닌데. 친구를 술에 취한 상태로 양자이동 시키는 건 친구로서 할 일이 아니야.* 하지만 이 생각을 오르푸와는 나누지 않기로 한다. 잠시 후 오르푸가 말한다.

"자네 들었어?"

"아니, 뭘?"

"라디오 통신망을 점검하고 있었걸랑. 방금 초강력 안테나를 지구 방향으로 — 아니, 실제로는 지구 주위의 극궤도 링 방향으로— 돌렸더니 말이야, 정확히 우리 를 겨냥해서 변조된 라디오 방송이 송신되고 있는 것이 탐지됐어."

"뭐라고 그러는데?"

만무트는 자신의 유기체 심장이 빨리 뛰기 시작하는 것을 느낀다. 그는 아드레 날린을 무시하진 않고 그대로 분비되게 놔둔다.

"극 링에서 오고 있는 게 분명해. 지구 상공 약 35,000킬로미터 지점이야. 메시 지가 여자 목소리구먼. 같은 말을 자꾸 반복하네⋯⋯ '오디세우스를 나에게 데려 와라.'"

데이먼이 푸른얼음 돔-성당에 들어가자 수군거림과 노래가 뒤섞인 듯 속삭이는 목소리가 울려 퍼졌다.

"생각해보라, 그 분이 만드셨다, 불이 붙게 하시고, 거품 덩어리 안에 있는 불꽃의 눈 하나, 떠다니며 먹이를 주는도다! 생각해보라, 그 분은 달빛 아래서 하얀 톱니가 달린 날카로운 눈으로 사냥하는 것을 지켜보셨도다. 그리고 기다란 혀를 가진 파이. 그 혓바닥은 벌레를 찾아 떡갈나무 깊이 파고들어 먹잇감을 찾으시면 냉정하게 말씀하시며 정작 개미는 먹지 않으신다. 개미 놈들은 씨앗으로 벽을 쌓고, 자기들 구멍 주변에 말뚝을 세우는구나. 그 분이 이 모든 것을 만드셨다, 우리 눈에 보이는 모든 것을, 그리고 우리를, 악의에 가득차서: 달리 어떻게 하시겠는가?"

데이먼은 그 목소리를 당장 알아들었다. 칼리반! 쉭쉭거리는 속삭임이 푸른얼음의 벽과 푸른얼음 터널에 울려 퍼져 사방에서 배어 나오는 것 같이 들렸다. 멀리서 울리는 듯하면서도 끔찍할 정도로 가깝게. 그리고 칼리반 혼자만의 목소리인데도 합창같이, 끔찍하게 화음이 맞지 않는 합창단의 노래같이, 들렸다. 생각했던 것보다 훨씬 더 큰 공포를 느꼈다. 은근히 바랐던 정도보다 훨씬 더 엄청나게 더 큰 공포! 데이먼은 머리를 낮게 숙이고 얼음 터널을 나와 얼음의 중간층으로 움직였다.

네 발로 한 시간이나 기고, 얼음 터널이 좁아졌다가 결국 막혀버리는 통에 뒤돌아 나오기도 하고, 어떤 때는 좁은 통로를 10야드나 기어갔으나 너무 높아 오를 수 없는 절벽을 만나기도 하고, 등을 얼음 천정에 쓸려가면서 포복하기도 하고, 배낭과 석궁을 앞에 던져 놓고 밀면서 움직인 후에, 데이먼은 얼음-돔 성당의 중심이라고 여겨지는 곳에 도착했다.

데이먼은 자신이 알고 있는 고대의 단어 중 이 공간을 표현할 수 있는 것을 찾을 수가 없었다. 그는 거대한 구조물의 휘어진 벽 안에 새겨진 수백 개의 그늘진 얼음 단 중 하나 위에 서 있었다. 설사 전에 그런 단어들을 찾아봤었다고 하더라도, 이제 그들 사이를 헤매고 다녔을 것이다. 첨탑, 돔, 아치, 고공 받침대, 회랑, 회중석, 공회당, 합창석, 현관, 예배당, 장미창, 벽감, 기둥, 제단. 이 모든 단어들이 지금 바라보고 있는 부분에는 적용될 수 있을지 몰라도, 그는 여전히 더 많은 단어들이 필요할 것이다. 아주 많은 단어들이.

데이먼이 최선을 다해 가늠해봤더니, 공간 내부의 지름은 약 일마일 정도이고, 붉게 달아오른 바닥에서 돔의 푸른얼음 꼭짓점까지의 높이는 약 이천피트 정도였다. 밖에서 예상했던 대로 세테보스는 파리스 크레이터의 전체 분화구를 온몸으로 덮고 거대한 심장처럼 벌떡이고 있었다. 이 현상이 언젠가 블랙홀이 찢어 놓았다던 지구의 심장부로부터 올라오는 마그마 때문에 생기는 자연스러운 화산 활동의 하나인지, 아니면 세테보스가 일부러 열기와 빛을 모아서 이용하고 있는 것인지, 알 길이 없었다. 돔의 나머지 부분은 그가 묘사하기도 어려운 빛의 향연 속에서 이글거리고 있었다. 바닥의 붉은 색으로부터 온갖 색조가 갈라져 나왔는데, 분화구의 주변과 돔의 아랫부분은 무지갯빛을 거쳐 미묘한 오렌지색으로 변해 나갔고, 붉은 혈관처럼 뻗어나가다가 오렌지와 노랑이 섞인 빛으로 바뀌어 지지대와 석순을 비추더니, 거대한 푸른 기둥에 이르러서는 뜨거운 색깔들이 점차 차가운 색으로 옮아가고 있었다. 푸른얼음 벽과, 기둥과, 힘줄과, 탑들은 푸른빛의 박동과 노란 스파크의 세례를 받고 있었고, 숨겨진 채널을 따라 전기가 밀려오듯이 붉은 박동이 차례차례 순서대로 움직이면서 성당의 십자로 갈라진 부분에 마치 신경돌기 사이의 반응처럼 스파크를 터뜨렸다.

돔의 껍질이 얇은 곳도 군데군데 있어서 서쪽 방향에 마지막 저녁노을이 스며들어 붉은 동그라미를 그리고 있었다. 천정의 가장 높은 부분은 유리처럼 얇고 둥그스름해서 어두워지는 하늘과 갓 떠오르는 별들을 뿌옇게 투과시키고 있었다. 가장 호기심을 불러일으키는 것은 돔의 내벽에 새겨 있는 수백 개의 십자 무늬였다. 각각의 높이는 약 6피트 정도였고 공간을 빙 둘러싸고 있었다. 자신이 서 있는 중간층 거친 석판 밖으로 몸을 빼고 보니, 발밑에 더 많은 십자 무늬가 있는 것이 보였다. 마치 푸른얼음 속에 불도장을 새긴 듯 안으로 파여 있었다. 십자가들은 금속으로 만들어진 것 같았는데 속이 비어 있어서 분화구에서 나오는 붉은 빛이 금속성 내부에 반사되고 있었다.

크레이터의 붉은 바닥은 텅 빈 게 아니라, 곳곳에 가시 돋친 석순과 우툴두툴한 돌출부들이 튀어나와 있었다. 어떤 것들은 거의 천정에 닿을 정도로 높아서 푸른얼음 기둥이 가지런히 늘어선 모양을 하고 있었다. 다른 것들은 제멋대로 서 있었다. 분화구 바닥도 평평하지 않아서, 곳곳에 작은 분화구와 분기공이 널려 있었다. 구멍마다 가스와 수증기 그리고 연기가 나오고 있었고, 조밀하고 과열된 공기의 흐름 속에서 황 냄새가 났다. 붉게 이글거리는 원의 중앙에는 또 하나의 분화구가 솟아있었는데 층층의 푸른얼음과 더 적은 분기구들이 고리를 이루며 둘러쳐 있었다. 이 분화구 위의 분화구는 거의 가장자리까지 하얗고 둥근 돌멩이로 채워져 있는 것처럼 보였는데, 데이먼은 그것이 사람 해골의 꼭대기 부분이란 것을 결국 알아차렸다. 분화구 전체를 채우고 있는 수천수만의 해골들. 대부분은 분화구를 가득 채우고 있는 저 거대한 덩어리 아래 누워있다. 이 솟아있는 분화구는 마치 새둥지처럼 보였는데, 안에 가득 찬 것들이 한층 더 그런 인상을 주었다. 회색의 대뇌피질, 복잡다단한 외곽선, 수많은 눈들, 입들, 일제히 열리고 닫히는 구멍들, 그 아래의 수많은 거대한 손들! 이 손들은 그 거대한 몸집이 둥지 속에 더 편안히 자리 잡도록 가끔씩 움직였다. 그리고 다른 손들도 있었다. 아르디스 홀의 자기 방의 두 배는 되어 보이는 이 손들은 대뇌에서 뻗어 나온 가지에 달려 있어서, 번들거리는 바닥 위로 자기 자신과 거기에 붙은 촉수를 끌어 당겼다. 그 중 몇 개는 데이먼이 들여다 볼 수 있을 만큼 가까이 있었는데, 구부러지고 톱날이 달린 수천 개의 검은 털과 갈고리가 거대한 손가락 끝마다 자라 있었다. 각각의 가시털은 —일종의 진화된 털일까?— 그가 허리에 차고 있는 살인용 단검보다 길었고, 손가락들은 그 털을 이용해 푸른얼음 속으로 파고들었다. 그 검은 가시털을 바닥에 꽂기만 하면 어디든 기어오를 수 있고, 돌, 얼음, 금속, 어떤 바닥에서도 전진할 수 있는 손이었다.

세테보스의 대뇌 형상은 두 달도 되기 전 하늘의 구멍에서 나타나는 것을 목격한 데이먼이 기억하는 것보다 훨씬 컸다. 그 당시의 기억이 축을 기준으로 백 피트 정도 높아 보였다면, 이번에는 적어도 폭이 백 야드에, 깊고 이글거리는 홈으로부터 소용돌이 모양의 피질이 갈라지기 시작하는 중심점의 높이가 삼십 야드는 되었다. 둥지를 가득 채우고 있는 그것이 움직일 때마다 지푸라기가 바스라지듯 해골 부서지는 소리가 들려왔다.

"생각해 보라, 그러한 영광은 그 분 안에서 옳고 그름도, 착함도 잔인함도, 무색하게 만든다: 그는 강고하신 주님이시라. '말하라, 그분은 무시무시하도다: 그분의 업적을 네 눈으로 보라!'"

칼리반의 쉭쉭거리는 소리는 돔 전체에 완벽한 음향 효과를 내고 있었다. 모든 분기구와 피라미드 형태의 융기부며, 얼음 터널의 미로 속에서 울려 데이먼의 앞과 옆과 뒤에서 들리는 것 같았다. 살인적인 속삭임이었다.

데이먼의 눈이 붉은 이글거림과 거대하고 텅 빈 돔의 사이즈에 익숙해지자, 이젠 움직이고 있는 작은 물체들이 보였다. 그건 세테보스의 둥지 주변에서 재빠르게 움직이고 있었는데, 네 다리로 푸른얼음 위를 기어서 대뇌 모양의 아래쪽까지 올라간 후 뒷다리 하나만을 사용해 뒤뚱거리며 내려왔다. 그러면서 불쾌하고 매끈거리는 우윳빛의 거대한 달걀 모양의 덩어리를 실어 나르고 있었다.

한 순간 데이먼은 그들이 보이닉스라고 생각했다. 그는 얼음의 미로를 기어 오면서 수많은 보이닉스들을 보았다. 협곡 바깥에서 목격했던 얼어붙은 보이닉스들 뿐만 아니라 속이 다 파인 잔해들도 있었다. 속이 텅 빈 껍질, 떨어져 나간 발, 갈

기갈기 찢어진 가죽 머리통, 따로 떨어져 바닥에 떨어진 갈퀴손 따위가 여기저기 널려 있었다. 하지만 지금 분기공이 뿜어내는 증기와 안개 사이로 보이는 저 하인 비슷한 것들은 보이닉스가 아니었다. 그들은 칼리반의 형상이었다.

칼리바니! 일 년 전쯤에 그는 새비, 하먼과 함께 지중해 분지에서 그들을 만난 적이 있었다. 이제야 그는 돔의 벽에 새겨진 십자가 형상의 의미도 깨달았다. 충전 요람, 새비는 속이 빈 십자가를 이렇게 불렀고, 데이먼 자신도 벌거벗은 칼리바니 한 마리가 저렇게 생긴 수직 십자가에 팔을 벌리고 축 늘어져 있던 것을 우연히 마주친 적이 있었다. 그는 그 놈이 노란 고양이 같은 눈을 깜빡이기 전까지는 죽은 줄 알았다.

프로스페로와 아직 만나지 못한 아리엘이라는 바이오스피어의 존재가 함께 인간의 유전자로부터 칼리바니를 진화시켰다고 새비가 말해주었있다. 지중해 분지와 프로스페로가 공개하고 싶지 않은 구역을 보이닉스의 침범으로부터 막기 위해서라고 했지. 하지만 이제 데이먼은 그 말이 거짓말이거나 새비의 착각이라고 생각했다. 칼리바니는 인간의 유전자에서 진화된 게 아니야. 그것은 프로스페로가 궤도 섬에서 인정했듯, 오리지널 칼리반, 훨씬 더 끔찍한 칼리반을 복제한 것이다. 하지만 그때 하먼이 이 늙은 유대 여인에게 물었었다. 후기-인류가 —혹은 프로스페로가— 나중에 다른 형태의 괴물을 만들어 보이닉스를 견제할 거였다면, 왜 애초에 보이닉스를 만들었는지. 늙은 여인은 이렇게 답했다.

"오, 보이닉스는 그들이 만들어낸 게 아니에요. 놈들은 어딘가 다른 곳에서 와서, 스스로의 판단에 의해 다른 누군가를 섬기죠."

당시에도 전혀 알아듣지 못했는데 지금은 더 이해할 수 없었다. 외설스런 핑크색의 개미처럼 우윳빛 알을 품은 채 분화구 바닥을 부지런히 오가는 눈앞의 이 칼리바니들은 틀림없이 프로스페로를 섬기는 게 아니었다. 그들은 세테보스를 위해 일하고 있었다.

그렇다면 누가 보이닉스를 지구로 데려왔지? 알 길이 없었다. 만약 놈들이 세테보스를 섬기고 있는 게 아니라면 왜 아르디스 홀과 다른 구식 인간 공동체를 공

격하는 거지? 놈들은 대체 누굴 섬기는 거야?

지금 데이먼이 확실히 아는 것은 파리스 크레이터에 세테보스가 나타난 것은 보이닉스들에게 재앙이라는 사실이다. 급속도로 팽창하는 푸른얼음 속에 갇혀버리지 않은 보이닉스들은 맛있는 게의 속살처럼 파헤쳐졌다. *누가 파먹은 거지? 어떻게 파 먹힌 거야?* 두 가지 대답이 마음속에 떠올랐지만 어떤 것도 확실치 않았다. 보이닉스들은 칼리바니의 이빨과 발톱, 아니면 세테보스 자신의 손으로 뜯겨 먹힌 것이다.

순간 데이먼은 분화구 바닥을 따라 달리는 회색-분홍색 등성이라고 생각했던 게, 사실은 세테보스로부터 뻗어 나온 더 많은 팔-줄기였다는 사실을 깨달았다. 그 살덩이 팔-줄기들은 돔 벽의 구멍 속으로 사라지더니…… 데이먼은 석궁을 치켜들고, 손가락을 방아쇠에 댄 채, 몸을 휙 돌렸다. 뒤쪽에서 무언가가 얼음 터널을 미끄러져 들어오는 소리가 들렸다. *나보다 세 배는 큰 세테보스의 손이 뒤에 있는 터널로 기어오고 있다.*

데이먼은 웅크린 채 기다렸다. 치켜든 석궁 무게에 팔이 덜덜 떨렸지만 소리 없는 손은 나타나지 않았다. 하지만 얼음 복도 쪽에선 쉿쉿 소리와 미끄러지는 소리가 메아리쳤다.

벽 속에 들어가 있는 손들은 지금쯤 협곡 바깥까지 뻗어 있겠지, 쿵쾅거리는 가슴을 달래며 생각했다. *터널 속과 바깥은 이미 어둡다. 만약 그곳에서 이 손 하나를, 아니 여럿을, 마주친다면 어떡하지?* 그는 저 아래 손바닥에 뚫려있던 펄떡거리던 구멍을 봤었다. 한 무리의 칼리바니들이 그 입으로 거대한 붉은 고기 덩어리를 —인간의 것이거나 보이닉스의 것을— 먹이고 있었다. 마침내 그는 다시 푸른얼음의 발코니에 다시 엎드렸다. 방열복을 뚫고 얼음의 —이제 그가 세테보스 자신으로부터 뿜어져 나오는 살아있는 세포조직이라 믿는 얼음의— 냉기가 전해졌다.

이젠 나가도 되겠어. 이 정도면 충분히 봤어.

그 자리에 엎드려, 바보 같은 석궁을 앞으로 겨누고, 고개를 숙인 채 바로 코 앞 백야드 아래 칼리바니들이 재빠르게 분화구 바닥을 네 발로 기어 오가는 모양을 보면서, 데이먼은 전혀 신성하지 않은 이 성당에서 당장 나갈 수 있도록, 겁에 질린 팔과 다리에 다시 힘이 솟아나기를 기다렸다.

아르디스로 돌아가 보고를 해야 해, 그의 마음속에서 이성의 목소리가 들려왔다. 여기서 내 할 일은 다 했어.

아니, 그렇지 않아, 마음 한쪽에서 솔직한 목소리가 대답했다. 언젠가 그를 죽음으로 몰고 갈 목소리였다. 저 매끈매끈한 회색이 알 같은 게 뭔지 알아내야지.

칼리바니는 그로부터 백 야드도 채 되지 않는 거리, 그가 있는 단 오른쪽 아래에서 회색의 덩어리 몇 개를 김이 뿜어져 나오는 분기공에 밀어 넣었다.

저기까지 기어 내려갈 수는 없어. 너무 멀어.

거짓말. 백 피트도 안 되잖아. 아직 로프도 거의 남아 있고 스파이크도 있잖아. 게다가 얼음망치도 있고. 한 번 재빨리 뛰어서 달걀 모양으로 다가갔다가 —가능하면 하나 집어 들고— 다시 발코니까지 돌아와 나가는 거야.

그건 미친 짓이야. 분화구 바닥에 있는 내내 나는 노출될 텐데. 칼리바니들이 나와 둥지 사이에 있고. 놈들이 나왔을 때 내가 나타나면 붙잡히고 말거야. 날 먹어버리거나 세테보스에게 데려가겠지.

어, 놈들이 없어졌어. 지금이 기회야. 어서 내려가, 지금.

"안돼!"

그래놓고는 데이먼은 자신이 공포에 질려 그걸 크게 말해버렸다는 사실을 깨달았다. 하지만 다음 순간 그는 발코니 바닥의 푸른얼음에 스파이크를 박더니, 안전하게 로프를 감고, 배낭 옆으로 석궁을 고정시키고, 분화구 바닥으로 조심스럽게 내려가고 있었다.

잘 했어. 이제야 좀 용기를 보이는구먼, 그리고⋯⋯

닥치지 못해, 그는 용감하긴 해도 완전히 어리석은 자신의 한쪽에 대고 명령했다.

그의 마음은 순응했다.

"그렇게 모든 것이 계속될 것을 알라, 그리고 우리는 그 분에 대한 공포 속에서 살게 되리라."

칼리반의 —그래, 맞아, *칼리바니*가 아니라 칼리반 자신의— 쉭쉭-허밍-찬송이 들려왔다. 이 돔의 어딘가에 이 원조 괴물이 있는 게 틀림없어. 어쩌면 세테보스의 분화구 둥지 건너편에 있는지도 몰라.

　"이것을 생각하라, 미래의 어느 이상한 날, 어두운 밤에 춤을 추시는 주님 세테보스가 우리에게 오시리라. 혓바닥이 눈으로 오는 것처럼, 이빨이 목구멍으로 오는 것처럼. 아니면 굼벵이가 나비로 자라나듯 안에서 자라나시리라: 그렇지 않다면, 우리는 이곳에, 그 분은 그 곳에 있고, 어디에도 도움은 없으리."

　데이먼은 미끄러운 밧줄을 계속 타고 내려갔다.

일리움으로 양자이동한 후 토머스 호켄베리 박사가 맨 처음 해야 했던 일은, 토할 수 있는 뒷골목을 찾아내는 것이었다.

취중에도 그건 어렵지 않았다. 이 왕년의 스콜릭은 트로이 안팎에서 거의 십 년의 세월을 보냈고, 헥토르와 파리스의 아파트 근처 광장의 후미진 구석으로 QT해 오기를 수천 번은 더 했기 때문이다. 다행히도 일리움은 밤이었다. 가게, 시장의 노점들, 그리고 광장 근처의 작은 식당들은 문을 닫았고, 어떤 보초나 창병도 그의 조용한 도착을 눈치 채지 못했다. 하지만 그는 여전히 골목길이 필요했고, 빨리 찾아냈다. 세 번을 게워내고 속은 진정되었지만, 곧 더 어둡고 인적이 뜸한 골목이 필요했다. 다행스럽게도 죽은 파리스의 궁전 —지금은 헬렌의 집이자 프리아모스의 임시 궁전— 근처에는 좁은 골목들이 많았다. 호켄베리는 재빨리 지푸라기를 모으고, 퀸 맵에서 가져온 담요로 온 몸을 둘둘 만 후 깊은 잠에 빠져 들었다.

동이 튼 조금 후에 그는 깨어났다. 물론 엄청난 숙취에 시달리면서 그리고 궁전 근처 광장의 소음과 퀸 맵에서 너무나 엉뚱한 옷을 입고 나왔다는 사실을 동시에 정확히 인식하면서. 그는 부드러운 회색 면으로 된 우주복에 무중력 슬리퍼를 신고 있었다. 모라벡들이 21세기의 인간에게 어울릴 거라고 생각해 입혀놓은 것이었다. 이 옷차림은 일리움 어디서나 보이는 가운, 가죽 각반, 샌들, 튜닉, 토가, 망토,

모피, 청동 갑옷, 그리고 집에서 만든 거친 옷들과는 전혀 어울리지 않았다. 광장으로 나섰다. 골목길의 오물을 털어내면서 그는 그동안 억눌려왔던 1.28중력 가속도와 지구 중력의 차이를 실감했다. 숙취에도 불구하고 그는 가볍고 강해진 느낌이었다. 호켄베리는 거리에 사람들이 거의 없는 것을 보고 놀랐다. 동이 튼 직후는 이 시장이 가장 분주할 시간이었다. 하지만 대부분의 노점엔 지키고 서있는 주인뿐이었고, 야외 식당은 거의 비어 있었다. 오직 파리스와 헬렌과 프리아모스의 궁 앞 광장의 먼발치에만 보초병들이 몇몇 서 있을 따름이었다.

아침 식사보다 급한 것은 적절한 옷차림을 갖추는 일이었다. 그는 기둥이 서 있는 회랑의 그림자 속으로 들어가 외눈박이에 이빨도 하나밖에 없고 너덜너덜한 붉은 터번을 두른 장사꾼과 물물교환을 시도했다. 이 늙은이는 제일 넓은 노대에 가장 다양한 물건을 —대부분은 시체에게서 벗겨 낸 지 얼마 되지 않은— 갖고 있었지만, 금덩이를 지키는 용처럼 끈질기게 흥정을 했다. 호켄베리에겐 돈이 한 푼도 없었다. 그가 내놓을 수 있는 것은 우주복과 퀸 맵에서 챙겨 온 담요뿐이었는데, 이 정도면 충분히 이국적인 상품들이었다. 그는 늙은이에게 자신이 페르시아에서 먼 길을 왔다고 말해야 했다. 결국 그는 토가와, 끈이 긴 샌들과, 어느 불운한 장교의 고급스런 붉은 모직 망토와, 일반적인 튜닉과 스커트 그리고 속옷을 얻었다. 호켄베리는 양동이에서 가장 깨끗한 것을 골라내려 했지만, 깨끗한 것이 없을 경우에는 적어도 이가 들끓지 않는 걸로 골라냈다. 광장을 떠날 때 그는 넓은 가죽 벨트에 많이 사용된 듯하지만 여전히 날카로운 검과 두 개의 단검을 —하나는 벨트에 메고 하나는 붉은 망토 안에 특별히 만들어져 있는 비밀 주머니에— 차고 있었다. 게다가 동전도 한 주먹 얻었다. 늙은이의 쩍 벌어진 입과 싱글거리는 웃음을 뒤돌아보면서 호켄베리는 노인이 횡재했다는 것을 알았다. 독특한 우주복은 분명히 말 한 필이나 황금 방패 혹은 더 값진 것과 바꿀 수 있을 거야. *아, 그러라지 뭐.*

호켄베리는 늙은이나 졸고 있는 다른 장사치들에게 무슨 일이 일어났느냐고 묻지 않았다. 왜 광장이 텅 비어 있으며, 왜 군인들과 가족들이 보이지 않으며,

왜 도시 전체가 이상한 고요에 싸여 있는지. 하지만 곧 이유를 알게 되리라 믿고 있었다.

그가 노점상의 수레 뒤에서 옷을 갈아입고 있을 때, 늙은이와 이웃한 상인 두 사람이 그의 QT메달을 금과 바꾸어주겠다고 제안했다. 과일 수레 뒤에 있던 뚱뚱한 남자는 황금 200근에다가 500개의 트라키아 은화를 얹어 주겠다고도 했다. 하지만 호켄베리는 거절했다. 옷을 벗기 전에 검과 단검 두 개를 미리 챙겨놓기를 다행이라고 여기면서. 이제, 서서 먹는 아침 식당에서 신선한 빵과, 말린 생선, 치즈 몇 조각, 그리고 커피에 비하면 언제나 심심하기 짝이 없는 차를 마시며 동전 몇 개를 사용한 후, 그는 그림자 속으로 물러서 헬렌이 있는 길 건너 궁전을 바라보았다. 지금 그녀의 방으로 QT해 갈 수도 있었다. 예전 같았으면 분명히 그렇게 했을 것이다.

그녀가 방에 있다면, 어떻게 할 건데?

재빨리 칼로 찌르고 QT로 도망가, 완벽한 암살을 저지른다? 하지만 호위병이 그를 못 볼 거란 법이 어디 있나? 그는 지난 아홉 달 동안 천 번도 넘게 변신 팔찌가 없는 것을 애통해 했다. 그 팔찌는 스콜릭을 위해 신들이 마련해 준 기본 장비로서, 그들의 양자 확정성을 변화시켜 호켄베리, 나이튼헬저, 혹은 다른 어떤 스콜릭이라도 곤란한 상황에 빠지면 일리움 안팎의 어떤 남자나 여자로도 변신할 수 있게 해주는 기능을 가지고 있었다. 단순히 외모나 옷차림뿐만 아니라 모든 양자적 특징까지 똑같이 만들어 주었다. 이런 기능을 통해 과학에 정통했던 한 동료 스콜릭이 몇 년 전에 호켄베리에게 질량 보존의 법칙이라고 가르쳐 준 과학적 법칙에 위배됨 없이 거구의 나이튼헬저가 자기 몸무게의 3분의 1 밖에 되지 않는 소년으로 변신할 수 있는 것이었다. 어쨌거나, 지금 호켄베리에게는 변신 능력이 없었지만 —변신 팔찌는 테이저 봉, 산탄 마이크, 그리고 충격용 무기 등과 함께 올림포스에 남겨졌다— 이 QT메달만은 그와 함께 있었다.

그는 가슴팍의 황금 동그라미에 손을 댔다. 그리고…… 망설였다. 트로이의 헬렌을 만나면 *어떻게 하고 싶은 거지?* 호켄베리는 전혀 알 수가 없었다. 그는 아무도 죽인 적이 없었다. 그것도 사랑을 나누었던 너무나 아름다운 여인을, 그가 만난 가장 아름다운 여인, 불멸의 여신 아프로디테의 라이벌을! 그래서 그는 망설였다.

스카이안 문 근처에서 소요가 일었다. 그는 마지막 빵 조각을 우물거리며 새로 산 와인이 담긴 염소 가죽 부대를 어깨에 걸치고 일리움의 상황에 대해 고민하며 그 쪽으로 걸어갔다.

나는 두 주 이상이나 이곳에 없었어. 내가 떠난 날 밤 —헬렌이 날 죽이려 했던 날 밤— 아카이언들이 도시를 점령할 것만 같았어. 트로이와 몇 안 되는 동맹신들은 —아폴로, 아레스, 아프로디테 그리고 더 급이 낮은 신들은— 아테나, 헤라, 포세이돈, 그리고 나머지 신들의 비호를 받아 작정하고 달려드는 아가멤논의 군대에 맞서 도시를 방어해낼 수 없을 게 확실해 보였지.

호켄베리는 이 전쟁을 충분히 보아왔기에, 아무 것도 확신할 수 없음을 깨달았다. 물론 그것은 호메로스의 비전이었다. 이 진짜 과거, 진짜 지구, 그리고 진짜 트로이의 안팎에서 벌어진 일들은 언제나 똑같지는 않았지만, 호메로스의 위대한 이야기와 거의 비슷하게 진행되고 있었다. 하지만 사건들이 드라마틱하게 빗나가버린 지난 몇 달 동안 —이 모든 게 토머스 호켄베리라는 작자의 농간 때문이라는 사실을 알고 있었다— 모든 게 백지로 돌아갔다. 그래서 그는 날이 밝자 마자 도시의 정문을 향해 몰려가고 있는 군중들의 꽁무니에 합류했다.

그녀는 다른 귀족들, 그리고 넓은 전망대에 모여든 고관대작들과 함께 스카이안 문의 장벽 위에 있었다. 십년 전 그곳에서 그는 트로이인들에게 성문 앞에 모여든 아카이아 군인들의 얼굴과 이름을 맞춰주고 있던 그녀를 보았었다. 바로 그날, 그녀는 프리아모스, 헤큐바, 파리스, 헥토르, 그리고 다른 사람들에게 다양한 그리스 영웅들의 이름을 속삭이고 있었다. 오늘날 파리스와 헤큐바는 죽었다. 수천 명의 다른 사람들과 함께. 하지만 헬렌은 여전히 프리아모스의 오른쪽에 안드로마케와 함께 서 있다. 십년 전에는 군대를 점검하기 위해 그곳에 서 있었던 늙은 왕이 이제는 몸을 쪼그린 채 근래 들어 타고 다니는 왕좌가 붙은 들것에 실려 나와 있었다. 단 십년 전에 호켄베리가 이곳에서 보았던 혈기왕성한 왕은 십년 이상 늙어 보였다. 팍삭 쪼그라든 노인네는 강력했던 프리아모스 왕의 시들시들한 캐리커처처럼 보였다. 하지만 오늘만큼은 이 산 송장도 행복해 보였다.

"오늘 이 순간까지 나는 내 자신을 가엽게 여겼다."

자신을 둘러싼 고관들과 계단과 평지에 모인 수백의 호위병들을 향해 프리아모스가 소리쳤다. 군대는 보이지 않았다. 일리움 근처 덤불 등성이와 진입로들은 텅 비어 있었다. 하지만 헬렌의 시선을 멀리 따라가자, 약 2마일 거리에 엄청난 인파가 모여 있는 것을 발견할 수 있었다. 그곳은 그리스의 검은 함대가 정박하고 있던 곳이었다. 트로이 군대가 아카이언을 포위한 것 같았다. 그들은 아카이언들의 해자와 말뚝 박힌 참호를 뛰어 넘어, 수 마일에 이르던 아카이언 진영을 직경 몇 백 야드에 불과한 반원으로 밀어붙였다. 만약 이런 식이라면 그리스인들은 바다를 등진 채 트로이 군대들이 맹렬히 달려들기만 기다려야 하는 처지에 빠질 형상이었다.

"나는 스스로를 불쌍히 여겼도다."

프리아모스가 반복했다. 그의 갈라진 목소리가 점점 강해졌다.

"그리고 수많은 사람들에게 날 동정해달라고 부탁도 했다. 내 여왕이 신의 손에 죽임을 당한 후 나는 파멸을 눈앞에 두고 있는 지쳐 빠진 늙은이였을 뿐⋯⋯ 아니, 늙었을 뿐만 아니라 노쇠해버린 늙은이⋯⋯ 아버지 제우스가 끔찍한 운명으로 처단하려고 날 선택했음이 분명했다. 지난 십 년간, 나는 여러 명의 아들을 잃었고 헥토르도 나보다 먼저 하데스의 궁전으로 떠나리라 확신했었다. 나는 딸들이 끌려가는 것을 볼 준비를 했으며, 내 보물들이 약탈당하고, 아테나의 신전에서 제단을 도난당하고, 이 피로 물든 야만적인 전쟁이 끝날 때까지 무기력한 아기들이 발코니에 버려진 채 울게 될 것을 각오하고 있었다. 친구들과 가족들, 전사들과 아내들이여, 한 달 전까지만 해도 나는 며느리들이 아르고스인들의 피 묻은 손에 끌려가고, 흉악한 메넬라오스에게 헬렌이 처단당하고, 내 딸 카산드라가 능욕당하는 것을 눈앞에서 본 후, 결국 내 손으로 직접 아르고스의 개들을 기꺼이 —아니 열광적으로— 맞이하여, 아킬레스, 아가멤논, 교활한 오디세우스, 잔혹한 아이아스, 흉포한 메넬라오스, 혹은 강력한 디오메데스의 창에 찔린 후 나를 산채로 먹어달라고 호소하게 될 줄 알았다. 내 몸을 창으로 찢고, 내 늙은 육신에서 생명을 비틀어 짜낸 후, 내장을 나의 개들에게 —내가 다니는 문과 방을 지켜오던 바로 그 충견들에게— 던져 주고, 미쳐버린 개들이 모든 사람의 앞에서 주인의 피를 핥고 주인의 심장을 먹어치우게 될 줄 알았다.

그렇다, 바로 이것이 열 달 전, 바로 두 주 전까지 나의 탄식이었다···· 그러나 오늘 아침 새롭게 태어난 세상을 보라, 트로이인들이여. 제우스가 모든 신들을 몰아내버렸다. 우리를 구하고자 했던 신들도, 우리를 파괴하고자 했던 신들도. 신들의 아버지는 자신의 아내 헤라에게 벼락을 내렸다. 전능하신 제우스는 아르고스의 검은 함대를 불살라 버렸으며 모든 신들에게 올림포스로 돌아가 불복종에 대한 형벌을 기다리라고 명하였다. 밤낮을 폭격과 소음으로 채우던 신들이 사라지자, 내 아들 헥토르가 진군하여 승리에 승리를 거듭하였다. 고귀한 헥토르를 막을 아킬레스가 없자, 아카이아의 돼지들은 불타 껍데기만 남은 자신들의 검은 함대까지 쫓겨 갔고, 남쪽 진영은 풍비박산이 났으며, 북쪽 진영은 활활 탔다. 이제 그들은 서쪽에서 좁혀드는 헥토르와 우리 일리움 출신들, 아에네아스와 다르다노스 사람들, 안테노르의 살아남은 두 아들 아카마스와 아르첼로코스에 포위되었다.

남쪽으로 그들은 눈부신 리카온의 아들들과 우리의 충실한 동맹국이자 제우스의 신전이 많은 이다산 자락에 위치한 젤레아에서 온 용사들에 둘러싸였고, 북쪽으로 그리스인들은 린넨 코르셋으로 몸단장을 하고, 아파에시언들과 아데스트리언들을 이끌며, 패닉 상태에서 도망치다 죽어 자빠진 아카이아인들에게서 노략한 황금과 청동으로 멋지게 장식한 아드레스투스와 암피우스에게 숨통이 막혀 있다.

십 년 동안의 아수라장에서 살아남아 이번 달 우리와 함께, 그들의 트로이 형제 친구들과 함께, 죽을 각오를 하고 있던 사랑스러운 히포토우스와 필레우스는, 오늘 죽음을 맞는 대신 아비도스의 장군들과 빛나는 아리스베 그리고 검은 피부의 펠라스고스 전사들을 이끌었다. 이제 우리의 아들들과 동맹자들은 수치스러운 패배와 죽음이 아니라, 적장 아가멤논의 머리가 창끝에 꽂혀 높이 올라갈 순간을 코앞에 두고 있다. 우리의 트라카아, 트로이, 펠라스고스, 키코네스, 파에온, 파플라고니아, 그리고 할리조니아 사람들은 마침내 이 전쟁의 끝을 보게 되었다. 그들은 곧 패배한 아르고스의 금을 긁어모을 수 있을 것이며, 아가멤논과 그 부하들의 무기를 싹 쓸어버리게 될 것이다. 바로 오늘, 검은 함대로 도망가지도 못한 채, 우리를 죽이고 약탈했던 모든 그리스 왕들은 죽음과 약탈을 맛볼 것이다.

바로 오늘, 모든 신들이 허락한다면 —그리고 이건 제우스가 이미 언약했지만— 내 친구와 가족들, 그리고 우리 적들도, 우리의 최후 승리를 목격하게 하자. 우리 이 전쟁의 끝을 보도록 하자. 그리고 오늘이 저물기 전에 헥토르와 데이포보스의 개선축하 파티를 준비하자. 파티는 일주일, 아니, 한 달 동안 계속될 것이고 일리움의 충실한 하인이었던 프리아모스는 행복한 죽음을 맞이하게 될 것이다!"

일리움의 왕이자, 헥토르의 아버지 프리아모스는 이렇게 말했고, 호켄베리는 자신의 귀를 의심했다. 헬렌이 안드로마케와 다른 여인들로부터 슬그머니 빠져나가, 도시로 향하는 넓은 계단을 내려갔다. 곁에는 안드로마케의 전사이자 여자 노예인 힙시필레만이 동행했다. 호켄베리는 헬렌이 계단을 다 내려올 때까지 황실 창병의 넓은 등 뒤에 숨었다가 그녀를 미행하기 시작했다.

두 여인은 서쪽 장벽의 그림자 속에 가려진 좁은 거리까지 내려오더니, 동쪽으로 난 더욱 비좁은 골목길로 들어섰다. 호켄베리는 그들이 어디로 가는지 알고 있었다. 몇 달 전 헬렌이 더 이상 만나주지 않자 질투에 사로잡혔던 그는 이곳까지 안드로마케와 그녀를 미행해 그들의 비밀을 알아냈다. 이곳은 헥토르의 부인 안드로마케가 자신의 비밀을 숨겨 놓은 곳, 힙시필레와 다른 유모들이 안드로마케의 아들, 아스티아낙스를 보살피고 있는 곳이었다. 헥토르 자신조차 아들이 살아 있으며, 아프로디테와 아테네가 아기를 죽였다는 말이 사실은 그의 분노를 신들에게 돌려 아르고스와 트로이 사이의 전쟁을 끝내고자 했던 트로이 여인들의 간계였다는 사실을 전혀 몰랐다.

어쨌거나, 그 계략은 멋지게 성공한 셈이군. 그의 미행을 두 여인이 눈치 채지 못하도록 좁은 골목 입구에 숨어 호켄베리는 생각했다. 하지만 이제는 신들과의 전쟁도 끝나고 트로이 전쟁도 막판에 접어든 것처럼 보였다. 호켄베리는 그들이 아파트에 도착하는 것을 원하지 않았다. 그곳엔 시칠리아 남자 호위병들이 지키고 있었다. 그는 몸을 굽혀 손바닥만 한 무겁고 둥근 달걀형의 돌멩이 하나를 주워 꽉 움켜잡았다.

내가 정말 헬렌을 죽이게 될까? 그에게는 답이 없었다. 아직은.

헬렌과 힙시필레가 비밀의 아파트로 향하는 안마당으로 이어지는 문 앞에서 잠시 멈추었을 때, 호켄베리는 조용히 그들 뒤에 붙어 거구의 레스보스 노예 여인의 강건한 어깨를 두드렸다. 힙시필레가 몸을 돌렸다.

호켄베리는 그녀의 턱에 강력한 어퍼컷을 날렸다. 무거운 돌멩이를 쥐고 있었는데도, 여인의 단단한 턱뼈는 그의 손가락을 거의 부러뜨릴 뻔 했다. 하지만 힙시필레는 머리를 안마당 문에 부딪히며 동상처럼 뒤로 자빠졌다. 그녀는 정신을 잃고 바닥에 누워버렸다. 그 커다란 턱이 부러진 것이 분명했다.

멋지군, 호켄베리는 생각했다, *트로이 전쟁을 십 년 겪더니 드디어 너도 여자 하나를 때려눕히는 것으로 싸움에 동참했구나.*

헬렌이 뒤로 물러섰다. 한 때 호켄베리의 심장을 찾았던 숨겨진 단검이 소매를 타고 내려와 벌써 그녀의 손에 쥐어져 있었다. 호켄베리는 재빨리 움직여 헬렌의 손목을 잡고 그녀의 팔과 손을 뒤로 돌려 거칠게 깎인 문으로 밀었다. 그리고는 — 오른손은 멍들고 피가 흘러 거의 말을 듣지 않았지만— 벨트에서 자신의 긴 칼을 꺼내 헬렌의 부드러운 아래턱에 칼끝을 들이댔다. 그녀가 단검을 떨어뜨렸다.

"혹–엔–베어–리이····."

그녀가 부른다. 그녀는 고개를 뒤로 재꼈지만 그의 칼날엔 이미 피가 묻었다.

그는 망설였다. 오른 손이 떨리고 있었다. 만약 일을 해버릴 거면 이 여우가 입을 열기 전에 빨리 해치워야 했다. 그녀는 그를 배신하고, 심장을 칼로 찌르고, 죽도록 내버려두었다. 하지만 그가 지금까지 만나 본 중 최고의 연인이기도 했다.

"당신이야말로 신이군요."

헬렌이 속삭였다. 그녀는 눈을 크게 뜨고 있었지만 공포감은 보이지 않았다. 호켄베리는 이를 악물었다.

"신이 아니라, 고양이에 불과하지. 내 목숨 중 하나는 네가 이미 가져갔잖아. 그 전에도 하나를 잃은 적이 있고. 이제 일곱 개만 남았겠군."

칼끝이 턱밑으로 파고들어 오는데도, 헬렌을 웃었다.

"아홉 개의 목숨을 가진 고양이. 맘에 드는 발상이네요. 당신은 언제나 말재주가 좋았어…… 외국인치고는."

죽일지 말지, 지금 당장 결정해…… 이건 정말 말도 안 돼.

그는 그녀의 목청에서 칼끝을 거둔 후, 트로이의 헬렌이 움직이거나 말을 꺼내기 전에 왼손으로 그녀의 머리채를 휘어잡아 골목으로 끌고 들어갔다. 안드로마케의 아파트로부터 멀리.

그들은 완전히 원점으로 —그가 숨어있던 메넬라오스와 헬렌을 발견하고, 그녀의 남편을 아가멤논의 캠프로 QT해준 후 칼에 찔렸던 스카이안 문을 굽어보는 버려진 탑으로— 돌아왔다. 호켄베리는 빙빙 돌며 올라가는 좁은 계단의 끝, 몇 달 전 신들의 폭격으로 거의 사방이 열려 버린 꼭대기까지 헬렌을 밀어 올렸다.

그는 그녀를 가장자리까지 밀어붙였다. 하지만 장벽 아래 사람들에겐 보이지 않을 정도로.

"옷 벗어."

헬렌은 눈앞을 가리고 있던 머리카락을 쓸어내렸다.

"날 낭떠러지로 떨어뜨리기 전에 먼저 강간하려고, 혹-엔-베어-리이?"

"옷 벗어."

그는 헬렌이 몇 개 안되는 실크 옷을 벗는 동안 한 발짝 물러서 경계를 늦추지 않았다. 오늘 아침은 그가 떠났던 날보다 —그녀가 그를 찔렀던 추운 겨울날보다— 따뜻했지만, 높은 곳의 바람은 헬렌의 젖꼭지를 바짝 세우고 창백한 팔과 배에 소름이 돋게 할 정도로 차가웠다. 그녀가 옷을 하나씩 벗을 때마다, 그는 자신에게 옷을 넘기라고 명령했다. 그녀를 찬찬히 살피면서, 그는 부드러운 가운과 실크로 된 속옷을 손으로 만져보았다. 숨겨진 단검은 더 이상 없었다.

아침 햇살 아래 그녀가 서 있었다. 다리를 약간 벌리고, 가슴이나 음부를 가리는 대신 두 손을 자연스럽게 옆으로 늘어뜨린 채. 고개를 들고 선 그녀의 턱 아래로 약간의 핏자국이 보였다. 그녀의 눈빛에는 침착한 저항과 이제 무슨 일이 벌어질 것인가에 대한 약간의 호기심이 뒤섞여 있었다. 분노로 가득 차 있는 지금 이 순간에도 그는 수없이 많은 남자들이 그녀 때문에 피비린내 나는 싸움을 벌일 만도 하다는 증거를 목격하고 있었다. 그리고 한 여인에게 그렇게 —죽이고 싶을 정도로— 화가 나 있으면서 동시에 성욕을 느낄 수 있다는 새로운 사실을 깨달았다. 지구 중력의 1.28배 속에서 17일을 보낸 그는, 지금 이 지구에서 스스로를 더욱 강한 근육질의 남자로 느끼고 있었다. 그는 이 아름다운 여인을 한 손에 들고 어디로든 가버릴 수 있으며, 원하는 대로 할 수 있다는 것을 알고 있었다.

호켄베리는 옷을 다시 던져 주었다.

"옷 입어."

그녀는 걱정스러운 눈빛으로 부드러운 옷들을 주웠다. 장벽과 스카이안문 쪽에서 프리아모스의 연설이 끝나자 함성과 박수, 그리고 나무로 된 창대를 청동과 가죽으로 만든 방패에 두드리는 소리가 들려왔다. 그가 퉁명스럽게 말했다.

"내가 없는 17일 동안 무슨 일이 있었는지 말해."

"그것 때문에 돌아온 거예요, 혹-엔-베어-리이-? 나한테 최근 벌어진 일을 물어 보려고?"

하얀 가슴에 띠를 두르며 헬렌이 확인하듯 물었다. 그는 손짓으로 돌덩어리 하나를 권했고, 그녀가 자리를 잡자 그 자신도 약 6피트 떨어진 곳의 돌덩이 위에 앉았다. 비록 손에 칼을 쥐고 있긴 했지만, 호켄베리는 그녀의 곁에 가까이 가고 싶지 않았다.

"내가 떠나 있던 지난 2주간에 대해서 말해."

"내가 왜 당신을 찔렀는지 알고 싶지 않아요?"

"이미 알아."

호켄베리가 피곤하다는 듯이 말했다.

"너는 날 시켜서 메넬라오스를 도시 밖으로 QT해버렸지만 그를 따라갈 생각을 없었어. 만약 내가 죽고, 아카이아인들이 도시를 점령하면 ―넌 그때 그렇게 되리라고 확신했지― 너는 언제든지 메넬라오스에게 내가 너를 데려다주지 않으려 했다고 둘러댈 수 있었어. 꼭 그게 아니더라도 비슷한 방법을 썼겠지. 하지만 메넬라오스는 어쨌든 너를 죽이고 말았을 거야, 헬렌. 남자란 ―심지어 제일 뛰어난 칼잡이도 못 되는 메넬라오스조차도― 일단 한 번 배신을 당하고 나면 그 다음엔 정신을 차리거든. 두 번은 안 당하지."

"그래요, 날 죽였겠죠. 하지만 내가 당신을 해친 이유는, 혹-엔-베어-리이, 나에게 아무 선택의 여지가 없게 만들기 위해서⋯⋯ 일리움에 남기 위해서였어요."

"왜?"

전직 스콜릭에게 이것은 전혀 말이 안 됐다. 머리가 아팠다.

"그날 메넬라오스가 날 발견했을 때, 나는 그와 함께 가게 돼서 행복했어요. 매춘부, 파리스의 부적절한 아내, 이 모든 죽음의 원인 제공자로서 수년을 살았던 이곳 일리움에서의 생활은 모든 면에서 나를 망쳐버렸어요. 나의 내면은 천하고, 연약하고, 텅 비어 버렸어요. 비속해진 거죠."

당신은 여러 가지로 표현할 수 있지만, 트로이의 헬렌, 그는 이렇게 말하고 싶었다, *비속하다는 말은 턱도 없어.*

"하지만 파리스가 죽자, 소녀 시절 이후 처음으로 나에겐 남편도, 주인도 없어졌어요. 내가 그날 이곳 일리움에서 메넬라오스를 보았을 때 처음 느낀 감정은 반가움이었어요. 하지만 곧 그것은 자신의 쇠고랑과 쇠줄을 다시 마주친 노예의 행복감이라는 것을 알아챘죠. 그날 밤 바로 이 탑에서 당신이 우리를 발견했을 때쯤, 내가 원하고 있었던 것은 오직 일리움에 남는 것이었어요. 홀로, 메넬라오스의 아내 헬렌도, 파리스의 아내 헬렌도 아닌 오직…… 헬렌 자신으로."

"그걸로는 왜 나를 찔렀는지 설명되지 않아. 내가 메넬라오스를 형의 캠프에 데려다주고 온 후에 그냥 나한테 말하면 될 일이었어. 아니면 이 세상 어디로든 데려다 달라고 부탁하든지. 그럼 난 들어줬을 거야."

"바로 그래서 당신을 죽이려 했던 거예요."

헬렌이 낮게 말한다. 호켄베리는 눈살을 찌푸릴 수밖에 없었다.

"그 날, 나는 내 운명을 어느 남자와도 아닌 바로 이 도시…… 일리움과 결혼시키기로 결심했어요. 그리고 당신이 여기 살아 있는 한, 당신의 마술로 나를 어디든지 데려다달라고 할 수 있음을 알고 있었죠…… 안전한 곳으로…… 아가멤논과 메넬라오스가 도시를 침공해 다 불태워버리는 순간에도."

호켄베리는 이것에 대해 한참동안 생각했다. 말도 안 되는 소리다. 앞으로도 절대 말이 안 될 것이다. 그는 그 주제를 건드리지 않기로 했다. 그리고 세 번째로 말했다.

"지난 두 주 동안 무슨 일이 일어났는지 말해."

"내가 당신을 여기 남기고 떠난 이후는 어두운 나날들이었어요. 바로 그날 밤 아가멤논의 공격은 거의 우리를 압도했어요. 헥토르는 아마존이 파멸의 길을 나서기 전부터 토라진 채 자기 집에 쳐 박혀 있었죠. 구멍은 한 번 닫힌 후에는 다시 열리지 않을 것이 확실했어요. 헥토르는 자신의 아파트와 생각 속에 파묻혀 안드로마케조차 접근을 금지시켰죠. 내가 알기로 그녀는 남편에게 비밀을 털어놓을까 고심했어요. 하지만 자신의 목숨을 보존하면서 그 거짓말을 설명하려면 어떻게 해야 할지 몰라 포기했어요. 그리고 이어진 전투에서 아가멤논의 군대와 그들을 지지하는 신들이 많은 트로이인들 죽였죠. 오직 트로이의 수호신, 은빛 활의 신 포보스 아폴로만이 백발백중의 화살을 아르고스 병사들에게 쏟아 부어, 헥토르가 전투에 동참하기 전까지 우리가 함락되지 않고 버틸 수 있게 해 주었어요.

그러니까 혹-엔-베어-리이이, 아르고스 인들은 디오메데스의 지휘 아래 가장 낮은 지점에서 ―야생 무화과나무가 서 있는 곳에서― 우리 성벽을 무너뜨렸어요.

사태가 신들과의 불운한 전쟁으로 변화하기 전 10년 동안 아르고스 인들은 같은 지점을 세 번 공격했었죠. 그게 우리 약점이었는데, 어떤 재주 좋은 예언가가 그들에게 알려줬겠지요. 하지만 예전에는 헥토르와 파리스, 그리고 우리 챔피언들이 세 번 모두 —처음에는 대소 아이아스를, 다음에는 아트레우스의 아들을, 그리고 세 번째에는 디오메데스까지도— 물리쳤어요. 하지만 이번에는, 내가 당신을 죽이려 하고 새 먹이가 되도록 이곳에 버리고 간 날로부터 나흘이 지난 후, 디오메데스가 전사들을 이끌고 야생 무화과나무가 서 있는 지점을 네 번째로 공격해 왔어요. 아가멤논의 사다리가 서쪽 벽을 타고 올라오고, 커다란 통나무만한 망치로 스카이안 문의 거대한 경첩을 두들겨대는 동안, 디오메데스는 위장을 하고 잠입해 들어와 벽의 하부를 공격했어요. 나흘째 되던 날 해질 무렵에는 아르고스 인들이 장벽 안으로 들어와 있었어요.

오직 헥토르의 동생이자 프리아모스 아들 그리고 제 다음 남편으로 지목된 용감한 데이포보스만이 그의 용기로 도시를 구했어요. 사람들이 아가멤논의 사다리와 망치에 절망하고 있는 위기 상황에서 그는 옛 전우들, 헬레누스의 부하들, 히르타쿠스의 아들 아이수란 이름의 장군, 도망치고 있던 아에네아스 부하들, 노련한 명장 아스테로파에우스를 끌어 모았어요. 그리고는 함락 직전의 도시에 반군을 조직해 시장 근처를 제 2의 전선으로 삼아 싸웠죠. 승승장구하는 디오메데스와의 끔찍한 전투 속에서 데이포보스는 신처럼 싸웠어요. 심지어 아테나의 창을 슬쩍 피하기까지 했다니까. 신들도 이 전투에 끼어들어 인간만큼, 아니 그 이상으로, 격렬하게 싸우고 있었거든요.

그날 새벽, 아르고스의 전열은 일단 멈추었어요. 야생 무화과나무 옆의 장벽은 뚫렸고, 수십 개의 거주지역이 성난 아르고스인들에 의해 불에 타거나 점령되었고요. 아가멤논 일당은 여전히 서쪽과 북쪽 성벽을 타넘으려 했고, 위대한 스카이안 문은 철끈 몇 조각에 덜렁거리며 매달려 있었어요. 그런데 바로 그날 아침 헥토르가 절망에 빠진 귀족들을 모아 놓고 다시 전투에 참여하겠다고 선언한 거예요."

"그래서 다시 참여했나?"

호켄베리가 물었다. 헬렌이 웃었다.

"참여했다 *뿐인가요?* 그렇게 영광스러운 *아리스테이아*는 없었을 거예요, 혹-엔-베어-리이. 그가 격분했던 첫날, 헥토르는 —아폴로와 아프로디테가 아테나와 헤라의 번개로부터 그를 보호하는 가운데— 데오메데스와 결투를 벌여 죽여버렸어요. 그의 가장 훌륭한 창으로 티데우스의 아들을 벌집으로 만들어 아르고스 전사들이 도망가게 만들어버렸죠. 그날 해가 질 때쯤 도시는 다시 회복되었고 우리 석공들은 늙은 무화과나무 옆 장벽을 다시 짓기 시작했죠. 스카이안 문 옆의 장벽만큼이나 높게."

"디오메데스가 죽었다고?"

호켄베리가 말했다. 그는 충격을 받았다. 이곳에서 10년 동안 전투를 관찰하면서 그는 디오메데스가 아킬레스나 신들의 한 명처럼 절대 상처받지 않는다고 믿게 되었기 때문이다. 호메로스는 일리아스 5장과 6장의 초반에서 디오메데스의 업적을 —그의 무용담, 그의 영광스러운 결투, 혹은 *아리스테이아*를— 기리고 있는데, 호메로스의 이야기 중 그 길이와 격렬함에 있어 이보다 탁월한 부분은 20장에서 22장에 걸친 격노한 아킬레스의 묘사뿐이다···· 물론 호켄베리가 손을 댄 덕분에 이곳 사람들은 이제 그 격노가 어떤 것인지 전혀 모르게 되겠지만.

"디오메데스가 죽었다고."

놀란 호켄베리가 되풀이했다.

"아이아스도 죽었어요. 그 다음 날, 헥토르와 아이아스가 만났는데, 당신도 기억할 텐데 두 사람은 한 번 결투를 했지만 친구로서 헤어졌지요. 각자가 정말 용맹하게 싸웠어요. 하지만 이번에는 헥토르가 텔라몬의 아들을 베어 쓰러뜨렸어요. 검으로 그 거대한 남자의 커다란 사각 방패를 치자, 방패의 금속 등판이 휘어버렸지요. 대 아이아스가 '자비를! 자비를 보여 다오, 프리아모스의 아들이여!' 라고 애원했지만, 헥토르는 자비를 보이는 대신, 그 영웅의 척추에 검을 내리꽂아, 그날 아침 지평선에 해가 한 뼘도 채 떠오르기 전에 하데스로 보내 버렸어요. 아이아스의 부하들, 살라미스의 저 유명한 전사들이 울면서 옷을 찢어 그를 애도했지만, 그들도 혼란 속에 빠져 후퇴하던 중 덤불 등성이를 넘어 몰려오던 아가멤논과 메넬라오스의 군대와 뒤섞여 뒤죽박죽이 돼버렸어요. 신들이 아마존 미라인의 봉분이라고 부르던 도시의 서쪽 너머에 있는 등성이, 당신도 아시죠?"

"알고 있어."

"그래요, 바로 그곳에서 죽은 아이아스의 퇴각군과 아가멤논과 메넬라오스의 군대가 부딪혔어요. 일대 혼란이 일어났죠. 혼란 그 자체였어요. 그 혼돈 속으로 트로이와 동맹군의 장수들을 이끌고 헥토르가 뛰어들었어요. 데이포보스는 이제 형의 바로 뒤에서, 이어서 아카마스와 늙은 피로우스가 트라키아 군을 이끌고, 메스틀레스와 안티푸스의 아들이 소리를 지르며 마에오니아 군을 몰아붙였고. 살아남은 모든 트로이의 영웅들, 바로 이틀 전까지만 해도 패배했다고 생각하고 있었던 그들이 모두 합세했어요. 그날 아침 나는 바로 이곳 아래 서 있었어요, 혹-엔-베어-리이이, 세 시간 동안 우리 중 아무도 —트로이 여인들, 더 이상 걷지 못하고 들것에 실려 그곳에 옮겨졌던 늙은 프리아모스, 우리 아내들과 딸들, 어머니들과 자매들, 그리고 소년들과 노인들— 그 아무도 아무 것도 볼 수 없었어요. 수천 명의 전사와 수백 대의 전차가 엄청나게 먼지를 일으켰기 때문이지요. 가끔씩 어느 한 편이 쏘아 올린 화살 떼가 태양을 가리기도 했어요.

하지만 먼지가 가라앉고, 그날 아침의 전투를 마친 신들이 올림포스로 돌아갔을 때는 메넬라오스도 디오메데스, 아이아스와 함께 하데스의 집으로 가 있었어요, 그리고⋯⋯."

"메넬라오스도 죽었다고? 당신 남편이 죽었다고?"

호켄베리가 말했다. 다시 한 번 그는 큰 충격을 받았다. 이 남자들을 십 년의 세월동안 서로를 향해 전투를 벌였고 용맹하게 살아남았으며, 열 달 동안은 신들을 상대로 싸우지 않았던가.

"방금 죽었다고 내가 말 안했나요?"

말이 끊기자 기분이 상한 헬렌이 물었다.

"헥토르가 죽인 건 아니었어요. 공중에서 날아온 화살에 맞은 거지. 죽은 판다루스의 아들이자 리카온의 손자 어린 팔미스가, 일 년 전 판다루스가 메넬라오스의 엉덩이에 부상을 입혔을 때 사용했던 신의 축복을 받은 바로 그 활을 사용했어요. 하지만 이번에는 화살을 살짝 빗나가게 해 주었던 아테나의 보이지 않는 손이 없었어요. 화살은 메넬라오스 헬멧의 눈구멍을 맞고 뇌를 관통해 청동으로 가린 뒤통수를 뚫고 나왔어요."

"어린 팔미스가?"

자신이 바보처럼 이름들을 되풀이하고 있다는 사실을 인식하면서 호켄베리가 말했다.

"아직 채 열두 살도 되지 않았을 텐데⋯⋯."

"열한 살도 안 되었어요."

미소를 지으며 헬렌이 말했다.

"하지만 그 소년은 일 년 전 디오메데스의 손에 죽은 아버지 판다루스가 사용하던 성인용 활을 사용했어요. 그리고 그 화살은 남편이 진 모든 빚을 청산해주었고, 우리 결혼의 불미스러운 것들을 모두 싹 씻어주었죠. 나는 메넬라오스의 피 묻은 헬멧을 궁전의 내 방에 가져다 놓았어요. 당신이 보고 싶어 할지는 모르겠지만. 어린 팔미스는 그의 방패를 가졌죠."

"세상에! 디오메데스, 대 아이아스, 그리고 메넬라오스까지 모두 단 24시간 만에 죽어버렸다니. 트로이가 아르고스인들을 함대까지 밀어붙인 것도 무리가 아니었군."

"아니요, 만약 제우스가 나타나지 않았더라면 그날의 승리는 아카이아에게 돌아갔을 거예요."

"제우스!"

"네, 제우스. 영광스러운 승리로 시작된 그 날, 아르고스 편에 선 신들은 그들의 챔피언들이 죽어나가자 분노에 사로잡혔어요. 헤라와 아테나 단 둘이서만 불화살로 수천 명의 용맹한 트로이인들을 죽였죠. 지축을 흔드는 늙은 포세이돈이 내지른 분노의 포효에 수십 개의 일리움 건물들이 무너져 내렸어요. 궁수들이 장벽 위에서 낙엽처럼 떨어져 내렸죠. 프리아모스도 왕좌가 달린 들것에서 떨어졌어요.

그날 우리가 얻어낸 모든 것들이 단 몇 분 안에 수포로 돌아갈 것 같았고, 헥토르도 물러섰어요. 여전히 싸우고 있었지만 그를 둘러싼 용사들은 쓰러지고 있었죠. 데이포보스는 다리에 부상을 입어 우리 트로이 군대가 덤불 등성이로, 다시 스카이안 문으로 후퇴할 때 형에게 업혀 올 수밖에 없었죠.

우리 여인들은 다들 뛰어 내려가 부서진 문틈에 큰 장대로 빗장을 끼우는 것을 도왔어요. 그 정도로 격렬한 전투였죠. 후퇴하는 우리의 영웅들을 따라 수십 명의 분노한 아르고스 인들이 따라왔어요. 그리고 다시 포세이돈이 지축을 흔들어 모든 사람들을 무릎 꿇게 만들었어요. 동시에 아테나는 공중전에서 아폴로와 대결했는데, 그들의 전차가 하늘에서 얽히고설켜 번쩍번쩍 빛났죠. 헤라는 손수 우리 성벽을 향해 번개를 내리쳐 터뜨리고 있었어요.

"그 때 동쪽에서 제우스가 나타났죠. 인간의 눈으로 보아온 무엇보다도 크고 인상적이었어요······."

"원자 폭탄의 버섯구름 속에 얼굴을 나타낸 날보다 더 인상적이었을까?"

호켄베리가 말했다. 헬렌이 웃었다.

"훨씬 더 인상적이었어요, 나의 혹-엔-베어-리이. 이 제우스는 장엄했어요. 그의 다리는 눈 덮인 동쪽 이다산 정상보다 높았고, 넓은 가슴은 구름 위로 솟아 있었으며, 거대한 이마는 거의 보이지 않을 정도로 높았어요. 여름 날 폭풍이 오기 직전 층층이 쌓인 가장 높은 층적운의 꼭대기보다도 높았어요."

"우와!"

상상해 보려 애쓰며 호켄베리가 말했다. 그는 그와 한 번 난투를 벌인 적이 있었다. 뭐 정확히 말하면 난투라기보다 올림포스에 지진이 있을 때 그로부터 재빨리 도망친 거지만. 그 절정은 인간과 신들의 전쟁이 막 시작되려던 때, 놓쳐버린 QT메달을 주워 순간이동으로 도망가기 위해 모든 신을 다스리는 신의 다리 사이로 미끄러져 들어갔던 순간이었다. 신들의 아버지는 평소 15피트 형상을 하고 있을 때에도 엄청나게 인상적이었다. 그는 10마일 높이의 거구를 상상해 보았다.

"계속해!"

"거인 제우스가 나타나자, 군인들은 모두 그 자리에서 멈춰 섰어요. 동상처럼 얼어붙었죠. 팔을 올리고, 창을 겨누고, 방패를 높이 든 그대로. 심지어 신들의 전차조차 하늘에서 얼어붙었어요. 아테나와 포에보스 아폴로도 그 아래 수천 명의 인간들처럼 꼼짝을 하지 않았죠. 그리고 제우스가 천둥 같은 소리로 말했어요. 나는 그 목소리를 흉내 낼 수 없지만, 혹-엔-베어-리이, 그것은 모든 천둥과 지진과 화산 폭발을 합친 것 같은 목소리였어요. 제우스가 말했어요. *도무지 못 말리는 헤라, 네가 다시 한 번 음모를 꾸몄구나! 네 절름발이 아들과 한 인간이 나를 깨우지 않았더라면 나는 여태 잠들어 있었을 터. 어떻게 감히 너의 따뜻한 품으로 날 배신하고 유혹하여, 네 주인의 명령을 어기고 트로이를 파괴하려는 네 의도를 멋대로 관철시키려고 하느냐!*"

"너의 절름발이 아들과 한 인간?"

호켄베리가 되풀이했다. 절름발이 아들은 불의 신 헤파이스토스일 것이다. 그럼, 인간은?

"그가 그렇게 소리쳤어요."

낮은 음으로 지진 폭발을 흉내 내다가 목청을 상하기라도 했다는 듯, 자신의 창백한 목을 비비며 헤라가 말했다.

"그리고는?"

"그리고 나서 헤라가 변명할 틈도 없이, 신들이 움직일 겨를도 없이, 먹구름의 황제 제우스가 그녀를 번개로 내리쳤어요. 아마 죽었을 거예요, 아무리 우리 눈에는 불멸의 존재로 보였어도."

"신들은 '살해되고' 나서도 다시 살아나는 방법을 알지."

호켄베리가 중얼거렸다. 그는 올림포스의 거대하고 하얀 건물 안에 있던 커다란 치료 탱크와 굴러다니던 푸른 벌레들, 그리고 그 탱크를 보살피고 있던 곤충같이 생긴 치료사들을 생각했다.

"그래요, 우리 모두 알고 있지요."

헬렌이 지긋지긋하다는 투로 말했다.

"우리의 헥토르가 지난 여덟 달 간 아레스를 열 번은 죽이지 않았나요? 그러고도 단 며칠 후에 다시 얼굴을 마주해야 했잖아요? 하지만 이번엔 달랐어요, 혹-엔-베어-리이."

"어떻게?"

"제우스의 번개가 헤라를 *박살내버렸거든요*. 그녀의 황금 전차가 산산조각나면서 몇 마일 밖으로 날아갔고, 금이며 쇠붙이가 트로이의 지붕 위로 비처럼 녹아내렸어요. 그리고 여신의 처형된 몸은 바다로부터 띠를 그리며 죽은 파리스의 왕궁까지 떨어졌어요. 불에 그슬린 분홍빛 살점들이었죠. 우리들 누구도 감히 만질 용기를 내지 못했지만, 며칠 동안 지글지글 끓으면서 연기를 냈어요."

"세상에!"

"그리고 전능한 제우스는 포세이돈을 내리쳤어요. 도망치던 바다의 신 아래쪽에 거대한 심연을 열어 비명을 지르며 떨어지게 했지요. 그 비명은 인간들의 ― 아르고스와 트로이인들 모두의― 눈에서 눈물이 날 때까지 몇 시간이고 메아리쳤어요."

"그 심연을 열면서 무슨 말을 하지는 않았어?"

"했지요! 그가 소리쳤어요. *나는 먹구름을 지배하는 제우스, 크로노스의 아들, 인간과 신들의 아버지, 너희들이 알량한 후기-인간의 형태에서 변신하기 전에 확정성의 공간을 지배하던 주인이다! 너희들이 불멸의 존재가 될 꿈을 꾸기도 전부터 세테보스를 지배하고 지키던 주인이다! 너, 포세이돈, 지축을 뒤흔드는 자, 나를 배신한 자야, 네가 황소 눈을 한 내 여왕과 함께 나를 폐위시키려 했다는 것을 내가 모를 줄 아느냐? 나는 너를 타르타루스로 보내 버리겠다, 하데스보다 더 깊은 그곳으로, 땅과 바다의 가장 깊은 심연, 크로노스와 이아페토스가 누워 있는 고통의 침상으로, 한 점의 햇살도 그들의 심장을 데워주지 못하는 곳으로, 사방이 블랙홀의 심연 그 자체로 둘러싸인 타르타루스의 죽음 속으로 보내 버리겠다!*'

헬렌이 목을 가다듬는 동안 호켄베리는 기다렸다.

"물 있어요, 혹-엔-베어-리이이?"

그는 광장의 샘물에서 물을 채워 온 술 부대를 건네고 그녀가 물을 마시는 동안 조용히 기다렸다.

"제우스는 이렇게 말하고 포세이돈 아래를 가르더니 지축을 흔드는 신을 타르타루스로 보내버렸어요. 성벽 위에 있다가 심연을 들여다본 군인들은 며칠 동안 말을 못하고 웅얼거리거나 비명만 질러댔다니까."

호켄베리는 기다렸다.

"이어서 신들의 아버지는 모든 신들에게 돌아가서 형벌을 기다리고 있으라고 명령했어요. 내가 제우스의 호통 소리를 흉내 내지 못해도 이해해주세요, 혹-엔-베어-리이! 그러자 순식간에 하늘을 날던 전차들이 싹 사라졌어요. 은빛 활의 신도, 아테나도, 붉은 눈의 하데스도, 여우같은 아프로디테도, 피에 굶주린 아레스도 사라졌어요. 우리의 모든 신들이 사라져버렸다구요. 잘못을 저지르고 아버지의 회초리를 기다리는 어린 아이처럼 올림포스로 QT해 가버렸어요."

"제우스도 사라졌나?"

"오, 아니죠, 크로노스의 아들은 놀이를 시작했을 뿐이었죠. 그의 거대한 형상이 일리움 위를 걸어 다녔어요. 모래 상자에 세워 놓은 장난감 병정 사이를 걸어 다니며 노는 아스티아낙스처럼 한 걸음에 수 마일씩 이곳과 해변 사이를 걸어 다녔죠. 그날 제우스의 발밑에서 수백 명의 트로이와 아르고스인들이 깔려 죽었어요, 혹-엔-베어-리이. 아가멤논의 캠프에 도착했을 때 제우스는 손바닥을 뻗어 백사장 위로 끌어 올려놓은 수백 대의 검은 배들을 불태워 버렸어요. 아직 닻을 내린 채였던 아르고스의 배들과, 이아손의 아들 에우네우스가 보낸 와인을 아트레우스 가家의 아가멤논과 죽은 메넬라오스에게 선물하기 위해 렘노스로부터 왔던 수송선들을 보자, 제우스는 불타오르는 손바닥으로 주먹을 만들었고, 이어 거대한 파도가 몰려와 렘노스의 배와 정박하고 있던 아르고스의 배들을 해변으로 밀어버렸어요. 역시 장난감처럼, 아스티아낙스가 욕조에 앉아 물장구를 치면서, 노예가 만들어준 장난감 나무배를 심술궂은 신처럼 침몰시켜 버리듯이."

"하나님 맙소사."

"맞아요, 바로 그거였어요. 그런 다음 제우스는 어마어마한 천둥소리를 내더니 사라져버렸어요. 그 소리는 그의 목소리보다도 더 커서 수많은 사람들의 귀를 멀게 했어요. 거인 제우스가 있던 자리에 바람이 몰아쳐서 아카이아의 텐트를 갈가리 찢고 수천 피트 위로 날려버렸어요. 트로이의 가장 튼실한 종마들도 마사에서 날아올라 가장 높은 담장보다 더 높이 휘말려갔어요."

호켄베리는 패잔한 아르고스인들을 포위하고 있는 트로이의 군대가 있는 서쪽을 바라보았다.

"그 일이 거의 2주 전이라고 했지. 다시 돌아온 신은 없었어? 한 명도? 제우스도?"

"아니요, 혹-엔-베어-리이. 그 날 이후 우리는 어떤 신도 보지 못했어요."

"하지만 그게 2주 전이었다면, 어째서 헥토르가 아르고스 군대를 점령하기까지 그렇게 오래 걸렸지? 디오메데스, 대 아이아스, 그리고 메넬라오스가 죽었다면 아카이언들의 사기는 이미 꺾였을 텐데."

"그랬지요. 하지만 두 진영 모두 충격에 사로잡혀 있었어요. 우리 중엔 며칠 동안 귀가 안 들린 사람들도 수두룩했어요. 아까 말했듯이, 장벽 위에 있었거나 타르타루스 입구에 너무 가까이 있었던 아르고스인들은 일주일 동안 중얼거리는 바보에 불과했고. 서로 선언할 필요도 없이 휴전이 이루어졌어요. 우리는 죽은 자들을 모았고 —아가멤논의 침략 동안 큰 피해를 입었다는 것을 잊지 마세요— 이곳 도시와 공포에 질린 아르고스인들이 아직도 진을 치고 있는 바닷가에는 거의 일주일 동안 기나긴 화장용 불길이 타올랐어요. 이윽고 두 번째 주가 찾아와 아가멤논이 이다산 자락의 숲에서 나무를 베라고 명령했을 때 —물론 배를 다시 만들기 위해서였죠— 헥토르가 공격을 시작했어요. 전투는 매우 느리고 고됐죠. 배후엔 바다를 두고, 돌아갈 배도 없는 아르고스인들은 구석에 몰린 쥐처럼 저항했어요. 하지만 당신도 보다시피 오늘 아침 살아남은 몇 천 명만 저기 바닷가 한구석에 포위되어 있어요. 오늘 헥토르는 우리의 마지막 공격을 감행할 거예요. 오늘 트로이의 전쟁이 끝날 거예요. 일리움은 건재하고 헥토르는 영웅 중의 영웅이 되고, 헬렌은 자유의 몸이 되는 겁니다."

잠시 동안 남자와 여자는 각자의 근엄한 돌멩이에 그냥 앉아 햇살이 갑옷과 창을 비추고 나팔 소리가 울려 퍼지고 있는 서쪽을 바라보았다. 마침내 헬렌이 입을 열었다.

"이제 나를 어떻게 할 거죠, 혹-엔-베어-리이?"

그는 눈을 껌뻑이고 여전히 손에 쥐어 있는 칼을 쳐다보다가 다시 허리춤에 찼다.

"당신은 가도 돼."

헬렌은 그의 얼굴을 쳐다볼 뿐, 움직이지 않았다.

"가라고!"

호켄베리가 말하자, 그녀는 천천히 자리를 떴다. 원형 계단 위로 그녀의 슬리퍼 소리가 들려왔다. 스무날 전에 이곳에 누워 들었던 똑같이 부드러운 소리를 그는 기억해냈다.

이제 어디로 가지?

이 두 번째 삶에서 스콜릭으로 훈련 받은 덕에, 그는 호메로스의 일리아스와 달라진 이 사실을 뮤즈에게 그리고 모든 신들에게 보고하고 싶은 깊은 충동을 갖게 되었다. 생각이 거기에 미치자 그는 미소를 지었다. 화성의 올림포스 몬스가 올림포스로 변해버린 또 다른 우주에는 얼마나 많은 신들이 아직도 존재하고 있을까? 제우스의 분노는 실제로 어느 정도였을까? 올림포스 종족의 멸종을 결정할 만큼? 그는 결코 알 수 없을 것이다. 그에게는 다시 올림포스로 양자이동할 용기가 없었다.

호켄베리는 튜닉 아래의 QT메달을 만지작거렸다. 우주선으로 돌아가? 지구를 보고 싶었다. 그의 지구, 비록 그가 살던 시대로부터 3000년 정도 후의 지구라지만. 그 지구를 모라벡과 오디세우스와 함께 보고 싶었다. 이곳 일리움의 우주에서 더 이상 그의 할 일은 없었다.

그는 QT메달을 꺼내 무거운 황금 위에 손을 얹었다. 퀸 맵으로 돌아가진 않겠어. 아직은. 그는 더 이상 스콜릭이 아닌지도 몰랐다. 그가 신들을 배신했듯이 그들 또한 그를 버렸다. 그래도 그는 *여전히 스콜라(scholar)*였다. *일리아스*를 가르쳤던 수십 년이, 먼지가 뿌연 멋진 교실과 어린 대학생들, 그리고 그 모든 얼굴들에—창백하고, 여드름투성이고, 건강하고, 햇볕에 그을리고, 열정적이고, 무관심하고, 영감에 넘치고, 맥없는 얼굴들— 대한 기억들이, 비었던 기억의 틈새를 채우며 쏟아져 들어왔다. 이 새롭고 말도 안 되게 변형된 버전의 마지막 장을 어찌 놓칠 수 있겠는가?

토머스 호켄베리 박사는 메달을 비틀어 포위당하고, 파멸 직전에 놓인 아카이아 캠프의 한복판으로 양자이동했다.

마흔

나중에는, 달걀 하나를 훔치기로 마음먹은 게 언제였는지 데이먼도 알 수 없었다.

로프를 타고 돔 분화구의 바닥으로 미끄러져 내려가는 동안은 아니었다. 필사적으로 매달려 눈에 띄지 않으려고 애쓰느라 무언가를 계획할 겨를이 없었으니까. 뜨겁고 갈라진 분화구 바닥을 가로질러 달려갈 때도 아니었다. 달리는 동안 심장이 너무 크게 뛰어서 달걀을 보았던 분기공에 도착해야만 한다는 것 외엔 아무 생각도 없었으니까. 그는 가장 가까운 환풍구 너머로 칼리바니 무리가 바쁘게 움직이는 것을 두 번이나 보았다. 두 번 다 데이먼은 납작 엎드려 그들이 세테보스의 둥지로 볼일을 보러 사라질 때까지 꼼짝 않고 기다렸다. 분화구의 바닥이 어찌나 뜨거운지 안에 입은 방열복이 아니었다면 손바닥을 델 뻔 했다. 일 분을 엎드려 있자니 결국은 셔츠와 바지가 타들어가기 시작했다. 그는 전속력으로 달렸고, 열기 속에서 쪼그린 채 헉헉대며 결국은 분기공 옆에 도달했다. 분기공의 벽은 12피트 정도 높았지만 다른 모든 것들과 마찬가지로 푸른얼음으로 만들어져 거칠거칠했다. 얼음 망치를 쓰지 않고도 손과 발을 지지할 곳이 충분히 많았다.

분기공은 큰 분화구 안에서 쉭쉭거리고 있는 작은 분화구로서 돔−성당 내부엔 수십 개가 있었는데, 인간 해골로 꽉 차 있었다. 해골들은 너무 달궈져 어떤 것들은 붉게 이글거렸다. 황 가스가 그 주위를 감싸며 배어 나와 악취 가득한 공기 중으로 피어올랐다. 데이먼이 해골 위를 밟고 올라가 세테보스의 알들을 바라보는 동안 수증기와 연기가 연막을 쳐 주었다.

둥글고, 회백색이 돌며 어떤 생명의 에너지가 그 안에서 펄떡대고 있는 그것들의 길이는 약 3피트 정도였다. 이 둥지에는 27개가 있었다. 요람으로 쓰이고 있는 뜨거운 해골들 외에도 알들은 끈적끈적한 청회색 점액질에 둘러싸여 있었다. 데이먼은 손가락과 발로 해골들을 그러쥐어 가면서 기어간 후 분기공 테두리보다 고개를 높이지 않으면서 최대한 가까이서 알더미를 관찰했다.

껍질은 얇고 따뜻했으며 거의 투명했다. 어떤 것들은 이미 밝게 빛나고 있었고, 다른 것들은 중심부에 희미한 빛이 있을 뿐이었다. 데이먼은 손을 뻗어 아주 조심스럽게 하나를 만져 보았다. 은근한 열기와 마치 알 속의 어떤 불안정함이 그의 방열된 손가락을 타고 들어오는 듯 이상한 현기증을 느꼈다. 하나를 들어 보니 약 20파운드 정도 될 것 같았다.

이제 어떡한다?

그는 이제 도망가서 로프를 잡고 터널을 나가 아브뉘 도메닐 협곡으로 돌아가고, 가디드 라이언 팩스노드로 가야한다. 가능한 한 빨리 아르디스의 사람들에게 이 모든 것을 보고해야 한다.

그렇게 고생해서 분화구 바닥에서 들켜버릴 지경까지 왔는데, 기념품 하나쯤은 있어야 하지 않겠어?

아멘, 데이먼은 생각했다. 숨쉬기가 아주 힘들었다. 삼투압 마스크를 내내 쓰고 있었지만, 분기공에서는 황이 섞인 증기가 계속 뿜어져 나왔고 압도적인 열기는 그를 어지럽게 만들었다. 만약 방열복과 마스크 없이 돔에 들어왔더라면 그는 벌써 오래 전에 정신을 잃었을 것이다. 이 안의 공기는 치명적이었다. *아니, 그럼, 칼리바니들은 어떻게 숨을 쉬지?*

칼리바니야 뒈지던가 말든가, 데이먼은 생각했다. 그는 증기와 수증기가 연기막처럼 두꺼워질 때를 기다렸다가 분기공 옆으로 비껴나 마지막 5피트를 미끄러져 내려왔다. 알이 배낭에서 흔들거리는 바람에 거의 넘어질 뻔 했다.

침착하게, 서두르지 말고.

"'보라, 그 분이 싫어하시는 것은 모두 봉헌하라, 모두 모여 그분과 그분의 나라를 찬양하라! 생각하라, 그분과 그분이 삼켰던 모든 것들을 찬양하기 위해 내가 싫어하는 것은 모두 봉헌하라!"

칼리반의 찬가가 이곳 아래에선 더 크게 들렸다. 이 거대한 돔 성당의 음향 효과는 괴물의 목소리를 증폭시킬 뿐만 아니라 연출하고 있는 듯 했다. 그게 아니라면 칼리반이 더 가까이 있는 게다. 웅크린 채 달려가면서, 뿜어져 나오는 증기 사이로 작은 움직임이라도 보일 때마다 무릎을 꿇어가면서, 데이먼은 아직 푸른얼음의 발코니에 매달려 있는 로프까지 백 야드를 전진했다. 그는 달랑달랑 매달려 있는 로프를 올려다보았다.

내가 무슨 생각을 하고 있었던 거지? 발코니까지는 팔십 피트야. 절대 올라갈 수 없어! 특히 이 무거운 것을 지고는.

데이먼은 다른 터널 입구를 찾아 두리번거렸다. 가장 가까운 것은 돔의 휘어진 오른쪽 벽을 따라 삼사백 피트 정도 떨어져 있었다. 하지만 그곳은 기어 다니는 세테보스의 손이 매달린 거대한 팔—줄기가 꽉 차 있었다.

얼음 터널 안의 저 손이 날 기다리고 있어⋯⋯ 다른 손들도. 그는 터널의 입구로 다른 손들이 사라져가는 것을 볼 수 있었다. 촉수의 미끈한 회색 살덩이가 축축한 느낌과 함께 음탕해 보일 지경이었다. 어떤 것들은 둥근 벽을 삼사백 피트나 타고 올라가, 살덩이로 만들어진 튜브처럼 매달려 있었고, 손들이 팔—줄기를 더 끌어당기는 바람에 따라온 촉수들이 한꺼번에 연동운동을 하다 엉켜버린 것도 있었다.

이 거지같은 대뇌한테는 도대체 손이 얼마나 많은 거야?

"'생명이 끝나면 고통도 끝날 것이라고 믿느냐? 그렇지 않다! 그 분은 적들에게 재앙을 퍼부어 주시고 친구들을 먹이신다. 그분은 우리의 인생에서 그분의 최악을 다하신다. 우리의 고통이 끝나지 않도록 휴지기를 주시며, 언제나 우리가 겪는 고통보다 더 큰 고통을 남겨 두신다!"

기어 올라가거나 죽거나 둘 중의 하나다. 지난 열 달 간 데이먼의 체중은 거의 50파운드가 줄었고, 살 대신 근육이 좀 생겼다. 하지만 지금 이 순간에는 아쉬웠다. 아르디스의 북쪽 벽 너머 숲에 노만이 만들어 놓았던 장애물 코스에서 지난 열 달 간 매일 훈련을 하고 남는 시간에 역기라도 들어둘 것을!

"제기랄!"

데이먼이 속삭였다. 그는 뛰어올라 로프를 붙잡고 다리와 종아리로 감았다. 방열복에 덮인 왼손을 더 높이 뻗어 위로 올라가기 시작했다. 힘이 닿는 한 올라가고, 도저히 할 수 없을 땐 잠시 쉬었다. 정말 느렸다. 미치도록 느렸다. 하지만 느린 속도는 고통의 일부에 불과했다. 삼분의 일쯤 올라가도 나자 그는 끝까지 못 가리란 걸 알았다. 미끄러진다 해도 내려가는 동안 로프를 붙잡고 있을 힘조차 없었다. 하지만 만약 그가 점프를 한다면 알이 깨져버릴 터. 안에 든 게 무엇이건 튀어나올 것이다. 그리고 세테보스와 칼리반이 당장 눈치 채리라.

그런 이미지가 떠오르자 데이먼을 눈물이 핑 돌때까지 낄낄거렸다. 삼투압 마스크 후드의 렌즈가 뿌옇게 되었다. 자신의 숨소리가 삼투압 마스크 안에서 색색거리는 것을 들었다. 방열복이 그의 몸을 식히기 위해 조여 오는 것도 느껴졌다. *어서, 데이먼, 거의 반이나 왔잖아. 몇 피트만 더 가면 쉴 수 있어.*

그는 10피트 후에 쉬지 않았다. 30피트 후에도 쉬지 않았다. 한 번이라도 매달려 있기 시작하면, 로프를 줄에 감고 매달린 채 잠시라도 멈추면, 다시는 움직일 수 없다는 것을 알고 있었다. 일단 밧줄 걸이 핀에 밧줄을 걸자 데이먼은 숨을 돌렸다. 심장이 목구멍으로 넘어올 듯 뛰었다. 그는 80피트 길이 밧줄의 반 이상을 와 있었다. 지금 떨어지면 팔이나 다리가 부러지고 증기가 뿜어져 나오는 분화구 바닥에서 불구가 되어버릴 것이다.

핀은 잘 지탱하고 있었다. 자신이 이쪽 분화구에 있는 모든 *칼리바니*에게 보일 위치에 있다는 것을 알면서도 그는 잠시 매달려 있었다. 어쩌면 수십 마리의 놈들이 벌써 발아래 서서 비늘달린 팔을 벌리고 서 있는지도 몰랐다. 그는 내려다보지 않았다.

몇 피트만 더! 데이먼은 부들부들 떨리고 아픈 팔을 들어 손바닥으로 로프를 감아쥐었다. 그리고는 다리와 발목으로 지지대를 찾으면서 자신을 위로 끌어당겼다. 다시. 또 다시. 절대 쉬어서는 안 된다. 다시.

마침내 그는 더 이상 오를 힘을 잃었다. 그의 마지막 에너지가 다한 것이다. 그는 그대로 매달려 있었다. 온 몸을 떨면서. 석궁과 배낭 속 거대한 알의 무게가 그들 다시 잡아당겨 균형을 잃게 했다. 그는 자신이 언제든지 추락한다는 것을 알고 있었다. 미친 듯이 눈을 깜빡이면서 데이먼은 방열복의 렌즈를 닦기 위해 한쪽 손을 놓았다.

그는 발코니의 돌출 부분까지 와 있었다. 가장자리 바로 아래까지. 불가능한 마지막 박차를 가해 그는 끝까지 올라가 발코니를 넘었다. 배로 기어서 밧줄걸이 핀까지 자신을 밀어올린 후 그 위에 누워 버렸다. 밧줄은 깔고 양팔은 쫙 벌린 채 푸른얼음의 발코니에 뻗어버렸다.

토하지 마라‥‥ 토하지 마라! 구토를 하게 되면 자신의 삼투압 마스크 안에서 익사할 것이고, 그렇다고 마스크를 벗으면 악취로 곧장 의식을 잃을 것이다. 여기서 죽으면 아무도 그가 밧줄을 타고 80피트나 —아니, 더 높이, 90피트는 족히 될 걸— 올랐다는 것을 알지 못할 것이다. 그가, 땅딸한 데이먼이, 마리나의 작고 뚱뚱한 소년이, 턱걸이 하나도 하지 못해 쩔쩔매던 그 아이가 말이다!

한참 후, 완전히 제정신으로 돌아온 데이먼은 맘을 가다듬고 다시 움직였다. 그는 석궁을 당겨 아직도 제대로 장전되어 있는지 확인했다. 알도 확인했다. 알은 전보다 더욱 하얗고 밝게 박동하고 있었지만 아직 온전했다. 그는 얼음망치를 벨트에 차고 백 피트짜리 밧줄을 끌어올렸다. 밧줄은 말도 안 되게 무거웠다.

터널에서 길을 잃었다. 그가 들어올 땐 노을 무렵이어서, 하루의 마지막 빛이 푸른얼음을 통해 배어들어 왔었다. 하지만 지금 바깥은 깊은 밤이고 유일한 빛은 그를 둘러싸고 있는 살아있는 막을 통해 방전되는 노란 전기 빛이었다. 데이먼은 푸른얼음이 유기체이며 결국 세테보스의 일부라고 확신했다. 그는 교차로마다 노란 천 조각을 얼음 사이에 끼워두었었다. 하지만 그 중 하나를 놓치는 통에 올 때 전혀 보지 못했던 낯선 터널들을 향해 기어가고 있었다. 뒤돌아 가는 대신 —몸을 돌리기엔 터널이 너무 좁았고 뒤로 기어가기도 끔찍했다— 위쪽으로 향하고 있는 것처럼 보이는 터널 하나를 선택해 계속 기어갔다.

터널 끝은 두 번이나 막다른 골목이거나 아래쪽으로 가파르게 떨어져서 그는 교차로로 다시 돌아와야 했다. 마침내 위쪽으로 향하고 폭도 넓은 터널이 나왔다. 일어서서 두 발로 걸을 수 있다는 사실에 무한한 안도감을 느끼며 그는 손에 석궁을 든 채 약간 비스듬한 얼음경사로를 걷기 시작했다.

가쁜 숨을 가다듬기 위해 그가 갑자기 멈춰 섰다. 전방 10피트 내에 교차로가 있었다, 후방 30피트 지점에도 하나 있었다. 둘 중 하나에서 긁고 할퀴는 소리가 났다.

칼리바니! 외부의 냉기가 방열복으로 스며드는 것 같은 공포를 느끼며 데이먼은 생각했다. 하지만 곧 더 소름끼치는 생각이 떠올랐다. *그 손들 중의 하나다.*

손이었다. 데이먼보다 길고 가운데 부분은 데이먼보다 두꺼웠다. 회색 살덩이 끝에는 10인치짜리 손톱이 열 개의 날카로운 금속 칼날처럼 뻗어 앞으로 나아가는 데 사용되고 있었고, 그 주변에는 톱날 같은 검은 섬유질 털이 나 있어 얼음을 꼭 붙잡을 수 있게 했다. 펄떡거리는 손은 데이먼 앞 10피트도 채 안 되는 곳까지 자신을 끌어당긴 후 손바닥을 벌리고 일어섰다. 손바닥 중앙의 구멍은 빠르게 열렸다 닫히기를 반복했다.

나를 찾고 있는 거야, 숨도 쉬지 않으면서 생각했다. *저 놈은 열을 감지해.*

그는 꼼짝도 하지 않았다. 석궁조차 들어 올리지 않았다. 낡고 닳아빠진 방열복 하나에 모든 것이 달려있었다. 만약 열이 조금이라도 방출되고 있다면 손은 순식간에 그를 잡을 것이다. 데이먼은 바닥 쪽으로 고개를 숙였다. 무서워서가 아니라 삼투압 마스크에서 발생할지도 모르는 열 방출을 막기 위해서였다. 거칠게 기어가는 소리가 나더니 데이먼이 고개를 들자 손이 오른쪽 터널로 기어들어가는 것이 보였다. 살점으로 이루어진 움직이는 팔-줄기가 앞쪽의 터널을 꽉 채우자 교차로 전체가 거의 가로막혔다.

되돌아간다면 난 정말 끝장나고 말거야. 그는 최대한 조용히 교차로 쪽으로 기어갔다.

팔-줄기는 교차로 속으로 미끄러져 들어갔다; 벌써 백 야드는 흘러 지나갔는데도 여전히 끝이 없어 보였다. 할퀴고 긁는 소리를 더 이상 듣고 있을 수가 없었다.

아마 터널을 한 바퀴 다 돌아서 내 뒤쪽으로 돌아와 있을 거야.

"들어라! 하얀 섬광 —나무의 머리통이 뚝 부러진다— 그리고 저기, 저기, 저기, 저기, 저기, 그분의 벼락이 따라온다! 그에게 순종하라! 보라! 납작 엎드려 세테보스를 사랑하라!"

칼리반의 찬가는 거리와 얼음 때문에 많이 약해졌지만, 여전히 뒤쪽 터널을 통해 들리고 있었다.

미끄러지고 있는 팔-줄기 바로 옆에서 데이먼은 확률을 따져 보았다.

그것이 밀려들어가고 있는 터널은 폭이 6피트에 높이가 6피트 정도였다. 팔-줄기가 교차로와 터널의 폭을 다 채우고 있었다. 팔의 폭이 높이보다 넓었기 때문에 가로는 푸른얼음에 눌린 상태로 6피트였다. 끝없이 미끄러져 들어가는 살덩이와 천정 사이에 적어도 3피트의 공간이 있었다. 반면에, 데이먼이 따라가고 있던 터널은 점점 넓어지면서 지표를 향하고 있었다. 방열복을 통해 그는 바깥 공기의 움직임을 감지할 수 있었다. 표면에서 겨우 몇 백 피트밖에 멀지 않을 수도 있었다.

저 팔-줄기를 어떻게 안 건드리고 지나가지?

얼음 망치 생각을 해 보았다. 아, 소용없다. 천장에 매달려서 6피트를 갈 수는 없잖아. 다시 돌아갈 생각도 했다. 몇 시간동안 기어 왔던 미로로 다시 돌아가는 것이다. 하지만 그는 이 생각도 머리에서 지웠다.

저 팔-줄기가 다 지나가버릴 수도 있지. 그가 얼마나 지치고 멍청한가를 보여주는 생각일 뿐이었다. 저것은 대뇌 덩어리와 연결되어 있다. 일마일 정도 떨어진 분화구 중심에 있는 더 똑똑한 세테보스와.

놈은 저 팔과 설설 기어 다니는 손으로 이 터널들을 다 채워 버릴 거야. 나를 찾고 있어!

마음 한켠으로 그는 순수한 공포는 피맛이 난다는 것을 인식한다. 그리고는 자신이 볼 안을 깨물었음을 알아차린다. 그의 입 속이 피로 차올랐다. 하지만 삼투압 마스크를 벗어 뱉어낼 겨를이 없기에 그냥 삼켜버렸다.

될 대로 되라지.

데이먼은 안전쇠가 잠겨 있는지 확인한 후에 무거운 석궁을 미끄러져 나가고 있는 팔-줄기 너머로 던졌다. 석궁은 미끈미끈한 회색 살을 겨우 스치듯 날아가 반대편 터널 앞에 떨어졌다. 알이 든 배낭은 더 어려웠다.

깨지고 말거야. 산산조각이 나서 안에 있는 우윳빛 발광체가 —지금은 더 밝아졌네, 분명히 더 밝아졌어— 쏟아져 버릴 거야. 그건 바로 저 손의 새끼일거야. 회색 대신에 분홍빛이 도는 작은 손, 그러면 손바닥의 구멍이 열리면서 그 조그만 손이 비명을 막 지르겠지. 그러면 거대한 회색 손이 재빨리 뒤로 돌아오거나, 저 앞 터널에서 되돌아와 날 더듬어 찾을 거야·····

"빌어먹을 자식."

소리에는 아랑곳 않고 데이먼이 크게 말했다. 그는 자신의 소심함이 싫었다. 언제나 소심했던 자신, 마리나의 땅딸한 꼬마 소년, 여자애들을 유혹하고 나비를 잡는 것 밖에 모르던 아이. 데이먼은 배낭을 벗었다. 알의 윗부분을 가능한 한 단단히 싸맨 후 미끄러지고 있는 기름진 팔 옆에서 배낭을 들어 올려 던졌다. 알 쪽이 아니라 배낭 쪽이 바닥으로 떨어지면서 미끄러졌다. 데이먼이 보기에 알은 무사했다.

내 차례다.

무거운 배낭과 석궁이 없어지자 가벼움과 자유로움을 느끼면서, 그는 거의 수평인 터널 뒤로 30피트 정도 물러선 후 스스로에게 생각할 틈을 주기도 전에 전력으로 달리기 시작했다.

그는 미끄러질 뻔 했지만, 부츠가 디딜 곳을 찾아 팔에 가까이 왔을 때는 빠른 속도로 달리고 있었다. 최대한 높이 뛰자 방열복의 꼭대기가 천장에 닿았다. 그는 손을 앞으로 쭉 뻗고 발을 끌어당겼다. 하지만 충분하지 않았다. 부츠의 발끝이 두

껍고 미끌미끌한 팔에 스치는 것을 느꼈다. 알이 든 배낭 위로 떨어져선 안 돼! 그는 손을 짚으면서 앞으로 구른 후 쿵하고 떨어졌다. 푸른얼음의 충격에 숨이 막혔다. 그는 석궁 위로 굴렀지만 안전핀이 채워져 있어 발사되지는 않았다.

뒤에서 끝없이 기어가던 팔이 멈췄다.

숨 돌릴 겨를도 없이 데이먼은 배낭과 석궁을 집어 들고 약간 비스듬한 얼음 경사면을 따라 신선한 공기와 출구의 어둠 쪽으로 달리기 시작했다.

그는 돔에 갈 때 따라갔던 일 드 라 시테 남쪽 한두 블록 떨어진 곳의 신선하고 차가운 밤공기 속으로 나왔다. 별빛과 푸른얼음의 신경세포들이 내는 전기적 발광 아래 손들이나 칼리바니의 흔적은 찾아볼 수 없었다.

데이먼은 삼투압 마스크를 벗고 신선한 공기를 한껏 들이켰다. 그는 아직 탈출한 것이 아니었다. 등에는 배낭을 지고 손에는 다시 석궁을 들고 그는 일 생루이 근처의 어디쯤에서 끝나는 협곡을 따라갔다. 오른쪽으로는 얼음벽, 왼쪽으로는 터널들의 입구가 있었다.

다시는 터널에 들어가지 않겠어. 너무 힘이 든 나머지 그의 팔은 무언가를 하기도 전에 피로감으로 떨렸다. 데이먼은 벨트에서 얼음망치를 꺼내 깜빡거리는 푸른얼음을 찍어가며 오르기 시작했다.

두 시간 후 그는 길을 잃었음을 알았다. 그는 별빛과 링들과 얼음 위로 솟아있는 건물들과 협곡의 그림자 속에서 반쯤 빛나는 석조 건물들의 형태에 의지하면서 방향을 찾아왔다. 그는 아브뉘 도메닐을 따라 나 있는 협곡과 평행으로 걸어왔는데 착각이었던 것이 분명했다. 그의 눈앞에는 넓고 검은 협곡이 완전한 어둠을 향해 열려 있을 따름이었다. 데이먼은 가장자리에 엎드렸다. 배낭 안에서 마치 부화라도 하려는 듯이 들썩거리는 알의 움직임을 느끼면서, 그는 울지 않으려고 신경을 곤두세워야 했다. 그가 지나온 터널과 협곡 속에서 기어가는 소리가 들렸다. 더 많은 손들이 수색에 나선 게지, 틀림없어. 별들과 링의 빛이 비추는 이 빙산의 외부에선 아직 손을 보지 못했지만 그의 뒤에 있는 돔에서는 여느 때보다도 강렬한 빛이 이글거리고 있었다.

세테보스가 알을 잃어버렸다.

세테보스의 알? 웃음을 참으면서 데이먼이 생각했다. 지금 키득거리기 시작하면 발작적인 웃음으로 이어질 것이 분명했으므로.

바닥이 보이지 않는 심연의 가장자리에서 무언가가 그의 눈에 띄었다. 그는 팔꿈치로 자신을 지탱하며 몸을 앞으로 내밀었다. 그가 노란 천 조각을 고정시켜 놓았던 못이었다. 그곳은 파리스 크레이터로 통하는 가디드 라이언에서 150야드 밖에 떨어지지 않은 얼음 굴뚝이었다.

이제는 아주 엉엉 울면서, 데이먼은 마지막 못을 얼음에 박아 구부린 후 로프를 안전하게 묶고는 ─바닥에 닿을 때 자유롭게 미끄러지기 위해 현수하강용 매듭을 만들지도 않고서─ 가장자리로 몸을 들어올렸다. 그리고 어둠 속으로 하강했다. 로프는 뒤에 남겨둔 채 그는 마지막 백 야드 정도를 비틀거리며 걷고 기었다. 마지막으로 교차로가 나왔다. 그가 표시해둔 노란 천 조각이 있었다. 그리고는 다시 기었다. 마침내 바깥으로 나와 단단한 바닥을 딛고 설 수 있는 가디드 라이언으로 미끄러져 들어갔다. 원형으로 된 노드 중앙 발판 위에서 팩스패드가 부드럽게 빛나고 있었다.

벌거벗은 형체가 안쪽에서 그를 쳤다. 그는 바닥을 가로질러 미끄러졌고 석궁이 타일 위로 떨어졌다. 그것은 ─어둠 때문에 칼리반인지 *칼리바나*인지 알 수 없었지만─ 기다란 손가락으로 데이먼의 목을 휘감고 누런 이빨을 그의 얼굴 앞에서 딱딱거렸다.

데이먼은 다시 한 번 몸을 굴려서 이 형상을 떨쳐버리려 했다. 하지만 벌거벗은 그것은 긴 팔과 강력한 손으로 그를 꽉 움켜쥐고는 다리와 주걱같이 아귀힘이 좋은 발가락으로 휘감았다.

알! 이 생각이 나자 데이먼은 서로 밀고 밀치며 팩스패드 단에 부딪히는 와중에도 뒤로 넘어지지 않으려 애썼다. 한 순간 자유로워진 그는 건너편에 있는 석궁 쪽

으로 몸을 던졌다. 인간 형상의 그 양서류는 으르렁거리더니 그를 거머쥔 후 얼음 바닥으로 던져버렸다. 푸른 빛 속에서 누런 눈과 누런 이빨이 번득거렸다.

데이먼은 예전에 칼리반과 싸워 본 적이 있었다. 그러나 이것은 칼리반이 아니었다. 이 친구는 더 작고, 칼리반만큼 세지도 빠르지도 않았지만, 충분히 끔찍했다. 그의 이빨이 눈앞에서 딱딱거렸다.

인간은 칼리바니의 턱 아래 왼손바닥을 쑤셔 넣고 턱뼈를 위로 들어올렸다. 코가 납작하고 비늘에 덮인 얼굴이 위 아래로 흔들렸다. 노란 눈깔이 희번덕거렸다. 데이먼은 아드레날린이 분출되면서 힘이 솟는 것을 느꼈다. 그는 놈의 머리를 뒤로 젖혀 목뼈를 부러뜨리고자 했다.

칼리바니는 고개를 뱀처럼 휘둘러대면서 데이먼의 왼손가락 두 개를 베어 물었다. 그는 비명을 지르며 떨어져 나갔다. 칼리바니는 팔을 크게 휘두르고, 손가락을 삼키기 위해 잠시 멈추더니, 펄쩍 뛰었다.

데이먼은 아직 멀쩡한 오른 손으로 석궁을 낚아채 화살 두 개를 날렸다. 칼리바니는 뒤로 날아가, 얼음벽 속으로 쑤셔 박혔다. 강철로 된 길고 톱니 달린 화살촉 하나는 놈의 위쪽 어깨를, 다른 하나는 손바닥을 뚫고 지나갔다. 손바닥은 비명을 지르고 있는 얼굴 바로 옆에 박혔다. 벌거벗은 형상은 몸을 뒤틀고 당기고 으르렁거리더니 화살 하나를 뽑아냈다.

데이먼도 고함을 질렀다. 그는 벌떡 일어나, 벨트에서 칼을 뽑아 칼리바니의 아래턱에 긴 칼날을 꽂은 후 놈의 부드러운 입천장을 지나 대뇌까지 갈라버렸다. 그리고 그는 칼리바니의 기다란 몸뚱이에 연인처럼 기댄 채 이곳저곳에 칼날을 꽂아 비틀었다. 비틀고, 비틀고, 또 비틀었다. 이 음탕하게 생긴 놈이 더 이상 발버둥치지 않을 때까지 계속 비틀었다.

그는 손가락이 떨어져 나간 손을 받친 채 바닥에 누워 버렸다. 놀랍게도 피가 흐르지 않았다. 방열 장갑이 손가락의 잘라진 부분을 막아 버린 것이다. 하지만 고통이 너무 심해 토할 지경이었다. 이젠 토해도 좋았다. 그래서 토했다. 무릎을 꿇고 더 이상 나올 게 없을 때까지 토했다.

반대편 터널 하나에서 아니 여럿에서 들썩거리는 소리가 들렸다. 데이먼은 일어나, *칼리바니*의 턱에서 긴 칼을 뽑은 후 ─놈의 몸은 축 늘어졌지만 어깨를 관통한 화살 덕분에 계속 벽에 걸려 있었다─ 화살촉을 흔들어 뺐다. 석궁까지 집어든 그는 팩스패드 쪽으로 건너갔다.

뒤쪽의 밝은 터널 입구에서 무언가가 뛰쳐나왔다.

데미안은 한낮의 아르디스 홀로 팩스되었다. 그는 비틀거리며 팩스패드에서 나와 화살 하나를 배낭에서 꺼내 석궁의 홈에 떨어뜨려 넣은 후 이 육중한 기계를 발로 장전했다. 그는 팩스패드 노드를 겨냥한 후 기다렸다.

아무 것도 따라오지 않았다.

한참이 지난 후 그는 무기를 거두고 햇빛 속으로 걸어 나왔다. 아르디스 노드는 이른 오후인 것 같았다. 주위엔 경비원이 한 명도 없었다. 울타리 여러 곳이 무너져 있었다. 팩스 전송실 주변에는 수십 마리의 보이닉스 시체가 널려 있었다. 하지만 인간의 핏자국이 풀밭과 숲 쪽으로 이어진 것 말고는 전송실을 지키기 위해 남았던 사람들의 흔적은 어디에도 없었다.

손의 통증이 너무 심해 데이먼의 몸 전체와 두개골은 그 욱신거리는 아픔의 메아리처럼 느껴질 따름이었다. 하지만 그는 아픈 팔을 가슴에 얹고 석궁에 또 하나의 화살을 장전한 후 길로 나섰다. 아르디스 홀까지는 채 일 마일 반도 남지 않았다.

아르디스 홀이 사라져버렸다.

데이먼은 길을 피해 주로 나무 사이로만 움직이고, 다리 위쪽의 개천을 걸어서 건너면서 조심스럽게 접근했다. 그는 숲을 통과해 북동쪽 울타리와 아르디스 쪽으로 접근했는데, 보이닉스로 오인받지 않기 위해 재빨리 경비원에게 소리칠 준비를 하고 있었다. 경비병은 없었다. 반시간 동안 데이먼은 숲 가장자리에 웅크리고 앉아 망을 보았다. 인간의 시체를 파먹는 까마귀와 까치 외엔 아무것도 움직이지 않았다. 그는 재빨리 왼쪽으로 돌아, 숲에서 튀어 나오기 전에 간이 막사와 아르디스 담장의 동쪽 출입문이 최대한 가까운 곳까지 접근했다.

담장의 수백 군데가 손상을 입었다. 대부분은 무너져 있었다. 한나의 아름다운 돔 대장간과 용광로도 불에 타 무너졌다. 사백 명의 아르디스 거주민 중 절반이 생활하던 오두막과 텐트들도 모두 불타버렸다. 아르디스 홀은 —2천 년이 넘는 겨울을 버텨 온 웅장한 홀은— 이제 타버린 굴뚝 몇 개, 불타 뒤집어진 서까래들, 그리고 무너진 돌무더기에 지나지 않았다.

연기와 죽음의 냄새가 났다. 에이다의 앞뜰이었던 곳에는 수십 마리의 보이닉스 시체가 널려 있었고, 현관이었던 덴 더 많은 시체가 있었는데, 수백 구의 인간 남녀의 시체와 뒤섞여 있었다. 이 폐허 속에서 어떤 시체도 알아볼 수가 없었다. 까맣게 타버린 작은 시체 하나가 있었는데, 어른이라기엔 너무 작고 까맣게 그슬려 있었다. 숯 검댕이 되어버린 얇은 팔을 복서처럼 들고 있었다. 새들이 깨끗하게 발라 먹은 갈빗대와 해골들도 있었다. 그을음투성이의 잔디에 거의 손상되지 않은 여자가 누워 있었다. 데이먼은 얼른 달려가 몸을 뒤집어 보니 얼굴이 없었다. 데이먼은 차가운 피투성이 잔디에 무릎 꿇고 앉아 울어보려 했다. 하지만 그가 할 수 있는 것이라곤 덩치 큰 까마귀 떼와 폴짝거리며 시체들에게 돌아오려는 까치들을 손으로 휘저어 쫓는 것뿐이었다.

해는 저물고, 하늘에서 빛이 사라져가고 있었다.

데이먼은 일어나 다른 시체들을 쳐다보았다. 시체들은 얼어붙은 땅 위에 던져진 빨랫감처럼 여기저기 널려 있었다. 어떤 것들은 보이닉스 시체 밑에 깔려 있었고, 어떤 것들은 홀로 누워 있었으며, 어떤 것들은 마지막 순간에 함께 모여들었는지 한데 뭉쳐 있었다. 에이다를 찾아야만 했다. 팩스 전송실로 돌아가기 전에 그녀를 찾아 가능한 한 다른 시체들과 함께 매장해줘야 했다.

난 어디로 가지? 어느 공동체가 날 받아줄까?

그 질문에 답하거나 빨리 저무는 노을 속에서 시체들을 거두기도 전에, 그는 숲 근방에서 어떤 움직임을 목격했다. 처음에는 아르디스의 학살에서 살아남은 사람들이 숲에서 나오는 것이라고 생각했다. 하지만 반가움에 손을 들고 보니, 회색 등껍질이 번뜩이는 게 보였다. 오해였던 것이다. 서른, 예순, 아니 백여 마리의 보이닉스들이 숲에서 나와 풀밭을 가로질러 길과 동쪽 숲에서 그를 향해 움직이고 있었다.

도망가기엔 너무 피곤한 데이먼은 한숨을 쉬며 비틀거리며 남서쪽 숲으로 방향을 바꿨다. 거기서도 무언가가 움직였다. 보이닉스들이 어둠 속에서 쏜살같이 나왔다. 더 많은 보이닉스들이 나무에서 떨어져 내렸고, 사방에서 움직이고 있었다. 몇 초 안에 그들은 그를 덮칠 것이다. 잿더미가 되어버린 아르디스 홀을 돌아 북쪽으로 도망치는 것은 소용없는 일이라는 것을 그는 알고 있었다. 그곳에는 더 많은 보이닉스가 있을 것이다.

한쪽 무릎을 대고 앉았다. 배낭 속의 알이 밝게 빛나고 있어서, 얼어붙은 풀밭 위에 그의 그림자가 길게 드리워지고 있다는 사실을 인식하며 마지막 남은 화살통을 꺼내들었다.

여섯 개. 여섯 개의 화살이 남아 있다. 그리고 이미 장전해놓은 두 개.

쓴 웃음을 지으면서, 무시무시한 흥분감이 내부에서 차오르는 것을 느끼면서, 그는 일어선 후 가장 가까이 접근해 오고 있는 무리들을 향해 시위를 겨눴다. 놈들은 6피트 거리에 있었다. 그는 놈들이 전속력으로 달리면 단 몇 초 만에 덮칠 수 있을 거리에 올 때까지 두었다. 그의 부상당한 손은 엄지와 나머지 손가락으로 충분히 석궁을 평행하게 받칠 수 있었다.

그의 뒤에서 무언가가 부수고 때리는 소리를 냈다. 데이먼은 공격에 맞설 각오로 몸을 돌렸다. 소니였다. 서쪽에서부터 낮게 날고 있었다. 두 사람이 뒷좌석에서 총을 쏘아대고 있었다. 보이닉스들이 뛰어올랐지만 날아오는 총탄 세례에 맞아 떨어졌다.

"뛰어 올라요!"

소니가 머리 높이로 날면서 데이먼 옆으로 다가오자 그레오기가 외쳤다.

거대한 은색 메뚜기처럼 펄쩍펄쩍 뛰면서 사방에서 보이닉스들이 덤벼들었다. 데이먼이 보기에 보만같은 남자와 검은 머리의 여인이 —에이다는 아니었지만, 데이먼과 함께 팩스 경고 탐사를 떠났던 에다이드라는 여자였다— 반대편에서 풀 오토매틱으로 총을 쏘면서 은색 총알을 구름처럼 뿜어내고 있었다. 그레오기가 다시 소리쳤다.

"뛰어 올라요!"

데이먼은 고개를 저은 후, 알이 든 배낭을 들어 소니 위로 던져 넣고, 석궁을 던진 다음에야 자신이 뛰어 올랐다. 그가 뛰어드는 순간 소니가 상승하기 시작했다.

그런데 잘 되지 않았다. 온전한 손으로는 소니 가장자리의 손잡이를 잡았지만, 부상당한 손이 금속에 부딪혔다. 고통에 눈앞이 캄캄해진 그는 손잡이를 놓쳐 아래에서 침묵하고 있는 보이닉스를 향해 미끄러지기 시작했다. 보만이 그의 팔을 잡아 소니 위로 끌어 올렸다.

북동쪽을 향해 날아가는 동안 데이먼은 한 마디도 할 수 없었다. 소니는 어두운 숲 위를 몇 마일 날아가더니, 마침내 앙상한 나무들이 들어찬 숲 위로 200피트 정도 솟아 있는 바위의 밋밋한 부분 위에서 선회했다. 데이먼은 수년 전 에이다와 그녀의 어머니를 만나기 위해 처음으로 아르디스를 방문했을 때 이 바위 덩어리를 본 적이 있었다. 당시 그는 나비를 잡고 있었는데, 오후 내내 돌아다닌 끝에 에이다가 숲 너머 넝쿨이 우거진 초원 위에 거의 직각으로 솟아 있는 바위 덩어리를 가리켰다. "굶주린 바위"라고 불렀다. 틴에이저다운 목소리는 마치 자기가 바위를 소유하기라도 했다는 듯 자신감에 차 있었다.

"왜 그렇게 부르는데?"

그가 물었다. 어린 에이다는 어깨를 으쓱했다.

"올라가고 싶어?"

그녀를 거기까지 데리고 가면 잔디가 깔린 꼭대기에서 그녀를 유혹할 수도 있겠다고 생각하며 그가 말했다. 에이다는 웃었다.

"아무도 굶주린 바위에 올라갈 수 없어."

마지막 노을이 저물고 밝은 링의 빛이 떠오르는 이 순간, 데이먼은 드디어 올라가는 일을 해냈다는 걸 알았다. 꼭대기엔 잔디라곤 전혀 없이 벌거벗고 평평한 바위가 수백 피트 정도 펼쳐져 있었다. 곳곳에는 깨어진 돌덩이들이 있었고, 거친 방수포들과 대여섯 개의 캠프파이어가 들어차 있었다. 어두운 그림자들이 모닥불 주변에 웅크리고 있었고 더 많은 사람들이 화강암 덩어리의 가장자리에 배치되어 있었다…. 물론, 경비를 서는 사람들이었다.

굶주린 바위 아래의 평원은 어둠 속에서 움직이는 것처럼 보였다. 아니 움직이고 있었다. 보이닉스들이 산산조각이 난 동료들의 시체를 밟아 가면서 어지럽게 왔다 갔다 하고 있었다. 그레오기가 착륙하기 위해 선회하는 동안 데이먼이 물었다.

"모두 몇 명이 아르디스에서 빠져나온 거죠?"

"오십 명 정도요."

조종사가 말했다. 그의 얼굴은 그을음투성이였고, 가상 조종판의 불빛을 비친 모습은 근심에 가득했다. 사백 명 이상에서 단 오십 명이라, 데이먼이 말없이 생각했다. 손가락을 잃은 그의 몸은 쇼크 상태에 빠져 있었고, 아르디스에서 일어난 일을 본 후 그의 마음도 쇼크 상태에 빠져 버렸다는 것을 데이먼은 깨달았다. 멍하고 만사가 시큰둥한 그 느낌이 불쾌하지 않았다.

"에이다는?"

그가 주저하며 물었다.

"살아 있어요. 하지만 지난 24시간 동안 의식불명이에요. 중앙 홀이 불타는 동안 그녀는 실어 나를 수 있는 다른 사람들이 모두 탈 때까지 떠나려 하지 않았어요…. 그런 후에도 불타는 지붕이 무너져 서까래 하나가 그녀를 내려치는 바람에 정신을 잃지 않았더라면 끝까지 떠나려 하지 않았을 거예요. 우리는 그녀의 아기가…. 살아남을 수 있을 지…. 아직 몰라요."

"페티르는?"

"레먼은?"

그는 하먼도 없고 에이다도 부상당한 상황에서 누가 그들을 이끌어갈 수 있을지 생각해내려 애쓰고 있었다.

"죽었어요."

그레오기는 소니를 그 자리에서 선회시킨 후 어두운 화강암 정상으로 하강시켰다. 쿵 소리를 내며 멈췄다. 캠프파이어 주위에서 몇 사람이 일어나 다가왔다.

"왜 아직도 여기 남아들 있는 거지?"

다른 사람들이 소니에서 내리는 동안 데이먼이 그레오기의 멱살을 잡고 물었다. "보이닉스가 저렇게 많은데 왜 아직 이러고 있어?"

그레오기는 그의 손을 쉽게 뿌리쳤다.

"우리는 팩스노드로 가려고 했어요. 하지만 사람들을 들여보내기도 전에 보이닉스들이 공격해 왔죠. 빠져나오기 전에 네 명의 목숨을 잃었어요. 그리고 사실 어디 다른 곳으로 날아갈 수도 없었고…… 에이다는 심한 부상을 입었고, 수십 명의 다른 사람들도 많이 다쳤어요. 우리는, 저 개 같은 짐승들이 절벽 위로 기어 올라오기 전에 이들 모두를 굶주린 바위에서 빼낼 수가 없어요. 보이닉스를 막아내는 것만 해도 여기 사람들이 모두 필요해요…… 만약에 우리가 몇 사람씩 실어 나르면 뒤에 남은 사람들이 당하고 말 거예요. 사실 하룻밤을 더 버틸 수 있을만한 총알도 충분하지 않아요."

데이먼은 주위를 둘러보았다. 모닥불이 낮게 애처롭게 타고 있었다. 땔감은 이끼와 잔 나뭇가지가 전부였다. 어두운 바위 위에서 가장 밝은 것은 그의 배낭 안에서 여전히 우윳빛으로 빛나고 있는 세테보스의 알이었다.

"결국 이렇게 되었구먼?"

데이먼은 혼잣말로 물었다.

"그런 것 같네요."

소니에서 미끄러져 나와 다리를 약간 절면서 그레오기가 말했다. 그는 탈진은 넘어선 제 3의 상태에 빠진 것이 분명했다.

"완전히 어두워졌어요. 이제 곧 보이닉스들이 타고 올라올 겁니다."

III

OLYMPOS

마흔
하나

이렇게 오랜 시간이 있을 수 있을까 싶을 정도로 히먼은 아리엘과 함께 어둠 속을 떨어져 내려갔다.

착륙할 때 그들은 마추픽추의 골든 게이트 바닥과 정면 출동하지 않고, 수백 년 동안 쌓인 낙엽과 다른 부식물이 덮인 정글 바닥 위로 가볍게 떨어졌다. 잠시 동안 어리둥절해 있으면서 히먼은 자신이 죽지 않고 살아있다는 사실을 믿을 수 없었다. 그는 자리에서 일어나 작은 아리엘의 몸을 밀어내고는 ─비록 아리엘은 벌써 그의 손이 안 닿는 곳으로 비켜섰지만─ 어둠 속에서 눈을 깜빡였다.

어둠. 골든 게이트는 아직 한낮이었다. 그는…… 어딘가 다른 곳에 있었다. 그곳이 어디든 간에, 지구의 어두운 반대편은 아닌 것 같았다. 히먼은 그곳이 깊은 정글이라는 것을 알았다. 풍성하고 썩은 듯한 밤 냄새가 풍겨왔으며, 조밀하고 습한 공기가 물에 적신 담요처럼 그의 피부를 휘감았다. 히먼의 셔츠는 금세 젖어들어 그의 몸에 붙은 채 축 늘어졌다. 도저히 뚫지 못할 것 같은 밤의 어둠 사이로 벌레들의 울음소리, 양치식물과 야자수들, 수풀, 곤충들, 크고 작은 생명체들의 바스락거리는 소리가 사방에서 들려왔다. 눈을 적응시켜가면서, 주먹을 꼭 쥐고, 아리엘이 주먹이 닿을 거리에 들어오길 기다리면서 히먼은 먼먼 하늘을 가르고 별빛이 조금이라도 새어나오는지 보려고 목을 뒤로 쭉 뺐다.

곧이어 그는 정글 바닥 저쪽 정면으로 10피트 떨어진 곳에서 아리엘의 창백하고 거의 유령에 가까운 중성적 형체를 볼 수 있었다. 하먼이 노한 소리로 말했다.

"날 데려다 주시오."

"어디로 데려다 달라는 거지요?"

"브릿지로. 아니면 아르디스로. *지금 당장.*"

"그렇게 할 수 없어요."

중성의 목소리에는 분노와 비난이 담겨 있었다. 하먼은 으르렁거렸다.

"그렇게 해야 할 걸. 그것도 지금 당장. 당신이 나를 어떻게 여기로 데려왔는지 모르지만, 다시 데려다줘, *당장.*"

"안 그러면 어떤 결과가 생기는데요?"

정글의 어둠 속에서 빛나는 형체가 말했다. 그 목소리는 약간 놀리는 듯 했다.

"안 그러면 죽여버리겠어."

하먼이 냉정하게 말했다. 그는 정말 진심이란 것을 깨닫는다. 그는 이 녹-백색 덩어리의 목을 졸라, 생명을 쥐어짜낸 후 그 위에 침을 뱉어버릴 셈이었다. *그러면 너는 이 알 수 없는 정글 한가운데 버려지겠지*, 하먼의 마음속에서 가장 마주하기 싫은 마지막 부분에 대한 경고가 들려왔다. 그는 그 소리를 무시했다. 아리엘이 무서운 척 말했다.

"오, 이런, 꼬집혀 죽게 생겼네."

하먼은 팔을 뻗고 뛰어 올랐다. 작은 형체는 ─4피트가 될까 말까─ 그가 바닥에 닿기도 전에 그를 잡아채 부식물과 덩굴 사이로 던져버렸다. 그가 다시 숨을 돌리기까지 일이 분이 걸렸고, 무릎을 일으키는 데 다시 일 분이 걸렸다. 만약 아리엘이 다른 곳에서 ─예컨대, 조금 전에 있었던 마추픽추의 골든 게이트에서─ 그렇게 했더라면 그는 등이 부러졌을 것이다. 이제 다시 깊은 부식토에서 일어나 밀려오는 어둠 속에서 눈을 부릅뜬 채, 두꺼운 식물들을 뚫고 아리엘이 기다리고 있던 작은 평지로 돌아왔다.

정령은 더 이상 혼자가 아니었다. 아리엘이 행복하고 수다스러운 톤으로 말했다.

"오 보세요, 우리 편이 더 많이 있네!"

하먼은 멈추었다. 이제 정글 속 이 작은 평지로 떨어지고 있는 별빛 덕택에 앞이 더 잘 보였는데, 눈앞의 광경은 그가 눈을 떼지 못하게 했다.

공터와 나무 아래, 그 너머의 잡풀과 넝쿨 사이로 적어도 50~60개의 다른 형체들이 보였다. 인간이 아니었다. 그렇다고 보이닉스도 *칼리바니*도 아니었다. 하먼이 지난 99년하고도 9개월을 살면서 한 번도 본적이 없는 두 다리의 형상이었다. 이 휴머노이드 형상들은 인간들을 거칠게 스케치 해놓은 것과 같았다. 작달막하고 꼬마 아리엘보다 그리 크지 않으며, 아리엘과 마찬가지로 투명한 피부와 녹색 유체 속에 떠다니는 내장 기관을 갖고 있었다. 하지만 아리엘이 젊은 여인이나 남성의 입과 볼, 귀, 눈을 가지고 있으며, 인간의 몸을 연상시키는 체형과 근육을 가진 반면, 이 작은 녹색의 존재들은 입도 인간적 눈도 없었다. 그들은 별빛 아래 흑연 덩어리같이 얼굴에 박힌 검은 점을 통해 하먼을 바라보았다. 그리고 손가락은 단 세 개에, 뼈대가 없어 보이는 형상 때문에 그들은 아무 개성이 없어 보였다.

"내 동료 장관들을 만나보신 적이 없겠지요."

여성적인 손놀림으로 어둠 속의 형상들을 가리키며 아리엘이 부드럽게 말했다.

"이 낮은 세계를 움직이는 존재들이지요. 이들은 당신들이 태어나기도 전에 만들어졌답니다. 그들에겐 여러 가지 이름이 있어요. 프로스페로는 그들을 이런저런 이름으로 부르길 좋아한답니다. 하지만 그들은 나와 비슷해요. 후기-인류 전 시대에 숲을 측정하기 위해 방류되었던 엽록소와 작은 먼지로부터 나왔지요. 그들은 *젝*이라고 해요. 모두 조력자이자, 노동자이자, 수감자지요. 하긴 우리 중 그렇지 않은 자가 있을까요?"

하먼은 녹색의 형상들을 바라보았다. 그들은 눈도 깜빡이지 않으며 마주보았다.

"그를 붙잡아!"

아리엘이 짧게 말했다. 네 명의 *젝*이 앞으로 다가왔다. 그들의 걸음에는 하먼이 싸구려 장식품 같은 그 모양새에서 전혀 기대하지 않았던 부드러움과 우아함이 있었다. 그리고는 그가 도망가거나 대항할 겨를도 없이 그들 중 둘이 강철 같은 손가락으로 그를 꼭 부여잡았다. 세 번째 젝이 가까이 다가와 ─숨도 쉬지 않고─ 자신의 밋밋한 가슴을 하먼의 가슴 가까이에 댔다. 네 번째 젝은 하먼의 손을 잡아 ─아까 아리엘이 한나의 손은 잡았을 때처럼─ 세 번째 젝의 가슴팍 녹색 멤브레인 피부 속으로 집어넣었다. 하먼의 손에 부드러운 심장이 만져졌다. 그것은 마치 애완동물처럼 그의 손을 파고들더니, 그의 머릿속에서 소리 없는 말들이 울려 퍼졌다:

아리엘을

자극하지 말라

그는

기분이 내키면

너를 죽일 터.

그러니

저항하려들지 말고

우리와 함께

가자.

너를 위해서

그리고

너의 아내

에이다를 위해서

우리와 함께

가는 편이 좋아,

당장

"어떻게 에이다에 대해 알고 있지?"

하먼이 소리 질렀다.

가자

　그것이 그의 벌떡거리는 손을 거쳐 지끈거리는 머릿속으로 전해진 마지막 말이었다. 그의 손은 비틀리며 다시 놓아졌다. 젝의 부드러운 심장은 박동을 멈추고 쪼그라들더니 죽어가기 시작했다. 젝은 뒤로 넘어가 정글 바닥으로 조용히 쓰러지더니 그곳에서 쪼그라들고 부서지면서 죽어 버렸다. 아리엘과 다른 젝들은 커뮤니케이터의 시체에 전혀 무관심했고 아리엘은 몸을 돌려 정글 바닥을 따라 나 있는 작은 길로 모두를 인도했다.

　양 옆의 젝들은 여전히 그의 팔을 감고 있었지만 지금은 많이 느슨했고, 하먼도 더 이상 저항하지 않은 채 어두운 숲을 따라 들어가는 무리와 보조를 맞췄다.

*　*　*

　그의 마음은 어두운 정글에서 보조를 맞추기 위해 걸려 넘어져가며 걷고 있는 그의 발보다 훨씬 빨리 내달리고 있었다. 가끔씩, 어둠의 장막이 너무 두터워 아무것도 볼 수 없었다. 코앞에 있는 자신의 발이나 다리도 보이지 않을 정도의 절대적 어둠이었다. 그래서 그는 젝들에게 몸을 맡기고 생각에만 몰두했다. 만약 에이다와 아르디스 홀을 다시 볼 수 있으려면 지난 몇 개월보다 앞으로 다가올 시간동안 몇 배는 똑똑하게 굴어야 한다는 것을 그는 알고 있었다.

　첫 번째 질문: 여기가 어디인가? 마추픽추의 골든 게이트에 있을 때는 폭풍이 부는 아침이었다. 하지만 이곳 정글은 아주 늦은 밤인 것 같았다. 그는 스스로 배워 놓은 지리학을 기억해내려 해봤지만, 지도와 지구본들은 모두 흐리멍덩하게 떠오를 뿐이었다. 아시아나 유럽 같은 단어들은 아무 쓸모가 없었다. 아지만 이곳이 이렇게 어두운 것으로 보아, 아리엘이 그를 브릿지가 있던 남쪽 대륙의 정글 속으로 데려온 것 같지는 않았다. 걸어서는 마추픽추나 한나나 소니에게로 되돌아가지 못할 것이다.

거기서 저절로 두 번째 질문이 이어졌다: 아리엘은 어떻게 그를 여기로 데려왔을까? 골든 게이트의 녹색 방울들에서 팩스 전송실은 본 적은 없었다. 만약 그런 게 있었더라면 —만약 새비가 팩스 커넥션에 대해 한 번이라도 말했었다면— 그는 무기와 탄창을 구하고 오디세우스를 치료 요람으로 데려가기 위해 소니를 타고 가지 않았을 것이다. 아니야⋯⋯ 아리엘이 공간을 지나 이 어둡고, 썩은 냄새가 진동하고, 무덥고, 곤충이 득실거리는 장소로 그를 데려올 땐 뭔가 다른 방법을 썼던 거야.

하먼은 이 바이오스피어 아바타의 —프로스페로가 그를 이렇게 불렀지, 아마— 열 걸음 정도 뒤에서 어둠 속을 끌려가고 있었기 때문에, 그냥 그 자리에서 물어보면 된다는 것을 깨달았다. 이 창백한 정령이 —간혹 정글에서 작게나마 트인 공간으로 나설 때면 그/그녀의 몸이 별빛으로 번쩍였다— 할 수 있는 최악의 반응이라고 해봤자, 대답을 안 하는 것이리라.

아리엘은 두 질문에 모두 대답을 해 주었는데, 두 번째 질문에 먼저 답을 주었다.

"나는 앞으로 몇 시간만 더 당신과 동행할 거예요. 그리고 나면 당신을 나의 주인에게 보내야 해요. 우리가 잘난체하는 수탉의 노래를 듣고 난 후에. 만약 이 비참한 곳에 그 잘난체하는 수탉이 있다면 말이지요."

"당신의 주인 프로스페로?"

하먼이 물었다. 아리엘은 대답하지 않았다. 하먼이 다시 물었다.

"그래 이 비참한 장소의 이름이 뭐지?"

정령은 웃었다. 작은 종이 울리는 것 같은 소리였지만 딱히 듣기 좋은 소리는 아니었다.

"아리엘의 유아원이라고 불러야 할 거예요, 왜냐면 200년의 10배, 그러니까 2천 년 전에 내가 태어난 곳이니까요. 나는 고대-고전-인류, 즉, 당신네 같은 사람들이 티끌이라고 부르던 10억 개의 작은 센서-트랜스폰더에서 하나의 의식으로 탄생했어요. 나무는 그들의 인간 주인들에게 그리고 서로서로에게 이야기를 했고, 발생의 온상 누스피어가 되었던 이끼 낀 오래된 망 안에서 수다를 떨었고, 온도와 새둥지와 갓 태어난 유생들과 일 제곱인치 당 가해지는 삼투압에 대해 조잘대면서 탐욕스런 점원이 구슬과 팔찌를 세면서 그게 보물이라고 생각하는 것처럼, 광합성의 양을 정하고자 노력했지요. 잭들도 —나의 사랑하는 실행기구들, 붉은 세상에서 그 괴물 마술사 주인에게 봉사하느라 너무 많이 도난당했어요— 그런 식으로 생겨났어요. 하지만 여기선 아니에요, 친애하는 손님, 여기선 아니에요, 절대."

하먼은 거의 한 마디도 못 알아들었지만 아리엘은 이야기를 —수다를— 계속했다. 그리고 그는 아리엘에게 계속 말을 시키다 보면 조만간 아주 중요한 것을 알게 되리라는 것을 알고 있었다.

"당신의 주인 프로스페로가 나와 얘기하는 도중에 당신을 바이오스피어의 아바타라고 부르는 것을 들은 적이 있어요. 아홉 달 전에 그의 궤도 섬에서요."

"그래요."

아리엘이 다시 웃으며 말했다.

"당신이 나의 주인이라고 부르는 프로스페로를 나는 톰 개자식이라고 부르지요."

아리엘이 그를 돌아보았다. 작은 녹색의 얼굴이 형광성 열대 과일처럼 빛났고 그들은 점점 더 깊어지는 나뭇잎 아래 완전한 어둠의 길로 들어서고 있었다.

"하먼, 에이다의 남편, 노만의 친구. 내가 보기에 당신은 죄의 남자, 중요한 운명을 짊어진 남자, 적어도 이 비천한 세상에서는, 그 안에 창백한 형체 이상이라곤 없는. 당신은, 모든 남자들 가운데, 삶이 가장 어울리지 않은 남자 —형제 칼리반의 푹 익힌 한 끼 식사처럼 다섯 번의 20주기를 사는 것은 고사하고— 시대와 시절이 당신을 미치게 만들어버렸으니까. 그리고 알잖아요, 아무리 용감하다 해도, 인간들이란 자신의 진정한 자아를 매달아 익사시켜버리거든요."

하먼은 한 마디도 알아듣지 못했다. 그는 더 많은 질문들을 해댔지만, 아리엘은 세 시간 후 그리고 여러 마일을 더 걸은 후 동이 틀 때까지 대답도 않고 입도 떼지 않았다.

하먼이 이젠 힘이 완전히 다 빠져버렸다고 느끼고도 한 시간이 지나서야, 그들은 그를 멈춰 세우고 커다란 바위에 기대 숨 돌릴 여유를 주었다. 날이 밝아 오면서 그는 그것이 바위가 아니라는 것을 깨달았다.

그 바위는 사실 벽이었다. 그 벽은 위로 가면서 점점 좁아지는 건물의 일부였다. 그 빌딩은 그가 검색하다가 발견했던 사원이라는 단어를 연상시켰다. 곧이어 하먼은 손에 만져지고 눈에 보이는 것의 정체를 알아보았다. 거대한 사원의 모든 부분은 조각되어 있었다. 어떤 조각들은 제법 컸지만 —하먼의 팔 길이만큼이나 길었다— 대부분은 그의 손바닥으로 가려질 만큼 작았다.

조각 속에선 —정글 위로 열대의 태양이 솟아오르자 각각의 형태가 더 분명히 드러났다— 남녀가 사랑을 나누고 있었다. 섹스를 하고 있었다. 남자와 여럿의 여자, 남자와 남자, 여자와 여자, 여자와 남자, 여자와 남자와 말처럼 보이는 것, 남자와 코끼리, 여자와 황소, 여자와 여자와 원숭이와 남자와 남자와 그리고 남자와……

하먼은 눈을 뗄 수가 없었다. 99년 동안 이런 것은 도통 본 적이 없었다. 그의 눈높이 부근의 한 조각상에서는, 한 남자가 여자의 가랑이 사이에 머리를 넣고 있는 동안 다른 남자가 그 남자의 위에 다리를 벌리고 서서 자신의 발기된 페니스를 여자의 벌린 입에 넣고 있었고, 그녀의 뒤에선 두 번째 여인이 가짜 페니스 같은 것을 입고 그녀의 뒤에서 삽입하는 와중에, 첫 번째 여인은 두 남자와 뒤의 여인에게 애무를 받는 동안 한 손을 뻗어 하먼이 튜린 드라마에서 본 적이 있는 말이란 동물의 발기된 성기를 만지고 있었다. 다른 손으로는 말 옆에 서 있는 한 남성의 성기를 주무르고 있었다.

하먼은 사원 벽에서 물러서, 넝쿨이 자란 석조 건물을 바라보았다. 같은 주제를 변조한 수천 개, 아니, 수만 개의 조각들이, 한 번도 상상하지 않았던, *상상할 수도 없었던* 섹스의 모든 측면을 보여주고 있었다. 코끼리의 이미지 몇 개만 보더라도…… 인간의 형상은 스타일화되어 있었다. 얼굴과 가슴은 타원형이고, 눈은 아몬드 형태였고, 여자와 남자들의 입꼬리는 쾌락으로 올라가 있거나 음란한 미소를 띠고 있었다.

"여기가 어디요?"

아리엘이 가성으로 노래를 불렀다:

"저 위에, 반쯤 보이는, 높다랗고 희미한 곳에,

오래 전 죽은 사람들의 기묘한 작품이 아련히 보이네,

이제는 먼지가 되어버린 사람들에게,

저 사랑과 욕정의 도가니는 무슨 의미였을까?"

하먼이 다시 물었다.

"도대체 여기가 어딥니까?"

처음으로 아리엘이 짧게 대답했다.

"카주라호."

하먼에게는 아무런 의미도 없는 단어였다.

바이오스피어의 정령이 손짓을 하자, 작은 녹색의 굉장히 투명한 친구 둘이 하먼의 팔을 잡았고, 일행은 사원에서 멀어져 거의 보이지도 않는 정글 속의 길을 따라갔다. 고개를 돌려 하먼은 돌로 된 건물을 —아니, *건물들이라고 해야지*, 이제 보니 거기엔 사원이 여럿 있었고, 모두 에로틱한 모습이 새겨져 있었으니까— 마지막으로 쳐다보았다. 그리고는 정글들이 모든 구조물을 거의 모두 덮어버렸음을 다시 확인했다. 짝짓기를 하고 있는 형상들은 넝쿨에 감기고, 잡풀에 가리고, 뿌리와 녹색의 촉수들에 꽉 물려 있었다.

이윽고 카주라호라고 불리는 장소는 수풀너머로 사라지고, 하먼은 아리엘 뒤에서 터벅터벅 걷는 데 집중했다. 햇살이 그들을 둘러싼 **빽빽한** 야생의 정글을 —하먼은 상상도 못했던 수만 가지 종류의 식물들을— 비추자 그의 머릿속에는 오직 어떻게 하면 에이다와 아르디스로 돌아갈까 아니면 적어도 페티르가 소니를 타고 날아가기 전에 브릿지에 도착할 수 있을까 하는 생각뿐이었다. 한나와 회복된 —만약 그 요람이 생명과 건강을 되돌려 줄 수 있다면— 노만/오디세우스를 싣고 가기 위해 돌아올 삼일 뒤까지 기다릴 생각은 없었다.

"아리엘?"

하먼은 갑자기 젝들 앞에서 둥둥 떠다니듯 나아가고 있는 작은 형상을 불렀다.

"왜 그러죠?"

편안한 목소리인데도 중성적인 느낌이 하먼에겐 거슬렸다.

"나를 골든 게이트에서 이 정글까지 어떻게 데리고 왔죠?"

"충분히 친절히 데려오지 않았나요, 인간이여?"

"물론이지, 하지만 *어떻게* 날 데리고 왔냐구요?"

창백한 이 형상이 다시 알아듣지 못할 수다로 빠져 버릴까봐 두려워하며 하먼이 대답했다.

"당신은 소니에 엎드리고 있지 않을 때 어떻게 한 장소에서 다른 장소로 움직이지요?"

"팩스 하지요. 하지만 골든 게이트에는 팩스노드가 없었어···· 하나도 없었어요."

아리엘은 더 높이 떠올라 나뭇가지들을 건드리고 젝과 하먼에게 물방울을 떨어뜨렸다.

"당신 친구 데이먼이 열 달 전 알로사우루스에게 먹혔을 때 팩스 전송실로 갔나요?"

하먼은 가던 걸음을 멈추었다. 팔을 잡고 있던 젝들도 멈추었다. 여전히 그를 붙잡은 채.

맞아 그렇지, 하먼은 생각했다. 그것은 평생 그의 눈앞에 있었다. 평생을 보아 왔지만 눈이 멀어 있었던 게다. 누군가가 네 번의 20주기 동안 링으로 팩스될 때면 그는 가까운 팩스 전송실로 갔다. 누군가가 어디로든 팩스하고 싶으면 근방의 팩스 전송실로 갔다. 하지만 누군가가 부상을 입으면 —죽거나, 데이먼처럼 짐승에게 먹히거나, 끔찍한 사고로 산산조각이 나면— 링이 그를 팩스해 갔다.

프로스페로의 섬에 갔을 땐 하먼도 거기 치료 탱크에 있었잖은가. 벌거벗은 시체가 도착하면 거품이 이는 영양소들과 푸른 벌레들의 치료를 받은 후 재전송되었다. 하먼과 데이먼도 프로스페로의 지시에 따라 직접 팩스 전송을 했잖은가. 시종들과 가상의 다이얼과 레버를 맞춘 후 재활중인 신체들을 최대한 많이 집으로 돌려보내려 했었다.

인간은 전송실에 가지 않아도 팩스될 수 있어, 삼백 몇 개의 알려진 팩스 전송실에서 출발할 필요가 없다구. 하먼은 이 사실을 평생 —거의 백 년 동안— 목격해 왔다. 하지만 보면서도 *깨닫지 못했던* 것이다. 다섯 번의 이십 주기가 끝나기 전에 부상이나 죽임을 당하면 후기-인류들이 우리를 불러주신다는 생각에 너무 빠져 있었던 것이다. 팩스노드는 과학이었지만, 응급 복구를 위해 퍼머리에 가는 것은 일종의 종교 같은 것이었다.

하지만 프로스페로 섬의 퍼머리에는 노드나 전송실에 의존하지 않고 누구든지 어디로든 팩스시킬 수 있는 기계가 붙어 있었다.

그리고 하먼과 데이먼은 그 퍼머리와 프로스페로의 섬을 파괴시켰었다.

젝들은 다시 움직이라고 그의 팔을 당겼다. 하지만 부드럽게. 하먼은 아직 움직이지 않았다. 생각이 너무 격렬해서 현기증이 났다; 만약 젝들이 그를 붙잡고 있지 않았다면, 정글 바닥으로 쓰러졌을지도 몰랐다.

프로스페로의 섬은 파괴되었다. 그와 그의 고전스타일 인류들은 몇 개월 동안 그 불타는 파편이 하늘에서 떨어지는 것을 보았다. 하지만 아리엘은 여전히 팩스할 수 있다. 노드, 포털, 전송실에 의존하지 않는 일종의 자유 팩스. 링 위에 있는 —아니, 어쩌면 지구에 있는— 무언가가 정령을 찾아내고, 코드화시켜, 팩스한 것이다. 그래서 오늘 하먼과 정령을 브릿지에서 여기로 —여기와 카주라호가 어딘지 모르지만— 보낼 수 있었던 것이다. 아니면 지구 반대편일 수도 있고.

아리엘에게서 자유 팩스의 비밀을 알아내기만 하면 하먼은 지금 당장이라도 에이다에게 돌아갈 수 있다.

젝들이 다시 그를 당겼다, 부드럽게 하지만 끈질기게. 아리엘은 한참 앞에서, 정글의 밝은 햇빛 속으로 둥둥 떠가고 있었다. 하먼은 젝들이 곤란에 빠지지 않길 바랐다. 아리엘을 시야에서 놓치고 싶지도 않았고. 저 정령은 내가 집으로 갈 수 있는 팩스 티켓이니까.

하먼은 지구 바이오스피어의 아바타를 놓치지 않기 위해 허둥지둥 따라갔다.

그들이 처음으로 공터에 도착하자 태양이 너무 강렬해 하먼은 눈을 가늘게 뜨고 손으로 가려야 했다. 앞에 나타난 구조물이 무엇인지 몇 초 동안 구별도 못했다. 마침내 그것을 보았을 때, 그는 그 자리에서 얼어붙었다.

그것은 —건물이라고 하기도 뭣한 구조물은— 거대했으며 하먼의 짐작으로는 —사물의 크기에 관한 한 그는 엄청 정확한 눈을 가지고 있는데— 바닥에서 적어도 천 피트 이상 솟아 있었다. 어쩌면 더 높을 수도 있었다. 그 건물엔 껍데기가 없었다. 즉, 전체 구조가 구멍이 숭숭 난 어둔 색깔의 금속으로 된 앙상한 구조물이었는데, 바닥을 이루는 네 개의 커다란 사각 기둥에서 나무 꼭대기 높이의 아치들이 안쪽으로 자라나 있었고, 계속해서 안쪽으로 소용돌이를 치면서 높아져 하나의 첨탑을 이루고 있었다. 그 어둡고 뾰족한 꼭대기는 높이, 아주 높이, 있었다. 언젠가 한나가 그에게 묘사해 준 적이 있는 금속의 제련 방식이 떠올랐다. 연철鍊鐵 혹은 단철鍛鐵이랬지. 하먼은 이 뜨거운 정글의 태양 아래 보이는 트러스, 아치, 철골, 열린 격자 세공들이 모두 일종의 금속으로 이루어져 있다고 확신하고 있었다.

"이게 뭐죠?"

그가 숨을 내쉬었다. 젝들은 그를 놓아주고는 마치 이 믿을 수 없는 탑에 접근하는 게 두렵다는 듯 그늘 속으로 물러났다. 하먼은 탑의 밑바닥에 완벽하게 다듬어진 잔디 외에는 아무 것도 자라고 있지 않다는 것을 깨달았다. 마치 이 구조물의 힘이 정글을 위협하고 있는 것 같았다.

"이것은 7천 톤이에요."

지금까지의 어떤 목소리보다도 남성적인 목소리로 아리엘이 말했다.

"2천 5백만 개의 고정쇠. 만들어진 건 4311년 전, 적어도 오리지널은 그래요.

칸 호 텝의 *에펠반.*"

"*에펠반···· 난 도대체····*"

"이리 오세요."

아리엘이 말을 끊었다. 그의 목소리는 이제 강력하게 남성적이었다. 깊고, 위협적이어서 복종하지 않을 수 없었다. 아치를 이룬 다리 하나에 비슷한 종류의 연철 상자가 있었다. 아리엘이 말했다.

"타세요."

"나는 우선 알아야 할 것이····"

"타세요. 그러면 당신이 알아야 할 모든 것들을 알게 될 거예요. 당신의 소중한 에이다에게 돌아가는 방법도. 여기 머물면 당신은 죽어요."

하먼은 상자로 들어갔다. 쇠로 된 창살문이 닫혔다. 기어가 걸리고 금속이 긁히는 소리. 상자는 케이블과 쇠로 된 트랙을 따라 커브를 그리며 올라가기 시작했다.

"당신은 같이 안 와요?"

하먼이 아래쪽의 아리엘에게 소리쳤다. 정령은 대답이 없었다. 엘리베이터는 탑 위로 계속 올라갔다.

마흔둘

탑에는 세 개의 주된 플랫폼이 있는 것 같았다. 첫 번째이자 가장 넓은 건 정글의 나무 꼭대기 높이에 있었다. 멀리까지 초록의 융단이 내다보였다. 엘리베이터는 멈추지 않았다.

두 번째 플랫폼은 굉장히 높아서 엘리베이터가 수직으로 상승했고 하면은 상자 중앙으로 움직였다. 위와 옆을 바라보니 탑 꼭대기와 연결된 케이블들이 동서로 뻗치며 사라졌다. 케이블은 멀리 갈수록 약간 쳐져 있었다. 엘리베이터는 두 번째 정거장에서도 멈추지 않았다. 세 번째이자 마지막 정거장은 지상에서 천 피트 정도 떨어진 곳으로서 안테나들이 삐죽삐죽 솟아있는 돔형의 꼭대기 바로 아래였다. 엘리베이터가 느려지다가 멈추었다. 낡은 기어가 풀리면서 미끄러지는 바람에 엘리베이터 전체가 6피트나 뒤로 밀렸다. 하면은 상자의 연철봉을 잡고 죽을 준비를 했다.

브레이크가 상자를 세웠다. 연철 문이 미끄러지며 열렸다. 하면은 흔들거리면서 썩은 나무판이 덮인 강철 다리를 5-6 피트 정도 건넜다. 앞에는 엘리베이터 문이 하나 더 있었는데 —줄 세공된 금속에 광택 마호가니가 들어간 문— 철컥, 윙 하는 소리가 나더니 문이 슥 열렸다. 그 어느 곳이든, 현기증 나게 사라지는 구조물의 천 피트 상공 위에 떠 있는 난간도 없는 작은 다리보다야 나을 터였다.

그는 방으로 들어갔다. 뒤에서 문이 소리를 내며 닫히자 하먼은 그곳이 태양이 비추는 바깥보다 기온이 20~30도는 낮다는 것을 깨달았다. 그는 잠시 거기 서서 상대적으로 어두운 이곳에 눈을 적응시켰다. 그는 책에 둘러싸인 작고 카펫 깔린 중간층에 서 있었는데, 그곳은 더 큰 방의 일부였다. 그곳에서 연철로 만든 나선형 계단이 아래로는 큰 방의 마루로 위로는 2층처럼 보이는 곳으로 연결되어 있었다.

하먼은 아래로 내려갔다.

이렇게 생긴 가구는 본 적이 없었다. 구식 가구들이었다, 술 장식이 되어 있고, 붉은 벨루어천이 덮여 있으며, 남쪽을 향하고 있는 창문에는 무거운 커튼이 드리워져 있었다. 커튼의 금빛 술은 정교하게 디자인된 적갈색 카펫 위로 내려와 있었다. 북쪽 벽에는 벽난로가 있었다. 그는 검은 철과 녹색의 세라믹으로 된 벽난로의 디자인을 유심히 쳐다보았다. 정교하게 조각된 다리가 달린 기다란 테이블이 15피트쯤 되는 유리창 벽의 적어도 8피트 정도를 차지하고 있었다. 창문 코너의 틀 장식은 거미줄 무늬만큼이나 복잡했다. 그 외에 속을 꽉 채운 일인용 의자들과 긴 오토만[+], 윤이 반짝반짝 나는 어두운 색깔의 나무에 금을 상감해 넣은 조각품 의자들, 그리고 한나가 언젠가 광택 놋쇠라고 말해주었던 것의 예들이 곳곳에 놓여있었다.

벨처럼 생긴 광택 놋쇠 손잡이가 달린 소방 호스 모양의 수화受話튜브도 있었다. 벽 위에 달린 체리색 나무 상자 위에 붙은 여러 개의 놋쇠 레버도 보였고, 기다란 나무 테이블에는 여러 개의 놋쇠 기구들이 놓여 있었다. 어떤 것엔 두드리는 놋쇠 키와 천천히 도는 기어가 달려 있었고, 테이블 한참 아래쪽에는 커다란 놋쇠 동그라미 안에 작은 놋쇠 동그라미들이 돌고 있는 천문 관측기구가 있었다. 광택 놋쇠 램프가 부드럽게 빛을 내고 있었다. 테이블 위에는 지도들이 펼쳐져 있었는데 작은 반구 모양의 놋쇠로 눌려 있었고, 바닥의 놋쇠 바스켓에는 더 많은 지도가 말린 채 꽂혀 있었다.

+ 등받이, 팔걸이가 없는 긴 의자 - 역자 주

하먼은 앞으로 달려가 굶주린 듯이 지도들을 뒤져 보았다. 마구잡이로 꺼내 펼치고 놋쇠 반구로 눌렀다.

그는 이런 지도들을 본 적이 없었다. 모든 것이 격자 안에 가두어져 있었는데 이 격자들 안에는 수만 개의 평행성이 구불구불 그어져 있었다. 지도 속에서 갈색이거나 녹색인 곳에서는 선이 닫혀있었고, 하얗게 넓어지는 곳에서는 멀리 벌어졌다. 호수나 바다로 보이는 푸른 덩어리들과 강으로 여겨지는 고불고불하고 푸른 선들도 있었다. 이 강들 옆에는 생소한 이름들이 펜으로 적혀 있었다; 퉁가바드라, 크리슈나, 고다바리, 노르마다, 마하나디, 그리고 강가.

동쪽과 서쪽의 벽에는 작지만 여러 겹의 창문이 있었고, 책장과 책들과 더 많은 놋쇠 장신구들과 옥으로 된 조각품과 놋쇠 기계들이 있었다.

하먼은 책장으로 달려가 책 세 권을 내렸다. 고대로부터 이어져 온 시간의 냄새를 풍겼지만 속지와 두꺼운 가죽 표지는 온전했다. 그 제목이 그의 가슴을 뛰게 만들었다; 칸 호 텝의 세 번째 왕조 — A.D. 2601~2393 그리고 사이보그 가네쉬의 라마야나와 마하바라타 개정판. 그리고 에펠반의 보존 및 AI 인터페이스. 하먼은 오른손바닥을 책 위에 얹은 후, 검색 기능을 불러오기 위해 눈을 감았다가 망설였다. 시간이 있다면, 그 책을 정말로 읽었을 것이다, 각 단어를 소리 내어 읽어보고 문맥 속에서 그 단어의 뜻을 추정해보면서. 느리고, 힘들고, 고통스러운 과정이지만 그는 언제나 검색 독서보다 진짜 독서를 통해 더 많은 것을 얻었다.

그는 광이 나고 먼지 하나 없는 테이블에 세권의 책을 경건하게 내려놓은 뒤 2층으로 향하는 나선형 계단을 올랐다.

침실이었다. 머리 부분은 광을 낸 놋쇠관으로 만들어졌고, 침대 덮개는 섬세하게 꼬인 테두리 장식이 있는 풍성한 붉은 벨벳이었다. 놋쇠로 된 스탠드 옆에는 의자 한 쌍이 더 있었는데 꽃무늬가 있는 넓고 편안해 보이는 의자였다. 그 옆에는 속을 꽉 채운 가죽 오토만도 붙어있었다. 더 작은 방도 있었는데, 화장실이었다. 놋쇠 체인과 손잡이가 달린 도자기 수조 아래 이상하게 생긴 도자기 변기가 놓여 있었고, 서쪽 벽에는 창틀이 있는 스테인드글라스가 보였다. 세면기 위에는 놋쇠로 된 수도꼭지와 마개가 있었고, 받침다리가 짐승의 앞발 모양으로 생긴 커다랗고 하얀 도자기 욕조에 더 많은 놋쇠 장치들이 붙어 있었다. 다시 침실로 나오니 이곳의 북쪽 벽도 창문으로 되어 있었다. 아니, 연철 손잡이가 달린 유리로 된 문이었다.

하먼은 두 개의 문을 열고 천 피트 아래 정글을 내려다보는 연철 발코니로 나갔다. 태양빛과 열기가 뜨거운 주먹처럼 그를 강타했다. 눈을 껌뻑이면서 그는 감히 난간까지 걸어가지 못했다. 탑 아래 격자 구조가 보였다. 하지만 누군가가 그를 살짝 밀기라도 한다면 그는 허공으로 떨어질 것이다. 천 피트의 허공 속으로. 여전히 문을 꼭 잡은 채, 몸을 뻗어서 철제 가구 몇 개와 고정되어 있는 붉은 쿠션, 그리고 10피트 넓이의 발코니에 놓인 테이블을 내다보았다. 위를 올려보자 2층짜리 건물 위로 불룩 튀어나온 철제 지붕이 보였고, 거대한 금속의 회전속도 조절바퀴가 탑 꼭대기의 금색 운모 돔 아래에서 돌고 있었다. 팔뚝이나 허벅지보다도 두꺼운 케이블이 동서로 뻗어 있었다. 하먼은 또 다른 수직의 검은 탑을 발견할 수 있었다. 얼마나 멀리 떨어져 있을까? 이 높이에서는 적어도 40마일은 되어 보였다. 그는 열두 개 정도의 케이블이 뻗어가다 사라져가는 서쪽을 바라보았다. 하지만 지평선에는 오직 검푸른 색의 폭풍 구름이 덮여 있을 뿐이었다.

하먼은 침실로 되돌아와, 조심스레 문을 닫은 후, 튜닉 소매로 이마와 목의 땀을 닦아내면서 계단아래 방으로 돌아왔다. 그곳은 너무나 시원하고 쾌적해서 정글로 돌아가고 싶은 마음은 조금도 들지 않았다.

"안녕하시오, 하먼."

테이블과 검은 색의 커튼이 있는 어둠 속에서 낯익은 목소리가 들려왔다.

프로스페로는 몇 달 전에 e-링의 궤도 바위에서 만났을 때보다 훨씬 생생했다. 마법사의 주름진 피부는 더 이상 홀로그램처럼 투명하지 않았다. 온통 금빛 행성과 회색 유성, 붉은 실크로 된 불타는 별들이 새겨진 그의 푸른 실크와 울로 된 겉옷은 그 때보다 훨씬 무게감을 갖고 터키 카펫위에서 그를 따라 다녔다. 하먼은 긴 은빛의 머리카락이 노인의 뾰족한 귀 뒤로 흘러내리는 것을 보았고, 그의 이마에 새겨진 주름, 그의 손과 약간 발톱처럼 보이는 노르스름한 손톱도 알아 볼 수 있었다. 하먼은 늙은 마법사가 오른 손에 꼭 쥐고 있는 단단해 보이고 비틀린 모양의 나무 지팡이도 알아보았으며, 프로스페로의 푸른 슬리퍼가 나무로 된 마루와 카펫 위로 끌리자 그 무게감도 느낄 수 있었다.

"날 집으로 보내주시오."

하먼이 노인에게 다가서며 요청했다.

"*당장!*"

"참을성을 가져요, 참을성을, 하먼이란 이름의 인간, 노만의 친구여."

누런 이빨을 드러내고 가벼운 미소를 지으며 마법사가 말했다.

"참을성은 무슨 *지랄* 같은 참을성."

하먼이 말했다. 그는 바로 이 순간에야 깨달았다, 아리엘에게 납치되고 아르디스와 에이다, 그리고 아직 태어나지 않은 아기로부터 멀어지게 된 게 다 이 푸른 옷을 질질 끌고 다니는 작자의 명령 때문이라는 확신이 얼마나 자신을 분노하게 만들었는지! 그는 늙은이에게 한 걸음 다가섰다. 손을 뻗어 마법사의 치렁치렁한 소매를 휘어잡고는····

하먼은 방을 가로지르면서 뒤로 8피트나 나가떨어진 후 마침내 카펫에서 광택 마루로 미끄러지더니 등을 바닥에 대고야 멈추었다. 눈앞에서 오렌지색 동그라미가 오락가락 했다. 프로스페로가 부드럽게 말했다.

"아무도 날 만지지 못하지. 이 늙은이의 지팡이로 자넬 혼쭐내고 싶진 않아."

그는 마법의 지팡이를 살짝 들어올렸다. 하먼은 한쪽 무릎을 꿇었다.

"나를 돌려보내 주세요, 제발. 에이다를 혼자 둘 수 없어요. 특히 지금은."

"자네가 택한 길이었지, 안 그런가? 아무도 자네에게 노만을 마추픽추로 데려가라고 하지 않았고, 말리지도 않았어."

"원하는 게 뭡니까, 프로스페로?"

마지막 남은 오렌지색 동그라미의 잔상을 떨쳐버리려고 눈을 깜빡거리면서 그는 일어섰다. 그리고는 가까운 나무 의자에 앉았다.

"아니, 부서진 궤도 행성에서 어떻게 살아남았지요? 나는 당신의 홀로그램이 칼리반과 함께 그곳에 갇혀 있다고 생각했는데."

"아, 그랬었지."

앞뒤로 뚜벅뚜벅 걸으며 프로스페로가 말했다.

"하지만 내 자신의 아주 작은 일부, 물론 전체라고 할 수도 있는, 하지만 아주 결정적인, 작은 일부. 자네가 나를 지구로 데려온 거야."

"내가…… 소니가? 당신의 홀로그램을 소니에 메모리시킨 거예요?"

"그렇지."

하면은 고개를 흔들었다.

"당신이라면 언제라도 소니를 궤도섬으로 불러들일 수 있었을 텐데."

"그렇지 않아, 그것은 새비의 기계였고, 오직 인간 승객만을 위한 궤도 방문을 하지. 나는 자격이 없다네…… 별로."

"그러면 칼리반은 어떻게 도망쳤지요? 내가 알기로 소니에는 데이먼과 한나 그리고 나 말고 그놈은 없었는데."

프로스페로는 어깨를 으쓱했다.

"칼리반의 모험은 이제 온전히 칼리반 마음이야. 그 몹쓸 녀석은 이제 더 이상 나를 섬기지 않아."

"다시 세테보스를 섬기지요."

"그렇지."

"하지만 칼리반은 몇 세기를 살아남아 지구로 돌아갔잖아요."

"그렇지."

하면은 한숨을 쉬고 두 손으로 얼굴을 비볐다. 갑자기 피곤하고 목이 굉장히 말랐다.

"층계참 아래 나무 상자는 일종의 냉장고라네. 먹을 것이 들어 있어…… 깨끗한 물도 한 병 있고."

"제 마음을 읽나요, 마법사님?"

"아니. 자네의 얼굴을 읽지. 인간의 얼굴처럼 분명한 지도는 없거든. 가서 물을
마시게. 나는 여기 창가에 앉아 자네가 원기를 회복해 말벗이 되어 줄 때까지 기다
리고 있겠네."

하먼은 놋쇠 손잡이가 달린 커다란 나무 상자로 걸어가면서 자신의 팔과 다리
가 후들거리는 것을 느꼈다. 그리고는 차가운 물병들과 투명 랩에 싸인 음식들을
잠시 동안 바라보았다. 그는 깊이 들이마셨다.

프로스페로가 태양빛을 등지고 앉아있는 테이블이 놓인 적갈색의 카펫 중앙으
로 돌아오며 하먼이 말했다.

"왜 아리엘이 날 여기로 데려오게 했지요?"

"정확히 말하자면 내가 바이오스피어의 정령에게 자네를 데려오라고 한 곳은
카주라호 근처의 정글까지였지. 왜냐하면 *에펠반*으로부터 반경 20킬로미터 내에
선 팩싱이 허락되지 않거든."

"*에펠반?*"

여전히 얼음처럼 차가운 물병을 홀짝이며 하먼이 되물었다.

"당신과 아리엘이 이 탑을 그렇게 부르나요?"

"아니, 그게 아니네, 친애하는 하먼. 그것은 우리가 —정확히 말하자면 칸 호 텝
이지, 왜냐하면 수천 년 전 에펠반을 건설한 게 그 사람이니까— 이 *시스템*을 부르
는 이름이야. 이건 그저 하나의⋯⋯ 오, 어디 보자⋯⋯ 이와 같은 탑이 만 사천팔
백개가 있지."

"왜 그렇게 많은 거죠?"

"칸의 마음에 들었기 때문이지. 그리고 중국 동쪽 해변에서 스페인 대서양 해변
까지를 케이블로 연결하려면 그만큼의 에펠탑이 필요하거든. 여기에 그만큼 많은
본선과 지선, 간선 기타 등등이 있지."

하먼은 이 늙은이가 무슨 말을 하고 있는지 전혀 알아들을 수가 없었다.

"그 에펠반이라는 게 일종의 운송 시스템인가요?"

"기분전환을 위해 근사한 여행을 할 수 있는 기회이지. 아니 이렇게 말해야겠군, 우리가 근사한 여행을 할 수 있는 기회, 왜냐하면 난 자네와 아주 잠깐 동안만 동행할 수 있을 뿐이니까."

"나는 당신과 어디로도 떠나지 않아요, 당신이⋯⋯."

하먼이 말을 시작하다 멈췄다. 물병을 바닥에 떨어뜨리고, 두 손으로 무거운 테이블을 꼭 쥐었다.

탑 꼭대기 천 피트 상공의 2층 건물 전체가 흔들거렸다. 금속이 갈리고 찢어지는 소리, 끔찍하게 긁히는 소리가 나더니 건물 전체가 기울어지다 또 기우뚱하고 더 기울어졌다.

"탑이 무너지고 있어요!"

하먼이 소리쳤다. 정교한 철제 창틀에 끼워진 창문 너머로 그는 멀리 보이는 녹색의 지평선이 기울어지고 흔들흔들하다가 또 기울어지는 것을 보았다.

"전혀 그렇지 않아."

2층짜리 집이 무너지고 있었다. 탑의 오른쪽으로 삐져나오면서 마치 거대한 금속의 손이 희박한 공기 속으로 빼내듯이 찢기고 삐걱대는 쇳소리가 났다.

하먼은 중간층이 있던 문으로 도망가기 위해 달려 나갔지만 곧 바닥에 엎드렸다. 2층 건물이 탑에서 통째로 빠져나오더니 적어도 15피트를 추락하고 심하게 덜컹거린 후 서쪽으로 미끄러지기 시작했기 때문이다. 거대한 거실이 기다란 축을 중심으로 위태롭게 흔들거릴 동안 쿵쾅거리는 심장을 안고 하먼은 무릎을 꿇은 채 있었다. 그러더니 잠잠해졌다. 위에서 들리던 긁는 소리는 고주파수의 웅웅거리는 소리로 바뀌었다. 하먼은 일어나 중심을 잡고 테이블로 비틀거리며 기어가 창밖을 내다보았다.

그들의 왼쪽으로 탑이 멀어져가고 있었다. 이 천 피트 높이에 있던 2층짜리 아파트가 있었던 빈 공간도 보였다. 하먼은 머리 위의 케이블을 보고 나서야 웅웅거리는 소리가 집 위에 달려 있던 회전속도 조절 바퀴에서 나는 소리라는 것을 깨달았다. 에펠반은 일종의 케이블카 시스템이었고 이 거대한 철제 집처럼 생긴 것은 케이블카였던 것이다. 동쪽에서 보았던 수직의 선은 그들이 방금 떠났던 것과 같은 종류의 또 다른 탑이었다. 케이블카는 서쪽으로 빠르게 이동하고 있었다.

그는 프로스페로에게 몸을 돌려 가까이, 그러나 마법사의 막대기가 닿지 않는 데까지 다가갔다.

"당신은 나를 에이다한테 돌려보내주어야 합니다."

굳건한 척 하지만 스스로의 목소리에서 가증스러운 징징거림을 느끼며 하먼이 말했다.

"아르디스 홀은 보이닉스들에게 둘러싸였어요. 그녀를⋯⋯ 나도 없는데 위험 속에 내던져 둘 수 없어요. 제발, 프로스페로님, 제발."

"그곳의 일에 끼어들기에는 너무 늦었어, 하먼."

프로스페로가 늙은이 특유의 컬컬한 목소리로 말했다.

"아르디스 홀에서 벌어진 일은 이미 벌어진 일이오. 하지만 바다 같은 우리 슬픔은 제쳐 놓고, 지나간 무게로 우리 기억을 억누르진 맙시다. 오늘 우리는 새로운 여행에 나섰소. 엄청난 변화가 기다리고 있을 거요, 노만의 친구여. 우리의 적들은 ―내가 시코락스에게서 양육하고 품어온 그 어둠은― 바닷물을 마시고 실패의 썩은 뿌리와 멸시의 껍데기를 강제로 먹게 되겠지만, 우리들 중 하나는 곧 더 지혜롭고, 깊고, 온전한 인간이 될 것이오."

마흔셋

올림포스 산의 정상과 주변에는 폭풍이 일렁이고 있었다. 먼지 폭풍이 화성을 온통 붉은 수의로 덮어버렸으며, 바람은 여기에 없는 제우스가 신들의 집 주위에 남겨두었던 힘의 장 *아이기스*를 세차게 감싸고돌았다. 정전기 입자가 방패를 너무나 활성화시킨 나머지 올림포스의 정상에선 밤낮으로 번개가 쳤고, 음속에 버금가는 천둥소리가 진동했다. 정상을 비추는 햇빛은 흐리멍덩하고 붉게 퍼져 있었는데, 간간이 번개가 내리치고 천둥과 바람은 끊임없이 으르렁거렸다.

아킬레스는 —사랑하는 죽은 아마존 여왕, 펜테실레이아를 여전히 그러안고— 그의 포로가 된 불의 신, 모든 신들의 장인, 또한 카리스(우아함 중에 가장 사랑스러운 "예술의 기쁨")라고도 알려진 아글라이아의 남편 헤파이스토스의 집으로 양자이동 했다. 그 아내는 장인이 직접 만든 것이라고도 전해졌다. 헤파이스토스는 곧장 집안으로가 아니라 현관 앞으로 양자이동 했다. 언뜻 보기에 절름발이 신의 집은 다른 신들의 집과 다를 바 없었다. 하얀 기둥들과 하얀 현관이 있는 석조건물. 하지만 이곳이 유일한 출입구였다. 사실 헤파이스토스는 이 집과 거기 딸린 작업장들을 올림포스의 남쪽 경사면 속에 지었다. 칼데라 호스와 다른 신들의 커다란 신전 혹은 집들이 밀집해 있는 데서 멀리 떨어진 곳이었다. 그는 동굴 속에 살고 있었다.

헤파이스토스가 발을 질질 끌며 집안으로 안내하고 뒤로 수많은 강철 빗장을 채울 때 아킬레스가 보니, 대단한 동굴이었다. 올림포스의 검은 암석을 그대로 깎아 만든 것이었는데, 이 방 하나만 해도 희미한 어둠 속으로 수백 야드가 뻗어 있었다. 곳곳에 테이블과 수수께끼 같은 장치들, 확대경들, 공구들, 그리고 별의별 기계들이 조립되거나 해체되고 있었다. 동굴 안쪽 화덕에서는 오렌지색 용암 같은 쇳물이 펄펄 끓고 있었다. 다양한 걸상, 안락의자, 낮은 테이블, 침대, 그리고 끝없이 이어지는 작업장 안에 파 넣은 헤파이스토스의 생활공간임을 알 수 있는 정면 가까이에선 황금의 여인들이 앉거나 일어서거나 걸어 다니고 있었다. 저 유명한 헤파이스토스의 수행원들이었다. 리벳, 인간의 눈, 철제 가슴, 부드러운 합성 음부에다 ―전해지는 말에 의하면― 훔쳐온 인간의 영혼까지 가진 기계 여인들.

"여자를 여기 내려놓으시오."

너저분하게 어질러져 있는 긴 의자를 가리키며 난쟁이 신이 말했다. 헤파이스토스가 털북숭이 팔을 휘두르자 그 위가 깨끗해졌다. 난쟁이 신을 놓아주며, 아킬레스는 최대의 부드러움과 존중심을 담아 광목천에 싸인 짐을 내려놓았다. 펜테실레이아의 얼굴이 드러나자 헤파이스토스가 잠시 동안 그 얼굴을 들여다보았다.

"아름다운 여인이군, 좋아. 그리고 아테나가 시신 보존 조치를 취했군. 죽은 지 며칠 된 것 같은데, 아직 썩지도 않았고 색깔조차 변하지 않았어. 아직도 볼이 발그레하고. 천을 벗겨 유방을 좀 봐도 괜찮겠나?"

"그녀나 그녀의 수의에 손끝이라도 대면, 널 죽여 버리겠어."

헤파이스토스가 손바닥을 들었다.

"알았어, 알았다니까. 그냥 궁금했을 뿐이야."

그가 손뼉을 쳤다.

"우선 음식! 그리고 난 후 자네 여인을 살릴 방법을 짜는 거야."

금빛의 수행원들이 뜨거운 음식과 커다란 와인 컵이 놓인 쟁반을 헤파이스토스의 의자들 가운데 놓인 테이블 위로 가져왔다. 발 빠른 아킬레스와 털북숭이 헤파이스토스는 허겁지겁 달려들었다. 음식을 더 요구하거나 공동의 컵을 넘겨달라고 할 때 외에는 한 마디도 하지 않았다. 수행원들은 김이 나는 튀긴 간으로 속을 채운 양 창자 순대를 애피타이저로 내놓았다. 아킬레스가 좋아하는 음식 중 하나였다. 그들은 다양한 작은 새들의 고기와, 건포도, 밤, 달걀노른자, 그리고 양념된 고기로 속을 채운 새끼 돼지를 통째로 내왔다. 또한 구운 암퇘지 자궁이나 으깬 병아리 콩과 올리브 같은 진미들을 내왔다. 메인 요리로는 겉을 바삭하게 갈색으로 튀긴 커다란 생선을 내왔다.

"올림포스 정상에 있는 제우스의 칼데라 호수에서 잡은 거지."

헤파이스토스가 음식을 잔뜩 입에 물고 말했다. 디저트와 중간 중간 입가심으로는 다양한 과일, 사탕과자, 견과류들이 나왔다. 황금 여인들은 무화과, 아몬드, 그리고 통통한 대추야자가 담긴 그릇과, 아킬레스도 아테네의 작은 도시를 방문했을 때 딱 한 번 먹어 본 적이 있는 맛난 꿀 케이크도 내왔다. 마지막으로 아가멤논도, 프리아모스도, 그리고 다른 왕중왕들도 가장 사랑하는 디저트가 나왔다; 치즈 케이크!

식사를 마친 후, 로봇 수행원들은 테이블과 마루를 치우고 더 많은 와인 잔과 술통을 들여왔다. 그 종류가 적어도 열 가지는 되었다. 헤파이스토스가 물과 와인을 섞는 영광을 누리며 특대 컵을 내밀었다. 난쟁이 신과 반신은 두 시간 동안 술을 마셨지만 누구도 아킬레스의 국민들이 *파로이니아*paroinia 라고 부르는 "광란의 발작" 상태로 넘어가지는 않았다.

두 남자는 대개 침묵을 지켰지만 벌거벗은 금빛 수행원들은 그들을 위해 향연을 벌였다. 오디세우스 같은 탐미주의자가 *코모스*komos라고 부르던 관능적인 콩가라인으로 줄지어 춤을 주었다. 인간과 신은 동굴의 화장실을 번갈아 이용했다. 그들이 다시 술을 마시기 시작했을 때, 아킬레스가 말했다.

"아직 밤이 안 되었나? 나를 치료자의 방으로 데려갈 때가 되지 않았어?"

"올림포스의 치료 탱크가 정말로 자네의 아마존 강아지를 살릴 수 있다고 믿는 건가, 젖은 가슴 테티스의 아들이여? 이 탱크와 벌레들은 신들을 치료하게 맞춰져 있어, 인간 여인은 아니지. 아무리 예쁘다 해도."

아킬레스는 공격을 하기엔 너무 취해 있었다.

"아테나 여신이 그 탱크가 펜테실레이아를 살릴 것이라고 했고, 아테나는 거짓말을 하지 않아."

"아테나는 온통 *거짓말만* 해."

손잡이가 둘 달린 커다란 컵을 들어 올려 쭉 들이키며 헤파이스토스가 말했다.

"그리고 며칠 전만 해도 너는 올림포스 산 발치에서 제우스의 난공불락 *아이기스*에 돌을 던지면서 아테나가 나타나 이 아마존의 사랑스러운 젖통을 자네 창으로 뚫고 죽여 버리게 도와달라고 외치고 있었잖아. 뭐가 달라진 거지, 오, 고귀한 학살자 양반?"

아킬레스는 불의 신에게 얼굴을 찌푸렸다.

"이 트로이 전쟁은 상당히⋯⋯ 복잡했거든, 절름발이 양반."

"거기에 건배하지."

헤파이스토스가 웃으며 커다란 술잔을 높이 들었다. 그들이 치료사의 홀로 QT 할 준비가 되었을 때 아킬레스는 다시 완전무장을 하고 불의 신의 숫돌에 자신의 칼을 갈고 방패에 광을 냈다. 펠레우스의 아들은 긴 의자로 걸어가 펜테실레이아 시신을 어깨에 들쳐 업었다.

"아니, 그녀는 남겨 두게."

"무슨 소리를 하는 거야?"

아킬레스가 으르렁거렸다.

"그녀 때문에 치료자의 홀로 가려는 건데. 여기 남겨둘 수 없어."

"오늘 밤 그곳에 어느 신이 혹은 어느 경비병이 있는지 몰라. 팔랑크스⁺를 뚫고 지나가야 할지도 모르고. 저 아마존을 어깨에 둘러메고 그걸 감당할 텐가? 아니면 저 아름다운 몸을 방패로 쓰려고?"

⁺ Phalanx; 고대 그리스의 방진, 창병들을 네모로 세우는 형진 – 역자 주

아킬레스는 망설였다.

"여기선 아무 것도 그녀를 해치지 않아. 예전에는 쥐와 박쥐와 바퀴벌레들이 있었지. 하지만 내가 기계 고양이와 매와 사마귀를 만들어 박멸시켜버렸어."

"그래도 그렇지……"

"만약 치료사의 홀이 비었으면, 곧장 이리로 QT해 와서 그녀를 데리고 돌아가는데 단 3초도 걸리지 않을 거야. 그 동안, 내 금빛 소녀들이 그녀를 지키게 하지."

그가 투박한 손가락을 튕기자 여섯 명의 강철 수행원들이 아마존을 둘러싸고 자리를 잡았다.

"이제 준비 됐나?"

"그래."

아킬레스는 헤파이스토스의 흉터로 뒤덮인 윗팔뚝을 잡았고 둘은 순식간에 사라졌다.

치료사의 홀은 텅 비어 있었다. 경비를 보는 신도 없었다. 더욱 놀라운 것은— 헤파이스토스 자신에게조차— 그 많은 유리 실린더들이 다 비어 있다는 사실이었다. 오늘 밤에는 치료중이거나 부활중인 신이 하나도 없었다. 불을 낮춘 몇 개의 화로와 거품이 일고 있는 탱크의 보라색 빛만으로 밝혀진 거대한 공간에서 움직이는 것은, 오직 발을 질질 끄는 헤파이스토스와 방패를 높이 치켜든 발 빠른 아킬레스뿐이었다.

이윽고 거품이 이는 탱크의 그림자 뒤에서 치료사가 나타났다.

아킬레스가 방패를 더 높이 들었다.

아테나는 펜테실레이아의 시신을 놓고 이렇게 말했었다: "치료사를 죽여라! 수많은 팔과 손을 가진 거대한 괴물 지네를. 치료사의 홀에 있는 모든 것을 파괴하라!" 하지만 치료사를 욕하느라 지네라고 부른 줄로만 알았지, 진짜 지네일 거라고는 생각지도 않았다.

이것은 지네처럼 마디로 이루어져 있었지만, 30피트 높이로 서 있었는데, 마디 진 몸집을 휘휘 움직이면서 위쪽 마디에 둘러쳐진 검은 눈들을 아킬레스와 헤파이스토스에게 고정시키고 있었다. 치료사는 촉수들과 마디 진 팔 —너무도 많은 팔— 그리고 위쪽 팔 대여섯의 끝에는 거미처럼 길고 가느다란 손이 달려 있었다. 꼭대기 근처의 몸통 마디 하나에는 주머니가 많이 달린 조끼를 입고 있었는데, 주머니는 공구가 들어있어서 불룩했다. 휘청거리는 몸매의 다른 마디들에 찬 허리띠와 잠금쇠와 검은 벨트에는 다른 공구들이 걸려 있었다. 헤파이스토스가 불렀다.

"치료사, 다들 어디 있나요?"

거대한 지네가 휘청거리면서, 팔을 휘둘러대면서 보이지 않는 입들에서 더듬거리듯 소음을 쏟아냈다. 헤파이스토스가 아킬레스에게 물었다.

"알아들었어?"

"뭘 알아들어? 꼬마애가 막대기로 해골의 갈빗대를 긁는 소리 같은데."

"모두 온전한 그리스 어야. 자네 마음을 천천히 가라앉히기만 하면 들려. 좀 더 주의 깊게 들어봐."

난쟁이 신이 치료사에게 소리쳤다.

"내 인간 친구가 당신을 알아듣지 못했소. 다시 한 번 말해주시오, 치료사여."

제우스신께서는어떤인간도당신의긴급명령이없이는재활탱크에넣어서는안된다고명령하셨다. 신들의주인제우스는아무데도없다. 그리고치료사는올림포스에서는오직제우스의명령에따르기때문에제우스가올림포스의권좌로돌아오기전에는어떤인간도통과시킬수없다.

"이번엔 알아들었나?"

장인이 아킬레스에게 물었다.

"저놈이 오직 제우스 말만 듣기 때문에 제우스의 긴급 명령이 없이는 펜테실레이아를 탱크에 넣을 수 없다는, 그런 얘기 아냐?"

"맞아."

"저 커다란 벌레 놈을 죽여버릴 수도 있어."

"그럴 수도 있겠지. 저 치료사는 우리 풋내기 신들보다 더 불멸하는 것으로 알려져 있지만. 그래도 저놈을 죽이면 펜테실레이아는 절대 부활하지 못해. 오직 저 치료사만이 기계를 다룰 줄 알고 치료 과정의 일부인 청녹색 벌레들에게 명령을 내릴 수 있어."

"당신은 장인이잖아."

아킬레스가 자신의 칼로 방패 테두리를 두드리며 말했다.

"이 기계가 어떻게 돌아가는지도 알 거 아냐."

"알기는 쥐뿔아, 이건 우리가 후기-인류였을 때 사용하던 단순한 기술과는 달라. 나는 치료사의 양자 기계를 전혀 이해하지 못 했어····· 설사 그럴 수 있다 해도, 여전히 푸른 벌레들에게 명령을 내릴 순 없지. 놈들은 치료사의 텔레파시에만 반응하는 것 같아."

"저 벌레가 올림포스에서는 오직 제우스 말만 듣는다고 했어."

아킬레스가 말했다. 그는 거의 자제심을 잃고 불의 신과 거대한 지네, 그리고 아직 올림포스에 남아 있는 신들을 모두 죽이기 직전이었다.

"또 누가 명령을 내릴 수 있지?"

"크로노스."

헤파이스토스가 씁쓸한 미소를 지으며 말했다.

"하지만 크로노스와 다른 타이탄들은 영원히 타르타루스로 추방되었지. 이 세계에선 오직 제우스만이 치료사에게 명령을 내릴 수 있어."

"그럼 제우스는 어디 있는데?"

"아무도 몰라, 하지만 그가 없는 사이에 신들은 주도권 쟁탈전을 벌이고 있지. 그 싸움은 이제 일리움의 지구에 집중되어 있지, 예전처럼 트로이와 그리스로 갈라져서. 덕분에 올림포스는 거의 텅 비었고 그래서 내가 빌어먹을 분화구 비탈로 나가 내 엘리베이터가 손상된 부분을 살피고 있었던 거야."

"아테나가 살신용 칼을 나에게 주고 펜테실레이아를 살리고 나면 치료사를 죽이라고 한 이유는 뭐지?"

헤파이스토스의 눈이 커졌다.

"치료사를 죽이라고 했다고?"

수염 난 난쟁이 신의 목소리는 낮고 당황해 있었다.

"왜 그런 명령을 내렸는지 나도 모르지. 뭔가 계획이 있는 모양인데, 정신 나간 계획이 분명해. 치료사가 죽으면 탱크도 무용지물이 될 거고…… 우리의 불멸이라는 것도 모두 농담거리가 되겠지. 우리는 오랫동안 살 수 있겠지만, 고통 속에서 살게 될 거야, 펠레우스의 아들. 나노-회춘 기능이 없다면 끔찍한 고통을 받겠지."

아킬레스는 치료사에게 다가가 방패를 꼭 부여잡았다. 빛나는 헬멧의 틈 사이로 그의 눈이 이글이글 타고 있었다. 그는 칼을 뽑아 들었다.

"이 놈이 펜테실레이아를 위해 탱크를 작동시키도록 해 주지."

헤파이스토스가 황급히 아킬레스의 팔을 잡았다.

"안돼, 인간 친구. 내 말을 믿어 줘. 저 치료사는 죽음을 두려워하지 않고 설득되지도 않아. 오직 제우스 말만 들어. 빌어먹을 치료사가 없으면 탱크는 무용지물에 불과해. 탱크가 없으면, 너의 아마존 여왕도 영영 죽어 자빠져 있게 돼."

아킬레스는 화가 나서 장인의 손을 떨쳐 버렸다.

"이…… 벌레는…… 펜테실레이아를 치료 탱크에 넣어야만 해."

이렇게 말하고 있는 동안에도 아킬레스는 치료사를 죽이라는 아테네의 명령에 대해 생각하고 있었다. *이 여우같은 여신의 목적이 뭐지? 날 어떻게 이용하고 있는 거야? 무슨 목적으로? 미치지 않았다면 자신의 불멸을 보존해줄 존재를 죽이고 싶지는 않을 텐데.*

"치료사는 자네를 두려워하지 않아, 펠레우스의 아들. 죽일 수는 있겠지, 하지만 그것은 자네의 여왕이 영영 살아나지 못한다는 것을 의미할 뿐이야."

아킬레스는 난쟁이 신에게서 멀어져 거대한 치료사를 스치고 지난 후, 동심원 모양으로 갖가지 상징들이 새겨진 그의 아름다운 방패로 거대한 재활 탱크의 투명 플라스틱을 내리쳤다. 홀의 어둠 속으로 그 소리가 울려 퍼졌다.

그가 헤파이스토스 쪽으로 휙 돌아섰다.

"좋아. 이 벌레는 제우스 말만 듣는다. 제우스는 어디 있지?"

불의 신은 웃기 시작했다가 헬멧의 눈구멍 사이로 이글거리는 아킬레스의 눈을 보고는 멈췄다.

"자네 진심이야? 벼락의 신, 모든 신들의 아버지를 네 뜻대로 움직이겠다고?"

"제우스는 *어디* 있느냐고?"

"아무도 몰라!"

헤파이스토스가 반복했다. 절름발이 신은 짧은 쪽 다리를 질질 끌면서 키가 큰 문으로 걸어갔다. 바깥에서는 먼지 폭풍이 수천 곳에서 힘의 장 *아이기스*와 부딪히면서 번개가 번쩍거렸다. 치료사의 홀로 쏟아져 들어오고 있는 은백색의 빛을 기둥들의 그림자들이 검게 가르고 있었다.

"2주도 넘게 제우스는 찾을 수 없어."

어깨너머로 불의 신이 소리쳤다. 그는 헝클어진 수염을 손으로 잡아당겼다.

"우리는 대체로 헤라의 계략이라고 의심하고 있지. 어쩌면 그녀가 남편을 타르타루스로 보내버려 추방된 아버지 크로노스와 어머니 레아에 합류시켰을 수도 있지."

"그를 찾을 수 있어?"

아킬레스는 치료사에게 등을 돌리고, 칼을 다시 허리춤에 찼다. 그는 방패도 다시 등 위로 돌려 멨다.

"나를 그에게 데려다 줄 수 있어?"

헤파이스토스는 빤히 쳐다볼 뿐이었다.

"타르타루스로 내려가 신중의 신을 네 마음대로 하도록 만들겠다고? 신들의 전당에서 제우스 말고 그가 어디 있는지 알 수 있는 존재는 단 하나 뿐이야. 그 무시무시한 존재는 이 화성에서 제우스를 제외하고 우리를 타르타루스로 보낼 수 있는 유일한 자이기도 하지. 필요하다면 타르타루스에도 *기꺼이* 가겠다고?"

"나의 아마존을 살릴 수만 있다면 죽음의 이빨 속에라도 들어갈 거야."

"타르타루스는 죽음보다, 하데스의 어두운 궁전보다, 천 배는 더 끔찍할 거야,

펠레우스의 아들."

"네가 말한 신에게 날 데려다 줘."

아킬레스가 명령했다. 헬멧의 틈으로 보이는 그의 눈빛은 더 이상 제 정신이 아니었다.

수염 난 장인은 등을 구부린 채, 숨을 헐떡이며, 눈의 초점이 흐트러진 채, 헝클어진 수염을 생각 없이 잡아당기며 한참을 서 있었다. 마침내 그가 입을 열었다.

"될 대로 되라지."

그는 광을 낸 대리석 바닥 위로 아픈 다리를 불가능하다 싶을 만큼 재빨리 끌어당기며 다가와, 커다란 두 손으로 아킬레스의 팔뚝을 감싸 안았다.

하먼은 잠들 생각이 없었다. 너무 지쳐 있었기 때문에 그지 뭐라도 먹고 마시는 데 동의했을 따름이다. 그는 프로스페로가 속을 꽉 채운 의자에 조용히 앉아 있는 동안 창문 옆 테이블에서 훌륭한 스프를 데워 먹었다. 마법사는 커다랗고 낡은 가죽 양장본의 책을 읽고 있었다.

하먼이 프로스페로에게 다시 말을 걸기 위해 몸을 돌렸다. 그는 아르디스로 보내 달라고 더 강력하게 조를 참이었다. 하지만 늙은이는 이미 사라져 버린 후였다. 책도 사라졌다. 하먼은 테이블에 한참 동안 앉아 있었다. 이 삐걱거리며 움직이는 집채만 한 케이블카로부터 천 피트 아래에 정글이 펼쳐져 있다는 사실을 반쯤 인식한 채. 그리고 —위층이나 한번 돌아볼까, 중얼거리며— 철제 나선 계단을 천천히 올라가 커다란 침대 앞에서 잠시 서 있은 후 앞으로 고꾸라졌다. 잠에서 깨었을 때는 이미 밤이었다. 달빛과 링의 빛이 이 이상한 침실의 창문으로 쏟아져 들어와 벨벳과 놋쇠들을 어찌나 밝게 비추는지, 온통 하얀 색 페인트를 칠해 놓은 것만 같았다. 하먼은 문을 열고 침실 테라스로 나갔다.

정글 바닥에서 거의 천 피트 상공의 공기는 시원했다. 끊임없이 움직이고 있는 케이블카 덕분에 미풍이 불어왔다. 하지만 습기와 열기, 그리고 저 아래 녹색 생명들이 뿜어내는 향기는 그에게 여전히 충격으로 다가왔다. 정글의 창공은 거의 손상되지 않았다. 링의 불빛과 4분의 3쯤 차오른 달빛으로 하얗게 빛나고 있었다. 가끔씩 기다란 케이블에서 삐걱거리는 소음을 뚫고 이상한 소리들이 위로 울려 퍼졌다. 하먼은 잠시 p-링과 e-링을 보며 자신의 위치를 가늠해 보았다.

몇 시간 전 그들이 처음으로 타워를 떠날 때는 이 케이블카가 서쪽으로 가고 있다고 확신했었다. 그런데 적어도 열 시간을 자고 일어난 지금, 케이블카는 분명히 북북동을 향해 느릿느릿 움직이고 있었다. 그는 남서쪽 지평선 너머를 가리키는 에펠반 타워 하나가 달빛에 빛나는 것을 볼 수 있었다. 그들이 온 쪽이 분명했으며, 북동쪽으로 20마일 내에 그 다음 타워가 다가오고 있었다. 그가 잠들어 있는 동안 어느 지점에선가 케이블카가 방향을 바꾼 것이 분명했다. 하먼의 지리학에 대한 지식은 책읽기를 익히면서 스스로 터득한 것이었다. 그리고 최근까지는 지구 위의 고전-스타일 인류 중에서 지리학을 *조금이라*도 알고, 지구가 둥글다는 것을 아는 유일한 사람이라고 믿어 의심치 않았다. 하지만 그는 아시아라고 불리던 대륙의 남쪽에 붙은 이 화살 모양의 땅덩이에 특별히 주목하지 않았다. 하지만 만약 프로스페로의 말이 사실이라면 —만약 경위 40도를 따라 어틀랜틱 브리치가 시작되는 유럽의 해안이 그의 목적지라면— 지도 제작자의 지식 없더라도, 뭔가 잘못된 방향으로 가고 있다는 것쯤은 알 수 있었다.

상관없었다. 하먼에게는 그 거리를 모두 여행하는 데 필요한 몇 주나 몇 달을 이 괴상한 기계 안에서 보낼 생각이 전혀 없었으니까. 그는 발코니를 따라 서성거렸다. 케이블카-집이 약간 흔들릴 때면 난간을 잡았다. 세 번쯤 왔다 갔다 했을 때 난간 바로 너머에 이 구조물의 측면으로 올라갈 수 있는 철제 사다리가 있다는 걸 발견했다. 하먼은 몸을 날려 사다리를 잡고 올라갔다. 그의 발밑에는 아무 것도 없었고 보이는 바닥이라고는 천 피트 아래의 공기와 정글뿐이었다.

사다리는 케이블카의 지붕과 연결되어 있었다. 하먼은 다리로만 지탱하면서 상체를 던져 잡을 곳을 찾았다. 마침내 그는 평평한 지붕 위로 몸을 끌어 올렸다. 그는 중심을 잡기 위해 양 팔을 벌리고 조심스럽게 일어났다. 케이블카는 10마일 정도 떨어진 또 다른 에펠반의 깜박이는 불빛을 향해 오르막을 오르기 시작하면서 흔들렸다. 다음 탑 너머 지평선으로 펼쳐진 산들이 막 시야에 들어왔다. 눈 덮인 정상이 달과 링의 빛을 받아 눈부셨다. 밤의 기운과 속도감에 들뜬 상태에서 하면은 두 가지 사실을 알아차렸다. 케이블카 앞쪽 3피트 정도에 희미하게 빛나는 것이 있었다. 달과 링과 아래의 풍경이 흐릿하게 비쳐 보였다. 그는 가장자리로 걸어가 최대한 손을 뻗었다.

그것은 힘의 장이었다. 그리 센 것은 아니었지만 —손가락으로 꾹 누르자 약간의 저항감을 뚫고 통과되는 투과성 멤브레인으로서 프로스페로의 궤도 섬에 있던 퍼머리의 입구를 연상시켰다— 케이블카의 각진 부분이나 공기역학적으로 설계되지 않은 측면을 바람으로부터 지켜내기엔 충분했다. 손가락을 힘의 장 너머로 들이밀자 바람의 힘을 느낄 수 있었는데, 그의 손가락을 부러뜨릴 정도로 강했다. 케이블카는 그가 생각했던 것보다 훨씬 빨리 움직이고 있는 것이다.

지붕 위에서 서성이며 케이블의 진동소리를 듣고, 다음 *에펠반* 타워가 다가오는 걸 지켜보고, 에이다에게 돌아갈 전략을 짜면서 한 시간 정도를 보낸 후, 하면은 철제 계단을 하나씩 꼭 잡고 내려와 발코니로 뛰어내린 후 집안으로 돌아왔다. 마법사가 일층에서 기다리고 있었다. 마법사는 아까와 같은 의자에 앉아서, 겉옷이 덮인 다리를 오토만 위에 얹지 않은 채, 무릎 위에는 커다란 책을, 오른손 가까이에는 지팡이를 두고 있었다. 하면이 물었다.

"나한테 원하는 게 뭐요?"

프로스페로가 올려보았다

"젊은 양반, 자네는 예의범절에 관한 한 우리 친구 칼리반이 잘 나가던 때만큼이나 엉망진창이군."

"나한테 원하는 게 뭐요?"

주먹을 꼭 쥐면서 하면이 다시 물었다.

"자네가 전쟁에 나설 때야, 아르디스의 하면."

"전쟁에 나서요?"

"그래. 자네들이 싸워야 할 때야. 자네 동족, 자네친척, 자네 가족—자네 자신이."

"무슨 소리를 하는 거죠? 누구와 전쟁을 한다는 건가요?"

"무엇과 라는 게 더 적절한 표현일걸세."

"보이닉스 얘기를 하는 건가요? 우린 이미 놈들과 싸우고 있어요. 내가 노만-오디세우스를 마추픽추의 브릿지로 데려 온 첫 번째 이유가 무기를 실어가기 위해서였다고요."

"보이닉스가 아니네, 절대. 칼리바니도 아니고. 비록 이 노예들은 그들의 계획이 마침내 달성되는 순간 자네 동족과 친족을 모두 죽일 예정이지만. 나는 적에 대해 이야기하고 있는 거야."

"세테보스?"

"그렇지."

프로스페로가 주름진 손을 넓은 책 위에 얹어 커다란 나뭇잎으로 읽던 곳을 표시하고 부드럽게 책을 덮은 후, 지팡이를 짚고 일어섰다.

"오징어처럼 수많은 손을 가진 세테보스가 드디어 이곳, 자네와 나의 세계에 나타났네."

"나도 알아요. 데이먼이 파리스 크레이터에서 놈을 봤어요. 세테보스는 그곳은 물론 다른 여러 팩스노드를 푸른얼음의 망으로 덮어버렸죠, 촘도 당했고 또⋯⋯."

"그 손 많은 놈이 왜 하필 지금 지구에 나타났는지 알고 있나?"

"아니요."

"먹기 위해서야, 먹기 위해서."

"우리를?"

하먼은 케이블카의 속도가 느려지더니 무언가에 부딪히는 것을 느꼈다. 그는 잠시 동안 지금 막 도착한 에펠반 타워의 모양을 둘러보았다. 처음 타워에서와 마찬가지로 천 피트 상공의 착륙장은 케이블카에 꼭 들어맞았다. 케이블카가 빙 돌고, 기어 돌아가는 소리와 철컥 하는 소리가 나더니 그들은 다른 방향을 향해 타워에서 미끄러져 나왔다. 이번에는 북쪽이 아니라 동쪽을 향하고 있었다.

"세테보스가 우리를 먹고 살았나요?"

그가 다시 물었다. 프로스페로가 미소 지었다.

"꼭 그런 것은 아니야, 직접적으로는."

"그게 도대체 무슨 소리예요?"

"그게 무슨 소리냐면, 젊은이, 세테보스가 송장을 파먹는 놈이라는 거지. 우리의 손 많은 친구는 공포와 고통의 찌꺼기를 먹고 살지, 갑작스러운 테러의 어두운 에너지와 그만큼 갑작스러운 죽음의 풍부한 찌꺼기들을. 이러한 공포의 기억이 자네 세계의 —전쟁을 즐기는 모든 의식 있는 생명체의 세계의— 토양 속엔 풍부하게 녹아 있지. 석탄이나 석유처럼 지나간 시절의 거친 에너지들은 모두 땅 속에서 잠자고 있어."

"무슨 말인지 모르겠네."

"즉, 세계를 삼키는 자, 어두운 역사의 미식가 세테보스가 자네들의 팩스노드 몇 개를 푸른 정지 물질로 감싸버린 이유는, 그래, 자신의 알을 낳기 위해, 자네의 세상 전체로 자신의 씨를 퍼뜨리기 위해, 잠자는 영혼에서 숨결을 빨아먹은 몽마 夢魔+처럼 이 모든 곳들의 온기를 빨아내기 위해서라는 거지. 하지만 손이 주렁주렁 진드기처럼 생긴 그놈을 살찌우는 것은 자네들의 기억과 역사야."

"여전히 이해가 되지 않아요."

"지금 그의 둥지는 자네 인간들이 파티하고 잠자면서 쓸모없이 삶을 낭비해 온 파리스 크레이터와 촘, 그리고 다른 장소들이지. 하지만 놈은 곧 워털루, 호텝사, 스탈린그라드, 그라운드 제로, 쿠르스크, 히로시마, 사이공, 르완다, 케이프타운, 몬트리올, 게티스버그, 리야드, 캄보디아, 칸스타크, 챈슬러스빌, 오키나와, 타라와, 밀라이, 베르겐 벨젠, 아우슈비츠, 그리고 솜므 등지에서 배불리 먹게 될 거야. 이 이름들에서 무언가 생각나는 게 없나, 하면?"

"아뇨, 없는데."

+ 잠자는 남자와 정을 통하는 걸로 알려진 여자 악령 – 역자 주

프로스페로가 한숨을 쉬었다.

"이것이 우리의 문제야. 자네 인간들의 일부라도 자신들의 역사를 기억해내지 않으면 세테보스와 싸울 수 없어. 세테보스를 이해할 수도 없지. 자기 자신을 이해할 수도 없고."

"그게 어째서 당신 골치를 아프게 하는 거죠, 프로스페로?"

늙은이는 다시 한숨을 쉬었다.

"세테보스가 이 세상의 고통과 기억을 —내가 *우마나*라고 부르는 에너지의 원천을— 다 먹어치우면, 이 세계는 물질적으로는 살아있어도 의식이 있는 모든 존재에게는 영적으로 죽어버린 게 돼···· 나 자신도 포함해서."

"영적으로 죽어요?"

하먼이 반복했다. 독서와 검색을 통해 익히 알고 있던 단어였다. 영혼, 정신적, 정신성. 고대 신화나 종교와 관련 있다는 것은 어렴풋이 알고 있었지만, 이 로고스피어 아바타의 홀로그램을 —즉 고대의 소프트웨어 프로그램과 커뮤니케이션 기록을 적당히 섞어 만든 깜찍한 인공물을— 통해 들으니 아무 의미가 없었다.

"그래, 영적인 죽음. 심리적, 철학적, 유기적 죽음. 양자적 차원에서 보면, 살아있는 세계는 그 거주자들이 경험하는 가장 생생한 에너지를 —사랑, 증오, 공포, 희망을— 기록하네, 아르디스의 하먼. 마치 자석 입자가 남극과 북극을 가리키며 줄지어 서듯이. 극은 바뀌거나 달라지거나 사라져버릴 수 있지만, 기록은 남아. 그로부터 발생한 에너지 장은 —아무리 측정과 추적이 어렵다 해도— 행성이 뜨거운 중심을 축으로 회전하며 발생하는 자기장만큼이나 실제적으로 존재하면서 우주의 거친 현실로부터 자신의 거주자들을 보호하는 힘의 장 노릇을 하게 되지. 그와 마찬가지로 고통과 상심의 기억이 인류의 미래를 지켜주고 있은 거라네. *이젠* 이해하겠나?"

"아뇨."

하먼이 대답했다. 프로스페로는 어깨를 으쓱했다.

"그럼 내 의견을 말해보지. 살아서 에이다를 다시 만나고 싶다면 자네는 배워야 하네···· 많이. 어쩌면 너무 많이. 하지만 이 배움을 마치고 나면 적어도 싸움에 동참할 수 있을 정도는 되어 있을 걸세. 어쩌면 희망이 없을지도 몰라. 세테보스가 세계의 기억을 집어 삼키기 시작할 때면 대개 희망이 없었지. 하지만 적어도 대항 해볼 수는 있을 거야."

"그게 당신에게 무슨 상관인가요? 인간이 살아나건 말건 기억이 살아나건 말건 당신한테 달라질 게 뭐죠?"

프로스페로가 희미하게 미소 지었다.

"자네는 내가 누구라고 생각하는가? 단순히 되살아난 옛날 e-메일쯤으로 보나? 고대 인터넷에 뜨던 지팡이와 가운을 걸친 아이콘?"

"난 당신이 누구인지 눈곱만큼도 몰라요. 그냥 홀로그램이잖아요."

프로스페로가 한 걸음 가까이 오더니 하먼의 뺨을 세 개 쳤다. 하먼은 입을 쩍 벌리고 한 걸음 물러섰다. 그는 따끔거리는 볼을 손으로 만져 보고는 주먹을 쥐었다. 프로스페로는 미소 지으며 지팡이를 가운데 딛고 섰다.

"자네가 10분 후에 일생 최악의 두통에 시달리며 이 바닥에게 깨어나고 싶지 않거든, 그런 생각일랑 하질 말게나."

"나는 에이다에게 돌아가고 싶어요."

"자네 기능으로 그녀를 찾아보았나?"

마법사가 물었다. 하먼이 눈을 깜빡였다.

"예, 해보았어요."

"여기 케이블카 안에서나 그 전 정글에서 어떤 기능이라도 작동하던가?"

"아니요."

"자네가 나머지 기능까지 다 완전히 익히기 전에는 작동하지 않을 걸세."

"나머지 기능들이라니···· 무슨 말인가요?"

"지금까지 몇 개의 기능을 익혔나?"

"다섯 개요."

하먼이 말했다. 그 중 하나는 —크로노미터를 포함한 탐색 기능은— 누구나 대대로 알고 있는 것이었다. 나머지 세 개는 새비가 가르쳐 준 것이고 다섯 번째는 스스로 깨우친 것이었다.

"어떤 기능인지 말해보게."

하면은 한숨을 쉬었다.

"탐색 기능 —프록스넷, 파넷, 올넷, 그리고 검색 기능— 손바닥으로 독서하기."

"올넷 기능을 완전히 정복했나, 아르디스의 하먼?"

"아니요."

정보가 너무 많았다. 새비의 표현대로라면 대역폭이 너무 넓었다.

"고전-스타일의 인간들, 그러니까 진짜 고전-스타일 인류, 즉, 자네들처럼 디자인되고 조작되기 전의 조상에게 다섯 가지 기능만 있었을 것 같은가, 아르디스의 하먼?"

"난···· 난 모르죠."

한 번도 생각해 본 적이 없었다.

"그렇지 않았어. 자네는 사천 년의 유전자 조작과 나노테크 조합의 결과라네. 검색 기능을 어떻게 알아냈지, 아르디스의 하먼?"

"난···· 그냥 상상 속의 이미지들을 가지고 작동할 때까지 실험을 좀 했어요, 삼각형, 사각형, 동그라미 이런 것들이요."

"그건 자네가 에이다와 다른 사람들에게 한 말이고. 하지만 그건 거짓말이야. 검색 기능을 알게 된 *진짜* 계기가 뭐였지?"

"검색 기능 코드에 대한 꿈을 꾸었어요."

하먼이 인정했다. 다른 사람들에게 말하기엔 너무 이상하고 —너무 소중한— 꿈이었다.

"아리엘이 자네가 그 꿈을 꾸도록 도왔어."

프로스페로가 말했다. 그의 얇은 입술에 다시 미소가 보였다.

"우리가 참을성이 없어졌던 거지. 자네들 각자, 고전-인류의 개개인이 세포와 피와 뇌 속에 얼마나 많은 기능을 가지고 있는지 한 번 맞춰 보겠나?"

"다섯 가지 이상의 기능이 있다고요?"

"백 가지. 딱 백가지가 있지."

"가르쳐 주세요."

마법사에게 한 걸음 다가서며 하먼이 말했다. 프로스페로는 고개를 흔들었다.

"나는 할 수 없어. 하지 않을 거야. 하지만 그럼에도 불구하고 자네는 배워야 하네. 이 여행을 통해서 배우게 될 거야."

"우리는 잘못된 방향으로 가고 있어요."

"뭐라고?"

"당신은 *에펠반*이 우리를 어틀랜틱 브리치가 시작되는 유럽의 해안으로 데려갈 거라고 했어요. 하지만 우린 지금 동쪽으로 향하고 있어요, 유럽의 반대 방향으로."

"앞으로 타워 두개를 지나면 북쪽으로 꺾을 거야. 얼른 도착하고 싶은가?"

"그럼요."

"성급해지지 말게. 모든 배움은 여행 후가 아니라 여행 중에 일어날 거야. 자네의 배움은 그 어떤 천재지변보다도 더 큰 변화를 가져올 걸세. 그리고 나를 믿어주게. 지금 지름길을 —옛 파키스탄을 지나 아프가니스탄이라는 황야를 거치고, 남쪽의 지중해 분지를 따라 사하라 습지는 건너는— 택하는 건 좋지 않아."

"어째서요?"

그와 새비와 데이먼은 아틀랜틱을 건너 동쪽으로 날았고 사하라 습지를 지나 예루살렘으로 갔었다. 그리고는 크롤러를 타고 건조한 지중해 분지로 향했었다. 지구 위에서 그나마 그가 알고 있는 곳이었다. 그는 예루살렘의 템플 마운트에서 아직도 타키온 광선이 솟아오르고 있는지 궁금했다. 새비가 말하길 그 광선은 그녀가 살았던 만 사천 년 전 사라져간 인류의 모든 정보를 코드화해 담고 있다고 했다.

"*칼리바니* 들이 풀려났어."

"분지를 떠났다고요?"

"그들은 오래된 구속에서 해방되었어. 더 이상 중심에 붙잡혀 있지 않아. 세상의 단순한 질서가 무너져 내렸어. 적어도 그 지역에서는."

"그렇다면 우리는 어디로 가고 있는 거지요?"

"참을성을 갖게나, 아르디스의 하면, 참을성을. 내일 우리는 산악 지대를 지나게 될 텐데, 자네는 그 곳에서 엄청난 것을 깨닫게 될 거네. 그리고는 권력자와 죽은 자들의 작품을 목격하게 될 아시아를 지나 서쪽으로 계속 나아가게 될 거네. 브리치는 우릴 기다릴 거야."

"너무 느려요."

하면이 앞뒤로 서성거리며 말했다.

"너무 느려요. 만약 기능들이 여기서 작동하지 않으면 나는 에이다의 안부를 알수가 없어요. 난 가야해요. 집으로 가야해요."

"에이다의 안부가 궁금하다고?"

프로스페로가 말했다. 그는 웃고 있지 않았다. 그는 의자 위에 있는 붉은 천을 가리켰다.

"저걸 사용하게. 이번 한 번만."

하면은 이마를 찌푸리며 천으로 다가가 찬찬히 살펴보았다.

"튜린 복이요?"

그것은 붉은 색이었다. (튜린 복은 대개 황갈색이었다.) 마이크로 회로가 수놓인 모양도 달랐다.

"튜린 복 수신기에는 수천 가지 종류가 있지. 센서 송신기의 종류가 수없이 많은 것처럼. 모든 사람이 송수신기가 될 수 있어."

하면이 고개를 저었다.

"나는 튜린 드라마라면 질색이에요. 트로이, 아가멤논…… 모두 헛소리들. 난 지금 오락을 즐길 기분이 아니라고요."

"그 천은 일리움 얘기는 전혀 하지 않아. 에이다의 운명을 말해 줄 거야. 한 번 시도해보게."

벌벌 떨면서 하면은 의자에 앉았다. 붉은 천으로 얼굴을 덮은 후 수놓인 부분을 이마에 대고 눈을 감았다.

마흔
다섯

퀸 맵은 핵폭탄 기둥을 축으로 지구를 향해 감속해가고 있었다. 우주선이 콜라 캔 크기의 핵폭탄을 30초마다 발사시키면, 폭탄이 폭발하면서 천 피트 길이 우주선의 후미에 있는 추진판을 밀어냈다. 그러면 태엽 장치들이 들어차 있는 엔진 룸의 거대한 피스톤과 실린더가 앞뒤로 회전하면서 다음 캔 폭탄이 튀어나오고……

만무트는 후미의 비디오 채널을 통해 관찰하고 있었다. *지구에 우리가 오고 있다는 사실을 아직도 모르는 사람이 있었다면, 지금쯤은 알게 되겠군,* 타이트빔을 통해서 오르푸에게 전했다. 그 둘은 여행 중 처음으로 조종실에 초대받아 가는 길이었다. 지금 그들은 뱃머리로 향하는 가장 큰 승강기 속에 있었다. 물론 감속하는 동안 우주선의 머리는 지구보다는 우주 쪽을 향했다.

섬세하게 굴 생각은 없는 것 같은데, 오르푸가 타이트빔으로 전했다.

물론 아니지. 섬세는 무슨 섬세야. 위세척기 만큼이나, 설사환자 병동의 유료 화장실만큼이나, 섬세하다고 해야 하나……

요점이 뭐야? 오르푸가 덜그럭 거렸다.

너무 섬세하지 않다는 얘기야. 만무트가 말했다. *너무 노골적이야. 너무 눈에 잘 띄고. 너무 귀중하지, 그러니까 내 말은, 20세기 중반의 우주선 디자인이라니 이게 말이 돼? 핵폭탄에, 1959년 조지아주 아틀랜타에서 사용하던 코카—콜라 포*

장 공장을 모방한 방출 메커니즘이라니····

그래서 자네가 말하고 싶은 건? 오르푸가 끼어들었다. 이전 같았으면 그의 눈더듬이와 비디오카메라가 —적어도 그 중 몇 개가— 만무트를 따라다녔을 것이다. 하지만 시신경이 타 버린 이후로 그것들은 교체되지 않았다.

내 생각에는 좀 더 눈에 띄지 않은 모라벡 우주선들이 —현대적이고 위장술을 구사하는 우주선이— 우리를 뒤따르고 있는 것 같아, 만무트가 전송했다.

나도 그렇게 생각했어, 덩치 큰 하드벡 모라벡이 말했다.

그런 얘긴 한 마디도 안 했잖아.

자네도 마찬가지야, 지금까지는, 오르푸가 말했다.

아스티그/체와 다른 통합 사령관들이 왜 우리에게 말해주지 않았지? 만약 우리가 진짜 함대가 나타나기 직전 눈에 띄는 과녁으로 쓰이고 있다면, 우리도 알아야 할 권리가 있어.

오르푸는 저주파 소음을 보내 왔는데 만무트는 경험을 통해 그것이 어깨를 으쓱하는 행위에 해당함을 알고 있었다. 그런다고 달라질 것도 없잖아, 안 그래? 커다란 모라벡이 말했다. 만약 지구가 방어를 위해 우리를 공격하고 우리의 허약한 힘의 장 방어막을 뚫어 버리면 우리는 불평할 겨를도 없이 죽어버릴 텐데 뭐.

지구 방위라고 해서 말인데, 2주 전 궤도 도시에서 들려 왔던 목소리가 다른 메시지를 보내 온 적이 있대? 분자 증폭을 이용한 방송의 내용은 아주 간결했다. 녹음된 여성의 목소리는 24시간 동안 단순하게 "오디세우스를 돌려 달라"고 반복하고 또 반복하더니 시작할 때와 마찬가지로 뚝 끊어졌다. 그 메시지는 무작정 보내는 것이 아니었다. 그것은 정확히 퀸 맵을 겨냥하고 있었다.

수신 채널들을 줄곧 모니터링 하고 있는데, 오르푸가 말했다, 새로운 소식은 없었어.

승강기가 빙 돌더니 멈추었다. 넓은 화물용 출입구가 열렸다. 만무트는 포보스에서 출발한 이후, 그리고 오르푸가 그를 뒤따른 이후, 처음으로 조종실에 발을 디뎠다.

* * *

조종실은 지름 30미터 정도의 원형에 천정은 돔형이었으며, 두꺼운 창문과 창문 역할을 하는 홀로그램 스크린들이 빙 둘러쳐 있었다. 우주선 자체만 놓고 보자면 이 조종실은 만무트에게 썩 만족스러웠다. 오르푸, 죽고 없는 코로스 3과 리포, 그리고 그를 화성으로 데려온 이름 없는 우주선이 —양날의 마그네틱 가속장치로 빛의 5분의 1속도를 낼 수 있고, 붕소로 만든 감광 돛을 달았으며, 핵분열 엔진, 그리고 다른 모라벡의 장치들까지 있어서— 몇 세기나 앞서 있었다. 하지만 이 괴상한 복고풍의 핵우주선과 그릿은 ····· *제대로 된 것*으로 보였다. 가상 제어판이나 훨씬 단순한 자동 개폐 모니터가 아니라, 수십 명의 모라벡 기술진은 구식 가속의자에 앉아 그보다 더 구식인 금속과 유리로 만들어진 모니터를 보고 있었다. 진짜 스위치, 진짜 단추, 손으로 돌리는 다이얼 —*다이얼이라니!*— 외에도 눈과 비디오카메라를 즐겁게 해 주는 장치들이 수없이 많았다. 바닥은 결을 낸 금속 같았는데, 아마도 2차 세계대전에서 쓰였던 전함의 외피를 그대로 쓴 것 같았다.

혐의자들은 —오르푸가 사용하는 불손한 용어— 중앙 운항테이블 가까이에서 그들을 기다리고 있었다: 유로파의 총 통합 사령관 아스티그/체, 소행성대의 전투용 모라벡들을 대표하는 베 빈 아데 장군, 그들의 칼리스탄 안내자 초 리(그의 외모와 소리가 죽은 리 포와 굉장히 닮아 있어서 만무트는 편안함을 느꼈다), 강건하고 강화 탄소로 덮인 파리 눈을 하고 있는 가니메단 수마 IV, 그리고 거미 같은 퇴행성 시노피센.

작은 모라벡 만무트는 지도가 있는 테이블 가까이 가서 반짝거리는 테이블 위를 내려다 볼 수 있도록 작은 단 위에 올라섰다. 만무트는 그 위를 떠다녔다.

"낮은 지구 궤도에 진입할 때까지 열 네 시간도 남지 않았습니다."

아스티그/체가 인사도 설명도 없이 단도직입적으로 말했다. 그의 목소리는 —잃어버린 시대의 역사에 대한 비디오와 오디오를 자주 접해 훈련된 만무트의 귀에는 제임스 메이슨의 목소리로 들리는— 부드러웠지만 또한 사무적이었다.

"우리는 어떻게 해야 할지 결정해야 합니다."

총 사령관은 공동 채널을 통해 방송하는 대신 직접 목소리를 사용했다. 조종실은 지구의 평균 기압에 맞춰져 있었다. 유로파 모라벡들은 좋아하고 다른 이들에게는 참을만한 환경이었다. 직접 목소리를 사용하는 게 공용 주파수대를 통한 대화보다는 사적이고 타이트빔보다는 음모를 꾸미는 냄새가 덜 났다. 오르푸가 물었다.

"우리에게 오디세우스를 되돌려달라고 했던 여자 목소리가 또 다른 내용을 보내 왔나요?"

"아니요."

거대한 칼리스탄 네비게이터 초 리가 말했다. 초 리의 목소리는 언제나처럼 아주 아주 부드러웠다.

"하지만 그 방송이 보내지고 있는 궤도의 구조물이 우리 목적지입니다."

초 리가 조작기 촉수를 테이블 위의 지도에 대자 거대한 홀로그램 지구가 나타났다. 적도링과 극링이 매우 밝았고, 수없이 많은 빛의 파편들이 적도를 따라 서쪽에서 동쪽으로 극 주변의 둘러싸고 북쪽에서 남쪽으로 움직이고 있었다.

"이것은 실시간 비디오입니다."

아말테아 퇴행성 시노피센을 이루고 있는 얇고 작은 은빛 다리의 중앙에 있는 조그마한 박스에서 나는 소리였다. 이오의 오르푸가 말했다.

"나는 공용 채널을 통해 데이터를 읽을 수 있어요. 또한 레이다와 적외선 스캔을 통해 여러분 모두를 볼 수 있어요. 하지만 홀로그램 화면에서는 내가 놓치는 부분들, 전혀 인식하지 못하는 것들이 있을 수도 있어요."

"내가 보이는 모든 것들을 타이트빔으로 전송해주지."

만무트가 말했다. 그는 타이트빔을 연결하고 이오니언을 향해 초고속 자료 분사 장치를 작동시켰다. 그는 차트 테이블 위에 둥둥 떠 있는 푸르고 하얀 지구의 홀로그램 이미지를, 밝은 극과 적도의 링들이 바다와 구름을 가르고 교차하는 모습을 묘사해 주었다. 링들이 아주 가까이 있었기 때문에 검은 우주를 배경으로 수많은 작은 입자들이 반짝거리는 것을 확인할 수 있었다.

"확대한 건가요?"

오르푸가 물었다.

"열 배만."

시노피센이 말했다.

"작은 망원경 수준이지요. 우리는 지구의 달 궤도에 접근하고 있어요. 비록 지금 달은 지구 반대편에 가 있지만. 달과 지구 사이의 공간으로 들어갈 때는 핵폭탄 사용을 중지하고 이온 드라이브로 바꾸려 합니다. 그곳의 누구한테든 반감을 살 필요는 없으니까요. 우리 속력은 초당 10킬로미터로 줄어들 겁니다. 지난 이틀 동안 감속과 함께 우리의 중력이 1.25로 늘었다는 사실을 눈치 채셨겠죠."

"오디세우스는 늘어난 중력을 어떻게 받아들이던가요?"

만무트가 물었다. 그는 지난 주 내내 유일하게 남은 인간 승객을 만나지 못했다. 호켄베리가 퀸 맵으로 QT해 돌아오기를 바랐지만 아직 돌아오지 않았다.

"잘 하고 있어요."

키 큰 가니메단 수마 IV가 대답했다.

"평소 때보다 더 자기 벙커와 방 안에서 지내고 있어요, 하지만 감속에 따른 중력 증가가 일어나기 전에도 그랬습니다."

"분자 증폭기에서 들려오던 여자의 목소리나 '오디세우스를 돌려달라' 는 메시지에 대해 아무 말도 하지 않던가요?"

오르푸가 물었다.

"아니요."

아스티그/체가 말했다.

"그는 우리에게 모르는 목소리라고 했어요. 또 아테네나나 아프로디테 같이 그가 만났던 올림피언 신들의 목소리하고도 전혀 다르다고 했어요."

"그 방송은 어디서 오고 있었죠?"

만무트가 물었다. 초 리는 자신의 조작기 중 하나에 내장되어 있는 레이저 펜을 작동시켜 극링의 한 점을 가리켰다. 그 점은 현재 투명한 지구 홀로그램의 뒤쪽에서 남극을 향해 움직이고 있었다.

"확대하시오."

네비게이터가 맵의 메인 AI에게 명령을 내렸다.

점은 지구 전체를 덮어버릴 때까지 확대되었다. 그것은 철근과 불투명한 오렌지색 유리와 빛으로 만들어진 거친 아령 모양의 도시였다: 높은 유리 타워, 유리 버블, 유리 돔, 소용돌이 모양의 유리관과 아치들. 만무트는 타이트빔을 통해 이 모든 것을 오르푸에게 요약해 주었다.

"이것은 지구 궤도 상의 인공물 중 가장 규모가 큰 것입니다."

퇴행성 시노피센이 말했다.

"그 길이가 약 20킬로미터로서, 잃어버린 시대의 도시 맨해튼이 물에 잠기기 전의 크기만 합니다. 바위와 중금속으로 이루어진 핵 주변에 지어진 것 같아요. 아마 포로가 된 소행성 같은데, 이 핵이 거주자들에게 어느 정도 중력을 제공하고 있는 것 같습니다."

"어느 정도로요?"

이오의 오르푸가 물었다.

"초당 10센티미터 정도."

알마테아 출신이 말했다.

"인간이나 미수정 후기-인류가 떠돌다 없어진다든지 점프하여 달아나는 걸 막을 정도는 됩니다. 하지만 원하는 데로 떠다닐 수 있는 정도로는 가볍지요."

"사이즈와 중력은 포보스와 비슷한데요. 그 목소리의 주인이나 거주민들에 대한 정보가 있나요?"

"후기-인류들은 2천 년도 전에 이 궤도 환경을 건설했어요."

총통합사령관 아스티그/체가 말했다.

"두 분 모두 아시겠지만, 우린 후기-인류가 다 멸종한 것으로 간주했어요. 그들의 전파 전송은 지구와 화성 사이에 양자 범람이 만들어지기 시작하기 훨씬 전인 천년 이전부터 끊어졌어요. 우리는 망원경으로 지구와 달 사이의 공간에서 우주선을 발견한 적도 없고, 지구로부터도 아무런 신호도 받지 못했어요. 하지만 몇몇 사람들이 살아남았을 가능성을 배제할 순 없죠. 아니면 진화했거나.”

“뭐로 진화했다는 거죠?”

아스티그/체는 가장 고대적이고, 불가해하면서도, 표현력 풍부한 인간의 몸짓을 했다. 어깨를 으쓱한 것이다. 다른 유로파 출신들이 어깨를 으쓱하는 것을 만무트가 알려주려고 하자, 오르푸는 자기도 레이다와 적외선 센서로 그걸 알아 차렸다고 타이트빔으로 전해 왔다.

“당신이 어둠의여왕을 지구 대기권에 떨어뜨려야 하는지 결정하기 전에 최근 상황을 점검해 보도록 합시다.”

아스티그/체가 말을 이었다. 그는 매우 인간처럼 보이는 손을 차트 테이블 위에 얹었다. 궤도섬의 홀로그램은 사라지고 지구와 화성의 홀로그램이 나타났다. 비율은 맞지만 둘 사이의 거리는 멀지 않았고, 수많은 푸른색, 녹색, 백색의 선들이 근-지구-궤도와 화성의 표면을 연결하고 있었다. 홀로그래픽 데이터 기둥이 나타났다. 두 개의 행성은 거미가 미친 듯이 집을 지어 놓은 것처럼 연결되어 있었는데, 단지 이 경우엔 거미집들이 박동하면서 성장한다는 게 다른 점이었다. 실들이 늘어나고 연결되면, 새로운 실들이 자동으로 여기저기서 자라 나왔다. 만무트가 타이트빔으로 서둘러 이 상태를 묘사했다.

됐어, 오르푸가 전해왔다. *난 데이터밴드를 읽고 있어. 직접 눈으로 보는 만큼이나 또렷해.*

“이것은 지난 열흘간의 양자 활동을 나타냅니다.”

초 리가 말했다.

“보시다시피 우리가 포보스에서 출발할 때보다 열 배는 더 활발한 활동을 보여주고 있어요. 이러한 불안정성은 거의 한계 상황에 접근하고 있습니다⋯⋯.”

“어떤 한계 상황이요?”

이오의 오르푸가 물었다. 아스티스/체가 시각판이 달린 얼굴을 커다란 이오니언에게 돌렸다.

"다음 주 안에 결정을 내려야 할 정도로 심각한 한계 상황입니다. 만약 활성도가 점점 더 커진다면 시간이 없을 겁니다. 이 정도 수준의 양자 불안정성은 전 태양계를 위협할 수도 있어요."

"무슨 결정이요?"

"양자의 흐름이 시작되고 있는 지구의 극링과 적도링을 파괴시킬 것인가, 또한 올림포스 몬스를 비롯한 화성의 다른 양자 노드들을 인두로 지져버릴 것인가."

베 빈 아데 장군이 말했다.

"그리고 필요하다면 지구를 불모로 만들어버릴 건가도."

오르푸가 휘파람을 불었다. 조종실 안에서 울려 이상한 소리가 났다.

"퀸 맵에게 그 만큼의 군사력이 있나요?"

"아닙니다."

장군이 말했다. 만무트는 생각했다, *보이지 않는 모라벡 우주선들이 우릴 따라오고 있다는 내 추측이 맞는 것 같군.*

타이트빔으로 오르푸도 전송했다. *보이지 않는 모라벡 우주선들이 우릴 따라오고 있다는 우리 추측이 맞는 것 같아.* 만약 만무트에게 눈꺼풀이 있었다면, 둘의 생각이 이렇게 비슷해서 눈을 찡긋했을 것이다.

침묵이 내려앉았다. 거의 일 분이 지나도록 차트 테이블 주변의 여섯 모라벡들은 입을 열지도 전송하지도 않았다.

"당신들에게 전할 소식들이 더 있습니다."

마침내 수마 IV가 입을 열었다. 강화 탄소를 뒤집어 쓴 가니메단이 제어판을 누르자 다른 모양의 확대된 지구의 광경이 튀어 나왔다. 만무트는 한 때 영국제도라고 불리던 지역을 알아보았다. 셰익스피어! 곧이어 장면은 유럽 대륙으로 줌인 해 들어갔다. 두 이미지가 홀로큐브를 채웠다. 검은 분화구로부터 방사되어 나오는 이상한 도시와, 바로 그 도시가 조금 전에 보았던 지구와 화성의 양자 균형을 무너뜨리고 있던 것과 비슷한 푸른 거미줄에 덮여 있는 모습. 그는 이 푸른 물질을 친구에게 묘사해줬다.

"그게 도대체 뭐죠?"

오르푸가 물었다.

"우리도 모릅니다. 하지만 이것도 지난 7일 동안 나타난 것입니다. 좌표만 봐서는 프랑스란 나라의 고대 도시 파리와 맞아 떨어지는데요, 포보스와 화성의 우리 천문학자들이 고전-스타일 인류의 활동을 —원시적이지만 볼 수 있었지요— 관찰해온 곳이기도 합니다. 하지만 오래된 검은 블랙홀 분화구가 분명했던 이곳에 이제는 이 푸른 돔, 푸른 거미줄, 푸른 첨탑밖에 보이지 않습니다."

"그 거미줄을 치고 있는 게 뭐 같습니까?"

"다시 한 번 말하지만, 우리는 모릅니다."

수마 IV가 말했다.

"하지만 그 안에서 나오는 측정치를 보세요."

오르푸는 이번엔 휘파람을 불지 않았으나, 대신 만무트가 그러고 싶은 충동을 느꼈다. 푸른 거미줄로 뒤덮인 파리의 일부에선 온도가 섭씨 영하 40도까지 내려갔다. 그런데 바로 몇 미터 옆은 그 지역의 그 계절에 딱 맞는 온도를 유지하고 있었다. 거기서 바로 몇 미터만 가면 다시 납이라도 녹일 정도로 온도가 올라 있었다.

"이게 자연 현상일 수 있나요? 후기-인류들이 지구의 생태계와 생명체들을 갖고 놀던 미친 시절에 뭔가 잘못 해놓은 것이 이제 나타나는 것은 아닐까요?"

"기록상으로는 이와 비슷한 것도 관찰된 적이 없습니다."

아스티그/체가 말했다.

"그리고 우리는 컨소시엄 우주에서 끊임없이 지구를 관찰해 왔습니다. 그런데 이걸 보세요."

홀로큐브 지도에 열두 개의 또 다른 푸른 점들이 나타나더니 다시 둥근 지구 모양이 될 때까지 확장되었다. 푸른 거미줄은 유럽, 아시아, 남미와 남아프리카였던 곳에도 표시되었다. 모두 열두 곳이었다. 푸른 동그라미들 옆에는 파리에서 나타났던 것과 비슷한 그 현상이 모라벡 센서에 감지된 날짜, 시간, 분, 초가 함께 나타났다. 만무트는 오르푸에게 이 이미지를 얼른 타이트빔으로 보냈다.

"그리고 이것도."

아스티그/체가 말했다. 다른 지구본에 파리와 다른 푸른 도시에서 하늘을 향해 곧장 뻗어 있는 푸른 광선이 나타났다. 그 중엔 예루살렘이라고 표시된 곳도 있었다. 얇고 푸른 광선은 우주 공간 속으로 쭉 벋어나가 태양계 너머로 사라졌다.

"저건 우리도 본 적이 있는데요."

만무트의 묘사를 듣고 난 오르푸가 말했다.

"그건 다른 지구, 그러니까 일리움이 있던 고대 지구에서 사람들이 한꺼번에 사라져 버린 날 델피에 나타났던 타키온 광선과 같은 종류입니다."

"맞습니다."

"그 광선은 우주 속 어느 것도 겨냥하고 있는 것 같지 않은데. 안 그래요?"

"소마젤란 성운을 셈에 넣지 않는다면 그렇겠지요."

초 리가 말했다.

"게다가, 이 타키온 광선들에는 양자적 요소들이 있습니다."

"그게 무슨 뜻입니까, 양자적 요소라니요?"

"광선들이 양자 수준의 계-이동을 하면서, 아인슈타인의 4차원 시공간보다 칼라비-야우 공간에 더 존재한다는 거죠."

"그러니까 그 말은, 다른 우주로 옮아가고 있다는 것이네요."

"그렇습니다."

"일리움 지구가 있는 우주로?"

만무트가 물었다. 그의 목소리는 희망에 차 있었다. 몇 주 전 현재의 화성과 일리움 지구가 있는 우주를 연결하던 브레인 홀이 닫힌 후, 모라벡들은 트로이와 아가멤논이 있는 고대 지구와의 연결 고리를 잃었다. 하지만 호켄베리는 칼라비-야우 우주 멤브레인을 가로질러 퀸 맵으로 순간이동할 수 있었고, 아마도 그곳으로 QT해 돌아간 것 같았다. 물론 그가 핵 우주선에서 정확히 어디로 사라져 버렸는지는 아무도 모른다. 수많은 그리스와 트로이 사람들을 알았던 만무트는 당시 우주와 다시 연결될 수 있기를 바라고 있었다.

"그런 것 같지는 않습니다."

초 리가 말했다.

"그 이유는 우리 추측의 근거로 삼고 있는 다중-멤브레인 칼라비-야우 공간 수학만큼이나 복잡한데, 여덟 달 전 당신들이 화성에 성공적으로 장착해 놓은 장치로 분석해낸 결과에 따른 것입니다. 우리는 타키온 광선들이 하나 혹은 다수의 다른 우주를 겨냥하고 있다고 생각합니다. 일리움 지구는 아니고요."

만무트는 두 팔을 벌렸다.

"그런데 그게 모두 우리의 지구 미션하고 무슨 관계가 있나요? 나는 그 미션을 위해 *어둠의여왕*을 지구의 바다에 착륙시키고 수마 IV를 내려 주어야 하는 걸로 알고 있는데요. 지난 해 내가 돌아가신 리 포를 올림포스 몬스로 데려왔어야 했을 때처럼. 푸른 거미줄하고 타키온 광선이 그 계획에 차질을 불러 일으켰나요?"

다시 한 번 침묵이 찾아왔다.

"대기권에 진입할 때의 위험도와 예상치 못한 변수가 엄청나게 증가하고 있습니다."

수마 IV가 말했다.

"좀 다른 말로 해 주시겠어요?"

"자, 주목해주십시오."

키가 큰 가니메단이 말했다. 천체의 기록이 차트 테이블 위에 홀로그램으로 나타났다. 만무트는 그 모습을 타이트빔을 통해 오르푸에게 묘사해주었다.

"날짜를 잘 보세요."

총 통합 사령과 아스티그/체가 말했다.

"여덟 달도 더 된 거네."

"그래요. 우리가 브레인 홀을 이용해 화성-일리움 공간을 연결하기 바로 직전입니다. 오늘날의 궤도 링들에 비해 훨씬 해상도가 낮다는 게 보이죠. 그건 우리가 포보스 기지에서 관찰하고 있었기 때문입니다."

화면은 퀸 맵으로 메시지를 보냈던 것과 모양이 비슷하지만 꼭 같진 않은 소행성을 보여주고 있었다. 이 아스테로이드는 천천히 도는 돌덩이처럼 보였는데, 그 위에는 빛나는 유리와 타워, 돔과 구조물들이 있었다. 이 소행성은 더 작아서 길이가 2킬로미터도 되지 않았다. 갑자기 다른 물체가 시야에 들어왔다. 3킬로미터 길이의 금속 구조물인데 긴 은빛 막대기처럼 보였고, 주변에 철골과 보관 탱크와 연료 실린더, 끝이 구근 모양으로 생긴 기둥, 반짝거리는 구체 등이 덕지덕지 붙어 있었다. 추진 불꽃이 점화되어 있었지만 만무트가 보기에 단순한 우주선이라고 믿을 수는 없었다.

"저게 도대체 뭔가요?"

만무트의 묘사를 듣고 데이터를 읽은 후 오르푸가 물었다.

"앞부분에 웜홀 수집기가 달린 궤도 선형 가속기."

아스티그/체가 말했다.

"소행성 도시의 누군가 —혹은 무언가가— 이 무인 선형 가속기에게 명령을 내리고 있다는 사실에 주목해봅시다. 수많은 안전 조치를 무시하면서, 곧바로 다른 소행성으로 직진하고 있어요."

"어째서요?"

오르푸가 물었다. 아무도 대답하지 않았다. 다섯 명의 모라벡들은 눈으로, 그리고 오르푸는 귀로, 기다랗고 철골로 둘러싸인 궤도 기계가 점점 속도를 내어 끝내 소행성과 충돌하는 장면을 보았다. 아스티그/체가 화면 속도를 늦췄다. 이글거리는 타워와 돔은 천천히 박살나면서 사방으로 흩어졌다. 이어 소행성 자체가 붕괴되면서 선형 가속기 끝의 웜홀 축적기가 수많은 수소 폭탄이 터지듯 엄청난 폭발력으로 터졌다. 선형 가속기의 연료 탱크, 추진기, 그리고 주 드라이브 엔진이 불붙으면서, 소리도 없는 마지막 일련의 느린 폭발이 있었다.

"이제 보세요."

수마 IV가 말했다. 홀로그램 폭발 화면에 두 번째 망원 화면, 그리고 레이더 좌표가 덧붙여졌다. 적도 링의 곳곳에서 추진기의 화염이 뿜어져 나오면서, 처음엔 십여 개, 다음엔 수백 개의 소형 우주선들이 폭발중인 궤도 소행성을 향해 빠르게 날아가는 모습을 만무트가 타이트빔으로 전송했다.

"크기가 얼마나 됩니까?"

오르푸가 물었다.

"각각 길이 6미터, 폭 3미터 정도입니다."

초 리가 말했다.

"무인이라…… 모라벡인가요?"

"오히려 수백 년 전 인간들을 모셨던 시종들 같습니다."

아스티그/체가 말했다.

"한 가지 목적만을 수행하는 단순한 AI지요. 한번 보세요."

만무트는 보았다. 그리고 자신이 본 것을 오르푸에게 묘사해주었다. 팽창 중인 소행성과 가속기의 잔해들이 널린 장을 향해 몰려가고 있는 수백, 아니, 수천 개의 작은 장치들은 각각의 두뇌와 방향타를 가진 고성능 레이저 기기와 비슷했다. 녹화 장면을 몇 시간 뒤로 돌리자 시종-레이저들이 잔해의 장을 이리저리 통과하면서, 지구 대기권에의 진입하려는 소행성과 가속기의 잔해들을 모두 때려 부수고 있었다. 아스티그/체가 말했다.

"후기-인류들은 바보가 아니었습니다. 적어도 엔지니어링에 관한 한은 말이죠. 그들이 지구 주변에 건설한 두 개의 링에 모여든 질량을 합치면 달 하나에 해당하는 엄청난 마찰력을 발생시키는 규모였습니다. 우리한테 쏟아져 내렸던 물체들, 거의 포보스만한 크기의 물체들이 수백만 개 모여 있는 셈이었으니까요. 하지만 그들은 너무도 간단한 이중 안전장치로써 그 물체들을 궤도에 머물게 했고, 추락할 위험에 대비해 방어책을 만들어놓았습니다. 파편들을 파괴해 버리는 이 고성능 레이저 비행정들이야말로 마지막 방어선이었죠. 그로부터 여덟 달 이상이 지나고도 여전히 지구 위로는 운석들이 떨어지고 있지만, 덕분에 재앙을 불러올만한 충격은 없었던 겁니다."

"궤도의 백혈구인 셈이네요."

오르푸가 말했다.

"맞습니다."

오월 컨소시엄의 총 통합 사령관이 말했다. 마침내 만무트가 거들었다.

"알겠습니다. 그러니까 우리가 *어둠의 여왕*을 실은 착륙선을 내려 보낼 경우, 이 작은 로봇 백혈구들이 우리한테 마구 공격을 퍼부을까봐 걱정을 하고 있는 거군요."

"착륙선과 당신의 잠수정을 합하면 지구에 위협적인 질량이 될 테니까요."

아스티그/체가 인정했다.

"오르푸가 백혈구라고 불렀던 것들을 관찰했는데…… 훨씬 작은 운석 조각들도 산산조각을 내거나 위로 날려버리더군요."

만무트가 자신의 금속-플라스틱 머리를 흔들었다.

"이해할 수 없어요. 여러분은 이 녹화 화면과 정보를 여덟 달 전부터 알고 있었어요, 그런데도 *어둠의 여왕*을 끝까지 실어 왔어요…… 상황이 달라지기라도 했나요?"

베 빈 아데 장군이 운석이 파괴되고 있는 홀로그램 녹화 장면을 다시 가리켰다. 이미지가 확대 되었다. 컴퓨터 화면의 입자가 거칠어져 모자이크처럼 보였다.

뭐지? 오르푸가 타이트빔으로 물었다. 만무트는 이어서 나오는 이미지를 묘사해 주었다. 폭발과 파괴되어가는 파편들 사이로 작은 비행선이 보였는데 마치 뚜껑이 열린 비행기 조종석 같은 곳에 세 명의 인간이 앉아 있었다. 힘의 장이 약하게 반짝이는 보고서야 그들이 진공 상태에서 죽어가고 있는 게 아니란 걸 알 수 있었다.

"저게 뭐죠?"

오르푸에게 그 상태를 묘사해 준 후에 만무트가 물었다. 헌데 대답을 한 것은 오르푸였다.

"수 천 년 전 고전-스타일 인류와 후기-인류가 모두 사용하던 비행 물체야. AFV —All Function Vehicle(전기능자동차)— 혹은 그냥 소니라고 불렸지. 후기-인류들이 링 사이를 오가는 데 사용했어."

소니가 대기권으로 들어가, 북 아메리카 중심부를 가로지른 다음, 오대호 중 하나의 아래쪽에 착륙하는 과정을 홀로그램이 보여주었다.

"저곳은 우리 목적지 중 하나였습니다."

아스티그/체가 말했다. 그가 몇 개의 아이콘을 두드리자 망원 렌즈로 잡은 언덕 위에 세워진 인간의 대저택 사진이 나타났다. 거대한 저택은 부속 건물들과 나무 담장처럼 보이는 것들로 둘러싸여 있었다. 인간들이 —혹은 인간처럼 보이는 존재들이— 담장과 집 주변에 있었다. 이 사진 속에만 수 십 명이 있었다.

"그것은 우리가 감속을 시작했던 일주일 전의 사진이고, 이것은 어제 찍힌 것입니다."

베 빈 아데 장군이 말했다. 같은 망원 사진이었지만, 이젠 집과 담장 모두 불에 탄 폐허로 변해 있었다. 숯덩이가 되어버린 여기저기에 시체들이 널려 있었다. 만무트가 말했다.

"이해할 수가 없어요. 여덟 달 전에 소니가 착륙한 지점의 인간들이 다 학살당한 것처럼 보이는데요. 누가, 무엇이, 그들을 죽였습니까?"

베 빈 아데가 또 다른 망원 사진을 불러와 확대했다. 나뭇가지 사이로 인간이 아니면서 두 다리를 가진 존재들이 눈에 들어왔다. 연한 은회색에 기본적으로 머리가 없고 어두운 몸뚱이를 하고 있었다. 팔과 다리는 인간의 것도 모라벡의 것도 아니었다. 만무트가 물었다.

"저게 뭡니까? 일종의 시종인가요? 로봇?"

"우리도 모릅니다. 하지만 이것들이 지구 위에 작은 공동체에서 살고 있는 인간들을 죽이고 있어요."

"끔찍한 일이네요, 하지만 이게 우리 임무를 취소하는 것과 무슨 상관입니까?"

"이해합니다."

이오의 오르푸가 말했다.

"중요한 건 지금 벌어지고 있는 일을 보기 위해 어떻게 지구 표면에 도착하느냐 하는 거죠. 또 의문점은, 왜 레이저 백혈구들이 먼저 소니를 쏴버리지 않았는가 하는 겁니다. 소니는 지구의 대기권에 진입했을 때 위협이 될 만큼 충분히 컸습니다. 그런데 어째서 살려두었던 걸까요?'

만무트가 잠시 동안 생각하다가 마침내 말했다.

"인간들이 타고 있었잖아요."

"아니면 후기-인류가."

아스티그/체가 말했다.

"지금 이 해상도로는 누가 누구인지 구별하기 힘듭니다."

"백혈구들은 인간이나 후기-인류가 타고 있는 비행 물체의 대기권 진입을 허락한다·····."

만무트가 천천히 말했다.

"당신들은 이미 여덟 달 이전에 이 사실을 알고 있었네요. *그래서* 오디세우스를 납치한 거군요."

"그렇습니다."

수마 IV가 말했다.

"그는 우리와 함께 지구로 내려갈 겁니다. 그의 인간 DNA는 우리의 통행 열쇠가 될 것입니다."

"하지만 다른 궤도 섬에서 들리는 목소리는 우리더러 오디세우스를 돌려달라고 하는데요."

아이러니 혹은 유머 혹은 소화불량을 의미하는 덜거덕 소리를 내면서 오르푸가 말했다. 아스티그/체가 답했다.

"그렇습니다. 우리는 인간을 태우지 않고도 우리 착륙선과 당신의 잠수정이 지구 대기권 진입 허가를 받을 수 있을지 모르겠어요."

"우린 극링의 행성 도시에서 들려오는 초대의 목소리를 언제든지 그냥 무시할 수 있습니다."

만무트가 말했다.

"우리와 함께 오디세우스를 지구로 데려갔다가 착륙선에 태워서 돌려보내는 겁니다‥‥."

그는 잠시 더 생각할 시간을 가졌다.

"아니, 그래선 안 될 겁니다. 만약 퀸 맵이 그들의 랑데부 요구를 받아들이지 않으면 행성-도시가 우리를 공격할 공산이 큽니다."

"그래요, 그럴 가능성이 커 보입니다."

아스티그/체가 말했다.

"오디세우스를 넘기라는 이 요구와 비-인류에게 인간들이 학살당한 장면이 우리가 당신의 착륙 탐사를 계획한 이래 닥쳐온 새로운 변수들입니다."

"호켄베리 박사가 QT해버리는 바람에 우리 곁에 없어서 정말 아쉽네요."

만무트가 말했다.

"올림포스의 신인지 누구인지가 재생해 놓은 DNA지만, 아마도 분명히 우리를 궤도 적혈구 사이로 데려가 줄 수 있었을 텐데."

"우리가 결정을 내려야 할 시간은 채 열한 시간이 안 됩니다."

아스티그/체가 말했다.

"그 때쯤이면 우리는 극링의 궤도 도시와 랑데부하게 될 것이고, 그러면 착륙선과 잠수정을 떨어뜨리기엔 너무 늦어버릴 겁니다. 앞으로 두 시간 후에 이곳에 다시 모여 마지막 결정을 내리기로 하겠습니다."

화물 엘리베이터로 들어가면서 이오의 오르푸는 자신의 커다란 조작기로 만무트의 어깨에 토닥거렸다.

자, 스탠리, 그가 말했다, *자네 또 한 번 우리를 이 엄청난 난리통으로 끌고 들어갔군.*

마흔
여섯

하먼은 아르디스 홀에 대한 공격을 실시간으로 경험했다.

이전까지 튜린 복의 경험은 —보고, 듣고, 보이지 않는 존재가 되어 관찰하는 것은— 언제나 드라마틱하긴 했어도 자신과는 아무 상관없는 오락거리에 불과했다. 허나 지금은 생생한 지옥이었다. 트로이 전쟁은 허구라는 게 분명했는데, 이 아르디스에 대한 공격 장면은 지금 당장 일어나고 있거나 최근에 녹화된 실제 사건이라는 것을 하먼은 느끼고 —알고— 있었다.

하먼은 천을 덮고 실제 세계에 푹 빠진 채 여섯 시간을 보냈다. 그는 보이닉스들이 공격을 시작했던 자정 직후부터 동이 틀 무렵까지를 지켜보았다. 아르디스는 불타 버리고 소니가 상처받고, 피를 흘리며, 의식을 잃은 사랑하는 에이다를 고깃덩어리처럼 위로 끌어 올려 북쪽으로 날아간 직후였다.

그는 페티르가 혼자 소니를 타고 아르디스에 온 것을 보고 놀랐으며 —한나와 오디세우스는 어디 있는 거지?— 페티르가 보이닉스의 돌을 맞고 쓰러져 죽을 때는 고통으로 소리 내어 울었다. 수많은 아르디스의 친구들이 이미 죽었거나 죽어가고 있었다. 젊은 피언은 쓰러졌고, 아름다운 엠므는 보이닉스에게 팔을 잘린 후 불타는 참호 속에 떨어져 리먼과 함께 죽어갔다. 살라스도 죽었고, 라먼도 격추당했다. 마추픽추의 골든 게이트에서 페티르가 가져온 무기들도 광포한 보이닉스들

앞에서는 무용지물이었다.

핏빛처럼 붉은 튜린 복 아래서 하먼은 신음했다.

그가 마이크로 회로 자수를 활성화시킨 지 여섯 시간 후에 튜린 이미지는 끝이 났고, 하먼은 일어나 천을 걷어 버렸다. 마법사는 사라졌다. 하먼은 작은 화장실로 가, 이상하게 생긴 변기를 사용하고, 놋쇠 체인 끝에 달려 있는 도자기 손잡이를 당겨 물을 내렸다. 얼굴에 물을 묻힌 후 수돗물을 손바닥으로 받아 꿀꺽꿀꺽 들이 마셨다. 그는 다시 밖으로 나와 2층으로 된 케이블카의 구조를 살폈다. 그의 외침이 금속 구조물에 메아리쳤다.

"프로스페로! 프로스페로!"

2층에서 그는 발코니 문을 열어젖히고 밖으로 나섰다. 그는 사다리로 점프해 —발아래 낭떠러지에는 신경도 쓰지 않고— 움직이고 있는 케이블카 지붕으로 재빨리 기어 올라갔다. 공기가 차가웠다. 그는 밤새 튜린 복으로 이미지를 보았고, 오른쪽에서는 차가운 금빛 태양이 막 떠오르고 있었다. 케이블은 북쪽으로 뻗어 있었고, 위로 향해 있었다. 그는 지붕 가장자리에 서서 아래를 내려다보고는, 케이블카와 *에펠반*이 몇 시간 째 높은 고도로 올라가는 중이라는 사실을 알아차렸다. 밤새에 정글과 평원은 사라지고 처음으로 산자락을 지나 진짜 산악 지대로 접어들고 있었다.

"프로스페로!!!"

하먼의 외침에 수백 피트 아래의 바위들이 울렸다.

그는 태양이 지평선 위로 두 뼘 정도 떠오를 때까지 서 있었다. 하지만 떠오르는 태양에서 온기는 전해오지 않았다. 자신이 얼어가고 있다는 사실을 깨달았다. *에펠반*은 그를 얼음, 바위, 하늘로 이루어진 지역으로 데려가고 있었고, 푸른 것과 자라는 것들은 이제 모두 자취를 감추었다. 한참 너머에 거대한 얼음의 강이 —검색 독서를 통해 빙산이라 불리는 것을 알고 있었다— 바윗돌과 얼음 봉우리 사이를 하얀 뱀처럼 굽이굽이 감고 있었다. 거기에 반사된 햇빛은 눈이 멀 정도였다. 희고 거대한 덩어리엔 검은 틈새들이 벌어져 있었고, 동시에 언덕 아래로 굴러 떨어지는 바위와 암석이 만들어낸 홈이 곳곳에 파여 있었다.

그의 머리 위 케이블에서 얼음조각이 떨어져 내렸다. 회전 바퀴에선 색다른 소리, 차가운 소리가 났다. 흔들거리는 케이블카의 지붕 위도, 바깥쪽을 향한 벽의 테두리도, 케이블 위도 얼음으로 덮여 있다. 가장자리로 기어가 떨리는 몸과 아파오는 손을 가누면서 하먼은 철제 사다리를 조심스럽게 내려와 얼음 덮인 발코니로 뛰어내린 후 비틀거리며 따뜻한 방으로 들어왔다.

철제 벽난로엔 불이 지펴져 있었다. 프로스페로가 손을 데우면서 그곳에 서 있었다.

하먼은 추위와 분노로 부들부들 떨면서 성에가 낀 문틀 옆에 한참 동안 서서 마법사에게 달려가고 싶은 충동을 억누르고 있었다. 귀중한 시간을 낭비할 수 없었다: 십 분 후에 마룻바닥에서 정신을 차리고 깨어날 생각은 전혀 없었다. 마침내 그는 다정하고 이성적인 목소리를 내려 애쓰며 입을 열었다.

"프로스페로 님, 당신이 무엇을 원하건 간에, 그대로 따르겠습니다. 당신이 내가 무엇이 되길 원하건 간에, 그것이 되겠습니다. 적어도 그렇게 되기 위해 최선을 다하겠습니다. 내 생명과 아직 태어나지 않은 나의 아이를 걸고 맹세합니다. *하지만 지금은 제발 나를 아르디스로 돌아가게 해 주세요. 아내가 다쳤고, 죽을지도 모릅니다. 그녀는 내가 필요해요.*"

"안 돼."

프로스페로가 말했다. 하먼은 늙은이에게 달려갔다. 그는 이 빌어먹을 늙은 바보의 대머리를 자신의 지팡이로 갈겨줄 셈이었다. 그는 또한⋯⋯

이번에는 정신을 잃지는 않았다. 고압의 전류가 그를 방 저편으로 던져버렸다. 그는 이상하게 생긴 소파에 부딪혔다가 정교한 문양의 카펫 위로 사지를 딛고 떨어졌다. 눈앞에는 빨간 동그라미가 왔다 갔다 했다. 하먼은 이를 갈며 다시 일어섰다.

"다음번에는 자네 오른 다리를 태워 버리겠네."

침착하고 냉정하게 하지만 확신을 심어주는 목소리로 마법사가 말했다.

"설사 집으로 가게 된다 해도 외다리로 뛰어 가야 할 걸."

"어떻게 해야 하는지 말해주세요."

"앉게⋯⋯ 아니, 거기 말고 바깥이 내다보이는 테이블에."

하먼은 테이블에 앉았다. 수직의 얼음장벽과 빙산에 반사된 햇빛이 눈부셨다. 유리창의 성에는 거의 녹아 있었다. 산은 점점 더 높아졌다. 한 번도 본 적 없는 높은 봉우리들이 잔뜩 서 있었다. 마추픽추의 골든 게이트에서 보았던 산들보다 훨씬 드라마틱했다. 케이블카는 가장 높은 등성이를 따라 가고 있었다. 빙산은 그들의 왼쪽으로 점점 더 멀어져갔다. 바로 그 순간 케이블카는 요란한 소리를 내며 또 다른 *에펠반* 타워 안으로 진입했다. 2층의 케이블카가 흔들리고 튀어 오르고 얼음을 갈면서 빙 돌다가 삐걱거리며 다시 위로 올라가는 동안 하먼은 테이블을 꼭 잡고 있어야 했다.

타워가 뒤로 멀어졌다. 하먼은 차가운 유리창에 기댄 채 타워가 멀어져 가는 것을 지켜보았다. 이 타워는 다른 것들과 달리 검은 색이 아니었다. 반짝이는 은빛으로 햇빛을 받아 빛나고 있었다. 강철로 된 아치와 철골들이 아침 이슬을 머금은 거미줄처럼 뻗어 나와 있었다. 얼음, 하먼은 생각했다. 그는 고개를 돌려 오른쪽을 바라보았다. 케이블이 올라가고 있는 방향이었다. 그는 상상을 초월할 정도로 경이로운 산의 하얀 얼굴을 볼 수 있었다. 산의 서쪽에는 구름이 몰려 있었는데 뼈를 갈아 만든 칼날처럼 우툴두툴하고 무자비한 산등성이 위에 첩첩이 쌓여 있었다. 그들이 마주보고 올라가는 산등성이에는 바위, 얼음, 더 많은 바위가 흩어져 있었고, 꼭대기는 흰 눈과 번쩍이는 얼음으로 뒤덮인 피라미드 모양을 하고 있었다. 케이블카는 얼음 낀 케이블을 타고 미끄러지면서 이 믿을 수 없는 봉우리의 동쪽을 향해 가고 있었다. 하먼은 더 높은 등성이에 또 다른 타워가 서 있는 것을 보았다. 케이블이 가장 높은 정상까지 연결되어 있는 것도 보았다. 저 높은 곳, 믿을 수 없이 높은 꼭대기와 그 주변에는, 상상할 수 있는 가장 완벽한 하얀 돔이 솟아 있었다. 그 표면은 아침 햇살을 받아 금빛으로 빛나고 있었으며, 중심은 네 개의 하얀 *에펠반* 타워로 둘러싸여 있었다. 전체 구조물은 깎아지른 듯한 산의 정면에 한 쪽만 고정되어 있는 하얀 바닥 위에 얹혀 있었는데 적어도 여섯 개의 가느다란 현수교로 주위 봉우리들과 아치 모양으로 연결되어 있었다. 현수교 하나하나는 마추픽추의 골든 게이트에 있던 다리보다 백배는 더 높고 가늘고 우아했다.

"여기가 어딘가요?"

"초몰룽마. 세계의 어머니 여신."

"저 꼭대기에 있는 건물은·····."

"룽복 푸모리 추–무–랑–마 펭 둣 코시 롯체–눕체 쿰부 아가 갓–만디르 칸 호텝 라우차. 이 지역에서는 타지 모이라라고 알려져 있지. 우린 저기서 내릴 거야."

마흔
일곱

데이먼이 도착한 그날 밤 보이닉스들은 '굶주린 바위'를 수백 수천 떼를 지어 기어 올라오지 않았다. 그 다음날 밤도 공격해 오지 않았다. 세 번째 밤이 되자 모든 사람들이 굶주림으로 허약해졌고, 추위, 독감, 전염성, 폐렴, 혹은 부상으로 중태에 빠졌다. 데이먼은 왼손이 아팠고, 파리스 크레이터에서 *칼리바니가* 손가락 두 개를 물어버린 자리가 계속 후끈거렸으며, 하루 종일 현기증이 났다. 하지만 보이닉스는 여전히 오지 않았다.

에이다는 바위로 옮겨진 지 이틀 후에 정신을 찾았다. 그녀는 수많은 부상을 입었지만 —베이고, 긁히고, 오른 손목이 부러졌고, 왼쪽 갈빗대 두 개가 부러졌다— 생명을 위협하는 것은 심각한 뇌진탕과 연기 중독이었다. 마침내 그녀는 엄청난 두통과 거친 기침과 아르디스의 학살에 대한 뿌연 기억을 느끼며 깨어났다. 하지만 정신만은 말짱했다. 침착한 목소리로 그녀는 죽는 꿈을 꾼 것인지 아니면 직접 죽는 것을 보았는지 아련한 친구들의 이름을 하나씩 불렀고, 그레오기의 되풀이되는 대답에 반응하는 것은 오직 그녀의 눈뿐이었다. 그녀가 기침을 억누르며 물었다.

"페티르는?"

"죽었습니다."

"리먼은?"

"죽었습니다."

"엠므는?"

"리먼과 함께 죽었습니다."

"피언은?"

"죽었습니다. 이곳 굶주린 바위에서 가슴에 날아온 돌멩이를 맞고 죽었습니다."

"살라스는?"

"죽었습니다."

"오엘레오는?"

"죽었습니다."

이렇게 수십 명의 이름을 하나씩 거친 후 에이다는 베게로 쓰이는 더러운 배낭에 기대앉았다. 그을음과 피로 이루어진 얼룩 아래 얼굴이 백짓장처럼 하얘졌다. 데이먼이 무릎을 꿇고 곁에 앉아 있었다. 보이지 않는 세테보스의 알이 그의 배낭 속에서 이글거리고 있었다. 그가 목을 가다듬었다.

"중요한 사람들이 여럿 살아남았어요, 에이다. 보만도 여기 있고…… 카먼도 있어요. 카먼은 오디세우스의 초기 제자 중 한사람이고 군대 역사에 관한 모든 책을 검색해 읽었죠. 라먼은 아르디스를 방어하다 손가락 네 개를 잃었지만 아직 여기 살아 있어요. 로이스와 스토먼도 여기 있고 내가 팩스 경고 여행을 보냈던 사람들 중 일부도 있어요. 카울, 오코, 엘르, 에다이드. 오 톰과 시리스도 모두 살아남았어요."

"다행이네요."

에이다가 말하고 기침을 했다. 탐과 시리스는 아르디스 최고의 의료진이었다.

"하지만 의료기구와 약은 이곳으로 가져올 수 없었어요."

그레오기가 말했다.

"뭘 가져왔죠?"

에이다가 묻자, 그레오기는 어깨를 으쓱했다.

"무기는 가져왔는데 탄약은 충분히 실어오지 못했어요. 등에 옷가지를 실어왔죠. 춥고 비가 내리던 지난 사흘 동안 챙겨 온 건 몇 개의 방수포와 담요뿐입니다."

"죽은 사람들을 묻어주러 아르디스로 돌아갔었나요?"

에이다가 물었다. 쉰 소리와 기침 소리만 아니면 그녀의 목소리는 차분했다.

그레오기는 데이먼을 쳐다본 후 시선을 돌려 그들 모두가 웅크리고 있는 높은 바위 건너 저편을 바라보았다. 그가 목 멘 소리로 말했다.

"안 돼요. 시도는 해봤는데, 보이닉스가 잠복해서 기다리고 있어요."

"아르디스 홀에서 다른 비축품들도 가져올 수 있었나요?"

부상당한 여인이 물었다. 그레오기가 고개를 저었다.

"별 것 없었어요. 다 사라졌어요, 에이다, 없어졌다구요."

에이다는 고개를 끄덕일 따름이었다. 2천 년 넘게 계속되어 온 가족의 역사와 긍지가 불에 타 영원히 사라져버린 것이다. 그녀는 이제 더 이상 아르디스 홀에 대해 생각하지 않았다. 대신 살아남은 사람들, 부상당하고, 추위에 떨면서 이 황량한 바위 위에 남아있는 사람들을 생각했다.

"음식과 물은 어떻게 해결하고 있나요?"

"방수포에 빗물을 받아 마시고, 소니를 타고 나가 재빨리 사냥을 하곤 했어요."

그레오기가 말했다. 화제가 죽은 사람들에서 다른 곳으로 옮아간 것을 반가워하는 티가 역력했다.

"대부분 토끼를 잡는데, 어제 저녁에는 엘크를 잡았어요. 사냥을 마치고나면 화살촉을 꼭 빼어둡니다."

"어째서 보이닉스들이 우리를 끝장내지 않았을까요?"

에이다가 물었다. 목소리에 약간은 호기심이 묻어났다. 데이먼이 답했다.

"자 *바로 그거*, 좋은 질문이에요."

그는 그에 대한 자신만의 이론이 있었지만, 지금까지는 밝히기에 너무 이르다고 생각했었다.

"놈들이 우리를 두려워해서는 아니에요."

그레오기가 말했다.

"저 아래 숲 속에는 그 더러운 놈들이 2~3천 마리는 숨어있고, 우리한테 남은 총알로는 겨우 몇 백 명을 상대할 수 있을 뿐이에요. 놈들은 원하면 언제든지 이 바위를 기어오를 수 있어요. 아직 안 그랬을 뿐이지요."

"팩스노드는 시도해봤죠."

에이다가 말했지만, 그건 딱히 누구에게 묻는 게 아니었다.

"그곳에서도 보이닉스들이 숨어 기다리고 있어요."

그레오기가 말했다. 그는 푸른 하늘을 올려보았다. 오늘 처음 햇빛이 나서 모든 사람들은 옷과 담요를 말리고, 굶주린 바위의 꼭대기에 있는 평평한 바위에 신호 깃발처럼 누워 있었다. 하지만 아직도 아르디스 주민들이 기억하는 한 가장 혹독한 겨울이어서 모든 사람들이 앙상한 햇빛 아래 떨고 있었다. 데이먼이 말했다.

"우리는 실험을 해봤어요. 소니에는 최대한 정원의 두 배인 열두 명까지 까지 탈 수 있어요. 더 이상이 되면 소니의 AI가 비행을 거부해요. 그리고 열 두 명이 타면 조종하기가 너무 둔해져요."

"여기까지 데려온 사람들이 모두 몇 명인가요? 50명뿐인가요?"

"53명입니다."

그레오기가 말했다.

"그 중 아홉 명은 —오늘 아침까지는 당신도 포함해서— 너무 아프거나 심한 부상을 당해 여행할 수 없었습니다."

"이제 중상은 여덟뿐이에요."

에이다가 단호하게 말했다.

"그렇다면 모두를 실어 나르는 데 다섯 번을 오가야 한다는 얘기네요. 우리가 탈출을 시도하자마자 보이닉스가 이곳을 공격하지 않고, 우리에게 갈 곳이 있다는 가정이라면."

"예, 만약 우리에게 갈 곳이 있다면."

그레오기가 말했다.

에이다가 다시 잠들자 ─톰은 사람들에게 그녀가 반혼수상태가 아니라 잠들어 있다는 걸 확인시켰다─ 데이먼은 배낭을 들고, 조심스럽게 몸에서 떨어뜨려 들고는, 굶주린 바위 정상의 가장자리를 따라 걸었다. 저 아래 쪽에서 보이닉스들이 보였다. 그들의 가죽 머리통과 은색 몸통이 나무 사이로 움직이고 있었다. 가끔씩 한 무리가 ─의도가 있는 것처럼 보였는데─ 넓은 초원을 가로질러 굶주린 바위의 남쪽으로 향해 달려갔다. 위를 올려다보는 놈은 아무도 없었다.

그레오기, 보만, 그리고 에다이드라는 이름의 검은 머리 여인이 그가 무엇을 하는지 보려고 다가왔다. 보만이 물었다.

"뛰어내리려고요?"

"아니오. 혹시 여기 밧줄이 없나⋯⋯ 보이닉스한테 닿을 정도로 가까이 타고 내려갈 수 있는 길이의?"

"약 백 피트 정도의 밧줄은 있어요."

그레오기가 말했다.

"하지만 그래도 놈들 위로 70~80 피트는 떠 있게 될 걸요. 그렇다고 놈들이 재빨리 기어올라 당신을 채가기 어려울 거리는 아니지요. 도대체 왜 놈들 한가운데로 뛰어들려고 그래요?"

데이먼은 쪼그리고 앉아 바위 위에 배낭을 내려놓은 후 세테보스의 알을 꺼냈다. 다른 사람들도 그것을 보려고 쪼그려 앉았다. 그들이 물어보기도 전에 데이먼은 어디서 알을 얻었는지 말해 주었다.

"왜 가져왔죠?"

에다이드가 물었다. 데이먼이 어깨를 으쓱 했다.

"그땐 그냥 '그러면 좋을 것 같은데' 라고 생각했을 뿐이죠."

"나는 그런 짓 하면 언제나 대가를 혹독히 치르는데."

키 작은 검은 머리의 여자가 말했다. 데이먼은 그녀가 네 번의 이십 주기 정도를 살았을 것이라고 생각했다. 물론 퍼머리의 회춘 기능 때문에 정확히 맞추기는 어려웠지만 나이 든 고전-스타일 인류들은 젊은 사람들보다 자기 확신이 많은 경향이 있었다. 데이먼은 이글거리며 살짝 박동하고 있는 은회색의 달걀을 굴러 떨어지기 않도록 바위틈에 내려놓았다.

"만져 봐요."

보만이 처음 시도했다. 그는 따뜻한 온기를 반기기라도 한다는 듯 손바닥을 쫙 펴고 둥근 알껍데기 위에 손을 얹었다. 하지만 금발의 남자는 마치 충격을 받거나 물리기라도 했다는 듯 재빨리 손을 뗐었다.

"아니, 뭐, 이런⋯⋯?"

"그래요. 내가 만졌을 때에도 같은 느낌이었어요. 내 속의 에너지를 빨아 당기는 것 같죠, 내 심장이나 영혼 같은 것을."

그레오기와 에다이드도 만져 보았다. 그들도 손을 얼른 뺀 후 멀리 물러섰다.

"없애버려요."

에다이드가 말했다. 그레오기도 거들었다.

"세테보스가 찾으러 오면 어떻게 해요? 어미들은, 당신도 알겠지만, 알이 없어지면 찾으러 다니는데. 사사로운 원한이 된다니까요. 특히 그 어미가 누런 눈과 수십 개의 손을 가진 괴물 크기의 뇌 덩어리라면 더 그렇죠."

"나도 그 생각을 했어요."

데이먼이 말했다. 그리고는 침묵했다.

"그래서요?"

에다이드가 말했다. 데이먼은 아르디스 홀에서 그녀를 안 지 몇 달 밖에 안 됐지만 언제나 실용적이고 진취적인 사람이라는 인상을 받았다. 그가 300개의 팩스 노드를 방문하는 탐험대에 그녀를 선발한 이유이기도 했다. 그녀가 제 자리에서 장갑을 벗으며 물었다.

"제가 없애 버릴까요? 얼마나 멀리까지 던져 보이닉스를 맞출 수 있는지 봅시다."

데이먼이 입술을 깨물었다.

"이 끔찍한 놈이 이 굶주린 바위 위에서 부화하도록 내버려두려는 건 아니겠지요?"

보만이 말했다. 그는 벌써부터 석궁을 꺼내 우윳빛 알을 겨누고 있었다.

"파리스 크레이터에서 당신이 보았던 이놈의 엄마 아빠 얘기에 따르면, 세테보스와 관련된 것은 아무리 작은 것이라도 이 위의 우리 모두를 죽일 수도 있어요."

"가만, 기다려요. 이놈은 아직 부화하지 않았어요. 이곳의 추위는 이놈을 죽일 수 있을 만큼 ─스스로 살 수 없게 만들 만큼─ 강렬하지는 않아요. 하지만 그 잉태 기간을 ─이 괴물의 알이 부회되기까지의 기간을 뭐라고 부르든─ 늦추고는 있는 것 같아요. 그래서 이놈을 파괴하기 전에 해보고 싶은 일이 있어요."

그들은 소니를 사용했다. 그레오기가 운전을 했다. 보만과 에다이드가 뒷좌석에 무릎을 꿇고 앉았다. 힘의 장은 거둔 상태였다. 백 야드도 떨어지지 않은 풀숲 끝의 나무들 사이로 보이닉스들이 움직였다. 그들은 보이닉스들이 뛰어서 올라올 수 없는 백 피트 위를 선회했다. 그레오기가 물었다.

"정말 자신 있어요? 놈들은 우리보다 훨씬 빨라요."

제대로 말을 할 수 있을지 몰라서, 데이먼은 고개만 끄덕였다. 소니가 갑자기 하강했다. 데이먼이 뛰어내렸다. 소니는 은반 엘리베이터처럼 수직으로 상승했다.

데이먼은 완전히 장전된 총을 어깨에 메고 있었다. 그는 배낭을 벗어 맨손으로 건드리지 않도록 주의하면서, 세테보스의 알이 약간 밖으로 나오도록 했다. 밝은 햇빛 아래였음에도 알은 방사선 우유처럼 이글이글 빛났다.

마치 놈들에게 선물이라도 주려는 듯 데이먼은 풀숲 멀리에 있는 보이닉스를 향해 걸어갔다. 놈들은 분명히 금속 가슴팍에 달린 적위선 센서로 그를 보고 있었다. 몇몇은 그를 센서 범위 안에 잡아 두려고 제 자리에 꼿꼿이 서 있었다. 더 많은 보이닉스들이 숲의 그림자에서 나와 풀숲의 가장자리에 섰다.

데이먼은 위를 올려다보았다. 60피트 위에 소니가 떠 있고 보만과 에다이드가 총구를 들어 대기하고 있었다. 하지만 보이닉스들은 시간당 60마일의 속도로 움직인다. 놈들이 그들 덮치면 소니가 수직으로 내려와 선회한다 해도, 숫자가 너무 많을 경우 아무리 총을 쏴대도 데이먼을 엄호하기엔 역부족이리라. 데이먼은 이글거리는 세테보스의 알이 반쯤은 보이도록 배낭을 메고 걸었다. 내용물이 반쯤 내보이게 포장한 20주기 축하 선물 같았다. 한 번 알이 들썩거렸지만 ─내부의 움직임과 환한 빛에 너무 충격을 받아 알을 떨어뜨릴 뻔했지만 더럽고 헤진 배낭을 꼭 쥐고 놓지 않았다─ 잠시 자세를 바로 잡고 다시 걷기 시작했다. 그는 보이닉스 떼에 아주 가까이 접근해 있었다. 낡은 가죽과 녹슨 금속의 악취가 풍겨올 정도였다.

팔과 다리가 약간 떨리고 있다는 사실에 데이먼은 약간 수치심을 느꼈다. *난 그저 다른 방법을 생각할 만큼 똑똑하지 않을 뿐이야*, 하고 생각했다. 하지만 다른 방법은 없었다. 수많은 아르디스의 생존자들의 심각한 상황을 생각해봐도 그랬고, 굶주림과 탈수증의 위협을 생각해도 그랬다.

이제 서른 마리가 넘는 보이닉스들과 채 50피트도 안 되는 거리에 서 있었다. 그는 세테보스의 알을 부적처럼 앞세우고 보이닉스를 향해 곧장 걸어갔다. 30피트 거리에 오자, 보이닉스들이 숲으로 사라지지 시작했다. 데이먼은 속도를 높여 이제는 거의 달리기 시작했다. 사방의 보이닉스들이 다 흩어졌다.

발을 헛디뎌 알을 놓칠까봐 조심하면서도 ─그는 알이 깨지면서 수십 개의 손과 팔이 달린 조그마한 뇌 모양의 세테보스 새끼들이 기어 나와 얼굴을 덮치는 상상에 시달렸다─ 그는 도망가는 보이닉스들을 향해 열심히 뛰어갔다. 보이닉스들은 네 발로 황급히 뛰어가기 시작했다. 선사시대의 벌판에서 포식자를 피해 뛰어가는 가축 떼처럼 놈들은 사방으로 도망쳤다. 그리고 데이먼은 더 이상 뛸 수 없을 때까지 뛰었다.

그는 무릎을 꿇고, 배낭을 가슴에 안았다. 세테보스의 알이 울렁이는 것이 느껴졌다. 그는 이 불길한 물체로 자신의 에너지가 흘러 들어가는 것을 느끼자 밀쳐내어, 유독성 물질을 다루듯 바닥에 내려놓았다. 그레오기가 소니를 착륙시켰다. 대머리의 조종사가 말했다.

"세상에. 우와, 세상에."

데이먼이 고개를 끄덕였다.

"나를 굶주린 바위 아래로 데려다줘요. 당신이 팩스노드 전송실까지 1마일 정도를 걸어갈 수 있는 사람들을 아래로 실어 나를 때까지 기다릴 테니. 내가 그들을 인도할게. 당신은 환자나 부상자를 싣고 날아와요."

"도대체·····"

에다이드가 입을 열었다가 다시 침묵했다. 그녀는 고개를 설레설레 흔들었다. 데이먼이 말했다.

"그래요, 나는 파리스 크레이터에서 푸른얼음에 갇혀 얼어버린 보이닉스들을 봤어요. 모두 세테보스에게서 도망가다가 얼어붙어 버린 거였죠."

소니가 편안하게 땅위 6피트 지점을 날아 굶주린 바위로 돌아가는 동안 데이먼은 배낭을 무릎 위에 얹은 채 소니의 가장자리에 앉아 있었다. 숲에도 풀밭에도 보이닉스는 없었다.

"우린 이제 어디로 팩스하는 거죠?"

보만이 물었다.

"나도 몰라요."

데이먼이 말했다. 그는 피로감을 느꼈다.

"아르디스에서 그곳까지 걸어가는 길에 생각해 볼 작정이오."

마흔여덟

"자네, 방열복이 필요할 걸세."

프로스페로가 말했다.

"어째서요?"

하먼이 건성으로 물었다. 그는 유리문을 통해 타지 모이라의 아름다운 세 개의 돔과 대리석 아치를 바라보는 중이었다. 케이블카 집은 남동쪽의 에펠반 타워로 끼어들어갔다. 초몰룽마 산 정상 위에 지어진 이 웅장한 건물을 지탱하고 있는 네모난 선반 모양의 단 네 귀퉁이에 서 있는 타워 중의 하나. 하먼의 추측으로는 에펠반 타워 하나가 천 피트쯤 되었고 양파 모양의 돔이 덮인 하얀 건물은 그 보다 반 정도 더 높았다.

"이곳은 고도 팔천팔백사십팔 미터라네. 진공에 가까울 정도로 공기가 희박하지. 바깥 온도는 햇빛이 비출 때도 영하 30도야. 부드러워 보이는 저 바람의 속력은 50노트지. 침대 옆 서랍에 푸른 방열복이 있네. 올라가서 꺼내 입도록 하게. 외투와 부츠도 필요할거야. 삼투압 마스크를 쓰고 나면 아래층의 나에게 말하게. 중간층의 문을 열기 전에 이곳의 기압을 낮춰야 하니까."

* * *

그들은 지상 천 피트 위의 플랫폼에서 엘리베이터를 타고 내려왔다. 하먼은 내려오는 길에 타워의 대들보와 아치와 철골을 보면서 빙그레 웃었다. 이 타워가 하얗게 보였던 것은 다른 *에펠반* 타워와 같은 검은 금속과 강철 구조 위에 조잡하게 발라 놓은 하얀 페인트 때문이었던 것이다. 그는 엘리베이터와 타워 전체가 휘몰아치는 바람에 흔들리는 것을 느끼며 페인트가 일 년도 버티지 못하고 몇 달, 아니 몇 주내에 삭아버리고 말 거라는 사실을 깨달았다. 그는 날마다 작업 중인 이곳의 페인트공을 상상해 보았다. 하지만 곧 바보 같은 상상을 접었다.

그는 자신을 감옥 같은 케이블카에서 꺼내주었다는 이유로 일단은 마법사에게 복종하고 있었다. 이 우라지게 높은 산 속에 있는 이 사원인지 궁전인지 무덤인지 뭔지 모르는 곳에서라면, 어떻게든 에이다에게 돌아갈 길을 찾을 수 있을 것 같았다. 아리엘이 팩스노드 전송실도 없이 팩스할 수 있다면, 나라고 왜 안 되겠어? 어떻게든.

하먼은 타워의 바닥에 도착해 엘리베이터에서 내린 후 프로스페로를 따라 돔형 건물까지 이어진 붉은 사암과 하얀 대리석으로 이루어진 넓은 통로를 지나갔다. 바람이 그를 날려버릴 지경이었지만 어떻게 된 영문인지 사암과 대리석으로 된 바닥에 얼음은 없었다.

"마법사들은 추위도 안 느끼고 공기도 필요 없나요?"

푸른 겉옷을 끌고 앞서 나가는 노인에게 그가 외쳤다.

"조금도 필요 없지."

마법사가 말했다. 제트 기류에 버금가는 공기는 그의 겉옷을 한쪽으로 밀고, 그의 긴 백발을 대머리에 가까운 그의 두개골 한 쪽으로 밀어붙이고 있었다.

"나이가 많아서 누리는 특권 중에 하나야."

휘몰아치는 바람 너머로 그가 외쳤다. 하먼은 오른쪽으로 방향을 틀었다. 팔을 벌려 바람 속에서 균형을 잡으면서 스케이트장 주변의 낮은 벤치처럼 거대한 사암과 대리석 마당을 둘러싸고 있는 낮은 대리석 단 —기껏해야 2피트 정도 높이— 위로 올라갔다.

"자네 뭘 하고 있나? 거기 조심하게!"

하먼은 가장자리로 가 올려다보았다.

나중에 지도를 공부하면서야 그는 알게 되었다. 그 때 자신이 지도의 시대와 출처에 따라 초몰룽마, 혹은 추-무-랑-마 펭, 혹은 쿠오모랑마 펭, 혹은 호텝마 치니-카-라우차, 혹은 에베레스트라고 불렸던 산의 북쪽을 바라보고 있었으며, 그가 서 있던 난간에서 한때 칸의 아홉 번째 왕국, 혹은 티벳, 혹은 중국이라고 불리던 나라 쪽으로 수백 마일을 ―그리고 밑으로는 6마일을― 내려다보고 있었다는 사실을.

하먼에게 아찔한 충격을 준 것은 아래쪽이었다. 타지 모이라는 기본적으로 사암-대리석으로 만들어진 한 덩어리의 도시였는데, 날카로운 돌 위에 꽂아 놓은 쟁반처럼 세계의 어머니 여신의 정상에 끼워져 있었다. 그것은 마치 못으로 종이 한 장을 고정시켜 놓은 것과 같았다. 공학적 관점에서 보자면 강화탄소 받침대는 거의 불가능하다 싶을 정도로 인상적이었다. 신의 아이가 으스대려고 해놓은 것인가.

하먼은 2피트 높이에 10피트 넓이의 대리석 "난간"에 서서 등 뒤로 그를 텅 빈 공기 속으로 끊임없이 밀어내리는 제트 기류를 느끼며 2만 9천 피트 아래를 똑바로 바라보았다. 후일, 지도를 통해 그는 자신이 다른 이름의 다른 산들을 바라보고 있었으며, 동서로는 지평선이 휘어지는 곳 너머까지 중국의 갈색 평원이 펼쳐진 롱북 빙하를 보고 있었다는 것을 알게 될 터였지만, 지금은 아무 것도 문제되지 않았다. 휘몰아치는 바람의 강력함에 밀려, 균형을 잡기 위해 팔을 휘휘 저으며 하먼은 *6피트 바로 아래를 내려다보았다 ―돌출부분의 끝에서!*

그는 손과 무릎으로 엎드려 사원-무덤과 자신을 기다리고 있는 마법사를 향해 뒤로 기어갔다. 정문 앞 30피트 지점에 높이 5피트 남짓의 작고 날카로운 돌덩이가 네모난 대리석 위로 솟아 있었고, 그 끝에는 30인치 정도의 얼음 피라미드가 있었다. 프로스페로가 지켜보는 가운데 ―그는 팔짱을 끼고 얼굴엔 약간의 미소를 머금고 있었다― 하먼은 이 장식용 돌덩이를 두 팔로 감싸 안고, 돌의 모난 부분을 잡고 일어섰다. 그는 계속 돌덩이에 기대고 서서 두 팔로 감싸 안은 채, 턱은 얼음 꼭대기에 얹고, 만약 이 순간 어깨 너머로 멀리 있는 낮은 벽과 어질어질한 낭떠러지를 바라본다면 당장 달려가 뛰어내려버리고 싶은 충동이 일어날 것 같은 두려움에 사로잡혀 있었다. 그는 눈을 감아 버렸다.

"하루 종일 그러고 있을 건가?"

"그럴지도 몰라요."

하먼이 여전히 눈을 감은 채 말했다. 잠시 후 그가 몰아치는 바람을 뚫고 소리쳤다.

"근데 이 돌은 뭔가요? 일종의 상징? 혹은 기념물?"

"초몰룽마의 정상이야."

프로스페로가 말했다. 마법사는 몸을 돌려 자신이 룽복 푸모리 추-무-랑-마 펭 두 코시 롯체-넵체 쿰부 아가 가트-만디르 칸 호 텝 라우차라고 부른 구조물의 넓고 우아한 아치 모양의 입구로 걸어갔다. 하먼은 반투과성 멤브레인이 입구를 보호하고 있는 것을 보았다. 마법사가 지나가자 볼록해졌다. 이번에 하먼이 상대하고 있는 마법사가 홀로그램이 아니라는 또 하나의 증거였다.

몇 분이 지나자 여전히 돌덩이 정상을 껴안고 있는 그의 삼투압 마스크와 눈구멍엔 그의 몸을 미사일처럼 두드려대는 눈 폭풍 때문에 하얗게 성에가 덮어버렸다. 저 반투과성 힘의 장을 지나 안으로 들어가면 따뜻할지도 모른다는 생각을 했다.

문까지 가는 마지막 30피트는 기어가는 대신 등을 구부리고 얼굴을 숙이고 손바닥을 펼쳐 아래로 향한 채 기어갈 태세를 갖추고 걸어갔다.

돔 아래 커다란 방 안에는 대리석 계단이 여러 개의 중간층으로 이어져 있었는데 —각 중간층은 또 다른 대리석 계단으로 연결되고— 돔의 내부 벽을 따라 나선형으로 수백 개의 층을 이루면서 안개로 감싸여 보이지 않는 돔 꼭대기까지 연결되어 있었다. 돔에 접근하는 동안, 그리고 *에펠반* 타워를 내려오는 동안, 작은 조리개처럼 보였던 것들은 —하얀 대리석에 장식 같았던 것들은— 이제 보니 수많은 방풍유리였고, 그 사이로 네모, 사각형, 사다리꼴 모양의 빛이 들어와 천천히 움직이면서 엄청 많은 책들을 비추고 있었다.

"저걸 다 검색해서 읽으려면 얼마나 걸릴 것 같은가?"

지팡이에 몸을 기댄 채 층계참에 있는 수많은 책들을 보며 프로스페로가 물었다. 하먼은 말을 하려고 입을 열었다가 닫아 버렸다. 몇 주? 몇 달? 이런 도서관에서라면 책 하나 하나에 손바닥을 제대로 얹고 황금 같은 단어들이 손가락과 팔로 스며들게 하는 데만 몇 년이 걸릴 것 같았다. 마침내 그가 말했다.

"그 기능은 *에펠반* 주변과 내부에서는 작동하지 않는다고 했잖아요. 규칙이 바뀐 건가요?"

"곧 알게 될 거야."

마법사가 말하고 돔으로 더 깊이 들어갔다. 하얀 대리석에 지팡이 부딪히는 소리가 완벽한 음향을 갖춘 돔에 울려 퍼졌다.

하먼은 이곳이 *따뜻하다*는 것을 깨달았다. 방열복 모자와 장갑을 벗었다.

돔의 내부는 여러 개의 공간으로 나뉘어져 있었다. 진짜 방이라기보다는 하얀 대리석의 벽으로 이루어진 미로라고 할 수 있었는데, 그 벽의 높이는 8피트 정도였고, 격자무늬로 이루어져 완전한 가림막 역할은 하지 못하는 구조에, 수 없이 많은 타원형, 하트 모양, 나뭇잎 모양의 우아한 입구들이 뚫려 있었다. 첫 번째 층계참이 시작되는, 돔의 아랫부분을 두르고 있는 40피트 정도의 벽에는 꽃들과 넝쿨, 정교하고 비현실적인 식물들이 가득 새겨져 있었는데, 무늬마다 보석이 박혀서 환하게 반짝이고 있었다. 프로스페로가 미로 속으로 —정말 미로였다— 그를 이끄는 동안 이 대리석 가림막에 손을 대본 하먼은 어느 곳에 손을 대던 손바닥 아래 보석이 들어온다는 사실을 깨달았다. 손바닥으로 두어 개의 디자인을 덮을 수 있었기 때문에 언제나 귀한 보석을 만져볼 수 있었다. 어떤 꽃무늬는 사방 1인치보다 작았는데 그 안에 50~60개의 작은 무늬들이 새겨져 있었다.

"이 돌들은 뭐지요?"

하먼이 물었다. 그가 살던 곳의 사람들은 장식용으로 보석을 즐겨 사용했다. 시종 로봇들이 조립한 조잡한 것들이었는데, 그게 어디서 오는지는 한 번도 궁금해한 적이 없었다.

"이⋯⋯ 돌들은⋯⋯ 마노, 벽옥, 청금석, 혈석, 그리고 홍옥수⋯⋯ 지금 내가 손을 없은 단순한 카네이션 이파리에만 55개 이상의 서로 다른 종류의 홍옥수가 박혀 있지, 보이나?"

하먼은 보았다. 이 장소는 그에게 현기증을 일으켰다. 서쪽 벽을 따라 움직이는 사다리꼴의 빛은 대리석에 새겨진 수천 개의 귀한 보석에 부딪혀 여러 형태로 반짝거리고 있었다.

"여기는 도대체 어딘가요?"

하먼이 물었다. 그는 자신이 속삭이고 있음을 깨달았다.

"이곳은 원래 능릉으로 지어졌지⋯⋯ 무덤 말이야."

미로에 무슨 노란 화살표라도 되어 있는지, 교차로에서 거침없이 방향을 틀어 이 거대한 장소의 중심을 향해 나아가면서 프로스페로가 말했다. 그들은 수백 개의 망사문을 지나 중앙에 있는 직각의 방 입구에 섰다.

"자네 이 모양을 읽을 수 있겠나, 아르디스의 하먼?"

하먼은 뿌연 빛 속에서 그것을 들여다보았다. 대리석에 새겨진 글씨는 이상하게 휘어 있었지만 —그것은 보통 책에서 보는 글씨보다 훨씬 구불구불하고 섬세했다— 표준 영어로 쓰여 있었다.

"크게 읽어보게나."

" '아시아의 제왕, 지구의 수호자 칸 호 텝과 그의 사랑하는 신부, 세계가 찬미했던 리아스 로 아몹자의 찬란한 묘지에 들어올 때는 경외심을 가지라. 그녀는 카나테 987년 라합-셉템 달의 14일에 이 덧없는 세상을 떠났다. 그녀와 그녀의 주인은 이제 별이 빛나는 천국에 머물며 이곳에 들어오는 너를 감시하고 있도다' "

"어떻게 생각하나?"

미로의 중심에 아직 내부는 들여다보이지 않지만 열려 있는 정교한 아치 아래서서 프로스페로가 물었다.

"이 글에 대해서요, 아니면 이 장소에 대해서요?"

"둘 다."

그는 턱과 볼을 손으로 비볐다. 듬성듬성 자란 수염이 만져졌다.

"이 장소는…… 틀렸어요. 너무 크고, 너무 호화롭고, 과장되어 있어요. 책들만 빼고."

프로스페로는 웃었다. 웃음소리가 메아리치고 그 메아리가 다시 메아리쳤다.

"동감이야, 아르디스의 하먼. 이 장소는 훔친 거야. 아이디어, 디자인, 내부 조각, 바깥 정원의 체스판 같은 바닥 — 모두 훔친 거지, 층계참과 책들만 빼고. 이 두 가지는 두려움의 대상이었던 칸 호 텝의 아주 먼 후예였던 침묵의 라자하르가 6백 년 후에 가져다 놓은 거야. 칸은 원래 모델이었던 타지마할을 열 배 이상 확대했어. 원래 건물은 아름다웠어, 진정한 사랑의 징표였지. 하지만 자신의 무덤이 기억되기만을 바라는 칸의 욕심 때문에 원래의 구조는 하나도 남아 있지 않아. 이 장소는 비열한 과시욕에 대한 기념물로 타의 추종을 불허하지."

"위치만은…… 흥미롭네요."

하먼이 낮은 소리로 말했다. 푸른 소맷자락을 올리며 프로스페로가 응답했다.

"맞아, 부동산에 관한 약간의 지혜는 지금이나 오디세우스 시절이나 마찬가지지. 위치, 위치, 그리고 또 위치! 이리 오게나."

그들은 대리석-스크린 미로의 중심으로 걸어 들어갔다. 그곳에는 약 100평방야드 정도 넓이의 네모난 대리석이 있었고 하먼의 눈에는 밝은 반사 풀장으로 보이는 것이 중앙에 있었다. 그들이 천천히 중앙으로 걸어가자 프로스페로의 지팡이 딛는 소리가 울려 퍼졌다. 그것은 반사 풀이 아니었다.

"지저스 크라이스트!"

비명과 함께 하먼이 모서리 뒤로 물러섰다.

텅 빈 허공 같았다. 왼쪽에는 깎아지른 절벽이 보일 뿐이었지만, 아래쪽에는 — 마룻바닥보다 40 피트 정도 아래— 강철과 크리스털로 된 관이 공중에 떠 있었다. 울퉁불퉁한 빙산보다 6피트 높은 허공이었다. 관 속에는 벌거벗은 여인이 누워 있었다. 하얗고 좁다란 나선형 계단이 관까지 연결되어 있었는데, 계단의 마지막 단은 텅 빈 허공에 그대로 떠 있었다.

진짜 허공은 아니로군, 하먼은 생각했다. 제트 기류도 없었고, 마루에 뚫린 구멍을 통해 높은 고도 특유의 바람도 불어오지 않았다. 관은 무언가의 위에 얹혀 있는 것이 분명했다. 곁눈질로 보니 거의 눈에 보이지 않는 격자무늬가 연결되어 있는 것을 발견할 수 있었다. 이 묘실은 엄청나게 투명한 플라스틱이나 크리스틸 혹은 유리로 만들어져 있었다. 하지만 어째서 그는 케이블카를 타고 올라오는 길에 관도 계단도 발견하지 못했던 것일까⋯

"이 묘실은 바깥에서는 보이지 않네. 아직 여자를 못 봤나?"

"사랑스러운 리아스 로 아뭄자요?"

벌거벗은 시체를 바라보는 데 큰 흥미를 느끼지 않는다는 듯 하먼이 말했다.

"지옥 같은 시절에 이 덧없는 세상을 떠난 사람? 그러면 칸은 어디 있나요? 그를 위한 크리스틸 방은 없나요?"

프로스페로가 웃었다.

"칸 호 텝과 그의 사랑스러운 리아스 로 아뭄자, 중부 아프리카 제국의 세자르 아뭄자의 딸, 아주 못되고 탐욕스러운 여자였어, 아르디스의 하먼, 정말이야. 둘은 여기 묻힌 후 두 세기도 못 되어 폐기처분 되었네."

"폐기처분 되었다고요?"

"완벽하게 보존된 시체는 별 의식도 치러지지 않은 채 자네가 30분전에 들여다 보았던 바로 그 담장 너머로 던져져 버렸지. 증기선에서 그 전날 쓰레기를 바다에 던져 버리듯 휙 버린 거야. 언제나 선친보다 조금씩 열등했던 칸의 후계자들은 모두 이곳에 영원히 묻히고 싶어했어⋯ 그들이 바라던 영원함은 다음 칸−후계자가 최고의 무덤을 원할 때까지만 계속되었고."

하먼의 눈에도 뻔히 보였다.

"그러니까, 만 사천 년 전까지는 그랬다는 거야."

푸른 눈동자를 4층 아래 놓여 있는 유리와 나무로 된 관으로 되돌리며 프로스페로가 말했다.

"이 여자도 어떤 권력자의 진정한 사랑이었을 테고, 14세기 동안 이 곳에 아무 방해도 받지 않고 누워 있지. 한 번 보게나, 아르디스의 하면."

하면은 대충 관의 방향을 보고 있었을 뿐 특별히 시신을 유심히 바라보지는 않고 있었다. 완전히 벌거벗은 여인의 나체는 그의 취향이 아니었다. 그 여자는 죽기엔 너무 어려 보였고, 몸은 여전히 창백한 분홍색이었으며, 가슴이 너무 노골적으로 드러나 있었다. 40피트나 떨어진 곳에서도 분홍빛 젖꼭지가 선명하게 보였다. 짧은 머리카락은 하얀 새틴 베개 위에서 하나의 검은 점을 이루고 있었고, 사타구니의 풍성한 삼각형 또한 하나의 검은 점을 이루었다. 그녀의 검은 눈썹과, 뚜렷한 이목구비, 기다란 입매는 멀리서 보아도 뭔가…… 친근한 구석이 있었다.

"지저스 크라이스트!"

하면은 그 날 아침 두 번째로 외쳤다. 하지만 이번 것은 돔과 책이 있는 중간층이며 하얀 대리석이 울릴 만큼 큰 소리였다.

그녀는 더 젊었다. 훨씬 더 젊었다. 머리칼도 흰 게 아니라 검었고, 몸에 딱 붙는 방열복을 입었을 때 보았던 주름살 대신 탄탄한 몸매를 하고 있었다. 하지만 그녀의 얼굴만은 여전히 강인해 보였고, 날카로운 광대뼈도 그대로였으며, 대담해 보이는 눈썹, 단호함이 배어 나오는 두 볼을 하고 있었다. 의심의 여지가 없었다.

그것은 새비였다.

"그래, 도대체 다들 어디 있는 거지?"

펠레우스의 아들, 발 빠른 아킬레스가 잔디로 뒤덮인 올림포스 정상을 가로질러 헤파이스토스를 따라가며 묻는다. 금발의 학살자와 불의 신이며 모든 신들에게 최고의 숙련공인 헤파이스토스가 치료자의 홀과 신들의 위대한 홀 사이에 위치한 칼데라 호숫가를 걷고 있다. 흰 기둥들이 받치고 있는 다른 신들의 집은 어둡고 방치된 듯 보인다. 하늘에는 전차가 보이지 않는다. 노랗게 빛나는 낮은 램프가 비추는 포장된 길을 걷고 있는 불멸의 존재들은 없다. 아킬레스는 그 램프들이 횃불이 아님을 눈치 챈다. 헤파이스토스가 말한다.

"말했잖은가. 고양이가 없으면 쥐 세상이 되는 법이라고. 그들 대부분은 일리움 지구에 내려가 너의 시시한 트로이 전쟁의 마지막 장에 참여 중이지."

"전쟁은 어떻게 되어가고 있나?"

"헥토르를 죽일 자네가 없으니, 자네의 미르미돈들과 다른 아카이아인들 그리고 아르고스인들 그리고 자네가 뭐라고 부르던 남은 자들이 트로이인들에게 엉덩이를 걷어 차였지."

"아가멤논과 그의 군대가 퇴각 중이라고?"

"그럼. 내가 마지막에 본 건 불과 몇 시간 전, 수정 에스컬레이터의 피해를 확인하는 실수를 저질러 너와 레슬링 시합을 하게 되기 바로 전이지. 그레이트 홀에 있는 홀로그램 풀을 통해 아가멤논이 성벽을 공격하다가 실패하고, 또 아카이아인들이 검은 배들 근처의 방어 참호로 들어가는 걸 봤어. 헥토르는 군대를 성벽 바깥으로 이끌어 다시 공격 준비를 하고 있던데. 결국은, 치열한 전투에서라면 누구보다도 강한 우리 불멸의 존재들이 나서야만 했지. 일리움을 위해 싸우는 헤라나 아테나 같이 강한 년들이 설치고, 포세이돈이 장기를 발휘해 땅을 흔들어댔지만, 그리스를 지지하는 아폴로, 아레스, 그리고 야비한 아프로디테와 그녀의 친구 데메테르가 기선을 놓치지 않고 있어. 장군으로서 아가멤논은 꽝이야."

아킬레스는 그냥 고개를 끄덕인다. 그의 운명은 이제 아가멤논이나 그의 군대들이 아니라 펜테실레이아와 함께인 것이다. 아킬레스는 그의 미르미돈들이 옳은 일을 한 것이라고 믿는다. 할 수 있다면 도망가고, 그래야만 한다면 싸우다 죽을 것이다. 아테나가 ―혹은 며칠 전 지혜의 여신이 했던 말이 사실이라면 아테나로 변장한 아프로디테가― 그의 사랑하는 파트로클로스를 살해한 이후, 아킬레스는 신들에 대한 피의 복수에만 몰두해 왔다. 지금 ―비록 그것이 아프로디테의 향수의 마법 때문이란 걸 알고 있지만― 그의 목표는 두 가지가 되었다: 그의 사랑하는 펜테실레이아를 살려내는 것과 아프로디테 년을 죽이는 것. 무의식적으로 아킬레스는 허리에 찬 살신용 단검을 바로 잡고 있었다. 만일 아테나가 말한 것이 진실이라면 ―아킬레스는 그녀를 믿었다― 양자 전이 강철로 만들어진 이것은 ―만일 불의 신 절름발이 헤파이스토스가 도망치려 한다거나 아킬레스의 의지를 막으려고 하는 경우에는 그도 포함해서― 아프로디테와 그의 길을 막으려는 모든 불멸의 존재들에게 죽음을 선사할 것이었다.

헤파이스토스는 수 십대 이상의 금빛 전차들이 풀 밭 위에 줄지어 세워져 있고, 전차에서 나온 끈이 지하의 충전지대로 연결되어 있는 주차 지역으로 아킬레스를 데려간다. 그리고는 말이 없는 어느 차 위로 올라가더니 아킬레스에게 타라는 신호를 보낸다. 아킬레스는 망설인다.

"어디로 가는 거야?"

"말했잖아. 제우스가 어디 있는지 알 수도 있는 불멸의 존재를 만나러."

"그냥 우리가 직접 제우스를 찾으면 안 되나?"

아직 전차 위로 오르지 않은 아킬레스가 묻는다. 그는 수천의 전차를 몰아봤지만, 일리움이나 올림포스 위를 순식간에 앞뒤로 날아다니는 전차는 자주 보기만 했지 타본 적은 없었고, 그로 인해 많이 겁을 먹은 것은 아니지만 당장 땅 위를 떠날 이유는 없었다.

"제우스만 알고 있는 기술이 있지. 그걸로 내 감지 기능과 스파이 장치쯤은 모두 피할 수 있어. 틀림없이 그게 모두 작동하고 있는 거야. 물론 신중의 신인 제우스 자신이 아니라 그의 와이프 헤라를 보고서 짐작한 거지만."

"그가 어디에 숨어 있는지 보여줄 불멸의 존재가 누군데?"

아킬레스는 행성의 폭풍이 제우스의 올림포스를 둘러싸고 있는 *아이기스*의 보호 장벽 위에 부딪쳐서 일으키는 모래 폭풍과 번득이는 번갯불과 방전되는 정전기에 주의가 산만해진다.

"닉스."

"밤의 여신?"

아킬레스가 되묻는다. 발 빠른 학살자는 그 이름을 들은 적이 있다. 지구의 질서인 푸른 녹색의 가이아로부터 에레부스의 어둠을 분리 시켰던 태초의 신들이 존재하기도 전, 시간이 탄생되던 때 존재했던 보이드에서 생겨난 최초의 지각이 있는 생명체중 하나인 카오스의 딸. 그러나 그가 아는 한 그리스, 아시아 혹은 아프리카 그 어디에도 신비한 밤의 여신 닉스를 숭배하는 도시는 없다. 전설과 신화에 따르면 닉스는 혼자 —그녀를 임신시킬 불멸의 남신이 없어— 에리스(불화), 모이라이(운명), 힙노스(잠), 네메시스 (복수), 타나토스 (죽음) 그리고 헤스페리데스를 낳았다.

"닉스는 그냥 상징적인 존재인 줄 알았는데…… 아니면 몽땅 엉터리로 꾸며진 이야기이거나."

헤파이스토스가 웃는다.

"후기-인류와 시코락스와 프로스페로가 우리를 위해 만들어준 이 놀라운 신세계에서는 상징적이거나 엉터리로 꾸며진 인물들도 물질적 형태를 갖게 되지. 같이 갈 텐가? 아니면 나 혼자 실험실로 QT해 가고 자넨 여기에 남아⋯⋯ 그⋯⋯ 잠들어 있는 펜테실레이아를 보는 즐거움이나 누릴 텐가?"

"그랬다가는 내가 널 찾아내서 죽일 거라는 걸 알 테지."

아킬레스가 위협적이지 않으나 차가운 결의가 섞인 목소리로 말한다.

"알지. 그러니까 한 번 더 묻겠는데: 이 망할 전차에 탈거야 말거야?"

그들은 화성의 거대한 반구를 반쯤 돌아 남쪽으로 향한다. 아킬레스는 그가 보고 있는 것이 화성인지, 혹은 구형인지, 알지도 못한다. 그러나 그는 알고 있다. 올림포스의 칼데라 호수 위로 가파르게 상승하는 것과 전차가 이륙할 때 어디선가 나타난 네 마리의 말들 뒤에서 울부짖는 먼지 폭풍 사이를 심하게 요동치며 관통하는 아이기스, 그리고 앞이 보이지 않는 먼지 폭풍을 뚫고 거센 바람처럼 나는 전차를 타는 것은 두 번 다시 하고 싶지 않은 경험이라는 것을. 아킬레스는 나무와 청동으로 만들어진 전차의 가장자리를 붙들고 눈을 감지 않으려고 애를 쓴다. 다행히도, 아이기스의 축소판이거나 신들이 전시에 사용하는 눈에 보이지 않는 보호 방패의 한 종류 같은 것이라고 아킬레스가 추측하는 보호 에너지가 전차를 감싸고 있어서 소용돌이치는 모래와 귀청이 터질 것 같은 바람으로부터 그들을 보호해 주고 있다.

어느새 그들은 먼지 폭풍 위에 올라가 있었고, 그들 위로는 검은 밤하늘과 밝게 빛나는 별들과, 두 개의 작은 달이 하늘을 가로지르며 눈에 띄게 빠른 속도로 움직이고 있다. 줄지어 있는 거대한 화산 세 개를 건널 때쯤, 그들은 끔찍한 먼지 폭풍의 남쪽을 지나 있었고, 한참 아래로 별빛을 받은 형상들이 눈에 들어왔다.

물론, 아킬레스는 올림포스에 있는 신들의 집이 그들 스스로의 기묘한 세계를 형성하고 있다는 것을 알고 있다. 그는 모라벡 동맹군이 브레인 홀이라고 부르는 것을 사이에 두고 붉은 평원에서 8달 동안, 지구에서는 전혀 볼 수 없는 북쪽의 어느 바다에서 비롯된 미지근하고 조수의 간만이 없는 파도를 바라보며 싸워왔다. 그러나 그는 올림포스 인들의 세계가 이렇게 크다고는 생각하지 않았었다. 그들은 끝도 없이 넓은, 물에 잠긴 계곡 위를 높이 날아간다. 어둠 속에서 보이는 빛이라고는 간간이 물에 반사된 별빛과 헤파이스토스의 설명에 의하면 작은 녹색 인간들의 채석장 바지선에서 사용한다는 움직이는 등불 몇 개가 전부다. 아킬레스는 그 수수께끼 같은 말을 자세히 설명해달라고 부탁할 필요를 느끼지 않는다.

그들은 나무가 없는 지역과 나무가 가득한 산들, 셀 수 없이 많은 둥근 분지들(불의 신이 크레이터라고 부르는), 침식되었거나 숲이 울창하며 대부분 중앙에 호수가 있고, 달과 별빛 아래 또렷하고 험난해 보이는 지역 위를 날아간다. 그들은 전차 주위를 감싸는 작은 아이기스가 희박해질 정도로 더 높이 날아오르고 아킬레스는 전차가 뿜어내는 순수한 공기를 들이 마신다. 공기 중의 산소 농도가 너무 높아 그는 약간 취한 듯한 기분을 느낀다.

헤파이스토스는 까마득한 어둠 아래로 펼쳐지는 바위산이나 계곡의 이름들을 대고 있다. 아킬레스는 이 불구의 신이 강에서 바지선을 몰며 지루함을 달래기 위해 정차할 곳의 지명을 주워섬기는 뱃사공 같다고 생각한다.

"샬바타나 발리스."

불멸의 존재가 말한다. 그리고는 몇 분 뒤엔,

"마르가라티퍼르 테라. 메리디아니아 플라눔. 테라 사바에아. 북쪽으로 울창한 숲은 쉬아페렐리, 앞에 보이는 죽은 언덕은 휘겐스라고 불리지. 우리는 지금 남쪽을 빙 돌고 있는 중이야."

조금 투명해 보이는 네 마리의 말 뒤로 날고 있는 전차는 남쪽을 빙 돌고 있는 것이 아니다. 남쪽으로 전차를 기울이고 있다. 바닥이 —말도 안 되지만— 마냥 추락하고 있는 것만 같은 전차를, 아킬레스는 죽어라고 움켜잡고 있었다.

"저게 뭐지?"

잠시 후 아킬레스가 묻는다. 남쪽 지평선의 대부분을 채우는 거대한 원형의 호수가 나타난다. 전차가 하강하고 있다. 여긴 먼지 폭풍은 없으나 공기는 여전히 핑음을 내고 있다. 불의 신이 툴툴거린다.

"헬라스 분지. 지름이 1400 마일도 더 돼. 명왕성보다도 더 크지."

"명왕성?"

"빌어먹을 혹성이라구, 이 멍청한 시골뜨기 문맹아."

헤파이스토스가 으르렁거린다. 아킬레스는 죽을힘을 다해 전차를 붙들고 있던 손을 놓고 싸울 준비를 한다. 그는 불구의 신을 들어 올려 무릎에 대고 허리를 꺾은 후, 전차에서 내 던질 생각이다. 하지만 전차 옆의 산봉우리와 그 아래 수 없이 이어진 검은 계곡들을 흘끗 보고는 일단 그 절름발이 난장이를 전차와 함께 착륙시키기로 작정한다. 그들 앞으로 남쪽을 꽉 채우는 호수가 나타난다. 그들은 활 모양의 북쪽 해안을 지나 별빛을 받아 빛나는 물 위로 하강하기 시작한다. 아킬레스는 몇 마일 위에서 둥근 호수처럼 보였던 게 사실은 작고 동그란 바다였다는 걸 깨닫는다.

"깊이가 2마일인 곳도 있고 4마일 이상인 곳도 있지."

마치 아킬레스가 궁금해 하기라도 한 듯 헤파이스토스가 말한다.

"동쪽에서 흘러드는 저 거대한 두 개의 강은 다오와 하르마키스라고 해. 원래 우리 계획은 수백만 명의 고전-스타일 인간들을 저쪽의 기름진 계곡에 풀어놓아, 자식을 낳고 번성하게 하는 거였는데, 광선을 이곳으로 돌려 재전송하는 데까지 이르지 못했어. 사실 제우스와 다른 신들은 자기네가 신이 되기 전 일들을 다 잊어버렸거든. 우리 모두에게 꿈같은 일이 되어 버린 거지. 게다가 제우스는 불멸의 첫 세대인 자신의 부모, 타이탄들을 —크로스와 누이이자 신부인 레아를— 잡아서 브레인을 통해 갈 수 있는 타르타루스라는 세상으로 처박느라 정신이 없었지."

헤파이스토스가 목소리를 고르더니 음유시인 흉내를 내기 시작한다. 아킬레스의 귀에는 녹슨 칼날로 리라를 타는 것 같이 들린다.

"무시무시한 소리가 끝없는 바다를 어지럽혔네.

온 세상이 거대한 울음을 토해냈다네.

넓게 열린 하늘이 흔들리며 신음했네.

죽음을 모르는 채 돌진하는 신들 아래에서

머나먼 올림푸스가 근본부터 동요했네.

그러자 검은 타르타루스가 뒤흔들렸네."

이제 아킬레스 눈에는 양 옆의 검은 물외엔 아무 것도 보이지 않고, 발밑의 물은 믿을 수 없이 빠른 속도로 흐르며, 둥근 호수의 절벽들이 지평선 가장자리로 사라진다. 남쪽으로 울퉁불퉁한 바위섬 하나가 나타난다.

"오직 제우스만 전쟁에서 이겼지."

헤파이스토스가 말을 잇는다.

"왜냐하면 그가 최초의 지구 —진짜 지구 말야, 네가 온 곳 밀고, 이 염병할 지구 모양의 가짜 말고— 궤도에 있는 후기-인류의 브레인 펀칭 기계로 돌아가서는 세테보스와 그의 알에서 태어난 복제물들을 데려와 크로노스의 군대와 싸우게 했거든. 수백 개의 손을 가진 그 괴물들은 에너지 무기와 흙 속에 스며든 공포를 먹이 삼는 굶주림의 힘 덕분에 승리했지. 전쟁이 끝난 후 놈들을 제거하는 것이 변기에 낀 때를 벗겨내는 것만큼 힘든 일이긴 했지만. 그리고 타이탄의 망할 자식 중의 하나가 —이아페토스의 아들인 프로메테우스가— 이중 첩자로 둔갑했지. 그리고 전쟁이 계속된 지 4백 24년이 되는 해 실험실에서 만들어진 머리가 수 백 개 달린 타이폰이란 괴물들이 브레인 홀을 넘어왔지. 정말 볼 만 했어. 내 기억에 그날은…."

"도착하려면 아직 멀었어?"

아킬레스가 말을 자른다.

그 섬은 —계속 고도를 낮추며 헤파이스토스가 나지막하게 쉴 새 없이 중얼거린다— 아킬레스가 사용하는 리그 단위로 지름이 80리그도 넘고 괴물이 득실거린다고 했다.

"괴물이라고?"

아킬레스가 말한다. 그는 괴물 따위 거의 관심이 없다. 그는 제우스가 어디에 있는지 알고 싶을 뿐이며, 제우스가 치료자에게 부활의 탱크를 열라고 명령하고 아마존의 여왕 펜테실레이아가 다시 살아나기를 원할 뿐이다. 그 외의 모든 것은 상관없는 일이다.

"괴물들,"

불의 신이 다시 말한다.

"가이아와 우라노스의 첫 번째 자녀들은 기형의 사악한 괴물들이었지. 하지만 강력한 힘을 지니고 있었어. 제우스는 놈들을 크로노스와 레아를 잡아넣은 타르타루스 차원에 함께 가두는 대신 이곳에서 살도록 허락했지. 놈들 중에는 세테보스의 종자들도 세 놈 있었어."

이 사실은 아킬레스에게 아무런 흥미도 일으키지 못한다. 그는 눈앞에서 점점 크게 다가오는 섬을 보며, 한가운데 바위 위에 거대하고 어두운 성이 있음을 알아챈다. 위로 솟은 화산 암벽의 몇 안 되는 창에서 주황색 빛이 새어 나왔다, 마치 실내에 불을 켠 듯.

"이 섬엔 키클롭스 최후의 후손이 살고 있기도 하지,"

헤파이스토스가 낮게 중얼거린다.

"또 에리니에스도 살고 있고."

"그 복수의 여신들이 여기 있다고? 그들도 신화에 불과한 줄 알았는데."

"아니, 신화가 아니야."

불구인 불멸의 존재는 전차를 돌려 중앙 성의 기저에 있는 검은 바위 위 평지에 말들의 머리가 나란히 되도록 운전한다. 산과 그 아성 주위로 검은 구름들이 뒤틀린다. 계곡 양 옆은 은밀한 움직임들로 가득 차 있다.

"그들이 이곳에서 풀려나면, 죄지은 자들을 추격하고 벌주는 데 그들의 영원히 남은 생을 소비할 거야. 머리카락엔 진짜 뱀들이 엉켜 있고, 붉은 두 눈에서 피 눈물이 흘러나오는 그들이야말로 진정으로 '어둠 속들 걷는' 자들이지."

"까짓 것 와보라지!"

펠레우스의 아들이 말한다. 전차는 검은 돌로 만들어진 커다란 암반 위의 거대한 조각상 밑에 부드럽게 착륙한다. 전차의 나무 바퀴가 끼익 소리를 내고 말들이 꺼지듯 사라진다. 장인이 전차를 조종하는 데 사용하던 이상한 빛을 내는 조종판도 사라진다.

"이리 오게."

헤파이스토스가 말하고는 조각의 반대편에 있는 끝이 없어 보이는 계단으로 아킬레스를 이끈다. 불멸의 존재는 불구인 발을 돌 위로 질질 끌며 걷는다. 아킬레스는 조각상을 올려다보지 않을 수 없다. 최소한 300피트 높이로, 커다란 어깨위로 두개의 창으로 엮인 지구와 하늘을 받치고 있는 강력한 남자의 모습이다.

"이아페토스의 조각상이군."

"틀렸어,"

불의 신이 으르렁대듯 말한다.

"이건 바로 아틀라스야. 여기 영원히 얼어붙어버렸지."

400개째의 계단이 마지막 계단이다. 검은 성이 위로 솟아있고, 탑과 사다리와 숨겨진 지붕들이 어지럽게 움직이는 구름 속에 가려져 있다. 그들 앞에 놓은 두개의 문은 각각 50피트 높이로 서로 50 피트 떨어진 거리에 있다.

"닉스와 헤메라가 매일 각각 이 문을 지나지 — 낮과 밤에."

헤파이스토스가 속삭인다.

"하나가 나가면 하나가 들어와. 그들은 동시에 집에 있는 법이 없어."

아킬레스가 검은 구름과 별빛 한 점 없는 하늘을 흘끗 올려다본다.

"그럼 잘못된 시간에 왔군. 나는 헤메라를 볼 일이 없어. 우리가 필요한 상대는 밤이라고 네가 말했잖아."

"인내심을 가져, 펠레우스의 아들."

헤파이스토스가 툴툴댄다. 그는 초조한 듯 보인다. 그는 그의 손목에 감긴 작지만 두툼한 기계를 흘끗 본다.

"에오스가 깰 시간이야···· 지금."

검은 섬의 동쪽 가장자리에서 주황색의 빛이 번지다 사라진다.

"어떤 햇살도 이 섬의 양극화된 아이기스를 통과 할·수 없지. 하지만 뒤쪽은 거의 아침이야. 다오와 하르마키스 강 위로 태양이 떠오를 거고 곧 헬라스 분지의 동쪽 절벽 위를 비출 거야."

갑작스런 빛줄기가 아킬레스의 눈을 안보이게 한다. 그는 거대한 철문 중 하나가 쿵하고 닫히는 소리를 듣고, 다른 문이 삐걱하며 열리는 소리를 듣는다. 그가 다시 보게 되었을 때는, 두 번째 문이 닫혀 있고 그들 앞에 닉스가 서 있다. 아테나, 헤라, 그리고 다른 여신들에게 항상 경외감을 가지고 있기는 했지만, 펠레우스와 바다의 여신 테티스의 아들인 아킬레스가 불멸의 존재에 공포를 느껴보기는 처음이다. 헤파이스토스는 무릎을 꿇고 그의 머리를 낮추어 그들을 마주보고 있는 무시무시한 존재에게 존경과 두려움을 표하고 있었으나 아킬레스는 억지로 서 있다. 그러나 그는 등에 있는 방패를 꺼내, 신을 죽일 수 있는 작은 단검을 손에 들고 방패 뒤로 숨어버리고 싶은 충동과 싸우고 있다. 도망갈 것인가 싸울 것인가 갈등하며 그는 타협책으로 얼굴을 숙인다.

신들은 어떤 크기든 마음대로 취할 수 있지만 ―아킬레스는 질량과 에너지 보존의 법칙 따위는 알지도 못하고, 불멸의 존재들이 어떻게 이 법칙을 무시할 수 있는지에 대한 설명도 이해하지 못할 터― 대충 9피트 정도의 크기를 하고 있을 때 가장 편안하게 바라볼 수 있는 듯하다: 인간들을 어린애처럼 느껴지게 할 만큼 크고, 자신을 지탱하기 위해 다리뼈를 굵게 해야 하거나 올림포스 신전에 비해 터무니없이 크지는 않은 사이즈.

밤의 여신 닉스의 키는 15피트이고, 휘몰아치는 연기 같은 구름에 싸여있으며, 신비롭게 속이 비치는 여러 겹의 검은 천 같은 것을 두르고 있는데, 그 천에서 길이가 다른 수십 개의 끈들이 늘어져 있다. 베일이 포함된 검은 머리장식을 했든가, 아니면 곰팡이 난 검은 베일처럼 생긴 얼굴을 하고 있다. 도저히 믿을 수 없지만,

검은 베일과 증발하는 구름 사이로 그녀의 검은 눈이 또렷이 보인다. 고개를 돌리기 전 아킬레스는 어둠의 젖으로 온 세계를 먹일 것처럼 믿을 수 없이 커다란 그녀의 가슴을 본다. 달빛을 굳혀 만든 것처럼 길고 강력한 손가락만이 창백하게 빛나고 있다.

아킬레스는 헤파이스토스가 거의 성가를 부르는 듯 말하고 있다는 것을 깨닫는다.

"···· 햇불로 향을 피우는, 부모 여신인 닉스여, 걱정 근심 벗어나 달콤한 휴식을 주시는 이여, 신과 인간들을 낳으신 어머니, 들으소서, 별빛에 덮인 축복받은 닉스여, 검은 밤의 한 가운데 달콤한 잠의 침묵 속에서. 꿈과 부드러운 휴식이 당신의 어두운 기차에 올라, 길어진 음울함과 축제의 긴장에 기뻐하며, 초조한 걱정을 녹이고, 지구 주위를 어스름한 속도로 도는 환희의 친구여. 유령과 그림자들의 여신이여···."

"됐어, 그만하게."

밤의 여신이 말한다.

"밀교의 찬가를 듣고 싶으면 내가 직접 시간 여행을 할 거야. 불의 신이여, 감히 헬라스와 밤으로 가려진 닉스의 집에 인간을 데리고 오다니?"

아킬레스는 여신의 목소리에 몸을 떤다. 그것은 바위에 부서지는 광폭한 겨울 바다 같은 소리였으나, 그럼에도 그 의미를 확실히 이해할 수 있다.

"낮을 가르는 힘을 가진 여신이여,"

헤파이스토스가 여전히 무릎을 꿇은 채로, 여전히 고개를 숙이고 비굴한 목소리로 말한다.

"이 인간은 불멸의 존재인 테티스의 아들로 그의 지구에서는 나름 절반은 신입니다. 그는 아킬레스라고 하고, 펠레우스의 아들이며 그의 용맹함은····"

"오, 펠레우스의 아들 아킬레스와 그의 용맹은 나도 안다. 도시를 약탈하고, 여자들을 겁탈하고, 남자들을 학살하는 자이지."

파도가 부서지는 어조로 밤의 여신이 말한다.

"어떤 이유로 이···· 보병을···· 내 검은 문 앞으로 데리고 왔는가, 장인이여?"

아킬레스는 그가 나설 차례라고 결심한다.

"제우스를 만나야 하오, 여신이여."

검은 유령 같은 여신이 그의 쪽으로 몸을 돌린다. 그녀는 서 있는 게 아니라 떠 있는 것처럼 보이고, 거대한 가슴의 형상이 부딪힘 없이 흔들린다. 베일에 덮인 그녀의 얼굴은 ―혹은 검은 베일 자체가 뭉개진 것처럼 보이는 얼굴은― 어둠보다 더 검은 눈으로 그를 내려다본다. 주위의 구름들이 끓어오르듯 요동을 친다.

"네가 천둥의 제왕이며, 신중의 신인, 펠라스기 족의 제우스를 *만나야 한다고?* 만 개의 성전과 도도나 신전의 주인이며, 모든 신들과 인간의 아버지이며, 폭풍우를 만드는 구름을 부리고 모두에게 명령을 할 수 있는 궁극적인 왕 제우스를 만나야만 한다고?"

"그렇소."

"용건은?"

헤파이스토스가 목청을 높인다.

"아킬레스는 치료자의 탱크로, 최초의 검고 잡균이 없는 알의 어머니에게로, 인간을 데려가고자 합니다. 그는 아버지 제우스가 치료자에게 명령하여, 아마존의 여왕 펜테실레이아의 생명을 되돌리고자 합니다."

밤의 여신이 웃는다. 그녀의 목소리가 바위에 부딪히는 거친 바다 같다면, 그녀의 웃음소리는 에게해에서 울부짖는 겨울바람 소리 같다고 아킬레스는 생각한다.

"펜테실레이아라고?"

검은 옷의 여신이 여전히 킬킬거리며 말한다.

"그 멍청하고, 금발에다, 가슴 큰 동성애 계집년? 도대체 왜 그 근육질의 멍청이를 다시 살리고 싶어 하는 거지, 펠레우스의 아들? 네가 네 아버지가 준 위대한 창으로 그녀와 그녀의 말을 *한꺼번에* 찔러서 꼬치 위의 고추처럼 꿰어 넣은 것을 보았는데."

"선택의 여지가 없소. 그녀를 사랑하니까."

아킬레스가 천둥이 우르르 소리를 내는 듯한 목소리로 말한다. 밤의 여신이 다시 웃는다.

"그녀를 사랑한다고? 이게 지금 노예들과 자고, 공주들을 정복하고, 사람들이 올리브를 먹는 것만큼이나 태연하게 여왕들을 사로잡아 침을 뱉듯이 내던진 아킬레스의 입에서 나온 말인가? 그녀를 사랑한다고?"

"아프로디테의 페로몬 향수 때문입니다."

헤파이스토스가 여전히 무릎을 꿇은 채로 말한다. 밤의 여신이 웃음을 멈춘다.

"어떤 종류지?"

"9번입니다. 요정의 미약이지요. 피의 흐름 속에서 자가 복제를 하는 나노기계로서 점점 더 많은 의존 분자를 만들고, 희생자가 그의 열정에 반응하지 않으면 대뇌에 엔돌핀과 세로토닌이 결핍되게 만듭니다. 해독제가 없습죠."

밤의 여신은 베일에 가려진 얼굴을 아킬레스에게로 돌린다.

"정말 심각하게 정욕으로 가득 차게 되었구나, 펠레우스의 아들. 제우스는 절대로 인간을 다시 살리는 것에 동의하지 않을 게다. 하물며 아마존이라니, 그가 전혀 생각하지도 않는, 생각하더라도 하찮게 여길 종족을. 모든 신들과 인간의 아버지에게 아마존은 거의 소용없는 존재고 처녀들은 더더욱 소용이 없지. 그런 인간의 부활이라니, 그는 치료자의 탱크와 기술에 대한 모독이라고 생각할 것이다."

"그래도 부탁해 보겠소."

아킬레스가 완고하게 말한다. 밤의 여신은 아무 말 없이 찬찬히 그를 본다. 그리고는 큰 가슴을 가진 너덜너덜한 검은 유령 같은 그녀는 아직도 무릎을 꿇고 있는 헤파이스토스를 향해 몸을 돌린다.

"고귀한 신들을 위해 불철주야 일하는 불구의 장인, 불의 신, 그대가 볼 때 이 인간에게서 무엇이 보이는가?"

"빌어먹을 멍청이죠."

"내 눈엔 아주 독특한 양자적 존재와, 가능성의 블랙홀이 보인다. 똑 같은 하나의 쓰리-포인트 해결책을 가진 무수한 방정식이지. 왜 그런 줄 아는가, 장인이여?"

불의 신은 다시 투덜거리듯 말한다.

"이 건방진 인간이 겨우 갓난아기였을 때 천상의 양자 불 속에 넣은, 해초에 휘감긴 가슴을 가진 테티스가 어머니였기 때문이죠. 그가 죽는 날, 시간, 분, 그리고 방법에 대한 확률은 100퍼센트 정해져 있어서, 절대 바뀔 수 없습니다. 이것이 바로 아킬레스가 모든 공격과 상처에 꿈쩍 않게 된 이유인 거죠."

"그으으으래, 바로 그거야"

밤의 여신이 어깨를 들썩이며 경멸하는 듯한 소리를 낸다.

"헤라의 아들, 영광의 아글라이아로 알려진 얼간이 그레이스의 남편, 왜 이 사람을 돕고 있는 거지?"

헤파이스토스는 더욱 머리를 조아린다.

"처음엔 그가 레슬링 시합에서 나를 이겼기 때문이었습니다, 무시무시한 그림자의 사랑스런 여신이여. 나중에는 우리 둘의 관심사가 같아졌기에 돕기를 계속하고 있습니다."

"네가 제우스를 찾는 데 관심이 있다?"

밤의 여신이 속삭인다. 그들의 오른 쪽에 있는 검은 계곡의 어딘가에서 누군가가 혹은 무엇인가가 울부짖는다.

"저의 관심사는, 여신이여, 커져가는 카오스의 홍수를 저지하는 것입니다."

밤의 여신이 고개를 끄덕이고는 성의 첨탑 주의를 불안정하게 돌고 있는 구름을 향해 베일에 덮인 얼굴을 든다.

"별들이 비명을 지르는 것이 들린다, 불구의 장인. 네가 말하는 '카오스'라는 것이 양자적 차원의 혼란을 말한다는 것을 알고 있다. 너는 제우스를 위해 남겨진 유일한 신이지, 변화가 일어나기 전의 우리 모습과 우리의 생각을 기억하는 유일한 신…… 물리학과 같이 작은 것들을 기억하는."

헤파이스토스는 얼굴을 낮춘 채로 아무 말도 하지 않는다.

"양자의 흐름을 계속 주시하고 있는가, 장인?"

밤의 여신이 묻는다. 그녀의 목소리에는 아킬레스가 이해하지 못하는 날카롭고 분노에 찬 칼날 같은 느낌이 배어 있다.

"그렇습니다, 여신이여."

"만일 이 개연성 혼란의 소용돌이가 로그 함수의 속도로 계속된다면, 불의 신, 우리가 생존할 수 있는 시간은 얼마나 남아있지?"

"단 며칠입니다, 여신이여. 어쩌면 더 짧을 수도‥‥."

"운명이 자네와 뜻을 같이하는군, 헤라의 소산물."

닉스가 말한다. 그녀의 커다란 목소리와 바다가 갈라지는 것 같은 음색에 아킬레스는 두터운 두 손으로 귀를 막고 싶어진다.

"밤낮으로, 모이라이가 ―인간들은 운명이란 말 대신 이 이름을 사용한다지― 자기 에너지 버블과 일 마일은 되는 자신들의 전산 DNA를 조작하려고 미친 듯이 주판알을 튕기고 있군. 그리고 매일 모이라이의 미래에 대한 견해는 점점 더 불확실해지고, 그들의 확률의 실타래는 더 엉클어지고 있지, 마치 시간의 직조기 자체가 망가져버린 듯이."

"그 시팔 세테보스 때문입니다. 제 표현을 용서해 주십시오."

"아니다. 네가 옳다. 장인. 그 시팔 세테보스가, 더 이상 이 세계의 남극 바다에 묶여 있지 않고 마침내 풀려났지. 너도 알다시피, 그 손 많은 괴물이 지구로 갔다. 여기 있는 인간의 지구가 아니라 우리의 고향으로 말이지."

"저런!"

헤파이스토스가 마침내 그의 얼굴을 들고 말한다.

"그건 몰랐습니다."

"그렇게 되었지. 그 뇌가 브레인을 건넜다."

그녀는 웃고 아킬레스는 이번에는 두 손으로 귀를 막는다. 인간의 청력이 감당할 수 있는 소리가 아닌 것이다.

"모이라이는 우리에게 시간이 얼마나 남았다고 말합니까?"

헤파이스토스가 속삭이듯 묻는다.

"실을 잣는 이 클로토는 양자의 흐름이 우주 내부에서 폭발하기 전까지 불과 몇 시간 밖에 남지 않았다고 해. 날카로운 죽음의 순간에 삶의 모든 실타래를 끊어버리는 무서운 가위를 가지고 다니며 모든 일을 뒤로 돌릴 수 없게 만드는 아트로포스는, 한 달 정도 남았다고 말하고."

"라케시스는 뭐라고 합니까?"

"운명을 처분하는 이는 —그녀는 다른 이들 보다 좋은 전자주판의 프랙털 웨이브를 타고 다니지, 아마— 한두 주일 안에 이 세상과 이 브레인 내에서 카오스가 승리하는 것을 보게 될 것이라는 군. 어떻게 받아들이던 간에, 우리에게 남은 시간은 거의 없어, 장인."

"달아나실 건가요, 여신이여?"

밤의 여신은 아무 말도 없다. 그녀의 성 뒤로 바위들과 계곡에서 울리는 울부짖음이 메아리가 된다. 마침내 그녀가 말한다.

"우리에게 도망갈 곳이 어디 있는가, 장인? 우리가 태어난 이 우주가 혼란 속으로 무너진다고 하면, 얼마 남지 않은 오리지널인 우리가 갈 곳이 어디에 있단 말인가? 우리가 창조한 모든 브레인 홀들과, 순간이동을 할 수 있는 곳은 모두 혼란의 실에 의해 이 우주와 연결되어 있다. 도망갈 곳은 아무데도 없어."

"그럼 우리는 어찌해야 합니까, 여신이여?"

헤파이스토스가 이를 악물 듯 말한다.

"머리를 숙여, 신발 끝을 잡고, 불멸의 엉덩이에다 작별의 뽀뽀를 해야 하나요?"

밤의 여신은 한치 앞을 볼 수 없는 에게해의 폭풍과 같은 소리를 낸다.

"더 나이든 신들과 상의해야 한다. 그것도 아주 빨리."

"더 나이든 신들이라면,"

장인이 말을 시작하다 말고 멈춘다.

"크로노스, 레아, 오케아노스, 테티스‥‥ 끔찍한 타르타루스로 쫓겨 간 그들 모두 말인가요?"

"그렇다."

"제우스가 절대 허락하지 않을 겁니다. 어떤 신도 그들과 다시 소통하는 것은 허락되지 않았습니다."

"제우스는 현실을 직시해야만 해!"

밤의 여신이 천둥 치듯 고함을 지른다.

"아니면 그의 영역을 포함해서 모든 것이 혼란 속에 끝날 것이다."

아킬레스는 거대한 검은 형상을 향해 두 걸음 다가선다. 그의 손에 들린 방패는 마치 싸울 태세를 취하고 있는 듯하다.

"여보시오. 내가 여기 있다는 걸 잊었소? 아직 내 질문에 대한 대답을 기다리고 있다구. *제우스는 어디에 있나?*"

닉스는 그에게로 몸을 숙이고 그를 향해 창백하고 뼈만 남은 손가락을 무기처럼 겨눈다.

"네가 나의 손에 죽을 확률은 제로지, 펠레우스의 아들. 하지만 내가 너를 원자에서 원자로, 분자에서 분자로 조각내버린다면, 우주는 —양자의 수준에 있어서도— 그 원칙을 유지하기 힘들지 몰라."

아킬레스는 기다린다. 그는 신들이 종종 이 말도 안 되는 소리들을 지껄인다는 것을 알게 되었다. 그들이 다시 말이 되는 소리를 할 때까지 기다리는 것 외엔 별 도리가 없다. 마침내, 닉스는 바람이 파도를 스치는 듯한 목소리로 말한다.

"헤라, 제우스와 남매이자 아내, 신성한 형제와 근친상간 하는 레아와 크로노스의 딸, 서슴없이 배신과 살인을 저지르며 아카이아를 수호하는 그녀가 제우스를 유혹하여, 그를 감시의 의무로부터 멀어지게 했어. 한 영웅의 아내가 낮에는 천을 짜고, 밤에는 낮 동안 짠 것을 다 풀어 버리는 고통과 노동의 집에서 헤라는 제우스와 동침하고 잠드는 약을 주사했지. 이 영웅은 최고의 활을 트로이의 전쟁터로 가져가지 않았지만, 구혼자들과 약탈자들로부터 피할 수 있도록 비밀의 문이 달린 비밀의 방 말뚝 위에 올려놓았지. 그 활은 아무도 당길 수 없어. 그 활은 구멍 뚫린 강철 도끼 12개를 한 줄로 세워 놓고 한 번에 12개의 구멍을 뚫을 수 있어, 아니면 죄 있는 혹은 죄 없는 수많은 인간의 몸뚱이를 반으로 갈라놓을 수 있지."

"고맙소. 여신."

아킬레스가 말하고는 계단 아래로 물러선다. 헤파이스토스가 주위를 둘러보고는, 흐르는 듯한 긴 옷 속에 있는 거대한 검은 형상에서 등을 돌리지 않도록 조심하며 따른다. 두 남자가 일어섰을 때, 밤의 여신은 층계 꼭대기로 이미 가버린 후다.

"그게 다 무슨 소리인 거야?"

그들이 다시 전차위로 오르는 사이 장인이 속삭이며 가상 조종판과 홀로그램 말들을 작동시킨다.

"영웅의 아내가 울고, 뭔 빌어먹을 방에 숨겨져 있고, 도끼 자루 구멍에, 한 줄에 12개. 닉스가 너희들의 그 델피의 신탁처럼 알 수 없는 소리를 지껄였잖아."

"제우스는 이타카 섬에 있다."

성과 섬, 그리고 보이지 않는 어둠 속 괴물들의 악다구니에서 멀어져 가는 사이 아킬레스가 말한다.

"오디세우스가 내게 직접 한 말이 있어. 자신의 최고의 활을 그의 바위섬에 있는 궁전, 비밀의 방에 약초의 향이 나는 천에 싸서 숨겨 놓았다고. 교활한 오디세우스가 기분 좋을 때에 그를 방문 한 적이 있었지. 오직 그만이 그 활시위를 완전히 당길 수 있어. 그가 한 말이야, 내가 시도해 본 적은 없지만⋯⋯ 밤에 한잔한 후, 12개가 한 줄로 세워진 철 도끼 자루 구멍에 활을 당기자는 것은 라에르테스의 아들이 여흥거리로 제안한 생각이었지. 만일 그 곳에 그의 섹시한 아내 페넬로페의 손을 잡으려는 구혼자들이 있다면, 그는 그의 화살로 그들의 몸통을 대신 통과시켜 여흥으로 삼을 작정이었지."

"이타카에 있는 오디세우스의 집이라."

헤파이스토스가 중얼거린다.

"헤라가 잠든 주인을 숨기기에 좋은 장소로군. 펠레우스의 아들, 자네가 제우스를 잠에서 깨웠을 때 제우스가 네게 어떻게 할 건지 짐작이 가나?"

"알아보자구. 이 전차에서 바로 함께 순간이동을 할 수 있나?"

"잘 봐."

헤파이스토스가 말한다. 인간과 신이 눈 깜짝 할 사이에 전차에서 사라지고, 이제는 빈 전차만 계속 헬라스 분지를 가로 질러 북서쪽으로 날고 있다.

쉰

"이건 새비가 아닙니다."

"내가 언제 새비라고 했던가, 노만의 친구?"

하먼은 지상으로부터 5마일, 그리고 초몰룽마의 북쪽에서 백 야드 떨어져 공중에 떠 있는 금속 지지대 위에서 아무리 그러지 않으려고 애써도 눈을 뗄 수 없는 젊은 새비의 죽은 얼굴과 벌거벗은 몸을 바라보고 있었다. 그의 뒤엔 프로스페로가 강철 계단 위에 서 있었다. 바깥쪽에서 바람이 불어 올라왔다.

"새비처럼 *보이기는* 해요."

하먼이 말했다. 그는 뛰는 가슴을 진정시킬 수가 없었다. 엄청난 고도와 눈앞의 시체에 현기증이 날 지경이었다.

"하지만, 새비는 죽었어요."

"확신하나?"

"확신하고 말구요, 제기랄. 당신의 칼리반이 죽이는 걸 봤잖아요. 놈이 먹다 만 것들과 뒤에 남겨 놓은 것을 봤어요. 새비는 죽었어요. 게다가 이렇게 *젊은* 새비는 본 적이 없어요."

크리스털 관에 누워있는 벌거벗은 여인은 첫 이십 주기를 3-4년 이상 넘긴 것 같지 않았다. 새비는⋯⋯ 노령이었다. 그들 모두가 —한나, 에이다, 데이먼, 그리고 하면— 그녀를 보고 깜짝 놀랐다. 회색 머리카락, 주름살, 청춘을 넘긴 신체. 새비를 만나기 전까지는 고전—스타일 인류 중 아무도 노화의 결과를 목격한 적이 없었다⋯⋯ 지금까지도. 하지만 퍼머리의 재생기술이 사라진 지금은 모든 것이 달라질 것이다.

"*나의* 칼리반은 아니지. 당시에는 *나의* 괴물이라고 할 수 없었어. 자네가 아홉 달 전쯤에 궤도 섬에서 그 녀석을 만났을 당시, 그 도깨비 녀석은 자기 자신의 주인이었어. 못돼 먹은 시코락스에게서 태어난 녀석은 세테보스의 노예로 타락해 있었지."

"이건 새비가 아닙니다. 그럴 리가 없어요."

그는 푸른 옷의 마법사를 재빨리 지나쳐 타지 모이라의 중앙실이 있는 뒤쪽으로 돌아가려 했다. 하지만 화강암으로 된 천정을 지니려는 순간 멈추었다. 그리고 낮은 목소리로 물었다.

"살아 있나요?"

"만져 보게나."

프로스페로가 말했다. 하먼은 뒷걸음질로 몇 계단을 더 올랐다.

"싫어요, 왜 그래야 하죠?"

"이리 내려와서 만져 보게나."

마법사가 말했다. 그의 홀로그램 영상은 —혹은 다른 무엇인지 몰라도— 이제 크리스털 관 바로 옆에 서 있었다.

"그녀가 살아 있는지 알아볼 수 있는 유일한 방법이야."

"당신의 말을 믿을게요."

하먼은 그 자리에서 꼼짝하지 않았다.

"하지만 난 아무 말도 안 했는걸, 노만의 친구. 그녀가 자고 있는지, 죽었는지, 밀납 인형에 불과한지, 아니면 무언가를 바라는 정령인지, 내 의견을 밝힌 적이 없다구. 하지만 이것만은 내가 보장하지, 에이다의 남편, 그녀가 깨어난다면, 자네가 그녀를 깨운다면, 그녀가 살아난다면, 그리고 자네가 다시 깨어난 이 정령과 이야기를 나눈다면, 자네를 짓눌러온 모든 질문에 답이 주어질 것이네."

"무슨 뜻이죠?

도망치고 싶은 충동에도 불구하고 계단을 다시 내려오며 하먼이 물었다.

마법사는 침묵을 지켰다. 그의 유일한 대답은 투명한 관의 크리스털 뚜껑을 여는 것이었다. 어떤 썩은 냄새도 풍겨오지 않았다. 하먼은 금속 지지대 위에 올라서서 마법사 바로 옆에 섰다. 프로스페로 섬의 치유 탱크에서 언뜻 보았던 털 없는 시체를 제외하면, 그는 몇 달 전까지만 해도 죽은 사람을 본 적이 한 번도 없었다. 고전-스타일 인류 모두가 그랬다. 하지만 이제는 아르디스 홀에서 직접 사람을 매장한 경험도 있었고, 죽음의 끔찍한 얼굴에 ─납빛으로의 변하는 것과 사후강직 현상, 빛을 잃어가는 눈빛, 차갑게 식어가는 육체에─ 대해 알고 있었다. 이 여인, 이 *새비*에게서는 그런 징후를 전혀 찾아볼 수 없었다. 그녀의 피부는 부드럽고 생기가 넘쳐흘렀다. 그녀의 입술은 분홍을 넘어 붉은 색에 가까웠고, 젖꼭지 또한 마찬가지였다. 감겨진 눈에는 긴 속눈썹이 붙어 있었는데, 금방이라도 눈을 뜰 것만 같았다.

"그녀를 만져 보게."

하먼은 떨리는 손을 뻗었다가 그녀에게 닿기 직전에 얼른 빼버렸다. 여인의 시체 위에는 가볍지만 견고한 힘의 장이 ─반투과성에다 손에 만져졌다─ 쳐 있었고 그 안의 공기는 바깥보다 훨씬 따뜻했다. 그는 다시 손가락을 뻗어 처음에는 그녀의 목에 ─나비가 파득거리는 듯 가벼운 박동─, 가슴에, 그리고 젖가슴 사이에 대보았다. 그렇다, 가볍지만 느릿하게 뛰고 있는 그녀의 심장, 부드러운 그 박동은 너무도 느려서 보통 사람의 박동이라 할 수 없었다.

"이 요람은 자네 친구 노만이 지금 누워 있는 그곳과 비슷하다고 볼 수 있지. 시간을 멈추는 거야. 하지만 노만-오디세우스의 슬로우-타임 관처럼 삼 일 동안 치유하고 보호하는 대신 이 크리스털 관은 천 사백 년이 넘도록 그녀의 집이었지."

히먼은 물리기라도 한 것처럼 얼른 손을 뺐다.

"말도 안 돼."

"그래? 그럼 깨워서 물어 보게나."

"이 여자는 누구죠?"

하먼이 다그쳐 물었다.

"새비일 리는 없어요."

프로스페로가 미소를 지었다. 그들의 발밑에서 구름이 몰려들어 산의 북쪽 면으로 몰려가면서 그들이 서 있는 바닥이 투명한 은신처를 회색빛으로 감싸고돌았다.

"아니, 이건 새비일 리가 없어, 안 그래? 그녀는 모이라야."

"모이라? 타지 모이라라는 이름이 그녀에게서 온 건가요?"

"물론이지, 이곳은 그녀의 무덤이야. 아니 적어도 그녀가 잠들어 있는 곳이지. 모이라는 후기-인류야, 노만의 친구."

"후기 인류들은 다 죽었잖아요. 나와 데이먼과 새비는 칼리반이 씹다 남긴 그들의 파편이 미라가 된 채 당신 궤도 섬의 썩은 공기 속을 떠다니는 걸 봤어요."

하먼은·다시 관에서 뒤로 물러섰다.

"모이라는 천 오백여 년 전 p-링에서 내려온 마지막 인간이야. 그녀는 아만 페르디난드 마크 알론조 칸 호 텝 의 연인이자 반려자였지."

"그게 도대체 누군데요?"

이제 구름이 타지의 바닥을 완전히 감싸 버려서, 유리로 된 발밑이 회색으로 보이자 하먼은 한층 안정감을 느꼈다.

"원조 칸의 학구적인 후예지. 그는 보이닉스가 처음 활동하기 시작한 시절 지구에 남겨진 것들을 지배했어. 이 관은 그가 자신을 위해 지은 것인데, 모이라와 사랑에 빠지자 그녀에게 바쳤지. 이곳에서 그녀는 여러 세기동안 잠들어 있는 거야."

하먼은 웃지 않을 수 없었다.

"말도 안 돼요. 그 호 텝인지 뭔지 하는 작자는 왜 잠깐 짬을 내서 자기 자신을 위한 관을 만들지 않았대요?"

프로스페로의 미소는 사람을 돌게 만들 지경이었다.

"그렇게 했지. 그리고 여기 모이라의 관 바로 옆에 설치되었다네. 하지만 이곳

롱복 푸모리 추-무-랑-마 펭 두 코시 롯체-넵체 쿰부 아가 가트-만디르 칸 호 텝 라우차처럼 접근하기 어려운 곳에도 천 오백년 정도의 시간이 흐른 후 방문자를 맞이하게 돼. 초기의 침입자들은 아만 페르디난드 마크 알론조 칸의 시체와 당시 의 관을 끌어내 저 아래 빙하 뒤로 던져버렸지."

"왜 이 관···· 모이라의 관은 가져가지 않았나요?"

하먼이 물었다. 그에게는 마법사가 하는 모든 이야기가 의심스러웠다.

프로스페로는 검버섯이 핀 손으로 잠들어 있는 여인을 가리켰다.

"자네라면 이런 몸을 던져 버리겠나?"

"그렇다면 저 위층은 왜 약탈하지 않았지요?"

"저 위에는 경비병이 있어. 나중에 기꺼이 보여주기로 하지."

"어째서 침입자들은 이···· 누군지는 모르겠지만···· 여자를 깨우지 않았나 요?"

"그러려고 했지. 하지만 그들은 절대 관을 열 수 없었어····"

"당신은 아무 문제없이 열었잖아요."

"나는 아만 페르디난드 마크 알론조 칸 이 이 기계를 고안할 당시 여기에 있었 거든. 나는 이곳의 코드와 패스워드를 알고 있어."

"그럼 *당신이* 깨우세요. 이 여자와 얘기 좀 하고 싶으니까."

"나는 이 잠자는 후기-인류를 깨울 수 없네. 침입자들 또한 안전장치를 통과할 수도 그녀의 관을 열수도 없었지. 오직 한 가지만이 모이라를 깨울 수 있네."

"그게 뭔데요?"

하먼은 다시 한 번 떠날 기세로 가장 낮은 계단 위에 섰다.

"그녀가 잠들어 있는 동안 아만 페르디난드 마크 알론조 칸 혹은 아만 페르디난 드 마크 알론조 칸의 후예가 그녀와 섹스를 하는 것."

하먼은 뭔가 말을 하려고 입을 열었으나 아무 말도 하지 못하고 그저 제자리에 서서 푸른 옷의 인물을 노려보았다. 이 마법사가 돌아버렸거나 원래부터 미친놈인 게 분명했다. 다른 가능성은 없었다.

"자네는 아만 페르디난드 마크 알론조 칸의 후예이자 칸의 일족이야."

프로스페로가 계속했다. 그의 목소리는 일기예보를 하는 사람만큼이나 차분하고 냉랭했다.

"자네 정액의 DNA가 모이라를 깨울 걸세."

쉰하나

만무트와 오르푸는 둘 만의 조용한 대화를 위해 퀸 맵의 바깥으로 나왔다.

거대한 우주선은 더 이상 지구 궤도를 향해 캔 사이즈의 폭탄을 발사하지 않았다. 자신의 도착을 알리고는 싶었지만 적도링이나 극링을 맞춰 그곳의 누군가를 혹은 무언가를 괴롭힐 뜻은 없었기 때문이다. 이제 맵은 몸체에 짧게 붙어 있는 붐✛ 위로 뻗어 있는 보조 이온-드라이브 엔진만을 사용해 1/8 정도의 약한 중력으로 지구 궤도를 향해 다가가고 있었다. 만무트는 규칙적으로 터지는 폭탄의 섬광과 폭음보다 그들 아래서 빛나는 파란 불꽃이 더 기분 좋은 선택이라고 생각했다.

작은 유로파 출신은 감속 중인 외부 진공상태에서 떨어져 나가지 않도록 늘 조심해야 했다. 천 피트 길이의 선체를 감싸고 있는 좁은 철제 사다리를 한 걸음 디딜 때마다 정신을 바짝 차려야 했다. 하지만 만약 자신이 실수를 한다면 이오의 오르푸가 언제든지 달려와 구해줄 것을 알고 있었다. 만무트는 완전 진공 상태에서 열 두 시간 정도를 보내고 나면 거의 사용한 적이 없지만 등에 달려 있는 작은 산소 발생기를 이용해 공기를 보충해주어야 했다. 하지만 오르푸에게는 바깥 세계의

✛ 꼬리 부분을 지지하거나 지지를 보조하기 위한 장치 – 역자 주

극심한 추위와 끔찍한 더위, 작렬하는 방사선, 그리고 혹독한 진공 상태가 자연스러운 환경이었다.

"이제 어떡하지?"

만무트가 덩치 큰 친구에게 물었다.

"내 생각엔 우리가 착륙선과 *어둠의 여왕*을 가져가는 게 급선무야. 가능한 한 빨리."

"우리가? *우리라고*?"

계획대로라면 수마 IV가 베 빈 아데 장군과 그의 부하 30명을 —센추리온의 지휘자 멥 아후의 직속 명령을 받는 록벡 군인들을— 승객으로 싣고 착륙선을 조종하기로 되어 있었고, 만무트는 착륙선에 장착된 *어둠의 여왕* 속에서 기다리게 되어 있었다. 잠수정을 투입해야 할 시점이 되면, 수마 IV와 필요한 다른 승무원들이 진입 통로를 통해 *어둠의 여왕*으로 내려올 것이다. 만무트가 아무리 단짝과 헤어지기 싫어한다 해도, 이 거대하고 눈 먼 이오니언을 착륙선에 태우는 것은 고려된 적조차 없었다. 오르푸는 외부 시스템 엔지니어로서 *퀸 멥*에 남아 있어야만 했다.

"'우리' 라니 도대체 무슨 소리야?"

만무트가 다시 물었다.

"나는 내가 이 임무에 있어 빠질 수 없는 존재라는 결론을 내렸어. 그리고, 자네 잠수정에는 여전히 나를 위한 쾌적한 공간이 마련되어 있잖아? 공기와 에너지 공급라인, 통신 링크, 레이더와 다른 감지 기관이 있는 곳, 나는 거기서 기꺼이 휴가를 즐길 수 있네."

만무트는 고개를 흔들었지만, 자신이 눈 먼 모라벡 앞에서 도리질을 하고 있다는 사실을 깨달았다. 하지만 오르푸의 레이더와 적외선 감지기가 움직임을 포착할 수 있다는 것을 다시 깨닫고 또 한 번 고개를 흔들었다.

"우리가 꼭 내려가겠다고 고집을 피울 이유가 뭐지? 지구에 착륙하려다가 방송이 나오고 있는 p-링의 궤도-도시와 충돌할 위험이 있는데."

"p-링의 궤도-도시는 뒈지라 그래! 지금 당장 중요한 것은 가능한 빨리 지구에 착륙하는 거야."

"왜?"

"왜냐고? *왜냐고?* 눈을 달고 있는 건 자네야, 작은 친구. 자네가 묘사해준 망원 이미지를 자네 눈으로 직접 *보지 않았나?*"

"불타는 마을 말인가?"

"그래, 불타는 마을 말이야. 그리고 고전-스타일 인류 학살이라면 이력이 난 머리 없는 존재의 공격을 받고 있는 30~40개의 다른 인간 정착지들. 만무트, 그들은 우리의 조상을 디자인한 존재들이야."

"언제부터 이 임무가 구출 작전으로 바뀐 거지?"

만무트가 물었다. 이제 지구는 매 분 점점 커져 가면서 크고 밝은 푸른색의 구로 변해갔다. e-링과 p-링은 아름다웠다.

"우리가 인간이 학살되고 있는 사진을 본 이후부터,"

오르푸가 말했다. 만무트는 친구의 목소리에서 초저음에 가까운 음색을 느꼈다. 그 덜그럭거리는 소리는 오르푸가 아주 흥겨워하거나 너무나도 심각하거나, 둘 중의 하나를 의미했다. 하지만 그가 지금 흥겨워할 상태는 아니지.

"나는 우리의 오월과 소행성대 그리고 태양계를 전면적인 양자적 붕괴로부터 구하는 것이 목적이라고 알고 있었는데."

오르푸가 낮은 톤으로 중얼거렸다.

"그 일은 내일 처리할거야. 오늘은 저 아래 쪽의 인간을 도울 기회야."

"어떻게? 우린 앞뒤를 전혀 모르고 있어. 저 아래에서 무슨 일이 벌어지고 있는지 모른단 말이야. 우리가 아는 것은, 저 머리 없는 금속들이 옛날에 인간들끼리 서로를 죽이기 위해 만들었던 킬러 로봇이란 것뿐이야. 우리와는 아무 상관없는 지역 내전에 휩쓸려 들어갈 수도 있어."

"정말 그렇게 믿는 거야, 만무트?"

만무트는 망설였다. 만무트는 먼 곳을 쳐다보았다. 우주선의 붐 위에 있는 이온 엔진이 점점 커져 오고 있는 푸르고 하얀 구를 향해 푸른 불꽃을 뿜어대고 있는 먼

쪽을.

"아니."

마침내 그가 대답했다.

"아니, 나도 믿지 않아. 내 생각엔 저 아래서 뭔가 새로운 일이 벌어지고 있는 것 같아. 화성이나 일리움—지구 그리고 우리 눈에 보이는 어디에서나 그런 것처럼."

"나도 그렇게 생각해. 안으로 들어가세. 아스티그/체와 나머지 통합 사령관들을 설득해 우리가 지구 뒷면에 도착하자마자 착륙선을 내려 보내게 해야 해. 물론 나를 태우고."

"어떻게 설득할 건데?"

만무트가 물었다. 이번에는 이오니언의 깊은 덜그럭거림에서 뼈가 부딪히는 듯한 초저음대의 유쾌함이 묻어났다.

"그들이 절대 거절 못할 제안을 할 거야."

쉰둘

하먼은 크리스털 관에서 되도록 멀리 도망치려 했다. *에펠반*으로 돌아가려 했지만 바깥바람이 너무 세차게 휘몰아치고 있었다. 시간당 백 마일은 되는 속도로 타지 모이라를 둘러싸고 있는 대리석 판 바깥으로 그를 몰아내기 십상인지라, 그는 책장들이 있는 나선형 계단을 올랐다.

계단은 좁고 가팔라서 한 계단 오를 때마다 낮은 벽으로 이루어진 미로가 아래로 멀어져 갔고, 돔의 둥그런 벽이 책장과 통로를 압박해 들어왔다. 잠자는 여인과 자신을 되도록 멀리 떼어놓아야 한다는 열망이 없었더라면 아래가 훤히 내려다보이는 망으로 된 통로 위에서 현기증으로 쓰러지고 말았을 것이다.

책에는 제목이 적혀 있지 않았다. 그리고 모두 같은 크기였다. 이 거대한 구조물 안에 수십 만 권의 책이 있는 것으로 추정했다. 그는 아무 책이나 꺼내 열어 보았다. 활자들은 작았고 루비콘 이전 시대의 영어로 이루어져 있었는데, 지금까지 그가 보아 온 어떤 책들보다도 오래 된 것들이어서, 첫 문장 몇 개를 소리 내어 읽어보고 그 뜻을 파악하는 데만 몇 분이 걸렸다. 그는 책을 다시 꽂아 넣고 손바닥을 책의 묶음 부분에 얹어서 다섯 개의 푸른 삼각형을 일렬로 떠올렸다. 검색 기능이 통하지 않았다. 어떤 금빛 단어도 그의 손과 팔을 타고 들어와 기억 속에 자리잡지 않았다. 여기선 검색 기능이 먹히지 않거나, 이 고대의 책이 원래 검색을 허용하지 않거나, 둘 중의 하나였다.

"이 모든 것을 읽을 수 있는 방법이 하나 있지."

프로스페로가 말했다. 하먼은 펄쩍 뛰며 뒤돌아섰다. 이 시끄러운 통로를 통해 마법사가 접근하는 소리를 듣지 못했던 것이다. 그는 그저 *갑자기* 나타난 것이다. 팔을 뻗으면 바로 닿을 곳에.

"어떻게 다 읽을 수 있다는 거요?"

"*에펠반* 카는 두 시간 안에 떠나. 만약 그걸 못 타면, 자네는 이곳 타지 모이라에서 다음 케이블카가 올 때까지 한참을 기다려야 할 걸세, 정확히 말해서 십일 년을. 그러니까 이걸 다 읽고 싶으면 당장 시작하는 게 좋아."

"나는 당장 떠날 준비가 됐어요. 다만 빌어먹을 바람 때문에 케이블카까지 갈 수가 없을 따름이죠."

"우리가 떠날 준비가 되면 시종에게 줄을 묶어 놓으라고 하겠네."

"시종이라고요? 여기에 시종들이 있나요?"

"물론이지. *에펠반*이나 타지의 메커니즘이 저절로 수리된다고 생각하나?"

마법사가 키득거렸다.

"하긴 어찌 보면 스스로 수리한다고도 볼 수도 있지. 시종들이란 게 대개 전체 구조물을 이루고 있는 나노 테크 부품이라, 자네 눈에 쉽게 띄지 않으니까."

"아르디스에서 우리가 부리던 모든 시종들은 더 이상 일을 하지 않아요. 망가져 버렸죠⋯⋯ 그리고 전원이 나가 버렸어요."

"물론이지. 자네들이 퍼머리와 내 궤도 섬을 파괴한 결과야. 하지만 궤도와 행성의 동력선과 다른 메커니즘들은 아직도 건재해. 심지어 자네가 원한다면 퍼머리조차도 복원될 수 있지."

하먼은 이 말을 듣고 깜짝 놀랐다. 그는 몸을 돌려 철제 난간에 기댄 후, 대리석 바닥까지의 깊은 낭떠러지는 무시한 채, 숨을 깊게 들이마셨다. 그와 데이먼이 — 마법사의 지시로— 아홉 달 전에 거대한 "웜홀 수집기"를 프로스페로의 섬으로 유도한 것은, 수 세기 동안 퍼머리 안에서 마지막 20주기를 맞은 고전-인류들의 살과 뼈를 먹어 온 칼리반의 연회 테이블을 파괴하기 위해서였다. 그 날 이후, 퍼머리가 파괴되고 심각한 부상을 당하거나 이십 주기가 끝날 때마다 그곳으로 팩스된다는 생각이 부질없어진 이후, 모든 사람의 영혼에게 죽음은 무거운 짐이 되었다. 죽음과 노화는 모든 사람들의 현실이 되었다. 만약 프로스페로가 지금 진실을 말하고 있는 것이라면, 가상의 젊음과 불멸은 다시 선택 사항이 된다. 하먼은 이 새로운 선택의 가능성에 대해 어떻게 생각해야 할지 몰랐다. 다만 선택을 해야 한다는 생각만으로도 속이 울렁거려 왔다.

"또 다른 퍼머리가 있나요?"

그가 말했다. 낮은 목소리였지만 거대한 돔 안에서는 여전히 큰 소리로 울려 퍼졌다.

"물론이지. 시코락스의 궤도 섬에 또 다른 퍼머리가 있어. 그저 활성화 시켜지기만 하면 돼, 궤도의 동력 방출기랑 자동 팩스 시스템과 함께."

"시코락스요? 칼리반의 어미라는 마녀요?"

"그렇지."

하먼은 어떻게 궤도 링까지 올라가 퍼머리와 동력과 비상 팩스 시스템을 가동시킬 수 있느냐고 묻기 시작하다가, 이내 아르디스가 보유하고 있는 새비의 소니를 타고 가면 된다는 것을 기억해냈다. 하먼은 깊이 숨을 들이마셨다.

"하먼, 노만의 친구여. 이젠 정말 내 말을 들어야 하네. 자네는 다음 *에펠반*이 오면 이곳에서 도망쳐 다시 한 시간 사십 분을 타고 나갈 수 있어. 아니면 밖으로 나가 콤부의 빙하 위로 떨어져 죽어버릴 수도 있고. 모든 선택은 자네에게 달려 있네. 하지만 만약 자네가 모이라를 깨우지 않는다면, 에이다를 다시 만날 수도, 아르디스 홀로 돌아갈 수도, 보이닉스와 *칼리바니*와의 전쟁에서 살아남은 자네의 친구들 데이먼과 한나, 그리고 다른 생존자들을 만날 수도, 지구가 세테보스의 굶주림과 푸른얼음에 죽어가지 않고 푸르게 살아나는 것을 다시는 볼 수도 없어. 그건 낮이 지나면 밤이 오는 것만큼이나 분명한 사실이 되어 버릴 것이네."

하먼은 마법사에게서 멀어져 주먹을 꽉 쥐었다. 하먼은 자신의 지팡이를 마치 보행용인 듯 들고 있지만, 하먼은 알고 있었다. 프로스페로가 지팡이를 살짝 휘두르기만 해도 그는 수백 피트 아래 보석 박힌 대리석 벽으로 날아가 즉사할 것이라는 사실을.

"그녀를 깨울 수 있는 다른 방법이 있을 거예요."

그가 이를 악물고 말했다.

"없어."

하먼은 강철 난간을 주먹으로 쳤다.

"이건 정말 말도 안 돼요."

"이 일의 기이함을 놓고 씨름하느라 마음을 썩이지 말게."

프로스페로가 말했다. 그의 말이 아래쪽 넓은 공간 속으로 울려 퍼졌다.

"잠시 짬을 내어 모이라가 자네에게 이 모든 사건을 해명해 줄 걸세. 하지만 우선 자네가 그녀를 깨워야 해."

하먼은 고개를 저었다.

"내가 그 아만 어쩌구 칸 호 텝의 후예라는 말을 믿지 않아요. 어떻게 그럴 수가 있죠? 우리 고전-스타일 인간들은 새비 시대의 사람들이 최종 전송으로 사라진 이후 후기 인류들에 의해 만들어졌는데……"

프로스페로가 미소 지었다.

"바로 그렇지. 그런데 자네의 DNA 원형이 포함된 숙주가 어디서 왔다고 생각하나, 노만의 친구? 모이라는 자네에게 그 모든 것을 설명해줄 수 있네. 그녀는 후기-인류, 자기 종족의 최후의 생존자이지. 그녀는 다음 *에펠반*이 떠나기 전에 저 책들을 모두 읽어버리는 방법을 알고 있네. 보이닉스 혹은 *칼리바니*를 쳐부수는 방법도 알 거고. 심지어 칼리반과 그의 보스 세테보스까지도. 하지만 자네는 곧 작은 배신행위를 통해 에이다의 목숨을 구할 것인지 결정해야 하네. 다음 *에펠반*이 출발할 때까지는 한 시간 사십 오 분이야. 그 짧은 순간에 달라질 것은 천 사백 년간의 수면이 방해받는다는 것 밖에 없어. 모이라가 우리와 함께 떠나기 전에 필요한 시간은 잠에서 깨어나 음식을 먹고 상황을 이해하는 것뿐이야."

"그녀도 같이 간다고요?"

하먼이 멍하게 물었다.

"*에펠반을 타고? 아르디스로 돌아간다고요?*"

"거의 그렇지."

하먼이 난간을 어찌나 꼭 잡았던지 손가락 마디마디가 빨갛게 되었다가 하얘졌다. 마침내 그는 쇠창살을 놓고 마법사에게 몸을 돌렸다.

"좋아요, 하지만 당신은 여기서 기다려요. 아니 아예 케이블카로 돌아가 있는 게 좋겠어요. 이 일을 하겠어요, 하지만 혼자서 있어야겠어요."

프로스페로는 쉽게 사라져 버렸다. 하먼은 높은 난간 위에 잠시 서 있다가, 케케묵은 책들의 가죽 냄새를 들이마신 후, 가장 가까운 계단으로 서둘러 갔다.

마흔 다섯 명의 초라한 행색의 남녀가 굶주린 바위에서 팩스 전송실에 이르는 7마일의 거리를 추위에 떨며 걸어가고 있었다.

데이먼이 이글거리다가 가끔 요동치는 하얀 세테보스의 알을 들고 길을 인도했으며 에이다는 뇌진탕과 부러진 갈비뼈에도 불구하고 그의 곁에서 걸어갔다. 숲을 가로질러 가는 첫 몇 마일은 최악이었다. 거긴 거칠고 암석 투성인데다, 시야도 좋지 않았다. 다시 눈이 내리기 시작하는 바람에 모두들 보이지 않는 보이닉스의 공격에 대비해 잔뜩 맘을 졸였다. 삼십 분, 사십오 분, 다시 아무 공격도 없이 한 시간이 지나자 ―보이닉스의 흔적도 보이지 않자― 모두들 조금씩 마음을 놓기 시작했다. 그들 위 몇 백 미터 상공에서는 그레오기와 톰, 그리고 심각한 부상을 당한 여덟 명의 아르디스 주민들이 소니를 꽉 채우고 있었다. 그레오기는 미리 날아가 숲 위를 높이 돌다가 돌아와 낮게 선회하며 정보를 말해줄 수 있을 정도로만 짧게 머물렀다.

"약 반 마일 앞에 보이닉스들이 있지만 퇴각 중입니다. 당신과 그 알에서 멀리 도망치고 있어요."

에이다는 머리가 깨질 것 같은 두통, 그리고 손목과 부서진 갈빗대에서 느껴지는 고통을 ―매번 숨 쉬는 게 고통이었다― 느끼면서도, 보이닉스가 겨우 반마일 앞에 있다는 사실이 불안했다. 놈들이 전속력으로 달리는 것도 보았고 숲 안팎으로 뛰어 다니는 것도 보았다. 놈들은 언제든지 그들을 덮칠 수 있었다. 그들에게는 스물다섯 개의 화살촉 라이플이나 피스톨이 있었지만, 여분의 탄창은 그리 많은 편이 아니었다. 부러진 오른손목과 테이프로 고정시켜 놓은 갈빗대 때문에 에이다는 무기를 들지 않는데, 그 때문에 데이먼, 에다이드, 보만, 그리고 몇 명의 다른 사람들과 함께 선두 그룹에 속한 에이다는 더욱 무방비 상태로 느껴졌다. 이곳 숲 속에서는 바람에 날려 와 쌓인 것들이 일 피트 이상은 깊었고 에이다에게는 질척거리는 눈을 헤치고 갈만한 힘조차 거의 없었다.

숲 속에서 가장 거칠고 빽빽한 부분을 헤치고 나온 후에도, 그들은 아르디스와 팩스 전송실 사이에 있는 길로 들어서기 위해 아직도 남동쪽을 향하고 있었다. 무리의 이동 속도는 견디기 힘들 정도로 느렸는데, 걸을 수는 있지만 심하게 부상을 당했거나 아픈 사람들, 그리고 지난 이틀 밤 동안 저체온증에 걸린 사람들이 있었기 때문이었다. 그들이 보유한 두 사람의 의료진 중 한 명인 시리스가 그들과 함께 걸으며 부지런히 앞뒤로 오가고 있었다. 그녀는 병에 걸린 사람들과 부상자들이 적절한 도움을 받도록 했고, 지휘자들에게 보조를 늦추라고 상기시켰다.

"이해할 수가 없어요."

그들이 넓은 초원으로 나서자 수많은 여름날의 하이킹을 떠올리며 에이다가 말했다.

"뭐가요?"

데이먼이 물었다. 그는 마치 고약한 냄새가 나는 물건을 들 때처럼 팔을 쭉 뻗어 이글거리는 알이 든 배낭을 앞세우고 있었다. 사실, 에이다도 알아챘지만, 고약한 냄새가 났다. 썩은 생선과 쓰레기가 뒤섞인 냄새. 하지만 그것은 아직도 이글거리면서 가끔씩 부르르 떨었다. 그 안의 작은 세테보스 놈은 아직 살아있는 것이 분명했다.

"우리가 이걸 가지고 있으면 왜 보이닉스들이 피해 다니지요?"

"이걸 두려워하고 있는 게 분명해요."

데이먼은 배낭을 오른손에서 왼손으로 옮겨 들었다. 머리와 갈비뼈와 팔의 찌르는 듯한 고통은 그녀의 참을성을 줄여 놓았다.

"내 말은, 파리스 크레이터에 있던⋯⋯ 저⋯⋯것하고 보이닉스 사이에 어떤 연관이 있냐는 말이에요?"

"나도 몰라요."

"보이닉스들은 원래부터 항상 있었잖아요⋯⋯ 이 세테보스라는 괴물은 겨우 일주일 전에 도착했구요."

"알아요. 하지만 어쨌든 그 둘은 연결되어 있다는 느낌이 들어요. 어쩌면 처음부터 그랬는지도 몰라요."

에이다는 고개를 끄덕였다. 고개를 끄덕일 때 생긴 고통에 인상을 쓰며 그녀는 계속 걸었다. 아무렇게나 열을 지어 걸어가는 사십오 명의 남녀들은 빽빽한 숲을 지나고, 지금은 거의 얼어버린 낯익은 개울을 건너고, 키 큰 잔디와 잡초들이 얼어붙어 있는 가파른 언덕을 내려가는 동안 거의 말을 하지 않았다.

소니가 낮게 내려왔다. 그레오기가 아래를 향해 외쳤다.

"길이 나올 때까지 사분의 일 마일이 남았습니다. 보이닉스들은 더 남쪽으로 이동했어요. 적어도 2마일은 떨어져 있습니다."

그들이 길에 이르자 생존자들 사이에서 웅성거림과 황급한 속삭임들이 들렸고, 사람들은 서로의 등을 토닥였다. 에이다는 아르디스 홀이 있는 서쪽을 바라보았다. 저택으로 향해 올라가는 길로 들어서기 직전의 포장 다리가 보였다. 하지만 거대한 홀은 흔적도 없었다. 홀은커녕 검은 연기 한 자락도 남아 있지 않았다. 잠시 동안 그녀는 속이 뒤틀리는 것만 같았다. 눈앞에서 검은 점들이 춤을 추었다. 그녀는 멈춰 서서 무릎에 양 손을 얹고 고개를 숙였다.

"괜찮아요, 에이다?"

그렇게 물은 건 라먼이었다. 턱수염을 기른 그는 누더기를 걸치고 있었는데, 아르디스에서 보이닉스와의 전투 중에 네 개의 손가락을 잃은 오른손에도 누더기를 감고 있었다.

"괜찮아요."

에이다가 말했다. 그녀는 몸을 일으켜 라먼에게 미소를 보낸 후 터벅터벅 걷고 있는 무리의 선두를 따라잡기 위해 서둘러 걸었다.

이제 팩스 전송실까지는 일 마일도 남지 않았고, 예외적으로 많이 쌓인 눈을 빼고는 모든 것이 눈에 익었다. 보이닉스는 흔적도 없었다. 머리 위에서 빙빙 돌던 소니가 더 큰 원을 그리며 사라졌다가 곧 다시 나타났다. 그레오기가 엄지손가락을 세워 보이고는 고도를 낮춰 앞서 날았다.

"우리는 어디로 팩스해 가는 거죠, 데이먼?"

에이다가 물었다. 자신의 목소리가 너무 무관심하고 냉담하게 들린다는 것을 알아차렸지만, 여기에 또 에너지를 쏟기엔 너무 지쳐 있었다.

"나도 몰라요."

한 때 그녀를 유혹하던 땅딸한 탐미주의자였으나 이제는 비쩍 마른 근육질의 남자가 대답했다.

"적어도 오랫동안 도망쳐 있을 수 있는 곳이 어딘지는 몰라요. 촘, 울란바트, 파리스 크레이터, 벨린바드, 그리고 인구밀도가 높았던 다른 노드들은 거의 다 세테보스의 푸른얼음으로 뒤덮인 게 분명해요. 하지만 내가 가끔 오갔던 곳이 하나 있는데 거기엔 사람이 거의 살지 않아요. 열대 지방이라 따뜻하죠. 버려진 작은 동네인데, 바닷가에 ─어딘가에 있는 무슨 바다에─ 있어요. 그리고 호수도 있지요. 도마뱀이나 야생 돼지 몇 마리 말고 그곳에서 동물들을 본 적은 거의 없는데, 사람을 두려워하는 것 같지는 않았어요. 거기서 낚시와 사냥을 하고, 무기를 더 만들고, 부상당한 사람들을 돌보면서⋯⋯ 뭔가 방법이 생길 때까지 숨죽이고 있는 거예요."

"하먼과 한나와 오디세우스-노만이 어떻게 우리를 찾지요?"

에이다가 물었다. 데이먼은 잠시 침묵을 지켰지만, 에이다는 그의 생각이 들리는 것만 같았다. 우린 하먼이 살아있는지조차 몰라요. 페티르는 그가 아리엘과 함께 사라져 버렸다고 했어요. 하지만 그가 마침내 입을 열고 한 말은:

"문제없어요. 우리 중 누군가가 정기적으로 팩스해 돌아갈 테니까요. 그리고 아르디스 홀에다가 우리가 있는 열대 은신처의 팩스 코드를 남겨두면 돼요. 하먼은 읽을 줄 알아요. 보이닉스는 문맹이고요."

에이다가 희미하게 웃었다. "보이닉스가 할 수 있으리라고 우리가 상상조차 못했던 일을, 놈들은 할 수 있어요."

"그렇지요."

데이먼이 말했다. 그 후 팩스 전송실에 도착할 때까지 그들은 침묵을 지켰다.

팩스 전송실은 48시간 전에 봤던 모습 그대로였다. 울타리는 무너져 있었다. 곳곳에 말라붙은 핏자국이 보였지만, 전송실을 사수하기 위해 끝까지 싸웠던 아르디스 사람들의 시체는 이미 보이닉스나 야생 동물들이 끌고 간 후였다. 하지만 전송실의 구조 자체는 온전했으며 둥근 건축물의 중심에는 여전히 둥근 팩스노드 기둥이 서 있었다.

인간 무리들은 전송실 바닥 옆에 어정쩡하게 서서 어깨 너머로 어두운 숲을 바라보고 있었다. 소니가 착륙해 부상자들을 내려놨다.

"오 마일 반경 안에는 아무 것도 없어요."

그레오기가 말했다.

"이상해요. 그나마 눈에 띈 보이닉스들도 마치 당신에게 쫓기는 것처럼 남쪽으로 도망가고 있었어요."

데이먼은 배낭 속에서 우윳빛으로 이글거리는 알을 바라보고는 한숨을 쉬었다. 그리고 말했다.

"우린 놈들을 쫓고 있는 게 아니에요. 그저 이곳에서 나가고 싶을 뿐입니다."

그는 그레오기와 다른 사람들에게 자신의 계획을 말했다.

"자, 보세요!"

데이먼이 수선스러워지는 분위기를 가르며 소리 질렀다.

"우리는 지금쯤 세테보스가 어디 있는지 모릅니다. 그 괴물은 파리스 크레이터처럼 큰 도시를 24시간도 안 되는 짧은 시간 안에 푸른얼음 궁전으로 만들어버렸습니다. 내가 돌아온 지도 48시간이 지났고, 나는 마지막으로 팩스해 들어온 사람이기도 합니다. 내 제안은 이렇습니다……"

에이다는 웅성거림이 잦아드는 것을 느꼈다. 사람들은 귀를 기울이고 있었다. 그들은 에이다와…… 하먼의 지휘권을 받아들였듯이 데이먼을 지도자로 받아 들였다. 그녀는 울고 싶은 충동을 억눌러야만 했다.

"우선 우리가 한동안 모두 함께 지낼 것인지 결정하도록 합시다."

데이먼이 말했다. 그의 깊은 목소리는 군중의 구석구석까지 잘 전해졌다.

"투표를 할 수 있을 겁니다, 그리고는……"

"'투표'가 무슨 뜻인가요?"

보만이 물었다. 데이먼이 뜻을 설명해 주었다.

"그러니까 우리 중 절반 이상이…… 함께 지내자고…… 투표를 하면, 모든 사람들이 그 결정에 따라야 한다는 건가요?"

"잠깐 동안만이요. 예컨대 일주일 정도. 흩어져 있는 것보다 함께 있으면 여행하기가 편할 겁니다. 그리고 우리들 중에는 스스로를 방어할 수 없는 부상자와 환자들도 있습니다. 만약 지금 사람들이 각자 다른 방향으로 팩스해 간다면 어떻게 다시 만날 수 있겠습니까? 혼자 떠나는 사람에게 총을 줘야 할까요, 아니면 함께 가고자 하는 더 많은 수의 사람들에게 줘야 할까요?"

"만약 우리가 당신과 함께 그 열대 낙원으로 간다면…… 그곳에서 지내는 일주일 동안 뭘 하지요?"

"내가 말한 것들이죠. 건강을 회복하는 겁니다. 무기도 더 찾아보거나 만들고. 방어막 같은 것도 만들고…… 모래톱 바로 너머에 작은 섬이 있었던 게 기억납니다. 그 섬에서 배도 만들고, 집과 방어막을 지을 수 있을 겁니다……"

"보이닉스가 수영을 못할 거라고 생각하나요?"

스토먼이 소리쳤다. 모든 사람이 어색하게 웃음을 터뜨렸다. 에이다는 데이먼을 힐끗 쳐다보았다. 아르디스 홀 도서관의 낡은 책들을 검색하면서 새로 배운 말을 빌자면 그것은 으스스한 농담이었지만, 긴장을 풀어주는 역할도 했다. 데이먼도 스스럼없이 웃었다.

"놈들이 수영을 할 수 있는지는 나도 모릅니다. 하지만 만약 못한다면 그곳은 우리에게 아주 완벽한 장소가 될 걸요."

"우리가 애들을 너무 많이 낳아 그 안에 다 집어넣을 수 없을 때까지 말이죠."

톰이 말하자, 이번에는 사람들도 더 수월하게 따라 웃었다. 데이먼이 말했다.

"그리고 그곳 팩스노드에서 정찰팀을 내보낼 겁니다. 우리가 도착한 첫날부터. 그런 식으로 세상이 어떻게 돌아가고 있는지, 안전한 팩스노드가 어딘지, 알 수 있을 겁니다. 그리고 일주일이 지나면, 떠나고 싶은 사람은 떠날 수 있어요. 나는 그저 아픈 사람들이 회복되고 먹을 것과 잠자리가 확보될 때까지 함께 머무는 편이 낫다고 생각해서 하는 얘기입니다."

"투표합시다."

카울이 말했다. 이렇게 심각한 문제를 거수로 결정한다는 발상에 더 많은 웃음을 터뜨리면서 그들은 머뭇거리며 투표에 들어갔다. 결과는 43 대 7로 함께 머무는 쪽으로 결정되었다. 부상 정도가 아주 심한 세 사람은 의식이 없어 투표에서 제외되었다.

"좋아요."

데이먼이 말했다. 그는 팩스패드로 접근했다. 그때 그레오기가 말했다.

"잠깐만 기다려요. 소니는 어떻게 하지요? 소니는 팩스되지 않을 거예요. 하지만 이대로 남겨두고 가면 보이닉스 차지가 될 겁니다. 소니 덕분에 우리 목숨을 여러 번 건졌는데."

"오, 제기랄!"

데이먼이 말했다.

"그 생각을 못했네요."

그는 더럽고 핏자국으로 얼룩진 자신의 얼굴을 손으로 비볐다. 에이다는 그가 겉으로는 에너지에 충만한 듯 보이지만 실은 얼마나 창백하고 지쳐빠졌는지 알 수 있었다. 에이다가 거들었다.

"내게 아이디어가 있어요."

사람들은 일제히 그녀를 쳐다보았다. 그들은 호의적인 얼굴로 기다렸다.

"여러분은 작년에 새비가 우리에게 소니의 새로운 기능과 사용법을 보여줬다는 것을 대체로 알고 있겠죠⋯⋯ 프록스넷, 파넷, 그리고 올넷. 직접 시도해본 사람들도 있어요. 우리가 데이먼의 열대 낙원에 도착하면, 파넷 기능을 불러서 그곳이 어디인지 알아낸 후 누군가가 되돌아와서 소니를 타고 우리들의 섬으로 날아가는 겁니다. 하면, 한나, 페티르 그리고 노만이 마추픽추의 골든 게이트까지 날아가는 데 반 시간도 걸리지 않았어요. 그렇다면 그 낙원까지 날아가는 데도 그렇게 오래 걸리지 않을 겁니다."

일부는 킥킥거렸고 대다수는 고개를 끄덕였다. 그레오기가 나섰다.

"나한테 더 좋은 생각이 있어요. 여러분은 낙원으로 먼저 팩스해 가세요. 저는 여기 남아서 소니를 지키겠습니다. 여러분 중 한 명이 위치를 알아서 팩스해 돌아오면 오늘 안에 그곳으로 날아가겠습니다."

"내가 함께 남을게요."

자신의 멀쩡한 왼손으로 총을 움켜쥐며 라먼이 말했다.

"보이닉스가 돌아온다면 놈들을 쏴줄 누군가가 필요할 겁니다. 그리고 남쪽으로 비행하는 동안에도 잠들면 곤란하잖아요."

데이먼이 피곤한 듯 미소를 지었다. 그는 좌중에게 물었다.

"준비됐어요?"

사람들은 얼른 팩스하고 싶은 마음에 앞으로 몰려들었다.

"기다려요. 거기에 무엇이 우리를 기다리고 있는지 모릅니다. 그러니 카울, 카먼, 엘르, 보만, 카스먼, 에다이드, 이렇게 총을 가진 6명은 나와 함께 전송실 노드로 가서 가장 먼저 팩스해 갑시다. 만약 그곳에 아무 문제가 없다면 우리 중 하나가 일이 분 내에 팩스해 돌아오는 겁니다. 그리고 나면 부상자와 환자들을 보냅니다. 톰, 시리스, 들것을 옮길 사람들을 정해줄래요? 그리고 나면 나머지 사람들이 팩스되는 동안 그레오기가 그곳에서 총을 가진 여섯 명과 함께 경비를 책임집니다. 오케이?"

모든 사람들이 참을성 없이 고개를 끄덕였다. 총을 든 팀이 팩스 전송실에 새겨진 별 모양 위로 올라섰고, 데이먼은 키패드에 손을 얹었다. 그는 아무도 살지 않는 그곳의 코드를 눌렀다.

"갑시다!"

아무 일도 일어나지 않았다. 사람들이 보통 팩스로 사라질 때마다 나타나던 펑 하는 소리도 깜박거림도 전혀 일어나지 않았다.

"한 번에 한 명씩 합시다."

팩스노드는 한꺼번에 여섯 명을 옮기는 데 여태 아무 문제가 없었지만, 데이먼은 그렇게 말했다.

"카울, 별 위에 서봐요."

카울은 불안하게 총을 장전하며 그렇게 했다. 데이먼이 다시 팩스코드를 쳤다. 아무 일도 일어나지 않았다. 사방이 뚫린 전송실로 불어오는 바람이 눈발을 실어오면서 소음을 냈다.

"저 팩스노드는 이제 더 이상 작동하지 않는 모양인데요."

시에스라는 여인이 군중 사이에서 외쳤다.

"로먼의 영지로 가보지."

데이먼이 말하고는 아주 익숙한 코드를 쳤다. 역시 작동하지 않았다.

"홀리 지저스 크라이스트! 제기랄."

건장한 카먼이 말했다. 그가 앞으로 밀고 나왔다.

"당신이 잘못하고 있는 건지도 몰라요. 내가 해볼게요."

6명 정도가 시도를 해 보았다. 36개나 되는 익숙한 팩스노드 코드들이 시도되었다. 어느 것도 되지 않았다. 파리스 크레이터, 촘, 벨린바드, 그리고 울란바트의 써클즈 오브 헤븐의 여러 가지 코드들도. 아무것도 되지 않았다.

마침내 사람들은 침묵 속에 서 있었다. 경악에 사로잡힌 채 할 말을 잃은 그들의 얼굴은 공포와 절망의 마스크로 변했다. 과거의 어떤 일도, 지난 몇 달 동안의 어떤 악몽도 —유성이 쏟아져 내릴 때도, 전기가 나갔을 때도, 시종들이 망가져 버렸을 때도, 보이닉스의 첫 공격 소식도, 파리스 크레이터에서의 뉴스도, 심지어 아르디스 홀의 학살이나 굶주린 바위에서의 절망적인 상황도— 이 자리에 모인 남녀에게 이렇듯 충격적인 절망감을 안겨주지는 않았다.

팩스노드가 더 이상 작동하지 않는다. 그들이 태어날 때부터 알고 있던 세상은 더 이상 존재하지 않는다. 도망갈 곳도 없고, 할 수 있는 거라곤 기다리다 죽는 것뿐이다. 보이닉스가 되돌아오기를 기다리거나, 추위가 그들을 죽이기를 기다리거나, 질병과 굶주림이 그들을 하나씩 죽여 나갈 때까지 기다려야 하는 것이다.

에이다가 모든 사람들이 자신을 보고 들을 수 있도록 팩스패드 기둥 주변의 작은 단에 올라섰다. 그녀가 말했다. 목소리는 단호했으며, 반론을 허용치 않았다.

"아르디스 홀로 돌아갑시다. 일 마일보다 조금만 더 가면 됩니다. 이 상태로 걷는다 해도 한 시간이 걸리지 않을 겁니다. 걷지 못할 정도로 아픈 사람들은 그레오기와 톰이 데려다 줄 겁니다."

"아르디스 홀에 젠장 뭐가 있는데요?"

에이다가 누구인지 알아볼 수 없는 키 작은 여인이 물었다.

"시체와 썩은 고기와 잿더미와 보이닉스 말고 거기 뭐가 있다는 겁니까?"

"모두 불타버리지는 않았어요."

에이다가 큰 소리로 말했다. 사실 그녀는 모든 게 불타버렸는지 아닌지 알지 못했다; 그들이 불타는 폐허에서 그녀를 실어 나를 때 그녀는 혼수상태였다. 하지만 데이먼과 그레오기가 불타지 않은 부분에 대해 이야기한 적이 있었다.

"거기 장작들이 있어요. 텐트와 오두막도 일부 남아 있고요. 만약 정말 아무 것도 없다면 장벽을 뜯어내 그 나무로 오두막을 짓는 겁니다. 그리고 물건들도 있어요. 불에 타지 않는 게 있을 겁니다. 총 같은 거요. 우리가 두고 온 것들이요."

"보이닉스 같은 거 말이죠."

흉터가 있는 엘로스란 이름의 남자가 말했다.

"그럴지도 모르죠. 하지만 보이닉스는 어디에나 있어요. 그리고 놈들은 데이먼이 가져 온 세테보스의 알을 두려워해요. 우리에게 그것이 있는 한, 보이닉스들은 접근하지 않을 겁니다. 그리고 어디서 보이닉스를 마주치는 게 낫겠어요, 엘로스? 컴컴한 숲 속의 밤 속에서, 아니면 당신의 친구들이 망을 보는 동안 아르디스의 따뜻한 오두막의 활활 타는 모닥불 주변에서?"

침묵이 엄습해 왔지만 그것은 분노의 침묵이었다. 아직까지 팩스패드를 두드리고 있는 사람들도 있었다. 그들은 이내 절망적으로 기둥에 주먹질을 해댔다.

"여기 전송실에 그대로 남아 있는 건 어때요?"

엘르가 말했다.

"지붕이 있잖아요. 주변을 막고 불을 피울 수 있어요. 이곳의 방어막은 더 작아서 손쉽게 작업할 수 있을 거예요. 그러다가 팩스가 다시 작동하면 훨씬 빨리 빠져나갈 수 있어요."

에이다는 고개를 끄덕였다.

"그것도 말이 되네요. 하지만 물은 어떡하죠? 이곳 전송실에서 냇물까지는 거의 1/4마일이나 떨어져 있어요. 누군가가 보이닉스에게 공격당할 각오를 하고 물을 길러 와야 해요. 게다가 여기에는 물을 담아놓을 용기도 없어요, 이 전송실 지붕 밑으로는 우리 모두가 들어갈 공간도 없고요. 그리고 이 계곡은 진짜 추워요. 아르디스는 햇빛을 더 많이 받습니다. 건축 재료도 여기보다 훨씬 많이 있어요. 또 우물도 있고요. 우물을 중심으로 새로운 아르디스 홀을 건설하는 겁니다. 그러면 물을 떠 오기 위해 밖으로 나갈 일도 없겠죠."

사람들은 좌우로 몸무게를 옮겨가며 서 있었다. 하지만 어느 누구에게도 달리 할 말이 없었다. 팩스 전송실의 희망을 뒤로 하고 얼어붙은 길을 다시 걸어간다는 것은 너무 어려운 일로만 느껴졌다. 에이다가 말했다.

"자, 난 출발할래요. 몇 시간 후면 어두워질 겁니다. 링의 불빛이 켜지기 전에 저는 커다란 모닥불을 피우고 싶습니다."

그녀는 전송실에서 나와 서쪽 길을 따라 걷기 시작했다. 데이먼이 뒤를 따랐다. 이어서 보만과 에다이드도 따랐다. 이윽고 톰, 시리스, 카먼 그리고 대부분의 사람들도. 그레오기는 환자들을 다시 소니에 태웠다. 데이먼은 서둘러 그녀를 따라잡은 후 속삭이기 위해 가까이 기댔다.

"좋은 소식과 나쁜 소식이 있어요."

"좋은 소식부터요."

에이다가 피곤한 듯이 물었다. 두통이 너무 심해서 그녀는 두 눈을 감은 채, 얼어붙은 진흙길에서 벗어나지 않으려고 가끔씩만 눈을 떴다.

"모두가 함께 오고 있어요."

"나쁜 소식은요?"

에이다가 물었다. 그녀는 생각하고 있었다; *난 울지 않겠어. 절대 울지 않겠어.*

"이 빌어먹을 세테보스의 알이 부화되기 시작했어요."

쉰넷

타지 모이라의 대리석 아래 있는 크리스털 납골당에서 옷을 벗자, 하먼은 그 유리방 안이 얼마나 추운지 깨달았다. 위쪽에 있던 타지의 거대한 방도 추웠을 텐데 에펠반 카에서 입었던 방열복이 그걸 눈치 채지 못하게 해주었던 것이다. 투명관의 바닥에 서서 방열복을 반쯤 벗은 상태로 그는 망설였다. 그의 통상복은 발목에 뭉쳐 있었고 벌거벗은 팔과 가슴엔 소름이 돋았다.

이건 잘못됐어. 완전히 미쳤어.

궤도 링에 사는 후기-인류들을 향한 평생 변치 않는 경외감, 그리고 각자 최종 전송이 끝나면 링으로 올라가 그들과 영생하게 될 것이라는 거의 영적인 믿음 외에 하먼과 그의 동족들은 종교에는 문외한이었다. 종교적 맹세와 의식에 대해 그나마 조금이라도 알게 된 건 튜린 복 드라마에 등장하는 그리스 신들을 통해서였다.

하지만 하먼은 지금 어딘지 죄를 짓고 있는 기분을 느꼈다.

에이다의 목숨이 —내가 알고 사랑하는 모든 사람들의 목숨이— 여기 있는 후기-인류 여성을 깨우는 데 달려 있을지도 몰라.

"죽었는지 혼수상태인지도 모르는 낯선 여인과의 섹스를 통해서?"

그는 소리 내어 중얼거렸다.

"*이건 잘못됐어. 완전 미친 짓이야.*"

하먼은 어깨 너머로 계단 쪽을 보았다. 하지만 프로스페로는 약속대로 어디에도 없었다. 하먼은 방열복을 훌훌 벗어던졌다. 공기가 얼어붙을 정도로 차가웠다. 자신의 아랫도리를 내려다보자 얼마나 쪼그라들고, 차갑고, 줄어들어 있는지 거의 웃음이 터질 뻔했다.

이 모든 게 미친 늙은 마법사의 장난이라면? 게다가 프로스페로가 투명 외투를 걸치고 서성거리거나, 아니면 다른 마법을 부려 훔쳐보지 않는다고 누가 보장할 수 있겠는가? 하먼은 크리스털 관의 발치에 서서 몸을 떨었다. 추위는 원인의 일부에 불과했다. 이제부터 해야 할 일이 더 불쾌했다. 내가 그놈의 아만 페르디난드 마크 알론조 칸 호 텝의 후예? 그 생각만으로도 토할 것 같았다. 그는 부상당하고, 의식을 잃은 채, 아르디스의 학살에서 살아남은 몇몇의 불쌍한 생존자들과 함께, 굶주린 바위라고 불리는 장소 꼭대기에 있었던 에이다를 기억해냈다.

그게 진짜였다고 누가 보장하지? 프로스페로라면 튜린 복의 화면을 조작할 수 있을 거야.

하지만 그는 그 장면들이 실제라는 가정 하에 움직여야 했다. 그는 변화를 불러오고, 세테보스와 보이닉스와 칼리바니와의 전쟁에 돌입하기 위해서는 *배워야* 하며, 그렇지 않으면 모든 것을 잃게 된다는 프로스페로의 감정적 호소가 진실이었다는 가정 하에 앞으로 나아가야 했다.

하지만 다섯 번째 이십 주기를 마친 남자가 뭘 할 수 있담? 하먼은 스스로에게 물었다.

마치 거기에 대한 대답이라도 하듯, 하먼은 거대한 요람 모서리를 넘어 기어갔다. 그는 조심스럽게 요람 한쪽 구석에 자리를 잡았다. 벌거벗은 여인의 맨발은 건드리지 않았다. 반투과성 힘의 장은 마치 따끔따끔한 저항을 가로지르며 따뜻한 목욕물 안으로 미끄러져 들어가는 듯한 느낌을 주었다. 이제는 그의 머리와 어깨만이 온기 바깥으로 나와 있었다. 관은 넓고 길어서, 잠자는 여인을 건드리지 않고도 그 옆에 충분히 누울 수 있었다. 그녀가 누워 있는 쿠션 같은 물질은 보기엔 실크 같았는데 막상 하먼의 무릎에 닿는 느낌은 부드러운 금속성 파이버 같았다. 이제 시간 요람의 안에 대부분 잠기고 보니 그는 새비를 닮은, 그리고 잠들어 있다는 이 젊은 여인을 지키고 있는 에너지 장 같은 것의 흐름과 박동을 느낄 수 있었다.

만약 내가 여기서 고개까지 이 힘의 장에 담근다면, 나도 천오백년 동안 계속될 잠에 빠져들어 내 모든 문제를 해결해 줄지도 몰라. 특히 이제 해내야 하는 문제를.

그는 더 아래로 몸을 웅크리고, 소심한 사람이 물속에 들어가듯 따끔거리는 힘의 장 속으로 머리를 들이밀었다. 이제 여자의 다리 위로 손과 무릎을 뻗어 버티는 상태가 되었다. 요람 안의 공기는 훨씬 따뜻했고, 관을 운전하는 기계 장치에서 나오는 진동 에너지를 몸으로 느꼈다. 하지만 잠에 빠져들지는 않았다.

이제 어떻게 한다? 그는 생각했다. 하먼의 인생에서 이렇게 난감한 순간들은 몇 번이라도 있었을 것이다. 하지만 기억이 나지 않았다. 하먼의 세계에서는 죄라는 개념이 없었듯이, 강간이란 개념도 사건도 거의 없었다. 이제는 사라져 버린 고전-스타일 인간들의 세계에는 법도 법의 집행자도 없었지만, 섹스에 관한 한 일말의 공격성도 없었고 쌍방의 합의가 없이는 어떤 친밀함도 없었다. 법도, 경찰도, 감옥도 없었지만 —지난 여덟 달 동안 검색하면서 이런 단어들은 만난 적이 없었다— 파티와 무도회와 팩스 전송으로 이루어진 긴밀한 공동체 사회에서 일종의 비공식적인 따돌림은 있었다. 아무도 따돌리고 싶어하지는 않았다.

게다가 원하는 사람은 충분히 섹스를 할 수 있었다. 그리고 거의 모든 사람들이 섹스를 원했다. 하먼도 다섯-이십 주기에 가까운 인생 동안 충분히 자주 섹스를 원했다. 단 책 속의 이상한 꼬부랑글씨를 독학으로 익히느라 보낸 지난 십여 년 동안은 어디든 팩스해서 아무나하고 잠자리를 하는 생활과 담을 쌓고 지냈다. 그는 자신만을 위해 정해진 특별한 존재가 있을지도 모른다는, 아니 분명히 있다는, 이상한 생각에 사로잡히게 되었다. 고전-스타일 인간들의 세계를 가득 메우고 있는 쉬운 성관계와 육체적 우정과는 다른, 그 사람과 함께라면 —두 사람 모두에게 있어— 성관계가 둘 만의 특별한 경험이자 공감일 수 있는, 누군가가.

괴상한 생각이었다. 누군가에게 털어놓는다면 대체로 말도 안 된다고 치부했을 생각이었다. 하지만 누구에게도 털어놓지 않았다. 어쩌면 그의 이런 괴상하고 로맨틱한 두 사람만의 결합이라는 생각을 에이다와 함께 나눌 수 있었던 것은 그녀의 젊음 때문일 수도 있었다. 그들이 처음 동침을 하고 사랑에 빠졌을 때 그녀는 첫 이십 주기를 겨우 7년 밖에 넘기지 않았었다. 그들은 아르디스 홀에서 그들만의 "결혼식"이라는 것도 했다. 400여명의 다른 사람들은 그것을 농담으로 받아들이고 또 다른 파티의 빌미로만 여겼지만, 몇몇 사람들은 ─헤티르, 데이먼, 한나 그리고 다른 사람들은─ 그 이상의 의미가 있다는 걸 알고 있었다.

이런 생각은 프로스페로가 시킨 일을 하는 데 별로 도움이 되지 않는다, 하면.

그는 벌거벗은 채 (자신을 프로스페로라고 부르는 거짓말쟁이 로고스피어 아바타에 의하면) 천오백 년 동안 잠들어 있다는 여자 위에 무릎을 꿇고 앉아 있었다. 섹스 할 마음이 전혀 안 드는 게 놀랄 일일까?

어째서 이 여자는 새비를 그렇게 닮았을까? 새비는 그가 만났던 가장 흥미로운 사람이었다고 할 수 있다. 대담하고, 신비롭고, 고대적이며, 다른 시대에 속해 있고, 결코 완전히 솔직하지 않으며, 하면 시대의 고전-스타일 인간은 결코 가질 수 없는 신비감에 싸여 있는 여자였다. 하지만 하면은 그녀를 여성으로서 매력적이라고 느낀 적은 한 번도 없었다. 그는 프로스페로의 궤도 섬에서 보았던 몸에 꼭 맞는 방열복을 입은 비쩍 마른 그녀의 몸매를 기억해냈다.

이 젊은 새비는 마르지 않았다. 그녀의 근육은 수 세기가 지나는 동안에도 수축되지 않았다. 머리카락은 ─온통─ 어두운 색이었지만, 처음 생각했던 것처럼 새까만 건 아니었다. 에이다의 아름다운 머리카락처럼 검은색이 아니라 아주 어두운 갈색이었다. 초몰룽마 북쪽 면의 구름이 흩어져 사라졌고, 떠오르는 태양의 밝은 반사광 속에서 여인의 머리카락 일부가 구리 빛 붉은 색으로 빛났다. 그녀 피부의 작은 모공들을 볼 수 있었다. 젖꼭지가 분홍색이 아니라 갈색에 가깝다는 것도 깨달았다. 턱 끝은 새비처럼 갈라져 있어서 강인한 인상을 주었다. 하지만 새비의 이마와 입가, 그리고 눈 꼬리에 있었던 주름은 찾아볼 수 없었다.

이 여자는 도대체 누구지? 다시 같은 질문을 던졌다.

이 여자가 정말 누구인지는 사실 상관없잖아. 만약 프로스페로가 진실을 말하고 있는 거라면 이 여자는 내가 섹스를 해주어야 할 상대일 뿐이야. 그래야 여자가 깨어나서 집으로 돌아가는 방법을 가르쳐 줄 테니까.

하먼은 자신의 체중 일부가 잠든 여인에게 실리도록 앞으로 더 기댔다. 그녀는 팔을 자신 쪽으로 당기고 손바닥은 쿠션이 있는 쪽에 댄 상태로, 두 다리를 약간 벌린 채 등을 대고 누워 있었다. 영락없는 강간범처럼 느끼면서 하먼은 오른쪽 무릎으로 그녀의 왼쪽 다리를 더 옆으로 밀어낸 후, 자신의 왼쪽 무릎으로 그녀의 오른 다리를 벌렸다. 그녀의 다리는 벌어질 대로 벌어져 완전 무방비 상태가 되었다. 이쯤 되면 그의 신체는 흥분될 대로 흥분되어 있어야 옳았다.

하먼은 두 손에 체중을 실어 반듯이 누워 있는 상대 위로 팔굽혀펴기 자세를 잡았다. 그는 고개를 들어 가볍게 떨리고 있는 힘의 장을 뚫고 나가 얼음장 같은 공기를 단숨에 들이마셨다. 고개를 숙여 관이 있는 에너지 장으로 다시 돌아왔을 때, 그는 마치 익사한 사람이 세 번째로 물에 빠져드는 것 같은 느낌을 받았다.

하먼은 잠자는 여인 위로 체중을 실었다. 그녀는 꼼짝도 하지 않았다. 속눈썹은 길고 짙었지만, 달빛을 받으며 잠들어 있는 에이다의 모습에서 자주 보았던 것처럼 눈꺼풀 아래에서 눈동자가 파르르 떨리는 듯한 느낌은 없었다. 에이다.

그는 두 눈을 감고 에이다를 떠올렸다. 프로스페로의 튜린 복에서 보았던 부상당하고 혼수상태에 빠진 모습이 아니라, 아르디스에서 함께 보냈던 지난 여덟 달 동안의 모습을. 그녀의 곁에서 자다 깨어나 그녀의 잠든 모습을 지켜보던 순간을 기억했다. 바깥으로 튀어나온 창문이 있던 오래된 저택의 방에서 밤마다 그녀로부터 풍겨왔던 깔끔한 비누 향과 여인의 냄새를 기억했다. 하먼은 가슴 속이 소용돌이치기 시작하는 것을 느꼈다.

아무 생각 말아라. 지금은 생각하지 말자. 오직 기억하라.

그는 에이다와의 첫날밤을 기억하기로 했다. 지금으로부터 정확히 아홉 달 하고도 삼 주 그리고 이틀 전 일이었다. 그들은 새비, 데이먼, 한나와 함께 여행 중이었고, 마추픽추의 골든 게이트에서 막 깨어난 오디세우스를 알게 된 직후였다. 그 날 밤 그들은 각자의 침실에서 잤다. 그 침실들은 오래된 다리의 오렌지색 타워에 포도송이처럼 매달려 있는 둥근 녹색의 구였는데, 지상의 폐허로부터 700여 피트 떨어진 수평 지지대 아래까지 매달려 있었다. 각자가 침실로 돌아간 직후 —바닥 이 지금 보이는 요람처럼 완전 투명했기 때문에 다들 당황스러워 했었지····· *아 니, 지금은 생각하지 말자*— 하먼은 자신의 방에서 빠져나와 에이다의 방문을 두 드렸다. 그녀는 그를 들여보냈고, 그녀의 검은 눈동자는 그날따라 유난히 육감적 으로 보였다.

그날 밤 그녀의 방으로 찾아간 것은 사실 뭔가에 대해 이야기를 하기 위해서였 지 같이 자기 위해서는 아니었다. 뭐, 적어도 그 당시엔 그렇게 생각했다. 그는 이 미 에이다에게 상처를 준 적이 한 번 있었다. 지금 생각해보니 파리스 크레이터에 있는 데이먼의 어머니 집, 붉은 눈의 분화구 가장자리에 있던 타워의 고층에 살던 마리나의 집에서였다. 에이다는 그를 만나기 위해 목숨을 걸고 —혹은 적어도 궤 도 퍼머리에 전송될 각오를 하고— 블랙 홀 분화구가 천 피트 아래서 날름거리는 위험을 감수하면서 그의 발코니로 올라왔었다. 그런데 그는 거절했었다. "좀 기다 리자"고 말했던 것이다. 그녀는 기다렸다. 아르디스 홀의 에이다, 아름다운 검은 머리의 그녀를 어느 누구도 거절하거나 돌려보낸 적이 없었음에도 불구하고.

하지만 그날 밤 마추픽추의 골든 게이트에 매달려 있는 투명 구체의 침실, 그가 나중에 안데스 산맥이라고 추측했던 산들에 둘러싸여서, 천 피트 아래엔 오싹한 폐허를 두고, 그가 그녀에게 하고 싶었던 이야기는····· 뭐였더라? 아, 그래····· 그 와 데이먼이 새비와 함께 링으로 올라가는 우주선이 있다는 전설의 장소 아틀란티 스로 떠나 있는 동안, 한나 그리고 오디세우스와 함께 아르디스 홀에 남아 있으라 고 설득하기 위해서 간 거였다. 그는 매우 확신에 차 있었다. 하지만 거짓말을 하 고 있는 것이었다. 그는 아르디스 홀의 사람들에게 오디세우스를 소개시키면 좋을 것이라고, 자신과 데이먼은 단 며칠 안에 돌아올 것이라고 말했다. 사실 그는 새비 가 그들을 엄청난 위험 속에 몰아 넣을까봐 걱정이었다. 말이야 바른 말이지, 새비는 이미 자신의 목숨까지 위협하는 위험에 사람들을 몰아넣은 적이 있었다. 그렇지만 에이다만은 위험에 빠뜨리고 싶지 않았다. 그 때도 그녀를 고통 속에 밀어 넣느니 차라리 자신의 육체와 영혼이 고통 받는 편이 낫다고 생각했다.

그녀가 그의 것이 된 날 밤, 그녀는 짧고 얄팍한 실크 잠옷을 입고 조리개로 된 문을 열었다. 그가 그녀에게 이 낯선 남자 오디세우스와 함께 아르디스 홀에 남으라고 진심을 다해 이야기하고 있는 동안, 달빛은 그녀의 팔과 속눈썹을 창백하게 비추고 있었다. 그리고 그는 키스했다. 아니, 그러니까, 대화를 마치고 아버지나 친구가 어린애에게 하듯 그녀의 볼에 입 맞췄다. 오히려 *그에게 키스를 한 것은 그녀였다* ─거침없고 열린 그리고 기인 키스였다. 달빛과 별빛을 받으며 그렇게 서 있는 동안 그녀의 팔이 그를 감싸 안으며 가까이 잡아 당겼다. 그는 얇은 실크 잠옷과 푸른 나이트가운을 통해 자신의 가슴팍을 눌러오던 그녀의 젊은 유방의 느낌을 기억해냈다. 침실의 휘어지고 투명한 벽 옆에 놓여 있던 작은 침대로 그녀를 데리고 간 것을 기억했다. 그녀는 그가 옷 벗는 것을 도왔고, 두 사람 다 서투르게 허둥대며, 하지만 우아하게, 옷을 벗었다.

그 작은 침대에서 사랑을 나누기 시작했을 때 산꼭대기에서 폭풍이 몰아쳤던가? 한참 후는 아니었지만 그랬던 것만은 분명하다. 그는 위를 향한 에이다의 얼굴에 쏟아진 달빛과 그녀의 양쪽 유방을 꼭 쥐고 입술로 가져갔을 때 달빛을 받아 반짝거리던 젖꼭지를 기억했다. 그들이 몸을 흔들며 움직이기 시작했을 때, 바람이 브릿지를 후려쳐 침실을 아슬아슬하고 육감적으로 흔들어대던 것도 기억했다. 에이다는 그의 아래에서 두 다리로 그의 엉덩이를 감고, 오른 손을 아래로 내려 그를 찾아, 이끌어 주었다⋯⋯

하지만 지금 이 크리스털 요람 속 여인의 성기 위에서 발기된 하먼을 안내해 줄 사람은 아무도 없었다. *이런 식으론 안 될 거야,* 밀려오는 기억과 새로워지는 욕구를 뚫고 그는 생각했다. *말라 있을 텐데. 그러니까 내가⋯⋯*

하지만 머뭇머뭇 건드려 본 그녀의 거기가 건조하기는커녕 부드럽고, 열려 있으며, 촉촉하기까지 하다는 것을 깨닫자 나머지 생각은 사라져 버렸다. 마치 그 오랜 시간 동안 오직 그를 기다려 온 듯했다.

에디다는 그를 맞을 준비가 되어 있었다. 흥분으로 젖어 있었고, 입술은 그녀의 섹스만큼이나 따뜻했고, 팔은 그를 꼭 감았으며, 그녀 안에서 그녀와 함께 움직일 때 그녀의 손가락은 그의 등에서 깍지를 끼고 있었다. 그들은 키스 그 자체만으로도 하먼의 —바로 그 전 주에 네 번의 이십 주기와 십구 년을 보낸, 에이다가 알고 있던 어떤 남자보다도 나이가 많았던 그의— 십대 소년의 열정과 흥분으로 거의 기절할 때까지 키스를 했다. 그들은 침실이 세찬 바람을 맞아 흔들리듯 격하게 움직였다. 처음엔 부드럽게 한없이 계속될 듯하다가 에이다가 그의 긴장을 완전히 풀어주고 이완되어 가면서 점점 더 정열적으로 변했다. 에이다는 그에게 몸을 열면서 그를 더 깊이 빨아들였다. 강력한 힘으로 팔을 휘감고 두 다리를 꼭 조이며 손톱으로 홈이 나도록 꽉 잡았다.

그리고 그가 사정에 이르렀을 때, 그녀 안에서 아주 오랫동안 경련하는 느낌을 받았다. 에이다 또한 여러 차례의 내적 경련으로 응답했는데, 그것은 한없이 깊은 곳으로부터 전해져오는 진동처럼 느껴졌다. 그녀의 몸 전체가 아니라 그녀의 작은 손이 그의 중심을 꽉 잡았다 놓았다를 반복하는 느낌이었다.

하먼은 새비를 닮았으나 새비일 리가 없는 여자의 안에서 사정했다. 그는 오래 머물지 않고 즉시 빠져나왔다. 비록 에이다에 대한 사랑과 기억을 가지고 한 일이지만 그의 심장은 죄의식과 공포로 쿵쾅거렸다.

그는 측은하게 헉헉대며 금속성-실크 쿠션 위에 놓인 여인 옆으로 굴러 떨어졌다. 따뜻한 공기가 그에게 졸음을 불러 일으켰다. 하먼은 그 순간 정말 잠들 수도 있겠다 싶었다. 이 낯선 여인처럼 천오백 년 동안 잠들 수도 있을 것 같았다. 이 세상과, 친구들과, 유일하며 완벽한 그리고 배신당한 연인조차 다 잊고.

뭔가 작은 움직임이 졸고 있던 그를 깨웠다. 하먼은 눈을 떴다. 여인도 눈을 뜨고 있는 것을 보자 그는 심장이 멈추는 줄 알았다. 그녀는 고개를 돌리고 냉정한 이성의 눈길로 그를 쳐다보고 있었다. 그렇게 오랜 시간을 자고난 후라면 불가능할 정도로 정신이 또렷해 보였다.

"누구세요?"

죽은 새비의 목소리로 여인이 물었다.

쉰다섯

결국, 모라벡들이 *어둠의 여왕*을 실은 대기권 착륙선을 출발시키기로 결정한 것은 오르푸의 달변 뿐 아니라 수많은 요인들이 작용한 결과였다.

브릿지에서의 모라벡 회의는 아스티그/체가 제안했던 두 시간 후보다 훨씬 일찍 열렸다. 너무 빨리 일들이 터졌다. *퀸 맵* 바깥에서의 회의가 끝난 지 20분 만에 우주선의 브릿지로 돌아온 만무트와 오르푸는 지구의 해수면과 똑같은 환경과 중력 조건 하에서 칼리스탄 초 리, 총통합사령관 아스티그/체, 베 빈 아데 장군과 그의 부관 멥 아후, 흉물스러운 수마 IV, 흥분 상태의 퇴행성 시노피센, 그리고 여섯 명의 모라벡 통합사령관과 록벡 군인들이 자리한 구두회의에 참석했다.

"이게 우리가 8분전에 전송받은 것입니다."

항해사 초 리가 말했다. 거의 모든 참석자들이 들었으나, 그는 타이트빔을 통해 다시 한 번 전송했다. 그 분자 증폭 신호는 지구의 극링에 있는 포보스 크기의 소행성에서 지금까지 보내온 것과 같은 것이지만, 이번에는 여인의 목소리가 아니라 랑데부 좌표와 델타−V 비율이었다. 오르푸가 말했다.

"이 여인은 오디세우스를 곧장 자기 집으로 데려다 달라고 합니다. 그리고 오는 길에 지구 반대편에서 빈둥거리지 말라고 그러네요."

"그렇게 할 수 있나요?"

만무트가 물었다.

"내 말은, 과연 그녀의 극궤도로 곧장 날아가 정지할 수 있느냐 말입니다."

"다시 핵폭탄을 사용해 앞으로 아홉 시간 동안 높은 감속도를 유지한다면 가능한 이야기입니다."

아스티그/체가 말했다.

"하지만 여러 가지 이유로 그렇게 하고 싶지 않습니다."

"잠깐만요. 저는 항해사도 아니고, 엔지니어도 아닌 한낱 잠수정 조종사입니다. 하지만 현재 우리가 이온-드라이브 엔진에서 얻고 있는 미약한 감속력으로 볼 때 어떻게 속도를 줄일지 모르겠네요. 마지막 브레이크를 위해 특별히 준비된 게 있었나요?"

"에어로브레이킹!*"

팔다리가 여러 개 달린 칼리스타 출신 초 리가 말했다. 무려 309미터 길이에, 철근으로 둘러싸여 있으며, 크레인이 주렁주렁 달려있는 육중한 우주선 *퀸 맵*이 지구 대기 속에서 이 에어로브레이킹 하는 장면을 상상하자 만무트는 웃음이 나왔지만, 곧 초 리가 농담하는 것이 아님을 알아챘다.

"이걸 에어로브레이킹 시킬 수 있다고요?"

퇴행성 시노피센이 거미 같은 은빛 다리를 움직여 미끄러지듯 앞으로 나섰다.

"물론이지요. 우리는 언제든지 에어로브레이크할 계획이었어요. 60미터 넓이의 추진판은 융제 코팅이 되어 약간씩 수축하고 변형되는 성질이 있어서 방열판으로 안성맞춤입니다. 이 작전 기간 동안 우리 주변에 생기는 플라즈마 장이 방해가 되지는 않을 겁니다. 원한다면 우리는 그동안 분자 증폭 방식을 이용해 소통하면 됩니다. 원래 계획은 궤도 조정을 위한 몇 번의 통과 과정을 포함해 지구로부터 해발 145피트 높이에서 천천히 에어로브레이킹에 들어가는 것이었습니다. 어려운

＋ 대기 마찰을 이용한 감속 - 역자 주

부분은 복잡한 인공 p-와 e-링을 지날 때로 예상되는데요, 이들은 토성 주변 f-링의 카시니 간극처럼 파편이 하나도 없는 링이 아니니까요. 하지만 여기에 대한 계산은 아주 쉬웠습니다. 우리가 약간 비켜서기만 하면 됩니다. 이제, p-링에 있는 여인의 궤도 도시로부터 즉각 출동하라는 명령을 받은 셈이니, 우리는 고도를 37킬로미터 지점까지 내리고, 속도를 더 빨리 감속시켜서, 첫 시도에 성공할 수 있도록 적당한 타원 궤도에 들어서야만 합니다."

오르푸가 휘파람을 불었다. 만무트는 그 장면을 상상해보려 애썼다.

"지구 표면의 몇 배 혹은 몇 천 피트 위까지 떨어진다고요? 땅 위에 있는 사람들 얼굴도 알아볼 수 있겠군요."

"꼭 그런 것은 아닙니다."

아스티그/체가 말했다.

"하지만 우리의 원래 계획보다 극적인 것은 사실입니다. 우리는 분명히 공중에 흔적을 남길 겁니다. 하지만 아래 있는 고전-스타일 인간들은 지금 현재 하늘에 나타나는 흔적 따위에 신경 쓸 겨를도 없을 겁니다."

"그게 무슨 말이죠?"

이오의 오르푸가 물었다. 아스티그/체는 최근에 촬영된 일련의 사진들을 전송했다. 만무트는 데이터만으로는 파악하기 어려운 점들을 묘사해주었다.

더 많은 학살의 이미지들이었다. 인간 공동체들은 파괴되고, 시체들은 까마귀의 먹이로 방치되어 있었다. 적외선 이미지들은 뜨거운 건물들과 차가운 시체들, 그리고 역시 차갑고 머리 없는 존재들이 살인을 저지르는 장면을 담고 있었다. 밤이 내려앉은 행성의 집과 소박한 도시들에선 불길이 타오르고 있었다. 행성 전체에서 인간들이 모라벡 전문가들도 무엇인지 알아볼 수가 없는 머리가 없는 금속성의 회색 존재들에게 공격을 당하고 있었다. 그리고 네 개의 대륙에서는 푸른얼음의 구조물들이 증식 중이었고, 이제는 눈이 달린 인간의 뇌 같은, 창고처럼 거대한 단일 존재의 이미지가 나타났다. 이어서 비디오 화면이 나타났다. 거의 수직 위에서 찍은 화면이었는데, 그 존재는 마치 신경 집합체처럼 수없이 뻗어 나온 가지 같은 팔 끝에 달린 거대한 손을 이용해 재빠르게 움직였다. 입처럼 생긴 구멍에서 흉물스러운 코 같은 것이 길게 뻗어 나와 땅 그 자체로부터 먹거나 마시는 것 같았다. 오르푸가 말했다.

"난 데이터는 읽을 수 있지만 그 존재를 시각화하는 건 어렵군요. 그렇게까지 추하진 않을 텐데 말입니다."

"우리가 지금 그걸 보고 있는데요."

베 빈 아데 장군이 말했다.

"우리 눈을 의심할 지경입니다. 정말 엄청 추하네요."

"저게 무엇인지, 어디서 왔는지, 무슨 이론이라도 있나요?"

만무트가 물었다.

"처음 파리스의 옛 지역에서 나타났던 푸른얼음과 그 이후 가장 컸던 푸른얼음 단지를 연상시키는데요."

초 리가 말했다.

"하지만 당신이 바라던 대답은 이게 아니지요. 그게 어디서 왔는지는 우리도 정말 모릅니다."

"토성과 목성에서 망원경으로 지구를 관찰해온 수 세기 동안 이런 비슷한 이미지라도 잡힌 적이 있었나요?"

오르푸가 물었다.

"없습니다."

아스티그/체와 수마 IV가 동시에 대답했다.

"저 뇌-손-존재는 혼자 움직이지 않습니다."

또 다른 홀로그래픽 이미지와 평면 사진을 줄줄이 내놓으며 퇴행성 시노피센이 말했다.

"우리가 뇌를 발견한 열여덟 개의 사이트 모두에 이것들이 있었습니다."

"인간인가요?"

오르푸가 물었다. 데이터는 혼란스러웠다.

"그런 것 같지는 않아."

만무트가 말했다. 그는 이미지 속에 있는 존재의 비늘, 송곳니, 지나치게 긴 팔, 갈퀴 달린 발을 묘사해 주었다.

"그리고 데이터 통계에 의하면, 수백 마리는 있는데요."

이오의 오르푸가 말했다. 그러자 센추리온의 리더 멥 아후가 정정했다.

"수천 마리입니다. 서로 수천 킬로미터 떨어진 사이트에서 동시에 찍힌 이미지들을 검토해봤는데 적어도 3200마리의 양서류 비슷한 존재들이 확인되었습니다."

"칼리반!"

만무트가 말했다.

"뭐라구요?"

아스티그/체의 부드러운 억양은 어리둥절한 것처럼 들렸다.

"화성에서였습니다, 총통합사령관님. 작은 녹색 인간들이 프로스페로와 칼리반에 대해 이야기했었죠···· 셰익스피어의 템피스트에 나오는. 기억하시겠지만, 돌로 된 두상들은 프로스페로의 이미지라고 했습니다. 그들은 칼리반에 대해 경고했습니다. 지금 이건 수백 년 동안 지구에서 그 연극이 공연될 때 그려졌던 칼리반의 모습과 비슷해 보이는데요."

여기에 대해선 어느 모리벡도 할 말이 없었다.

"우리가 두 주 전에 이러한 집중적인 양자 활동을 측정하기 시작한 이래 지구에는 열한개의 새로운 브레인 홀이 나타났습니다."

베 빈 아데가 마침내 입을 열었다.

"우리가 아는 한, 뇌-생물이 저것들을 만들어 낸 —적어도 사용하는— 목적은 운반입니다. 그것과, 당신이 칼리반이고 부르는 비늘 달린 양서류 말입니다. 그리고 놈들이 나타나는 장소에는 일정한 특징이 있습니다."

더 많은 홀로그램 데이터가 차트 테이블 위에 안개처럼 나타나 형상을 만들어 냈다. 만무트가 타이트빔으로 그 모양을 묘사해주었지만, 오르푸는 이미 동반된 데이터를 다 흡수한 후였다. 오르푸가 말했다.

"모두 전쟁터였거나, 인간 역사 속에서 학살이나 잔혹한 사건이 벌어졌던 곳인데요."

"맞습니다."

베 빈 아데 장군이 말했다.

"아시다시피 파리스는 처음으로 브레인 양자 입구가 열렸던 곳입니다. 그리고 우리 모두 알고 있듯이 2500여 년 전 EU제국이 글로벌 이슬라믹 수리네이트와 블랙 홀 교류를 하는 중 천사백만 명 이상의 인간들이 파리스 시내와 외곽에서 목숨을 잃었습니다."

"그리고 다른 브레인 홀 사이트들도 이 범주에 속하는 곳들입니다."

만무트가 말했다.

"히로시마, 아우슈비츠, 워털루, 호텝사, 스탈린그라드, 케이프타운, 몬트리올, 게티스버그, 칸스타크, 오키나와, 솜, 뉴웰링턴, 모두 수천 년 전의 피맺힌 역사를 담고 있는 곳이지요."

"그렇다면 이 뇌가 멤브레인을 통과해 칼라비-야우 공간을 오가면 역사적 장소를 관광중이란 말인가요?"

오르푸가 묻자 초 리가 말했다.

"아니면 더 나쁜 일을 하고 있거나. 이……것이…… 방문하고 있는 장소에서 뻗어 나오는 중성미자微子와 타키온으로 이루어진 광선 안에는 복잡하게 암호화된 정보가 담겨 있으며, 이 광선들은 서로 다른 차원을 연결하고 있습니다. 우리의 우주를 향해 있지 않아요. 그저 그 광선으로 들어가 메시지나 내용을 풀어볼 수는 없어요."

"그 뇌는 무덤을 파헤치고 송장을 먹는 귀신인 것 같네요."

"송장 귀신?"

총통합사령관 아스티그/체가 말했다. 오르푸가 다시 설명했다.

"내 생각에 놈은 그 장소의 어두운 에너지를 빨아먹는 것 같아요."

"그럴 것 같진 않은데요."

퇴행성 시노피센이 새된 목소리로 말했다.

"단순히 폭력적인 행위가 벌어졌다고 해서 그 장소에 기록할만한⋯⋯ 에너지
가⋯⋯ 남는 것은 본 적이 없습니다. 그런 건 형이상학이고⋯⋯ 넌센스예요⋯⋯
과학이 아니라."

오르푸는 네 개의 다관절多關節 팔을 들어 으쓱했다.

"저 거대한 뇌 생물이 루비콘 시대 이후 망각의 시대에 후기-인류나 고전-스타
일 인간들에 의해 만들어졌다고 생각하나요?"

센추리온 리더 멥 아후가 물었다.

"그리고 저 칼리반-생물이나 머리 없는 킬러 로봇들도 마찬가지인가요? 모두
무모한 RNA 엔지니어들의 조립품이란 건가요? 멸종된 식물이나 동물이 다시 재
생되었던 것처럼?"

가니메데인 수마 IV가 거들었다.

"이렇게 크진 않았지만, 전에도 이런 걸 본 적이 있습니다. 며칠 전 다른 우주에
서 손이 달린 뇌 생물이 브레인 홀을 빠져 나왔었습니다. 칼리반을 닮은 것들은 어
디에서 왔는지 모릅니다. 고전-스타일 인간을 10분할로 죽이고 있는 곱사등 로봇
들도 마찬가지고요. 유전 조작의 산물일 가능성이 큽니다. 우리는 천오백 년 훨씬
이전에 후기-인류들이 인간 유전자 풀을 이용하여 스스로를 디자인했었다는 사실
을 기억해야 합니다."

"그리고 저는 지구에서 공룡과 테러 버드와 송곳니가 달린 거대한 호랑이들이
포효하는 홀로그램을 보았습니다."

센추리온의 리더 멥 아후가 말했다.

"그 곱사등의 금속들이 고전-스타일 인류의 10분의 1을 죽였다고요?"

'10분할' 이라는 어휘의 뜻을 깐깐하게 따지며 만무트가 물었다.

"그랬어요."

베 빈 아데 장군이 말했다.

"혹은 그 이상일 수도 있어요. 우리가 화성에서 이동한 이후의 기간에만 그렇다

는 겁니다."

"이제 어떻게 하지요?"

이오의 오르푸가 물었다.

"모두 즉시 대답하기 어려운 모양이니까, 제가 제안을 하나 하겠습니다."

"말해 보세요."

총통합사령관 아스티그/체가 말했다.

"제 생각에는 냉동고에 있는 백 명의 록벡을 해동시켜, 기내에 있는 착륙선과 열 두 개의 비행정에 태워 발진시키는 겁니다. 그리고 전투를 개시하는 거죠."

"전투를 개시한다고요?"

항해사 칼리스턴 초 리가 되풀이했다.

"네, 저놈의 뇌 생물을 녹여 방사능 고름으로 만들어 버리는 것부터 시작하는 겁니다. 그런 다음 모라벡을 착륙시켜 인간을 보호하는 겁니다. 칼리반 놈들과 인간을 마구잡이로 죽이는 머리 없는 꼽추 놈들도 다 죽여버리는 겁니다."

"정말 엄청난 제안이네요."

충격을 받은 목소리로 초 리가 말했다.

"지금 이 시점에서는 대응 방향을 결정하기에 충분한 정보가 없습니다."

총통합사령관 아스티그/체가 말했다.

"우리가 공손하게 뇌 생물이라고 부르고 있는 그 놈들은 어쩌면 지구 위에서 평화적이고 지각이 있는 유일한 유기체일지도 모릅니다. 어쩌면 여러 차원을 오가는 고고학자나 인류학자, 아니면 역사학자일지도 모릅니다."

"아니면 송장귀신이거나."

만무트가 말하자, 최후통첩의 목소리로 수마 IV가 말했다.

"우리의 임무는 관찰하는 것이지, 전쟁을 도발하는 게 아닙니다."

"우리는 단 번에 두 가지를 해치울 수 할 수 있습니다."

오르푸가 말했다.

"퀸 맵엔 지구에서 벌어지고 있는 상황을 변화시키기에 충분한 화력이 있습니다. 그리고 여러분들이 저나 만무트에게 공식적으로 밝힌 적은 없지만, 이보다 훨씬 더 현대적인 스텔스 모라벡 전투선이 *퀸 맵*을 뒤따라오고 있다는 걸 알고 있어요. 그 모든 것들을 박멸할 수 있는 멋진 기회입니다. 놈들이 전투가 시작된 줄도 모르는 새에 흠씬 두들겨 패주는 거지요."

"정말로 *엄청난* 제안이로군요. 정말 엄청납니다."

초 리가 다시 말했다. 이어 만무트가 평면영화에서 들은 적이 있는 그 이상한 제임스 메이슨 풍의 목소리로 아스티그/체가 거들었다.

"지금 당장 우리의 목적은 전쟁을 벌이는 것이 아니라 목소리의 요구에 따라 극링에 있는 포보스만한 크기의 소행성 도시로 오디세우스를 데려가는 것입니다."

"하지만 *그 전에*,"

수마 IV가 말했다,

"우리는 결정해야 합니다. 에어로브레이킹 동안 착륙선을 내려 보낼 것인지, 목소리의 궤도도시와 만나 인간 승객을 넘겨줄 때까지 기다릴 것인지."

"질문 있습니다."

만무트가 말했다.

"뭐죠?"

총통합사령관 아스키그/체도 유로파 출신이어서 자그마한 만무트와 거의 체격이 비슷했다. 사령관이 기다리는 동안 둘은 시야판으로 서로를 바라보았다.

"우리의 인간 승객이 그 목소리가 들리는 곳으로 가길 *원했나요?*"

침묵이 찾아들어 오직 환풍기 소리와, 벡들의 모니터 계기를 통해 통신 정보들이 오가는 소리와, 고도가 변할 때마다 외부에서 들리는 간헐적인 충격음만이 들려올 뿐이었다. 초 리가 답했다.

"세상에, 우리가 어떻게 그 질문을 잊었을까?"

"우리 모두 바빠서 그렇죠."

베 빈 아데 장군이 말하자, 수마 IV가 덧붙였다.

"제가 물어보겠습니다. 이렇게 된 마당에 만약 오디세우스가 싫다고 하면 난감

하겠지만."

"우리는 예복까지 다 준비해 놓은 상태입니다."

날쌘 걸음의 퇴행성 시노피센이 말했다. 이오의 오르푸가 덜그럭거렸다.

"예복이라고요? 아니, 우리 라에르테스의 아들이 모르몬이었던가요?"

아무도 대답하지 않았다. 모든 모라벡들은 인간의 역사와 사회에 어느 정도 관심이 있었다. 그런 흥미는 그들의 진화하는 DNA와 회로에 이미 프로그램 되어 있었다. 하지만 이 거대한 이오니언만큼 인간적 사고방식에 푹 젖어들어 있는 경우는 매우 드물었다. 그렇게 이상한 유머 감각을 발달시킨 자도 없었고.

"퀸 맵에 타고 있는 동안 오디세우스는 리가 디자인한 옷을 주로 입었습니다."

퇴행성 시노피센이 새된 소리로 말했다.

"하지만 그가 목소리의 궤도 행성과 만나는 동안 입을 옷에는 우리가 생각해낼 수 있는 모든 종류의 나노 사이즈의 기록 및 전송 기기가 내장되어 있습니다. 우리는 그가 겪는 것을 모두 실시간으로 모니터하게 될 겁니다."

"착륙선을 타고 지구로 내려갈 우리들에게도 마찬가지인가요?"

당황스러운 침묵이 찾아왔다. 모라벡들은 자주 당황하는 편은 아니지만, 당황할 줄은 알았다.

"우리는 당신을 착륙선 승무원으로 선택하지 않았습니다."

아스티그/체가 짧지만 불쾌함을 담은 톤으로 말했다.

"알고 있습니다. 하지만 저는 맵이 에어로브레이킹 하는 동안 착륙선 임무가 분명히 시작되어야 한다는 것과, 그 착륙선에 제가 타고 있어야 한다고 설득할 자신이 있습니다. 만무트의 잠수정이 실려 있는 주변의 작은 구석만 있으면 제 좌석으로 충분합니다. 그곳엔 제가 필요한 모든 연결망이 있고 전망도 좋습니다."

"잠수정 칸에는 전망이 없어요."

수마 IV가 말했다.

"비디오 링크 밖에 없고, 그나마 착륙선이 공격을 받게 되면 작동이 안 돼요."

"그냥 반어적 표현이었는데‥‥"

오르푸가 말하자, 이번엔 작은 동물이 목을 가다듬는 소리로 초 리가 답했다.

"게다가, 당신은 기능이나 광학 측면에서 장님입니다."

"그렇죠. 여부가 있습니까. 적절하고 확정적인 액션 위주의 실행을 ―아, 신경 쓰지 마세요, 설명할 시간이 아까우니까― 떠나서, 제가 왜 지구 착륙 임무에 동참 해야 하는지 3가지 확실한 이유를 말씀드릴 수 있습니다."

"우린 그 임무를 실행할 건지조차 아직 확실히 몰라요."

아스티그/체가 말했다.

"하지만 빨리 그 이유를 들어보시오. 앞으로 15분 이내에 몇 가지 중요한 결정 을 내려야 하니까."

"물론이지요, 우선 첫 번째로는, 우리가 지구에서 만나는 모든 이성적 존재들에 게 가장 탁월한 외교관 노릇을 할 수 있다는 명백한 사실입니다."

빈 베 아데 장군이 무례한 소리를 내었다.

"그들을 방사능 고름으로 만들어버리기 전 얘긴가요, 아니면 그 후 얘긴가요?"

"두 번째로, 증명할 수는 없지만 심증은 충분히 가는 사실인데요, 이 우주선 안 의 어떤 모라벡도 ―어쩌면 세상에 존재하는 어떤 모라벡도― 마르셀 프루스트, 제임스 조이스, 윌리엄 포크너, 조지 마리 윙에 대해, 그리고 에밀리 디킨슨과 월 트 휘트먼에 대해 나보다 많이 알지 못할 것입니다. 고로, 어떤 모라벡도 저만큼 인간 심리에 정통하지 못하다는 거죠. 만약 우리가 고전-스타일 인간들을 만나게 되면 저의 존재가 불가피할 것입니다."

나는 자네가 조이스, 포크너, 윙, 디킨슨 그리고 휘트먼까지 공부한 줄은 몰랐 는데, 만무트가 타이트빔으로 보냈다.

말할 기회가 없었어, 오르푸가 대답했다. *나는 지난 천 이백 년 동안 이오 토루 스의* 혹독한 진공 상태와 황으로 가득한 대기 속에서 책깨나 읽었더랬지.

천 이백 년이라고! 모라벡이 오래 살도록 디자인되긴 했지만, 그래도 평균 수명 은 300년 정도였다. 만무트 자신의 나이도 백 오십 년이 채 안됐다. *그렇게 나이가 많다는 얘기는 한 번도 안했잖아!*

기회가 없었다니까.

"당신 친구에게 타이트빔으로 이야기하기 전까지의 발언이 논리적으로 어떤 연관을 갖는지 잘 모르겠군요."

아스티그/체가 말했다.

"하지만 계속해보세요. 내 기억으로는 당신이 임무에 참여해야 할 세 가지 이유를 말해보겠다고 했으니까."

"제가 착륙선에 좌석 하나를 예약 받아야만 하는 세 번째 이유는, 물론 이건 비유적 표현입니다만, 제가 알아냈기 때문입니다."

"무엇을 알아냈단 말이죠?"

수마 IV가 물었다. 강화탄소로 덮인 가니메데인은 노골적으로 시간을 재고 있지 않았지만 그의 목소리는 그랬다.

"모든 걸요. 왜 그리스 신들이 화성에 있는지, 어째서 호메로스의 트로이 전쟁이 아직도 진행 중인 와중에 또 다른 지구로 연결되는 시공간 터널이 생겼는지, 엄청나게 지구화되어버린 화성은 어디서 온 건지, 고대 셰익스피어 희곡에 나오는 두 인물 프로스페로와 칼리반이 이 진짜 지구 위에서 우리를 기다리며 무엇을 하고 있는지, 그리고 어째서 전체 태양계의 양자 기반이 자꾸 튀어나오는 수많은 브레인 홀들에 의해 뒤죽박죽이 되어 가고 있는지···· 그 모든 걸 말입니다."

✝ 주피터의 행성 이오의 주변을 감싸고 있는 도넛 모양의 플라즈마 구름 – 역자주

젊은 새비와 닮은 그 여인의 이름은 정말 모이라였다. 게다가 이후 몇 시간 동안 프로스페로는 그녀를 미란다라고 부르기도 했고, 한 번은 미소를 지으며 모네타라고 부르기도 했기 때문에, 하먼은 더 혼란스러웠다. 하지만 자신의 수치감이 너무 컸기 때문에 아무 말도 보태지 못했다. 그들이 함께 지낸 처음 한 시간 동안 그는 여인의 눈을 들여다보기는커녕 그녀 쪽으로 시선도 돌리지 못했다. 프로스페로가 테이블에 앉아 있고 그와 모이라가 아침 식사를 하고 있는 동안 하먼은 마침내 여자 쪽으로 고개를 드는 데 성공했다. 하지만 그녀의 눈높이까지 고개를 들지는 못했다. 여자의 가슴을 쳐다본다는 오해를 살 것만 같아서 그는 다시 시선을 돌렸다.

모이라는 그의 불편한 심기를 전혀 모르고 있는 듯 했다. 둥둥 떠다니는 시종이 가져온 오렌지 주스를 홀짝거리며 그녀가 말했다.

"프로스페로, 이 못된 늙은 모사꾼. 이런 식으로 날 깨우는 거 당신 아이디어지?"

"물론 아니란다, 사랑하는 미란다야."

"날 미란다라고 부르지 마. 자꾸 그러면 당신을 만드레이크라고 부를 거야. 나는 지금이나 과거나 당신 딸인 적이 없었거든."

"물론 너는 지금도 예전에도 내 딸이란다, 사랑하는 미란다야."

프로스페로가 그릉대는 목소리로 말했다.

"살아 있는 후기-인류 중에 내 도움을 받지 않은 자가 있었더냐? 나의 유전자 배열 실험실이 너희들의 자궁이자 요람이 아니었더냐? 그러니 내가 너의 아버지가 아니겠냐?"

"아직 살아있는 후기-인류가 있나요, 프로스페로?"

"내가 아는 한은 없다, 사랑하는 미란다야."

"그럼 개소리 좀 그만 하시지."

그녀는 하먼에게로 돌아 앉아 커피를 한 모금 마시고 무서울 정도로 날카로운 칼로 오렌지를 한 토막 잘라낸 후 말했다.

"내 이름은 모이라예요."

그들은 작은 방의 ─방이라기보다는 그냥 작은 공간의─ 작은 테이블에 둘러앉았다. 하먼은 그런 방이 있는 줄도 몰랐다. 그곳은 책장으로 반쯤 가려진 벽감으로서, 안쪽으로 굽어진 거대한 벽의 내부로 들어가 있었는데, 대리석 미로가 있는 바닥으로부터 적어도 300피트 위에 있었다. 왜 아래쪽에서는 이 공간을 못 봤는지 쉽게 이해할 수 있었다. 이 텅 빈 공간이 모두 책장으로 가려져 있기 때문이었다. 올라가는 길을 따라 이와 비슷한 벽감들이 있었는데 이곳처럼 테이블이 있는 곳도 있었고, 쿠션 벤치, 혹은 신기한 장비들과 스크린이 있는 곳들도 있었다. 철제 계단은 알고 보니 에스컬레이터처럼 움직여서 세 사람이 그냥 걸어 올랐으면 한참 걸렸을 이곳까지 쉽게 데려다주었다. 하먼은 절대 아래를 내려다보지 않았다. 대신 그는 책들에 의식을 집중하고 걷는 동안 책장에 어깨를 대고 있었다.

여인은 그가 새비를 처음 만났을 때 보았던 옷과 비슷한 차림새였다. 광목으로 만든 푸른 면 튜닉에 골덴 바지, 그리고 목이 긴 가죽 부츠. 심지어는 그가 새비를 만났을 때 봤던 모직 망토도 두르고 있었다. 하지만 이 망토는 당시 늙은 여인이 입었던 것처럼 진한 붉은 색이 아니라 어두운 갈색이었다. 그래도 복잡하고 주름 많은 재단방식은 똑같았다. 엄청난 나이 차이 외에 두 여인 사이의 가장 큰 차이라면, 늙은 새비를 처음 만났을 땐 권총을 ─하먼으로선 생전 처음 보는 화약 무기를— 차고 있었다는 점이었다. 새비를 쏙 빼닮은 이 여인, 모이라, 미란다, 모네타 는 처음 만났을 때 어떤 무기도 지니고 있지 않았다. 그것만은 분명했다.

"내가 처음으로 잠든 이후에 무슨 일들이 있었지, 프로스페로?"

"14세기 동안 벌어진 일을 14문장으로 요약하란 말이냐, 얘야?"

"응, 부탁이야."

모이라는 과즙이 풍부한 오렌지를 갈라 반쪽을 하먼에게 내밀었다. 그는 맛도 못 느낀 채 먹었다.

"숲이 썩고,"

프로스페로가 읊기 시작했다,

"숲이 썩고 스러져 간다,

수증기는 시름을 땅위로 떨어뜨린다,

인간은 태어나 땅을 경작하고 그 아래 눕는다,

그리고 많은 여름이 지난 후 백조가 죽는다.

오직 잔인한 불멸의 나만이

쇠약해진다; 가느다란 그대 팔에 안겨 시들어간다,

이 고요한 세상의 끝에서,

흰 머리카락의 그림자가 꿈처럼 떠다니고

동쪽의 영원한 침묵의 공간들,

멀리 퍼진 겹겹의 안개들, 그리고 빛나는 여명의 홀."

그는 벗겨진 백발의 머리를 약간 숙여 절을 했다.

"'티토누스'✢네."

✢ 새벽의 여신 이오스의 연인 – 역자 주   ✢ 1809-92 영국의 계관 시인 – 역자

모이라가 말했다.

"아침 식사 전에 테니슨을[++] 들으면 난 늘 속이 뒤집어져. 말해 봐, 프로스페로, 아직 세상이 제정신인가?"

"아니, 미란다."

"그 말은, 내 백성들이 다 죽었다는 거야, 아니면 변종이 되었다는 거야?"

그녀는 포도와 향기로운 치즈를 먹고 둥둥 떠다니는 시종들이 연신 채워주는 커다란 잔에서 얼음물을 마셨다.

"죽거나, 변종이 되거나, 혹은 둘 다겠지."

"그들이 제정신으로 돌아올까, 프로스페로?"

"하나님만 아신단다, 내 딸아."

"내 앞에서 하나님 얘기는 꺼내지도 마, 제발. 새비의 동족 유대인들 9113명은 어떻게 되었지? 중성미자 고리에서 빠져나왔나?"

"아니지, 애야. 이 우주의 모든 유대인들과 루비콘 생존자들은 예루살렘에서 뻗어 나오는 푸른 광선으로만 남아 있단다."

"그렇다면 우리는 약속을 지키지 못한 거네, 안 그래?"

접시를 밀어내고 손바닥에 묻은 부스러기와 주스를 털어내며 모이라가 물었다.

"그렇단다, 내 딸아."

"그리고 당신, 강간범!"

눈만 끔벅이고 있는 하먼에게 고개를 돌리며 그녀가 말했다.

"잠들어 있는 여자를 범하는 것 말고 이 세상에서 할 일이 그렇게 없었나보지?"

하먼은 말을 하려고 입을 열었으나 아무 말도 떠오르지 않아 다물어버렸다. 속이 뒤틀리면서 아파왔다. 모이라가 그의 손을 건드렸다.

"자신을 책망하지 마, 나의 프로메테우스. 선택의 여지가 없었잖아. 관 속의 공

[++] 1809-92 영국의 계관 시인 - 역자

기엔 최음제가 뿌려져 있었는데, 이게 얼마나 강력한지 프로스페로가 오리지널 변형녀인 아프로디테에게 빠져버렸지. 그 효력이 잠시뿐이라, 우리 둘에게는 얼마나 다행인지!"

하먼은 밀려오는 안도감에 이어 분노에 사로잡혔다.

"나에게 선택의 기회가 없었다고?"

"당신이 아만 페르디난드 마크 알론조 칸 호 텝의 DNA를 갖고 있었다면 별 도리가 없었겠지. 한데 당신 종족의 모든 남자들에게는 그 DNA가 있어."

그녀는 다시 프로스페로를 향했다.

"페르디난드 마크 알론조는 어디 있지? 아니, 그의 운명은 어떻게 되었지?"

"사랑하는 미란다야, 네가 고리-팩스 석관에 들어간 지 삼년 후, 그는 여름마다 불어오는 서풍만큼이나 확실히 옛 사람들을 찾아오던 루비콘 시대의 야생 고양이 변종으로 죽었단다. 네 바로 옆의 크리스털 관에 눕혀졌지. 퍼머리 탱크가 아직 루비콘 인간을 어떻게 다루는지 배우지 않았을 때라, 모든 팩스 기기들이 할 수 있는 일이라곤 그의 몸이 썩지 않도록 보존하는 것뿐이었어. 탱크들이 스스로를 교육하기도 전에 칼리프의 철갑옷들이 에베레스트에 올라와 안전막을 뚫고는 타지를 약탈하기 시작했지. 놈들은 맨 먼저 불쌍한 마크 알론조의 육중한 관을 약탈해 뒤집어버렸단다."

"왜 나는 뒤집어버리지 않았대요? 아니, 그보다, 왜 몽땅 약탈해가지 않았대요? 벽이나 미로의 마노, 벽옥, 혈석, 에메랄드, 청금석, 홍옥수, 그리고 다른 장식품들도 모두 그대로던데."

"칼리반이 팩스해 들어와서는 널 찾으려고 스무 명 칼리프를 보냈지. 시종들이 한 달 동안이나 그 피를 닦아냈단다."

"칼리반이 아직 살아 있어?"

"오, 물론. 여기 있는 우리 친구 하먼에게 물어보렴."

그녀는 하먼을 힐끗 쳐다보고는 다시 마법사에게 집중했다.

"칼리반이 날 강간하지 않았다니 놀라운데."

프로스페로가 슬픈 듯 미소를 지었다.

"오, 시도는 했지, 미란다야, 몇 번이고 시도를 했어, 하지만 그에게는 관이 열리지 않았어. 이 세상이 칼리반과 그 일당들의 뜻대로 굴러갔다면, 놈은 너를 통해 낳은 조그마한 칼리반 새끼들로 이 지구라는 섬을 가득 채웠을 거다."

모이라는 진저리를 쳤다. 마침내 그녀는 노인을 무시한 채 다시 하먼에게로 몸을 돌렸다.

"당신 이야기, 당신 성격, 당신의 삶에 대해 알아야겠어요. 손바닥을 줘봐요."

그녀는 오른쪽 팔꿈치를 테이블 위에 얹더니 팔을 세우고 손바닥을 내밀었다. 혼란스러워하며 하먼도 따라했다. 하지만 손을 잡지는 않았다.

"아니, 고전-스타일 인류들은 공유 기능을 잃어버렸나요?"

"사실, 잃었지. 여기 이 친구 하먼은 검색 기능, 올넷, 프록스넷, 그리고 파넷 기능만 할 줄 알아. 혹은 에펠반이 그의 액세스를 막기 전까진 할 수 있었다고 할까. 그것도 특정한 기하학적 모양을 떠올리는 정도지."

"어머나 세상에,"

모이라가 말했다. 그녀는 손을 테이블 위로 내려놓았다.

"아직도 *읽*을 줄 아나요?"

"오직 하먼하고 지난 몇 달 동안 그가 가르친 몇몇만이 할 수 있지. 오, 이 친구가 몇 달 전에 검색 독서 기능을 익혔다는 이야기를 뺐군."

"검색 독서라고?"

모이라가 웃었다.

"그건 책을 이해하는 기능이 아니라, 색인기능이지. 그건 마치 요리책을 대충 훑어보고는 저녁 식사를 먹었다고 착각하는 거나 마찬가지예요. 하먼의 사람들은 호모 사피엔스가 특허 출원을 받은 이래 가장 무식한 종족이겠군."

하먼이 발끈했다.

"이봐요, 나 안 보여요? 내가 마치 이 자리에 없다는 듯 말하지 말아요. 그 공유 기능이란 게 뭔지 모르지만, 금세 배울 수 있단 말입니다. 그러면서 이야기하면 되잖아요. 나도 당신에게 물어볼 게 많다, 이겁니다."

모이라가 그를 바라보았다. 그는 그녀의 눈이 풍부한 회녹색이라는 것을 알아차렸다. 그녀가 마침내 입을 열었다.

"그렇군, 내가 좀 무례했네요. 당신은 날 깨우기 위해 먼 길을 왔군요. 그것도 싫은 걸 억지로 했겠죠. 그리고 당신은 지금 여기가 아닌 다른 곳에 있고 싶겠지요. 최소한 당신에게 예의를 차리고 질문에 답하는 게 옳겠군."

"아까 말했던 공유 기능을 어떻게 사용하는지 보여줄 수 있나요?"

하먼이 물었다. 외모와 목소리가 새비와 너무나 비슷한 이 여인 앞에서 그는 침착함을 잃지 않기로 결정했다. 그리고 덧붙였다.

"아니면 팩스노드 없이 팩스하는 방법을 보여주세요. 아리엘이 했던 것처럼."

"아, 아리엘."

모이라가 말하면서 프로스페로를 힐끗 쳐다보았다.

"고전-스타일 인간들은 프리 팩스하는 법을 잊었나요?"

"그들은 거의 모든 것을 잊었지. 그들은 *잊어버리도록* 만들어졌어. 바로 네 종족에 의해서. 발라, 티르자, 라하바, 그러니까 네 모든 유리젠화된 베울라[+]에 의해서 말이야."

모이라는 칼의 평평한 부분으로 자신의 손바닥을 두드렸다.

"왜 이 인간을 사용해 나를 깨운 거지, 프로스페로? 시코락스가 힘을 재정비해서 괴물 칼리반을 네 손에서 뺏어가기라도 한 거야?"

"그랬지. 그래서 놈은 자유가 되었고. 그리고 난 네가 깨어날 때가 되었다고 느꼈지. 세테보스가 세상을 돌아다니고 있으니까."

"시코락스, 칼리반, 세테보스!"

모이라가 되풀이했다. 그녀는 숨을 깊게 들이쉬고는 이빨 사이로 내쉬었다.

[+] Urizened Beulahs: Urizen은 윌리엄 블레이크에 나오는 전통적인 관습과 법을 지키는 신적 존재, Beulah는 성경에 히브리 단어로 배우자가 있는 사람을 뜻함 – 역자

"마녀와 반 악마와 어둠의 제왕이 달과 지구를 나눠 가지려고 해. 모든 썰물과 밀물을 관리하고, 모든 권력을 손아귀에 넣으려 하고 있지."

모이라는 고개를 끄덕이고 한 동안 아랫입술을 꼬옥 깨물고 있었다.

"다음 에펠반 카가 언제 떠나지?"

"한 시간 후에. 너도 같이 가겠니, 미란다? 아니면 다시 시간의 팩스−관으로 돌아가 너의 모든 원자와 기억들이 다시 의미 없는 영원 속에 저장되게 할 작정이니?"

"그 빌어먹을 케이블카에 나도 타겠어. 그리고 업데이트 뱅크로부터 내가 다시 태어난 이 용감한 새 세상에 대한 정보를 얻어내야지. 하지만 우선 젊은 프로메테우스 양반은 질문할 게 있고, 나는 그의 기능을 회복시키기 위해 한 가지를 제안할 거야."

그녀는 돔의 꼭대기를 바라보았다.

"안돼, 모이라."

"하면,"

그의 손에 자신의 고운 손을 얹으며 그녀가 부드럽게 말했다.

"이제 질문을 해요."

그는 입술을 적셨다.

"당신이 정말 후기−인류인가요?"

"그래요. 최종 전송이 일어나기 전에 새비의 사람들이 우리를 그렇게 불렀죠."

"당신은 어째서 새비와 닮았지요?"

"아…… 그럼, 그 여자를 알고 있었군요? 흠, 내가 업데이트 기능을 불러 오면 그녀의 안부를 알 수 있겠지. 나도 새비를 알아요. 하지만 더 중요한 건 페르디난드 마크 알론조 칸 호 텝이 그녀와 사랑에 빠졌는데 그녀는 응하지 않았다는 거죠. 말하자면, 그들은 전혀 다른 종족이었어요. 그래서 나는 이곳 타지에 오기 전에 그녀의 형상, 기억, 목소리…… 그녀의 전부를 취했어요."

"무슨 방법으로 그녀의 형상을 취했나요?"

하먼이 물었다. 모이라가 다시 프로스페로를 쳐다보았다. 그리고는 하먼에게 말했다.

"이 사람들은 정말 아무 것도 모르네. 우리 후기-인류들은 실제 육체를 갖지 않아도 되는 수준까지 발전했어요, 나의 젊은 프로메테우스. 적어도 인간의 신체로 인식되는 육체는 아니었죠. 필요 없었으니까. 우리의 인구는 몇 천 명 정도에 불과했어요. 하지만 우리는 인간 유전자군에서 우리를 복제해냈죠. 이 자리에 계신 사이버스페이스 로고스피어 아바타의 유전자 기술 덕분에……"

"별말씀을."

프로스페로가 말했다.

"우리가 인간의 형상을 하고 싶으면 ─아, 또 한 가지, 우린 모두 언제나 여자의 형상을 얻었죠─ 하나 빌리기만 하면 됐어요."

"하지만 *어떻게* 말입니까?"

하먼이 말했다. 모이라가 한숨을 쉬었다.

"아직도 하늘 위에 링이 있나요?"

"물론입니다."

"극링과 적도링 둘 다요?"

"그럼요."

"그게 뭐라고 생각하세요, 하먼 프로메테우스? 그 위에는 백만 개의 서로 구별되는 물체들이 있어요…… 당신네 사람들은 그걸 뭐라고 생각하나요?"

하먼이 다시 입술을 적셨다. 이 거대한 사원-묘지의 공기는 매우 건조했다.

"우리를 다시 젊게 만들어주는 퍼머리가 그곳에 있다는 건 압니다. 우리들 대부분은 거기 있는 다른 물체가 당신들 후기-인류의 집이며, 당신들의 기계들이라고 생각해요. 프로스페로의 섬처럼 궤도를 도는 섬 위의 도시라고 말이죠. 작년에 나는 프로스페로의 섬에 가 보았어요, 모이라. 그걸 파괴하는 걸 도왔죠."

"그랬어요?"

그녀는 다시 마법사를 보았다.

"그렇다면, 잘했어요, 젊은 프로메테우스. 하지만 궤도에 있는 궤도를 도는 수많은 물체들이 —대부분은 프로스페로의 섬보다 작은데— 내 동족이나 순전히 우리한테 종사하는 기계라고 생각한 건 잘못이네요. 물론, 거주지도 더러 있어요, 그리고 수천 개 정도의 거대 웜홀 발생기, 블랙홀 축적기, 우리의 차원 이동 프로그램 개발에 쓰였던 초기 실험 기구들, 브레인 홀 발생기 등등…… 하지만 대부분의 궤도 물체들은 당신을 위해 있는 거예요."

"나를 위해?"

"팩스한다는 게 뭔지 아세요?"

"평생토록 해 온 일인 걸요."

"물론 그렇지요, 하지만 그게 진짜 무엇을 의미하는지 알고 있어요?"

하먼은 심호흡을 했다.

"그건 깊이 생각해 본 적이 없어요. 그런데 작년에 새비와 프로스페로가 말하길 팩스노드 전송실이 우리 몸을 코드화한 에너지로 바꾸면 다른 노드에서 우리의 몸과 정신과 기억들을 재생해낸다고 했어요."

모이라는 고개를 끄덕였다.

"하지만 팩스 전송실이나 노드는 없어도 돼요. 그런 건 고전-스타일 인간들이 가서는 안 될 곳까지 돌아다니지 못하게 만드는 방편일 뿐이었어요. 가장 앞선 칼라비-야우 DNA와 버블-메모리 기계를 갖추더라도, 팩스 형식의 순간이동은 컴퓨터에 무리가 갈 정도로 많은 용량을 차지하죠. 한 사람의 인격이나 기억 같은 전체적인 외곽선의 진동은 고사하고, 단지 신체의 분자 정보를 저장하는 데만 얼마나 많은 메모리 용량이 필요한지 아세요?"

"몰라요."

모이라는 돔의 꼭대기를 가리켰다. 하지만 하먼은 그녀가 실제로는 그 너머 어두운 푸른 하늘 아래서 돌아가고 있는 극링과 적도링을 가리키고 있다는 것을 깨달았다.

"백만 개의 궤도 메모리 뱅크예요. 하나하나가 당신들 고전-스타일 인간들에게 바치는 거예요. 블랙홀의 동력으로 움직이는 순간이동 장비를 ―GPS 위성, 스캐너, 축소기, 편집기, 수신기, 송신기 등을― 실은 별의별 어설픈 궤도 기계들 속에는, 그리고 매일 밤 당신이 보아온 저 하늘 어디엔가는, 나의 하먼 프로메테우스여, 당신의 이름이 적힌 별도 있었어요."

"어째서 딱 백만이죠?"

"그 정도면 관리 가능한 인구라고 여겨졌던 거죠. 하긴 우리가 한 여자 당 딱 한 명의 아이만 낳도록 했으니까, 지금은 그때보다 인구가 많이 줄었겠네. 내가 살던 시절엔 당신처럼 아종亞種에 해당하는 사람들, 즉, 나노 유전자 기능이 내장되어 있고 능동적인 인간들은 겨우 9,314명이었어요. 그리고 죽음의 운명을 가진 고전-고전-스타일의 인간들이 몇 천 명 정도였죠. 바로 내가 사랑했던 아만 페르디난드 마크 알론조 칸 호 텝 같은 사람인데, 고귀한 가분의 마지막 혈통이었어요."

"보이닉스들은 뭐죠? 그들은 어디서 왔나요? 왜 놈들은 그렇게 오랫동안 시종들처럼 잠잠하다가, 데이먼과 내가 프로스페로의 섬과 퍼머리를 부숴버리자 인간을 공격하기 시작했나요? 어떻게 하면 놈들을 멈출 수 있죠?"

"너무 질문이 많네요. 그 질문들에 대한 모든 답을 알고 싶으면 앞뒤를 좀 알아야죠. 그 앞뒤를 알자면 이 책들을 읽어야 해요."

"어떤 책이요?"

"전부 다!"

손을 들어 모든 책들을 휘 둘러 가리키며 모이라가 말했다.

"당신은 할 수 있어, 알잖아요."

"모이라, 안 돼!"

프로스페로가 다시 말했다.

"그를 죽이고 말거야."

"말도 안 돼! 팔팔한 젊은인데."

"그는 아흔아홉 살이야. 네가 네 자신의 목적을 위해 새비를 복제했을 당시의 새비 나이보다 하먼은 75살이나 더 늙었다구. 그 땐 새비가 기억을 지니고 있었고,

이제는 네가 그것을 갖고 있지. 하먼은 백지 상태가 아니라고."

모이라가 어깨를 으쓱했다.

"그는 강해요. 정신도 멀쩡하고. 보세요."

"그를 죽이게 될 거라니까. 그가 죽으면 세테보스와 시코락스에 맞설 수 있는 우리 최고의 무기를 잃는 셈이야."

하먼은 지금 매우 화가 나 있으면서 동시에 흥분에 들떠 있었다.

"도대체 무슨 얘기들을 하는 거예요?"

그는 모이라가 다시 그의 손을 만질 것 같아 얼른 손을 빼내며 물었다.

"나보고 이 모든 책들을 검색기로 읽으란 말인가요? 그러려면 몇 달…… 아니, 몇 년이, 어쩌면 수십 년이 걸릴 겁니다."

"검색기가 아니라, 먹는 거예요."

"먹는다고……."

이 여자가 관에 들어가기 전부터 미쳐 있었나, 아니면 세포 하나하나 신경 하나 하나가 수 세기 동안 재생되는 와중에 돌아버렸나?

"네, 먹는 거죠. 탈무드에서 '책을 먹는다'고 했을 때처럼. 읽는 게 아니라 먹는 거요.

"도무지 이해가 안 되네."

"탈무드가 뭔지는 아세요?"

"아뇨."

모이라는 돔의 꼭대기를 가리켰다. 그들 머리 위로 70층 쯤 더 올라간 거리였다.

"내 젊은 친구여, 저 위에 투명한 유리로 만든 아주 조그마한 돔 안에 황금과 진주와 수정으로 만들어진 캐비닛이 있어요. 그 열쇠는 내가 가지고 있지요. 그 안에서 사랑스러운 작은 달이 빛나는 세상이 열릴 거예요."

"당신의 관처럼?"

하먼이 물었다. 그의 심장이 쿵쾅거렸다.

"내 관하고는 전혀 달라요."

모이라가 웃었다.

"그 관은 당신들 팩스 놀이의 한 노드에 불과해요. 내가 깨어나 일을 시작할 때까지 나를 재생시켰죠. 난 지금 타지 역에서 *에펠반 카*가 출발하기 전에 이 모든 책들을 당신이 숙독하게 만들 기계를 이야기 하고 있는 거예요."

그녀가 자기 손바닥을 힐끔 보았다.

"오십팔 분 남았네."

"그러지 마라, 모이라."

프로스페로가 말했다.

"만약 그가 죽어버리거나 헛소리를 지껄이는 얼간이로 변해버린다면 세테보스와의 전쟁에 아무 도움이 되지 않을 거야."

"조용히 해, 프로스페로. 그를 좀 봐. 이미 얼간이야. 새비의 시대 이후 그의 종족들은 모두 뇌수술을 받은 사람들처럼 되어버렸다구. 이 남자도 죽은 거나 마찬가지야. 만약 캐비닛이 작동하고 그가 살아남는다면 그 자신에게나 우리에게도 도움이 될 거야."

그녀는 하먼의 손을 다시 잡았다.

"당신이 이 세상에서 가장 원하는 것은 무엇인가요, 하먼 프로메테우스?"

"집으로 돌아가 내 아내를 만나는 것입니다."

모이라가 한숨을 쉬었다.

"그 크리스털 캐비닛, 나의 불쌍한 故 아만 페르디난드 마크 알론조가 여러 세기 동안 쌓아 온 이 모든 책들의 지식과 뉘앙스가, 당신을 아내에게⋯⋯ 이름이 뭔가요?"

"에이다."

이 한 마디에 하먼은 울고 싶어졌다. 그는 두 번 울고 싶었다 —한 번은 그녀에 대한 그리움으로, 한 번은 그녀를 배신한 것에 대해.

"네, 에이다한테로 프리팩스하게 해줄지는 나도 보장할 수 없어요. 하지만 당신이 이 모험을 받아들이지 않는 한 살아서 집으로 돌아갈 수 없다는 것은 내가 보장하죠."

하먼은 일어서서 난간도 없이 차가운 대리석 바닥 위로 300 피트나 솟아 있는 대리석 단 위로 나섰다. 그는 고개를 들어 거의 700 피트 위에 있는 돔을 올려보았다. 하지만 금속 캣워크가 좁혀들어 마치 보이지 않는 가느다란 거미줄처럼 꺼멓게 사라져가면서 뿌연 안개에 뒤덮여 있는 모습 외엔 아무 것도 보이지 않았다.

"하먼, 노만의 친구여······"

프로스페로가 입을 열었다.

"닥쳐요!"

하먼이 로고스피어의 마법사에게 소리쳤다. 그리고 모이라에게 말했다.

"갑시다."

"자네 지시대로 순간이동해 왔어. 근데 젠장, 여긴 도대체 어디야?"

헤파이스토스가 말한다.

"이타카. 거친 바위섬이지만 소년을 남자로 만드는 좋은 교육장이지."

"내겐 뜨겁고 냄새나는 똥구덩이처럼 보이는데."

불의 신이 먼지 덮인 바위투성이의 길을 절뚝절뚝 걸어가며 말한다. 경사가 심한 그 길을 지나 염소와 소들로 가득한 초지를 거치니 사정없이 내리 쬐는 태양 아래 붉은 타일로 지어진 건물 대 여섯 개가 빛을 내며 서있다. 아킬레스가 말한다.

"여기 와 본 적이 있어. 어렸을 때 처음으로 왔지."

영웅의 등에는 무거운 방패가 묶여져 있고, 그의 검은 늘어진 어깨띠에 달린 칼집에 안전하게 들어있다. 금발의 사내는 바위를 오르면서도, 뜨거운 태양에도 땀을 흘리지 않는데, 뒤에서 절뚝거리며 걷고 있는 헤파이스토스는 헉헉대며 땀범벅이다.

경사지고 좁은 길이 언덕 꼭대기에서 끝나고 눈앞에 커다란 구조물 몇 개가 보인다.

"오디세우스의 궁전이야."

남은 50 야드를 가볍게 뛰며 아킬레스가 말한다.

"궁전이라고."

불의 신이 헐떡거린다. 그는 커다란 문 앞의 평지로 절뚝거리며 들어가, 불구가 된 발 위에 양손을 놓고 아픈 사람처럼 몸을 숙인다.

"수직으로 지어진 망할 돼지우리 같군."

절벽을 내려다보는 정상에 서 있는 본 건물로부터 50야드 정도 떨어진 곳에 작고 버려진 요새의 잔해가 납작한 돌 그루터기처럼 솟아있다. 집 자체는 ─오디세우스의 궁전은─ 새로운 돌과 나무로 지어져 있었으나, 활짝 열려있는 대문은 아주 오래된 두 개의 석판으로 만들어져 있다. 테라코타로 덮인 테라스는 가지런하게 정렬된 비싼 타일로 되어 있고, 한눈에도 최고의 장인과 최고의 돌이 만들어낸 작품임을 알 수 있다. 다른 곳과 마찬가지로 먼지가 쌓여있고 최근에 청소한 적이 없다는 건 확실하지만. 외부의 벽과 기둥들은 모두 밝은 색으로 칠해져 있다. 새와 둥지가 잔뜩 그려진 *가짜* 덩굴들이 입구의 양쪽의 흰 기둥에 나선형으로 칠해져 있었으나, 진짜 덩굴들이 또한 그곳에서 자라서, 그 얽힌 가지들에 진짜 새들이 날아들어 만든 새 둥지 하나가 또렷이 보인다. 아킬레스는 살짝 열려 있는 대문 안으로 그늘진 방의 벽에 그려진 다채로운 색의 프레스코 벽화들이 어슴푸레 빛나는 것을 본다.

아킬레스가 앞으로 나서자 헤파이스토스가 그의 팔을 잡아 세운다.

"여기에 무언가 힘의 장이 있어, 펠레우스의 아들."

"아무것도 안 보이는데."

"안에 들어가기 전까지는 보이지 않을 거야. 다른 인간들이라면 금방 죽음을 맞게 될 걸. 네가 아무리 발 빠른 학살자에다 닉스가 특이한 확률 지수라 부른 걸 갖고 있다 하더라도, 힘의 장이 널 꼼짝 못하게 할 거야. 내 측정기를 봐, 최소한 20만 볼트의 전류가 그 안에 흐르잖아. 심각한 상해를 입을 수 있는 양이거든. 물러서."

수염 난 난쟁이 신이 상자와 여러 개의 끈과 그의 무거운 조끼에 달린 띠에 매달려있는 나선형 모양의 금속 물체들을 만지작거리며, 작은 다이얼을 확인하고,

톱니 모양의 짧은 기구를 사용하여 죽은 금속 흰 족제비처럼 보이는 무엇인가를 보이지 않은 장의 경계에 붙이고, 네 개의 장방형의 장치들을 여러 가지 색의 전선으로 연결한 후 놋쇠 단추를 누른다. 이윽고 불의 신이 말한다.

"됐어. 장벽이 사라졌다."

"이래서 내가 제사장들을 좋아하지. 아무것도 안 해놓고 자랑만 해댄다니까."

"네가 그 힘의 장 안으로 걸어 들어갔더라면 젠장맞을 아무 것도 아니었다고는 우라지게 생각하지 않을 걸."

신이 으르렁거리며 말한다.

"그건 내 기계를 바탕으로 만든 헤라의 작품이었다구."

"그럼 감사해야겠네."

그렇게 말하고 아킬레스는 둥근 길을 통과해서 열려진 돌판 문 사이로, 그 안의 공간으로, 오디세우스의 집으로, 성큼 성큼 걸어 들어간다. 갑자기 으르렁거리는 소음이 들리고 그림자로부터 어두운 동물이 이빨을 드러내더니 앞을 가로막는다.

아킬레스가 순식간에 검을 빼 들었지만, 그 개는 이미 먼지 쌓인 타일 위에 쓰러져 있다.

"아르구스야."

엎드려서 헐떡거리는 동물의 머리를 쓰다듬으며 아킬레스가 말한다.

"오디세우스는 이 하운드를 10년 전 강아지 때부터 훈련시켰지만, 수퇘지나 야생 곰 사냥에 아르구스를 데려가기도 전에 트로이로 떠나야 한다고 그랬지. 아버지가 없을 땐 우리 솜씨 좋은 친구의 아들인 텔레마쿠스가 주인 노릇을 하게 되어 있었어."

"몇 주 동안 개 주인이 없었군. 이 똥개는 굶어 죽을 지경인걸."

사실이었다. 아르구스는 너무 약해져서 서거나 머리를 들 수도 없는 상태다. 그의 커다란, 애원하는 듯한, 눈만이 쓰다듬는 아킬레스의 손을 쫓고 있었다. 윤기 없는 가죽위로 갈비뼈가 돌출되어 오래된 캔버스 위에 그리다만 배의 용골처럼 보인다.

"이 개는 헤라의 힘의 장을 빠져나갈 수 없어. 그리고 안엔 먹을 게 전혀 없었을 거고. 비나 하수구를 통해 물은 먹었을 테지만 음식은 없지."

그는 방패와 함께 지내고 다니던 작은 가방에서 몇 개의 과자를 ―장인의 집에서 훔쳐온 과자를― 꺼내 개에게 먹인다. 동물은 간신히 머리를 들어 과자를 씹는다. 아킬레스는 개의 머리 옆에 과자를 세 개 더 놓고 일어선다.

"먹을 시체조차도 없군."

헤파이스토스가 말한다.

"일리움 주위를 빼고는 너희 지구 인간들은 다 어디로 간 거야. 망할 연기처럼 사라졌군."

아킬레스는 절뚝이는 신에게 속삭인다.

"우리 인간들이 어디로 *갔냐고*? 너와 다른 불멸의 존재들이 무슨 짓을 한 거야?"

장인은 양 손바닥을 높이 올린다.

"우리가 한 짓이 아니야, 펠레우스의 아들. 위대한 제우스가 한 일도 아니고. 어떤 다른 힘이 이 지구를 비운 거지, 우리가 아니야. 우리 올림피아의 신들에겐 숭배자가 필요하잖아. 우리에게 굽실거리고 우리를 우상화하고 제단을 짓는 인간들이 없이는 우린 거울 없는 세상에 사는 나르시시스트와 마찬가지야 ―난 나르시소스를 잘 알거든. 이건 우리가 한 짓이 아니야."

"날더러 또 다른 신들이 있다는 걸 믿으라는 건가?"

아킬레스가 여전히 반쯤 검을 든 채로 묻는다.

"큰 벼룩에겐 작은 벼룩들이 있고, 작은 벼룩은 더 작은 벼룩들에게 물리고, 더 작은 벼룩들에게는 그 보다 더 작은 벼룩들이 있지. 엉터리 같지만 이렇게 무한대로 가는 거야."

"조용히 해."

아킬레스가 말한다. 그는 이제 열심히 과자를 씹고 있는 개의 머리를 마지막으로 한 번 더 쓰다듬고는 헤파이스토스에게로 등을 돌린다.

그들은 복도를 지나 중앙 홀로 ―전에는 오디세우스와 아내 페넬로페가 아킬레스를 영접했던 옥좌가 있던 방으로— 들어간다. 오디세우스의 아들 텔레마쿠스는 당시 아직 숫기 어린 6살의 소년이었고, 모여든 미르미돈들에게 겨우 고개 숙여 인사를 하고는 서둘러 유모의 손에 이끌려 사라졌다. 그 옥좌가 있던 방은 지금 비어있다. 헤파이스토스는 그의 도구 상자를 관찰하고 있다.

"이쪽이야."

그가 말하곤 아킬레스를 왕좌의 방에서 데리고 나와 밝은 프레스코 벽화가 그려진 복도를 지나 길고 더 어두운 방으로 이끈다. 그 곳은 연회실로, 30피트 길이의 낮은 탁자가 차지하고 있다.

탁자 위엔 제우스가 사지를 쭉 펴고 반듯이 누워 있고, 그의 팔과 다리는 양 쪽으로 퍼져 있다. 그는 벌거벗은 채로 코를 골고 있다. 연회장은 엉망이다. 컵, 그릇, 식기도구들이 사방에 어지럽게 널려있고, 벽에서 떨어진 커다란 화살 통에서 쏟아진 화살들이 마루에 사방팔방 흩어져 있고, 다른 벽에서 떨어져 나간 장식 천이 코를 골고 있는 신들의 아버지 아래에 뭉쳐져 있다.

"그래, 참으로 완전수면이로구먼."

헤파이스토스가 툴툴거린다.

"그런 것 같군. 이 코고는 소리에 서까래가 무너지지 않은 것이 놀라운데."

학살자는 마루에 흩어진 화살의 날 선 머리를 조심스럽게 피하며 걷는다. 그리스 용사들은 대개 인정하지 않지만, 대부분의 화살촉과 머리에는 치명적인 독성분이 사용된다. 펠레우스의 아들 아킬레스가 신탁과 그의 어머니 테티스에게서 들은 자신의 죽음에 관해 아는 단 한 가지 사실은 독 묻은 화살이 그의 유일한 약점을 뚫을 것이고 그것이 그의 죽음의 이유가 된다는 것이다. 그러나 불멸의 어머니도 운명의 여신들도 정확히 언제 어디서 그가 죽을 지, 혹은 누가 그 치명적인 화살을 쏠 것인지, 말하지 않았다. 만일 그가 바닥에 떨어진 오디세우스의 오래된 화살에 발이 걸려, 제우스를 깨워 펜테실레이아를 구해 달라고 요청하기도 전에 고통 속에 죽는다면 기묘한 아이러니가 될 거라고 아킬레스는 생각한다.

"아니, 내가 완전수면이라고 한 건, 헤라가 그를 뻗게 하려고 사용한 빌어먹을 약이야. 원래 닉스가 만든 것이지만, 내가 분무 형태로 다시 개발한 미약이었지."

"그를 깨울 수 있나?"

"오, 아마 그럴 수 있을 거야. 그래. 그래. 그럴 수 있을 거야."

헤파이스토스는 가죽조끼에 묶인 작은 가방과 상자들을 꺼내 자세히 들여다본다. 그는 상자 속의 다른 것들을 치우고, 유리병과 작은 장치들을 꺼내, 제우스의 거대한 허벅지 옆 식탁보가 구겨진 탁자 위에서 무언가를 만들기 시작한다. 수염 달린 신이 무언가를 조립한다고 끙끙대는 사이에, 아킬레스는 처음으로 모든 신과 인간의 아버지, 폭풍우를 일으키고 구름을 관장하는 신 제우스를 가까이 본다.

15피트의 키에, 등을 바닥에 대고, 천과 탁자 위에 다리를 벌리고 누워 있어도 제우스는 완벽한 근육질 형상이었으며, 수염조차 기름을 바른 듯 완벽하게 구부러져 있었다. 하지만 그 덩치나 신체적인 완벽함 같은 사소한 것들을 제외하면, 지금 그는 최고의 섹스를 즐기고 잠에 빠진 커다란 남자에 불과 하다. 아킬레스의 칼만큼 긴 그의 신성한 성기는 아직도 부풀어 올라, 핑크색을 띠고, 주군 신의 기름진 신성한 허벅지 위에 얌전히 놓여있다. 폭풍을 일으키는 바로 그 신이 코를 골며 돼지처럼 침을 흘린다.

"이게 그를 깨어나게 할 거야."

헤파이스토스가 말한다. 그는 1피트나 되는 주사 바늘이 달린 주사기를 ―아킬레스가 한 번도 본적이 없는― 들어 올린다.

"맙소사!"

아킬레스가 소리친다.

"그걸로 제우스신을 찌르겠다고?"

"그의 거짓말쟁이 호색한 심장을 푹 찌를 거야."

헤파이스토스가 심술 맞은 웃음과 함께 말한다.

"이건 1000cc 의 순수하고 신성한 아드레날린을 내가 직접 제조한 온갖 암페타민과 섞은 거지. 완전수면을 깨우는 유일한 약이야."

"그가 깨어나면 어떻게 나올까?"

아킬레스가 그의 앞에 있는 방패를 거두며 말한다. 헤파이스토스가 어깨를 으쓱한다.

"그걸 알게 뭐야, 난 여기 얼씬도 않을 거야. 이 칵테일을 주사하자마자 난 순간이동 해버릴 거야. 제우스가 가슴에 바늘을 꽂고 깨어나서 어떤 반응을 보일지는 너의 문제야, 펠레우스의 아들."

아킬레스는 난쟁이 신의 수염을 잡아 가까이 끌어당긴다.

"오, 아니지, 그건 *너와 나의* 문제야, 내가 장담하지, 불구의 장인."

"내게 뭘 원하는 거야, 이 인간아? 기다리고 있다가 손이라도 잡아줄까? 그를 깨우자는 건 네놈의 망할 생각이잖아."

"그를 깨우는 건 너의 관심사이기도 해, 짝다리 신."

아킬레스가 신의 수염을 움켜 쥔 채 말한다.

"어째서?"

헤파이스토스가 남은 멀쩡한 눈 하나로 째려본다. 그의 너저분한 기형적 귀에다 아킬레스가 가까이 몸을 기대며 속삭인다.

"이 일을 도와주면, 일주일 내로 제우스가 아니라 네가 신들의 전당의 황금 옥좌에 앉을 수도 있어."

"그게 말이나 돼?"

헤파이스토스 역시 속삭이며 묻는다. 여전히 째려보고 있지만, 갑자기 그의 째려보는 눈에 열의가 보인다. 여전히 목소리를 낮추고, 장인의 수염을 주먹에 쥔 채, 아킬레스는 그의 계획을 말한다.

제우스가 고함소리와 함께 깨어난다.

헤파이스토스는, 아니나 다를까, 신들의 아버지의 심장에 아드레날린을 주사한 순간, 긴 바늘을 빼내고 주사기를 내던져버리고는 바로 줄행랑이다. 제우스가 일어나 앉은 지 3초 후, 엄청난 고함소리에 아킬레스가 양손으로 귀를 감싸는 사이,

신들의 아버지는 두 다리로 벌떡 일어나 길고 무거운 30 피트의 나무 탁자를 뒤집어엎고, 오디세우스 집의 남쪽 벽을 몽땅 날려버린다.

"헤라!!!!"

제우스가 천둥 같은 소리를 지른다.

"이 망할 것!"

아킬레스는 위축되지 않으려고 애를 써보지만, 제우스가 마지막 벽을 뜯어내 그 서까래를 천정에 달린 전차 바퀴 모양의 샹들리에로 집어 던져 산산 조각을 내고, 거대한 주먹으로 탁자를 한 방에 박살내고 거칠게 앞뒤로 왔다 갔다 하는 것을 보고는 몇 걸음 뒤로 물러선다. 마침내 모든 신들의 아버지는 문과 복도가 연결되는 지점에 서 있는 아킬레스를 알아보는 모양이다.

"너!"

"네, 접니다."

펠레우스의 아들 아킬레스가 대답한다. 그의 검은 허리에 꽂혀 있고, 그의 방패는 팔뚝이 아닌 어깨 위에 얌전히 묶여 있다. 그의 손에는 아무 것도 들려 있지 않다. 아프로디테를 죽이라고 아테나가 준 살신용 긴 칼은 그의 넓은 허리띠 안에 있어 보이지 않는다.

"올림포스에서 무얼 하고 있나?"

제우스가 으르렁거린다. 그는 여전히 벌거벗은 채다. 그는 거대한 왼손을 들어 자신의 이마를 짚는다. 아킬레스는 신들의 아버지의 핏발 선 눈을 통해 그가 두통을 느끼고 있음을 본다. 완전수면이 남긴 숙취가 분명하다.

"신이시여, 여기는 올림포스가 아닙니다."

아킬레스가 부드럽게 말한다.

"여기는 이타카의 섬, 금빛 장벽 구름아래 있는, 라에르테스의 아들 오디세우스의 연회장입니다."

제우스가 눈을 가늘게 뜨고 주위를 둘러본다. 그리고는 더욱 깊게 얼굴을 찡그린다. 마침내 그는 아킬레스를 한 번 더 내려다 본다.

"내가 얼마 동안 잠들어 있었나, 인간?"

"2주입니다. 아버지시여."

"너, 아르고스인, 발 빠른 학살자. 흰 팔의 헤라가 날 곯아떨어지게 만든 마술의 미약으로부터 *네가* 날 깨울 수는 없었을 텐데? 누가, 왜, 나를 깨웠지?"

"오, 천둥을 다스리는 제우스여."

아킬레스는, 그가 익히 아는 약한 종자들처럼, 거의 굴종적일 만큼 머리와 눈을 낮추고 말한다.

"원하시는 모든 것을 말씀드리겠습니다. 올림포스의 신들이 대부분 당신을 버렸지만, 진실로 당신의 충성스런 신하로 남아 있는 신이 있습니다. 하지만 먼저 한 가지 선물을 받아야겠습니다."

"선물?"

제우스가 고함을 지른다.

"네놈이 허락도 없이 입을 연다면 절대 잊지 못할 선물을 주지. 거기 조용히 서 있어."

거대한 형상이 손짓을 하자 남은 세 벽 중의 하나의 ─독화살 통과 거대한 활이 걸려 있던 벽의─ 표면이 신들의 위대한 전당에 있는 홀로그램 풀처럼 안개가 끼 듯 삼차원의 영상으로 바뀐다. 하늘에서부터 바로 이 집을 ─오디세우스의 궁전 을─ 내려다보는 영상이었다. 아르구스가 밖에 있는 것이 보인다. 굶주린 하운드 는 신의 비스킷을 먹고는 그늘로 기어들어가 있을 만큼 기력을 회복했다. 제우스 가 중얼거린다.

"헤라가 나를 감싼 금빛 구름 밑에다 힘의 장을 남겨 놓았을 거야. 그걸 치울 수 있는 자는 헤파이스토스뿐이지. 그놈은 나중에 손을 보도록 하고."

제우스가 다시 손을 움직인다. 영상들이 올림포스 정상으로 바뀌고, 빈집들과, 전당들과, 버려진 전차들이 보인다.

"다들 좋아하는 장난감 갖고 놀려고 내려갔군."

제우스가 중얼댄다.

아킬레스는 일리움의 벽 앞에서 일어나는 대낮의 전투를 본다. 헥토르의 군대가 아르고스인들과 그들의 포위 공격 기계들을 덤불 등선 뒤로 밀어내고 있는 것 같다. 공중은 쏟아지는 화살과 수십 대 이상의 날아다니는 전차로 가득하다. 번개와 밝고 붉은 광선이 인간들의 전쟁터 위로 번뜩거리고 있다. 그들의 투사들이 아래서 죽기 살기로 싸우는 동안 신들도 서로 치고받는 가운데, 폭발의 물결이 전쟁터를 가르며 하늘을 채운다.

제우스가 고개를 흔든다.

"그들이 보이는가, 아킬레스? 코카인 중독자들처럼, 혹은 도박에 찌든 것처럼 중독 되어있어. 내가 마지막 타이탄들을 —원조 변형체들을— 정복하고, 크로노스, 레아, 그리고 다른 최초의 괴물들을 가스로 가득한 타르타루스의 구멍에 집어 던진 이후 500년 이상을, 우리는 신성한 올림피아의 힘을 진보시키고 신성한 역할에 충실했어···· *그게 다 뭘 위한 거였지???*"

아킬레스는 말을 하도록 허락받은 것이 아니었으므로 여전히 입을 다물고 있다.

"*놀이로 망할 자식들!!!*"

제우스가 고함을 지르고 아킬레스는 다시 귀를 덮어야만 한다.

"헤로인 중독자들, 비디오 게임에 빠진 잃어버린 세대의 십대들만큼이나 쓸모 없는 것들. 내가 금지했음에도 불구하고 묵인과 공모와 비밀스런 싸움을 수십 년이나 계속하고, 시간을 늦춰 애완용 영웅들을 나노 기술의 힘으로 무장시킬 시간까지 벌어가면서, 결국 이 빌어먹을 싸움을 끝까지 밀어붙여 자기편이 이기는 걸 보고 말겠다는 거지. *마치 그렇게 하면 빌어먹을 뭐가 달라지기라도 하는 것처럼 말이지!!*"

아킬레스는 소인배라면 —그가 보기엔 인간은 모조리 소인배지만— 지금쯤 신선한 고함 소리가 주는 고통에 무릎을 꿇고 비명을 지를 것이라는 것을 알고 있다. 하지만 울트라 소닉 붐과 고함 소리에 그의 내면 역시 약해지고 있다.

"모두 중독자들이야."

고함이 좀 수그러진 제우스가 말한다.

"5년 전에 모두 일리움 중독 방지회에⁺ 가입하게 만들어서, 이런 응보應報를 피했어야 하는 건데 말이지. 헤라와 그 동맹군들이 도를 넘어버렸어."

아킬레스는 벽을 통해 대학살을 본다. 그것은 너무 생생한 3차원 이미지여서, 마치 벽 자체가 빼곡한 일리움의 학살 현장으로 바로 열려 있는 듯하다. 아가멤논의 서툰 지도력 아래 아카이아 인들은 눈에 뛰게 뒤로 물러선다. 은화살의 아폴로는 확실히 전쟁터에서 가장 치명적인 신이고, 아레스, 아테나, 헤라의 공중 전차를 바다 쪽으로 몰아세우고 있다. 하지만 땅도 공중도 아직 패배는 아니다. 전투 장면이 아킬레스의 피를 끓게 한다. 그는 전투 속으로 뛰어 들어가, 미르미돈들을 이끌어 단숨에 반격을 가하고, 전차와 말들로 전쟁을 끝낸 후 프리아모스의 궁전을 유린하고 기꺼이 헥토르의 시신을 끌고 다니며 핏자국을 남기고 싶은 충동에 사로잡힌다. 제우스가 고함을 지른다.

"그래서? 말하라!"

"뭘 말입니까? 모든 신과 인간의 아버지여?"

"네가 내게, 그 뭐냐⋯⋯, 부탁한다는 선물 말이다, 테티스의 아들?"

제우스가 벽을 통해 일어나는 사건들을 보며 웃을 걸친다. 아킬레스가 가까이 다가선다.

"당신을 찾고 깨운 대가로, 제우스신이여, 치료 상자에 들어 있는 펜테실레이아의 목숨을 돌려주기를 원합니다, 그리고⋯⋯."

"펜테실레이아?"

제우스가 고함친다.

"북부 지역의 그 아마존 매춘부? 그 형편없는 아마존의 왕좌를 얻으려고 자기 언니 히폴리테를 살해한 그 금발 년? 걔가 어떻게 죽었는가? 그 여자와 아킬레스, 혹은 아킬레스와 그 여자, 무슨 상관이 있는가?"

+ Ilium Anonymous; 미국의 알코올 중독 방지회 Alcoholics Anonymous에다 빗댄 말 – 역자 주

아킬레스는 이를 악물고 살의에 불타는 눈을 내리깐다.

"그녀를 사랑합니다. 아버지 제우스여, 그리고⋯."

제우스가 천둥 같은 소리를 내며 웃는다.

"*사랑한다고*? 테티스의 아들, 난 네가 아기였을 때부터 널 봐왔지, 건방진 청년이었던 네가 인내심 많은 켄타우로스 케이론에게 가르침을 받는 걸 봤고, 한 번도 여자를 사랑하는 걸 본 적이 없다. 네 아들을 낳은 여자조차 네가 전쟁터에 나가고 싶을 때마다 ―아님, 계집질이나 강간의 충동을 느낄 때마다― 헌 가방처럼 버리곤 했지. 네가 *펜테실레이아*를 사랑한다, 그 창을 든 무뇌아에 금발의 바보를? 우리 다른 이야기나 할까?"

"나는 펜테실레이아를 *사랑하고* 그녀가 건강하게 살아나기를 바랍니다."

아킬레스가 이를 악문다. 지금 이 순간 그가 생각 할 수 있는 것은 그의 허리띠 안에 든 신을 죽일 수 있는 검뿐이다. 하지만 아테나는 그에게 거짓말을 한 적이 있다. 만일 그 칼의 능력에 대한 것이 거짓이라면, 지금 제우스에게 대항하는 것은 바보짓이리라. 아킬레스는 알고 있다. 여기까지 와서 신에게 간청을 하다니, 참, 어쨌거나 바보로군. 그러나 그는 여전히 눈을 아래로 깔고 주먹을 꽉 쥔 채로 참고 있다.

"아프로디테가 아마존의 여왕에게 나와 싸울 때를 대비해 향수를 주었습니다⋯."

그가 시작한다. 제우스는 다시 천둥 같은 웃음소리를 낸다.

"설마 9번을 준 건 아닐 테지! 저런, 정말 등신이 됐군, 친구. 펜테실레이아는 어떻게 죽었지? 아니, 잠깐, 내가 직접 보도록 하지⋯."

아버지 신이 오른 손을 움직이자, 벽의 영상이 흐려지며, 시간과 공간을 거슬러 뛴다. 아킬레스는 운명이 다한 아마존들이 올림포스 분지의 붉은 평원에서 그와 그의 부하들에게 대항하는 것을 본다. 클로니아, 브레무사, 그리고 다른 아마존들이 남자들의 화살과 검에 쓰러진다. 아버지가 주신 백발백중의 창이 여왕 펜테실레이아가 탄 말의 상체를 완전히 뚫고 지나가, 그녀를 쓰러진 종마 위에 해부

접시 위에서 꿈틀대는 곤충처럼 박아놓는 것을 다시 한 번 본다. 제우스가 고함을
친다.

"오, 잘했군, 잘했어. 그리고는 지금 와서 내 치료 상자 안에 있는 그녀의 생명
을 돌려달라고?"

"그렇습니다, 신이여,"

"치료의 전당에 대해서는 어떻게 알게 되었는지 모르겠지만,"

제우스가 다시 앞뒤로 걸어 다니며 말한다.

"치료자에게 아무리 희귀한 재주가 있다 해도 죽은 자를 살릴 수는 없어."

"신이여,"

아킬레스가 낮지만 다급한 목소리로 말한다.

"아테나가 내 사랑하는 이의 육체에 절대 썩지 않는, 절대 죽음의 그림자가 드
리워질 수 없는 주문을 걸었습니다. 어쩌면……"

"조용하라!!"

제우스가 고함을 치자, 아킬레스는 그 뇌성의 힘에 홀로그램 벽으로 밀려난다.

"최초 판테온의 신들조차 제우스에게 무엇이 가능하고 무엇을 해야 하는지 말
하지 않는데, 감히 인간에 불과한 것이, 근육밖에 없는 창잡이!"

"아닙니다. 신이여,"

아킬레스가 거대한 수염 달린 형상을 올려다보며 말한다.

"단지 제가 바라는 것은……"

"조용하라!"

제우스가 다시 말한다. 그러나 귀를 막아야 할 만큼 큰 소리는 아니다.

"나는 지금 떠난다. 헤라를 멸망시키고, 그녀의 공모자들을 타르타루스의 바닥
없는 구멍으로 던져버리고, 아르고스 침략군들을 깨끗이 쓸어버릴 거야. 너희 그
리스인들, 너희의 오만과 아첨이, 아주 거슬려."

제우스가 문을 향해 걷기 시작한다.

"너는 여기 일리움 지구에 있거라. 여러 달이 걸리겠지만, 혼자서 집으로 가는

길을 찾을 수 있을 거야. 일리움으로 돌아가는 건 권하지 않겠어. 네가 도착할 때쯤이면 살아있는 아카이언은 하나도 없을 테니까."

"안 돼!"

제우스가 돌아선다. 수염 사이로 웃고 있는 그의 얼굴이 보인다.

"뭐라고 했지?"

"안 된다고 했다. 당신은 내 소원을 *들어줘야만* 해."

아킬레스는 앞으로 전진하려는 듯 방패를 내려 팔뚝에 건다. 그리고 검을 꺼낸다. 제우스는 고개를 젖히며 웃는다.

"흥, 소원을 안 들어주면, 어쩌겠다는 거지, 망할 테티스의 아들?"

"제우스의 간을 오디세우스의 정원에 있는 굶주린 개에게 먹일 것이다."

아킬레스가 단호하게 말한다. 제우스가 웃으며 머리를 흔든다.

"네가 오늘까지 살아있는 이유를 아느냐, 버러지야?"

"난 아킬레스, 펠레우스의 아들이기 때문이지."

앞으로 나서며 아킬레스가 말한다. 아버지의 창을 지금 갖고 있다면 좋을 텐데‥‥

"지구에서 가장 위대한 전사, 고귀한 영웅이지. 결코 적들에게 당하지 않는. 살해된 페트로클로스의 친구이며, 어떤 인간에게도 노예나 하인이 아닌‥‥ 아니 어떤 신에게도."

제우스는 다시 그의 머리를 흔든다.

"넌 펠레우스의 아들이 아니야."

아킬레스가 앞으로 나서는 것을 멈춘다.

"무슨 소리를 하는 거야. 파리 대왕? 말똥 대왕? 나는 아에아쿠스의 아들인 펠레우스, 불멸의 바다 여신 테티스와 잠자리를 한 인간의 아들이야, 난 미르미돈들의 왕가의 오랜 계보를 잇는 후손이라구."

"아니다."

이번에는 거대한 신 제우스가 아킬레스에게로 다가서며 말한다.

"테티스의 아들인 건 사실이야. 하지만 내 씨를 받은 서자야, 펠레우스의 씨를 받은 게 아니라고."

"너!"

아킬레스는 웃으려고 애쓰지만 캑캑거릴 뿐이다.

"여신인 나의 어머니가 말한 진실은……"

"여신인 네 어미는 그 해초 덮인 이빨 사이로 거짓말을 하지. 거의 30여 년 전에, 난 테티스를 원했어. 그때는 완전한 여신이 아니었지만, 대부분의 인간들보다 더 아름다웠거든. 그러나 운명의 신들이 —DNA 메모리 주판으로 숫자만 세는 것들이— 그랬어, 테티스가 내 아이를 가지면 날 파멸시키는 원인이 되고, 내 죽음의 이유가 되고, 올림포스의 통치 자체를 무너뜨릴 수 있다고 말이야."

아킬레스는 증오와 불신에 가득한 채 헬멧 사이로 응시한다.

"그래도 난 테티스를 원했어. 그래서 그녀를 가졌지. 하지만 우선 나는 펠레우스의 모습으로 변했어. 그때 테티스가 약간 열중하고 있던 소년과 남자의 중간쯤 되는 평범한 인간이었지. 널 잉태하게 한 정자는 제우스의 신성한 씨야, 아킬레스, *테티스의 아들.* 그 걸 모르면 안 되지. 아니면 왜 네 어미가 너를 펠레우스로부터 멀리 데려가 늙은 켄타우로스에게 맡겼겠나?"

"거짓말이야!"

아킬레스가 으르렁댄다. 제우스는 거의 슬픈 표정으로 고개를 젓는다.

"넌 일초 내에 죽을 거야, 젊은 아킬레스. 하지만 내가 진실을 말했다는 것을 알고 죽을 테지."

"넌 날 죽일 수 없어, 이 게딱지 신."

제우스가 수염을 문지른다.

"그래, 죽일 수 없지. 직접적으로는. 테티스도 그건 예상했지. 자기를 쓰러뜨린 연인이 그 불알도 없는 벌레 같은 펠레우스가 아니라 바로 나였음을 알게 되었을 때, 그녀는 나의 아버지 크로노스가 자식들이 자라서 반란을 일으키고 보복을 일삼기 전에 다 먹어버린 것처럼, 내가 너를 죽여 버릴 거라는 운명의 예언을 알고 있었다. 난 그랬을 거야, 젊은 아킬레스, 네가 아기였을 때 널 먹어버렸을 거다. 만일 테티스가 널 순수한 양자로 된 천상의 불 속, 확률의 불꽃에 담그지 않았더라면 말이지. 넌 우주에 단 하나 밖에 없는 양자 괴물이야, 테티스와 제우스의 호로 자식. 너의 죽음은 —그 자세한 내용이야 나도 몰라, 운명이 알려주지 않거든— 완벽히 기정사실이니까.”

“그럼 나와 싸우자, 이 개똥 신아.”

아킬레스가 외치며 검과 방패를 준비하고 전진하기 시작한다.

“널 죽일 수는 없어, 성급하고 못된 놈.”

제우스가 혼자 말을 하듯이 중얼거린다.

“하지만 내가 네 뼈와 갈빗대에서 살점을 떼어내 기본 세포와 분자로 산산이 분해 시켜버린다면 어쩔래? 양자의 우주가 널 다시 조합시키는 데 꽤 시간이 걸릴 걸. 아마도 몇 세기쯤 ? 게다가 고통이 없는 과정이 될 것 같진 않군.”

걷다가 얼어붙은 채로, 아킬레스는 자신이 아직 말을 할 수 있다는 것을 알고 있으나 입을 열지 않는다.

“아니면 널 어딘가로 보내버릴 수도 있어.”

제우스가 천장을 가리키며 말한다.

“숨 쉴 공기도 없는 곳으로. 신성한 불의 특이한 확률이 풀기에 재미있는 수수께끼가 되겠군.”

“바다 밖에 숨 쉴 공기가 없는 곳은 없어.”

아킬레스는 으르렁거리다가 다음 순간, 바로 전날 올림포스의 높은 절벽에서 숨이 가빠지고 약해졌던 자신을 기억한다.

“우주에서라면 그 단정이 통하지 않지.”

제우스가 무섭게 미소 지으며 말한다.

“천왕성의 궤도 밖 어디쯤, 아마도, 쿠이퍼의 소행성대일 수 도 있지. 아니면 타르타루스도 쓸 만하겠군. 그 곳의 공기는 대부분 메탄과 암모니아야. 네 폐를 불타는 가지처럼 만들어버리겠지. 하지만 만약 네가 그 엄청난 고통 속에서 몇 시간 동안 살아남는다면, 네 조부모들과 대화를 나눌 수도 있을 거야. 그들은 인간을 잡아먹는다. 알고 있어?"

"엿 먹어라."

아킬레스가 소리친다.

"그럼 원하는 대로 해주지. 즐거운 여행이 되기를, 내 아들. 짧고 고통스럽지만 좋은 여행이 되기를."

신들의 왕이 오른손으로 짧고 간단한 호를 그리자, 아킬레스의 발밑에 깔려있는 타일이 녹아내리기 시작한다. 오디세우스의 연회장 바닥에 동그라미가 생기며, 발 빠른 학살자는 불꽃으로 빛나는 대기 위에 서있는 듯하다. 그 아래로, 몰려드는 유황 가득한 구름과, 썩은 이빨로부터 솟은 검은 산들과, 납 용액이 가득한 호수와, 쉬익 소리를 내며 흐르는 용암의 기포와, 인간이 아닌 무언가의 어두운 움직임으로 가득한 무시무시한 구멍으로부터, 끊임없는 괴성과 한 때 타이탄으로 불리었던 괴물들의 고함이 들린다.

제우스가 다시 가볍게 손을 움직이자 아킬레스는 구멍으로 떨어진다. 그는 사라지는 동안 비명을 지르지 않는다.

아래의 불꽃들과 소용돌이치는 구름을 일 분쯤 내려다 본 후, 제우스는 그의 손바닥을 왼쪽에서 오른쪽으로 움직인다. 원이 닫히고, 바닥은 다시 오디세우스의 수공 타일로 만들어진 단단한 바닥으로 돌아온다. 정원 어딘가에서 들리는 굶주린 개 아르구스의 불쌍한 울음소리 말고는 집안에도 다시 침묵이 돌아온다.

제우스는 한숨을 쉬더니, 아무것도 모르는 신들과의 담판을 위해 순간이동으로 사라진다.

프로스페로가 뒤에 남아 있는 동안 모이라는 난간 없는 대리석 발코니로 하먼을 데리고 양쪽이 트인 계단 위로 올라가고, 돌고, 또 올라가기를 반복하며 타지의 동그란 바닥이 수마일 아래로 보일 때까지 올라갔다. 하먼의 심장은 거세게 뛰었다.

끝없이 안으로 휘감아 도는 돔의 책장 벽 사이사이 자그마하고 둥근 창문들이 있었다. 바깥이나 아래에선 보이지 않았지만, 지금은 그 창문을 통해 들어오는 햇빛이 하먼에게 잠깐 숨 돌릴 여유와 용기를 주었다. 일행은 잠시 동안 빛 속에 서 있었고, 하먼은 늦은 오전의 햇빛을 받아 얼음처럼 반짝이는 먼 산봉우리들을 바라보았다. 북쪽과 동쪽 골짜기엔 구름이 가득 차서 물결무늬의 협곡을 이루고 있는 빙하를 가리고 있었다. 하먼은 봉우리와 빙하를 넘어 뭉친 구름이 먼지처럼 변하고 구부러진 듯한 지평선이 보이는 곳까지 거리가 얼마나 될지 궁금해졌다. 백 마일? 이백 마일? 아니면 더?

"괜찮아요."

모이라가 부드럽게 말했다. 하먼이 고개를 돌렸다.

"날 깨우기 위해 당신이 했던 일, 괜찮아요. 그리고 미안해요. 당신은 정말 별 도리가 없었어요. 당신을 윽박지른 그 메커니즘은 이미 당신의 아버지의 아버지의

아버지의 아버지가 태어날 때부터 마련되어 있었거든요."

"그런데 내가 그 페르디난드 마크 알론조 칸 호 텝으로부터 물려받았다는 게 도대체 뭡니까?"

하먼이 말했다. 목소리에 묻어나는 회한은 숨길 수 없었다, 아니, 숨기고 싶지도 않았다. 놀랍게도, 모이라는 웃음을 터뜨렸다. 그것은 빠르고 즉흥적인 새비의 웃음이었지만, 그 늙은 여인이 즐거워할 때 느꼈던 씁쓸함은 빠져 있었다.

"전부 다, 100퍼센트요."

하먼은 그저 침묵으로 자신의 혼란을 표현할 수 있을 따름이었다.

"페르디난드 마크 알론조는 다음 세대의 고전-스타일 인간들이⋯⋯ 준비되고 옮겨지고 있을 때, 모든 남성 후손들에게 자기 염색체 일부가 전달되게 만전을 기했지요."

"그러니 우리가 허약하고 멍청하고 서투른 것도 당연하군. 우린 모두 근친상간에다 사촌간이네요."

그는 약 3주 전쯤에 —비록 지금은 몇 년 전처럼 느껴지지만— 기본적인 유전학에 대한 책을 검색으로 읽었었다. 그가 손으로 손목으로 팔로 흘러들어오는 황금 단어들을 지켜보고 있는 동안 에이다는 곁에 잠들어 있었다. 모이라가 다시 웃었다.

"크리스털 캐비닛까지 다시 올라갈 준비가 됐나요?"

타지 모이라의 꼭대기에 있는 둥근 크리스털 꼭대기 탑은 아래에서 봤을 때보다 훨씬 컸다. 하먼이 보기에 직경이 60~70피트는 되었다. 여긴 대리석 보도도 없었고, 철제 계단 에스컬레이터도 검은 캣워크도 돔의 중앙에서 모두 끝났다. 타지의 뾰족한 큐폴라를 에워싼 투명 창문으로 햇빛이 쏟아져 들어와 모든 것을 밝게 비추었다.

하먼은 그렇게 높이 올라가 본 적이 없었다. 다리에 매달린 도로에서 700피트나 떨어진 마추픽추 골든 게이트의 탑도 이렇게 높지는 않았다. 게다가 추락에 대한 공포에 그토록 압도당해 본 적도 없었다. 이 플랫폼은 어찌나 높은지, 아래를 내려다보고 손을 뻗자 손바닥 하나로 타지의 대리석 바닥 전체가 가려졌다. 미로와 중심부에 있는 요람의 입구는 너무 멀어서 튜린 복에 수놓인 마이크로 회로처럼 보였다. 하면은 아래를 내려다보지 않기 위해 애쓰며 모이라를 따라 마지막 계단에서 내려와 망으로 된 캣워크로 다시 큐폴라 안의 연철로 만든 플랫폼 위로 올라갔다.

"이겁니까?"

플랫폼 중앙 10~11피트 정도 높이의 구조물을 고갯짓으로 가리키며 물었다.

"그래요."

크리스털 캐비닛이라고 해서 모이라의 크리스털 관 비슷한 것이리라 상상했었다. 그러나 이건 전혀 관처럼 보이지 않았다. 낡은 주석 빛의 금속 지지대와 유리로 이루어진 다면체 모양이었다. "12면체"라는 단어가 마음속에 떠올랐지만, 독서가 아니라 검색을 통해 이 단어를 배웠기 때문에, 이게 정말 적절한 단어인지 확신이 서지 않았다. 크리스털 캐비닛은 열 두 개의 면으로 이루어진 물체였는데, 평평한 면을 빼면 대충 원형이었고, 열 두 개 정도의 투명 유리판 혹은 크리스털이 번쩍거리는 금속 틀 안에 끼워져 있었다. 수많은 다양한 색깔의 케이블과 파이프들이 큐폴라의 벽에서 나와 캐비닛의 검은 금속 바닥과 연결되어 있었다. 캐비닛 주변의 플랫폼에는 금속 망으로 된 의자, 어두운 화면과 키보드가 연결된 이상한 장치들, 아주 얇은 5~6피트 정도 높이의 투명한 수직 플라스틱 판들이 흩어져 있었다.

"여기는 뭐하는 데죠?"

"타지의 핵이지요."

그녀는 몇 가지 스크린 장치를 켜고 수직 패널을 건드렸다. 플라스틱이 사라지고 홀로그램 가상 조종판이 떴다. 모이라의 두 손이 가상 이미지 위에서 춤을 추자, 타지의 벽 속에서 깊은 소리가 퍼져 나왔다. 그러자 캐비닛 바닥으로 금빛 액체가 ―노랑이 아니라 금색의 액체로, 점도는 물보다 높지 않았다― 쏟아져 내리기 시작했다. 하먼이 12면체 가까이로 걸어갔다.

"액체로 채워지고 있네요."

"그래요."

"이건 말도 안 돼. 난 저 안으로 들어갈 수 없어요. 빠져죽을 텐데."

"아니, 그러지 않을 거예요."

"금빛 액체가 10피트나 들어찼을 때 저 캐비닛 안에 들어가라구요?"

"그래요."

하먼은 고개를 흔들고 뒷걸음질을 쳤다. 그러다 금속 플랫폼 끝으로부터 6피트 지점에서 멈췄다.

"아니, 아니, 아니, 이건 완전히 미친 생각이에요."

"마음대로 하세요, 하지만 이것만이 이 책들의 지식을 얻을 수 있는 유일한 방법이에요. 저 액체는 이 수백만 권의 내용을 전해주는 매개자예요. 만약 당신이 세테보스와 그 일당에 맞서는 우리의 프로메테우스가 되려면 꼭 필요한 지식. 당신 자신의 동족들을 교육시키기 위해 필요한 지식. 당신이 사랑하는 에이다를 구하기 위해, 나의 프로메테우스여, 꼭 필요한 지식."

"그래요, 하지만 물이 ―아니면 무슨 액체인진 모르지만― 가득 차면 10피트나 그 이상으로 깊을 겁니다. 난 수영을 잘 못해요…"

갑자기 그들이 서 있는 플랫폼에 아리엘이 서 있었다. 금속성 바닥을 울리는 발소리 같은 것은 듣지도 못했는데 말이다. 작은 형상은 붉은 튜린 복처럼 보이는 천에 싸인 꾸러미를 들고 있었다.

"아리엘, 내 사랑!"

모이라가 외쳤다. 그녀의 목소리에는 지금까지 들어본 적이 없는 ―새비가 살아있는 동안에조차 듣지 못했던― 기쁨과 흥분이 담겨 있었다.

"미란다, 안녕!"

붉은 천을 벗기고 고대의 현악기처럼 생긴 물건을 모이라에게 넘기면서 정령이 말했다. 하먼의 사람들도 음악을 좀 듣거나 부르곤 했지만, 악기에 대해선 거의 몰랐고 만들지도 않았다.

"기타!"

녹색으로 빛나는 정령에게서 그 이상하게 생긴 악기를 넘겨받아 그녀의 긴 손가락으로 줄을 만지며 후기-인류 여인이 말했다.

아리엘이 머리 숙여 절한 후 평상시의 목소리로 말했다:

"취하세요.
이 음악의 노예를,
당신의 노예인 그를 위하여.
그리고 모든 하모니를 가르쳐줘요
그 안에서 당신이, 오직 당신만이,
기쁜 영혼을 반짝이게 할 수 있죠,
기쁨의 정의가 새로 태어나고
기쁨이 너무 깊어 고통으로 변할 때까지.
당신의 왕자 페르디난드의
허락과 명령을 받아
말로 할 수 있는 이상으로 많은 것의
말없는 징표를 불쌍한 아리엘이 보내나니."

모이라는 정령에게 절을 하고 떨리는 악기를 테이블 위에 놓은 후 녹색으로 빛나는 그의 이마에 입 맞추었다.

"고마워, 친구, 친절한 시종일 때는 있지만, 절대 노예는 아니지. 내가 잠들어 있는 동안 아리엘은 어떻게 지냈어?"

그리고 말했다:

"당신이 죽었을 때, 침묵의 달은
그믐과 초승 사이의 망연 속에
버려진 아리엘보다
밤에서도 슬프지 않다.
당신이 이 땅에 다시 살아났을 때,
보이지 않는 탄생의 별처럼,
아리엘이 당신을 바다 너머 안내하네.
탄생에서 이어지는 삶의 바다."

모이라는 그의 볼을 만지더니, 하먼을 바라보고, 다시 바이오스피어의 아바타를 바라보았다.

"둘이 서로 만난 적 있어요?"

"만난 적 있어요."

하먼이 말했다.

"내가 떠난 이후 세상은 어때, 아리엘?"

하먼에게서 다시 고개를 돌리며 모이라가 물었다. 아리엘이 답했다:

"수많은 변화가 있었다네,
페르디난드와 당신이 사랑을 시작한 이래,
그리고 아리엘은 지금도
당신의 뒤를 따르고 당신의 뜻을 받드네."

약간은 격식이 없는 목소리로, 무슨 공식행사를 마치기라도 하는 듯, 바이오스피어의 정령이 말했다.

"그리고 이제 우리 세상에 다시 태어난 당신은 어떠신가요, 나의 여인?"

이제 하먼이 새비의 목소리를 통해 들었던 어떤 말보다 더 형식적이고 율동적

인 목소리로 모이라가 말했다:

> "이 사원은 슬프고 외로워,
> 오래 전부터 거대한 계급이 치러온
> 전쟁의 벼락으로부터 모두 안전하지
> 반란에 맞서: 여기 이 늙은 모습은,
> 추락하면서 주름이 새겨진,
> 프로스페로라네; 나 미란다는 아직 이 황량한 속에서
> 최고이며 유일한 여사제."

하먼은 후기-인류의 여인과 인간이라고 보기 어려운 바이오스피어의 존재가 내놓고 엉엉 우는 것을 보고는 깜짝 놀랐다.

아리엘이 뒤로 물러서, 다시 절을 하고, 하먼을 향해 손질을 하면서 말했다.

"이 인간은 이름이 암시하는 것(Harman=harm+man)과는 달리, 아무 해(harm)도 끼친 적이 없는데, 처형을 당하려고 이 크리스털 캐비닛에 왔나요?"

"아니,"

모이라가 말했다.

"교육받을 거야."

쉰아홉

그들이 아르디스 홀의 폐허로 돌아온 첫날 밤, 세테보스의 알이 부화했다.

에이다는 한 때 자기 집이었던 곳을 보고 충격을 받았다. 공격이 있던 날 밤 그녀는 혼수상태로 소니에 태워졌었다. 뇌진탕과 다른 부상은 그 직전의 끔찍했던 시간에 대한 기억을 파편적으로만 남겨 놓았었다. 이제 그녀는 벌건 대낮에 폐허와 집과 기억들을 목격하고 있다. 그냥 무릎을 꿇고 잠들어버릴 때까지 울고 싶었다. 하지만 44명의 다른 생존자를 이끌어야 했고, 소니가 가장 심각한 환자와 부상자 여덟 명을 태우고 머리 위에서 선회하고 있었기 때문에, 그녀는 고개를 들어 눈물을 말리고 불타버린 폐허를 지나면서, 새로운 캠프를 위해 쓸 만한 물건이나 잔해들을 손가락으로 가리켰다.

그녀의 집, 아르디스 홀의 대저택, 2천 년에 걸친 가문의 자랑; 모두 사라져버렸다. 남아 있는 거라곤 그을어서 새카매진 장작과 수많은 벽난로의 잔해들뿐이었다. 하지만 다른 곳에는 놀랄 정도로 쓸 만한 것이 많았다. 그곳에는 또한 들판에 버려진 채 썩어가는 동료들의 시체도 —적어도 조각난 일부가— 있었다.

에이다는 데이먼 등 몇몇과 의논했다. 불을 피우고 보금자리를 마련하는 게 우선 중요하다는 데 동의했다. 무엇보다 짧은 겨울해가 지기 전에 환자와 부상자들이 기댈 수 있는 따뜻한 장소를 대충이라도 마련하고, 모든 사람들이 떨지 않고 밤을 보낼 수 있는 크기의 은신처를 지어야 했다. 아르디스 홀은 잃었지만, 하늘이 무너지기 전 아홉 달 동안 그들이 세웠던 간이 건물과 오두막 그리고 다른 야외 건물들의 일부가 좀 남아 있었다. 모두가 들어갈 만한 곳도 있었지만, 숲과 너무 가까이 있어서 방어하기 어려웠고, 아르디스 홀 바로 옆에 있는 우물과도 너무 멀리 떨어져 있었다.

그들은 불쏘시개와 마른 장작더미를 찾아 불을 붙였는데, 에이다는 물자가 부족한 마당에 큰 불을 일으킨답시고 너무 많은 성냥을 단번에 사용했다고 나무랐다. 그레오기가 소니를 착륙시켜 의식 불명이거나 반쯤 정신을 잃은 부상자들을 내린 후, 모닥불 옆에 임시 간이침대와 침낭으로나마 그들이 편안하게 있을 수 있도록 최선을 다했다. 작업 선발대가 여러 폐허에서 계속 장작을 주어왔다. 아무도 컴컴한 숲 근처까지는 가려 하지 않았고, 에이다도 그 날은 그러한 모험을 금지시켰다. 소니가 이륙해 일마일 반경을 선회하며 보이닉스를 감시했다. 조종석에는 지칠 대로 지친 그레오기와 총을 든 보만이 있었다. 간이건물 중 하나, 수개월 전 오디세우스가 제자들을 위해 손수 지은 곳에서 귀중한 담요와 광목 두루마리가 발견되었다. 모두 연기 냄새가 났지만 쓸 만했다. 또한 하나의 대장간 근처 다른 오두막은 엉망이 되었지만 일부만 불에 타있었다. 카울은 여기서 삽, 곡괭이, 지렛대, 괭이, 망치, 못, 스파이크, 나일론 로프, 카라비너 등 한 때 시종들이 쓰던, 그러나 지금은 그들의 생명을 구할 수도 있는 연장들을 찾아냈다. 간이 건물에서 떼어낸 불타지 않은 목재들과 한 때 울타리였던 곳에서 가져 온 널빤지들을 사용해, 작업 전담반은 아직도 연기가 올라가고 있는 아르디스의 옆에 있는 깊은 우물 주위로 텐트 같기도 하고 통나무 오두막 같기도 한 숙소를 지었다. 그날 밤과 또 다른 며칠 밤을 지내기엔 충분한 임시 숙소였다. 보만은 탑과, 총구, 그리고 잠글 수 있는 울타리 등을 갖춘 영구적 오두막을 위한 정교한 계획을 갖고 있었지만, 에이다는 그에게 우선 살아남을 숙소를 마련하고, 궁전은 나중에 짓자고 말했다.

여전히 보이닉스의 낌새는 보이지 않지만, 아직 오후였고 밤은 충분히 빨리 찾아올 것이었기에 에이다와 데이먼은 카먼과 최고의 사수 열 명에게 외곽 방어를 맡겼다. 무기를 가진 다른 남녀들은 —작동되는 무기는 24개, 고장 난 듯한 무기가 하나, 그리고 120개가 채 안 되는 탄창이 남아있었다— 모닥불과 임시 숙소 가까운 곳을 지키도록 했다.

기본 구조를 갖추는 데만 세 시간이 좀 넘게 걸렸다. 벽은 겨우 6피트 정도로 울타리에서 가져온 나무로 만들었으며, 조잡하게 끼워 맞춘 아치형 지붕은 간이 건물에서 가져온 널빤지로 된 것이었다. 지붕 위엔 광목천이 덮였다. 차가운 바닥과 부상자들 사이에 뭔가를 깔아야 했지만 마루를 놓을 시간은 없었기 때문에 광목을 여러 겹 깔고 북쪽 장벽 근처의 헛간에서 가져 온 지푸라기를 그 위에 깔았다. 소들은 모두 사라져버렸다. 보이닉스의 손에 죽었거나 그냥 도망간 것이다. 그날 오후에는 아무도 숲으로 사냥을 떠나지 않았고 공중에서 선회중인 소니에게도 따로 할 일이 있었다.

늦은 오후가 되자 임시 숙소가 완성되었다. 우물에 새로운 양동이와 밧줄을 달고, 삽과 곡괭이로 얼어붙은 땅을 파고 있는 매장 팀을 지휘하던 에이다는 새로운 숙소의 점검을 위해 돌아왔다. 45명 정도의 사람들이 다닥다닥 붙어서 잠자기엔 충분히 넓었다. 나머지 사람들은 바깥에서 망을 봐야 할 터. 그리고 필요하다면 53명이 모두 들어앉아 식사를 할 수도 있을 것 같았다, 아주 비좁긴 하겠지만. 건물의 세 벽은 나무였고 나머지 한 면은 —우물과 지금 불타고 있는 두 개의 모닥불을 향하고 있는 벽은— 광목으로만 되어 있어, 그 대부분이 열기를 받아들이기 위해 열려 있었다. 라먼과 에다이드는 아르디스 홀의 금속과 세라믹을 떼어 와서 숙소에 굴뚝까지는 아니더라도 연통 정도를 만들겠다고 했다. 하지만 개조 작업은 내일까지 기다려야 했다. 창문을 만들 유리도 없었다. 있는 것이라곤 나무 벽의 다양한 높이에 뚫린 구멍들이었는데 옆으로 미는 나무 덮개와 그 위를 덮은 광목천으로 이루어져 있었다. 데이먼은 만약의 경우 모두 숙소로 들어가 엎드린 후, 그 틈새로 총탄 세례를 퍼부을 수도 있다는 말에 동의하기는 했지만, 광목으로 된 지붕이나 역시 광목으로 된 네 번째 벽을 보면, 일단 보이닉스들이 공격을 시작할 경우 오래 버티지 못하리란 건 누구나 알 수 있었다.

하지만 세테보스의 알은 여전히 그들을 지켜주고 있는 것 같았다.

날이 어둑해지자 데이먼은 에이다, 톰, 라먼을 불가의 온기에서 데리고 나와 잿더미로 변한 한나의 대장간으로 가서 배낭을 열고 부화중인 알을 보여주었다. 알은 더욱 환하게 이글거리며, 불쾌한 유백색의 빛을 뿜어내고 있었다. 껍질 여기저기에 작은 금들이 가 있었지만 아직 벌어지지는 않고 있었다.

"깨고 나올 때까지 얼마나 걸릴까요?"

에이다가 묻자, 데이먼이 말했다.

"제가 그걸 어떻게 알겠어요? 내가 아는 건 꼬마 세테보스가 아직 살아 있으며 알을 깨고 나오려 한다는 것뿐이에요. 귀를 대봐요, 끽끽대면서 씹는 듯한 소리가 나요."

"저는 사양하겠어요."

"이게 부화하면 무슨 일이 벌어질까요?"

라먼이 말했다. 그는 처음부터 알을 없애버리자고 주장했었다. 데이먼이 어깨를 으쓱했다. 모든 이야기를 듣고 있던 의료 담당 톰이 물었다.

"파리스 크레이터의 푸른얼음 성당에 있던 세테보스의 둥지에서 이걸 훔칠 때 정확히 무슨 생각을 했나요?"

"나도 몰라요. 당시에는 그저 좋은 생각 같았어요. 적어도 이 세테보스란 놈이 어떤 존재인가 알아낼 수 있을 거라고."

"만약 어미가 새끼를 찾으러 오면 어떡하죠?"

라먼이 물었다. 데이먼이 이런 질문을 받은 것은 처음이 아니었다. 그는 다시 어깨를 으쓱했다.

"필요하다면 이놈이 부화하자마자 죽여 버릴 수도 있죠."

오래 된 울타리의 폐허 너머 숲 속에서 겨울의 어둠이 자라나는 것을 바라보며 그가 낮게 말했다.

"그렇게 해도 될까요?"

라먼이 말했다. 그는 금이 많이 간 알껍데기에 왼손을 얹었다가 뜨거운 것을 만지기라도 한 듯 얼른 손을 뺐다. 알을 만져본 사람들은 모두 그 경험의 불쾌함에 대해 이야기했다. 껍질 속의 무언가가 손바닥을 통해 자신의 에너지를 빨아들이는 듯한 느낌이라고 했다. 데이먼이 다시 대답을 하기 전에 에이다가 말했다.

"데이먼, 당신이 이걸 가져오지 않았더라면 지금쯤 우린 대부분 죽고 없었을 거예요. 이렇게 오랫동안 보이닉스를 쫓아주고 있잖아요. 어쩌면 부화하고 난 후에도 그럴지 몰라요."

"우리가 잠든 새 만약 그 놈이 ―혹은 놈의 애비, 에미가― 우리를 잡아먹지 않는다면 말이지요."

손가락이 잘려나간 오른 손을 감싸 쥐고 흔들면서 라먼이 말했다. 잠시 뒤 어둠이 찾아온 직후, 시리스가 찾아와 심각한 부상을 입었던 셔먼이 죽었다고 에이다에게 귓속말로 알렸다. 에이다는 고개를 끄덕인 후 에다이드와 여전히 풍채가 좋은 랄룸을 불러들였다. 그들은 불가 너머로 조용히 시신을 내온 후, 가까운 곳의 무너진 간이 건물 근처에 내려놓고, 그 위에 장작과 돌을 쌓아 다음날 아침 셔먼에게 적절한 장례가 치러질 수 있도록 준비했다. 바람이 차가웠다.

에이다는 장전한 총을 들고 네 시간 동안 경비를 섰다. 따뜻한 불길은 먼 곳에서 이글거렸고 가장 가까운 경비병은 50피트 거리에 있었다. 뇌진탕으로 생긴 극심한 두통 때문에 보이닉스나 세테보스가 당장 무릎에 와 앉는다 해도 못 알아볼 지경이었다. 부러진 손목 때문에 무기를 팔로 감고 있어야 했다. 이윽고, 카울이 교대를 해주었다. 그녀는 사람들과 코고는 소리로 가득한 임시 거처로 들어가자마자 뒤로 자빠져 깊은 잠에 빠져들었다. 가끔씩 찾아오는 악몽만이 그녀의 잠을 방해했다. 데이먼이 해가 뜨기 바로 직전에 그녀를 깨우더니 귀에 대고 속삭였다.

"알이 부화했어요."

에이다는 온통 주변에서 눌러대며 숨을 내뿜고 있는 사람들의 몸을 느끼며 어둠 속에서 일어났다. 그리고 잠시 동안 자신이 여전히 악몽 속에 있는 줄 알았다. 하먼이 자신의 어깨를 흔들어 햇빛 속으로 깨워주길 바랐다. 이 얼어버릴 것 같은 어둠과 낯선 몸들의 압력과 깜박거리며 사라져가고 있는 광목 천 사이의 불빛이 아니라, 하먼의 팔이 자신을 감싸고 있기를 바랐다.

"부화했어요."

데이먼이 반복했다. 매우 낮은 목소리였다.

"깨우고 싶지 않았지만, 어떻게 해야 할지 결정해야만 해요."

"그래요."

에이다도 속삭였다. 옷을 입은 채 잠들었던 그녀는 이제 축축한 담요 밑에서 빠져나와 잠들어 있는 사람들 사이를 조심스럽게 헤쳐 나왔다. 데이먼을 따라 광목벽을 나와 작지만 아직 불꽃이 살아 있는 모닥불을 지나 남쪽으로, 숙소로부터 멀어져 더 작은 다른 모닥불로 향했다.

"다른 사람들과 바깥에서 잤어요."

그들이 주 숙소에서 충분히 멀어지자 보통 목소리로 데이먼이 말했다. 그의 목소리는 여전히 부드러웠지만 두통으로 머리가 깨질 것 같은 에이다에게는 음절 하나하나가 다 고함소리였다. 먼 하늘 위에서는 e-링과 p-링이 여느 때처럼 빙빙 돌며 별들과 초승달 앞에서 교차하기를 반복했다. 에이다는 머리 위에서 무언가 움직이는 느낌에 잠시 동안 심장이 쿵쾅거렸지만, 곧 그것이 밤하늘을 빙빙 돌며 순찰중인 소니라는 것을 깨달았다.

"누가 소니를 운전하고 있나요?"

"오코요."

"그녀가 운전할 줄은 몰랐네요."

"어제 그레오기가 가르쳐주었어요."

데이먼이 말했다. 그들은 작은 모닥불로 다가가고 있었는데, 에이다는 또 다른 남자의 그림자를 보았다.

"안녕하세요, 에이다 우어."

톰이 말했다. 형식적인 존칭에 피식 웃음이 나왔다. 지난 몇 달 동안 거의 사용된 적이 없는 존칭이었다.

"안녕하세요, 톰. 그건 어디 있나요?"

데이먼이 모닥불에서 기다란 장작 하나를 꺼내 횃불처럼 어둠 속으로 들이밀었다. 에이다는 뒷걸음질을 쳤다.

데이먼과 톰은 그⋯⋯것⋯⋯을 가둬 넣은 삼각형 우리의 삼면에 모두 불을 피워 놓은 게 분명했다. 그것은 우리 안에서 재빠르게 왔다 갔다 하고 있었는데, 잠시 후면 2피트 정도의 허술한 우리쯤은 쉽게 기어오를 것 같았다. 에이다는 톰에게서 횃불을 받아들고 세테보스 새끼를 더 잘 관찰하기 위해 쪼그리고 앉아 횃불을 들이댔다.

불빛을 받자 놈의 수많은 눈들이 깜빡이다 감겼다. 작은 세테보스는 —만약 이게 세테보스가 맞다면— 길이가 일 피트 정도였다. *이미 인간의 평균 뇌보다는 훨씬 크고 길군,* 에이다는 생각했다, *하지만 역겨운 분홍빛 주름이나 생긴 꼴은 정말 사람 머리에서 직접 꺼낸 대뇌같이 생겼네.* 그녀는 두 개의 반구 사이에 있는 회색 띠, 그 위를 덮고 있는 점액질의 멤브레인, 그리고 전체가 숨을 쉬고 있는 듯한 박동을 다 볼 수 있었다. 하지만 이 분홍색의 대뇌에게는 박동하는 입도 —어쨌거나 주둥이 비슷한 것도— 있었고, 그 입에서 수천 개의 조그마한 분홍색 손들이 아래쪽으로 나와 있었다. 놈은 통통한 분홍색 손가락들을 이용해 앞뒤로 움직였는데 에이다의 눈에는 꿈틀꿈틀하는 벌레 떼가 한꺼번에 움직이는 것처럼 보였다.

노란 눈들이 열리더니 에이다를 빤히 쳐다보았다. 주둥이 하나가 열리고 삐삐거리고 긁히는 소리가 튀어나왔다.

"말을 하려는 걸까요?"

에이다가 두 남자에게 속삭였다.

"나도 모르겠어요."

데이먼이 말했다.

"태어난 지 몇 분밖에 되지 않았는데. 한 시간쯤 후에 우리하고 이야기를 나누고 싶어 한다고 해도 놀랄 일이 아닐 겁니다."

"한 시간이나 살려둘 수는 없어요."

톰이 부드럽지만 확고한 목소리로 말했다.

"지금 당장 죽여야 합니다. 총으로 날려 버린 후 사체를 태우고 재를 뿌려 버려야 해요."

에이다가 깜짝 놀라 톰을 쳐다보았다. 독학으로 의술을 배운 톰은 언제나 아르디스의 어떤 사람보다도 덜 폭력적이고 가장 생명을 존중하는 사람이었다. 그러자 놈이 나무 울타리를 넘고 있는 모습을 보면서 데이먼이 말했다,

"최소한 묶어둘 끈은 있어야겠군."

데이먼은 겨울에 소떼를 돌보기 위한 용도로 만들었던 광목과 울로 된 장갑을 끼고 몸을 앞으로 숙였다. 고리 모양으로 만들어 둔 날카롭고 얇은 스파이크를 새끼 세테보스의 양쪽 뇌를 연결하고 있는 신경 섬유 쪽으로 —코르푸스 칼로줌이라고 불렀지, 아마— 던졌다. 그리고는 재빠르게 고리가 단단히 걸렸나 확인한 후 카라비너를 끼우고, 다시 카라비너에 20피트짜리 나일론 줄을 걸었다.

새끼가 얼마나 크게 울고 비명을 질러대는지, 에이다는 어깨 너머로 본부 캠프를 돌아보며 모두 막사 밖으로 뛰쳐나올 거라고 생각했다. 하지만 모닥불 근처의 보초 말고는 아무도 깨어나지 않았다. 보초는 아주 졸린 듯 그녀 쪽을 바라보더니 다시 불꽃으로 시선을 돌려버렸다.

꼬마 세테보스는 몸을 비틀고 굴려 나무 울타리로 달려가더니 마침내 게처럼 그 위를 기어 올라갔다. 데이먼은 6피트짜리 끈으로 놈을 위로 끌어 당겼다. 분홍색 대뇌의 주둥이 속에 접혀 있던 작은 손들이 1야드 정도 길이의 탄력적인 팔-가지에 매달려 튀어나오더니 몸을 앞으로 끌기 시작했다, 손들은 나일론 끈으로 튀어 오르더니 끈을 마구 흔들어댔다. 다른 손들은 고리와 카라비너를 검사하고, 풀어내려고 했다. 고리는 풀리지 않았다. 데이먼은 꼬물거리는 녀석을 잠시 앞으로 끌더니 이내 우리 속 얼어붙은 풀밭으로 다시 잡아넣었다.

"조그만 새끼가 힘도 세군."

그가 속삭였다.

"돌아다니게 둬요. 어디로 가는지 보자구요. 무엇을 하는지."

"진심이에요?"

"그럼요. 멀리는 말고, 그래도 이놈이 원하는 게 뭔지 한 번 보자구요."

톰이 낮은 울타리 하나를 걷어차자 아기 세테보스가 재빨리 기어 나왔다. 아래에서 일사불란 움직이는 손들은 마치 흉물스러운 지네의 다리처럼 뿌옇게 보였다. 데이먼은 줄을 짧게 잡고 놈들이 끄는 대로 자신을 맡겼다. 에이다와 톰도 녀석이 덤벼들 경우 재빨리 피할 준비를 하면서 데이먼을 따라 걸었다. 녀석이 너무나 빨리 그리고 의도적으로 움직이는 바람에 그들은 놈에게서 어떤 위협도 느끼지 못했다. 톰은 언제든지 발사할 수 있게 화살 총을 쥐고 있었고, 데이먼도 어깨에 따로 총을 메고 있었다.

놈은 모닥불이나 숙소를 향하지 않았다. 서쪽 잔디밭의 어둠 속으로 그들을 20야드나 끌고 갔다. 그러더니 옛 방어 참호 중 하나로 —에이다가 파는 것을 도왔던 점화용 참호로— 재빨리 내려가 손들을 쫙 벌리고 웅크려 앉는 것 같았다. 어린 것의 양쪽에서 새로운 주둥이가 열리고 손이 없는 가지, 즉 박동하는 기다란 관이 튀어나와 흔들거리더니 갑자기 땅바닥에 딱 붙었다. 돼지가 꿀꿀거리는 소리와 아기가 젖 빠는 소리를 뒤섞어 놓은 듯한 소리가 났다.

"도대체 뭐하는 거지?"

톰이 말하면서 총을 겨누었다. 플라스틱과 금속으로 이루어진 총신이 그의 어깨위에 단단히 자리 잡았다. 에이다는 알고 있었다. 한 방만 쏴도 수천 개의 크리스털 촉이 달린 강철 화살이 저 분홍빛 괴물 위로 음속보다 더 빠른 속도로 쏟아질 것을. 에이다가 떨기 시작했다. 머리를 두드리는 통증이 계속되면서 울렁거림으로 변해버린 것이다. 그녀가 떨리는 목소리로 말했다.

"난 여기가 어딘지 알아요. 보이닉스 공격 중에 리먼과 엠므가 죽은 현장이에요⋯⋯ 그들은 여기서 타죽었어요."

세테보스의 새끼는 큰 소리를 내며 계속 빨아댔다.

"그렇다면 이놈은⋯⋯"

데이먼이 말을 꺼내다 멈췄다.

"먹고 있는 거지요."

에이다가 그의 말을 받았다. 톰이 방아쇠에 손가락을 얹었다.

"죽입시다, 에이다 우어, 제발."

"그래요. 하지만 아직은 안돼요. 이놈이 죽으면 틀림없이 보이닉스가 돌아와요. 아직은 날이 어두워요. 게다가 우리는 아직 전혀 준비가 되지 않았고. 캠프로 돌아 갑시다."

그들은 캠프파이어로 함께 돌아왔다. 데이먼은 끌려오기 싫어서 손가락으로 버티는 세테보스를 질질 끌었다.

예순

하먼은 익사했다.

모이라, 이 나쁜 년이 내게 거짓말을 했어! 물이 허파를 완전히 채우기 전 마지막으로 그렇게 생각했다. 그리고는 휘몰아치는 황금빛 액체 안에서 입이 막히고 숨이 막혀 익사했다.

하먼이 지켜보는 가운데 황금빛 액체는 크리스털 정12면체 꼭대기를 1피트 정도만 남기고 차올랐다. 새비-모이라-미란다는 이 풍부한 황금색 용액을 그가 타지의 수많은 책들을 다 검색할 —물론 그녀가 이 단어를 사용한 건 아니지만— 수 있는 "매체"라고 불렀다. 하먼은 방열복만 남기고 모두 벗었다.

"그것도 마저 벗어야 해요."

모이라가 말했다. 아리엘은 그림자 속으로 물러갔고, 이제 젊은 여인만이 햇빛이 환하게 들어오는 큐폴라 안에 그와 함께 서 있었다. 가까운 테이블 위에는 기타가 놓여 있었다.

"왜죠?"

"당신의 피부와 매체가 직접 닿아야 해요. 방열복처럼 접착된 분자 층을 통해서는 전이轉移가 이루어지지 않아요."

"무슨 전이요?"

하먼이 입술에 침을 묻히며 물었다. 그는 매우 긴장해 있었다. 심장이 마구 뛰었다. 모이라는 그들 아래로 점점 넓어지면서 둥근 돔의 내벽을 가득 채운 몇 백층의 서가에 꽂힌 한없이 많은 책들을 가리켰다. 하먼이 물었다.

"이 많은 책들 중에 내가 에이다에게 돌아가는 데 도움이 될 만한 책이 있다는 걸 어떻게 압니까?"

"모르지요."

"당신과 프로스페로는 원하기만 하면 나를 당장 집으로 보내줄 수 있잖아요."
점점 차오르는 크리스털 탱크에서 몸을 돌리고 말했다.

"이 모든 넌센스는 건너뛰고 당장 그렇게 해주면 안 되나요?"

"그렇게 쉬운 일이 아니에요."

"젠장, 쉽지 않긴!"
하먼이 버럭 소리를 질렀다. 젊은 여인은 못들은 척 이야기를 계속했다.

"첫째, 당신은 튜린 복과 프로스페로가 한 얘기를 통해서 전 세계의 팩스노드와 팩스 전송실이 망가졌다는 것을 알고 있어요."

"누가 망가뜨렸는데요?"
다시 크리스털 캐비닛을 보기 위해 몸을 돌리며 하먼이 물었다. 황금빛 액체는 꼭대기에서 1피트 지점에서 넘실대고 있었다. 하지만 더 이상 차오르지는 않았다. 모이라는 꼭대기 패널을 ─다면체의 유리로 된 한 면을─ 열었다. 그러자 입구로 들어갈 수 있는 짧은 금속 사다리가 하먼의 눈에 들어왔다.

"세테보스나 그 일당들이죠."

"무슨 일당들이요? 그들이 도대체 누구지요? 내가 알아야 할 것들은 그냥 속 시원히 말해주세요."

모이라는 고개를 저었다.

"나의 젊은 프로메테우스, 당신은 일 년이 다 되도록 이런저런 걸 듣기만 해왔어요. 정보가 어떤 문맥 속에 놓이는지를 모르고서야 듣는 게 무슨 소용이죠? 이제 바로 그 문맥을 얻어야 할 시점이 왔어요."

"어째서 나를 자꾸 프로메테우스라고 부르는 거요?"

그가 퉁명스럽게 소리쳤다.

"여기 사람들은 모두 이름이 열 개는 되는 것 같애…… 프로메테우스? 난 그런 이름 몰라요. 어째서 날 그렇게 부르는 거요?"

모이라가 미소 지었다.

"크리스털 캐비닛에 들어갔다 오면 적어도 그것만큼은 이해하게 돼요. 내가 보장하지요."

하먼은 깊이 숨을 들이마셨다. 이 잘난척하는 미소를 한 번만 더 보면 이 여인의 얼굴을 후려칠 수도 있음을 그는 깨달았다.

"프로스페로는 이것이 날 죽일 수도 있다고 했어."

그는 새비의 형상을 한 후기-인류보다는 차라리 캐비닛에 시선을 주었다. 모이라가 고개를 끄덕였다.

"그럴 수도 있어요. 난 그렇게 믿진 않지만."

"내가 살아날 가능성은 얼만가요?"

하먼이 물었다. 스스로에게도 애처롭고 비굴하게 들리는 목소리였다.

"잘 모르지만, 내 생각엔 아주 높아요. 안 그러면 내가 이…… 불쾌한…… 곳에 들어가라고 하지 않았겠죠."

"당신도 해 본 적이 있나요?"

"크리스털 캐비닛 안에서 전이 받는 것? 아니요, 난 그럴 이유가 없어요."

"이유가 있는 사람이 어디 있을라고?"

하먼이 따지고 들었다.

"살아남은 사람이 몇 명이죠? 죽은 사람은?"

"수석 사서들은 모두 크리스털 캐비닛 전이를 경험했어요. 대대로 타지를 수호해 온 사람들이죠. 모두 원조 칸 호 텝의 직계 후예들이고."

"당신이 사랑했던 페르디난드 마크 알론조도 포함해서?"

"그래요."

"그럼 그 많은 타지의 사서들 중 몇 명이 캐비닛 전이에서 살아남았나요?"

하먼이 물었다. 그는 여전히 방열복을 입고 있었지만, 드러난 손과 얼굴은 돔 꼭대기의 끔찍하게 차가운 공기를 느끼고 있었다. 그는 떨지 않으려고 신경을 곤두세웠다.

만약 모이라가 이번에도 어깨를 으쓱해 버린다면 이곳에서 영원히 떠나버릴 것만 같았다. 하지만 그것은 그가 원하는 것이 아니었다. 아직은. 뭔가를 더 알아내기 전까지는. 황금빛 액체로 채워진 이 수상한 크리스털 캐비닛은 그를 죽일 수도 있다… 하지만 그를 곧 에이다에게 데려다 줄 수도 있다. 모이라는 어깨를 으쓱하지 않았다. 그의 눈을 바라보며 —그녀는 새비의 눈을 갖고 있었다— 말했다.

"몇 명이 죽었는지 나도 몰라요. 그릇이 작은 사람에겐 흘러들어오는 정보의 양이 너무 많을 때가 있으니까… 하지만 난 당신을 그릇이 작은 사람이라고 생각하지 않아요, 프로메테우스."

"다신 나를 그렇게 부르지 말라니까."

하먼의 시린 손이 주먹을 꼭 쥐었다.

"알았어요."

"얼마나 걸리지요?"

"전이 자체만? 한 시간도 안 걸려요."

"그렇게 오래? 에펠반 카는 45분 안에 떠나요."

"할 수 있어요."

모이라가 말했다. 하먼은 망설였다.

"매체는 따뜻해요."

그의 마음을 읽은 듯 모이라가 말했다. 하지만 부들부들 떨고 있는 그를 보고 알아챘을 가능성이 더 크다는 것을 하먼은 깨달았다.

마음을 읽은 것이었다면 하먼은 다 때려치우고 말았을 지도 모른다. 그는 방열복을 벗고, 두 시간 전에 이상한 섹스를 나누었던 이상한 여인 앞에서 벌거벗고 서 있는 것에 대해 부끄러움을 느꼈다. 그리고 *정말* 추웠다. 그는 재빨리 12면체의 옆으로 가서 짧은 사다리를 두 팔과 발로 딛고 섰다. 맨발에 금속이 얼마나 차갑게 느껴지는지 새삼 느꼈다.

열린 패널 안으로 들어가 몸을 낮추고 금속 액체에 몸을 담그자 안도감이 밀려 왔다. 그녀가 약속했던 대로, 액체는 따뜻했다. 아무 냄새도 나지 않았고 그의 입술 위로 떨어진 몇 방울의 액체에선 아무 맛도 나지 않았다. 이어서 아리엘이 그림자 속에서 공중부양으로 나와 하먼의 머리위에 있는 뚜껑을 닫고 잠갔다.

이번엔 모이라가 그의 머리 위에 있는 수직의 가상 조종판을 만졌다. 그러자 크리스털 캐비닛의 바닥 어딘가에서 다시 펌프가 작동하기 시작하더니, 꽉 막힌 컨테이너에 더 많은 액체가 차오르기 시작했다. 하먼은 그들을 향해 비명을 질렀다. *나가게 해줘!* 하지만, 두 명의 후기-인류와 바이오스피어의 비인간이 이를 무시하자 하먼은 발로 차고 두드리면서 뚜껑을 열려고, 크리스털을 깨부수려고 했다. 액체는 계속 차올랐다. 몇 초 동안 12면체의 맨 윗부분 몇 인치 안에 공기가 차 있는 것을 발견하고, 손으로는 여전히 머리 위의 뚜껑을 두드리면서 그 공기를 깊게 들이마셨다. 액체는 더 이상 공기가 남아 있지 않을 때까지 차올랐고, 하먼의 입과 코에서 나오는 것 외에는 어떤 공기 방울도 찾아볼 수 없었다.

그는 할 수 있는 한 오래 숨을 참았다. 자신의 마지막 생각이 에이다이기를 에이다에 대한 사랑이기를 기원했다. 그리고 에이다를 배반한 슬픔이기를. 그러나 비록 그녀 생각을 하고는 있었지만, 허파에 불이 날 때까지 숨을 참으면서 드는 마지막 생각은 분노와 후회가 뒤범벅된 혼란뿐이었다.

그리고는 더 이상 숨을 참을 수 없었다. 여전히 열리지 않는 머리 위의 뚜껑을 두드리면서 그는 숨을 내쉬고, 기침을 하고, 말이 막히고, 저주를 퍼붓고, 다시 말이 막히고, 진한 액체를 들이 마시고, 엄청난 패닉이 그의 신체를 소용도 없는 아드레날린으로 채우는 동안 마음속이 점점 깜깜해지는 것을 느꼈다. 이제 그의 허파엔 전혀 공기가 없었지만 하먼은 이것을 알지 못했다. 공기가 없이 허파는 점점 더 무거워지고 그는 몸은 더 이상 발로 차지도, 움직이지도, 숨 쉬지도 않으면서 12면체의 중심으로 점점 빨려 들어갔다.

예순
하나

극링의 소행성 도시에서 다시 한 번 메시지가 담긴 목소리가 전송되어 오는 바람에 퀸 맵의 브릿지에서는 어수선한 움직임과 타이트빔을 통한 대화들이 수없이 오갔다. 하지만 지난번과 같은 내용의 반복이었기 때문에 5분 만에 이 사실이 확인되고 더 이상 다른 메시지가 없자, 모라벡 지도자들은 다시 차트 테이블 주변으로 모여들었다.

"어디까지 이야기하고 있었지요?"

이오의 오르푸가 말했다.

"당신의 모든 것에 관한 이론을 소개받으려던 참이었습니다."

총통합사령관 아스티그/체가 말했다.

"그리고 저 목소리가 누구 것인지도 안다고 했어요."

초 리가 말했다.

"누구의, 혹은 무엇의, 목소리인가요?"

"나는 그 목소리가 누구 것인지 모릅니다."

타이트빔이나 우주선 내부의 표준 통신 채널을 통해 전송하는 대신 부드럽게 덜그럭거리는 목소리를 사용해 오르푸가 대답했다.

"하지만 아주 그럴듯한 추측을 해낼 수는 있습니다."

"말해 보시오."

베 빈 아데 장군이 말했다. 소행성대 모라벡들의 말투는 예의바른 부탁이라기보다는 직접적인 명령조에 가까웠다.

"일단 나의…… 모든 것에 대한 이론……을 소개시켜 드린 후에 목소리에 대해 들려드리겠습니다. 앞뒤 문맥을 알면 훨씬 더 설득력이 있을 테니까요."

"계속하세요."

총통합사령관 아스티그/체가 말했다.

만무트는 친구가 크게 O-2를 들이마시는 소리를 들었다. 사실 그의 탱크엔 여러 주, 아니, 여러 달을 버틸 수 있는 산소가 내장되어 있었는데 말이다. 그는 친구에게 타이트빔으로 이렇게 말해주고 싶은 충동을 느꼈다. *자네 정말 이 얘기를 계속할 작정인가?* 하지만 만무트 자신도 그가 무슨 얘기를 하려는지 도통 알 길이 없었기 때문에 가만히 있었다. 다만 친구에 대한 걱정에 마음이 불안했다. 이오의 오르푸가 말했다.

"우선, 여러분이 아직 털어놓진 않았지만, 지금 우리가 접근하고 있는 지구의 극링과 적도링을 이루고 있는 백만 개 정도의 위성의 정체를 여러분들은 거의 알아냈다고 저는 확신합니다…… 그리고 대부분의 위성이 행성이나 거주지가 아니라는 것도 장담하죠."

"맞는 말입니다."

아스티그/체가 말했다.

"일부는 블랙홀을 만들어 가두고자 했던 후기-인류들의 시도가 남긴 유물들이라는 것은 우리도 알고 있습니다. 당신이 아홉 달 전에 다른 궤도 행성 도시와 충돌하는 것을 우리에게 보여준 웜홀 축적기 같은 장치들이지요. 하지만 그런 게 몇 개나 될까요? 몇 천개?"

"2천 개가 채 안되지요."

아스티그/체가 확인해 주었다.

"장담하건데, 나머지 백만 개에 해당하는…… 후기 인류들이 궤도에 넣어버린…. 그것들은 데이터 저장 장치입니다. 어떤 종류의 데이터인지는 모르죠. DNA 같긴 한데, 그러려면 지속적인 생명 유지 장치가 필요하니까, 우리 모라벡들도 아직 발견하지 못한 후기-인류들의 복잡한 저장 장치를 갖춘 진보된 양자 컴퓨터와 결합된 버블 메모리 같은 것일 겁니다."

오르푸가 잠시 말을 멈추자, 만무트에게는 몇 시간처럼 느껴지는 침묵이 찾아왔다. 여러 통합사령관들과 모라벡 리더들은 서로를 쳐다보지 않았다. 하지만 만무트는 그들이 개별 타이트빔 채널을 통해 회의를 하고 있다고 생각했다. 아스티그/체가 마침내 침묵을 깨뜨렸다. 사실 그 때까지 걸린 실제 시간은 단 몇 초에 불과했다.

"대부분이 저장 장치인 것은 맞습니다. 그들의 성격은 우리도 아직 잘 모릅니다. 일종의 진보된 마그네틱 버블 메모리 양자 등위파동 저장 장치라고 추측할 뿐이죠."

"그리고 각각의 장치는 기본적으로 독립되어 있고요."

오르푸가 말했다.

"말하자면 각자의 하드 디스크가 있는 거죠."

"맞습니다."

"그리고 링에 있는 나머지 위성의 대부분은 —아마 만 개를 넘지는 않을 텐데— 기본적인 동력 전송기와 일종의 변조된 타키온 파형 전송기일 겁니다."

"6,408개의 동력 전송기와, 정확히 3000 개의 타키온 파형 전송기입니다."

항해사 초 리가 말했다.

"이런 걸 어떻게 알아냈죠, 오르푸?"

강력한 가니메데인 수마 IV가 물었다.

"우리 통합사령관들의 통신 채널이나 파일을 해킹했나요?"

오르푸는 여러 개의 마디가 있는 앞쪽 조작기 중 두 개를 뻗어 평평한 손바닥을 위로 향하게 했다.

"아니, 아닙니다. 나에겐 여동생의 일기장을 훔쳐볼 프로그램 지식조차 없어요…… 그러니까 나한테 여동생이 있고, 그 애한테 일기장이 있다면 말입니다."

"그렇다면 어떻게……"

퇴행성 시노피센이 입을 열었다.

"그럴 수밖에 없으니까요. 저에겐 인간과 그들의 문학에 대한 흥미가 내재되어 있습니다. 수백 년 동안 저는 오월 컨소시엄이 대중들에게 공개했던 지구와 후기-인류들의 링, 그리고 지구에 남아 있는 소수의 인간들에 대한 관찰 결과를 주목해 왔습니다."

"컨소시엄은 궤도의 메모리 저장 장치에 관해서는 한 번도 정보를 공개한 적이 없는데."

수마 IV가 말했다.

"그렇죠. 하지만 달리 해석할 길이 없잖아요. 그들이 지구를 떠났던 14세기 전에는 단지 몇 천 명의 후기-인류들밖에 없었다는 증거는 얼마든지 많습니다, 그렇지 않아요?"

"맞습니다."

아스티그/체가 말했다.

"당시 우리 모라벡 전문가들은 이 후기-인류들에게 육체가 있는지 없는지, 확신이 없었어요…… 우리가 생각하는 그런 육체 말입니다. 그래서 궤도에다가 백만 개의 도시들 지을 필요도 없었을 거라고 확신했죠."

"그렇다고 해서 지구 궤도에 떠 있는 물체의 대부분이 메모리 장치라고 결론지을 만한 이유는 없잖아요."

베 빈 아데 장군이 말했다. 만무트는 궁금해졌다, *이 우주선에서 불법 정탐을 하면 어떤 벌을 받게 될까.*

"고전-스타일 인류들이 지난 천오백 년 간 지구위에서 무엇을 했는지, 그리고 무엇을 *하지 않았는지*, 관찰한다면 도달할 수 있는 결론입니다."

"'하지 않았다' 니 도대체 무슨 뜻이지?"

만무트가 물었다. 그는 침묵을 지키고 있을 작정이었으나, 이번엔 호기심을 억누를 수가 없었다.

"첫째, 그들은 보통 인간들이 번식하는 방법으로 번식하지 않았습니다. 몇 세기 동안 그들의 숫자는 만 명을 넘지 않았습니다. 그러다가 1,400년 전 예루살렘에서 그 중성미자 광선이 —변조된 타키온의 안내를 받는 광선이라고 천문학자들의 온라인 출판물에 적혀 있었죠— 깊은 우주의 그 어느 곳도 겨냥하지 않는 광선이 발사되자, 인간은 모두 사라져버렸어요. 모조리."

"아주 짧은 동안 만이었죠."

총통합사령관 아스티그/체의 말이었다.

"그렇습니다, 하지만⋯⋯"

오르푸가 말했다. 그는 무슨 말을 하려는지 잠시 잊은 듯 보이다가 이윽고 입을 열었다.

"그런 다음⋯⋯ 일 세기도 되지 않아 백만 명의 고전-스타일 인간들이 지구 곳곳에서 살고 있더란 말입니다. 갑자기 사라져버린 만 명의 후예들은 분명히 아니었거든요. 인구 증가의 과정도 없이⋯⋯ 갑자기 짜잔, 뱅, 놀랐지, 하는 식으로⋯⋯ 난데없이 백만 명이 생겨난 겁니다."

"그래서 어떤 결론을 내렸나요?"

아스티그/체가 물었다. 근엄한 작은 모라벡은 즐거운 듯 보였다. 그것은 마치 갑자기 예기치 않았던 재능을 보여주는 학생에게 느끼는 흐뭇함 같은 것이었다.

"제가 내린 결론? 고전-스타일 인간은 태어난 게 아니라는 겁니다. 그들은 이식된 거죠."

"동정녀의 수태?"

초 리가 말했다. 칼리스탄의 괴상한 목소리에서 비아냥거림이 뚝뚝 떨어졌다.

"말하자면 뭐, 그렇죠."

그의 편안하고 덜그럭거리는 목소리로 그가 이 비아냥거림을 전혀 개의치 않는다는 걸 알 수 있었다.

"제 생각에 후기-인류들은 백만 명 정도 되는 인간의 기억과 성격, 그리고 신체에 대한 데이터를 이 궤도 메모리 장치에다 저장해 놓은 것 같아요. 누가 압니까? 일인당 위성 하나일지. 그렇게 해놓고 재고 관리를 했던 겁니다. 이것이 바로 어째서 인간들의 인구가 몇 세기마다 백만 명에서, 몇 천까지 줄어들었다가 마술처럼 순식간에 다시 백만으로 뛰어오르기를 반복했는지에 대한 해명입니다."

"어째서죠?"

센추리온 리더 멥 아후가 물었다. 만무트와 마찬가지로 이 록벡 군인의 목소리에서도 솔직한 호기심이 묻어났다.

"최소인구 유지책인 거죠. 후기-인류들은 고전-스타일 인류들에게 대체숫자의 오직 절반만을 낳도록 허락한 것 같습니다…… 즉, 한 여자 당 아이 하나. 그것도 죽는 사람이 있는 경우에만 말이죠. 그리고 저는 고전-스타일 인간들은 딱 1세기를 살고 사라져버린다는 주장을 읽은 적이 있습니다. 주어진 기후 변화나 하여간 다른 조건들에 의해 유지하기 편한 숫자였을 테고, 너무 번식하거나 보호 구역 바깥으로 나와 돌아다닐 만큼 많지도 않은 인구였죠. 하지만 인구가 너무 빨리 줄어들었어요. 그래서 천년 정도마다 그들은 인간의 숫자를 최대치인 백만 명으로 다시 불렸던 겁니다. 한 여자 당 *아이가 하나뿐이었기* 때문에 인구는 다음 보충 때까지 꾸준히 줄어들었겠지요."

"고전-스타일 인간이 정확히 백 년을 산다는 건 어디서 읽었어요?"

초 리가 물었다. 그의 목소리는 충격을 먹은 듯 했다.

"*가니메덴 과학저널*에서요. 나는 8백 년이 넘게 방송구독을 하고 있습니다."

총통합사령관 아스티그/체가 아주 휴머노이드 같은 손을 들어올렸다.

"미안해요, 이오의 오르푸, 궤도 장치의 정체를 밝히고 남아있는 수십만 명 인간들의 ―적어도 그 정체불명의 존재들이 공격하는 바람에 더욱 줄어들었던 최근 몇 달 동안은 우리도 지켜봤죠― 정확한 수명을 추론해낸 것은 먼저 축하드립니다. 그런데 당신은 그리스 신들이 왜 화성에 있는지, 목소리의 주인이 누군지, 어떻게 화성이 기적처럼 지구화했는지, 그리고 현재 지구와 화성에 양자 불안 상태를 일으키고 있는 게 뭔지, 모두 설명해줄 수 있다고 했잖아요."

"그 얘기로 가는 중입니다. 차라리 '모든 것의 이론'을 압축해서 초고속 타이트 빔 분사 장치로 보낼까요? 일초도 걸리지 않을 텐데."

"아니, 그럴 필요는 없습니다."

총통합사령관 아스티그/체가 말했다.

"하지만 말을 조금만 빨리해주세요. 에어로브레이킹을 시도하는 동안 착륙선을 출발시키려면 —혹은 출발시키지 않으려면— 세 시간도 남지 않았으니까요."

오르푸는 만무트가 이미 오래전부터 웃음소리로 해석해 온 특유의 덜그럭거리는 저주파음을 냈다.

"고전–스타일 인간들은 다섯 개의 대륙 위에 퍼져 있는 삼백 개 정도의 거주지에 모여 살고 있습니다, 그렇지요?"

"맞습니다."

초 리가 말했다.

"그리고 이 노드 주변의 거주자 수는 매우 다양합니다. 그럼에도 불구하고 우리의 망원경이 포착한 운송수단은 하나도 없어요. 사용되는 간선도로도, 공항도, 선박도 없어요. 심지어는 만무트와 제가 타고 화성의 발레스 마리네리스를 건넜던 기묘하게 생긴 돛단배도 없습니다. 가끔 뜨는 열기구조차 못 잡았어요. 그러므로 우리는 고전–스타일 인간들이 양자이동을 한다고 가정할 수 있는데요, 이것은 우리 모라벡 과학자들조차 아직 완벽하게 구현해내지 못하고 있는 여행 방법입니다."

"아주 그럴듯한 추측입니다."

수마 IV가 말했다.

"그럴듯하지요. 하지만 틀렸습니다. 화성과 지금도 트로이 전쟁이 진행 중인 다른 차원의 지구에서 소위 올림포스의 신들이 남겨놓은 양자 데이터를 통해, 우리는 이제 진짜 양자이동이 어떤 것인지 알고 있습니다. 그 족적足跡을 알고 있는 겁니다. 또한 고전–스타일 인간들이 어떻게 A에서 B로 이동했는지도 알지요."

"만약 고전–스타일 인간들이 양자이동을 하는 게 아니라면, 천 사백년이 넘도록 무슨 수로 여기저기 그렇게 빨리 옮겨 다닐 수 있었다는 겁니까?"

센추리온 리더 멥 아후가 말했다.

"구식 순간이동 방식인거죠. 인간의 육체와 정신과 개성에 관한 모든 데이터를 코드화해서 물질을 에너지로 분해한 다음 광선을 쏘면, 어디서든 똑같이 재조립되는 것입니다. 잃어버린 시대의 옛 TV 시리즈 스타 트럭에서 나왔던 대로요."

"트럭이 아니라 트렉."

베 빈 아데 장군이 고쳐주었다.

"아하! 여기도 팬이 계셨네요."

장군은 부끄러워서인지 화가 나서인지 톱니가 달린 살상 발톱을 쩔걱거렸다. 이번엔 초 리가 나섰다.

"우리 과학자들은 그렇게 많은 양의 데이터를 저장하는 게 불가능하다고 오래전에 결론을 내렸습니다. 그러려면 전 우주의 모든 원자 수보다 많은 테라바이트의 저장 용량이 필요하니까요."

"후기-인류들은 틀림없이 바로 그런 메모리 저장고를 만들어낸 거예요. 왜냐하면 고전-스타일 인간들은 수 세기 동안 그런 식으로 순간이동 해왔으니까요. 우리 친구 호켄베리나 올림포스의 신들이 구사하는 진정한 양자이동의 수준엔 못 미치지만, 거칠게나마 분자들을 낱낱이 쪼갠 후 다른 곳에서 재조립해낼 수 있었던 겁니다."

"왜 후기-인류는 고전-스타일 인간을 위해 그렇게 한 걸까요?"

만무트가 물었다.

"기껏해야 애완동물‥‥ 동물원 원숭이 다루듯 했던 단 몇 천 명의 고전-스타일 인간들 땜에 그처럼 어마어마한 기술 프로젝트라니요? 우리는 지난 천 오백년 동안 인간들의 새로운 공학이나, 도시 건설이나, 창조적 시도의 흔적을 전혀 발견할 수 없었습니다."

"어쩌면 순간이동 자체와 그러한 문화적 답보 상태 사이에 어떤 연관이 있을 수도 있습니다. 아닐 수도 있고요. 하지만 저는 우리가 저 아래에서 목격하고 있는 것이 바로 그 현상이라고 확신합니다. '날 쏘아 올려, 스쿠티!' 뭐, 그런 거죠."

"스쿠티가 아니라 스카티."

퇴행성 시노피센이 고쳐주었다.

"감사합니다."

오르푸가 말했다. 그리고는 만무트에게 타이트빔하기를, *이제 네 명이 되었군.*

"고전-스타일 인간들이 진정한 양자이동이 아니라 조잡한 형태의 물질 복제 전송방식을 사용해 왔다는 당신 말이 옳을지도 모릅니다."

아스티그/체가 말했다.

"하지만 그걸로는 아직 설명하지 못하는 게 있어요, 화성이나⋯⋯"

"그래도 다른 차원의 우주에 도달하려 했던 후기-인류의 집착은 설명이 됩니다."

오르푸는 이런 말을 하고 있다는 사실이 가져다준 흥분과 기쁨 때문에 자신이 오월 컨소시엄 전체에서 가장 중요한 총통합사령관의 말을 끊고 들어갔다는 사실조차 깨닫지 못하고 있었다. 베 빈 아데 장군이 물었다.

"후기-인류들이 다른 차원의 우주로 들어가는 일에 집착했다는 건 어떻게 알수 있나요?" "지금 농담하시나요?"

오르푸가 말했다. 만무트는 이 근엄한 소행성대 록백 장군이 평생 동안, 혹은 적어도 군인으로 살아오는 동안 이런 질문을 자주 받는 편은 아니었으리라는 사실을 떠올려야만 했다. 군인 모라벡의 허를 찌른 줄도 모르고 오르푸는 계속했다.

"후기-인류가 궤도상에 남겨 놓은 저 쓰레기들을 보세요. 웜홀 축적기도 있고, 블랙 홀 가속기도 있어요. 모두 시공간을 가르고, 이 우주의⋯⋯ 아니면 다른 우주의 지름길을 찾기 위한 초기 시도들이거든요⋯⋯"

"블랙홀과 웜홀로는 안 됩니다, 적어도 순간이동 장치로는요"

칼리스탄 초 리가 단호하게 말했다.

"그래요, 우리는 이제 그것을 알고 있습니다. 그리고 후기-인류들이 천오백 년 전에 알아낸 것도 바로 그것이었습니다."

오르푸가 수긍했다.

"그러니까, 그들은 이 엄청난 메모리-저장 장치에다가 고전-스타일 인간들을 —나는 이들이 모두 실험용 쥐로 사용되었다고 확신하는 바입니다— 위한 조잡한 물질-복제 순간이동 포털을 궤도로 쏘아올리고 난 *후에야*, 후기-인류들은 브레인 홀이나 양자이동을 집적거리기 시작한 겁니다."

"우리 과학자들과 엔지니어들도···· 양자이동과 칼라비-야우 우주의 발생에 대해 수 세기 동안···· 당신 표현대로, 집적거려 왔습니다."

퇴행성 시노피센이 말했다. 아말테인은 너무나 흥분한 나머지 길고 거미 같은 은색 다리가 거의 춤을 추고 있었다.

"아무 성과도 없이."

"그건 후기-인류들이 획기적인 발견을 할 수 있게 만들었던 바로 그 한 가지가 우리에겐 없었기 때문입니다."

이오의 오르푸는 말을 마치고 잠시 사이를 두었다. 모두가 기다렸다. 만무트는 그의 친구가 이 순간을 즐기고 있다는 걸 알고 있었다.

"궤도의 메모리 위성에 저장되어 있는 백만 명의 신체, 마음, 기억, 그리고 개성."

오르푸가 말했다. 그의 깊은 목소리는 마치 오랫동안 풀리지 않았던 수학적 수수께끼를 푼 듯 승리감에 차 있었다. 센추리온 리더 멥 아후가 말했다.

"무슨 말인지 모르겠습니다."

오르푸의 레이더가 모든 사람들 위에서 깜빡였다. 그것은 전자기장을 깃털처럼 부드럽게 건드렸다. 만무트는 친구가 반응을, 어쩌면 동감의 외침을 기다리고 있다고 생각했다. 아무도 움직이거나 말하지 않았다.

"나도 무슨 말인지 모르겠습니다. 인간의 뇌란 무엇입니까?"

오르푸가 수사학적으로 물었다.

"그러니까, 우리 모라벡에게도 한 조각씩들 있습니다. 무엇일까요? 어떻게 작동할까요? 생각하기 위해 가지고 다니는 이진법이나 DNA컴퓨터 같은 것일까요?"

"아닙니다."

초 리가 말했다.

"인간의 뇌는 컴퓨터와 다르며, 잃어버린 시대의 인간 과학자들이 믿었던 것처럼 화학적인 메모리 기계도 아니라는 것을, 우린 알고 있습니다. 인간의 뇌란···· 정신이란···· 양자적 상태 전체를 대변하는 파동의 표면입니다."

"바로 그겁니다!"

오르푸가 소리쳤다.

"후기-인류들은 그들의 브레인 홀과 시간 여행과 양자 순간이동을 완성하기 위해 인간 정신에 대한 상세한 이해를 이용했던 겁니다."

"난 아직도 이해가 안 가네요."

총통합사령관 아스티그/체가 말했다.

"양자 순간이동이 어떻게 일어나는지 생각해 보세요. 초, 당신이 나보다 더 잘 설명하실 수 있을 겁니다."

칼리스탄 초는 덜그럭거리더니 그 소리를 다시 말로 변조시켰다.

"A.D. 20세기까지 거슬러 올라가는 옛날 고전-스타일 인류들의 양자이동에 관한 초기 실험들은, 얽힌 광자의 쌍을 만들어 그 중 하나를 순간이동 시키고 —그러니까 그 프로톤의 양자 *상태 전체*를 순간이동 시키고— 동시에 보통의 잠재 채널을 통해 두 번째 광자의 *벨 상태* 분석을 전송시키는 방식으로 이루어졌습니다."

"그건 하이젠베르크 원리와 아이슈타인의 광속 제약을 위배하는 것 아닌가요?"

센추리온 리더 멥 아후가 물었다. 만무트처럼 그도 화성 올림푸스 몬스의 신들이 일리움으로 QT해갔던 메커니즘에 대해 설명을 듣지 못한 게 분명했다. 초 리가 설명했다.

"아닙니다. 광자는 이 우주의 한 곳에서 다른 곳으로 순간적으로 움직일 때 정보를 함께 가져가지는 않습니다. 심지어는 자신의 양자 상태에 대한 정보조차도요."

"그러니까 양자이동된 광자는 아무 쓸모가 없겠네요."

센추리온 리더 멥 아후가 말했다.

"적어도 소통을 목적으로 할 때는요."

"그런 셈이지요. 순간이동된 광자의 수용자는 4분의 1의 확률로 —양자화된 광자는 네 가지 중 하나의 상태를 띠니까요— 양자 상태를 짐작하고, 그 짐작을 통해 데이터의 양자 비트를 활용했습니다. 이 양자 비트를 우리는 큐빗(qubit)이라고 부르는데, 우리는 순간 소통을 위해 이들을 성공적으로 활용했었죠."

만무트가 고개를 흔들었다.

"아무 정보도 전달하지 않는 양자 상태의 광자를 갖고, 트로이로 양자이동하는 그리스 신들을 어떻게 설명한단 말입니까?"

그러자 이오의 오르푸가 읊었다.

"그 상상력, 아담의 꿈에 견줄 수 있고, 그는 깨어나 그게 진실임을 발견했도다. 존 키츠."

"아예 더 신비한 수수께끼로 해주지 그래?"

수마 IV가 비꼬듯이 물었다.

"못할 것도 없지요."

오르푸가 말했다.

"양자이동이라든가 작금의 양자적 위기의 원인하고 시인 존 키이츠가 무슨 관련이 있다는 거지?"

만무트가 물었다.

"내가 하고 싶은 얘기는 지금으로부터 천오백여 년 전 후기-인류들이 브레인 홀과 양자이동에 관해 획기적인 돌파구를 찾을 수 있었던 이유가 바로 인간 의식의 전인적인 양자적 본성을 속속들이 이해했기 때문이라는 겁니다."

이오의 오르푸가 이제 심각한 목소리로 말했다. 그는 계속했다.

"저는 우주선의 양자 컴퓨터에 관한 초기 연구서들을 연구했습니다. 인간의 의식이란 걸 불변의 파면波面⁺ 현상으로 나타내고, 물질적 현실 그 자체를 위한 파면에다가 큐빗 양자 데이터의 테라바이트 수치를 적용해서, 적정한 상대적 쿨롱 필드 변환을 이 정신-의식-현실의 파동 기능에 적용시키면, 후기-인류들이 어떻게 새로운 우주를 향해 브레인 홀을 열었고 어떻게 그곳으로 순간이동 했는지 쉽게 알 수 있습니다."

"어떻게 말입니까?"

총통합사령관 아스티그/체가 물었다.

"그들은 우선 대체 우주를 향해 브레인 홀을 열었는데, 거기엔 인간 의식 파면의 얽힌 쌍이 이미 *존재해* 왔었던 시공간 속의 좌표들이 있었죠."

"어, 그래?"

만무트가 말하자 오르푸가 물었다.

"불변의 양자 파면이 확률 상태를 뚫고 무너져 내리는 게 현실이지, 다른 무엇이겠습니까? 인간의 정신은 바로 그 파면들을 인식하고 무너뜨리는 간섭계로 작동하지, 달리 어떻게 작동하겠습니까?"

만무트는 여전히 고개를 저었다. 그는 브릿지 위에 다른 모라벡들도 서 있다는 사실과, 그들이 자신의 잠수정과 착륙선을 두 시간 안에 지구로 내려 보낼 수도 있다는 사실과, 그들이 처한 위험에 대해서도 잊었다···· 친구 오르푸가 선사하고 있는 두통 외에는 모두 잊었다.

"후기-인류들은 이미 존재하는 홀로그램 파면이라는 또렷한 렌즈를 통해서 생겨났던 ―혹은 적어도 그 렌즈로써 인지되었던― 교체 우주 속으로 브레인 홀을 열었습니다. 인간의 상상력. 인간의 천재성이죠."

"오, 하나님이 보우하사!"

베 빈 아데 장군이 말했다.

"그럴 지도 모르지요."

오르푸가 말했다.

"만약 이런 교체 우주들이 무한정 혹은 무한정에 가깝도록 존재한다고 가정해

＋ 어느 한 점에서 모든 방향으로 전달되는 빛이 도달하는 모든 점의 궤적 ― 역자 주

보면, 그 중 상당수는 순전히 인간의 천재성에 의해 상상된 것일 수밖에 없습니다. 그런 우주들을 천재성의 특이한 점이라고 상상해보십시오. 벨 상태를 분석하고, 현실의 순수한 양자 거품을 편집하는 자라고 말입니다."

"그것은 형이상학이잖아요."

충격을 받은 듯한 목소리로 초 리가 말했다.

"그건 헛소리예요."

수마 IV가 말했다.

"아닙니다, 그것은 바로 이곳에서 벌어지고 있는 일입니다. 우리는 지금 중력이 향상된 지구화된 화성을 보고 있으며 그러한 변신이 단 몇 년 만에 가능하다는 사실을 믿어야만 하는 처지입니다. *이건 헛소리죠.* 화성에는 프로스페로의 석상이 있고, 그곳에서 그리스 신들은 올림포스 산 꼭대기에 살면서 아킬레스와 헥토르가 일리움의 미래를 걸고 전투를 벌이는 교체 가능한 지구의 시공간을 넘나듭니다. *이것도 헛소리입니다. 만약……*"

"만약 인간의 천재적 능력으로 일찍이 상상되었던 바로 그 세계와 우주로 가는 문을 후기-인류들이 열지 않았다면 말이지요."

총통합사령관 아스티그/체가 말했다.

"그렇게 되면 프로스페로의 석상, 지구의 칼리반 같은 생명체들, 그리고 일리움-지구에 있는 아킬레스, 헥토르, 아가멤논과 다른 인간들의 존재도 설명이 되겠네요."

"그리스 신들은 어떻게 되는 겁니까?"

베 빈 아데가 경멸하듯 말했다.

"앞으로는 여호와와 부처님도 만나게 되는 겁니까?"

"그럴지도 모르죠."

이오의 오르푸가 말했다.

"하지만 제 생각엔 우리가 만났던 올림포스 신들은 변종된 후기-인류인 것 같습니다. 천사백 년 전에 후기-인류들이 바로 거기로 사라졌잖아요."

"그들은 왜 신으로 변신했을까요?"

퇴행성 시노피센이 물었다.

"그것도 나노테크놀로지와 양자 트릭에서 힘을 얻는 신들로요?"

"안 그럴 이유가 없잖습니까?"

"불멸성, 성의 선택, 신이나 인간 할 것 없이 원하는 누구하고도 섹스할 수 있는 자유, 신성하거나 필멸인 수많은 자식들을 낳고…… 후기-인류들에게는 불가능했던 능력들이지요. 물론 트로이의 포위라는 수십 년짜리 체스 게임도 빠지지 않죠."

만무트가 이마를 문질렀다.

"그렇다면 화성의 지구화와 중력의 변화는……"

"그렇습니다. 거기에는 아마 3년이 아니라 천 사백 년의 대부분이 걸렸을 겁니다. 그리고 거기엔 신들의 양자 기술이 작용했던 겁니다."

"그러니까 저 아래나 어딘가 다른 곳에 *진짜* 프로스페로가 있다는 거야? 셰익스피어의 템피스트(태풍)에 나오는 그 프로스페로?"

만무트가 물었다.

"아니면 그 비슷한 사람이나 비슷한 것."

오르푸가 대답했다.

"며칠 전에 브레인 홀을 통해 나타난 대뇌-괴물은 뭡니까?"

수마 IV가 물었다. 가니메데인은 화가 난 것처럼 들렸다.

"그것도 당신의 그 소중한 인류 문학에 나오는 영웅인가요?"

"그럴지도 모릅니다. 로버트 브라우닝은 칼리반이 세테보스에게라는 시를 쓴 적이 있습니다. 셰익스피어의 템피스트에 나오는 괴물 칼리반이 그의 신, 즉 세테보스라는 존재에 대해 생각하는 내용인데요, 브라우닝은 칼리반을 통해 세테보스를 '오징어처럼 많은 손을 가진' 존재라고 묘사합니다. 그것은 공포와 폭력을 먹고 사는 난폭한 신입니다."

"억측이 좀 지나친 것 같은데요."

아스티그/체가 말했다.

"그렇습니다. 하지만 우리가 촬영했던 그 물체, 거대한 인간 손에 얹혀서 돌아다니는 거대한 대뇌처럼 보이는 그 물체도 마찬가지 아닌가요? 어떤 우주에서든 그렇게 진화할 수는 없습니다, 아닌가요? 하지만 로버트 브라우닝은 대단한 상상력의 소유자였습니다."

"우리가 지구에 가면 햄릿도 만나는 건가요?"

노골적으로 비웃으며 수마 IV가 말했다.

"오,"

만무트가 말했다.

"오. 오, 그러면 멋지겠는데요."

"지나치게 오버하지는 맙시다."

총통합사령관 아스티그/체가 말했다.

"오르푸, 어떻게 이런 생각을 하게 되었습니까?"

오르푸는 한숨을 쉬었다. 말로 대답하는 대신, 덩치 큰 이오니언의 흠집투성이 껍데기 위의 통신 포드에서 홀로그래팩 영사기가 튀어나오더니 차트 테이블 위에 떠다니는 이미지를 쏘았다.

여섯 권의 두꺼운 책이 가상의 책장에 꽂혀 있었다. 그 중 한 권이 —만무트는 표지에 *잃어버린 시간을 찾아서 제 3권-게르망트네 쪽* 이라고 쓰인 것을 보았다—펄럭거리더니 445페이지가 펼쳐졌다. 이미지는 페이지 위의 글자로 줌인 되었다.

만무트는 갑자기 오르푸가 시각적으로 장님이라는 사실을 떠올렸다. 자신이 영사하고 있는 것을 보지 못하는 것이다. 그 얘기는 그가 프루스트의 6권을 모두 암기할 수밖에 없었다는 뜻. 생각이 여기에 이르자 만무트는 목 놓아 울고 싶었다.

만무트는 다른 동료들과 함께 공중에 뜬 활자들을 읽어 나갔다;

"이제 예술을 아는 사람들은 르누아르가 18세기의 위대한 화가라고 말한다. 하지
만 그렇게 말하면서 그들은 시간이란 요소를 잊고 있다. 19세기가 한창일 때에도

그가 위대한 예술가로 추앙되기에는 엄청 시간이 걸렸다. 그러므로 독창적인 화가나 작가가 인정을 받으려면 안과의사와 같은 길을 걷게 된다. 그들이 그림이나 문장을 통해 우리에게 가하는 치료가 늘 유쾌한 것만은 아니다. 치료가 끝나면 치료사는 말한다: "이제 눈을 떠봐요!" 자, 보라, 옛날과는 전혀 다른 모습의 세상이 (한 번 창조된 것으로 끝나지 않은 세상, 독창적인 예술가가 태어날 때마다 새롭게 재창조되는 세상), 하지만 여전히 또렷한 세상이 눈앞에 펼쳐진다. 우리가 예전에 보았던 모습과는 전혀 다른 모습의 여인들이 길을 걷는다. 르누아르의 여인들인 것이다. 우리가 끊임없이 온전한 여인으로 보기를 거부해 왔던 바로 그 르누아르의 여인들. 나룻배도, 물도, 하늘도 다 르누아르다. 우리는 그 숲으로 산책을 가고 싶은 충동을 느낀다. 처음 보았을 때는 숲하고는 조금도 닮은 점이 없어 보였던 바로 그 숲, 수없는 색조들이 섞여 들어갔지만, 숲의 특징을 나타내는 색깔만은 전혀 들어있지 않아 보였던 바로 그 숲 속으로. 연약하고 새로운 세계가 갓 태어난 것이다. 그 세계는 다시 독창적인 재능의 새로운 화가가 나타나 엄청난 지각 변동이 초래될 때까지 계속될 것이다."

차트 테이블 옆의 모라벡들은 모두 침묵 속에 서 있었다. 오직 환풍기의 소음, 기계 소리, 그리고 배후로 들리는, 지구의 극링과 적도링에 실제로 접근하고 있는 이 중차대한 순간 퀸 맵을 실질적으로 조종하고 있는 모라벡들이 교신하는 소리만이 이 침묵을 깨뜨리고 있었다.

마침내 베 빈 아데 장군이 침묵을 깨뜨렸다.

"유아론唯我論적인 넌센스! 형이상학적 쓰레기! 개똥같은 소리라구요."

오르푸는 아무 말도 하지 않았다.

"개똥같은 소리일 수도 있죠."

총통합사령관 아스티그/체가 말했다.

"하지만 초현실적인 일이 계속 벌어진 지난 아홉 달 동안 들어본 중에 가장 신빙성이 있는 개소리입니다. 그러므로 이오의 오르푸는 착륙선이 분리되어 지구 대기권으로 들어갈 때 *어둠의 여왕*에 함께 탑승하도록 하겠습니다. 두 시간하고도 십사 분이 남았습니다. 모두 가서 준비합시다.

오르푸와 만무트는 엘리베이터를 향해 가고 있었다. 만무트는 다소 멍한 걸음으로, 덩치 큰 오르푸는 저항기 위에서 말없이 가볍게 뜬 상태로. 갑자기 아스티그/체가 소리쳤다.

"오르푸!"

이오니언은 몸을 돌려 자신의 망가진 카메라와 눈이 달린 더듬이를 예의 바르게 총통합사령관에게 향하고 기다렸다.

"오늘 우리가 랑데부 하게 될 목소리의 주인이 누구인지 말해주겠다고 했잖아요."

"오, 그건⋯⋯."

만무트의 친구가 처음 부끄러워하는 듯한 목소리를 냈다.

"그건 단지 추측일 따름입니다."

"말해 보세요."

"그럼⋯⋯ 제 이론에 따르면, 도대체 누가 여자 목소리로 우리의 승객인 라에르테스의 아들 오디세우스를 달라고 할까요?"

"산타클로스?"

빈 아데 장군이 말했다.

"아닙니다. 칼립소!"

그 이름을 알아듣는 모라벡은 아무도 없는 것 같았다.

"혹은 우리의 다른 새 친구들이 살던 우주에서 온 마녀, 키르케입니다."

예순둘

하먼은 물에 빠졌지만 죽지는 않았다. 그는 몇 분 안에 죽기를 기원할 티었다.

정12면체 캐비닛을 채우고 있는 물, 황금빛 액체에는 산소가 과다하게 녹아 있었다. 그의 허파가 완전히 가득차자 마자 허파의 얇은 모세관 벽을 타고 산소가 밀려들기 시작했고 다시 그의 혈관 속으로 흘러들어갔다. 심장을 뛰게 하기에는 — 아니, 익사 과정을 겪는 30초 동안 그의 심장은 멈춰 있었으니까 '다시' 뛰게 하기에는— 충분했다. 무뎌지고, 공포에 사로잡히고, 나머지 신체로부터 분리된 듯하지만 분명히 살아 있는 그의 뇌를 유지시키기에도 충분했다. 숨을 들이쉴 수는 없었다. 본능은 여전히 공기를 달라고 아우성치고 있었지만 그의 몸은 산소를 공급받고 있었다.

눈을 뜨기까지 악전고투해야 했지만, 덕택에 수십억의 황금빛 단어들과 수백억의 고동치는 이미지들이 그의 두뇌 속에서 태어나기 위해 몸부림치고 있는 장면을 목격하는 보상을 받았다. 그는 물이 꽉 찬 크리스털 캐비닛의 유리로 된 여섯 개의 면과, 모이라인지, 프로스페로인지, 아니면 아리엘인지 모를 저 너머 뿌연 형상들을 인식할 수 있었지만, 그런 것들은 더 이상 중요하지 않았다. 그는 여전히 제대로 공기를 들이마시고 싶었다. 만약 그가 반쯤 의식을 잃고 있지 않았더라면 —정보 전송을 위한 준비로서 액체가 안정 효과를 발휘하지 않았더라면—

그는 구역반사+만으로도 미쳐버리거나 죽어 버렸을 것이다.

하지만 크리스털 캐비닛에는 그 외에도 그를 돌아버리게 만들 것들이 있었다.

이제 정보가 하먼에게 쏟아져 들어오기 시작했다. 모이라와 프로스페로가 말했던 수백 권의 옛 서적에 담긴 정보들. 오래 전에 죽은 백만 가까운 인간들의 말과 생각, 아니, 그 이상 (책마다 논쟁을 하면서 그 책과는 다른 사상들이 담겨 있었으니까), 그리고 그에 대한 반박이나 열렬한 동의, 격렬한 수정과 반발 등등.

정보가 쏟아져 들어오기 시작했지만, 그건 하먼이 여태껏 느끼고 경험했던 것과는 전혀 달랐다. 그는 수십 년에 걸친 독학으로 읽기를 배웠고, 그리하여 셀 수 없을 만큼 세월이 지난 후 사방에 널린 책꽂이에서 썩어가고 있던 고서 안의 꼬불꼬불한 선과 커브와 점들이 지닌 의미를 알아낸 최초의 고전-스타일 인간이 되었다. 하지만 책 속의 단어들은 대화하는 속도로 곧바로 마음속으로 들어왔다. 하먼은 읽기를 배운 이래 꼭 스스로의 목소리라고 할 바는 아니지만 마음속으로 모든 단어들을 큰 소리로 읽는 목소리를 항상 들어왔다. 검색 독서는 더 빠르지만 덜 효과적인 독서 방법이었다. 일종의 나노테크 기능으로서 커다란 주입구에 석탄을 삽으로 퍼 넣듯 팔을 통해 책의 내용을 두뇌로 흘러가게 만드는 방법이라, 천천히 문맥을 찾아가는 독서의 즐거움은 없었다. 책 한 권을 검색하고 나면 항상 새로운 데이터가 도달한 느낌뿐, 뉘앙스와 문맥이 없음으로 해서 책의 의미조차도 많이 사라져 버린 것 같은 기분이었다. 검색을 할 때면 소리 내어 읽는 머릿속의 목소리를 들을 수가 없어, 이 기능이 잃어버린 시대의 고전-스타일 인간들이 건조한 정보를 나타내는 표나 이미 정리된 데이터를 읽기 위해 고안된 기능이 아닐까 하고 종종 생각했었다. 검색은 소설이나 셰익스피어 희곡을 읽는 데 적합하지 않았다. 비록 하먼이 처음 마주친 셰익스피어 희곡은 놀랍고도 감동적인 *로미오와 줄리엣*이란 작품이었지만. *로미오와 줄리엣*을 읽기 전까진 "희곡"이라는 것이 존재한다는 사

+ Gag reflex 목젖을 포함한 인두부를 자극하면, 미주신경이 자극되고 이게 뇌의 구토중추를 흥분시켜 토하게 됨 – 역자 주

실조차 모르고 있었다. 그의 동족들이 알고 있는 유일한 허구의 여흥거리는 트로이의 포위에 관한 튜린 드라마뿐이었고, 그것도 지난 십 년 새 벌어진 일이었다.

하지만 독서는 느리고 직선적인 과정이며, 검색은 두뇌를 간질이고 정보의 찌꺼기를 남기는 것인 반면, 이 크리스털 캐비닛은 마치‥‥

> *그 처녀는 내가 흥겹게 춤을 추던*
> *광야에서 나를 잡아*
> *나를 자신의 캐비닛에 가두고*
> *황금 열쇠로 잠가 버렸다*

하먼이 받고 있는 이 정보들은 눈으로도, 귀로도, 데이터를 신경과 두뇌로 보내도록 진화된 그 어떤 인간의 감각 기관으로도, 들어오지 않았다. 비록 황금 액체 속 수십 수백억의 콕콕 찌르는 듯한 정보들이 모든 모공과 세포를 통해 지나가고 있었지만, 그것은 엄밀하게 말하자면 접촉을 통해 들어오는 것이 아니었다. 그는 이제 깨달았다. DNA는 나선형 모양을 좋아한다는 것을. 여러 가지 이유 때문에 진화는 자신의 가장 신성한 화물을 옮기는 방식으로 이중나선형 구조를 택했다. 하지만 가장 중요한 이유는 가장 쉽고 효과적으로 —앞뒤로— 에너지를 흐르게 하는 방법이기 때문이다. 그리고 그 에너지는 단백질의 거대 분자인 RNA와 DNA의 주름과 연결점과 형태와 기능을 결정한다. 화학적 시스템은 언제나 가장 낮은 자유 에너지 쪽으로 움직인다. 그리고 자유 에너지는 서로를 보충하는 두 개의 뉴클레오티드 가닥이 이중나선형 계단처럼 짝을 지었을 때 최소화된다.

하지만 하먼이 갖고 있는 고전-스타일 인간 게놈의 하드웨어와 소프트웨어를 재再디자인했던 후기-인류들은 그들의 몸속에 여분의 DNA를 충분히 재디자인해 놓았다. 오른쪽으로 꼬인 B-DNA 대신 후기-인류들은 왼쪽으로 꼬이고 지름이 2나노미터인 보통 크기의 Z-DNA 이중나선구조를 사용했다. 그들은 Z-DNA를 시금석으로 삼아 그로부터 이중-교차 분자와 같은 더욱 복잡한 DNA 나선 구조의 골격을 파생시켰고, 이 DX DNA의 끈들을 밀봉된 단백질 케이지 안에 묶어 놓았다. 하면의 뼈와, 근섬유와 내장 표면과 고환과 발가락과 모낭 깊이 숨겨진 이 수십, 수백억 개의 케이지 구조는 생물적인 수용자가 되어 유기적 메모리 저장 클러스터를 모아 놓은 더욱 복잡한 형태의 클러스터 역할을 하고 있었다.

그의 온몸은 ─모든 세포는─ 타지 모이라의 수백만 권 책들을 먹어치우고 있었다.

> 그 캐비닛은 금과 진주와
> 밝게 빛나는 크리스털로 이루어져 있으며
> 그 안에서 열리는 세상은
> 작고 사랑스러운 달밤

그 과정은 아팠다. 크리스털 캐비닛의 황금 액체 안에서 죽은 잉어처럼 배를 위로 향한 채 둥둥 뜬 하면은 감각이 마비되어 있다가 천천히 되돌아오고 있는 팔과 다리의 고통을 느꼈다. 만 개의 날카롭고 뜨거운 바늘이 온몸을 콕콕 찔러대고 있었다. 하지만 팔다리만 아픈 게 아니었다. 온몸의 세포, 안팎의 표면에 있는 모든 세포가, 모든 세포의 핵과 세포벽 속 분자가, 하면이라는 이름의 유기집합체의 모든 곳에 있는 얀─쉔─유르케 DNA 회로 속 자유 에너지 통로로 밀려들어오는 데이터에 깨어나고 있었다.

그 고통은, 아, 상상을 초월했다. 그는 고통의 비명을 지르기 위해 자꾸 입을 벌렸다. 하지만 허파에도 주변에도 공기라곤 없어서, 목에서 나오는 소리는 자신이 빠져있는 금빛 액체를 약간 진동시킬 따름이었다. 금속성 나노 입자들, 탄소 나노 튜브들, 그리고 더 복잡한 나노 전자 기기들이 몸과 뇌의 구석구석에 있었다. 하면이 태어나기 전부터 거기 있었으며 이제야 인식되고 있는 그 요소들은 극성을 띠고, 회전하고, 3차원으로 재배열되더니, 정보를 전달하고 저장하기 시작했다. 하면의 세포 속에서 기다리고 있던 수십 조의 복잡한 DNA 브릿지 하나하나가 회전하고, 재배열되고, 재결합되더니, 그의 가장 중추적인 구조인 DNA 척추를 가로질러 데이터들을 안정화시키고 있었다.

유리 근처에 있는 모이라의 얼굴이 보였다. 새비를 닮은 그녀의 검은 눈이 안을 들여다보고 있었으며, 유리창에 비쳐 왜곡된 그녀의 얼굴은 무언가를 표현하고 있었다. 걱정? 후회? 순전한 호기심?

> 난 거기서 또 하나의 영국을 보았네
> 런던 타워를 가진 또 다른 런던
> 또 하나의 템즈강과 다른 언덕들
> 그리고 또 하나의 즐거운 서리 바우어를

책이란 ―하먼은 나이아가라 폭포 같은 고통을 통해 깨달았다― 4차원으로 존재하는 거의 무한정인 정보의 매트릭스 안에 있는 노드에 불과하다. 그리고 시간과 지식을 씨줄과 날줄로 삼아, 그 노드는 진실의 그림자 비슷한 거란 개념의 아이디어를 향해서 진화한다. 요람 속의 어린 아이였을 때, 하먼은 귀하디귀한 송아지 피지皮紙와 그보다 더 귀한 연필이란 필기구를 얻어 종이 위에 가득 점을 찍은 후 선으로 모든 점을 연결해보겠노라고 몇 시간을 보낸 적이 있었다. 언제나 다른 방법으로 선을 그을 수 있을 것 같았고, 새로 연결할 수 있는 두 점이 더 있을 것 같았다. 하지만, 다 시도해보기도 전에 크림색 송아지 피지는 흑연으로 뒤덮이고 말았지. 시간이 흘러, 제 발로 팩스 포털을 들락날락하게 될 정도로 ―사실은 엄마 품에 안겨 다닐 수 있을 만큼― 자랐을 때, 하먼은 자문했다. 그의 어린 마음은 팩스 포털에 대한 느낌을 잡아내고 표현하려 했던 게 아니었을까 하고. 알려진 삼 백 개의 팩스 전송실에서 만들어지는 구백만 개의 조합을.

하지만 이 정보의 점 잇기에서 저장용 거대분자 케이지로 가는 길은 수천 배 더 복잡하고 한없이 더 고통스러웠다.

그녀와 같은 또 다른 처녀가

투명하고 사랑스럽고 빛나고 깨끗한

3명의 처녀가 각자 서로에게 갇혀—

오, 떨리는 공포여

오, 놀라운 미소! 세 겹의 미소가

나를 채웠다, 내가 태운 불꽃처럼

나는 몸을 굽혀 그 사랑스러운 처녀에게 입 맞추고

세 배의 키스로 보답 받았다.

　이제 하면은 윌리엄 블레이크가 조판공으로 생계를 꾸렸다는 것, 그나마 별로 인기나 성공을 누리지도 못했다는 것을 알았다. *[모든 것은 결국 문맥이다.]* 블레이크는 뜨겁고 푹푹 찌는 일요일 1827년 8월 12일 저녁에 죽었다. 그날 대중들 가운데 그 누구도, 이 과묵하고 가끔 화를 잘 내던 이 조판공이 사무엘 콜러리지를 위시해 더 잘 알려진 당대의 작가들로부터 존경받는 시인이었다는 사실을 몰랐다. *[물이 없으면 돌고래가 살 수 없듯, 문맥이 없는 데이터가 무슨 소용이람.]* *[돌고래란 A.D 22세기 초에 멸종해버리고 만 수중 생물의 일종이다.]* 윌리엄 블레이크는 당시 유행했던 신비주의와 초자연적 비술, 신지학을 전적으로 경멸했음에도 불구하고, 스스로를 그야말로 에스겔이나 이사야 수준의 예언자로 여겼다. *[에스겔 마오 칸트는 뜨겁고 푹푹 찌는 A.D. 2134년 8월 11일 벵골 해양수족관에서 암으로 죽은 최후의 돌고래 알모레니안 다쥐르의 곁을 지켰던 해양생물학자의 이름이다. N.U.N 응용종應用種위원회는 저장된 DNA에서 돌고래과를 재생시키는 대신 다른 돌고래과와 그 외의 거대 해양–고래목과 마찬가지로 평화롭게 멸종시키기로 결정했다.]*

　자신의 크리스털 중심으로부터, 벌거벗은 채, 바깥을 내다보면서 하면은 느꼈다. 데이터 자체는 그럭저럭 참을만하군. 그를 죽도록 괴롭히는 것은 신경망을 끝없이 확장시키는 문맥의 고통이었다.

> 나는 내면의 형상을 잡으려 애썼다
> 불같은 열정과 불꽃의 손길로
> 하지만 크리스털 캐비닛을 열자
> 나는 울고 있는 아기처럼 되어버렸다

> 황야에서 울고 있는 아기
> 그리고 창백하게 몸을 눕힌 울고 있는 여인
> 다시 바깥 공기로 나와
> 나는 지나는 바람을 고통으로 채웠다.

하먼은 그러한 고통과 복잡다단함을 받아들일 수 있는 한계에 도달했다. 그는 진한 금빛 용액 안에서 사지를 저어대다가, 자신이 태아만큼도 자유롭게 움직이지 못하다는 것을 발견했다. 손가락은 지느러미가 되었고, 근육은 퇴화하여 너덜거렸으며, 고통은 우주의 진정한 매개자이자 양수였다.

나는 백짓장이 *아니라고!!* 그는 개자식 프로스페로와 궁극적인 요녀 모이라에게 외치고 싶었다. 이게 그를 죽일 터였다.

지옥과 천국이 한꺼번에 태어나고 있어. 하먼은 그런 생각을 처음 한 것이 블레이크라는 것과, 운명결정론에 대한 스웨덴보그의 칼비니스트 믿음에 대한 반박의 과정에서 블레이크가 생각해냈었다는 사실을 알고 있었다:

> 나의 사탄아 너는 참으로 바보로구나
> 인간과 옷조차 구별하지 못하니

그만! 그만! 하나님 제발.

비록 네가 예수와 여호와의

신성한 이름들로부터 숭배 받지만: 너는 여전히

지친 밤의 몰락 속에서 아침의 아들이며

언덕 아래 잠든 여행자의 잃어버린 꿈이다.

허파 속에도, 목청에도, 탱크 안에도 비명 소리를 만들 만한 공기가 없는 줄 알면서도 하먼은 비명을 질렀다. *[6조 개 가운데 하나인 노출된 장치에는 4개의 이중 나선구조가 들어있는데, 이들의 중앙은 쌍을 이루지 못한 두 개의 DNA가닥으로 연결된다. 교차 구역은 서로 다른 두 가지 상태에 놓일 수 있다. 우주는 종종 이원적 형태를 즐긴다. 중간 연결점에서 두 개의 나선을 반씩 돌리면 소위 PX 혹은 패러니믹(paranemic) 교차 상태가 만들어진다.]* 1초에 30억 번씩 이 짓을 당해보면, 가장 독창적인 고문대, 집게, 뽑는 기구, 그리고 날카로운 칼날을 만들어낸 가장 악랄한 고문 기술자들이 꿈조차 꿔본 적 없는 순수한 고문 그 자체를 경험할 수 있을 것이다.

하먼은 다시 비명을 지르려 했다.

전이가 시작된 지 이제 15초가 지났다.

44분 하고도 45초가 더 남아 있다.

내 이름은 토마스 호켄베리. 고전학 박사다. 나의 전공은 호메로스의 일리아스에 대해 연구하고, 쓰고, 가르치는 것이다.

거의 30년 동안 나는 교수였고, 마지막 15년 동안은 인디애너주 블루밍턴에 있는 인디애너 대학에서 가르쳤다. 그리고 나는 죽었다. 나는 깨어났다. 혹은 부활되었다. 올림포스 산에서, 혹은 거기서 스스로를 신이라 자처하는 이들이 올림포스 산이라고 불리는 곳에서. 하긴 그 곳이 화성에 있는 거대한 방패 화산 올림푸스 몬스라는 것을 나중에 알게 되었지만. 이 존재들, 이 신들, 혹은 그들보다 우월한 존재들이 —내가 듣기만 했을 뿐 거의 혹은 전혀 알지 못하는 이 인물 중에는 셰익스피어의 *템피스트*에 나오는 프로스페로도 있지만— 나를 부활시켜 트로이 전쟁의 어브저버 스콜릭이 되게 했다. 나는 10년 동안 뮤즈에게 보고했고, 매일 말하는 돌에다 내 이야기를 녹음했다. 그 곳의 신들 조차 문자를 사용하기 전이었으니까. 나는 지금 모라벡의 퀸 맵에서 훔친 이 작고 단단한 전기 녹음기에 녹음을 하고 있다.

작년에 —겨우 9개월 전— 모든 것이 지옥으로 변했고 호메로스의 일리아스에 묘사된 트로이의 전쟁은 궤도를 이탈했다. 그 이후로는 혼란이 왔다, 아킬레스와 헥토르의 연합이 —그러니까 모든 트로이와 그리스인들의 연합이— 신들에 대항하는 전쟁을 일으켜, 더 큰 혼란과 배신을 가져왔고, 현재의 화성과 고대 일리움을 연결했던 마지막 브레인 홀을 폐쇄시켰으며 모라벡 군대와 기술자들을 이 일리움 지구로 도망치게 만들었다. 아킬레스가 사라진 후 —이젠 미래의 먼 화성이 된 브레인 홀 저편으로 말이다— 트로이의 전쟁이 다시 시작되었고, 제우스가 사라졌으며, 그가 없는 사이 신들과 여신들이 내려와 각각 그들의 챔피언들 옆에서 싸웠다. 아가멤논과 메넬라오스의 군대는 한 동안 트로이를 뚫는 것처럼 보였다. 디오메데스가 도시를 탈환하기 직전이었다. 그러자 샐쭉하게 은둔하고 있던 헥토르가 나났고 —이러한 최근 이야기를 진짜 *일리아스*에 나오는 아킬레스의 오랜 은둔과 비교해 보는 것도 재미있을 것— 프리아모스의 아들은 거의 무적으로 보였던 디오메데스를 단 한 번의 전투에서 죽여버렸다.

다음날 헥토르가 아이아스를 —대 아이아스, 위대한 아이아스, 살라미스의 그 아이아스를— 무찔렀다는 얘기를 나는 들었다. 헬렌이 내게 말하기를 아이아스가 목숨을 구걸했으나 헥토르가 무자비하게 그를 살해했다고 했다. 메넬라오스는 —기분이 상해서 이 빌어먹을 전쟁을 시작한 헬렌의 전남편은— 같은 날 뇌에 화살이 박혀 죽었다. 그런 후, 내가 이곳에서 10년이 넘도록 수백 번을 지켜보았듯이, 전투의 대세가 다시 기울어, 아카이언들을 지지하는 신들이 아테나와 헤라 뒤에서 반격을 이끌었고, 분노한 포세이돈은 일리움의 건물들을 파괴했으며, 헥토르와 그의 부하들은 잠시 동안 도시로 퇴각했다. 헥토르가 그의 부상당한 동생, 영웅적인 데이포보스를 등에 업어 데려갔다는 소리를 들었다.

그러나 이틀 전, 트로이가 —이번에는 분개한 아카이언과 아테나, 헤라, 포세이돈 등, 가장 강력하고 무자비한 신들, 그리고 트로이를 지키던 아폴로와 다른 신들을 물리치는 그들의 동족이 연합 공격해오는 바람에— 다시 함락될 판이었는데, 제우스가 다시 나타났다.

헬렌의 말을 빌면, 제우스는 헤라를 산산 조각내고, 포세이돈을 타르타루스의 지옥구멍으로 떨어뜨렸으며, 나머지 신들에게 올림포스로 돌아갈 것을 명령했다. 날아다니는 황금 전차를 타고 최고의 금빛 갑옷을 입은 수 십 명의 강력한 신들이,

마치 잘못을 저질러놓고 아버지가 엉덩이를 때리기를 기다리는 애들처럼, 얌전히 올림포스로 양자이동을 하여 돌아갔다는 얘기였다.

그리고 지금 그리스인들은 추방되었다. 제우스는 더욱 커져서, 헬렌의 말마따나, 구름보다 더 높이 솟아, 수천의 아르고스인들을 죽이고, 나머지를 배로 몰아붙인 다음, 그들의 배들 번개로 태워버렸다. 헬렌은 신들의 군주가 거대한 파도를 일으켜 검게 타버린 배들을 삼키게 했다고 한다. 그리고는 제우스 자신도 사라져 지금껏 돌아오지 않았다. 2주 후 —양 측이 모두 9일 동안 수천의 시체를 태우는 장례 의식을 마친 후— 헥토르는 성공적으로 반격을 이끌어 그리스인들을 더 멀리 몰아냈다. 수십 만 아르고스 전투병 중 대략 3만이 살아남은 것으로 판명되었고, 많은 수가 그들의 왕 아가멤논처럼 부상당했고 기가 죽었다. 도망갈 배도 없고, 나무가 많은 이다 산의 경사지로부터 새로운 배를 만들기 위해 나무를 베어낼 도끼 부대도 없이, 그들은 최선을 다했다. 깊은 참호를 파고, 나무 말뚝을 일렬로 세우고, 나무로 덮개를 만들어 씌우고, 내부로 연결된 일련의 참호들을 파고, 모래 통로를 짓고, 그들의 방패와 창과 치명적인 궁수들을 이 줄어든 죽음의 반호 주변 단단한 벽에다 집결시켰다. 이게 그리스의 배수진이다.

오늘은 내가 도착한 후 세 번째로 맞는 아침이고 나는 그리스 진지에 서 있다. 4분의 1 마일보다 조금 더 긴 반호 모양의 참호와 장벽 위에. 그 주변에는 검게 그을린 배들의 잔해를 옆에 둔 3만여 불행한 아카이아 인들이 집결해있다. 그들은 바다를 등지고 있다. 어느 면으로 보나 헥토르가 우위에 있다. 사기충천하고 배가 든든한 군인의 숫자가 4배나 되니까. 그리스 인들은 굶주리기 시작하고 있으며 트로이인들이 불을 피워 굽는 돼지와 가축의 냄새만 맡고 있다. 헬렌과 프리아모스 왕은 이틀 전에 그리스인들이 패배할 것이라고 확신했으나, 궁지에 몰리면 —아무 것도 잃을 게 없으므로— 용기가 생기는 법. 그리스인들은 구석에 몰린 쥐들처럼 싸웠다. 그들에게는 또한 짧은 내선과 고정된 방어선 뒤에서 싸울 수 있는 이점이 있었다. 물론 식량이 떨어지면 효력이 사라질 이점이다. 트로이인들은 해안으로부터 일 마일 떨어진 강에 댐을 쳐서 영구적인 물 공급을 끊어버렸고, 비위생적이고 북적대는 아카이아 진지에선 장티푸스가 퍼지기 시작하고 있다.

아가멤논은 싸우지 않고 있다. 아트레우스의 아들, 아테네의 왕, 그리고 한때는 거대했던 파병군의 총사령관인 그는 사흘씩 텐트에 은닉해 있다. 헬렌의 보고에 의하면 아가멤논은 그리스군의 퇴각 중에 부상을 당했다고 하나, 이 곳 진지 내의 대장들과 호위병들에게서 내가 들은 바로는 왼쪽 팔이 부러졌을 뿐, 생명에 지장이 있는 것은 아니다. 심하게 상처를 입은 것은 아가멤논의 사기인 듯 했다. 아킬레스의 숙적인 위대한 왕은 눈에 화살이 꽂혀 쓰러진 동생 메넬라오스의 시체를 찾아오지도 못했다. 디오메데스, 대 아이아스, 그리고 다른 쓰러진 그리스 영웅들이 해변의 단 위에 놓여 장례와 화장 절차를 밟는 동안, 그가 메넬라오스의 시체를 마지막으로 본 것은 헥토르의 전차 뒤에 질질 끌려 군중들이 환호하는 일리움의 성벽 주위를 돌 때 뿐이었다. 목소리 크고 오만한 아가멤논에게는 최후의 일격과 같은 것이었다. 진노해서 싸움의 격분에 휩싸이는 대신 아가멤논은 우울과 거부 속으로 가라앉아버린 것이다.

그의 리더십이 없더라도 다른 그리스 인들은 목숨을 건지려면 죽기 살기로 싸워야 한다는 것을 깨닫고 있었다. 그들의 명령 체계는 안타깝게도 얇아져 있었다. 대 아이아스가 죽고, 디오메데스가 죽고, 메넬라오스가 죽고, 아킬레스와 오디세우스는 모두 닫힌 브레인 홀 저편으로 사라졌다. 하지만 말 많은 늙은이 네스토르가 지난 이틀 동안 대부분의 싸움을 이끌어 왔다. 한때 존경 받던 용사는 다시 한 번 존경 받는 존재가 되었다, 적어도 얇아진 아카이아의 지휘 체계 안에서는. 그는 네 필의 말이 모는 전차를 타고 그리스의 전선이 약해진 곳 어디든지 나타나, 참호를 파는 병사들에게 말뚝을 교체하고 무너진 지역을 복구하도록 지휘했으며, 모래 통로와 활을 쏘는 구멍으로 연결된 내부 참호들을 개선하도록 독려하고, 밤에 정찰병을 보내 트로이로부터 물을 훔쳐오게 하고, 언제나 용기를 가질 것을 요구했다. 전쟁에 참여한 지 첫 10년 동안, 혹은 신들과의 짧은 싸움에서도, 거의 용맹을 떨친 적이 없었던 네스토르의 아들들 안틸로쿠스와 트라시메데스는, 지난 이틀 동안 눈부시게 싸웠다. 어제 트라시메데스는 한 번은 창에 찔리고 또 한 번은 어깨에 화살을 맞는 등, 두 번 부상을 당했으나 계속해서 싸웠고, 자신의 필로스 연대를 이끌어, 반원 방어 대형을 반 토막 내려고 위협하는 트로이의 공격을 밀어냈다.

지금은 세 번째 날 해가 뜬 직후이다. 아마도 마지막 날이 될 것이다. 트로이인들이 움직이고 병력을 이동하여, 더 많은 군대며 전차와 참호를 연결하는 장비들을 밤새 모아오고 있었다. 내가 녹음하고 있는 이 순간에도, 상대적으로 기력을 회복한 수 십 만 트로이 군대가 방어선 주위로 모여들고 있다.

나는 녹음기를 여기 아가멤논의 진지로 가져왔다. 네스토르가 살아남은 대장들을 소집했기 때문이다. 최소한 전투 위치에서 벗어날 수 있는 대장들을. 이 피곤하고 더러워진 남자들은 나의 존재를 무시한다. 아니면 신들과 전쟁을 벌이던 8달 동안 내가 아킬레스 주변에서 많은 시간을 보낸 것을 기억하고, 나의 존재를 받아들이고 있는 것인지도 모른다. 그리고 내 손에 들려 있는 과자 크기의 녹음기는 그들에게 아무 의미도 없다.

나는 더 이상 내가 누구를 위해 관찰을 하고 녹음을 하고 있는지 모르겠다. 내가 올림포스로 가서 나를 죽이려고 했던 뮤즈들 중 하나에게 이 녹음기의 칩을 건네주어야 한다면, 나는 기피 대상 제 1호가 되리라. 그러므로 나는 그들이 나를 둔갑시켜놓은 노예 스콜릭으로서가 아니라, 한 때 나의 본분이었던 학자로서 이 관찰과 녹음을 계속할 것이다. 또한 내가 더 이상 학자가 아니라 해도, 이 마지막 그리스인들의 마지막 저항과 이 영웅시대의 마지막 장을 기록하는 종군기자로서의 역할은 할 수 있을 것이다.

네스토르

새로운 소식이 있는가? 그대의 병사들이 사선을 수호할 수 있을 것이라고 생각하는가?

이도메네우스

(크레타 분견대의 사령관, 내가 이도메네우스를 마지막으로 보았을 때, 그는 창을 던져 아마존 브레무사를 죽였다. 잠시 후, 브레인 홀이 닫혔다. 이도메네우스는 마지막

까지 아킬레스를 버리지 않았던 사람들 중의 하나였다.)

제 전선의 소식은 나쁜 소식입니다, 고귀한 네스토르. 지난 이틀 동안 우리가 죽인 트로이인들의 세 배는 되는 병력이 밤에 대체되었습니다. 그들은 참호를 채울 도구와 공격을 위한 창을 준비하고 있습니다. 그들은 여전히 궁수들을 모으고 있습니다. 오늘이 고비가 될 것 입니다.

소 아이아스

(두 아이아스인 아에안테스는 더할 나위 없이 서로 다르면서도 형제처럼 가까웠다. 나는 이 로크리스의 아이아스가 이렇게 험상궂은 것을 본 적이 없다. 진흙과 핏자국으로 뒤덮인 얼굴에 새겨진 굴곡과 주름 때문에 그의 얼굴은 가부키 마스크처럼 보인다.)

네스토르, 넬레우스의 아들, 이 어두운 시대의 영웅, 데이포보스의 정찰병들이 밤 동안 방어선의 북쪽 끝을 공격하려는 것을 저의 로크리스 전사들이 발견했습니다. 우리는 파도가 핏빛으로 물들 때까지 싸웠습니다. 우리의 참호는 우리와 저들의 시체로 10피트나 높이 솟았습니다. 제 병력의 3분의 일이 죽었고, 나머지는 지쳤습니다. 헥토르는 그의 병력 손실을 대체할 새 부대를 보냈습니다.

네스토르

포달레이리우스, 아트레우스의 남은 아들은 어떻게 하고 있나?

포달레이리우스

(아스클레피우스의 아들이며 그리스인들에게 남은 몇 안 되는 치료사들 중 하나. 그는 또한 그의 형제 마카온과 함께, 트리카에서 온 테살리아 부대를 공동 지휘하고 있다.)

고귀한 네스토르, 아카멤논은 팔에 부목을 대었습니다. 그는 고통을 줄이는 어떤 약초도 먹지 않았습니다. 하지만 의식이 있고 정상입니다.

네스토르

그런데 왜 텐트 밖으로 나오지 않는 것인가? 그의 부대가 제일 많이 죽었는데, 여자들처럼 보호소에 남아있다니. 지도자가 없으니 용기도 사라진 거야.

포달레이리우스

그의 동생 메넬라오스가 없어 그의 용기도 사라졌습니다.

테우케르

(최고의 궁수로, 살해된 대 아이아스와 반은 형제이자 절친한 친구이다.)
그렇다면 10개월 전 아킬레스가 우리 앞에서 아가멤논과 맞붙었을 때, 위대한 왕이 고작 염소 심장을 가졌다고 한 말이 옳았구려. (모래 위에 침을 뱉는다.)

에우멜로스

(아드메토스와 알케스티스의 아들, 페레아에로부터 온 테살리아 군의 사령관. 사라진 아킬레스와 오디세우스가 종종 "인간의 주인"이라 일컬었다.)
그럼 그렇게 비난했던 아킬레스는 어디에 있는 겁니까? 그 비겁자는 동지들과 죽음을 마주하는 대신 올림포스 산의 분지에 남았습니다. 그 발 빠른 학살자도 역시 새끼 염소의 심장과 발굽을 가진 것으로 드러난 겁니다.

메네스티오스

(미르미돈들의 거대한 대장으로 아킬레스의 전 부관)
펠레우스의 아들에게 그런 말을 한다면 내 손으로 죽여 버릴 것이다. 그는 절대 자유 의지로 우리를 포기할 사람이 아니야. 우리 모두가 아테나 여신으로부터 아킬레스가 아프로디테의 주문에 걸린 것이라는 것을 듣고 보았지 않은가.

에우멜로스

아마존 고양이의 마법에 걸렸다는 소리겠지.
(메네스티오스가 에우멜로스 앞으로 나서고 그의 검을 뽑아든다.)

네스토르

(둘 사이를 막아선다.)
그만 됐다! 트로이 놈들이 우리를 더 빨리 죽이지 못해서, 우리끼리 서로 죽이기라도

해야 한다는 말이냐? 에우멜로스, 물러 서거라! 메네스티오스, 칼을 집어 넣어!

포달레이리우스

(아가멤논의 주치의가 아닌, 아카이아의 마지막 치료사로서 말한다.)

우리를 죽이고 있는 것은 질병입니다. 200명이 또 죽었습니다, 특히 남쪽의 강둑을 방어하고 있는 에피안들 중에서요.

폴릭시누스

(아가스테네스의 아들, 에피안들의 공동 사령관)

그렇습니다. 네스토르 님. 최소한 200명이 죽었고, 너무 아파 못 싸우는 자들이 천 명입니다.

드레세우스

(에피안들의 대장으로, 막 사령관으로 승진되었다.)

제 군사의 절반이 오늘 아침 점호에 응답하지 않았습니다, 네스토르 님.

포달레이리우스

점점 더 많아지고 있습니다.

암피온

(최근에 승진한 에피안의 또 다른 대장)

포에보스 아폴로의 은 화살이 우리를 쓰러뜨리고 있는 겁니다. 열 달 전에 신들이 퍼뜨린 질병에 매일 밤 시체를 태워야 했던 것처럼 말입니다. 아킬레스와 아가멤논 사이를 벌려 놓았던 시초가 되기도 했었지요. 우리들의 재앙은 죄다 거기서 비롯되었습니다.

포달레이리우스

아, 포에보스 아폴로와 은 화살은 엿이나 먹으라고 합시다. 제우스를 위시한 신들은 우리에게 최악의 짓을 행하고 가버렸습니다. 그들이 언제 돌아올지는 그들만이 알고 있어요. 개인적으로 그들이 오든지 말든지 상관없습니다. 이 죽음과 질병은 아폴로의 은 화살 탓이 아닙니다. 내 생각에 원인은 군대가 마시고 있는 더러운 물입니다. 우리는 우리의 오줌을 마시고 우리의 배설물 위에 앉아 있어요. 질병의 원인에 관한 내 아버지 아세트레피우스의 이론은 오염된 물과 그리고……

네스토르

박식한 포달레이리우스, 자네 아버지의 질병 이론은 나중에 기꺼이 듣기로 하지. 지금 내가 알아야 하는 것은 오늘 우리가 트로이 놈들을 막아낼 수 있는지, 그리고 내 대장들은 우리에게 무슨 충고를, 만약 충고할 게 있다면, 하느냐 하는 거야.

에케폴로스

(안키세스의 아들)
항복해야 합니다.

트라시메데스

(그 전날 눈부시게 싸웠던 네스토르의 아들. 그의 상처는 붕대로 감겨있으나 어제 긴 싸움의 열기 속에서보다 오늘이 더 고통스러워 보인다.)
항복이라니 무슨 개소리! 두려움에 비겁하게 항복을 제의 하는 사람이 아르고스인들 중에 누구야? 나한테 항복하지 그래, 안키세스의 아들, 그러면 트로이인들 만큼이나 빨리 너의 불행한 삶을 끝내줄 테니까.

에케폴로스

헥토르는 명예를 아는 사람입니다. 프리아모스 왕도 명예를 아는 사람이었고, 지금도 그러기를 바랍니다. 나는 오디세우스가, 이 전쟁을 피할 목적으로 프리아모스와 헬렌을 데려가기 위한 협상을 하기 위해 트로이에 왔을 때 그와 함께 여행을 했습니다. 프리아모스와 헥토르 모두 이성적이었고 명예를 아는 사람들 이었습니다. 헥토르는 우리가 항복하면 들을 것입니다.

트라시메세스

그건 11년 전이고 수 십 만의 병사가 하데스에게로 보내지기 전의 일이야, 이 바보야. 대 아이아스가 그의 생명을 구걸했을 때, 헥토르의 자비가 어디까지인지 보지 않았는가? 그의 긴 방패가 주석 투구를 내질러 우리 영웅의 얼굴에서 눈물과 콧물이 쏟아졌어. 헥토르가 그의 척추를 절단하고 심장을 도려냈어. 그의 부하들이 자네에게도 그렇게 자비롭지는 않을 걸.

네스토로

항복을 하자는 이야기가 있다는 것은 알고 있네. 그러나 트라시메데스가 옳아. 자비를 희망하기에는 너무나 많은 피가 이 트로이 땅에 뿌려졌다. 우리가 3주 전, 혹은 10년 전에 그들의 성벽을 무너뜨렸다면, 일리움의 시민들에게 아무것도 남겨 주지 않았을 것이다. 그렇지 않은가? 모두 알 거야, 우린 창이나 활을 들 수 있는 남자들이라면 늙던 젊던 모두 죽였을 것이고, 우리의 적을 낳게 한 노인들을 살해하고, 부녀자들을 강간하고 살아남은 여자와 아이들을 일생 노예로 삼고 그들의 도시와 신전에 횃불을 밝혔으리란 걸. 그러나 신들은…… 혹은 운명은…… 이 전쟁의 끝을 결정하는 게 누구이든지, 우리에게 등을 돌렸다. 우리의 침공과 10년 동안의 점령에 고통 받은 트로이인들에게 우리들이 그들에게 한 것보다 더한 자비를 기대할 수는 없지. 항복은 안 된다. 그런 이야기를 수군거리는 소리가 들린다면 너의 부하들에게 말하라, 항복은 미친 짓이다. 무릎 꿇고 죽는 것보다 두 발로 서서 죽는 것이 낫다.

이도메네우스

아예 죽지 않는 것이 더 낫지요. 우리가 살아남을 방법이 없습니까?

알라스토르

(테우케르의 사령관)

배들이 불탔습니다. 식량이 떨어지고 있지만, 굶어 죽기 전에 목이 말라 죽게 될 것입니다. 질병으로 죽는 자가 매 시간 늘어나고 있습니다.

메네스티오스

내 미르미돈들은 탈출을 원합니다. 트로이의 전선을 뚫고 남으로 가는 것입니다. 이다 산과 그 곳의 무성한 숲으로요.

네스토르

(고개를 끄덕이며)

탈출하여 달아나기를 원하는 것은 그대의 미르미돈만이 아니야, 용감한 메네스티오스. 하지만 미르미돈들 단독으로 할 수는 없네. 우리 종족들이나 그룹들 누구도 마찬가지지. 트로이 전선은 수 마일을 뻗어있고 그들 동맹군의 전선도 깊게 들어가 있다. 그들은 우리가 탈출을 시도할 것을 기대하고 있어. 아마도 왜 우리가 시작하지 않고 있는지 의아해 하고 있을 걸. 칼과 방패와 창으로 싸우는 전투의 철 법칙을 알고 있겠지, 메네스티오스. 미르미돈들과 아카이언들도 모두 알고 있지. 방패와 방패가 마주하는 전투에 직면한 모든 병사들은, 도망가는 동안 수백이 죽음을 당한다. 우리에게는 멀쩡한 전차조차 남아있지 않아. 헥토르의 대장들은 수백 대를 가지고 있지. 그들은 우리가 스카만데르 강의 마른 바닥을 건너기도 전에 우리를 양떼처럼 몰아 살육할 것이다.

드레세우스

그럼 여기에서 그냥 있습니까? 우리 위대한 검은 배들이 불타버린 해변의 나무둥치 옆에서 오늘 혹은 내일 죽기를 기다린단 말입니까?

안틸로쿠스

(네스토르의 다른 아들)

아니오. 항복은 배짱이 있는 자라면 말도 안 되는 일이고, 이 위치를 방어한다는 것도 몇 시간 안에 불가능한 일이 될 거요. 어쩜 다음 공격 중에 불가능하게 될 수도 있소. 하지만 난 우리가 모두 한꺼번에 탈주해야 한다고 주장하오. 우리에게는 3만의 전투병이 남아 있소. 싸우고 뛸 수 있는 인원은 2만 이상이오. 우리 다섯 중 넷은 쓰러질지 몰라요. 우릴 숨겨줄 이다 산의 숲에 도착하기도 전에 양떼처럼 살육될 수도 있어요. 그러나 그런 확률이라면, 4천 혹은 5천 정도는 살아남을 거요. 그 중의 반은 트로 이군과 그 동맹군들이 왕족들의 사슴 사냥처럼 숲속을 샅샅이 뒤져도 벗어 날 수 있을 지도 모르고, 그 남은 수의 반이 이 저주받은 대륙을 벗어나 짙은 포도주 빛 바다를 건너 고향으로 갈 수 있을 지도 모르오. 내겐 그 정도의 비율이라면 충분하오.

트라시메데스

나도 마찬가지요.

테우케르

어떤 확률이든, 똥을 먹고 오줌을 마셔야 하는 이 망할 저주받은 씨부랄 해변에서 확실히 뼈를 말리는 것보다야 나을 겁니다.

네스토르

그래서 작전에 찬성한다는 것이냐, 텔레몬의 아들?

테우케르

염병할, 찬성 맞소. 네스토르 군주님.

네스토르

고귀한 에페우스, 이 회의에서 그대는 아직 아무 말이 없군. 어떻게 생각하는가?

에페우스

(당황해서 다리를 꼼지락거리며 아래를 내려다본다. 에페우스는 아카이아 최고의 권투 선수로, 그의 얼굴과 밀어붙인 머리가 권투로 뼈가 굵은 그의 이력을 보여 준다. 찌그러진 귀, 납작해진 코, 양 볼과 눈썹 사이의 영구 흉터, 두피 위의 셀 수 없이 많은 흉터. 나는 이 회의에서 에페우스의 위치와 나의 존재가 그의 삶과 운명에 끼친 영향의 아이러니를 보지 않을 수 없다. 전투에서의 용맹으로 유명해진 적이 없는 에페우스는, 파트로클로스의 장례를 기념하여 아킬레스가 개최한 권투 경기에서는 이겼을 것이다.

거의 일 년 전에 내가 이 호메로스 편의 이야기를 망치지만 않았더라도, 그는 오디세우스가 생각해낸 목마를 만드는 주요 인물이었을 것이다. 상황을 보건대, 그가 대장들의 모임에 서있는 것은, 오로지 그의 사령관들이 메넬라오스까지 모두 죽었기 때문이다.)

네스토르 군주님, 상대가 가장 자신에 차 있을 때, 내가 쓰러져 카운트가 시작되고 더 이상 일어날 수 없다는 확신을 상대가 가지고 링을 가로질러 내게 다가올 때, 그때가 반격할 수 있는 최선의 시점입니다. 우리의 경우, 상대를 호되게 쳐서 그를 놀라게 하고, 뒤로 넘어뜨린 다음, 걸음아 나 살려라, 달아나는 것입니다. 올림픽 경기에 나간 적이 있는데, 어떤 권투 선수가 바로 그렇게 하더군요.

(이를 듣고 모두가 웃는다.)

에페우스
하지만 기습은 밤에 해야 합니다.

네스토르
동의하네. 대낮에는 트로이군이 멀리 볼 수 있고 우리가 싸울 기회도 갖기 전에 재빠르게 우리를 추격할 수 있지.

메리오네스
(몰루스의 아들, 이도메네우스의 가까운 동지, 크레타군의 제 2 사령관)
달빛이 있기만 해도 승산은 별로 없습니다. 달의 4분의 3이 차 있습니다.

라에르케스
(미르미돈의 하나, 하에만의 아들)
하지만 겨울 해는 일찍 지고 이번 주에는 달도 늦게 뜹니다. 본격적으로 어두워지기 시작할 때의 어두움과 ─햇불이 있어야 길이 보일 정도의 어두움─ 달이 뜨기 전 거의 세 시간 정도를 이용할 수 있을 것입니다.

네스토르

문제는 오늘 낮을 버틸 수 있을 것인가, 그리고 우리 병사들에게 싸울 수 있는 여력이 충분히 남아 있을까, 하는 것이다. 우리는 집중 공격으로 트로이의 전선에 구멍을 뚫어야만 한다. 그리고 나서도 이다 산의 숲까지 20마일이 넘는 거리를 뛸만한 여력이 남아있겠는가?

이도메네우스

오늘 저녁에 살아남을 기회가 있다는 것을 알게 되면 오늘을 싸울 여력은 있을 겁니다. 트로이의 중심 전선을 바로 쳐야 한다고 생각합니다. 헥토르가 이끄는 바로 그 곳을. 그가 오늘 전투에서는 측면에 힘을 집중할 거니까요. 오늘 저녁에 밀고 나갑시다.

네스토르

나머지의 생각은? 모두의 의견을 들어야 하네. 전부 아니면 전무인 작전이야, 모두가 함께 하지 않으면 작전은 없어.

포달레이리우스

병들었거나 상처 입은 이들은 남겨두어야 합니다. 오늘 저녁까지 수천이 더 늘어날 것입니다. 트로이군이 그들을 살육하겠지요. 만일 우리가 빠져나간다면, 좌절감 땜에 남은 병사들을 얌전히 죽이진 않겠지요.

네스토르

그래. 하지만 그 것이 바로 예측 불허한 전쟁과 운명이지. 투표 결과를 들어야겠소. 고귀한 아카이아의 대장들이여.

트라시메데스

예. 우리 모두 오늘 밤의 작전에 찬성합니다. 남아야 하는 자들과 나중에 포로가 될 이들에게 신들의 가호가 있기를.

테우케르

염병할 신들, 엿 먹으라고 해. 나는 찬성이오. 만일 우리 운명이 이 썩은 내 나는 해변에서 죽는 거라면, 난 운명을 거역할 거요. 오늘밤 어둠이 내리면 출격이오.

폴릭시누스

찬성이오.

알라스토르

나도 그렇소. 오늘 밤.

소 아이아스

찬성.

에우멜로스

동의하오. 전부 아니면 전무.

메네스티오스

만일 내 군주인 아킬레스가 여기에 있었다면, 헥토르의 목을 따러 갔을 거요. 운이 좋으면 도망가는 길에 그 개자식을 죽일 수도 있을 거야.

네스토르

또 작전에 찬성하는 사람. 에케폴로스?

에케폴로스

우리가 남아서 하루를 더 싸운다면 모두 죽게 될 것이라고 생각합니다. 우리가 도망가려고 시도한다고 해도 죽게 될 것이라고 생각합니다. 나는 부상당한 병사들과 남아서 헥토르에게 항복하고, 그의 예전의 고매함과 자비심의 파편이라도 남아있기를 기대하겠습니다. 하지만 부하들에게는 그들이 원하는 대로 선택하라고 말하겠습니다.

네스토르

아니다, 에케폴로스. 대부분의 병사들은 사령관을 따를 걸세. 자네는 남아서 항복을 하게나. 하지만 자네를 직위해제 시키고 자네의 자리에 암피온을 임명하겠네. 이 회의 에서 나가 부상자들이 대기하는 텐트로 가게나. 하지만 아무에게도 말하지 말게. 자네 의 연대는 작고 암피온의 왼쪽 전선에 배치되어 있으니 두 연대가 혼란 없이 혹은 부 대를 재배치할 필요 없이 병합 될 수 있을 거야. 즉, 암피온이 오늘 밤 작전에 찬성 한 다면 그를 승진시킨다는 말일세.

암피온

찬성합니다.

드레세우스

에피아를 위해 찬성합니다. 오늘밤 싸우고 죽거나, 싸우고 탈출하거나. 나도 내 고향 과 가족을 다시 보고 싶습니다.

에우멜로스

아가멤논의 부하들이 말한 대로라면, 그리고 모라벡이라는 것들도 확인했는데, 우리 의 도시와 집들은 비어있고, 지금 우리 왕국엔 사람이 없다고 합니다. 내 백성들이 제 우스에게 납치당했다구요.

드레세우스

아가멤논 엿 먹으라지. 모라벡 장난감들도, 제우스도 엿 먹으라고 해. 난 고향에 돌아 가 가족이 기다리고 있는지 보겠어. 틀림없이 날 기다리고 있을 거야.

폴리포에테스

(아가스테네스의 다른 아들, 아르기싸에서 온 라피트의 공동 사령관)
내 부하들이 오늘 전선을 지키고 오늘 밤 싸움을 이끌 것입니다. 모든 신들의 이름으 로 맹세합니다.

테우케르

좀 더 한결같은 데다 맹세할 수 없겠나? 자네 창자라든가?

(모두 웃음을 터뜨린다.)

네스토르

이로써 모두 동의했고, 나도 지지하네. 우리는 오늘 총력을 기울여 트로이의 맹공격을 저지할 걸세. 그러기 위해서, 포달레이리우스, 오늘밤에 옷 속에 지니고 갈 수 있는 것을 제외하고는 오늘 아침 배급을 감독해주게. 아가멤논과 죽은 메넬라오스의 개인 창고를 뒤져서 먹을 만한 건 뭐든지 빼오게. 사령관들, 오늘 아침 전투 전 부하들에게 오늘의 임무는 살아남는 것이라고 말하게! 목숨을 부지하도록, 동료의 목숨을 지키기 위해서만 죽음을 무릅쓰도록. 오늘밤 어둠이 완전히 내리면 공격을 개시한다. 우리들 중의 일부는 숲까지 도달할 것이고, 운명이 허락한다면, 우리의 집과 가족에게로 돌아갈 수 있을 것이다. 만일 실패한다고 해도, 우리의 이름은 영원히 남겨져 영광의 금빛 언어로 기록되리라. 우리의 아이들과 손자들이 이곳, 우리가 묻힌 저주받은 땅을 방문하고 말할 것이다. "그래, 그때 그들은 진짜 대장부였어."라고 그러니 각자의 하사관들과 부하들에게 오늘 아침을 든든히 먹으라고 이르게, 우리 대부분이 죽음의 전당에서 저녁을 먹게 될 것이니. 오늘만은, 완전히 어둠이 깔리고 달이 떠오르기 전에, 우리의 친애하는 권투선수 에페우스가 우리의 전선을 다니며, 아페테를 외칠 것을 허락한다. 올림픽 경기에서 전차경주와 달리기를 시작할 때처럼. 그런 다음 우리는 자유를 향해 갈 것이다.

(그게 회의의 결말이어야 마땅했다. 사실, 참으로 감동적인 결말이었다. 인디애너 대학의 학과장은 전혀 이해하지 못했던 것이지만, 네스토르는 타고난 리더였기에, 액션 플랜과 고양된 기분으로 회의를 마무리 하는 법을 알고 있었으니까 말이다. 그러나 언제나 그렇듯이, 누군가가 나서서 완벽한 스크립트의 완벽한 리듬을 깨는 법. 이번 경우에, 그 누군가는 테우케르다.)

테우케르

에페우스, 고귀한 권투선수, 그대 이야기의 결말을 말해주지 않았소. 올림픽에서 상대를 깜짝 놀라게 해놓고 경기장에서 도망간 권투선수는 어떻게 되었나?

에페우스

(누구나 알다시피 그는 현명하기보다는 정직하다.)
아, 그 선수? 올림픽의 사제가 숲으로 그를 추격해서 개처럼 죽였소.

아카이아 대장들은 흩어져 각자의 부대와 부하들에게로 돌아갔다. 네스토르는 아들들과 함께 남았다. 치료사 포달레이리우스는 아가멤논의 텐트에서 음식과 와인을 뒤져낼 병사들을 모으고 있다. 나는 해변에 홀로 남아있다. 씻지도 못하고 땀과 공포로 범벅이 되어있는 3만 명의 병사들을 가까이에 두고도 홀로일 수 있는 최소한의 거리를 두고.

나는 옷 속의 QT 메달을 만진다. 네스토르는 내 의견을 묻지 않았다. 그들이 토론하는 동안 어느 아카이아 영웅도 나에게 신경 쓰지 않았다. 그들은 내가 싸우지 않는다는 것을 알지만, 그렇다고 덜 좋아하는 것 같지도 않다. 그저 이곳 고대 그리스인들이 여자처럼 옷을 입고 얼굴을 하얗게 칠하기를 좋아하는 남자를 대하는 방식인 것이다. 이들의 눈에서 경멸은 보이지 않으나, 무시할 뿐이다. 그들에게 나는 괴물이고, 이방인이고, 사람이 아닌 것이다.

난 쓰라린 결말을 볼 때까지 남아있지 않을 것이다. 대기가 어두워지고 30분쯤 후에는 화살이 쏟아져 내릴 것이므로 오늘의 전투 동안 남아있을지조차도 의문이다. 나는 스콜릭일 뿐이므로 변형 기어나 충격 방지 갑옷을 가지고 있지 않다. 내 주변에 널린 아카이아군의 시체로부터 쉽게 구할 수 있는 철이나 가죽 갑옷들도 걸치지 않았다. 내가 머문다면, 하루라도 살 수 있을지 의문이다. 지난 이틀 동안 나는, 전선의 뒤쪽에서, 부상자들이 죽어가는 텐트 근처에서, 겁에 질린 채 두려움 속에서 보냈다. 내가 낮 동안 살아남을 수 있다 해도, 어두워 진 후 트로이군이 공격 할 때 살아남을 확률은 제로에 가깝다.

그렇다면 머물 이유가 무엇인가? 다행히, 내 목에는 양자이동 기구가 걸려있다. 나는 2초 내에 헬렌의 방으로 이동해서, 5분 안에 뜨거운 욕조에서 피로를 풀 수 있다.

내가 머물 이유가 어디 있는가?

하지만 난 떠날 준비가 되지 않았다. 아직은 아니다. 난 더 이상 스콜릭이 아니고, 이곳에 더 이상 학자로 있을 이유가 없을지도 모르며, 전쟁 특파원이 그가 관찰한 것을 보고할 대상이 없다고 해도, 이 잃어버린 영광의 시대의 마지막 영광의 날은 너무나 흥미진진하여 놓칠 수가 없다.

나는 잠시 더 머물 것이다.

사방에서 나팔이 울리고 있다. 아직은 어느 누구도 약속대로 든든한 아침을 먹을 여유가 없었지만, 모든 전선에서 트로이의 공격이 시작된 것이다.

예순넷

세상의 모든 것들이 —역사, 과학, 시, 예술, 음악의 모든 것, 모든 사람, 장소, 사물 그리고 생각이— 연결되어 있음을 아는 것과, 비록 불완전하나마 그 연결을 직접 경험하는 것은 전혀 별개의 일이다.

하먼은 9일 동안 거의 의식이 없는 상태였다. 무의식 상태가 아닐 때면, 잠시 깨어나 자신의 뇌와 두개골이 감당할 수 있는 용량을 훨씬 넘어서는 두통에 비명을 질렀다. 그는 많이 토했다. 그리고 나면 다시 의식불명 상태로 빠져들곤 했다.

아홉 번째 되는 날 그는 깨어났다. 머리가 지끈지끈 아팠다. 지금까지 경험했던 어떤 두통보다도 더 심했다. 하지만 9일 동안 지속 되었던 비명을 불러일으키지는 않았다. 구토 증세는 사라졌고 그의 위는 텅 비었다. 그는 에펠반 *케이블카*의 이층 침실에 벌거벗은 채 누워 있었다.

이 케이블카는 대부분 아르누보 스타일로 디자인되고 장식되어 있군, 비틀거리며 침대에서 나와 침대 옆 제정 시대 풍의 팔걸이의자 위에 걸쳐있던 실크 가운을 걸치며 하먼은 생각했다. 그는 도대체 어느 누가 벌레를 길러 실크를 만들어내고 있었을까 궁금했다. 인간이 노동을 하지 않던 그 기나긴 시간 동안 시종들이 해내던 임무 중의 하나였을까? 후기-인류들이 나노기술로 변형된 가축 인간들을 창조했던 대로 —사실대로 말하면 재창조 했던 대로— 어딘가에 있는 공업용 탱크에서

인공적으로 만들어졌을까? 지금 그런 고민을 하기엔 두통이 너무 심했다.

그는 중간층에서 잠간 멈춰 두 눈을 감고 집중했다. 아무 일도 없었다. 그는 여전히 케이블카에 남아 있었다. 다시 시도했다. 역시 아무 일도 없었다. 현기증을 느껴 약간 비틀거리면서 그는 연철로 된 금속 계단을 통해 1층으로 내려온 후 창가에 있던 테이블 옆의 유일한 의자 위로 넘어졌다. 테이블은 하얀 리넨으로 덮여 있었다.

모이라가 크리스털 잔에 든 오렌지 주스와 하얀 주전자에 든 블랙커피, 연어 한 조각을 곁들인 수란을 내오는 동안 하먼은 아무 말도 하지 않았다. 그녀는 그의 컵에 커피를 부었다. 하먼은 커피의 온기를 얼굴로 느끼기 위해 고개를 약간 숙였다. 모이라가 물었다.

"여기 자주 오시나 봐요, 손님?"

프로스페로가 방으로 들어와 유리문을 통해 들어오는 치사할 정도로 눈부신 아침 햇살 아래 섰다.

"아, 하먼…… 아니 뉴 맨이라고 부를까? 다시 깨어나 움직이는 것을 보니 반갑네."

"닥쳐요!"

음식은 무시하고 커피만 조심스럽게 들이키며 하먼이 말했다. 이제 그는 프로스페로가 홀로그램이라는 것을 알았다. 그러나 물질적인 홀로그램이었다. 궤도 위에 있는 질량-팩스-축적기에서 보낸 광선으로 마이크로초마다 자신을 물질화시키고 있는 로고스피어의 아바타. 그는 또한 그가 이 늙은 마법사를 때리거나 공격하는 순간, 그 물질은 어느 인간의 반사 행동보다도 빠르게 만질 수 없는 영상으로 변해버릴 것도 알고 있었다.

"크리스털 캐비닛에서 내가 살아남을 가능성이 백분의 일에 불과하다는 것을 당신은 알고 있었어."

그를 쳐다보지도 않으면서 하먼이 말했다. 빛이 너무 밝았다.

"그것보다는 좀 나았다고 난 생각하는데."

친절하게도 무거운 커튼을 내려주면서 마법사가 말했다.

모이라가 의자를 당겨 하먼과 함께 테이블에 앉았다. 그녀는 빨간 튜닉을 걸치고 있는 것만 빼면 타지에서 입고 있었던 거친 모험용 복장을 그대로 입고 있었다. 하먼은 눈도 깜짝하지 않고 그녀를 쳐다보았다.

"당신은 젊은 새비를 알고 있었어. 당신은 뉴욕 군도의 물에 잠긴 엠파이어스테이트 빌딩에서 열렸던 마지막 전송 파티에 갔잖아. 그곳에서 친구에게 그녀를 본적이 없다고 말했지. 하지만 사실은 바로 이틀 전에 남극 대륙에 있던 그녀의 집을 이미 방문한 후였어."

"당신이 그걸 어떻게 알지요?"

"새비의 친구 페트라가 새비를 찾기 위한 그들의 시도에 대해 짧은 수필을 썼어. 대부분 그녀와 그녀의 연인 핀챠스의 시도였지. 그 글은 최종 전송이 일어나기 직전에 인쇄되고 제본되었어. 그리고 어쩌다보니 그 책이 당신 친구 페르디난드 마크 알론조의 도서관에까지 흘러들어왔지."

"하지만 어떻게 내가 뉴욕 군도의 파티에 가기 전에 새비를 방문했다는 걸 페트라가 알았죠?"

"내 생각에 그 둘이 에레부스 산에 있는 새비의 아파트를 뒤지면서 새비가 쓴 뭔가를 발견한 것 같아."

하먼이 말했다. 커피가 넘어오진 않았지만, 그렇다고 지끈거리는 통증을 덜어주지도 못했다.

"그러니까 당신은 이제 모든 것에 대한 모든 것을 알겠네요, 그래요?"

모이라가 말했다. 하먼은 웃음을 터뜨렸다가 즉각 후회하고 말았다. 그는 커피 컵을 내려놓고 오른쪽 관자놀이를 눌렀다.

"아니. 어떤 것에 관해서도 별로 아는 게 없다는 사실을 알 만큼만 알지. 게다가 지구 위에는 내가 아직 방문하지 못한 크리스털 캐비닛을 갖춘 다른 도서관들이 마흔한 개나 퍼져 있는 걸."

"그럼 자넨 정말 죽을 거야."

프로스페로가 말했다. 바로 그 순간에는 누가 자신을 죽인다 해도 하먼은 상관 없었을 것 같았다. 두통 때문에 그가 바라보는 사람이나 사물이 모두 빛의 테두리 에 둘러싸여 박동하는 것 같았다. 그는 커피를 더 홀짝거리면서 구토감이 되돌아 오지 않기를 바랐다. 케이블카가 삐걱삐걱 소리를 냈지만 그는 케이블카가 시속 이백 마일 이상으로 움직인다는 것을 알고 있었다. 앞뒤로 약간 흔들리는 정도였 지만 그의 위장이 안정되는 데는 전혀 도움이 안됐다.

"알렉산더-구스타프-에펠에 대해 듣고 싶소? A.D.1832년 12월 15일 디종에서 태어나 1855년 예술과 기술 중앙 학교를 졸업했어요. 1889년 백주년 박람회에서 자신의 타워에 대한 아이디어를 들고 나타나기 전에 그는 니스 천문관측대의 이동 식 돔과 뉴욕 자유의 여신상의 구조를 디자인했어요. 그는……."

"그만해요,"

모이라가 말을 끊었다.

"과시하는 걸 좋아하는 사람은 없어요."

"도대체 여기가 어디죠?"

하먼이 물었다. 그는 겨우 일어서서 커튼을 열었다. 그들은 아름다운 숲으로 이 루어진 계곡을 지나고 있었고, 카는 구불구불한 강 위로 700미터 상공을 지나고 있었다. 고대의 폐허가 ―일종의 성 같았는데― 강변을 따라 보였다. 프로스페로 가 말했다.

"방금 카호르를 지났네. 다음 전환 타워가 있는 루르드까지 남쪽으로 계속 매달 려가야 해."

하먼은 눈을 비비고 유리문을 연 후 바깥으로 나갔다. 케이블카를 둘러싸고 있 는 납작한 바닥을 따라 작동하는 힘의 장 덕분에 하먼은 발코니에서 날려 떨어지 지 않았다. 그가 열린 문을 통해 안으로 물었다.

"뭐가 문제죠? 북쪽으로 가서 당신 친구가 만들어 놓은 푸른얼음의 성당을 보 고 싶지 않나요?"

모이라가 놀란 표정을 지었다.

"그건 도대체 어떻게 알았지요? 타지에 있는 책에는 거기에 대해선 전혀……"

"안 써있죠. 하지만 내 친구 데이먼이 그 시작을 —세테보스의 도착을— 보았어요. 그리고 나는 책을 읽고 난 후에 손 많은 친구가 파리스 크레이터에 도착한 후의 일을 알았지요. 즉 그는 아직 여기 있어요…… 이 지구에, 그렇죠?"

"그래,"

프로스페로가 말했다.

"그리고 그는 우리 친구가 아니야."

하먼이 어깨를 으쓱했다.

"당신 둘이 맨 처음 그것을 여기로 데려왔어요. 그와 다른 놈들을."

"그건 우리 의도가 아니었어요."

모이라가 말했다. 하먼은 아무리 머리가 깨질 것 같아도 이 말에만큼은 웃지 않을 수 없었다.

"맞아요, 그렇죠. 당신은 어둠을 향한 차원 사이의 문을 열고, 그대로 열려있게 놔두면서, 끔찍한 것이 그 안에서 기어 나오는데도 '그건 우리 의도가 아니었어요.'라고 말하는군."

프로스페로가 말했다.

"자넨 많은 것을 배웠어. 하지만 아직도 이해하지 못하고 있는 게 있네. 자네가 만약……"

"알았어요, 알았어. 당신 또한 그 문에서 나온 존재라는 사실을 내가 몰랐다면, 프로스페로, 당신 얘기에 좀 더 귀 기울일 수 있겠지요. 후기-인간들은 외계의 존재들과 접촉하기 위해 천 년을 소비했습니다. 그 와중에 전체 태양계의 양자적 구성을 변화시켜버렸고요. 하지만 대신 그들이 얻은 것은 셰익스피어의 희곡에 나오는 손 많은 대뇌와 재생 바이러스였어요."

늙은 마법사는 이 말에 미소를 지었다. 모이라는 기분이 상한 듯 고개를 흔들고는 두 번째 컵에 커피를 따라 말없이 마셨다.

"세테보스한테 잠깐 들려 인사를 하고 싶어도 우린 할 수가 없어. 파리스 크레이터에는 타워가 없거든. 루비콘 바이러스가 퍼지기 전 이후부터 없었지."

"그렇죠."

하먼이 말했다. 그는 다시 방으로 들어왔지만, 잔을 들어 커피를 홀짝거리는 동안에도 밖을 내다보고 있었다. 그가 날카롭게 물었다.

"왜 프리팩스가 되지 않는 거죠?"

"뭐라고요?"

모이라가 물었다.

"왜 프리팩스가 되지 않느냐고요? 나는 이제 도형을 떠올리는 훈련을 하지 않아도 기능들을 불러낼 수 있어요. 하지만 내가 일어났을 때 작동하지 않았어요. 나는 아르디스로 점프해 돌아가고 싶습니다."

"세테보스가 전 행성의 팩스 시스템을 막아 버렸지. 팩스노드 전송실 뿐만 아니라 프리팩스도 마찬가지야."

하먼은 고개를 끄덕이고 뺨과 턱을 문질렀다. 열흘씩 자라난 털은 진짜 턱수염이 되어 손가락 아래 까칠하게 느껴졌다.

"그래서 당신 둘은 ─어쩜 아리엘까지도─ 여전히 QT 할 수 있지만, 난 어틀랜틱 브리치에 도달할 때까지 이 빌어먹을 케이블카에 갇혀 있다? 당신들은 정말 내가 해저를 걸어서 북아메리카까지 가리라고 생각해요? 내가 아르디스에 가기도 전에 에이다는 늙어죽겠구먼."

"자네들 인간의 기능을 가능하게 하는 나노 기술은,"

프로스페로가 말했다. 늙은 목소리가 슬프게 들렸다.

"자네들에게 양자이동을 준비시키지는 못했지."

"그랬지요, 하지만 *당신*은 나를 집으로 QT 해줄 수 있어."

이제는 안락의자에 앉아 있는 노인을 굽어보며 하먼이 말했다.

"날 만져서 QT시켜줘요. 아주 간단하잖아요."

"아니, 그렇게 간단하지 않아. 그리고 자네는 이제 충분히 배웠기 때문에 위협이나 협박으로 나나 모이라를 강요할 수 없다는 것을 알 걸세."

하먼은 깨어날 때 궤도 시계에 접속했었기 때문에 자신이 9일 동안 거의 혼수 상태에 빠져 있었다는 것을 알고 있었다. 그 사실은 그에게 주전자와 찻잔과 테이블을 주먹으로 깨부수고 싶은 충동을 불러 일으켰다.

"우린 에펠반 제 11노선에 있어요. 에베레스트 산을 떠난 후에 우리는 하 실 샨 루트를 따라 타림 펜디 버블까지 올라갔던 게 틀림없어. 거기서 소니는 물론이고, 무기, 크롤러, 공중부양 복장, 충격 갑옷 등을 찾을 수도 있었을 텐데. 에이다와 우리 동료들에게 필요한 모든 것들을."

"돌아가는 길이 있었네. 자네가 타림 펜디 버블을 탐험하겠다고 타워를 떠났다면 안전하지 않았을 거야."

"안전이라구요!"

하먼이 비웃었다.

"그렇죠, 우리 모두 안전한 세상에 살아야죠, 안 그런가요, 마법사님과 모이라 양?"

"당신은 크리스털 캐비닛 이전엔 더 성숙한 상태였어요."

모이라가 경멸을 담아서 말했다. 하먼은 이 문제를 더 따지고 들지 않았다. 그는 컵을 내려놓고 두 손으로 테이블을 짚고 앞으로 기댄 채 모이라의 눈을 똑바로 쳐다보며 말했다.

"보이닉스는 유대인들을 죽이기 위해 글로벌 칼리프가 시간을 거슬러 보낸 존재라는 것을 난 알아요. 하지만 왜 당신들 후기인들은 9,114명의 유대인들을 보관했다가 우주로 쏴 보냈지? 왜 그들을 당신들과 함께 링으로 올려 보내지 않았지요? 아니면 다른 안전한 곳으로라도? 내 말은, 당신들은 이미 다른 차원의 화성을 발견해서 지구화시킨 상태였잖아요. 왜 그 사람들을 중성미자로 만들어버렸나요?"

"9,113!"

모이라가 고쳐 말했다.

"새비가 뒤에 남았거든요."

하먼은 질문에 대한 답을 기다렸다. 모이라가 커피잔을 내려놓았다. 그녀의 눈은 새비의 눈처럼 그녀가 느끼는 분노를 그대로 드러냈다.

"우리는 새비의 동족들에게 우리가 지구의 오물을 청소해내는 몇 년 동안만 중성미자로 보관되어 있을 거라고 말했어요. 그들은 그 말을 디멘시아 시절로부터 남겨져 어디에나 널려있던 RNA 조합물로 해석했어요. 공룡과 테러 버드와 소철 숲으로. 하지만 우리는 보이닉스, 세테보스, 궤도에 있는 마녀 같은 작은 다른 것들도 의미했었어요."

"하지만 당신들은 보이닉스들을 쓸어버리지 않았어요. 놈들은 활성화되어서 돔의 모스크 위에 제3의 사원을 지었어요."

"우린 놈들을 박멸할 수 없었어요. 대신 재프로그래밍한 거죠. 당신들은 천 사백년 동안 하인으로 알고 있었잖아요."

"놈들이 우리를 학살하기 시작하기 전까지는."

하먼이 말했다. 그는 눈을 돌려 프로스페로를 바라보았다.

"당신이 나와 데이먼에게 당신과 칼리반이…… 감금되어 있던 궤도 도시를 파괴하도록 만든 직후에 시작된 일이지요. 그 모든 게 결국 당신의 홀로그램 형상을 한 번 더 얻기 위해서였나요, 프로스페로?"

"앞을 가리는 겉옷을 얻고 싶었다고 해야 하겠지. 그리고 자네가 e-링에 있던 내 도시의 제어 장치를 파괴시키지 않았다고 하더라도, 보이닉스들은 활성화되었을 거야."

"어째서죠?"

"세테보스. 그를 부정해 온 천 오백 년의 세월이, 교체되는 지구들과 지구화된 화성에 갇혀 먹고 살아 온 세월이, 끝났기 때문이지. 손 많은 세테보스가 첫 번째 브레인 홀을 열고 이 지구의 공기를 킁킁거리자 보이닉스들은 프로그램 된 대로 행동한 거야."

"삼천 년 전에 프로그램 된 대로. 우리 고전-스타일 인류들은 새비의 종족처럼 모두 유대인의 후예는 아니에요."

프로스페로가 어깨를 으쓱했다.

"보이닉스는 그걸 못 알아봐. 새비 시대의 인간들은 모두 유대인이었어. 따라서…… 나약한 보이닉스의 마음엔…… 모든 인간이 유대인이었던 거야. A가 B와 같고, B가 C와 같으면, A는 C와 같은 거지. 크레타가 섬이고 영국도 섬이라면……"

"크레타는 영국이다? 하지만 루비콘 바이러스는 이스라엘의 실험실에서 나오지 않았어요. 그건 또 하나의 중상모략일 뿐이었어요."

"그렇지, 자네 말이 완벽하게 옳아. 이천 년에 달하는 암흑기 동안 루비콘은 이슬람 세계가 세상에 선사한 유일하고 정말 위대한 과학적 업적이었지."

"백 십억이 죽었어요."

하먼이 말했다. 그의 목소리는 떨리고 있었다.

"지구 인구의 97%가 싹쓸이 되었어요."

프로스페로가 다시 어깨를 으쓱했다.

"기나긴 전쟁이었어."

하먼이 다시 웃었다.

"그리고 그 바이러스는 원래 죽이게 되어있던 그룹만 쏙 빼고 나머지를 모조리 죽여버렸지."

"당시 이스라엘 과학자들은 나노테크 유전자 조작의 긴 역사를 자랑하고 있었는데, 그들은 국민들의 DNA에 빨리 예방접종을 하지 않으면, 영영 그럴 수 없다는 것을 알고 있었지."

"그들은 그 기술을 나눌 수도 있었잖아요."

"노력은 했어. 하지만 시간이 없었지. 하지만 자네 종족의 DNA는…… 저장되었어."

"하지만 시간 여행을 발명한 것이 글로벌 칼리프는 아니었어요."

하먼이 말했다. 이것이 질문인지 주장인지 백 퍼센트 분명하지 않았다. 프로스페로가 동의했다.

"그래, 프랑스의 과학자가 처음으로 쓸 만한 타임 버블을 만들어냈지…."

"앙리 리 들라쿠르트(Henri Rees Delacourte)."

기억해내며 하먼이 중얼거렸다.

"…. 그는 1586년 신성 로마 제국의 황제 루돌프 2세가 사들인 이상하고 흥미로운 필사본을 조사하기 위해 A.D. 1478년으로 날아갔지."

프로스페로는 쉬지 않고 계속했다.

"아주 쉽고 가벼운 여행 같았는데, 지금 우리 모두가 알고 있듯이 필사본 그 자체는 —지구에 없는 식물과 별들의 시스템과 벌거벗은 사람들이 멋지게 그려져 있고 낯선 암호 같은 언어들이 가득 적혀 있었지— 엉터리였어. 그리고 그의 팀이 동력원으로 사용하던 블랙 홀이 억류하고 있던 장을 빠져나가면서 들라쿠르트 박사와 그의 고향 도시는 여행에 대한 대가를 단단히 치러야 했지."

"하지만 프랑스와 신유럽연합은 그 디자인을 칼리프에게 넘겼어요. 왜죠?"

프로스페로는 마치 축도라도 해 주는 듯 그의 늙고 핏줄로 얼룩진 손은 들어 올렸다.

"팔레스타인 과학자들이 그들의 친구였거든."

"20세기 초의 희귀 서적 딜러였던 윌프리드 보이니치는 자기증식 능력을 가진 괴물들이 자신의 이름으로 불리게 될 줄은 상상도 못했을 걸요."

"우리가 남겨 줄 진정한 유산이 무엇인지 아는 사람은 거의 없지."

여전히 축복을 내리듯 손을 들어 올린 채 프로스페로가 말했다.

모이라가 한숨 쉬었다.

"두 사람 다 기억력 놀이는 끝났나요?"

하먼이 그녀를 바라보았다.

"그리고 당신, 나의 프로메테우스가 될 지도 모르는 양반… 물건이 덜렁거리네요. 이게 만약에 한쪽 눈만 뜨고 노려보기 대회라면 당신이 이겼어요, 내가 먼저 깜빡거렸어요."

하먼은 아래를 내려다보았다. 그의 가운이 대화하는 내내 열려 있었던 것이다.

그는 재빨리 그곳을 가렸다.

"우리는 한 시간 내로 피레네를 가로지를 겁니다."

모이라가 말했다.

"이제 하먼의 머릿속에 쾌락 온도계 말고도 뭔가 좀 다른 것들이 들어갔으니, 의논해야 할 것들이 좀 있지요···· 결정해야 할 것들요. 프로메테우스는 올라가서 샤워를 하고 옷을 입었으면 좋겠네요. 우리 할아버지는 낮잠을 좀 주무시고. 난 아침 접시를 치우겠어요."

예순
다섯

아킬레스는 처음에는 좋은 생각처럼 보였지만, 자신을 깊고 어두운 타르타루스의 세계로 던져 버리도록 제우스를 유도한 게 정말 잘한 일이었는지 의심하고 있는 중이다.

첫째, 이곳의 공기로는 숨을 쉴 수가 없다. 이론적으로는 파리스의 손에 의해서만 죽게 되어 있는 그의 양자적 유일성이 그를 죽음으로부터 지켜주고 있기는 하지만, 용암으로 뜨거워진 검은 바위 위에서 헉헉대며 쓰러진 그의 폐를 메탄가스 가득한 공기가 더럽히고 긁어대는 고통에서는 지켜주지 못하고 있다. 그것은 마치 산酸을 들이 마시려고 헉헉거리는 것이나 마찬가지다.

둘째, 이 타르타루스란 곳, 아주 고약하다. 지구 해수면으로부터 200피트 아래의 압력에 해당하는 끔찍한 기압이 그렇잖아도 아픈 아킬레스의 온몸 구석구석을 눌러대고 있다. 열기 또한 끔찍하다. 보통사람은 물론이고 디오메데스나 오디세우스 같은 영웅들조차 벌써 죽어버렸을 것이다. 심지어 반신 아킬레스조차 고통 받고 있다. 피부는 붉은 색과 흰색으로 얼룩덜룩해지고, 드러난 살갗 여기저기엔 물집이 잡혔다.

마침내 그는 장님에 반 귀머거리가 된다. 붉은 빛 같은 것이 희미하게 보이지만 뭔가를 보기엔 충분하지 않다. 압력은 너무 높고, 대기와 구름이 너무 두껍게 덮여 있어서 붉은 용암의 빛이 퍼져 나가고 있음에도 불구하고, 대기의 장막과 활화산에서 솟아나오는 연기, 그리고 끊임없이 쏟아져 내리는 산성비를 뚫지는 못하고 있다. 진하고 과열된 대기압이 발 빠른 학살자의 고막을 짓누르면서, 자신이 내는 모든 소리가 엄청난 북소리나 커다란 발자국 소리를 억누른 듯 머릿속에서 욱신거린다. 압력으로 짓눌리고 있는 두개골의 두통에 더해진 또 하나의 고통인 것이다.

아킬레스는 붉은 가죽 갑옷 속을 더듬어 헤파이스토스가 준 작은 기계 신호기를 만져본다. 그것이 심장처럼 박동하는 게 느껴진다. 적어도 이것은 아킬레스의 고막과 두 눈을 짓눌러대는 압력에 파열되지 않았다.

끔찍하게 뿌연 안개 속에서 아킬레스는 가끔씩 무언가 움직이는 기척을 느낀다. 하지만 용암이 가장 밝게 타오르는 순간에도 그는 이 끔찍한 밤에 자신을 스쳐 지나가는 것이 무엇인지 혹은 누구인지 알아낼 수가 없다. 그저 사람이라기엔 너무 크고 괴상하게 생긴 존재라는 것을 감각적으로 인식할 뿐이다.

발 빠른 아킬레스, 펠레우스의 아들, 미르미돈의 지도자, 트로이 전쟁의 고귀한 영웅, 불같은 성격의 반신반인은 이글이글 박동하는 용암 바위 위에 독수리처럼 두 팔을 벌리고 누워, 시력과 청력을 잃은 채 모든 에너지를 오직 숨 쉬는 데 소모하고 있다.

어쩌면, 그는 생각한다. 제우스를 무찌르고 내 사랑하는 펜테실레이아를 되살릴 수 있는 다른 방법을 모색했어야 했는지도 몰라.

펜테실레이아를 잠시 떠올리는 것만으로도 그는 어린아이처럼 울고 싶어진다. 아이였던 아킬레스의 과거 모습을 의미하는 것은 아니다, 어린 아킬레스는 절대 울지 않았으므로. 켄타우로스 키론은 그에게 감정대로 행동하지 않는 법을 가르쳤다. 화, 분노, 질투, 배고픔, 갈증 그리고 섹스에 관한 것을 제외하고, 그것들은 전사의 삶에 중요한 것들이므로. 그러나 사랑에 운다고? 고귀한 키론이 그 말을 듣는다면 거친 켄타우로스의 웃음을 터뜨리며 그의 거대한 교목으로 젊은 아킬레스를 호되게 갈겨주었을 것이다.

"사랑은 욕정의 다른 이름에 지나지 않아."

키론은 이렇게 말했을 것이고, 7살 아킬레스의 관자놀이를 다시 세게 쳤을 것이다.

숨도 쉴 수 없는 이 지옥에서 아킬레스를 더 울고 싶게 만드는 것은, 이 소용돌이치는 감정의 가장 깊은 곳에서는 사실 죽은 아마존에 대해 전혀 신경도 쓰지 않는다는 것을 알기 때문이다? 그녀는 염병할 독을 바른 창을 가지고 그에게 덤벼들지 않았는가. 보통 때라면 그년과 그년의 말이 죽는데 오래 걸렸다는 것이 아쉬울 뿐이었으리라. 그러나 그는 지금 여기에 있다, 이 지옥에서 고통스러워하며 아버지 제우스가 이 여자를 다시 태어나게 할 수 있도록 하기 위해. 단지 그 냄새 나는 아마존에게 망할 여신 아프로디테가 화학 물질을 쏟아 부었다는 이유 하나로.

거대한 형상 세 개가 안개를 뚫고 나타난다. 아킬레스의 피곤하고 눈물이 가득한 눈에도 여자라는 것이 보일만큼 가깝다. 여자도 30피트까지 크고, 젖가슴 하나가 그의 덩치보다도 더 클 수 있다면 말이다. 그들은 발가벗었으나, 이 화산의 어둠 속 붉은 빛 속에서도 보일 만큼 울긋불긋한 밝은 색으로 칠해져 있다. 그들의 얼굴은 길고 믿을 수 없을 만큼 추하다. 머리카락은 이 엄청난 열기로 가득한 공기 속에서 뱀처럼 꼬여있거나 아니면 진짜로 엉켜있는 뱀들의 타래이다. 그들의 목소리는 주변의 소음보다 믿을 수 없이 커서 울리는 음절들이 뚜렷이 들린다. 어둠 속에서 그를 내려다보고 있는 첫 번째 형상이 커다란 소리로 말한다.

"이오네 자매, 불가사리처럼 바위에 날갯죽지를 붙이고 펴져 있는 이 형상이 무엇인지 알겠니?"

"아시아 자매."

두 번째 거대한 형상이 대답한다.

"인간이라고 말하고 싶지만, 이곳에 내려왔는데도 살아남았으니 인간은 아닌데. 엎드려 있으니 인간인지 아닌지 보이진 않고. 암튼 머리카락만큼은 예쁜데."

"오세아니드 언니들."

세 번째 형상이 말한다.

"이 불가사리의 성별이 뭔지 알아봐요."

거대한 손이 거칠게 아킬레스를 잡더니 뒤집는다. 그의 허벅지만큼이나 큰 손가락들이 그의 갑옷을 뜯어내고, 허리띠를 찢어내고 그의 옷을 말아 내린다.

"사내인가?"

그녀의 자매가 아시아라고 불렸던 첫 번째 형상이 묻는다.

"그렇게 부른다고 해도 보여줄게 거의 없는 걸."

세 번째 형상이 말한다.

"뭔지는 몰라도, 암튼, 추락하고 패배한 채로 누워있어!"

이어서 붉은 밤 속의 더 먼 곳에서 보이지 않는 목소리들이 울린다.

"추락하고 패배한 채로 누워있어!"

마침내 이름들이 생각난다. 키론은 젊은 아킬레스에게 신화를 가르쳤고, 살아 있는 신들에게 영광을 표현하기 위해 신학도 가르쳤다. 아시아와 이오네는 오세아니드, 즉, 오케아노스의 딸들이다. 세 번째 자매 이름은 판테아···· 태초에 지구와 가이아가 교미한 후에 태어난 타이탄 족의 제 2세대들로, 3세대의 자식인 제우스가 그들을 정복하고 타르타루스로 던져 넣기 전까지, 가이아와 함께 고대의 하늘과 땅을 지배하던 타이탄들이다. 모든 타이탄들 중에서 오케아노스만이, 조금 더 순하고 덜 거친 곳으로 망명할 수 있는 허락을 받았다. 그는 일리움-지구의 양자 막 아래 있는 한 차원에 감금되어있다. 오케아노스는 신들의 방문을 받을 수 있었으나, 그의 자식들은 썩은 내가 나는 타르타루스로 추방되었다: 아시아, 이오네, 판테아 그리고 모든 다른 타이탄, 제우스의 아버지가 된 오케아노스의 형제 크로노스, 제우스의 어머니가 된 오케아노스의 누이 레아, 그리고 오케아노스의 세 딸들도 함께. 지구와 가이아가 교미한 후 태어난 모든 다른 남자 아이들과 (코이오스, 크리오스, 히페리온, 이아페토스) 다른 딸들은 (테이아, 테미스, 므네모시네, 금빛 화환의 포에베, 다정한 테티스) 몇 천 년 전에 올림포스에서 제우스가 승리한 후에 또한 이곳 타르타루스로 추방되었다.

아킬레스는 키론의 발굽아래 앉아 교육 받은 이 모든 것을 기억한다. *배운 게 염병하게 쓸모가 있군.*

"말은 하나?"

판테아가 놀란 듯한 소리로 말한다.

"찍찍거리는데‥‥"

이오네가 말한다.

세 명의 거대한 오세아니드들이 모두 아킬레스가 의사소통을 시도하려는 것을 들으려 가까이 몸을 숙인다. 말을 하려는 시도 자체가 이 유독한 공기를 들이마셔야 하는 것이므로, 매 순간이 고통스럽다. 누군가 이 상황을 관찰하고 있다면, 그의 목소리를 통해 타르타루스의 스프처럼 걸쭉한 대기에 상당한 양의 헬륨과, 이산화탄소, 메탄, 암모니아가 섞여 있다는 것을 짐작할 수 있을 것이다. 그것도 정확하게. 아시아가 웃는다.

"납작하게 밟힌 쥐가 찍찍거리는 것 같은 소린데."

"하지만 밟힌 쥐가 문명화된 언어를 말해 보겠다고 찍찍거리는 것 같이 들리기도 해."

이오네가 천둥 같은 목소리로 말하자, 판테아가 동의한다.

"사투리도 엄청나고."

"데모고르곤에게 데려가자!"

아시아가 자세히 들여다보며 말한다.

거대한 두 손이 거칠게 아킬레스를 들어올리고, 거인의 손가락들이 아킬레스의 고통에 신음하는 폐에서 암모니아와 메탄, 이산화탄소 그리고 헬륨의 대부분을 쥐어짜낸다. 이제 아르고스의 영웅은 물 밖으로 나온 고기처럼 펄쩍 뛰며 헐떡거린다.

"데모고르곤이 이 이상한 생명체를 보고 싶어할 거야."

이오네가 동의한다.

"그를 데모고르곤에게 데려가자!!"

세 거인 여자들을 따르는 거대한 곤충같이 생긴 형상이 말을 따라한다.

"그를 데모고르곤에게 데려가자!!"

더 먼 곳에서 따라오는 덜 익숙한 형체들이 더 크게 되풀이한다.

예펠반은 40번째 정거장에서 끝났다. 그곳은 한 때 포르투갈이란 나라가 있던 곳으로 피게라 다 포스의 바로 남쪽이었다. 하먼은 남동쪽으로 수백 마일 안에, 헤라클레스의 손이라고 불리는 힘의 장이 말라 버린 지중해 분지로 대서양의 물이 들어오지 않도록 막고 있다는 것을 알고 있었다. 그는 또한 후기-인류들이 왜 지중해를 말려버렸으며 거의 이천 년 동안 무슨 목적으로 사용했는지도 알고 있었다. 그는 예펠반이 끝나는 이곳에서 북동쪽으로 몇 백 마일만 가면 직경 60 마일에 이르는 둥근 지역이 유리와 합쳐진 장소가 있음을 안다. 그곳은 삼천 이백 년 전에 글로벌 칼리프가 N.E.U.와 함께 결정적인 전투를 —삼백만 이상의 초기-보이닉스들이며, 이백만 이상의 기계화된 인간 전사들이 투입되었지— 벌였던 곳이었다. 하먼은 알고 있었다····

그 모든 것들은 알고 있었다, 너무 많이 알고 있었다. 그리고 너무 적게 이해하고 있었다.

세 사람은 —모이라, 고체화된 프로스페로의 홀로그램, 그리고 아직도 일생일대의 두통에 시달리는 하먼— 예펠반 타워의 종착역 플랫폼 꼭대기에 서 있었다. 하먼의 케이블카 유람도 끝났다. 아마도 영원히.

그들의 뒤쪽으로 옛 포르투갈의 푸른 언덕들이 보였다. 앞으로는 예펠반 노선

의 서쪽에서부터 틈이 벌어지기 시작해 대서양으로 이어졌다. 날씨는 완벽했으며
—온도도 완벽하고, 부드러운 바람에 하늘엔 구름 한 점 없이— 햇빛이 절벽 위의
녹색과, 하얀 모래, 그리고 어틀랜틱 브리치의 양 옆으로 올라간 넓고 푸른 물의
벽을 비추고 있었다. 하먼은 에펠반 타워의 꼭대기에서조차 서쪽으로 육십 마일
정도 밖에 보이지 않는다는 것을 알고 있었다. 하지만 시야는 마치 천 마일까지 트
여 있는 것 같았고, 양쪽에 청록색의 야트막한 언덕이 있는 곳에서 수백 마일 넓이
로 시작된 틈은 먼 곳의 수평선을 가르는 하나의 검은 선이 될 때까지 계속 이어지
는 것 같았다.

"설마 나보고 북 아메리카까지 걸어가라고는 하지 않겠지요."

"우리는 자네가 시도해 볼 것이라고 진지하게 믿고 있네."

"어째서죠?"

후기-인류도 비-인류도 아무 대답을 하지 않았다. 모이라가 아래쪽 엘리베이
터 플랫폼으로 향하는 계단을 앞장서 내려갔다. 그녀는 배낭을 메고 있었고, 하먼
의 하이킹에 필요한 몇 가지 장비들을 들고 있었다. 엘리베이터 문이 열리고 그들
은 새장같이 생긴 구조물로 들어선 후 윙윙거리면서 철제 통로를 지나가기 시작했
다. 모이라가 말했다.

"하루 이틀 정도는 내가 당신과 함께 걸을 거예요."

"당신이? 왜지?"

"동행이 있으면 좋아할 거라고 생각했어요."

하먼은 아무 반응도 하지 않았으나, 그들이 *에펠반* 타워 아래의 풀밭에서 걸어
나올 때 말했다.

"당신도 알겠지만, 이곳에서 남동쪽으로 몇 백 마일만 가면 지중해 분지 안에 새
비는 절대 알지 못했던 후기-인류들이 저장해 놓은 수십 개의 장치가 있어요. 그녀
는 아틀란티스와 링으로 올라가는 세 개의 번개 의자에 대해서는 알고 있었지만, 그
정도는 후기-인류들의 잔인한 농담 정도에 불과했어요. 그녀는 그곳에 있던 다른
안정된 버블 안에 있던 소니들과 실질적인 화물 우주선에 대해선 몰랐지요……"

"소니는 지금도 그곳에 있지."

프로스페로가 말했다. 하먼이 모이라에게 몸을 돌렸다.

"그러면, 끝낼 가망도 없는 석 달짜리 하이킹에 나를 보내지 말고, 나와 함께 며칠만 분지 쪽으로 걸어갑시다…… 우리는 소니를 타고 아르디스로 가든가 링으로 셔틀 하나를 타고 올라가 팩스가 작동되도록 파워를 올리든가 할 겁니다."

모이라는 고개를 저었다.

"확실히 말하는데, 내 젊은 프로메테우스, 지중해 분지까지 걸어가서는 안 됩니다."

"칼리바니 들이 백만 마리는 깔려 있네. 놈들은 분지 안에 갇혀 있었는데, 세테보스가 풀어줬지. 그들은 한 때 예루살렘을 지키고 있던 보이닉스들을 다 죽이고, 북 아프리카를 지나 중동까지 몰려갔지. 아리엘이 놈들을 지체시키지 않았다면 지금쯤은 유럽도 대부분 덮어 버렸을 거야."

"아리엘!"

하먼이 소리 질렀다. 그 작고 연약한…… 정령……의 혼자만의 정신의 힘으로 그 사나운 칼리바니 백만 마리를 잡고 있다니 ─아니 단 한 마리라고 해도 그렇지─ 정말 말도 안 된다.

"아리엘은 자네의 사고방식으로는 도저히 꿈도 못 꿀 능력들을 불러올 줄 알지, 하먼, 노만의 친구."

"흐음,"

하먼이 별로 설득되지 않았다는 듯 말했다. 세 사람은 풀밭이 덮인 절벽의 가장자리까지 걸어갔다. 지그재그로 된 좁은 오솔길이 해변까지 이어져 있었다. 이렇게 가까이 보니 어틀랜틱 브리치가 더 현실적이고 이상할 정도로 위협적으로 보였다. 파도가 밀려와 바다를 향해 불가능한 모양으로 갈라져 있는 틈의 양쪽을 살짝 살짝 쳤다. 하먼이 말했다.

"프로스페로, 당신은 보이닉스의 위협에 대항하기 위해 칼리바니를 창조했어요. 그런데 왜 그들이 날뛰도록 두는 거지요?"

"나는 더 이상 그들을 제어할 수 없네."

"세테보스가 도착했기 때문에?"

마법사가 미소 지었다.

"나는 이미 세테보스가 오기 전 몇 세기 전에 칼리바니, 그리고 칼리반에 대한 통제 능력을 잃었네."

"왜 애초부터 그런 망할 것들을 만들었어요?"

"안전을 위해."

프로스페로가 말했다. 그리고는 그 단어의 아이러니에 다시 미소를 지었다. 모이라가 말했다.

"우리…… 후기-인류들이 프로스페로에게 부탁을 했어요. 그리고 그의…… 동료에게…… 자기 복제 능력을 지닌 보이닉스들이 지중해 분지로 몰려들어 우리의 작전을 방해하지 못하게 막을 수 있을 만큼 강력한 존재를 만들어 달라고. 당신도 보다시피, 우리는 이 분지를……"

"당신들이 궤도 섬에서 필요로 하는 식량과 목화, 차, 그리고 다른 재료들을 경작하는 데 사용하고 있었지요. 알아요."

그러다 방금 모이라가 한 말에 대해 생각하느라 그가 잠시 멈추었다.

"동료라고? 아리엘 말인가요?"

"아니, 아리엘이 아니에요. 아시다시피, 천오백 년 전에는 시코락스라는 존재가 아직은……"

"그 정도면 됐다."

프로스페로가 끼어들었다. 홀로그램의 목소리는 수치스러워하는 것 같았다. 하먼은 어물쩍 넘어가게 하고 싶지 않았다. 그는 마법사에게 따졌다.

"하지만 당신이 일 년 전에 한 말은 사실이었잖아요, 안 그런가요? 칼리반의 어머니가 시코락스이며 아버지는 세테보스라고…… 아니면 그것도 거짓말이었나?"

"아니야, 아니야, 칼리반은 마녀 시코락스에게서 태어난 괴물 자식이야."

"백화점보다 크고 나보다 더 큰 손들이 수없이 달린 거대한 대뇌가 어떻게 사람만한 크기의 마녀와 동침할 수 있었는지 참 궁금하네요."

"아주 조심스럽게 했지요."

모이라가 말했다. 추측일 거라고 하먼은 생각했다. 새비처럼 생긴 젊은 여인이 틈을 가리켰다.

"이제 출발할까요?"

"프로스페로에게 질문이 하나 더 있어요."

하지만 그가 마법사에게 말을 하려고 몸을 돌리자 그는 이미 사라지고 없었다.

"제기랄, 이런 식으로 할 때면 정말 질색이야."

"그 분은 딴 데서 할 일이 있어요."

"그러시겠지. 하지만 나는 마지막으로 그가 왜 나에게 어틀랜틱 브리치를 건너도록 하는지 물어보고 싶었어요. 이건 말도 안돼요. 난 저기로 나가면 죽을 거예요. 내 말은 먹을 것도 없는데다가……"

"내가 당신을 위해 식량을 좀 챙겼어요."

하먼은 웃을 수밖에 없었다.

"좋아요…… 며칠이 지나면, 그러면 먹을 것이 없어지겠죠. 물도 없고……"

모이라가 배낭에서 부드럽고 둥글며 거의 평평한 모양의 무언가를 꺼냈다. 그 물건은 튜린 드라마에 나오는 술 부대 비슷하게 보였다. 다만 속이 텅 비어있었다. 얇은 튜브가 그 안에서 나와 있었다. 그녀가 그것을 넘겨주자 하먼은 손에 닿는 차가운 감촉을 느꼈다. 모이라가 말했다.

"하이드레이터. 공기 중에 수분이 조금이라도 있으면, 그것을 모아 걸러줄 거예요. 당신이 방열복을 입고 있으면 당신의 땀과 입김을 모아 세정한 후 당신에게 식수로 제공해줄 거예요. 저 바깥에서 목말라 죽는 일은 없을 거예요."

"내 방열복을 안 가져왔는데."

"내가 가져왔어요. 사냥을 하려면 필요할 테니까."

"사냥?"

"낚시라는 표현이 더 낫겠네요. 당신은 언제든지 힘의 장을 뚫고 들어가 물속의 고기를 잡을 수 있어요. 예전에도 방열복을 입고 물속에 들어간 적이 있겠죠. 열 달 전 프로스페로의 궤도 섬이었죠. 그러니 그 옷이 수압을 견디게 해 주고 삼투 마스크가 숨을 쉬게 해 준다는 걸 알겠지요."

"무슨 미끼로 이 물고기를 잡아야 하는 거요?"

모이라가 새비의 재빠른 미소를 지었다.

"상어와 살인 고래와 깊은 바다에 사는 다른 것들에겐 당신의 몸 자체가 훌륭한 미끼죠, 나의 프로메테우스."

하먼은 농담할 기분이 아니었다.

"그럼 내가 상어와 살인 고래와 깊은 바다에 사는 것들을 잡아먹고 싶을 땐 뭘로 죽이죠⋯⋯ 가혹한 말투로?"

모이라는 배낭에서 권총을 꺼내 쥐어 주었다.

검은 색이었고, 무거웠다. 늘 사용하던 장총보다는 더 어둡고 뭉툭하고 디자인에 있어 우아함이 떨어졌다. 하지만 손잡이와 총신, 그리고 방아쇠는 충분히 비슷하게 생겼다.

"여기서 나가는 건 총알이에요, 크리스털 촉이 아니라구요. 이것은 당신이 예전에 쓰던 것처럼 공기를 채워 발사하는 것이 아니라 폭파 원리에 의해 작동해요⋯⋯ 하지만 기본 원리는 같아요. 배낭에 탄창이 세 박스 있어요⋯⋯ 600발이 자동 추진되는 탄창이죠. 무슨 말이냐면, 각각의 총알이 물속에서 날아갈 때 총알 앞에 자동적으로 진공 상태를 만든다는 겁니다⋯⋯ 물의 저항으로 속도가 느려지지 않아요. 이게 안전핀이고요⋯⋯ 지금은 잠겨 있어요. 안전핀을 풀려면 엄지손가락으로 빨간 점을 눌러요. 장총보다 회전수가 많기 때문에 소리도 더 커요. 하지만 곧 익숙해 질 거예요."

하먼은 이 살인용 기계를 몇 번 손으로 들어본 후 먼 바다를 겨냥해 보았다. 안전장치가 잠겨 있는지 확인한 후 짐 속에 다시 넣었다. 그는 나중에 일단 브리치에 나가면 테스트를 해볼 심산이었다.

"아르디스로 이런 무기를 몇 십 개 가져가면 좋겠군."

"그거 하나는 가져갈 수 있어요."

하먼은 오른손으로 주먹을 쥐고는 모이라에게 다가갔다. 그리고 사납게 말했다.

"여기를 건너려면 이천 마일 이상을 가야 해요. 내가 저 망할 놈의 고기를 잡고 당신이 준 하이드레이터가 계속 작동한다 해도 하루에 몇 마일을 걸을 수 있을지 몰라요. 이십 마일? 삼십 마일? 북 아메리카의 동쪽 해안에 도착하는 데만도 이백 일은 걸릴 걸. 그나마 대서양을 가르는 틈의 바닥이 *평평하다*는 가정 하에서지 만···· 지금 프록스넷과 파넷 지도를 살피고 있어요. 빌어먹을 산악지대가 있잖아 요! 그랜드 캐년보다 더 깊은 캐년이! 바위, 협곡, 대륙 이동으로 땅덩이 전체를 삼 켜 버린 거대한 고랑, 텍토닉 플레이트[+] 활동이 대양의 바닥을 벌리고 용암을 내뿜 어 생긴 더 큰 틈새들. 이 대양의 바닥은 언제나 새로 만들어지고 있어요. 옛날보 다 *더 크고, 거칠고, 험해졌단* 말입니다. 건널 때까지 일 년은 걸릴 거고, 거기 도 착하고 나면, 아르디스까지 또 천 마일을 더 가야 하고. 그것도 공룡과 검치 호랑 이와 보이닉스가 우글거리는 숲을 뚫고. 당신과 그 돌연변이 사이버스페이스 인간 은 원하는 어디로든 양자이동할 수 있잖아, 날 데리고 말예요. 아니면 소니에게 명 령해서 당신들의 장난감을 숨겨 놓은 후기-인간들의 은신처로 날아가게 할 수 있 어요. 그럼 나는 단 몇 시간 안에···· 아니, 더 빠르게 아르디스로 돌아가 에이다 를 도울 수 있겠죠. 헌데 당신은 나를 죽음으로 몰아넣고 있어요. 설사 내가 살아 남는다 해도 아르디스까지는 몇 달이 걸릴 거고, 그 때는 에이다와 내가 아는 모든 사람들이 죽고 난 후일 거예요. 그 세테보스의 새끼한테, 아니면 보이닉스나, 겨울 이나, 굶주림 때문에. 왜 나한테 이런 짓을 하는 거죠?"

모이라는 그의 험악한 눈길을 조금도 피하지 않았다.

"프로스페로가 로고스피어의 프레디케이터(predicator), 즉, 단언자에 대해 말한 적이 있나요?"

+ tectonic-plate ; 판상을 이루어 움직이고 있는 지각의 표층 - 역자 주

"프레디케이터라고?"

하먼이 멍청하게 말을 반복했다. 그는 아드레날린이 자신의 몸을 채우면서 절망으로 분출하려는 느낌을 받았다. 몇 분 후면 손이 떨릴 것 같았다.

"프리딕터(predictor), 즉, 예언자가 아니구요? 아니 못 들어봤어요."

"프레디케이터요. 그들은 프로스페로만큼이나 아주 독특한 존재지요. 위험하기도 하고. 그가 그들을 신뢰할 때가 있어요. 안 그럴 때도 있고. 이번 경우 그는 당신의 생명과 당신 종족의 미래를 그들에게 맡기기로 했어요."

모이라는 배낭에서 하이드레이터를 꺼내 등에 맨 후, 탄력 있는 음료 튜브를 들어 올려 그녀의 뺨을 따라 내렸다. 그녀는 해변으로 내려가는 가파른 길을 걷기 시작했다.

하먼은 잠시 절벽 위에 남아 있었다. 배낭을 메고 눈 위에 손을 얹은 후, 푸른 하늘을 배경으로 높이 솟아 있는 검은 에펠반을 비추는 아침 햇살을 바라보았다. 케이블카의 케이블이 동쪽으로 뻗어 있었다. 이 시점에서는 다음 타워를 볼 수 없었다.

몸을 돌려, 서쪽을 바라보았다. 커다란 하얀 새와 작은 하얀 새가 —갈매기와 제비갈매기라고 그의 단백질 DNA 메모리 저장고가 말해 주었다— 나른한 푸른 하늘을 돌며 끽끽 울고 있었다. 어틀랜틱 브리치는 경악스러운 불가능함으로 버티고 있었다. 모이라가 절벽을 반쯤 내려가고 나니 80피트나 되는 넓이가 실감나게 다가왔다.

하먼은 한숨을 쉬고 배낭의 끈을 단단하게 조인 다음 —작은 면 배낭과 그의 튜닉이 닿는 부분에 벌써 땀이 배어오는 것을 느끼며— 모이라를 따라 해면으로 그리고 바다로 내려가기 시작했다.

**예순
일곱**

한꺼번에 많은 일이 벌어졌다.

퀸 맵이 ―그 1,118 피트가 온통― 에어로브레이킹 방식으로 근접 비행을 시작했다. 우주선의 휘어진 추진판이 뒤쪽으로 드리워졌고, 우주선과 판 모두가 화염과 충돌하는 플라즈마로 휩싸였다.

에어로브레이킹 중인 우주선을 감싸고 있는 이온-폭풍의 절정에서 수마 IV가 착륙선을 분리시켰다.

만무트와 오르푸를 처음 화성으로 데려다준 우주선과 마찬가지로, 아무도 이 우주선에 이름을 붙이는 데 신경 쓰지 않았다. 분자 증폭기나 타이트빔을 통한 대화에서 그것은 단지 "착륙선"으로 불릴 따름이었다. 하지만 어둠의 여왕은 착륙선에 단단히 고정되어 있었으며, 그의 적절한 환경이 마련된 조종실에서 만무트는 계속 제공되고 있는 비디오 화면을 ―착륙선과 퀸 맵 양쪽 카메라에서 제공되는― 계속 묘사해주고 있었다. 알 모양의 위장막으로 둘러싸인 착륙선은 화염에 휩싸인 모선에서 밀려나와, 음속의 다섯 배로 초고층 대기를 회전하며 뚫고 나온 후, 마침내 그 짧은 초고속 날개를 작동시켜, 결국 속도를 마하 3까지 떨어뜨렸다.

원래는 베 빈 아데 장군이 지구로 향하는 착륙선을 운전할 계획이었지만, 목소리가 전해 오는 소행성과의 랑데부라는 더 급박한 위협 때문에 모든 통합사령관들은 장군이 맵에 남아 있는 데 표를 던졌다. 배의 앞쪽 주조종실 뒤에 있는 승객/화물용 칸의 접이의자에는 센추리온 리더 멥 아후가 앉아 있었고, 그의 뒤로는 —검은 톱날이 튀어나와 있는 무릎 사이에 에너지 무기를 똑바로 끼운 채 거미줄 같은 좌석에 꼭 묶인— 그의 부대가 타고 있었다. 퀸 맵에서 지시를 받은 스물다섯의 소행성대 록벡 군인들로서 방금 전에 해동되었다.

수마 IV는 훌륭한 조종사였다. 만무트는 그 가니메데인이 초고층 대기를 뚫고 착륙선을 인도하는 솜씨에 탄복하지 않을 수 없었다. 추진기를 아주 짧게 사용해 마치 우주선 자체가 저절로 날아가는 듯했다. 자신이 오르푸와 함께 화성의 대기에 진입할 때 벌어졌던 끔찍한 추락을 생각하면 미소가 절로 나왔다. 물론 당시 그의 우주선은 그을리고 부서져 있었지만, 진짜 조종사가 함께 타고 있었다면 기꺼이 조종을 부탁했을 것이다.

데이터와 레이더 기록이 인상적인데, 이오의 오르푸가 타이트빔했다. 눈으로 보기에는 어때?

파랗고 하얘, 만무트가 보냈다. *모두 파랗고 하얘. 사진보다 훨씬 아름답군. 지구 전체가 우리 발밑의 바다 같아.*

전부? 오르푸가 말했다. 만무트는 이 친구에게서 이렇게 놀라는 목소리를 들은 적이 별로 없다는 생각을 했다.

전부. 물로 가득한 세상이야. 푸른 바다, 햇살에 빛나는 수백만 개의 잔물결들, 하얀 구름. 권운, 높은 물결, 우리 위에서 층적운 덩어리가 수평선 위로 오고 있어⋯⋯ 잠깐, 기다려. 허리케인이야. 직경이 적어도 천 킬로미터는 돼. 태풍의 눈이 보여. 하얗고, 소용돌이치고, 강력하고, 놀라워.

우리의 경로는 예상대로 진행되고 있어, 오르푸가 말했다. *남극 대륙에서 바로 올라와 남대서양을 가로질러 북동쪽으로 가고 있지.*

맵은 지금 대기권 밖, 지구의 저편에 있어, 만무트가 전송했다. *우리가 설치한 통신 위성은 잘 작동하고 있어. 맵의 속도는 초당 15킬로미터로 줄어들면서 추락하고 있어. 곧 극링 좌표로 다시 올라갈 거고 이온 드라이브로 감속할거야. 경로는*

좋아. 퀸 맵은 목소리가 가르쳐준 랑데부 포인트를 향하고 있어. 아직 아무도 맵에게 발포하지 않았어.

더 잘 되었군, 오르푸가 말했다. 우리에게도 아직 아무도 발포하지 않았으니까.

수마 IV는 아프리카의 불룩한 부분을 지날 때 대기의 마찰력을 이용해 음속 이하로 속력을 줄였다. 그들의 비행 계획은 말라버린 지중해 위를 날아가 비디오를 촬영하고 그곳에 있는 이상한 건축물의 데이터를 수집하는 것이었다. 하지만 계기상으로는 말라버린 바다 4만 미터 상공에 있는 돔에서 에너지를 감소시키는 장이 뻗어 나오고 있었다. 착륙선이 부딪히면 비행은 끝장날 수 있었다. 수마 IV 말로는 그들이 만약 그것과 충돌하면 함께 타고 있는 모든 모라벡들의 기능이 멈출 판이었다. 가니메데인은 말라버린 지중해의 남동쪽을 감싸며 커다랗게 커브를 돌아, 착륙선을 기울이며 사하라 사막 건너 동쪽으로 몰았다.

중간을 가로막고 있는 지구와 수십 개의 눈송이 크기의 중계 위성을 뚫고 퀸 맵과의 교신은 계속 이어졌다.

거대한 우주선은 목소리가 전송해 준 좌표에 도착했다. 목소리가 메시지를 보내고 있는 소행성 도시로부터 2천 킬로미터쯤 떨어진 궤도 링의 가장자리에 있는 작고 텅 빈 공간이었다. 목소리는 원자 폭탄으로 추진되는 우주선의 충격파가 자신의 집에 닿는 것을 원치 않는 게 분명했다.

착륙선이 쏘아 올리는 실시간 데이터 외에도 퀸 맵은 열두 개의 광대역 타이트 빔을 통해 정보를 수집하고 있었다: 퀸 맵에 장착되어 있는 수많은 카메라들과 외장 센서들에서 오는 정보, 맵의 브릿지에 설치된 소통 밴드, 그들이 뿌린 수많은 위성에서 전해오는 기본 데이터들, 그리고 오디세우스에게서 오는 다양한 정보들. 모라벡들은 인간 승객의 옷에 나노 카메라와 분자 전송기를 심어놓았을 뿐만 아니라, 그가 잠들어 있는 동안 진정제를 투여하고, 이마와 손에 세포 크기의 촬영기를 칠하기 시작했는데, 놀랍게도 오디세우스의 피부 안에는 이미 나노 카메라가 장치되어 있었다. 그의 청각 채널에도 이미 나노 세포 수신기로 증폭 장치가 되어 있었다. 그리고 그것이 퀸 맵에 탑승하기 오래 전에 이루어졌다는 것을 그들은 깨달았다. 모라벡들은 이것들을 모두 조정해, 그가 보고 듣는 모든 정보들이 모선에 전송-기록될 수 있도록 했다. 그의 몸 전체에 다른 센서들을 부착해 설사 그가 다가오는 랑데부에서 죽는다 하더라도 주변 환경에 대한 데이터는 모라벡들에게 계속 흘러들어올 수 있도록 했다.

바로 그 순간, 오디세우스는 총통합사령관 아스티그/체, 퇴행성 시노피센, 항해사 초 리, 베 빈 아데 장군, 그리고 다른 모라벡 장군들과 브릿지 위에 서 있었다.

퀸 맵이 공동 교신기의 실시간 방송 데이터를 보내자 갑자기 오르푸와 만무트의 귀가 솔깃해졌다. 초 리가 말했다.

"수신 중인 분자 증폭 메시지입니다."

"오디세우스를 혼자 보내라."

소행성-도시에서 오는 관능적인 여성의 목소리였다.

"무장되지 않은 셔틀을 이용하라.
배 위에서 무기가 감지되거나 사람이건 로봇이건 동반자가 있을 경우에는
너희 우주선을 파괴시켜버리겠다."

"얘기가 점점 복잡해지네."

착륙선의 공동 통신망을 통해 이오의 오르푸가 말했다. 착륙선의 모라벡들은 단 1초의 시차를 갖고, 시노피센이 오디세우스를 데리고 8번 착륙장으로 가는 것을 지켜보았다. 모든 비행정들이 무장되어 있었기 때문에 3대의 포보스 건설 셔틀 중 한 대만이 목소리가 말한 조건을 만족시킬 수 있었다.

건설 셔틀은 아주 작았다. 무선으로 조종되는 달걀 모양의 비행선으로서 성인한 명이 겨우 들어갈 여유밖에 없었고 생명 유지 장치는 공기와 기온조절장치 밖에 없었다. 퇴행성 시노피센은 케이블과 회로판들이 엉켜 있는 공간으로 아카이아 전사를 밀어 넣으며 다시 한 번 물었다.

"당신 정말 이렇게 하기를 원합니까?"

오디세우스는 아말테아에서 온 거미 다리 모라벡을 한참 바라보았다. 그리고는 마침내 그리스어로 말하기 시작했다.

"나는 여행을 멈출 수 없다: 나는 인생을 남김없이 마실 것이다: 나는 언제나 사랑하는 사람들과 혹은 나 홀로 충분히 즐겼고 충분히 고통 받았다; 바닷가에서, 그리고 밀려오는 파도 속에서 히아데스의 빗물이 어두운 바다를 후려칠 때에도; 나는 하나의 이름이 되었다···· 많은 것을 보았고 많은 것을 알았다; 수많은 인간들과 관습의 도시들, 기후들, 의회들, 정부들, 그리고 나 자신, 하지만 그 모두를 존중했노라; 그리고 바람 부는 트로이의 함성이 울려 퍼지는 벌판에서 나의 동료들과 전투의 즐거움을 흠뻑 맛보았다···· 멈춘다는 것은, 끝장낸다는 것은, 퇴색해 간다는 것은, 쓸모 있게 빛나지 않는다는 것은 얼마나 멍청한 일인가! 인생은 숨 쉬는 것. 인생 위에 또 인생을 쌓아봤자 소용없다. 특히 나 같은 사람에겐 아무 것도 남지 않는다: 하지만 모든 시간은 영원한 침묵에서 벗어나는 길, 언제나 그 이상, 새로움을 가져다주는 것; 세 개의 태양을 독차지하려는 것은 비열한 짓이다···· 어서 그 망할 문을 닫아, 거미 양반."

"아니 저건····"

이오의 오르푸가 말을 시작했다.

"그는 맵의 도서관에 갔었어····"

만무트도 입을 열자 수마 IV가 명령했다.

"쉿!"

그들은 셔틀 뚜껑이 닫히는 것을 보았다. 시노피센은 셔틀 정차장에 남아 주변의 모든 것들이 쓸려나가는 동안 떨어지지 않기 위해 철근을 꼭 잡고 있었다. 알 모양의 셔틀은 소음이 없는 과산화수소 추진기에 실려 우주 공간으로 움직였다.

알처럼 생긴 그것은 튕겨져 나가더니 안정을 되찾고 궤도 소행성 도시로 —이 거리에서는 p-링의 수 천 개의 다른 스파크 중의 하나로밖에 보이지 않지만— 방향을 잡고 목소리를 향해 발진했다. 인터콤으로 수마 IV가 말했다.

"예루살렘에 다가가고 있다."

만무트는 다시 착륙선의 다양한 비디오와 센서에 주목했다. 보이는 걸 말해 주게, 오랜 친구, 오르푸가 타이트빔으로 말했다.

좋아···· 우린 아직 20킬로미터 이상의 상공에 있어. 확대되지 않은 화면을 보면 서쪽으로 60-80킬로미터 지점에 말라버린 지중해가 보이네. 붉은 바위, 검은 흙, 푸른 들판 같은 것들이 조각조각 붙어 있어. 해변을 따라서는 가자 지구였던 곳에 거대한 분화구가 —충격으로 만들어진 분화구인데, 건조한 바다 속에 반달 모양으로 파여 있어— 있고, 산들이 솟아 있어. 저 언덕 위가 예루살렘이야.

어떻게 생겼는데?

줌인을 해볼게···· 좋아. 수마 IV가 역사적인 사진들과 겹쳐 놓아보고 있군. 그러고 보니 도시 외곽과 새로운 지역은 사라져버렸군···· 하지만 고대 도시, 장벽으로 둘러싸인 도시는 아직 그대로야. 다마스커스 문이군···· 서쪽 장벽도···· 사원산과 바위의 돔···· 그리고 새 구조물이 있는데, 옛 위성사진에는 없던 거야. 다면체적 유리와 광택을 낸 돌로 만들어진 아주 높은 구조물인데. 거기서 푸른 광선이 나온다.

내가 지금 푸른 광선에 대한 데이터를 받고 있어, 오르푸가 전했다. 타키온으로 에워싼 중성미자 광선이 분명해. 이게 도대체 무슨 기능을 하는지 모르겠군. 우리의 최고 과학자들도 절대 모른다는 것을 장담하지.

오, 잠깐만···· 만무트가 전송했다. 고대 도시를 줌인했는데 뭔가가···· 살아서 기어다니고 있어.

사람들? 인간이야?

아니야····

그 머리 없는 유기-로봇 놈들이야?

아니야, 만무트가 타이트빔으로 말했다. 내 페이스로 묘사해줄 테니 좀 놔둘 수 없을까?

미안.

수천 개, 아니 수천 개도 넘어. 발톱과 지느러미가 달린 양서류야. 자네가 폭풍이란 작품에 나온다고 했던 칼리반하고 비슷하네.

뭘 하고 있는데? 오르푸가 물었다.

그냥 돌아다니고 있어, 만무트가 말했다. 아니, 기다려, 자파 게이트 근처의 다비드 거리에 몸뚱이들이 있어⋯⋯ 웨스턴 월 플라자 근처 옛 유대인 지역의 타리크 엘 와드에도 더 있어⋯⋯

인간의 몸뚱이?

아니⋯⋯ 그 머리 없는 유기-로봇 놈들. 갈기갈기 찢겨 나갔는데⋯⋯ 속을 다 발라 먹힌 것 같아.

칼리반 괴물들의 식량이야? 오르푸가 물었다.

나야 모르지. 그때 수마 IV가 인터컴으로 공지했다.

"우리는 푸른 광선을 통과하게 될 것이다. 광선 안에다 빔 센서 몇 개를 넣어볼 테니까 모두 안전띠를 꼭 메시오."

현명한 짓일까? 만무트가 오르푸에게 물었다.

이 지구 탐험 중에 현명한 짓이라곤 없어, 오랜 친구여. 우리 배 위에는 마기드가 타고 있지 않거든.

뭐라고? 만무트가 타이트빔으로 물었다.

마기드, 이오의 오르푸가 전송했다. 옛날, 옛 유대인들은 ─칼리프와 루비콘 이전, 그러니까 인간들이 아직 맨살에 티셔츠를 입고 다닐 때─ 현명한 자에게는 마기드가 ─다른 세계에서 온 일종의 정신적 조언자가─ 있다고 했지.

어쩌면 우리가 마기드인지도 몰라, 만무트가 말했다. 우린 다른 세계에서 왔잖아.

그렇군, 오르푸가 대답했다. 하지만 우리는 그다지 현명하지 않잖아. 만무트, 내가 그노시스주의자라고 말한 적이 있던가?

철자를 말해 봐, 만무트가 전송했다. 이오의 오르푸는 시키는 대로 했다.

그노시스주의자가 도대체 뭐야? 만무트가 물었다. 최근 그는 오랜 친구에 대해 몇 가지 새로운 점들을 발견했는데 —오르푸가 프루스트뿐만 아니라 제임스 조이스와 잃어버린 시대의 전문가이기도 하다는 것을 포함해서— 그런 새로운 것들을 받아들일 준비가 되었는지 자신이 없었다.

그노시스주의가 뭔지는 중요하지 않아, 오르푸가 말했다, *하지만 기독교인들이 베니스에서 지오르다노 브루노를 화형하기 백 년 전에, 그들은 만투아란 곳에서 한 그노시스주의자를 불태웠지, 솔로몬 몰코란 이름의 수피 마법사였어. 솔로몬 몰코는 일단 변화가 오면 무기가 없이도 용들이 파괴될 것이며 지구 위와 하늘의 모든 것들이 변화할 것이라고 가르쳤지.*

"용들? 마법사?"

만무트가 큰 소리로 말했다.

"뭐라고?"

조종실 버블에서 수마 IV가 말했다.

"다시 한 번 말해 주겠나?"

군대 이송 칸의 간이석에서 센추리온 리더 멥 아후가 통신망으로 말했다.

"다시 한 번 말해 주게."

영국 억양의 가진 총통합사령관 아스티그/체의 목소리가 퀸 맵에서 전송되었다. 모선이 공식적인 전송 내용뿐만 아니라 인터콤의 잡담도 모니터링 한다는 것을 만무트는 알았다. 하지만 그들의 타이트빔 대화는 손대지 못하고 있기를, 만무트는 간절히 바랐다.

아니 됐어, 만무트가 전했다. *용과 마법사에 대해선 다른 기회에 물어보도록 하지.*

만무트가 인터콤에 대고 말했다.

"죄송합니다···· 아무 것도 아닙니다···· 그냥 생각이 불쑥 튀어나왔어요."

"방송 규율을 준수하도록 합시다."

수마 IV가 끊어 말했다.

"예··· 어··· 알겠습니다."

아래쪽 짐칸에서 이오의 오르푸가 초저음으로 덜그럭거렸다.

오디세우스의 건설 셔틀은 소행성을 두르고 있는 밝게 빛나는 유리 도시에 접근해갔다. 셔틀에 달려 있는 센서는 밑에 있는 소행성이 울퉁불퉁한 감자 모양을 하고 있으며 길이는 20킬로미터 직경은 거의 11킬로미터 정도라고 확인해 주었다. 소행성의 니켈-철로 된 표면은 모두 유리와 금속, 최고 높이가 500 미터 정도 되는 버블과 강화탄소 타워로 이루어진 크리스털 도시로 덮여 있었다. 센서는 모드 구조가 지구의 해수면 압력으로 조절되어 있다는 것과, 유리를 통해 어쩔 수 없이 새어 나오는 공기 분자를 통해 산소-질소-탄소-이산화물이 섞인 공기가 지구와 같은 환경을 만들어 내고 있다는 것, 그리고 내부 온도는 잃어버린 시대의 기후 변화가 있기 전의 지중해에 맞춰져 있어 인간에게··· 예를 들어, 오디세우스의 시대에서 온 사람에게 쾌적할 것이라는 사실을 알려주었다.

천 킬로미터 떨어진 곳에 정차중인 *퀸 맵*의 브릿지에서는 모든 사령관 벡들이 모여 보이지 않은 힘의 장 에너지의 촉수가 크리스털 소행성 도시에서 뻗어 나와 건설 셔틀을 감싸 쥐고 가장 높은 유리 타워의 꼭대기의 에어록처럼 보이는 입구로 끌어들이는 과정을 센서와 스크린을 통해서 주의 깊게 모니터링 하고 있었다. 초 리가 명령했다.

"셔틀의 추진기와 자동조종장치를 꺼라."

시노피센이 오디세우스의 생체원격측정기를 점검하더니 말했다.

"우리 인간 친구는 괜찮습니다. 흥분되어 있어요··· 심박수가 약간 올라가있고 아드레날린이 증가하고··· 그는 작은 창문으로 밖을 내다볼 수 있어요··· 그 외에는 다 좋습니다."

콘솔과 챠트 테이블 위에서 홀로그램 이미지가 깜빡거리더니, 셔틀이 가까이

다가오고 에어록의 어둡고 네모난 속으로 빨려 들어가는 영상이 나타났다. 유리로 된 슬라이드 도어가 닫혔다. 셔틀의 센서들이 힘의 장에 차이에 의해 셔틀이 "아래"로 당겨지고 있음을 나타냈다. 중력을 지구 중력의 0.68배 이하로 줄이면서. 그런 다음 센서는 다시 커다란 에어록 방으로 밀려들어오는 공기를 측정했다. 일리움의 공기만큼이나 숨쉴만했다. 초 리가 보고했다.

"라디오, 분자 증폭, 그리고 양자 원거리 측정 데이터 모두 깨끗하게 전송됩니다. 도시를 막고 있는 유리벽이 전파를 방해하지는 않습니다."

"그는 아직 도시 안으로 들어가지 않았어."

빈 베 아데 장군이 투덜거렸다.

"그냥 에어록에 있어요. 오디세우스가 들어가자마자 그 목소리가 전송을 차단해버린다 해도 놀라지 마세요."

그들은 오디세우스의 피부 카메라에 주목했다. 5만 킬로미터 정도 떨어진 착륙선의 탑승자들도 모두 마찬가지였다. 오디세우스는 작은 공간에서 나와 기지개를 켜고 안쪽 문으로 걸어가기 시작했다. 부드러운 우주복을 입고 있으면서도 모라벡들의 반대에도 불구하고 자신의 둥근 방패와 단검을 가져가겠다고 우겼다. 수염 난 남자는 방패를 높이 들고 단검을 손에 쥔 채 밝게 빛나고 있는 문으로 다가갔다.

"예루살렘이나 중성미자 광선을 더 연구해 보고 싶은 자가 없다면 이제 유럽으로 방향을 잡겠다."

수마 IV가 인터콤을 통해 말했다.

아무도 저항하지 않았다, 비록 만무트는 오르푸에게 예루살렘의 고대 도시의 색깔을 묘사해주느라 바빴지만. 고대 건물들 위로 쏟아지는 오후 햇살의 붉은 색, 모스크의 번쩍이는 금빛, 진흙 색깔을 한 거리들, 골목골목 어두운 회색 그림자, 깜짝 놀랄 정도로 갑자기 짙푸른 곳곳의 올리브 나무들, 그리고 어디든 널려 있는 미끈미끈하고 축축하고 끈적끈적한 녹색의 양서류들.

착륙선은 마하 3으로 속력을 높여 한 때 시리아 혹은 냐인케탕 샨 웨스트의 칸호 텝 주라고 불렸던 디마쉬크의 오래된 수도를 향해 북동쪽으로 향했다. 수마는 착륙선과 말라버린 지중해 위의 에너지를 잡아먹는 돔과의 거리를 유지하며 비행했다. 옛 시리아를 지나고, 옛 터키와 이어져 있는 아나톨리언 반도를 따라 서쪽으로 향하기 위해 완전히 기울어진 채 날아가는 동안, 비행선은 완전한 스텔스 상태였고 아무 소음도 없이 마하 2.8의 속력으로 3만 4천 미터 상공을 날고 있었다. 갑자기 만무트가 말했다.

"속도를 좀 늦추고 헬레스폰트 남쪽의 에게 해변 근처를 선회할 수 없을까요?"

수마 IV가 인터폰으로 대답했다.

"가능은 합니다만, 프랑스의 푸른얼음 도시에 관한 조사가 늦어지고 있습니다. 다시 돌아가 시간을 투자할 만큼 가치가 있는 게 그 해변에 있나요?"

"트로이가 있던 곳입니다. 일리움."

착륙선이 속도와 고도를 늦추기 시작했다. 착륙선이 거의 기는 속도라고 할 수 있는 시속 300킬로에 도달했을 때 —그리고 텅 빈 지중해의 갈색과 녹색, 그리고 북쪽의 헬라스폰트의 물이 점점 다가오고 있을 때— 수마 IV는 짤막한 델타 날개를 접고 천천히 돌아가는 프로펠러가 장착된 백 미터 길이의 가벼운 다엽식 날개를 펼쳤다.

만무트가 인터콤으로 부드럽게 노래를 불렀다—

> "아킬레스가 어둠 속에서 뒤척였다고 하네····
> 그리고 프리아모스와 오십 명의 아들은
> 모두 놀라 깨어나 총소리를 들으며
> 트로이를 위해 다시 떨기 시작했네."

누구 거야? 오르푸가 말했다. *그 구절은 모르겠는 걸.*

루퍼트 브룩, 만무트가 타이트빔으로 대답했다. *1차 세계 대전 당시 영국 시인이었지. 이 시를 갈리폴리로 향하는 길에 적었대···· 하지만 끝내 갈리폴리엔 가지 못했지. 가는 길에 병들어 죽어버렸거든.*

"내가 한 마디 하겠는데,"

빈 베 아데 장군이 공동 주파수로 버럭 소리를 질렀다.

"자네의 전파 규율에 대해선 정말 할 말이 없군, 유로파 친구들. 그치만 그 시 하나는 끝내주게 좋다."

극 궤도의 크리스털 도시에선 에어록 문이 밀려 닫히고 오디세우스가 완전히 도시에 들어섰다. 그곳은 햇빛과 나무들과 넝쿨과 열대 지방의 새들과 강물과 이 끼로 뒤덮인 높은 바위 틈새로 떨어지는 폭포와 옛 페허들과 작은 들짐승들로 가 득 차 있었다. 오디세우스는 붉은 사슴이 풀을 뜯다가 멈추고 고개를 들어 방패와 칼을 든 인간이 다가오자 조용히 물러나는 것을 보았다.

"센서에 따르면 휴머노이드 같은 게 다가오고 있습니다. 잎새에 가려 보이지는 않았지만."

초 리가 착륙선으로 송신했다.

오디세우스는 그녀를 보기 전에 먼저 발자국 소리를 들었다. 단단한 흙과 부드 러운 바위 위를 맨발로 걷는 소리. 그는 그녀가 눈에 들어오자 방패를 내리고 단검 을 그의 널따란 벨트 속으로 넣었다. 여인은 형언할 수 없이 아름다웠다. 철과 플 라스틱 껍질을 쓰고, 살아있는 심장 옆에 유압 심장을 가진, 그리고 살아 있는 뇌 와 분비 기관 옆에 플라스틱 펌프와 나노 세포질의 자동제어장치를 가지고 있었 다. 인간이라 부르기 어려운 모라벡들조차 —천 킬로미터 떨어진 곳에서 그들을 홀로그램으로 보고 있는 그들조차— 이 여인이 얼마나 믿을 수 없이 아름다운지는 알아볼 수 있었다.

그녀의 피부는 적당히 그을린 갈색이었고, 머리카락은 길고 검었지만 군데군데 금발이 섞여 있었고, 곱슬곱슬한 머리카락이 드러난 어깨 위로 드리워져 있었다. 그녀는 풍만한 가슴과 넓은 둔부가 도드라지는 반짝반짝 하늘하늘한 두 조각 실크 로 된 옷을 걸치고 있었다. 맨발이었지만 얇은 발목에는 금 발찌가 걸려 있었고, 양 손목에는 엄청나게 많은 팔찌가 걸려 있었다. 위팔에는 금과 은으로 된 걸쇠 장 식을 하고 있었다.

그녀가 가까이 오자 오디세우스와, 우주에서 이를 바라보는 모라벡들, 그리고 고대 트로이 상공에서 이를 지켜보는 모라벡들은 여인의 놀라운 녹색의 눈 위에 둥그런 눈썹이 관능적인 아치를 그리고 있다는 것과 그녀의 속눈썹이 길고 어두우며, 3미터 앞에서는 눈 주위 화장처럼 보였던 것이 깜짝 놀란 오디세우스의 시야 1미터 안으로 들어오자 자연스러운 피부의 색깔이자 그림자라는 것을 알아보았다. 그녀의 입술은 부드럽고 풍만하며 아주 붉었다.

오디세우스 시대의 완벽한 그리스어로, 야자나무를 흔드는 부드러운 바람 같은 혹은 완벽하게 튜닝된 윈드 차임의 흔들림 같은 목소리로 그 아름다운 여인이 말했다.

"환영합니다, 오디세우스. 오랜 세월 동안 당신을 기다렸어요. 제 이름은 시코락스입니다."

모이라와 함께 어틀랜틱 브리치를 걸어가는 두 번째 저녁 하먼은 여러 가지 생각에 사로잡혀 있는 자신을 발견했다.

물로 된 두 개의 높다란 벽 사이를 걷는다는 것은 ─이틀을 걸어 도착한 대서양의 이 지점은 해변에서는 거의 70마일 거리였고 깊이는 500 피트 이상이었다─ 사람을 홀리는 효과가 있었다. 척추 근처 재조정된 그의 DNA 나선 구조 속에 저장된 기억의 단백질 덩어리가 하먼의 의식을 지나치게 현학적으로 만들어, 그는 강박적으로 모든 세부 사항을 기억해냈다. (*'홀리다' 라는 뜻의 mesmerize는 프란츠 안톤 메스머로부터 유래된 단어이다. 1734년 5월 23일 슈바비아의 이쯔낭에서 태어나 1815년 3월 5일 슈바벤 메어스부어크에서 죽은 독일 물리학자이다. 그의 치료법은 메즈머리즘으로 알려져 있는데, 환자의 의식을 조종하는 방법을 사용했다. 최면 치료법의 전신이라고 할 수 있다····*) 하지만 사색의 미로에 빠진 하먼은 잡념을 뿌리쳤다. 그는 와글와글 지엽적인 목소리들을 무시하는 데 점점 익숙해지고 있었지만, 지랄 같은 두통만은 여전했다.

게다가 500피트 높이의 물 장벽으로 양 옆이 가로막힌 80야드 넓이의 마른 바닥을 걷는 것은 정말 무서운 일이었다. 벌써 이틀이나 이곳에서 지냈지만 하먼은 폐소閉所공포와 언제든지 벽이 무너져 내릴 것 같은 두려움을 아직 극복하지 못하고 있었다. 사실 전에도 한 번 어틀랜틱 브리치에 온 적이 있었다. 2년 전 그의 98 번째 생일을 축하하기 위해서였다. 북 아메리카 해변의 뉴저지가 있던 로만 이스테이트 근처 124번 팩스로부터 이틀을 걸어 나왔고 다시 이틀을 걸어 돌아갔다. 하지만 모이라와 함께 온 만큼 멀리 나간 것은 아니었다. 그 때는 물 장벽과 골짜기의 어두컴컴한 분위기가 그렇게까지 거슬리지 않았다. 하긴, 하먼은 생각했다, *그 땐 젊었으니까. 마법을 믿었었고.*

그와 모이라는 몇 시간 째 아무 말도 주고받지 않았다. 하지만 발걸음은 아주 잘 맞아서 침묵 속에서 잘 걸어 나갔다. 하먼은 이제 자신의 우주를 채우고 있는 정보들을 분석하고 있었다. 하지만 대부분은 만약 아르디스로 돌아가게 되면 무엇을 어떻게 해야 할지 궁리하느라 보냈다. 무엇보다도 먼저 해야 할 일은 바보같이 마추픽추의 골든 게이트로 떠나겠다고 우겼던 것에 대해 진심으로 사과하는 것이라는 것을 그는 깨달았다. 임신한 아내와 태어날 아기가 최우선이었어야 했다. 의식적으로는 당시에도 알고 있었다. 하지만 지금은 진정으로 알고 있다.

두 번째로는 그의 아내와 태어나지 않은 아기와 친구들 그리고 동족을 구할 방법을 궁리했다. 쉬운 일이 아니었다. 문자 그대로 머릿속으로 쏟아져 들어온 수백만 권의 정보 덕분에 하먼은 몇 가지 선택의 가능성들을 알아볼 수 있었다.

우선, 그의 몸과 마음에서 아직 탐색되지 않은 수백 가지 기능이 깨어났다는 것이다. 그 중 단기적으로 볼 때 가장 중요한 것은 바로 프리팩스 기능이었다. 노드를 찾아가 기계를 작동시키지 않아도 모든 고전-스타일 인간들 속에 있는 나노-기계가 —이제는 이해하고 있는 기계가— 지구 상 어디라도 데려다줄 수 있으며 심지어 —만약 금지 상태가 풀린다면— 지구 표면에서 임의로 선택한 지구 주변 궤도 안의 1,108,303 개에 이르는 물체와, 기계와 도시들로도 여행할 수 있다. 프리팩스는 그들 모두를 보이닉스로부터 —그리고 세테보스와 그 졸자들인 *칼리바니*, 심지어 칼리반으로부터도— 구할 수 있다. 하지만 궤도의 팩스 기계와 저장 모듈이 다시 인간들을 위한 모드로 전환됐을 때 얘기다.

둘째, 하먼은 이제 링으로 올라가는 몇 가지 방법을 알고 있었으며 심지어는 한 때 후기-인류의 소유였던 궤도 세계를 현재 지배하고 있는, 시코락스라는 이름의 외계인 마녀 비슷한 존재에 대해서도 대충 알고 있었다. 하지만 시코락스와 칼리반을 이길 방법에 대해서는 깜깜이었다. 하먼은 세테보스가 팩스 기능을 마비시키기 위해 자신의 유일한 아들을 링으로 보냈다고 확신하고 있었다. 하지만 만약 그들이 우세해질 경우, 복잡한 팩스와 센서 위성을 재가동시키는 데 필요한 모든 기술적 정보를 얻기 위해서 그는 더 많은 크리스털 캐비닛 안에 빠져야만 한다는 것을 알고 있었다.

셋째, 이제 자신에게 내장되어 있는 수많은 기능들을 알아냈기 때문에 —그 중 많은 부분은 자신의 몸과 마음을 모니터하고 그 안에 숨겨진 데이터들을 찾아내는 방법에 관한 것— 새롭게 찾아낸 정보들을 다른 사람들과 공유하는 것이 어렵지 않다는 것을 알고 있었다. 잃어버린 기능들 중 하나는 공유 기능, 즉, 일종의 역검색 기능으로서, 하먼이 다른 고전-스타일 인간을 만진 후, 자신이 다운로드 시키고 싶은 RNA-DNA로 둘러싸인 단백질 메모리 패킷을 선택하면, 피부와 살을 통해 정보가 다른 사람에게 흘러가는 것이다. 이것은 거의 2천 년 전에 작은 녹색 인간의 견본을 만들 때 완성된 기능으로서, 재빨리 인간의 나노 세포 기능에 적용되었다. 모든 고전-스타일 인간들에게는 이러한 나노형 축소 DNA로 둘러싸인 메모리 기능이 있었고, 모든 고전-스타일 인간들은 몸과 마음에 백 가지의 특허 기능을 가지고 있었다. 하지만 이러한 인간의 능력에 다시 불을 붙이기 위해서 단 한 사람의 선구자가 필요했던 것이다.

하먼은 미소 지을 수밖에 없었다. 모이라는 아마⋯⋯ 아니, 분명히⋯⋯ 암시적인 농담과 의뭉스러운 언질로 그의 신경을 긁었었다. 하지만 이제는 왜 그녀가 그를 계속 "나의 젊은 프로메테우스"라고 불렀는지 이해했다. 헤시오드에 따르면 프로메테우스는 "선지자" 혹은 "예언자"를 뜻하며, 아이스킬로스의 희곡에 등장하고, 쉘리, 우(Wu) 같은 위대한 시인의 작품에도 나오는 혁명적인 타이탄으로서 신들로부터 결정적인 지식을 —불을— 훔쳐 지상에서 설설 기고 있던 인간들에게 가져다줌으로써 인간을 거의 신의 경지로 끌어올렸다. 거의.

"당신들이 우리의 기능을 절단 낸 이유가 바로 그거였군."

자신이 큰 소리로 말하고 있었다는 사실조차 잊은 채 그가 말했다.

"뭐라고요?"

그는 깊어지는 어둠 속을 함께 걷고 있는 후기-인류의 여인을 바라보았다.

"당신들은 우리가 신이 되는 것을 원치 않았던 겁니다. 우리 기능을 한 번도 활성화하지 않은 이유가 바로 그거였어요."

"물론이지요."

"당신을 제외한 다른 후기인들은 다른 세계 혹은 차원으로 가서 신 놀이를 하고자 했던 거고요."

"물론."

하먼은 이해했다. 자신의 전에도 후에도 다른 신들이 없다는 것은 신이 ―소문자 g건 대문자 G건― 되기 위한 첫째 조건이자 신의 특권이기도 했다. 그는 다시 사색에 집중했다. 크리스털 캐비닛 이후 그의 사고는 달라졌다. 예전에는 사물, 장소, 사람, 감정 등에 사고가 집중되어 있었던 반면, 이제는 대부분이 비유적인 ―은유와 환유, 아이러니, 제유법들이 얽혀 춤을 추는― 사고였다. 그의 세포 속에 저장된 수십억 가지의 사실들과 ―사물, 장소, 사람들과― 함께, 사고의 초점은 사물의 관계와 눈에 보이지 않는 부분과 뉘앙스와 인식적인 측면으로 옮겨갔다. 여전히 감정은 함께 있었다. 찾아올 때는 오히려 더 강력하게. 하지만, 예전에는 오케스트라 전체를 압도해 버리는 거대한 베이스 울림처럼 감정이 덮쳐 왔다면, 지금은 섬세하고 강력한 바이올린 솔로 같은 느낌이었다.

나처럼 하찮은 남자에게 이렇게 많은 음울한 은유라니 과분한 일이지,(Much too much murky metaphor for a mere measly man) 자신의 어쭙잖은 생각을 스스로 비웃으며 하먼은 생각했다. *그리고 겁에 질린 개자식이 만들어낸 끔찍한 두운의 남용이군.*[+]

+ 위 문장의 원문에서 거의 대부분의 단어를 m으로 시작한 것을 가리킴 – 역자 주

스스로를 비웃고는 있었지만, 그는 알고 있었다. 자신이 뉘앙스에 대한 성숙된 이해와, 깊은 자아 성찰 그리고 반어법과 은유법, 환유법과 제유법을 깨우친 사람에게만 가능한 인식으로 언어적 의미에서가 아니라 우주만물의 얽히고설킨 관계 속에서 세상을 —사람들, 장소, 사물, 감정, 자신을— 들여다 볼 수 있는 재능을 얻었다는 것을.

만약 그가 아르디스는 말할 것도 없고 고전-스타일 인류들의 그 어떤 거주지에라도 돌아가게 된다면 그의 새로운 기능들은 인간을 영원히 변화시킬 것이다. 누구에게도 이러한 기능의 습득을 강요할 생각은 없었다. 하지만 다시 호모 사피엔스가 된다는 것은 지금의 포스트-포스트-모던 사회와 완전히 단절되는 것을 의미하기 때문에, 보이닉스와 칼리바니, 수많은 손으로 설설 기면서 혼을 빼 먹는 거대한 대뇌의 공격을 받아본 사람이라면 이 새로운 재능과 파워와 생존 전략을 거부할 이유가 없을 거라고 그는 믿었다.

이 기능들이 결국 내 종족들을 모두 구하게 되지 않을까?

그의 마음속에서는 어리석은 질문을 던진 제자에게 던지는 선사의 외침 같은 소리가 들렸다. "무!" 대충 "없던 질문으로 하겠다, 바보야," 정도의 뜻이다. 이 단음절은 종종 역시 단음절인 "할!"로 이어지는데 이것은 선사들이 어리석은 제자의 머리와 등을 무거운 지팡이로 내려치며 내는 소리이다.

무. 이곳에 "영원한 것"은 없다. 그것은 나의 아들과 딸들이 그리고 손자들이 알아서 할 일이다. 바로 지금, 모든 것은 —삼라만상은— 찰나에 존재한다.

그리고 곱사등 보이닉스들에게 속을 파 먹힐지도 모른다는 위협은 정신을 집중시키고도 남았다. 만약 기능들이 돌아온다면···· 하먼은 탐색 기능, 올넷, 프록스넷, 파넷, 그리고 검색 기능 등 옛 기능이 작동하지 않는 이유를 안다. 누군가가 팩스 기능을 꺼버렸듯이, 저 링 위에서 전송 기능을 꺼버린 것이다.

만약 기능들이 돌아온다면····

하지만 어떻게 돌아오게 한단 말인가?

다시 한 번, 하먼은 링으로 돌아가 모든 것을 되돌릴 방법에 대해 궁리했다. 전원, 시종들, 팩스, 등의 모든 기능들.

그는 저 위에 시코락스 말고 또 다른 존재가 기다리고 있는지, 그들의 방어 방법은 무엇인지 알아야 했다. 크리스털 캐비닛에서 그가 씹어 삼켰던 수백만 권의 책들 속에도 이렇게 결정적인 질문에 대한 답은 없었다.

"왜 당신과 프로스페로는 날 저 링 위로 QT해주지 않는 거죠?"

하먼이 물었다. 모이라를 향해 고개를 돌리자 그는 희미해져가는 빛 때문에 그녀가 거의 보이지 않는다는 것을 깨달았다. 그녀의 얼굴은 링의 빛을 받아 겨우 분간할 수 있을 정도였다.

"우리의 선택이었어요," 그녀는 정말 거슬리는 바틀비[+] 투로 말했다.

하먼은 배낭에 든 강력한 총을 생각했다. 그녀에게 무기를 겨누고, 그의 얼굴에서 진실성을 읽도록 하면 ─후기-인류들은 인간의 반응을 읽고 이해하는 기능을 가지고 있으므로─ 그를 아르디스나 링으로 양자이동시키도록 만들 수 있을까?

소용없으리란 것을 하먼은 알고 있었다. 총이 자신에게 위협이 될 수 있다고 생각했다면 그에게 결코 총을 주지 않았을 것이다. 그녀는 무기 안에 나름의 대응책을 만들어놓았을 것이다. 어쩌면 총의 발사 자체가 그녀의 후기-인류적 염력으로만 가능할 수도 있고, 발사 메커니즘에 간단한 뇌파 회로 같은 것을 적용했을 수도 있다. 아니면 그녀의 몸에 아주 간단한 방탄 장치가 되어 있을 수도 있다.

"당신과 그 마법사가 고생고생해서 날 납치하고 인도를 건너 히말라야까지 데리고 온 이유가 겨우 크리스털 캐비닛에 넣고 물에 빠뜨려서 공부 좀 시키는 거였나 보군요."

하먼이 말했다. 둘이 함께 걷기 시작한 이래 그가 입 밖에 낸 가장 긴 문장이었다. 그는 그 말이 얼마나 속되고 쓸 데 없는지, 새삼 깨달았다.

"내가 세테보스와 다른 악당들에 맞서 싸우는 걸 원하지도 않으면서 왜 그런

+ 허먼 멜빌의 소설 제목, 'Bartleby the Scrivener'에서 나온 말로 1970년과 2001년 영화로 만들어진 적이 있다 - 역자 주

일을 했죠?"

모이라는 웃지 않았다.

"링에 도달할 운명이라면, 길을 찾게 될 거예요."

"'운명이라면' 이라니 마치 칼비니스트의 예정설같이 들리는구려."

바짝 마른 산호를 밟으며 하먼이 말했다. 지금까지는 브리치를 걷는 일이 놀랍게도 쉬웠다. 바다 속 심연을 가로지르는 철제 다리도 마주쳤고, 암석이나 산호를 폭파하거나 레이저로 제거해 만들어 놓은 길들도 지났다. 대부분은 완만한 경사였고, 오르락내리락 하기에 경사가 너무 심한 곳에는 케이블이 묶여 있었다. 그래서 하먼은 걸을 때 발밑을 그리 주의 깊게 관찰하지 않았다. 하지만 날이 어두워지면서 발밑을 분간하기가 점점 힘들어졌다.

모이라는 그의 어설픈 농담에 대답도 하지 않았고 어떤 눈에 띄는 반응도 하지 않았다. 그래서 그가 입을 열었다.

"다른 퍼머리들도 있지요."

"프로스페로가 이미 말했잖아요."

"그래요, 하지만 언급만 하고 끝났어요. 우리 고전-스타일 인간들은 죽을 필요도, 다쳤을 때 약을 지어 먹을 필요도, 없는 거지요. 저 위에 더 많은 재생 탱크가 있으니까."

"네, 물론이지요. 후기-인류들은 고전-스타일 인류들의 인구가 백만 명으로 유지되도록 준비해놨어요. 극링과 적도링 위에 있는 궤도 섬들에 다른 퍼머리들과 푸른 벌레의 탱크들이 있어요. 이건 분명한 사실이에요."

"분명한 사실이죠. 하지만 내가 새로 태어나는 아기에 대해 아주 잘 알고 있다는 사실을 기억하시오."

"한 번도 잊은 적이 없어요."

"다른 퍼머리들의 정확한 위치는 나도 몰라요. 나에게 정확한 위치를 가르쳐주겠소?"

"오늘밤 모닥불을 끄고 나면 가리켜 드리지요."

모이라가 냉정하게 말했다.

"아니. 내 말은 링의 차트 위에다 말이오."

"링의 차트를 가지고 있기나 해요, 나의 젊은 프로메테우스? 타지에서 먹고 마셨던 것 중에 그런 게 있었던가요?

"아니. 하지만 우리를 위해서 하나 그려줄 수는 없나요. 모든 궤도의 좌표를."

"갓 태어났으면서 그렇게 빨리 불멸을 곰곰 생각하죠, 프로메테우스?"

내가? 하먼이 스스로에게 물었다. 그러자 그는 저 위 후기-인류들의 링 위에 퍼머리들이 방치되어 있다는 생각을 하기 바로 직전까지 자신이 무슨 생각을 하고 있었는지 깨달았다. 그것은 임신하고 부상당한 에이다에 대한 생각이었다.

"어째서 모든 부상 치료용 탱크가 프로스페로의 섬에 몰려있었던 거죠?"

그가 물었다. 자기가 질문은 했지만, 그 대답은 그에게 잊어버렸던 악몽을 기억하는 것과 같았다.

"프로스페로는 감금시켜 놓은 칼리반에게 먹이를 주기 위해 그랬던 거예요."

하먼은 속이 뒤틀리는 것을 느꼈다. 이러한 반응은 부분적으로 그가 로고스피어 아바타에 대해 조금이라도 우정이나 용서하는 마음을 느낄 때면 나타나는 것이었다. 하지만 갑작스러운 구토의 주원인은 그날 아침 해가 뜨기 전에 식량 바 두 개를 먹은 이후로 아무 것도 먹지 못했고, 심지어 지난 두 시간 동안 자신의 하이드레이터 튜브에서 물을 받아 마시는 것조차 잊었기 때문이었다.

"왜 멈춰 서지요?"

그가 모이라에게 물었다.

"걷기에 날이 너무 어두워졌어요. 불을 피우고 소시지를 익히고 마시멜로우를 굽고 캠프 송을 불러요. 그리고 몇 시간 자면서 푸른-벌레 탱크의 빛나는 미래 속에서 영원히 사는 꿈이나 꾸자고요."

"당신 말이지, 당신은 가끔 정말 남의 가슴을 찢어 놓을 정도로 냉소적이야."

이제 모이라는 미소 지었다. 그건 체셔 고양이*의 미소와 같아서, 어두컴컴한 브리치의 바닥에서 그가 유일하게 구별하여 볼 수 있는 것이었다.

"우리 언니들이 여기 있을 때, 그러니까 신들로 변해 버리기 전에 —대개는 남신으로 변했어, 내 생각엔 퇴보한 거지, 뭐— 언니들은 늘 같은 말을 되풀이했어요. 자 이제 우리가 하루 종일 주운 마른 나무와 해초를 가방에서 꺼내 멋진 모닥불을 한 번 피워 보자‥‥ 멋진 옛날 방식대로."

✤ 이상한 나라의 앨리스에 나오는 미소를 남기면서 사라지는 고양이 – 역자 주

엄마! 엄마아아아아아아아! 너무 무서워요. 여긴 너무 춥고 어두워요. 엄마! 나가게 해 주세요. 엄마, 제발!

춥고 어두운 겨울 아침 에이다는 잠든 지 겨우 삼십 분 만에 다시 눈을 떴다. 마음속에서 들려오는 어린 아이의 목소리는 작고 차갑고 불쾌한 손이 옷 속으로 들어오는 느낌이었다.

엄마, 제발. 난 여기가 싫어요. 춥고 어두운데 나는 나갈 수가 없어요. 바위가 너무 딱딱해요. 배가 고파요. 엄마, 제발 나가게 해 주세요. 엄마아아아아아아아아.

지칠 대로 지쳤지만, 에이다는 침낭에서 일어나 차가운 공기 속으로 나왔다. 생존자들은 —아르디스의 폐허로 돌아온 지 1주일 하고 5일이 지난 지금 모두 48명은— 주워 모은 캔버스 천으로 텐트를 만들었고 에이다는 4명의 다른 여자들과 함께 잤다. 텐트 무리와 원래부터 있던 우물 옆의 간이 건물 들은 새로운 울타리의 중심이었는데, 텐트 도시의 중심과 아르디스의 폐허로부터 백 피트 떨어진 곳에 날카로운 말뚝을 둘러 박은 것이 전부였다.

엄마아아아…. 제발, 엄마….

그 목소리는 이제 언제나 들려오다시피 했다. 비록 에이다는 깨어 있는 동안 그 소리를 무시하는 법을 나름 터득했지만, 잠잘 때만은 힘들었다. 오늘밤엔 —이렇게 여명 직전의 어두운 새벽에는— 더욱 심했다.

에이다는 바지와 부츠 그리고 무거운 스웨터를 걸쳐 입고 엘르와 다른 동료들을 깨우지 않기 위해 최대한 조심스럽게 움직이며 텐트를 나섰다. 밤새 지핀 중앙의 모닥불 주변에는 깨어있는 사람들이 몇 명 있었고 새로운 장벽 위에도 보초병이 서 있었다. 하지만 에이다와 구덩이 사이의 공간에는 텅 빈 어둠뿐이었다.

날은 아주 어두웠다; 두꺼운 구름이 별빛과 링 빛을 막고 있었고, 눈이 올 듯한 냄새가 났다. 에이다는 구덩이 쪽을 향해 조심스럽게 발걸음을 옮겼다. 어떤 사람들은 아직도 바깥에서 자는 것을 선호해서 더 나은 침낭을 직접 만들어 쓰고 있었다. 아무도 밟고 싶지 않았다. 아직 임신 5개월이라지만 그녀는 벌써 뚱뚱하고 둔하게 느꼈다.

엄마아아아아아아!

이 끔찍한 목소리가 너무 싫었다. 몸속에서 진짜 아기가 자라고 있는 마당에 아무리 머릿속의 메아리에 불과하다지만 구덩이에 있는 그 녀석이 보내는 어린아이 같은 호소와 울음은 견디기 힘들었다. 이 텔레파시가 뱃속 아기의 발달되어가고 있는 신경 조직에도 침투하고 있는지 그녀는 알 수 없었다. 그러지 않기를.

엄마, 제발 꺼내 주세요. 여기는 어두워요.

그들은 구덩이에 언제나 한 명의 보초를 세우기로 결정했고 오늘밤은 데이먼이 당번이었다. 그녀는 그의 얼굴이 드러나기도 전에 이미 어깨에 총을 걸친 마르고 근육질의 실루엣을 통해 그를 알아보았다. 그녀가 구덩이 가장자리로 다가와 서자 그가 몸을 돌렸다.

"잠이 안 와요?"

그가 속삭였다.

"이게 잠을 못 자게 해요."

그녀가 속삭이며 대답했다.

"알아요. 당신을 향해 호소할 때면 나도 같이 들을 수 있어요. 약하기는 하지만 들을 수 있어요. 뒷골이 간질거린다고 할까요. 놈이 '엄마아아아아' 라고 부르는 소리가 들리면 당장 총을 들어 날려 버리고 싶어요."

"그거 좋은 생각이네요."

구덩이 위에 용접된 나사못으로 고정된 금속 망을 바라보며 에이다가 말했다. 금속망은 크고, 무겁고 촘촘했다. 아르디스 홀의 폐허에 있던 옛 물탱크에서 발견한 망이었다. 세테보스는 이미 많이 자라서 그물망 사이로 가지 끝에 매달린 손을 내밀 수 없게 되었다. 구멍은 높이가 14피트였는데, 그들이 커다란 바위에 직접 구멍을 파서 만든 것이었다. 저 아래 놈이 아무리 강하다 해도 —눈도 많이 달리고 손도 많이 달린 본체에 해당하는 대뇌는 이제 그 크기가 4피트를 넘었고, 손들은 날마다 강해졌다— 바위를 뚫고 나사못으로 고정시킨 후 용접해 놓은 그물망을 찢어버릴 만큼은 아니었다. 아직.

"놈을 죽이면 5분 안에 2만 마리의 보이닉스가 달려들 거라는 사실만 제외하면 아주 훌륭한 생각이죠."

데이먼이 속삭였다. 따로 상기할 필요조차 없는 일이었다. 하지만 막상 말하는 걸 듣고 나니 가슴 깊은 곳에서 한기와 구역질이 기어 올라오는 것이었다. 하늘엔 소니가 떠 있어서, 어두운 구름 속에서 정찰 궤도를 돌고 있었다. 매일 똑같은 소식에 —인간의 마지막 캠프가 될지도 모르는 곳을 중심으로 반경 2마일 지점에 보이닉스들이 커다란 동심원을 그리며 진을 치고 있다— 달라지는 것은 보이닉스의 숫자가 날마다 불어난다는 것이었다. 어제 오후에 그레오기가 추산해 본 멍청한 은색 무리의 숫자는 2만에서 2만 5천 정도. 아침이 밝아 오면 더 늘어나 있을 수도 있다. 놈들의 숫자는 매일 늘어났으니까. 그것은 희미한 겨울 태양만큼이나 분명했다. 구덩이 안에서 징징대는 불길한 목소리가 그곳에서 풀려 나오기 전까지는 절대 멈추지 않을 것이라는 사실만큼이나 분명했다.

그러면 어떻게 될까? 에이다는 속으로 물었다.

그녀는 상상할 수 있었다. 그놈의 존재는 아르디스 생존자들의 앞날에 그림자를 드리우고 있었다. 세테보스 새끼의 불길한 울음소리가 귀에 맴돌지 않아도, 살아나가는 것은 이미 너무 어려웠다. 식량을 구하는 일은 말할 것도 없고, 작은 텐트와 오두막들을 짓고 확장하는 등.

식량 사정은 심각했다. 학살이 있는 동안 모든 소들은 멀리 달아났고, 소니가 정찰을 해 본 결과 대부분은 먼 벌판이나 얼어붙은 겨울 숲 바닥에서 썩은 시체로 발견되었다. 보이닉스도 학살에 가담했다. 땅은 얼어붙고, 무엇이라도 심거나 기를 수 있을 때까지 한참을 기다려야 하는 지금, 아르디스 저택의 지하실에 있던 통조림이나 저장 식품들조차 녹아버린 고철이 되어버린 지금, 40명의 아르디스 생존자들은 매일 소니를 타고 나가는 사냥꾼들에게 의존할 수밖에 없었다. 보이닉스 군대가 진을 치고 있는 반경 4마일 내에는 사냥감이 없었으므로, 매일 총으로 무장한 두 명의 남자나 여자가 위험을 무릅쓰고 보이닉스 너머로 —사슴같이 덩치 큰 사냥감들이 지역을 떠나고 있었기 때문에 매일 더 먼 곳까지 날아가야— 사냥을 갔다. 운이 좋은 날이면 중앙의 요리용 모닥불 위로 뮬 사슴이나 멧돼지가 올라오곤 했다. 하지만 최근에는 그렇게 운이 좋지 않았다. 더 이상 날마다 신선한 고기를 먹지 못했고, 비행 반경이 점점 넓어지고 있음에도 불구하고 동물이 잡히는 경우는 점점 더 드물어졌다. 그래서 남은 것들은 가능한 한 훈제하고, 창고에서 찾아낸 귀한 소금으로 절였다. 그들은 형편없는 맛의 이것을 씹으며 연명했다. 그리고 날마다 보이닉스들이 늘어나는 것을 지켜보았다. 여기에다 세테보스의 새끼가 하얀 아귀손과 촉수로 그들의 뇌 속에 텔레파시를 보내고 있으니 매일매일 분위기가 어두워져만 갔다. 텔레파시는 밤에도 계속되었다. 소니가 잡아오는 사냥감이 점점 줄어들고 있는 것처럼, 그들의 잠도 점점 짧아져만 갔다. 데이먼이 작게 말했다.

"며칠만 있으면, 녀석이 망을 찢고 나올 것 같아요."

그는 몇 피트 떨어진 곳에서 횃불을 집어 들어 구덩이 위로 가져갔다. 작은 송아지만한 크기에 축축한 회색의 점액질로 번들거리는 대뇌는 철망에 매달려 있었다. 대여섯 개의 촉수가 검은 색의 철망을 꽉 쥐고 있었다. 여덟 개에서 열 개 정도의 노란 눈이 흘기며 깜빡거리다가 불빛을 들이대자 감겨 버렸다. 주둥이 두 개가 열려 있었다. 에이다는 각각의 주둥이에 줄지어 나 있는 하얀 이빨을 홀린 듯 바라보았다.

"엄마."

녀석이 끽끽거렸다. 놈은 지난주부터 말을 하기 시작했는데, 실제 목소리는 인간의 아이와 똑같이 들리는 텔레파시 목소리와는 영 딴 판이었다. 에이댜가 속삭였다.

"그래요, 오늘 전체 회의를 열도록 해요. 언제 죽일 건가에 대해 모두 투표를 합시다. 하지만 우리는 곧 떠날 준비도 해야 해요."

그 계획을 탐탁히 여기는 사람은 거의 아무도 없었다. 하지만 최선의 방법이기도 했다. 데이먼과 몇몇 사람들이 세테보스의 새끼를 지키는 동안 아르디스 강을 따라 35마일 정도 내려간 지점에 있는 섬으로 사람들과 물건들을 옮기는 작업이 시작될 것이다. 그곳은 데이먼이 예전에 가려고 했던 지구 저편의 낙원 같은 섬하고는 거리가 멀었다. 하지만 이 작은 바위섬은 강의 한복판에 있었고, 물살이 빨랐으며 무엇보다 중요한 것은 방어하기 쉽다는 사실이었다.

그들 모두는 보이닉스가 어딘가로부터 팩스해 들어오고 있다고 믿었다. 비록 매일 아르디스의 팩스노드를 점검할 때마다 수리 불가능하다는 것이 밝혀지지만. 그것은 보이닉스들이 쉽게 그들을 따라 잡을 수 있으며 심지어 섬 안으로 팩스해 들어올 수도 있다는 뜻이었다. 하지만 48명의 생존자들은 섬 중앙의 언덕 안에 움푹 들어가 있는 초원에 캠프를 만들 수 있었다. 식량은 지금까지처럼 소니를 타고 나가 잡아온 사냥감들로 해결하고. 또한 섬이 너무 작아서 한꺼번에 200마리 이상이 팩스해 들어오기는 힘들 것이었다. 그 정도면 죽이거나 몰아낼 수 있을 만한 숫자였다.

아르디스를 마지막으로 떠나는 사람이 —에이댜는 자신이 그 마지막 사람이 되리라 굳게 결심했는데— 세테보스 새끼를 죽일 것이다. 그리고 나면 보이닉스들은 광포한 메뚜기 떼처럼 이 텅 빈 장소를 덮칠 것이지만, 나머지 생존자들은 안전한 섬 위에 있게 될 것이다. *비록 단 몇 시간 동안의 안전이겠지만*, 하고 에이댜는 생각했다.

보이닉스들이 수영을 할 수 있을까? 에이댜와 다른 사람들은 열 달 전 하늘이 무너지기 전, 하먼과 죽은 새비와 데이먼이 프로스페로의 섬과 퍼머리를 파괴해 버리기 전의 옛 역사 속에 보이닉스가 수영하는 것을 본 사람이 있는지 떠올려 보려고 애썼다. 파티와 끝없는 팩스이동, 그리고 만사가 안전했던 어리석은 세상이 끝나기 전 말이다. 어느 누구도 보이닉스가 수영하는 것을 한 번이라도 보았다고 장담할 수 없었다. 하지만 에이다는 마음속으로 확신하고 있었다. 보이닉스들은 수영할 수 있을 것이다. 만약 필요하다면 그들은 강바닥을 걸어 모든 물살을 헤치고 올 것이다. 일단 세테보스의 새끼가 죽고 나면 놈들은 작은 섬 위의 인간들에게 도달할 것이다.

그러면 생존자들은 —만약 생존하는 사람이 있다면— 또 다시 어디론가 도망가야 하겠지. 하지만 어디로? 에이다의 선택은 마추픽추의 골든 게이트였다. 왜냐하면 그곳의 수많은 보이닉스들은 브릿지 타워와 지지 케이블에 매달린 초록색의 공기 주머니 안으로 들어가지 못한다는 죽은 페티르의 말을 똑똑히 기억하고 있었기 때문이다. 하지만 대부분의 사람들은 한 번도 본 적이 없는 브릿지로 가기를 원하지 않았다. 그곳은 너무 멀다. 가는 데 시간이 너무 걸릴 것이다. 보이닉스에 둘러싸인 채 유리 구조물 안에 갇혀 있는 신세가 될 것이다.

에이다는 하먼, 페티르, 한나, 그리고 노만/오디세우스가 어떻게 한 시간 안에 브릿지에 도착했는지 설명했다. 대기권 가장자리로 치솟아 오른 후 남쪽 대륙의 대기로 수직강하 하는 것이었다. 그녀는 소니가 아직도 그 비행 노선을 기억하고 있다는 것을 설명했다. 마추픽추의 골든 게이트로 가는 여행이 강을 따라 그들의 바위섬으로 가는 여행보다 단 몇 분밖에 더 걸리지 않을 것이라는 것도. 하지만 그들은 여전히 그 방법을 시도해보고 싶어 하지 않았다. 아직은. 하지만 에이다와 데이먼은 여전히 그 피난 계획을 세우고 있었다.

갑자기 남서쪽의 늘어선 숲의 외곽선 위로 이상한 소리가 났다 – 덜걱거리고 쉭쉭거리는 소리였다. 데이먼은 어깨에서 총을 내려 준비 자세를 취한 후 안전장치를 풀었다.

"보이닉스다!"

에이다는 입술을 깨물었다. 그녀는 잠시 발밑의 세테보스 새끼를 잊었다. 진짜 소음이 마음의 긴박감을 잠시 몰아냈다. 중앙 모닥불 근처의 누군가가 경보를 울렸다. 간이 건물과 오두막에서 사람들이 뛰쳐나와 다른 사람들을 깨우느라 소리를 질렀다.

"아닌 것 같아요."

소음을 뚫고 데이먼에게 들릴 수 있도록 그녀는 큰 목소리로 소리쳤다.

"소리가 좀 달라요."

경보가 멈추고 고함이 잦아들자, 그녀는 더 똑똑히 들을 수 있었다. 그것은 수천의 보이닉스들이 공격해 올 때 나는 바스락거리고 쉭쉭거리는 소리가 아니었다. 끽끽 돌아가는 금속성의 기계 소음이었다. 이윽고 불빛이 보이기 시작했다. 하늘에서 내려오는 탐조등이었다. 지상에서 단 몇 백 피트 위에서 쏟아지는 불빛이 앙상한 나뭇가지와 얼어붙거나 새카맣게 탄 잔디밭, 울타리와 조야한 방어벽 위의 보초병들을 비췄다. 소니에게는 스포트라이트가 없었다.

"총을 가져 와요!"

에이다는 중앙 모닥불 근처에서 우왕좌왕하고 있는 사람들에게 소리쳤다. 어떤 사람들은 무기를 지니고 있었고, 어떤 사람들은 무기를 잡고 준비 자세를 취했다.

"흩어지세요!"

모여 서 있는 사람들에게 달려가 손을 휘저으며 데이먼이 소리쳤다.

"명령에 따르세요!"

에이다도 동의했다. 이게 무엇이건 간에 악의를 가지고 접근하는 것이라면 기름진 사냥감처럼 모여 있을 필요가 없는 것이다. 윙윙거리는 소리가 점점 커져서, 누군가가 미친 듯이 다시 울리기 시작한 요란한 경보 소리조차 삼켜 버렸다. 이제 에이다는 볼 수 있었다. 기계적인 비행 물체였는데, 소니보다는 훨씬 크지만 훨씬 느리고 이상하게 생겼으며, 소니처럼 유연한 계란형 대신 두개의 둔탁한 구가 연결되어 있고, 앞쪽 원에서는 탐조등이 뻗어 나오고 있었다. 그 물체는 금세 추락이라도 할 것처럼 흔들거리고 덜컹거렸다. 하지만 장벽 하나를 쓸어버리고는 —보초병들은 비행 물체에 부딪히지 않기 위해서 바닥으로 뛰어내렸다— 구덩이에서 멀지 않은 얼어붙은 풀밭을 가로질러 미끄러지다가 다시 공중으로 튀어 오르더니 무겁게 주저앉았다.

데이먼과 에이다가 달려갔다. 에이다는 다섯 달 된 아기가 허락하는 한 전속력으로 달렸고 손에는 횃불을 들고 있었다. 데이먼은 자동 소총을 들고 착륙한 기계에서 나오는 다섯 개의 어두운 그림자를 겨누며 달려갔다. 어두운 그림자는 사람들이었다. 에이다가 얼핏 세어보니 모두 여덟 명이었다. 낯선 얼굴들이 보였다. 하지만 기계에서 나온 마지막 두 사람은, 앞쪽의 금속성 구에 있는 조종실에 있었던 두 사람은 한나와 오디세우스였다. 부상을 입고 브릿지로 이송되기 전까지 몇 달 동안 노만이라고 불리길 원했던 그.

에이다와 한나는 곧장 얼싸안고 울음을 터뜨렸다. 한나는 거의 히스테리에 가깝게 울었다. 두 사람이 서로를 보기 위해 잠시 숨을 가다듬었을 때 한나는 입을 쩍 벌리고 말았다.

"아르디스 홀은? 어디로 갔지요? 다들 어디 갔어요? 무슨 일이 있었던 건가요? 페티르는 무사한가요?"

"페티르는 죽었어요."

이 단어들에 대한 스스로의 반응이 너무나 침착한 것을 느끼며 에이다가 말했다. 너무 짧은 시간 동안 끔찍한 일들이 너무 많이 벌어졌다; 그녀는 자신의 영혼에 멍이 든 것을 느꼈다.

"당신들이 떠난 직후 보이닉스가 대대적인 공격을 감행했어요. 돌덩이를 미사일삼아 장벽을 넘어 왔지. 저택은 불탔어요. 엠므가 죽었고, 리먼이 죽었고, 피언도 죽었어요……"

그녀는 공격이 있던 날 그리고 그 이후 죽어간 옛 친구들의 이름을 열거해 나갔다. 언제나 마른 편이었지만 횃불 아래서 더욱 야위어 보이는 한나는 공포에 사로잡혀 입을 막았다. 노만의 손목을 잡고 한나의 어깨를 두르며 에이다가 말했다.

"자, 오세요. 다들 시장해 보이네. 불가로 오세요. 곧 날이 밝을 거예요. 우리는 음식을 가져다주는 동안 친구들을 소개해주세요. 무슨 일이 있었는지 모두 듣고 싶어요."

그들은 겨울 태양이 떠오를 때까지 불 옆에 앉아서 가능한 감정에 휩싸이지 않으려고 애쓰며 정보를 주고받았다. 라면은 진한 아침 스튜를 요리했고, 이와 함께 그들은 부분적으로만 화재의 손상을 입었던 창고 중의 하나에서 발견한 커피를 마지막으로 진하게 우려낸 커피 잔을 받았다.

새로운 다섯 사람의 ─남자 셋 여자 둘─ 이름은, 비면, 엘리언, 스테페, 이야이, 그리고 수잔이었다. 엘리언이 리더였는데, 머리가 완전히 벗겨졌고, 나이는 하면 정도로 보였지만 연륜에서 오는 권위를 풍기고 있었다. 모두 붕대를 두르고 있거나 가벼운 상처를 입은 터라, 얘기가 진행되는 동안 톰과 시리스가 남아 있는 의약품으로 그들의 상처를 치료했다. 에이다는 젊은 친구 ─이제는 어쩐지 옛날처럼 젊어 보이지 않는─ 한나와 말없이 듣고 있는 노만에게 아르디스의 학살과 굶주린 바위에서의 날들, 더 이상 작동하지 않는 팩스노드, 보이닉스의 증가, 그리고 세테보스 새끼의 부화에 대해 짧게 설명했다.

"우리가 착륙하기도 전에 놈의 존재를 마음으로 느꼈소."

노만이 낮게 말했다. 한나가 자신의 이야기를 시작하자, 단단한 가슴과 회색 수염을 가지고, 매서운 날씨에도 거친 튜닉 하나만을 걸친 그리스인은 구덩이 쪽으로 걸어가 그 속의 포로를 내려다보았다.

"오디세우스는 아리엘이 하먼을 데려간 지 사흘 후에 요람에서 나왔어요."

육감적인 두 눈과 검은 머리카락을 한 젊은 여인이 말했다.

"보이닉스가 계속 침입하려 했지만, 오디세우스는 제로마찰력 기능이 살아 있는 한은 들어오지 못한다고 거듭 확인시켜 주었어요. 우리는 먹고, 잠을 잤어요……"

한나는 여기서 잠시 눈을 내리깔았고, 에이다는 그들이 잠만 잔 것은 아니라는 것을 알았다.

"우리는 약속한 대로 페티르가 돌아오기를 기다렸어요. 하지만 일주일이 지나자 오디세우스는 주차장에 ─아님, 격납고인가, 암튼─ 널려 있던 소니의 부품과 다른 비행 물체들의 일부를 이용해 뭔가 만들기 시작했어요. 용접은 거의 내가 했죠. 오디세우스는 회로 보드와 추진 시스템을 만들었어요. 필요한 부품이 다 떨어지자, 나는 골든 게이트의 다른 버블들과 비밀의 방을 돌아다니며 이것저것 주워 모았어요. 결국 그는 차고 안에서 기계를 띄우고 약간 날아가게 하는 데는 성공했어요. 그 재료는 대부분 스카이래프트라고 불리는 시종들이 사용하던 비행기계였는데, 장거리 여행용은 아니었어요. 하지만 안내와 제어 시스템에는 문제가 있었죠. 마침내 오디세우스는 브릿지 부엌에서 작동하고 있던 저급한 AI를 사용했어요. 조리 기능은 남겨두고 항로 안내와 고도 파악을 위해서만 일부를 로봇화 했어요. 이렇게 기계가 엉성하다보니 쾌적한 비행은 아니었죠. 우리에게 계속 아침을 지어주고, 조리법을 알려 주겠다고 해대는 바람에."

에이다와 다른 몇몇은 이 말에 웃음을 터뜨렸다. 열댓 명의 사람들이 귀를 기울이고 있었고, 여기에는 그레오기, 손이 하나뿐인 라먼, 엘라, 에다이드, 보만, 그리고 두 명의 의료진도 포함되어 있었다. 다섯 명의 부상당한 손님들은 뜨거운 스튜를 먹은 후 조용히 귀를 기울였다. 한 시간 전 에이다가 냄새를 맡았던 눈이 가볍게 내리기 시작했지만 바닥에 쌓일 정도는 아니었다. 빠른 속도로 움직이는 구름 사이로 햇살이 비쳤다.

"마침내, 우리는 아리엘이 하먼을 데려오지 않을 것이면 페티르나 여러분 중 누구도 되돌아오지 않을 것이라는 결론에 이르렀어요. 우리는 화물칸을 보급품으로 —다른 비밀의 방에서 발견한 무기들을 더 가져왔지요— 채우고, 격납고 문을 열었어요. 추진기가 계속 우릴 공중에 띄워 놓기를 그리고 조야한 네비게이션 시스템이 아르디스 근처이라도 데려다 주기를 기원하면서 북쪽을 향해 날아갔어요."

"그게 어제 일인가요?"

에이다가 물었다.

"9일 전 얘기에요."

한나가 말했다. 충격을 받은 듯한 에이다의 반응을 보면서 젊은 여인이 말을 이었다.

"이건 아주 *느리게* 날아요, 에이다, 최고 속력이래야 시속 50에서 60마일 정도죠. 그리고 문제점이 많았어요. 오디세우스가 파나마 지협이 있던 곳이라고 했던 바다에 빠졌을 땐 식량이 거의 바닥 난 상태였어요. 운 좋게도, 그가 래프트에 달아 놓은 부표 덕분에 몇 시간 동안은 진짜 뗏목처럼 떠 있을 수 있었어요. 그 사이 우리는 무거운 것들을 덜어냈고 오디세우스는 비행 시스템을 수리해 다시 날 수 있게 만들었어요."

"그 때 엘리언 일행과 함께 있었나요?"

보만이 물었다. 한나는 고개를 젓고, 커피를 더 마시더니, 커피 잔이 필요한 온기를 채워주기라도 하는 듯 그 위로 몸을 웅크렸다.

"일단 지협의 바다를 건너자 우리는 바닷가에서 한 번 멈추어야 했어요. 거기에 팩스노드 공동체가 있었거든요. 내 생각엔 에이다도 그곳에 가본 적이 있을 거예요. 휴즈 타운이라고. 온통 콘크리트의 대체물인 플라스크리트(Plascrete)와 상아로 된 고층 건물이 있었죠."

"응, 세 번째 이십 주기 파티에 갔었어요."

타워의 꼭대기 층 테라스에서 내려다 본 바다의 광경을 기억하며 에이다가 말했다. 당시 그녀는 채 열 다섯 살도 되지 않는 어린 아이였다. 그녀의 땅딸한 "사촌" 데이먼을 처음 만난 것도 그 즈음이었다. 관능이 깨어나고 있던 그 시절의 느낌 또한 기억하고 있었다.

엘리언이 목을 가다듬었다. 그의 얼굴과 팔뚝 그리고 손에는 깊은 흉터가 나 있었고, 그의 옷은 찢어진 넝마 조각에 불과했다. 하지만 그에게선 강한 권위감이 풍겨 나왔다. 그의 목소리는 부드러우면서도 깊었다.

"한 달 전 보이닉스의 공격이 시작되었을 때 노드 공동체에는 200명이 넘는 사람들이 있었습니다. 우리에겐 무기가 없었습니다. 하지만 휴즈 타운 타워의 본체 건물은 놈들이 뛰어 오르기에 너무 높았습니다. 타워 표면의 무언가가 놈들이 타고 오르거나 매달리게 힘들게 하고 있었습니다. 그리고 돌출 테라스는 다른 어떤 곳보다도 방어하기 쉽게 해 주었습니다. 우린 계단에 바리케이드를 치고 —엘리베이터를 작동시키던 동력은 하늘이 무너진 이후 끊겨 버렸지요— 구할 수 있는 무기는 모두 사용했습니다. 시종들이 쓰던 공구, 쇠막대기, 금속 케이블, 마차에 쓰이던 용수철로 만든 조야한 활과 화살 등 무엇이건. 대부분은 보이닉스에게 당하고 말았습니다. 대여섯 명 정도는 팩스가 멈춰 버리기 전에 전송실까지 가는 데 성공해 다른 곳으로 가 버렸고, 나머지 다섯 명과 저는 휴즈 타운 타워의 펜트하우스에 남아 있었습니다. 오백 마리의 보이닉스들이 모든 것을 점령한 상태였죠. 우리는 5일 동안 아무 것도 먹지 못하고 이틀 동안 물도 마시지 못하고 있었는데 바로 그 때 만灣을 넘어 오는 노만과 한나의 스카이래프트를 발견한 겁니다."

"가외의 무게를 감당하려니 더 많은 식량과 의약품 심지어는 총과 탄창까지도 버려야 했어요."

한나가 수줍게 말했다.

"그리고 수리를 위해 세 번이나 더 착륙해야 했고. 그러다가 결국 이렇게 오게 된 거죠."

"네비게이션 시스템이 어떻게 아르디스를 찾아냈지요?"

캐스먼이 물었다. 여위고 수염이 난 이 아르디스의 생존자는 늘 기계에 관심이 많았다. 한나가 웃었다.

"못 찾았어요. 네비게이션 시스템은 오디세우스가 북아메리카라고 부르는 곳을 겨우 찾아낸 정도예요. 그가, 오디세우스가, 우릴 안내했어요. 처음에는 미시시피라는 큰 강을 따라가다가 나중엔 우리의 아르디스 강을 따라갔죠. 그는 이 강을 레아노카 혹은 오하이오라고 불렀지만. 그러다가 여러분의 불빛을 발견한 거죠."

"밤에도 날았나요?"

"그럴 수밖에 없었어요. 오래 착륙해 있기에는 이곳 남쪽의 숲에는 공룡들과 검치 호랑이들이 너무 많았으니까. 오디세우스가 잠시 눈을 붙이는 동안 우리 모두가 비행하는 것을 도왔어요. 하지만 그는 거의 72시간 동안 한숨도 못 잤어요."

"그래도 다시…… 건강해 보이는데요."

한나가 고개를 끄덕였다.

"치료 요람은 보이닉스가 입힌 상처를 대부분 치료했어요. 그를 브릿지로 데려간 것은 올바른 선택이었죠. 그렇지 않으면 죽었을 거예요."

에이다는 잠시 침묵하며, 그 결정이 결국 자신에게서는 하먼을 앗아갔음을 생각했다. 친구의 그런 마음을 읽은 듯 한나가 말했다.

"우린 하먼을 찾아다녔어요, 에이다. 비록 오디세우스는 아리엘이 그를 어디론가 양자이동 시켜서 —일종의 팩스하기인데, 더 강력한 거래요, 튜린 드라마의 신들이 하던 것처럼— 아주 먼 곳으로 데려가버렸다고 확신했지만, 우리는 아래로 날아가 골든 게이트 아래에 있는 옛 마추픽추를 샅샅이 뒤졌어요. 근교의 강과 폭포, 계곡까지 다 가 보았죠. 하지만 하먼은 흔적도 없었어요."

"그는 아직 살아있어요."

에이다가 잘라 말했다. 그렇게 말하면서 그녀는 자신의 부풀어 오른 배를 만졌다. 그녀는 언제나 그랬다. 반드시 하먼과 그녀를 이어주는 연결고리여서가 아니라, 뱃속의 존재가 그녀의 직관이 옳다고 확인해 주는 것 같았기 때문이었다. 마치 에이다의 아직 태어나지 않은 아기가 하먼이 살아있음을 알고 있는 것만 같았다···· 어딘가에.

"그래요."

"다른 팩스노드 공동체를 본 적이 있나요?"

로이스가 물었다.

"다른 생존자들은 없었나요?"

한나가 고개를 저었다. 에이다는 늘 짧았던 젊은 친구의 머리카락이 조금 자라났음을 보았다.

"우리는 휴즈 타운에서 아르디스로 오는 길에 두 개의 노드에 들렀어요. 인구가 적은 노드였죠, 라이브 오크와 홀마니카. 둘 다 보이닉스로 꽉 차 있었어요. 보이닉스의 시체와 인간들의 뼈가 널려 있었죠. 그 외엔 아무 것도 없었어요."

"그곳에서 얼마나 많은 사람들이 죽은 것 같아요?"

에이다가 부드럽게 물었다. 한나는 어깨를 으쓱하고 마지막 남은 커피를 마셨다. 그리고는 아르디스 생존자들에게 공통적인 냉정하고 감정이 없는 투로 말했다.

"40~50명을 넘지 않을 거예요. 이곳처럼 끔찍한 재앙은 아니었어요."

한나가 주위를 둘러보았다.

"안 좋은 기억처럼 이상한 느낌이 마음속에서 꿈틀대는 것 같네요."

"세테보스 새끼 때문이에요. 그 구덩이에서 나오려고 우리들 마음속을 파고 들죠."

그녀는 언제나 녀석이 들어 있는 구덩이를 아주 특별한 구덩이로 생각하고 있었다.

"이놈의 엄마가, 혹은 아빠가, 뭐라고 부르던 간에 데이먼이 파리스 크레이터에서 보았던 그것이, 이놈을 데리러 올까봐 무섭지 않아요?"

에이다는 구덩이 옆에 서서 노만과 진지하게 이야기를 하고 있는 데이먼을 바라보았다.

"세테보스는 아직 나타나지 않았어요. 우린 저 꼬마 녀석이 무슨 짓을 할까 더 걱정이죠."

그녀는 모두에게 손이 많은 꼬마 녀석이 어떻게 사람이 끔찍하게 죽어간 땅의 에너지를 빨아먹는 지 묘사해주었다. 이젠 햇빛이 강해졌음에도 불구하고 한나는 부르르 떨었다.

"탐조등으로 숲 속에 숨어 있는 보이닉스들을 보았어요. 바로 숲이 시작되는 곳의 나무 밑에 줄줄이 서 있는데, 수없이 많더군요. 가장 가까운 놈들은 2마일 밖에 있는 것 같아요. 어떡할 거죠?"

에이다는 섬으로 갈 계획에 대해 들려주었다.

엘리언이 다시 목을 가다듬었다.

"실례합니다. 내가 상관할 바도 아니고 나에겐 투표권이 없다는 것도 압니다만, 제 생각에 바위섬은 여러분을 우리가 타워에서 겪었던 상태로 몰아넣을 것 같습니다. 보이닉스들은 계속해서 찾아올 겁니다. 여긴 정말 엄청나게 많은 것 같네요. 그리고 여러분은 한 사람씩 죽어갈 겁니다. 한나가 우리에게 말해 준 브릿지 같은 곳이 차라리 더 나을 것 같습니다."

에이다는 고개를 끄덕였다. 아직은 전략을 놓고 딱히 언쟁을 벌이고 싶지 않았다. 이 자리에 둘러 앉아 있는 아르디스 생존자들의 대부분이 섬으로 가자고 투표할 것이다. 그래서 대신 이렇게 말했다.

"당신에게도 투표권이 있습니다, 엘리언. 함께 오신 분들도 모두요. 여러분은 이제 우리 공동체와 우리가 앞으로 찾게 될 모든 피난처의 일원입니다. 저와 똑같이 각자 한 표를 행사할 겁니다. 의견을 내주셔서 감사합니다. 우리는 이 문제에 대해 점심시간에 토의할 겁니다. 경비병들조차 대리인들을 세워 투표할 겁니다. 그 전에 여러분들은 일단 주무시는 게 좋을 것 같네요."

엘리언, 비먼, (상처투성이에 누더기를 입고 있음에도 불구하고 어쩐지 여전히 아름다운) 금발의 이야이, 그리고 키 작고 과묵한 수잔이란 이름의 여인, 스테페란 이름의 수염 난 남자는 모두 고개를 끄덕이고 톰과 시리스의 안내에 따라 텐트 어느 곳엔가 마련되어 있는 빈 침낭을 향해 갔다. 한나의 팔을 잡으며 에이다가 말했다.

"당신도 잠을 좀 자야 해요. 아니, 손목이 왜 이래요, 에이다?"

에이다는 거친 석고 틀에 감긴 지저분한 붕대를 내려다보았다.

"싸움이 벌어졌을 때 부러졌어요. 아무 것도 아니에요. 내 관심은 마추픽추의 골든 게이트에서 보이닉스가 사라졌다는 거예요. 그 말은 우리가 한정된 숫자의 보이닉스들과 싸우고 있다는 얘긴데…… 만약 놈들이 재배치를 해야 한다면 말예요."

"한정된 숫자죠."

한나가 긍정했다.

"하지만 오디세우스는 보이닉스의 숫자는 백만 마리 이상이고 우리 인간은 만 명도 안 된다고 생각해요."

잠시 생각한 후 그녀가 덧붙였다.

"학살이 시작되기 전에 만 명이었다는 거죠."

"노만은 보이닉스가 우릴 *왜* 죽이는지 알고 있나요?"

강인해진 한나의 손을 잡으며 에이다가 물었다.

"그런 것 같긴 한데, 표현하진 않았어요. 그 사람, 혼자만 알고 있는 게 많아요."

스무 살 여인의 심정이라기엔 아주 절제된 표현이로군, 에이다는 생각했다. 그리고는 크게 말했다.

"너무 지쳐 보이네. 정말 한 숨 자야 해요."

"오디세우스가 잠들면요."

수줍음과 저항, 젊은 여인의 자긍 같은 것이 가득한 눈빛으로 에이다를 바라보며 한나가 말했다. 에이다는 다시 고개를 끄덕였다. 그리고 한나의 어깨를 토닥이며 어색하게 일어나 노만이 서 있는 구덩이의 데이먼에게로 돌아갔다. 그들이 한때 오디세우스라고 불렀던 그 남자는 에이다보다 별로 크지 않았지만 단단한 근육질의 몸에선 힘이 뻗쳐 나오는 것 같았다. 에이다는 앞이 열린 그의 튜닉 사이로 곱슬거리는 회색의 가슴털을 볼 수 있었다.

"우리 강아지 예쁘죠?"

노만은 웃지 않았다. 그는 수염을 긁으며 구덩이 속의 이상하게 조용한 세테보스 아기를 내려다보더니 검은 눈동자를 에이다에게 돌렸다.

"이 놈을 죽여야 해요."

"그럴 작정이에요."

"내 말은 빨리 죽여야 한다는 겁니다. 이놈들은 세테보스의 진짜 새끼라기보다 기생충이라구요."

"기생충?" 에이다가 말했다. "이놈의 생각이 들리는 걸요⋯⋯"

"그리고 이놈이 나올 때까지 그 소리는 점점 더 커질 겁니다. 지금도 놈이 원하기만 하면 나올 수 있을지 몰라요. 우리 몸에서 직접 에너지와 영혼을 빨아먹을 겁니다."

에이다는 눈을 깜빡이고 구덩이 안을 쳐다보았다. 놈의 반구 모양으로 생긴 두개골 등은 저 아래에서 빛나는 회색 덩어리로 보였다. 구덩이 바닥에 깔려 있는 놈은 촉수와 손들을 말아 넣은 채, 움직임 전용 손은 점액질의 몸통 아래 쑤셔 넣고 수많은 눈을 감은 상태였다. 노만이 말을 이었다.

"알이 깨어나면 이놈들이 쏟아져 나옵니다. 놈들은 진자 세테보스의 스카우트 같은 존재입니다. 다 자라도 길이가 20피트 정도 밖에 되지 않아요. 놈들은···· 땅속에서···· 식량을 찾아내 진짜 세테보스에게 돌아갑니다. 나는 놈들이 어떻게 그렇게 멀리 다닐 수 있는지 정확히 몰라요, 아마 브레인 홀이겠지요. 여기 이 놈은 아직 브레인 홀을 불러낼 만큼 성숙하지는 않았어요. 놈들이 돌아가면 진짜 세테보스는 놈들의 가져간 정보를 받아들이고 잡아먹습니다. 이···· 새끼들이 세상에서 빨아들인···· 죄악과 공포를 모두 흡수하는 거지요."

"어떻게 세테보스와 그의···· 기생충에 대해서 그렇게 잘 알고 있지요?"

에이다가 물었다. 노만은 그런 것들은 그리 중요하지 않다는 듯 고개를 흔들었다.

그리고 도대체 언제쯤 저렇게 사랑스러운 한나를 사랑과 애정으로 대할 건가요, 이 수퇘지 같은 양반아? 에이다는 생각했다.

"노만이 우리한테 중요하게 할 말이···· 부탁할 말이 있대요."

데이먼이 말했다. 에이다의 친구의 목소리에서 걱정이 배어나왔다.

"소니를 가져가야 해요."

노만이 말했다. 에이다가 다시 눈을 깜빡거렸다.

"어디로요?"

"저 위 링으로."

"얼마나 오랫동안이요?"

에이다는 말하면서 속으로 당신은 소니를 가져갈 수 없어요! 라고 말했다. 그녀는 데이먼도 같은 생각이란 걸 알고 있었다.

"잘 모르겠어요."

특유의 이상한 액센트를 담아 오디세우스가 말했다.

"글쎄요, 그렇다면 도저히 안 되겠군요. 우리는 이 장소를 벗어나야 해요. 사냥을 하려면 소니가 필요해요. 또····"

"소니를 가져가야만 해요."

노만이 반복했다.

"나를 저 위로 데려다 줄 수 있는 기계는 이 대륙에서 그것밖에 없어요. 다른 기계를 찾아 중국이나 다른 어떤 곳으로 날아다닐 시간도 없고, 게다가 지금은 *칼리바니* 때문에 지중해 분지에 접근하지도 못할 겁니다."

"그렇다면,"

에이다가 말했다. 가끔 그녀의 목소리을 강력하게 만들어주는 바위 같은 완고함이 배어나왔다.

"소니를 가져갈 수 없어요. 우리 모두가 죽을 거예요."

"그건 지금 별로 중요하지 않습니다."

회색 수염의 전사가 말했다. 에이다는 웃기 시작했다가 그를 노려보는 것으로 멈췄다. 그녀는 놀라움으로 입을 약간 벌리고 있었다.

"*우리*한테는 중요해요, 노만. 우린 살고 싶거든요."

그는 에이다가 이해하지 못하고 있다는 듯 고개를 흔들었다.

"내가 링 위로 올라가지 않는 한 이 행성 위의 그 누구도 살아남지 못할 겁니다⋯⋯ 그것도 오늘 당장. 난 소니가 필요해요. 가능하다면 여러분에게 다시 돌려드리겠습니다. 만약 그렇게 못한다면⋯⋯ 그래도, 별 상관은 없을 겁니다."

에이다는 손에 총을 들고 있지 않은 게 안타까웠다. 데이먼의 총을 힐끗 보았다. 그는 아주 편안하게 총을 들고 있었다. 노만에게는 아무런 무기도 없어 보였지만, 그가 얼마나 강인한 남자인가를 이미 본 적이 있었다. 노만이 다시 말했다.

"소니가 필요해요. 오늘, 지금."

"안돼요."

에이다가 말했다.

구덩이 속에서 손 많은 고아가 갑자기 훌쩍거리고, 쿵쿵대고, 기침 소리를 내기 시작하더니 끝내 인간의 웃음소리 같은 소음을 내기 시작했다.

일흔

하늘 높이 폭풍우가 몰아치고 있었다. 별들과 링은 이미 사라져버렸다. 번개가 양옆에 수직으로 서 있는 물의 벽과 동서로 지긋지긋하게 뻗어 있는 브리치의 하얀 선을 비추었지만, 그 위용을 드러내기엔 너무 순식간에 지나가 버렸다.

번개가 연달아 치고, 에너지로 막힌 바닷길 사이로 천둥소리가 울리는 동안, 실크처럼 얇고 부드러운 침낭과 방한복 안에 편안히 누운 하먼은 50층 건물 높이 위에서 물결이 일렁이고 광포한 폭풍에 대서양의 파도가 수백 미터씩 솟아오르는 것을 볼 수 있었다. 기둥처럼 솟구치는 파도 위 겨우 몇 백 미터 지점에는 구름들이 엉켜 휘몰아치고 있었다. 양옆이 어두컴컴하고 해수면으로 5백 피트 깊이의 이곳은 잠잠했지만, 하먼은 한참 위에서 벌어지고 있는 동요를 볼 수 있었다. 깔때기 다리 —그는 갈라진 대서양의 남북을 잇는 투명한 깔때기 모양의 튜브와 에너지로 둘러싸인 물의 터널을 표현할 적절한 단어를 찾지 못했는데 모이라는 그걸 단순히 "수도관"이라고 불렀다— 또한 요동치고 있었다. 그러한 깔때기 다리들은 건조한 브리치 바닥에서 200미터 높이에 있었다. 적어도 번개가 치는 순간에는 눈으로 구별할 수 있었는데, 그들이 캠핑을 하고 있는 곳에서 서쪽으로 반마일이 채 안 되는 지점에 하나, 그들의 뒤쪽 즉 동쪽으로 일마일 정도에 또 하나가 있었다. 두 개의 터널은 모두 펄펄 끓듯이 요동치고 있었는데, 거대한 양의 하얀 물살이 브리치 한쪽에서 다른 쪽으로 밀려가고 있었다. 하먼은 폭풍이 불 때면 특히 많은 양의 물이 한쪽에서 다른 쪽으로 건너가는지 궁금했다. 물론 그들에게 떨어지는 물의 양도 평소보다 많았다. 오르락내리락하는 에너지 장벽 덕분에 그들 위로 물이 쏟아지거나 물에 잠기는 일은 없었지만 스프레이로 뿌리는 듯한 물방울들이 안개처럼 계속 떨어졌다. 하먼의 겉옷은 배낭에 쑤셔 박혀 있었다. 얇은 침낭과 마찬가지로 완전 방수처리가 된 것이었지만, 방열복 모자에 달린 삼투압 마스크를 열어 놓는 덕분에 그의 얼굴은 축축해져 있었다. 입술을 핥을 때마다 짠 맛이 났다.

그들로부터 백 야드도 안 되는 지점에서 번개가 브리치 바닥을 쳤다. 그 충격에 하먼의 어금니가 울렸다.

"자리를 옮길까요?"

방열복을 입고 있는 모이라를 향해 외쳤다. 그녀는 두 사람이 연인 사이라도 된다는 듯 부끄러움도 없이 그의 눈앞에서 옷을 훌훌 벗어 던지고 방열복을 입었다. 사실 한 때 연인이기도 했었다는 사실을 상기하면서 하먼은 얼굴을 붉혔다.

"뭐라고요?"

모이라가 소리쳤으나, 그 목소리는 파도 소리와 천둥벼락 소리에 묻혀 버렸다.

"우리 자리를 옮길까요?"

그녀는 침낭을 가까이 끌고 와 그의 귀에 가까이 대고 얘기하기 위해 몸을 기댔다. 그녀도 얼굴을 내놓고 침낭 위에 누워 있었기 때문에, 몸에 꼭 맞는 방열복 외부가 안개비에 젖자, 갈빗대와 골반의 굴곡이 고스란히 드러났다. 그의 귀에 대고 그녀가 말했다.

"유일하게 안전한 곳은 물속이에요. 물속 바닥에서라면 번개를 피할 수 있어요. 움직일래요?"

하먼은 움직이지 않았다. 힘의 장막을 뚫고 들어가 절대적인 어둠과 압력 속에 놓인다는 것은 —물론 방열복이 익사와 압사로부터 그를 지켜주겠지만— 오늘 같은 밤 생각도 하기 싫었다. 게다가 폭풍이 조금씩 잦아드는 것도 같았다. 위쪽의 파도가 이제는 60피트나 80피트밖에 높아 보이지 않았다.

"아니, 됐어요. 그냥 여기 있겠어요."

그는 얼굴을 손으로 닦은 후 막처럼 얇은 삼투압 마스크를 제대로 썼다. 눈과 입으로 짠물이 튀지 않으니 집중하기가 한결 나았다. 그리고 하면에겐 집중할 일이 무척 많았다. 지금도 여전히 그는 자신의 새로운 기능들을 정돈하려 하고 있었다.

새로 획득한 ─새로 "밝혀낸"이란 표현이 더 적절할까─ 기능들 중 많은 것은 그의 프리팩스 기능이 막혀 있음으로 해서 사용할 수 없는 상태였다. 예를 들어, 하면은 이제 로고스피어에 접속해서 정보를 얻거나 이 세상 누구와도 소통할 수 있는 방법을 분명히 알고 있었다. 하지만 이러한 기능들은 오늘날 링을 운용하고 있는 누군가 혹은 무언가에 의해 방해받고 있었다.

다른 기능들은 다 정상적으로 작동했지만 하면의 마음에 평화를 안겨주는 기능은 아니었다. 예를 들자면, 건강 검진 기능은 하면에게 푸드 스틱과 물만으로 석 달 이상을 연명한다면 비타민 결핍 상태에 이를 것이라고 알려 주었다. 이 기능은 또한 그의 왼쪽 신장에 칼슘이 축적되고 있다는 것, 그 결과 몇 년 안에 신장 결석이 생기리라는 것, 그가 마지막으로 퍼머리를 방문한 이래 대장에 두 개의 종기가 생겼다는 것, 노화로 인해 근육이 약해졌다는 것, 하긴 마지막으로 퍼머리에서 튜닝을 한 지도 십 년이 지났으니까, 선천성 방어 기능 덕분에 그의 기관지에서는 연쇄상구균이 군체를 만들 수 없다는 것, 혈압이 너무 높다는 것, 그리고 왼쪽 폐에 약간의 그림자가 드리워져 있기 때문에 퍼머리 센서의 즉각적인 조치가 필요하다는 것을 알려 주었다.

멋지군, 하면은 왼쪽 폐의 약간의 그림자가 폐암임을 확신하며, 마치 지금 당장 아파오기라도 하는 듯 가슴을 문질렀다. *이런 정보들로 난 뭘 해야 하지? 이런 상황이라면 퍼머리는 약간 물 건너 간 것 같은데.*

다른 기능들은 좀 더 즉각적인 효용을 발휘했다. 지난 며칠 동안 그는 자신에게 재생기능이 있어서 지나간 일을 놀라울 정도로 생생하게 재경험할 수 있다는 것을 발견했다. 그것은 단지 기억 속의 경험이 아니라 실제로 경험하는 것과 같았다. 지나간 인생에서 어떤 특정한 시점이나 사건을 집어낸 후 머리 속의 기억이 아니라 단백질 기억의 덩어리를 지정해 업로드 시키면 초 단위까지 생생하게 재생해내는 기능이었다. 그는 이미 에이다와의 첫 만남을 아홉 번이나 재생했고 (머릿속으로만 기억했다면 그녀를 처음 만난 팩스 인 파티에서 그녀가 하늘색 가운을 입고 있었다는 사실은 떠올릴 수 없었을 것이다.) 마지막으로 그녀와 사랑을 나눴던 순간은 서른 번도 더 재생했다. 모이라마저도 재생중일 때 그의 고정된 눈빛과 로봇 같은 걸음걸이에 대해 지적한 적이 있었다. 그녀는 그가 뭘 하고 있는지 알고 있었다. 특히 방열복으로도 겉옷으로도 가려지지 않는 그의 반응 때문이었다.

하먼에겐 이런 기능에 중독성이 있다는 것을 알 만큼 분별력이 있었기 때문에 그것을 아주, 아주 조심스럽게 사용해야만 했다. 특히 대양의 바닥을 하이킹하고 있을 때는. 하지만 새비가 과거와 링과 세계에 대해 말했던 것 중에서 ―당시에는 말이 안 되거나 신비하게만 들렸지만 크리스털 캐비닛 이후 이해가 되는 것들 중에서― 더 많은 데이터를 얻어내기 위해 그녀와 나눴던 특정한 대화들을 재생해냈다. 그는 또한 새비가 후기-인류들과의 협상을 위해 링으로 올라가려 했던 그 시대의 불완전한 정보에 의존해 일했다는 사실을 깨닫고 맘이 아팠다. 그녀는 지중해 분지에 저장되어 있는 진짜 우주선에 대해서도 몰랐고, 프로스페로의 사적인 로고스피어 커넥션을 이용해 아리엘과 접촉하는 법도 몰랐다.

재생 비전을 통해 새비를 다시 만나면서 그는 깨달았다. 새비의 얼굴과 몸을 한 젊은 모이라가 새비 자신보다도 얼마나 젊은지, 그러면서도 둘이 얼마나 쏙 빼닮았는지.

하먼은 다른 기능들도 알아보고 다녔다. 프록스넷, 파넷 그리고 올넷은 모두 팩스와 로고스피어 기능과 함께 다운되어 있었다. 결국 내적인 기능만 모두 살아있는 것이다. 위성, 궤도 질량 축적기, 팩스와 데이터 전송기 등 태양계 차원의 시스템이 요구되는 기능은 어느 것도 작동하지 않았다. 하지만 어째서 그의 내부 지표들은 검색 기능이 작용하지 않는다고 말하는 걸까? 검색 기능이 의료 검진 기능처럼 신체에 내장된 기능이라 믿었고, 그것들은 모두 제대로 작동하고 있었다. 검색 기능도 또 다른 위성과 연결되어 있는 걸까? 크리스털 캐비닛은 이것에 대해 어떤 설명도 해 주지 않았다.

"모이라?"

그가 외쳤다. 이렇게 외치고 나서야 그는 폭풍이 거의 잦아들었으며 저 위에서 파도가 부딪혀 미끄러지는 것 외에 다른 소리는 누그러들었음을 깨달았다. 게다가 내장 마이크가 장착된 삼투압 마스크를 너무 엉성하게 쓰고 있어서 모이라는 모자에 달린 이어폰으로도 그의 외침을 거의 듣지 못했다.

그는 삼투압 마스크를 벗고 풍부한 바다의 내음을 다시 한 번 들이켰다.

"무슨 일이죠, 초강력 허파를 가지신 분?"

부드러운 목소리로 모이라가 대답했다. 그녀의 침낭은 몇 피트 떨어져 있었다.

"집에 가서 아내와 터치 공유 기능을 사용하면 뱃속의 아기도 그 정보를 공유하게 될까요?"

"아직 알에서 깨지도 않은 병아리 생각까지 하는 거예요, 젊은 프로메테우스?"

"질문에 답이나 해 줘요."

"시도해 보면 알 거예요. 지금 당장은 디자인 조건이 어떤지 잘 기억이 안 나요. 그리고 임신한 여자와 터치 기능을 나눠본 적도 없어요. 또한 신과 같은 우리 후기-인류들은 임신을 할 수 *없어요.* 그러니 집에 가거든 한 번 시도해봐요. 하지만 기억나는 건 유전자적 터치 공유 기능에는 안전망이 장착되어 있다는 거죠. 태아나 아기에게 해로운 정보들을 쏟아 부을 수는 없어요. 예를 들어 자기 자신이 잉태되는 순간에 대한 기억재생기능 같은 것은요. 이 꼬마가 30년 동안 정신치료를 받게 할 수는 없잖아요, 됐나요?"

하먼은 빈정거림을 무시했다. 그는 까칠한 턱을 문질렀다. 이 여행을 시작하기 직전에 면도를 했지만 ―수염 난 턱으로 방열복 모자를 쓰는 것이 결코 쾌적하지 않다는 걸 벌써 열 달 전에 프로스페로의 섬에서 배웠지― 이틀 동안 자란 수염이 손바닥 밑에서 까끌거렸다.

"당신들은 우리가 가진 기능을 전부 갖고 있어요?"

문장의 마지막을 순식간에 의문형으로 고쳐 말하며 그가 모이라에게 물었다.

"이봐요."

모이라가 뾰로통해서 말했다.

"우리가 바본 줄 아세요? 겨우 고전-스타일 인간들에게 우리한테도 없는 기능을 주겠어요?"

"그러니까 당신들에게는 우리보다 더 많은 능력이 있다는 말이군. 당신들이 우리 안에 심어 놓은 수백 가지 기능보다 더 많이."

모이라는 대답하지 않았다. 하먼은 자신의 피부 세포에 장착된 복잡한 나노 카메라와 오디오 인식 기능을 발견했다. 어떤 DNA 내의 단백질 덩어리는 이러한 시각적이고 청각적인 데이터를 저장할 수 있었다. 다른 세포들은 바이오 전기 전송기로 전환되어 있었다. 오로지 세포 에너지로 작동하기 때문에 효력은 짧지만 선택하고, 전압을 올려 재전송할 수 있었다. 그가 큰 목소리로 말했다.

"튜린 드라마."

"그게 뭐죠?"

모이라가 졸음에 겨워 말했다. 후기-인류의 여인은 졸고 있었다.

"당신들, 아니면 당신의 복장도착服裝倒着 자매님들이, 어떻게 일리움의 이미지를 전송했는지 깨달았어요. 그리고 우리가 어떻게 튜린 복을 통해 그 이미지를 받아볼 수 있었는지도."

"그랬어요⋯⋯저런!"

모이라는 이렇게 말하고 다시 잠이 들었다. 하먼은 그런 전송을 받기 위해 더 이상 튜린 복이 필요하지 않다는 것을 알았다. 로고스피어의 해설 방송과 이 멀티미디어 커넥션이 있으니, 입력 데이터를 업링크해주고자 자청하는 사람만 있으면 그는 해설뿐만 아니라 전체적인 감각 데이터를 모두 공유할 수 있을 것이다.

에이다와 사랑을 나누는 동안 그녀와 링크되어 있다면 어떤 기분일까? 질문을 해 놓고 하먼은 자신 안의 추잡한 늙은이를 쫓아내 버렸다. *음탕하고, 추잡한 늙은이.* 그는 스스로에게 한 마디 더 보탰다.

로고스피어 기능 외에, 바이오스피어와 복잡한 감각의 인터페이스를 제공하는 또 다른 기능이 있었다. 위성의존적인 기능이라 현재는 작동하지 않기 때문에, 그 작동 방식과 느낌을 추측해 볼 따름이었다. 아리엘하고 수다를 떠는 느낌일까 아니면 사람이 갑자기 민들레나 벌새하고 하나가 되어버리는 걸까? 아리엘은 그런 식으로 멀리 떨어져 있는 작은 녹색 인간들과 직접 소통하는 걸까? 다시 진지한 마음으로 돌아와, 하면은 아리엘이 LGM을 이용해, 공격해 오는 수천수만의 *칼리바니*를 舊유럽의 남쪽 외곽을 따라 지체시키고 있다는 프로스페로의 말을 기억해 냈다. 그리고 자신이 그런 연결망을 이용해 *젝*들에게 부탁하면 보이닉스와 맞서게 할 수도 있겠다는 생각을 했다. 이 모든 기능—탐색이 두통을 악화시켰다. 거의 돌발적으로 자신의 의료 검진 기능을 점검해 보니, 실로 아드레날린과 혈압이 지난 2주 동안 그를 괴롭혀왔던 두통을 불러일으킬 만큼 높은 수치를 기록하고 있었다. 그는 다른 의료 기능을 작용시켜 —이번에는 단순한 검진 기능보다는 더욱 적극적인 기능이었다— 시험 삼아 약간의 화학 물질을 자신의 시스템으로 흘려보냈다. 목 뒤의 혈관이 넓어지면서 이완되었다. 얼음 같던 손끝으로 온기가 흘러들어왔다. 두통이 사라졌다.

십대 소년이라면 이 기능을 이용해 원치 않는 발기를 막을 수 있겠군, 하면은 생각했다. 그는 자신이 정말로 음탕하고 추잡한 늙은이임을 깨달았다. 사실 그렇게 늙지는 않았는데, 하면은 생각했다. 의료 검진기는 그에게 약간 늘어진 30대 후반의 평균 몸매를 가지고 있다고 말해 주었다.

다른 기능들이 마음속의 체크리스트를 떠다녔다: 형상 인식 능력 상승, 감정이입 능력 상승, 전사의 기능이라고 생각한 또 하나의 능력, 순간적인 아드레날린 분출과 신체의 힘을 배가시키는 능력, 이 능력은 아마도 싸움에서의 최후 수단으로나 자신의 아이가 엄청나게 무거운 물건에 깔렸을 때 유용할 것이다. 이미 사용 혹은 오용되었던 기억 재생 기능 외에도 다른 사람의 공유 기능을 통해 재생 데이터가 입력될 수 있음을 알았다. 그의 신체를 동면 상태로, 즉 죽은 듯 보일 정도로, 모든 신체 기능을 저하시킬 수 있는 기능. 그는 이것이 잠깐 낮잠을 재워주는 기능이 아니라, 비활성화된 상태로 오랫동안 ―모리아의 경우 아주 오래― 욕창, 근육 강직, 구취 등 무의식 상태의 인간에게 동반되는 부작용을 피하면서 살아 있을 필요가 있을 때, 타지 모이라에 있던 크리스털 관 같은 장치와 함께 사용하도록 디자인된 기능이란 것을 깨달았다. 진짜 새비가 보이닉스과 후기-인간들을 피해 14세기 동안 살아남기 위해 마추픽추의 골든 게이트와 다른 곳에 있는 그녀의 타임 요람에 있을 때 여러 차례 이 기능을 사용했다는 것도 알아차렸다.

다른 기능들도 많았지만 ―말로 표현할 수 없이 교묘한 기능들― 너무 집중해서 탐색하다 보니 두통이 다시 찾아왔다. 밤사이에는 뇌의 그 부분을 아예 꺼버렸다. 그러자 강력한 감각 정보들이 즉각 쏟아져 들어왔다. 저 위에서 밀려오는 파도들. 광光루미네센스[+]-플랑크톤 같은 반짝임이 대서양의 갈라진 하늘 길에 가득했고, 그의 피로한 눈에는 그 모든 것들이 물속의 오로라 같이 보였다.

대양 위 하늘도 빛으로 살아 있는 듯 했다. 바다로 직접 내리치는 번개는 없었지만 구름 속에서는 번개가 번쩍이고 있었다. 소리 없는 폭발이 구름의 안을 밝히면서 휘저어진 구름의 차원분열적次元分裂的 복잡성을 드러냈다. 빛의 충돌과 폭발은 소리 없이 벌어졌다. 어틀랜틱 브리치의 바닥에 깔린 침낭까지 벼락이 떨어질 가능성은 전혀 없어 보였다. 그래서 하먼은 팔베개를 하고 누워 빛의 쇼를 즐겼으며 아직도 일렁이고 있는 해수면에 구름 속 번개가 불러일으키는 효과를 감상했다.

패턴들. 어디에나 패턴이 있었다. 자연과 우주의 만물은 카오스의 목전에서 춤추고 있었다. 그 경계에는 만물과 만물의 상호 작용에 새겨진 차원분열과 수십억의 숨겨진 알고리듬 표본들이 있었다. 그럼에도 불구하고 모든 게 아름다웠다. 오, 너무나 아름다웠다. 그는 아직 탐구해 보지는 않았지만, 이러한 패턴들을 모두 꿰뚫는 기능이 적어도 하나 이상은 있음을 깨달았다. 그저 진화된 한 인간의 감각과 감수성만으로는 다 파악할 수 없는 기능. 하지만 그 기능은 링-커넥션을 필요로

[+] 물질이 빛을 흡수하여 새로운 파장의 빛을 내는 현상 ― 역자 주

하기 때문에 막혀 있는 모양이었다, 게다가···· 대서양 한복판에서 그만을 위해 소리 없이 펼쳐지고 있는 쇼의 순수한 아름다움을 감상하기 위해 첨단 유전자 기능 따위는 필요 없었다.

그는 브리치 바닥에 팔베개를 하고 누워 에이다와 아직 태어나지 않은 딸 혹은 아들을 위해 기도했다. (에이다의 기능이 활성화되면 아들인지 딸인지 알게 되리라.) 이 순간을 그녀와 함께 할 수 있다면! 그는 한 번도 진지하게 생각해 본 일이 없는 신에게 기도했다. 프로스페로의 섬에서 괴물이 떠들어댄 것에 의하면, 세테보스와 그의 모자란 칼리반이 두려워한다는 침묵의 신에게. 그는 또한 사랑하는 에이다가 무사히 살아 있기를, 시절이 끔찍하고 그들은 멀리 떨어져 있지만 그래도 가능한 최대로 행복하기를 빌었다.

잠이 들면서 하먼은 색색거리며 잠들어 있는 모이라의 코고는 소리를 들었다. 그는 미소를 지으며 잠에 빠져들었다. 천 년을 가는 후기-인류들의 나노 세포질과 DNA 재배열, 영특함도 그들을 코골이에서 해방시키지는 못했던 것이다. 하지만 그것은 물론 새비의 몸이었고 또····

생각의 한복판에서 하먼은 잠이 들었다.

아킬레스는 죽었으면 싶다.

이곳 타르타루스의 공기는 너무도 독하고 짙어서, 허파가 급격히 타 들어가고 있다. 눈에서는 고통스러운 눈물이 흐르고, 살갗과 내장은 압력 때문에 안팎으로 동시에 터져나가기 일보 직전이며, 그를 운반하고 있는 여자 괴물 오세아니드들은 허벅지만큼 굵은 손가락으로 너무 꽉 쥐고 있어서 갈빗대가 부서져 나갈 지경이다. 앞날이 염병하게 어둡게 느껴져, 그는 그냥 이대로 죽어버리고 모든 걸 잊었으면 싶다.

그러나 양자의 운명은 그에게 이런 선택을 허락하지 않을 것. 교활한 어머니 여신, 항상 아버지에 —그가 항상 아버지로 존경하던 펠레우스에— 대한 사랑을 이야기하던 그 매춘부 같은 테티스가 제우스의 유혹에 빠져 파도처럼 요동치며 잠자리를 같이 하고, 그를 천상의 불 속에 넣어 그의 죽음에 양자적 특성을 불어넣은 것이다. 그 죽음은 지금은 죽어 화장된 일리움의 파리스에 의해서만 완성될 수 있는 것이었다. 그리고 사람들 말마따나, 그게 전부이다.

그래서 그는 고통 받으며, 강렬하고 빠르게 퍼지는 통증과 불편함 밖에서 무엇이 일어나고 있는 지 알아내려고 정신을 집중한다.

오케아노스의 거대한 세 딸들이 —아시아, 판테아, 그리고 이오네— 독성 가득한 어둠 속을 재빠르게 걸어 분출하는 화산이 내는 빛처럼 보이는 밝은 쪽을 향해 가고 있는 동안, 아킬레스는 아시아의 거대하고 땀으로 축축한 손안에 꽉 잡혀 있다. 아킬레스가 타는 듯한 눈을 뜨고 눈물 사이로 —감정에서 나오는 눈물이 아니라 공기 속의 독한 화학 물질로 인한 눈물— 어렴풋이 지형을 알아보게 되었을 때, 그는 세 오세아니드들이 걷고 있는 높은 바위 능선들과, 천둥 같은 소리를 내는 화산들과, 용암으로 채워진 깊은 틈들과 올림포스에 살고 있는 치료자와 관계가 있는 것이 분명한 거인들을 따라오는 지네 같은 모양의 이상하게 생긴 괴물들, 어둠 속에서 간간이 모습을 보이며 소리를 지르는 다른 타이탄들의 실루엣, 거친 번개와 다른 전기 현상들을 보이는 오렌지색의 구름으로 가득한 하늘의 흐릿한 영상들을 본다.

갑자기 판테아라고 불리는 거인이 말한다.

"저 검은 왕좌에 가려진 형상이 우리가 찾고 있는 자인가?"

바위 절벽 위로 돌들이 떨어져 내리는 것 같은 엄청나게 큰 목소리를 가진 아시아가 말한다. (산酸으로 인해 피부가 벗겨진 아킬레스의 손에는 아픈 귀를 가릴 만한 힘도 없다.)

"그래. 베일이 떨어졌어."

판테아 — "권좌를 가득 채운 어둠의 힘이 보여, 그리고 그 주위엔 어둠의 빛이, 자오선의 태양 빛처럼 퍼져 있어. 하지만 데모고르곤 자체는 눈에 보이지도 않고 형상도 없지. 팔도, 몸통도, 테두리도 없어. 하지만 우리는 그 모든 것이 살아있는 정신이라는 걸 느껴."

그러자 데모고르곤이 말을 하고 아킬레스는 온 사방에서 밀려오는 저음속의 고통스런 소리로부터 피하고자 부질없이 그의 얼굴을 아시아의 거대하고 거친 손바닥에 파묻는다.

"*알고 싶은 것을 물어볼지어다, 오세아니드들아.*"

아시아는 몸부림치는 아킬레스가 있는 자신의 손바닥을 펴서 내민다.

"우리가 잡은 이것이 무슨 형상, 무슨 종류인지 알려주실 수 있습니까? 인간이라기보다는 불가사리처럼 보이고 그렇게 꿈틀대고 삑삑거립니다."

데모고르곤이 다시 커다랗게 소리친다.

"그것은 인간에 불과하다, 신성한 불의 실수로 불멸의 존재가 되긴 했으나. 그는 아킬레스라고 하며 고향에서 멀리 떠나 와있다. 지금까지 어떤 인간도 타르타루스에 온 적이 없다."

"아,"

아시아가 그녀의 장난감에 흥미를 잃은 듯, 아킬레스를 불처럼 뜨거운 돌 위에 거칠게 내려놓는다. 아킬레스는 사방에서 열기를 느낀다. 그가 눈을 떴을 때 분출하는 용암의 빛 덕분에 더 멀리 볼 수 있게 되었으나, 어깨 옆으로 수증기를 뿜어내며 빠르게 흐르는 용암을 보고 공포에 질린다. 왕좌에 앉아 있는 데모고르곤을 올려다보니 분출하는 화산보다 산 하나만큼은 더 큰 왕좌 위에 두건과 베일에 싸인 형상 없는 것이 앉아 몇 마일 위로 솟아있다. 형상도 없는 그것이 그를 토하고 싶게 만든다. 그는 토한다. 그의 구역질을 어느 누구도 알아채지 못하는 듯하다. 아시아가 거대한 형상에게 묻는다.

"더 말해 주실 것이 있습니까?"

"네가 알고 싶은 것은 모두."

"누가 살아있는 세계를 만들었습니까?"

아시아가 묻는다. 아킬레스는 그녀가 너무 말이 많다고 생각한다, 혹은 멍청한 셋 중 가장 똑똑하거나.

"신이다."

"그 안에 담긴 모든 것은 누가 만들었나요? 생각은? 열정은? 이성은? 의지는? 상상력은?"

"신이다. 전지전능한 신."

이 데모고르곤은 말이 별로 없는 혼령 같다고 아킬레스는 생각한다. 머리가 있긴 하지만 그 머릿속에는 별로 생각이 없다. 일어나서 허리띠에서 검을 꺼내고 등에서 방패를 풀어낼 수만 있다면 무슨 짓이든 할 텐데. 우선 그는 데모고르곤을 죽이고 세 거인 자매를 죽일 것이다···· 천천히.

"귀한 봄바람이 찾아올 때의 느낌은 누가 만들었나요, 혹은 젊음만이 들을 수 있는 사랑의 목소리는?"

아시아가 거칠게 울리는 목소리로 묻는다.

"비탄하지 않는 꽃들의 찬란한 모습이 눈물어린 눈을 뿌옇게 채우고, 그것이 다시는 돌아오지 않을 때 사람들을 고독의 세계로 빠지게 만드는 것은 누구인가요?"

아킬레스는 다시 토한다. 이번에는 시각적인 어지러움에 대한 반응이 아니라 시적인 표현이 속을 뒤집는다. 그는 오세아니드들을 먼저 죽이겠다고 결심한다. 그는 그녀의 해골을 꺼내서 집으로 삼고, 그 눈알이 있던 자리를 둥근 창문으로 이용하는 것을 상상한다. 데모고르곤이 읊조린다.

"자비로운 신이다,"

그리스어에는 "위와 같음(ditto)"이라는 단어가 없지만, 아킬레스는 데모고르곤이 그런 말을 하나 만들었으면 하고 생각한다. 이 어둠침침한 타르타루스에서 오세아니드들과 형상 없는 정령이 서로 그리스어로 대화한다는 것은 전혀 놀랄 일이 아니다. 그들은 이상한 생명체들이고, 실제로 괴물들이지만, 아킬레스의 경험에 따르면 괴물들조차도 그리스어를 말한다. 어쨌든 그들은 야만족은 아닌 것이다.

"그리고 누가 공포와, 광기와, 범죄와 후회를 만들었나요?"

아시아가 계속한다. 그녀의 목소리는 마치 이제 막 어른들에게 "왜요?"를 수백 번씩 물으며 대화 하는 법을 배운 두 살짜리 아이의 집요한 옹알거림 같다.

"사물들의 거대한 연결고리에서부터, 인간의 마음속에서 일어나는 모든 생각이 흔들리고 무겁게 끌리고, 죽음의 구멍을 향해 가는 각각의 실타래와 버려진 희망과 증오로 변하는 사랑과 자기 경멸, 피보다 더 쓴 맛을 내는 고통, 숨겨지지 않는 익숙한 언어들이 울리고, 날카로운 비명을 지르고, 매일 매일 그리고····"

그녀가 멈춘다. 아킬레스는 타르타루스에 모종의 큰 격변이 일어나 그들의 세계를 끝내버리고, 아시아와 그녀의 두 자매가 미르미돈들이 만찬에서 먹는 꿀로 덮인 전채 요리처럼 삼켜 버려지기를 바라지만, 그가 눈을 떴을 때 본 것은 둥글고 밝은 빛이 열리면서 눈부시게 하얀 빛이 쏟아져 들어오며 붉은 색으로 변하는 것이다.

브레인 홀이다.

그 홀에서 인간이 아닌 무언가의 실루엣이 빛을 등지고 있다. 얼핏 보기에는 남자 같으나, 금속의 공으로 만들어져 있다. 머리가 있어야 할 부분에 공이 있을 뿐만이 아니라 상체에도 공이 있고, 밖으로 내밀어진 팔에도, 걷고 있는 다리에도 공이 있다. 구리보다도 가벼운 금속으로 감싸진 발과 손만이 희미하게 인간의 것처럼 보인다. 그것이 점점 다가오고 두 개의 밝은 빛이 어깨에 있는 작은 구에서 뻗어 나온다. 투창처럼 가는 붉은 빛 한 줄기가 오른 손으로부터 튀어 나오더니 오세아니드 자매들에게로 뻗어 나가 그들의 살을 지글거리며 튀어 오르게 만든다. 타이탄의 여자 거인들이 비틀거리며 뒤로 물러서고, 붉은 빛으로 상처를 입어서라기보다는 브레인 홀에서 나오는 흰 빛으로부터 얼굴과 눈을 가리고, 애써 용암을 통과해 빠져나간다.

"젠장맞을, 아킬레스, 거기 누워만 있을 거야?"

헤파이스토스다. 아킬레스는 이제 쇠로 된 구와, 발을 덮은 쇠로 된 신, 작은 구들의 사슬로 만들어진 무거운 장갑이 일종의 보호 장비라는 것을 깨닫는다. 그것은 수증기를 뿜으며, 뒤에서는 숨 쉬는 꾸러미 같고 맨 위의 거품은 유리처럼 맑다. 어깨에 달린 탐조등과 손에 든 레이저에 반사되어, 아킬레스는 이제 난쟁이 신의 추한, 수염으로 덮인 얼굴을 볼 수 있다.

아킬레스는 힘들게 약한 끽끽 소리를 낸다. 헤파이스토스가 웃자, 그의 추한 코가 압력 보호 장비의 스피커에 의해 확대되어 보인다.

"이곳의 대기와 중력이 맘에 들지 않는 군, 그렇지? 좋아. 이걸 입어. 방열스킨이라고 부르는 건데, 숨쉬기가 편해질 거야."

불과 기술의 신이 아킬레스의 옆에 있는 바위 위로 믿을 수 없을 만큼 얇은 옷을 던진다. 영웅은 움직이려 애써보지만, 대기가 그를 약하게 하고 타는 듯한 고통을 준다. 그가 할 수 있는 것은 꿈틀거리고 콜록거리며 헛구역질을 하는 것이다.

불구의 신이 말한다.

"이런 염병할, 애처럼 옷을 입혀줘야 할 것 같군. 내 이럴 줄 알았어. 가만히 누워 있어, 꼼지락거리지 말고. 내가 네 옷을 벗기고 이 속에다 널 집어넣을 때까지 내게 똥을 싸거나 토하면 안 돼."

10분 후 ―헤파이스토스의 욕설들이 화산에서 솟아오르는 연기처럼 공중에 매달린 가운데― 아킬레스는 헤파이스토스 옆의 단단한 바위 위에 똑바로 서서, 갑옷 안에 금색 방열스킨을 입고, 방열스킨 천의 투명한 막을 통해서 편안하게 숨을 쉴 수 있게 되었다. 난쟁이 신은 그것을 삼투 마스크라고 부른다. 아킬레스는 산에 녹아 자국이 생긴 그의 방패와 아직도 번득이는 칼을 휘두르며, 데모고르곤이라고 불리는 거대하지만 여전히 불분명한 덩어리를 올려다보며, 다시 막강한 불패의 존재로 돌아온 기분을 느낀다. 아킬레스는 아시아라고 불리는 오세아니드가 다시 그녀의 끝없는 질문을 시작해서 그년을 물고기처럼 토막 내버릴 구실을 주기만을 바랄 뿐이다. 헤파이스토스가 그의 어항 같이 생긴 헬멧에 장착된 확성기를 이용해 부른다.

"데모고르곤, 전에 한 번 만난 적이 있지요. 900년도 더 됐네. 올림피안들이 거인들에 맞서 전쟁을 벌일 때. 저는 헤파이스토스라고 합니다⋯⋯"

"불구의 신이구나."

데모고르곤이 큰 소리를 낸다.

"그렇습니다. 기억해 주시는 군요. 아킬레스와 저는 당신과 타이탄들을 찾으러 타르타루스에 왔습니다. 크로노스, 레아, 그리고 오래된 신들을 찾아서. 그리고 당신에게 도움을 부탁하러 왔습니다."

"데모고르곤은 신들과 인간들 따위를 돕지 않는다."

"물론, 그러시지요."

헤파이스토스가 끽끽거리는 목소리를 의복에 장치된 스피커를 통해 백배나 더 크게 확대시켜 말한다.

"젠장, 아킬레스. 나 대신 할 텐가? 여기다 대고 말하는 건 마치 내 궁둥이에 대고 말하는 것 같군."

"내가 말해도 저 커다란 아무것도 아닌 덩어리가 들을 수 있나?"

"*나는 네가 하는 말을 듣는다.*"

아킬레스가 고개를 들어, 저 위에 솟아 있는 무정형의 베일이 씌워진, 얼굴도 없고 형태도 없는 존재의 바로 옆에서 휘돌고 있는 붉은 구름에 시선을 집중한다.

"신이라면 제우스를 말하는 건가?"

"*내가 신이라고 말하면, 신을 의미하는 것이다.*"

"그렇다면 제우스를 말하는 것이겠군, 왜냐하면 지금 크로노스와 레아의 아들이 모든 살아남은 신들을 올림포스로 불러 모아 제우스 자신이 신중의 신이고, 모든 창조물의 군주이며, 이 모든 우주의 신이라고 공표하고 있는 중이니까."

"*그렇다면 너나 그, 둘 중의 하나는 거짓말을 하고 있구나, 인간의 아들이여. 신은 통치한다. 하지만 올림포스에서는 아니다.*"

"그렇다면 제우스가 모든 다른 신들과 인간을 노예로 만든 거로군."

아킬레스가 말한다. 방열스킨의 스피커를 통한 그의 목소리가 화산 계곡과 불탄 능선에 반사되어 메아리가 울린다.

"*악한 것을 섬기는 모든 정령들은 노예가 된다. 너는 제우스가 그런지 아닌지를 알지.*"

"물론 알지. 제우스는 탐욕스러운 개새끼 같은 신이다. 만일 레아가 거기 어딘가에 숨어서 듣고 있다면 레아에 대한 모욕은 절대 아니니 오해하지 말기를. 내 생각에 그는 비겁하고 남을 괴롭히는 자다. 하지만 당신이 그를 신이라고 생각한다면, 그는 올림포스에 군림하고 우주에서 영원히 살아남을 것이다."

"*제우스가 모든 살아있는 것들 위에 있다고 말한 것은 내가 아니라 너다.*"

"누가 그 노예의 주인인가?"

"*오, 그거 좋아.*"

헤파이스토스가 속삭인다.

"그거 아주 좋은데‥‥"

"시끄러워."

아킬레스가 말한다.

데모고르곤이 우르릉거리는 소리를 낸다. 그 소리가 너무 커서 처음에 아킬레스는 가까이에 있는 화산이 뒤집어지는 거라고 생각한다. 그러자 그 우르릉거리는 소리가 말로 변한다.

"만일 심연이 그 비밀을 토해낼 수 있다면 —그러나 목소리가 원하고 있다— 깊은 진실은 형상이 없다. 너에게 돌고 도는 세상을 보게 허락한들 무슨 소용이 있으랴? 운명과 시간, 사건, 기회, 그리고 변화에 대해 말해봐야 무슨 소용이 있으랴? 그들에게는 영원한 사랑과 침묵의 완벽함을 제외한 모든 게 주관적이다."

"마음대로 말하시오. 하지만 우리가 이야기하고 있는 사이에, 제우스는 자신을 모든 창조물의 신이라고 주장하고 있소. 그는 곧 모든 창조물이 —올림포스 산 아래 그의 작은 세상뿐 아니라 모든 것들이— 오직 자기한테만 경의를 표하라고 요구할거요. 잘 있소, 데모고르곤."

아킬레스가 떠나려고 몸을 돌려, 흥분해서 떠들어대는 기술의 신의 금속 방울로 둘러싸인 팔을 잡아 감싸 쥐고, 그들을 굽어보고 있는 형체 없는 덩어리로부터 멀어진다.

"멈춰라!‥‥ 아킬레스, 펠레우스의 가짜 아들, 제우스의 친아들, 앞으로 신과 부친을 죽이게 될 자여. 기다려라."

아킬레스가 멈추고 돌아서서, 헤파이스토스와 함께 기다린다. 오세아니드들은 겁을 먹은 채, 뜨거운 재로부터 피하기라도 하는 듯 머리를 감싸고 있다.

"내가 타이탄들을 그들의 구멍과 굴로부터 불러낼 것이다. 내가 불멸의 시간에게 이리로 나타나도록 명령할 것이다."

참을 수 없는, 어떤 소리보다도 더 참을 수 없는 소리로, 데모고르곤의 왕좌 주변의 바위들이 자색의 어두움 속에서 쪼개지고, 용암의 빛은 더 짙어지고 넓어지며, 불가능한 색의 조합으로 이루어진 무지개가 타르타루스의 어두운 하늘에 걸리고, 어디선가 말들이 아닌 —말과는 조금도 비슷한 구석이 없는— 거대한 네발 달린 짐승이 끄는 거대한 전차들이 나타나고, 인간도 신도 아닌 무서운 눈을 한 존재들이 채찍을 휘두르며 전차를 몰며, 그들 뒤에는 다른 짐승들이 공포에 찬 불타는 눈으로 노려보고 있다. 인간의 눈으로는 전차를 모는 존재들을 올려다보는 것이 거의 불가능하여, 아킬레스는 시선을 피한다. 그는 방열스킨의 마스크를 쓰고 있는 동안 다시 토하는 것은 현명한 짓이 아니라고 생각한다. 데모고르곤이 큰 소리로 말한다.

"이들이 네가 요구한 불멸의 시간들이다. 그들은 크로노스와 그의 동족들을 이 곳에 불러낼 것이다."

대기가 초음속 굉음을 내며 폭발하고, 오세아니드들이 공포에 질려 비명을 지르고, 거대한 전차들이 원 모양의 불꽃 속으로 사라진다.

"그러니까‥‥"

헤파이스토스가 옷 속의 수신기를 통해 말을 시작하다가 만다.

"이제 기다리는 거다."

아킬레스가 그의 허리띠에 있는 검과 매달린 방패를 바로 잡으며 말한다.

"오래 기다리면 안 돼."

헤파이스토스가 말한다. 대기가 다시 불의 원으로 가득 찬다. 거대한 전차들이 수백, 아니 수천의 거대한 형상들을, 어떤 것들은 인간의 모습을 닮았지만 대부분은 아닌 것들을, 가득 채우고 돌아오고 있다. 데모고르곤이 말한다.

"보라!"

"보지 않을 수 없군."

아킬레스가 말한다. 그는 정신을 바짝 차리고 그의 위대하고 아름다운 방패를 팔에 걸친다.

타이탄의 전차들이 나타나고 있다.

일흔둘

하먼이 깨어났을 때 모이라는 이미 떠나고 없었다. 날씨는 흐리고 추웠으며 비가 많이 내리고 있었다. 머리 꼭대기의 바다는 일렁이며 하얀 거품으로 덮여 있었지만, 간밤 번갯불 아래서 보았던 산더미만한 거친 파도는 더 이상 아니었다. 하먼은 잠을 설치며 다급하고 불길한 내용의 꿈을 꾸었다.

그는 실크처럼 얇은 침낭을 둘둘 말아 ―침낭은 저절로 마를 것이다― 배낭에 넣고, 옷가지들은 방수 가방에 넣은 후 그의 유일한 양말과 부츠를 꺼내 방열복 위에 신었다. 그들은 어젯밤 폭풍이 시작되기 전에 모닥불을 피웠었다. 물론 소시지나 마시멜로우는 없었지만. 하먼은 타지에서 흡수한 책들을 통해 그것이 뭔지를 알았을 뿐이다. 둘이 타오르는 불꽃을 바라보며 앉아있을 때 그는 아무 맛도 없는 푸드 스틱 반 토막을 먹고 물을 홀짝거렸었다. 이제 남아 있던 재는 회색으로 젖어 있었고, 암석과 산호 사이의 브리치 바닥은 진흙으로 변해 버렸다. 하먼은 그들이 묵었던 자리를 빙 둘러 보면서 모이라의 마지막 흔적···· 메모 같은 것을 찾고 있는 자신을 발견했다.

아무 것도 없었다.

그는 배낭을 높이 들고, 방열복 모자를 아래로 당겨 보호 안경의 위치를 제대로 잡은 후에 빗물을 닦아 버리고 서쪽으로 걷기 시작했다. 시간이 갈수록 날이 밝아져야 하건만, 오히려 하늘은 어두워지고 비가 더 거세게 내렸다. 물의 장벽은 더 높고 위압적으로 변해갔다. 바닥이 깊어질 때면, 수직으로 뻗은 양쪽 물의 장벽이 높아지는 것처럼 느껴지는 착시 현상에 이미 익숙해져 있었다. 하먼은 터벅터벅 걸어갔다. 브리치 바닥은 갈라진 검은 암석의 등성이를 따라 아래로 내려갔고, 레일이 깔리지 않은 좁고 미끄러운 검은 철교가 가로질러 놓인 깊은 협곡을 지나, 또 다른 암석의 경사진 마루를 타고 올라갔다. 높은 바위 등성이 때문에 양쪽 물의 벽이 낮아졌지만 —이곳 수심은 채 200피트도 안 될 것 같다— 올라가는 데 힘이 많이 들었고, 예전보다 훨씬 더 큰 폐소 공포를 느꼈다. 바위 사이 좁은 길을 걸어가자니 벽 속의 벽에 갇힌 느낌이 들었기 때문이다.

정오쯤 —해가 한 점도 보이지 않아서 내면의 시계 기능이 알려준 시간이었다. 비가 어찌나 심하게 내리는지 코와 입까지 삼투압 마스크로 다 덮어버릴까 생각하기도 했다— 브리치 바닷길이 산악지대를 벗어나 평지로 변해 있었다. 그것만 해도 대단한 일이어서 하먼의 우울한 기분을 달래는 데 도움이 되었다, 그저 잠깐이었지만.

이제는 암석과 산호로 된 길이 그리워졌다. 마른 날이면 단단한 흙길이었던 바닷길이 지금은 진창으로 변해있었으니까 말이다. 마침내 그는 걷는 데 지쳐가기 시작했다. 그가 있는 영국의 남부 지방 시간이 정확히 얼마인지는 몰라도 정오가 지난 건 확실했다. 그래서 그는 북쪽 힘의 장에 반쯤 걸쳐 튀어나와 있는 낮은 바위덩이에 앉아 푸드 스틱을 꺼내 씹으며, 하이드레이터 튜브에서 나오는 시원한 물을 마셨다.

푸드 스틱은 —하루에 한개— 포만감을 주지 않았다. 그리고 그 맛은 톱밥을 먹을 때의 기분이었다. 그나마 네 개 밖에 남지 않았다. 프로스페로와 모이라는 식량이 떨어지면 어떻게 하라는 건지, 앞으로 70~80일을 더 걸어가야 할 판인데. 그로선 알 길이 없었다. 그 총이 정말 물속에서도 작동할까? 그렇다면, 커다란 물고기를 죽인다 해도, 과연 그것을 힘의 장막을 뚫고 브리치 바닥까지 끌어낼 수 있을까? 마른 해조류와 저 위 바다에서 가끔 떨어진 마른 나뭇조각들도 이미 드물어지기 시작하고 있잖아···· 물고기 사냥이 이론적으로 가능하다고 해도 조리 방법이 문제였다. 라이터는 배낭 안에 있었다. 날카로운 접이식 칼과 스푼, 포크 등이 달린 다용도칼도 있었다. 그리고 적당히 두드려 펴면 프라이팬으로 쓸 수 있을 만한 금속 그릇도 있었다. 하지만 정말 날마다 물고기를 사냥하느라 몇 시간을 보내야만 하는 걸까····

하면은 서쪽으로 반마일쯤 되는 지점에서 바위 하나를 더 발견했다. 덩치가 아주 컸는데 —그가 딛고 온 울퉁불퉁한 바윗덩이에 버금가는 정도— 건조한 브리치 바닥이 다시 푹 꺼져 내려가기 시작하는 지점에 대서양의 북쪽 장벽으로부터 튀어나와 있었다. 그런데 이 바위인지 산호 덩어리인지 모를 것은 아주 이상한 모양을 하고 있다. 브리치를 가로질러 막아버리는 대신 이 바위는 물속에서부터 비스듬히 쓰러져 브리치 바닥의 모래와 진흙에 박혀 있는 모습이었다. 게다가 이상할 정도로 둥그스름했고, 지난 3일간 밟으며 걸어 온 현무암보다 훨씬 매끄러웠다. 그는 배웠던 대로 방열복의 보호 안경에 장착된 망원 및 확대 기능을 작동시켰다.

그것은 바위가 아니었다. 인간의 손으로 만들어진 일종의 거대한 장치가 브리치 북쪽 장벽에서 뻗어 나와 흙 속에 처박힌 것이었다. 돌고래의 주둥이처럼 좁다란 앞부분에서부터 —금속판은 구겨지고 철제 구조가 드러난— 갈수록 넓어져 둥글게 휘어지고 있었는데, 여인의 둔부처럼 넓어지면서 힘의 장벽 속으로 사라졌다. 그는 먹다 남은 푸드 스틱을 던져 버리고 총을 꺼내 방열복 벨트에 붙어 있는 접착판에 붙인 후 난파선을 향해 걸어가기 시작했다.

하면은 그 거대한 덩어리 앞에 섰다. 일마일 쯤 떨어져 봤을 때보다 훨씬 컸다. 일종의 잠수함 같은 것이 아닐까···· 앞부분이 부서져나가면서 드러난 철체 틀은 바닷물보다는 빗물에 녹이 슨 것 같이 보였다. 하지만 부드럽게 부풀어 오르고 고무처럼 매끄러운 표피는 어두컴컴한 바다 속에 잠겨 있는 부분까지 포함해서 전혀 손상을 입지 않은 것 같았다. 바다 속에 감춰져 눈에 보이지 않는 부분이 10야드 정도는 더 있음직했다.

주둥이 쪽 벌어진 부분을 들여다보았다. 커다란 틈 속의 작은 틈이라고나 할까, 이런 바보 같은 생각을 했다. 방열 모자와 보호 안경 위로 빗방울이 쏟아져 내렸다. 그 틈을 통해 잠수함 안으로 들어갈 수 있겠다는 확신이 들었다. 한편 정말 바보 같은 짓일 것이라는 확신도 동시에 들었다. 2천 년 된 난파 잠수함을 탐험하는 건 내 임무가 아냐. 아르디스 홀로 되돌아가거나 적어도 다른 고전-스타일 인류들의 공동체로 돌아가야 해. 75일이 걸리든, 100일이 걸리든, 300일이 걸리든 가능한 빨리 가야 했다. 그가 할 일은 오로지 서쪽으로 계속 걸어가는 것이었다. 잃어버린 시대의 이 썩어빠진 기계 안에 뭐가 있는지 알 길이 없었지만, 그 안에 있는 것이 그를 죽일 수 도 있었다. 게다가 그게 무엇이 되었건 간에 크리스털 캐비닛이 가르쳐 준 것 이상의 또 무언가를 가르쳐 줄 리도 없었다.

그래도⋯⋯

아무리 유전자적으로 보정되고 나노 세포질로 강화되어도 인간은 원숭이와 유인원에서 진화한 산물임을 알기 위해서, 액체 속에 푹 빠져서 얻은 깨달음은 필요치 않았다. 호기심은 고상하게 땅 위를 기어 다니던 조상들을 수없이 죽음으로 몰아넣었지만, 반대로 그들을 직립 보행으로 일으켜 세운 것도 호기심이었다.

하먼은 몇 야드 떨어진 곳에 배낭을 내려놓고 —방수 배낭이었지만 압력에도 견디게 되어있는지 모르니까— 접착판 손잡이에서 구식 총을 떼어 오른 손에 쥔 후, 가슴 위쪽에 있는 탐조등 두 개를 작동시켰다. 그는 금속 표피가 벌어진 틈을 비집고 들어가 죽은 기계의 컴컴한 통로를 따라가기 시작했다.

일흔셋

그리스인들은 밤까지 버티지 못할 것이다.

이런 식으론 점심때까지도 못 버틸 것이다. 나 또한 마찬가지일 것이다.

아카이언들은 점점 더 좁디좁은 반원형으로 물러서면서 아귀처럼 싸우고 있었다. 바다를 등지고 붉은 파도가 밀려오고 있었지만, 헥토르의 공격은 무자비하기만 했다. 여명 직후 시작된 전투에서 이미 최소한 5천 명의 아카이언들이 전사했다. 그 중에는 네스토르도 있었다. 전차에 타고 있다가 어깨에 창을 맞아 뼈가 산산조각나면서 의식불명 상태가 되어 막사로 운반되었다. 거기 없는 거인들의 —아킬레스, 아가멤논, 메넬라오스, 대 아이아스, 강인한 오디세우스— 자리를 메워보려 했던 늙은 영웅은 최선을 다했지만 창끝이 그를 찾아내고 말았다.

네스토르의 아들 안틸로쿠스, 지난 며칠 동안 아카이아에서 가장 용감했던 자도 조준이 잘 된 트로이 궁수의 화살에 복부를 찔려 죽었다. 네스토르의 또 다른 아들이자 대장이었던 트러시메데스도 실종되었다. 세 시간 전 트로이의 참호로 떨어진 이후 보이지 않는다. 참호와 방벽은 이제 헥토르의 피 묻은 손 안에 들어갔다. 소 아이아스는 부상을 입었다. 각반 바로 옆 정강이뼈를 칼날이 교묘하게 베고 지나가 방금 전에 타버린 배 위로 이송되었다. 그곳이라고 안전할 리도 없지만. 전투 대장이자 능숙한 치료사, 전설적인 아스클레피우스의 아들 포달리우스도 죽었다. 데이포보스의 공격 부대에게 둘러싸여 참수를 당한 것이다. 그들은 탁월했던 외과 의사의 몸을 갈가리 찢어 피투성이가 된 갑옷을 트로이로 가져가버렸다.

테우케르의 친구이자 대장이었으며, 트라시메데스를 대신하여 버려진 참호 뒤 둔덕에서 벌어졌던 끔찍한 전투를 지휘하던 알라스토르는 부하들이 보는 앞에서 쓰러졌다. 그는 여전히 수십 개의 화살을 몸에 꽂은 채 저주를 퍼부으며 몸을 뒤틀 어대고 있었다. 다섯 명의 아르고스인이 그를 거두기 위해 적진을 뚫고 나갔으나 모두 헥토르의 진격대에 목이 잘리고 말았다. 테우케르 자신은 통곡을 하며 알라 스토르의 살해자들을 죽였다. 그는 천천히 퇴각하는 그리스인들과 함께 후퇴하며 그들의 눈과 창자에 연신 화살을 쏘아댔다.

더 이상 퇴각할 곳도 없었다. 모두 해변까지 밀려나, 샌들이 바닷물에 젖어왔으 며, 화살은 비처럼 끊임없이 쏟아졌다. 그리스의 말들은 모두 비명을 지르며 죽어 갔다. 주인이 눈물을 흘리며 채찍질을 해 진군해오는 적군 쪽으로 보내버린 말들 만이 살아남았다. 트로이로서는 덤으로 얻는 트로피였다. 여기 있다가는 나도 살 해당할 것이다. 내가 스콜릭이었을 때, 특히 아프로디테의 비밀요원이었을 때는 부상浮上 갑옷, 충격 무기, 변신 팔찌, 기절봉, 하데스의 투명 헬멧, 그리고 당시 들고 다니던 것들이 다 막아줬었다. 그땐 전투 현장과 아주 가까이 있을 때조차 상 당히 안전하다고 느꼈었다. 놀랍도록 먼 거리에서도 치명적일 수 있는 화살을 제 외하면, 이제 장거리 살인을 가능하게 할 만한 무기는 없다. 병사들은 적의 땀 냄 새와 숨결을 고스란히 맡았고, 적의 배를 쇠붙이로 —대개는 청동이었는데— 찌르 기라도 하면 핏방울과 뇌와 타액을 뒤집어써야 했다.

지난 2시간 동안 나도 세 번이나 찔릴 뻔 했다: 한 번은 전선 너머 방어군으로 부터 날아온 창끝에 불알을 날릴 뻔 했는데, 공중으로 뛰어올라 창을 피했고, 창끝 이 젖은 모래에 박혔을 때 벌린 다리 사이에 창을 끼고 착지했다. 창 손잡이의 진 동이 내 물건을 두드려댔다. 바로 그 직후 어두워지는 하늘을 가득 채우며 여기저 기 미니어처처럼 흩어져 있는 이곳 백사장의 숲에서 쏟아져 나오던 화살 하나가 내 머리카락을 가르고 지나갔다. 만약 이름 모를 어느 아르고스인이 몸을 기대며 방패를 치켜들어 날카로운 독화살을 쳐내지 않았더라면 내 목을 관통하고 지나갔을 것이다.

나는 여기서 나가야 한다. 새벽녘 이후 나는 수백 번도 더 메달에 손을 댔다. 하지만 양자이동해가지 않았다. 그 이유는 나도 잘 모르겠다.

아니 안다. 이들을 져버리고 싶지 않기 때문이다. 헬렌의 침실이나 가까운 언덕 꼭대기에 안전하게 숨어서 지난 10년 동안 내가 관찰하고 나와 이야기를 나누고 빵을 쪼개며 술을 마셔 온 아카이언들이 이 피에 젖은 해변에서 가축처럼 도살되는 것을 방관하고 싶지 않은 것이다.

하지만 난 그들을 구할 수 없다.

아니면, 구할 수 있는 건가?

나는 메달을 쥐고 내가 갔던 한 장소에 집중하며 황금 동그라미를 반 바퀴 돌린다. 길고 긴 추락의 통로를 정신 차리고 지나기 위해 두 눈을 부릅뜬다.

아니, 나는 떨어지고 있는 것이 아니다. 나는 깨닫는다, ─이미 두 번이나 비명을 지른 후이니 뒤늦은 깨달음이지─ 퀸 맵의 주요 통로 위를, 아니 내 방이 있었던 갑판 위의 주요 통로를, 자유낙하 하고 있다는 것을. 전에는 중력이란 것이 있었다. 그런데 지금은 오직 추락에 추락만이 있을 따름이었다. 아니, 진정한 의미의 추락이 아니라 공간 속을 튕겨 다니면서, 통로의 20야드 아래 ─혹은 위에─ 있는 방문으로 혹은 우주여행 버블로 가기 위해 이리 저리 휘젓고 다니는 것이다.

검은 키틴질의 소행성대 모라벡들, 빌트-인 무기와 톱날, 마스크처럼 보이는 머리를 지닌 병정 둘이 가까운 엘리베이터 통로에서 ─그 안에 엘리베이터는 없다─ 튀어나와 내 팔을 잡는다. 그들은 엘리베이터 통로로 되돌아가고 나는 이 무중력 상태의 공간에서도 록벡들은 일상적으로 움직일 수 있음을 깨닫는다. 그들이 살던 소행성대의 중력도 틀림없이 이와 같을 것이다. 하지만 그 이유는 그들의 등껍질에 무소음 추진기가 내장되어 있어 물 같은 것을 이용한 확장 제트기류를 내

보내기 때문인 것 같다. 그게 뭐가 되었든, 덕분에 그들은 이 무중력 공간에서 유연하고 재빠르게 움직인다. 한 마디 말도 없이 그들은 퀸 맵을 관통하는 통로로 ―상상해보라, 엠파이어스테이트 빌딩만한 높이의 텅 빈 통로로 뛰어드는 걸― 나를 데리고 간다. 그래서 나는 제정신이 있는 사람이라면 누구나 할 만한 반응으로, 다시 비명을 지른다.

두 군인들은 메아리가 울리는 ―내 목소리만이 메아리치고 있는― 이 통로 위로 혹은 아래로 날 이끌더니 일종의 힘의 장 멤브레인을 통과해 번잡한 방으로 들어간다. 내 자세는 뒤집혀 있었지만 그곳이 브릿지라는 것은 알아볼 수 있다. 여기 있는 동안 브릿지에 가본 건 딱 한 번이었지만, 이 방의 기능만은 분명히 알아볼 수 있었다. 전에 본 적이 없는 모라벡들이 3차원 컨트롤 보드를 점검하느라 분주하고, 다른 모라벡은 홀로그램 화면 옆에 서 있다. 나는 거미 다리를 한 베 빈 아데 장군을 알아보지만, 당장은 이름이 떠오르지 않는다. 묘하게 생긴 항해사 초 리, 그리고 총통합사령관 아스티그/체도 알아본다.

두 군인이 나를 철망 의자에 앉히고 달아나지 못하게 단단히 묶는 동안 총통합 사령관이 가볍게 발로 차면서 무중력 상태의 브릿지 룸을 가로질러 다가온다. 아니, 나는 깨닫는다. 그들이 나를 포로처럼 묶어두기 위해서 철망 의자에 그물 벨트를 씌운 게 아니라, 내가 떠다니지 않도록 하기 위해 조치를 취한 것뿐이라는 것을. 그것은 도움이 되었다. 단지 꼼짝 않고 있자니 위 아래로 오르내리는 느낌이 든다. 만무트와 크기와 모양은 비슷하지만, 다른 색깔의 플라스틱, 금속, 폴리머로 만들어진 작은 모라벡이 물었다.

"호켄베리 박사, 우리는 당신이 돌아올 거라고 생각하지 않았소. 중력이 없어서 미안합니다. 지금은 추진기를 가동시키지 않아서. 당신을 위해 내부의 힘의 장을 작동시켜 ―그럭저럭― 중력에 버금가는 압력차이가 발생하도록 조작할 수도 있습니다. 하지만 솔직히 말하면 현재 우리는 지구의 극링 주변에 정체 중이기 때문에 꼭 필요한 경우가 아니고는 내부의 에너지 소비에 중대한 변화를 불러오고 싶지는 않습니다."

"난 괜찮습니다."

나는 그들이 엘리베이터 통로에서 내가 질렀던 비명을 듣지 않았기를 바라면서 말한다.

"오디세우스와 이야기하고 싶습니다."

"오디세우스는…… 에, 또…… 지금 이곳에 없습니다."

아스티그/체가 말한다.

"그 사람과 이야기해야 합니다."

"그게 가능할 것 같지 않습니다."

내 친구 만무트와 크기는 거의 같지만 말투와 외모가 전혀 다른 모라벡이 말한다. 그의 목소리에는 사람을 진정시키는 힘이 있다.

"하지만 상황이 위급합니다, 저는 당장……"

나는 말을 하다 멈춘다. 그들이 오디세우스를 죽였다. 이 반은 로봇인 작자들이 우주선의 유일한 인간 탑승객에게 뭔가 *끔찍한* 일을 저지른 게 틀림없다. 나는 이들이 왜 그를 죽였는지 몰라도, 만약 그렇다면 나는 이 모라벡들이 하는 것과 하지 않는 것에 대해 3분의 2도 이해하지 못했다는 얘기가 된다. 의자에 쳐진 그물에도 불구하고 권위와 자제심을 보이려고 애쓰며 나는 묻는다.

"그는 어디 있습니까? 그에게 무슨 짓을 한 겁니까?"

"우리는 라에르테스의 아들에게 아무 짓도 하지 않았습니다."

아스티그/체가 말한다.

"왜 손님에게 해가 될 일을 하겠습니까?"

상자처럼 생기고 거미 다리를 한, 그렇지만 이름이 생각나지 않는 벡이 묻는다…… 아니, 이제 생각난다, 퇴행성 요겐슨, 군더슨 아니면 뭔가 스칸디나비아 이름이었다. 내가 말한다.

"그렇다면 오디세우스를 여기로 데려 오시오."

"그럴 수 없습니다. 그는 우주선 안에 없습니다."

총통합사령관 아스티그/체가 말한다.

"우주선 안에 없다고요?"

그렇게 말하고 나는 창문이 있어야 할 자리에 달린 홀로그램 디스플레이를 바라본다. 제기랄, 무늬만 창문이군. 파란 색과 하얀 색이 화면을 가득 채우며 번갈아 나타난다.

"오디세우스가 지구로 내려갔나요? *나의* 지구로?"

나의 지구가 맞나? 그래, 나는 그곳에서 나고 죽었다. 하지만 만약 신들과 모라벡의 말이 맞는다면 그것은 수천 년 전의 일이다. 아스티그/체가 답한다.

"아니요, 오디세우스는 다시 표면으로 갔습니다. 우리가 넘어오는 동안 접촉을 시도했던 목소리를 방문하러 갔어요…… 그의 이름을 대며 돌려달라고 했던 그 목소리 말입니다."

"호켄베리 박사에게 보여주세요."

베 빈 아데 장군이 말한다.

"지금 당장 오디세우스와 이야기할 수 없는 사정을 이해해줄 테니."

아스티스/체는 이 제안에 대해 심사숙고하는 것 같다. 그러더니 이 유로피언 모라벡이 항해사 초 리에게 시선을 돌린다. 둘 사이에 일종의 방사성 교감이 이루어지는 거 아닌가. 초 리가 촉수 같은 팔을 움직인다. 그러자 눈 앞 2피트도 되지 않는 지점에 6피트 넓이의 3차원 홀로그램 윈도우가 나타난다.

오디세우스는 내가 지금까지 본 중 가장 육감적인 여인과 ─물론 트로이의 헬렌을 빼고─ 사랑을 나누고 있는 중이었다. 수컷으로서의 내 자긍심은 헬렌과 나눈 사랑이 ─에헴, 섹스가─ 상상력과 에너지에 넘친다고 자부해왔다. 하지만 벌거벗은 오디세우스와 ─전쟁의 상흔으로 얼룩지고 햇볕에 그을리고 단단한 가슴에 키 작은─ 창백하며 이국적이고, 풍만하고, 육감적이고, 약간 털로 덮였으며 놀랄만한 눈 화장의 여인 사이에 벌어지고 있는 광경을 입을 떡 벌린 채 30초 정도 보고 나니, 헬렌과 나의 격했던 섹스는 이 에로틱 선수들의 작태에 비하면 온순하고, 상상력이 빈곤한 슬로우 모션쯤으로 여겨진다. 침이 마른 나는 말한다.

"됐어요. *꺼주세요.*"

포르노 화면이 사라진다.

"저···· 여자는 도대체···· 뭐죠?"

나는 간신히 입을 연다.

"스스로를 시코락스라고 부릅니다."

퇴행성 아무개 씨가 말한다. 길고 가느다란 다리 위에 붙은 작은 금속 상자에서 또렷한 목소리를 듣는 것은 늘 묘한 기분을 불러일으킨다.

"만무트, 그리고 이오의 오르푸와 이야기하게 해주세요."

나는 이 두 벡을 가장 오래 사귀었고 만무트는 이 기계 인간들 사이에서 가장 인간적인 친구다. 이 퀸 맵 안에서 내가 누군가를 설득할 수 있다면, 그것은 바로 만무트일 것이다. 헌데 아스티그/체가 말한다.

"그것도 가능하지 않습니다."

"어째서죠? 그들도 다른 여성 모라벡과 섹스라도 하고 있는 건가요?"

곧장 기나긴 침묵이 이어지면서 이 말이 마음속에서 메아리치자, 나는 자신이 얼마나 바보 같은 농담을 했는지 깨닫는다.

"만무트와 오르푸는 만무트의 잠수정을 실은 착륙선을 타고 지구 대기권에 진입했습니다."

"라디오나 뭐 그런 걸로 교신할 수 없나요? 그러니까, 내가 살던 20세기나 21세기 초처럼 전파 통신을 이용할 수도 있지 않나 하는 겁니다."

"네, 우리는 그들과 교신하고 있습니다."

퇴행성 아무개가 말했다.

"하지만 현재 그들의 우주선은 공격을 받고 있어서 불필요한 교신으로 그들을 방해하고 싶지 않습니다. 그들의 생존이 가장 중요하니까요."

나는 질문을 더 할까 고민한다. 도대체 누가 내 친구를 공격한다는 거지? 왜? 어떻게? 하지만 그런 이야기들은 내가 여기 온 진짜 이유를 잊게 만들지도 모른다. 나는 말한다.

"당신들은 일리움 근처 해변에 브레인 홀을 만들어야 합니다."

빈 베 아데 장군은 자신의 검은 가시가 달린 팔을 움직인다. 질문을 할 때 하는 행동이 분명하다.

"왜죠?"

"그리스인들이 트로이인들에게 남김없이 학살당할 지경이니까요. 그들이 그렇게까지 전멸 당하게 두어선 안 됩니다. 난 그들이 도망갈 수 있게 도와주고 싶습니다."

"안 됩니다. 어째서 우리가 마음대로 브레인 홀을 만들어낼 수 있다고 생각합니까?"

"왜냐면 당신들이 그렇게 하는 것을 한 번 본 적이 있으니까요. 당신들이 직접 만든 홀을 통해서 소행성대에서 화성으로 넘어왔고, 그곳이 우연히 일리움—지구였습니다. 10달도 더 된 일이죠. 나도 거기 있었습니다, 기억나십니까?"

"우리의 기술 수준은 다른 우주로 통하는 브레인 홀을 만들어낼 정도는 아닙니다."

초 리가 말한다.

"*하지만, 당신들이 했잖아, 제기랄.*"

내 목소리에 울음이 섞여 있는 게 들린다. 아스티그/체가 답한다.

"아니, 우리가 하지 않았습니다. 당시 우리가 진짜로 한 일은···· 묘사하기가 어렵군요. 나는 과학자도 엔지니어도 아닙니다, 물론 우리에게는 과학자와 엔지니어가 많습니다만···· 당시 우리가 했던 것은 소위 신들의 브레인 홀이란 것을 가로막고 그들이 만들어 놓은 양자 매트릭스에 우리들의 양자 매트릭스 일부를 터널로 연결하는 것이었습니다."

"그렇다면, 그걸 다시 하세요. 수만 명의 목숨이 달린 일입니다. 그리고 당신들이 그 일을 하는 동안 일리움—지구의 유럽에서 사라져버린 —푸른 광선으로 변해 우주로 쏘아 올려진— 수백만 그리스인들과 다른 사람들을 원상복귀 시키는 겁니다."

"우리는 그것도 어떻게 하는지 모릅니다."

아스티그/체가 말한다.

그럼 시팔 너희들이 할 수 있는 게 뭐야? 이렇게 말해버리고 싶지만 참는다.

"하지만 당신은 이곳에서 안전합니다, 호켄베리 박사."

총통합사령관이 말한다. 다시 한 번 나는 이 플라스틱-금속 자식에게 호통치고 싶은 충동을 느낀다. 하지만 그의 말이 옳다는 것을 깨닫는다. *나는 이 퀸 맵 안에서 안전하다. 적어도 트로이로부터는 안전하다. 게다가 오디세우스와 화끈하게 한 판 벌이고 있는 저 요염한 여인에게 여동생이 있을지도⋯*

"난 돌아가야 합니다."

나는 이렇게 말하고 만다. *어디고 돌아간다는 거지, 이 멍청아? 그리스의 라스트 스탠드로? L. A.에 있는 과자 가게 이름 같군.*

"당신은 죽을 겁니다."

베 빈 아데 장군이 말한다. 커다랗고 어두운 색깔의 휴머노이드 군인은 조금도 화가 드러나지 않는 목소리로 말한다.

"당신들이 도와주면 죽지 않을 겁니다."

모라벡들은 다시 소리 없이 자기들끼리 통신하는 것 같다. 브릿지 너머 있는 홀로그램 모니터 중 하나가 오디세우스와 토끼처럼 짝짓기에 열중하고 있는 이국적인 여인을 보여주고 있다. 그녀는 이제 위에 올라타고 있었는데, 처음 보았을 때 생각했던 것보다 더욱 아름답다는 것을 나는 깨달았다. 나는 모라벡들 앞에서 발기되는 것을 막기 위해 정신을 집중한다. 만약 그들이 눈치를 챈다면 —그들은 인간에 대해 많은 것을 알아내려고 애쓰는 것 같은데— 어쩌면 오해를 할지도 모른다. 마침내 아스티그/체가 말한다.

"할 수 있는 한 당신을 돕겠습니다. 어떻게 해드리면 되겠습니까?"

"투명인간이 되어 가 볼 곳이 있습니다."

나는 이렇게 말하고 그들에게 하데스 헬멧과 변신 팔찌에 대해 설명하기 시작한다.

"변신 기술은 —적어도 살아 있는 유기체에 적용하는 변신은— 우리 능력 밖의 일입니다."

퇴행성 뭐랬지···· 아, 이제 생각났다.

"그 기술은 우리가 아직 완전히 파악하지 못한 양자 수준으로 현실을 조작하는 일입니다. 우리는 그에 필요한 확정성 붕괴 기계를 아직 만들어내지 못했습니다."

"또한 우리는 그 하데스 헬멧이란 것이 진정한 투명성을 제공하는 지 파악하지 못하고 있습니다."

초 리가 덧붙였다.

"비록 그것이 올림피언들의 ─혹은 그 배후에 있는 어떤 권력의─ 색다른 기술로 만들어졌을지라도, 그건 아마 공간에 대한 조작보다는 비주류 양자 전이를 이용해 시차를 조작하는 기술일 겁니다."

"그 비슷한 것을 대충 뚝딱 만들어줄 수 없나요?"

내가 묻는다. 그러고는 깨닫는다. 이 바쁜 와중에 저들이 나를 위해 무언가를 만들어줘야 할 의무가 어디 있겠어. 아스티그/체가 확인해준다.

"못합니다."

"카멜레온 복을 당신에 맞게 보정해 줄 수는 있습니다."

베 빈 아데 장군이 말한다.

"좋아요. 카멜레온 복이라는 게 뭐죠?"

"스텔스 위장 기능을 갖춘 화합물입니다. 원시적이긴 하지만 다양하게 변하는 배경 속에서 너무 빨리 움직이지만 않는다면 효과적으로 작동합니다. 당신의 화성 우주선에 코팅된 것과 비슷한 물질로 만들어져 있는데, 유일한 차이는 숨쉬기 기능과 원적외선에 감지되지 않는 기능을 갖추고 있다는 겁니다. 눈 부위는 나노 세포로 되어 있어 카멜레온 기능이 작동할 때 방해받는 일은 없을 겁니다."

"신들은 우리의 화성 우주선을 발견해 궤도 바깥으로 쏴버렸습니다."

"네, 그렇죠···· 그 점도 고려해야 합니다."

"카멜레온 복이 당신들이 제공할 수 있는 최선입니까?"

"당장 보기엔 그런 것 같습니다."

아스티그/체가 말한다.

"그럼 그걸로 하겠습니다. 만드는 데 얼마나 걸리나요. 내 몸에 맞게 재단하고 사용법을 배우는 데 얼마나 걸립니까?"

"우리가 토론을 시작할 때 이미 환경 엔지니어에게 제작에 들어가라고 명령을 내려놓았습니다. 우리는 당신의 생체 기록을 가지고 있었습니다. 몇 분 안에 완제품이 올 것입니다."

"멋지군요."

의구심을 품은 채 내가 말한다. 정확히 어디로 가야 하지? 내가 갈 그곳의 존재들에게 그리스인들이 탈출할 수 있도록 도와달라고 어떻게 설득한다? 그리고 그리스인들이 어디로 탈출할 수 있다는 거지? 그들의 가족들, 하인들, 친구들, 노예들은 모두 델피에서 솟아오르는 광선 안에 빨려 들어가 있다. 이곳에서 나가고 싶은 마음을 반증하듯이, 나는 목에 걸린 황금 메달을 만지작거리고, 작동 기능이 있는 동그라미를 손가락으로 쓰다듬는다. 그때 초 리가 말한다.

"그건 그렇고, 당신의 양자이동 메달은 작동하지 않습니다."

"뭐라고요?"

나는 나를 묶은 끈을 뚫고 튀어 올라 공중에 떠오른다.

"도대체 무슨 소리를 하는 겁니까?"

"당신이 배로 돌아온 조금 전, 우리 탐지기가 그 원반이 전혀 작동하지 않음을 알아냈습니다."

항해사가 말했다.

"당신들 정말 미쳤군요. 전에는 단지 복제가 되지 않는다고, 내 DNA와 연결되어 있다고 했잖습니까."

총통합사령관 아스티그/체는 인간 남성이 당황스러울 때 목을 가다듬는 소리와 놀랄 정도로 똑같은 자의식에 가득한 소음을 냈다.

"당신 목의 그 메달과 당신의 세포 및 DNA 사이에…… 어떤…… 통신이…… 이루어지고 있는 것은 사실입니다, 호켄베리 박사. 하지만 메달 그 자체에 양자 기능이 있는 것은 아닙니다. 당신을 칼라비-야우 공간으로 데려가는 것은 그 메달이 아닙니다."

"말도 안 됩니다!"

말투를 조심하면서 내가 말한다. 이곳에서 나가려면 아직은 이 모라벡의 도움과 마법이 필요해.

"내가 여기 오지 않았습니까, 아닌가요? 일리움─지구에서 우주 공간을 가로질러서."

"그렇습니다. 그랬지요. 당신 목에 걸려 있는 텅 빈 금메달의 도움을 전혀 받지 않았는데도 말입니다. 미스터리입니다."

열려 있는 엘리베이터 통로에서 한 모라벡 병정이 카멜레온 복을 들고 나타난다. 별로 특별한 것이 없어 보이는 옷이다. 사실 그것은 내가 1970년대에 멍청하게도 한 벌 마련했던 소위 레저 수트를[+] 부풀려 놓은 것처럼 보인다. 심지어 멍청해 보이는 뾰족한 칼라와 원숭이 토사물 같은 색깔 또한 그대로다. 내 마음을 읽은 듯 아스티그/체가 말한다.

"칼라를 늘리면 완전한 모자가 됩니다. 이 옷에는 색깔이 없습니다. 이 초록색은 소재를 알아보게 하기 위해 임시로 맞춰놓은 겁니다."

나는 군인 벡의 손에서 옷을 받아들고 입어보려는 실수를 저지른다. 순식간에 나는 무중력 상태에서 중심을 잃어 나 자신을 축으로 뱅글뱅글 돌기 시작하고, 마치 깃발처럼 옷자락 끝을 붙잡고 아무 것도 할 수 없는 상태가 되고 만다.

베 빈 아데 장군과 그의 부하들이 나를 잡아 안정시키더니 ─그들은 발을 어디에 두어야 사방으로 떠다니지 않는지 잘 알고 있는 것 같다─ 능숙하게 카멜레온 복 속으로 나를 쑤셔 넣는다. 그리고는 의자에 있던 끈과 옷을 연결해 내 눈에는 보이지 않는 어떤 지점에 나를 갖다 붙여 놓는다. 내 자세가 안정된다.

나는 칼라를 당겨 모자를 써 보고, 더 당겨 머리를 완전히 덮어 본다.

[+] 70년대 유행한 남성 정장, 칼라가 길고 뾰족하며 셔츠와 재킷의 중간 형태의 상의에 같은 소재의 바지로 위아래를 통일한 스타일 ─ 역자 주

하데스의 헬멧을 뒤집어쓰고 사라지는 것처럼 편안하지는 않다. 우선은 옷 속이 너무 덥다. 두 번째는 시야를 확보하기 위해 만들어졌다는 나노 어쩌구 하는 것이 사물을 그리 또렷하게 보여주지 못한다는 것이다. 이걸로 한 시간만 밖을 내다보고 있으면 일생 최악의 두통을 얻을 것이다.

"어떻습니까?"

총통합 사령과 아스티그/체가 묻자, 나는 거짓말을 한다.

"훌륭합니다. 제가 보이나요?"

"보입니다. 하지만 오직 중력 레이더와 비가시非可視 스펙트럼 감지기를 통해서만요. 시각적인 목적으로 만들어진 모든 기기에는 당신의 모습이 배경 속에 묻혀 안 보입니다. 그러니까 베 빈 아데 장군이 보이는 거죠. 당신이 여행하려는 곳의 사람들은 중력 레이더나 진보된 열 감지 탐지기나 뭐, 그런 기술들을 보유하고 있나요?"

그럴까? 나로선 알 길이 없다. 내가 소리 내어 말한다.

"한 가지 문제가 있습니다."

"그래요? 우리가 고쳐드릴 수 있을 겁니다."

총통합사령관의 목소리에 진심으로 걱정하는 마음이 담겨 있다. 나의 아내는 제임스 메이슨의 팬이었다.

"QT 하려면 QT 메달을 돌려야 합니다."

내 목소리가 그들에게 얼마나 둔탁하게 들릴지 상상하며 내가 말한다. 이마에서 땀방울이 흘러내려 볼을 타고 내려오더니 이제는 갈빗대까지 흘러내린다.

"옷을 열지 않으면 메달을 돌릴 수가 없습니다. 그리고⋯⋯"

"카멜레온 복은 매우 헐렁하게 재단되어 있습니다."

베 빈 아데 장군이 끼어든다. 이 군인 백의 목소리는 나의 귀에는 언제나 약간 불쾌한 듯 들린다.

"옷 속에서 팔을 당겨 메달을 잡을 수 있습니다. 필요하시다면 두 팔 다요."

"아, 예⋯⋯"

나는 오른팔을 소매에서 빼내 옷 속으로 넣는다. 그리고 이것으로 우리의 대화는 끝이 난다. 나는 메달을 돌리고 퀸 맵에서 양자이동 해버린다.

정말 번거롭군! 마음속에 떠올린 시간과 장소가 실물이 되어 나타나면서 나는 고함이라도 치고 싶은 충동을 느낀다. 그리고는 깨닫는다. 아차, 모라벡들에게 무기를 달라고 하는 것을 잊었네. 약간의 음식과 물도. 그리고 어쩌면 충격 방지용 갑옷도.

하여간 고함을 치지 않은 것은 잘한 일이었다. 나는 올림포스 산의 신들의 대신전에 나타났고, 이곳엔 모든 신들이 —헤라만 없는데, 그녀의 작은 권좌에는 검은 장례용 화환이 놓여 있다— 모여 있는 것 같다. 자신의 황금 권좌에 앉아 있는 제우스는 키가 50피트는 되어 보인다.

신이란 신은 다 모인 것 같다. 더할 나위 없이 편리했던 하데스 헬멧을 쓰고 들이닥쳤던 신들의 비밀회담 때보다 더 많은 신들이 모인 것 같다. 10년 동안 날마다 올림포스의 신들에게 목소리가 담긴 돌과 행동 리포트를 통해 보고했음에도 불구하고, 여전히 이름을 알 수 없는 신들도 많이 있었다. 수백 명의 신들이 있었다. 천 명은 족히 넘을 것 같다.

그리고 모두 침묵하고 있다. 제우스가 말을 꺼내기만 기다리고 있다.

숨을 크게 쉬지 않으려고, 이 빌어먹을 도마뱀 옷 안에서 졸도하지 않으려고 애쓰면서, 그리고 올림포스 신들한테 중력 레이더나 진보된 음성 열 감지기가 없기를 희망하면서, 나는 신들, 여신들과, 님프들, 퓨리들, 에리니에스들 그리고 반신반인들과 거의 뺨이 맞닿을 거리에서 꼼짝도 않고 서서, 제우스가 입을 떼기를 기다린다.

일흔넷

갈라진 틈을 통해 버려진 배의 주둥이로 들어가기 전에도 하먼은 이미 이것의 정체에 대해 짐작하는 바가 있었다. 그의 DNA 안에 저장된 단백질 데이터에는 1만 년에 이르는 인간 역사 동안 존재해온 수천 가지 해양 교통수단에 대한 정보가 담겨 있었다. 부서진 뱃머리의 모양, 주변에 널린 잔해들, 그리고 형상 기억 합금으로 된 껍질에 싸여 있는 탄력적인 음속 위장 물질이 겹겹이 층을 이룬 채 갈라진 표면만을 보고는 정확하게 일치하는 정보를 찾을 수 없었다. 하지만 그가 들어서는 잠수함이 잃어버린 시대 후기의 어떤 시점에서 온 건지는 거의 확실했다. 아마도 루비콘 시대 이후, 하지만 최초의 후기─인류가 유전자 조작을 통해 탄생했던 망각의 시대 이전에 만들어졌을 것이다.

일단 안으로 들어갔다. 침몰한 배의 이 부분은 물에 잠겨 있지 않았지만 삼투압 마스크를 통해 숨을 쉬면서 약간 비틀어진 통로를 따라가다 보니, 잠수함이 분명하다는 확신이 들었다.

그는 약 10도 정도 기울어진 방에 서 있었다. 그 옛날 해수면에서 200피트 떨어진 밑바닥과 충돌할 때 생긴 충격으로 금속판들은 구겨져 있었고 여섯 개쯤 되는 기다란 짐 상자들은 선반에서 떨어져 나뒹굴고 있었다. 총 따위는 필요 없었다. 이 난파선 안에는 아무도 살고 있지 않았다. 그는 오른쪽 골반에 있는 접착 판 위로 총을 한 번 꾹 눌러보고는, 마치 크리스털 캐비닛의 책들에서 보았던 권총집에 총을 넣는 장면을 따라하듯 탄성 있는 방열복 자락을 당겨 그 위를 덮었다.

그는 손바닥을 오목하게 모아 나뒹구는 깡통의 둥근 가장자리에 얹었다. 단일 세포막으로 이루어진 방열복을 통해서도 데이터검색 기능이 작용하는지 궁금했기 때문이다.

기능은 작동했다.

하먼은 *모하메드*급 전투용 잠수함의 어뢰실에 들어와 있었다. 이 어뢰의 —천 분의 일초 전까지만 해도 "어뢰"는 들어 본 적도 없는 단어였지만— 유도 시스템에 내장된 AI는 이천 년도 전에 죽어버렸다. 하지만 몇 인치 위에 얹혀 있는 손바닥을 통해 자신이 지금 무게 34,000 파운드에, 셀프-케비테이팅+ 기능을 갖추고 끝까지 적을 추적해 죽이는 초고속 어뢰에 장착되었던 핵탄두에 손을 얹고 있다는 것을 깨달을 수 있을 만큼은 충분한 양의 정보가 남아 있었다. 이 어뢰의 탄두는 — "탄두"라는 단어도 이 순간까지 생소하기만 했던 말이다— 단순한 퓨전 무기로서 그 무게는 475킬로그램 밖에 되지 않았지만, 9억5천만 파운드의 TNT에 맞먹는 파괴력을 지니고 있었다. 손바닥 바로 몇 인치 아래 놓여 있는 진주만한 구슬이 터지면 백만분의 일초 만에 온도가 수천만도로 올라갈 수도 있었다. 하먼은 그 안에 도사리고 있는 치명적인 중성자와 감마선을 느낄 수 있었다. 눈에 보이지는 않지만, 순식간에 빛의 속도로 사방으로 퍼져 나가 버터에 박히는 총알처럼 만나는 모든 인간의 신경과 피부를 죽이고 오염시킬 수 있는 죽음의 사자인 것이다.

그는 얼른 손바닥을 빼 무슨 더러운 것이라도 만졌다는 듯 허벅지에 대고 문댔다.

잠수함 전체가 오직 인간 살육이라는 목적을 위해 고안된 도구였다. 비록 짧은 만남이었지만 기능이 멈춘 탄두 인도 AI는, 이 어뢰가 잠수함이나 승무원들의 진

+ self-cavitating; 케비테이트란 프로펠러가 돌 때 물속의 압력이 낮아지면서 물에 포함된 기체가 빠져나와 물이 없는 공간이 생기는 현상으로 프로펠러 성능을 떨어뜨리는 원인이 된다. 셀프-케비테이팅이란 이러한 현상을 스스로 억제하는 기능을 갖추고 있다는 뜻 – 역자 주

짜 임무와는 거의 상관이 없다는 사실을 알게 해주었다. 그 임무가 무엇이었는지 알아내려면 어뢰실을 나와 기울어진 갑판으로 올라가고, 숙소와 식당을 지나, 사다리를 타고 올라가, 음향탐지실과 통합 통신실을 지난 후, 다시 사다리를 타고 올라가 지휘 조종실까지 가야 했다.

하지만 어뢰실의 반 이상 부터는 모두 물속에 잠겨 있었다.

가슴팍에 있는 전등에서 나오는 불빛은 15피트도 채 안 되는 지점에서 북쪽 브리치가 시작된다는 것을 알려 주었다. 누군가가 바닷물을 빨아내 잠수함의 앞부분을 드러내기 전까지 이 잠수함은 해수면으로부터 200미터 아래의 능선 위에서 물이 꽉 찬 상태로 수 세기를 보냈다. 하지만 이 안에는 더 이상 아무 것도 살고 있지 않았다. 있는 것이라고는 말라버린 삿갓조개들 뿐, 물에 잠겨 있는 수 세기 동안 번성했을 온갖 수중생물은 더 이상 남아있지 않았다. 인간의 뼈나 승무원들의 흔적 같은 것은 전혀 없었다. 대서양을 저지하고 있는 힘의 장이 잠수함의 금속 껍데기를 동강내지는 않았다. 하면의 램프 빛은 저 건너 갑판이 전혀 손상되지 않았음을 확인시켜 주었다. 하지만 그는 잠수함 내부에 완벽한 타원형으로 들어차 있을 대서양의 조각을 상상할 수 있었다. 브리치 북쪽의 힘의 장벽은 모든 열린 공간을 메우고 있었다. 만약 그 안으로 한 발짝이라도 들어간다면⋯⋯ 하면은 2백 피트의 압력과 깜깜한 시야를 상상할 수 있었다. 그의 램프 빛은 거울처럼 빛을 반사하는 검은 코팅 막에 부딪힌 듯 반사되어 돌아왔다.

갑자기 하면은 엄청난 공포감에 사로잡혔다. 그는 부식된 갑판 위로 굴러 떨어지지 않기 위해 꺼림칙한 어뢰를 꼭 붙잡아야만 했다. 그는 이 고대의 전함에서 공기와 햇빛이 있는 곳으로 달려 나가 삼투압 마스크를 벗어 던지고 싶었다. 그리고 필요하다면 갑자기 자신의 몸과 마음을 꼭 채워 오는 이 독소 같은 기운이 다 나갈 때까지 앓아눕고 싶었다.

그가 기대고 있는 어뢰는 다른 배나 기껏해야 항구 정도를 파괴하기 위해 디자인 된 평범한 어뢰처럼 보였지만 히로시마에 —그의 어지러운 마음속에 불쑥 나타난 또 하나의 단어와 이미지— 떨어졌던 폭탄을 모두 합친 것보다 세 배는 더 큰 열핵폭탄의 파괴력을 지니고 있어서, 사방 백 평방마일 반경 내의 모든 것을 죽일 수 있을 정도였다.

자기 시대엔 전혀 필요 없는 기능임에도 불구하고 거리와 크기를 가늠하는 데 탁월한 감각을 가진 하먼은 파리스 크레이터의 10마일 반경 혹은 아르디스 홀이 과녁의 중심으로 들어가는 것을 마음의 눈으로 상상해 보았다. 아르디스 홀에 이 어뢰가 명중된다면 대리석 저택과 새로 지은 주변의 숙소들이 순식간에 증발해 버리는 것은 물론, 견고하게 지어진 장벽도 남아나지 않을 것이며, 1초 안에 1과 1/4마일 떨어져 있는 팩스 전송실까지 불똥을 날려 박살을 내버릴 것이다. 언덕 아래 강물은 수증기가 되어 날아가고 숲은 잿더미로 변해 버릴 것이며, 그 파괴력의 범위는 튜린 복 속의 에이다와 다른 사람들의 피난처였던 굶주린 바위까지 미치리라.

꺼 놓았던 신체정보 피드백 기능을 작동 시키자 —때는 이미 늦었다— 두려워 했던 메시지가 도착해있었다. 어뢰실은 잠재적인 방사능으로 가득해 있었다. 손상 된 어뢰의 탄두에서 벌어지는 핵분열은 이미 오래전에 치명적 수준 아래로 내려갔 겠지만, 그러는 과정에서 잠수함 앞부분의 모든 것들을 방사능으로 오염시킨 게 분명했다.

이 죽음의 병기에 대해 더 알고 싶으면 계속 앞으로 나가는 수밖에 없는데, 모 든 센서는 앞으로 갈수록, 즉, 배의 후미에 접근할수록 방사능이 더욱 나빠질 것이 라고 말했다. 접근 금지! 어쩌면 이 무시무시한 잠수함을 운행시키는 데 사용되었 던 핵분열 반응기가 수 세기 동안 천천히 방사능을 방출해왔는지도 모른다. 그는 지금 방사능의 지옥 앞에 서 있는 것이다.

하먼은 자신의 새로운 바이오메트릭 기능으로 데이터를 점검할 수 있다는 사실 을 알고 있었다. 그는 가장 간단한 질문을 던지는 것으로 이 기능을 이용했다. *방 열복은 이 방사능으로부터 나를 보호해줄 수 있는가?*

마음속의 목소리가 되어 들려온 그 대답은 확고부동했다. *No.*

앞으로 나아가는 것은 미친 짓이다. 게다가 그에게는 검은 물의 장막을 지나,

방사능의 회오리를 뚫고, 물에 잠긴 어뢰실의 나머지 공간을 지나, 미쳐버린 계기판과 다이얼과 빠져나온 바늘들이 널려 있을 어둡고 추운 거실과 식당 위로 올라가, 통신 룸이 있는 복도를 통과하고, 마침내 뼈가 떨리고 세포가 죽어버릴 것 같은 사다리를 기어올라 주요 조종실까지 가 볼 용기도 없었다.

이 악랄한 잠수함 속으로 깊이 들어가는 것은 고사하고, 그냥 이 자리에 서 있다는 것만도 문자 그대로 미친 짓이었다. 그것은 죽음을 의미했다. 그 자신의 죽음일 뿐만 아니라, 동족들의 희망을 죽이는 것이며, 가장 끔찍하고 어려운 시절을 견디며 자신이 돌아올 것만을 믿고 있는 에이다의 믿음과 태어나지 않은 아기의 아버지를 죽이는 일이었다. 모든 미래의 죽음.

그래도 그는 알아야 했다. 어뢰 핵탄두 AI의 양자 잔해는 그를 단 하나의 끔찍한 질문에 대한 답을 찾으러 나서게 만들기에 충분한 것이었다. 그래서 앞으로 나갔다. 한 걸음 한 걸음 공포에 질린 채. 사흘 낮밤을 브리치에서 보낸 후, 처음으로 힘의 장을 뚫고 들어가는 순간이었다. 그것은 프로스페로의 섬에서 뚫고 지나갔던 것과 똑같이 반투과성 힘의 장이었다. 이제 그는 알고 있었다. "반투과성"이란 고전-인류나 후기-인류를 제외한 다른 존재는 통과시키지 않도록 디자인 된 막을 의미한다는 것을. 하지만 이번엔 프로스페로의 섬에서와 달리, 따뜻한 공기에서 냉기와 고압과 어둠 쪽으로 건너가는 것이었다.

하먼은 방열복이 방사능에서 지켜주지 못한다 해도 자신을 고압으로부터는 지켜주리라 철썩 같이 믿고 있었다. 그리고 정말 그랬다. 심지어 그는 방열복이 어떤 원리로 그렇게 할 수 있는지 자신이 알고 있는 데이터를 불러내보는 것조차 거부하였다. 그는 심해의 압력을 어떻게 견디는지 그 원리에는 관심이 없었다. 중요한 것은 견딘다는 사실이었다. 반사가 심하고 조밀하며 입자로 가득한 바닷물을 만나자 가슴팍에 있는 탐조등은 저절로 밝아졌다.

잠수함의 건조한 어뢰실은 깨끗한 편이었지만 물에 잠긴 부분은 온갖 유기물로 두껍게 뒤덮여 있었다. 이곳에 사는 유기물이 무엇이던 간에 방사능에 잘 적응했을 뿐만 아니라, 잔치라도 벌인 듯 번성하고 있었다. 모든 금속 표면은 돌연변이한 산호성 해면과 녹색, 분홍색, 회색빛이 도는 발광성 유기물로 뒤덮여 있었으며, 그 촉수와 주름들이 감지조차 되지 않은 미묘한 파도에 흐느적거리고 있었다. 그의 불빛에 게 같은 것들이 달아났다. 핏빛 뱀장어가 어뢰실의 뒷문이었던 구멍에서 고개를 내밀었다가 쏙 들어갔다. 녀석의 이빨이 빛을 받아 번쩍하고는 사라졌다. 그는 녀석을 피해 일그러진 뒷문을 지나갔다.

죽어버린 핵탄두 AI는 그에게 이 잠수함의 개략적 구조를 —적어도 그가 중앙 통제실로 향해 갈 수 있을 만큼은— 알려 주었다. 상급 사관실과 식당으로 향하는 사다리는 사라지고 없었다. 이 잠수함의 대부분은 이런 심해에서조차 2천 년은 더 버틸 정도의 초합금으로 만들어져 있었지만, 사다리만큼은 —통로라고 부르던 곳이라고 그의 단백질 덩어리가 알려주었다— 이미 오래전에 썩어 없어졌다.

침전물 사이로 손가락을 넣고 계단통 양쪽에 있는 프로펠러를 돌려가면서, 또 다른 뱀장어 입속으로 손을 넣은 게 아니기를 바라면서, 하면은 심해의 초록 스프 속으로 자신을 밀며 들어갔다. 방사능에 오염된 각종 크기의 유기물들이 방열복을 휘감아왔기 때문에, 그는 물안경과 삼투압 마스크를 닦아가며 전진해야 했다. 상급 사관실이 있는 층에 도달했을 때는 숨이 턱에 차 있었다. 삼투압 마스크가 언제나 맑고 신선한 산소를 공급한다는 것은 경험으로 알고 있었지만, 온몸의 구석구석에서 압력을 느끼다보니 괜히 몸이 꿈틀거렸다. 굳이 메모리 모듈에 접속하지 않아도 방열복이 수압과 냉기로부터 자신을 보호해 준다는 것쯤은 이미 알고 있었다. 무중력 상태의 우주 공간에서 입었던 것과 같은 타입의 방열복이었기 때문이다. 하지만 우주 공간은 더 청정하게 느껴졌었다.

안경에 들어붙는 이 점액질들···· 혹시 이 배를 운전하던 사람들의 잔해가 아닐까?

그는 이런 생각들을 곧 떨쳐버렸다. 끔찍한 생각이려니와 말도 안 되는 망상이었다. 만약 배와 함께 가라앉은 승무원들이 있었다면 굶주린 바다의 포식자들이 단 몇 년 안에 깨끗이 살을 발라 먹었을 것이고, 이후 몇 년 동안은 뼈다귀마저 삼켜지고 분해되었을 것이었다.

그래도 혹시‥‥

하먼은 유기물 더미와 무너진 숙소 사이를 헤집으며 뒤쪽으로 전진하는 데 집중했다. 그는 상급 사관실의 썩어가는 메모리 모듈에 남아 있던 개략적 정보를 통해 이곳에서 사람들이 숙박했다는 사실을 알아낼 수 있었다. 지금은 잡초가 무성한 납골당처럼 보이는 이곳의 해면으로 뒤덮인 잿빛 침상에는 몬태규가와 캐플릿가의 썩어가는 시신 대신 돌연변이 갑각류들과 빛을 두려워하는 뱀장어 사촌들만이 도사리고 있었다.

아무래도 이 셰익스피어란 자의 작품을 더 읽어야겠어. 데이터 패킷 속의 수많은 정보가 이 사람 생각이나 작품과 연관되어 있단 말이지, 열린 해치를 지나 점액질의 기둥들을 옆으로 치우고 식당이었던 곳으로 떠올라 가면서 하먼은 생각했다. 한때 기다란 저녁 식탁이었던 긴 탁자는 왠지 몇 개월 전 프로스페로의 섬에서 보았던 칼리반의 식인 테이블을 연상시켰다. 아마도 이곳의 해면과 연체동물들이 선홍빛을 띠도록 돌연변이 했기 때문이리라.

분홍색의 토굴 같은 식당 칸의 끝에서 수직의 사다리를 타고 올라가게 되어 있었다. 음파 탐지실을 지나 후미의 중앙 통제실로 가기 전에 거쳐야 하는 통신실로 이어지는 사다리. 비스듬한 통로가 아니라 진짜 사다리.

사다리는 없었다. 게다가 그나마 있는 좁다란 수직 통로도 청록색의 수중 식물로 꽉 차 있어서 그는 데이먼이 얘기했던 푸른얼음이 들어찬 파리스 크레이터를 연상했다.

하지만 지금 눈앞에 보이는 것은, 아무리 변형했다지만, 지구의 해양생물이다. 그악스럽게 손을 뻗어 수 세기 동안 천천히 채워 들어간 것들을 찢어발기기 시작했다. 내내 도끼가 아쉬웠다. 온갖 찌꺼기들이 물속을 채우면서 그는 자신의 손조차 제대로 구별할 수 없었다. 길고 미끄러운 무엇이 —뱀장어? 바다뱀?— 몸을 감싸더니 아래로 사라져 갔다. 그는 두껍고 걸쭉하며, 방사능에 오염된 덩어리들을 당겨내면서 앞이 보이지 않는 뿌연 공간 속으로 기를 쓰며 찾아 들어갔다.

다시 태어나는 것 같은 기분이었다. 이번에는 더 끔찍한 세계로 태어나는 거지만.

어찌나 고된 씨름이었는지 몇 번을 움켜쥐며 전진한 끝에 통신실 층에 도착하고 나서도 자신이 도착했다는 사실조차 깨닫지 못할 지경이었다. 녹색 촉수들이 사방에 널려 있었고, 주변엔 부유물들이 가득해서 자신의 탐조등이 눈앞을 가로막을 정도였다. 기진맥진한 하먼은 태초의 침전물 사이에 뻗어 버렸다. 꼼짝할 힘도 없었다. 이내 이 죽음의 잠수함에서 오래 지체할수록 자신의 죽음이 더 확실해진다는 사실을 기억해낸 그는, 무릎으로 일어나 어깨를 휘감고 있는 수초 가지와 축수들을 걷어내고 후미를 향해 비척거리며 전진하기 시작했다.

통신실은 아직 살아 있었다.

그걸 깨닫는 순간 하먼은 그 자리에서 멈춰 섰다. 아직 스스로도 파악하지 못한 신체 기능들이 회녹색의 유기물 카펫 아래 숨어있는 기계에서 전해지는 통신 신호를 감지한 것이다. 하지만 그와 소통하기 위한 신호는 아니었다. 이 통신 AI는 그의 존재를 인식하지 못하고 있었다. 인간과 소통하는 그들의 능력은 컴퓨터의 양자적 핵심이 전이되면서 오래 전에 소멸되고 없었다. 하지만 그들은 다른 누군가와 소통하려 하고 있었다. 대개의 경우 누군가 혹은 무엇인가로부터 명령을 받기 위해서.

이 통신실에서는 자신이 원하는 것을 얻을 수 없음을 재빨리 감지한 하먼은, 반쯤 걷고 반쯤 헤엄치면서 외피가 완전히 뒤덮인 음파 및 GPS 탐지실로 갔다. 자신의 메모리 덩어리들이 왜 이 작은 공간을 오두막이라고 부르는지 하먼은 알 수 없었고, 알려고 하지도 않았다.

한 번이라도 잠수함에 대해 생각해 봤다면 ―사실 그런 적은 없었지만― 그것이 수중을 여행하기 위해 만들어진 함선이라는 것쯤은 짐작할 수 있었을 것이다. 그는 핵탄두의 AI가 '배'라는 말보다는 '함선'이라는 말을 더 선호할 것이라는 사실을 알고 있었다. 그리고 그러한 잠수함은 여러 개의 작은 공간으로 나뉘어서 방수가 잘되는 해치로 연결되어 있을 것이라고 짐작했을 것이다. 하지만 이 잠수함은 달랐다. 외관에 비해 내부 공간들이 널찍널찍했다. 지나치게 구획으로 나누어 있지 않았다. 만약 여기에 바닷물이 유입된다면 ―분명히 그랬던 것 같은데― 이

안의 사람들은 물이 천장에 차오를 때까지 남은 공기를 호흡하며 천천히 죽어가는 대신, 순식간에 엄청난 내압의 파도에 휩쓸리면서 몇 초 만에 떼죽음을 당했을 것 같았다. 마치 이곳에 살았던 사람들 스스로가 좁은 공간에서 천천히 익사하는 것 보다는 넓은 공간에서 순식간에 죽을 수 있는 길을 선택한 것만 같았다.

수영을 멈추고 바닥 위를 걷기 시작하자 하면은 자신이 중앙 통제실의 한복판에 와 있다는 사실을 깨달았다. 이곳에는 수중 생물이 적은 편이라 금속이 더 많이 드러나 있었다. 핵탄두 AI가 알려주었던 개략적인 평면도를 통해 그는 어뢰 발사 및 통제 센터를 알아볼 수 있었다. 전투 당시 수많은 홀로그램 조종판을 영사했었을 수직의 금속 기둥이 보였다. 그는 돌아다니면서 방열복으로 가려진 손바닥으로 금속과 플라스틱 물체들을 만졌다. 물질에 내장된 죽은 양자 지능이 그에게 말을 걸게 하기 위해서였다.

함장을 위한 의자나 안락의자 혹은 권좌 따위는 없었다. 그는 바로 여기 중앙 홀로그램 차트 테이블 근처에 서 있었을 것이다. 디스플레이 콘솔 바로 앞에. 정상적인 조건에서는 가상의 화면으로, 가상 시스템이 손상되었을 때에는 LCD 플라스틱 화면 안으로 잠수함의 수많은 시스템과 기능들이 남김없이 나타났겠지.

하면은 녹색 부유물 사이로 장갑 낀 손을 움직이면서 상상했다⋯ 음파 디스플레이는 *여기*에 나타나고⋯ 전술용 디스플레이는 왼쪽⋯ *저기다.* 그가 지나온 길 몇 야드 뒤쪽으로, 선원들이 끊임없이 변화하는 가상의 디스플레이 앞에 앉아 있던 버섯 모양의 회색 의자들이 있었다. 거기서 선원들은 배의 균형과 무게, 레이더, 음파, GPS 릴레이, 무인조종, 어뢰대기 및 발사 제어, 다이빙 비행체를 조종하기 위한 수동 바퀴 등에 관한 정보를 받아보고 제어하면서 앉아 있었을 것이다.

팔을 앞으로 쭉 뻗어 보았다. 이 모든 잡동사니들에 대해 전부 알 필요는 없었다. 그가 알아야 할 것은 오직⋯

저기다.

그것은 선장실 바로 뒤에 있어 검은 금속성 덩어리였다. 어떤 어패류도, 연체동물도, 산호도, 점액질도 붙어 있지 않았다. 그것은 어찌나 검은지 하면이 선장실에서 몇 번이나 탐조등을 쓸고 다녔는데도 아무 빛도 반사하지 않았다. 이것은 잠수함의 선장과 선원들로 수백 가지 방식으로 이어져 상호작용하게 되어 있는 중앙 AI였다. 양자 컴퓨터란, 이 잃어버린 시대의 것이라 하더라도, 그리고 2천년 이상 죽어지낸 것이라 하더라도, 용량의 1퍼센트만 작동되면 지상의 어떤 생물보다 훨씬 더 생생하다는 것을 그는 알고 있었다. 양자적 인공 지능은 잘 죽지도 않고, 죽더라도 아주 천천히 죽으니까.

중앙 AI 뱅크에 접속하는 코드를 알 수는 없었다. 코드는커녕, 그 코드를 이루는 언어조차 이해하지 못할 수도 있었다. 하지만 그게 문제는 아니라는 것도 알고 있었다. 그가 지닌 기능들은 이 기계가 죽고서 한참의 세월이 지난 후에야 그의 DNA 안에 만들어지고 나노유전적으로 프로그램된 것이다. 그가 알아내지 못할 비밀이 있을 리 없었다.

이런 생각은 그를 공포에 떨게 했다.

이 침수된 밀실에서 나가고 싶었다. 우유부단하게 그 자리에 꼼짝 없이 서 있는 이 순간에도 그는 피부와 뇌와 생식기와 내장과 눈 속으로 파고드는 방사능으로부터 도망치고 싶었다.

하지만 그는 알아야만 했다.

그는 새까만 금속성 비석 위에 손바닥을 얹었다. 이 잠수함의 이름은 *알라의 검*이었다. 이 배가 항구를 떠난 날짜는⋯⋯

하먼은 고대의 전쟁에 관한 수많은 시발점과 날짜와 이유들을 건너뛰었다. 그는 그 시점이 루비콘 시대 이후라는 것, 즉 글로벌 칼리프 시대가 거의 끝나갈 때쯤인 디멘시아(Dementia) 시대였다는 것을 알아낼 수 있을 정도만 시간을 내 살펴보았다. 당시 서구 유럽의 민주주의는 이미 종말을 맞이한 상태였고, 신유럽연합이란 것은 떠오르는 카나테 왕국의 속국을 삼기 위한 조작에 불과했다. 그런 것들은 하나도 중요하지 않았다. 중요한 것은 바로 이 곳, 마치 에이다의 자궁에서 자라나는 태아처럼, 바로 이 잠수함의 뱃속에 있는 것들 자체였다.

*알라의 검*에 탑승하고 있던 26명의 승무원들이 남긴 마지막 유언을 듣기 위해 하먼은 충분한 시간을 가졌다. 모하데드급 탄도미사일을 실은 이 잠수함은 완전자동화 되어 있어서 여덟 명의 승무원으로도 충분했다. 하지만 지원자가 너무 많아 결국 26명의 엄선된 멤버들이 마지막 임무에 참여하게 되었다.

모두 남자들이었다. 그리고 열렬한 신자들이었다. 그들은 파멸을 앞두고 —카나테 공격대와, 잠수함, 비행선, 우주선, 함정들이 목을 죄고 있었다— 모두 자신의 영혼을 알라의 손에 맡겼다. 그들은 단 몇 분 안에 죽음을 맞게 되리라는 것을 알고 있었다. 지구의 멸망이 눈앞에 놓여 있다는 것도.

함장은 발사 명령을 내렸다. 메인 AI가 초를 세었고 그 과정을 중계했다.

왜 미사일이 발사되지 않았던 걸까? AI의 양자적 내부까지 샅샅이 살펴보았지만 미사일이 발사되지 않은 이유를 찾아낼 수 없었다. 인간의 명령이 떨어졌고, 실제적으로는 4개의 열쇠가 돌아갔고, AI 목표조준기가 작동했고, 각각의 발사 명령이 재확인되어 보고되었고, 미사일들은 적절한 발사 과정 속에 배정되었고, 스위치는 —가상의 것과 실제의 것— 모두 닫혔다. 육중한 금속으로 된 미사일 해치도 성공적으로 열렸고 충분한 수소도 공급되었다. 미사일 튜브와 바다를 가로막고 있는 것은 오직 얇고 푸른 유리섬유로 된 돔뿐이었다. 그리고 각각의 발사 튜브는 실제 발사의 순간이 다가오기 전까지 바닷물의 유입을 방지하기 위해 압력조절용 질소로 채워져 있었다. 48개의 미사일은 질소 발생기를 통해 받침대에서 추진되어 나와야 했고, 2,500볼트의 전기가 질소 가스를 점화시켰어야 했다. 가스 그 자체만으로도 채 일초도 안 되는 순간에 1평방인치 당 압력을 86,000파운드 이상까지 높여, 미사일전체가 질소 방울로 감싸인 채 해면으로 솟구쳐 올라 코르크 마개처럼 튀어 나오게 했을 터이다. 그 직후 각 미사일에 있는 로켓 추진기가 작동하면서 미사일이 수면 위의 탁 트인 대기를 만나는 순간 점화되었을 것이다. 발사와 점화를 가능하게 했을 장치들은 넘치도록 충분히 마련되어 있었다. 미사일은 포효하며 과녁을 향해 날아갔어야 했다. AI의 발사 표시기는 모두 붉은 색이었다. 알라의 검 속에 태아처럼 웅크리고 있는 48개의 미사일들은 *발사준비*, *발사*, 그리고 *발사 성*

공에 이르는 과정이 모두 제대로 이루어졌었다.

하지만 미사일들은 여전히 튜브 안에 고스란히 남아있었다. 낡고 썩어버린 AI는 그 사실을 알고 있었기에 하먼의 얼얼한 손바닥을 통해 약간의 수치스러움과 분함이 전해져 오는 듯 했다. 그의 심장이 걷잡을 수 없이 요동치면서 호흡이 가빠지는 바람에 삼투압 마스크는 그가 과호흡 상태에 빠지지 않도록 산소 공급량을 낮췄다.

48개의 미사일. 48개의 핵탄두 플랫폼. 각 탄두에는 모두 MRV[+]화되어 있어서 16개의 분리된 재진입본체가 들어있었다. 실제로는 768개의 탄두가 있는 것이다. 모두 장착되어 준비완료 상태였고, 안전장치가 풀린 채 발사를 기다리고 있었다. 그들은 전 세계에 남아 있는 768개의 도시와 고대 유적과 점차 줄어가고 있던 루비콘 생존자들이 모여 사는 중심지를 겨냥하고 있었다.

하지만 이것들은 *알라의 검*의 어뢰에 실려 있던 일반 핵탄두와는 어딘가 달랐다.

이 잠수함에 실려 있는 768개의 핵탄두 하나하나에는 희석된 블랙 홀이 들어있었다. 당시로는 인간과 글로벌 칼리프가 동원할 수 있는 최후의 무기였던 것이다. *최후의 세척제였지.* 마음 한 구석 울음과 웃음이 동시에 터지는 것을 느끼며 하먼은 생각했다. 블랙 홀 자체는 자그마했다. 각각의 블랙 홀은 죽어가던 승무원의 다급하고 종교적인 최후의 연설 속에서 "카라치의 폐허에서 내가 가지고 놀던 축구공"만하다고 묘사되었다. 하지만 만약 그 블랙 홀이 저장고에서 빠져나와 과녁에 떨어진다면 그 어떤 핵무기보다 가공할만한 결과를 불러일으킬 것이었다.

블랙 홀은 지상에 부딪히자마자 표적이 되었던 도시 한 가운데 축구공만한 구멍을 뚫을 터였다. 하지만 블랙 홀이 드러나는 순간 핵무기 폭발보다 천 배는 더 강한 플라즈마 내파內破가 발생한다. 블랙 홀은 안으로 추락하면서 그 앞에 있는 모든 흙과 바위, 물과 마그마를 수증기와 플라즈마로 날려 버리고, 곧이어 사람과

+ Multiple Reentry Vehicle ; 다탄두 유도장치 – 역자 주

건물들, 자동차, 나무, 그리고 반경 수백 마일 안에 있는 도시의 모든 분자 구조를 빨아들이기 시작할 터였다.

파리스 크레이터의 중앙에 있는 반경 수 킬로미터의 구멍을 만들어냈던 블랙홀의 원래 지름은 1밀리미터도 채 안되었고 불안정했기에, 지구 핵심에 도달하기도 전에 스스로를 삼켜버렸다. 이젠 알 수 있었다. 빗나간 이 고대의 실험 때문에 천백만 명의 사람들이 목숨을 잃었다는 것을.

이 블랙 홀들은 스스로를 삼키지 못하게 되어있었다. 지구를 관통해 탁구공처럼 왔다 갔다 하도록, 즉 지구 바깥으로 튀어나왔다가 다시 지구 속으로 사라지기를 반복해야만 했다. 768개의 플라즈마와 이온화된 방사능으로 둘러싸인 마지막 파멸의 구球가 여러 달 혹은 여러 해 동안 지표와 맨틀 마그마와 핵을 뚫고 오가다가, 마침내 이 사랑스런 지구의 핵심에 자릴 잡고 지구의 씨줄과 날줄을 집어먹기 시작했던 것이다.

하먼의 귀에 들려온 26명의 승무원들의 목소리는 모두 자신의 임무가 불러올 결과를 자축하고 있었다. 그들은 모두 천국에서 재회할 것이었다. 신을 찬양하라!

갑갑한 삼투압 마스크 안에서 구토라도 하고 싶은 충동을 느끼며, 하먼은 검은 암석 덩어리 같은 AI 위에 손을 얹은 채 영원처럼 느껴지는 한 순간 동안 가만히 있었다. 이곳 어딘가에 이 활성화된 블랙 홀들을 해제시킬 방법이 있을 것이다. 탄두 제약 필드는 매우 강력해서 필요하다면 몇 세기라도 지탱할 수 있게 디자인되었다. 벌써 2,500년간 지속되었지만, 많이 불안정해진 상태였다. 일단 블랙 홀이 하나라도 방출되면 나머지도 한꺼번에 터져 나올 것이다. 그 방향이 지구의 핵을 향하건 과녁을 빗나가건 아니면 이 자리에서 어틀랜틱 브리치를 통해 날아가건 아무 상관이 없었다. 그 결과는 마찬가지일 테니까.

AI 내부나 *알라의 검*의 어느 지점에도 블랙 홀 무장해제의 절차는 나와 있지 않았다. 하먼이 살았던 다섯 번의 20주기보다 250배가 넘는 시간 동안 그 특이성들은 줄곧 존재해 왔고, 겨우 석궁이나 만드는 게 첨단 기술로 통하는 고전-인류의 기술 수준으로 제약 필드를 재설정할 방법은 없었다.

하먼은 손을 떼었다.

나중에 그는 잠수함에서 어떻게 빠져나왔는지, 건조한 어뢰실과 벌어진 선체 사이를 어떻게 비집고 나왔는지, 또 어틀랜틱 브리치의 햇빛 쨍쨍한 진흙길로 어떻게 빠져나왔는지, 기억할 수 없었다. 모자와 삼투압 마스크를 벗어던진 것, 무릎을 딛고 엎드렸던 것, 오랜 시간 동안 구토를 했던 것만 생각났다. 뱃속에 있던 것을 —푸드 바는 영양 덩어리였지만 찌꺼기는 거의 없었는데— 남김없이 게워내고 한참 후에도 헛구역질을 계속했다. 그리고는 사지를 지탱해 엎드려 있기도 너무 힘든 나머지, 겨우 기어가는 것으로 자신의 토사물에서 멀어진 후 그대로 엎어져 몸을 굴렸다. 오랫동안 하늘을 바라보았다. 좁고 푸른 하늘의 틈을. 링들의 불빛은 약했지만 선명했다. 회전하고 교차하는 링들의 움직임은 하먼의 바로 몇 야드 곁에서 탄두를 제약하는 구들이 썩어 무니질 때까지 카운트다운 하는 시계의 창백한 분침과 초침처럼 느껴졌다.

그는 방사능의 잔해에서 빠져나와야 한다는 것을 알고 있었다. 서쪽으로 계속 기어가야 했다. 하지만 그의 가슴엔 더 이상 그럴 의지가 없었다.

마침내, 하늘은 저녁을 향해 어두워지고, 분명 몇 시간이 흘렀겠지, 하먼은 자신의 바이오모니터 조회 기능을 작동시켰다. 아무래도 그가 흡수한 분량은 치명적인 수준을 넘은 것 같았다. 어지럼증이 점점 심해졌다. 구토와 헛구역질이 곧 돌아올 것 같았다. 어느새 피부 아래로 피가 몰리고 있었다. 몇 시간 내에 —프로세스는 이미 시작되었다— 그의 뱃속과 창자 세포들이 수십억 개씩 녹아내리기 시작하리라. 그리고 나면 피를 설사처럼 쏟아낼 것이다. 처음에는 완만하다가 점점 녹아내린 창자를 통째 세상 밖으로 배설할 것이다. 그러면서 점점 내출혈이 심해지며 모든 세포벽이 무너지고 전체 시스템이 무너져버릴 것이다.

그는 알고 있었다. 이 모든 걸 보고 느낄 수 있을 만큼은 오래 살아 있으리란 것을. 단 하루 만에 그는 자신의 배설물과 구토물 사이를 피해 비척거리며 걸어갈 수조차 없게 되리라. 그는 브리치 바닥에 엎드려 있을 것이고, 그의 부동 상태는 오직 원치 않는 발작에 의해서만 깨질 것이라는 것과, 심지어 죽어가는 순간 푸른 하늘도 별들도 바라볼 수 없으리란 것도 알고 있었다. 생체 모니터들은 이미 두 눈동자가 방사능에 오염된 백내장으로 덮여버렸음을 보고했다.

하먼은 씩 웃었다. 프로스페로와 모이라가 단 며칠 분의 푸드 바만 주고 간 것도 당연한 일이었다. 그들은 틀림없이 그것조차도 많다는 것을 알고 있었던 게다.

왜? 왜 나를 인류의 프로메테우스로 만들어 이 모든 기능들과 지식과 에이다와 내 종족들에 대한 수많은 약속들을 갖게 해 놓고 결국 혼자 죽게 놔두는 거지…… 이런 식으로?

하먼의 정신은 여전히 또렷했으며 자신과 다를 바 없던 수십억 인류가 죽음 직전에 대답도 없는 하늘을 향해 이런 비슷한 생각을 했다는 사실을 알 만큼 의식이 있었다. 그리고 지금의 그는 이런 질문에 스스로 대답할 수 있을 정도로 현명했다. 프로메테우스는 신으로부터 불을 훔쳤다. 아담과 이브는 에덴동산에서 지식의 열매를 먹었다. 오래된 신화들은 모두 같은 내용을 들려주며 똑같이 끔찍한 진실을 드러낸다. *신으로부터 불과 지식을 훔친 자는 자신이 진화를 시작했던 시점의 짐승보다는 나은 존재가 될 수 있지만, 신으로부터는 여전히 아주 멀리 멀리 떨어져 있을 따름이다.*

바로 그 순간 하먼은 알라의 검에 타고 있던 광인들이 남긴 26개의 개인적이고 종교적인 유언을 자신에게서 지워버릴 수만 있다면 무엇이든 주고 싶었다. 이 열정적인 작별의 말 속에서 그는 에이다, 데이먼, 한나, 그의 친구들과 종족들에게 가져가야 할 짐이 얼마나 무거운지 느꼈던 것이다.

그는 깨달았다. 지난해 있었던 모든 일들…… 프로스페로가 고전 인류에게 선사한 작은 조크였던 튜린 복의 트로이 드라마, 오디세우스와 새비로 이어지던 이야기, 그들의 미친 듯한 탐구, e-링의 프로스페로의 섬에서 있었던 죽음의 무도회, 그의 탈출, 아르디스 저택 사람들이 무기를 만들기 시작한 것, 조악하나마 사회를 구성해나가던 것, 정치를 발견하고, 심지어 거친 형태의 종교를 찾아 나가던 것……

그 모든 것들이 그들을 다시 인간으로 만들었다.

천 사백 년간 혼수상태와 무관심에 빠져 있던 인류가 다시 지구로 돌아온 것이다.

하먼은 자신과 에이다의 아이는 온전한 인간이 되리란 것을 깨달았다. 어쩌면 그 안락하고 비인간적이며 '잘못된 후기–인류들이 돌봐주던' 신들의 정체가 끝나고 태어나는 최초의 진정한 인류가 될 지도 모른다. 매 순간 위험과 죽음에 맞닥뜨려야 하며 스스로 발명해야 하고, 보이닉스와 칼리바니, 칼리반, 그리고 세테보스 같은 것들로부터 살아남기 위해 다른 인간들과 연대해야만 하는 인간····

신나는 일이었을 텐데. 끔찍한 일었을 텐데. *진짜였을 텐데.*

그리고 그 모든 것은 *알라의 검*으로 이어졌을 텐데, 이어질 수 있었을 텐데, 그랬을지도 모르는데.

하먼을 옆으로 굴러 다시 구토를 했다. 이번에는 온통 피와 점액질뿐이었다.

생각보다 빠르군.

고통을 이기려고 두 눈을 감은 채 —모든 종류의 고통이 덮쳐왔지만 무엇보다도 고통스러운 것은 이 새로운 깨달음이었다— 하먼은 오른쪽 골반을 만져보았다. 총은 여전히 안전하게 거기 있었다.

그는 허리띠를 풀고 접착판에서 총을 떼어낸 다음, 다른 손으로 모이라가 보여준 것처럼 약실을 끄집어냈다. 거기 탄환 하나를 장전한 후 안전핀을 풀고 관자놀이에 총구를 댔다.

데모고르곤은 불꽃으로 가득한 하늘의 반을 채우고 있다. 아시아, 판테아, 그리고 말 없는 자매 이오네는 계속해서 움츠리고 있다. 바위들과 능선과 근처 화산의 정상이 거대하게 나타나는 형상들로 채워지고 있다. 타이탄, 시간, 괴물 종마, 괴물 중에도 괴물들, 치료자 같이 생긴 거대한 지네들, 전차를 모는 인간이 아닌 것들, 더 많은 타이탄, 모두가 그리스 신전의 계단에 재판을 위해 모여든 판관들처럼 각자의 자리에 나타나고 있다. 아킬레스는 방열복의 고글을 통해 모든 것을 볼 수 있지만, 그는 차라리 그 모습들이 보이지 않기를 바란다.

타르타루스의 괴물들은 끔찍한 기형이다; 타이탄들은 털투성이에 거대하고; 전차를 모는 것들과 데모고르곤이 시간이라고 부르는 것들은 무어라고 형언하기조차 힘들다. 그가 언젠가 트로이인의 배와 가슴을 검으로 갈랐을 때, 조각난 갈비뼈와 쏟아진 내장 사이로 작은 인간의 형상을 한 난쟁이가 푸른 눈을 깜박이며 그를 바라보던 게 떠오른다. 그게 단 한 번 그가 전투 중에 구토를 한 경우였다. 이 시간들이라는 것들과 전차기사들은 그 때만큼이나 보고 있기가 괴롭다.

괴물 판관들이 차례로 모여들기를 데모고르곤이 기다리는 동안, 헤파이스토스는 그의 이상한 복장의 풍선처럼 생긴 투구에서 가느다란 줄을 잡아 당겨 아킬레스가 입고 있는 방열복의 고깔 안으로 그 끝을 연결시킨다. 불구의 난쟁이 신이 묻는다.

"이제 내 목소리가 들리나? 몇 분 동안 이야기 할 수 있어."

"그래. 들려. 그런데 데모고르곤도 들을 수 있지 않나? 전에도 들었잖아."

"아니야. 이건 직접 연결된 선이야. 저 데모고르곤도 굉장하긴 하지만, J. 에드 거 후버는+ 아니지."

"누구?"

"신경 쓸 것 없어. 잘 들어, 펠레우스의 아들, 우리는 이 거대한 어중이떠중이들과 데모고르곤에게 뭐라고 말할 건지, 입을 맞춰야 해. 거기에 모든 게 달렸다구."

"날 그렇게 부르지 마."

아킬레스가 전쟁터에서 적들을 얼어붙게 만드는 차가운 눈길로 노려보며 으르렁거린다. 헤파이스토스가 깜짝 놀라 한 걸음 물러서자, 그 바람에 둘 사이의 통신 줄이 팽팽하게 당겨진다.

"뭐라고 부르지 말란 거야?"

"펠레우스의 아들. 다시는 그 소리 듣기 싫어."

기술의 신은 무거운 장갑에 싸인 손을 손바닥을 바깥쪽으로 하고 올린다.

"좋아. 하지만 이야기는 해야 한다구. 이 캥거루 법정이 시작되기 전에 남은 시간이 일이 분밖에 없어."

"캥거루가 뭐야?"

아킬레스는 이 작은 신의 중의법에 짜증이 나기 시작한다. 발 빠른 학살자의 손에는 검이 쥐어져 있다. 그냥 그 칼로 소위 불멸인 이 바보 털북숭이 신의 철갑옷을 두 동강내고 불의 신이 산성 공기에 캑캑대며 죽는 모습을 느긋하게 지켜볼까 하는 충동이 강하게 든다. 하지만, 아무리 올림포스에 커다란 벌레 치료 탱크가 없다 해도, 헤파이스토스는 올림피아의 신이다. 아마도 이 건방진 수염투성이 불구

+ 1960년대 미국연방수사국(FBI)의 국장으로 재임하면서 미국의 대통령을 포함하여 실세 정치인의 스캔들은 물론, 유럽, 특히 영국 정치인들의 스캔들과 비밀까지 확보하여 정치적 월권을 휘둘러 사실상 '장막 뒤의 대통령'으로 행세한 인물. – 역자 주

가 타르타루스의 산성 공기에 노출되면, 아킬레스가 그랬던 것처럼 그냥 콜록 거리고, 토하고, 고통에 끝없이 기어 다니기를 영원히 지속하다 오세아니드들에게 잡혀 먹을지도 모른다. 아킬레스는 그것이 저항하기 힘든 충동임을 깨닫는다.

그는 그 충동을 억누른다. 헤파이스토스가 말한다.

"에이그, 캥거루는 신경 꺼. 데모고르곤에게 뭐라고 말할 거야? 내가 대표로 다 말할까?"

"아니."

"그러면, 이야기를 정리해야 돼. 제우스를 죽이는 거 말고 데모고르곤과 타이탄들에게 뭘 부탁할 거야?"

"데모고르곤인지 뭔지, 나는 제우스를 죽이라고 부탁하지 않을 거야."

아킬레스가 단호하게 말한다. 수염투성이 난쟁이 신은 머리에 쓴 풍선 모양의 유리 뒤에서 놀란 표정을 짓는다.

"안한다고? 우리가 여기 온 이유가 그것 아니었어?"

"제우스는 내 손으로 죽이겠어. 그리고 그의 간을 오디세우스의 개 아르구스에게 먹이로 줄 거야."

헤파이스토스가 한숨을 쉰다.

"알았어. 하지만 내가 올림포스의 왕좌에 앉으려면 —네가 제안하고 닉스가 동의한 그 거래 말이야— 아직 데모고르곤이 개입해야 한다는 걸 설득할 필요가 있다구. 게다가 데모고르곤은 미쳤어."

"미쳤다구?"

아킬레스가 말한다. 이제 대부분의 괴물 형상들이 능선과 분석구와 용암이 흐르는 사이를 따라 제자리를 잡고 있는 듯 보인다.

"최고의 신 운운하는 소리를 들었잖아, 그렇지?"

"데모고르곤이 이야기하는 신이 누구인지 모르겠네. 제우스가 아니라면."

"데모고르곤이 이야기하는 것은 우주 전체에서 유일한 최고의 신이야."

헤파이스토스가 말한다. 안 그래도 그의 거친 목소리가 통신라인을 타고 더욱 더 거칠게 들린다.

"대문자로 시작되는 유일신, 다른 신들 말고."

"그건 말도 안 돼."

"그렇지."

불의 신이 동의 한다.

"데모고르곤 종족이 그를 이 타르타루스 세계의 감옥으로 추방한 이유가 바로 그거야."

"종족?"

아킬레스가 믿을 수 없다는 듯이 말한다.

"이 데모고르곤이 하나 이상이라는 거야?"

"물론이지. 살아있는 어느 것도 완전히 홀로 존재하는 것은 없어. 아킬레스. 너라도 이건 알아야 해. 이 데모고르곤은 트로이 시궁창의 쥐만큼이나 미쳤다구. 그는 대문자 G로 시작하는 전능한 유일신을 숭배하고 때로 그를 '침묵의 신'라고 말해."

"침묵의 신?"

아킬레스는 침묵하는 신을 상상해보려고 애쓴다. 확실히 그의 경험에는 없는 개념이다.

"그래."

헤파이스토스가 두건 속의 수신기를 통해 툴툴대며 말한다.

"이 '침묵' 이 유일하게 전능한 대문자 G 신의 전부는 아냐, '그분' 의 여러 가지 발현 가운데 하나일 뿐이지···· '그분' 역시 대문자 H야.

"대문자 이야기는 그만해. 그래서 데모고르곤이 하나 이상의 신을 *믿는다는 거지.*"

"아니."

불과 기술의 신이 강하게 말한다.

"이 거대한 신에겐 수많은 얼굴 혹은 아바타가 있다는 거야, 그러니까, 제우스가 인간 여자들을 범하고 싶을 때 변신하는 것처럼 말이지. 한 번은 제우스가 백조로 변한 것을 기억하는지·····."

"염병할 그게 30초 후에 시작될 청문회와 무슨 상관이 있다는 거야?"

아킬레스가 그의 방열복 마이크에 대고 소리를 지른다. 헤파이스토스가 손을 들어 유리 헬멧 속의 귀가 있을 자리를 막는다. 그리고는 통신기를 통해 쉿 소리를 낸다.

"조용히. 들어봐. 이건 데모고르곤이 타이탄들과 이곳의 다른 것들을 놔주어서 제우스를 공격하고, 지금 올림포스에 있는 신들을 쓸어버린 다음 날 올림포스의 새로운 왕으로 옹립하도록 설득하는 데 *너무나도* 중요한 거라구."

"하지만 넌 방금 데모고르곤이 이곳에 갇힌 몸이라고 했잖아."

"그랬지. 하지만 닉스가 올림포스에서 이곳까지 브레인 홀을 열었어. 이 저주받은 청문회, 재판, 마을 회의, 암튼 뭐라고 부르든지 간에, 이게 시작하기 전에 그 문이 닫히지 않는다면 우린 그 길로 돌아갈 수 있어. 게다가 내 생각에 데모고르곤은 원한다면 언제든지 이곳을 뜰 수 있어."

"원하면 아무 때나 떠나도록 해주는 감옥이 무슨 감옥이야?"

아킬레스가 묻는다. 머리가 돈 것은 이 수염투성이의 난쟁이 신이란 생각이 들기 시작한다.

"데모고르곤 같은 종족에 대해서 자네가 좀 알아야겠군."

철로 만든 거품 같은 갑옷과 풍선 같은 헬멧을 쓴 그가 말한다.

"그들에 대해서 알려진 것은····· 거의 없어. 이 데모고르곤이 스스로 여기에 갇혀있는 것은 그렇게 지시를 받았기 때문이야. 그는 언제 어디로든 양자이동을 할 수 있어····· 아주 중요한 일이라고 생각한다면 말이지. 우린 그냥 이 일이 아주 중요하다는 확신을 그에게 주기만 하면 돼."

"하지만 우리에겐 브레인 홀이 있잖아."

아킬레스가 말한다.

"그리고 닉스가 여기서 얻는 게 뭐지? 오디세우스 집에서 내가 제우스를 깨우기 전에 밤의 신이 브레인 홀을 열 것이라 했고 나는 널 믿었어, 하지만 왜지? 그녀가 이 일로 얻는 게 뭐야?"

"생존."

헤파이스토스가 말하고는 주위를 돌아본다. 모든 괴물의 형상들이 제 자리를 잡은 듯하다. 법정이 열린다. 모두가 데모고르곤의 말을 기다리고 있다. 아킬레스는 이 모든 것을 볼 수 있다. 그가 인터폰에 대고 낮은 소리로 말한다.

"생존이라니 무슨 뜻이야? 닉스는 제우스조차도 두려워하는 여신이라고 네 입으로 말했잖아. 그녀와 그녀의 망할 운명의 신하고 말이야. 제우스도 그녀를 건드리지 못한다고."

유리 풍선 모양의 헬멧이 헤파이스토스가 머리를 흔들자 앞뒤로 움직인다.

"제우스 말고. 프로스페로 그리고 시코락스 그리고…… 사람들…… 제우스, 나, 다른 신들, 그리고 타이탄들의 창조를 도왔던 그 존재들. 그렇다고 어머니 지구인 가이아와 교접했던 하늘의 우라노스 신을 얘기하는 건 아니야. 그들 전의 존재들."

아킬레스는 타이탄들과 신들을 창조한 것이 지구와 밤이 아니라 다른 누군가라는 개념을 이해해보려고 애쓴다. 하지만 이해할 수 없다.

"그들이 세테보스라는 생명체를 화성과 너의 일리움–지구에 10년 동안 가둬놓았어."

"누가 그랬다고?"

아킬레스가 말한다. 그는 지금 완전히 혼란에 빠졌다.

"세테보스는 뭐야? 그리고 이게 우리가 일분 후에 데모고르곤에게 할 이야기와 무슨 상관이 있다는 거야?"

"아킬레스, 타이탄들이 더 막강함에도 불구하고 제우스와 다른 젊은 올림포스 신들이 어떻게 그의 아버지 크로노스와 다른 타이탄들을 무찔렀는지 알려면, 자넨 우리 역사를 충분히 이해해야 해."

"나도 알아."

아킬레스가 말한다. 자신을 키웠던 켄타우로스 키론에 의해 고문을 당하던 어린아이가 된 것 같은 느낌이다.

"제우스가 타이탄들이 꼼작 못하는 무시무시한 생명체들의 도움을 받아 신과 타이탄의 전쟁에서 이겼지."

"이 끔찍한 생명체들 중에서 가장 끔직한 게 누구인 줄 알아?"

수염 덥수룩한 난쟁이 신이 내부 통신선을 통해 묻는다. 가르치려는 선생 같은 그 어조가 아킬레스로 하여금 당장 그의 창자를 베어내고 싶게 만든다.

"백 개의 팔을 가진 놈!"

그가 최후의 인내심을 쥐어짜내며 대답한다. 데모고르곤은 이제 언제라도 말을 시작할 것이고, 지금까지 들은 엉터리 이야기들 중 어느 것도 아킬레스가 무슨 말을 할 건지를 아는 데 도움이 되지 않았다.

"너 같은 신들이 *브리아레우스*라고 부르는 괴물 같이 많은 팔이 달린 것이지. 그러나 초기의 인간들은 *아이가이온*이라고 불렀지."

"그 브리아레우스와 아이가이온이라고 불리는 것의 진짜 이름이 세테보스야."

헤파이스토스가 나직이 말한다.

"10년 동안 이 생명체는 그 야욕으로부터 떨어져있었어, 트로이와 아카이아 사이의 전쟁 같이 너희 인간들의 시시한 전쟁이나 탐하고 있었지. 하지만 이제 그것이 다시 활동하기 시작했고, 태양계 전체의 양자 지지대가 흔들리고 있어. 닉스는 그들이 지구뿐 아니라, 새로운 화성과 그녀가 속한 어둠의 차원 전체를 멸망시키지 않을까 걱정하고 있어. 브레인 홀은 모든 것을 연결하지. 그들은 너무 무모해, 이 시코락스와 세테보스, 프로스페로와 그들의 종족 말이야. 운명의 신들이 예언하기를 누군가 혹은 무엇인가가 개입하지 않으면 양자가 완전히 붕괴할 거라고 했어. 닉스는 양자의 완전 붕괴라는 위험보다 내가 ―불구의 난쟁이가― 올림포스의 왕좌에 오르는 걸 선호할 거야."

아킬레스는 난쟁이 신이 무슨 소리를 지껄이는지 실마리조차 잡을 수 없었으므로, 아무 말 없이 듣고만 있다.

데모고르곤은 타이탄, 시간들, 전차 모는 자들, 다른 기형의 형상들이 내는 속삭임과 움직임을 가라앉히려고 그의 목 없는 목청을 가다듬는 모양이다.

"좋은 소식은,"

헤파이스토스가 마치 그들 위에 있는 거대한 형체 없고 베일에 덮인 덩어리가 통신 코드를 통한 교신을 듣기라도 하는 듯 낮은 목소리로 속삭이듯 말한다.

"데모고르곤과 그의 신이 —침묵의 신이— 세테보스들을 간식으로 먹는다는 거지."

"이거, 이거, 미친 건 데모고르곤이 아니군."

아킬레스가 속삭이며 말을 받는다.

"트로이의 시궁창 쥐처럼 미친 건 너야."

"어쨌거나, 내가 우릴 대표해서 이야기해도 되는 거지?"

헤파이스토스가 속삭인다. 음절 하나하나에서 다급함이 배어나온다.

"그래, 좋다. 하지만 내가 동의할 수 없는 이야기를 하기만 해봐라. 네놈의 작고 귀여운 의복의 동그란 구슬을 다 따로 떼어내고 너의 동그란 불알을 베어내서, 유리 그릇 속 네 입안으로 쑤셔 넣을 거야."

"좋아, 알았다구."

헤파이스토스가 말하고는 통신라인을 떼버린다.

말할 것이 있으면 시작하라.

데모고르곤이 소리친다.

일흔
여섯

그들은 노만에게 소니를 빌려줄 것인가를 놓고 투표를 하기로 했다. 회의는 정
오에 잡혔다. 그때쯤이면 최소한의 보초가 배치되고 하루의 필요한 잡무들이 다
처리된 후여서 아르디스 생존자들이 —새로 합류한 사람들과 한나를 합쳐 모두 55
명— 대부분 참석할 수 있었다. 하지만 오디세우스/노만의 요구는 이미 가장 먼 초
소까지 퍼져나갔고 대개는 반대의사를 확실히 한 터였다.

한나와 에이다는 그동안의 일들을 주고받느라 오전 시간을 다 보냈다. 더 어린
한나는 친구들과 아르디스 홀을 잃어버린 것에 대해 위로조차 불가능할 정도로 슬
퍼했다. 하지만 에이다는 아르디스 홀이 재건될 수 있다고 말했다. 대충이라도 재
건할 거라고. 한나가 물었다.

"우리가 그때까지 살 수 있을까요?"

에이다는 대답할 수 없었다. 그녀는 한나의 손을 꼭 잡았다. 그들은 하먼에 대
해, 골든 게이트에서 하먼이 아리엘이라는 존재와 사라짐 것에 대해, 그리고 하먼
이 어디엔가 살아 있을 것이라는 에이다의 직감에 대해 이야기했다. 그들은 사소
한 것들에 대해서도 이야기했다. 식사 준비는 요즘 어떻게 하고 있는지라든가, 보
이닉스가 불어나기 전에 캠프를 확장하고 싶은 에이다의 희망.

"세테보스의 새끼가 보이닉스를 어떻게 막아내고 있는지 알아요?"

한나가 물었다.

"아무도 몰라요."

에이다가 말했다. 그녀는 이 젊은 조각가를 구덩이로 데려갔다. 세테보스 새끼
는 ―노만은 이것을 기생충이라고 불렀지만― 바닥에 붙어 있었다. 촉수와 손들은
아래쪽으로 말려 있었지만 샛노란 눈만은 악의보다 더 끔찍한 무관심으로 위를 노
려보고 있었다.

한나가 관자놀이를 짚었다. " 오 세상에···· 오 하나님···· 저놈이 내 마음 속
에 매달리면서 헤집고 들어오려 해요."

"그래요."

에이다가 부드럽게 말했다. 그녀는 구덩이에 올 때 챙겨왔던 산탄총을 바로 몇
야드 아래 있는 청회색 딩어리와 분홍색 손들을 향해 겨눴다.

"놈이 마음을 점령하면···· 어떻게 되죠?"

"우리를 조종하기 시작한다면 말인가요? 서로가 서로에게 맞서도록 한다면?"

"예."

에이다는 어깨를 으쓱했다.

"우리는 거의 매일 밤, 매일 낮, 그런 순간이 올 거라고 기대하고 있어요. 거기
에 대해 토론도 했죠. 지금까지 우린 모두 세테보스의 새끼가 부르는 소리를 희미
하게라도 들어왔어요. 마치 뒤뜰의 희미한 악취처럼. 하지만 방금 당신이 겪었던
것처럼 강력하게 느껴질 때는 한 사람에게 집중되어 있죠. 나머지 사람들이 모두
듣게 될 때는, 마치···· 아, 모르겠어요···· 메아리 같다고나 할까."

"그러니까 이놈이 장악을 한다면, 그 때는 한 번에 한사람씩일 거라는 얘긴가요?"

한나가 말하자, 에이다는 다시 어깨를 으쓱했다.

"대충 그렇게 되겠지요."

한나는 에이다의 손에 들려 있는 무거운 산탄총을 바라보았다.

"하지만 만약 저놈이 지금 당장 당신의 마음을 지배하기 시작하면 당신은 당장
이라도 날 죽일 수 있겠네요. 수많은 사람들을···· "

"그래요, 우리는 거기에 대해서도 이야기했어요."

"무슨 계획이라도 있나요?"

"있어요."

구덩이 위에 선 채 에이다가 아주 조용히 말했다.

"그런 일이 벌어지기 전에 이 끔찍한 놈을 죽여버릴 겁니다."

한나가 고개를 끄덕였다.

"하지만 그렇게 하기 전에 이곳 사람들을 모두 멀리 보내버려야 하겠죠. 왜 당신들이 오디세우스에게 소니를 내어주지 않으려 하는지 그 이유를 알겠어요."

에이다는 한숨을 쉬어야 했다.

"그가 왜 소니를 원하는지 알아요, 한나?"

"아니요. 나한테는 말해주지 않아요. 말 안하는 것들이 너무 많아요."

"그런데도 그를 사랑하는군요."

"브릿지에서 그를 처음 보았던 순간부터."

"당신은 튜린 복의 드라마를 이미 보았어요, 한나. 오디세우스가 결혼한 몸이라는 것도 알고 있었어요. 우린 그가 다른 사람들에게 아내 페넬로페에 대해 어떻게 이야기하는지도 들었어요. 그에겐 십대의 아들 텔레마쿠스가 있죠. 그들의 언어는 좀 이상하게 들렸지만 우리는 튜린 복 아래서 어떻게든 그들의 말을 알아들을 수 있었잖아요."

"맞아요."

한나는 고개를 떨구었다. 구덩이 안에선 세테보스 새끼가 분홍 손을 이용해 앞뒤로 왔다 갔다 하고 있었다. 다섯 개의 촉수가 구덩이의 옆구리를 타고 올라왔고 다른 손들이 철망을 움켜쥐더니 거의 휘어질 정도로 잡아당겼다. 녀석의 수많은 노란 눈들이 유난히 밝았다.

데이먼은 정오 모임에 참석하기 위해 숲에서 돌아오는 길에 유령을 보았다. 그는 땔감이 담긴 광목천 가방을 등에 메고, 오후엔 나무를 패고 다듬는 일 대신 보초나 사냥을 나갔으면 하고 생각 중이었다. 바로 그 때 한 여인이 12야드쯤 떨어진 숲에서 뛰어나왔다.

처음에는 그저 시야 언저리에서 보였을 뿐이었지만, 그게 인간이고 여자이므로 보이닉스가 아닌 아르디스 식구일 것이라는 정도는 알아볼 수 있었다. 잠시 동안 그는 걸음을 계속했다. 오른손에 산탄총을 들고 있었지만 총구는 바닥을 향하고, 시선을 내린 채 등 위의 무거운 짐을 다시 들쳐 멨다. 하지만 인사를 건네기 위해 몸을 여자 쪽으로 돌렸을 때, 그는 그 자리에서 얼어붙었다.

새비였다.

그는 몸을 벌떡 일으켰고 대충 만들어진 광목 배낭 속의 땔감 뭉치 때문에 거의 뒤로 자빠질 뻔 했다. 나자빠졌다 해도 과장된 반응이 아니었으리라. 그저 뚫어지게 바라볼 수밖에 없었다.

새비였다. 하지만 거의 일 년 전 프로스페로의 지옥 같은 궤도 섬 아래 동굴에서 칼리반에 의해 살해되고 끌려갔던 백발의 늙은 새비가 아니었다. 이 여인은 더 젊고 창백하고 아름다운 새비였다.

부활한 새비? 아니다.

유령이란 그의 생각과 두려움을 다 같이 자극했다. 고전-인류들은 유령을 믿지 않았다. 사실은 유령이란 개념조차 갖고 있지 않았다. 그는 튜린 드라마 밖에서는 유령이란 단어가 언급되는 것을 들어본 적이 없었고, 지난 가을 아르디스 저택에서 고대의 책들을 검색해보기 전까지는 유령 얘기를 읽어본 적도 없었다.

하지만 이것은 유령일 수밖에 없잖은가.

젊은 새비는 완전히 고정된 물질로 이루어진 것 같지 않았다. 그를 보고 돌아서 다가오기 시작하는 그녀의 모습은 반짝거린다고 해야 할까, 하여간 뭔가 달랐다. 데이먼은 그녀가 투명하다는 것을 깨달았다. 궤도 섬에서 프로스페로의 홀로그램을 통해 저편을 볼 수 있었던 것보다 더욱 투명했다.

하지만 무슨 이유에선지 이게 홀로그램이 아니라는 것을 알 수 있었다. 이것은···· 무언가···· 실제적이고, 살아있었다. 데이먼은 심지어 그녀의 몸 전체에서 부드럽고 창백한 빛이 뿜어져 나오고 있으며, 높은 갈색의 풀 위를 걸어오는 그녀의 발이 전혀 땅에 닿고 있지 않다는 사실을 알아차렸다. 그녀는 방열복 하나만 걸치고 있었다. 페인트를 한 겹 칠한 정도의 두께인 방열복이 실제로 벌거벗은 것보다 더 벌거벗은 것처럼 보이게 만든다는 것을 경험으로 알고 있었다. 그를 향해 걸어오는 여인의 모습이 바로 그랬다. 완전한 나체. 방열복은 창백한 푸른색이었는데, 걸어오는 동안 사용되는 모든 근육의 움직임을 보여주었으며, 동그란 젖꼭지를 가려주기는커녕 더욱 강조했다. 데이먼은 새비의 방열복 차림에는 익숙해져 있었지만, 그녀는 약간 처진 가슴에, 빈약한 엉덩이, 그리고 헐거운 장딴지 근육을 하고 있었던 반면, 이 유령의 가슴은 높았으며 복부는 팽팽하고 근육들은 젊고 강력했다.

끈을 쥐고 있던 손에 힘을 풀자 등짐이 바닥으로 떨어졌고, 데이먼은 두 손으로 산탄총을 꼭 움켜쥐었다. 데이먼은 200야드 저쪽 새로 지은 내부 울타리를 볼 수 있었고, 통나무 울타리 위로 검은 머리통이 왔다 갔다 하는 것도 볼 수 있었지만, 그 외에는 아무도 없었다. 숲과 겨울 벌판의 경계에는 오직 그와 유령뿐이었다.

"안녕, 데이먼."

새비의 목소리였다. 그가 기억하는 최면을 거는 듯한 목소리에 비해 훨씬 젊고 생기발랄했지만, 분명히 새비의 목소리였다. 그녀가 손만 뻗으면 닿을 거리에서 멈출 때까지 데이먼은 아무 말도 하지 않았다. 그녀의 물질적 실체는 깜빡거리는 것처럼 보였다. 잠시 동안 온전했다가 곧 투명하고 비물질적인 상태로 바뀌었다. 그녀가 구체적이었을 땐 약간 들어 올려진 젖꼭지 둘레의 무늬까지도 알아볼 수 있었다. 그는 깨달았다. 젊은 시절의 새비가 얼마나 아름다웠는지.

그녀는 아직도 기억에 생생한 친근한 갈색 눈동자로 그를 위아래로 훑어보았다.

"좋아 보여요, 데이먼. 체중이 많이 줄었네요. 근육은 늘었고."

아직 그는 한마디도 하지 않았다. 숲으로 나가는 사람은 누구나 폐허에서 건진 고주파 호루라기를 지니고 다녔다. 그의 것은 목줄에 매달려 있었다. 그걸 들어 올려 불기만 하면 단 몇 분 내에 수십 명의 무장한 남녀들이 달려올 것이다.

새비가 빙그레 웃었다.

"그래, 맞아요. 난 새비가 아니에요. 우리는 서로 만난 적이 없어요. 나는 단지 프로스페로가 당신에 대해 말해준 것과 비디오 화면을 통해 당신을 알고 있을 뿐이죠."

"당신은 누구죠?"

그가 물었다. 그의 목소리는 자신이 듣기에도 컬컬하고 딱딱하고 긴장되어 있었다. 유령은 정체 따위는 중요하지 않다는 듯 어깨를 으쓱했다.

"내 이름은 모이라."

그 이름은 데이먼에게 아무 의미도 없었다. 새비는 한 번도 모이라라는 이름의 사람에 대해 이야기한 적이 없었다. 프로스페로도 마찬가지였다. 한 순간 데이먼은 칼리반이 변신술을 구사하고 있는 것일까 생각했다.

"당신은 도대체 뭐죠?"

"아!"

새비의 허스키한 목소리에서 터져 나온 음절이었다.

"정말 현명한 질문이군요. '당신은 어째서 내 죽은 친구 새비를 닮았지요?' 가 아니라 '당신은 도대체 뭐죠?' 라니. 프로스페로가 맞았어요. 당신은 보기보다 어리석지 않았어, 심지어 일 년 전에도."

데이먼은 가슴의 호루라기에 손을 댄 채 기다렸다.

"난 후기-인류예요."

새비의 유령이 말했다.

"후기-인류는 더 이상 없어요."

데이먼이 말했다. 그는 왼손으로 호루라기를 살짝 들어올렸다.

"후기-인류는 더 이상 없었지요. 하지만 지금은 있어요. 단 한 사람. 바로 나지요."

"여기서 뭘 바라는 거요?"

그녀는 천천히 손을 뻗어 그의 오른팔을 만졌다. 데이먼은 그녀의 손이 자신을 뚫고 지나갈 거라고 생각했다. 하지만 그녀의 손길은 여느 아르디스 생존자들과 마찬가지로 단단하고 생생했다. 그녀의 기다란 손가락이 누르는 압력이 재킷을 통해 전해졌다. 그는 그 자리에서 거의 전기적인 짜릿함마저 느꼈다.

"나는 당신과 함께 회의에 참석해서 노만이 소니를 빌리는 데 성공하는지 지켜보고 싶어요."

그녀가 부드럽게 말했다. 도대체 이 여자가 거기에 대해 어떻게 알고 있는 거지? 그는 속으로 물었다. 하지만 큰 목소리로는 이렇게 말했다.

"만약 당신이 나타나면, 더 이상 회의도 투표도 진행되지 않을 겁니다. 심지어 오디세…… 노만까지도…… 당신이 누구이며, 어디에서 왔는지, 뭘 원하는지, 알고 싶어 할 겁니다."

그녀가 다시 어깨를 으쓱했다.

"그럴지도 몰라요. 하지만 다른 사람들은 아무도 날 보지 못할 거예요. 나는 오직 당신 눈에만 보이겠어요. 이것은 프로스페로가 우리 자매들에게 심어놓은 작은 트릭이지요. 신이 되겠다고 그들 모두 떠나버리고 나 혼자 남기로 결정했을 때요. 가끔씩 유용할 때가 있어요."

그는 왼손으로 호루라기를 만지작거리며 오른손 검지를 산탄총의 방아쇠 사이로 밀어 넣었다. 그리고는 그녀가 차츰 또렷한 모습에서 투명한 모습으로, 그리고 다시 온전한 모습으로, 돌아오는 것을 지켜보았다. 너무 많은 것이 포함된 얘기를 듣다보니 데이먼은 적절한 질문조차 만들어내지 못하고 있었다. 그의 본능은 그녀를 곁에 두는 것이 최선이라고 말하고 있었다. 왜 그런 생각이 드는지 자기 자신에게조차 설명이 불가능했다.

"어째서 토론회에 오기를 원하지요?"

"그 결과에 관심이 있으니까요."

"왜죠?"

그녀는 미소 지었다.

"데이먼, 내가 만약 노만을 포함해서 그곳에 있는 55명의 사람들 눈에 보이지 않을 수 있다면, 분명히 당신 눈에도 띄지 않게 할 수 있었겠지요. 하지만 내가 그 자리에 있다는 걸 당신은 알기를 원해요. 토론과 투표가 끝난 후에 이런저런 이야기를 나누도록 하지요."

"뭐에 대해서요?"

데이먼은 멸망해가던 프로스페로 왕국의 희박하고 퀴퀴한 공기 속에서 새비와 하먼, 그리고 데이먼 자신이 마지막 후기-인류라고 믿었던 자들의 미라가 되어버린 갈색 시체들을 본 적이 있었다. 모두 여성이었다. 대부분은 수세기동안 칼리반에게 잡혀먹었다. 데이먼은 이 유령이 정말 자신이 주장하는 존재인지 확인할 길이 없었다. 그의 눈에는 그녀가 오히려 예전에 가끔씩 보았던 튜린 드라마에 등장하는 여신 같았다. 아테나, 아니면, 훨씬 더 어린 헤라. 언뜻 보았던 아프로디테만큼 미인은 아니었다. 갑자기 그는 생각이 났다, 1년쯤 전 파리스 크레이터에서 트로이 전쟁 튜린 드라마에 나오는 신들을 위해 길거리에 제단을 차렸다고 그랬지.

하지만 파리스 크레이터 사람들은 모두 죽고 없다. 그의 어머니도. 칼리반의 손에 살해당하고 먹혔다. 도시는 세테보스의 푸른얼음에 파묻혀 있다. 파리스 크레이터의 사람들이 튜린 드라마의 신들에게 기도를 했더라도, 별 이득이 없었을 것이다. 만약 이 여자가 튜린 드라마에서 온 여신이라면 그녀도 별 도움이 못될 것이라고 그는 확신했다.

"당신의 친구 하먼이 있는 곳에 대해서 이야기하죠."

자신을 모이라라고 부르는 특별한 존재가 말했다.

"그는 어디 있죠? 어떻게 지내고 있나요?"

데이먼은 자신이 고함을 치고 있다는 것을 깨달았다. 그녀는 미소를 지었다.

"투표가 끝나면 이야기하도록 해요."

"적어도 이 투표가 얼마나 중요하기에 그 먼 곳···· 당신이 어디에서 왔는지는 모르지만, 하여간 여기까지 보겠다고 왔는지 그 이유는 말해주시오."

데이먼이 요구했다. 그의 목소리는 지난 해 동안 강인해진 그의 내면만큼 강하게 들렸다. 모이라는 고개를 끄덕였다.

"아주 중요한 일이기 때문에 왔어요."

"왜죠? 누구에게? 어떻게?"

그녀는 아무 말도 하지 않았다. 미소는 사라져 있었다. 데이먼은 호루라기를 놓았다.

"우리가 노만에게 소니를 주는 게 중요한가요, 아니면 주지 않는 게 중요한가요?"

"난 그저 지켜보고 싶어요. 투표할 생각은 없고."

자신을 모이라고 부르는 새비의 유령이 말했다.

"내 질문은 그게 아니잖아요."

"알아요."

새비의 목소리를 가진 존재가 말했다. 회합을 알리는 벨이 울렸다. 사람들은 중앙 숙소와 텐트와 부엌 쪽으로 몰려들고 있었다. 데이먼은 서두르지 않았다. 그는 이 살아있는 보이닉스를 캠프로 데려가도 위험하지 않다는 것을 알고 있었다. 또한 아주 짧은 시간 안에 결정해야 한다는 것을 알고 있었다. 낮은 목소리로 그가 물었다.

"만약 아무의 눈에도 안 띄고 회의에 참석할 수 있다면, 왜 나에게는 모습을 드러내는 거지요?"

"말했잖아요. 이것은 내 선택이라고요. 어쩌면 내가 뱀파이어 같은 존재인지도 모르죠. 누군가에게 초대받지 않으면 처음엔 들어갈 수 없는 존재."

데이먼은 뱀파이어가 무엇인지 몰랐지만 지금은 그게 중요한 게 아니라고 생각했다.

"아니요. 당신이 내게 거부할 수 없는 이유를 제시하지 않는 한, 당신을 우리의 안전한 장소로 초대하지 않을 겁니다."

모이라는 한숨을 쉬었다.

"당신이 고지식하다고 프로스페로와 하먼이 말하긴 했지만, 이 정도일 줄을 몰랐어요."

"하먼을 만나기라도 한 듯이 얘기하네요. 그에 대해서 말해 봐요. 어떤 사람인지, 어디에 있는지. 당신이 그를 만났다는 것을 증명할만한 얘기를 해봐요."

모이라는 계속 그를 뚫어져라 바라보았고 데이먼에게는 그렇게 바라보는 두 사람 주변의 공기가 절절 끓고 있는 것처럼 느껴졌다.

벨 소리가 멈추었다. 회의가 시작된 것이다. 데이먼은 꼼짝도 하지 않고 조용히 서 있었다.

"좋아요."

모이라가 살짝 미소 지으며 말했다.

"당신 친구 하먼에겐 페니스 바로 위의 음모 사이에 흉터가 있어요. 난 어떻게 생긴 흉터냐고 묻지 않았지만, 지난 20주기 동안 생긴 것은 분명해요. 프로스페로 섬의 치료 탱크들이 그런 흉터를 남겨뒀을 리 없으니까요."

데이먼은 눈도 깜짝 하지 않았다.

"난 하먼이 발가벗은 걸 본 적이 없어요. 뭔가 다른 얘기를 해봐요."

모이라가 쉽게 웃음을 터뜨렸다.

"거짓말. 프로스페로와 내가 하먼에게 지금 입고 있는 방열복을 주었을 때 입는 법을 정확히 알고 있다고 했어요. 아시다시피 방열복은 입기 까다롭지요. 당신과 그는 섬에서 몇 주 동안 그 옷을 입고 생활했어요. 하먼의 말로는 둘 다 방열복을 입기 위해 새비 앞에서 옷을 다 벗어야 했던 적이 있어요. 당신은 그의 벗은 몸을 보았고 그 흉터는 누구나 알아볼만한 것이죠."

"어째서 하먼이 지금 방열복을 입고 있지요? 그는 어디 있는 겁니까?"

"날 회의에 데려가 주세요. 하먼에 대해선 나중에 이야기해줄게. 약속해요."

"하먼의 이야기는 에이다에게도 들려주어야 합니다. 그들은···· 결혼한 사이입니다."

이 낯선 단어는 데이먼의 입에서 잘 튀어나오지 않았다. 모이라가 미소지었다.

"우선 당신에게 말하겠어요. 당신 생각에 에이다에게 전할 만하다는 생각이 들면 당신이 에이다에게 말해 주세요. 이제 갈까요?"

그녀는 왼팔을 내밀었다. 마치 그가 그녀를 정식 저녁 식사에 에스코트라도 해야 된다는 듯 팔꿈치를 굽히고 있었다.

그는 그녀와 팔짱을 꼈다.

"···· 이것이 내 요구의 시작이자 끝입니다."

데이먼이 54명 사이로 걸어 들어올 때 노만/오디세우스가 마지막으로 한 말이었다. 대부분의 사람들은 침낭이나 담요 위에 앉아있었다. 서있는 사람들도 있었다. 데이먼은 서있는 생존자들 뒤로 한참 떨어져 섰다. 보먼이 말했다.

"우리들의 소니를 빌려 달라고요? 우리의 생존을 보장할 수 있는 유일한 수단을. 그런데도 우리한테 왜 그게 필요한지, 얼마나 오래 필요한지, 한 마디도 안하겠다고요?"

"맞습니다."

노만이 말했다.

"어쩌면 단 몇 시간뿐일 수도 있어요. 자동으로 되돌아오게 프로그래밍 해놓을 수 있죠. 하지만 소니가 영영 돌아오지 않을 수도 있어요."

"그럼 우린 모두 죽을 거예요."

휴즈 타운의 생존자 중 한 사람이 말했다. 스테페라는 이름의 여인이었다. 노만은 답하지 않았다. 그러자 시리스가 물었다.

"왜 필요한 지 얘기해 주세요."

"못합니다. 이건 사적인 일이니까요."

노만이 말했다. 수염 달린 그리스인이 농담이라도 했다는 듯, 몇 몇 사람이 키득거렸다. 하지만 노만은 웃지 않았다. 언제나처럼 진지했다.

"다른 소니를 알아봐요!"

사람들 사이에서 군사 전문가 행세를 하고 있는 카먼이 소리쳤다. 그는 다른 사람들에게 자신이 대추락 이전 십년 동안 매일 보았던 튜린 드라마 속의 *진짜* 오디세우스를 전혀 신뢰하지 않았으며 이 늙은이판 오디세우스는 더욱 더 신뢰하지 않는다고 말하곤 했다.

"다른 소니가 있었더라면 벌써 찾아냈겠죠."

노만이 말했다. 그의 목소리는 차분했다.

"하지만 가장 가까운 소니도 수천 마일 떨어진 곳에나 있습니다. 내가 임시방편으로 만들어낸 스카이래프트로는 거기까지 가는 데 너무 오래 걸릴 겁니다. 도착조차 할 수 있을지 의문이지요. 나는 오늘 소니가 필요합니다. 바로 지금."

"어째서죠?"

손가락이 잘려나간 채 여전히 붕대를 감고 있는 오른 손을 아무 생각 없이 문지르며 라먼이 물었다. 노만은 침묵을 지켰다. 회의를 개시하고 오디세우스를 소개한 후 탄탄한 가슴의 그리스인 옆에 줄곧 서 있던 에이다가 나지막이 말했다.

"노만, 만약 당신에게 소니를 빌려주면 우리에게 어떤 이득이 오게 될지, 얘기해 줄 수 있나요?"

"내가 하고자 하는 일에 성공한다면, 팩스노드가 다시 작동할 수도 있어요. 단몇 시간 안에, 혹은 늦어도 며칠 안에는."

군중들 사이에서 탄성이 들려왔다. 그가 말을 이었다.

"허나 그렇게 되지 않을 가능성이 더 큽니다."

"그게 우리 소니를 가져가겠다는 이유인가요?"

그레오기가 물었다.

"팩스 전송실을 다시 작동시키려고?"

"아닙니다. 그건 내 여행의 부수적 효과일 뿐입니다. 가능성조차 희박한."

"당신이 소니를 빌려가면⋯⋯ 다른 면에서⋯⋯ 우리에게 도움이 될 수 있나요?"

에이다가 물었다. 누더기를 걸친 채 이맛살을 찌푸리고 있는 대부분의 청중보다 그녀가 노만의 요청에 더욱 호의적이라는 것은 명백한 사실이었다. 노만은 어깨를 으쓱했다.

모두 너무나 깊은 침묵에 빠져들어서, 데이먼은 1/4마일이나 떨어진 남쪽 망루에서 두 보초병이 서로를 부르는 소리조차 들을 수 있었다. 그는 뒤를 돌아보았다. 유령 같은 모이라는 여전히 곁에 서 있었다. 방열복으로 가려진 가슴 위로 팔짱을 낀 채. 믿을 수 없는 일이었지만, 그들이 군중에게 접근하는 것을 본 사람들 ─에이다, 노만, 보면을 포함해 그가 울타리 문을 넘어 오는 모습을 보았던 모든 사람들─ 중 아무도 그녀의 존재를 눈치 채지 못한 게 틀림없었다.

노만은 자신의 강력하고 뭉툭한 손을 뻗은 후 모두에게 닿으려는 듯 손가락을 쫙 벌렸다. 어쩌면 모두를 밀어버리고 싶었는지도 모른다.

"내가 여러분을 위해 어떤 기적을 불러 오겠다는 장담을 듣고 싶겠지요."

그가 말했다. 어조는 낮았지만 강력하고 수사적으로 훈련된 그의 목소리는 울타리까지 메아리쳤다.

"그런 마술은 없습니다. 만약 여러분이 소니를 가지고 여기에 남는다면, 언젠가는 죽임을 당하고 말 것입니다. 여러분 생각처럼 저 아래 강 한복판의 섬으로 도망간다 해도 보이닉스는 여러분을 따라갈 겁니다. 여러분이 알고 있는 팩스노드가 없이도, 놈들은 여전히 팩스 할 수 있습니다. 지금 여러분은 수만 마리의 보이닉스에 둘러싸여 있습니다. 반경 2마일 안에 몰려 있지요. 전 지구에 남아 있는 마지막 수천 명의 생존자들은 도망 중이거나 옛 공동체가 있던 동굴이나 탑, 폐허 등에 갇혀 있습니다. 보이닉스는 그들을 계속 죽이고 있어요. 지금 구덩이 속에 사로잡혀 있는 세테보스···· *저것이*···· 있는 동안은, 보이닉스로부터 안전하게 지낼 수 있는 혜택을 누리고 있습니다. 하지만 몇 시간 내는 아니더라도 며칠 안에는 저 세테보스 기생충이 구덩이에서 뛰쳐나와 여러분의 마음을 점령할 정도로 강해질 것입니다. 나를 믿어요. 결코 겪고 싶지 않은 일을 경험하게 될 겁니다. 그리고 결국엔 보이닉스가 오고 말 것입니다."

"그러니까 더욱 우리에게 소니가 있어야 하는 것 아닙니까!"

카울이란 이름의 남자가 소리쳤다. 노만을 손바닥을 들어 보였다.

"그럴지도 모르지요. 하지만 곧 더 이상 여러분이 도망갈 장소가 이 지구 위에 남아 있지 않게 될 것입니다. 파인더 기능을 여러분만 가지고 있다고 생각하세요? 여러분의 기능은 더 이상 작동하지 않습니다. 보이닉스와 칼리반의 파인더 기능은 아직 건재하구요. 그들은 당신들을 찾아낼 겁니다. 세테보스까지도 지구의 역사에서 기운을 다 빨아먹고 나면 당신들을 찾아낼 겁니다."

"우리에게 아무런 기회도 주지 않는 것 같네요."

조용한 의료진 톰이 말했다.

"네, 맞습니다."

노만이 말했다. 이제 그의 목소리는 격앙되어 있었다.

"여러분에게 기회를 주는 건 제 일이 아닙니다. 만약 내가 성공한다면 우연히 여러분에게 생존의 기회가 생길 수도 있지만 말입니다. 하지만 내가 성공할 확률은 아주 낮아요. 거짓말은 하지 않겠습니다. 여러분은 진실을 알아야 하니까요. 하지만 무언가 중요한 변화가 일어나지 않으면 소니가 있건 없건 여러분의 성공 가능성, 생존 가능성은 제로입니다."

토의가 진행되는 동안 침묵을 지키리라고 다짐한 데이먼은 어느새 소리치고 있는 자신의 목소리를 들었다.

"우리가 링으로 갈 수는 없나요, 노만? 소니는 우리 모두를 그곳으로 데려갈 수 있어요. 한 번에 여섯 명씩. e-링에 있던 프로스페로의 섬에서 우리 모두 소니를 타고 내려왔잖아요. 궤도 링에 가면 우리 모두 안전하지 않을까요?"

모든 얼굴들이 그를 향했다. 그의 오른쪽으로 6피트 안에 서 있는 모이라에게 향하는 눈길은 단 하나도 없었다.

"아뇨. 링 위에서도 안전하지 않을 겁니다."

검은 머리의 에다이드라는 이름의 여인이 갑자기 일어섰다. 그녀는 울고 웃기를 동시에 하고 있는 것 같았다.

"당신은 우리에게 단 하나도 빌어먹을 *기회*를 주지 않는군요!"

오디세우스/노만은 처음으로 —사람들을 미치게, 그리고 분노하게, 만드는— 미소를 지었다. 그의 하얀 이빨이 회색 수염 사이에서 도드라졌다.

"여러분에게 기회를 주는 것은 내 몫이 아닙니다."

그가 매몰차게 말했다.

"그렇게 되고 안 되고는 오직 운명의 선택일 따름입니다. 여러분이 할 수 있는 선택은 오늘 나에게 기회를 주느냐···· 마느냐 뿐입니다."

에이다가 앞으로 나섰다.

"이제 투표를 합시다. 아무도 빠져서는 안 됩니다. 모든 것이 여러분의 한 표에 달려 있으니까요. 오디세우스에게···· 아, 죄송,, 내 말은 노만에게···· 우리의 소니를 빌려주는 게 좋겠다고 생각하는 사람은 오른손을 들어 주세요. 반대하는 사람들은 손을 내리고 계세요."

일흔
일곱

5,000미터 상공에서 바라본 트로이의 ―고대 일리움의― 도시와 전장엔 별로 볼만한 게 없었다.

"저게 전부인가요?"

군대를 이끌고 있는 선상에서 센추리온 리더가 말했다.

"저기가 그리스와 트로이가 전쟁을 벌였던 곳이란 말인가요? 저 관목뿐인 언덕과 조그만 땅덩어리가?"

"6천 년 전 일이죠."

착륙선의 화물칸에 실린 *어둠의 여왕* 조종실에서 만무트가 말했다.

"그것도 다른 우주에서요."

어둠의 여왕 화물칸 구석에서 오르푸가 말했다.

"별로 대단해 보이지도 않는데, 계속 갈까요?"

착륙선의 조종실에서 수마IV가 말했다.

"한 바퀴만 더 돕시다. 더 낮게 내려갈 수 없을까요? 능선과 바다 사이의 평원으로요? 아니면 해변으로?"

만무트가 말했다.

"안 됩니다. 확대 망원경을 사용해 보세요. 나는 말라버린 지중해 위의 저지선이 있는 돔까지 가까이 갈 수 없습니다. 그렇게 낮게 하강할 수 없어요."

수마 IV가 말했다.

"오르푸의 레이더와 열감지장치가 더 나은 이미지를 얻었으면 해서 제안해 본 겁니다."

만무트가 말했다.

"난 괜찮아."

인터콤을 통해 덜그렁거리는 목소리가 들려왔다.

착륙선은 5,000미터 위에서 다시 선회했다. 원의 서쪽 끝은 언덕 위의 폐허까지 이르렀지만 지중해 만까지는 여전히 1킬로미터 이상 떨어져 있었다. 만무트는 중앙 카메라의 이미지를 줌으로 잡아당기고 다른 입력 정보를 차단한 채 이상한 슬픔을 느끼면서 아래를 내려다보았다.

고대의 폐허 위에 굴러다니는 돌덩이들을 통해 한 때 일리움의 평원이 서쪽으로는 에게 해변까지 뻗어 있었음을 알 수 있었다. 그것은 엄밀한 의미에서 만灣이라고 할 수 없는 곳이었다. 그저 옛날 배들이 닻줄을 말뚝에 묶거나 돌에 매달아 정박하던 곳이었다. 그리고 아가멤논과 다른 모든 그리스의 영웅들이 수백 대의 검은 함선을 세워 놓았던 곳이었다.

더 서쪽으로는 에게해와 지중해가 ─포도주처럼 진한 색깔의 바닷물이─ 끝없이 펼쳐져 있었을 것이다. 하지만 지금은 착륙선이 조금이라도 닿기만 하면 수천 분의 일 초 안에 모든 전력을 나가게 만들어버릴 후기─인류들이 만들어 놓은 저지선의 희미한 반사광 사이로 흙바닥과 바위 몇 개와 멀리 펼쳐진 푸른 평원만이 ─말라버린 지중해 내항만이─ 보일 따름이었다. 또한 서쪽으로는 한 때 바다 사이에 솟아 있었을 고대의 섬들이 쉽게 눈에 띄었다. 트로이를 공격하기 전 아킬레스의 손에 의해 점령당했던 섬들이었다 ─ 임브로스, 렘노스, 테네도스. 지금은 그저 지중해 바닥의 모래 위로 솟아 있는 거친 암석 바탕 위에 펼쳐진 가파르고 푸른 숲으로 보일 따름이었다.

이제는 말라버린 에게해와 트로이의 폐허를 간직하고 있는 평원 사이에서 만무트는 1킬로미터 반 정도의 충적토 평원을 볼 수 있었다. 지금은 잡목이 무성한 언덕이 되어버렸지만, 작은 모라벡은 그 평원을 쉽게 알아볼 수 있었다. 바로 자신이 오디세우스, 아킬레스, 헥토르 그리고 다른 모든 영웅들과 함께 있었던 장소였기 때문이다. 늪지와 모래, 충적토 평원으로 둘러싸인 3마일 정도의 텅 빈 둥그런 해안선, 사람들로 가득 찬 해변, 전쟁이 있던 당시 수많은 사람들의 피를 받아먹은 모래 언덕들, 해변 위에 깔려 있던 수천 개의 밝은 텐트들, 그리고 해변과 도시 사이에 펼쳐지던 넓은 평원들. 지금은 모두 숲으로 덮여 버렸지만 당시에는 십년이 넘도록 음식을 준비하고 시체를 태우기 위해 모두 베어져 벌거벗은 상태였다.

북쪽으로는 아직 물이 들어차 있는 게 보였다. 한 때 다르다넬레스, 헬레스폰트라고 불렸던 해협이었는데 말라버린 지중해 서쪽 끝 지브롤터와 아프리카 사이를 막고 있는 번뜩이는 힘의 장과 같은 종류의 것으로 막혀져 있었다. 마치 자신의 레이더와 다른 장비로 같은 지역을 탐색하고 있었다는 듯 오르푸가 개별 회로를 통해 말했다.

"후기-인류들이 지하에 거대한 하수 시스템을 만들어 놓은 것 같아. 안 그랬다면 전 지역이 벌써 오래전에 침수 되었을 테니까."

"그렇겠지."

어떤 사물의 엔지니어링이나 물리학에는 별 흥미가 없는 만무트가 회답을 보냈다. 그는 일리움과 트로이, 이 이상한 장소를 순례했던 바이런 경이나 알렉산더 제왕 같은 사람들에 대해 생각하고 있었다.

그곳에는 이름 없는 비석이라곤 없다. 그저 만무트의 마음속에 갑자기 떠오른 말이었다. *누가 썼더라? 마르쿠스 루카누스? 아마도. 틀림없어.*

언덕 꼭대기에 회백색의 상흔처럼 파이고 뒤집어진 몇 개의 돌들에는 아무 이름도 적혀있지 않았다. 만무트는 자신이 폐허 중에도 진짜 폐허를 둘러보고 있음을 깨달았다. 저 긁힌 자국들과 상흔들은 아마도 트로이에 미쳤던 아마추어 고고학자 슐리만이 1870년부터 파내기 시작한 서툰 발굴과 거친 탐사의 결과이리라.

이 진정한 지구에서 적어도 3,000년 전에 벌어졌던 일이리라.

이젠 전혀 특별한 곳이 아니었다. 인간의 지도 위에서 이곳이 가졌던 마지막 이름은 히살릭이었다. 바위, 관목, 충적토 평원, 다르다넬레스의 북쪽과 에게해의 서쪽을 바라보는 높은 산마루. 하지만 만무트는 마음의 눈을 통해 전투가 있었던 스카만데르 평원과 시모이스 평원을 정확히 알아볼 수 있었다. 트로이의 장벽과 하늘을 향해 열린 탑이 있던 최고 지점, 그러니까 가장 높은 산마루가 바다를 향해 내려가는 지점도 알아봤다. 도시와 바다 사이에 있던 덤불이 무성하던 산등성이를 여전히 구별해낼 수 있었다. 그리스인들은 그곳을 덤불 언덕이라고 불렀지만, 트로이 사원의 사제들은 그곳을 므리야인의 봉분이라고 불렀다. 또한 그는 바로 몇 달 전 남쪽 하늘에서 버섯구름 모양으로 피어오르는 제우스의 얼굴을 보았던 것도 기억했다.

6천 년 전에.

착륙선이 마지막으로 높고 커다란 원을 그리고 나자 만무트는 고함치는 그리스인들을 막아 냈던 스카이안 문이 어디 있었는지 찾아낼 수가 없었다. 만무트가 직접 보았던 *일리아드*에는 목마가 등장하지 않았다. 그리고 프리아모스의 왕궁으로 향하는 중앙 분수와 시장 통을 지나던 주요 도로는 만무트 시대의 열 달 전에 모두 폭격으로 파괴되었다. 그리고 왕궁의 바로 북동쪽에는 아테나 대신전이 있었다. 그곳에도 이제는 바위와 잡목만이 자리를 지키고 있었으며, 유로파에서 온 만무트는 북적거리던 다르다니언 문이 있던 곳과 주요 망루와 우물이 있던 곳을 알아볼 수 있었다. 그곳의 북쪽으로는 한 때 헬렌이…… 조종사 수마 IV가 인터콤으로 말했다.

"여기엔 아무 것도 없어요. 이제 떠나겠습니다."

"그러지요."

만무트가 말했다.

"그럽시다."

같은 통신선상으로 오르푸도 덜그럭거리며 말했다. 그들은 북쪽으로 날아 저속 비행 날개를 접고 다시 음속의 벽을 넘었다. 소닉 붐의 메아리는 다르다넬레스 양쪽에서 들리지 않았다.

"자네 흥분했나?"

만무트가 개별 통신라인을 통해 친구에게 물었다.

"몇 분 안에 우린 파리를 보게 될 거야."

"파리의 중심지가 있었던 분화구 말이지."

오르푸가 대답했다.

"천 년 전의 그 블랙 홀이 프루스트의 아파트를 날려버렸을 걸."

"그래도,"

만무트가 말했다.

"그가 글을 쓰던 곳이잖아. 그리고 제임스 조이스란 이름의 친구도 한때 글을 썼지, 내 기억이 옳다면."

오르푸가 덜그럭거렸다.

"왜 자네가 프루스트뿐만 아니라 조이스에게도 사로잡혀 있었다는 사실을 진작 말해주지 않았나?"

만무트가 따져 물었다.

"말할 기회가 없었잖아."

"하지만 어째서 이 두 인물이 자네 관심의 초점이 되었지, 오르푸?"

"자넨 왜 셰익스피어에 사로잡혀 있지, 만무트? 그것도 희곡이 아니라 소네트에? 어째서 햄릿이 아니라 어둠의 여왕이나 젊은 남자 같은 인물에 더 흥미를 보이는 거지?"

"내 질문에나 대답해 보게, 제발."

침묵이 찾아들었다. 만무트는 위와 옆에서 들려오는 램제트⁺ 엔진 소리를 들었다. 연결관과 환기통을 통해 산소가 흘러가는 소리가 들려왔고, 메인 라인에선 정적만이 감돌았다. 마침내 오르푸가 말했다.

"내가 맵에 있을 때 어떻게 위대한 인간 예술가가 —유일무이한 천재가— 새로운 세계를 창출해내는지 떠벌렸던 얘기들, 기억하나? 적어도 우리가 우주의 브레인 홀을 뛰어넘을 수 있게 해준다고 했던 말들?"

"어떻게 잊을 수 있겠나? 우리 중 아무도 자네가 진심으로 그렇게 믿는다고는 생각하지 않았지."

"난 진심이었어. 인간에 대한 내 관심은 그들의 20세기와 22세기 사이에 집중돼 있어. 예수 탄생부터 세는 시간 계산법이지. 난 이미 오래 전에 프루스트와 조이스야말로 이 세기들을 존재하게 만든 산파 역할을 한 정신이라는 결론에 이르렀어."

"별로 긍정적인 산파들은 아니었군, 내가 기억하는 역사대로라면."

만무트가 낮게 말했다.

"아니. 그러니까 내말은 동의한다고."

그들은 다시 잠시 동안 침묵에 빠져들었다.

"내가 아주 어린 모라벡이었을 때, 그러니까 성장 깡통과 든 공장의 고무 덩어리에서 갓 태어났을 때 우연히 알게 된 시를 한 번 들어보겠나?"

만무트는 갓 태어난 이오의 오르푸를 상상해 보았다. 그는 곧 그 노력을 포기했다.

"그래, 말해 보게."

만무트는 이 친구가 시를 읊는 것을 본 적이 없었다. 그것은 이상하게도 편안한 소리였다. –

여전히 태어나

I.

＋ 고속 비행중의 유입공기압으로 공기를 압축하는 제트 엔진 – 역자 주

작은 루디 블룸, 엄마의 자궁 속 새빨간 볼,

졸리고 흐릿한 눈으로 붉은 빛이 파고 들었네

긴 뜨게 바늘 딸깍거리며 몰리는 그를 위해 빨간 옷을 뜨고 있었네

앙증맞은 발이 그녀의 배 안쪽을 차는 게 느껴지며

작은 태아의 꿈은 그를 사로잡았네, 담요의 냄새를 맡을 수 있게.

II.

한 남자가 붉은 냅킨으로 입술을 부드럽게 토닥거리네.

높은 벽돌 굴뚝 너머로 떠다니는 구름 바다에 시선을 맞추고

폭풍에 가지를 비벼대는 산사나무의 갑작스런 기억에 빠져서

펄럭거리는 분홍색 꽃잎을 잡으러 작은 손을 뻗으며

오랜 과거의 냄새가 콧구멍의 작은 날개 속으로 말려 들어간다.

III.

열하루. 고치에서 나온 자그마한 존재의 일생보다 열한 배.

마룻바닥을 기는 온기와 그림자의 침묵에 물든 아침이 열한 번

밤이 내리고 오리가 먼 연못을 떠나기 전의 심장 박동이 천 개씩 열한 번

그녀가 그를 가슴에 품었을 때 긴 손 작은 손으로 표시한 열하나

그의 분홍빛 몸이 붉은 양모 속에서 잠든 걸 봤던 열하루

IV.

소설의 파편들이 그의 상상 속에 묶인다.

하지만 뜯어진 페이지는 그의 마음 속 어두운 터널들을 떠다닌다.

어떤 것은 비어 있고, 어떤 것에는 각주만이 적혀 있을 뿐

진저리나도록 그는 상상력의 수축으로 고통 받았다.

하지만 일단 잉크를 만나면, 기억들은 결코 그날 밤을 살아남지 못했다.

오르푸의 목소리가 인터콤 속으로 사라져가자, 만무트는 잠시 동안 침묵하며 이 글의 내용을 가늠해보려고 애썼다. 힘든 일이었다. 하지만 오르푸에게는 많은 것을 의미하고 있음을 그는 알고 있었다. 거대한 모라벡의 목소리는 끝에 가서는 거의 떨릴 지경이었다. 만무트가 물었다.

"누가 쓴 거지?"

"나도 몰라. 21세기 어떤 여자 시인인데 상실의 시대를 거치면서 그 이름이 잊혀졌지. 내가 아주 어릴 때 알게 된 시라는 걸 기억해둬. 진짜로 프루스트나 조이스 혹은 다른 진지한 작가들의 작품을 읽기 전이라는 것을. 하지만 이 구절들이 나에게는 프루스트와 조이스를 연결시켜 한 가지 의식의 두 가지 측면이라고 이해할 수 있도록 접착제 노릇을 해주었지. 인간의 천재성과 통찰이 갖는 특이함. 나는 그 깨달음을 넘어서지 못했어."

"마치 내가 처음으로 셰익스피어의 소네트를 접했을 때와 비슷하군…."

만무트가 시작했다.

"퀸 맵에서 전송하는 비디오 입력선을 켜시오."

수마 IV가 모두에게 명령했다. 만무트도 입력선을 켰다.

두 인간이 실크 시트와 밝은 모직 태피스트리가 걸린 커다란 침대 위에서 격렬하게 정사를 나누고 있었다. 인간의 성교에 대해 충분히 읽었지만 자료 보관실을 뒤져 직접 비디오 기록을 보는 데까지는 생각이 미치지 못했던 만무트에게 그들의 에너지와 갈망은 놀라운 것이었다. 프라이빗 라인으로 오르푸가 물었다.

"이게 도대체 뭐지? 굉장히 거친 원격 신호가 잡히는데 ―혈압이 급상승하고, 도파민이 흘러나오고, 아드레날린과 심장 박동이 아주 거센데― 어디서 죽도록 싸우고 있는 거야?"

"아…."

만무트가 말했다. 화면의 두 사람이 뒹굴었다. 여전히 합쳐져 리드미컬하게 움직이면서, 거의 미친 듯이. 모라벡은 처음으로 남자의 얼굴을 또렷이 볼 수 있었다.

오디세우스였다. 여인은 궤도 소행성의 도시로 아카이아 승객을 맞이했던 시코락스라는 이름의 사람이었다. 아무 것으로도 감싸이지 않은 그녀의 가슴과 젖꼭지는 이제 더 커져 있었다. 하지만 바로 이 순간엔 오디세우스의 가슴에 눌려 거의 평평해 보였다.

"음‥‥."

만무트가 다시 시작했다. 수마 IV가 그를 구해줬다.

"이 내용은 별로 중요하지 않습니다. 착륙선 카메라로 스위치를 전환해주세요."

만무트는 그렇게 했다. 그는 오르푸가 열감지, 레이더, 혹은 이미지 데이터를 받을 수 있는 다른 방법으로 스위치를 돌렸다는 것을 알 수 있었다.

그들은 블랙 홀 구멍이 있는 파리를 향해 가고 있었다. 하지만 퀸 맵에서 수집한 이미지에 의하면 분화구는 보이지 않았다. 오직 푸른얼음이 거미줄처럼 엉킨 돔형 대성당 같은 게 있을 뿐이었다. 수마 IV가 맵에게 송신했다.

"이 곳을 만든 손 많은 친구는 어디 있죠?"

"궤도에서 내려다보기에 브레인 홀은 어디에도 없습니다."

아스티그/체가 즉각 대답했다.

"우리 우주선의 뷰어에도, 우리가 심어놓은 위성 카메라에도 잡히는 것이 없습니다. 녀석은 아우슈비츠와 히로시마 그리고 다른 지역에서 당분간 잔치를 끝낸 것 같습니다. 파리의 집으로 돌아갔을 지도 모르겠습니다."

"돌아갔어요."

오르푸가 공동 라인으로 말했다.

"열감지 이미지를 체크해보세요. 뭔가 아주 크고 아주 흉측한 것이 푸른 거미줄 가운데 둥지를 틀고 있어요. 돔의 가장 높은 부분 바로 아래요. 거기에는 열 환기구가 아주 많아요. 분화구의 열기로 둥지를 데우고 있는 것 같습니다. 하여간 거기에 있어요, 분명해요. 심층−열감지 이미지로 보면 수백 개의 커대한 손가락들이 이글거리는 뇌 덩어리 아래 따뜻한 부분에 숨겨져 있는 걸 알 수 있어요."

"그래."

만무트가 프라이빗 라인으로 말했다.

"적어도 이건 자네의 파리지, 프루스트의 도시⋯⋯"

나중에 만무트는 수마 IV가 착륙선의 조종실과 중앙 컴퓨터에 갇혀 있으면서 어쩌면 그렇게 재빨리 대응할 수 있었는지 전혀 알 수 없을 터였다.

거대한 푸른 돔 주위 여러 지점에서 6개의 번개가 위쪽을 향해 발사됐다. 오직 착륙선의 고도와 조종사의 순간적인 반사 신경만이 그들을 구해낼 수 있었다. 착륙선은 램제트에서 스크램제트[+]로 전환하고, 옆으로 75도 기울인 채 재빨리 튀어나가, 급강하하고, 회전한 후 북쪽으로 솟구쳐 올랐는데도, 수십억 볼트에 이르는 여섯 개의 광선은 겨우 몇 백 미터 거리에서 비껴 지나갔다. 공기의 압축과 충격파 때문에 착륙선의 선체가 두 번이나 뒤집어졌지만, 수마 IV는 절대 컨트롤을 잃지 않았다. 날개는 지느러미처럼 축소되었고 착륙선은 위험에서 벗어났다. 수마IV는 다시 정교하게 선회하고 회전한 후 스텔스 기능을 완전히 작동시켰다. 섬광을 발사하며 파리의 푸른얼음─돔─성당 위의 하늘을 전기적 간섭으로 교란시켰다.

얼음에 파묻힌 도시에서 열 두 개의 불덩이가 솟아오르더니 마하 3의 속력으로 그들을 찾고 또 찾았다. 가속을 붙여 계속 찾아댔다. 만무트는 일반적인 흥미로움 이상의 관심으로 레이더 트랙을 관찰했고, 오르푸가 직접 레이더 피드를 통해 가까이 다가오는 플라즈마─미사일을 *느끼리란* 것을 알고 있었다.

착륙선은 발각되지 않았다. 수마 IV는 이미 스크램제트를 통해 마하 5의 속력으로 3만2천 미터 상공으로 올라와 있었고 막 대기권을 벗어나려는 참이었다. 불덩이─유성은 그들 아래의 각기 다른 고도에서 폭발했다. 그 충격파는 마치 연못 하나에 열 두 개의 거친 물결이 동시에 겹쳐지는 것 같았다. 오르푸가 시작했다.

"도대체 왜 저 썅놈들이⋯⋯"

"조용!"

[+] 초음속 기류 속에서 연료를 연소시켜 추진력을 얻는 램제트 ─ 역자 주

수마Ⅳ가 말을 잘랐다. 착륙선은 회전하고, 급강하하고, 남쪽으로 방향을 돌리고, 레이더망과 전기 간섭망을 넓히더니 다시 우주를 향해 상승했다. 빠르게 뒤로 멀어지는 도시에서는 더 이상 불덩이도 번개도 나오고 있지 않았다. 도시는 어느새 600킬로미터 뒤 아래로 멀어지고 있었고 매 순간 점점 작아져 갔다. 만무트가 말했다.

"우리 손 많은 친구한테 무기도 있는 모양인데요."

"우리한테도 있지요."

공유 통신망을 통해 멥 아후의 목소리가 들려왔다.

"제 생각에 놈에겐 핵무기를 써야 할 것 같습니다···· 놈의 둥지를 조금 데워주는 거죠. 우선 화씨 천만도 정도에서 시작하면 될 것 같은데요."

"조용!"

수마 Ⅳ가 조종실에서 말을 잘랐다. 통합사령관 아스티그/체의 목소리가 공유 통신망에서 들려왔다.

"친구들, 우리에게···· 여러분에게···· 문제가 생겼습니다."

"이야기 좀 해보시지?"

이오의 오르푸가 덜그럭거렸다. 자신이 아직도 공유 통신망에 연결되어 있다는 걸 잊고 있었다. 통합사령관이 말했다.

"아니, 나는 손 많은 친구가 여러분에게 감행한 공격을 이야기하는 게 아닙니다. 더 심각한 문제에 대해 말하고 있는 겁니다. 그것도 바로 여러분의 현재 궤적 아래에 말입니다. 우리 센서들이 여러분을 따라다니지 않았더라면 아마 밝혀내지도 못했을 겁니다."

"더 심각한 문제요?"

만무트가 전송했다.

"훨씬 더 심각하지요."

통합사령관 아스티그/체 가 말했다.

"그리고 심각한 문제가 하나가 아닙니다, 제 생각에는···· 768개나 됩니다."

"청원을 시작하라."

데모고르곤이 외친다.

헤파이스토스는 아킬레스를 쿡 찔러 자신이 말하겠다는 신호를 보내고, 어색하게 절을 하며 ─쇠붙이 공과 유리 버블이 까딱까딱 움직인다─ 말한다.

"데모고르곤이시여, 크로노스 군주와 다른 존경스러운 타이탄들과, 영원불멸한 시간과···· 그리고 모든 존경스러운 존재들이여. 제 친구 아킬레스와 저는 오늘 이 자리에 청원을 하러 온 것도 아니고, 부탁을 드리러 온 것도 아니며, 모두와 함께 중요한 정보를 공유하러 왔습니다. 그 정보는····"

"더 크게 말하라, 절름발이 신."

헤파이스토스는 턱수염 사이로 억지로 웃으며, 이를 악물고 서론을 반복한다.

"그럼 말해보라."

아킬레스는 크로노스와 다른 타이탄들, 그리고 그들 주위를 둘러싼 묘사하기도 힘든 거대한 존재들은 고사하고, 불멸의 시간들이니 전차 기사들 같은 기묘한 이름을 가진 것들이 이 회의에서 적극적인 역할을 할 것인지, 아니면 남자인지 여자인지 중성인지 모를 이 데모고르곤이 공식적으로 다른 누군가에게 혹은 다른 무엇에게 말을 하도록 허락할 때까지 저 혼자만 떠들지 궁금하다.

그때 헤파이스토스가 그를 놀라게 한다.

기술의 신은 커다란 배낭에서 —아킬레스가 산소 탱크라고 상상했던 엉성하게 철과 삼베로 묶인 것에서— 유리 렌즈들이 박힌 황동 알 모양의 것을 꺼낸다. 그는 조심스럽게 그 장치를 그와 거대한 데모고르곤 사이에 놓인 바위 꼭대기에 설치하고는, 여러 가지 스위치와 장치들을 만져댄다. 그 다음 난쟁이 신은 헬멧에 달린 스피커를 최대한으로 크게 하고 소리쳐 말한다.

"존경하는 데모고르곤이여, 가장 존귀하고 두려운 시간들이여, 웅대한 타이탄들이여 —크로노스, 레아, 크리오스, 코이오스, 히페리온, 이아페토스, 테이아, 헬리오스, 셀레네, 이오스, 그리고 모든 타이탄들과 함께 여기에 모인 분들— 수많은 팔을 지닌 치료자들과, 거친 형상의 전차기사들 —바깥의 안개와 재속에 있는 모든 존경스러운 존재들이여— 오늘은 제 경우에 대해 이야기하기보다, 모든 신성함을 스스로에게만 부과하려고 시도하는 위선자 제우스를 왕좌에서 제거해야 한다는, 오늘부터 영원히 모든 세상과 우주를 감히 소유하려는 그를 쫓아내야 한다는, 혹은 최소한 그를 반대해야 한다는 이야기를 드리기 위해, 실제로 일어난 사건을 보여드리려고 왔습니다. 우리가 이 구멍투성이 더러운 용암 바위의 세상에서 모여 회담을 하고 있는 이 순간에도, 제우스는 모든 올림피아의 불멸의 존재들을 위대한 신들의 대전당으로 불렀습니다. 그 곳에 숨겨놓은 제 카메라가 헬라스 분지의 재생 스테이션으로 현장을 보여줄 것입니다. 불멸의 닉스의 브레인 홀이 이 방송을 1초 이내의 시차로 받을 수 있게 해주었습니다. 보십시오!"

헤파이스토스가 스위치들을 만지작거리며, 단추를 누른다.

아무 일도 일어나지 않는다.

불의 신이 입술을 깨물고, 마이크에 대고 욕설을 해대며 황동으로 만들어진 장치들을 이리저리 건드린다. 장치가 깜박거리고, 윙윙 소리를 내고, 켜졌다 꺼졌다 하다가 다시 조용해진다.

아킬레스가 그의 허리띠에 차고 있는 신을 죽일 수 있는 칼날을 슬그머니 꺼내기 시작한다.

"보십시오!"

헤파이스토스가 확성기 볼륨을 최대로 하고 다시 외친다. 이번에는 황동 장치가 모두의 위로 거의 100야드 공중 위에, 데모고르곤과 붉은 용암, 빛과 연기로 둘러싸인 수백의 거대한 형상들 앞에, 커다란 직사각형 영상을 투사한다. 직사각형은 직직 거리며 눈이 내리는 듯한 영상 밖에 보여주지 않는다.

"염병할!"

헤파이스토스가 으르렁 거린다. 그의 말이 헬멧에 달린 확성기를 통해 뚜렷이 들린다. 그는 급하게 장치로 가서 아킬레스가 보기에는 토끼 귀처럼 생긴 쇠막대기 몇 개를 이리저리 움직인다. 그들 위로 거대한 영상이 또렷이 보이기 시작한다. 그것은 홀로그램의 투사로, 아주 깊은 완전히 3차원 영상이, 생생한 색감으로, 모두들 신들의 대전당에 바로 앉아 있는 듯한 느낌을 가질 만큼 넓게 시야를 덮는다. 영상은 입체 음향과 함께 전달된다. 아킬레스는 수백 명의 대기 중인 신들의 샌들이 대리석 위를 부드럽게 스치는 소리와 속삭이는 소리를 바로 옆에 있는 듯이 들을 수 있다. 헤르메스가 조용히 방귀를 뀌는 소리도, 이곳에 있는 모든 이들에게 들린다.

타이탄들, 시간들, 전차기사들, 곤충 모습의 치료자들, 이름을 알 수 없는 형상의 괴물들 모두 —데모고르곤만 제외하고— 각각 인간이라고는 할 수 없는 모습으로 숨을 삼킨다. 헤르메스의 경솔함에 놀란 것이 아니라, 여전히 커다랗게 그들을 감싸는 듯한 생생한 홀로그램의 투사 효과에 놀랐기 때문이다. 빛의 줄기와 움직임이 이곳에 있는 그들의 주위를 다 채웠을 때쯤에는, 위대한 신들의 전당에 바로 들어가 있다는 착각을 일으킬 만큼 강력한 환상이 만들어진다. 아킬레스는 황금 옥좌에 앉아 있는 제우스와 그들 주변에 서있는 수천의 올림피아 신들이 악취 나고 어두운 이곳 타르타루스에 모여 있는 그들이 내는 소음을 듣고 돌아보지 않을까 하여, 실제로 검을 더 길게 꺼낸다.

올림피아의 신들은 돌아보지 않는다. 이것은 일방적인 방송인 것이다. 제우스는 —옥좌의 그는 키가 최소한 50 피트는 되어 보인다— 앞으로 몸을 숙이고 줄지어 모여든 남신들, 여신들, 분노의 신들, 복수와 징벌의 여신들을 보며 인상을 쓰고는 이야기를 시작한다. 아킬레스는 고대어로 천천히 말해지는 단어 하나하나에서 스스로가 궁극적인 최고의 존재임을 새로이 확인하는 신의 말투를 똑똑히 들을 수 있다.

"그대, 이 올림포스의 결집된 힘들이여,
그대들이 모시는 자의 영광과 힘을 공유하는 자들이여,
기뻐하라! 금후로는 나는 전능하다.
모든 것이 내게 복종해왔다; 인간의
영혼들만이 단독으로, 꺼지지 않는 불처럼,
격한 비난과 의심과 애통과 억지로 하는 기도와,
폭동을 일으키며 하늘을 향해 아직도 타오른다.
가장 오래된 믿음의 지옥과 같은 두려움 위에 세워 지긴 했으나,
우리의 고대 제국을 불안하게 할지도 모른다;
나의 저주가 흔들리는 공기를 통해,
민둥산의 정상에 내리는 눈처럼 쌓이고
매달려도, 나의 분노의 밤이
삶의 험한 바위산을 올라, 한 걸음 한 걸음,
얼음이 맨발을 상하게 하듯 그것을 상하게 해도,
그것은 아직도 불행의 위에
우뚝 솟아, 제압되지 않으나, 곧 무너질 것이다:

제우스가 갑자기 일어선다. 그에게서 흘러나오는 빛이 너무나 밝아 천 명의 불멸의 신들과 땀이 흐르는 카멜레온 옷을 입고 있는 한 인간이 —투명 옷을 입고 있는 한 남자가 헤파이스토스의 카메라에 선명히 잡히고 있어 타르타루스의 모든 이들이 그를 볼 수 있다— 제우스가 말을 계속함에 따라 어정쩡하게 한 걸음 물러선다.

"네 번째 하늘의 와인을 따르라, 이다에안 가니메데,

그 와인이 다에달 잔을 불처럼 채우게 하라,

그리고 꽃이 채워진 신성한 흙으로부터

모든 승리의 하모니들이 여명의 별들 아래

이슬이 생기듯 피어오르게 하라:

마셔라! 넥타르가 그대들의 정맥을 흘러,

기쁨의 영혼이 되게 하라, 불사의 신들이여,

최고의 기쁨이 엘리시아의 바람에서 온 음악처럼

거대한 목소리 안에서 폭발할 때까지.

그리고 그대

지금 내 옆에서 시중을 들며,

너를 나와 하나가 되게 하는

욕망의 빛에 가려진 자여

내가 상승하는 신, 그대에게 단 하나의 신,

유일하며 정녕코 전능한 신,

최고의 신, 영원히 진정한 군주가 됨이니라."

헤파이스토스는 황동과 유리로 만들어진 투사기를 끈다. 타르타루스와 올림포스의 신들의 전당을 연결시켰던 거대한 원형의 창이 사라지고 모든 것이 재와 그을음과 악취와 불그스레한 어두움으로 돌아온다. 아킬레스는 발을 더 넓게 벌리고, 방패를 들어 올리고, 신을 죽일 수 있는 칼을 방패 뒤로 보이지 않게 숨긴다. 이제 무슨 일이 일어날 지 짐작도 할 수 없다.

한 동안 아무 일도 일어나지 않는다. 아킬레스는 고함과, 함성과 요구를 기다린다. 헤파이스토스가 영상과 목소리가 진짜임을 증명했으므로, 타이탄들이 노하고, 거대한 치료자 벌레들이 바위 주변을 황급히 돌기를. 그러나 주변에 모여 있는 거대한 형상들로부터는 여전히 아무런 움직임도 소리도 없다. 연기가 뿜어져 나오는 공기가 얼마나 짙고, 붉은 용암의 빛은 얼마나 공기 속의 재에 가렸는지, 아킬레스는 신들에게 ―혹은 누군가에게― 무슨 일이 일어나는지 볼 수 있게 해주는 방열복 고글에 대해서 속으로 감사한다. 그는 밤의 여신 닉스가 자신을 위해 열어주었다고 헤파이스토스가 말했던 브레인 홀을 슬그머니 훔쳐본다. 그것은, 이백 야드 쯤 저쪽, 약 50피트 위쯤에 아직 열려 있다. 만일 싸움이 시작되면, 만일 데모고르곤이 난쟁이 신과 아카이아의 영웅을 간식처럼 먹어버리기로 결정한다면, 아킬레스는 브레인 홀을 향해 뛸 계획이다. 그가 뛰는 걸음마다 거인들과 짐승들 사이를 헤치며 나아가야 할지라도. 그는 그럴 준비가 되어 있다.

침묵이 길어진다. 어두운 바람이 기괴한 모양의 화산 바위와 더 기괴한 모양의 생명체들 위로 몰아친다. 화산이 들끓고 트림을 하고 있지만 데모고르곤은 아무런 소리도 내지 않는다. 마침내 그가 말을 한다.

"악을 섬기는 모든 영혼은 노예다. 이제 그대들은 제우스가 그런지 아닌지를 알 것이다."

"악이라고? 내 아들은 돌아버렸어! 그는 강탈자중의 강탈자야."

타이탄인 크로노스가 노호한다. 그러자 제우스의 어머니인 레아가 더 큰 목소리로 말한다.

"제우스는 스스로 파멸을 자초하고 있어. 그는 지구의 웃음거리고 올림포스의 독이야. 자기가 버린 것들에 의해 고통을 당해야겠군. 그는 운명의 고통에 몸부림치고 그 자신의 끈질긴 쇠사슬에 묶여 지옥에 매달려 있어야 해."

치료자 괴물이 말을 하는데, 아킬레스는 그 목소리가 아주 여성스러운 것에 충격을 받는다.

"제우스는 너무 지나쳐요. 바로 운명의 신을 처음엔 흉내 내더니 이젠 아주 조롱하는군요."

불멸의 시간들 중 하나가 그의 바위 절벽 위에서 소리친다.

"이보다 더 몰락에 적합한 이름은 없소; 강탈자 제우스."

아킬레스는 데모고르곤 뒤에 있는 화산이 폭발한다고 생각하고 가까이에 있는 흔들리는 바위를 붙잡지만, 그것은 모여든 존재들이 조용히 우르르 거리는 소리일 뿐이다.

크로노스의 형제인 텁수룩한 타이탄 크리오스가 용암이 흐르는 한 가운데 선 채로 말한다.

"이 위선자는 그 자신의 폐허의 거대한 파도 아래로 가라앉아야만 해. 한때 우리가 통치했던 올림포스로 내가 직접 올라가 이 허황된 것을 지옥으로 끌어 내리겠다, 설명할 수 없는 싸움에 엉켜 들어간 독수리와 뱀처럼 기진맥진 떨어진다 해도."

"무서운 형상이여!"

수많은 팔이 달린 전차기사가 데모고르곤에게 소리친다.

"말하시오."

"자비로운 신이 통치한다."

형상이 없는 데모고르곤의 거대한 목소리가 타르타루스의 산봉우리와 계곡 사이에 메아리친다.

"제우스는 전능한 신이 아니다. 제우스는 더 이상 올림포스를 통치해서는 안 된다."

베일에 덮인 데모고르곤에게 팔이 없을 거라고 아킬레스는 확신하고 있었지만, 팔 없는 거대한 형상의 옷소매가 올라가더니 조금 전만 해도 안 보였던, 끔찍한 손가락 같은 형상이 뻗어 나온다. 헤파이스토스의 200야드 뒤에 있던 브레인 홀이 마치 명령에 따르는 듯 움직여 그들 위로 떠오르더니, 점점 커지면서 내려오기 시작한다.

"말은 빠르고, 말은 헛되도다."

데모고르곤이 커다랗게 소리치는 사이 붉게 타오르며 점점 넓어지는 불꽃의 원이 그들 모두의 주위로 내려앉는다.

"유일하며 확실한 최종 해답은 고통이로다."

헤파이스토스가 아킬레스의 팔을 잡는다. 난쟁이 신은 턱수염 사이로 미친놈처럼 헤죽거린다.

"꼭 잡고 있어, 애야."

일흔
아홉

그것은 절박하고, 거의 미친 사건의 반전이었지만 만무트는 그렇게 행복할 수가 없었다.

착륙선은 아주 낮게 떠서 만무트의 *어둠의 여왕*을 문제의 임계-특이점 좌표로부터 북쪽으로 50킬로미터 떨어진 지점의 바다 속으로 떨어뜨렸다. 수마 IV는 768개의 블랙 홀 ―아주 오래 전에 침몰한 잠수함에 실린 핵탄두 끝에서 발견된 것들― 중 어느 것에도 충격을 주고 싶지 않다고 설명했고 아무도 반대하지 않았다.

만약 만무트에게 인간처럼 생긴 입이 있었다면 그는 바보처럼 헤벌쭉 웃고 있었을 것이다. *어둠의 여왕*은 목성의 달 유로파의 빙하 아래에서, 신의 뱃속처럼 어두운 곳에서, 초고압력 탐사 및 구조용으로 사용하기 위해 디자인되고 제작되었다. 하지만 이곳 지구의 대서양 안에서도 잘 작동했다.

아니, 잘 작동하는 정도 이상이었다.

"자네가 이걸 봤으면 좋았을 텐데."

만무트가 프라이빗 라인으로 말했다. 그와 이오의 오르푸는 다시 단둘이 되었다. 다른 모라벡들은 막 생겨나 거의 임계점에 와 있는 768개의 블랙 홀에 접근하는 데 아무도 흥미를 보이지 않았다. 그리고 착륙선은 정찰 활동을 계속하기 위해 수마 IV가 이미 멀리 몰고 간 상태였다. 이번 정찰지는 북아메리카의 동쪽 해안이었다.

"나도 레이더, 음파, 열감지 그리고 다른 데이터를 통해 나름 볼 수 있어."

"그래, 하지만 똑같지는 않잖아. 이곳 지구의 바다 속엔 훨씬 빛이 많아. 20미터나 내려온 여기까지도 말이야. 목성이 완전히 밝을 때도 —위에 납이나, 드러난 쇳조각이 있을 때— 바다 속은 몇 미터 이상 비춘 적이 없었어."

"분명히 아름답겠지."

"정말 아름다워."

만무트는 자신의 커다란 친구가 반어적으로 이야기한 건 아닌지, 신경도 쓰지 않은 채 신이 나서 떠들어댔다.

"햇빛이 쏟아져 들어와 모든 것을 알록달록한 녹색으로 빛나게 해. *어둠의 여왕*은 이걸 어떻게 받아들여야 할지 모르고 있어."

"*어둠의 여왕*이 빛을 감지해?"

"물론이지. 그녀의 임무는 나에게 모든 것을 보고하는 거야, 적절한 데이터와 감지된 입력치를 선택해 적절한 시간에 보내는 것. 그리고 여왕은 이 모든 빛과 중력과 아름다움의 차이를 인지할 만큼 자각하고 있지. 그녀도 좋아하고 있어."

"좋았어. 그녀에게 우리가 왜 여기 있으며 어디로 항해하고 있는지 말하지 않는 편이 좋겠군. 기분을 상하게 하지 않으려면."

"그녀도 알고 있어."

덩치 큰 모라벡 친구 때문에게 들뜬 기분을 상하게 두지 않으면서 만무트가 대답했다. 그는 음파 탐성기를 통해 바로 앞에 등성이가 —난파선이 있는 바로 그 등성이가— 있으며 수면으로부터 80미터 정도 깊은 곳에 미세모래 바닥 위로 솟은 등성이라는 보고를 받았다. 그는 아직도 지구의 바다가 이렇게 얕다는 사실을 완전치 받아들이지 못하고 있었다. 유로파의 바다에는 천 미터 이하의 깊이가 거의 없었는데 여기는 바다 속에 언덕이 하나만 있어도 수심이 채 60미터도 채 안되게 얕아져버리는 것이다. 오르프가 말했다.

"나는 수마 IV와 초 리가 우리에게 다운로드해준 무장해제 지침을 완전히 작동시키고 있어. 디테일한 것까지 공부해볼 시간 있었어?"

"별로 없었어."

만무트의 능동 기억 속에는 기다란 지침서가 다 들어 있었다. 하지만 그는 착륙선에서 *어둠의 여왕*을 분리시키는 일과 이 아름답고 멋진 새 환경에 그녀를 적응시키느라 정신이 없었다. 그의 사랑하는 잠수정은 이제 새 것이나 마찬가지였다. 새로운 정도가 아니라 더 나아졌다. 포보스 벡의 기술자들은 아주 멋지게 작업을 해냈던 것이다. 그리고 지난 해 화성의 테티스 바다에 충돌해 엉망이 되기 전까지 유로파에서 작동했던 모든 시스템이 이곳 지구의 온유한 바다에서는 더욱 잘 작동되었다.

"각 블랙 홀 핵탄두를 무장해제 시키는 데 있어 좋은 뉴스는, 이게 이론적으로 가능하다는 사실이지."

이오의 오르푸가 말했다.

"우리에게는 연장이 있어. 1,000도까지 올라가는 절삭기와 집중적인 힘의 장 발생기. 그리고 다른 필요한 단계에서 자네는 나의 눈이 되어주고 나는 자네의 손이 되어 줄 수 있지. 핵탄두 하나마다 함께 붙어서 일해야 할 거야. 어쨌든 이론적으로는 해체 가능해."

"그거 좋은 소식이로군."

"나쁜 소식은 우리가 커피타임, 휴식 시간도 없이 계속 일한다 해도 각 블랙 홀마다 적어도 9시간 이상은 걸릴 거란 사실이야. 생각해 봐, 다탄두 유도장치 하나를 말하는 게 아니라, 그 안에 들어 있는 폭발 직전의 블랙 홀 하나를 얘기하는 거야."

"786개의 블랙 홀이면…."

"6,612시간이지. 우리는 지금 지구 위에 와 있고 모라벡 표준 시간은 이곳 행성의 실시간과 일치하니까, 전부 247일하고 열 두 시간이 돼. 만약 모든 것이 계획대로 진행되고, 우리가 실질적인 문제에 봉착하지 않는다면 말이야…."

"글세‥‥ 내 생각에 그 문제는 일단 침몰선을 발견하고 우리가 그 핵탄두 안으로 들어갈 수나 있는지 확인한 후에 생각해도 될 것 같은데."

"직접 음파 신호를 받으니 기분이 이상하군. 더 잘 들린다고 말할 수는 없을 것 같고, 마치 내 피부가 갑자기 확장되어서‥‥."

"저기 있다. 저기 침몰선이 보여."

그가 거의 익숙해져 있는 화성보다 훨씬 큰 지구에서의 시점과 시야는 물론 전혀 달랐다. 평생을 보내 온 소행성 유로파에서의 거리감에 비하면 아예 비율이 틀렸다. 하지만 음파 탐지기와 심해 레이더, 질량 측정기, 그리고는 자신의 눈을 통해 만무트는 70미터 깊이에 떠 있는 *어둠의 여왕* 바로 아래 미세 모래 사이에 누워 있는 부분은 침몰선의 뒤에서부터 약 500미터 정도이고, 찌그러진 부분의 길이는 55미터 정도라는 것을 알아볼 수 있었다. 만무트가 속삭였다.

"세상에, 자네 레이더와 음파 탐지기로 이걸 볼 수 있나?"

"응."

침몰선은 엎어져 있었다. 뱃머리가 아래로 향해 있었는데 대서양의 바닷물을 막고 유럽과 북미를 마른 길로 연결하는 힘의 장의 번쩍거림 때문에 뱃머리는 보이지 않았다. 만무트는 브리치 장벽 자체에서 나오고 있는 빛의 담장을 경이로움에 차서 바라보았다. 이곳 해저 70미터도 넘는 곳에, 지구의 햇빛조차 어두운 검은색으로밖에 보이지 않아야 할 해저에 햇빛이 바닥까지 떨어지고 해조로 뒤덮인 초록의 선체를 알록달록하게 물들이고 있었던 것이다. 만무트가 말했다.

"뭐가 이 잠수함을 멈추게 했는지 알 것 같아. 자네 레이더와 음파 탐지기가 엔진 룸이었던 곳 위의 박살난 부분을 감지하나? 선체가 기다란 미사일 칸으로 올라가기 바로 직전인데?"

"응."

"내 생각에 일종의 심해 발사물이나 어뢰나 미사일이 거기서 터진 것 같아. 선체의 철판이 모두 안쪽으로 휘어 들어간 게 보이지? 그게 항해용 돛을 망가뜨리고 안으로 휘게 만든 것 같아."

"돛은 무슨 돛? 우리가 발레스 마리네리스 서쪽으로 끌고 갔던 펠루카 범선의 그 삼각형 돛을 말하는 거야?"

"아니. 훨씬 앞에, 거의 저기 힘의 장을 향해서, 수직으로 서 있는 부분을 말한 거야. 초기 잠수함 시절에는 그걸 코닝 타워라고 불렀지. 20세기에 이 부머같은 핵잠수함이 만들어지면서 코닝 타워를 돛이라고 부르기 시작했어."

"어째서?"

이오의 오르푸가 물었다.

"나도 몰라. 기억 장치를 뒤져보면 나올 수도 있을 텐데, 별로 중요한 것은 아니지. 검색하느라 시간을 낭비하고 싶지 않아."

"부머는 또 뭐야?"

"초기 잃어버린 시대 인간들이 이것처럼 탄도 미사일을 실은 잠수함을 부르던 애칭이야."

"오직 도시와 인간과 행성을 파괴할 목적으로 만들어진 기계에다 애칭을 붙였다고?"

"그래. 이 부머는 아마 여기 침몰하기 100년 전 혹은 200년 전에 지어졌을 거야. 아마 강대국에서 만들어져 약소국으로 팔아넘겼겠지. 그리고 대서양에 이런 홈이 생기기 훨씬 전에 무언가가 이걸 침몰시켰을 것이고."

"우리가 블랙 홀 탄두에 접근할 수 있을까?"

"가만있어봐. 한 번 알아보자구."

만무트는 *어둠의 여왕*을 아주 조금씩 전진시켰다. 그는 힘의 장벽과 그 너머에 있는 텅 빈 공기는 건드리고 싶지 않았다. 그래서 그는 침몰선의 미사일 적재함까지만 접근했고 힘의 장 쪽으로는 조금도 다가가지 않았다. 그는 *어둠의 여왕*의 탐조등을 최대한 밝게 하고 침몰선의 외부를 모두 검색하고 심지어는 이 낡은 잠수함의 내부까지 샅샅이 비췄다. 그가 프라이빗 라인으로 중얼거렸다.

"이건 옳지 않아."

"뭐가 옳지 않다는 거야?"

"이 잠수함은 말미잘과 다른 해저 생물로 뒤덮여 있어. 내부에도 생명체들이 가득하네. 하지만 이 정도로는 침몰한 지 백 년 밖에 안 돼 보여. 예측한 대로 2,500년 전에 가라앉은 것 같지는 않단 말야."

"그럼 누군가가 100년 전에 이걸 타고 항해했단 말이야?"

"아니. 우리의 모든 관측 데이터가 틀린 게 아니라면 그럴 리는 없어. 고전-인류들은 지난 2천 년 동안 거의 아무 기술도 없이 살아왔어. 만일 누군가가 이 잠수함을 발견하고 운전했다 하더라도, 도대체 누가 이걸 침몰시켰겠어?"

"후기-인류들?"

"그럴 것 같지는 않아. 후기-인류들은 여기 있는 어뢰나 심해 발사물 같이 조야한 기술을 구사하지 않아. 그리고 이렇게 일촉즉발의 블랙 홀을 여기다 남겨두고 떠날 사람들도 아니야."

"하지만 탄두들이 여기 있는 건 사실이잖아. 심해 레이더 반응으로 탄두 꼭대기를 볼 수 있는데, 그 안에 임계점 블랙 홀 봉쇄장이 들어 있어. 작업에 착수하는 게 좋겠는데."

"기다려."

만무트가 말했다. 그는 자기 주먹만 한 원격 조정 장치들을 침몰선 안으로 들여보냈고, 이제 아주 얇은 연결관을 통해 데이터가 흘러들어오고 있었다. 원격 조정 장치 중 하나는 중앙 통제실의 AI를 건드렸다. 만무트와 오르푸는 자신의 행성을 파괴할 탄도 미사일의 발사를 준비하면서 26명의 승무원들이 남겨 놓은 유언을 들었다.

마지막 유언의 메시지와 데이터 전송이 끝났을 때 둘은 한참 동안 아무 말도 하지 않았다. 마침내 오르푸가 중얼거렸다.

"오, 세상에! 어떻게 저런 사람들이 있을 수 있지."

"내가 내려가서 자네의 EVA⁺ 준비를 할게."

⁺ Extra Vehicle Activity 선체 외 작업 – 역자 주

만무트가 말했다. 그의 목소리는 단조로웠다.

"좀 더 가까이서 문제를 들여다보자구."

"건조한 곳도 들여다 볼 수 있을까? 틈새 말이야."

"난 거기 가까이 가지 않을 거야. 힘의 장은 우릴 파괴시킬 수도 있어. *어둠의 여왕*은 그 힘의 장이 무엇으로 만들어졌는지조차 밝히지 못했어. 그리고 확실히 말해 두겠는데, 건조한 공기와 건조한 땅은 우리 잠수정에 별로 이롭지 않아. 우린 절대 브리치 근처에도 가지 않을 거야."

"자네 이 침몰선의 뱃머리를 찍은 착륙선의 항공사진 못 봤나?"

오르푸가 물었다.

"물론 봤지. 지금 내 앞의 스크린에도 나와 있는데. 앞쪽에 심각한 손상을 입었군, 하지만 우리가 상관할 바는 아니야. 우리는 여기 뒤쪽에서 미사일로 접근할 수 있으니까."

"아니, 내 말은 저기 마른 땅 바깥에 누워 있는 다른 존재 말이야. 내 레이더 데이터는 자네의 시각 이미지처럼 또렷하지 않을 수도 있어. 하지만 저기 누워 있는 저 덩어리가 아무래도 인간 같단 말이야."

만무트는 자신의 스크린을 들여다보았다. 착륙선은 그곳을 떠나기 전 다양한 각도의 확장된 이미지들을 찍었고 만무트는 그것들을 일일이 살펴보았다.

"그게 만약 인간이라면, 벌써 오래 전에 죽었을 거야. 그건 납작하고 팔 다리가 잘못된 방향으로 벌려져 있고, 바짝 말라있어. 내 생각엔 사람이 아닌 것 같아. 우리 생각이 그 모양을 마음대로 해석하고 싶게 만드는 것 같아. 저 바깥에는 온갖 모양의 잔해들이 널려 있단 말이야."

"알았어."

우선순위가 무엇인지 안다는 듯 오르푸가 말했다.

"어떤 준비를 하면 될까?"

"그냥 거기 남아 있어. 내가 자네를 데리러 내려갈 테니까. 우린 함께 나가는 거야."

어둠의 여왕은 침몰선의 후미 서쪽으로 10미터 정도 떨어진 곳에 짧은 다리로 서 있었다. 오르푸는 배가 해저 바닥에 서 있는 상태에서 이 유로파 잠수정의 복부에 장착되어 있는 화물칸의 문을 어떻게 나갈 수 있을지 의문이었다. 하지만 만무트가 착륙 다리를 확장하자 그 의문은 해소되었다.

만무트는 내부 에어록을 통해 화물칸 안으로 들어가 거대한 이오니언과 직접적인 통신을 시도했다. 그 동안 만무트는 입구를 조금씩 지구의 바닷물로 채우고 압력을 조정한 후 화물칸의 문을 열었다. 그들은 오르푸에 연결되어 있던 관들을 모두 끊었고 둘은 부드럽게 해저 바닥으로 떨어졌다.

오르푸의 등껍질은 갈라지고 낡았지만, 새는 곳은 없어 보였다. 오르푸가 자신의 껍질과 다른 부분이 읽어내는 압력 수치에 대해 호기심을 느끼자, 만무트가 설명해 주었다. 지상의 압력, 즉 해변이나 해수면 위의 이론적 압력은 1평방인치당 14.7파운드로 비교적 일정하게 유지된다. 수심 10미터마다 —실제로는 33피트라고 잃어버린 시대의 측량 단위에 맞춰 만무트가 말했고, 오르푸도 이미 익숙해져 있는 단위— 압력은 대기압의 배수로 늘어난다. 그러므로 수심 33피트에서는 모라벡의 피부 1평방인치당 29.4파운드의 압력을 느끼고, 수심 66피트에서는 대기압의 3배가 되는 식으로 커져 갈 것이다. 이 침몰선이 있는 깊이 230피트 이상에서 수압은 어둠의 여왕과 모라벡 표면의 평방인치당 대기압의 약 8배에 해당하는 압력을 가하고 있을 것이다.

그들은 그보다 더한 압력에서도 잘 버티도록 설계되었다. 비록 오르푸는 방사능과 황이 가득한 이오의 달 주변 기압보다 훨씬 낮은 상태에서 일하는 데 더 익숙해져 있었지만.

주위에는 엄청나게 방사능이 많았다. 그들은 모두 그것을 감지했고 어둠의 여왕도 보고를 했다. 이 들에겐 전혀 위험하지 않았지만, 중성자와 감마선이 몸을 뚫고 지나가는 것은 충분히 인식할 수 있었다. 만약 그들이 인간이었다면, 그리고 산소 탱크에 담긴 표준 공기를 —산소 21퍼센트와 질소 81퍼센트가 섞인 혼합물을— 흡입하고 있었더라면, 8배의 대기압 안에서 질소 방울들이 증식하고 확장되어 그들은 엉망이 될 것이며, 질소 중독 상태가 되어 판단력과 감정이 흐려지고, 서로 다른 깊이마다 몇 시간의 감압 적응 기회가 없는 한 해수면으로 올라오지도 못할 것이라고 만무트가 설명했다. 하지만 모라벡들은 순수한 산소만을 흡입하고 있었으며 그들의 재호흡 시스템이 늘어난 수압을 조절해주고 있었다. 이오의 오르푸가 물었다.

"자 이제 우리의 상대를 좀 볼까?"

만무트가 길을 안내했다. 아주 조심스럽게 휘어진 표면을 타고 올라갔지만 미세 모래가 들고 일어나 지상의 모래 폭풍처럼 주변을 감쌌다.

"고감도 레이더로 아직 볼 수 있어?"

만무트가 물었다.

"이 미세 모래 때문에 내 시야는 완전히 흐려졌어. 나는 아주 오래된 지구가 배경인 다이빙 이야기에서 이런 현상에 대해 읽은 적이 있어. 침몰선의 바닥이나 내부에 들어가는 첫 다이버는 깨끗한 시야를 얻지만 뒤 따라 오는 다른 모든 사람들은 가시거리 제로 상태에 빠지지. 적어도 미세 모래와 진흙이 가라앉을 때까지는 말이야."

"가시거리 제로라고, 응? 동지가 된 걸 환영하네, 친구. 내가 이오 근처의 황으로 가득한 진공 상태에서 사용했던 고감도 레이더는 이 미세 모래들 사이에서도 잘 작동해. 삼십 미터 앞으로 선체와 미사일 장착고와 네가 말했던 망가진 돛이 보여. 도움이 필요하면 언제든지 얘기하라구. 내가 손잡고 이끌어 줄 테니까."

만무트는 투덜거리더니 시야 비젼을 끄고 열감지와 레이더 감지기로 전환했다.

그들은 미사일 장착고 위에 떠 있었다. 핵탄두로부터 바로 5미터 상공이었다. 둘은 내장되어 있는 조작손을 사용했지만, 헤집어진 탄두의 어떤 부분도 건드리지 않게 조심했다. 탄두들은 정말 헤집어져 있었다. 48개의 미사일 튜브가 있었는데 48개의 미사일 튜브 해치는 모두 활짝 열려있었다.

이 해치들은 무거워 보이는데. 만무트가 타이트빔을 통해 말했다. 그들이 말하고 보는 모든 것은 —타이트빔 내용도— 물론 만무트가 *어둠의 여왕*에 매달아 놓

은 통신 부표를 통해 퀸 맵과 착륙선에 중계되고 있었다. 오르푸는 거대한 해치 하나를 쥐더니 —그 지름이 거의 이오니언만했다— 이렇게 말했다.

"7톤."

승무원들이 잠수함의 AI에게 48개의 미사일 튜브 해치를 열도록 명령한 다음이었지만, 미사일 자체는 바닷물이 닿지 않게 푸른 유리 섬유 돔으로 둘러싸여 있었다. 만무트는 이 미사일들이 —엄청난 질소량에 의해 해면까지 추진된 다음, 대기로 튀어나가는 순간 엔진이 점화하게 되어 있는데— 얼마나 쉽게 이 유리섬유막을 뚫고 발사될 수 있는 상태인지 한 눈에 알아봤다. 하지만 미사일들은 질소가 방울방울 나올 때도 터지지 않았고 엔진에 점화도 되지 않았다. 유리 섬유로 된 둥근커버는 이미 오래 전에 다 닳아버렸다. 아주 연약한 푸른 조각들이 남아 있을 따름이었다. 오르푸가 말했다.

"정말 엉망이군,"

만무트도 고개를 끄덕였다. *알라의 검*을 뒤에서 들이받아 엔진룸 바로 위를 박살내고, 추진 제트를 절단 내고, 부머 전체에 충격파와 함께 바닷물이 밀려들게 만든 것이 무엇인지 몰라도, 수많은 미사일 장착고를 갈라놓았고 미사일들을 엉망으로 흩어 놓았다. 지푸라기가 엉망으로 쌓인 형상이었다. 여전히 위쪽을 가리키고 있는 탄두도 있었고, 어떤 것들은 고대의 썩어버린 로켓 엔진들과 고체 연료들을 위쪽으로 향한 채 모래 바닥에 머리를 처박고 있었다.

6,912시간의 순조로운 작업 따위는 잊어, 오르푸가 타이트빔으로 전했다. *이놈의 탄두들을 끄집어내는 데만 그 정도 걸릴 것 같은데. 게다가 절단기를 조금만 잘못 놀려도 다른 놈이 폭발해 버리고 말겠어.*

맞아, 만무트가 말했다. 이제 더 이상 미세 모래가 시야를 가리지 않았기에 그는 다시 시각 주파수를 맞춰 엉망으로 싸여 있는 더미를 보았다.

"뭔가 좋은 생각들이 없습니까?"

총통합사령관 아스티그/체가 물어왔다. 만무트는 소스라치게 놀랐다. 그는 모든 것이 맵의 모든 사람들에게 모니터되고 있다는 사실을 알고는 있었지만, 침몰선을 탐색하는데 너무 열중한 나머지 그걸 잊고 있었던 것이다. 이오의 오르푸가 공통 통신망으로 옮겨 가며 말했다.

"있어요. 이렇게 할 겁니다."

그는 되도록 간결하고 평이하게 그 과정을 설명했다. 총통합사령관이 다운로드 해준 대로 오랜 시간에 걸쳐 각각의 탄두를 해제시키는 대신 그는 더 빠르고 거친 방법을 계획하고 있었다. 먼저 만무트가 *어둠의 여왕*을 침몰선 바로 위로 가져온다. 만무트는 *여왕*의 다리를 있는 대로 벌리고 늘려서 마치 알을 품은 닭처럼 그 다리 사이에 부머가 들어올 수 있도록 한다. 그들은 여왕의 복부에 있는 탐조등으로 이 모든 작업을 환하게 비출 것이다. 그 다음 둘은 각기 떨어져 절단기로 각 미사일의 탄두를 잘라낸다. 단순한 체인과 도르래 시스템을 이용해 미사일의 콧잔등을 직접 *여왕*의 화물칸으로 잡아당긴 후 그곳의 화물칸에 달걀판에 실린 달걀처럼 칸칸이 채워 넣는 것이다. *퀸 맵*의 브릿지에서 초 리가 물었다.

"이 거친 과정에서 블랙 홀들이 터지거나 할 가능성은 없습니까?"

"있습니다."

통신기를 통해 오르푸가 덜그럭거렸다.

"하지만 만약 우리가 그 주변에서 일 년 이상 서성거렸다가는 언젠가 블랙 홀 중 하나가 터질 위험은 백 퍼센트라고 할 수 있습니다. 우리 방식대로 해나갈 겁니다."

만무트가 친구의 조작기 중 하나에 손을 대고는 동의한다는 고갯짓을 했다. 그 고갯짓은 틀림없이 오르푸의 근거리 레이더에 포착되었을 것이다. 수마 IV의 근엄한 목소리가 공통 통신망을 가르고 들어왔다.

"그럼 여러분은 일단 768개의 블랙 홀이 담긴 48개의 탄두를 그 잠수정에 싣고 나면 그 다음엔 어떻게 할 생각입니까?"

"여러분이 우리를 데리고 올라가야죠. 착륙선은 *어둠의 여왕*과 거기에 들어찬 죽음 덩어리를 우주 바깥으로 날려 보내야 합니다. 그렇게 블랙 홀도 날아가게 되는 거죠."

"착륙선은 링 너머로 날아갈 수 있도록 설계되지 않았습니다."

수마 IV가 말을 잘랐다.

"그리고 e–링과 p–링 에 있는 백혈구 로봇들이 공격을 개시해 우리의 길을 가로막을 겁니다."

"그건 당신들 문제입니다. 우린 이제 작업을 시작할 겁니다. 이 탄두들을 자르고 *어둠의 여왕*에 다 실을 때까지는 10~12시간 정도가 걸릴 겁니다. 우리가 작업하는 동안 여러분은 계획을 세우시는 게 좋을 겁니다. 우리는 여러분들에게 지금 미션을 수행하고 있는 *맵* 외에도 다른 우주선들이 있다는 것을 알고 있습니다. 그게 무엇이든 간에 링 바깥에 위장되어 있겠지요. 그 중 하나를 지구의 낮은 궤도로 내려 보내 착륙선과 만나게 한 후 우리 손에서 이 골칫거리를 가져가도록 하는 게 좋을 겁니다. 지구까지 이렇게 먼 길을 와서 결국 지구를 파괴하고 싶지는 않으니까요."

"의견을 받아들이겠습니다."

아스티그/체가 말했다.

"여기 누군가가 우릴 찾아왔다는 것을 알고 계세요. 작은 우주선이 —내 생각에 소니 같은데요— 내가 말하는 동안 시코락스의 궤도 섬과 랑데부하고 있습니다."

여든

　노만을 배웅하는 행사 따윈 없었다. 잠시 동안 그는 낮게 뜬 소니 위에서 옆에 서있던 데이먼, 한나 그리고 톰과 이야기를 나누었다. 바로 다음 순간 소니는 거의 수직으로 기울어지더니 힘의 장이 노만을 바닥으로 누르면서 산탄총처럼 수직으로 쏘아 올려졌고, 낮은 회색 구름 사이로 사라져버렸다.

　에이다는 속은 기분이 들었다. 그녀는 한 때 오디세우스라는 이름으로 알았던 친구와 마지막 인사라도 나누고 싶었던 것이다.

　노만에게 소니를 빌려주는 것으로 결정이 난 것은 단 한 표 차이 때문이었다. 마지막 결정적 한 표는 엘리언이란 이름의 남자에 의해 던져졌다. 그는 아르디스의 생존자도 아니었다. 이 대머리 남성은 한나, 노만과 함께 스카이래프트를 타고 온 여섯 명의 휴즈 타운 난민들의 리더였다. 소니를 주지 말자는 데 표를 던졌던 아르디스 생존자들은 분노에 휩싸였다. 그들은 재투표를 요구했다. 고함들이 오갔고 분노한 사람들은 산탄총까지 들어 올렸다. 에이다가 그 법석의 한가운데 뛰어들어 크고 침착한 목소리로 사안은 이미 결정되었음을 알렸다. 노만은 되도록 빨리 돌려준다는 조건으로 소니를 빌려갈 수 있게 되었다. 그 동안 그들은 노만과 한나가 마추픽추의 골든 게이트에서 함께 조립한 스카이래프트를 사용하기로 했다. 그들이 섬으로 도망쳐야 할 경우 소니는 오직 6사람만 실을 수 있었지만 스카이래프트는 14명까지 실을 수 있었다. 이 문제는 그렇게 해결되었다.

산탄총은 내려졌지만 불만의 목소리는 계속 되었다. 에이다의 오랜 친구들조차 그 후 몇 시간 동안 그녀의 눈을 쳐다보려 하지 않았으며, 그녀는 아르디스 생존자의 리더로서 자신의 운이 이제 다했음을 느꼈다. 이제 노만과 소니조차 없어져 버리고 나니, 그렇게 외로울 수가 없었다. 그녀는 약간 부풀어 오른 배를 만지며 생각했다. *작은 아이야, 하먼의 딸 혹은 아들아, 만약 이번 결정이 너를 위험으로 몰아넣는 실수였다면, 내가 죽는 마지막 순간에 정말 미안함을 느낄 것 같구나.*

"에이다?"

데이먼이 말했다.

"나랑 잠깐 얘기 좀 할래요?"

그들은 한때 한나가 비계에 용광로를 매달아 작업하던 북쪽 울타리 너머로 걸어갔다. 데이먼은 자신을 모이라라고 부르는 후기-인류와 만났던 이야기를 들려주었다. 그는 그녀의 모습이 젊은 새비와 똑같았으며 다른 사람의 눈에는 보이지 않으면서 그에게만 보이는 채로 회의와 투표가 진행되는 내내 함께 있었다는 얘기도 했다. 에이다는 천천히 고개를 흔들었다.

"그건 전혀 말이 안돼요, 데이먼. 어째서 후기-인류가 새비의 모습으로 나타나며, 다른 모든 사람들 눈에는 보이지 않았던 거지요? 어떻게 그럴 수 있죠? 도대체 *왜* 그런 거지요?'

"나도 모릅니다."

"또 다른 말은 하지 않았나요?"

"자기를 회의에 참석하게 해주면 하먼에 대해 이야기해주겠다고 회의 전에 나와 약속했어요."

"그래서요?"

에이다가 말했다. 그녀는 마치 뱃속에서 아기가 몸부림을 치듯 심장이 쿵쾅거리는 것을 느꼈다. 아마 아기도 그녀만큼 소식을 듣고 싶어하는 모양이었다.

"나중에 모이라-유령이 한 말은 '노만의 관은 노만의 관이라는 사실을 기억하라' 뿐이었어요."

에이다는 그에게 같은 말을 두 번 반복하도록 시킨 후 말했다.

"그것도 아무 의미가 없는 말이에요."

"알아요."

데이먼이 말했다. 그는 풀이 죽고 어깨가 처져 보였다.

"그녀에게 설명을 더 해 달라고 말하려는데, 그녀는 갑자기···· 가버렸어요. 사라져버렸다구요."

그녀는 그를 뚫어져라 쳐다보았다.

"그게 정말 있었던 일이라고 확신하세요, 데이먼? 우리 모두는 너무 많이 일하고 너무 적게 잤어요. 걱정도 너무 많았고요. 그 모이라—유령이 진짜였다고 확신하나요?'

데이먼도 그녀를 똑바로 쳐다보았다. 그녀의 눈빛이 분노에 휩싸이고 의심에 가득 찬 것처럼, 그의 눈빛은 분노에 휩싸이고 방어적이었다. 하지만 그는 다른 아무 말도 하지 않았다.

"노만의 관은 노만의 관이라는 사실을 기억하라····"

에이다가 중얼거렸다. 그는 주변을 돌아보았다. 사람들은 오후의 일거리를 향해 흩어졌지만 일터의 사람들은 같은 표를 던졌던 사람들끼리 뭉쳐 있었다. 그 어느 쪽도 대담했던 엘리언에게 말을 붙이지 않았다. 에이다는 울고 싶은 충동을 억지로 눌렀다.

노만도 소니도 그 날 안으로 돌아오지 않았다. 그 다음 날에도. 그 다음 날에도.

사흘째 되던 날 에이다는 한나와 함께 엉성한 스카이래프트에 올라타고 정찰에 나섰다. 데이먼은 사냥대와 함께 보이닉스의 포위망 바깥으로 나가면서 머리 없고 갑옷을 입은 킬러들의 숫자가 얼마나 되는지 알아볼 목적이었다. 참으로 아름다운 아침이었다. 구름 한 점 없고, 푸른 하늘과 따뜻한 바람을 기약하는 봄이었다. 그리고 그녀는 구덩이를 중심으로 반경 2마일 바깥에 여전히 진을 치고 있는 보이닉스들의 숫자가 늘어났음을 쉽게 알아볼 수 있었다. 비록 그들은 이 괴물들보다 천 피트나 위에 떠 있었지만 에이다는 데이먼에게 속삭이는 소리로 말했다.

"딱 잡아 말하기는 어렵네요. 풀밭에 보이는 것만 해도 3~4백은 돼요. 우린 엄청 큰 숫자가 점점 늘어나는 걸 세 본적이 없잖아요. 어떻게 생각해요? 주변의 놈들을 다 합치면 만 오천 마리쯤 될까요? 더 많을까요?"

"더 많을 겁니다. 우리를 포위하고 있는 놈들의 숫자는 이제 3-4만 마리 쯤 될 겁니다."

침착한 목소리로 데이먼이 말했다.

"저렇게 서있는데 지치지도 않을까요? 놈들은 먹지도 않고, 마시지도 않나요?"

"물론 먹고 마시지 않죠. 놈들이 하인으로 우리를 모시고 살 때를 기억해보세요. 나는 한 번도 그들이 먹거나 마시거나 지치는 걸 본 적이 없어요, 안 그래요?"

에이다는 아무 말도 하지 않았다. 추억하기엔 너무 먼 시절처럼 느껴졌기 때문이다. 실제로는 지나간 지 일 년도 채 안 되었는데도 말이다. 데이먼이 중얼거렸다.

"5만···· 어쩌면 지금 여기에 5만 마리가 있고, 매일 더 많은 놈들이 팩스로 오고 있을지 모릅니다."

한나는 사냥감과 신선한 고기를 찾아 서쪽으로 더 날아갔다.

네 번째 되는 날 세테보스 새끼는 한 살짜리 송아지만했다. 그들의 진짜 한 살짜리 송아지는 모두 보이닉스의 손에 학살당했지만···· 헌데 박동하는 대뇌 덩어리만 한 송아지, 수십 개의 분홍 손들이 매달리고, 샛노란 눈동자에 고동치는 주둥이를 하고 손가락 세 개짜리 손들이 회색 가지마다 뻗쳐 있는 송아지는 여기 있었다.

엄마, 엄마, 놈이 에이다의 마음속에서, 모두의 마음속에서 속삭였다. *이제 나 가야 할 때가 되었어. 이 구덩이는 너무 좁고 여기 머물기엔 너무 배가 고파.*

이른 저녁이었다. 해가 지고 길고 어두운 밤이 될 때까지는 한 시간도 채 남지 않았다. 사람들은 구덩이 근처에 모여들었다. 여전히 소니에 대해 어떻게 투표했느냐에 따라 무리를 이루면서 남녀가 함께 서있었다. 이제 모두의 손에는 산탄총이 들려 있었다. 물론 석궁도 손이 닿을 곳에 예비로 놓여 있었다. 캐스먼, 카먼, 그레오기, 그리고 에다이드가 놈에게 총을 겨눈 채 구덩이 위에 서 있었다. 다른 사람들은 가까이 모여 있었다. 에이다가 말했다.

"한나, 스카이래프트에 물품을 충분히 실었나요?"

"예,"

젊은 여인이 대답했다.

"첫 번째 수송을 위한 물품은 다 실렸고요, 그러고도 열 사람 정도가 탈 여유가 있습니다. 그 이후에는 한꺼번에 열네 명 씩 탈 수 있습니다."

"섬까지 비행하고 물건을 내려놓는 데 필요한 시간이 최소 얼마정도일까요?"

"42분이요."

손가락이 없어진 오른 손 마디를 비비며 레먼이 대답했다.

"사람들만 태운다면 35분이 걸릴 겁니다. 사람들이 타고 내리는 데 몇 분 더 소요되겠지요."

"그 정도도 너무 길어요."

한나가 구덩이 옆에 피워 놓은 모닥불 곁으로 가까이 섰다.

"에이다, 섬까지 한 번 날아가는 데만도 15분이 걸려요. 저 기계는 더 이상 빨리 날 수 없어요."

"소니라면 일 분도 걸리지 않았을 거요."

로이스가 말했다. 아르디스 생존자중 가장 분노에 차 있는 사람 중의 한 명이었다.

"모두 그쪽으로 옮기는 데 10분도 걸리지 않았을 겁니다."

"지금 우리에겐 소니가 없어요."

에이다가 말했다. 그녀는 자신의 목소리에 설득력이 없음을 느꼈다. 아무 의도도 없이 그녀는 강과 섬이 있는 남서쪽, 또한 4~5만 마리의 보이닉스가 기다리고 있는 쪽을 바라보았다.

노만이 옳았다. 여기 있는 모든 사람들이 섬으로 도망친다 해도 보이닉스는 몇 시간 안에 그들이 있는 곳으로 상륙할 것이다. 어쩌면 몇 분 안에. 아르디스의 팩스노드는 아직도 먹통이지만 ─그들은 그곳을 테스트하려고 매일 두 사람을 꼭 배치해두었다─ 놈들은 어떻게 해서든 팩스해 들어왔다. 에이다는 알고 있었다. 이 지구상에 이 살인자들로부터 자유로운 곳은 더 이상 없다는 것을.

"돌아가서 저녁 식사를 준비합시다."

그는 중얼거리는 사람들 머리 위로 소리쳤다. 모든 사람들은 마음을 사로잡는 세테보스 새끼의 목소리를 듣고 있었다.

엄마, 아빠, 이제 여기서 나가야 할 시간이야. 철망을 열어 줘, 아빠, 엄마, 아니면 내가 해 버릴 거야. 난 이제 강해졌어. 난 배가 고파. 난 엄마 아빠를 지금 당장 보고 싶어.

그레오기, 데이먼, 한나, 엘리언, 보먼, 에다이드, 그리고 에이다는 밤늦게까지 이야기를 나누었다. 그들 위에서는 적도링과 극링이 여느 때처럼 조용히 돌고 있었다. 북두칠성은 이제 북쪽 하늘 낮은 곳에 걸쳐 있었다. 초승달이 떠 있었다. 에이다가 말했다.

"섬으로 간다는 계획을 버리고 내일 아침 날이 밝으면 되도록 많은 사람들을 마추픽추의 골든 게이트로 수송하기 시작하겠어요. 벌써 몇 주 전에 그렇게 했어야 하는 건데."

"저 바보 같은 스카이래프트로는 마추픽추의 골든 게이트까지 가는 데만 몇 주가 걸릴 겁니다."

한나가 말했다.

"또 가다가 고장이라도 나면 거기까지 아예 못갈 수도 있어요. 기계를 고쳐줄 수 있는 노만도 없는 상황이라 스카이래프트에 탄 사람들은 결국 불시착하고 말 겁니다."

"여기서 고장 난다 해도 다 죽는 건 마찬가지입니다."

데이먼이 말했다. 그는 풀이 죽어 버리려 하는 젊은 여인의 어깨를 건드렸다.

"저 기계를 움직이려고 엄청난 일을 해냈다는 걸 알아요, 한나, 하지만 이 기술은 우리로선 결코 이해할 수 없는 것들이랍니다."

"우리가 이해하는 기술이란 게 도대체 있기나 한가요?"

보먼이 투덜거렸다. 에다이드가 말을 받았다.

"석궁이요. 우린 아주 끝내주는 석궁을 만들기 시작했다구요."

아무도 웃지 않았다. 몇 분 후 엘리언이 말했다.

"어째서 보이닉스가 마추픽추 브릿지의 거주 구역에 침입해 들어올 수 없는지 그 이유를 다시 한 번 말해 주시겠습니까?"

"거주 방울들은 포도송이처럼 생겼습니다."

누구보다도 그곳에 자주 갔었던 한나가 말했다.

"하지만 투명 플라스틱 비슷한 것으로 서로 연결되어 있어요. 잃어버린 시대의 후기 기술이지요. 어쩌면 후기-인류의 기술인지도 몰라요. 유리막 바로 위에 치는 힘의 장이죠. 보이닉스들은 그냥 미끄러져 내려요."

"새비가 우리를 태우고 예루살렘에서 지중해 분지까지 갔던 크롤러의 창문도 비슷했어요."

데이먼이 말했다.

"그녀가 말하길 그건 빗물을 쳐내기 위한 마찰력이 없는 장이라고 했어요. 그런데 보이닉스와 *칼리바니*에게도 작동하는 것 같습니다."

"그 칼리바니라는 놈을 한 번 봤으면 좋겠네요. 그리고 당신이 말한 칼리반이란 작자도."

엘리언이 말했다. 대머리 남자의 입과 여러 가지 표정들은 언제나 강인함과 호기심을 동시에 보여줬다. 데이먼이 나지막하게 답했다.

"아니요. 어떤 것도 안 보시는 게 좋을 겁니다. 특히 진짜 칼리반은. 제 말을 믿어주세요."

침묵이 이어지는 가운데, 그레오기가 모두의 생각을 말했다.

"우리는 제비뽑기나···· 뭐, 그런 걸 해야 합니다. 14명만이 브릿지로 갈 수 있으니까요. 그들이 무기와 물과 최소한의 식량을 싣고 갈 겁니다. 14명이 모두 타기 위해 어쩌면 가는 길에 사냥을 해야 할지도 모르죠. 나머지는 여기 남습니다."

"54명 중에 14명만 살아남는다고요?"

에다이드가 말했다.

"옳은 일 같지 않은데요."

"한나는 14명 중에 끼어야 합니다."

그레오기가 말했다.

"첫 14명이 브릿지에 무사히 도착하면 그녀가 다시 스카이래프트를 몰고 돌아오면 됩니다."

한나는 고개를 흔들었다.

"당신도 나만큼 그 기계를 잘 운전할 수 있어요, 그레오기. 우리는 여기 있는 누구에게라도 우리만큼 잘 조종도록 가르칠 수 있어요. 나는 무조건 첫 여행의 일원이 될 수 없어요···· 당신도 *알잖아요*···· 저 스카이래프트로는 두 번째 여행이란 없다는 것을. 저 어둠 속에서 보이닉스가이 점점 더 조여 오는 이 상황에서는. 매 시간마다 세테보스 새끼가 점점 더 강력해지고 있는 이 마당에는. 짧은 제비건 긴 제비건 그걸 뽑는 사람만이 살아남을 가능성을 가질 겁니다. 나머지는 여기서 죽을 거예요."

"날이 밝는 대로 결정하겠습니다."

에이다가 말했다. 엘리언이 입을 뗐다.

"싸움이 벌어질 겁니다. 사람들은 화가 나고, 배가 고프고, 예민해져 있어요. 누가 죽고 누가 사는가를 결정하는 제비뽑기는 하지 않으려 할 수도 있어요. 당장 래프트로 몰려 갈 수도 있고, 자리를 얻지 못한 사람들이 달려들 수도 있어요."

에이다는 고개를 끄덕였다.

"데이먼, 가장 뛰어난 사람 10명을 뽑아 스카이래프트를 둘러싸고 보호하게 하세요. 내가 회의를 소집하기 전부터요. 에다이드, 당신은 친구들과 함께 사람들이 들고 있지 않은 무기들을 최대한으로 모으세요."

"이제는 대부분 산탄총을 손에 쥐고 잡니다."

금발의 여인이 말했다. "손에서 내려놓지를 않아요."

에이다는 다시 고개를 끄덕였다.

"할 수 있는 한 하세요. 내가 모든 사람들에게 이야기할게요. 이것만이 유일한 희망인 이유에 대해서 설명하겠어요."

"실패한 사람들은 섬으로 건너가길 원할 겁니다."

그레오기가 말했다.

"적어도 섬으로."

보먼이 고개를 끄덕였다.

"나라도 그러겠어요. 만약 틀린 제비를 뽑는다면."

에이다는 한숨을 쉬었다.

"아무 소용없을 겁니다. 나는 확신해요. 그 섬은 또 다른 죽음의 장소일 뿐이라고…… 만약 우리를 보호하고 있는 세테보스가 없다면 보이닉스는 우리가 거기 도착하자마자 공격해 올 겁니다. 하지만 그렇게 할 수는 있어요. 원하는 사람들은 섬으로 실어다주도록 하세요. 그리고 나서 열네 명이 브릿지로 향할 겁니다."

"그건 시간낭비예요."

한나가 말했다.

"스카이래프트에 무리가 될 거예요."

에이다는 손바닥을 위로 향하게 한 채 손을 뻗었다.

"서로서로 죽이는 것은 예방할 수 있을 거예요, 한나. 열네 명의 사람들에게 생존의 기회를 줄 것이고 나머지 사람들에게는 저항할 것인가 죽을 것인가 선택의 기회를 주겠지요. 그것만 해도 중요한 일입니다. 적어도 스스로 선택했다는 환상이라도 심어주는 것."

아무도 어떤 말도 하지 않았다. 그들은 각자의 숙소로 돌아가기 위해 뿔뿔이 흩어졌다. 한나는 에이다를 따라가 에이다가 침소용 텐트로 들어서기 직전에 그녀의 팔을 잡았다.

"에이다, 나는 하먼이 여전히 살아 있다는 느낌이 들어요. 당신이 열 네 명 중에 포함되었으면 좋겠어요."

에이다는 미소지었다. 하얀 치아가 링 빛에 드러났다.

"나도 하먼이 여전히 살아 있다는 느낌이 들어요. 난 제비뽑기에 참여하지 않을 거예요. 나와 내 아기는 아르디스에 남을 겁니다."

결국, 그들의 계획은 아무 소용도 없었다.

해가 뜬 직후, 에이다는 마음속과 자궁 속으로 차가운 손들이 파고드는 느낌에 벌떡 일어났다.

엄마 ─ 엄마의 작은 아들은 내가 여기 가지고 있어. 녀석은 몇 달 동안 여기 있을 거고 그동안 난 녀석을 가르칠 거야. 멋진 것들을. 하지만 나는 나가서 뛰놀 거야!

에이다는 구덩이 속 녀석의 마음이 그녀 안에 있는 태아에게 손을 대는 듯한 느낌에 비명을 지르며 깨어났다. 그녀는 어느 누구도 깨어나기 전에 벌떡 일어나 산탄총 두 개를 들고 구덩이로 달려갔다.

세테보스의 새끼는 철망을 안으로 당겨 구부린 후 그 사이로 회색의 대뇌 덩어리를 밀어대고 있었다. 놈의 촉수는 이미 15미터 옆으로까지 튀어나와 있었고 세 손가락이 달린 가지는 흙속에 깊이 파묻혀 있었다. 세 개의 주둥이는 열려 있었고, 길고 살점이 붙은 트렁크 모양의 기관이 튀어나와 어느새 아르디스의 땅에서 슬픔과 테러의 역사를 빨아들이고 있었다. 수많은 노란 눈들이 밝게 빛났고, 구덩이 안에서 기어 나오는 놈의 분홍빛 손에 붙은 수많은 손가락들은 강한 조류에 흔들리는 말미잘처럼 허우적거렸다.

엄마, 괜찮아, 구덩이를 빠져 나오는 놈이 마음속에서 쉭쉭거리며 지껄였다.

내가 하고 싶은 일은 그저····

에이다는 데이먼과 다른 사람들이 뒤따라 뛰어오는 소리를 들었다. 하지만 그녀는 뒤도 돌아보지 않고 멈춰서 산탄총을 어깨에서 내린 후 세테보스 새끼에게 한 방 갈겼다.

왼쪽 반뇌에 수천 개의 크리스털 촉이 날아가 박히자 놈은 빙그르르 돌았다. 촉수들이 그녀를 향해 뻗쳐 왔다. 에이다는 그걸 피한 다음, 두 번째 탄창을 끼우고 비비꼬여가는 대뇌를 향해 또 한 방 날렸다.

엄마아아아아아아아아아아아아아아아아아아아아아아아

에이다는 두 번째 탄창이 텅 비고 나서야 첫 번째 산탄총을 내렸다. 그리고는 두 번째 산탄총을 들어 완전 자동으로 맞춘 후 움켜쥐려는 촉수들과 단 세 걸음을 사이에 두고 다가가 대뇌 바로 앞에 있는 노란 눈 사이에 대고 방아쇠를 당겼다. 세테보스 새끼는 비명을 질렀다. 수많은 입을 벌려 진짜 비명을 질렀다. 그러더니 구덩이 안으로 떨어졌다.

에이다는 구덩이 주위로 걸어가 새로운 탄창을 끼운 후 발사했다. 뒤쪽에서 들려오는 고함과 비명은 무시해버렸다. 그 탄창도 다 비어 버리자 그녀는 새로운 탄창을 끼우고 구덩이 속에서 피를 흘리고 있는 덩어리를 향해 쐈다. 쏘고 또 쏘았다. 뇌 덩어리는 반으로 갈라졌고 그녀는 그 나머지 덩어리들도 호박을 짓뭉개듯 날려버렸다. 분홍빛 손들과 긴 팔들은 경련을 일으켰다. 하지만 세테보스 새끼는 죽어 있었다.

에이다는 놈이 죽었다는 것을 느꼈다. 놈의 마지막 마음 속 비명 – 오직 고통의 언어였던 – 이 하수구를 빠져나가는 오수처럼 침묵 속으로 사라져 버렸다. 파수꾼을 제외한 모든 사람들이 숙소에서 나와 구덩이 주변에 무리를 지어 섰다. 아래를 내려다보기도 하고, 놈이 없어진 것을 확인하면서, 하지만 아직 믿어지지 않는다는 듯.

"자, 이제 제비뽑기 같은 건 필요 없어졌네요."

그레오기가 에이다에게 가까이 기댄 채 엄청난 침묵 속에서 그녀의 귀에 대고 속삭였다. 갑자기 사방에서 소음이 들려왔다. 윙윙거리고, 휙휙거리고, 웅웅거리는, 끔찍한 소음이 먼 곳으로부터 점점 가까이 다가왔다. 휘저어지고 헤집어지는 소음들이 숲과 주변의 언덕을 울리며 다가오고 있었다. 캐스먼이 입을 열었다.

"도대체 저건·····."

"보이닉스다!"

데이먼이 말했다. 그는 에이다의 손에서 총을 빼앗아 새로운 탄창을 끼운 후 그녀의 손에 들려주었다.

"모두 한꺼번에 몰려오고 있어요."

여든
하나

나는 여기서 신이 미쳐가는 과정을 보고 듣는 중이다.

무슨 수로 이 올림포스에서 포위된 채 죽어가는 아카이언들을 도울 방법을 찾겠다고 한 건지 나도 모를 일이다. 하지만 지금 나는 스스로에게 덫을 걸었다. 트로이인들에 둘러싸인 그리스인들이 죽음의 덫에 걸려 있는 것과 마찬가지로. 이곳에서 나는 땀에 찌든 카멜레온 옷을 입고, 수천의 신들과 볼을 맞댄 채 들키지 않으려고 숨을 죽여 가며 신들의 왕 제우스가 자신을 영원하고 전지전능한 신으로 선언하는 것을 목격하고 있다.

들킬 걱정은 하지 않아도 된다. 내 주위를 둘러싼 신들은 불멸의 턱을 떨어뜨린 채, 입을 쩌억 벌리고, 신성한 올림피언의 눈알이 튀어나오도록 주목하고 있기 때문이다. 제우스는 미쳤다. 그 검은 눈동자로 나를 꿰뚫는 듯 노려보며, 자신이 새로운 궁극의 신으로 등극한다고 게거품을 물며 떠들어대고 있다. 그는 나를 보고 있는 것이 분명하다. 그의 두 눈은 발톱 사이에 쥐새끼를 움켜쥔 고양이의 흡족한 인내심을 담고 있다.

나는 두꺼운 옷으로 덮인 두 손을 끈적거리는 카멜레온 복 아래 숨어 있는 QT 메달 위에 얹는다.

하지만 어디로 가야한단 말인가? 아카이언들이 있는 해변으로 간다는 것은 죽음을 의미한다. 헬렌이 있는 일리움으로 가면 쾌락과 생존이 기다리고 있겠지만, 나는 배신자가 된다···· 누구를 배신한단 말이지? 그리스인들은 내가 다가갈 때 아는 척조차 하지 않았다. 적어도 아킬레스와 오디세우스가 닫혀가고 있던 브레인홀의 저편으로 사라진 이후로는. 그들은 전혀 그러지 않는데, 내가 왜 그들에게 충성을 다해야 하지····

그래도 나는 한다.

오디세우스에 대해 말해보자면 —그를 생각하면 이제 포르노 이미지가 떠오르지만— 나는 퀸 맵으로 QT해 갈 수도 있다는 것을 안다. 아마 그곳이야말로 내게 가장 안전한 장소일 것이다. 비록 모라벡들 사이에 진정한 내 자리는 없겠지만.

어떤 것도 마뜩치 않다. 꼼짝하지 않는 게 비겁한 배신보다는 낫다.

하나님 맙소사, 도대체 누구를 배신한다는 거냐? 나는 쓸데없이 하나님이란 말을 담아 가며 스스로에게 묻는다. 우주의 새로운 구주이자 유일하고 전지전능한 신이 내 눈을 똑바로 쳐다보고, 주먹을 휘두르고, 침을 튀겨가며 열변을 통하고 있는 이 마당에.

제우스 신은 *"질문 있나?"*라는 말로 연설을 마치지 않았다. 하지만 신들의 전당에 내려앉은 엄청난 침묵을 생각하면 그렇게 끝내는 게 좋을 터였다.

그런데 갑자기 —상황의 끔찍함을 생각할 때— 설명은 할 수 없지만, 결코 죽지 않는 학자적 고집, 한때의 스콜릭이 아니라 자칭 학자로서의 본능이 눈을 뜨면서 밀턴의 작품에 나오는 루시퍼의 말이 떠올랐다: *나는 나의 권좌를 신의 별들보다 높은 곳에 두리라····*

무언가가 신들의 대전당의 천정과 그 위층을 뜯어버리자, 텅 빈 하늘과 형상 없는 형상이 드러났다. 바람과 목소리들이 포효한다. 벽이 안쪽으로 무너진다. 거대한 형상, 대충 사람의 형태를 한 무엇이 석조 건축물을 깨부수고, 기둥들을 쓰러뜨리면서 하늘 위에서 내려오더니, 모여든 신들을 공격하기 시작한다. 정신이 있는 모든 신들은 QT해 도망가거나 달아나기 시작한다. 나는 그 자리에서 얼어붙는다. 제우스가 벌떡 일어선다. 그의 황금 갑옷과 무기들은 그로부터 20피트도 떨어져 있지 않다. 하지만 그것도 너무 멀다. 너무 많은 형상들이 한꺼번에 다가와 신들의 아버지가 스스로 무장할 틈도 주지 않는다. 그는 근육질의 팔을 뒤로 들어 올려 번개를 조준해 쏠 준비를 한다.

아무 일도 벌어지지 않는다.

"아이! 아이!"

자기 말을 거역이라도 한 듯, 제우스가 오른손을 향해 소리친다.

"원소들이 내 말을 듣지 않아!"

"은신처도 없다! 간청도 필요 없다!"

산산조각 난 건물과 서로 맞붙어 싸우는 신들과 형상들 위를 덮고 있는 번개구름의 덩어리 사이에서 청천벽력 같은 목소리가 들려왔다.

"나와 함께 내려가자, 강탈자야. 남아 있는 놈들은, 권좌와 신전과 심판관의 자리와 감옥을 사랑하지 말지어다, 모두 진정한 신과 인간이 혐오하는 썩은 형상들이로다. 오라, 강탈자야, 세상의 폭군아, 낯설고, 야만적이고, 소름끼치고, 어둡고, 진저리나는 새로운 고향으로."

엄청난 크기의 소리에도 불구하고 그 끔찍한 소리는 차분해서 더욱 끔찍하게 들렸다.

"싫어!"

제우스는 비명을 지르더니 순간이동으로 사라졌다. 나는 근처에서 싸우고 있는 신들이 지르는 소리를 듣는다.

"타이탄들이다! 크로노스다!"

그리고 나는 달린다. 모라벡의 카멜레온 복이 계속해서 눈에 안 띄기 바라면서 무너지는 기둥과 싸움중인 형상들을 지나, 말 그대로 번개 사이를 뚫고, 불길이 가르고 있는 푸른 하늘이 아래 올림포스의 정상으로 나선다.

몇몇 올림피언 신들은 이미 비행 전차에 몸을 실었다. 그리고 더 크고 이상하게 생긴 전차와 그 안의 형언할 수 없는 전차몰이들과의 전투에 동참했다. 칼데라 호수의 주변에선 신들과 타이탄들이 ― 아폴로와 아레스를 상대하고 있는 형상은 틀림없이 크로노스일 거야— 맞서 싸우고 있었다. 괴물들은 신들과 싸우려 했지만 신들은 도망치고 있었다.

갑자기 나는 사로잡힌다. 강력한 손이 나를 멈추게 해 내가 QT메달에 손을 대기도 전에 오른 손을 잡아 세우더니 마치 엉성하게 포장한 크리스마스 선물의 포장지를 벗기듯 카멜레온 복을 벗겨버린다. 나는 그가 헤파이스토스라는 것을 알아본다. 수염 난 난쟁이 불의 신, 제우스와 신들의 최고의 장인. 내 뒤의 잔디밭에는 쇠로 된 대포알과 금붕어 어항 같은 것들이 널려 있다.

"여기서 뭘 하고 있는 거야, 호켄베리?"

덥수룩한 신이 호통 쳤다. 다른 신들에 비하면 난쟁이에 불과했지만, 나에 비하면 여전히 거구였다.

"날 어떻게 알아보았지?"

나는 겨우 그렇게 말했다. 50야드 떨어진 곳에서 크로노스가 거대한 곤장으로 아폴로를 죽여버린 것 같았다. 지붕이 날아간 신들의 전당 위를 선회하고 있는 폭풍우-구름 같은 존재는 올림포스 정상을 감싸고 부는 거센 바람에 의해 흩어져버린 것 같았다. 헤파이스토스는 웃으면서 수백 개의 작은 장치들이 매달린 조끼에서 꺼낸 유리와 청동으로 된 물건을 두드린다.

"물론 난 널 볼 수 있지. 제우스도 볼 수 있고. 그러니까 그가 나한테 널 만들게 한 거구, 호켄베리. 그가 최고의 신으로 등극할 때 누군가에 의해 *목격되도록* 이미 다 정해져 있었던 거야. 그 상황을 아주 *끝내주게 묘사해* 줄 누군가가 필요했지. 자네도 알다시피 우린 모두 선사시대의 존재들이거든."

내가 말을 하거나 움직이기도 전에 헤파이스토스는 묵직한 QT를 잡아당겨 내게서 *뺏어버린다.* 체인이 끊어지더니, 메달은 그의 육중하고 둔탁하고 더러운 손에서 으스러진다.

오하나님맙소사안돼! 불의 신이 손바닥을 벌려 부서진 황금 조각들을 활짝 벌어진 조끼 주머니에 털어 넣을 때 내가 겨우 떠올릴 수 있는 생각이었다. 신이 웃는다.

"바지에 똥은 싸지 말게, 호켄베리. 이 물건은 작동한 적이 결코 없으니까. 보라구, *기계장치 따위는 없어!* 그저 자네가 돌리고 놀 다이얼이 달려 있는 정도지. 이건 언제나 자네의 눈속임용 장난감에 불과했어."

"하지만 작동했잖아⋯⋯ 언제나⋯⋯ 내가 온 곳에서⋯⋯ 내가 직접 사용했다구⋯⋯."

"아니, 자넨 그걸 사용하지 않았어. 내가 양자이동에 필요한 나노유전자를 자네에게 심어 놓았지. 저 커다란 녀석들과 마찬가지로 말이야. 우리 신들과 마찬가지로. 단 자네는 적절한 시점이 올 때까지 그 사실을 몰라야 했지. 아프로디테가 경솔했지, 아테네를 죽이는 데 자네를 이용하려고 가짜 메달을 주었으니."

나는 주변을 미친 듯이 둘러본다. 신들의 대전당은 무너져 내렸다. 무너진 기둥들 사이로 화염이 솟아오르고 있다. 어디서나 전투가 벌어지고 있다. 하지만 산의 정상만은 더 많은 신들이 일리움 지구로 피신하는 바람에 점점 비어간다. 여기저기 브레인 홀이 열려 있고 타이탄과 괴물 같은 존재들은 도망치는 신들을 쫓고 있다. 전당의 지붕과 그 아래 3개 층을 찢어버린 번개구름의 존재는 이미 사라지고 없다.

"그리스인들을 구하게 나 좀 도와주게,"

그렇게 말하는 내 이빨은 정말로 덜덜 떨리고 있다. 헤파이스토스는 다시 웃더니 그을음에 더러워진 손등으로 번들거리는 입술을 닦는다.

"나는 이미 그 개 같은 일리움 지구의 모든 인간들을 청소해 버렸는걸. 내가 왜 그리스인들을 구해야 하지? 심지어 트로이인들은 구해서 뭐하게? 최근에 그들이 나한테 어떻게 했지? 게다가, 며칠 안으로 내가 올림포스의 권좌에 오르면 날 숭배할 인간들이 좀 필요할 거야⋯⋯."

난 그저 그를 노려볼 따름이다.

"네가 사람들을 청소해 버렸다고? 네가 일리움 지구의 사람들을 델피에서 솟아오르는 푸른 빛 속에 넣어버렸다고?"

"그럼 누가 그렇게 했을 거라고 생각해? 제우스? 그 잘난 솜씨로?"

헤파이스토스는 고개를 흔든다. 크로노스의 타이탄 형제들, 이아페토스, 히페리온, 크리오스, 코이오스, 그리고 오케아노스들이 이쪽으로 다가오고 있다. 그들은 신들의 황금빛 피로 범벅이 되어 있다. 갑자기 불타는 폐허 속에서 아킬레스가 일어선다. 그는 황금빛 갑옷을 입고, 그의 아름다운 방패 역시 신들의 피로 얼룩져 있으며, 긴 검은 나와 있고, 칼자국과 그을음이 묻은 황금 헬멧의 틈 사이로 노려보는 두 눈은 광기에 사로잡혀 있다. 이 유령은 나를 전적으로 무시하고 헤파이스토스에게 외친다.

"제우스가 달아났어!"

"당연하지. 데모고르곤이 자기를 잡아 타르타루스로 데려가게 가만 앉아있을 줄 알았나?"

"홀로그램 위치 추적기로는 제우스의 위치를 알아낼 수가 없어!. 난 아프로디테의 어머니 디오네를 다그쳐 내가 위치 추적기를 사용하도록 도움을 얻었지. 그런데 이 우주 어디에도 그가 없다는 거야. 실패한 대가로 그녀를 산산조각 내버렸어. 제우스는 어디 있지?"

헤파이스토스가 미소를 짓는다.

"기억해봐, 발 빠른 학살자 친구, 헤라가 그와 정사를 벌이고 영원히 잠재워버리려 했을 때 모두의 눈을 피해 제우스를 어디 숨겼었지?"

아킬레스는 불의 신의 어깨를 잡고 거의 땅위로 들어올린다.

"오디세우스의 집! 날 거기로 데려가! 당장."

기분이 좋지 않은 헬멧의 틈 사이로 헤파이스토스가 눈을 들이댄다.

"미래의 올림포스의 군주에게 명령하지 마, 인간 주제에. 유일무이한 특이성을 가진 너지만, 너보다 나은 분들은 존중심을 가지고 대해야지."

아킬레스는 헤파이스토스의 가죽조끼를 잡았던 손을 놓는다.

"제발, 지금 당장, 제발."

헤파이스토스는 고개를 끄덕거리더니 나를 본다.

"자네도 함께 가지, 스콜릭 호켄베리. 제우스는 오늘 자네가 여기 있기를 원했지. 목격자로서 말이야. 자네는 목격자로 남아야 해."

퀸 맵에 타고 있는 모든 모라벡들은 모든 사건들을 실시간 생중계로 받고 있었
다. 오디세우스의 나노 이미지 전송기는 아주 잘 움직였다. 하지만 아스티그/체는
해저에서 작업하고 있는 만무트와 이오의 오르푸에게는 이미지를 전송하지 않기
로 결정했다. 두 모라벡은 768개의 위험천만의 블랙 홀 탄두를 잘라 싣는 열 두 시
간의 작업 중 여섯 시간 째에 접어들고 있었고, 맵에 타고 있는 그 아무도 그들의
주의를 흩트려놓고 싶지 않았다.

헌데 지금 벌어지는 일은 주의를 흩트려놓기에 충분했다.

정사는 ─자신을 시코락스라고 밝힌 여인과 오디세우스 사이에 벌어지고 있는
폭력에 가까운 교합이 그것이라면─ 잠시 휴지기 상태에 들어갔다. 두 사람은 흐
트러진 쿠션 위에 벌거벗은 채 대자로 누워 두 개의 손잡이가 달린 커다란 잔으로
와인을 마시고 과일을 먹고 있었다. 양서류처럼 늘어진 살에 발톱이 솟은 앞발, 물
갈퀴 달린 발을 가진 괴물 같은 것이 커튼을 젖히고 시코락스의 방으로 통통 튀면
서 들어왔다.

"마님, 이 칼리반이 에어록 돌아가는 소리를 들었을 때부터, 언제든지 저 놈의
대가리를 박살낼 준비가 되어 있었다는 것을 잊지 마십시오. 어떤 놈이 어머니를
찾아 왔습니다. 그놈은 콧잔등에 살이 두둑하고 손가락 끝이 돌덩이처럼 뭉툭하니

다. 어머니, 말씀만 하세요. 그러면 제가 이놈의 맛좋은 살을 놈의 뼈가 하얘지도록 발라낼 테니까요."

"아니 그럴 필요는 없단다, 내 귀여운 칼리반아."

자줏빛 눈썹을 한 나체의 여인이 말했다.

"방문자를 들여보내."

칼리반이라 불리는 양서류 괴물이 옆으로 물러섰다. 늙은 오디세우스가 등장했다.

모든 모라벡들은 ―비록 가끔씩 사람을 구별해내는 데 어려움을 겪기는 하지만― 둘이 얼마나 비슷한지 알아볼 수 있었다. 실크 쿠션 위에 누워 있던 젊은 오디세우스는 멍한 눈빛으로 늙은 오디세우스를 바라보았다. 늙은 오디세우스의 작달막한 키와 넓은 가슴은 그와 똑같았지만, 더 많은 흉터와 백발의 머리카락과 두꺼운 백발의 수염을 가지고 있었다. 그리고 맵의 객석에 타고 있던 오디세우스에 비해 더욱 육중한 중량감을 풍기고 있었다.

"오디세우스."

시코락스가 말했다. 모라벡의 인간 감정 분석기가 보여주고 있기는 했지만, 그녀의 목소리에는 듣기에도 진정한 놀라움이 담겨 있었다. 그는 고개를 흔들었다.

"이제 내 이름은 노만이다. 다시 만나서 반갑군, 키르케."

여인은 미소 지었다.

"그러면 우리 둘 다 변한 셈이군. 나는 이제 세상에 시코락스로 알려졌고, 당신은 전보다 흉터가 훨씬 많은 오디세우스가 되었으니."

젊은 오디세우스가 일어서기 시작했다. 주먹을 꼭 쥐고 있었지만, 시코락스가 왼손으로 손짓을 하자 젊은 오디세우스는 쿠션 위로 다시 넘어졌다. 자신을 노만이라고 불렀던 남자가 말했다.

"당신은 키르케야. 당신은 언제나 키르케였고, 앞으로도 언제나 키르케일거야."

시코락스는 가볍게 어깨를 으쓱했다. 풍만한 가슴이 흔들거렸다. 젊은 오디세우스가 그녀의 왼쪽으로 기어왔다. 그녀는 오른쪽에 있는 빈 쿠션을 토닥거렸다.

"그렇다면 내 옆에 와서 앉아요······ 노만."

"아니 사양하겠어, 키르케. 난 서있겠어."

튜닉과 바지, 그리고 샌들을 걸친 남자가 대답했다.

"내 옆에 *와서 앉아야 할 걸.*"

시코락스가 말했다. 그녀의 목소리엔 긴장감이 서려 있었다. 그녀는 오른손으로 복잡한 동작을 했다. 손가락 하나하나가 따로 움직였다.

"아니, 나는 서있겠어."

다시 한 번 여인은 깜짝 놀란 듯 눈을 깜빡였다. 모라벡의 표정 분석 담당자는 이번엔 더욱 큰 놀라움이라는 결론을 내렸다. 노만이 말했다.

"몰뤼. 당신도 알고 있잖아. 매년 가을마다 하얀 꽃을 피우며 땅에서 솟아나는 검은 뿌리의 희귀한 식물로 만든 물질."

시코락스가 천천히 고개를 끄덕였다.

"세상에, 당신 정말 여행을 많이 했군. 하지만 못 들었어? 헤르메스는 죽었어."

"그건 문제가 안 돼."

"물론, 안 돼지. 어떻게 여기까지 왔지, 오디세우스?"

"노만."

"어떻게 여기까지 왔지, 노만?"

"새비의 낡은 소니를 사용했지. 궤도 하나씩을 기어오르는 데 꼬박 나흘이 걸렸어. 너의 침입자 파괴 로봇을 피하거나, 스텔스 모드로 놈들을 추월해 오면서. 그것들을 없애버리는 게 좋겠어, 키르케. 아니면 소니에 화장실을 만들어놔야 할 지경이야."

시코락스가 부드럽게 웃었다.

"도대체 내가 왜 파수꾼들을 없애야 하는데?"

"내가 원하니까."

"그럼 도대체 내가 왜 당신이 원하는 대로 해야 하지, 오디세······ 노만?"

"내 요구가 끝나는 대로 설명해주지."

노만 뒤에서 칼리반이 으르렁거렸다. 노만은 그 소음도 괴물도 다 무시했다. 시코락스가 말했다.

"어쨌든, 당신 요구가 무엇인지 말해 봐."

그녀의 미소는 그의 요구에 별로 수긍할 준비가 되어 있지 않음을 노골적으로 드러냈다.

"우선, 말했듯이, 궤도의 파수꾼들을 없애. 아니면 적어도 놈들을 다시 프로그램해서 우주선이 다시 링들 사이를 안전하게 움직일 수 있도록 해놔…."

시코락스는 미소만 지으며 꼼짝도 하지 않았다. 보랏빛 눈동자와 자줏빛 시선에 온기라곤 없었다.

"둘째로, 지중해 분지 위에 있는 저지선을 풀고 헤라클레스의 손을 해제시키길 원해."

마녀는 부드럽게 웃었다.

"정말 이상한 요구로군. 엄청난 쓰나미가 일어나 모든 것을 황폐시킬 텐데."

"점차적으로 할 수 있잖아, 키르케. 난 네가 그렇게 할 수 있다는 것을 알아. 지중해를 다시 채워."

"당신이 계속하기 전에,"

그녀가 냉정하게 말했다.

"내가 그렇게 해야만 하는 이유를 한 가지 만이라도 대봐."

"지중해 안에는 고전-인류들이 조만간에 손에 넣어서는 안 될 것들이 있어."

"저장고들 말이군. 우주선, 무기들…."

"많은 것들이 있지. 어두운 포도주 빛 물이 지중해를 다시 채우게 만들어."

"여행하느라 당신이 알아채지 못한 게 있는 것 같은데, 고전-인류들은 멸종 직전에 놓여있어."

"나도 알아. 그래도 당신이 지중해를 다시 채우기를 원해. 조심스럽게 아주 천천히. 아, 참, 그리고 어틀랜틱 브리치 같이 어리석은 짓거리도 없애버려."

시코락스는 고개를 젓더니 손잡이가 두 개 달린 잔을 들어 와인을 홀짝였다. 그녀는 노만에게 어떤 제안도 하지 않았다. 젊은 오디세우스는 멍한 표정으로 쿠션에 기대고 있었다. 움직이지 못하는 게 분명했다. 그녀가 말했다.

"그게 다야?"

"아니. 고전-인류들을 위해 모든 팩스노드와 기능 연결선을 다시 활성화시키고, 극링과 적도링에 남아 있는 재생 탱크를 재가동시켜줘야겠어."

시코락스는 아무 말도 하지 않았다.

"마지막으로, 여기 있는 너의 노예 괴물을 지상의 세테보스에게 보내, 이 지구에 침묵의 신이 다가오고 있다고 말하게 해."

칼리반이 쉿쉿 소리를 내며 으르렁거렸다.

"놈의 다리를 부러뜨리고 사지를 산산조각 내버릴 시간이 왔어요. 그분은 강하시며 주인님이십니다. 놈의 멍든 몸뚱이를 벌레 한 마리, 아니 벌레 두 마리가 받아먹을 수 있게 하세요. 그분의 이름을 함부로 사용한 죄로."

"조용!"

시코락스가 말을 끊었다. 그녀가 일어섰다. 벌거벗은 여인은 완전히 차려 입은 그 어떤 여왕보다도 위엄이 있어 보였다.

"노만, 침묵의 신이 *정말* 지구로 오고 있어?"

"그런 것 같아, 그래."

그녀는 긴장을 푸는 것처럼 보였다. 그녀는 쿠션 위에 있는 그릇에서 포도 한 송이를 집어 올려 노만에게 다가가 내밀었다. 그는 고개를 저었다.

"너무 많은 것을 요구하고 있어. 늙고 더 이상 오디세우스도 아닌 주제에."

쿠션이 가득한 침대와 노만 사이를 오가며 그녀가 부드럽게 말했다.

"그 대가로 나한테 뭘 줄 건데?"

"내 여행담들."

시코락스가 다시 웃었다.

"나는 당신의 여행담들을 알아."

"이번엔 아니지, 이번엔 당신도 몰라. 이번 여행은 20년이 걸렸어, 10년이 아니라."

마녀의 아름다운 얼굴이 뒤틀어졌는데, 모라벡들은 이것을 비웃음으로 해석했다.

"언제나 똑같은 것을 찾고 있잖아…… 당신의 페넬로페."

"아니, 이번엔 아니야. 당신이 젊은 나를 칼라비–야우의 문으로 통과시켰을 때 시공간을 여행하면서 —나에겐 20년의 세월이었지— 내가 찾아다닌 것은 바로 당신이야."

시코락스는 걸음을 멈추고 그를 바라보았다.

"당신."

노만이 반복했다.

"나의 키르케. 우리는 서로를 아주 사랑했고 지난 20년 동안 여러 차례 사랑을 나누었지. 나는 여러 번 당신을 만났어. 키르케로, 시코락스로, 알리스로, 그리고 칼립소로."

"알리스?"

마녀가 말했다. 노만은 고개만 끄덕거렸다.

"그 때 내 앞니 사이가 살짝 벌어져 있었어?"

"그랬지."

시코락스는 고개를 흔든다.

"거짓말. 현실적으로 보자면 결국 다 마찬가지야, 오디세우스–노만. 난 당신을 구하고, 바다에서 건져내고, 돌보고, 꿀이 담긴 와인과 좋은 음식을 먹이고, 상처를 치료하고, 목욕시키고, 꿈에서나 그려볼 수 있는 육체적 사랑을 보여주고, 불멸성과 영원한 젊음을 주었지만, 당신은 언제나 떠났어. 그 뜨개질이나 하는 계집하고 당신의 아들 때문에 날 버렸다구."

"지난 20년 사이에 나는 내 아들을 보았어. 아주 멋진 남자로 자라났지. 이젠 다시 그를 만날 필요는 없어. 난 당신과 머물고 싶어."

시코락스는 쿠션으로 돌아가 손잡이가 두 개 달린 커다란 잔을 들이킨다. 마침내 그녀가 말했다.

"나는 너의 모든 모라벡 선원들을 돼지로 둔갑시킬 생각이야."

노만은 어깨를 으쓱했다.

"못할 것도 없겠지? 다른 세계에서도 이미 내 선원들에게 그렇게 했으니까."

"모라벡들은 어떤 종류의 돼지로 변할 것 같아?"

마녀가 물었다. 잡담이라도 나누는 듯한 말투였다.

"플라스틱 돼지 저금통 비슷하게 보일까?"

"모이라가 다시 깨어났어."

노만이 말하자 마녀가 눈을 깜빡였다.

"모이라? 왜 하필 지금 깨어나기로 했대?"

"나도 몰라. 하여간 그녀는 새비의 젊은 육체를 가지고 있어. 내가 지구를 떠나는 날 그녀를 봤어. 하지만 서로 이야기를 나누진 않았어."

"새비의 육체? 모이라가 원하는 게 뭔데? 그리고 왜 지금이지?"

"생각해 보세요,"

노만 뒤에 있던 칼리반이 말했다.

"그분은 달콤한 흙으로 새비를 만들어 아들에게 씹어 먹으라고 주셨어요. 벌집과 누에고치를 얹어 그녀의 목덜미를 물었지요. 거품이 부글부글 일고, 내 머리 속으로 구더기들이 깡충깡충 뛸 때까지 꽥꽥 소리가 났어요."

시코락스는 다시 일어나 서성거리더니 노만에게 다가와 마치 그의 맨 가슴을 만지려는 듯, 한 손을 들더니 갑자기 손을 내렸다. 칼리반은 씩씩거리고 몸을 웅크렸다. 등을 잔뜩 구부린 채 화강암 바닥에 손바닥을 대고 있었으며, 웅크리고 있지만 강력한 다리 사이에 두 팔을 곧게 뻗치고 있었다. 그의 노란 두 눈에는 악의가 가득했다. 하지만 놈은 그녀가 지시한 곳에서 꼼짝도 하지 않았다. 그녀가 부드럽게 말했다.

"너도 알지만, 내 아들을 아버지 세테보스에게 보내 침묵의 신에 대해 말하라고는 차마 할 수 없어."

"난 알고 있어···· 이 놈이···· 당신 아들이 아니라는 것을. 초록 점액질이 가득한 탱크에서 당신이 오물과 결점 투성의 DNA를 모아 만들었지."

칼리반이 씩씩대더니 그 끔찍한 속삭임으로 다시 떠들어 대기 시작했다. 시코락스가 손짓으로 그를 잠잠하게 만들었다.

"당신의 모라벡들이 우리가 이야기를 하고 있는 지금 이 순간에도 7백 개의 블랙 홀을 궤도로 들어 올리고 있다는 것, 알아?"

그녀가 물었다. 노만은 어깨를 으쓱했다.

"그건 몰랐네. 하지만 그렇게 하기를 바랐지."

"그게 도대체 어디서 왔지?"

"어디서 왔는지 잘 알 텐데. 768개의 탄두라고? 오직 한 곳밖에 없어."

"불가능해. 나는 거의 2천 년 전에 그 침몰선을 정체-달걀에다 가두어버렸단 말이야."

"그리고 새비와 내가 백여 년 전에 그 껍질을 벗겨 버렸지."

"맞아, 당신하고 그 년이 그 형편없는 기계를 타고 그 주위에서 얼쩡거리는 걸 봤어. 일리움하고 연결된 튜린 커넥션으로 당신은 도대체 뭘 얻어내려고 했던 거지?"

"준비."

"무슨 준비?"

시코락스가 웃었다.

"그 두 인류 종족이 만날 수 있다고 믿는 건 아니겠지, 안 그래? 농담도 심하시지. 그리스인들과 트로이 종족들은 당신의 조그맣고 순진한 고전-인류들을 아침 식사로 해치워버릴 걸."

노만은 어깨를 으쓱했다.

"프로스페로와의 이 전쟁을 끝내. 그러면 무슨 일이 벌어지는지 한 번 보자구."

시코락스는 가까운 테이블 위에 잔을 꽝하고 내려놓았다.

"그 개자식 프로스페로가 아직 남아 있는데 장을 떠나라고? 진심은 아니겠지."

"진심이야. 프로스페로라고 불리는 낡은 존재는 아주 미쳤어. 그의 시절은 끝났지. 하지만 당신은 똑같은 광기에 사로잡히기 전에 떠나버릴 수 있어. 이곳을 떠나버리자, 키르케, 나와 함께."

"떠나자고?"

마녀의 목소리는 매우 낮고 의심에 가득 차 있었다.

"이 바위엔 우리를 저 별들로, 아니 저 별들 너머로, 보내줄 수 있는 퓨전-드라이브 엔진과 브레인 홀 발생기가 있다는 것을 알고 있어. 그러다 지루해지면 함께 칼라비-야우 문으로 들어가 우주의 모든 역사를 관통하는 사랑을 나누는 거야. 우리는 옷을 갈아입듯 서로 다른 세대에서, 서로 다른 나이로, 서로 다른 몸이 되어, 만날 수 있을 거야. 시간 여행을 하면서 사랑을 나눌 수도 있고, 사랑을 나누고 있는 우리 자신에 동참하기 위해 시간을 멈출 수도 있을 거야. 이 안에는 우리가 천년은 아무 걱정 없이 살 수 있는 음식과 공기가 충분하잖아. 당신이 원한다면 만년도 가능하지."

"잊었나본데,"

시코락스가 일어나 다시 걷기 시작했다.

"당신은 필멸의 존재야. 20년 안에 나는 당신의 기저귀를 갈고 손으로 음식을 떠먹여야 할 걸. 그리고 40년 안에 당신은 죽을 테고."

"언젠가 당신이 나에게 불멸을 제안한 적이 있었지. 재생 탱크는 아직 당신의 섬 위에 있어."

"당신이 불멸을 *거부했잖아!*"

시코락스가 소리쳤다. 그녀는 무거운 술잔을 그에게 집어 던졌다. 노만은 피했지만 두 발 만은 그 자리에서 꼼짝하지 않았다.

"*거부하고 또 거부했잖아!*"

그녀는 고함을 치면서 손톱으로 머리카락과 양 볼을 쥐어뜯었다.

"당신의 그 소중한···· *페넬로페*한테 돌아가겠다고 내 면전에서 퇴짜를 놓았잖아. 당신은 나를 비웃기까지 했어."

"지금은 비웃지 않아. 나랑 멀리 떠나자."

그녀의 표현은 거칠고 분노에 가득 차 있었다.

"칼리반에게 내 눈앞에서 당신을 죽이고 먹어치우게 해야겠어. 그가 당신의 뼈골을 파먹는 동안 난 웃을 거야."

"나랑 멀리 떠나자, 키르케. 팩스와 기능들을 다시 작동하게 만들어, 낡은 헤라클레스의 손과 다른 쓸데없는 장난감들을 제거해. 그리고 나랑 멀리 떠나자. 다시 내 연인이 되어 줘."

"당신은 *늙어빠졌어.*"

그녀가 코웃음을 쳤다.

"늙고 상처투성이에 백발이야. 싱싱한 젊은 사내가 있는데 내가 왜 늙은이를 선택해야 하지?"

그녀는 최면에 걸린 것처럼 꼼짝 않고 있는 젊은 오디세우스의 장딴지와 풀죽은 페니스를 쓰다듬었다.

"왜냐하면 이 오디세우스는 저 젊은 오디세우스처럼 일주일 안에, 한 달 안에, 혹은 8년 안에 칼라비-야우 문을 통해서 도망가지 않을 거니까. 그리고 이 오디세우스는 당신을 사랑하니까."

시코락스는 으르렁거리는 듯 목 메인 소리를 냈다. 칼리반이 그 으르렁거림을 되받았다. 노만은 튜닉 속으로 손을 넣어 넓은 벨트 뒤쪽에 숨기고 있었던 커다란 총을 꺼내들었다. 마녀는 걸음을 멈추고 노려보았다.

"설마 그걸로 날 해칠 수 있다고 생각하는 건 아니겠지."

"당신을 해치려고 가져온 게 아니야."

그녀는 얼어붙은 젊은 오디세우스를 황급히 바라보았다.

"당신 미쳤어? 그게 사물의 양자 수준에 어떤 해를 끼칠지 알고 있는 거야? 그런 생각을 한다는 것만으로도 *카오스*를 유발하는 거야. 수천 가닥으로 움직여온 사이클을 파괴해 버리는 일이야, 수천⋯⋯."

"너무 오래 계속돼 왔어."

노만이 말했다. 그는 여섯 발을 쏘았다. 매번 총성이 더 크게 들렸다. 6개의 육중한 총알이 벌거벗은 오디세우스의 몸을 꿰뚫고 들어가 갈빗대를 가르고 그의 심장을 부수고, 미간을 관통했다. 젊은이의 몸은 충격으로 튀어 올라 바닥으로 미끄러져 실크 쿠션위에 붉은 선을 남기고 대리석 타일 위를 피바다로 만들고 있었다.

"결정해!"

노만이 말했다.

여든셋

헤파이스토스가 양자이동 했을 때 그의 옷소매를 잡고 있었으므로 나는 메달이 없이도 내 힘으로 순간이동 한 것인지, 혹은 헤파이스토스와 함께 그냥 묻어오게 된 건지 알 수 없다. 상관없다. 나는 여기 있다.

오디세우스의 집이다. 갑자기 헤파이스토스, 아킬레스, 그리고 내가 나타나자 개 한 마리가 우리를 향해 미친 듯이 짖어대지만, 피범벅이 된 투구를 쓴 아킬레스가 개를 한번 흘끗 쳐다보자 다리 사이에 꼬리를 감추고 안뜰로 낑낑대며 사라진다.

우리는 이타카 섬에 있는 오디세우스 집의 커다란 식당을 마주한 대기실에 있다. 집과 안뜰에서 어떤 힘의 장이 웅웅거리는 소리가 난다. 기다란 방의 긴 탁자에서 서성거리는 뻔뻔스러운 구혼자들도 없고, 근심에 빠진 페넬로페도 없고, 젊고 무력한 텔레마쿠스도 없고, 오디세우스가 없는 사이에 게으르고 가난한 자들에게 음식과 와인을 나눠 주느라 분주한 하인들도 없다. 하지만 방은 이미 구혼자들의 살육이 벌어진 것처럼 보인다. 의자들은 뒤집어져 있고, 거대한 장식천이 벽에서 뜯겨져 탁자와 바닥에 놓여, 쏟아진 와인에 젖어있고, 심지어 오디세우스의 위대한 활까지도 —전설에 의하면 오직 그만이 당길 수 있고, 너무나 훌륭하고 진귀한 활이라 트로이에도 가져가지 않았다는— 오디세우스의 유명한 미늘 달린 사냥용 독화살이 흩어진 사이의 돌바닥에 놓여 있다.

제우스가 휙 돌아선다. 그 거인은 올림포스의 왕좌에서 입었던 부드러운 천로 된 의상을 입고 있으나, 지금은 그다지 거대해 보이지 않는다. 하지만 이 공간에 맞게 줄어들긴 했어도, 그는 여전이 아킬레스보다 두 배는 크다. 우리에게 물러서 있으라는 몸짓을 하고, 발 빠른 학살자가 그의 방패를 올리며 검을 빼어 들고 식당 으로 걸어 들어간다. 제우스의 천둥 같은 목소리가 울린다.

"내 아들, 너의 어린애 같은 분노를 거두라. 단칼에 신을 죽이고, 거인을 죽이 고, 아비를 죽이려 하느냐?"

아킬레스가 넓은 탁자를 건너 제우스에게로 다가간다.

"싸워, 늙은이."

제우스는 계속 미소 짓고 있고, 조금도 놀라지 않은 것 같다.

"생각해봐, 발 빠른 아킬레스. 너의 근육과 성욕이 아니라 머리를 쓰라구. 저 쓸 모없는 불구를 올림포스의 왕좌에 앉히겠다고?"

그는 헤파이스토스가 아무 말 없이 서있는 내 옆의 출입구를 향해 머리를 끄덕 인다. 아킬레스는 고개를 돌리지 않는다.

"한번 만이라도 생각해 봐."

제우스가 되풀이한다. 그의 깊은 목소리가 근처의 부엌에 걸린 주방기구들을 진동하게 만든다.

"나와 함께하자, 아킬레스, 내 아들. 전능한 존재인 제우스, 모든 신의 아버지와 하나가 되어라. 아버지와 아들, 불멸의 존재와 필멸의 존재, 두 개의 강력한 정신 이 만나 뒤섞이면 각자 홀로 있을 때 보다 더욱 강력한 제 3의 존재가 될 것이다. 삼위일체가 되는 거지, 아버지와 아들 그리고 성령, 우리가 하늘과 트로이를 통치 하고 타이탄들을 그들의 구멍으로 영원히 돌려보내게 될 거야."

"싸워!"

아킬레스가 말한다.

"이 늙은 돼지 똥구멍."

제우스의 넓은 얼굴이 붉으락푸르락 해진다.

"역겨운 잘난 놈! 내 비록 모든 원소를 조정할 힘은 잃었으나, 너는 밟아버린다!"

제우스가 탁자의 양 옆을 잡아서 공중에 거꾸로 들어올린다. 50피트에 달하는 무거운 나무판자와 다리가 아킬레스의 머리 위로 날아간다. 인간은 몸을 숙이고 탁자는 그의 뒤에 있는 벽에 부딪혀 산산조각이 나, 프레스코 벽화를 망가트리고 파편들이 사방에 흩어진다.

아킬레스가 두 걸음 다가선다. 제우스가 팔을 벌리고 그의 손을 열어 손바닥을 보인다.

"날 이대로 죽일 수 있어, 오, *인간?* 무기도 없는 나를? 아니면 경기장의 영웅들처럼 하나가 쓰러지고 다른 하나가 상을 받을 때까지 맨손으로 격투할까?"

아킬레스가 일순간 멈칫한다. 그리고 황금 투구를 벗어서 옆에 놓는다. 팔뚝에서 둥근 방패도 벗어내고, 칼을 칼집에 넣고, 동으로 된 가슴과 갑옷을 벗고, 그것들을 모두 우리가 있는 출입문 쪽으로 차버린다. 지금 그는 상의와, 짧은 치마와 샌들과, 넓은 가죽 허리띠를 걸치고 있을 뿐이다.

제우스와 8피트 거리에서, 아킬레스는 그의 팔을 벌려 레슬러가 경기를 시작하려고 몸을 숙이는 자세를 취한다. 제우스가 미소를 짓고는 —내가 알아채기에는 너무나 빠른 동작으로— 몸을 숙여 오디세우스의 활과 검은 깃털이 달린 독화살을 집어 든다.

도망쳐! 나는 아킬레스에게 마음속으로 소리친다. 그러나 금발 머리의 근육질 영웅은 움직이지 않는다. 제우스는 활을 끝까지 당긴다. 지구에서는 오디세우스 말고는 아무도 구부릴 수 없다는 활을 쉽게 굽히고, 넓은 활촉이 달린 독화살을 바로 8피트 앞에 있는 아킬레스의 심장에 겨냥하고는, 화살을 날린다.

화살이 빗나간다.

빗나갈 수가 없다. 그 거리에서는. 활대는 곧고 제대로 당겨져 있고 검은 날개는 활짝 펼쳐졌다. 그러나 화살은 완전히 1피트를 벗어나 벽에 부딪쳐 삐딱하게 놓여있는 부서진 탁자에 깊이 박힌다. 소문에 의하면 헤라클레스에 의해 가장 치명적인 독사로부터 모았다는 끔찍한 독이, 탁자의 나무로 흘러 들어가 스며드는 것이 느껴지는 듯하다.

제우스가 노려본다. 아킬레스는 움직이지 않는다. 제우스가 빛의 속도로 몸을 숙여, 또 다른 화살을 집어 들고, 더 가까이 다가와, 화살을 재고, 당기고, 놓는다.

화살이 빗나간다. 불과 5피트 거리에서, 독화살이 빗나간다. 아킬레스는 미동도 하지 않는다. 그는 이제 공포에 질린 눈을 한 모든 신들의 아버지를 증오에 찬 눈으로 노려보고 있다.

제우스가 다시 몸을 숙여, 활을 아주 조심스럽게 정확히 겨누고는, 이제 땀에 푹 젖은 근육으로, 완전히 활시위를 다시 당기고, 강력한 활이 완전히 휘어져서 웅웅 소리를 내는 것이 보일 만큼 힘껏 당긴다. 신들의 왕이 화살이 아킬레스의 넓은 가슴에서 1피트도 떨어져 있지 않을 만큼 가까이 겨누도록 다가온다.

제우스가 화살을 쏜다.

화살이 빗나간다.

이건 불가능하다, 하지만 나는 화살이 아킬레스의 뒤에 있는 벽에 박히는 것을 본다. 화살은 아킬레스를 뚫고 지나가지도 않았고, 그를 돌아가지도 않았다, 그러나 어찌된 일인지, 불가능한 일이지만 ―완벽하게― 빗나갔다.

그때 아킬레스가 뛰어올라, 활을 옆으로 쳐 내리고 자신보다 두 배나 큰 신의 목을 움켜쥔다.

제우스가 목을 조르는 아킬레스의 강력한 손아귀에서 벗어나려고 애쓰며 비틀거리고, 아킬레스의 넓은 등의 반을 차지하는 신의 주먹으로 아킬레스를 때리고 있다. 제우스가 나무들과, 탁자와, 출입문의 아치와, 벽들을 때려 부수고 있는 사이, 발 빠른 학살자는 제우스에게 매달려 있다. 마치 어린아이가 어른에게 매달리듯이 아킬레스는 매달려 있다.

그러자 훨씬 커다란 신이 그의 강력한 손가락으로 아킬레스의 훨씬 작은 손가락을 잡아, 먼저 왼손을 그리고 오른손을 뜯어낸다. 이제 제우스는 아킬레스를 죽이려고 그의 팔을 자신의 거대한 손으로 잡아 제우스의 목에 매달린 아킬레스를, 닥치는 대로 물건들에 부딪치게 하고 충돌시키며 ―그 소리는 두 커다란 바위가 부딪쳐서 나는 울림 같다― 자기 가슴으로 인간의 갈빗대를 쥐어박고, 마침내 둘 다 단단한 벽에 처박힌 다음, 우리 반대 쪽 출입문을 들이받는다. 아킬레스의 등이 단단한 문틀의 돌에 짓눌리며 휘어진다.

5초만 더 저 상태로 가면, 아킬레스의 등은 싸구려 발사 나무로 만들어진 활처럼 꺾이고 말 것이다. 아킬레스는 5초를 기다리지 않는다. 아니 단 3초도.

제우스가 그를 계속 뒤로 밀어붙여 수직으로 솟은 돌에 그의 척추를 갈고 있는 순간, 발 빠른 학살자는 어찌어찌 오른 손을 빼어낸다. 그 다음 일어난 일은 너무나 순식간이라, 시각의 잔영으로 알아 볼 수 있을 뿐이다.

아킬레스의 손이 배에 걸린 허리띠로 들어갔다 주먹에 단검을 들고 나온다. 그는 단검을 제우스의 턱수염 아래로 잽싸게 찔러 넣고, 칼을 비틀고, 더 깊이 찔러 넣어, 제우스가 공포와 고통으로 지르는 비명보다 더 큰 소리를 지르며 칼을 비튼다. 제우스는 복도 쪽으로 비틀거리며 물러서고, 옆방으로 들어가 쓰러진다. 헤파이스토스와 내가 따라 뛰어 들어간다.

그들은 이제 오디에스와 페넬로페의 침실에 있다. 아킬레스가 칼을 뽑아내고 모든 신들의 아버지는 그의 거대한 양 손을 목과 얼굴로 가져간다. 황금 이코르와 붉은 피가 제우스의 코와, 헐떡대며 열려있는 입에서 공기로 뿜어져 나와 흘러내려, 그의 하얀 수염을 금색과 붉은 색으로 채우고 있다. 제우스가 뒤로 물러서며 침대로 쓰러진다. 아킬레스가 칼을 뒤로 있는 힘껏 젖히더니, 신의 배에 깊이 꽂아 넣고는, 위로 그리고 마술의 칼날이 갈비뼈를 드르륵 긁는 소리가 나도록 오른 쪽으로 그어버린다.

제우스가 다시 비명을 지르나, 그가 몸을 더 아래로 숙이기 전에, 아킬레스는 회색의 내장을 ―빛을 내는 신의 내장을― 잡아 뽑아서 커다란 침대의 네 기둥 가운데 하나에 대여섯 번 감아 돌리더니, 뱃사람들이 매듭을 묶듯이 재빠르고 확실하게 묶어버린다.

그 기둥은 오디세우스가 그의 방과 침대 주변을 장식하기 위해 심은 살아있는 올리브 나무이다, 나는 멍하게 생각한다. 내가 어릴 적에 처음 읽은 피츠제럴드가 번역한

오디세이의 구절이 떠오른다. 오디세우스가 의아해하는 그의 아내에게 말한다 —

> 늙은 올리브 나무의 몸통은
> 우리의 대지에서 기둥처럼 자랐고,
> 나는 우리의 침실을 그 나무 주변에 만들었소,
> 벽돌을 두르고, 벽과 지붕을 올리고,
> 출입문과 잘 어울리는 문을 지었소.
> 그리고 나는 은색의 나뭇잎과 가지를 쳐내고,
> 침대 기둥을 만들고, 구멍을 뚫어서,
> 그곳을 휴식을 위한 장소로 만들었지. 내가 그걸 다 계획하고,
> 은과 금과 상아를 넣어 세공하고,
> 그 사이에 침대를 넣었소 – 진홍색으로 염색한
> 부드러운 쇠가죽으로 엮은 줄 사이에.

　지금 제우스가 자기를 엮어 매고 있는 내장의 사슬에서 벗어나려고 몸부림 치고 있는 동안, 진홍색으로 물드는 것은 쇠가죽 끈만이 아니다. 그의 목과, 얼굴과, 배에서는 황금색 이코르 뿐 아니라 너무나 인간적인 붉은 피도 철철 흐르고 있다. 고통과 피범벅으로 앞이 안 보이는 전능한 제우스가, 그를 고문하고 있는 자를 잡으려 팔을 허우적거린다. 아킬레스를 잡으려고 힘들게 한 걸음씩 디딜 때마다 안으로부터 어슴푸레한 회색빛이 나는 그의 내장이 더 뽑혀져 나온다. 꿈쩍도 않던 헤파이스토스조차 그의 비명에 귀를 가린다.

　아킬레스는 잡힐 듯 말 듯한 거리에서 춤추듯 움직이며, 앞 못 보는 신의 팔과 다리와 허벅지와 성기와 대퇴부를 난도질할 때만 가까이 다가간다.

　제우스가 뒤로 무너진다. 살아있는 올리브 나무의 침대 기둥에 회색 내장을 30피트 이상 묶인 채. 하지만 인간은 여전히 소리를 지르며 그를 난도질 한다. 신성한 동맥에서 이코르가 천정으로 뿜어져 나오며 복잡한 로르샤흐[＋] 문양을 그린다.

아킬레스가 방을 나왔다가 그의 검을 가지고 돌아온다. 그는 난도질한 제우스의 왼쪽 팔을 전투 샌들을 신은 발로 누르고는, 검을 높이 들었다가 아주 강하게 내려친다. 제우스의 목을 자른 검이 바닥에 부딪쳐 불꽃을 튀긴다.

모든 신들의 아버지의 머리가 떨어져 나뒹굴고, 침대 밑으로 굴러들어간다.

아킬레스는 피범벅이 된 한 쪽 무릎을 꿇고 마치 제우스의 그을린 근육질 배에 커다랗게 열린 상처 속으로 얼굴을 파묻으려는 것처럼 한다. 아주 짧은 순간 끔찍하게도 나는, 아킬레스의 얼굴이 열린 배 안으로 가려져, 아킬레스가 쓰러진 적의 내장을 먹고 있다고 확신했다. 한 인간이 완전한 포식자로, 유린하는 늑대로 돌변한 것이라고.

그러나 그는 단지 사냥을 하고 있을 뿐이었다.

"아하!"

발 빠른 학살자가 외치고는 어슴푸레 빛이 나는 회색의 무더기 속에서 아직도 움직이고 있는 커다란 진홍색의 덩어리를 꺼내 든다.

제우스의 간이다.

"오디세우스의 망할 개는 어디에 있는 거야?"

아킬레스가 눈을 번득이며 혼잣말을 한다. 그는 간을 손에 들고 안뜰 어딘가에 웅크리고 있을 개 아르구스를 찾으러 우리를 남기고 나간다. 헤파이스토스와 나는 아킬레스가 옆을 지나칠 때 재빨리 물러서 길을 터준다.

살육자의 ─신을 살육한 자의─ 발소리가 멀어지자, 불의 신과 나는 방안을 돌아본다. 침대와, 바닥과, 천정, 벽, 피가 튀지 않은 곳이 없다. 머리가 잘린 거대한 몸뚱이가 돌바닥에 놓여, 여전히 올리브 나무 기둥에 엮인 채, 여전히 씰룩거리고 꿈틀거리며, 피 묻은 손가락들의 관절이 움직이고 있다.

＋ Rorschach ; 스위스의 정신 의학자로 로르샤흐 검사의 창시자. 좌우대칭의 불규칙한 잉크무늬가 어떻게 보이는가를 통해 그 사람의 정신 상태, 성격, 무의식적 욕망 등을 판단하는 인격 건강 진단법을 만들었다 ― 역자 주

"아, 염병할,"

헤파이스토스가 숨을 내쉰다. 나는 보고 싶지 않으나 볼 수밖에 없다. 나는 방을 떠나 다른 조용한 곳으로 가서 토하고 싶지만, 그럴 수가 없다.

"뭐가⋯⋯ 어떻게⋯⋯ 아직⋯⋯ 부분적으로⋯⋯살아있는 것이⋯⋯."

나는 숨을 헐떡인다. 헤파이스토스가 완전히 미치광이 같은 무서운 미소를 짓는다.

"제우스는 불멸의 존재야. 잊었나, 호켄베리? 그는 지금도 고통을 느끼고 있다구. 내가 저 조각들을 신성한 불에 태워야겠어."

그는 아킬레스가 사용한 단검을 잡으려고 몸을 숙인다.

"난 신을 죽이는 아프로디테의 이 칼도 불태울 거야. 녹여서 새로운 것을 만들어야지. 아마도 제우스를 기념하는 패를 만들게 될 거야. 그 피에 굶주린 암캐에게 이 칼날을 만들어주지 말아야 했어."

나는 눈을 깜빡이며 머리를 흔들고는, 커다란 불의 신의 무거운 가죽조끼를 잡는다.

"이제 어떻게 되는 거지?"

헤파이스토스가 어깨를 으쓱한다.

"우리가 합의한 대로지, 호켄베리. 타이탄들과 두 번째 광란의 전쟁이 끝나면, 항상 우주를 —최소한 이 우주를— 통치했던 닉스와 운명의 신들이 내가 올림포스 황금 옥좌에 앉는 걸 허락할 거야."

"누가 이길지 어떻게 알지?"

그는 검은 수염 사이로 불규칙한 흰 이를 드러내며 웃는다.

뜰에서 명령조의 목소리가 들려온다.

"이리와, 개야⋯⋯ 여기 아르구스⋯⋯ 여기, 옳지. 착한 강아지지. 줄 게 있거든⋯⋯ 착한 개야."

"그들이 괜히 '운명의 신'이라고 불리는 줄 알아, 호켄베리? 길고 괴로운 전쟁이 될 거야. 올림포스보다는 일리움 지구에서 더 하겠지만, 몇몇 살아남은 올림피아의 신들이⋯⋯ 다시 이기게 될 거야."

"하지만 그것⋯⋯ 구름 같은 거⋯⋯ 목소리는⋯⋯"

"데모고르곤은 타르타루스로 돌아갔어. 그건 이제 지구와, 화성, 혹은 올림포스에 무슨 일이 일어나는지 전혀 관심 없어."

"나의 사람들은⋯⋯"

"너의 예쁜 그리스 친구들은 볼 장 다 봤지."

헤파이스토스가 말하고는 스스로 우습다는 듯 미소를 짓는다.

"하지만, 트로이인들도 마찬가지라고 말하면 네 기분이 좀 나아질까. 일리움 지구에 있는 사람들 모두 이 전쟁이 계속되는 동안 다음 50년에서 100년 동안 치열한 전투를 치르게 될 거야."

나는 그의 조끼를 더 세게 쥐었다.

"우리를 도와줘야 해⋯⋯"

그는 어른이 매달리는 두 살짜리 어린이의 손을 떼어내듯 쉽게 나의 손을 치운다.

"나는 아무 것도 *해야* 할 의무가 없어, 호켄베리."

그는 손등으로 그의 입을 닦으며, 등 뒤 바닥에서 씰룩 거리고 있는 것을 쳐다보며 말한다.

"하지만 이 경우에는 해 주지. 너의 불쌍한 아카이언들과 도시에 있는 너의 여자인 헬렌에게로 돌아가서 모두 높은 탑과 벽과, 건물에서 나가라고 말해. 오래된 일리움 도심에 몇 분 내로 진도 9의 지진이 있을 거야. 나는 이걸⋯⋯ 태워야 해⋯⋯ 그리고 우리의 영웅을 올림포스에 다시 데려가 죽은 계집을 깨울 수 있도록 치료자에게 이야기 해봐야지."

아킬레스가 다시 돌아온다. 그는 휘파람을 불고 있고 아르구스가 그를 열심히 따라오며 개 발톱이 돌바닥을 긁는 소리를 낸다.

"가!" 불과 기술의 신, 헤파이스토스가 말한다.

나는 메달을 잡으려고 손을 뻗다가, 거기 없다는 것을 깨닫고, 필요 없다는 것도 깨닫고, 그곳으로부터 멀리 순간이동 한다.

여든넷

열 두 시간 정도 걸릴 것으로 예상했던 작업은 18시간을 조금 넘기고 끝났다. 뒤죽박죽이 된 미사일과 미사일 튜브를 분류-분리하고 잘라내는 일은 오르푸와 만무트의 생각보다 훨씬 복잡했다. 탄두 껍질이 완전히 깨져버려서 플라스토이드 합금 MRA 받침과 저장고만 남이 있는 경우도 있었는데, 체렌코프 복사 현상⁺으로 모두 파랗게 빛나고 있었다.

퀸 맵에 있는 침묵의 모라벡들 외에 다른 사람들이 이 광경을 봤다면 아주 흥미로워했을 것이다. 어둠의 여왕은 침몰한 배 껍질 위에 웅크린 채, 복부에 달인 탐조등으로 모래 먼지와 소용돌이치는 말미잘들, 찢어진 케이블, 꼬인 와이어, 그리고 녹조류로 덮인 치명적인 미사일과 탄두를 비추고 있다. 원래 눈이 먼 오르푸와 모래 먼지 때문에 거의 눈이 멀어버린 만무트가 외과용 메스처럼 정교하게 다루고 있는 절단기의 불꽃은 화씨 10,000도에 이르렀는데, 브리치 장벽을 통해 얼룩덜룩 비쳐오는 대낮의 햇빛보다도 밝고, 작업장을 비추고 있는 탐조등의 수퍼-할로

⁺ Cerenkov radiation ; 전하를 띤 입자가 광학적으로 투명한 매질 속을 통과할 때, 입자 속도가 그 매질 속에서의 빛의 속도보다 더 클 경우에 발생하는 빛. 광전자증배관으로 검출하는 체렌코프 계수기나 검출기가 고에너지 원자핵물리학이나 우주선 연구에 이용된다. – 역자 주

겐 램프보다 밝았다.

두 모라벡이 미사일에서 잘라낸 MRV 탄두가 인양되는 것을 감독하는 동안 사방에 널려 있던 들보, 권양기, 도르래, 그리고 체인들이 적극적으로 사용되었다. 유로파 잠수정의 화물칸이 정말로 텅 비어 있었던 적은 없다. 그 안에는 프로그램 가능한 유동 거품이 벌집처럼 들어차 있어서, 화물칸이 "텅 비어" 있을 때 수직의 지지대를 자동으로 형성함으로서 빈 공간이 심한 압력에 눌리는 일이 없도록 해주었으며, 어떤 화물이라도 단단하게 감싸 주었다. 오르푸가 화물칸 구석에 타고 있을 때도 마찬가지 역할을 했다. 지금 만무트와 오르푸가 꼴사나운 탄두를 하나씩 끌어 올려 실을 때마다 이 유동 거품이 알아서 쿠션과 지지대를 만들어 주었다.

고된 작업이 반쯤 지날 무렵 만무트는 봉쇄된 장에서 빛나고 있는 탄두 주변을 유동 거품이 감싸고 돌 때 탄두를 토닥거리며 이렇게 말했다.

*"너의 본질은 무엇이지, 너는 무엇으로 만들어졌지.
수백 만 개의 이상한 그림자가 드리워진 너의 성격은?"*

"자네의 오랜 친구 윌이야?"

두 모라벡이 다음 탄두를 잘라내기 위해 모래 먼지로 들썩이는 혼돈 속으로 내려오는 동안 오르푸가 물었다.

"그래. 소네트 53번."

두 시간 쯤 후, 그들이 이제는 꽉 차버린 화물칸에 또 하나의 푸른 탄두를 안전하게 싣고 난 직후 —그들은 블랙 홀을 가능한 한 서로 멀리 떨어뜨려 놓았다— 오르푸가 말했다.

"우리 해결책에 대한 대가를 자네 잠수정이 치르게 됐군. 미안해, 만무트."

이 거대한 친구의 레이더가 자신의 움직임을 감지하리라 믿으며, 유로판은 고개를 끄덕였다. 오르푸가 이 해결책을 제안하자마자 만무트는 그것이 사랑하는 *어둠의 여왕*을 잃는다는 것을 의미함을 알고 있었다. *어둠의 여왕*에서 완충제 역할을 하고 있는 유동 거품을 걷어내고 탄두들을 꺼내 다른 화물칸으로 옮긴다는 것은 너무 위험해서 고려해볼 수조차 없는 일이었다. 최상의 시나리오는 지구의 낮은 궤도에 모라벡들의 또 다른 우주선이 있어 *어둠의 여왕*과 치명적인 화물을 지구에서 깊은 우주로, 부드럽게 하지만 가장 신속하게 쏘아버리는 것이었다.

"이제 막 되돌려 받은 느낌인데."

자신의 전파 목소리에 실린 감상적인 톤을 느끼며 만무트가 말했다.

"언젠가 새 걸 하나 만들어줄 거야."

"똑같을 수는 없겠지."

만무트가 말했다. 그는 이 작은 잠수정과 한 세기 반이 넘는 시간을 보냈다.

"그렇겠지. 이 일이 지나고 나면 그 어떤 것도 예전과 같을 수 없겠지."

18시간이 끝날 무렵, 체렌코프 복사로 빛나는 마지막 새끼 블랙 홀 다발을 떼어내고, 유동 거품으로 제자리에 안착시킨 후, *어둠의 여왕*의 화물칸 문을 닫았을 때, 두 모라벡은 신체적으로 정신적으로 탈진 상태에 빠져 침몰한 잠수함 위를 떠돌고 있었다. 오르푸가 물었다.

"*알라의 검*에서 우리가 더 조사할 것이나 더 가져가야 할 게 남았나요?"

"지금 당장은 없습니다."

총통합사령관 아스티그/체가 *퀸 맵*에서 송신했다. *퀸 맵*은 지난 18시간 동안 음흉할 정도로 침묵을 지켰다.

"앞으로 다시는 이 빌어먹을 것을 보고 싶지 않아."

만무트가 말했다. 자신의 말이 공동 통신망으로 퍼져 나가고 있다는 것을 의식할 겨를조차 없이 그는 지친 상태였다.

"이건 변태 같은 짓이야."

"아멘!"

센추리온 지휘관 맵 아후가 위에서 돌고 있는 착륙선에서 말했다. 오르푸가 물었다.

"지난 18시간 동안 저 위에 있는 오디세우스와 그 여자 친구 사이에 있었던 일 중에 우리한테 말해주고 싶은 것은 없나요?"

"지금 당장은 없습니다."

총통합사령관·아스티그/체가 다시 말했다.

"탄두를 끌어올리십시오. 조심하시길 바랍니다."

"아멘!"

멥 아후가 다시 말했고, 군인백의 목소리에는 빈정거림이 전혀 배어 있지 않았다.

수마 IV는 정말 끝내주는 조종사였다. 그것만은 인정해야 했고, 오르푸와 만무트도 물론 인정했다. 수마 IV는 착륙선의 훨씬 큰 화물칸의 문이 *어둠의 여왕* 바로 아래에서 닫힐 때까지 *어둠의 여왕*이 완전히 물에 잠겨 있을 수 있도록 멈춘 채 떠 있었다. 그리고 나서 천천히 바닷물을 뺐는데, 착륙선의 유동 거품이 물이 있던 공간을 채워 들어가 잠수정을 감싸고 푸르게 빛나는 짐을 다시 한 번 포장하는 효과를 보았다.

오르푸는 *어둠의 여왕*이 삼켜지기 전에 낙하 케이블을 이용해 미리 착륙선 지붕으로 기어 올라가 있었지만, 만무트는 여왕이 조심스럽게 들려지고 옮겨지는 동안 중심을 잡고 자신을 점검할 수 있도록 마지막 순간까지 기다린 후에야 자리를 떴다. 자신의 잠수정을 영원히 떠나는 순간 만무트는 마지막 이별의 연설이라도 건네야 할 것처럼 느꼈다. 하지만 타이트빔을 통해 잠수정의 AI에게 *여왕*은 알아듣지 못할 *안녕히, 여왕님*이라는 말을 전하는 것 말고는 아무 말도 하지 않았다.

착륙선이 물 밖으로 나왔다. 화물칸의 환기 튜브에서 물줄기가 흘러내렸다. 만무트는 마지막 힘을 —기계적 그리고 유기적으로— 다해 잠수정 위로 기어오른 후, 용병들의 캐리어로 통하는 두 개의 해치 중 작은 쪽으로 들어갔다.

상황이 달랐더라면, 캐리어 안에 용병들이 뒤섞여 있는 모습은 우스꽝스럽기까지 했을 것이다. 하지만 지금 이 순간 만무트에게서 웃음을 자아낼 수 있는 것은 거의 없었다. 모든 조작기와 안테나를 접고 나서야 오르푸는 두 개의 해치 중 큰 쪽을 통과해 들어갈 수 있었는데, 이제는 이오니언의 엄청난 덩치가 20명의 록백 군인들이 각자의 안전 의자에 쪼그리고 있었던 공간을 거의 차지해버렸다. 군인들은 조종실로 통하는 좁은 통로로 밀려 있었고, 검은 미늘이 달린 록벡과 그들의 무기는 여기저기 흩어져 있었다. 만무트는 꽉 들어찬 조종실의 멥 아후와 수마 IV에게 동참하기 위해 그들의 키틴질 등을 타고 기어야 했다.

수마 IV는 착륙선을 수동으로 조종하고 있었는데, 덜걱거리는 내용물과 우주선 자체의 중심을 잡기 위해 끊임없이 만능조종기를 사용하고 있었다. 그는 인간 피아니스트가 연주를 하듯 튀어나온 단추들을 자유자재로 눌러댔다. 고개도 돌리지 않은 채 수마 IV가 만무트에게 말했다.

"고정용 끈이 다 떨어졌습니다. 당신의 거대한 친구를 군인 수송 공간에 붙잡아 두기 위해 마지막 남은 장비를 써버렸습니다. 점프 좌석을 최대한 연장시켜서 천장에 자석처럼 붙어 있으세요."

만무트는 시키는 대로 했다. 그는 똑바로 서 있기에 너무 피곤한 상태라는 것을 깨달았다. 지구의 중력은 정말 끔찍했던 것이다. 지난 열여덟 시간 동안의 완전한 몰입과 긴장이 지난 후 온몸에서 쏟아져 나오는 온갖 화학물질에 울고 싶은 심정이었다. 수마 IV가 말했다.

"꼭 잡아요."

착륙선의 엔진이 포효하더니 그들은 천천히 수직으로, 충격도 없이, 돌발 상황도 없이, 차근차근 상승했고, 마침내 만무트가 조종실에서 창밖을 바라보았을 때 그들은 고도 2킬로미터 지점까지 올라와 있었다. 그리고 그들은 천천히 앞을 향해 속도를 내기 시작했다. 엔진은 수직에서 수평 전진 방향으로 선회했다. 그는 기계가 이렇게 섬세하게 조종될 수 있으리라고는 상상도 못했다.

아무리 그래도 부딪힐 때가 있었으며, 그때마다 만무트는 숨을 참으며, 혹시나 착륙선 뱃속에 놓여 있는 블랙 홀이 위험해질 것 같은 생각에 유기 심장이 쿵쾅거리는 것을 느껴야 했다. 단 하나라도 터진다면 수백만 분의 일초 만에 다른 모든 것들도 사라져 버릴 것이다.

만무트는 그 즉각적인 결과를 상상해보았다. 미니 블랙 홀이 순식간에 어둠의 여왕과 착륙선의 껍질을 삼키고, 물질은 초속 32피트의 가속을 받아 지구 중심으로 빨려 들어갈 것이다. 모라벡들의 우주선 두 대가 다 끌려 들어가고, 그 다음엔 공기 분자들, 바다, 해저바닥, 바위들, 지표면 자체가 지구 중심을 향해 추락하는 블랙 홀과 함께 빨려 들어갈 것이다.

768개의 탄두 속 블랙 홀로 이루어진 거대한 미니-블랙 홀이라면 과연 며칠을 아니 몇 달을 지구 속을 관통해 왔다 갔다 하며 우주를 향해 점점 더 커지는 포물선을 그리게 될까? 그 포물선은 얼마나 멀리 뻗어나갈까? 생물적 뇌 부분이 정보를 흡수하기엔 너무 허약해져 있음에도 불구하고, 만무트의 전자 뇌 부분은 그가 원하건 말건 답을 계산해냈다. 행성을 관통하는 최초 백 번의 왕복 운동 동안에는 궤도 링에 떠 있는 수백 만 개가 넘는 물체를 삼켜 버릴 것이고, 곧이어 달을 삼켜 버릴 것이다. 만무트, 오르푸, 그리고 다른 모라벡들, 심지어는 *퀸 맵*도 예외기 될 수 없을 것이다. 착륙선의 모라벡들은 즉각 스파게티처럼 잡아당겨질 것이다. 그들의 분자 하나하나는 미니-블랙 홀과 함께 지구의 중심으로 빨려 들어갈 것이다, 아니, 탄성화 ―이 단어가 맞나?― 될 것이다. 피곤한 정신을 안고 그는 질문을 계속했다. 블랙 홀이 융해되고 회전하는 행성의 핵심을 통과해 다시 돌아오는 순간 그들 자신은 어떻게 될까.

만무트는 가상의 눈을 감고 호흡과, 착륙선이 상승하면서 부드럽게 점진적으로 가속화되는 것을 느끼는 데 집중했다. 그것은 마치 천국으로 향하는 완만한 경사의 잔디밭을 오르는 것 같았다. 수마 IV는 훌륭했다. 하늘은 오후의 푸른빛에서 진공의 암흑으로 변했다. 지평선은 궁수의 활처럼 휘어 있었다. 별들이 폭발적으로 시야에 들어왔다. 만무트는 시각을 다시 활성화시켜 조종실 창밖을 내다보고, 자신의 점프 시트에 장착되어 있는 선을 통해 착륙선이 포착하는 이미지들도 전송받았다.

그들은 퀸 맵을 향해 오르고 있는 것이 아니었다. 그것만은 분명했다. 수만 IV는 고도 300킬로미터 지점에서 —겨우 대기권을 벗어난 지점에서— 속도를 낮췄고 추진기를 조작해 조종실 창문 위의 지구가 한 바퀴 돌도록 했다. 화물칸으로 햇빛이 쏟아져 들어왔다. 링과 퀸 맵은 이보다 3만 킬로미터 이상 위에 있었고 모라벡의 핵 우주선은 지금 이 순간 지구의 반대편에 있었다.

만무트는 잠시 정보의 입력을 차단하고 —지난 18 시간 동안 그를 옭아매고 있던 중력에서 해방되고 있는 게 느껴졌다— 머리 위 투명한 창을 통해 한 때 유럽이었던 곳, 대서양의 —이 높이와 각도에서는 브리치의 틈은 더 얇아 보였다— 푸른 물결과 하얀 구름 위를 가로질러 움직이고 있는 지구의 명암 경계선을 올려다보았다. 모라벡 만무트는 지난 18시간 동안 이미 여러 번 질문을 던졌다. 도대체 이토록 아름다운 고향을 가진 어떤 종족이, 그처럼 완벽한 파괴의 무기를 잠수함에다 —아니면 스스로에게, 혹은 무슨 기계에다— 장착할 수 있단 말인가? 행성 전체의 파괴는 차치하고라도, 도대체 어떤 정신의 우주를 가져야 수백만의 목숨을 앗아가는 게 가치 있는 걸로 보이는 걸까?

만무트는 그들이 아직 안전하지 않다는 것을 알고 있었다. 그 모든 기술적 노력에도 불구하고, 이렇게 수백 킬로미터 떨어져 나와 있으나, 여전히 해저 바닥에 남아 있으나, 그들이 처한 위험은 마찬가지였다. 만약 지금이라도 블랙 홀 중 하나가 활성화된다면 다른 모든 것들을 단일성 안으로 이끌고 지구의 중심을 관통하는 왕복운동이 시작될 것이 분명하다. 자유 낙하 상태에 빠진다는 것은 지구의 중력장으로부터 벗어난다는 것과는 전혀 별개의 일이다. 탄두들은 아주 멀리 옮겨져야한다. 달의 궤도보다도 멀리. 왜냐하면 지구의 중력장은 그곳에서도 작용하고 있을 테니까. 지구가 위험권에서 벗어나려면 수백만 킬로미터 바깥이어야 했다. 이 보잘 것 없는 고도에서 조금이라도 달라질 결과가 있다면, 처음 몇 분에는 모라벡이 스파게티로 변하는 비율이 좀 더 높아지리라는 사실 뿐이었다.

무광의 검은 우주선 하나가 베일을 벗고 —스텔스 상태를 떠나? 힘의 장에서 나와? 은폐에서 벗어나? 제기랄, 적절한 단어가 없잖아?— 그들로부터 태양 쪽으로 5킬로미터가 채 안 되는 지점에 *나타났다.* 모라벡이 디자인한 우주선임에 분명했지만, 만무트가 지금까지 본 어떤 우주선보다도 진보된 것이었다. 퀸 맵이 지구의 잃어버린 20세기를 연상시킨다면, 방금 나타난 이 우주선은 현재의 모라벡이 가진 그 어떤 것보다도 수백 년은 앞서 보였다. 그 검은 형체는 둔탁함과 매끈함을 동시에 담는 데 성공했고, 프랙털 박쥐 날개 모양의 구조는 단순하면서도 믿을 수 없이 복잡해 보였다. 그리고 그 배에 치명적인 무기가 실려 있으리라는 것을 만무트는 조금도 의심하지 않았다.

그는 잠시 동안 총통합사령관이 그들의 스텔스 우주선 하나를 정말로 희생시킬 의도인지 의심스러웠다. 하지만···· 아니다···· 그의 의심에도 불구하고, 만무트는 전투함의 유선형 복부에서 입구가 생겨나는 것을 보았고, 마녀의 기다란 빗자루 같이 생긴 장치가 공간 속으로 튀어나오더니, 스스로를 축으로 돌면서 착륙선과 나란히 선 채, 괴상할 정도로 커다란 엔진의 양쪽에 달린 추진기를 이용해 그들 쪽으로 조용히 움직이는 것을 보았다.

오르푸가 타이트빔을 통해 말했다. *우리가 놀랄 게 뭐 있나? 총통합사령관은 18시간 동안 나름대로 조치를 취했을 것이고, 우리 모라벡들은 언제나 훌륭한 엔지니어들을 배출해 왔지 않나?*

만무트도 동의하지 않을 수 없었다. 빗자루대가 속도를 낮추고 빙빙 돌면서 가까이 다가오더니 이제 브레이크를 걸고 추진기의 방향을 착륙선으로부터 먼 쪽으로 돌렸다. 만무트가 보기에 그것은 자체의 축을 따라 약 60미터 정도의 길이를 하고 있었고, 비쩍 마른 경주마 위에 얹힌 안장처럼 작은 AI 뇌가 중심에 놓여 있었다. 수많은 은색의 조작기와 중금속으로 이루어진 집게들이 달려 있었고 거대한 엔진 벨 앞에는 4개의 작은 추진기와 함께 커다란 고출력의 엔진이 달려 있었다.

"이제 잠수정을 내보내겠습니다."

수마IV가 공유 통신망을 통해 말했다.

만무트는 착륙선의 외부 카메라를 통해 기다란 화물칸 문이 열리고 어둠의 여왕이 기체가 만들어내는 작은 추진력에 의해 부드럽게 떠서 나오는 것을 보았다.

그의 사랑하는 잠수정은 아주 천천히 회전하기 시작했고 자체의 안정화 시스템이 완전히 차단되어 있어서, *여왕* 스스로 안정을 찾으려는 움직임은 조금도 없었다. 만무트는 그녀가 이토록 어울리지 않은 환경에 놓인 것을 본 적이 없다고 생각했다. *어둠의 여왕*은 지구의 푸른 바다가 내려다보이는 상공 300킬로미터의 우주 공간에 떠 있는 것이다.

빗자루 로봇 우주선은 잠수정이 오랫동안 흔들거리게 두지 않았다. 그 물체는 조심스럽게 완벽한 가속을 붙이며 앞으로 나아갔고, 오랜 헤어짐 끝에 만난 연인의 팔을 감싸듯 부드럽게 조작기를 움직여 *어둠의 여왕*을 자신의 곁으로 끌어당기더니, 제 자리에 단단히 고정시켰다. 고정 집게들은 잠수정의 도킹 장치와 다양한 환기구들을 꽉 집도록 설계되었다. 역시 비슷한 부드러움으로 빗자루의 AI가 —혹은 그걸 제어하고 있는 전투선 속의 모라벡이— 밝은 황금 포일 분자 덮개를 뽑아내더니 조심스럽게 잠수정 전체를 에워쌌다. 엔지니어들은 블랙 홀을 촉발시킬 어떤 온도 변화도 허용하고 싶지 않았던 것이다.

4개의 추진기에 불이 붙었고 사마귀 모양의 로봇선과 포일에 덮인 *어둠의 여왕*은 착륙선에서 멀어져 갔다. 로봇은 축의 위치를 조정해 벨 모양의 엔진이 아래를 향하게 했다. 그것은 푸른 바다와 하얀 구름 그리고 눈에 잘 띄도록 유럽을 가로지르고 있는 움직이는 터미네이터를 향하고 있었다. 오르푸가 공통 통신망을 통해 물었다.

"이 작은 레이저 백혈구 로봇들을 어떻게 처리하겠대?"

클린업 로봇 레이저가 탄두를 격추시키지 못하게 하려면 어떻게 해야 할까. 만무트 자신도 궁금했던 일이었다. 하지만 자신이 해결할 수 있는 문제가 아니었기에 지난 18시간의 작업 동안 고민하지 않았던 것이다. 수마IV가 대답했다.

"*발키리*, *인도미터블*, 그리고 *니미츠*가 로봇선과 동행하면서 백혈구 로봇이 다가오면 파괴할 겁니다. 물론 그 사이에 우리 우주선은 스텔스 상태를 유지합니다."

오르푸는 공통 통신망을 통해 웃음을 터뜨렸다.

"*발키리*, *인도미터블*, *니미츠*라고요? 세상에, 평화를 사랑하는 우리 모라벡들은 갈수록 무서워지네요."

아무도 대답하지 않았다. 침묵을 깨기 위해 만무트가 말했다.

"그 중 어느 게···· 아니, 잠깐만요, 사라져 버렸네요."

무광의 검은 프랙털 박쥐는 다시 스텔스 해버려서, 지워진 스타필드나 링필드 패치에도 나타나지 않았다. 수마 IV가 말했다.

"그건 *발키리*였습니다. 10초."

아무도 소리 내어 카운트다운 하지 않았다. 하지만 모두가 마음속으로는 세고 있다는 것을 만무트는 확신하고 있었다. 제로에 이르자, 고출력 엔진 벨이 희미한 푸른 불빛에 드러났다. 만무트는 탄두 끝에서 비쳐 나오던 체렌코프 복사 효과의 빛을 떠올렸다. 빗자루-사마귀는 움직이기 시작했다. 조바심 날 정도로 아주 천천히 위로 올라가기 시작했다. 하지만 만무트는 알고 있었다. 충분히 오랜 시간 동안 지속적인 추진력을 받으면 곧 엄청난 속도에 도달하게 된다는 것, 심지어 지구의 중력장을 벗어나려고 할 때에도. 그는 또한 알고 있었다. 이 로봇선이 곧 그러한 추진력에 도달하게 되리란 것을. 아마도 우주선과 방열 담요를 뒤집어쓴 채 죽어 버린 *어둠의 여왕*이 지구 달의 텅 빈 궤도에 도착할 때쯤이면 전체적으로 중력권을 벗어날 수 있는 속도에 도달해 있을 것이다. 그 지점 이후에는 블랙 홀이 활성화되더라도, 그 특이성은 우주 공간 속에서 위험해지겠지만 적어도 지구의 멸망을 의미하지는 않게 되는 것이다.

로봇선은 움직이는 링필드를 배경으로 곧 사라져 버렸다. 만무트는 로봇선을 호위하고 있을 세 대의 스텔스 모라벡 우주선이 발진하거나 이온을 배출하는 모습을 조금도 볼 수 없었다. 수마IV는 화물칸 문을 닫았다. 조종사가 말했다.

"좋습니다, 여러분, 귀를 기울여 주세요. 우리의 두 친구가 저 바다 밑에서 작업하고 있는 동안 이상한 일들이 벌어졌습니다. 우리는 *퀸 맵*으로 돌아가야 합니다."

"우리의 정찰대들에게 무슨 일이 벌어진 겁니까····"

만무트가 물었다. 수마IV가 끼어들었다.

"우리가 더 상승하고 나면 정보를 다운로드받아볼 수 있을 겁니다. 하지만 지금 당장 총통합사령관이 원하는 것은 우리들의 귀환입니다. 맵은 잠시 멀리 떠나 있을 겁니다…… 적어도 달의 궤도 정도까지는 멀어질 겁니다."

"안돼요!"

이오의 오르푸가 말했다. 그 음절은 거대한 종이 단번에 울린 것처럼 통신망 속에 메아리를 만들어냈다. 수마 IV가 물었다.

"안된다고요? 그건 명령이었습니다."

"우린 어틀랜틱 갭인지, 브리치인지, 그리로 돌아가야 합니다. 지금 당장 아래로 돌아가야 해요."

"입 닥치고 꼭 붙잡기나 하세요."

조종실의 덩치 큰 가니메덴이 말했다.

"나는 명령대로 착륙선을 퀸 맵으로 되돌릴 겁니다."

"만 미터 상공에서 당신이 찍은 이미지들을 보세요." 오르푸는 이렇게 말하고 착륙선 위의 모든 사람들에게 내부 인터넷으로 그 이미지를 전송했다. 만무트는 바라보았다. 탄두를 잘라내기 시작하기 전에 그들이 보았던 것과 같은 그림이었다. 바다를 가르고 있는 놀랄만한 틈새, 그 틈새의 북쪽 벽을 뚫고 나와 처박혀 있는 잠수함의 머리, 그리고 폐허가 된 좁은 벌판. 오르푸가 말을 이었다.

"저는 시각적 주파수에 관한 한 장님입니다. 하지만 저는 동반되는 레이더 이미지를 계속해서 조작해보았는데 그 안에서 이상한 게 보입니다. 가능한 한 가장 크고 선명하게 확대해 본 시각적 사진이 여기 있습니다. 그 안에 좀 더 가까이 다가가 볼 필요가 있다고 생각되는 것이 눈에 띄면 말씀들 해 주세요."

"지금 당장 말해 주겠습니다. 지금 보이는 어떤 것도 내가 지구로 회항하게 만들 만한 것은 없습니다."

수마IV가 냉정하게 말했다.

"두 분은 아직 얘기를 듣지 못했지만, 소행성섬이 —우리가 오디세우스를 내려보냈던 그 거대한 소행성이— 떠나고 있습니다. 그것은 이미 축을 바꾸고 새로 정럴했어요. 그리고 우리가 얘기하고 있는 지금 이 순간 추진기를 점화시키고 있습니다. 당신의 친구 오디세우스는 죽었습니다. 그리고 극링과 적도링에 있는 수백만 개의 위성이 —질량 축적기, 팩스 장치, 그리고 다른 것들이— 모두 살아나고 있어요. 우리는 떠날 겁니다."

"저 빌어먹을 사진을 좀 보라니까요."

이오의 오르푸가 고함을 질렀다.

선상의 모든 모라벡들은, 심지어 귀가 없는 자들까지도 모두 자신의 귀를 손으로 가렸다. 만무트는 일련의 디지털 이미지 중 다음 것을 보았다. 그것은 엄청나게 확대되었을 뿐만 아니라 굉장히 선명하게 정리되어 있었다. 만무트는 계속했다.

"브리치의 건조한 바닥에 배낭 같은 것이 놓여 있어요. 그리고 그 옆에는······"

"총이 있죠."

센추리온 지휘관 멥 아후가 말했다.

"내 생각이 맞았다면 화약 발사기 정도네요."

"그리고 배낭 옆에는 사람이 누워있는 것 같습니다."

검은 키틴질의 군인 하나가 말했다.

"오랫동안 죽은 채 누워있었던 것 같은데요. 납작 엎드려 꼼짝하지 않습니다."

"아니요. 저는 최상의 레이더 이미지를 체크했습니다. 그것은 인간의 신체가 아닙니다. 인간이 입었던 방열복입니다."

"그래서요?"

수마 IV가 조종실의 사령관 의자에서 말했다.

"침몰선에서 빠져나온 승무원이나 인간의 물품이었겠지요. 버려진 잔해 중 하나일 뿐입니다."

오르푸가 커다란 소리로 비웃었다.

"그게 2,500년 동안이나 그대로 있었다고요? 그럴 리가요. 총을 봐요. 녹이 없어. 배낭을 봐요. 썩지도 않았어요. 브리치-갭은 모든 자연요소에 노출돼 있습니다. 거기엔 햇빛과 바람도 포함되지요. 그런데 이 물건들은 썩지 않았어요."

"그건 아무 것도 증명하지 못합니다."

퀸 맵과의 랑데부 좌표를 두드리면서 수마IV가 말했다. 추진기는 적당한 힘으로 착륙선을 적절한 위치로 들어올렸다.

"지난 몇 년 사이에 어떤 고전-인류가 헤매고 나왔다가 죽었겠지요. 우리에겐 지금 당장 해야 할 더 중요한 임무가 있습니다."

"모래를 한 번 보세요."

"뭐라구요?"

"제가 보내 드린 다섯 번째 이미지를 보세요. 모래 속말입니다. 저는 직접 볼 수는 없지만 레이더로는 3밀리미터까지 접근 가능합니다. 무엇이 보입니까, 여러분의 눈으로는?"

"발자국이네."

만무트가 말했다.

"인간의 맨발자국입니다. 여러 개 있어요. 진흙 바닥과 부드러운 모래 덕분에 아주 선명합니다. 모두 서쪽을 향하고 있네요. 며칠만 지나도 비가 그 발자국들을 다 지워버립니다. 그러니까 지난 48시간 내에 어떤 인간이 그곳에 있었다는 얘깁니다. 어쩌면 우리가 탄두제거 작업을 하고 있는 동안이었을지도 모릅니다."

"상관없습니다."

수마 IV가 말했다.

"우리는 퀸 맵으로 돌아오라는 명령을 받았기 때문에‥‥."

"착륙선을 어틀랜틱 브리치로 돌리시오."

지구 저편 3만 킬로미터 상공에 있는 총통합사령관 아스티그/체가 명령을 내렸다.

"마지막 궤도에서 촬영한 이미지를 검토한 결과 난파한 잠수함으로부터 서쪽으로 약 23킬로미터 지점에 인간으로 보이는 존재가 있습니다. 가서 당장 찾아보시오."

나는 다시 제 형상으로 돌아와 헬렌의 개인 욕실로 양자이동 했다는 것을 깨닫는다. 그녀가 죽은 남편 파리스와 함께 사용하던, 지금은 전 시아버지인 프리아모스 왕과 사용하는, 궁궐 깊숙한 곳이다. 행동할 수 있는 시간이 단 몇 분밖에 없다는 것을 알고 있지만, 나는 무엇을 해야 할지 모르겠다.

내가 이 방 저 방 헬렌의 이름을 부르며 성큼 성큼 걸어 다니는 것을 보고, 노예 소녀들과 시중드는 여인들이 비명을 지른다. 나는 하인들이 경비병을 부르는 소리를 들으며 깨닫는다. 트로이인들의 창끝에 생을 마감하지 않으려면 재빨리 다른 곳으로 양자이동 해야 하는데. 그 때 나는 다음 방에서 익숙한 얼굴을 본다. 힙시필레. 미친 카산드라를 개인적으로 돌보라고 안드로마케가 이용했던 레스보스에서 온 여자 노예다. 힙시필레는 헬렌이 어디에 있는지 알지도 모른다. 내가 마지막으로 그들을 봤을 때 헬렌과 안드로마케는 아주 가까웠으므로. 그리고 이 노예는 최소한 도망가거나 경비병들을 부르지 않는다.

"헬렌이 어디에 있는지 알아?"

뚱뚱한 그 여자에게로 다가가며 내가 묻는다. 그녀의 무뚝뚝한 얼굴은 마치 조롱박처럼 아무런 표정이 없다. 마치 그에 대한 대답인 듯, 힙시필레가 뒤로 물러서더니 나의 생식기를 걷어찬다. 나는 펄쩍 뛰어올라 채인 곳을 움켜쥐고는, 타일 바닥에 쓰러져 고통 속에 뒹굴며 낑낑거린다.

그녀가 다시 나를 차려고 하고, 피하지 않는다면 내 머리가 날아갈 것이므로, 내가 피하려고 애쓰는 통에 내 어깨가 그 발길질을 받아, 나는 끽소리도 못한 채 방구석으로 굴러 간다. 왼쪽 어깨와 팔의 손가락 끝까지 감각이 없어진다. 나는 발을 딛고 서려고 애쓰며, 그 거대한 여자가 끝장을 내겠다는 눈빛으로 다가오는 것을 보며 몸을 구부린다.

어딘가로 양자이동 해. 이 천치야. 나는 스스로에게 말한다.

어디로?

이곳이 아닌 어디든!

힙시필레가 나의 옷 앞자락을 잡더니, 옷을 뜯어내고는 나의 얼굴을 치려고 한다. 나는 팔을 들어 공격을 막는다. 그녀의 거칠고 커다란 주먹에서 오는 충격이 내 양 팔의 뼈를 거의 부술 기세다. 나는 벽에 부딪치고 그녀는 다시 내 상의를 잡아 배에 주먹을 날린다. 갑자기 나는 다시 무릎을 꿇고, 구역질을 하며 나의 배와 아랫도리를 부여잡고, 끽소리도 내지 못할 만큼 숨을 쉴 수가 없다.

힙시필레가 내 갈비를 걷어차서, 최소한 한 대를 부러뜨리고, 나는 고통에 옆으로 구른다. 경비병들이 중앙 계단을 뛰어오르는 발소리가 들린다.

이제야 기억난다. 마지막으로 내가 힙시필레를 보았을 때 그녀는 헬렌을 보호하려 했고, 나는 헬렌을 데리고 가기 위해 그녀에게 주먹질을 했었다.

노예 여자는 날 낡은 인형처럼 들어 올리더니 얼굴을 때린다. 처음에는 손바닥으로, 그리고 손등으로, 그리고 다시 손바닥으로. 나는 이가 흔들리는 것을 느끼고, 내가 항상 끼고 있던 안경을 쓰고 있지 않다는 것에 안도한다.

하느님 맙소사, 호켄베리. 머리 속의 한 부분이 꿈틀한다. 방금 아킬레스가 제우스를—뇌우를 부르는 신을— 단 한 번의 전투에서 죽이는 것을 봤는데, 지금 여기 이 불결한 레즈비언에게 만신창이가 되고 있다니!

경비병들이 방으로 몰려들어오고, 나를 향해 창끝을 세운다. 힙시필레가 그들을 향해 돌아서고, 여전히 그녀의 커다란 손으로 내 옷을 움켜쥐고, 내 발 끝을 마루에 끌며, 나를 그들의 창끝으로 밀려고 한다. 나는 그녀와 함께 커다란 성벽의 꼭대기로 양자이동 한다. 주변에 갑자기 햇살이 쏟아진다. 몇 야드 밖 트로이 전사들이 놀란 소리를 지르며 펄쩍 뒤로 물러난다. 갑작스런 장소의 변화에 놀란 힙시필레가 날 떨어뜨린다. 그녀가 혼란스러워하는 틈을 이용해 나는 그녀의 두꺼운 다리를 아래에서 힘껏 찬다. 그녀가 쓰러지며 팔로 바닥을 집었으나, 난 여전히 쓰러진 채로 양 발을 모으고, 동그랗게 움츠렸다가, 힘껏 차서 그녀를 성벽 아래의 도시로 떨어뜨린다.

맛 좀 봐라, 이 근육만 커다란 암소 같으니, 고전 문학 박사인 토마스 호켄베리 박사를 함부로 대하면 어떻게 되는지 알아⋯⋯

나는 일어나서 먼지를 떨어내고는 성벽 아래를 내려다본다. 근육 덩어리 암소는 벽에 붙어서 세워진 시장의 천막 지붕 위에 떨어져, 천막을 뚫고는 감자가 쌓여 있는 것 같은 더미에 내려앉았다가, 스카이안 정문 근처의 계단으로 뛰어가, 내가 서있는 곳으로 허겁지겁 다시 올라오고 있는 중이다.

젠장.

나는 성벽을 따라서 뛰다가 헬렌이 아테나의 사원 근처 전망대 위에 왕족들과 함께 서있는 것을 본다. 모두가 해변의 전투를 지켜보는 데 완전히 정신을 빼앗기고 있어서 ―나의 아카이언들의 마지막 운명의 전투가 막바지에 이르렀군― 내가 헬렌의 아름다운 흰 팔을 잡을 때까지 아무도 나를 막지 않는다. 헬렌이 깜짝 놀란다.

"혹-엔-베-리이이. 무슨 일이에요, 어째서⋯⋯."

"모두를 성 밖으로 대피시켜야 하오!"

나는 숨을 들이킨다.

"당장! 지금 당장!"

헬렌이 머리를 흔든다. 경비병들이 둘러싸고 창과 검을 꺼내 들었으나, 헬렌이 손짓으로 그들을 저지한다.

"혹-엔-베-리이이⋯⋯ 굉장해요. 우리가 이기고 있어요⋯⋯ 아르고스인들은 우리의 낫에 잘리는 밀처럼 쓰러지고 있어요⋯⋯ 이제 곧 고귀한 헥토르가⋯⋯"

"건물과 벽으로부터 멀어지게 모두를 대피시켜야 해요, 성 밖으로!"

내가 소리친다. 소용이 없다. 경비병들이 우리 주변을 둘러싸고, 당장 나를 죽이거나 끌어내어 헬렌과 프리아모스 왕, 그리고 다른 왕족들을 보호할 태세를 하고 있다. 시간 내에 도시에 경고를 하도록 헬렌과 프리아모스 왕을 설득할 수 없을 것이다.

헐떡이며, 우리를 향해 성벽을 내려오는 힙시필레의 무거운 발소리를 의식하며, 나는 숨을 들이킨다.

"경보기, 모라벡이 공습경보기를 놓아둔 곳이 어디지?"

"경보기?"

헬렌이 말한다. 그녀는 이제 매우 놀라서, 내 광기를 당장 어떻게 해야 한다는 표정을 짓고 있다.

"공습경보기. 몇 달 전에 신들이 공중에서 도시를 공격했을 때 쓰던 것들 말이오. 모라벡들이 —그 장난감 기계 같은 사람들이— 공습경보기를 어디에 놓았소?"

"오, 아폴로 사원의 대기실 안에요, 하지만, 혹–엔–베–리이이, 왜 당신이⋯⋯."

그녀의 팔뚝을 세게 잡은 채로, 나는 이 곳 일리움에 있는 아폴로 신전의 계단을 눈에 그리며 경비병들과 화가 잔뜩 난 레스보스에서 온 커다란 여자가 나를 붙잡기 직전에 그 곳으로 양자이동한다.

우리가 흰 계단 위로 순식간에 이동하자 헬렌이 놀라 숨을 죽이지만 나는 그녀를 대기실로 끌고 간다. 이곳에는 경비병이 없다. 도시의 모든 사람들은 해변에서 서쪽으로 이어지며 벌어지는 전투의 끝을 보기 위해 벽 위나 높은 곳으로 올라가 있다. 장비는 이곳에 있다, 사원의 주 대기실 옆에, 시종들이 옷을 갈아입는 작은 방에. 공습경보기는 자동이었고, 모라벡의 지대공地對空 미사일과 도시 외곽에 있었으나 지금은 없어진 레이더 단지에 의해 작동되었지만, 내가 지금 기억해낸 건 모라벡 엔지니어들이 다른 전자 장치들과 마이크 하나를 남겨두었다는 것이다. 혹 프리아모스 왕이나 헥토르가 이곳 성벽에 설치된 커다란 서른 개의 공습경보용 확성기를 통해 트로이 전체에 경고를 해야 할 경우를 대비한 것이었다.

나는 몇 초 동안 기기들을 조사한다. 어린아이도 사용할 수 있을 만큼 간단하게 만들어져 있었다. 그래야 트로이인들이 스스로 이용할 수 있을 터였다. 그리고 그 아동용처럼 단순한 기술이야말로 바로 토마스 호켄베리 박사가 감당할 수 있는 것이다.

"혹-엔-베-리이이····"

나는 'PA 시스템 작동'이라고 쓰인 스위치를 켜고, '확성기 사용'이라고 쓰인 버튼을 누른 다음, 골동품처럼 보이는 마이크를 들고, 내 목소리가 수백 개의 건물과 거대한 벽들에 부딪혀 메아리가 되어 돌아오는 것을 들으며 떠들기 시작한다.

"들으시오! 들으시오! 일리움의 백성들이여. 프리아모스 왕께서 지진 경보를 발령합니다···· 지금 당장! 모든 건물에서 나가시오···· *당장!* 벽으로부터 물러나시오···· *당장!!* 할 수 있으면 빨리 시에서 벗어나서 트인 공간으로 나가시오. 탑 속에 있는 사람들은 나오시오···· ***당장!!*** 일리움에 지금 지진이 일어나려고 하고 있소. 반복하니, 프리아모스 왕께서 즉시 지진 대피 경보를 발령하셨습니다···· 모든 건물에서 나가서 열린 공간으로 피하시오. *당장!!*"

나는 다시 한 번 외치고는 스위치를 끄고, 입을 다물지 못한 채 나를 바라보고 있는 헬렌을 잡아끌어, 아폴로의 신전에서 나와 중앙 시장으로 간다. 사람들이 흩어지며 웅성거리고, 나의 경고 방송이 나왔던 스피커들을 쳐다보고 있지만, 아무도 대피를 하려는 것 같지 않다. 몇 명의 사람들이 커다란 건물로부터 나와 두리번거리며 중앙 광장으로 향하지만, 내가 말했듯이 열려있는 스카이안 성문과 평야로 달려 나가는 사람은 거의 없다. 나는 내뱉는다.

"젠장!"

"혹-엔-베-리, 당신 많이 흥분해 있어요. 내 방으로 가서 꿀을 탄 와인이라도 마시며····"

나는 그녀를 내 뒤로 숨긴다. 아무도 열린 성문으로 향해가지 않고 건물에서 나오지 않고 있다고 해도, 나는 확신한다. 그리고 나는 그녀가 원하든 말든 헬렌을 구할 것이다.

나는 광장의 서쪽 끝에 있는 좁아지는 길로 허겁지겁 들어서기 직전에 발을 멈춘다. 내가 뭘 하고 있는 거야? 바보처럼 달릴 이유가 없잖아. 그냥 성벽 밖에 있는 관목 언덕길을 떠올리고 그 곳으로 양자이동을 하면 되는데‥‥

"오, 젠장."

우리 위로 수 마일의 길이는 되어 보이는, 전에 올림포스에서 보았던 것 같은 브레인 홀과 ─둘레가 불꽃에 싸인 평평한 원형과─ 같은 것이 빠르게 수평으로 하강하고 있다. 홀을 통해서 어두운 하늘과 별들이 보인다.

"염병할!"

나는 마지막 순간에 양자이동을 하지 않기로 결심한다. 양자이동을 하는 순간 브레인 홀에 부딪치면 그대로 양자 공간에 갇혀 버릴 위험이 크기 때문이다. 나는 공포에 질려 쳐다보는 헬렌을 끌고 커다란 광장의 중앙을 향에 12야드 정도 나아간다. 행운이 따라준다면 우리는 무너지는 성벽과 빌딩을 피할 수 있을 것이었다.

둥근 테 모양의 불덩어리가 일리움을 지나 우리 주위로 다가 오며, 주변의 언덕과, 평원과, 습지와, 해변들을 최소한 2마일의 원으로 둘러싸며 내려오고 있고, 그것이 떨어짐과 동시에 우리도 떨어진다. 고대의 도시 트로이가 마치 갑자기 케이블이 끊어진 승강기처럼 되어 버린 느낌이고, 2초 후에 대혼란이 시작된다.

한참 후에, 모라벡 엔지니어들이 내게 말한 바에 따르면, 일리움 도시 전체가 정확히 5피트 2인치 가라앉아 현재-지구의 땅 위로 떨어졌다고 했다. 해변에서 싸우던 모든 사람들 ─싸우고, 소리치며, 땀을 흘리던 십오 만 명 이상의 군인들─ 또한 갑자기 5피트 2인치 아래로 떨어졌고, 그들이 떨어진 곳은 부드러운 해변의 모래 위가 아니라 해안선이 서쪽으로 300야드나 물러나 모래가 빠져나간 뒤에 생긴 바위와 거칠게 뒤엉킨 풀들 위였다.

일리움의 커다란 도시 광장에 있는 헬렌과 나에게, 일리움의 마지막 순간들은 거의 우리의 마지막 순간이나 다름없었다. 그 광장의 남동쪽 모퉁이 뒤 성벽 가까이에 있는 꼭대기 없는 탑은 —이제는 아득한 옛일처럼 느껴지지만 헬렌이 나의 심장을 찔렀던 꼭대기 없는 그 탑은— 거대한 공장 굴뚝이 무너져 내리는 것처럼, 낮은 건물들 위로 무너졌고, 분수 근처의 광장에서 몸을 낮추고 있던 우리 위로 그대로 넘어졌다.

우리 생명을 구한 것은 분수대였다. 물웅덩이와 중앙에 오벨리스크가 있는 여러 개의 층으로 된 구조로 —12 피트로 안 되는 높이— 떨어지는 탑 조각들이 갈라져 나가게 할 만큼의 크기였고, 작아진 조각들이 일으키는 먼지 구름 속에서 우리를 콜록거리게 만들었으나, 더 큰 돌 조각들을 광장 건너편으로 쳐내어주었다.

우리는 충격에 휩싸였다. 광장을 덮고 있는 거대한 돌이 5피트 아래로 내려앉으며 산산 조각이 나버렸다. 분수의 오벨리스크가 30도 정도 기울었고 분수는 영원히 멈춰버렸다. 도시 전체가 먼지 속에 가려져서 시야가 확보되는 데 6시간 이상이 걸렸다. 헬렌과 내가 정신을 차리고 먼지를 털어내며, 콜록거리며 코와 목을 가득 채운 끔찍한 하얀 가루들을 뱉어내려고 하고 있을 때, 다른 사람들은 이미 달아나고 있었다. 대부분은 방향을 잃은 채, 완전히 공포에 질려있었고, 이제 달아나기에는 너무 늦었다. 그 와중에 몇몇은 심지어 폐허 속을 파내며 사람들을 찾고 구하려고 애를 쓰고 있었다.

도시가 무너졌을 때 5,000명 이상이 죽었다. 대부분은 큰 건물에 갇혀있었다. 아테나 신전과 아폴로 신전이 모두 무너졌고, 많은 기둥들이 갈라져 막대기처럼 부러져 날아갔다. 지금은 프리아모스의 집인 파리스의 궁전은 돌무더기로 변했다. 그녀가 있던 곳의 성벽이 무너졌을 때, 여전히 나를 잡으려고 달리고 있던 힙시필레를 제외하고는 아테나 신전의 테라스에 있던 사람 중 그 누구도 살아남지 못했다. 많은 사람들이 서쪽과 남서쪽에 위치한 성벽에 서있었고, 성벽은 완전히 무너지지는 않았지만, 여러 조각으로 흩어지며 안팎으로 떨어져 내렸고, 시체들이 스카만데르 평원의 바위 위나 돌무더기가 되어버린 도시 아래로 내동댕이쳐졌다. 프리아모스 왕이 그렇게 죽은 사람들 중 하나였고, 불행한 운명의 카산드라를 포함한 왕족들 몇도 그렇게 죽었다. 안드로마케는 —헥토르의 부인이자 그 곳에서 유일한 생존자는— 긁힌 자국조차 하나도 없었다.

트로이의 도시는 지금 터키의 그 지역이 그렇듯이 고대의 지진대 안에 들어있었고, 사람들은 지금 사람들이 그렇듯이 지진에 어떻게 대응해야 하는지 알고 있었으며, 아마도 나의 경고가 많은 사람을 구했을 것이다. 많은 사람들이 건물이 무너지는 것을 피하기 위해 바닥이 단단한 입구 쪽으로 뛰어갔거나 열린 공간으로 피했다. 수 천 명이 도시가 내려앉고, 탑이 스러지고, 성벽이 무너지기 전에 평원으로 뛰어 나온 것으로 후에 추정되었다.

나로 말하자면, 믿을 수 없이 멍한 상태로 주위를 둘러보고 있었다. 아카이언들에게 10년 동안을 점령당한 후에도, 그리고 수개월 동안 이어진 신들과의 전쟁에서도, 살아남았던 가장 고귀한 도시가 지금 대부분 돌무더기로 변해버렸다. 이 곳저 곳에서 불길이 치솟았다. 파괴될 가스라인이 없는 이곳에서는 내 시대의 현대적인 도시에서 지진이 일어난 뒤에 어디서나 타오르는 불꽃 때문이 아니라, 화로와 난로와 부엌과 창이 없는 건물에 있는 횃불들이 밖으로 드러났기 때문이다. 불길은 충분했다. 휘돌아 오르는 먼지와 연기가 섞여 광장에 뒤섞인 우리들 수백 명이 콜록거리며 눈을 비비게 만들었다.

"프리아모스를 찾아야 해요···· 안드로마케도····"

헬렌이 콜록대는 중간에 말했다.

"헥토르도 찾아야 해!"

"당신은 여기서 사람들을 돌봐요, 헬렌."

나도 콜록대며 말했다.

"내가 해변으로 내려가 헥토르를 찾아보겠소."

내가 몸을 돌렸으나 헬렌이 팔을 잡으며 나를 세웠다.

"혹-엔-베-리이이···· 왜 이런 일이 일어난 거죠? 누가 이런 짓을 한 거죠?"

나는 진실을 말했다.

"신들이."

거대한 스카이안 성문 위의 돌이 떨어지지 않는 한 트로이는 멸망하지 않는다는 게 오랜 예언이었다. 내가 모여 있는 군중들을 밀어내며 앞으로 나가보니, 나무로 된 성문이 쪼개지고 커다란 문 상부에 걸린 돌이 떨어져 있는 것이 아닌가.

10분 전과 모든 것이 달라져 있었다. 둘러싼 불에 의해 순식간에 도시가 파괴되었을 뿐만 아니라, 주변 경관도 달라져 있었다, 하늘도 달라지고, 날씨도 달라졌다. *우린 더 이상 캔저스에 있는 게 아냐, 토토.*[+]

나는 인디애너 대학과 다른 곳에서 20년 이상 *일리아드*를 가르쳐왔으나, 한 번도 트로이에 —터키의 해안에 있는 트로이의 폐허 유적에— 가리라고는 생각해 본적이 없었다. 하지만 20세기 말과 21세기 초에 찍힌 사진들은 충분히 보았다. 일리움이 도로시의 집처럼 부서져 내린 이곳은, 일리움이라는 분주한 제국의 중심부라기보다는, 21세기 트로이의 폐허 —히살릭이라는 작은 구역— 같았다.

달라진 경치를, 그리고 달라진 하늘을 보고 있자니 —그리스인들이 마지막 전투를 치르고 있을 때는 이른 오후였는데, 지금은 황혼이다— 바이론이 1810년 이곳을 방문했을 때, 영웅적인 역사에 대해 연결감과 거리감을 동시에 느끼며 쓴 돈후안의 노래가 떠올랐다.

> 대리석도 이름도 없는 높은 무덤들,
> 거대한, 경작되지 않은 산자락의 평원
> 멀리 있는 이다는, 여전히 그대로이고,
> 오래된 스카만데르가 (이게 스카만데르라면) 남아있다.
> 그 상황은 이름을 남기기 위해 설정된 것으로 보이네?
> 십만 명이 다시 싸울지도 모르지,

+ 영화 〈오즈의 마법사〉에서 고향을 떠난 도로시가 강아지 토토에게 하는 대사 – 역자 주

쉽사리; 그러나 내가 일리온의 성벽을 찾는 곳엔,

조용한 양떼들이 풀을 뜯고, 거북이 기어 다니네.

양떼는 보이지 않지만, 무너진 도시를 돌아보았을 때, 능선은 여전히 같은 능선이었다. 비록 아마추어 고고학자 슐리만의 유적의 돌 더미 위로 방금 도시가 떨어진 곳은 확실히 5피트 2인치가 더 낮긴 했지만. 갑자기 내 기억 속에서 고대 로마인들이 최초의 일리움이 사라진 지 천 년 후에 그들의 도시 일리온을 세울 때 능선의 꼭대기를 몇 야드 깎아 내렸다는 것이 떠올랐고, 나는 5피트 2인치만 내려앉은 게 다행이라는 걸 깨달았다. 그리스의 유적 위에 로마의 잔해가 없었다면, 상황은 훨씬 더 심각했을 것이었다.

시모이스 평원이 수마일 펼쳐진 북쪽으로, 방목에 완벽한 장소이며 유명한 트로이의 말들이 뛰어다니던 낮은 초지에는, 지금은 숲이 자라고 있다. 스카만데르의 부드러운 평원은, 도시와 서쪽의 해안선 사이에 있던 지역으로, 내가 지난 11년 동안 목격한 전투의 대부분이 일어난 곳이었으나, 지금은 작은 떡갈나무, 소나무 그리고 늪지에서 자라는 관목들이 무성하게 뒤엉켜 자라는 협곡으로 변했다. 나는 그 해변으로 향했고, 내가 어디에 있는지도 깨닫지 못한 채, 트로이인들이 관목 능선이라고 불리는 곳으로 올라갔다. 하지만 낮은 능선 아래 도착하자마자 나는 놀라움에 발걸음을 멈추었다.

바다가 사라졌다.

내 전생인 21세기의 기억으로부터 알고 있던 해안선이 일 마일쯤 물러난 정도가 아니었고, *염병할 에게해 전체가 사라졌잖아!*

나는 관목 능선에서 찾을 수 있는 가장 높은 바위에 앉아 이 일에 대해 생각했다. 나는 닉스와 헤파이스토스가 우리를 어디로 보냈는지 뿐만 아니라, *언제* 보냈는지도 궁금해졌다. 사라지는 황혼 속에서 지금 내가 알 수 있는 것은 내륙의 어느 곳에도 혹은 해안 어디에서 전기불이 보이지 않는다는 것이었고 에게해가 있어야 할 이곳에 다 자란 나무들과 관목들이 무성하다는 것이었다.

토토, 우린 더 이상 캔저스에 있지 않아. 아니, 오즈에도 있지 않아.

밤하늘은 완전히 구름에 덮여 있었으나, 불과 15분 전에 해안이었던 이곳에 수천 명이 반마일의 호 모양으로 모여 있는 걸 볼 수 있을 만큼의 빛은 있었다. 처음에 나는 그들이 아직도 싸우고 있는 거라고 확신했다. 각 측면에 수천 명이 넘게 쓰러져 있는 게 보였다. 그러나 다음 순간 나는 그들이 전투 대형이나, 참호나, 방어나, 의사소통이나, 규율이 전혀 없이 그냥 무질서하게 모여 있다는 것을 깨달았다. 후에 나는 거기 있는 사람들의 3분의 1 정도, 트로이인들과 아카이아인들 모두가, 불과 몇 초 전에는 없었으나 지진으로 인해 생긴 5피트 아래의 바위와 협곡으로 떨어져 뼈가 —대부분 다리뼈가— 부러진 상태라는 것을 발견했다. 불과 몇 분 전까지만 해도 서로 배와 머리를 베어 조각내려고 하던 사람들이 지금은 여기저기 누워 신음하고 있거나 서로를 부축하며 도우려 하고 있다는 것을 알게 되었다.

나는 급히 언덕을 내려가 전투로 인해 다져지고 헐벗어져 걷기 편해진 충적 평원을 일마일 정도 걸어 건넜다. 내가 트로이 전선 —전투가 있었을 때는 그렇게 불렸지— 뒤쪽에 도착했을 즈음에는 거의 어둠이 내리고 있었다. 나는 즉시 헥토르가 어디에 있는지 묻기 시작했으나, 그를 찾은 것은 반시간이 지나서였고, 그 때쯤에는 횃불에 밝혀져 사방이 환했다.

헥토르와 상처 입은 그의 형제 데이포보스는, 아르고스의 임시 사령관 데우칼리온의 아들이고 크레테 영웅들의 사령관인 이오데네우스, 그리고 오일레우스의 아들인 로크리스의 소 아이아스와 회담 중이었다. 소 아이아스는 들것에 실려 회담장으로 왔는데, 그 날 오전의 전투에서 두 정강이 뼈가 모두 잘려졌기 때문이었다. 또한 내가 그 날 일찍이 죽음을 당했으리라고 생각한 네스토르의 용감한 아들 트라시메데스도 그 곳에서 헥토르와 회담을 하고 있었다. 그는 마지막 참호에서의 전투에서 실종되었고 그 곳에 있던 주검들 속에 죽어 있으리라고 추정되었으나, 내가 방금 알게 되었듯이, 그는 세 번째 부상을 입었을 뿐이었다. 다만 주검으로 가득 찬 참호에서 빠져 나오는 데 여러 시간이 걸렸고, 빠져 나왔을 때는 주변에 트로이인들 뿐이었다. 그는 포로로 잡혔다. 거의 11년에 걸친 양측의 전쟁에서 남은 몇 안 되는 관용의 행위였다. 그리고 지금 그는 부러진 창을 목발 삼아 헥토르와 협상을 하는 중이었다.

"혹–엔–베–리이이!"

헥토르가 이상하게도 나를 보는 것이 즐거운 듯 말했다.

"두아네의 아들! 이 광란 중에 살아남아 있다니 반갑군. 왜 이런 일이 생긴 건가? 누가 이런 거지? 무슨 일이 일어난 건가?"

"신들이 한 일이라네."

나는 진실하게 말했다.

"구체적으로, 불의 신 헤파이스토스와 밤의 신 닉스, 운명들과 함께 사는 신비한 여신이."

"자네가 신들과 가까운 건 알고 있네, 두아네의 아들. 그들이 왜 이런 일을 했다는 건가? 그들이 우리에게 원하는 게 무엇인가?"

나는 머리를 흔들었다. 횃불들이 서쪽에서 불어오는 강한 바람에 흩어지고 있었다. 한 때는 지중해였던 곳에서 불어오는 바람에는 이제 지루한 초목의 냄새가 배어있었다. 내가 말했다.

"신들이 뭘 원하는지는 중요하지 않아. 다시는 신들을 보지 못할 걸세. 그들은 영원히 떠났어."

우리 주위에 있는 일이백 명의 병사들은 아무 말도 하지 않았고, 잠시 동안 어둠 속에서 들리는 소리라고는 횃불이 타는 소리와 상처 입은 수많은 병사들의 신음소리뿐이었다. 이윽고 소 아이아스가 물었다.

"어떻게 알지?"

"방금 올림포스에서 왔네. 너희들의 아킬레스가 일대일 전투에서 제우스를 죽였지."

헥토르가 좌중을 진정시키지 않았다면 웅성거림은 곧 고함으로 바뀔 지경이었다.

"계속해보게, 두아네의 아들."

"아킬레스가 제우스를 죽이고 타이탄들이 올림포스로 돌아왔네. 결국은 헤파이스토스가 지배하게 될 거야. 밤의 여신과 운명의 신들이 이미 결정해 놓은 일이지. 하지만 다가올 한두 해 동안에, 당신들의 지구에선 살아남을 인간이 없을 정도의 전쟁이 일어날 수도 있어. 그래서 헤파이스토스가 당신들을 보냈지. 도시와, 그 생존자들과, 아카이아인들과 트로이인들을 이곳에."

"여기가 어디인가?"

이데오메네우스가 물었다.

"나도 모르네."

"우린 언제 돌아갈 수 있나?"

헥토르가 물었다.

"못 돌아가네."

나는 자신 있게 확신에 찬 목소리로 말했다. 내가 언제 이 두 단어를 이토록 확신을 가지고 말한 적이 있는지 모르겠다.

비로 그 순간, 그날 일어난 세 가지 불가사의 중 두 번째 일이 일어났다. 첫 번째는, 내 해석에 의하면, 일리움이 전혀 다른 우주로 떨어진 것이다.

도시가 능선에 떨어진 이후로 하늘은 구름에 덮여있었다. 동서로 완전히 가득 덮인 구름. 그리고 구름이 덮이자 황혼의 어둠은 더욱 빠르게 내려앉았다. 그러나 지금 초목의 냄새를 실어온 바람이 구름 전체를 서에서 동으로 움직여 우리 위에 초저녁의 하늘이 열렸다. 우리는 병사들이 —아카이아와 트로이 모두— 길게 탄성하는 소리를 들었고, 그들이 하늘을 보며 손가락으로 무언가를 가리키고 있다는 것을 깨달았다.

하늘을 올려다보기 전에 나는 이미 그 이상한 빛을 의식하고 있었다. 그것은 내가 보름달 아래서 본 어느 빛보다 더 밝고, 풍부하고, 우윳빛을 띄고 있었으며, 이상하게도 빛이라기보다 액체에 가까워 보였다. 우리가 서있는 바위에 드리워져 움직이는 여러 개의 그림자들을 내가 내려다보는데 —그것은 횃불로 인해 생긴 게 아니었다— 헥토르가 나의 팔을 잡아 당겨 위를 보게 했다.

구름은 모두 지나갔다. 밤하늘은 여전히 지구의 밤하늘이었다. 오리온의 허리띠도 보이고, 플레이아데스 성단도 보이고, 북극성과 북쪽에 낮게 자리한 큰곰자리도 보이고, 모두들 제자리에 자리 잡고 있었으나, 익숙한 늦겨울의 하늘과 무너진 트로이의 동쪽에서 떠오른 초승달이 이 새로운 빛으로 인해 한결 초라해 보였다.

움직이는 두 개의 넓은 별무리가 이동하며 우리 위를 가로 지르고 있었다. 우리의 남쪽에 있던 한 무리는 서쪽에서 동쪽으로 확실히 빠르게 움직이고 있었으며, 바로 머리 위 다른 고리모양은 북에서 남으로 움직이고 있었다. 고리 모양은 밝고 우윳빛이었으나 분명하게 보였다. 각각의 고리 안에 밝게 빛나는 수천 개의 별들을 뚜렷하게 볼 수 있었고, 가장 맑은 날이라도 지구 대부분에서 볼 수 있는 별의 수는 삼천 개 정도라는 어느 신문의 과학 칼럼에서 읽었던 오랫동안 잊혔던 기억이 떠올랐다. 지금은 수만 개, 수십만 개의 별들이 하나하나 또렷이 보였다. 그들은 모두 움직이고 있었고 우리 위에서 두 개의 빛나는 고리로 교차하고 있어서, 주변의 모든 것을 환히 밝혔으며, 알라스카의 앵커리지에서 자정에 소프트볼을 한다면 이런 빛을 비추리라고 상상하던 그런 빛이 나고 있었다. 이것은 내가 두 번의 삶을 사는 동안에 본 것 중 가장 아름다운 것이리라. 헥토르가 말했다.

"두아네의 아들, 이 별들은 무엇이지? 신들인가? 새로운 별들인가? 무엇인가?"

"나도 모르겠네."

그 순간, 십오 만의 병사들이 목을 빼고, 입을 다물지 못하고, 두려움에 떨며 다른 지구에서 벌어지는 이 놀라운 광경을 지켜보고 있는 가운데, 해변에 가장 가까이 있던 병사들이 무언가 외치고 있었다. 가장 서쪽에 있는 병사들에게 무슨 일이 일어나고 있다는 것을 깨닫는 데는 몇 분이 걸렸고, 헥토르와 협상 중에 있던 우리가 서쪽에 솟아오른 바위지대로 —아마도 수천 년 전 일리움의 시대에는 원래 해변의 가장자리였으리라— 가서 그들이 소리치고 있는 게 무엇인지 보는 데 또 몇 분이 더 걸렸다.

나는 수백 척의 불에 탄 배들이 여전히 거기 있는 것을 처음으로 보았다; 그것들은 우리와 함께 브레인 홀을 통과한 것이다! 불에 그슬린 잔해가 더 이상 물에 있지 않고 서쪽으로 뻗은 충적 습지의 높게 솟은 이곳의 거친 능선 위에 영원히 갇혀 있었다. 그리고 나는 수백 명의 병사들이 뭣 때문에 소리를 지르는지를 알았다.

검은 잉크 같은 무언가가 우리 위에서 도는 별들의 빛을 반사하며, 서쪽으로부터 사라진 바다의 바닥을 가로질러 기어오르고 있었는데, 그것은 메마른 분지의 바닥을 따라 조용히 우리 쪽으로 움직이고 있었고, 미묘하지만 천천히, 하지만 죽음처럼 확실하게 동쪽으로 미끄러지듯 흐르고 있었다. 우리가 지켜보는 가운데 그것은 가장 낮은 지점들을 채우고는, 지평선 가까이 보이는 수목이 자라는 언덕의 정상을 감쌌다. 우리 위 고리 모양의 빛들로 그걸 쉽게 볼 수 있었다. 몇 분 안에 그 언덕의 정상은 검은 움직임들로 둘러싸이더니, 이윽고 꼭대기가 아니라 다시 한 번 렘노스와 테네도스 그리고 임브로스의 섬이 되어버렸다.

이것이 끝나지 않을 것만 같은 하루의 세 번째 기적이었다.

일리움의 해안에 와인처럼 검은 바다가 돌아오고 있었다.

여든
여섯

하먼은 단 몇 초 동안만 총을 이마에 대고 있었다. 비록 그의 손가락이 방아쇠에 닿기는 했지만, 그는 일을 그런 식으로 끝내지 않으리란 것을 알고 있었다. 그것은 비겁한 회피였고 아무리 임박한 죽음이 두렵다 해도 겁쟁이로 생을 마감하고 싶지는 않았다.

그는 몸을 돌려 무기를 브리치 북쪽 벽을 뚫고 나와 있는 고대의 잠수함을 향해 겨누었다. 그리고는 아홉 발의 총성이 다 울릴 때까지 방아쇠를 당겼다. 손이 너무나 떨리고 있어서 자신이 거대한 목표물을 맞혔는지 알아볼 겨를조차 없었다. 하지만 완전히 집중한 상태에서의 총격은 자기 종족의 어리석음에 대한 그의 분노와 자기혐오를 털어내는 데 도움이 되었다.

흙투성이가 된 방열복은 쉽게 벗겨졌다. 하먼은 오물을 씻어내려고도 하지 않고 그냥 옆으로 던져 버렸다. 그는 구토와 설사의 영향으로 몸을 떨고 있었지만 겉옷을 입거나 신발을 신을 생각도 없이 자리에서 일어나 중심을 잡고 서쪽으로 걸어가기 시작했다.

하먼은 자신이 빠른 속도로 죽어가고 있다는 사실을 확인하기 위해 생체 검사 기능에 물어보지도 않았다. 그의 내장과 창자와 고환과 뼈를 감싸고도는 방사능을 느낄 수 있었다. 썩어 문드러진 해부용 시체 같은 느낌의 마지막 허약함이 그의 내부에서 자라나고 있었다. 그래서 그는 서쪽으로 걷기 시작했다. 에이다와 아르디스를 향해서.

몇 시간 동안 하먼의 마음속은 신기하게도 고요했고, 날카로운 것을 피해 걷거나 산호초와 바위 사이를 지나 올바른 방향으로 자신을 이끌 만큼의 자의식만 살아 있었다. 그는 양쪽의 브리치 벽이 점점 더 상승하고 있다는 것과 —이곳의 바다는 깊었다— 주변을 둘러싼 공기가 훨씬 차가와진다는 것을 어렴풋이 느낄 뿐이었다. 하지만 대낮의 햇살은 여전히 그를 강하게 내리쬐고 있었다. 오후 중반에 이르러 그는 아래를 한 번 내려다보았다. 다리와 허벅지는 여전히 흙투성이였다. 그는 힘의 장 —손가락으로 엄청난 압력과 냉기가 느껴졌다— 사이로 맨손을 뻗어 소금물을 퍼낸 후 몸을 씻었다. 그리고 서쪽을 향해 비틀거리며 계속 걸어갔다.

다시 생각이란 것을 하게 되었을 때, 그는 자신이 지금 뒤로 한 것은 그 끔찍한 기계와 행성 전체를 날려버릴 수 있는 죽음의 화물뿐만이 아니라는 것을 깨닫고 기분이 좋아졌다. 그는 자신의 삶에 대해 생각하기 시작했다. 백 년 동안의 삶에 대해. 처음 마음에 와 닿는 생각은 씁쓸함이었다. 수십 년을 파티와 놀이, 그리고 갖가지 사회 행사를 쫓아 이곳저곳으로 팩스해 다니던 쓸모없는 나날들. 하지만 그는 곧 자신을 용서했다. 그 때에도 좋은 순간은 있었고, 잘못된 생활방식 사이에 존재했던 진정한 순간들, 진정한 우정과 사랑, 그리고 순수한 헌신으로 가득했던 마지막 일 년은 그 모든 공허했던 세월들을 적어도 부분적으로나마 상쇄할 수 있었다.

그는 지난 일 년 동안의 사건들 속에서 자신의 역할을 생각해보았고 그 안에서 자신을 용서할 여지가 있음을 보았다. 자신을 모이라라고 불렀던 후기–인류는 그를 프로메테우스라고 부르며 놀렸지만, 자신의 종족들은 그 속없고 건강하기만 한 장소로부터 영원히 추방당한 아담과 이브처럼 —나태의 완벽한 낙원에서 단 하나의 금지된 과실을 먹었던— 여겨졌다. 그 대가로 에이다와 친구들과 자신의 종족들에게 무엇을 돌려주었던가? 독서? 독서와 지식이 하먼에게 중요한 일이긴 했지만, 오직 그 하나의 능력이 —그의 몸에서 깨어나고 있는 수백 가지 기능보다도 잠재적으로 더 강력한 능력이— 모든 공포, 고통, 불확실성, 임박한 죽음을 대가로

치를만한 것인지 알 수 없었다.

어쩌면, 그는 깨달았다, 그럴 필요까지는 없었는지도 모른다.

먼 곳의 하늘이 어두워지면서 저녁이 가까워오자, 하먼은 서쪽으로 비틀비틀 걸으면서 죽음에 대해 생각했다. 그는 알고 있었다. 자신의 죽음이 몇 시간 뒤에 있다는 것을. 어쩌면 더 일찍 올 수도 있다. 그렇다면 그와 그의 종족들이 최근까지 전혀 직면할 필요가 없었던 죽음이란 도대체 무엇을 의미하는 것일까?

그는 크리스털 캐비닛 이후 자신에게 저장된 모든 데이터를 뒤져보고는 죽음이야말로 —죽음의 공포, 죽음에서 벗어나기를 바라는 희망, 죽음에 대한 호기심이야말로— 자신에게 저장되어 있는 9천 년 동안의 거의 모든 문학과 종교에서 핵심적으로 다루고 있는 개념이라는 사실을 발견했다. 종교적 측면에서는, 잘 이해할 수가 없었다. 그는 최근에 죽음을 마주하고 겪었던 공포 외에는 그것을 이해할만한 맥락에 대한 이해가 없었다. 그는 수천의 문화권에서 수천 년 동안 인간이 죽고 난 후에도 삶이 계속된다는 것에 대한 증거를 —그 어떤 증거라도— 목말라했었다는 것을 알아냈다. 그는 사후 세계에 대한 다양한 개념을 검색하느라 눈을 깜빡였다. 발할라, 천국, 지옥, 잠수함에 타고 있던 승무원들이 들어가고자 그렇게 갈망하던 이슬람의 낙원, 사람들의 마음과 기억에서 계속 살아남을만한 정의로운 삶에 대한 의식들…… 그리고 또한 윤회, 만달라, 환생, 중심을 향한 아홉 가지의 길 등에 대한 수많은 변주를 살펴보았다. 하먼의 마음과 가슴에 모든 것은 버려진 거미줄처럼 아름다우면서 동시에 공허하게 느껴졌다.

차가운 그림자가 드리워지는 가운데 서쪽을 향해 비틀비틀 걸으면서, 하먼은 만약 자신의 세포와 DNA에 저장된 죽음에 대한 인간들의 관점에 응답한다면, 그건 가장 인간적인 직면의 방법을 —천재의 거부하는 몸짓을— 표현한 문학 작품과 예술적 시도에 대한 응답일 것이라는 사실을 깨달았다. 그는 저장된 이미지 중에서 렘브란트의 마지막 자화상을 바라보았다. 그리고 그 이미지가 전해주는 엄청난 지혜에 흐느꼈다. 마음속으로 햄릿의 모든 단어를 읽어 내리는 자신의 목소리에 귀를 기울었다. 그리고 깨달았다. 이 검은 옷의 늙어가는 왕자야말로 미지의 나라에서 건너 온 진정한 사자임을.

그는 자신이 울고 있음을 깨달았다. 그 울음은 자기 자신이나 임박한 죽음 때문이 아니었다. 아니, 마음속에서 한 번도 잊어 본 적이 없는 에이다와 아직 태어나지 못한 아기 때문도 아니었다. 그건 단지 셰익스피어 희곡이 공연되는 것을 한 번도 본 적이 없다는 사실 때문이었다. 만약 그가 지금처럼 피를 흘리며 죽어가는 해골이 되어서가 아니라 건강하고 화목하게 아르디스 홀로 돌아갈 수 있다면 그는 주장할 것이다. 보이닉스를 물리치고 나면 공동체 안에서 셰익스피어 희곡을 공연하자고.

어떤 작품을 하지?

이 흥미로운 질문에 대한 답을 찾느라 너무 오랫동안 정신이 팔려 있어서, 그는 하늘이 노을빛으로 붉게 물드는 것도, 하늘의 일부가 스타필드와 링의 움직임으로 채워지는 것도, 깨닫지 못했다. 또한 그가 서쪽으로 비틀거리며 걷고 있는 참호 속 냉기가 그의 피부로, 근육으로, 그리고 뼈 속으로 깊게 파고들고 있는 것도 재빨리 눈치 채지 못했다. 마침내 그는 더 이상 나아갈 수 없었다. 쉴 없이 바위나 다른 눈에 보이지 않는 것들에 걸려 넘어졌다. 어디서 브리치의 벽이 시작되는지조차 분간할 수 없었다. 모든 것이 끔찍하도록 차가웠고 어두웠다. 미리 보는 죽음의 맛이었다.

하먼은 죽고 싶지 않았다. 아직은. 지금은. 그는 브리치의 모래 바닥에 태아처럼 웅크렸다. 모래알들이 피부에 닿는 느낌을 지금 살아있다는 사실 만큼이나 생생하게 느꼈다. 스스로를 꼭 껴안고, 이를 덜덜 떨면서 무릎을 당겨 안았다. 몸이 떨렸지만 자신이 살아있다는 사실을 거듭 확인했다. 그는 심지어 탐욕스러운 마음으로 한참 뒤에 두고 온 배낭과 방열 침낭, 그리고 옷가지들을 생각했다. 푸드 바도 그 안에 있었다. 하지만 그의 위장은 그 중 단 한 조각도 원하지 않았다.

하먼은 밤사이 여러 번 자신의 웅크린 몸으로 만들어 놓은 둥지에서 기어 나와 거듭 구토를 하면 손발을 떨어야 했다. 하지만 나오는 것은 마른 트림뿐이었다. 어제까지 그의 위장 속에 있던 것들은 모두 게워낸 지 오래였다. 그리고 나면 그는 천천히 기어 태아 모양의 홈으로 힘겹게 돌아와, 맛있는 음식을 고대하는 마음으로 자신의 둥지에 남아 있을 일말의 온기를 그리며 몸을 웅크렸다.

어떤 작품을 하지? 그가 처음으로 읽었던 희곡은 *로미오와 줄리엣*이었는데, 첫 만남이었기에 애착이 갔다. 이제 그는 *리어왕*을 —결코, 결코, 결코, 결코— 검토해봤는데, 자신처럼 죽어가는 사람에게 딱 들어맞는 작품이라는 생각을 했다. 비록 자식을 볼 정도로 오래 살지는 못했지만, 아르디스 가족들이 처음으로 셰익스피어를 만나게 하기에는 좀 부담스러울 수 있겠다는 생각이 들었다. 그들이 직접 연기를 해야 하므로, 과연 누가 늙은 리어왕을 할 수 있을까? 오디세우스-노만 만이 유일하게 어울릴 것 같았다. 그는 노만의 안부가 궁금해졌다.

하먼은 고개를 하늘로 향하게 하고 별들 앞을 지나는 링들을 바라보았다. 이 끔찍한 밤 이전에는 한 번도 고맙게 여겨본 적이 없었던 아름다움이었다. 밝은 띠가 —모든 링 별들을 합친 것보다 더 밝은 띠가— 흑요석 같은 밤하늘을 대담하게 긁더니, p-링을 가로질러 움직이고, 진짜 별들 사이를 헤치고 가다가, 남쪽의 브리치 벽을 넘어 사라졌다. 그게 무엇인지는 알 수 없었다. 혜성이라고 하기엔 너무 오래 머물렀다. 하여간 그가 있는 곳으로부터 너무 멀었기에 자신과는 상관없는 일이라고 생각했다.

죽음과 셰익스피어에 대해 생각하면서, 아직 어떤 작품을 먼저 무대에 올릴지 결정하지 못했지만, 하먼은 자신의 DNA에 저장되어 있는 정보 중에서 아주 흥미로운 대사를 찾아냈다. 그것은 *이척보척(以尺報尺, Measure for measure)*에 나오는 클라우디오의 대사로서 자신의 처형을 앞두고 있는 자의 독백이었다:

아, 그러나 죽어서 어딘지도 모르는 곳으로 간다는 것은!
차디차게 꼼짝 않고 누워서 썩는다는 것은!
이 따뜻하게 움직이는 산 육체가
이겨놓은 진흙같이 되고 즐거웠던 영혼이
불바다 속에 빠져 잠긴다든가 또는 두껍게 둘러싸인

몸서리나는 얼음 지옥 속에 파묻히게 된다든가

또 무법천지의 덧없는 생각으로도 상상 못할

가장 고약한 괴로움을 당하게 된다는 것은! – 너무도 무서운 일이야

늙는다든가, 병고라든가, 감옥에 갇힌다든가

– 이런 가장 진저리나고 가장 싫은 이승의 생활도

죽음의 공포에 비하면

마땅히 극락이라 할 수 있지

하먼은 자신이 흐느끼고 있음을 깨달았다. 몸을 웅크리고 추위에 떨면서 울고 있었다. 하지만 그것은 임박한 죽음이나 모든 것을 한꺼번에 잃게 될지도 모른다는 두려움에서 나오는 울음이 아니었다. 그것은 자신이 이러한 글을 써내고 사상을 낳은 인간과 같은 종족이라는 사실에 대한 감사함에서 나오는 울음이었다. 그것은 모든 인간의 미래를 파멸시킬 768개의 블랙 홀을 고안하고 디자인하고 승무원을 태워 출범시킨 인간들의 사상을 거의 보상해줄 수 있을 정도였다.

갑자기 하먼은 크게 웃었다. 그의 정신은 저 혼자 존 키이츠의 "나이팅게일의 송시"까지 뻗어갔고, 그는 —자료 그림에 의해서가 아니 자신의 마음속에서— 노래하는 새에 대해 쓴 글로써 젊은 키이츠가 셰익스피어에게 고개를 끄덕이는 장면을 보았다.

여전히 너는 노래하리라, 그러나 나는 듣지 못하리 –

네 높은 진혼가에 나는 흙이 되리.

"클라우디오의 이겨놓은 진흙과 조니의 귀먹은 흙이 만났으니, 세 번의 건배!"

하먼은 소리쳤다. 갑자기 말을 하려니 기침이 나왔다. 손바닥을 링 빛으로 밝혀보니 기침과 함께 붉은 피와 세 개의 이빨이 튀어나온 것을 알 수 있었다. 하먼은 신음을 하고 모래 구덩이에 다시 웅크리고는 몸을 흔들며 다시 웃어야 했다. 헛바

닥으로 이빨이 빠져나간 잇몸을 더듬어 볼 새도 없이 그의 머리는 계속 셰익스피어를 놀리고 있었던 것이다. 하먼을 미소 짓게 만든 것은 심벌린에 나온 2행 연시였다;

황금 같은 소년 소녀들은 모두
굴뚝 청소부처럼 먼지가 되리니

그는 말장난을 한 것이다. 하먼은 궁금했다, 도대체 어떤 천재이기에 이토록 슬픈 애가에다 이토록 어린아이 같고 장난스러운 말장난을 가져다 놓을 수 있단 말인가?

그 생각을 마지막으로 하먼은 냉랭한 잠 속으로 빠져들었다. 막 내리기 시작한 차가운 빗방울을 느끼지도 못하는 채.

그는 깨어났다.

그것이 첫 번째 기적이었다. 그는 피로 떡이 된 눈을 떴다. 춥고 우중충한 새벽이었고 아직 컴컴한 브리치의 바다 벽이 양 옆으로 500피트 이상 솟아 있었다. 하지만 그는 잠을 잤고 그는 깨어났다.

두 번째 기적은 비록 비척거리기는 해도 마침내 움직일 수 있었다는 것이다. 두 팔과 두 발을 딛고 엎드리는 데만 15분이 걸렸다. 하지만 일단 자세를 잡자 그는 가까운 모래 위에 튀어 나와 있는 바위 덩어리로 기어가 10분에 걸쳐 두 발로 일어선 후 다시 넘어지지 않았다.

이제 그는 다시 서쪽으로 걸어갈 준비가 됐다. 하지만 어느 쪽이 서쪽인가⋯

전혀 갈피를 못 잡고 있었다. 기다란 브리치가 양옆으로 뻗어 있었지만 도무지 동서를 구별할 수 없었다. 몸을 부들부들 떨면서, 이렇게까지 몸이 아플 수 있다는 게 상상도 안 될 정도의 고통에 치를 떨면서, 하먼은 비틀비틀 한 바퀴를 빙 돌았다. 지난밤의 발자국을 찾고 있었던 것이다. 하지만 대부분의 바닥을 덮고 있는 바위들과 그를 거의 얼어 죽게 만들었던 비 때문에 그의 맨발자국은 모두 지워져 있었다. 비틀거리면서 한 쪽 방향으로 네 걸음을 걸었다. 잠수함 쪽으로 되돌아가는 게 분명하다는 느낌이 들자 다시 방향을 바꿔 여덟 걸음을 걸었다.

소용없는 짓이었다. 브리치 위로 구름이 낮고 두껍게 드리워져 있었다. 어디가 동쪽이고 어디가 서쪽인지 구별해 낼 수 없었다. 다시 그 사악한 것들을 품고 있는 잠수함으로 돌아간다거나, 어제 그토록 힘들게 에이다와 아르디스를 향해 걸어왔던 길을 되돌아가야 한다는 생각은 용납할 수 없었다.

그는 브리치의 벽 쪽으로 비틀거리며 걸어갔다. 이제는 그게 북쪽 벽인지 남쪽 벽인지 알 길이 없었다. 그리고 점점 짙어지는 새벽빛 속에서 벽에 비친 자신의 모습을 응시했다. 하먼이라고 부를 수도 없는 이상한 존재가 그를 응시하고 있었다. 벌거벗은 몸은 이미 해골과 마찬가지였다. 온몸이 멍투성이였다. 푹 꺼진 볼, 가슴, 아래팔의 피부 속, 후들거리는 두 다리, 심지어 아랫배 위의 반점까지 온몸 곳곳에 피멍이 들어 있었다. 그가 다시 기침을 하자 이빨 두 개가 또 튀어나왔다. 물의 거울을 통해 본 그의 모습은 마치 피로 된 눈물을 흘리고 있었던 것 같았다. 매무시를 다시 가다듬기라도 하겠다는 듯, 그는 머리카락을 한쪽으로 쓸었다.

하먼은 오랫동안 멍하게 자신의 주먹을 바라보았다. 손에는 머리카락 한 움큼이 쥐어져 있었다. 그것은 마치 온통 털로 뒤덮인 작은 동물을 손에 쥐고 있는 것만 같았다. 그것을 바닥에 버린 후 머리를 다시 훑었다. 더 많은 머리카락이 빠져나왔다. 물 위에 비친 자신의 모습 속에서 이미 3분의 2는 대머리가 된, 걸어 다니는 시체를 보았다.

따뜻한 온기가 등을 건드렸다.

하먼은 몸을 돌리고는 거의 쓰러질 뻔 했다. 그것은 태양이었다. 뒤쪽 브리치의 틈 사이로 정확히 내리꽂힌 햇살이었다. 브리치 안으로 정확히 빛을 쏘며 떠오르는 태양의 금빛 햇살이 잠시 그를 온기로 감싸더니 오렌지색 원을 남기며 구름 속으로 사라져갔다. 하필 오늘 아침 이 순간에 태양이 브리치를 정조준해서 떠오를 가능성은 얼마나 될까? 그는 마치 스톤헨지에서 춘분이나 추분에 태양이 떠오르기를 기다리는 드루이드 족이 된 것만 같았다.

어찌나 머리가 어질어질하던지 당장 행동을 개시하지 않았다면 어느새 해가 떠오른 방향조차 잃어버릴 뻔 했다. 등을 비추던 온기와 반대 방향을 향해 그는 비틀거리며 다시 서쪽으로 걷기 시작했다.

한낮이 되었다. 구름은 비를 뿌리다가도 가끔씩 갈라져 그에게 햇빛의 방향을 알려 주었다. 하먼의 마음은 더 이상 비틀거리는 자신의 몸과 함께하는 것 같지 않았다. 그는 북쪽 벽에서 남쪽 벽으로 걸어가는 데 평소보다 두 배의 걸음을 걸어야 했다. 그리고는 약간의 전류가 흐르는 힘의 장벽에 손을 대고 기댄 채 끝없는 홈통 같은 길을 다시 걸어야 했다.

걸어가면서 그는 스스로에게 물었다. 자신의 종족들에게 어떤 미래가 기다리고 있을까, 혹은 기다리고 있었을까? 아르디스의 생존자들뿐만 아니라 사악한 보이닉스의 공격에서 살아남았을 모든 고전-인류들. 구식 세상이 영원히 사라져 버린 지금, 어떤 형태의 정부와 종교와 제도와 문화와 정치가 만들어질까? 그의 코드화된 DNA 깊숙이 자리 잡고 있는 단백질 메모리 모듈은 —하먼의 다른 모든 세포들이 죽고 분해되고 난 이후에도 한참 동안 살아남아 있을 메모리— 안토니오 그람시의 옥중수고의 한 단편을 제공했다. "위기란 바로 낡은 게 사라졌고 새로운 것은 아직 태어나지 않은 상태로 이루어진다. 이러한 공백 기간에는 수많은 병적인 현상들이 창궐하게 된다."

하먼은 소리 내어 웃었고, 그 웃음 덕분에 앞니 하나를 또 잃었다. 병적인 현상이라, 정말 그렇지. 이 글의 문맥을 다시 검색해보면서 이 그람시라는 인간이 혁명과, 사회주의와 공산주의를 지지했던 지식인임을 하먼은 알게 되었다. 마지막 두 이론은 잃어버린 시대의 중반부쯤에 썩어 없어져버렸다. 순진한 헛소리였기 때문에 버려진 것이다. 하지만 공백 기간의 문제는 여전히 남아 있었고, 지금 이 순간에도 존재하고 있다.

그는 깨달았다. 수개월 수주 전 그가 멍청하게도 사랑하는 사람을 떠나오기 전까지 에이다는 조야한 형태의 아테네식 민주주의로 사람들을 지휘하고 있었음을. 거기에 대해 한 번도 토론한 적은 없었지만, 그는 아르디스 공동체에 있던 4백 명이 —이건 에펠반에서 붉은 튜린 천을 통해 보았던 보이닉스의 학살이 벌어지기 전의 숫자였다— 그녀의 리더십을 인정하고 있으며 그녀도 그것을 인식하고 있음을 알고 있었다. 극히 자연스러운 과정을 통해 이루어진 일이었지만, 그녀는 그 역할을 싫어했다. 끊임없이 투표로 결정을 미룸으로써 에이다는 아르디스가 살아남을 경우 찾아올 미래의 민주주의에 대한 기반을 마련하고자 애쓰고 있던 것이었다.

하지만 만약 붉은 튜린 천이 그에게 실제 이미지를 보여준 것이라면 —하먼은 그렇다고 믿었다— 아르디스는 진정한 의미의 공통체로서 살아남지 못했을 것이다. 4백 명이라면 공동체를 형성할 수 있다. 하지만 누더기를 걸치고 굶주린 54명의 사람들로는 어림없다.

방사능은 하먼의 기관지 내벽을 다 벗겨낸 것 같았다. 이제는 침을 삼킬 때마다 피를 토해야 했다. 성가신 일이었다. 그는 열 걸음마다 한 번 씩으로 침 삼키는 속도를 늦추려고 노력했다. 자신의 오른 손, 턱, 가슴이 피투성이라는 것을 그는 알고 있었다.

자신의 종족이 어떤 사회—정치적 구조를 만들어낼지 관찰하는 것은 흥미로운 일일 것이다. 어쩌면 보이닉스 공격이 있기 전에조차 그 인구로는 —기껏해야 10만 명 정도— 진정하고 역동적인 정치, 종교 행사, 군사, 사회적 위계질서를 만들어내기엔 무리일 수도 있다. 하지만 하먼은 그것을 믿지 않았다. 자신의 수많은 메모리 뱅크를 통해 그는 아테네와 스파르타가 등극하기 전의 아테네, 스파르타, 그리고 그리스 독립국가들의 예를 보았다. 튜린 드라마는 —그는 이제 그것이 호메로스의 일리아스라는 걸 확실히 알고 있다— 오디세우스의 이타카 섬 같은 소국에서 영웅들을 데려온 것이었다.

튜린 드라마에 대해 생각하면서 그는 일 년 전 데이먼이 공룡에게 먹힌 직후 파리스 크레이터 여행에서 힐끗 보았던 제단을 떠올렸다. 지금은 이름을 잊었지만,

올림포스 신들 중 하나에게 바쳐진 신전이었다. 후기-인류들은 적어도 마지막 1,500년 정도는 신들이나 하나님 대신 그것을 섬겼다. 하지만 미래에는 어떤 형상의 신을 섬기고 어떤 형식의 제의를 치르게 될까?

미래.

하먼은 잠시 멈추고 숨을 몰아쉬면서 브리치의 북쪽 벽에서 튀어 나와 있는 어깨 높이의 검은 바위에 기댔다. 그리고 미래에 대해 생각해보려 애썼다.

다리가 심하게 후들거렸다. 마치 다리 근육이 눈앞에서 녹아내리는 것 같았다. 숨을 헐떡대며, 피를 흘리며 점점 막혀가는 기관지로 어떻게든 공기를 밀어내고자 애쓰며, 하먼은 눈앞을 바라보며 눈을 껌뻑였다. 태양은 브리치의 틈 바로 위에 떠 있었다. 순간적으로 하먼은 여전히 해가 떠오르고 있는 중이며 결국 반대 방향으로 걸어왔다는 끔찍한 상상을 했다. 하지만 곧 자신이 거의 인사불성의 상태로 하루 종일 걸었다는 사실을 깨달았다. 태양은 구름에서 내려와 브리치의 기다란 통로의 끝에서 저물어가고 있었다.

하먼은 두 걸음을 더 앞으로 나간 후 앞으로 고꾸라졌다. 이번에는 일어날 수 없었다. 그는 자신의 온 에너지를 사용해 오른쪽 팔꿈치를 받치고 상체를 들어 태양을 바라보았다.

정신이 맑았다. 더 이상 셰익스피어, 키이츠, 종교, 천국, 죽음, 정치, 민주주의에 대해 생각하지 않았다. 친구들 생각을 했다. 쇳물을 붓는 날 강가에서 웃고 있는 한나의 모습이 보였다. 몇 천 년인지 알 수 없는 시간이 흐른 후 다시 처음으로 청동 주물을 탄생시키던 그녀의 젊은 에너지와 친구들의 기뻐하는 모습이 기억났다. 수염 난 그리스인 오디세우스가 아르디스의 후원에 있던 풀밭 언덕에서 철학적 연설을 늘어놓고 이상한 질의응답의 시간을 가지곤 했던 시절, 그와 스파링을 벌이던 페티르의 모습도 보였다. 그 때마다 엄청난 에너지와 기쁨이 넘쳐흘렀다.

하먼은 새비의 허스키하고 냉소적인 목소리를, 그리고 그보다 더 허스키한 웃음소리를 기억했다. 그는 수천의 보이닉스를 따돌리며 데이먼과 그를 크롤러에 태워 예루살렘에서 구출해 낼 때 격려하고 고함치던 그녀의 목소리를 완벽하게 기억했다. 그리고 벗 데이먼의 얼굴을 마치 두 개의 렌즈를 통해 보고 있는 양 떠올렸다. 처음 그를 만났을 때 보았던 통통하고 자기만족적인 애어른과 비쩍 마르고 진지한 모습, 평생을 신뢰해도 될 남자의 모습이었다. 마지막으로 그를 본 것은 몇 주 전 하먼이 소니를 타고 아르디스를 떠날 때였다.

그리고 하먼은, 태양이 브리치 틈과 너무나 완벽히 쏙 들어맞아 바깥 커브가 브리치 벽을 살짝 스치는 상태가 되자 ―수증기가 모락모락 올라가는 소리를 생각하니 미소가 흘렀고, 망가진 귀로는 정말 그 소리가 들리는 것도 같았다― 에이다를 생각했다.

그녀의 눈과 미소와 부드러운 목소리를 생각했다. 그녀의 웃음소리와 손길과 마지막으로 동침했던 순간을 기억했다. 잠에 빠져들기 위해 몸을 돌렸을 때조차 곧바로 서로의 온기를 느끼기 위해 둥글게 몸을 포갰던 모습을 기억했다. 에이다는 그의 등에 밀착했고, 오른팔로 그를 감싸 안았다. 그러다 어느 순간에는 하먼이 에이다의 등, 그 완벽한 등을 감싸 안고 있었다. 잠에 취한 그 순간에도 하먼은 약간의 흥분을 느꼈다. 왼쪽 팔로 그녀를 안고, 왼손바닥으로는 그녀의 가슴을 감싸 안은 채.

눈두덩엔 어찌나 두껍게 피딱지가 눌어붙었는지 하먼은 눈을 깜빡일 수도 감을 수도 없었다. 저물어가는 태양이 ―아랫부분은 이미 브리치의 지평선 아래로 내려갔다― 붉게 타오르고 그의 망막 속으로는 오렌지색 잔상이 남았다. 그는 알고 있었다. 이 해가 지고 나면 다시는 눈을 쓸 필요가 없으리라는 것을. 그래서 그는 사랑하는 에이다를 마음속에 간직하기 위해, 그리고 서쪽하늘로 사라져가는 마지막 태양의 반원을 응시하기 위해 정신을 모았다.

무언가가 움직이더니 마지막 햇빛을 가로막았다.

몇 초 동안 하먼의 스러져가는 정신은 그 정보를 소화하지 못했다. 무언가 그의 눈앞으로 와서는 태양을 향하고 있던 *시야*를 가렸다.

여전히 오른쪽 팔꿈치에 의지한 채 그는 왼 손등으로 눈 위에 덮인 피떡을 비벼냈다.

그로부터 서쪽으로 20피트도 채 떨어지지 않은 곳에 무언가가 서 있었다. 북쪽 브리치 벽을 뚫고 들어온 것이 분명했다. 그것의 키는 8~9살 소년 정도였고, 생긴 것도 인간의 어린이 같았다. 하지만 금속과 플라스틱으로 된 이상한 옷을 입고 있었다. 하먼은 작은 소년의 눈이 있어야 할 자리가 검은 보호 유리에 덮여 있는 것을 보았다.

죽음이 임박하여, 산소 결핍으로 뇌기능이 저하되면, 요구한 적도 없는 단백질 메모리 분자가 그에게 지껄여댔다, 흔히 헛것을 보게 된다. 그러므로 죽음에서 다시 깨어난 사람들이 흔히 말하는 "긴 터널" 끝의 "밝은 빛" 운운하는 것은⋯

제기랄, 하먼은 생각했다. 그는 긴 터널 아래 밝은 빛을 바라보고 있었다. 비록 태양의 꼭대기 부분만 남았지만 브리치의 양쪽 벽은 밝은 은빛으로 생생하게 빛났고, 수백만의 춤추는 햇살을 반사하고 있었다. 하지만 플라스틱과 금속으로 된 검붉은 옷을 입은 소년은 환영이 아니었다.

하먼이 계속 지켜보고 있자니, 소년보다 더 크고 이상한 무엇이 브리치의 북쪽 벽을 뚫고 나왔다.

저 힘의 장벽은 인간과 인간이 입은 옷만을 통과시키는데, 하먼은 생각했다.

하지만 이 두 번째 유령은 인간과 조금도 닮지 않았다. 크기는 커다란 사륜마차의 두 배 정도 되었는데, 대형 집게발과 수많은 금속 다리 때문에 거대한 게 로봇 괴물처럼 보였고 구멍이 숭숭 난 널찍한 등껍질에서 물이 폭포처럼 쏟아져 내리고 있었다.

죽기 전 마지막 몇 분이 이처럼 시각적으로 즐겁다고는 아무도 말해 준 적이 없는데, 하먼은 생각했다.

작은 소년의 형상이 가까이 다가왔다. 영어로 말을 했는데, 그 목소리는 부드럽고, 소년의 느낌이 났다. 어쩌면 하먼의 미래의 아들이 그렇게 얘기할지도 모른다. 그것이 말했다.

"선생, 도움이 필요하십니까?"

때는 해가 든 직후. 5만 마리의 보이닉스가 사방에서 공격해 오고 있었다. 에이다는 잠시 멈추고 산산조각 난 세테보스의 시체가 널려 있는 구덩이를 들여다보았다. 데이먼이 그녀의 팔을 잡았다.

"가책을 느끼지 말아요. 어차피 조만간 죽여야 했으니까."

그녀는 고개를 저었다.

"가책 따윈 조금도 느끼지 않아요."

그녀가 말했다. 곧이어 그레오기와 한나에게 소리쳤다.

"스카이래프트를 띄워요.!"

너무 늦었다. 보이닉스가 공격해 오는 소리에 생존자들의 반 이상이 패닉 상태에 빠졌다. 놈들은 아직 숲에 있어서 눈에 보이지 않았지만 2마일의 반경이 지금쯤은 반으로 줄어 있을 것이었다. 1분도 채 되지 않아 놈들은 아르디스에 도착할 것이다.

"안돼요! 안 돼!"

에이다가 소리쳤다. 패닉 상태에 빠진 서른 명 가량이 천천히 부상하고 있는 스카이래프트 위로 덤벼들었던 것이다. 한나가 조종간을 잡고 3피트 위에 안정적으로 떠 있으려 애쓰고 있었지만, 더 많은 사람들이 뛰어 오르려 하고 있었다. 데이먼이 말했다.

"위로 올라가세요! 한나! 위로 올라가요!"

너무 늦었다. 무거운 기계는 덜컹거리는 소음을 내면서 오른쪽으로 기울더니 땅을 들이받으며 사람들을 공중으로 날려버렸다. 에이다와 데이먼은 추락한 기계를 향해 달려갔다. 한나가 경직된 얼굴로 올려 보았다.

"다시 띄우지 못할 거예요. 뭔가 부러졌어요."

"신경 쓰지 말아요."

에이다가 말했다. 그녀의 목소리는 차분했다.

"단 한 번도 섬까지 날아가지 못했을 거예요."

그녀는 한나의 어깨를 움켜잡고 목소리를 높였다.

"모두 장벽으로 가세요! 당장! 구내에 있는 모든 무기를 가져 오세요. 우리 앞에 놓인 최선의 기회는 놈들의 첫 공격을 막아내는 겁니다."

그녀는 몸을 돌려 서쪽 장벽으로 달렸고, 잠시 후 다른 사람들도 똑같이 하기 시작했다. 그들은 지금은 둥글게 쳐진 담장의 빈 부분을 채웠다. 모든 사람들은 에이다가 하는 대로 적어도 두 개의 산탄총과 한 개의 석궁을 들고 탄창과 화살이 든 광목 가방을 멨다. 사격 참호에 자리를 잡은 에이다는 데이먼이 아직도 옆에 있는 것을 발견했다.

"좋아요!"

그가 말했다. 정확히 무슨 뜻으로 그런 말을 하는지는 몰랐지만, 에이다는 고개를 끄덕했다. 아주 침착하게 서두르지 않으면서 에이다는 새로 탄창을 끼우고 안전핀을 벗긴 후 200야드도 떨어지지 않은 곳의 늘어선 나무를 향해 겨누었다.

점점 다가오는 보이닉스들의 쉭쉭거리고 딸깍거리는 소음이 고막이 터지도록 커져갔다. 에이다는 무기를 던지고 귀를 막고 싶은 충동과 싸워야 했다. 심장이 거세게 뛰었고 임신 초기 때처럼 약간의 구토감을 느꼈지만 두렵지는 않았다. 아직은. 자신의 목소리가 얼마나 큰지도 모르는 채 그녀가 말했다.

"튜린 드라마에 나왔던 그 길고 긴 세월은⋯⋯"

"뭐라고요?"

더 잘 듣기 위해 그녀에게 몸을 기대며 데이먼이 물었다. 그녀는 고개를 저었다.

"튜린 드라마에 대해 생각하고 있었을 뿐이에요. 하먼이 그랬는데, 오디세우스가 자신과 새비가 10년 전에 튜린 복을 나눠주기 시작했다고 말했대요. 어쩌면 우리들에게 용감하게 죽는 방법을 가르치기 위해서였는지도 모르겠네요."

"그들이 차라리 50만 마리의 빌어먹을 보이닉스와 싸워 이기는 방법을 가르칠 수 있는 무언가를 줬으면 좋았을 텐데."

데이먼이 말했다. 그는 산탄총의 작동쇠를 걸었다. 에이다가 웃었다.

보이닉스가 숲을 뛰쳐나오면서 내는 소음이 그 작은 소리를 금세 삼켜버렸다. 어떤 놈들은 나뭇가지 위를 뛰면서, 어떤 놈들을 나무 아래를 기어서, 오고 있었다. 시속 약 50~60마일 속도로 등껍질과 발톱으로 이루어진 회색 벽이 그들을 향해 밀려오고 있었다. 놈들의 숫자가 너무 많아 에이다는 오르락내리락 하는 무리 속 개개의 보이닉스들을 구별해낼 수 없었다. 어깨너머 보니 모든 방향에서 똑같은 형상의 악몽이 밀려오고 있었다. 수만 마리의 보이닉스들이 최고 속력으로 반경을 좁혀 오고 있었다.

아무도 발사! 라고 외치지 않았지만 갑자기 모두가 방아쇠를 당겼다. 어깨 위에 격렬한 진동을 남기며 산탄총의 첫 번째 탄창이 바닥났을 때, 에이다는 일종의 분노에 찬 공포에 사로잡혀 씩 웃었다. 그녀는 탄창 고리를 풀고 새 탄창을 밀어 넣었다.

산탄총알은 떠오르는 태양빛을 받아 번쩍거리며 날아가 수천 마리에게 꽂혔다. 하지만 아무 충격도 주지 않는 것 같았다. 쓰러지는 보이닉스도 있었지만 여전히 수천 마리가 뒤엉켜 뛰고, 달리며, 기어 오는 바람에 에이다는 부상을 입거나 죽은 놈들이 쓰러지는 모양을 볼 수조차 없었다. 죽음의 은회색 장벽은 단 몇 초 만에 숲까지의 거리를 반이나 채웠고 단 몇 초만 더 지나면 놈들은 낮은 울타리를 넘어올 판이었다. 데이먼이 최초로 울타리를 넘어갔다. 에이다는 저지할 수가 없었다. 아주 순식간에 내려진 결정인 모양이었다. 무기를 들고 고함을 치면서 그는 울타리 난간에서 뛰어내려 통나무 더미 꼭대기를 단숨에 뛰어넘은 후 착지하고 구르더니 보이닉스들을 향해 달려가기 시작했다.

에이다는 웃고 울었다. 갑자기 저 공격대에 동참하는 것이 세상에서 가장 중요한 일처럼 느껴졌다. 나무 담장 뒤에 숨어서 비겁하게 살해되기를 기다리는 것보다 이 마음도 없고 사악하며 멍청하고 살인을 하도록 프로그램 된 적을 공격하면서 죽어가는 게 세상에서 가장 중요한 일이 되어버렸다.

그 와중에 우습게도 조심을 하면서 ─어쨌든 임신 5개월의 몸이잖은가─ 에이다는 뛰어올라 구르고 일어서서 데이먼의 뒤를 따르며 총을 쏘아댔다. 그녀는 왼쪽에서 익숙한 목소리가 고함을 치고 있는 것을 들었다. 잠깐 고개를 돌려보니 한나와 에다이드가 멀지 않은 뒤쪽에서 달리면서, 총을 쏠 때만 잠시 멈추었다가 다시 달리기 시작했다.

이제 그녀는 회색 등껍질로 덮인 보이닉스의 몸통을 알아볼 수 있었다. 그들은 한 번에 20에서 25피트씩 뛰어 올랐고, 그들의 살인용 발톱은 길게 나와 있었다. 에이다는 달리면서 총을 쐈다. 더 이상 자신이 고함을 치고 있다는 것도, 무슨 소리를 하고 있는지도, 느끼지 못했다. 짧게, 아주 짧게 그는 하먼의 이미지를 불러 모아 그의 방향으로 메시지를 전하려고 애썼다. *미안해요, 여보, 아이를 지키지 못해서.* 하지만 곧장 그녀는 오직 달리기와 총 쏘기에만 집중했다. 회색의 무리들은 거의 가까이 왔고, 은회색의 파도처럼 그들 위를 덮치기 시작했다‥‥

폭발이 에이다를 10피트 뒤로 내동댕이쳤고, 그녀의 눈썹을 태웠다.

주변엔 사람들이 널려 있었다. 그녀와 꼭 같이 뒤로 나자빠지고 너무 놀라서 말도 못하고 일어서지도 못하고 있었다. 어떤 사람들은 옷에 붙은 불꽃을 끄려 했고, 어떤 사람들은 정신을 잃었다. 아르디스 단지는 공중으로 50, 80, 아니 100피트까지 치솟는 불길의 벽으로 둘러싸였다. 불길 사이를 뛰고 달리며 두 번째 보이닉스 물결이 덮쳐왔다. 이렇게 내달리는 은회색의 형상들 사이로 더 많은 폭발이 일어났다. 에이다는 눈을 깜빡거리며 등껍질과 발톱과 몸통이 사방으로 튀어나가는 것을 보았다.

데이먼이 그녀를 일으켜 세웠다. 그는 거친 숨을 내쉬고 있었으며 그의 얼굴은 화상으로 물집이 잡혀 있었다.

"에이다···· 우리는···· 돌아···· 가야···· "

에이다는 팔을 빼낸 후 하늘을 보았다. 하늘 위로 다섯 개의 비행 물체가 날고 있었는데, 어느 것도 소니는 아니었다. 박쥐 날개를 한 네 개의 작은 비행체가 숲과 벌판의 경계 쪽으로 깡통 같은 것을 떨어뜨리는 동안, 그보다 더 큰 날개를 한 비행체는 울타리로 둘러싸인 아르디스의 중심으로 내려오고 있었다. 울타리들은 이제 폭격의 충격으로 거의 안쪽으로 넘어져 있었다.

갑자기 박쥐 날개가 달린 형상에서 케이블이 떨어지더니, 인간의 형상을 하지는 않았지만 휴머노이드가 분명한 검은 형체들이 윙윙거리며 줄을 타고 내려와 인간보다 훨씬 빨리 땅바닥을 치고는 방어선을 만들기 위해 달려 나갔다. 이 검고 키 큰 형상들이 에이다를 스쳐 달려갈 때, 그녀는 그들이 인간이 아님을 알아보았다. 전투 갑옷을 입은 인간이 아니었다. 인간보다 키가 크고, 이상한 모양의 관절을 가지고 있었으며, 미늘과 가시와 검은 키틴질의 갑옷으로 덮여 있었다.

더 많은 보이닉스들이 불꽃을 뚫고 들어왔다.

그녀와 보이닉스 사이에 선 검은 형상들은 한쪽 무릎을 꿇더니 인간이 들기에는 너무나 무거워 보이는 무기를 들어올렸다. 갑자기 무기가 폭발적으로 작동하기 시작했다. *추카-칭크-쿠가-추가-킹크-* 체인으로 작동하는 절삭기같은 소리가 나더니 새파란 에너지 광선이 번뜩이며 보이닉스 무리들에게 날아갔다. 푸른 광선이 닿을 때마다 보이닉스는 폭발해버렸다.

데이먼은 그녀를 아르디스 쪽으로 잡아끌었다. 그녀가 소음을 뚫고 소리 질렀다.

"뭐죠? 뭐예요?"

그는 고개를 저었다. 들리지도 않았고 그 자신도 뭐가 뭔지 몰랐다.

다시 한 차례의 폭격이 후퇴하는 모든 인간들을 바닥에 내동댕이쳤다. 이번에는 버섯 모양의 불꽃이 차가운 아침 공기 속으로 2~3백 피트나 솟아올랐다. 아르디스 동서의 모든 나무들이 불타고 있었다. 보이닉스들은 불꽃을 뚫고 뛰어올랐다. 키틴질의 검은 군인들은 놈들을 수십 마리씩, 다시 수백 마리씩 사살했다.

검은 형상 중의 하나가 그녀에게 고개를 숙었다. 그것은 기다랗고 미늘이 달린 팔을 뻗고 손이라기보다는 검은 갈고리라고 해야 할 것 같은 손을 내밀었다.

"에이다 우어?"

그 목소리는 침착하고 깊었다.

"저는 센추리언 리더 맵 아후입니다. 당신의 남편이 당신을 기다립니다. 제 분대원들과 제가 아르디스 구내까지 모시겠습니다."

거대한 우주선은 구덩이 옆에 착륙했다. 이 비행선은 울타리에 비해 너무 커서 착륙하는 와중에 나머지 모든 나무 울타리를 뭉개버렸다. 아래엔 높고도 여러 개의 관절이 달린 금속 다리가 있었으며, 칸막이 문 같은 것이 배 부분에서 열렸다.

하면은 바닥에 놓인 들것에 누워 있었고, 여러 명의 다양한 존재들이 그 주변에 모여 있었다. 에이다는 그들은 무시한 채 하면에게 달려갔다.

사랑하는 남편의 머리는 베게 위에 놓여 있었고 몸에는 담요가 덮여 있었다. 하지만 에이다는 비명을 지르지 않기 위해 입속에 주먹을 쑤셔 넣어야 했다. 그의 얼굴은 황폐했고, 볼은 쑥 꺼졌으며, 이빨은 모두 빠져 있었다. 눈에서는 피가 나고 있었다. 입술은 갈라질 대로 갈라져 누군가 조각조각 씹어 놓은 듯했다. 벌거벗은 팔뚝이 담요 위에 얹혀 있어, 에이다는 피부 밑에 생긴 피멍을 알아볼 수 있었다. 붉은 피부는 세상에서 가장 심한 일광욕을 한 것처럼 허물이 벗겨져 있었다.

데이먼, 한나, 그레오기, 그리고 다른 사람들이 곁으로 모여 들었다. 그녀가 하면의 손을 잡자 부드러운 압력에 대답이라도 하는 듯 가벼운 힘이 느껴졌다. 들것 위에서 죽어가고 있는 남자는 백내장으로 뒤덮인 눈의 초점을 그녀에게 맞추려고 애쓰면서 말을 하려 했다. 하지만 피를 토해낼 수 있을 따름이었다. 검붉은 금속과 플라스틱으로 둘러싸인 작은 휴머노이드가 그녀에게 말했다.

"당신이 에이다입니까?"

"그렇습니다."

그녀는 기계 소년 쪽으로 몸을 돌리지도 않았다. 시야엔 오직 하먼뿐이었다.

"그는 가까스로 당신 이름과 이곳의 좌표를 말해주었습니다. 더 일찍 발견하지 못해서 유감입니다."

"도대체 뭐가⋯⋯."

그녀는 입을 열었지만 무엇을 물어봐야 할지 몰랐다. 옆에 있는 기계 형상은 무척 컸다. 그는 하먼의 여월 대로 여윈 팔에 무언가를 공급하는 정맥 주사병을 아주 섬세하게 들고 있었다.

"그는 치명적인 양의 방사능을 흡수했습니다."

소년 크기의 형상이 부드러운 목소리로 말했다.

"어틀랜틱 브리치에서 만난 잠수함에서 얻은 것이 분명합니다."

잠수함, 에이다는 생각했다. 그녀에게는 아무 의미도 없는 단어였다. 작은 인간 기계가 말했다.

"죄송합니다. 우리에게는 이런 상태에 빠진 인간을 위한 의료 장비가 마련되어 있지 않습니다. 당신들의 문제를 보자마자 우린 퀸 맵에게 호넷을 내려 보내달라고 했습니다. 그래서 진통제와 정맥주사는 가져왔지만 방사능에 의한 손상에 대해서는 우리도 어찌해볼 수가 없었습니다."

에이다는 이 작은 인간이 하는 얘기를 도통 알아들을 수 없었다.

하먼이 기침을 했다. 말을 하고 싶은데 그럴 수 없는 상태임이 분명했다. 그가 다시 기침을 했다. 그리고 손을 빼려 했다. 에이다는 놓지 않았지만 죽어가는 남자는 기어이 손을 빼려고⋯⋯.

그녀는 자신의 손의 그를 아프게 누르고 있다는 것을 깨달았다. 그녀는 손을 놓았다.

"미안해요, 여보."

그들 뒤에선, 더 많은 폭발이 더 멀리서 들려왔다. 박쥐처럼 생긴 비행체들은 아까처럼 체인이 철렁대는 소리를 내면서 주변의 숲을 폭격하고 있었다. 키가 크고 키틴질로 이루어진 군인들이 캠프 사이를 누비고 다녔다. 경미한 부상을 입은 인간들에게 응급조치를 하고 있었다. 대부분 화상 환자였다.

하면은 손을 거두는 대신 그녀의 얼굴 쪽으로 들어 올렸다. 에이다는 다시 그의 손을 잡으려 했다. 하지만 그는 왼손으로 그녀의 손을 밀쳤다. 그녀는 거기서 손을 멈춘 채 남편이 자기 목과 볼을 만지도록 두었다. 그는 손바닥을 펴 그녀의 이마에 얹었다. 그러더니 온 힘을 다해 그녀의 두개골을 감싸 안으려 했다. 거의 절망적으로 그녀의 머리를 꼭 쥐는 것이었다.

그녀가 손을 떼어내려고 생각하기도 전에 그것이 시작되었다.

아무 것도, 심지어 그녀를 10피트나 뒤로 나가떨어지게 만들었던 폭발조차도, 이처럼 에이다에게 충격을 준 적은 없었다.

먼저 하면의 또렷한 목소리가 들렸다. *괜찮아요, 내 사랑, 내 소중한 사람. 긴장을 풀어요. 괜찮아요. 난 가야만 해요. 내가 할 수 있는 한 이 선물을 당신에게 주어야 해요.*

그러자 손상된 남편의 손과 피 흘리는 손가락이 누르는 압력을 빼고는 주변의 모든 것이 사라지면서 이미지들이 쏟아져 들어왔다. 마음속으로 뿐만 아니었다. 그것은 그녀를 단어, 기억, 이미지, 그림, 데이터, 더 많은 기억, 기능, 인용문, 책, 전집, 더 많은 책, 더 많은 기억, 그녀에 대한 그의 사랑, 그녀와 아이에 대한 생각, 그의 사랑, 더 많은 정보, 더 많은 목소리와 이름, 날짜와 생각, 그리고 사실과 아이디어, 그리고⋯⋯

"에이다? 에이다?"

톰이 그녀 위에 무릎을 꿇고, 가볍게 뺨을 치면서 물을 부었다. 한나, 데이먼, 그리고 다른 사람들이 곁에 무릎을 꿇고 있었다. 작은 금속–플라스틱 인간은 여전히 하면 위에서 뭔가를 시도하고 있었지만, 그녀의 남편은 죽은 것처럼 보였다.

에이다가 일어섰다.

"데이먼! 한나! 이리 오세요. 가까이 기대요."

"뭐라구요?"

한나가 물었다. 에이다가 고개를 흔들었다. 설명할 시간이 없었다. 나누는 것 말고는 다른 것을 할 겨를이 없었다.

"날 믿어요."

그녀는 왼손과 오른손을 뻗어 왼손으로는 데이먼의 이마를 쥐고, 오른손으로는 한나의 이마를 쥐었다. 그리고 공유 기능을 작동시켰다.

30초밖에 걸리지 않았다. 하먼이 여러 기능과 핵심 데이터를 그녀와 나누는데 걸렸던 시간만큼도 걸리지 않았다. 그가 수많은 시간동안 서쪽을 향해 걸으며 분류하고 공유를 위해 준비해 두었던 데이터들이었다. 하지만 30초란 시간이 에이다 에겐 30번의 영원처럼 느껴졌다. 만약 다음 순서가 그녀 혼자 할 수 있는 것이었다 면 그녀는 아무 걱정 없었을 것이고, 시간을 지체하지도 않았을 것이다. 아무리 인 류의 미래가 거기에 달려있다고 해도. 하지만 다음 순서는 그녀 혼자 할 수 있는 것이 아니었다. 그녀는 공유 작업을 계속할 한 사람과 하먼을 구하는 데 도와줄 한 사람이 필요했던 것이다.

끝났다.

에이다, 데이먼, 한나, 세 사람은 무릎을 꿇고 눈을 감았다.

"뭐하는 거예요?"

시리스가 물었다. 누군가가 소리를 지르며 구내로 달려왔다. 그는 1과 1/4마일 떨어진 전송실에 있던 자원자 중 하나였다. 팩스 노드가 작동하고 있었다! 보이닉 스가 그들을 거의 포위했을 때 팩스노드가 다시 살아났다고 그가 소리를 질렀다.

팩스 전송실 따위 신경 쓸 시간이 없어, 에이다는 생각했다. 그리고 수많은 팩 스 노드 중에 갈만한 곳도 없었다. 어디에서든 인간들은 은신해 있거나 보이닉스 의 직접적인 공격을 받고 있었다. 노드가 알려진 그 어느 곳도 그녀의 남편에게는 안전하지 않았다. 거대한 금속 말굽 게처럼 생긴 덩치 큰 형상이 영어로 덜그럭 거 리며 말했다.

"궤도 안에는 인간 재생 탱크가 있어요. 하지만 우리가 아는 한 가장 확실한 것은 시코락스의 궤도 행성이지요. 그리고 그건 지금 최대 속력으로 달을 통과했습니다. 죄송합니다. 우리는 어떤 다른⋯."

"상관없어요."

다시 하먼의 옆에 무릎을 꿇은 채 에이다가 말했다. 그녀는 그의 팔을 잡았다. 반응이 없었다. 하지만 그에게 남아있는 마지막 생명의 불씨를 느꼈다. 그의 생체 모니터가 그녀에게 새로운 생체 점검 기능을 말해주고 있었다. 그녀는 미친 듯이 수천 개의 프리팩스 노드와 프리팩스 기능을 뒤졌다.

지중해 분지에 후기 인류들의 저장고가 있었다. 그들은 방사능 환자를 위한 의약품도 갖고 있었다. 하지만 그 저장소는 저지선으로 가려져 있고, 에이다는 올넷 모니터를 통해 헤라클레스의 손이 천천히 사라지면서 지중해에 물이 차들어 오고 있는 것을 보았다. 그곳의 저장고에 도착하려면 기계가 —잠수함이— 필요할 것이다. 너무 오래 걸린다. 또 다른 후기-인류의 저장고들도 있지, 중국의 스텝 평야에, 남극의 드라이 밸리 근처에⋯. 하지만 모두 도착하는 데 시간이 너무 걸렸고 치료 과정이 너무 복잡했다. 하먼은 그렇게 오래 살지 못할 것⋯.

에이다는 데이먼의 팔을 붙잡고 자기 곁으로 끌어내렸다. 데이먼은 멍하니, 그 자리에 고정된 듯 보였다.

"모든 새로운 기능들은⋯."

그가 말했다. 에이다가 그를 흔들었다.

"모이라 유령이 뭐라고 했는지 다시 말해 봐요!"

"뭐라고요?"

심지어 그의 눈동자도 초점이 나가 보였다.

"데이먼, 노만을 떠나보내는 투표가 있던 날, 당신에게 모이라 유령이 했던 말을 다시 해봐요. '기억하라⋯.' 뭐였죠, 말해 봐요!"

"아⋯. 뭐라 그랬냐면⋯. '노만의 관은 노만의 관이라는 것을 기억하라,'" 그가 말했다. "그게 이거하고 무슨⋯?"

"세상에!"

에이다가 울부짖었다.

"두 번째 노만은 이름이 아니라 두 단어였어! '노만Noman의 관은 노 맨no man의 관이다.' 한나, 당신은 마추픽추의 골든 게이트에 있는 관이 오디세우스를 치료하는 동안 거기 있었지요. 우리 중 누구보다도 그 브릿지에 자주 갔었잖아요. 나랑 함께 가 줄래요? 시도해 보겠어요?"

한나는 순식간에 자기 벗이 무엇을 요구하고 있는지 깨달았다.

"그럼요."

"데이먼,"

시간에 쫓길 뿐만 아니라, 이미 그들 사이에 자리 잡고 앉아 어두운 발톱에 하먼을 꼭 쥐고 있는 죽음에도 쫓기면서 에이다가 말했다.

"당신은 이곳에 있는 모든 사람들과 공유를 시작하세요. 당장."

"알았어요."

데이먼이 말하고는 신속히 움직여 다른 사람들을 곁으로 불러들였다.

모라벡 군인들은 ―에이다는 이제 그들의 이름은 몰라도 외모를 통해 각자를 다 알아볼 수 있었다― 여전히 방어선 주변에서 사격을 하면서 마지막 보이닉스까지 사살하고 있었다. 보이닉스는 아직 단 한 마리도 침범하지 못했다. 에이다가 말했다.

"한나, 들것이 필요할 텐데, 만약 그게 프리팩스 되지 않는다면, 하먼의 담요를 당신 어깨에 걸치세요. 필요하다면 그걸 사용할 수 있을 거예요."

한나가 죽어가는 인간 환자에게서 담요를 당겨 빼자 작은 유로판 모라벡이 소리쳤다.

"이봐요, 이 사람도 그게 필요해요! 떨고 있단 말입니다⋯⋯"

에이다는 모라벡의 팔을 만졌다. 플라스틱과 금속을 통해서 그의 영혼과 인간성이 느껴졌다.

"괜찮아요."

마침내 그녀가 말했다. 그녀는 그의 사이버네틱 기억에서 그것의 이름을 ―그의 이름을— 찾아냈다.

"친구 만무트, 괜찮아요. 우리는 우리가 뭘 하고 있는지 잘 알고 있답니다. 이 모든 것이 지나고 나니, 마침내 우리가 무엇을 하는지 알게 되는 군요."

그녀는 다른 사람들에게 물러서라는 손짓을 했다. 한나는 들것 옆에 무릎을 꿇었다. 한 손은 하먼의 어깨에 얹고 다른 한 손은 들것 손잡이 위에 얹었다. 에이다도 반대쪽에서 똑같은 자세를 취했다.

"함께 메인 룸을 상상하도록 해요. 우리가 처음으로 오디세우스를 만났던 곳. 그러면 좌표가 머릿속에 떠오를 거예요. 우리 둘 다 그곳에 갔었다는 게 중요해요."

"알았어요."

"셋까지 셀까요? 하나, 둘⋯⋯ 셋."

두 여인과 들것, 그리고 하먼은 그 자리에서 사라졌다.

죽어가는 하먼이 아무리 별 무게도 안 나갈 것처럼 보였다지만, 두 여인이 그와 들것을 동시에 들고 마추픽추의 골든 게이트에 있는 메인 박물관 지역에서, 몇 층의 계단을 내려와, 초록 버블을 통과하고, 관들이 있는 지역을 지나, 새비의 구식 관을 거치고, 오디세우스-노만의 관으로 통하는 마지막 회전 계단을 돌아 내려오자니, 그야말로 젖 먹던 힘까지 다 필요했다.

남편의 앙상한 가슴에 손을 댔을 때 에이다의 손바닥은 아주 희미한 생명 반응을 포착할 뿐이었다. 하지만 그녀는 생명의 신호를 찾느라 더 이상 시간을 지체하지 않았다.

"다시 셋을 셉시다."

그녀가 가쁜 숨을 내쉬었다. 한나가 고개를 끄덕였다.

"하나, 둘⋯⋯ 셋."

그들은 벌거벗은 하먼의 몸을 조심스럽게 들어 올려 노만의 관에 뉘었다. 한나는 뚜껑을 내려 꽉 닫았다.

"어떻게 해야…."

당황한 에이다가 말했다. 원한다면 이곳의 기계들을 모두 직접 점검해 볼 수도 있다. 그녀의 새로운 기능이 그렇게 말하고 있었다. 하지만 그러면 너무 시간이 걸릴 것이다….

"여기에요."

한나가 말했다.

"다시 살아난 후에 노만이 저에게 보여주었어요."

그녀의 조각가 같은 손가락이 번쩍거리는 가상의 버튼을 두드렸다. 고전-인류의 기능이 요람 조종판과 상호작용했다. 관은 한숨을 내쉬더니 허밍을 하기 시작했다. 보이지 않는 관을 통해 수면실 안으로 안개 같은 것이 밀려들더니 하면의 몸을 거의 가려버렸다. 투명한 뚜껑 위에 얼음 결정이 맺혔다. 몇 개의 새로운 불빛이 비쳤다. 그 중 하나는 붉게 깜빡였다.

"오!"

한나가 말했다. 그녀의 목소리는 매우 작았다.

"안 돼."

에이다가 말했다. 그녀의 목소리는 침착하고도 완고했다.

"안 돼, 안 돼, *안 돼.*"

그녀는 마치 기계를 설득하기라도 하는 듯 관의 플라스틱 조종판 위에 손바닥을 얹었다. 붉은 빛이 깜빡거리다 호박색으로 변하고 다시 붉은 색으로 되돌아갔다. 에이다도 완고하게 말했다.

"안 돼!"

붉은 빛은 희미해지더니 호박색으로 변했다. 호박색으로 머물렀다. 한나와 에이다의 손가락이 잠시 관 위에서 만나더니, 에이다가 AI 집합체의 번쩍거리는 곡면 위에 손을 댔다.

호박색이 계속 되었다.

몇 시간 후 오후의 구름이 밀려와 마추픽추의 폐허를 어둡게 하더니 그들 아래로 600피트 지점에 있는 현수교마저 어둡게 만들 무렵 에이다가 말했다.

"한나, 아르디스로 프리팩스 해 가세요. 가서 좀 먹고 쉬어요."

한나는 고개를 저었다. 에이다가 미소 지었다.

"그럼, 적어도 식당 구역에 가서 과일이나 뭐 먹을 것 좀 가져오세요. 물도."

호박색은 오후 내내 불타고 있었다. 해가 진 직후 안데스 계곡이 노을빛에 젖어 있을 무렵, 데이먼, 톰, 시리스가 프리팩스로 들어왔다. 하지만 그들은 아주 잠깐 동안만 머물렀다.

"우린 벌써 서른 개의 다른 공동체에 도착했어요."

데이먼이 에이다에게 말했다. 그녀는 고개를 끄덕였지만 시선만은 절대 호박색 불빛을 떠나지 않았다. 다른 사람들은 마침내 다음 날 아침 다시 오겠다는 약속을 남기고 프리팩스로 떠났다. 한나는 담요를 두르고 관 바로 옆의 바닥에서 잠들었다.

에이다는 깨어 있었다. 무릎을 꿇기도 하고 앉기도 하면서, 그러나 언제나 생각에 잠겨서, 그리고 언제나 관의 조종판 위에 손바닥을 얹고, 언제나 그녀와 그녀의 남편 하먼을 가르고 있는 회로를 통해 그녀의 존재와 기도의 말을 전하면서, 그리고 언제나 호박색 불빛에 시선을 고정시킨 채.

새벽 3시가 얼마 지난 후, 호박색 불빛이 초록색으로 바뀌었다.

IV

OLYMPOS

일리움 몰락 후 일주일.

아킬레스와 펜테실레이아가 스카만데르 평원과 시모이스 평원 사이에 솟은 텅 빈 능선 사이에 나타났다. 헤파이스토스가 약속한대로, 두 마리의 말이 기다리고 있었다. 아카이언을 위해서는 힘찬 검은 종마를, 아마존을 위해서는 작지만 더 근육질인 하얀 암말을. 두 사람은 무엇이 남아있는지 둘러보고자 말에 올랐다.

남아있는 것은 별로 없었다.

"어떻게 일리움 같은 도시가 깡그리 사라질 수 있죠?"

항상 그렇듯이 논쟁하기를 부추기는 듯한 목소리로 펜테실레이아가 말했다.

"모든 도시는 사라지게 되어있어."

아킬레스가 말했다.

"그게 도시의 운명이야."

아마존은 콧방귀를 뀌었다. 아킬레스는 금발 여인의 콧방귀가 그녀의 흰 암말의 콧방귀와 비슷하다는 것을 이미 알아챘다.

"그래도 하루 만에 사라지지는 않아요…… 한 시간 안에는 더더구나."

그녀의 말은 불평과 애통처럼 들렸다. 치료자의 탱크에서 펜테실레이아가 부활한지 불과 이틀 만에, 아킬레스는 그 끊임없는 불만스러워하는 목소리에 익숙해지고 있었다. 30분 동안 그들은 한 때는 막강한 트로이를 품고 있었던 2마일의 능선을 따라 바위투성이의 길을 가는 말들이 가는 대로 내버려두었다. 초석 하나조차 남아있지 않았다. 트로이를 사라지게 한 신들의 마술은 도시 최초의 돌 아래 거의 1피트까지 드러나게 했다. 떨어진 창이나 썩어가는 시체조차도 없었다. 펜테실레이아가 말했다.

"제우스가 강력하긴 강력하네요."

아킬레스가 한숨을 쉬며 머리를 흔들었다. 날은 포근했다. 봄이 오고 있었다.

"말했잖아. 이건 제우스가 한 일이 아니야. 제우스는 내 손으로 죽였거든. 이건 헤파이스토스의 작품이야."

여자가 콧방귀를 뀌었다.

"나는 절대로 그 작고 부랑자 같은데다 입 냄새도 역겨운 불구의 신이 이런 일을 할 수 있다고 믿을 수 없어요. 그가 진짜 신인지 조차도 믿지 않아요."

"그가 한 일이야."

아킬레스가 말했다. 닉스의 도움으로, 그가 속으로 덧붙였다.

"그건 당신이 하는 말이고요. 펠레우스의 아들."

"날 그렇게 부르지 말라고 했지. 나는 더 이상 펠레우스의 아들이 아니야. 난 제우스의 아들이었지만, 그도 나도 인정하지 않지."

"그것도 당신이 하는 말이고요. 당신의 허풍이 진짜라면 당신은 부친 살해자가 되는 거잖아요."

"맞아. 그리고 난 절대로 허풍을 떨지 않아."

아마존과 그녀의 하얀 암말이 동시에 콧방귀를 뀌었다.

아킬레스는 검은 종마의 옆구리에 박차를 가하며, 스카이안 성문으로부터 —도시가 세워진 이후에 항상 자라던 커다란 떡갈나무의 둥치는 그대로 남아있었으나, 거대한 문들은 사라졌다— 이어지는 바퀴자국이 무성한 남쪽을 따라, 능선의 아래로 내려갔고 다시 오른쪽으로 돌아 해변과 도시를 나누는 스카만데르의 평원으로 향했다. 판판한 슬레이트 바위에 손톱을 긁는 것 같은 크고 신경을 거스르는 목소리로 펜테실레이아 말했다.

"만일 이 가엾은 헤파이스토스가 지금 신들의 왕이라면, 올림포스에서는 왜 항상 동굴에 숨어있었죠?"

"말했잖아, 그는 신들과 타이탄들의 전쟁이 끝나기를 기다리고 있었다고."

"그가 제우스의 계승자라면, 왜 제우스는 하데스에서 번개와 천둥에게 명령해서 이 일을 끝내지 않는 거죠?"

아킬레스는 아무 말도 하지 않았다. 그가 깨달은 것은, 때때로 그가 아무 말도 하지 않으면, 그녀도 말을 하지 않는다는 것이었다.

스카만데르 평원의 —11년의 전쟁으로 평평히 다져진— 땅은 아직 벗겨지지 않은 것처럼 보였고, 수천 사내들의 샌들 신은 발자국들과 바위에 굳은 피들이 아직도 남아있었다. 그러나 살아있는 인간들과, 말, 전차, 무기, 시체, 그리고 다른 물건들은 헤파이스토스가 아킬레스에게 묘사했듯이 모두 사라졌다. 심지어 아키이언들의 천막과 검은 배들의 불탄 용골들도 사라졌다.

아킬레스는 몇 분 동안 말들을 해변에서 쉬게 하고 아마존과 함께 텅 빈 모래 위로 굴러오는 맑은 파도를 바라보았다. 아킬레스는 절대로 그의 곁에 있는 암늑대에게 이런 말을 하지 않을 것이었으나, 다시는 무장한 그의 동지들을 —재주 많은 오디세우스, 커다란 목청의 대 아이아스, 미소 짓는 궁수 테우케르, 그의 충성스런 미르미돈들, 항상 어리석은 붉은 머리의 메넬라오스와 그의 간교한 형제, 아킬레스의 숙적 아가멤논을— 볼 수 없을 거라는 생각에 가슴이 아팠다. 이상하지, 아킬레스는 생각했다, 볼 수 없게 되면 심지어 적들조차도 이렇게 소중하게 느껴지다니.

더불어 그는 헥토르와 헤파이스토스가 일리아스에 대해 이야기한 것들을 생각했다. 아킬레스의 다른 미래에 대해. 그리고 그 생각을 하자 울화와 절망이 치밀어 올랐다. 그는 말머리를 남쪽으로 돌리고, 안장 앞머리에 묶여있는 염소 가죽 병에 들어있는 와인을 마셨다. 펜테실레이아가 그의 뒤에서 불만스럽게 말했다.

"내가 그 수염투성이 절름발이 신이 정말로 우리를 결혼시킬 수 있다고 믿는 건 아니에요. 정말 말도 안 되는 소리였어."

"그가 모든 신들의 왕이야."

아킬레스가 피곤한 듯이 말했다.

"우리의 결혼 서약을 축복하는데 그 이상 누가 더 적합하겠어?"

"내 엉덩이나 축복하라지. 여기를 떠나는 건가요? 왜 남동쪽으로 향하고 있는 거예요? 이 길은 뭐죠? 왜 전투 지역을 떠나는 거냐고요?"

아킬레스는 15분 뒤에 고삐를 당겨 그의 말을 세울 때까지 아무 말도 하지 않았다.

"이 강이 보이지. 여자여?"

"물론 보이죠. 내가 장님인줄 알아요? 이건 더러운 스카만데르일 따름. 마시기엔 너무 탁하고, 경작하기엔 너무 얕은 강. 몇 마일 위에서 합쳐지는 시미오스 강과 형제잖아요."

"여기, 우리가 스카만데르라고 부르며 신들은 성스러운 크산테스라고 부르는 곳에서. 여기서, 내 전기를 쓸 호메로스를 인용한 헤파이스토스에 의하면, 나는 나의 가장 위대한 *아리스테이아*, 내가 헥토르를 죽이기 전에 나를 불사로 만들어줄 수 있었던 전투를 치르게 될 것이었어! 여기서, 여자여, 나 혼자서 트로이 군사 전체에 맞서 싸웠을 거고, 이 불어 오른, 신이 올린 강 자체에서, 하늘을 향해 외쳤을 거야. '죽어라, 트로이인들이여, 죽어라!···· 성스러운 트로이를 끝까지 살육하고 말겠다!' 하고. 바로 여기서, 여자여, 낮고 빠르게 흐르는 강이 보여? 바로 여기서 내가 테르실로쿠스, 뮈돈, 아시티플루스, 네수스, 트라시우스, 아에니우스, 그리고 오펠레스테스를 모두 죽였을 거라구. 그런 다음 페이오니안들이 뒤에서 나를 덮치고, 난 그들도 모두 죽였을 거야. 그리고 거기서, 강 건너 트로이 진영에서, 나는 키론이 펠리온 산의 재로 만들어 펠레우스에게 주었던 무적의 창으로 양손잡이 아스테로파에우스의 두 창을 대적해 죽였을 거야. 우리 둘 다 빗나가지만, 그가 강둑에서 내 커다란 창을 잡아 빼서 다시 던지려고 하는 사이, 내가 그 영웅을 칼로 내려치지···· "

아킬레스는 말을 끊었다. 펜테실레이아가 말에서 내려 소변을 보러 관목 뒤쪽으로 사라졌다. 그녀의 오줌 줄기가 떨어지는 소리를 듣자, 아킬레스는 그 아마존을 그 자리에서 죽여서, 그 시체를 강 근처의 크레오소트 나무에 앉아 있는 까마귀 떼들에게 남겨놓고 싶어졌다. 매일 죽은 고기를 먹는 새들의 먹이는 확실히 사라졌고, 아킬레스는 그들을 실망시키기 싫었다.

하지만 그는 아마존을 해칠 수 없었다. 아프로디테의 사랑의 주술이 아직도 작용하고 있어서, 청동 촉으로 만들어진 창이 뚫고 지나가 속이 뒤집히는 느낌처럼, 이 암캐에 대한 사랑을 그의 내장 속 깊이 심어 놓았다. *너의 유일한 희망은 시간이 지나면서 페로몬의 효과가 사라질지도 모른다는 거지.* 헤파이스토스가 동굴에서의 마지막 밤, 둘 다 와인에 취해, 서로에게, 그리고 그들이 아는 모든 이에게 건배하며, 손잡이가 두 개 달린 커다란 컵을 올리고 형제이거나 혹은 술 취한 두 남자들만이 할 수 있는 이야기들을 고백하는 와중에 말했었다.

아마존이 다시 말에 올랐을 때, 아킬레스는 스카만데르를 가로질러 길을 이끌었고, 말들은 조심스럽게 발을 내딛고 있었다. 강물은 가장 깊은 곳도 무릎 깊이를 넘지 않았다. 그는 남쪽으로 방향을 바꾸었다. 펜테실레이아가 따지듯 물었다.

"어디를 가는 거죠? 여길 떠나는 이유가 뭐예요? 무슨 생각을 하는 거냐고요? 내 생각을 하는 거예요, 아니면 언제나 대단한 아킬레스가 모든 것을 알아서 결정하는 식이 되는 건가요? 내가 당신을 맹목적으로 따라갈 거라고 생각하지 말아요, 펠레우스의 아들. 당신을 아주 안 따라갈지도 몰라요."

"우리는 파트로클로스를 찾으러 가는 거야."

아킬레스가 안장을 돌리지 않은 채 말했다.

"뭐라고요?"

"파트로클로스를 찾으러 가는 거라구."

"당신의 친구? 그 동성애자 같은 당신의 친구를? 파트로클로스는 죽었어요. 아테나가 죽였다구요. 당신이 보았다고 당신 입으로 말했잖아요. 신들과 전쟁을 시작한 이유가 그것 때문이었다고."

"헤파이스토스는 그가 살아있다고 했어."

아킬레스가 말했다. 그의 손은 칼자루에 놓여 있었고, 그의 손마디가 하얗게 되었으나, 무기를 뽑아 들지는 않았다.

"헤파이스토스가 말하기를 그가 지구의 모든 사람들을 위로 올릴 때 파트로클로스를 푸른 광선속에 포함하지 않았다고 했어, 일리움을 영원히 보내버릴 때도 마찬가지였고. 파트로클로스는 살아있고, 바다 건너 어딘가 저기에 있어. 그리고 우리는 그를 찾을 거야. 그게 나의 임무야."

"오, 그래요, *헤파이스토스가 그랬다구요.*"

아마존이 조롱하듯 말했다.

"이제 헤파이스토스가 말한 건 모두가 진실이군요. 그렇죠? 그 왜소한 불구의 신이 당신에게는 거짓말을 못하게 되었나 보군요. 그렇죠?"

아킬레스는 아무 말도 하지 않았다. 그는 해안선을 따라 난 오래된 남쪽 길을 가고 있었고, 이 길은 수세기 동안 트로이 말들의 발굽에 다져져 있었고 그의 살육을 도와준 많은 트로이의 동맹들에 의해 최근에는 북으로도 이어졌다.

"게다가 파트로클로스는 어딘가 *바다 건너*에 살아있을 거라구요."

펜테실레이아가 아킬레스의 말투를 흉내 냈다.

"도대체 어떻게 우리가 바다를 건널 수 있다는 거죠, 펠레우스의 아들? 그리고 대체 어느 *바다* 말인가요?"

"배를 찾을 거야."

아킬레스가 그녀를 돌아보지 않고 말했다.

"아니면 짓거나."

누군가가 콧방귀를 끼었으나, 그게 아마존인지 그녀의 암말인지는 알 수 없었다. 그녀는 확실히 그를 따라오지 않고 있었다. 아킬레스는 돌 위에 그의 말발굽이 부딪히는 소리만 들었다. 그리고 그녀는 그가 들을 수 있도록 목소리를 높였다.

"지금 우리가 뭐죠. 망할 조선공이라도 되나요? 배를 어떻게 짓는지는 알아요, 발 빠른 학살자님? 모를 걸요. 당신은 발 빠르고, 사람들을 —당신보다 두 배는 나은 아마존들을— 죽이는 데는 능하지만, 뭔가를 만드는 데는 솜씨가 없어요. 내가 장담하죠⋯⋯ 살면서 뭐 하나라도 쓸모 있는 걸 만들어 본 적은 절대 없을 거라고. 아닌가요? 그렇죠? 그 굳은살은 창과 와인 잔을 잡느라고 생긴 거죠⋯⋯ 어련하실까⋯⋯ 펠레우스의 아들! 내 말을 듣고 있는 거예요?"

아킬레스는 50피트를 앞서가고 있었다. 그는 돌아보지 않았다. 펜테실레이아의 커다란 암말은 그녀가 고삐를 당긴 곳에 서 있었으나, 이제는 혼란스러운 듯 땅을 치며, 앞으로 나아간 종마를 따라가고 싶어 하고 있었다.

"아킬레스, 나쁜 사람! 내가 그냥 당신을 따라갈 거라고 가정하지 말아요. 당신이 어디로 가고 있는지도 모르잖아요. 그렇죠? 인정하라고요!"

아킬레스는 계속 나아갔고, 그의 눈은 머나먼 남쪽에 있는 바다 근처의 수평선 위에 있는 흐릿한 언덕의 선들 위에 고정된 채였다. 끔찍한 두통이 왔다.

"당연하게 생각하지 말라구요⋯⋯ 이 나쁜 인간!"

아킬레스와 그의 종마가 천천히 멀어져 100야드쯤 떨어지자 펜테실레이아가 소리쳤다. 제우스의 못된 아들은 돌아보지 않았다.

성스러운 크산테스 옆 관목에 앉아 있던 독수리 한 마리가 하늘로 날개 짓을 하더니, 한때 전쟁터였던 지금은 비어있는 전장 위를 한 바퀴 돌고는, 날카로운 독수리의 눈으로 —보통 오후의 간식거리를 찾을 수 있던 곳에서— 불타버린 시체들의 재조차도 남아있지 않음을 알아챈다. 독수리는 남쪽으로 날아갔다. 그 놈은 두 마리의 말과 인간의 —시체를 뜯는 새의 원거리 시력으로 볼 수 있는 거리 안에 유일하게 살아있는 인간의— 3,000피트 위를 돌다가, 언제나처럼 희망을 갖고 그들을 따라가기로 결정한다.

한참 아래에서는, 하얀 말과 그 위에 탄 인간이 꼼짝 않고 있는 동안 검은 말과 인간은 딸깍거리며 남쪽으로 가고 있다. 뒤에 남은 인간이 내는 불쾌한 소음을 무시하며 지켜보던 독수리의 눈에, 흰말이 갑자기 움직이며 앞에 가는 인간을 따라 잡으려 뛰어가는 것이 보인다.

흰말이 약간 뒤로 쳐지며, 두 마리의 말과 두 명의 인간이 에게해의 구부러진 길을 따라 남으로 향했고 독수리는 —더운 오후의 강한 상승기류를 타고 손쉽게 날며— 희망에 가득차서 그들을 따라갔다.

여든
아홉

일리움 추락 후 9일.

베 빈 아데 장군이 몸소 파리스 크레이터 공격을 지휘했다. 착륙선이 중앙 사령탑 역할을 했고 3백 명 이상의 정예 벨트벡 군대가 6대의 호넷 전투기에서 나와 푸른얼음으로 덮인 도시를 향해 줄을 타거나 부양기를 타고 내려갔다.

베 빈 아데 장군은 지구에서의 이 싸움에 끼어들고 싶지 않았다. 그는 아무의 편도 들지 말자고 조언했다. 하지만 통합사령관들은 결정을 내렸고 그것은 최종결정이었다. 그의 임무는 세테보스란 존재를 찾아내고 파괴하는 것이었다. 베 빈 아데 장군의 제안은 궤도에서 핵폭탄을 떨어뜨려 푸른얼음의 성당을 날려버리자는 것이었다. 그것만이 세테보스를 없앨 수 있는 방법이라고 주장했다. 하지만 통합사령관들은 그의 제안을 거부했다.

밀레니언 리더 멥 아후가 주공격 팀을 맡았다. 다른 열 개의 팀이 밧줄을 타고 내려가 푸른얼음의 도시에 침투해 방어선을 구축하고, 전술 통신망을 통해 그 사실을 —놈은 이제 도망갈 수 없음을— 확인한 후, 멥 아후와 그의 선발된 록벡 군인들이 3천 미터 상공에서 선회하고 있는 호넷에서 뛰어내려 마지막 순간에 부양기를 작동시켰다. 그들은 성형 폭탄을 사용해 푸른얼음 대성당 돔의 지붕에 구멍을 낸 후 밧줄을 타고 그 안으로 들어갔다. 그들은 푸른얼음에 쐐기를 박아 고속밧

줄을 고정시켰다. 밀레니언 리더 멥 아후가 전송했다.

"텅 비어 있습니다. 세테보스는 없습니다."

빈 아데 장군도 사병 26명의 나노전송기와 제복에 장착된 카메라가 보내는 이미지를 통해 직접 확인할 수 있었다. 그는 주요 전술 통신망을 통해 명령했다.

"샅샅이 수색하시오!"

모든 방어 팀으로부터 보고가 들어왔다. 푸른얼음 자체는 썩어버렸다. 주먹으로 한 대만 치면 전체 터널 벽을 무너뜨릴 수도 있었다. 터널과 통로들은 이미 무너져 내리기 시작하고 있었다. 멥 아후의 팀은 다시 부양기를 타고 고대의 블랙 홀 분화구 위에 있는 동굴처럼 생긴 중심부 안에서 탐색 작업을 시작했다. 그들은 높은 곳에서 시작했지만 —푸른얼음이 덮인 분화구 둘레나 높은 균열 틈 등을 가리는 게 없는지 확인하면서— 곧 낮게 내려와 분기공들과 부수적인 둥지들 위를 훑고 있었다. 멥 아후가 공용 전략채널을 통해 보고했다.

"주요 둥지는 무너졌습니다. 옛 블랙 홀 분화구 안으로 떨어졌어요. 이미지를 보내겠습니다."

"보고 있습니다."

베 빈 아데 장군이 대답했다.

"세테보스가 블랙 홀 통로 안에 있을 가능성이 있나요?"

"없습니다, 장군님. 우리는 지금 분화구 안을 깊숙이 레이더로 탐색하고 있습니다만, 끝에는 마그마가 있을 뿐입니다. 옆 통로나 동굴 같은 것은 없습니다. 제 생각에 놈은 가버린 것 같습니다, 장군님."

공동 통신망으로 초 리의 목소리가 들려왔다.

"4일 전 있었던 양자적 사건이 푸른얼음 성당 자체에서 최종 브레인 홀이 열리는 것이었다는 우리의 이론을 확인시키는 일입니다."

"확실히 해둡시다."

베 빈 아데 장군이 말했다. 그가 작전 명령용 타이트빔을 통해 멥 아후에게 전송했다. *모든 둥지를 점검하시오.*

알겠습니다.

멥 아후의 주공격 팀에서 여섯 명의 록벡들이 무너진 세테보스의 주요 둥지를 점검한 후 퍼져 나갔다. 그들은 무너져 내리고 있는 성당의 바닥 위로 부양해 썩어가는 분기공과 무너져가는 둥지들을 하나씩 점검했다.

갑자기 이제 막 중앙 돔으로 통과해 들어온 방어팀 중 한 명이 소리를 질렀다.

"여기 뭔가 적혀 있습니다, 대장님."

밀레니언 리더 멥 아후를 포함한 대여섯 명의 군인들이 돔의 남쪽 벽 위에 있는 지점에 모여들었다. 그곳은 돔으로 통하는 가장 큰 통로가 있는 테라스였다. 그리고 통로가 소위 성당으로 통하면서 넓어지는 부분의 돔 벽 위에는, 무언가가 혹은 누군가가 손톱이나 발톱으로 긁어 놓은 듯한 글이 푸른얼음 속에 새겨 있었다.

생각하라, 고요의 신이 온다. 그의 댐은 굳건하다. 세테보스를 불안하게 하는 것은 모두 고요의 신이 만들었기 때문이다. 하지만 그 분은 그대로만 두지 않는다. 그들을 약하게 만든 자는, 그들을 불안하게 만들 수 있는 약함을 의미했다. 하지만 생각하라, 그렇다면 왜 이곳의 세테보스는 불안해하며 날아갔을까? 생각하라, 강함이 한 번이라도 약함에 쫓겨 도망갈 수 있을까? 생각하라, 결국 그 분만이 유일하실까? 고요의 신이 온다.

"칼리반이군."

새로운 지구정지靜止궤도 위를 돌고 있는 퀸 멥에서 총통합사령관 아스티그 체가 말했다.

"터널과 동굴들을 점검한 결과 모두 비었다는 결론이 나왔습니다."

공용 전략채널을 통해 센추리언 리더의 보고가 들렸다. 베 빈 아데 장군이 말했다.

"아주 좋습니다. 푸른얼음 단지를 모두 녹여 원래의 파리스 크레이터 폐허로 돌려놓기 위한 열 폭탄을 준비하시오. 원래 구조는 조금도 손상되어선 안 된다는 것을 명심하시오. 이후 다시 탐사할 것입니다."

여기 뭔가가 있어요, 전술용 타이트빔으로 멥 아후가 말했다. 착륙선 모니터로

흘러 들어오는 이미지는 군인들의 가슴에 달린 탐조등이 뒤죽박죽이 된 분기공 둥지를 비추는 것이었다. 그 둥지 안의 모든 알들은 터져 버렸거나 안으로 꺼졌다…… 하나만 제외하고. 밀레니언 리더가 부양기를 타고 내려가 알 옆에 쪼그리고 앉아 검은 장갑을 낀 손을 그 위에 얹더니, 다시 머리를 댔다. 무언가를 듣고 있는 것이다.

여기 안에 아직 뭔가가 살아 있는 것 같습니다, 멥 아후가 보고했다.

"어떡할까요?"

대기하십시오, 베 빈 아데 장군이 버럭 소리를 질렀다. 퀸 맵으로 향하는 타이트빔을 통해 그가 물었다, *어떡할까요?*

"대기하십시오."

통합사령관들을 대변하는 브릿지의 장교가 말했다. 마침내 총통합사령관 아그 티그/체가 연결되었다.

"당신의 제안은 무엇입니까, 장군?"

"태워버리는 겁니다. 그곳에 있는 모든 것들을…… 두 번씩."

"감사합니다, 장군님. 잠깐만 기다리시오."

가벼운 정전기 소리가 가끔 들리는 것 외에는 침묵이 흘렀다. 빈 아데는 제복에 장착된 마이크를 통해서 310명의 군인들이 숨 쉬는 소리를 들을 수 있었다. 마침내 총통합사령관 아스티그/체가 말했다.

"그 알을 가져왔으면 합니다. 괜찮다면 비활성 상자 중 하나를 이용하세요. 9번 호넷이 그걸 실어 올라올 겁니다. 밀레니언 리더 멥 아후가 9번 호넷에 알과 함께 타세요. 우리는 퀸 맵을 방역 실험실로 이용할 겁니다. 맵에선 모든 무기와 핵분열 가능한 물질들이 제거되었습니다…… 스텔스 공격 함선이 알에 대한 우리의 연구를 모니터할 겁니다."

베 빈 아데 장군은 몇 초 동안 침묵한 후 말했다.

"잘 알겠습니다."

그는 밀레니언 리더 멥 아후에게로 타이트빔을 열고 명령을 전달했다. 푸른얼음의 성당에 있는 팀은 이미 비활성-상자를 준비해 놓고 있었다.

멥 아후가 전송했다, *정말 괜찮겠습니까, 장군님? 우리는 에이다와 아르디스 생존자들을 통해 세테보스 새끼가 무슨 능력을 가지고 있는지 알고 있습니다. 아직 부화하지 않은 알조차도 일정 정도의 능력을 가지고 있어요. 세테보스가 살아 있는 알 하나를 남겨놓은 게 정말 우연인지 대단히 의심스럽습니다.*

"명령을 수행하시오."

공용 전략통신망을 통해 베 빈 아데 장군이 말했다. 그리고는 멥 아후에게 프라이빗 라인으로 말했다.

"*그리고 행운을 비네.*"

아흔

일리움 몰락 후 여섯 달, 압월[+] 9일.

데이먼은 예루살렘에 대한 기습 공격을 준비하고 있었다. 그것은 신중하게 계획되었다.

모든 기능을 완전히 작동할 줄 아는 백 명의 고전-인류들이 동시에 프리팩스해서 4대의 모라벡 호넷이 아르디스와 다른 생존자 공동체에서 백 명의 지원군을 데려오기 3분 전에 도착해 있기로 했다. 모라벡 군인들은 이 기습 공격을 대신 해주겠다고 몇 달 전부터 자청했었다. 하지만 데이먼은 일 년 전 예루살렘의 광선에 갇혀 있는 고전-인류들을 —모두 새비의 옛 친구들이자 유대인 친척들— 직접 풀어주겠다고 맹세한 터였다. 그리고 그는 그렇게 하는 것이 인간의 도리라고 느끼고 있었다. 하지만 그들은 전투복과 비행용 배낭, 충격 갑옷 그리고 에너지 무기를 장기 임대해주겠다는 제안은 받아들였다. 전투에 참가하지는 않고 오직 운전만 하는 조건으로 모라벡들이 몰고 있는 호넷에 탄 남녀 수백 명은 프리팩스하기엔 너무 무거운 무기들을 갖고 있었다.

＋ Av ; 유대교에서 11번째 되는 달의 이름, 태양력의 7-8월에 해당 - 역자 주

데이먼과 그의 팀은 —인간과 모라벡이 모두 포함되었는데— 3주가 넘도록 수백 명이 프리팩스로 도착할 지역과 호넷이 착륙할 지점을 인치 단위까지 정확히 계산해 내기 위해 특정한 GPS를 이용해 옛 도시의 거리와, 골목, 광장, 네거리 등의 위치를 점검하고 또 점검했다.

그들은 8월까지 기다렸다. 유대인의 휴일인 압월 9일까지. 데이먼과 자원자들은 해가 진 지 십분 후, 푸른 광선이 가장 밝을 때 프리팩스 했다. 퀸 맵이 조사하고 공중에서 정찰한 바에 의하면 예루살렘은 지구 위에서 유일하게 보이닉스와 칼리바니가 공존하는 독특한 장소였다. 오늘 밤 그들의 목표가 된 구시가는 템플 마운트의 북쪽과 북서쪽이 보이닉스에 의해 점령당한 상태였다. 그곳은 대략 고대에 이슬람교도와 기독교도가 거주하던 지역에 해당했다. *칼리바니*는 한 때 유대 구역 그리고 아르메니아 구역이라고 불렸던 지역의 바위의 돔(Dome of the Rock)과 알-악사 모스크의 남서쪽에 있는 좁은 골목길들과 건물들 사이를 채우고 있었다.

저공 레이다를 포함한 정찰 이미지를 통해 예루살렘 전체에 모두 약 2만 마리에 이르는 보이닉스와 *칼리바니*가 있다는 것이 파악되었다. 그레오기가 어깨를 으쓱하며 말했다.

"200대 1이군. 이보다 더 나쁜 경우도 있었지."

그들은 공기에 약간의 파동만을 남기면서 고요히 팩스해 들어왔다. 데이먼과 그의 팀은 코텔 앞의 좁은 광장····· 서쪽 벽에 나타났다. 아직 볼 수 있을 만큼 충분히 밝았지만, 데이먼은 목표물을 찾기 위해 열감지 안경과 저공 레이더를 눈 위에 쓰고 있었다. 그는 광장의 바로 서쪽에 5백 마리 가량의 칼리바니들이 어슬렁거리거나, 자고 있거나, 서 있거나, 그저 흩어져 있는 것으로 가늠했다. 순식간에 그가 지휘하는 열 개의 분대 사령관들 모두가 전투복 인터콤을 통해 접속했다. 그가 말했다.

"마음대로 발사하라!"

에너지 무기는 오직 생명체의 피부만 —보이닉스 혹은 *칼리바니*만— 관통하게 되어 있어서, 건물에는 전혀 피해를 주지 않았다. 조준을 하고 발사를 하며 뛰고 달리던 긴 발톱의 *칼리바니*들이 쓰러지고 살점이 조각나는 것을 보고 있자니 데이먼은 기분이 좋았다. 그는 특별히 이 마을만은 파괴하고 싶지 않았던 것이다. 예루살렘 구시가는 푸른 에너지 광선과 칼리바니의 비명, 무선 통신의 외침들, 그리고 터져나가는 살점으로 아수라장이 되었다.

데이먼과 그의 분대는 그가 특수 안경을 통해 호넷의 도착 시간을 볼 때까지 눈에 띄는 목표물들은 모조리 죽여버렸다. 그는 부양기 배낭을 작동시켜 템플 마운트까지 올라갔다. 이번엔 혼자였다. 공중에 사람들을 가득 채울만한 시점은 아니었기 때문이다. 그리고 맨 처음 도착한 호넷 두 대가 착륙해, 사람과 화물을 토해내고 잽싸게 사라지는 것을 보았다. 30초 후, 마지막 두 대가 도착하더니 전투복을 입은 남녀들이 템플 마운트의 바위 위로 쏟아져 나왔다. 그들은 무거운 무기들을 삼각대와 비행 장치 위에 얹어 들고 있었다. 두 대의 호넷도 사라져 갔다. 데이먼이 모든 분대장들에게 송신했다.

"템플 마운트가 확보되었다. 준비가 되면 날아올라도 좋다. 템플 마운트의 방어용 불길에 닿지 않도록!"

"데이먼?"

구 이슬람 구역의 밥 알−나지르 위에서 엘리언이 송신했다.

"수많은 보이닉스들이 비아 돌로로사 위로 올라가는 게 보입니다. 그리고 *칼리바니* 무리들도 당신이 있는 킹 데이비드 거리의 동쪽으로 가고 있습니다."

"고마워요, 엘리언. 놈들이 도착하면 처치하겠습니다. 더 큰 총들은⋯."

데미먼은 바로 발아래 템플 마운트에서 강력 무기가 발사되는 소리에 귀가 먹먹해졌다. 그는 부양기 배낭을 기울여 공기를 가르고 날아가 바위의 돔 바로 뒤에 솟아 있는 더 크고 현대적인 푸른 광선의 빌딩으로 미끄러져 갔다. 심장이 너무 세게 뛰어 과호흡 상태에 빠지지 않기 위해 집중해야 한다는 사실이 그에게는 흥미로웠다. 지난 두 달여의 시간 동안 그들은 아르디스 근처에서 모라벡의 도움을 받아 지은 실물 모형을 놓고 이 작전을 5백 번도 넘게 연습했다. 하지만 아무 것도 이 도시 중의 도시에서 이렇게 엄청난 규모와 무기를 갖춘 전투에 데이먼을 대비시켜 놓을 수는 없었다.

그가 광선 빌딩의 봉쇄된 입구에 도착하자 한나와 열 명의 분대원이 기다리고 있었다. 착륙 후 데이먼은, 한나와 함께 부드러운 여명을 받고 있던 라먼, 카먼 그리고 그레오기에게 고갯짓을 하고 말했다.

"자, 갑시다."

라먼은 온전한 왼손으로 플라스틱 폭탄을 장치했다. 열 두 명의 인간은 폭발에 의해 입구가 완전히 날아가는 동안 합금으로 이루어진 빌딩 주변에 서 있었다.

내부는 아르디스에 있던 데이먼의 작은 침실보다 별로 크지 않았고, 조종판은 —어떤 하나님이든 좌우간 고맙게도— 그들이 타지 모이라의 크리스털 캐비닛에서 얻을 수 있는 공유 데이터를 검토하면서 추측했던 것과 거의 비슷했다. 한나가 가상의 키보드 위에서 능란하게 손가락을 움직이며 실제로 작업을 했다. 그녀는 푸른 광선 빌딩의 원시적인 AI가 질문해 올 때마다 일곱 자리의 숫자를 입력했다.

갑자기 아음속에 가까운 깊은 웅 소리가 그들의 이빨을 덜덜 떨리게 하고 뼛속에 멍이 들게 만들었다. AI 벽의 모든 디스플레이가 녹색 빛으로 번쩍하더니 나가 버렸다.

"모두 나가 주세요!"

데이먼이 말했다. 그는 광선 빌딩 입구의 방을 마지막으로 나섰다. 그리고 바로 직후, 입구의 방, 금속 벽, 그리고 빌딩 전체가 안쪽으로 두 차례 말려들어가면서 사라지더니 검은 직사각형으로 변했다.

템플 마운트 바위 위로 내려간 데이먼, 한나, 그리고 다른 사람들은 이제 푸른 광선이 하늘에서 떨어지는 것을 지켜보았다. 광선이 사라질수록 웅 소리는 더욱 깊어지고 고통스러워졌다. 뼈와 이빨, 창자와 고환을 통과하며 사라져가는 아음속을 느끼며 데이먼은 눈을 감고 주먹을 꼭 쥐었다. 이윽고 낮은 소음이 멈췄다. 그는 전투복 모자를 벗고, 이어폰과 마이크는 여전히 착용한 채 한나에게 말했다.

"여기 방어선을 구축해 주세요. 첫 번째 인간이 나오는 순간, 호넷을 부르세요."

그녀는 고개를 끄덕인 후 템플 마운트 언덕에서 바깥을 향해 사격을 퍼붓고 있는 사람들에 합류했다.

이날 밤을 준비하던 어느 날, 누군가가 ―아마 에이다였을 것이다― 농담을 한 적이 있었다. 데이먼과 다른 특공대원들이 1,400년 동안 푸른 광선에 갇혀 있던 9,113명의 얼굴과 이름을 모두 기억해 낸다면 정말 예의바른 일일 거라고. 그땐 모두 웃었지만, 데이먼은 이것이 기술적으로 가능한 일이라는 것을 알고 있었다. 타지 모이라의 크리스털 캐비닛은 하면에게 그 중 많은 데이터를 전해 주었던 것이다.

그래서 이 작전의 시기와 방법을 놓고 고민하던 지난 다섯 달 동안, 데이먼은 그들의 저장된 이미지와 이름들을 조회해 놓았었다. 9,113 명 모두를 외워놓은 것은 아니지만 ―다른 생존자들과 마찬가지로 그도 너무 바빴다― 그가 뉴트리노-타키온 재조립기로부터 저 검은 직사각형의 문은 통해 튀어나오는 최초의 남성 혹은 여성을 알아본 것은 놀랄 일도 아니었다.

"페트라! 핀챠스! 돌아온 것을 환영합니다."

그는 깡마른 남자와 여자가 쓰러지기 전에 붙잡았다. 검은 문에서 나타난 모든 사람들은 노아의 방주에서 나오는 동물들처럼 쌍을 지어 나타났는데, 지각이 있기보다는 멍한 상태에 빠져 있는 것처럼 보였다. 검은 머리를 한 페트라라는 이름의 여인은 ―새비의 친구라는 것을 데이먼은 알고 있었다― 약에 취한 듯한 눈길로 주위를 둘러보더니 말했다.

"얼마나 오래 있었죠?"

"너무나 오래."

데이먼이 말했다.

"이 쪽으로. 저 우주선 쪽으로 가세요."

줄지어 서있는 돌아온 인간들을 태우고 동행하고 돕기 위해 30명의 고전-인류를 태운 첫 번째 호넷이 착륙했다. 데이먼은 스테페가 다가와 페트라와 핀챠스를 데리고 고대의 돌길을 가로질러 호넷 입구로 가는 것을 바라보았다.

그는 광선 빌딩에서 경사면을 타고 걸어 나오는 사람들에게 일일이 인사를 했다. 많은 사람들을 첫눈에 알아보았다. 세 번째 나온 남자의 이름은 그라프, 그의 파트너 이름도 한나, 스테판이라는 이름의 새비의 친구, 에이브, 카일, 사라, 칼렙, 윌리엄…… 데이먼은 그들의 이름을 모두 부르며 인사를 건넸고, 그들을 호넷까지 안내하는 사람들에게 인도하기 위해 몇 발자국을 동행했다.

보이닉스와 *칼리바니*의 공격은 계속되었다. 인간들은 그들을 계속 죽였다. 연습할 당시에도 ─그나마 연습이 잘 될 때에도─ 9,113명의 사람들을 호넷에 태우는 데 45분 이상이 걸렸다. 그것도 호넷 한 대를 가득 채워 떠나보내고 다른 호넷이 도착할 때까지 단 몇 초만을 할애했을 때 얘기였다. 하지만 오늘 저녁엔 공격을 받고 있는 와중인데도 단 33분 만에 끝낼 수 있었다. 데이먼이 모든 채널로 송신했다.

"좋습니다. 모두 템플 마운트를 떠나세요."

중무기를 가진 팀은 마지막 두 대의 호넷에 장비를 싣고 템플 마운트의 동쪽 끝으로 날아갔다. 이제 그들도 수십 대의 다른 호넷들을 따라 서쪽으로 사라지고 데이먼과 그의 분대만이 남았다. 엘리언이 보고했다.

"성묘 교회 방향에서 3~4천 마리의 보이닉스들이 오고 있습니다."

데이먼은 모자를 당겨쓰고 입술을 깨물었다. 중무기가 없이 놈들을 죽이기는 어려운 노릇이었다. 그는 명령 채널을 통해 말했다.

"알겠습니다. 데이먼입니다. 팩스아웃 합시다…… 당장. 분대장님들, 각 분대들이 프리팩스로 빠져나가고 나면 보고하십시오."

그레오기가 자신의 분대가 퇴각했다는 보고를 하고 자신도 프리팩스 했다.

에다이드가 보고를 하고 밥 알-하디드 거리에서 팩스로 빠져나갔다.

보먼이 자기 분대가 밥 알-가와니마에서 사라졌다는 보고를 했다. 그리고는 보먼도 갔다.

로이스가 라이언 게이트 근처에서 보고를 하고는 사라져갔다.

엘르가 가든 게이트에서 보고를 하고 가버렸다.

카먼이 자신의 분대가 성공적으로 팩스해 나갔다는 것을 보고했다. 데이먼이 보기에 카먼은 이런 군사 행동을 너무 즐기는 것 같았다. 그리고는 아주 장황하게 집으로 프리팩스해도 되느냐고 허가를 요구했다. 데이먼이 송신했다.

"어서 꺼지도록 해!"

오코도 분대가 가버렸다는 보고와 함께 그들을 따랐다.

카울이 알-악사 모스크 안에서 보고를 하고 꺼져갔다.

엘리언이 보고를 하며 자신의 분대를 집으로 프리팩스 시켰고 자신도 팩스해 나갔다.

데이먼은 한나를 포함한 자신의 분대를 소집한 후 서쪽 벽 광장의 길어지는 그림자 속으로 한 사람씩 깜빡이며 사라져 가는 것을 지켜보았다. 그는 모두가 가버렸다는 것을, 광선 빌딩이 텅 비어 있다는 것을 알고 있었다. 하지만 그래도 점검해보아야 했다.

손바닥에 있는 부양기 배낭의 조종기를 가운데 손가락으로 누르며 데이먼은 날아올랐다. 광선 빌딩을 한 바퀴 돈 후, 텅 빈 광선 빌딩의 입구와 그 너머의 공허를 바라보았다. 그는 텅 빈 바위의 돔과 텅 빈 광장을 바라본 후 더 낮게 날아 더 큰 원을 그리며 그의 분대원이 단 한명의 인간도 보이닉스와 칼리바니에게 잃지 않으려고 방어선을 구축해 놓았던 구시가의 네 구역을 모두 둘러보았다.

이젠 그도 가야 했다. 보이닉스와 칼리바니가 구멍 난 배에 물이 스미듯이 고대의 좁은 거리에서 몰려들고 있었다. 하지만 그는 자신이 왜 머물고 있는지를 알고 있었다.

돌덩이가 날아와 그의 머리통을 날릴 뻔 했다. 전투복의 레이더가 그를 구했다. 해질녘의 여명 속에서 보이지도 않게 재빨리 날아오던 그 물체를 포착해, 배낭의 조종을 넘겨받아, 데이먼의 몸이 빙그르르 돌게 한 후, 템플 마운트의 보도 바로 위 몇 야드 지점에 몸을 똑바로 세울 수 있게 해준 것이다. 그는 착륙한 후 자신의 모든 충격 무기를 작동시키고, 에너지 총을 들어 올렸다. 전투복의 모든 감각과 그의 인간적 감각은 모두 바위의 돔의 검은 현관에 서 있는 인간 같지 않은 형상의 정체가 단순히 *칼리바니*는 아니라고 말하고 있었다. 놈이 신음했다.

"데이머어어어언,"

데이먼은 자신의 호흡과 생각을 제어하려고 애쓰면서 당장 발사하라는 전투복의 조준 시스템의 명령을 무시한 채 총을 들고 가까이 걸어갔다. 현관에 서 있는 과장된 크기의 양서류가 한숨을 쉬었다.

"데이머어어어언! 아무리 그래도, 생각해봐아아, 너는 그 분을 오해하고 있을 수도 있어, 칼리반은 그저 노력만 하고 너만큼 고통 받는다고 생각해봐아아아. 그래도 그를 해치겠어어?"

"그를 죽여야겠어."

데이먼이 소리쳤다. 그의 몸은 오래된 분노로 떨고 있었다. 수천 마리의 보이닉스와 *칼리바니*가 템플 마운트 아래에서 쉭쉭대고 쩔그럭거리며 잽싸게 움직이는 소리가 들려왔다.

"나와서 싸우자, 칼리반."

그림자는 웃음을 터뜨렸다.

"생각해봐아아, 인간들은 가끔 악마가 나타나 종기를 밀어 버리고 점액으로 상처를 치료해 주기를 바라지, 안 그으래에에?"

"나와서 싸우자, 칼리반."

"생각해봐아아, 그 작은 총을 거두고 그분의 이 시종과 함께 공정하게 싸워보지 않을 텐가, 손 대 발톱, 발톱 대 손으로?"

데이먼은 망설였다. 그는 알고 있었다. 공정한 싸움은 없다는 것을. 10초만 지나면 수천의 보이닉스와 *칼리바니*들이 템플 마운트를 가득 채울 것이다. 서쪽 벽 광장과 계단 위에선 이미 긁는 소리가 들려왔다. 그는 총을 들어 올려 자동조준장치를 작동시켰다. 이어폰을 통해 목표물이 확인되는 것을 들었다. 바위의 돔 입구 그림자 속에서 칼리반이 신음했다.

"생각해봐아, 데이먼은 쏘지 않을 것이다, 안 돼. 그는 칼리반과 그의 주인 세테보스를 적으로서 너무 사랑해서 ―오! 오!― 그들의 세상에 커튼을 드리우지 못해,

그렇지이이? 안 그으래에에? 데이먼은 바람이 먼지 덮인 기둥을 무너뜨릴 때까지 하루는 더 기다려야지, 떠도는 죽음이 집을 만날 때까지 그리고……"

데이먼은 방아쇠를 당겼다. 당기고 또 당겼다.

보이닉스들이 그의 눈앞에서 템플 마운트 벽을 뛰어 넘었다. 칼리바니들은 그의 뒤에서 템플 마운트의 계단을 기어오르고 있었다. 예루살렘에 어둠이 내려앉았다. 1,421년 동안 쉼 없이 빛나던 푸른 광선의 빛조차도 사라지고 없었다. 도시는 다시 괴물들의 손아귀에 넘어갔다.

데이먼은 목표물을 놓쳤다는 사실을 확인하기 위해 총의 열감지 장치를 확인할 필요도 없었다. 칼리반은 양자이동해 가버린 것이다. 다른 날의 낮 혹은 밤을 기약할 수밖에 없는 일이었다. 오늘보다는 좀 더 유리한 상황이기를.

이상하게도, 그리고 은밀하게도, 데이먼은 마음 속 깊은 곳에서 이러한 생각을 즐기고 있었다.

보이닉스와 칼리바니들은 템플 마운트 고대의 돌들을 가로질러 그를 향해 뛰어오고 있었다.

놈들의 발톱이 그를 낚아채기 직전, 데이먼은 아르디스로 프리팩스 했다.

일리움 몰락 후 7달 반.

알리스와 율리시스는 ―친구들은 그를 샘이라고 불렀다― 부모님들에게 레이크쇼어 드라이브–인에서 *앵무새 죽이기*와 *닥터 노*의 동시상영을 보러 간다고 말했다. 때는 10월이었고 레이크쇼어는 휴대용 차내 히터와 스피커를 갖고 있어서 아직까지 문을 여는 유일한 드라이브–인 영화관이었다. 보통의 경우, 아니 적어도 샘이 개인 면허증을 갖게 된 이후 넉 달 동안, 드라이브–인 영화관은 그들의 열정을 충족시켜 주었다. 하지만 오늘 밤, 아주 특별한 오늘 밤, 그들은 수확을 기다리는 옥수수 밭을 지나 도로의 끝에 있는 둘만의 오붓한 장소로 차를 몰아갔다.

"엄마 아빠가 영화 줄거리에 대해서 물으면 어떡하지?"

알리스가 물었다. 그녀는 평범한 하얀 블라우스를 입고 황갈색의 스웨터를 어깨 위에 느슨하게 걸치고 있었으며, 검은 스커트와 스타킹에 드라이브–인 영화관 데이트에는 좀 어울리지 않는 점잖은 구두를 신고 있었다. 그녀의 머리카락은 뒤에서 포니테일로 묶여 있었다.

"*앵무새 죽이기*란 책 알잖아. 그냥 애티커스 핀치 역의 그레고리 펙이 너무 잘했다고 말하면 돼."

"그 사람이 애티커스 핀치로 나와?"

"그럼 누구로 나오겠어? 네그로?"

"다른 영화는 어떡하고?"

"그건 한 영국 남자에 관한 스파이 영화야…. 제임스 본드, 그 남자 이름이 그랬던 것 같아. 대통령이 그 영화의 원작 소설을 좋아해. 그냥 니네 아빠한테 끝내주게 재미있는 영화였다고 그래. 충격 신 같은 것도 많이 나오고."

샘은 아버지의 1957년형 셰비 벨 에어를 폐허 너머 호수가 보이는 도로 끝에 주차시켰다. 그들은 레이크쇼어 드라이브-인을 지나 영화관에 "레이크"란 이름을 준 상당히 큰 호수를 따라 달렸다. 호수 건너 저 멀리로 샘은 드라이브-인의 하얀 직사각형 영사 스크린을 볼 수 있었고, 그 너머 10월의 하늘 아래 그들이 사는 소도시의 불빛들이 보였다. 그리고 더 멀리로는 아버지들이 매일 출퇴근하는 진짜 도시의 더 밝은 불빛이 보였다. 언젠가, 어쩌면 대공황 시절에 이 도로 끝에는 농장이 있었는지도 모른다. 하지만 지금은 집은 다 사라지고, 그저 잡풀이 무성한 집터와 차가 들어오는 입구를 따라 서 있는 나무들만이 남아 있을 뿐이었다. 나무들은 이파리들을 잃어가고 있었다. 할로윈이 가까워질수록 하루가 다르게 날씨가 추워졌다. 앨리스가 물었다.

"시동 좀 켜 놓을 수 없어?"

"물론이지."

샘이 다시 시동을 걸었다. 그들은 즉각 입을 맞추기 시작했다. 샘이 소녀를 잡아 당겨 왼손을 그녀의 오른 가슴 위에 얹었다. 단 몇 초 만에 그들의 입은 따뜻해졌고, 열렸고, 젖었고. 혀는 바빠졌다. 그들은 올 여름이 되어서야 이런 쾌락을 발견했다. 그가 그녀의 블라우스 단추들을 더듬거렸다. 단추들은 너무 작았고, 잘못된 방향으로 잠겨 있었다. 그녀는 스웨터를 떨어뜨리고 가장 문제가 많은 단추를 열 수 있도록 도왔다. 그녀의 부드럽고 둥근 옷깃 바로 아래 있는 단추였다.

"오늘 TV에서 대통령 연설 들었어?"

샘은 대통령 얘기를 하고 싶지 않았다. 블라우스의 마지막 단추는 잠긴 채 두고, 빠르게 숨을 쉬면서 풀어진 블라우스 사이로 손을 집어넣었다. 그리고 조금은 뻣뻣하고 작은 브래지어 안에 있는 그녀의 유방을 움켜쥐었다. 다시 알리스가 물었다.

"들었어?"

"그래. 우리 모두 들었잖아."

"전쟁이 일어날 것 같아?"

"아니."

샘이 말했다. 그는 그녀에게 다시 열정을 불러일으키기 위해 키스했다. 하지만 그녀의 혀는 숨어 버렸다. 스커트에서 블라우스 뒷자락을 꺼내 뒤쪽으로 떨어뜨릴 수 있도록 충분히 여유를 갖기 위해 잠시 떨어졌을 때 —그녀의 몸과 브라는 희미하게 반사된 하늘빛과 계기판과 라디오 다이얼의 노란 불빛을 받아 창백하게 빛났다— 그녀가 말했다.

"우리 아빠가 그건 전쟁을 의미할 수도 있다고 했어."

"그건 비열한 *격리 작전*일 뿐이야."

그녀를 팔로 감싸고 손가락으로 그에게는 여전히 낯설기만 한 브래지어의 고리를 풀려고 애쓰며 샘이 말했다.

"우리가 쿠바를 침략한다거나 그런 얘기는 아냐,"

그가 덧붙였다. 도대체 이 거지같은 고리를 풀 수가 없구먼. 알리스는 부드러운 빛 속에서 미소를 짓더니 손을 뒤로 돌렸다. 기적처럼 브라가 툭 떨어졌다. 샘이 그녀의 유방에 코를 처박고 키스를 하기 시작했다. 아직 어린 여인의 가슴이었다. 사춘기 소녀의 봉긋한 가슴보다는 더 크고 탄력 있었지만 완전히 성숙한 가슴은 여전히 아니었다. 유두와 유두 받침이 부풀어 있었다. 샘은 라디오 다이얼의 빛을 통해 이것을 알아보았다. 이어서 그는 붉게 상기된 얼굴을 숙여 다시 코를 처박고 빨아대기 시작했다.

"살살! 살살해! 그렇게 거칠게 말고. 넌 항상 너무 거칠어."

"미안."

샘이 말했다. 그는 다시 키스를 하기 시작했다. 이번엔 그녀의 입술이 따뜻했으며, 혀도 제자리에 있었고···· 분주하게 움직였다. 벨 에어의 조수석 문을 향해 그녀의 등을 눌러댈수록 그는 점점 더 흥분감에 사로 잡혔다. 앞좌석은 그의 집 응접실에 있는 안락의자보다 더 넓고 깊었다. 그는 거대한 운전대 아래서 빠져 나오기 위해 몸을 뒤틀어야 했다. 비록 도로 끝까지 와 있기는 했지만 우발적으로 경적을 누르지 않기 위해 조심해야 했다.

그녀 위에 누워서, 발기된 성기로 그녀의 왼쪽 다리를 누르며, 손으로는 그녀의 가슴을 분주히 더듬고, 혀로는 그녀의 혀를 찾아 헤매며, 샘은 너무나 흥분한 나머지 그녀의 긴 손가락이 코듀로이 바지를 입은 그의 허벅지에 놓이는 순간 그 자리에서 사정할 뻔했다.

"하지만 만약 러시아인들이 공격해 온다면?"

그가 잠시 숨을 돌리기 위해 고개를 들었을 때 알리스가 물었다. 자동차 안은 끔찍하게 더웠다. 그는 왼손으로 시동을 꺼버렸다.

"그만 좀 해."

그가 말했다. 그는 그녀가 무엇을 하고 있는지 알았다. 그녀는 노선을 정한 것이다. 그녀는 그 노선이 무엇인지에 대해 그가 생각하고 있기를 바라는 것이다. 그는 단지 소년—샘이 생각하고 느끼는 것만 즐기고 싶었다.

"아야!"

알리스가 말했다. 그가 그녀를 너무 세게 뒤로 미는 바람에 그녀의 어깨가 커다란 차문 손잡이에 짓눌린 것이다. 그가 키스를 계속하기 위해 얼굴을 숙이자 그녀가 속삭였다.

"뒷좌석으로 갈까?"

샘은 숨도 쉴 수 없을 정도였다. 지난 몇 주 동안 이 문장은 그들에게 이제 본론으로 들어가자는 신호였다. 알리스와 이미 여러 번 겪었던 대로 3루까지 밟는 것을 의미할 뿐만 아니라 두 번이나 거의 다 갔으면서도 끝내 도달하지 못했던 길을 끝까지 밟는 것을 의미했다.

알리스가 조수석 옆으로 돌아갔다. 소심하게 블라우스를 당겨 걸치며, 하지만 그는 그녀가 단추를 채우지는 않았음을 눈치 챘다. 그리고 샘은 운전석 뒤를 돌아갔다. 뒷좌석의 양쪽 문을 잠글 때까지 천정의 등이 들어왔다. 샘은 공기가 좀 통하도록 창문을 조금 열었다. 그는 여전히 제대로 숨을 못 쉬고 있는 것 같았다. 그렇게 하면 이곳 밀러즈 레인에 접근하는 모든 자동차 소리를 들을 수 있기 때문에 혹시 바니가 그 전전戰前 시대의 낡아빠진 흑백의 순찰차를 타고 여기까지 오더라도 걱정 없을 것이다.

그들은 처음부터 다시 시작했다, 하지만 아주 짧은 시간 안에. 그는 그녀의 유방과 자신의 가슴을 맞대기 위해 셔츠를 걷어 올렸고, 알리스는 좌석의 길이 방향으로 몸을 뉘었다. 그는 반쯤 그녀 위에 올라타고 반쯤 떨어져 있었다. 그녀의 다리는 부분적으로 들어 올려 있었으며 그의 다리는 어정쩡하게 굽혀 있었다. 둘 다 뒷좌석에 비해 키가 컸기 때문이었다.

그는 오른손으로 그녀의 다리를 더듬어 올라갔다. 그가 키스를 하기 위해 손길을 잠시 멈추면 그녀의 따뜻한 호흡이 더 빨리 그의 뺨 위로 느껴졌다. 그녀는 스타킹을 신고 있었다. 샘은 그렇게 부드러운 것을 만져 본 적이 없었다. 그는 나일론 스타킹이 연결되어 있는 가터를 만졌⋯⋯ 자신의 정체를 무시하며 소년의 웃음과 말투로 율리시즈가 말했다.

"오, 세상에, 이건 너무 시대에 뒤떨어지잖아."

알리스가 그를 올려다보며 미소 지었다. 그리고 그는 소녀의 팽창된 동공 속에서 진짜 여자를 보았다.

"안 그래."

이제 그에게 혀를 깊숙이 맡기고, 손을 아래로 내려 약간 축축해진 코듀로이 바지 위로 불룩해진 그를 쓰다듬으며 그녀가 말했다.

"진짜야,"

여전히 그를 쓰다듬으며 그가 말했다.

"그녀가 입고 있는 것은 팬티 가터라고 불리던 거야. 팬티스타킹은 아직 발명되기 전이라고."

"닥쳐."

눈을 감고 그녀에게 키스를 퍼부으며 자신의 하체를 그녀의 손놀림에 맡기며 샘이 말했다.

"제발, 입 좀 닥쳐."

그는 그녀가 나중에 "가터"라고 이름을 알려 준 둥근 단추 속에서 —그건 도무지 꼼짝을 하지 않았다— 금속 링을 꺼낼 수가 없었다. 그의 손은 그녀의 가랑이 사이와 —속옷이 젖어 있었으므로 그녀도 뜨거워져 있음을 확신할 수 있었다— 그 빌어먹을 가터인지 뭔지 하는 것 사이를 왔다 갔다 했다.

알리스가 낄낄댔다. 그리고 속삭였다.

"전체를 다 벗을 수도 있어."

그녀가 그렇게 하자, 샘은 그들에게 더 많은 공간이 필요하다는 것을 깨달았다. 그는 운전석 쪽의 뒷문을 열었다. 빛이 그들의 눈을 부시게 했다.

"샘!"

그는 손을 뻗어 천정 등을 껐다. 잠시 동안 아무도 움직이지 않았다. 사슴 두 마리가 헤드라이트에 비쳤던 것이다. 하지만 쿵쾅거리는 자신의 심장 소리 말고도 늦가을의 이파리들 사이로 불어오는 바람 소리를 들을 때쯤 그는 다시 그녀 위로 몸을 숙였다.

이러한 외부의 자극들 덕분에 그는 너무 일찍 사정해 버리는 사태를 막을 수 있었다. 그는 그녀의 입술을 맛보고, 가슴 쪽으로 얼굴을 숙여 부드럽게 핥기 시작했다. 그녀는 그의 얼굴을 가까이 잡아 당겼다. 그녀의 손이 아래쪽으로 내려가 능숙하게 벨트를 풀더니 윗단추를 풀고 그가 불안해 할 정도로 빠르게 지퍼를 내렸다.

그것은 다친 데 없이 펄떡펄떡 뛰며 드러났다.

"샘?"

그가 그녀 위로 몸을 올려 자세를 잡자 그녀가 속삭였다. 그녀의 스타킹과 속옷이 그의 무릎 아래 엉켜 있었다. 그녀의 스커트를 더 높이 올리면서 그는 거의 헐떡거리고 있었다.

"왜 그래?"

"자기 혹시···· 그거···· 가져왔어?"

"오, 그런 거 따위 무시해."

그 인물을 흉내 내는 것도 아닌 채, 소년의 목소리로 그가 말을 끊었다.

그녀는 킬킬거렸고 그는 그 열린 입을 키스로 덮쳐 웃음을 멈추게 만들었다. 그녀가 그의 무게를 떠받치며 두 다리를 벌렸을 때 그의 심장은 갈빗대를 가르고 터져 나올 것만 같았다. 그는 그녀의 어두운 색 스커트가 그녀의 맨가슴까지 올라간 것과, 그녀의 하얀 허벅지와, 가랑이 사이로 보이는 삼각이라기보다 수직의 선처럼 보이는 그녀의 음순을 언뜻 보았다.

"살살····"

손을 아래로 뻗어 그의 성기를 붙잡으며 알리스가 말했다. 그녀는 그의 음낭을 능숙하게 쥐고 손가락으로 그의 페니스 위쪽을 더듬어 손가락 끝으로 그의 귀두를 잡았다.

"살살, 오디세우스."

그녀가 그릉거렸다.

"내 이름은···· 노만이야."

그가 헐떡거리는 가운데 속삭였다. 그녀는 그의 위치를 잡아주고 있었다. 그가 삽입하기 좋은 각도를 그녀가 잡아주는 동안 그의 페니스 끝에서 배어 나온 사랑의 액체가 그녀의 허벅지를 적셨다. 그녀에게서 열기가 흘러나오는 것을 느꼈다.

그녀는 그를 꼭 쥐었다. 그를 헐떡거리게 만들만큼 강하게 하지만 16살의 그가 사정해버리지는 않을 정도로 약하게. 그녀가 그의 입에 대고 속삭였다.

"어떻게 그렇게 말할 수 있어, 이번 것도 다르다는 게 드러나면?"

알리스는 그의 부풀어 오른 귀두를 자신의 촉촉하고 타이트한 음부 사이로 밀어 넣었다. 그리고는 손을 그의 뺨으로 가져갔다. 그녀의 손가락에서 흥분의 향기를 맡은 그는 거의 사정할 뻔 했다. 그는 계속하기 직전에 이 완벽한 순간을 자제했다.

자동차의 바로 앞쪽, 드라이브-인 영화관의 스크린 너머에서 번개가 쳤다. 그 빛은 수천 개의 태양이 내는 빛보다도 밝았다. 그것은 수만 개의 태양이 내는 빛과도 같았다. 그것은 사향 냄새가 나는 어둠 속의 모든 것을 사진의 네거티브와 같은 모습으로 바꾸어 놓았다. 모두 검디검고 하얗디하얗게. 소음은 들리지 않았다, 아직은.

"당신 농담하고 있는 게 분명해."

알리스 위에 팔굽혀펴기 자세를 취한 채 그가 말했다. 그의 귀두가 이제 막 그녀에게 닿고 있었다.

"도시는 4마일이나 떨어져 있어."

그를 아래로 잡아당기며 그녀가 말했다.

"충격파가 여기 도착할 때까지는 시간이 충분히 있어. *아주 긴 시간이.*"

그녀는 그에게 입을 맞추고 그의 등과 엉덩이를 꼭 쥐어 자신 쪽으로 끌어당겼다.

그는 저항할까 생각도 했다. 무엇 때문에? 이 소년-샘은 너무 흥분한 상태라서 폭발로 사라져버리기 전에 할 수 있는 일이라고는 연인의 완벽한 음부를 두세 번 들락거리는 것뿐일 것이다. 모든 것을 불태워 버리는 충격파와 그들의 풋내기 오르가즘은 거의 동시에 벌어질 것이다. 그는 깨닫는다. 그것이 바로 그의 불로의 연인이 계획한 대로임을.

빛은 약해지고 있었지만 여전이 밝았다. 16살 알리스의 보라색 아이섀도우 가루가 살짝 털리는 것을 볼 수 있을 만큼은 밝았다. 그것을 보고나자 그는 그녀 속으로 파고들기 시작하면서 마지막 뜨거운 키스를 위해 그녀 쪽으로 얼굴을 숙였다.

아흔둘

일리움 몰락 후 1년.

여명 직후 트로이의 헬렌은 꿈결에 공습경보가 울리는 소리를 들으며 깨어났
다. 침대의 쿠션을 더듬어보지만, 연인 호켄베리는 가버렸다. 한 달도 넘게 오지
않고 있다. 그리고 그의 따스함에 대한 기억만이 매일 아침 그녀로 하여금 그를 갈
망하게 했다. 이곳에 남아 있는 뉴 일리움의 트로이인과 아르고스인의 절반이 그
녀를 원하고 있음에도, 그녀는 아직 새로운 연인을 만들지 않았다.

그녀는 씻겨주고 향수를 뿌려주는 힙시필레를 포함한 여자 노예들을 거느리고
있었다. 헬렌은 천천히 아침을 맞이했다. 무너진 스카이안 성문 근처 필라 하우스
에 재건축된 그녀의 아파트는 전에 살던 궁전에 비할 수도 없는 것이지만, 그래도
삶의 안락함이 돌아오기 시작하고 있었다. 그녀는 잘 분배되어 지급되고 있는 마
지막 남은, 향이 나는 비누를 사용했다. 오늘은 특별한 날이었다. 합동위원회에서
델피로의 파견에 대한 결정을 할 것이었다. 그녀는 노예 소녀들을 시켜 가장 좋은
녹색 실크 가운과 황금 목걸이를 입히게 하고 오전 의회에 참석할 준비를 했다.

트로이의 회의장에서 아르고스인들, 아카이아인들, 미르미돈들과 다른 침략자

들을 보는 것은 아직도 이상한 일이었다. 아테나의 신전과 더 규모가 있는 아폴로의 신전 모두가 그 날 무너져 내렸으나, 트로이인과 그리스의 장인들이 아테나의 신전이 무너진 자리에 새로운 궁전을 세웠다. 중심가의 바로 북쪽이었는데, 신들이 망각 속으로 폭파시켜 버리기 전 프리아모스의 궁전의 자랑스러운 입구와 기둥들이 서있던 자리에서도 멀지 않았다.

이 새로운 궁전은 —그들의 중앙 건물에는 아무런 이름도 붙지 않았다— 아직도 신선한 목재와 차가운 돌과 페인트의 냄새가 났지만, 오늘 아침엔 이른 봄의 밝은 햇살이 비추고 있었다. 헬렌이 들어와 왕족들 근처, 안드로마케 옆에 앉았다. 안드로마케는 그녀에게 짧은 미소를 보내고 옆에 앉은 남편에게 주의를 돌렸다.

헥토르의 짙은 갈색 곱슬머리와 턱수염은 조금씩 회색이 되어가고 있었다. 모든 사람들이 그걸 알아보았다. 헬렌은 알고 있었다. 대부분의 여자들은 그것 때문에 그가 더 특별하게 보인다고 생각한다는 걸. 회의를 시작하는 건 헥토르의 몫이었고, 그는 모든 트로이 귀족들과 손님들의 이름을 하나하나 부르며 환영의 인사를 했다. 아가멤논이 이 자리에 있었다. 아직도 얼굴이 이상했고, 대추락 이후 수개 월 동안 그랬듯이 간간이 초점 없는 눈으로 사람들을 보곤 했지만, 그래도 합동위원회의 토론에 주의를 기울일 수 있을 만큼 정신이 돌아와 있었고, 그의 텐트는 여전히 보물들로 가득 차 있었다.

네스토르도 이 자리에 있었다. 그는 해변에 방치되어 있는 아카이아 텐트촌에서 네 명의 노예가 짊어지고 가는 의자에 앉혀진 채 도시까지 옮겨져야 했다. 현명한 노장인 네스토르는 해변에서의 끔찍했던 마지막 날 전투에서 부상을 당한 이후로 다리를 회복하지 못했다. 아카이아 캠프에서 —6천명의 그리스 용사들이 아직 살아있었고, 그 정도면 투표권을 요구할 만한 숫자였다— 소 아이아스, 이도메네우스, 폴릭시누스, 테우케르 그리고 인정은 받고 있으나 아직 공식적인 명성은 쌓지 못한 그리스의 지도자이자 네스토르의 잘생긴 아들 트라시메데스도 있었다. 그리스 이들과 함께한 몇 명은 헬렌이 알지 못하는 사람들이었고, 그 중에는 곱슬머리와 턱수염을 기른 키가 후리후리한 젊은 남자도 있었다.

네스토르에게 소개와 환영을 받는 자리에서, 트라시메데스는 헬렌 쪽을 힐끗 바라보았고, 헬렌은 살짝 얼굴을 붉히면tjj 예의상 눈을 아래로 내리 깔았다. 어떤 습관들은 다른 세계 다른 시간대에서도 여전히 살아남아 있는 법이다. 마침내 네스토르가 아르디스에서 온 그들의 사신을 소개 했다. 그것은 서쪽에서 아직 돌아오지 않은 호켄베리가 아니라, 보먼이라는 이름의 크고 마른 조용한 남자였다. 오늘 아침에는 모라벡들은 참석하지 않았다. 환영인사와, 불필요한 소개와 의례적인 말들이 끝나고, 헥토르가 이 의회가 열린 이유를 설명하고 회의를 마치기 전에 결정되어야 할 것들을 이야기 했다. 고귀한 헥토르가 결론적으로 말했다.

"오늘 우리는 델피로 원정을 할 것인지에 대해 결정을 내려야 합니다. 그리고 만일 그렇게 한다면, 누가 가고 누가 남을 것인지도 결정해야 합니다. 또한 그곳에 푸른 광선을 해제하고 아르고스의 수많은 친척들을 데려올 수 있다면 무엇을 해야 할지도 결정해야 합니다. 트라시메데스, 귀하의 사람들이 긴 배를 짓는 것을 관장하고 있었습니다. 모두에게 진행 상황을 설명해주겠소?"

트라시메데스가 고개를 숙였다. 그는 한쪽 무릎을 계단 위로 올려놓았고 다리에는 황금 투구가 놓여 있었다. 그가 말했다.

"잘 아시다시피, 우리의 생존자이자 최고의 배 건조공인 하르모니데스가 —말 그대로 '조립공의 아들' 이— 건축을 책임지고 있습니다. 그가 보고를 하도록 하겠습니다."

방금 전에 헬렌의 눈에 들어왔던 곱슬거리는 턱수염을 가진 젊은이 하르모니데스가 몇 걸음 앞으로 나와서는, 마치 눈에 띄게 앞으로 걸어 나온 것을 후회하듯이 재빨리 머리를 숙여 자신의 발을 쳐다보았다. 그는 살짝 말을 더듬거렸다.

"그러니까‥‥ 30척의 긴 배들은‥‥ 준비가 끝났습니다. 각각의 배들은‥‥ 50명과 그들의 군장과‥‥ 델피에 가기 위해‥‥ 필요한 준비물들을 실을 수 있습니다. 에, 또한‥‥ 다른 20척의 배들이‥‥ 완공을 앞두고 있습니다‥‥ 의회에서 요구하신 대로입니다. 이 배들은‥‥ 긴 배들보다‥‥ 폭이 넓습니다‥‥ 그래서 물자와 사람들을‥‥ 그런 물자와 사람들을‥‥ 찾을 수만 있다면‥‥ 실어 나르기에‥‥ 완벽합니다."

하르모니데스가 재빨리 뒤로 물러나 아르고스인들 사이로 들어갔다. 헥토르가
말했다.

"훌륭하오, 고귀한 하르모니데스. 우리와 의회 모두 감사드리오. 내가 배를 조
사했는데 그들은 완벽했소. 정확하고 탄탄하게 만들어져 있었소."

"이다 산의 경사지에서 최고의 목재를 구할 수 있도록 도와준 트로이인들에게
감사드립니다."

하르모니데스가 얼굴을 붉히며 말했으나, 이번에는 더 이상 말을 더듬지 않고,
자랑스러움이 배어 나오는 목소리였다. 다시 헥토르가 말했다.

"이제 항해를 할 수 있는 배들이 생겼습니다. 가족을 본토에서 잃어버린 사람들
은 트로이인이 아니고 아카이언들과 아르고스인들이므로, 트라시메데스가 델피로
가는 원정대를 이끌겠다고 자원했습니다. 트라시메데스, 원정에 대한 계획을 말씀
해 주시겠습니까?"

키가 큰 테라시메데스가 다리를 낮추고, 그의 무거운 헬멧을 가볍게 손으로 옮
기는 것을 헬렌은 보았다.

"출항은 다음 주 봄바람이 불 때 할 것을 제안합니다."

트라시메데스가 말했다. 낮고 강한 목소리가 기둥들 사이를 지나 넓은 회의장
끝까지 울렸다.

"30척의 배와 150명의 선발대가 떠날 것입니다. 트로이인들 중에 세상을 구경
해보겠다는 모험가가 있다면 환영합니다."

의회장에 킥킥거리는 소리와 즐거운 유머가 오갔다.

"우리는 텅빈 콜로나에를 지나 해안을 따라 남쪽으로 항해할 것입니다. 그리고
는 레스보스로 가서, 치오스로 향하는 어두운 물을 건널 것입니다. 그곳에서 사냥
을 하고 마실 물을 구할 것입니다. 그리고 깊은 바다를 건너 남서남쪽으로 가서,
안드로스를 지나고, 카트실루스 반도와 세오스 섬 사이의 제네스티우스 해협으로
들어갈 것입니다. 이곳에서 다섯 척이 따로 아테네를 향하여 강을 거슬러 올라가

고, 나머지는 도보로 진행합니다. 그곳에 살아있는 사람들이 있는지 찾아보고, 아무도 발견하지 못하면 델피까지 도보로 행군한 후에, 그들의 배를 타고 돌아와, 사로닉 만을 지나서 우리를 따라 올 것입니다. 티오라인 로크리안스를 바로 지나 보에오티아에 가기 직전에, 항구로 들어가 배들을 정박하고, 델피로 걸어가면, 모라백들과 아르디스 친구들이 푸른 광선의 사원에 살아남은 우리의 종족이 있는지 알려줄 것입니다."

보면이라는 이름을 가진 사람이 열린 공간의 한 가운데로 걸어 들어왔다. 그의 그리스어 억양은 끔찍했다 —나이 든 호켄베리보다도 더 심하다고 헬렌은 생각했다— 그리고 그의 옷차림 또한 야만적으로 보였으나, 세 살배기를 가르치는 선생의 얼굴을 붉어지게 할 만큼의 문법의 오류에도 불구하고 자신의 의사를 전달하고는 있었다.

"이런 일을 하기에 좋은 시기 입니다."

키가 큰 아르디스인 보면이 말했다.

"문제는, 푸른 광선에 갇힌 사람들을 데려오기 위해 우리의 절차를 따른다면, 그들을 어떻게 할 것이냐 입니다. 6백만에 달하는 일리움 지구의 전 인구가 그 곳에 갇혀 있을 수도 있습니다. 중국인, 아프리카인, 아메리카, 인디안, 아즈텍의 선조들까지‥‥."

"실례합니다만,"

트라시메데스가 말을 막았다.

"무슨 말을 하는 건지 이해가 안가는 군요. 아르디스의 아들, 보면."

키가 큰 남자가 얼굴을 긁었다.

"6백만이라는 숫자를 이해하십니까?"

아무로 이해하지 못했다. 헬렌은 이 아르디스인이 제 정신인지 의아했다.

"인구가 최고일 때의 일리움 같은 곳이 30개가 더 있다고 상상해 보십시오."

보만이 말했다.

"그것이 푸른 광선의 신전에서 나올 수 있는 사람들의 수입니다."

대부분의 참석자들이 웃었다. 헬렌은 헥토르와 트라시메데스가 웃고 있지 않다는 것을 알아챘다.

"그래서 우리가 도우러 가야 하는 것입니다. 귀하의 사람들인 그리스인들을 송환해 오는 것은 문제가 아닙니다. 물론 집들과 도시와, 절들과 동물들은 사라졌습니다, 하지만 야생 동물들이 많이 있고 길들여진 동물들의 숫자는 번식만 시키면 다시 쉽게 불어날 것입니다……"

보면은 대부분의 사람들의 다시 웃거나 낄낄거리자 말을 멈추었다. 헥토르가 그의 말의 오류를 지적하지 않고, 아르디아인에게 계속하라는 몸짓을 했다. 키 큰 남자는 가축들의 수를 늘리기 위한 방법에 대해 이야기 하면서 사람들에게만 사용하는 '성교'라는 단어 대신 번식이라는 단어를 따로 사용했다. 헬렌은 이것이 재미있다고 느꼈다.

"아무튼, 우리는 그 곳에 갈 것이고 모라벡들이 그들…… 외국인들을 본국으로 송환할 교통수단을 마련할 것입니다."

그는 보통 "야만인들"이라는 적절한 단어를 사용했겠지만, 다른 단어를 사용해 보고 싶었던 모양이다. 헥토르가 말했다.

"고맙소, 트라시메데스, 만일 그대의 사람들이 모두 그곳에 있다면, 펠로폰네스에서 온 사람들과, 오디세우스의 작은 이타카처럼 많은 섬에서 온 사람들, 아티카 그리고 보아오티아 그리고 몰로씨 그리고 오베스타에 그리고 칼디세 그리고 보티아에이 그리고 트라세, 멀리서 온 그리스 사람들이 고향이라고 부르는 모든 지역들에서 온 사람들을 다 어떻게 하겠소? 그들을 모아 놓고 수용할 만한 도시도 축사도, 집도 보호소도 없소."

트라시메데스가 고개를 끄덕였다.

"고귀한 헥토르, 우리의 계획은 다섯 척의 배를 바로 뉴 일리움으로 파견해서 여러분들에게 우리의 성공을 알리는 것입니다. 남은 사람들이 델피의 푸른 광선에서 벗어난 이들과 함께 지내면서, 그들이 가족과 고향으로 무사히 돌아갈 수 있도록 귀향 계획을 세우고, 질서가 잡힐 때까지 먹고 쉴 수 있는 방법을 찾을 것입니다."

"여러 해가 걸릴 수도 있소."

데이포보스가 말했다. 헥토르의 동생은 델피 파견을 탐탁하게 생각한 적이 없었다.

"수년이 걸릴 수도 있겠지요."

트라시메데스가 동의 했다.

"하지만 우리의 아내와 어머니, 할아버지, 아이들, 노예와 하인들을 자유롭게 해줘야 하지 않겠습니까? 이건 우리의 의무입니다."

"아르디스인들이 1분 내에 그곳으로 이동해서 2분 내로 그들을 자유롭게 할 수 있지 않소?"

화가 난 목소리가 앉은 자리에서 들렸다. 아가멤논이었다. 보면이 열린 공간으로 나섰다.

"고귀한 헥토르, 아가멤논 왕, 이 의회의 고귀하고 귀한 의원들, 아가멤논이 말한 것처럼 할 수는 있습니다. 그리고 언젠가는 여러분들도 팩스하실 수 있을 겁니다⋯⋯ 우리 아르디스인들처럼⋯⋯ 프리팩스는 아니겠지만⋯⋯ 팩스 노드라는 곳들을 통해서 할 수 있게 될 겁니다. 그 장소가 여기 가까이 있지는 않지만, 그리스에서는 한군데 이상의 장소를 발견하게 될 것입니다. 제가 주제를 벗어나는 군요⋯⋯ 우리는 델피로 이동해서 수 분내까지는 아니더라도, 몇 시간 혹은 며칠 내로 그리스인들을 자유롭게 할 수 있습니다. 하지만 그렇게 하는 것이 옳은 방법이 아니라는 걸 이해하시리라 생각합니다. 그들은 *여러분의* 사람들 입니다. 그들의 미래는 *여러분이* 걱정해야 할 일입니다. 몇 달 전에 우리는 겨우 9천 명 남짓 가량의 우리 사람들을 푸른 광선에서 자유롭게 해주었습니다. 인구수가 늘어난 것에 감사하긴 했지만, 우리는 사전 계획이 없이는 그 몇 안 되는 사람들을 돌보는 것도 힘들다는 것을 알았습니다. 세상에는 너무나 많은 보이닉스와 *칼리바니*들이 돌아다니고 있습니다. 안전한 뉴 일리움을 떠나자마자, 공룡과, 테러 버드를 비롯해서 수많은 다른 기괴한 생물들과 마주칠 것입니다. 우리는 모라벡 동맹군들과 함께, 푸른 광선에 갇혀 있을 지도 모르는 비그리스인들을 분산 시키는 것을 도울 것입니다만, 그리스어를 말하는 사람들의 미래는 당신들 손에 달려있습니다."

이 짧은 명쾌한 연설이, 문법과 문장구조의 오류에도 불구하고, 키 큰 아르디아인을 향한 박수 세례를 불러일으켰다. 헬렌도 함께 박수를 쳤다. 그녀는 이 남자를 만나고 싶어졌다.

헥토르가 열린 마당의 한 가운데로 걸어 나와, 한 바퀴 돌며 거의 모든 사람들에게 눈인사를 했다.

"투표를 제의합니다. 다수결로 결정하겠습니다. 트라시메데스와 그의 자원 원정대가 다음 번 바람과 조수가 적절할 때 델피로 떠나야 한다고 동의하시는 분들은 주먹을 들어 올려주십시오. 원정에 반대하는 분들은, 손바닥을 아래로 해 주십시오."

합동위원회에는 100명이 약간 넘는 사람들이 있었다. 헬렌이 세어보니 일흔세 명이 —그녀를 포함해서— 주먹을 들어 올렸고 열두 명만이 손바닥을 아래로 하고 있었는데, 그 중에는 데이포보스와, 무슨 이유에서 인지, 안드로마케도 있었다. 축하의 분위기가 무르익었고 전령들이 바깥 중앙광장과 시장에 모여 있는 수십 명의 사람들에게 소식을 전하자, 뉴 일리움의 낮은 벽에서 환영의 소리들이 울려 나왔다. 밖의 테라스에서 헥토르가 그녀에게 다가왔다. 인사말과 차가운 와인에 대한 몇 마디가 오간 후, 그가 말했다.

"나도 너무나 가고 싶소, 헬렌. 이 원정대가 나를 남기고 떠난다는 생각을 하면 견딜 수가 없어."

아, 헬렌은 생각했다. 이것이 안드로마케가 반대표를 던진 이유구나. 그녀가 크게 말했다.

"당신은 갈 수 없어요. 고귀한 헥토르. 이 도시가 당신을 필요로 하는 걸요."

"아니오."

헥토르가 마지막 남은 와인을 삼키며 아직 자리를 잡지 않은 건물의 돌에 큰 소리 나게 컵을 내려놓으며 말했다.

"이 도시에 위험은 없어. 12개월 동안 이방인들을 본 적이 없소. 그 동안 우리는 지금 우리가 이렇게 서있는 성벽을 재건했지만, 신경 쓸 필요가 없었을지도 모르오. 이곳에는 이방인들이라고는 없어. 최소한 이 넓은 지구의 이 지역에서는 말이지."

"그게 바로 당신이 이곳에 남아서 당신의 사람들을 지켜봐야 하는 이유에요." 헬렌이 살짝 미소 지으며 말했다.

"키 큰 아르디아인이 말한 공룡들과 테러 버드로부터 우리를 보호해야 하잖아요."

헥토르는 헬렌의 눈 속에서 장난기를 발견하고는 마주보고 미소를 지었다. 헬렌는 그녀와 헥토르가 언제나 이상하게 연결되어 있다는 걸 알고 있었다. 일부는 장난기이기도 하고 일부는 가벼운 희롱이기도 하고, 또 일부는 남편과 아내의 연결 그 이상의 깊은 어떤 것이기도 했다. 그가 말했다.

"당신은 당신의 신랑감이 모든 위험으로부터 우리의 도시를 지켜내기에 적합하지 않다고 생각하오, 고귀한 헬렌?"

그녀가 다시 미소를 지었다.

"나는 당신의 형제 데이포부스가 모든 남자들 위에 있다는 것을 소중하게 생각해요, 친애하는 헥토르, 하지만 나는 그의 청혼 제안에 동의하지는 않았어요."

"프리아모스는 그러기를 바랐을 것이오. 파리스도 그 생각에 기뻐했을 것이고."

파리스는 그 생각만 해도 토하고 싶어했을 걸요. 헬렌은 생각했다. 그녀가 말했다.

"그래요, 당신의 형제 파리스는 내가 데이포보스와 결혼하는 것을 알면 좋아했겠지요···· 아니 프리아모스 왕의 편에 있는 어느 귀족이라도 마찬가지겠지만."

그녀는 다시 헥토르를 올려다보며 미소를 지었고 그가 불편해 하는 기색을 보이자 기뻤다.

"내가 말하는 것에 대해 비밀을 지켜주겠소?"

그가 물으며, 그녀에게 가까이 몸을 숙이고 거의 속삭이듯 말했다.

"물론이죠."

그녀도 속삭이듯 대답하며 생각했다. *그렇게 하는 게 내게 이로운 일이라면 말이죠.* 헥토르가 조용히 말했다.

"나는 트라시메데스와 그의 원정대가 떠날 때 같이 가려고 하오. 우리 중 누가 돌아오게 될지 누가 알겠소? 당신이 그리울 거요. 헬렌."

그가 어색하게 그녀의 어깨를 건드렸다. 트로이의 헬렌은 부드러운 손을 그의 거친 손위에 올려놓고 그녀의 작은 어깨와 부드러운 손바닥 사이에 있는 그의 손을 힘껏 잡았다. 그녀가 그의 회색 눈을 그윽하게 바라보았다.

"당신이 이번 원정을 나간다면, 고귀한 헥토르, 나는 당신의 사랑스러운 안드로마케만큼 당신을 그리워 할 거예요."

뭐, 정확히 안드로마케만큼은 아니겠지만. 헬렌은 생각했다. *왜냐하면 나는 마지막 남은 다이아몬드와 진주와 전 재산을 바쳐서라도 이 항해에 몰래 동참할 거니까.*

여전히 손을 포갠 채로, 그녀와 헥토르는 의회 궁전의 돌기둥들이 있는 기다란 현관을 함께 걸어갔다. 시장의 군중들은 기쁨으로 난리를 치고 있었다. 광장의 중앙에는, 정확히 말해 수세기 동안 오래된 분수가 있던 자리에는, 술 취한 그리스인과 트로이인들의 무리가 형제자매처럼 서로 섞여, 커다란 목마를 당기고 있었다. 그 목마는 너무나 커서 만일 스카이안 성문이 그대로 있었다면 성문 안으로 들어가지 못했을 것이었다. 낮아지고 넓어진, 떡갈나무가 서 있던 자리에 꼭대기가 없이 급하게 지어진 성문은, 이 우상이 문제없이 들어오도록 활짝 열렸다.

군중 속 어느 익살꾼이 이 목마를 일리움 몰락의 상징물로 정하고, 몰락 일 년째 되는 오늘 불태우기로 계획한 것이다. 분위기가 들떠 있었다. 헬렌과 헥토르는, 여전히 가볍게 손을 포갠 채, 그것을 지켜보았다. 아무 말 없이 조용히 그러나 서로의 마음이 통하지 않는 것은 아니었다. 군중들이 거대한 목마에 불을 붙이자 대부분 마른 장작으로 지어진 목마는 순식간에 불타올랐고, 군중들이 물러서자 군인들이 방패와 창을 들고 나타났다. 귀족들은 긴 현관과 발코니에 서서 못마땅한 듯이 중얼거렸다.

헬렌과 헥토르가 크게 웃었다.

일리움 몰락 후 7년 5개월.

모이라는 활짝 열린 풀밭으로 양자이동했다. 아름다운 여름 낮이었다. 주변을 둘러 싼 숲의 그림자 속에서 나비들이 날아다녔고 클로버 위로는 벌들이 붕붕거렸다.

검은 띠를 한 모라벡 군인이 조심스레 그녀에게 다가와 정중히 말을 건넨 후 그녀를 언덕 위로 인도해서 남쪽에서 불어오는 미풍에 흔들리고 있는 작고 열린 텐트로 —사실은 4개의 지지대에 광목을 덮은 천막에 가까웠다— 데려갔다. 광목의 그림자 안에는 테이블들이 있었고 여섯 명의 모라벡과 인간들이 몸을 숙이고 그 위에 놓인 파편들과 공예품들을 조사하거나 닦고 있었다.

테이블 곁에 있던 가장 작은 존재가 —특별히 높은 의자에 앉아 있던 존재가— 몸을 돌려 그녀를 보더니 펄쩍 뛰어 내려와 그녀를 맞이하기 위해 밖으로 나왔다. 만무트였다.

"모이라, 정말 반가워요. 햇볕이 뜨거워요. 어서 들어와 찬 음료수를 드세요."

그녀는 작은 모라벡과 함께 응달로 들어왔다.

"당신의 하사관이 그러는데 날 기다리고 있었다면서요."

"2년 전 우리가 대화를 나눈 이후 쭉 기다렸죠."

만무트는 그렇게 말하고, 다과가 있는 테이블로 가서 차가운 레모네이드를 가지고 돌아왔다. 다른 모라벡과 사람들은 호기심에 찬 눈으로 그녀를 바라보았다. 하지만 만무트는 그녀를 소개해 주지 않았다. 아직은. 모이라는 기꺼이 레모네이드를 홀짝거리면서 음료 속의 얼음은 아르디스나 다른 공동체에서 QT나 팩스로 가져온 것임을 알아차렸다. 그녀는 아래 쪽 풀밭을 보았다. 이 풀밭은 북쪽의 숲과 남쪽의 거친 벌판 사이에 있는 강까지 일 마일 정도 언덕으로 이어져 있었다. 그녀가 물었다.

"목을 빼고 보는 구경꾼들을 막으려고 모라벡 부대가 필요해요? 호기심 많은 무리들?"

"그보단 오히려 가끔씩 나타나는 테러 버드나 어린 T-렉스를 막으려는 거지요. 오르푸가 늘 묻곤 하지만, 당신들 후기-인류들은 도대체 무슨 생각을 했던 건지 모르겠어요."

"아직도 오르푸를 자주 봐요?"

"매일 보죠. 오늘 저녁 아르디스에서 하는 연극을 보러 가기로 했어요. 당신도 올 건가요?"

"아마도. 내가 초대받은 걸 어떻게 알았지요?"

"당신 혼자만 가끔씩 아리엘하고 이야기하는 것은 아니랍니다, 아가씨. 레모네이드 더 드릴까요?"

"아니, 됐어요."

모이라는 다시 기다란 풀밭을 바라보았다. 풀밭의 반 이상이 몇 겹씩 파헤쳐져 있었다. 하지만 땅 파는 기계로 함부로 파헤친 것이 아니라 조심스럽고 사랑스럽게 그리고 치밀하게 팠다. 잔디는 돌돌 말려 걷혀 있었고, 절개된 부분은 끈과 쐐기못으로 하나하나 표시되어 있었으며, 작은 표지판과 숫자들이 여기저기 있었고, 몇 인치에서 몇 미터 깊이에 이르는 참호들이 파여져 있었다.

"마침내 찾아낸 것 같아요, 만무트 친구?"

작은 모라벡은 어깨를 으쓱했다.

"그 작은 마을의 정확한 좌표를 기록에서 찾는 게 이렇게 어렵다니 놀랍습니다. 이건 마치⋯⋯ 어떤 힘이⋯⋯ 모든 자료와 GPS 좌표, 거리 표지판, 역사를 다 없애버린 것만 같아요. 마치⋯⋯ 어떤 힘이⋯⋯ 우리가 스트랫퍼드-온-에이븐을 찾는 걸 바라지 않았던 것 같아요."

모이라가 그녀의 맑은 청회색의 눈동자로 그를 바라본다.

"그렇다면 어째서 그 힘인지⋯⋯ 권력인지 하는 것이 당신들이 바라는 걸 찾길 원하지 않을까요, 친애하는 만무트?"

그는 다시 어깨를 으쓱했다.

"그저 추측일 따름이에요. 하지만 내 생각에는 인간이 다시 이 행성 위에서 흩어지고 행복하고 번식하는 일에, 그들이 ―이 상상의 권력이나 힘이― 별로 신경 쓰지 않았던 것 같아요. 하지만 어떤 인간 천재가 다시 나타나리라고는 생각했던 것 같고요."

모이라는 아무 말도 하지 않았다. 어린애 같은 열정으로 가까운 테이블로 그녀를 끌어당기며 만무트가 말했다.

"여기요, 이것 좀 봐요. 어제 우리 자원 봉사자 한 명이 3-0-9 지점에서 이걸 찾아냈어요."

그는 깨어진 돌판을 들어 올렸다. 더러운 돌판 위에 이상한 게 긁적거려 있었다. 모이라가 말했다.

"나는 잘 알아보지 못하겠는데."

"처음에는 우리도 그랬어요. 호켄베리 박사가 우리가 발견할 게 무엇인지 알 수 있도록 도와주었죠. 여기 IUM하고 그 아래 US 그리고 AER 그리고 여기 ET가 보여요?"

"뭐, 그렇게 말하고 보니 그러네요."

"그게 맞아요. 우리는 이제 이것이 무엇인지 알고 있습니다. 이것은 흉상 ―바로 그의 흉상― 아래 적혀 있던 글귀입니다. 우리들의 기록에 의하면 다음과 같은 내용이었습니다."

'유디꼬 필리움, 제니오 스코라툼, 아르테 마로넴: 테라 테지트, 포풀루스 마에렛, 올림푸스 하벳.'

"제가 라틴어엔 좀 서툴거든요."

"우리들도 거의 그랬어요. 번역하면 이렇습니다 – **판단력에 있어 네스토르와 같은 자를 흙이 덮고 있으며; 천재성에 있어 소크라테스와 같은 자를 사람들이 애도하며; 예술에 있어 베르길리우스 같은 자를 올림푸스가 데려갔도다.**"

"올림푸스라."

마치 즐겁다는 듯 모이라가 반복했다.

"그것은 마을 사람들이 그를 위해 만들었던 흉상 아래 새겨진 글귀의 일부였어요. 흉상은 그가 트리니티 교회에 매장된 후 성가대석의 돌 위에 세워졌죠. 나머지 글귀는 영어로 되어 있어요. 들어 볼래요, 모이라?"

"물론이죠."

"멈추어라 행인이여, 어째서 그리 빨리 지나가느냐?

읽을 수 있다면 읽어라, 이 셰익스피어의 기념물 아래로

시기심 많은 죽음이 누구를 데려갔는지: 무상한 자연이

누구와 함께 죽어갔는지, 이 무덤이 누구의 이름을 덮고 있는지

해변보다 더 멀리, 그가 쓴 모든 것들은

살아있는 예술을 떠나는도다, 하지만 그의 재치만은 찾아 구하라.

"훌륭해요. 그리고 당신의 탐구에 정말 대단한 도움이 될 것 같네요."

만무트는 비아냥거림을 무시해 버렸다.

"그가 죽은 날 쓰인 겁니다. 1616년 4월 23일에."

"하지만 진짜 무덤은 아직 못 찾았잖아요."

"그래요, 아직."

만무트가 인정했다.

"거기에도 묘석이나 새겨진 글씨 같은 것이 없었나요?"

그녀가 순진한 얼굴로 물었다.

만무트는 잠시 동안 그녀의 얼굴을 빤히 쳐다보았다. 그리고는 말했다.

"있었어요. 그의 유골이 묻힌 곳 위에 있던 진짜 묘비에는 무언가 새겨져 있다고 했어요."

"이런 내용이라고 하지 않던가요? 어···· '가까이 오지 마라, 모라벡들아, 집으로 돌아가라' ?"

"아니요, 묘비에 새겨져 있던 글은 이랬다고 합니다. −

"선한 친구여 제발 삼가주오

　이 속에 들어있는 먼지를 파내는 짓은

　이 묘비를 그대로 두는 자 복이 있을 것이요

　이 유골을 옮기는 자 저주 있을지어다."

"그 저주가 좀 무섭지 않나요?"

모이라가 물었다.

"아니요. 당신과 오르푸는 날 혼란에 빠뜨리고 있어요. 당신도 아시겠지만 그 친구는 20세기 유니버설 영화사에서 나온 평면 필름으로 된 공포 영화들을 죄다 섭렵했어요, *미이라의 저주* 뭐 이런 것들이요."

"그래도···."

"우리가 그를 찾지 못하게 막을 건가요, 모이라?"

"친애하는 만무트, 이젠 당신도 알·때가 되지 않았나요? 우리는 당신도, 고전−인류도, 그리스와 아시아에서 온 새 손님들도···· 어느 누구도 간섭하고 싶지 않다는 것을. 지금까지 그래오지 않았던가요?"

만무트는 아무 말도 하지 않았다. 모이라가 그의 어깨를 건드렸다.

"하지만 이···· 프로젝트는 말이죠. 가끔씩 당신이 신 흉내를 내고 있다는 생각이 안 드나요? 조금은?"

"호켄베리 박사를 만나봤나요?"

"물론이지요. 바로 지난주에 이야기를 나누었어요."

"이상하군요. 그는 만났다는 말을 안 하던데. 토마스는 매주 하루 이틀 정도 이 발굴 현장에서 꼭 자원 봉사를 합니다. 아니, 내가 하고 싶은 얘기는 후기-인류들과 올림포스의 신들은 그의 뼛조각과 오래된 데이터 파일과 DNA에서 그를 재창조해냄으로써 진짜 신 흉내를 낸 셈이다, 이거죠. 하지만 제법 성공적이었어요. 그는 괜찮은 인간이니까요."

"괜찮은 인간은 맞는 것 같아요. 그리고 나는 그가 책을 쓰고 있는 것으로 알고 있어요."

"그래요." 만무트가 말했다.

모라벡은 생각의 가닥을 잃어버린 듯 보였다.

"그럼, 행운을 빌어요."

모이라가 손을 내밀며 말했다.

"그리고 다음에 총통합사령관 아스티그/체를 보거든 안부를 전해주세요. 함께 타지에서 차를 마실 때 정말 즐거웠다고 꼭 전해주세요."

그녀는 작은 모라벡의 손을 흔들고 북쪽에 줄지어 서 있는 나무쪽으로 걸어갔다.

"모이라!"

만무트가 불렀다. 그녀가 멈춰서 뒤돌아보았다.

"오늘 저녁 연극 공연에 온다고 했던가요?"

"그럴 것 같은데요."

"거기서 다시 만나게 될까요?"

"잘 모르겠어요. 하지만 나는 당신을 보게 될 거예요."

젊은 여인은 그렇게 말하고 숲 쪽을 향해 계속 걸어갔다.

아흔넷

일리움 몰락 후 7년 5개월.

내 이름은 토마스 호켄베리 박사, 친구들은 호켄부시라고 부른다. 그렇게 불러주는 친구들은 아무도 살아있지 않다. 아니, 나를 워배쉬 대학 학부 시절의 별명이었던 호켄부시라는 이름으로 불렀을 내 친구들은, 오래 전에 많은 것들이 먼지로화한 이 세상에서 역시 먼지로 변했다.

나는 그 좋은 지구에서 50여 년을 살았고, 선물로 받은 두 번째 삶을 12년 이상살고 있다. 일리움에서, 올림포스에서, 마지막 순간까지 화성인줄 몰랐던 화성이라고 불리는 곳에서, 그리고 나는 이곳에 돌아왔다. 고향. 다시 달콤한 지구에.

이야기 할 것들이 너무나 많다. 안 좋은 뉴스는 내가 기록자 및 학자로서 지난12년 동안 녹음했던 모든 것을 잃었다는 것이다. 매일 관찰한 트로이 전쟁에 대한기록이 담긴, 나의 뮤즈에게 주었던 보이스 스톤, 나의 노트들, 제우스와 올림포스의 최후를 묘사한 모라벡의 녹음기까지. 나는 이 모든 것을 잃었다.

하지만 상관없다. 나는 모든 것을 기억한다. 얼굴 하나하나, 남자들, 여자들, 모두의 이름도.

알 만한 사람들은 호메로스의 일리아스가 탁월한 이유 가운데 하나로, 그의 이야기 속에서 아무도 이름 없이 죽은 사람이 없다는 것을 말한다. 그 영웅들, 그 잔인한 영웅들은, 모두 무겁게 쓰러졌다. 그리고 그들이 쓰러질 때는 완전히 몰락했다. 한 학자가 말했듯이 ―나는 지금 의역을 하고 있다― 그들은 무겁게 무너졌고, 모든 무기와 군장과 소유물과 가축과 아내들과 노예들이 그들과 함께 몰락했다. 그리고 그들의 이름도. 호메로스의 *일리아스*에서는 어떤 인간도 이름 없이 혹은 무게 없이 죽는 법이 없다.

내가 나의 이야기를 하고자 한다면, 나도 마찬가지의 시도를 할 것이다.

하지만 어디서부터 시작한단 말인가?

내가 이 이야기의 코러스라면 ―원하던 원하지 않던― 내가 선택한 곳에서 시작할 수 있다. 난 이곳에서, 내가 살고 있는 곳에 대해 말하면서 시작하기로 한다.

나는 뉴 일리움이 재건되고 있는 동안 헬렌과 몇 달을 즐기며 보냈다. 도시가 재건되면 ―도시가 삶을 다시 시작하게 되면― 그리스인들이 귀향할 기다란 배를 지을 때 트로인들이 돕기로 헥토르와 합의한 다음 그리스인들도 트로이인들을 도와주었다.

도시는 죽지 않았다. 일리움은 ―트로이는― 바로 그 속에 살고 있는 사람들이었다…. 헥토르, 헬렌, 안드로마케, 프리아모스, 카산드라, 데이포보스, 파리스…. 젠장, 심지어 그 성미 고약한 힙시필레까지도. 일부는 죽었으나, 일부는 살아남았다. 그들이 살아있는 한 도시는 살아있었다. 베르길리우스는 그것을 이해했다.

그러니 트로이가 몰락한 이후의 이야기를 전하는 나는 여러분에게 호메로스일 수도 베르길리우스일 수도 없다…. 풍부한 이야기가 되기에는 그로부터 아직 충분히 시간이 흐르지 않았다. 비록 이런 생각도 바뀔 수 있다는 얘기를 듣곤 하지만. 내가 살아 있는 한은 지켜보고 귀 기울여 들을 것이다.

하지만 나는 지금 여기에 살고 있다. 아르디스 타운에.

아르디스가 아니다. 저택은 옛 전송실로부터 1마일 반쯤 언덕 위로 초원으로 밀려 올라갔다. 한 때 아르디스 홀이 서있던 곳에 가까운 큰 집이다. 그리고 에이다는 여전히 가족들과 함께 그곳에 살고 있다. 하지만 이곳은 아르디스 타운이지, 더 이상 아르디스가 아니다.

5개월 전에 실시된 최근의 센서스에 의하면, 이 아르디스 타운에는 현재 28,000명 남짓한 사람들이 살고 있다. 에이다의 새로운 집인 아르디스 하우스 주변에 언덕 위의 공동체가 흩어져 있으나, 대부분의 집들은 이 곳 아래의, 전송실로부터 강을 따라 난 새로운 길 주변에 흩어져 있다. 이곳엔 제분소들이 있고, 진짜 시장이 있고, 무두장이들의 냄새 나는 건물들과, 인쇄기계와 종이 그리고 너무 많은 술집과 창고들, 두 개의 유대인 교회, 혼돈의 최초 교회라고 일컬어지는 것이 가장 어울릴 만한 교회 하나, 몇 개의 괜찮은 레스토랑, 무두장이들의 건물만큼 고약한 냄새가 나는 가축 방목장, 도서관 하나 (내가 이 도서관 만드는 걸 도왔다.) 그리고 학교 하나. 비록 대부분의 어린이들이 여전히 아르디스 하우스 안이나 근처에 살기는 하지만. 아르디스 타운의 학생들 대부분은 읽고 쓰기를 배우려는 어른들이다.

주민의 반 정도는 그리스인이고 반은 유태인이다. 그들은 서로 잘 지내는 편이다. 대개의 경우는.

유태인들은 완전히 제 기능을 하는 이점이 있다; 즉, 그들은 언제나 어디서나 가고 싶은 곳을 가고 싶은 시간에 프리팩스할 수 있다는 것이다. (나도 역시 그럴 수 있다⋯ 팩스가 아니라 QT로. 알다시피 나를 디자인한 누군가에 의해 나의 세포와 DNA 속에 넣어진 기능이다. 하지만 난 더 이상 전처럼 양자이동을 자주 하지 않는다. 나는 더 느린 교통수단을 좋아한다.)

나는 최소한 일 주일에 한 번 시간이 되는대로 만무트의 **윌 찾기 프로젝트**를 돕는다. 여러분은 이미 들은 적이 있을 것이다. 나는 만무트가 그의 윌을 찾을 수 있다고는 생각하지 않으며, 그 자신이 그것을 믿고 있는지도 의심스럽다. 이제 그것은 그와 이오의 오르푸에게 일종의 취미가 되었고, 나도 "무슨 상관이야" 라는 심정으로 도와주고 있다. 우리들 중 누구도 ―내 생각엔 만무트조차도― 프로스페로, 모이라, 아리엘, 권능을 가진 그 누구도⋯ 우리가 계속 듣고 있는 '고요의 신'이라는 존재도···· 우리의 작은 모라벡이 윌리암 셰익스피어의 뼈와 DNA를 찾아 재결합하도록 허락할 것이라고 믿지 않는다. 미래의 파워들이 위협을 느끼는 건 당연한 일 아닌가.

연극은 오늘 저녁에 아르디스에서 공연된다. 여러분은 그것에 대해서도 이미 들었을 것이다. 아르디스 타운의 많은 사람들이 그것을 보러 언덕을 오를 것이지만, 내게는 그 언덕이 너무 가파르고, 길과 층계는 먼지투성이이므로, 5펜스를 내고 한나의 회사가 운영하는 증기 버스를 타고 갈 예정임을 고백한다. 그 버스가 소음이 좀 덜했으면 좋으련만.

누군가를 찾고 못 찾고를 이야기하고 있으니 말인데, 나의 오랜 친구 키이스 나이튼헬저를 어떻게 찾았는지 이야기하지 않은 것 같다.

내가 그 친구를 마지막 보았을 때, 그는 선사시대의 인디안 부족과 한 때는 인디애너였을 —아마도 3천 년 후쯤에— 황야에 있었다. 그에게는 지옥 같은 곳이었을 것이고, 나는 그를 그곳에 보낸 것에 죄책감을 느끼고 있었다. 내 생각에는 영웅들과 신들이 전쟁을 벌이는 동안 그를 안전한 곳에 두자는 것이었으나, 내가 옛 친구 나이튼헬저를 찾으러 돌아갔을 때는, 인디언도 그도 없었다.

파트로클로스 —심하게 열 받은 파트로클로스— 역시 그곳 어딘가를 헤매고 있을 터였고, 나는 나이튼헬저가 살아남지 못했을 것이라고 생각했다.

그러나 3개월 반 전에 프리팩스을 통해 델피로 가서, 트라시메데스, 헥토르, 그리고 그와 함께한 모험가들이 텔피의 푸른 광선을 차단했을 때, 놀랍게도, 8시간 정도 후에, 그 작은 건물에서 충격을 받은 듯한 사람들이 나타나기 시작했고 —그건 내게 아주 작은 차에서 50명의 광대가 쏟아져 나오던 오래된 서커스를 떠오르게 했다— 그 작은 건물에서 나온 사람들은 대부분이 그리스인이었지만, 그 중에 내 친구인 나이튼헬저도 있었다. (우리는 언제나 서로를 이름이 아닌 성으로 부르곤 했다.)

나이튼헬저와 나는 지금 내가 앉아서 글을 쓰고 있는 장소를 구입했다. 우리는 파트너이다. (내 말은 사업상의 파트너이며 물론 좋은 친구라는 뜻이다. 두 남자가 같이 살 때를 의미하는 21세기 식의 그런 이상한 *파트너*를 뜻하는 것이 아니다. 내 말은 내가 트로이의 헬렌을 멀리하고 아르디스 타운의 나이튼헬저에게 갔다는 뜻은 아니라는 거다. 내게도 이런저런 문제야 있지만, 그 부분에 혼란을 일으킨 적은 없다.)

헬렌은 우리의 선술집을 어떻게 생각할까? 상호는 돔비 앤 선이고 —나이튼헬저의 제안으로 정했으나 내 취향에는 지나치게 귀여운 이름이다— 사업은 번창하고 있다. 우리의 선술집은 오래된 지붕에 매달려 있는 판자들처럼 강둑에 늘어서 있는 다른 곳과 비교해서 아주 깨끗하다. 우리의 여종업원들은 정말 여종업원들이지 창녀들이 아니다. (최소한 이곳에서는, 혹은 우리가 있는 시간이나 우리의 선술집 안에서는) 우리는 최상의 맥주를 구입한다. 듣기로 아르디스 최초의 백만장자인 한나는 맥주를 만드는 다른 회사를 소유하고 있다. 그녀는 조각과 금속 주물을 공부하는 동안 양조를 배웠음에 틀림없다. 왜냐고? 난들 알겠는가.

내가 왜 이 서사적인 이야기를 빨리 들려주지 않고 주저하는지 짐작하시겠는지? 나는 하나의 이야기를 끌고 가지를 못한다. 내 이야기는 곧 잘 산만해지는 것이다.

언젠가는 헬렌을 이곳에 데리고 와서 이곳을 어떻게 생각하는 물어볼 생각이다.

하지만 소문에 의하면 헬렌은 머리를 자르고, 사내아이처럼 옷을 입고, 헥토르와 트라시메데스와 함께 델피의 모험에 따라나섰고, 두 남자는 뼈를 쫓는 강아지들처럼 그녀를 졸졸 따라다니고 있다고 한다. (내가 이 서사적인 이야기를 시작하는 것을 주저하는 또 다른 이유이다. 나는 은유나 그럴 듯한 직유와는 거리가 먼 사람이다. 언젠가 나이튼헬저가 말했듯이. 나는 수사학과는 극이다. 그러니 신경 쓰지 마시길.)

'소문에 의하면' 이라니. 젠장. 나는 헬렌이 델피 원정에 갔다는 것을 알고 있다. 그녀를 거기서 봤으니까. 볕에 그을린 피부와 짧은 머리가 그녀에게 잘 어울렸다. 아주 잘 어울렸다. 내가 알던 헬렌은 아니었지만, 아주 건강하고 아름 다웠다.

나는 내 집과 아르디스 타운에 대해 독자들에게 더 이야기 할 수도 있다. 아직 걸음마 단계인 이곳의 정치구조가 어떤지 (어린아이만큼이나 쓸모없고 냄새가 나지), 혹은 사람들이 어떤지, 그리스인과 유태인들, 기능을 가지거나 갖지 못하는 이들, 믿음을 가진 자들, 냉소적인 이들…… 그러나 그것은 이 이야기의 일부가 아니다.

또한, 내가 오늘 밤에 발견하게 되겠지만, 나는 진짜 이야기꾼이 아니다. 나는 선택된 시인이 아니다. 지금 무슨 소리인가 하겠지만, 조금만 더 기다려주시길 바란다. 그러면 내가 이런 말을 하는 이유를 알게 될 것이다. 지난 18년이 내게는 쉽지 않았다. 특히 처음의 11년은 더했다. 나는 심리적으로 감정적으로 오래된 오르푸의 몸만큼이나 상처입고 엉망이 된 것 같은 느낌이다. (그는 대부분의 시간을 언덕 위의 아르디스에서 살고 있다. 여러분은 잠시 후에 그도 보게 될 것이다. 그는 오늘밤 연극을 하지만, 항상 오후에는 어린애들과의 약속으로 바쁘다. 나는 수년에 걸친 나의 학자와 기록자로서의 경력에도 불구하고, 내가 이 특별한 이야기를 할 때 즈음에 화자로 선택되지 않았다는 사실에 놀랐다.)

그렇다, 지난 18년, 특히 처음 11년은 힘들었지만, 그 덕분에 전보다 더 부자가 된 것 같은 느낌이다. 여러분이 이야기를 들을 때도 그렇게 느끼기를 바란다. 만일 그렇지 못한다 해도, 그건 내 잘못이 아니다. 나는 이야기를 하다 말곤 하지만, 내 기억을 빌리고 싶은 사람이 있다면 언제나 환영이다.

미안하지만 이제 가야겠다. 일을 마친 손님들이 들어오고 있다. 낮 동안 무두공장에서 일하던 사람들이다. 그들의 냄새가 느껴지는지? 여종업원 하나가 아프고 또 다른 여종업원은 델피에서 이곳으로 온 젊은 아테나인과 눈이 맞아 달아났다…… 그러니…… 지금 사람이 부족하다. 바텐더가 저녁 교대 근무를 위해 45분 후에 출근할 테지만, 그 때까지는, 내가 맥주를 꺼내고, 샌드위치에 넣을 구운 소고기를 직접 잘라야 한다.

나의 이름은 토마스 호켄베리 박사. 그리고 나는 박사(Ph. D)라는 칭호가 "Pouring His Draft (초안을 쏟아 낸다)"의 약자라고 생각한다.

미안하지만, 몇 개의 언어유희와 장황한 농담을 제외하고, 유머는 한 번도 나의 강점이었던 적이 없다.

연극이 시작되기 전, 오후의 스토리텔링 시간에 나를 다시 보게 될 것이다.

아흔
다섯

일리움 멸망 후 7년 5개월.

무대 커튼이 올라가던 날, 하먼은 드라이 밸리에 볼 일이 있었다. 점심 식사 후 그는 전투복과 방열복을 입고 아르디스의 병기고에서 에너지 무기를 빌려 이곳으로 프리팩스해 내려왔다.

후기-인류들의 비활성 돔을 발굴하는 일은 잘 진행되고 있었다. 거대한 발굴 기계 옆을 걸어가면서, 북쪽으로 화물을 운반하는 운반용 호넷의 아래쪽으로 내뿜는 엔진의 열기를 피해 가면서 하먼은 8년 반 전에 젊은 에이다, 너무나 어렸던 한나, 그리고 땅땅하던 소년-청년 데이먼과 함께 방랑하는 유대인을 —이름이 새비였던 신비스러운 여인을— 찾아 여전히 척박했던 이 계곡에 온 적이 있다는 사실이 믿어지지 않았다.

사실, 푸른 비활성 돔의 일부분은 새비가 그들을 자신의 고향인 에레부스 산으로 인도하기 위해 긁어서 쓴 단서를 남겨 놓았던 바위덩이 바로 아래 묻혀 있었다. 하먼이야 말로 이 단서를 읽을 수 있는 유일한 고전-인류라는 사실을 심지어 새비는 그 당시에도 알고 있었다.

이 비활성 돔 발굴의 책임자는 라먼과 알키누오스였다. 그들은 훌륭하게 일을 해내고 있었다. 하먼은 그들과 함께 어떤 물품이 어느 공동체로 가야 할지 체크리스트를 훑어 내려갔다. 에너지 무기군은 휴즈 타운과 촘으로 보내기로 했다; 방열복은 벨린바드로; 크롤러들은 울란바트와 로먼 이스테이트로; 뉴 일리움은 구식 산탄총을 달라고 강력하게 요구했었다.

하먼은 이 요구에 미소 지을 수밖에 없었다. 10년만 더 지나면 트로이인들과 그리스인들은 고전-인류들과 같은 무기를 사용하고 있을 것이다. 심지어는 어디든 팩스할 수 있는 전송실 노드도 사용하게 될 것이다. 델피 그룹의 몇몇은 이미 올림푸스 근처에서 노드를 발견했다.... 그곳은 산이 아니라 올림픽 게임이 열렸던 고대의 도시이다.

그렇다면, 그는 생각했다, 유일한 방법은 언제나 그들보다 앞서 있는 것뿐이군. 기술적으로나 다른 모든 면에 있어서.

집으로 돌아갈 시간이 되었다. 하지만 그러기 전에 하먼에겐 꼭 들려야 할 곳이 있었다. 그는 알키누오스와 라먼과 악수를 나눈 후 프리팩스로 그곳을 떠났다. 하먼은 마추픽추의 골든 게이트로 돌아와야 했다. 그곳은 7년 반 전에 그가 생명을 돌려받은 곳이었다. 그는 브릿지 자체로 프리팩스하지 않고 브릿지가 있는 계곡과 마추픽추의 언덕 위에 있는 높은 폐허들 건너편의 융기선으로 갔다. 그는 고대 구조물들을 감상하는 데 질리는 법이 없었다. 이 거리에서는 푸른 구형의 거주지가 거의 보이지 않았다. 하지만 그가 이곳에 온 것은 단지 감상을 하기 위해서만은 아니었다.

그에게는 만날 사람이 있었다.

하먼은 폭포가 있는 계곡 위로 이른 오후의 구름이 걷혀 올라가는 것을 보았다. 잠시 동안 햇빛이 황금빛 안개로 변하더니 마추픽추의 폐허를 반쯤 가려버려서 언뜻 보면 마치 옛 다리 끝과 연결된 징검다리의 돌처럼 보이게 했다. 어느 쪽을 바라봐도 생명은 혼돈과 에너지 손실에 맞선 반反엔트로피 전쟁에서 승리해가고 있었다. 언덕의 풀들, 안개에 싸인 언덕의 하늘을 가려버린 나무들, 온천 위를 천천히 돌고 있는 콘돌, 브릿지의 지지용 케이블 위에 창궐하는 이끼들, 심지어 근처 바윗돌 위에 낀 녹슨 듯한 색깔의 지의류까지.

생명과 생물체에 대한 하먼의 상념을 깨우기라도 하겠다는 듯, 거대한 인공 우주선이 하늘을 가로질러 남쪽에서 북쪽으로 쏘아 올려졌다. 기다란 꼬리구름이 안데스 너머로 서서히 제트 증기를 만들고 있었다. 하먼이 우주선의 제작 방법과 모델을 알아내기도 전에 그 번쩍이는 꼬리는 폐허 너머의 북쪽 지평선으로 소닉 붐을 남기고 사라졌다. 그것은 드라이 밸리의 북쪽에서 장비를 나르는 호넷이라고 하기에는 너무 크고 빨랐다. 어쩌면 지구 시스템과 화성 사이의 양자적 교란을 추적하고 기록하고 감소시키기 위해 모라벡과의 합동 정찰을 떠났던 데이먼이 돌아오는 것일지도 모른다고 생각했다.

이젠 우리에게도 우리만의 작은 우주선들이 있지, 하먼은 생각했다. 그는 이런 생각을 떠올리는 자신의 오만함에 스스로 미소를 지었다. 하지만 이런 생각은 여전히 그의 마음속을 따뜻하게 했다. 그러나 곧이어 그는 우리만의 우주선을 갖고 있기는 해도, 아직 우리만의 우주선을 만들 수는 없다는 사실을 깨달았다. 하먼은 그런 순간을 볼 수 있을 때까지 오래 살고 싶었다. 이것은 그의 생각이 극링과 적도링에 있는 재생 탱크에 미치도록 했다.

"안녕하게나."

익숙한 목소리가 뒤에서 들려왔다. 하먼은 습관과 훈련에 익은 대로 에너지 무기를 들어 올렸다. 하지만 완전히 겨누기 전에 내려놓았다.

"안녕하시오, 프로스페로."

하먼은 미소 지었다.

"무기가 없이는 당신을 절대 찾지 못하겠네요."

"위트도 무기라고 생각한다면 말일세."

"간교함일 수도 있죠."

마법사는 핏줄이 튀어나온 늙은 손을 마치 겼다는 듯이 움직였다.

"아리엘이 자네가 날 보고 싶어 한다고 하더군. 중국에서의 상황 때문인가?"

"아니요. 그 얘기는 나중에 하도록 하지요. 연극에 대해 상기시키러 왔어요."

"아, 연극."

"잊고 있었나요? 아니면 안 오시기로 마음먹었나요? 안 오신다면 당신의 대역 배우 빼고는 모두 실망할 겁니다."

프로스페로는 미소를 지었다.

"외워야 할 대사가 너무 많잖나, 나의 젊은 프로메테우스."

"당신이 우리한테 줬던 만큼은 아니지요."

프로스페로가 다시 두 손을 열었다.

"당신의 대역배우한테 계속하라고 얘기해야 할까요? 그 친구는 아마 좋아 죽을 겁니다."

"어쩌면 정말 참석하고 싶다는 생각도 드네. 하지만 배우로서가 아니라 관객으로서는 안 될까?"

"이 연극에서는 꼭 배우여야 합니다. *헨리 4세*를 할 때는 관객으로서 오셔도 좋아요."

"사실,"

프로스페로가 말했다.

"난 언제나 존 폴스타프 경을 연기해보고 싶었어."

하먼의 웃음소리가 바위산과 절벽에 메아리쳤다.

"그럼 에이다에게 당신이 올 거고, 다과와 대화를 위해 나중까지 남을 거라고 말해도 되겠네요?"

"대화는 고대하고 있지."

홀로그램이 말했다.

"무대 공포증은 아니고."

"그럼…… 좋은 공연 기대하겠습니다."

그는 고개를 끄덕하고 프리팩스로 사라져 갔다.

아르디스 홀에서 무기와 전투복을 반납한 그는 광목으로 만든 진 바지와 튜닉을 입고 가벼운 신발을 신은 후 연극 공연장의 마지막 준비가 진행되고 있는 북쪽 초원으로 걸어갔다. 사람들은 새로 만든 나무 객석과 맥주를 마시기 위한 정원 위, 그리고 격자 틀 속에 조명을 걸고 있었다. 한나는 무대 위에서 음향 시스템을 점검하느라 분주했다. 자원 봉사자 몇몇은 배경막에 마지막으로 페인트를 뿌리고 있었고 어떤 사람은 커튼을 열었다 닫았다 하는 중이었다.

에이다가 그를 발견하고 두 살 된 사라와 함께 걸어오려 했다. 하지만 아기는 아직 서툴고 피곤했기에 에이다가 그녀를 번쩍 들어 올려 아버지가 있는 풀밭 언덕으로 데려갔다. 하먼은 두 사람에게 키스를 한 후 에이다에게 다시 한 번 키스했다. 그녀는 뒤돌아 무대와 객석을 바라보고 얼굴에서 기다란 검은 머리카락을 떼어낸 후 말했다.

"템피스트? 우리가 정말 이 작품을 할 준비가 되었다고 생각해요?"

하먼은 어깨를 으쓱하고는 그녀의 어깨를 감쌌다.

"다음 작품으로 결정되어 있었어."

"우리들의 스타가 정말 오는 거예요?"

그녀가 그에게 몸을 기대며 물었다. 사라가 칭얼대며 자세를 바꿔 자신의 양쪽 뺨이 엄마 아빠의 양 어깨에 닿도록 했다.

"응, 온다고 말했어."

스스로도 믿지 않는 투로 하먼이 말했다.

"그가 다른 사람들과 연습을 할 수 있다면 좋을 텐데."

"뭐…… 모든 걸 바랄 수는 없으니까."

"안 될까요?"

8년도 전에 하먼으로 하여금 그녀를 위험한 여인으로 분류하게 만들었던 바로 그 표정을 지으며 에이다가 말했다. 소니가 숲과 집들 위로 쏜살같이 돌진하더니 강과 도시를 향해 낮게 날아갔다.

"어떤 사내애가 아니라 차라리 멍청한 남자 어른이 몰고 있는 거였으면 좋겠어요."

"사내애들 얘기가 나와서 말인데, 우리 애는 어디 있소? 오늘 아침 만나질 못했어. 인사를 하고 싶은데."

"베란다에 있어요, 스토리 타임을 기다리느라."

"아, 스토리 타임!"

하먼이 말했다. 그는 몸을 돌려 스토리 타임이 열리곤 하는 남쪽 초원의 작은 골짜기를 향해 걷기 시작했다. 하지만 에이다가 그의 팔을 잡았다.

"하먼‥‥."

"좀 전에 만무트가 도착했어요. 그가 그러는데 모이라도 오늘 밤 공연에 온대요."

그는 그녀의 손을 잡았다.

"그래, 그거 잘 됐네‥‥ 안 그래?"

에이다가 고개를 끄덕였다.

"하지만 만약 프로스페로와 모이라가 여기 오게 된다면, 그리고 당신은 아리엘도 초대했다고 했지요, 비록 아리엘이 그 역할을 직접 연기하지는 않겠지만‥‥ 칼리반도 오면 어떡하지요?"

"칼리반은 초대되지 않았어."

그녀는 자신이 진지하게 이야기하고 있다는 걸 보여주기 위해 손을 꼭 쥐었다. 하먼은 극장과 격자 틀이 세워진 맥주 정원, 그리고 에너지 총으로 부장한 경비원들이 세워질 건물들 주변을 가리켰다.

"하지만 아이들도 연극을 보러 올 거예요. 도시에서 온 사람들도‥‥."

여전히 그녀의 손을 쥔 채 하먼이 고개를 끄덕였다.

"칼리반은 원한다면 언제든지 이곳으로 QT해 올 수 있어. 하지만 지금까지는 한 번도 그러지 않았어."

하먼은 그녀에게 키스했다.

"엘리언이 5주 동안 칼리반의 행동과 대사를 연습했어. *두려워 말라. 이 섬은 기쁨은 주나 상처는 주지 않는 소음과 소리와 즐거운 공기로 가득하다.*"

"언제나 그랬으면 좋겠어요."

"나도 그래, 내 사랑. 하지만 그렇지 않다는 것을 우리 모두 알고 있잖소. 나보다 당신이 더 잘 알겠지. 존이 스토리 타임을 즐기는지 보러 갈까?"

이오의 오르푸는 여전히 앞을 보지 못했다. 하지만 부모들은 그가 어디에 부딪히거나 누군가를 칠까봐 걱정하는 일이 전혀 없었다. 심지어 여덟, 아홉 명의 대담한 아르디스 어린이들이 그의 거대한 껍데기에 올라타고, 편한 자리를 차지하려고 맨발로 기어오를 때조차도 걱정하지 않았다. 어린이들 사이에선 스토리 타임 중에 오르푸를 타고 올라가 골짜기의 풀밭까지 미끄럼을 타는 것이 전통이 되어 버렸다. 7살을 갓 넘어 가장 나이가 많은 편에 속하는 존은 껍질의 가장 높은 곳에 앉아 있었다.

거대한 모라벡은 소음이 전혀 없는 부양기 위에서 천천히 움직였다. 그 모습은 사뭇 근엄하기까지 했다. 그를 타고 있는 어린이들의 킬킬거리는 소리와 그를 따르는 다른 어린이들의 외침 소리를 제외하면. 어린이들을 태우고 베란다를 떠난 오르푸는 오래된 떡갈나무를 지나 수풀과 새로 지은 집들 사이의 작은 골짜기로 향했다.

이곳 아이들의 몇몇 부모들만 빼고 집들과 다른 어른들의 모습이 마술처럼 시야에서 사라져 버리는 푹 꺼진 땅에서 어린이들은 엉금엉금 기어 내려와 움푹한 풀밭 위에서 활개를 쳤다. 존은 평소처럼 오르푸 곁에 바싹 붙어 앉았다. 그는 뒤를 돌아보았다. 아빠를 발견하고 손을 흔들었지만 인사를 하러 다가오지는 않았다. 이야기가 더 중요했던 게다.

"길가메시 이야기를 한 번 더 해주세요."

한 대담한 여섯 살짜리 소년이 외쳤다. 거대한 게-괴물은 고개를 젓는 것처럼 천천히 등껍질을 앞뒤로 움직였다.

"그 얘기는 당분간 끝나고 없어. 오늘은 새로운 이야기를 시작하자."

어린이들이 환호성을 질렀다.

"이 이야기는 아주 오래 걸려야 끝날 거야."

오르푸가 말했다. 그의 덜그럭 거리는 목소리는 하먼에게조차 설득력 있게 들렸다. 어린이들은 다시 환호성을 질렀다. 두 명의 소년이 엉겨 붙어 작은 언덕을 함께 굴러 내렸다.

"잘 들어봐,"

오르푸의 길고 섬세한 조작기 중 하나가 두 소년을 따로따로 조심스럽게 부드럽게 언덕의 경사면 위에 내려놓았다. 그들은 즉시 거대한 모라벡의 웅웅거리고 최면을 거는 듯한 목소리에 빠져 들었다.

"분노하라--노래하라, 여신이여, 펠레우스의 아들

아킬레스의 분노를 노래하라, 살인적이며 불운한 그

수많은 아카이아인들의 목숨을 앗아가고

수많은 용사들의 영혼을, 위대한 전사들의 영혼을, 영웅들의 영혼을

하데스로 내던져 버리고, 제우스의 뜻이 이루어지고 있는데도

그들의 육체를 썩게 만들어 개들과 새들의 먹이로 주어버린

아킬레스의 분노에 대해 노래하라.

시작하라, 오 뮤즈여, 인간의 군주, 그리스의 왕 아가멤논과

눈부시게 빛나는 신과도 같은 아킬레스가

처음 언쟁하며 충돌하기 시작했을 때⋯⋯"

옮 긴 이

김 수연

외고를 마친 뒤 화학공학을 전공하고, 졸업 후 베를린으로 날아가 연극 공부를 했다. 2004년 한국으로 돌아와 작은 극단을 운영하고 있는데, 10여 년 전부터 짬짬이 해오던 통번역(영어/독일어) 일이 점점 본격화 되어 현재는 통-번역 프리랜서로도 활동 중이다. 거추장스럽기만 하던 공학도로서의 과거는 놀랍게도 (그리고 고맙게도!) 『올림포스』에 등장하는 양자 이론 및 여러 가지 최첨단 과학 기술을 이해하는 데 도움을 주었고, 연극인으로 갖고 있던 셰익스피어와 그리스 신화에 대한 관심은 이 책의 번역 작업을 즐거운 탐구의 과정으로 만들어 주었다. 댄 시몬즈가 던지는 근본적이고 진지한 질문에 ─"인간이란 무엇인가? 인간이란 도대체 무엇이길래, 가장 절망적인 상황에서 가장 치열하게 투쟁하는가?"─ 압도되어 눈물을 뚝뚝 흘리며 자판을 두드리기도 했다는 후문. 그 벅찼던 감동을 독자들에게 전하는 데 부족함이 없었기만을 빌고 있다.

올림포스 OLYMPOS

초판 1 쇄   2009년 9월 17일
초판 2 쇄   2009년 10월 7일

지 은 이   댄 시먼즈 Dan Simmons

옮 긴 이   김 수연

펴 낸 이   권 기대
마 케 팅   배 혜진, 김 형열
펴 낸 곳   도서출판 베가북스

출판등록   제 313-2004-000221호

주   소   (121-843) 서울시 마포구 성산동 51-12 법정 빌딩 4층 403호
주문전화   02-322-7262   문의전화   02-322-7241
팩스번호   02-322-7242   이 메 일   info@vegabooks.co.kr

I S B N   978-89-92309-25-7 03840
가   격   28,000원

한국어판 ⓒ 베가북스 2009.
Printed in Seoul, Korea

※ 잘못된 책은 구입한 곳에서 교환해드립니다.